源氏物语

源氏物语

叶渭渠 唐月梅 译

[日本] 紫式部 著

ねましてなかほしにつけ

はしめんかくのみましけれ

うらめたなまししめましめ

ねましろっきわっきみ

ごれくうしまくしるもれ

おほしなれっとしましも

前　言

　　《源氏物语》（约1007或1008）是日本的一部古典文学名著，对于日本文学的发展产生过并继续产生着巨大的影响，被誉为日本物语文学的高峰之作。作者紫式部，本姓藤原，原名不详，一说为香子。因其父藤原为时曾先后任过式部丞和式部大丞官职，故以其父的官职取名藤式部，这是当时宫中女官的一种时尚，以示其身份。后来称紫式部的由来，一说她由于写成《源氏物语》，书中女主人公紫姬为世人传颂；一说是因为她住在紫野云林院附近，因而改为紫姓。前一说似更可信，多取此说。女作家生殁年月，历来有种种考证，都无法精确立论。一般根据其《紫式部日记》记载宽弘五年（1008）十一月二十日在宫中清凉殿举行"五节"（正月七日的人日、三月三日的上巳、五月五日的端午、七月七日的七夕、九月九日的重阳）时称自己是"年未过三十"的青春年华，以此溯上类推她生于天元元年（978）。一说根据《平兼盛集》载，式部逝世时，其父仍在任地，认为其父于长和三年（1014）辞官返京，与此有关，因而推测她殁于此年。另一说则根据《荣华物语》长元四年（1031）九月二十五日上东门院举办地供奉仪式出现其女贤子的名字却未提及她，故推断她殁于这一年之前。

紫式部出身中层贵族。先祖除作为《后撰和歌集》主要歌人之一的曾祖父藤原兼辅曾任中纳言外，均属受领大夫阶层，是书香世家，与中央权势无缘。其父藤原为时于花山朝才受重用，任式部丞，并常蒙宣旨入宫参加亲王主持的诗会。其后只保留其阶位，长期失去官职。于长德二年（996）转任越前守、越后守等地方官，怀才不遇，中途辞职，落发为僧。为时也兼长汉诗与和歌，对中国古典文学颇有研究。式部在《紫式部日记》、《紫式部集》中多言及其父，很少提到其母，一般推断她幼年丧母，与父相依为命，其兄惟规随父学习汉籍，她旁听却比其兄先领会，她受家庭的熏陶，博览其父收藏的汉籍，特别是白居易的诗文，很有汉学的素养，对佛学和音乐、美术、服饰也多有研究，学艺造诣颇深，青春年华已显露其才学的端倪。其父也为她的才华而感到吃惊。但当时男尊女卑，为学的目的是从仕，也只有男人为之。因而其父时常叹息她生不为男子，不然仕途无量。也许正因为她不是男子，才安于求学之道，造就了她向文学发展的机运。

紫式部青春时代，家道已中落，时任筑前守的藤原宣孝向她求婚，然宣孝已有妻妾多人，其长子的年龄也与式部相差无几。式部面对这个岁数足以当自己父亲的男子，决然随调任越前守的父亲离开京城，逃避她无法接受的这一现实。不料宣孝穷追不舍，于长德三年（997）亲赴越前再次表达情爱的愿望，甚至在恋文上涂了红色，以示"此乃吾思汝之泪色"。这打动了式部的芳心，翌年遂离开其父，回京嫁给比自己年长二十六岁的宣孝，婚后生育了一女贤子。结婚未满三年，丈夫因染流行疫病而逝世。从此芳年守寡，过着孤苦的孀居生活。她对自己人生的不幸深感悲哀，曾作歌多首，吐露了自己力不从心的痛苦、哀伤和绝望。

其时一条天皇册立太政大臣藤原道长的长女彰子为中宫，道长将名门的才女都召入宫做女官，侍奉中宫彰子。紫式部也在被召之列。时年是宽弘二或三年（1005或1006）。入宫后，她作为中宫的侍讲，给彰子讲解《日本书纪》和白居易的诗文，有机会显示她的才华，博得一条天皇和中宫彰子的赏识，天皇赐予她"日本纪的御局"的美称，获得很优厚的礼遇，如中宫还驾乘车顺序，她的座车继中宫和皇太子之后位居第三，而先于弁内侍、左卫门内侍。因而她受到中宫女官们的妒忌，甚至收到某些女官匿名的揶揄的赠物。同时有一说，她随彰子赴乡间分娩期间，与道长发生了关系，不到半年又遭道长遗弃。她常悲叹人生的遭际，感到悲哀、悔恨、不安与孤独。

不过，紫式部在宫中有更多机会观览宫中藏书和艺术精品，直接接触宫廷的内部生活。当时摄政关白藤原道隆辞世，其子伊周、隆家兄弟被藤原道长以对一条天皇"不敬"罪流放，道长权倾一时，宫中权力斗争白热化。紫式部对藤原道隆家的繁荣与衰败，对道长的横暴和宫中争权的内幕，对妇女的不幸有了全面的观察和深入的了解，对贵族社会存在不可克服的矛盾和衰落的发展趋向也有较深的感受。她屈于道长的威权，不得不侍奉彰子，只有不时作歌抒发自己无奈的苦闷的胸臆。《紫式部日记》里，也不时表现了她虽身在宫里，但却不能融合在其中的不安与苦恼。

从以上情况可以看出，紫式部长期在宫廷的生活体验，以及经历了同时代妇女的精神炼狱，孕育了她的文学胚胎，厚积了她的第一手资料，为她创作《源氏物语》打下了坚实的基础。

《源氏物语》作品成书年份，至今未有精确的定论，一般认为是作者紫式部于长保三年（1001）其夫宣孝逝世后，嬬居生活孤寂，至宽弘二年（1005）入宫任侍讲前这段时间开笔，入宫后续写，于宽弘四或五年（1007或1008）完成。在《紫式部日记》宽弘五年十一月多日的日记里，也记载了这段时间《源氏物语》的创作过程以及听闻相关的种种议论，并暗示有了草稿本。而且该月中旬的日记这样写道：

> 奉命行将进宫，不断忙于准备，心情难以平静。为贵人制作小册子，天亮就侍奉中宫，选备各种纸张、各类物语书，记下要求，日夜誊抄，整理成书。中宫赠我雁皮纸、笔墨，连砚台也送来了。这不免令人微词纷纷，有指责说："伺候深宫还写什么书？"尽管如此，中宫继续赠我笔墨。

这段日记，说明紫式部入宫前开始书写《源氏物语》，初入宫就已誊抄。日记还记录了她在一条天皇和中宫彰子面前诵读，天皇惊喜她精通汉籍及《日本书纪》，对她的才华甚为赞赏，因而宫中男子也传阅并给予好评。中宫彰子之父藤原道长动员能笔多人，助她书写手抄本。这是可以作为《源氏物语》上述成书年代可信的资料，此外别无其他文献可以佐证。其后菅原孝标女的《更级日记》也记有治安元年（1021）已耽读"《源氏物语》五十余回"，并在许多地方展开对《源氏物语》某些章回的议论，将这五十余回"收藏在柜中"，从而旁证了该小说的手抄本早已广为流布。可以说《源氏物语》是世界上最早的长篇写实小说，在世界文学史上也占有重要的地位。

《源氏物语》的诞生，是在和歌、物语文学发展走向成熟的过程中，此时已有和歌集《万叶集》、《古今和歌集》、《古今和歌六帖》、《拾遗和歌集》、《后撰和歌集》；古代歌谣神乐歌、催马乐；物语集《竹取物语》、《宇津保物语》、《落洼物语》等虚构物语和《伊势物语》、《大和物语》等歌物语。虚构物语完全没有生活基础，纯属虚构，具有浓厚的神奇色彩；歌物语，虽有生活内容，但大多是属于叙事，或者是历史的记述。而且这些物语文学作品几乎都是脱胎于神话故事和民间传说，是向独立故事过渡的一种文学形式，散文与和歌不协调，结构松散，缺乏内在的统一性和艺术的完整性。紫式部首先学习和借鉴了这些先行的物语文学的经验，扬长避短，第一次整合这两个系列，使散文与韵文、内容和形式达到完美的统一。

紫式部在创作《源氏物语》中借鉴了先行的典故乃至借用某些创作手法，作为其创作思考的基础，乃至活用在具体的创作中。比如《古事记》中的海幸山幸神话故事（《明石》）、三山相争的传说故事（《夕颜》）、《万叶集》中的真间手儿名的故事（《浮舟》）。《竹取物语》辉夜姬的形象借用在紫姬身上，《伊势物语》的故事与和歌对《小紫》、《红叶贺》、《花宴》、《杨桐》等诸回都有不同程度的影响，特别是《源氏物语》描写源氏与众多女子的爱情，和《伊势物语》男主人公好色的特征——追求极致爱情的描写，更是有相传相承的类似性，留下了《伊势物语》的浓重的烙印。

紫式部同时学习和汲取藤原道纲母的《蜻蛉日记》完全摆脱了此前物语文学的神奇的非现实性格，成功地将日常生活体验直接加以形象化，并且扩大了心理描写，更深层次挖掘人物的内面生活，出色地描写当时女性的内心世界的创作经验，还继承和融合了《蜻蛉日记》所表现的"哀"、"空寂"的审美理念。同时，也运用清少纳言的冷静知性观察事物的方法，参照她的《枕草子》以摄政的藤原家族盛衰的历史为背景，描写平安王朝的时代、京城、自然、贵族、女性，和自己的个性交错相连，以反映社会世相的写实创作经验。也就是说，《源氏物语》的出世，与包括物语文学、日记文学、随笔文学在内的先行散文文学有着血脉的联系，它们对于这部日本古代长篇小说的品格的提升，都直接间接地起到了重要的作用。

紫式部对传统文学的继承和创新，以及她的观书阅世的经历，都为她创作《源氏物语》提供了对人生、社会、历史更大的思索空间，更广阔的艺术构思的天地和更坚实的生活基础。可以说，紫式部以其对前人精神的不断学习、造诣颇深的学问、人生坎坷的体验、宫廷生活的丰富阅历，以及对社会和历史的仔细观察与深沉的思考，并充分发挥文学的想象力，厚积薄发，才成就了她作为女作家留下这一名垂千古的巨作《源氏物语》。

　　紫式部在《源氏物语》以及《紫式部日记》和《紫式部集》里，表现了内面和外部、真实与虚构的两面，相互映照和生辉，这也使紫式部这个名字，不仅永载于日本文学史册，而且在1964年被联合国教科文组织选定为"世界五大伟人"之一，享誉世界文坛。

　　《源氏物语》在艺术上也是一部有很大成就的作品，它开辟了日本物语文学的新道路，将日本古典写实主义推向一个新的高峰。全书共五十四回，近百万字。故事涉及三代，经历七十余年，出场人物有名可查者四百余人，主要角色也有二三十人，其中多为上层贵族，也有中下层贵族，乃至宫廷侍女、平民百姓。作者对人物描写得细致入微，使其各具鲜明个性，说明作者深入探索了不同人物的丰富多姿的性格特色和曲折复杂的内心世界，因而写出来的人物形象栩栩如生，富有艺术感染力。小说的结构也很有特色。前半部四十四回以源氏和藤壶、紫姬等为主人公，其中后三回是描写源氏之外孙丹穗皇子和源氏之妃三公主与柏木私通所生之子薰君的成长，具有过渡的性质；后半部十回以丹穗皇子、薰君和浮舟为主人公，铺陈复杂的纠葛和纷繁的事件。它既是一部统一的完整的长篇，也可以成相对独立的故事。全书以几个重大事件作为故事发展的关键和转折，有条不紊地通过各种小事件，使故事的发展和高潮的涌现彼此融会，逐步深入揭开贵族社会生活的内幕。

　　在创作方法上，作者摒弃了先行物语只重神话传说或史实，缺乏心理描写的缺陷，认为物语不同于历史文学只记述表面粗糙的事实，其真实价值和任务在于描写人物内心世界。在审美观念上，则继承和发展了古代日本文学的"真实"、"哀"、"空寂"的审美传统，因而对物语文学的创作进行了探索和创新，完成了小说的虚构性、现实性和批判性三个基本要素，构建了一个有机的统一体。

在文体方面，采取散文、韵文结合的形式，织入八百首和歌，使歌与文完全融为一体，成为整部长篇小说的有机组成部分。散文叙事，和歌抒情和状物。特别值得注意的是，作者以文字记述了二百处和汉音乐，并有意识地以音乐深化主题。这样文、歌、乐三者交汇，不仅使行文典雅，而且对于丰富故事内容、推动情节发展、传达人物感情，以及折射人物心理的机微，都起到了良好的辅助作用。以音乐举例来说，描写弦乐，由于自然气候差异，音色有变化，在春天时写吕乐显其明朗，秋天时写律乐露其哀愁，以展露出场人物的不同心境。《源氏物语》主要贯串"哀"与"物哀"的审美情趣，音乐也以律乐为主体，开辟了文学创作手段的新途径。

在语言方面，作者根据宫廷内人物众多，身份差异甚大，因而在使用敬语和选择语汇方面都十分注意分寸，充分发挥作为日语一种特殊语言现象的敬语作用。在对话上使用敬语更是十分严格，以符合不同人物的尊卑地位和贵贱身份。即使同一个人物比如源氏，年轻时代和晚年时代所使用的语言也有微妙的差别，以精确地把握他不同年龄段上的性格变化。同时在小说中还使用了许多拟声语，根据人物身份，或优美，或鄙俗，以辅助人物的造型。这样作者就不断扩展自己的语言空间，并由此也开阔了文学艺术的空间。

紫式部主张文学应该写真实，《源氏物语》正体现了她的这种写实的"真实"文学观。它的表现内容以真实性为中心，如实地描绘了作者所亲自接触到的宫廷生活的现实。也就是说，描写的素材始终是真实的，不是凭空想象出来的。紫式部以较多的笔墨留下了这方面准确的记述，《源氏物语》的故事是有事实依据，是近于现实的。比如它是以藤原时代盛极而衰的历史事实作为背景，反映了当时政界的倾轧和争斗的现实。比如书中描写朱雀天皇时代以源氏及左大臣为代表的皇室一派与以弘徽殿及右大臣为代表的外戚一派的政治争斗中，弘徽殿一派掌握政权，源氏一派衰落；相反，冷泉天皇时代，两者倒置了。这是作者耳闻目睹道隆派与道长派交替兴衰的史实，并将这一史实艺术地概括出来的典型。就其人物来说，比如源氏虽然不是现实生活中原原本本的人物，而是经过艺术塑造，并且理想化了，但如果将这个人物分解的话，也不完全是虚构的。紫式部本人在日记中谈及的源氏的史实，与道长以及伊周、赖通等人的性格、容姿、言行、境遇十分相似，起码是将这些人物的史实作为重要的辅助素材来加以运用的。

　　根据日本学者考证，源氏被流放须磨实际上就是以道隆之长子伊周的左迁作为素材的。概言之，《源氏物语》精细如实地描绘了那个时代的世相 [01]。无论是社会政治和文化背景，还是故事内容和人物，都真实地反映了当时宫廷生活和贵族社会的实相。《源氏物语》的记述，可以说是珍贵的文化史料，包括社会史料、掌政史料乃至政治史料。日本文学评论家晖峻康隆认为紫式部是日本最伟大的写实小说家，《源氏物语》是运用"史眼"来观察社会现象，与虚构的要素结合构成的，它开拓了描写现实的新天地。《源氏物语》是日本文学史上的写实主义倾向的三个高峰之一 [02]。岛津久基也认为作者紫式部无论在文学主张上还是在作品实践中都确实是一位卓越的写实主义作家，《源氏物语》是日本屈指可数的写

---

[01] 见岛津久基：《〈源氏物语〉评论》（岩波讲座·日本文学），第22—32页，岩波书店1932年版。
[02] 见《国文学》1940年8月号，第51页。

实主义文学之一^[01]。

　　紫式部在《源氏物语》中，以"真实"为根底，将"哀"发展为"物哀"，将简单的感叹发展到复杂的感动，从而深化了主体感情，并由理智支配其文学素材，使"物哀"的内容更为丰富和充实，含赞赏、亲爱、共鸣、同情、可怜、悲伤的广泛涵义，而且其感动的对象超出人和物，扩大为社会世相，感动具有观照性。

　　《源氏物语》完成了以"真实"、"物哀"为主体的审美体系，在日本由"汉风时代"向"和风时代"的过渡中，完全使七世纪以来"汉风化"的古代日本文学实现了日本化，这是不朽的伟大历史功绩。可以认为《源氏物语》的诞生，标志着日本文学发展史和美学发展史的重大转折。

　　《源氏物语》一方面接受了中国的佛教文化思想的渗透，并以日本本土的神道文化思想作为根基加以吸收、消化与融合；借用中国古籍中的史实和典故，尤其是白居易的诗文精神，并把它们结合在故事情节之中；继承日本汉文学的遗产。另一方面以日本文化、文学的传统为根基吸收消化，从而创造了日本民族文学的辉煌。

　　《源氏物语》是在日本文化"汉风化"的文化背景下产生的，中国文化、文学滋润了它诞生的根。可以说，没有中国文化和文学的影响，就没有现在这般模样的《源氏物语》。但它更多的是遥承、活用本土的古典文化、文学。据日本学者根据现存的日本平安时代后期藤原伊行的《源氏物语》最早注释书《源氏释》统计：引用和汉典籍全部共计488项，其中和歌360项、汉诗文49项、故事19项、佛典13项^[02]。就以活用《古今和歌集》与白居易诗来比较，前者比后者的引用活用量大得多。

---

[01]　见岛津久基：《〈源氏物语〉评论》（岩波讲座·日本文学），第22—32页，岩波书店1932年版。

[02]　见川口久雄：《平安朝日本汉文学的研究》第676页，明治书院1982年版。

实际上，《源氏物语》无论采用外来的中国古典文学素材与本土的传统文学理念的结合，还是汲取外来的中国古典文学理念与本土的固有文学素材的结合，都不是简单的嫁接，而是复杂的化合。是以日本民族的传统文化为主体，以中国文化为催化剂，在彼此化合的过程中促其变形变质，这就是通常所说的"日本化"。它达到了"你中有我，我中有你，以我为主"的天衣无缝的融合境地。因而它吸收中国文化，是按照日本式的思考方法，更多地开拓传统的艺术表现的空间。如果说，菅原道真总结学习中国文化、文学的历史经验和教训，在理论上提出了"和魂汉才"，那么紫式部则在《源氏物语》的创作实践上成功地实现了"和魂汉才"。

紫式部在广阔的中日文化空间，高度洗练地创造了《源氏物语》的世界。它是日本文化、文学走向"和风化"的重要转折之一。这是历史的必然造成的。《源氏物语》超越时空，乃至日本以外的国家和地域，影响至今。这一段日本文学发展的历史经验证明：文学的发展首先是立足于本民族、本地域的文化传统，这是民族文学之美的根源。离开这一点，就很难确立民族文学的价值。然而，本民族、本地域的文学，又存在与他民族、他地域的文学的交叉关系，它是与不同民族和不同地域的文学交流汇合而创造出来的，自然具有超越民族和地域的生命力。也就是说，优秀的文学不仅在本民族和本地域内生成和发展，而且往往还要吸收世界其他的民族和地域的文学的精华，在两者的互相交错中碰撞和融合才能呈现出异彩。

叶渭渠

2004年写于团结湖寒士斋

目 录

第一回

だいいっかい

桐壺

昔日不知是哪一代皇朝，宫中有众多女御和更衣[01]侍候天皇。其中有一位更衣出身虽不甚高贵，却比谁都幸运，承蒙天皇格外宠爱。缘此招来其他妃子的妒忌，诸如从一开始就狂妄自大地认为自己娘家身份高贵，受天皇宠爱者非己莫属的一些妃子，万没有想到天皇宠爱的竟是那个更衣，为此她们轻蔑并妒恨这位更衣；而身份与这位更衣相仿或娘家地位比她更低的妃子们，觉得无法与她竞争，心里更加惴惴不安。于是，这位更衣朝朝暮暮侍候天皇身边，招致其他妃子们妒火中烧，恨她入骨。如此，天长日久，可能是积蓄在这位更衣心中的郁闷难以排解的缘故吧，她终于积郁成疾，病得很重，不禁感到胆怯起来，动不动就想告假回归故里静养，可是圣上爱她心切，始终舍不得让她走。圣上不顾人们的非难，对她的宠爱有增无已，超乎世间的惯例，以致不仅众多女官，还有朝廷的公卿[02]大臣、殿上人[03]等对她冷漠，背过脸去不正眼瞧她。人们纷纷议论说："那宠爱情景，着实令人眼花缭乱，无法正视啊！当年唐朝也出现过这类事，闹得社会动荡不安。"

　　不久，此事终于传到宫外去，人们忧心忡忡，觉得如此下去，将来也有可能会产生类似杨贵妃那样的事。在这种处境下，更衣深感痛苦，所幸仰仗皇上备加宠爱，在宫中谨小慎微、诚惶诚恐地度日。

　　这位更衣的父亲，官居大纳言职位，早已辞世；母亲出身于名门望族，是个有古风气质的人，她看见双亲齐全的女子，世间声誉高，过着体面富裕的生活，她也要让女儿过得不亚于她们，每逢举办任何仪式，她都尽心尽力为女儿装扮打点得十分得体。然而，毕竟还是没有坚强的后盾，

---

[01] 后宫妃嫔中地位最高者为女御，更衣次之，她们都为天皇侍寝。
[02] "公"指太政大臣及左、右大臣，"卿"为大纳言、中纳言、参议及三位（类似中国的"品"）以上的朝臣的总称。
[03] 殿上人：指准许上殿的人员，即五位以上官吏及六位的藏人（掌管宫廷中文书、总务等事务的官员）。不准上殿的五位以下的官吏或这种门第的人，称地下人员。

一到关键时刻，难免因无依无靠而感到胆怯。

也许是前世缘分深邃的缘故，这位更衣生下了一个举世无双、纯洁似玉的小皇子。皇上盼望早日见到此皇子，已经等得心焦如焚，迅速从更衣娘家召回这母子俩。皇上一见这小皇子，就觉得此婴儿长相出众，非同凡响。第一皇子是右大臣的女儿弘徽殿女御所生，有牢固的外戚后盾，毫无疑问不久将被册立为皇太子，受到人们的敬仰。不过就相貌而言，大皇子与光洁美丽的小皇子是无法媲美的，因此，皇上对大皇子只停留在表面的慈爱上，而对这位小皇子则视作个人秘藏珍宝似的无限宠爱。

小皇子的母亲更衣，本来就不是一个只在皇上身边侍寝和侍奉圣上日常生活的这种身份的人。再说，实际上她具有贵人般的品格，再加上皇上对她的格外宠爱，不顾一切地总把她留在自己身边，这样，每当举办什么游园管弦盛会，或举办任何有趣的聚会，皇上首先召来的人就是她这位更衣。有时候，皇上睡到很晚才起床，当天就把更衣留在身边，硬是不让她回到她的独立宫院去，这样一来，更衣的举止在别人看来自然有轻率之嫌。

但是，自从这位小皇子诞生后，皇上完全改变了往常的章法，从而让大皇子的生母弘徽殿女御心生疑念："闹不好的话，这小皇子说不定还会被立为皇太子呢。"

然而，不管怎么说，这位女御比其他女御和更衣都最先正式进入皇宫，并且最受皇上的珍视，她还为皇上生了大皇子和公主，因此净让这位女御心燃妒火，皇上也觉不好办，再说，使这位女御产生这种可厌的想法也太可怜了。

却说更衣蒙皇上的恩宠，诚惶诚恐地将这种宠爱当作自己人生惟一的指望。可是，背后总说她坏话，企图挑剔她的过失者，大有人在。她的身体纤弱，娘家又无实力，因此，她愈蒙受皇上宠爱，自己反而愈加要为防范他人的妒恨而操心劳神。更衣居住的独立宫院，称桐壶院。皇上每次驾临，必经许多妃嫔的宫院门前，如此一来，次数频繁，别的妃嫔就万分怨恨，那是自不待言的。还有更衣到皇上清凉殿的次数多了，也招来妃嫔们的嫉恨，她们每每在更衣通行的板桥[01]上或走廊通道上，泼洒污物，将迎送桐壶更衣的宫女们的衣裳下摆都糟蹋得不成样子。有时候，她们又串通一气，时常锁上桐壶更衣必经之路的宫室廊道两头的门，使更衣茫然不知所措，或者使她蒙羞。连续不断地出现诸如此类的恶作剧，令更衣备受折磨，忧郁至极，心情格外不舒畅。皇上见此情状越发怜爱她，于是就命早先一直住在紧挨着清凉殿的后凉殿里的某更衣，搬到别处去，腾出这处后凉殿来，作为皇上赐予桐壶更衣的独立宫院。被撵出来迁往他处的这位更衣，对桐壶更衣更加恨之入骨了。

且说小皇子三岁那年，举行了穿裙裤仪式[02]，排场之隆重，不亚于大皇子当年举行仪式的场面，把内藏寮[03]、纳殿[04]内收藏的金银珠宝、祭祀服装物件等，通通提取出来加以摆设，仪式盛况非同寻常，这也招来了世人的诸多非难。但实际上，当人们看到这小皇子逐渐成长，容貌端庄，气宇轩昂，就觉得他非同凡响，是位稀世珍宝似的人物时，那股子妒忌心绪也逐渐舒缓，无法嫉妒下去。明白事理的人，不由得只顾瞠目惊叹道："如此稀世珍宝似的人也会降临到人世间啊！"

是年夏天，小皇子之母桐壶更衣不知怎的，总觉得身体不适，请求准假回娘家，可是未获皇上的恩准。她近年来经常生病，皇上似乎已习以为

---

[01] 板桥：原文作打桥，指从一幢宫院的过道通往另一幢宫院的过道之间架设的木板桥，可以随时拆卸。
[02] 穿裙裤仪式：原文作着袴，日语语音作HAKAMAGI，日本习俗。古代幼儿三岁、五岁首次穿和服裙裤的一种仪式。
[03] 内藏寮：收藏并掌管宫廷金银珠宝及天皇服饰、祭祀币帛等的部门。
[04] 纳殿：平安朝以后皇宫或诸宅邸、公馆放置金银、衣服、日用器具、家具的地方。

常，只顾说："不妨留在这里多调养些日子再说。"然而，日复一日，桐壶更衣的病情越发严重，仅这五六天期间，整个人都消瘦下来，显得非常衰弱。桐壶更衣之母一边哭泣，一边上奏皇上请求准假。这时，皇上才恩准桐壶更衣出宫。即使在这种情况下，桐壶更衣也在担心：说不定人们还会出什么招数来羞辱自己呢。于是，她决定让小皇子留在宫中，自己独自悄悄出宫。任何事都有个限度，皇上不能阻止桐壶更衣返回娘家，特别是由于身份的关系，自己连给她送行也办不到，心中不免感到惆怅，万分悲伤。桐壶更衣平素是个水灵可爱的绝代美人，可是这时面容变得非常憔悴，虽然她陷入百感交集之中，心中有千言万语，却无法向皇上陈情。皇上目睹她那种似奄奄一息的悲戚情状，万分爱怜，以至茫然不知所措。皇上一边哭泣一边述说种种保证的话，可是桐壶更衣此时已无力气回答，眼神无光，疲劳不堪，全身瘫软，昏昏欲睡，似乎是生命垂危地躺着，皇上一时不知如何是好，遂赶紧宣旨备辇送桐壶更衣返归故里，可是后来又万分舍不得她走，旋即折回桐壶更衣的房间，无论如何不同意她出宫。皇上对桐壶更衣说："你我立下了海誓山盟，但愿大限期至同赴黄泉路，你不至于舍我独往吧！"桐壶更衣也万分悲伤地吟道：

"大限来临将永别，

依依真情恨命短。

早知今日，何必……"她气息奄奄，似乎还有许多话要说。她的表情非常痛苦，显得十分吃力的样子，皇上多么想"就这样把她留在宫里照顾她"啊。可是，一旁的侍从催促她，上奏道："故里那边的祈祷法事今天开始，已请来许多法力灵验的高僧，正好定于今晚开始……"皇上无奈，只好准许更衣回娘家去。

桐壶更衣回娘家之后，皇上满怀悲伤，当天晚上，彻夜未眠。虽然明知派去探病的使者返回的时限尚未到，皇上却已焦急万状，不断地说："怎么还迟迟不返啊！"却说使者来到桐壶更衣的娘家，只听得故里的人们号啕痛哭着诉说："子夜过后就仙逝了！"使者也非常沮丧，回来如实禀报。皇上闻此噩耗，顿时心如刀绞，神志茫然，只顾孤身幽居一室。尽管如此，小皇子年幼丧母，皇上多么希望把他留在身边，天天能看见他啊！可是让服丧期间的皇子留在皇上身边，古无先例，因此皇上不得已只好让小皇子出宫回外婆家。年幼的小皇子看见侍从们一个个终日以泪洗面，父皇也热泪潸潸，不知发生了什么事，只觉得不可思议地环顾四周。一般情况下，父子别离已经够伤心的了，何况此刻的哀怜情景，更是难以言喻啊！

纵令依依惜别，总归也有个限度，因此最后还是按例行的做法举行火葬。老夫人伤心欲绝，哭诉说："我也想和女儿一起化为一缕青烟升空啊！"她追上女官们乘坐的送殡车并坐上了车，来到在爱宕地方举行庄严火葬仪式的现场，她这时的心情是多么悲伤啊！

老夫人还蛮明白事理地说："当我亲眼看见女儿死去的遗体时，总觉得她还活着，及至看见女儿已化成灰的现场，才意识到女儿如今已不是这个世界的人，这才彻底地感到绝望了！"但她还是伤心哭泣得乱了方寸，差点从车上摔下来，侍从女官们感到棘手，赶忙百般劝慰、照顾她，有的说："我早就担心会出现这种情况。"

宫中派来御使，为的是给死者追封三位[01]。御使宣读圣旨追封三位，又引来一阵悲伤。由于皇上觉得更衣在世期间，连个女御都没封给她，实在是太遗憾了，如今她已成故人，哪怕给她晋升一级呢，遂遣御使宣旨

---

[01] "位"是日本朝廷爵位高低的标志，女御的爵位是三位。追封三位，即追封为女御。

追封。然而，这一破格的追封又招来许多人的妒忌和怨恨。不过，通情达理的人们则因此而缅怀已故桐壶更衣的种种优点，她容貌端庄，风采动人，性情温柔，心地善良，不惹是生非，即使想憎恨她也憎恨不起来。大概是由于此前皇上过分地宠爱桐壶更衣，虽然也招来了人们毫不留情的嫉妒，不过如今桐壶更衣已经辞世，她的人品招人喜爱，性情温柔，心地仁慈，侍奉皇上的女官们也不禁怀念她，心中为她的谢世感到惋惜。古歌云"生前竟招人嫉恨，死后却引人依恋"，大概就是吟咏此种情景的吧。

无常的时光流逝。桐壶更衣虽仙逝已久，但每当她娘家为她举行法事时，皇上都会派遣使者前去恳切地吊唁。岁月无情地流逝，皇上依旧无法消愁解闷，自从桐壶更衣辞世后，皇上也不召其他妃子前来侍寝，只顾朝朝暮暮泪潸潸。在皇上身边侍候的人们目睹皇上这副模样，不免流下同情的眼泪，抑郁地度过秋天的时日。可是，弘徽殿女御等人，至今对桐壶更衣还耿耿于怀，说："哎呀，皇上何等宠爱她呀！连她死后都不让人家得到安宁，未免太……"虽然皇上经常看到大皇子，但是心里总惦挂着小皇子，不时派遣亲信的女官或乳母等人到桐壶更衣娘家去探询小皇子的近况。

一个深秋的傍晚，台风骤起，顿觉寒气逼人。皇上比往常更加缅怀故人，倍感悲戚，遂派遣靫负[01]的命妇[02]到桐壶更衣的娘家探望。命妇在别有情趣的明月之夜，驱车前去。皇上则只顾陷入沉思，浮想联翩，沉湎于往事的追忆之中：诚然，昔日每当这种时刻，一定举办管弦游乐之活动！随着浮想驰骋，皇上仿佛看见当年更衣抚琴，奏出韵味深邃的琴声，她偶

---

[01] 靫负：古时背负弓箭守卫皇官者，这里特指卫门府（又称靫负司）及其官员，负责警卫皇官之门外。
[02] 命妇：官中女官的官阶之一。当时女官都习惯冠以其父或其夫之官名来称呼。

尔吟咏的歌词也具有非同凡响的意味。于是，皇上觉得她的面影总是拂之不去，她仿佛总是紧随着他，然而，"靠不住的幽暗中的真实"，终归变得更加朦胧，更为无常了。

命妇来到桐壶更衣的娘家，车子一进门内，眼见一片凄凉景象，不禁悲从中来。此宅邸本是桐壶更衣的母亲的孀居之处，为了照顾爱女更衣的关系，千方百计地整修庭院门楣，务求人前体面得体些，然而，如今这位寡母日夜哀痛亡女，十分沮丧，哪还顾得上修整院落。不觉间，满院杂草蔓生，再加上台风的关系，庭院更显现出一派落寞的荒芜景象。惟有月光，任凭葎草丛生也挡不住它普照大地。

车子停在正房的南面，命妇下车，老夫人相迎，顿时说不出话来。过了一会儿，好不容易才说："迄今我苟且偷生，着实凄凉，承蒙圣恩派遣御使，不辞劳顿，驾临蓬门茅舍，实在惭愧之至。"说罢情不自禁地潸潸泪下。命妇回答说："圣上先前派典侍 [01] 来探望，她回去禀报说：'所见满目疮痍，实在凄惨，不禁令人悲戚得心肝俱裂。'就连我这样一个不谙事理的人，到此一看，心中的确悲伤得难以忍受。"命妇哀伤的情绪稍稍平稳下来之后，她传达圣谕说："圣上说：'当时有一阵子朕还以为自己是在梦境中游荡，后来心情逐渐沉稳下来，才明白心境确似梦，却无法清醒过来，痛苦不堪，该如何是好，连个可倾诉衷肠的人都没有，老夫人可否悄悄来此一趟？再说，朕也十分惦挂小皇子，让小皇子在泪水湿漉的环境中，过着孤寒寂寥的生活，着实令人心疼，请务必早些偕小皇子一起进宫。'圣上落泪，哽咽着断断续续地说，加上圣上似乎顾忌到让身边的人看见自己的这副模样会不会以为自己软弱，圣上的神色显现出内心不知有多么痛苦，我不忍心听完圣上的述怀，就从御前退了出来。"命妇说着将皇上手谕呈给老夫人。老夫人说："我泪眼模糊，双

---

[01] 典侍：内侍司的次官。内侍司为管理后宫各项事务的部门。

眼看不清东西，诚惶诚恐蒙赐宸函，给我带来了光明，让我来拜读吧。"
说罢拜读来函：

"本以为随着时间的流逝，多少可以排遣一些悲伤，岂知心伤却与日月俱增，令人难以忍受。奈何！朕时常牵挂着：不知幼儿近日如何？朕未能与太君一起抚养幼儿，深感遗憾，还请太君让朕视幼儿为故人之遗念，偕幼儿进宫吧。"

此外，还细腻地写了许多，并赋歌一首：

深宫朔风催人泪，
遥念荒野小嫩草。

老夫人还没等仔细看完信，早已热泪盈眶，她对命妇说："老妪我如此长命，活得实在太累，面对那棵长寿的高砂松，犹感惭愧，更何况出入高贵的宫中，顾忌甚多岂敢仰望。诚惶诚恐承蒙圣上屡屡赐谕，然而由于上述缘故，老妪我迟迟尚未前往。只是，近日来不知为什么小皇子总是急于回宫，我想这也是童心思念父皇所致，此乃情系骨肉，人之常情，此事请务必秘密启奏皇上。老妪我毕竟是不祥之身，因此让小皇子屈居这种地方也不吉利，太委屈他了。"

此时，小皇子早已就寝。命妇说："我本想拜见小皇子容颜，以便回去将实际情形向皇上详细启奏。现在已是夜深人静的时分了，皇上可能还在等待着呐。"说罢，便要匆匆告辞离去。老夫人道："近来，老妪我悼念亡女，心情郁悒，只觉眼前一片漆黑，痛苦不堪，惟盼得一知己，倾吐衷肠以疏解心中的郁闷，盼贵方于公差余暇之际，能屈尊光临舍下，慢慢叙谈。多年来贵方都是为转达喜庆盛事而光临寒舍，如今却为转递如此悲切的信息而莅临，怨只怨老妪我命途多舛啊！自亡女诞生时起，此女乃愚夫妇寄予厚望之人。已故愚夫君大纳言于弥留之际，尚留下遗嘱再三叮咛：'务必将此女调教好，以实现入宫侍候的愿望，不要因我亡故而受挫泄气。'老妪我暗自琢磨，女儿没有强有力的后盾呵护，要与宫中的女官们相处是很困难的，在宫中生活会不会反而酿成不幸呢？自己虽然很担心，但又不能违背夫君临终的嘱托，因此才把女儿送入宫中的。入宫后承蒙圣上的格外宠爱，无微不至地体贴关照，缘此女儿也不得不忍受来自他方的非同寻常的屈辱，不能不委曲求全地与他人周旋。暗自忍受着来自朋辈的多方嫉恨，天长日久积郁沉重，难免成疾，可怜她终于早逝，不禁令人感到她似乎是死于非命啊！谁曾想到这难得的过分恩宠，反而招致莫大的遗憾……老妪我之所以絮叨此番心境，可能是由于为人父母心中的糊涂所致吧。"她言犹未尽，已在低声哭泣了。

这时夜色已深，命妇说道："不，圣上也是这么说的：'朕由衷地只顾宠爱桐壶更衣，也许正因此而一再招来世人吃惊的目光，以致使这份因缘不能长久持续下去。每想及此不由得感到朕二人的海誓山盟，如今反而成为一段痛苦的恶缘。朕向来不做任何伤人心的事，只是为了桐壶更衣，无意中竟招来一些本来大可不必埋怨的人的怨恨，结果弄得朕眼下成了只身孤影人，无法排除心中的苦闷，最终变成一个不像样的顽固不化者。朕真想知道，前世究竟造了什么样的孽。'圣上反复如是说，悲伤得热泪潸潸。"命妇似乎还有说不完的话。她哭泣着说："夜已很深了，我必须赶在今夜里返回皇宫向皇上禀报。"说着匆匆告辞。

时值明月将西沉，晴空万里，寒风萧瑟，草丛中的秋虫声声悲鸣，催人露出哀伤的神色，这也是一种令人依依难舍难离的情趣，遂赋歌一首，曰：

铃虫哀鸣总有限，

长夜泪涌无尽时。

歌罢，命妇依然无心上车。老夫人答歌一首，并命侍女送去。歌曰：

"浅茅丛中虫悲鸣，

催得女官泪清清。

此番哀怨的心境，亦盼代为上奏。"

　　在这种场合下，是不宜馈赠风雅礼物的，因此，老夫人只挑选了亡女留下的一套装束和梳头用具赠送命妇，留作纪念。这些东西仿佛就是为派上这种用场才留下来似的。

　　陪伴小皇子回外婆家的侍女们，个个悲哀，自不待言。她们朝夕习惯于宫中的生活，觉得这里非常寂寞。她们想象着皇上悲伤的情状，还有那些风言风语，于是劝请老夫人早日送小皇子回宫。可是，作为桐壶更衣的母亲来说，她觉得自己这样一个不吉利的可恨之身，若陪伴小皇子进宫，定会招来外人的诸多非议。再说，自己见不到小皇子，哪怕是片刻也总是放心不下。在这种情况下，她压根儿就不想让小皇子回宫。

　　却说命妇回到皇宫，皇上还没有就寝，命妇眼见圣上急切等待回音的情状，不由得十分同情。圣上装作在观赏清凉殿中院里栽种的花木，繁花盛开，十分喜人，圣上悄悄地只安置四五名善解人意的女房[01]陪伴他闲聊，讲故事消磨时间。

　　近来，皇上早晚都在御览亭子院[02]令人制作的《长恨歌》绘画。画中

---

[01] 女房：古时官中高级女官。
[02] 即宇多天皇，又称亭子院帝。

配上伊势[01]、贯之[02]所作的和歌或汉诗，并且谈话内容大多是有关这类与爱妻死别的话题。不久，命妇回到宫中来，皇上即细问桐壶更衣娘家的情况，命妇遂悄悄地将自己亲眼目睹的悲情据实禀报，并将老夫人的回音呈上。皇上展开御览，只见复函书曰："承蒙皇恩，诚然不胜惶恐，自觉几乎无置身之地，拜见圣谕，百感交集，心慌意乱，只觉心中一片昏暗。

　　能挡朔风树已枯，

　　可怜小草安得福。"

等等，老夫人书写了诸如此类杂乱无章稍嫌失礼的话，足见老夫人痛失女儿悲伤至极，以至乱了方寸，皇上想必也会原谅她吧。皇上设法不让人看到自己悲伤的情状，可是越强行压制心中的悲戚就越发压抑不住，皇上回想起邂逅妙龄的更衣的往事，一桩桩一件件，历历在目，万没想到那时的美好时光竟然转瞬即逝，令人焦虑不安。如今自己如此孤身只影，虚度岁月，想来也着实不可思议啊！皇上说："老夫人没有违背已故大纳言的遗嘱，诚心送爱女进宫。朕本想尽心尽意地回报这份深情，不料爱妃竟早逝，终未能实现，着实无奈。"内心实在过意不去，接着又说："不过，当然，待到小皇子长大成人，老夫人定会时来运转吧。应尽可能关照她让她健康长寿啊！"

　　命妇将老夫人赠送她的物件呈上，让皇上御览。皇上心想："莫非这就像当年《长恨歌》中所说的临邛道士寻觅到亡故之人的居处，而获得

---

[01] 伊势（？—约939）：藤原继荫之女，平安朝中期的歌人，日本三十六歌仙之一。著有《伊势集》。

[02] 贯之：即纪贯之（868？—945？），平安朝前期（十世纪中叶）歌人，歌学者，日本三十六歌仙之一。著有《贯之集》、《古今和歌集假名序》、《土佐日记》等。

的证物金钗……"幻想联翩亦无济于事，遂咏歌一首如下：

> 宁愿化作灵道士，
>
> 探寻君魂可曾至。

皇上御览《长恨歌》画中杨贵妃的相貌，虽说画像是出自高明画师之手，但总觉尚欠笔下之功力，难说画中人已是国色天香。诗中形容贵妃之美，似"太液芙蓉未央柳"，她一身唐朝的精心装扮，固然很美，但是皇上一想起桐壶更衣那副娇媚可爱的姿影，就觉得任何花色鸟语，都无法与她媲美。昔日朝夕枕边私语"在天愿作比翼鸟，在地愿为连理枝"，这海誓山盟，如今都变成了虚空的梦幻，无常的命运，真是无限的怨恨啊。风萧萧兮，小虫鸣。跳入眼帘的一切，无不催人哀思万分。且说弘徽殿女御已久未拜谒皇上，却偏在此时，奏起管弦乐，欣赏月色，直至深更夜半。皇上听见那种兴高采烈的声音，觉得这未免太幸灾乐祸，于是心情甚为不快。的确，殿上人和女官们看到近来皇上的痛苦神色，觉得弘徽殿女御的做法太过分，太别扭了。弘徽殿女御本来就是一个有棱有角，颇有心计，个性非常强的人，根本不把皇上的愁叹当回事，自然就会有那样的举止。此时，月亮也完全隐没了。皇上触景生情，吟道：

> 宫中泪眼映秋月，
>
> 焉能长久居荒野。

皇上一边想象着老夫人家附近的情景，一边将灯芯挑到尽头。即使灯火已经熄灭，皇上依然未就寝。及至听见右近卫府 [01] 巡夜的官人交接班

---

[01] 近卫府：护卫天皇、警备皇居内侧的部门，分左右两部。

唱名时，已经到了凌晨丑时时分。为避免引人注目，皇上进入寝室，却怎么也难以成眠。翌日早晨，即使醒来，依然念念不忘更衣在世时也是"不知天色已亮"接着还睡的情景，只顾回头伤感往事，对一切都打不起精神来，从而也懒得处理朝政。皇上不思进食，简便的早餐也只是稍微着箸而已，正式的御膳早已很长时间没有品尝了，因此，所有伺候皇上用膳者，看见皇上悲伤的样子，都唉声叹息，不仅是他们，连皇上近身侍臣们不论男女，无不叹息说："真是不好办啊！"他们还私下议论说："莫非这是皇上与桐壶更衣的海誓山盟应验了？桐壶更衣在世时，皇上不顾众人的非难和嫉妒，只要是有关更衣的事，他的处理都一味钟情，失去了理性。如今更衣已故，他又如此这般朝思暮想，无心处理朝政，这样下去可怎么得了啊！"他们甚至还引出外国帝王的例子，彼此低声私议，唉声叹气。

此后，过了一些日子，小皇子回宫中来了。小皇子逐渐长大成人，越发清秀俊美了，美得简直不像是人世间的凡人。皇上龙颜大悦，觉得小皇子长得真是超群出众。翌年春天，到了须立皇太子的时候，皇上很想超越大皇子，而立小皇子为太子，可是又担心，小皇子没有坚强的外戚做后盾，再说无充分理由立幼子不立长子，这样的事，势必招来世间人们的不认可，反而会对小皇子的未来不利。于是，不露声色地打消了这个念头。世间的人们也纷纷议论说："尽管皇上那么宠爱小皇子，但是办事终归是有分寸的。"大皇子的母亲弘徽殿女御因此也就安心了。

话说小皇子的外祖母老夫人，自女儿去世后，伤心欲绝，无法自慰，她总是祈求神灵，能否引领她去寻访已故女儿的去处，也许是祈求应验吧，她终于作古了，皇上为此又感到无限悲伤。此时小皇子已六岁，通达人情，恋恋不舍外祖母，他苦苦哀泣，外祖母与此外孙长年累月厮守在一起，也舍不得与他诀别，万分悲戚，直至弥留之际还反复为此悲叹不已。

老夫人仙逝后，小皇子从此就长住在宫中了。

小皇子七岁那年开始上学，聪颖非凡，无与伦比。皇上见他如此聪明绝伦，甚至为他的未来而担心。皇上说："如今任何人都不会怨恨他了吧，至少看在他丧母遗孤的分上，大家也应该疼爱他。"皇上起驾到弘徽殿等处时，都带着小皇子前去，还让他走进帘内。小皇子长相极其可爱，即使骁勇武士或仇敌，见到他的美貌英姿，也会情不自禁地露出笑容来。就连弘徽殿女御也不忍心冷淡地抛弃他。实际上，这位弘徽殿女御除了大皇子外，还生了两名公主，不过，她们长相的秀丽程度都无法与小皇子比拟。其他众多的女御和更衣，对这位小皇子也都不避忌。人们都觉得他小小年纪就显露出如此优美、高雅的气宇，诚然招人爱怜，但同时又总觉得他是个不能不谨慎相对的游玩对象。在学习诗文等冠冕堂皇的学问上，自不消说，就是业余的弹琴吹笛方面，也是得心应手，他弹奏出来的琴声笛音，响彻云霄，美妙动人。倘若要历数他的才能，简直数不胜数，甚至令人感到不像是真的。他就是这样一个才貌双全的人。

其时，高丽派使臣来访，皇上听闻来人中有一位高明的相面师，欲召他进宫，然而，宇多天皇有遗训：禁止外国人入宫。于是就极其秘密地派人带着小皇子到外宾接待馆鸿胪馆。并让小皇子装作是保护人朝臣右大弁[01]之子。相面师观察小皇子的容貌，深感震惊，不时歪着脑袋觉得不可思议。他说道："按这位公子的相貌看，公子有一国之主、可登帝王至尊地位之相。不过，如若登上帝王之位，也许国家会产生不祥的纷争，公子自身怕也会有患难之忧。如若屈居为朝廷之柱石，辅佐天下之政纲，又不符合其福相。"这位右大弁也是个颇有才学的精明博士，与相面师彼此交谈，饶有兴味。两人吟诗作文，互相赠答。相面师值此近一二日内即将

---

[01] 右大弁：官名。弁官直属太政官（行政中心），分左弁官右弁官，左右弁官又有大弁、中弁、小弁之职；左弁官掌管中务、式部、治部、民部四省，右弁官掌管兵部、刑部、大藏、宫内四省，接受文书。

辞别归国之际，能见到如此稀世罕见相貌非凡的人，不胜欣喜，可是一想到分别在即，内心反而因惜别而感到悲伤，于是他巧妙地将此种心情，咏诗赠予小皇子，小皇子也作了颇具情趣的歌回赠于他。相面师读了歌，无比赞赏，于是献上极其珍贵的礼物。朝廷也赐给相面师许多礼品。

这件事，皇上方面虽然试图办得滴水不漏，可是世间自然地有所传闻，皇太子的外祖父右大臣等人，不免感到不安，顿起疑心：这究竟是怎么回事，皇上是不是要改变主意？

皇上内心早有深谋远虑，他曾请日本的相面师给小皇子相过面，皇上早已胸有成竹，因此，迄今就没有封小皇子为亲王。皇上觉得那个高丽人相面师的确了不起，他的说法与自己的判断完全吻合。皇上暗自决意："不让小皇子做一个没有外戚做后盾的无品亲王[01]，以免他前途多难。再说，朕自身能在位多久也难以预料，倒不如让小皇子做个臣子，教他如何辅佐朝廷，将来会更稳妥有希望。"于是，皇上就让小皇子学习有关这方面的各路学问。小皇子聪明过人，出类拔萃，让他屈居臣子的确非常可惜，然而，如果封他为亲王，从眼下的形势看，势必招来世人的猜疑和妒忌。皇上的这番用心，与奉圣旨入宫的精通占卜者所言互相吻合，于是，皇上就决定将小皇子降为臣籍，赐姓源氏。

岁月流逝，皇上对已故桐壶更衣却依然念念不忘。有时找来一些闻名遐迩的美人，为的是想试试看能否安慰一下自己，竟没有一个称心的。皇上觉得："要在世间找一个像已故更衣那样的人，谈何容易啊！"从此，再也不想接近任何女人。

却说有个侍奉皇上身边的典侍，告诉皇上说，先皇的第四公主容貌格外标致，品格高雅，人人称美，她得到她母后的无比珍惜和宠爱。这个典侍曾侍奉过先皇，与那位母后也很亲近，经常出入她的殿宇，都很熟悉，

---

[01] "品"指亲王的品位，无品亲王是指亲王而无品位者。

她是看着四公主长大的，现在偶尔也能隐约窥见四公主的姿容，她向皇上奏道："妾身入宫侍奉主上，已经历过三代人，却从未曾见有哪一位容貌长得像已故桐壶更衣娘娘的，但是，惟有后宫的四公主，随着她长大成人，越发酷似桐壶更衣娘娘。简直是一位稀世的天姿国色啊！"皇上听罢，心想："果真有如此酷似的人吗？"皇上对这位四公主动了心，遂命备办厚礼送去，并恳请四公主入宫。

四公主的母后暗自思忖："啊！多么可怕呀！皇太子的母亲弘徽殿女御是一个多么心狠手辣的人，桐壶更衣显然是被她肆无忌惮地活活折磨死的。仅看此先例，不由得产生不吉利之感，令人毛骨悚然……"母后自然望而却步，送女儿入宫一事，她无法下定决心，就在这踌躇不前的过程中，母后不幸病逝，剩下四公主孤苦伶仃。皇上再次诚恳地传下话说："让她入宫，朕会把她当作自己的子女一样地照顾的。"四公主的侍女们、负责监护的人们以及她的兄长兵部卿亲王都在考虑："与其在如此孤寂的境遇中担惊受怕，不如让她入宫生活，心情上也会得到安慰吧。"于是，就送她入宫。皇上让她住在藤壶院，封她为藤壶女御。皇上召见藤壶女御，只见她的相貌、神采，果然奇异地酷似已故桐壶更衣。可能是由于这位藤壶女御身份高贵的缘故吧，加上她人缘又好，其他的女御和更衣们对她也无可诋毁，她办任何事都能心想事成，没有什么不如意的。已故桐壶更衣出身低微，受人蔑视，皇上却格外宠爱她。自藤壶女御入宫后，皇上往时对桐壶更衣的那份宠爱，虽然依旧不减当年，但是，不知不觉间，这份宠爱逐渐移转倾注在藤壶女御的身上，皇上本人也觉得无上欣慰，这也是人之常情吧。

且说源氏公子，他总是围绕在父皇身边，寸步不离，况且皇上频繁地带他去女御和更衣们的住处，这些妃嫔对源氏公子都见惯而习以为常，不加避忌，源氏公子自然都看见她们了。她们大概都自以为姿色绝不亚于他人吧。实际上，她们确实婀娜多姿，楚楚动人，但是大都显得老成持重，惟有这藤壶女御既年轻又美丽可爱，她却非常腼腆，总是不好意思地藏身，不让他人见到她，不过源氏公子自然有机会窥见她的姿容。源氏公子对亲爱母亲桐壶更衣的面影没有留下任何记忆。他听典侍说，这位藤壶女御的姿容，非常像自己的生母，他的童心很自然地涌起一股亲切之情，所以经常亲近这位继母。藤壶女御与源氏公子一样，受到皇上格外的宠爱。皇上总是对藤壶女御说："请你不要冷淡对待这个孩子。不知怎的，朕总觉得你的心地很像这个孩子的母亲桐壶更衣，他亲近你，请你不要怪罪他无礼，给他以温暖的呵护吧。桐壶更衣的长相、眼神等都非常像你，自然，这个孩子也非常像你，你把他看作和你是母子关系，似乎也没什么不合适的。"父皇的这番话，源氏公子的这颗童心多少也能领略，每当春季百花盛开，秋季红叶尽染之时，一有机会他都要来亲近藤壶女御，以表对她的无比恋慕之情。这样一来，又惹起弘徽殿女御对源氏公子的旧恨，弘徽殿女御本来就与藤壶女御关系不和，新仇加上旧恨，她对源氏公子就更不待见了。皇上则觉得源氏公子是世间无与伦比的美男子，即使同声名卓著的藤壶女御相比，也旗鼓相当，源氏公子之风雅潇洒更显得光彩照人，因此，世间的人们爱称源氏公子为"光君"，而艳丽多姿的藤壶女御与源氏公子都一样受到皇上的宠爱，世间的人们称她为"耀日妃"。

源氏公子的童装打扮，分外美妙可爱，如今要改换装束，着实可惜，不过，到了十二岁，按惯例就得举行元服仪式[01]。为了举办此番仪式，皇上煞费苦心，细加关照，亲自指点，在有限度的常规惯例之外，再加上特殊的安排，场面办得盛大。前几年，皇太子的元服仪式是在南殿[02]举行

---

[01] 元服仪式：古时男童十一岁至十六岁时，举行更换装束、改变发型、戴冠仪式，以示转变为成年人。
[02] 南殿：即紫宸殿，是皇宫中的正殿。

的，此次源氏公子的元服仪式，力求不亚于它，要办得庄严而隆重。一处处的飨宴等事务，本是由内藏寮和谷仓院[01]，作为一般的公事来办理，皇上惟恐他们有所疏漏，故特别颁令，务必办得尽善尽美。在皇上常居的御所清凉殿东厢之室内，朝东方向安置了皇上的御座，其御前安设了戴冠者源氏公子和加冠大臣的座位。申时，源氏公子上殿。他那左右耳边结成圆形发髻的儿童发型衬托下的容貌，艳美可爱，此刻要把那美发剪掉更换成成人的发型，实在可惜。大藏卿执行剪发重任，当他要剪削这实在招人爱的美发时，显得十分心痛下不了剪子，皇上看在眼里，不禁想起已故桐壶更衣，不知她看到此番情景，会作何感想呢？一想到桐壶更衣，皇上就忍不住悲从中来，但他强把热泪忍了下去。

源氏公子在元服仪式结束后，退出至休息所，更换成人的装束，然后走下台阶到清凉殿的庭院里，为拜谢皇恩而起舞。众人见到此番情景，无不感动得落泪，更何况皇上触景生情，难以抑制住内心的哀伤。近日有时虽得以短暂忘怀，但此刻想起桐壶更衣在世时的情景，更加怀念，哀思犹如潮涌。皇上担心源氏公子这样一个稚气可爱的孩子，更换成人装束之后，会不会变得比此前逊色了呢？实际上，源氏公子举行元服仪式之后，变得更加潇洒俊美了。

负责加冠的大臣就是左大臣，其夫人乃皇家女，他们育有一女葵姬，关爱备至。皇太子爱慕此女，想迎娶她，事情之所以未能顺畅办成，乃因左大臣早已有意将爱女许配源氏公子，并已将此意启奏皇上，探询皇上的心意。皇上寻思："既然如此，此儿举行元服仪式后，原本就缺少外戚后盾，就让此女来侍寝[02]吧。"皇上催办此事，左大臣也盼及早操办。

---

[01] 谷仓院：保管京畿诸国的纳贡品和无主官田，没收官田等收获物的官库。
[02] 侍寝：即皇太子或皇子举行元服仪式之夜，由公卿之女侍寝，行婚礼。

源氏公子退到休息所来，不久，人们纷纷享受飨宴的美酒菜肴时，源氏公子也在亲王们入席就座的末席上落座。左大臣悄悄地将女儿葵姬的事，隐约地告诉了他，然而源氏公子适值害羞腼腆的年龄，还不知如何寒暄应对才好。

皇上派遣内侍前来宣召左大臣御前觐见，左大臣来到御前，皇上为犒劳左大臣办理元服仪式之辛苦，赏赐给他许多礼品，由侍奉御前左近的命妇递交给左大臣。计有按惯例赏赐的白大褂一件、衣衫一套。还特赐酒一杯，此时，皇上吟歌曰：

少年成人功成业，

姻缘同心可曾结。

歌中饱含皇上的心思，左大臣心领神会，奉答歌曰：

姻缘情丝紧相结，

紫色长存诚盼切。

左大臣从长廊的台阶上走到庭院里，起舞谢恩。皇上又赏赐左大臣左马寮[01]的御马一匹、藏人所[02]的鹰一只。众位亲王和公卿并列于阶前，均按各自的身份赐予犒赏。这一天，戴冠者呈献到御前来的食品，有装在盒子里的点心、肴馔，还有装在篮子里的点心等等，这些食品都由宫廷助理者右大弁承命调制。此外赐给众人的小豆糯米饭团和赐给诸官员

---

[01] 官中设左、右马寮官厅，掌管诸侯进贡的官马之调教、饲养，提供御用乘具，谷草之配给等事务。
[02] 藏人所：平安初期设置的官厅，掌管近侍天皇、传宣、进奏、仪式以及其他官中的大小杂事等。

的装在唐式古色古香的箱子里的礼品，琳琅满目，庭前几乎摆不下，比皇太子举行元服仪式时陈列的物件要丰富得多。仪式场面也无比庄严隆重。

当天晚上，源氏公子即前往左大臣宅邸圆房[01]。婚礼仪式办得异常盛大而又隆重，乃举世鲜见。左大臣端详这女婿年轻英俊，非常可爱。葵姬比新郎年龄略大，由于夫婿特别年轻，她自己觉得不般配，有点不好意思。这位左大臣得到皇上的器重，加上夫人又是皇上的胞妹，不论从哪个角度看，其身份都是辉煌显赫的，如今又如此这般招源氏公子为婿，因此，作为皇太子外祖父的右大臣，虽然将来有可能独揽朝纲，然而，与左大臣相比，如今其气势就不值一提了，于是右大臣不免有些气馁。

却说，左大臣妻妾不少，子女众多。原配夫人所生的还有一位公子，现在是藏人少将，才貌出众，就是与左大臣不和的右大臣，也相中这位藏人少将，并把自己疼爱的四女儿许配给他。于是，右大臣爱惜藏人少将，不亚于左大臣的钟爱源氏公子，但愿这两家能保持亲家的和睦关系。

源氏公子总是被皇上召见，陪伴在皇上身边，因此不可能松快地在左大臣宅邸与妻子经常住在一起。实际上，源氏公子心中早已感到惟有藤壶女御的容貌才是世间无与伦比的美丽，他暗自思忖："那样的美人才是我所想要同她结婚的人，她美得简直无人可以比拟。"左大臣的千金葵姬虽然也真是可爱，备受她父母的珍视，但不知怎的，源氏公子总觉得和她性情合不来，这个少年人一心一意只顾深深地恋慕着继母藤壶女御，这种暗恋折磨得他内心痛苦不堪。自从举行过标志成人的元服仪式后，皇上也不像此前那样当他是儿童而让他进入帘内。源氏公子只能借助每次举办管弦乐会游乐的机会，和着琴声笛音传达恋慕的心声，或者隐约听见从帘内传来藤壶女御的声音，聊以得到某些抚慰。他只想在宫中生活，于是，源氏

---

[01] 当时习俗，除天皇、皇太子外，男子结婚一般都到女家过夜。

公子便五六天住在宫中，侍奉于御前，回左大臣宅邸则住上两三天，如此断断续续地往返于两处。左大臣方面照顾到他年少，没有怪罪于他，还是真心诚意地对待他。左大臣不论为女婿，还是为女儿葵姬，都精心挑选非同一般的美人女官在他们身边侍候。还不时举办源氏公子喜欢的一些游乐活动，尽可能地体贴入微，周到地照顾他，力图取悦于他。

宫中安排，把以前桐壶更衣居住的淑景舍，作为源氏公子的居所，当年侍奉源氏公子生母桐壶更衣的女官们都原封不动地保留了下来，现在就让她们全来侍候源氏公子。皇上还宣旨，命修理职[01]和内匠寮[02]将已故桐壶更衣娘家的宅邸改建成无比美观的建筑。把原先庭院里种植的树丛、假山的布局等，改造得更有情趣，并且开始动工挖掘原有的池子，以便拓宽池面，大兴土木，把这里改建成一座华丽的宅邸。源氏公子心想："在这样一座宅邸里，如若能同自己倾心恋慕的伊人生活在一起，该有多好啊！"他陷入沉思，叹息不已。世间传闻，"光君"这个名字，是高丽那位相面师为盛赞源氏公子的俊美而给起的名字。

---

[01] 修理职：平安朝以后的官厅，主要掌管宫中殿舍的修理和营造等事务。
[02] 内匠寮：指挥所属工匠修理宫中器物、装饰殿舍的部门，也负责典礼时御座的装饰。

第二回

だいにかい

帚木

光源氏，仅仅这个名称，世人评论就够耸人听闻的，实际上，源氏公子身上存在的遭受世人非议的瑕疵很多，尤其是那些风流韵事，他自己也深怕会流传至后世，落得一个轻浮人的名声。不料，连自己十分小心谨慎，力图不引人注目的秘密行事，都被人公开流传，众口纷纭，真是人言可畏啊！尽管如此，总的说来，源氏公子还是非常顾及体面的，他为人处世十分谨慎，行事也很小心，并没有人们所传闻的那么多拈花惹草的艳事。想必那位风流潇洒、声名卓著的交野少将[01]也会笑他不够风雅吧。

源氏公子还在任近卫中将[02]时，只顾住在宫中，侍候皇上，偶尔才回到左大臣宅邸妻子葵姬家。左大臣家人不免怀疑：源氏公子会不会是被宫中某位美人惹得"激越恋心如潮骚"[03]了呢？实际上，源氏公子的性格并不是那么喜欢轻浮无度，如世间比比皆是的那种一时心血来潮，涌起好色念头的人，不过，他有个毛病：偶尔也会与其本性完全相反，做出使心灵蒙受重创、难以宽恕的举止来。

五月间梅雨连绵，天总不见放晴，宫中连续举行斋戒，闭居室内以避邪，源氏公子便长住宫中。左大臣家盼待日久，却不见源氏到来，不免有所埋怨，但还是备办了诸如服饰用品、珍稀物件送进宫中供源氏公子使用，真是照顾周到。左大臣家诸公子就专程到源氏公子的宫中住处淑景舍来陪同共事。诸公子中，左大臣的原配夫人所生的那位藏人少将，现在晋升为头中将，他与源氏公子格外亲近，游玩戏耍等，比其他人都更加不分彼此，举止非常亲密。这位头中将是右大臣的女婿，虽然受到右大臣的珍惜，周到地对待，可是他和源氏公子不太愿意回左大臣家一样，也一向不

---

[01] 交野少将：当时流行的物语小说中主人公的名字，此人是有名的好色者。此书已失传。
[02] 近卫中将：守卫皇宫内的近卫府的次官。
[03] 此句出自《伊势物语》第1段中的古歌"春日野遇紫花草，激越恋心如潮骚"。

太愿意回右大臣的四女儿——妻子家。他到处拈花惹草，是个轻浮的好色者。他不把妻子的家当回事，却把本家的自己的房间，布置得富丽堂皇。源氏公子出入他家时，他总是陪同一起进进出出，昼夜如此，不论研习学问或抚弄管弦乐器，两人都在一起操作，形影不离，因此自然无所拘束，甚至心中所想之事，也不加隐瞒地坦白了出来，彼此相处得十分和睦。

一天，阴雨绵绵，下个不停。雨夜愈发寂静，殿上几乎无人侍候，淑景舍比平时更加清静。头中将把灯台移近，浏览群书，顺手从身边的书橱里取出一束用各种纸张书写的文书，非常优雅地正想信手翻阅，看看上面都写些什么时，源氏公子不许他全看，说："让我挑些无碍的给你看吧，因为里面有些是不堪入目的。"头中将听他这么一说，满心不高兴地说："不，我就是想看坦率的、让人看了觉得不合适的东西，至于一般常见的情书，像我这样无足轻重的人，也相应地授受了不少。我要看的是妇女们一封封怨恨男子薄情的艳文丽句，或者密约男子幽会黄昏之类的情书，这才有看头。"源氏公子无可奈何，只好让他看了。实际上，源氏公子觉得最重要的、必须秘藏起来的情书，怎么会随便放在这种随手可取的书橱里呢，早就深藏在秘密的地方了。放在这里的，大致上都是一些次要的，即使让人看了都无关紧要的轻松愉快的书信吧。头中将从一头依次翻阅，说："真有不少各式各样的书信啊！"他边看边寻思，此文是某人写的，有的猜中了，有的却把全然不着边际的事，安在可能的某人身上加以猜测怀疑，源氏公子心中觉得挺可笑的，不过他没有作过多的应答，只是设法说东道西地搪塞一番，敷衍了事。并且说："你那里才是藏着许多书信吧，能否也让我拜读？你如果让我看，我就乐意把这橱柜全打开。"头中将说："我那里恐怕没有什么值得你一看的书信。"

过后，他又断续发表感想说："最近我才逐渐明白，世间的女子，完美无缺、无懈可击的实在难得一见啊！从表面上看似乎聪明机敏，书信文字也写得十分流畅，还善于交际应答，这么能干的人，似乎很多，可是真到要从中挑选出文采出类拔萃者，符合条件者恐怕少之又少。还有为数不少的女子只顾沾沾自喜地炫耀自己之所长，而贬低他人，旁人看来实在很不体面。有的女子，受到父母的珍惜、宠爱，在深闺中长大。外边传闻说此女子颇有才能，有的男子为此而动心。有的女子容貌长得很可爱，性情文静，年轻水灵，无忧无虑，闲来无事，一半是为了求得自我愉悦，而去模仿人家热心学习操琴和习作和歌等游艺，自然也练就了一门技艺。这样一来，为媒妁者只顾吹嘘该女子之所长，而避谈她的不擅长。听者不免要怀疑'不，恐怕不一定是这样吧'，可是没有什么证据。光凭推测，怎么能贬低人家呢，于是信以为真，待到相遇，在接触的过程中，大体上就会露出马脚，相形见绌了。"他说着叹了一口气，俨然一副精通此道的样子。

　　源氏公子并不完全赞同头中将的话，但内中大概也有符合他自己的观点的地方吧，只见他微笑着说："不过，真有一点才艺都没有的人吗？"头中将说："不，毫无可取之处的女子，谁还会上当去靠近她呢，根本就不会去接近的。简直毫无可取之处的、不起眼的女子，同一眼就觉得她非常优秀的女子，这两者为数大致上都很少吧。出身高贵、有许多仆人侍候的女子，她本人的许多缺点都被巧妙地掩饰了起来，其模样看上去自然会觉得无比漂亮。中户人家的女子，因人而异，性格分别不同，各具特色，人人都能看得见，大都可以从各个角度评判其优劣。最下层人家的女子，也没有什么格外引人注目的地方。"他津津乐道，仿佛无所不知的样子，源氏公子也觉得蛮有意思，说："你的所谓门第品位，上中下是拿什么尺度来衡量的呢？比如某女本来出身于高贵人家，但是现在自己时运不济，地位低下，受人冷落。还有，本来出身于很一般的人家，后来其亲人暴发晋升为公卿，她就惟我独尊，得意忘形，大肆装饰室内，以求不亚于他人。对这两类女子又如何加以判定她们是属于上中下的哪个等级呢？"

这时，左马头[01]和藤式部丞两人走了进来，他们也来参加斋戒值宿。左马头是个好色者，见多识广，巧言善辩。头中将觉得他们来得正好，于是让他们也来争论就形形色色的女子，如何品评、判定其上中下等级的问题，争论过程中许多言语不堪入耳。

左马头高谈阔论说："本人再怎么发迹，其家系血统本来就非高贵的人，不管怎么说，世人对他们的看法同对血统高贵者的看法还是不一样的。另外，即使昔日门第高贵者，但如今经济拮据，时势变了，世间的威望也衰颓了，即使本人气派、心气还很高，可是生活不充裕，不尽如人意的事，层出不穷。这两者由于各自分别有其长和短，因此只能列入中级品位吧。还有身居地方长官位置的国守，掌管并经营地方的行政事务，这种人的身份基本上业已确定，他们当中又多少分些等级，居于中层品位的条件不错的女子，似乎是可以挑选出来，这符合当今的风尚要求。此外还有一些候补参议四位官爵者，他们比那些不上不下又无实力的公卿情况要好些，他们在社会上的人缘不错，出身门第也不赖，这种人过着安乐舒适的生活，性格爽朗，心情舒畅。这种人家庭经济富裕，可以随心挥霍，无须精打细算，对女儿的衣装打扮，更是备加用心，无微不至，力求将她打造成无懈可击的美人。这样的女子很多，这种女子一旦进宫，侥幸获得恩宠，则可享受莫大的荣华富贵，这种例子也不少。"源氏公子笑道："按你说，一切都以贫富为衡量标准了。"头中将也跟着非难说："这话不像是你说的。"左马头接着又说："有的人家，本来家境不错，名望也很

---

[01] 左马头：左马寮的长官。

027

好，两方面都无可挑剔，却不知怎的，在这样的环境中养育出来的女子，竟因父母对她日常举止言行的教养不佳，长相也丑陋，简直不足挂齿，人们肯定会遗憾地想：'怎么在这样的环境中竟会培养出如此低下的女儿来呢！'还有，有的人家上述两方面的条件都很好，养育出来的千金也很优秀，人们就会觉得这是理所当然的。没什么可稀奇的，也不觉得有什么可惊讶的。这些门第高贵的千金小姐，对于像我这样的一些人来说，是可望而不可即的，因此姑且搁置一边不去说她。且说世间还有这样一种女子，却不为世人所知晓——在极其寂寞荒芜葎草丛生的家宅中，却出人意外地深藏着非常可爱的女子，这才令人感到无比珍奇呢，觉着如此亮丽的美人，怎么竟埋没在这里，实在令人感到不可思议，从而牵动人心，难以忘却。还有一种情况：家中老父年迈，体态过于肥胖不雅，兄长其貌不扬，由此揣测，这户人家的闺女，必定不足挂齿，谁知深闺中竟有不俗娇女，其举止得体，也颇有风韵，虽说是略有才艺，却是出人意外，而惹人感兴趣。这种女子虽然比不上优秀无瑕疵的佳人，但是在那样的环境里，竟有这样的人，也叫人怜惜，难以舍弃啊！"他说着望了望藤式部丞，藤式部丞有几个妹妹，声望颇佳，他疑心："左马头莫非是在谈论我妹妹？"于是缄口不语。

源氏公子暗自想道："如今，在气质上乘的女子中，称心如意的佳人，在这人世间也是挺难觅的呀！"源氏公子身穿一套柔软的衣裳，外面只随便地罩上一件贵族便服，带子也没有系上，他倚靠在凭肘几上，在灯火辉映下，那姿影更觉美不胜收，恍若一位绝色天仙。要为如此美貌的贵公子择偶，即使从上流阶层中挑选出上乘的佳人，恐怕都难能与他般配。

四人继续议论天下种种女子。左马头说："作为普通女子看待，似乎无可非议，然而要选择自己的终身伴侣，在众多佳人里，也不易挑中一个呀。

"就男子汉而言，奉职于朝廷，即使在估计能成为天下柱石，肩负起重任的人物堆里，真到要从中遴选出真正有才干，能肩负起重任者，恐怕也相当困难吧。再说，这种人物再怎么贤明，也不可能由他们一两个人统管天下的政治，因此身居上级者，需要得到其下级的协助，身居下级者需要服从上级，彼此通融协调，互相配合，才能办好多方面的事务。就以居所狭窄人家的一名主妇来说，从资格的角度来考虑，有各种必不可缺的重要条件，然而就一般女子的实情来讲，有这方面的长处难免又有那方面的短处，这点好那点又差，难能找到十全十美的。可是愿意勉强接纳这种美中不足者的人又很少，像我这类人，虽然决不是要仿效好色之徒，玩弄女性，试图搜罗众多女子来进行对比，而只是真心实意地想寻找到称心如意，能托付终身的妻子，务求办同样的事，不需要丈夫费大力气指点，也没有招来需要丈夫加以矫正的麻烦，符合自己理想的女子，有没有呢？妻子的人选，着实相当难定夺啊！

　　"还有些人，虽然对其对象未必称心如意，但是他认定只要有缘分，就会一见钟情，难以割舍。看来他似乎是有诚意的，他觉得被爱的女方温文尔雅，在某些方面也是有可取之处吧。不过，综观人世间的种种世态，也没有见着十分理想的、像样的姻缘啊！更何况像你们那样的贵人，遴选条件无比之高，不知挑选什么样的淑女才合格呢？

　　"有些女子，长相蛮漂亮，又值青春妙龄，纯洁得一尘不染，洁身自好，写信的措辞稳重大方，笔迹清秀含蓄，弄得收信的男方神魂颠倒，把握不住女方的意向如何，于是，再度致函，但求看到明确的回音，等得焦急，好不容易获得相会，也只能隔着帘子，隐约听闻她的声音，仅只传来三言两语而已。这样的女子，非常善于掩饰自己的缺点，然而在男方看来，觉得她真是个十足温柔的女性，终于一往情深，倾心追求。却不知她是个卖弄风骚的女子。这是择偶遇到的第一道难关啊！

"在作为主妇必须承担的种种重要天职中，最重要的是把丈夫侍候得妥帖，从这个角度来看，她不需要过多地懂得感人的幽深情趣[01]，或在某种情景中心潮激荡而咏歌，擅长于风流之道，她没有这方面的本事，似乎也很好。不过，话又说回来，如果此主妇一味忠诚老实，家务忙得只顾将额头边的垂发撩到耳后，不讲求仪容的整洁，成天只想到照顾家中大小的杂事，却没有体察到丈夫的心情如何，则又作何感想呢？丈夫朝夕出入家门，无论是公务还是私事，人们的举止状态，或是善事或是恶事，所见所闻，又怎能向不善解人意的人倾诉啊！他还是希望自己最亲近的妻子能理解自己的倾诉，体察自己的心情，彼此亲密交谈，时而浮现笑容，时而热泪盈眶，甚或有时莫名地为他人的事而愤慨，他心中充满了欲向知心人倾吐的话语，可是面对这样一位不善解人意的妻子，即使说出来了又有什么用呢。一想到此，终于背向着妻子，悄悄地自作回忆，时而独自发笑，时而可怜巴巴地自言自语，独自嗟叹。妻子无法体察丈夫的心情，在这种时候就会问道：'你这是怎么啦？'而后呆头呆脑地凝眸仰望着丈夫的脸，这种情状的夫妇，简直太令人遗憾了。

　　"此外还有这样一种女子，她简直就像个孩子，人品却非常老实、温

----

[01] 原文作"物哀"（MONOAWALE或MONONOAWALE）。紫式部在《源氏物语》中，将古代审美理念"哀"（AWALE）发展为"物哀"，而在"哀"之上冠以"物"这个颇具广泛性的限定词的意义是，使感动的对象更为明确。"物"可以是人，可以是自然物，也可以是社会世相和人情世故，从而深化了主体感情，内容更为丰富和充实，含赞赏、亲爱、共鸣、同情、情趣、壮美、可怜、悲伤等广泛涵义。与《源氏物语》整个题旨联系起来看，"物哀"的思想结构是重层的，可以分为三个层次：第一个层次是对人的感动，以男女恋情的哀感最为突出；第二个层次是对世相的感动，贯穿在对人情世态，包括对"天下大事"的咏叹上；第三个层次是对自然物的感动，尤其是季节带来的无常感，即对自然美的动心。据日本学者上村菊子、及川夭富子、大川芳枝的统计，《源氏物语》一书出现的AWALE多达1044次，出现MONOAWALE13次。"物哀"作为日本特有的美学名词，一般将日语汉字直译过来，译者对《源氏物语》文本的"物哀"则根据对不同层次涵义的解读，用不同的汉字意译出来。

顺，不过人们相信经过丈夫耐心地多方调教，总会把她调教好的，即使看上去似乎还有几分靠不住，但总有信心把她矫正过来，这样的女子，即便未必全靠得住，但是相信对她调教总会有成效的吧。果然，当丈夫和她彼此面对时，觉得她的样子蛮可爱的，因此也就完全宽容她的缺点，然而当丈夫远离她时，尽管临行前多方开导她诸多要事，诸如在什么场合下必须如何应对之事，或娱乐无聊之事，或正经实用之要事，但是她自己没有主见，也没有周全妥当的思虑，着实十分遗憾，这种靠不住的缺点，实在令人头疼。相反，平素看似脾气有点倔强，态度生硬不合群的女子，真到某种关键时刻，竟能出人意外地运用出高明的处世手腕来。"左马头高谈阔论，似乎精通各式各样的女子状况，可是究竟哪种女子最好，自己终于也无定见，不觉慨叹不已。

左马头接着又说："如今，再也不要去想门第如何，容貌姿色等更不应成为问题，只要脾气不过分乖僻，人品忠厚老实，举止端庄娴雅，就可以托付生涯，选作终身伴侣，娶为正妻。如果能够再加上有才干又有情趣，那就是锦上添花喜上加喜。如若还存在一些不足之处，也不要动不动就强制要求人家给弥补上，只要妻子安分守己，没有什么放心不下之处，就足够了。至于表面上的娇媚风雅，日后自然都会逐渐具备的。

"世间还有这样一种女子，相貌艳丽，生性腼腆，纵然遭遇来自男子方面的怨恨之事，也佯装不知而暗自忍受，虽然表面上装作若无其事的样子，但是，及至悲愤填膺忍无可忍的时候，就留下无限凄凉的遗言，吟咏哀伤断肠的和歌留了下来，或留下成为纪念的遗物，而后逃往深山老林，或远离人寰的偏僻海边，销声匿迹地隐遁了起来。曾记得我童年时代，听说过侍女们阅读物语小说中的故事，觉得非常可怜，极其悲伤，多么深沉地打动人心啊！甚至使我感动得流下了眼泪，但是，如今回想起来，这女子的举止，未免过于轻率，仿佛是故意这么做的。就算是眼前遇上伤心欲绝的事，也不该撇下深深爱着自己的男人，不体谅对方的真心实意而逃遁远离，令男方困惑，不知如何是好。女的试图借此试探男方的心，殊不知在这过程中，酿成了终生无法挽回的恨事，诸如此类之事，实在是太没意思了。她听见人们极力赞扬她说：'此人心气好高啊！'她自己感伤得心潮澎湃，不久就削发为尼了。她当初脑海里泛起出家念头时，诚然心境清澄，对尘世毫无迷恋之意。可是，后来相知者来访，对她说：'啊！真可悲，你终于竟下定如此的决心呀！'另外，她丈夫也并非全然厌恶她而抛弃她，听说她出家了，不免流下眼泪，使女、老侍女们也都说：'老爷是那么真心疼爱您，可惜啊您竟出家为尼。'她情不自禁地摩挲着削短了的额发[01]，内心泛起一阵悲伤、胆怯，挂着一副凄凉的面孔，虽然极力强忍，但是一旦隐忍不住而洒下一次眼泪，此后每每遇上什么事时，就无法忍受，越发后悔出家之事。如此一来，佛祖亦会觉得她尘缘未了，心存污秽吧。她自己也会感到与其做这种不彻底的出家人，也许反而更容易误入邪恶之道，还不如身染尘世之龌龊时代更好些呢。

"还有些女子，所幸前世宿缘深，夫妇之缘未绝，在未削发为尼之前，被丈夫寻找到，带着她一起回家来，可是一经发生此种出家之事，日后每每回忆起来，就觉难以为情，难免成为无限之恨事。不管是好也罢是坏也罢，既然已结为夫妻，无论在任何情况下，发生了什么事，都应该彼此体谅，互相宽容，这才是缘分深，爱情浓啊！不过，一旦发生过出家之类的事，不论是出在男方，还是出在女方，彼此都会感到内疚，心存隔阂了。

"另外有些女子，怨恨丈夫草率地移情别恋其他女子，于是沉下脸来离开了他，这样做也未免过于愚蠢啊！即使丈夫有移情别恋之举，但若念在初遇当时的恩爱，眷恋此种缘分，这份心有可能促成言归旧好而维系夫妻关系；如若憎恨丈夫，爱心动摇，就难免会形成断绝夫妻缘分的因素。

---

[01] 当时的尼姑并不将头发削光，只是削去发梢。

归根结底，无论遇上任何事，女方都要沉着应对，即使丈夫有草率的移情别恋令人怨恨之事，妻子也应隐约流露出：我知道此事。有令人恼恨之事发生，妻子也只在言语中隐约暗示而不伤夫妻感情，这样做就会增加丈夫对妻子的怜爱。一般说，丈夫的负心都是靠妻子的处理态度来治愈的。然而妻子过分宽容，对丈夫放任不管，虽然表面上似乎完全信赖丈夫，显得很可爱，但是这样做自然有可能是处理欠妥之举，丈夫就会宛如'不系之舟'。有过这样的例子，那才真正是失策的考虑哩，你说是不是？"

头中将点点头说："眼下就有这样的事，妻子自以为自己心地善良又可爱，自己倾心爱慕的丈夫，如若有不可信赖的轻浮行为之嫌疑，这难道不是一个事件吗？虽然她自己内心大概也在想：只要自己安分守己，不犯过错，对丈夫的负心采取宽容的态度，相信丈夫不久就会回心转意吧。但实际上，事态的发展并不如愿。总而言之，作为一个妻子，丈夫即使犯了难以宽恕的错误，自己也要忍气吞声，耐心等待着他的回心转意，除此似乎别无其他更好的法子。"他说着想到自己的妹妹葵姬，恰巧符合这样的评判，此时，只见源氏正在假寐，沉默不语，也许评判刺耳，听不进去，令他感到惴惴不安，心存内疚。

左马头成了评判女子优劣的博士，一个劲地高谈阔论，头中将想听他的议论直至最后，于是热心地应对他的评论。

左马头接着说："不妨把它同其他万般的技艺作个比较，例如木匠，凭着自己的匠心，造出各式各样的木制器具，但是如果临时要造一件供玩赏的器具，这器具本身没有规定的模型，在旁观者看来，这是一件别致的合乎风尚的东西，人们就会想，果然也能做成这种样式的，合乎现时潮流，一改旧时模样，能吸引人的、饶有情趣的器具。但是，要制作重要的贵重器具，真正样式漂亮的、供人们做装饰用的井然有序的日常用具，那就要按照一定的模型，做出无懈可击的东西，这就要请精通此道的真正名家来制作，他造出的作品别具一格，简直非同凡响。

"另外，又如宫廷的画院里，聚集着众多的高明画家，如若要从他们的画稿中筛选出杰作，将一幅幅画稿逐一进行比较，一时也难以断定孰优孰劣。不过，却有这样的情况，例如描画人类未曾见过的蓬莱山、波涛汹涌的大海中的狂怒怪鱼的形状、栖息在唐国的猛兽的造型、肉眼看不见的鬼脸等，凭着夸张的想象力，杜撰出非常可怕的动物，尽可以随心所欲，任凭想象力驰骋，越发夸张地绘画出令人惊叹的东西，实际上这些东西与实物相距甚远，甚至是实际上不存在的东西，世人观之，也无从厚非。可是，如若描绘世间处处可见的高山流水的姿影、眼前附近人家的家居模样，那就要表现出令人觉得肖似的样子，这当中再加上熟悉可亲的、幽雅和谐的景物，或是线条柔和的山峦形态、郁郁葱葱的树木、远离尘世的重峦叠嶂，近景画上篱笆内中有花草树木的庭院，配合得巧妙宜人。这种颇具匠心的画法，若在名家高手之笔下，势必显示出其笔锋之娴熟优秀，呈现出平庸画师望尘莫及之处。

"又比如在书法方面，有的书写者本无多少高深的素养，却处处着墨龙飞凤舞，一副难以形容的装腔作势的姿态，乍看似乎才气横溢，颇具风情，然而，真正修养高深者的精心书写，从表面上看，其笔法功力，似乎不那么显眼，但是若将这两者的作品并排端详，作个比较，还是具有实力的后者一方优胜。就连不足挂齿的技艺，尚且如此，更何况人心的鉴定呢，随着年龄的增长，我逐渐明白了逢场作戏、卖弄风骚是靠不住的。顺便想谈谈我以前的故事，虽说似乎有点像渔色之谈，不妨姑妄听之。"他说着把双腿席地的身子稍许往前蹭了蹭，此前假寐的源氏公子，这时也睁开眼，头中将非常佩服地以手托腮，面对着左马头洗耳恭听，这情景宛如在说教场，法师[01]行将登上讲坛，宣讲世间之道理，令人看来觉得有点

---

[01] 法师：传授佛法的人。僧人，和尚。

滑稽，不过，在这种氛围下，各人都忍不住将隐藏在内心中的男女恋慕的私语倾吐了出来。

于是，左马头接着说："很早以前，当我的地位还很低的时候，我有一个中意的女子。这个女子就像刚才所说的那样，长相并不特别标致。年轻人重色，我无意娶此女子为正妻，只是找个暂且栖身之处，一边与她交往，一边又觉不太满意，于是又四处找别的女子，这女子就妒火中烧。我心想：你要宽容些才好，总怀疑我，实在受不了。可是转念又想：她不嫌我身份卑微，还重视我，真是委屈她了。于是我自然检点自己，不再朝三暮四了。这个女子对我，可谓用心良苦，即使她天生不擅长的事，为了我，她也要想方设法奋力去做，她自己不太拿手的技艺，也绝不落人后地狠下功夫，努力学习，总之，她在各方面都无微不至地照顾我，尽心竭力不做违背我意愿的事，哪怕是一星半点。虽然我觉得她有好显摆自己的一面，不过她万般顺从我的心愿，对我越发温柔，她生怕我觉得她长相丑陋而讨厌她，于是精心装扮，又恐外人瞧见，于我不体面，所以深居简出有意回避他人眼目。如此天长日久，我也就逐渐看惯了，从而觉得她心肠不坏，只是妒忌心重这点，简直令我无法忍受。当时，我暗自思忖：此女子如此惟我所言是从，小心翼翼地生怕我厌弃她，我不妨故意惩艾她一下，吓唬吓唬她，以便让她稍许改掉她那好妒忌的毛病，或许连她那爱唠叨的习气也会改过来呢。我又琢磨：如若她真心跟随我，那么我表现出照现在这样和她生活下去，我实在受不了，因此我们分手吧。如果她有心依从我，肯定就会摒弃自己的陋习吧。因此，我故意装出一副薄情负心的样子，当她照例愤怒地燃烧起妒忌之火时，我就说：'你如此纠缠不休地妒火中烧，我们俩的因缘再怎么深厚，也都会了断的。如果你想就此断绝关系，那你就尽情去作那无凭无据的瞎怀疑好了。如若还想今后永做长相厮守的恩爱夫妻，那么即使我有让你吃不消之类的事发生，你也要忍耐，采取宽容的态度相处。只要你改掉你那可恶的嫉妒毛病，我就会非常真心地爱你，日后，我也会和常人一样升官晋爵，出人头地，到了那时，你也就成为我非同一般的夫人。'我自以为自己的这番说教很高明，得意忘形地滔滔不绝，不料此女子听后，微微一笑说：'你现在万事无成，寒碜度日，官位低下，我耐心地等待着你出人头地的那一天，我并不介意，也无心焦。然而要让我容忍你的薄情负心，耐心等待你不知猴年马月才回心转意的那一天，怀着渺茫无望的心情，痛苦地打发漫长的岁月，这是我无论如何也办不到的，因此现在正是我们应该分手的时刻了。'她满怀妒火说此番话时，我也火冒三丈地口出狠言，恶态百出，女方控制不住自己嫉妒的怒火，蓦地抓住了我的手，狠狠地咬伤了我的一个手指头，我就小题大做地大声威吓道：'你如此把我咬伤了，叫我如何去与世人交往，你毁了我升官晋爵的前途，我还有何颜面去见人，我除了遁入空门出家以外，别无他途了！那么我们今天就作最后的诀别吧。'我屈曲着被她咬伤的手指，走出她的家门，临行吟歌曰：

> '屈指历数相遇事，
> 嫉妒心重苦瑕疵。

你再也怨恨不着我了吧？'女子听罢，情不自禁地噙着眼泪答歌曰：

> 心中哀怨数不尽，
> 与君诀别斯时辰。

"两人虽然作此赠答歌，其实双方都不想就此诀别，只是暂时分开一段时间，我没有给她写信，四处游荡拈花惹草。

"一天，恰巧是彩排临时祭[01]的舞乐的日子，这天深夜时分，雨雪交加下个不停，众人从宫中退出后，纷纷道别，各自回家。我辗转寻思向何处去，还是回到那个女子家吧，除此无家可归。再说，折回宫中借宿，独自就寝，也太没意思，到另外那个爱装腔作势的女子家歇宿，从感情上说又不禁感到冷飕飕的。啊！那个女子打那以后不知作何想法，真想顺便去探望一下她的神色，于是，我就掸掉落在身上的雪花，奔她家去。但要进入该女子家，总觉得难以为情，有点不体面，不由得逡巡不前，可是转念又想：说不定今宵见面，可化解往日的积怨呢。遂下定决心走了进去，只见灯火微亮，向墙壁方向照射，烘笼上烘烤着柔软丝绸面的厚厚棉便服，丈夫来时才撩起的居室围屏垂帘，此刻也高高地撩了起来，仿佛在等待着我今夜可能到来。我觉得很惬意，不由得满心自豪，可是关键的她本人却不在家，只留下几个侍女看守家屋，经询问，侍女答称：'小姐今夜已去她双亲家了。'实际上自从发生那件事之后，她就没有给我捎来过她吟咏的格外有情调的歌，也没有给我寄来情意绵绵的书信，只顾狠心地闭居家中。我也感到泄气，暗自思忖：莫非她有心让我以为她另有别的男人，使我讨厌她以便了断这份情缘，才故意那样没完没了地叨唠，醋性大发作的吗？可是，我并非看见了什么真凭实据，可能是由于她不在家，我心中不悦才胡乱揣摩的吧。经仔细观察现场，但见她为我准备该穿的衣服，无论在织染的色泽方面或缝纫的做工方面，都比以前更加精心选择，式样讲究，都是我所喜欢的类型。看来自从那次分手后，她还是关心并照顾我的事，尽管她今天不在家，但不管怎么说她对我并非完全绝望。此后我曾多次向她表白自己的心绪，她既不反感，也没有逃遁让我为难，她给我的回信总是维持在不使我感到难堪的程度。有一次她回信说：'不过，你如若

---

[01] 临时祭：除了例行的节日之外临时举行的祭祀，这里指的是贺茂神社举行的临时祭祀。每年十一月下旬的酉日，彩排为正式祭祀时表演的舞乐。

还像原来那样薄情负心于我，我是无法忍受的。你若能改正那种轻浮的毛病，更加沉着稳重些，那我们就见面吧。'我想：她尽管这么说，但是哪舍得与我绝交呢。我趾高气扬，打算再惩治她一下，于是，我也不说要按她的意思去改正，不料在我极其固执己见地对待她的过程中，这女子由于过度悲伤嗟叹，终于忧郁地辞世了。我深刻地体会到，这种无聊的恶作剧，是万万不能做的呀。

"现在回想起来，不免感到万分惋惜，像她这样的女子，真是可以作为贤惠妻子而委托一切的。无论是区区的弹唱歌舞等技艺，或是重要的大事，一经与她商量，她不仅能成为可信赖的商量对象，而且在染色方面，说她是装点秋季自然万物着色的女神立田姬[01]，也不为过。至于缝纫方面，她的技艺也绝不亚于织女星的妙手，她在这方面的才能也是优秀的。"左马头说着，一味沉浸在极其哀伤的追忆里。

头中将旋即随声附和，他说："姑且不论你刚才所谈的织女星的缝纫技艺，但愿能像她有与牛郎永结良缘这样的福分就好了。你那位可比拟作立田姬的女性，实际上是技艺非常优秀，可遇而难求的人啊！就说短暂无常的春花，或秋天的红叶，如若不按季节适时地渲染，不漂亮有风趣，没什么看头，就引不起人们的注目去观赏它，它就会徒然地干枯凋萎。因此，这种才艺优秀的女性，在这人世间是很难求的呀！要评定妻子谈何容易啊！"

左马头经他这么恭维，接着又说："那时期我还有另一个相好的女子。这个女子看起来人品不错，细心诚实，会吟咏歌，字迹也流畅，还会弹琴，手艺灵巧，口齿伶俐，使我觉得似乎没有什么靠不住的地方。长相还算过得去。于是，我把那爱妒忌的女子家作为可安身的落脚处，偶尔悄悄到这个女子家里来过夜，这样的日子觉得也很惬意。那个爱妒忌的女子

---

[01] 立田姬：秋季女神，掌管秋季自然万物着色事宜。

死后，我顿时茫然不知所措，悲伤惋惜也枉然。于是不时亲近这个女子。日子长了就发现这个女子有妖艳轻浮之举，令人看不惯。我觉得靠不住就逐渐疏远了她，这期间她暗中似乎早有情夫了。

"十月里，恰好在一个明月皎洁的夜晚，我刚从宫中退出，有个殿上人来和我打招呼，说是要搭我的车，当天晚上我本打算去大纳言家歇宿，这殿上人说：'今晚不知怎的，我总觉得有个女子在等我，不去会见，心里总惦挂着。'我的那个女子家正好就在我行车要路过的地方。他搭上我的车，来到这女子家跟前，我从眼看即将崩溃的瓦顶板心泥墙的一角坍塌处，一眼望去，只见一泓池水，粼粼生辉，月亮倒映在水面上，如此清幽之处，怎能过门而不入，我便尾随这位殿上人下车。看样子他已和此女子相约好，只见他兴高采烈地走了进去，并在靠近门前廊道的矮台上落座，稍事观赏月色。庭院里的菊花色彩斑斓有趣，夜风把红叶吹得扑簌簌地散落，呈现一派情趣浓重的景色。于是，殿上人从怀里掏出短笛，吹奏起来。笛声不时间歇地穿插着吟咏：

> 理应投宿飞鸟井，
> 影美水凉饲料精。[01]

"这时候传来了音色美妙的六弦琴音调，可能是事先早已有所准备吧，不大一会儿，传来了和着殿上人吟咏的歌，奏出精彩的曲调来，听上去觉得蛮不错。女子温柔地抚琴奏出恰如《飞鸟井》般的律调，琴声是从室内透过帘子传送出来的，多少像现今流行乐器奏出的音色，配合着清

---

[01] 这是催马乐中的一首曲子，名曰《飞鸟井》。催马乐，雅乐歌曲之一种。奈良时代的民谣、风俗歌或流行歌谣，到了平安时代接受雅乐管弦的影响，作为歌曲和着雅乐曲调来唱，用于贵族的宴会、游乐会。主唱者手持笏打拍子，由和琴、笛、筚篥、笙、筝、琵琶等乐器伴奏。

澄的月色，情调十分和谐。殿上人非常感动，遂走近帘子旁边，故意讥诮说：'庭院铺满红叶，却不见寻访足迹啊！'然后摘下一枝菊花，吟歌曰：

> '琴声月色无限美，
> 却留不住薄情类。

也许给你添麻烦来了。'又热烈调情说：'再弹一曲，何不趁知音赞赏者在时，尽情献秘曲呢。'女子听了故作嗲声嗲气地吟道：

> 笛声凄厉似狂风，
> 摧残枯木留何用。

"他们如此调情讥诮，却不知我心中有多怨恨。这回，女子又抚筝[01]，弹奏盘涉调[02]，奏出当今流行的曲调，指法娴熟，还算比较出色，不过我总觉得有点过于妖艳。

"我偶尔也曾同一些喜好俏皮举止较轻浮的宫女交谈，尽管那只是逢场作戏，倒也有几分乐趣。但是，时不时在这个女子家投宿，每当想把她当作难以忘怀的恋人、可仰赖之场所，就觉得此女子是靠不住的，因为这女子过于妖冶，我心中总感到不安，于是，我就以今夜之事为理由，完全与她断绝关系了。

"将这两件事联系起来进行思考，就连缺乏周密思考的年少时代的我，都觉得那女子过分轻浮，不像话，靠不住，何况随着年龄增长，我更

---

[01] 十三弦之琴称筝，七弦之琴称琴，和琴是六弦琴。
[02] 盘涉调：日本雅乐六调之一，其余五调是壹越调、双调、太食调、平调、黄钟调。

会这样想了。你们诸位正当丰姿少年，难免会随心任性，喜爱诸如胡枝子花瓣上的露珠，一摘花露珠即滴落，欲拾起即消失的玉筱叶上的霰子那样的婀娜多姿、纤弱温柔的女子，一味对此类女子感兴趣吧。然而，即使此刻如斯想，再过七年多后，你们可能就会理解我亲身的经历。请接受像我这种人的不足挂齿的忠告，谨防那种轻佻的、过于风流的女子，这种女子定会做出丑事，玷污你们的芳名的。"左马头作了如是的忠告。

　　头中将照例点头，源氏公子只是微微笑，似乎在想，这话的确如此。后来说道："都是些粗俗的猥琐之谈啊！"说着笑了起来。

　　头中将说："那么接下来由我谈点愚鲁者的故事吧。过去，我曾在极其秘密的情况下，对一个女子一见钟情，起初并无意和此女子长期交往下去，但是，见过她之后，觉得她有令人难以割舍的优点，随着逐渐熟悉之后，越发觉得她很可爱，尽管断断续续地和她见面，但她已成为我难以忘怀的恋人之一。这样一来，女方似乎也表现出要依靠我的意思。随着她有意要依靠我，我不禁暗自思忖：她可能在埋怨我薄情不常来访吧。我不时觉得对不住她，可是女方对此巧妙地掩饰她内心的哀怨，表现出一向不介意的样子，纵令阔别许久没造访她，她也从不把我当作偶尔来访者看待，依然宛如朝夕厮守，而小心谨慎地殷勤款待。我觉得她的态度真招人怜爱，因此我也曾对她说要长久尽量照顾她使她安心。这个女子双亲已故，诚然孤身只影，无依无靠，她遇上什么事，都认定我是她最靠得住的知心人，她的确相当招人喜欢。而我觉得这个女子性格文静、豁达大度，大可放心。阔别很长一段时间没有去看望她了，这期间，不知赶巧什么机会，我家内人[01]知道了此事，醋性大发作，绕着弯子将恶言恶语传到了那个女子的耳朵里，这事后来我才听说。当时我并不知道自己这边给她带来了痛苦，心中虽然没有忘记她，但却没有给她去信，长时间把她搁置在一边，

***

[01] 头中将的正夫人，右大臣的第四千金。

因此，她特别感到沮丧，更觉孤单无靠了。再加上我们俩之间还有个孩子，她想不出什么主意，无奈中折下一枝抚子花[01]，送到我这里来。"头中将说着满眼噙着泪水。

源氏公子询问道："那么她的信是怎么写的呢？"

头中将说："唉！也没有写什么特别的事，信中附上一首歌曰：

> 纵令不屑山樵痴，
>
> 惟盼露珠润抚子。[02]

见信后，我想起她，旋即前去造访，只见她一如既往，毫无隔阂地热情相迎，殷勤款待，然而极其深沉的忧虑都写在她的脸上，荒凉的家屋、被露珠打得湿漉漉的庭院，望着这一片寂寞冷落的景象，觉得其凄凉程度不亚于虫子的哀鸣，自己也情不自禁悄悄地潸然泪下，活像古时物语中的故事。我遂答歌曰：

> 争妍斗丽百花发，
>
> 群芳不及常夏花。[03]

我且不去说可爱的孩子之事，首先运用'尘埃不染鸳鸯榻'这首古歌的精神，来取悦孩子的母亲。于是女子接着吟道：

---

[01] 日语抚子花即红瞿麦花，这里象征那孩子。

[02] 该女子在这首歌里以"山樵"喻自己，"抚子"喻孩子，"露珠"比喻头中将。

[03] 常夏花是抚子花的别称，即常夏石竹。上一首歌，女子把孩子喻为抚子花，此歌头中将取自《古今和歌集》中"尘埃不染鸳鸯榻，与妹共寝常夏花"，常夏花的"常"字与"床"谐音，常夏花还与"妹"相呼应，头中将有意将常夏花比喻为那孩子的母亲。

举袖拂尘泪滴榻，

常夏花怕秋风刮。[01]

女子脆弱地吟咏了此歌，没有认真地露出怨恨的神情。即使不由自主地流下泪来，她也腼腆而小心谨慎地力图掩饰过去，她本心是想让我知道我的薄情，可是要表露出这样的神色让我看到，她又觉得非常痛苦，而我却又觉得她比较好应对，于是此后很长一段时间里我又绝迹，没来造访她。就在这段期间里，这女子终于销声匿迹，不见踪影了。

　　"这个女子倘若还存活在这无常的人世间，想必徘徊在无依无靠的艰辛中饱受生活煎熬。回想当初我十分怜爱她，她若跟我吐露些怨恨的话语，哪怕缠住我不放，让我上心惦念，何至于像现在这样浪迹天涯含辛茹苦呢。她若能那样做的话，我也就不会经常在她那里绝迹，我会把她看作难以割舍的恋人，设法永久照顾她。那个孩子很可爱，我千方百计想把他找到，可是至今连他的住所在哪里都不得而知。这种情况才真正像刚才你所说的那种无常靠不住女子的例子吧。这女子表面上装作若无其事的样子，实际上内心中却怨恨我冷酷薄情，我却一直没有察觉，只觉得内心还深深地怀念她，想来这种感情终于也成了无济于事的一厢情愿的单相思。最近我开始逐渐将她忘却，但我想她可能还忘不了我，不时还会在某个傍晚暗自悲伤，痛心疾首的。这样的女子也是一个例子，这样的女子当真是靠不住，不能成为长相厮守的永久伴侣。

　　"因此刚才谈到的那种爱叨唠的女子，她对丈夫却能无微不至地照顾，这点虽然令人难以忘怀，可是面对她时，她那种没完没了的叨唠劲儿，实在令人讨厌，搞不好的话，丈夫甚至会舍弃她。还有那种抚琴能手的才女，她那轻浮的举止恐怕也难以宽恕吧。再有就是刚才谈到的那种妒

---

[01] 此处暗指头中将正夫人吃醋恶骂她之事。

忌心过重的女子靠不住，可是这样说是否也有值得怀疑的地方呢？说来说去，人世间究竟哪种女子才算是最好，都难以定论。如此逐一地挑出来加以比较，也难以判定孰优孰劣。只具备像刚才所说的人们的优点，却没有夹杂任何缺点的女子，上哪儿去才能找到呢？如此说来，就只有去追求吉祥天女[01]了，可又觉得吉祥天女佛教气味太重，令人敬而远之，终究难以接近啊！"他的话引起众人一片笑声。

头中将催促藤式部丞说："你那里一定有非同凡响的有趣的故事吧？说些来听听嘛。"藤式部丞说："像我这种下之又下的伙伴，能有什么值得一听的故事呢？！"他虽然这么说了，可是头中将还是认真地催促道："快说快说！"

藤式部丞一边寻思着："说什么好呢？"一边启齿道："当我还是个书生的时候，倒是遇见过一个贤惠女子，诚如左马头刚才所说的可靠女子的实例，此女子对公务方面也精通，是个很好的可与她商量办事的对象。在私生活方面，她深深懂得为人处世须知的道理，处世用心深沉，细心周到。在才学方面，甚至能使那些不上不下的文章博士[02]感到汗颜，对任何问题甚至能说得让对方无法张口。

"情况是这样的，我曾到过一个文章博士家里，请他教授汉诗文等学问。当时我听说这位博士有几个女儿，我找到机会就向其中一个女儿求爱。她父母知道了，就办起酒席来，举杯庆祝。文章博士还吟咏了'听我歌两途'[03]的诗句让我听。其实我同这个女子的感情并不十分融洽，但又不好辜负她父母的一番好意，只得和她勉强维持关系。这期间，这女子对

---

[01] 吉祥天女：佛经中的女神，容貌端庄秀丽，身穿天衣，头戴宝冠，手持如意珠，可给众生带来福德。

[02] 文章博士：日本古代律令制的大学里教授诗文和历史的教官。

[03] 此句出自白居易的《秦中吟》："主人会良媒，置酒满玉壶。四座且勿饮，听我歌两途。富家女易嫁，嫁早轻其夫。贫家女难嫁，嫁晚孝于姑。"

我关照备至，枕边私语，也都是教我有关学问之事，以及将来为朝廷命官须知的路数等知识。她的消息很灵通，给我的书信也专用汉文没有掺入假名，郑重其事地书写，这种缘分着实难以割绝。我以她为师，学到一些拙劣的诗文，她对我的这份恩师之情，令我至今也难以忘怀。尽管如此，我还是不愿意把她当作可靠的可爱妻子，因为像我这样一个无才学的男人，万一有什么不端的举止，让她看到，那多难为情啊！更何况对于像你们这样的贵公子来说，如此活泼伶俐、办事干净利落的女子，能派上什么用场呢？虽然我也觉得娶这样的女子为妻，不太合适，但心中又很惦挂，难以割舍，还是被前世的宿缘所吸引，终于和她结成夫妻。看来，男子这种人，真没用，太缺心眼儿啦！"他说着突然打住，头中将想让他接着说下去，便恭维道："嘿！这是个蛮有意思的女子嘛。"藤式部丞尽管明知这是捧场的话，却故意洋洋自得地接着说：

"就这样，曾有过很长一段时间，我没有到她家去，后来有个机会要到她家附近那带，于是我顺便造访她家，她却不是一如既往地让我无隔阂地走进她房间会面，而是岂有此理地让我隔着幔帐[01]和她对话。我心想大概是我久未到她家，她生气而向我闹别扭吧，我心里也觉得很不痛快，甚至想，既然如此，不如趁此机会分手算了。可是这位才女先生，她才不稀里糊涂地表露吃醋的模样，她表现得通情达理，毫无怨恨我的意思。于是，只听见她扬声快言快语地说：'妾身近来因患难以忍受的重伤风，服用了祛除极热的草药[02]，因此身上有一股巨臭味，故而不便直面于君，虽然不能直接对面与君交谈，但君若有需要妾办的事，请尽管吩咐。'那语气诚然充满情爱，十分恳切。我一时不知如何回答是好，只说了声'知道了'，转身就想走开。她大概觉得这样对我未免太怠慢了吧，只听见她扬

---

[01] 幔帐：日本古时用以间隔居室的帷屏。
[02] 这里的"草药"指大蒜。

声说道：'待妾这身恶臭祛除后，请君再来。'对此，我如若当作耳旁风，又觉得她太可怜；若驻步停留下来，那股巨臭的大蒜味，扑鼻而来，实在令人受不了，于是我便想逃脱此境地，匆匆撂下一首歌曰：

> '蜘蛛预兆夕夫来，
> 蒜味竟把郎支开。

你这算是哪门子借口？'我没等话音落地就跑了出来，这女子遣人追赶上来，并送上她给我的即席答歌，曰：

> 君若夜夜来共欢，
> 昼间承爱又何妨。[01]

她答歌如此迅速，真不愧是一位才女，不是吗？"他慢条斯理地说。头中将等人感到愕然，"你撒谎吧？"他们说着笑了起来。有的轻蔑地说："世间怎么竟有这种女子，与其和她相处，还不如老老实实地与鬼做伴更好呢。真令人毛骨悚然。"有的说："实在荒谬绝伦。"有的蔑视讨厌藤式部丞并责备他说："再说些好听的故事好不好？"藤式部丞说："我哪还有比这个更稀奇的故事呀！"说着从源氏公子的值宿所淑景舍退了出来。

　　左马头接着刚才学者女子的话题说："所有根性恶劣的男子或女子，都恨不得把自己仅有的一星半点知识，全部外露，好显摆自己，我觉得这才是最可怜的。作为一个女子而潜心去研究三史[02]、五经[03]等高深的学

---

[01] 日语"昼"（HIRU）与"蒜"是双关语，蒜的日本古名为HIRU。"昼间"意即大蒜臭味祛除时。
[02] 三史：《史记》、《汉书》、《后汉书》。
[03] 五经：《易经》、《书经》、《诗经》、《礼记》、《春秋》。

问，反而没有魅力。我并不是说，正因为是个女子，所以全然没必要去了解关于世间一般的公事或私事的知识，我是说，即使不刻意去钻研学问，只要有点才能爱动脑筋的人，耳濡目染，自然也能获得很多知识的。在自以为有学问的女子当中，有的人汉字写得非常流畅，就连给同是女子却觉得文书还是少些汉字为好的女友写信时，通篇书信也有一半以上是用难懂的汉字来表达的，不由得令收信女友觉得遗憾地想道：'真讨厌呀，这方面为何不用更温柔的文字来书写呢？！'写信人可能并不觉得怎样，可是收信者读来就觉得语调生硬，仿佛在故意装腔作势。这种情况，在身份高者群中，大有人在。

"另外，有的人自鸣得意，自以为自己懂得咏歌，不知不觉间成了歌的俘虏，总爱用有趣的典故作为咏歌的开头发句，荒唐透顶地不顾场合是否合适，故弄玄虚地给人赠歌，承受歌一方若不答歌，就显得不懂情趣，而对不擅此道的人，岂不难为人令人难堪吗？特别是在节宴[01]上，例如五月初五的端午节，匆匆忙忙急于进宫参贺，哪顾得上思考什么节气的象征物菖兰[02]时，就潦草地以菖兰草根为双关语，咏了一首麻烦的歌。又如在九月九日重阳节宴的筵席上，首先只顾绞尽脑汁思索艰难深奥的汉诗趣旨，无暇顾及其他时，把菊花上的露珠比作泪珠，咏歌赠人，迫使人家不得不勉强答歌。其实事后慢慢回味，觉得此歌既有韵味又有情趣，只是由于吟咏的场合错误，时间不恰当，难怪不被人家重视。不想想是在什么情况下，就咏歌赠人，这样做看来是太缺乏思考了。万事都应该想想'为什么要这样做'，不看时间、地点是否合适就贸然行事的人，最好还是不要装腔作势、显摆风流姿态，反而平安无事。即使心知肚明的事，脸上

---

[01] 节宴：日语作节会（SECHIE），日本古代封建朝廷于节日或重要的日子举行的宫廷宴会。

[02] 菖兰：日语作菖蒲，音AYAME，是端午节的象征物。

也要装傻，纵然想倾吐为快的话语，也要含蓄地留下一两句的余地才好。"

这时候，源氏公子心中不断思念的只有一个人。他想："这个人无不足之处，也没有过分的地方，真是难能可贵啊！"想到此不由得心情郁闷。这雨夜品评，说来说去，结局还是没有定论。最后陷入漫无边际的杂谈，直至天明。

好不容易今天天气晴朗。源氏公子觉得自己总是这样闲居宫中，让左大臣担心，确实蛮可怜的。于是请准出宫，前往左大臣宅邸。观赏大宅邸的景色，特别是探望妻子葵姬，她心情舒畅，品格高雅，谦虚和蔼，分寸得体，无懈可击。他想："这正符合左马头等人所说的难以割舍，毫不轻浮，可作为忠实妻子的重要人选，的确是可靠的人吧。"但又觉得她过于端庄严肃，很难与她融洽交谈，总觉得她一本正经让你感到相形见绌，这真是美中不足。于是，他就同中纳言、中务[01]等优秀而又貌美的年轻侍女们聊天、开玩笑。时值梅雨期过后天放晴，气候闷热，源氏公子的装束也因闷热而不拘礼节地随便些，那姿态比往常更显得潇洒自若，吸引住侍女们的目光，使她们百看不厌。这时候，左大臣来了，他看见源氏公子穿着便装，不好意思直接面对他，于是隔着幔帐坐下与他交谈。源氏公子哭丧着脸说道："这么热的天气，还要隔着幔帐……"侍女们望见他这副模样，一个个都笑了。源氏公子制止她们说："哦，安静些！"说着靠在凭肘几上，那姿态格外舒适安闲。

傍黑时分，侍女们说："今宵从皇宫到这里，恰巧是中神[02]漫游的方向。"源氏公子说："原来如此，难怪宫中总避忌此方向，这么说来二条

---

[01] 此处的"中纳言"、"中务"都是侍女的名字。
[02] 中神：阴阳道者所称的天一神，是十二神将中的主将。当时认为，凡人外出时若走神游方向必逢凶，故须回避而改道另择方向，或先在吉利的方向住一夜再前往目的地。

院[01]也是这个方向，叫我上哪儿去回避呢？真是太令人烦恼啊！"说着就想就寝。侍女们不约而同地说："这可不好。"其时又有个侍女禀告说："侍臣中有一位常进出的亲信，是纪伊国守[02]，他家坐落在中川[03]一带，最近将江水引进庭院的池子、小溪里，是个非常凉爽的地方。"话音刚落，源氏公子就说："那太好了。我情绪不佳，必须找个能让牛车直接进得去的去处才好。"其实，若论悄悄前往幽会的恋人之处，可供回避不吉利方向的歇宿地方，无疑很多，不过，他担心自己阔别许久没有到左大臣家来，如今来了又急着走，妻子葵姬心中可能会想："他是特意挑避忌不吉利方向的日子来，而后匆匆离开到别的地方去的。"这样，自己不免觉得对不住她。于是就对纪伊守说要到他家去歇宿之事，纪伊守当场接受了，可是，退下来之后，纪伊守秘密地对身边的随从担心地说："父亲伊豫介[04]朝臣家，在办斋戒之事，那边的妇女们都转移到我家来借宿，地方狭窄，会不会造成对源氏公子有失礼的地方？实在令人担心呀。"此话被源氏公子听见后，源氏公子说："人多的地方很好嘛。在远离女子的地方投宿，我还觉得害怕呢，我只需在幔帐的后面歇宿便可。"随从的人们说："如此说来，那去处正是很合适的投宿之地。"遂派使者前往纪伊守家通报。源氏公子心想："要在极其秘密的状态下行事，不要特别张扬。"于是急匆匆地出门，因此，连左大臣那里也没有前去打声招呼，只带了几个亲信陪同前往。

　　纪伊守颇感为难地说："太仓促了！"可是随从们谁都没有理会他。不管怎么说，纪伊守还是让人把正殿朝阳的房间拾掇干净，及时地齐备了诸多用品，供源氏公子暂时歇宿。这里的造园意向，诸如引川水注入庭院

[01] 二条院：源氏公子的宅邸。
[02] 纪伊：日本旧地方名，今和歌山县一带。国守，亦称国司，日本古代地方长官。
[03] 中川：即京极川，因它介于东边的贺茂川与西边的桂川之间，故得其名。
[04] 介：日本古时诸国的次官。

的池塘溪流等，颇具情趣。四周围上篱笆，洋溢着农家风味，精心栽种着花草树木的庭院，也令人赏心悦目。凉风习习，不知从哪里传来悠扬的虫鸣声，萤火虫星星点点交错飞舞，一派情趣盎然的景象。随从的人们都在从游廊下面流出来的泉水边上落座，一边俯视流水一边喝酒。主人纪伊守也为款待客人，张罗酒菜，宛如风俗歌《珠帘》中所唱"微微摇动的，海岸边收割的裙带菜"，忙着走来走去招呼客人。这时，源氏公子悠闲地观赏四周的景色，想起那天雨夜品评中提到的，中富之家的女子，大概就是这一带人家那样的吧。源氏公子以前曾耳闻此间有个品格高尚的女子，他很想一睹此女子的尊容，故洗耳静听四周动静，听得正殿西面的厢房里似乎有人声。衣服摩擦的沙沙声，年轻女子的说话声，听来也觉得蛮悦耳。大概是顾忌到有客人在，特意压低声音说说笑笑，那情景令人感到，显然有几分刻意做作。这房间的格子窗本来是开着的。纪伊守生怕对客人失礼，叫关上了。室内点灯，妇女们的身影映现在纸隔扇上。源氏公子悄悄地走近前去，想窥视一下室内，但纸隔扇无缝隙，只好侧耳倾听了一会儿，听见她们似乎都集中在这近处的里间，窃窃私语，隐约可闻，原来她们是在议论他。其中有一人说：

"这位公子真是个非常正派的人，可惜早早就娶定了一位不甚惬意的妻子，可叹美中不足啊！不过，听说他经常是一找到好机会，就悄悄地前去与中意的恋人幽会呐。"源氏公子听到此话后，心中不禁吓了一跳，他惦挂着自己恋慕的藤壶妃子，他担心这些女子在这样的说话场合，万一泄漏出自己与藤壶妃子的事，势必形成流言，当这种传闻传到自己耳朵里时，可怎么办。不过，幸亏她们没有谈及什么特别的事，因此他听到半截就不再听下去。源氏公子还听见她们谈到他给式部卿亲王的千金[01]赠送牵牛花时的赠歌，她们说的与事实有些不符。源氏公子想："这些女子

---

[01] 式部卿亲王的女儿槿姬，是源氏公子的堂妹，后来称为槿斋院。

过着无忧无虑的生活，无所顾忌地胡乱吟歌，即使见面也会觉得不过尔尔吧。"

这时，纪伊守来了，他加挂灯笼，挑明灯火，端出水果来。源氏公子问道："你家的'幔帐'[01]挂得怎么样了？这方面如若张罗不周，可就是不风流的主人啦。"纪伊守立即回答说："真是'丰盛肴馔何其多'[02]啊！"说着显得拘谨惶恐。

源氏公子在靠近房间一头安置的双层铺席的铺垫上，作短暂假寐似的歇息，因此，随从的人们也安静地入睡了。

且说这家主人纪伊守，有好几个蛮可爱的孩子。其中有当殿上童[03]的，也有源氏公子在殿上居室里很面熟的侍童，还有伊豫介的孩子。在众多孩子当中，有一个仪态格外文雅、约莫十二三岁的孩子，源氏公子问："那是谁家的孩子？"纪伊守回答说："这是已故卫门督的小儿子小君，从小得到他父亲的格外疼爱，可怜幼小年纪就丧父，只得投靠嫁到这边来的姐姐空蝉[04]，如今就在这里她夫伊豫介家住下，看样子这孩子将来可望造就成个有学问的人，是个不错的孩子，他很想当殿上童，只因本家无人提携举荐，至今尚未能顺利地如愿以偿。"

源氏公子说："这太可怜了呀。这孩子的姐姐，就是你的后母啰。"

纪伊守答："是的。"

源氏公子说："你有个年龄很不相称的后母呀。我父皇以前似乎也知道此人的事，曾询问：'卫门督曾密奏过，欲将女儿送进宫侍候，那女子

---

[01] 此语出自催马乐《我家》："我家置办幔帐榻，惟盼大君早莅临，欢欢喜喜迎贤婿，丰盛肴馔何其多。"

[02] 同上，催马乐《我家》中的句子。

[03] 殿上童：原文作童殿上。日本平安时代以后，特许公卿名家之幼童上殿服务，以见习宫中礼仪。

[04] 空蝉是纪伊守的父亲伊豫介的继室，亦即纪伊守的继母。

现在怎样了？'男女之间的缘分这种事是无法预见的，是不可知的呀！"
他说了一番相当老成的话。

纪伊守说："她也是出于无奈才嫁过来的。论及男女的缘分问题，不
论是过去还是现在真是渺茫不可知啊。特别是女子的命运，更是飘渺无
着，实在令人同情。"

源氏公子说："听说伊豫介很珍惜她，待她宛如自己的主人似的重
视，是吗？"

"这是自然的了。似乎奉为自己独占的主人，尊崇得很。那样的年纪
了，未免显得过于好色，以至引起包括我在内的许多人都很不服气。"纪
伊守说。

"正因如此，他才不将她让给像你们那样的年龄合适又趋时的人。那
个伊豫介尽管上了年纪，却很有风度，显得还很年轻呢。"源氏公子与他
交谈了一会儿，又问道："那女子现住何处？"

"我让她们都搬到下房去住，她可能还来不及迁走。"纪伊守说。

源氏公子的随从们，可能因酒劲发作，都在廊檐下的走廊上躺倒熟
睡，鸦雀无声。

源氏公子尽管与纪伊守交谈得很融洽，可是怎么也睡不着，甚至觉得
独睡太没意思了，他目光清明，心想："北面隔扇的那边住着女子，那里
大概就是我们刚才议论的那个女子深藏的居室吧。可怜的人呀。"他惦挂
着她，并从容地起身，侧耳静听，听见刚才还在这一带的那个卫门督的小
儿子用嘶哑却蛮可爱的声音询问道："嗳！你现在哪里？"答声说："在
这儿躺着呢，客人就寝了吧？我原来担心，以为很靠近客人的寝所，现在
看来相隔得还很远。"她那躺在卧铺里不加粉饰的声音，酷似那个孩子的
声音，听其声就可以断定这是那个孩子的姐姐的声音。"客人在厢房里就
寝了，我第一次拜见了传闻中的源氏公子的尊容，他的容貌的确如传闻所

说，是非常俊秀啊！"弟弟悄悄地说。"倘若是白天，我也想从缝隙里一睹他尊颜呢。"姐姐困倦地说，她似乎是把脸蒙在被窝里发出来的语声。源氏公子觉得她太不把他的事放在心上，哪怕再热心地向她弟弟多问几句也好啊。他深感乏味。又听见她弟弟说："我在那头睡。啊！真黑。"说着似乎是在把灯火挑明些。这女子似乎就睡在那紧关着的隔扇出入口的斜对过处。只听见她说："中将[01]君上哪儿去了？我觉得身边没人有点害怕呀。"睡在门外较低处的人们回答说："她到下房那边泡澡去了，马上就会回来的。"

不久，大家都熟睡，安静了下来。源氏公子试着将纸隔扇上的铁钩弄开，看见对面的隔扇门没有扣上铁钩，他悄悄地拉开隔扇门，只见隔扇的出入口处，立着围屏幔帐，灯火昏暗，凭借这丝光线，他看见室内安置有唐式柜子等器具，杂乱无章，他就从中穿行通过，走进刚才似乎有人的地方，一看，只见那女子独自躺着，她身材的确很娇小。

源氏公子觉得有点不好意思，但终于伸手将她盖在身上的衣服掀开。这空蝉以为是她刚才叫的那个侍女中将回来了，却听见源氏公子说："刚才你叫中将，我正是近卫中将，想必你会了解我暗自爱慕你的一片心吧……"空蝉吓得不知如何是好，像遭到袭击般"呀"地惊叫了一声，然而源氏公子的衣袖已挡着她的脸，所以外面不会听见。源氏公子对她说："事情来得太唐突，你可能以为我是个轻浮者一时心血来潮，这也难怪。其实多年来我心中一直在爱慕你，总想和你倾吐衷肠，苦无机缘。今夜幸得邂逅，万望视为缘分匪浅。"话说得委婉柔和，仪态又俊美动人，连鬼神听了恐怕都不会兴妖作怪，何况又不能不体面地高喊："这里有怪人！"只觉得心中憋闷，想到此等违背妇道之事，更觉得卑鄙，她仿佛奄奄一息有气无力地说："你认错人了吧。"她那无路可走痛不欲生的神态，实在

---

[01] 这里的"中将"是一个侍女的名字。

令人心痛，又觉得很可爱。源氏公子觉得她美极了，回答道："哪能认错人，恋心所系，引领我不由自主地前来，令你感到意外，以至装糊涂的吧。我决非带着轻浮的心情前来见你，我只是想向你倾吐平素思恋你的心情而已。"说着将身材娇小的她一把抱了起来，刚走到隔扇门口正想出去的时候，刚才空蝉呼唤的那个侍女中将迎面走了进来，源氏公子喊了一声："喂喂！"侍女觉得奇怪，在黑暗中用手摸索着走了过来，她觉得有一股浓烈的芳香扑面而来，这股甜美的香味使她意识到此人必是源氏公子。由于事出突然，中将惊恐万状，困惑不解，不知这究竟是怎么回事，吓得连话都说不出来了。她想："对方若是个普通人，大可以有法子粗野地从对方的手里把女主人硬抢回来，可是这样一来，又恐惊动大家，招来误解，何况对方又是源氏公子，这可怎么好……"她心神不定，只得无奈地尾随其后，源氏公子则泰然自若地径直走进自己的房间，关上隔扇门时吩咐中将说："黎明时分，你来接她吧。"空蝉心想，中将不知会怎么想呢！一想到此，空蝉感到比死还难受，她出了一身冷汗，显得异常痛苦，源氏公子见状，虽然觉得她怪可怜的，但还是照例用不知哪里学来的诱惑人的话，力图用深情爱慕的情感去打动她，万般柔情地安慰她，可是空蝉还是碍于自己是有夫之妇，觉得的确很卑鄙，她说：

"我只觉得似乎是一场梦。虽然我身份卑微，是个微不足道的人，可是你如此藐视我，不能不令我觉得你的心思，为什么如此浅薄，像我这样一个有夫之妇，还是有这种身份的人的立场啊！"她对源氏公子如此无理的强求，深感无情和难过，她的这副模样使源氏公子觉得她实在可爱，她那端庄的态度又使他自惭形秽，源氏公子回答道："我是个阅历不深者，还不知道什么是身份，你把我看成世间一般的轻浮者，未免太无情。你可能也听说了，我迄今从未曾做过无理强求的好色之事，今天与你邂逅，可能是前世宿缘所注定的吧，你如此疏远我，也许不无道理，我不能怪你，今天发生的事，连我自己都觉得不可思议。"他认真地说了许多话，然而空蝉面对这位无与伦比的优秀的源氏公子，自觉身份卑微，羞于与他融洽相处，内心深感苦闷。她心想："我不如装作一个不解风情、不合他意的生硬女子，让他觉得我是个不谙情爱之道、不值得交谈的无聊者吧。"于是故意摆出一副冷漠的神态。

空蝉这个人，表面上看是个婀娜纤弱的女子，内心却很坚强，宛如一株细弱的嫩竹，看似要折断的样子，其实不可能折断。此刻，空蝉当真感到恼火，诚然内心负疚，她对源氏公子的这种非礼行为，感到无比伤心，她低声哭泣，那模样确实非常可怜。源氏公子心想："我虽然对她有过意不去的地方，可是，就这样白白放过此番邂逅的机会，岂不太遗憾了吗？！"空蝉始终对源氏公子的非礼行为耿耿于怀，态度无情。源氏公子满心哀怨地说："为什么把我看作那么讨厌的人，难道你不觉得我们如此意外地相遇是一种深深的缘分吗？你装作全然不解男女间情爱之事，实在令我感到痛苦。"

空蝉答道："说实在的，我这不幸之身，如若在尚未嫁人的少女时代，能够接受你的恩爱，哪怕是出自非分的自我陶醉，我也许还能指望着有朝一日获得你的持久宠爱，聊以自我安慰。然而，如今我已是有夫之妇，一想到就这样要与你结成短暂无常的露水姻缘，不由得内心感到无比纷乱和困惑。现在'事已至此无奈何'[01]，请你务必不要将与我邂逅的事泄露出去啊！"她说着陷入沉思，这情状使源氏公子觉得她说的诚然在理。于是恳切地向她作了种种保证，并多方地安慰她。

雄鸡打鸣报晓了。随从人员一个个醒来，有的说："昨夜睡得可真熟呀。来，快把车子备好拉出去。"纪伊守也出来了，他说："又不是女眷出门避凶，公子回宫，何必非要赶在天色未明时分匆匆动身嘛。"源氏公

---

[01] 此句引自《古今和歌集》第811首，歌曰："事已至此无奈何，万望勿让他人知。"

子心想："像这样顺便造访的机会，恐怕今后很难再有，也没有理由特意来见面，要写彼此赠答的信笺，确实也很困难。"一想到这些他就觉得很痛心。

在里间的侍女中将也出来迎接女主人了，她看见源氏公子还不愿快快放还女主人，觉得非常为难，尽管源氏公子已答应放手，可是又把女主人留住。源氏公子对空蝉说道："今后我们如何才能互通信息呢？昨夜你那世间罕见的痛苦之心，以及十分恋慕你的我那一片心，都将成为非同一般的两人的回忆，种种情状都是世间稀罕的例子啊！"说着潸潸泪下，那神态实在艳美。雄鸡不时打鸣，源氏公子心慌意乱，吟歌曰：

怨君无情言未尽，

雄鸡何苦催人紧。

空蝉想到自己的身世和遭遇，觉得自己与源氏公子太不般配了，心中不免惭愧万分：难得源氏公子如此关爱我，却引不起我任何感觉。她心中总在想着那粗俗的、不惬意的、令人蔑视的伊豫介的事，"他会不会在梦中梦见我昨夜的事呢？"想及此，一阵莫名的恐惧涌上心头，她咏歌曰：

悲叹身世不觉晓，

苦境别离热泪浇。

眼见天色放明，源氏公子把空蝉送至隔扇的出入口处。房间内外人声杂沓，源氏公子把隔扇门关上，与空蝉分别后回到卧铺上来时，心神不定，心情格外寂寞，觉得这一层隔扇宛如"银河关"[01]。

---

[01] 此语出自《伊势物语》第95段："苦恋悲切胜牛郎，惟盼早渡银河关。"

源氏公子身穿便装，来到南面的栏杆边，眺望庭园片刻。侍女们急忙将朝西的格子窗门吊起，似乎有人在窥视源氏公子的尊容。在走廊的中段处，立着一道屏风，因此她们只能从屏风的上方，隐约望见源氏公子的姿影，其中也有个性轻浮的侍女，窥见那俊美的身影，似乎看得入迷，甚至沁入她们的肺腑。

黎明的下弦残月的余辉逐渐暗淡，不过，景物的轮廓还是能清楚地望见的，反而呈现一派具有风情的清晨景致。苍穹的景色本无任何定评，只因观赏者的心情不同而反应各异，有人觉得妖娆，有人觉得可怕。源氏公子内心中隐藏着不为人知的恋情，面对着这般饶有情趣的景致，越发伤心和痛苦，他想："今后恐怕连捎个口信的机会都不会有了！"他依依不舍，不时回首张望地离开了此地。

源氏公子回到左大臣宅邸后，无法立即成眠，心想："再也无法与她相会了，不知她此刻心中作何感想？！"他不禁为她心感到不安。他想起那天雨夜品评的事，觉得她虽然没有特别优秀之处，不过看上去有修养，也很顺眼，无懈可击，大概属于中流阶层的人吧。诚如见识广博的左马头所说的。

源氏公子最近一直在左大臣宅邸住下。此后，他没有与空蝉通过任何信息，觉得未免太绝情，他觉得她非常令人怜爱，他惦挂着她，内心痛苦之余便把纪伊守找来。源氏公子对他说道："能不能把前些日子谈到的中纳言卫门督的儿子小君给我呢？我觉得这孩子很招人喜欢，因此我想把他安置到我身边来，然后由我来向父皇举荐，让他当殿上侍童。"

纪伊守道："承蒙关照不胜感激，我将向那孩子的姐姐转告您的这番好意。"源氏公子一听到"那孩子的姐姐"这句话，心里不禁怦怦跳，他问道："那位姐姐没有生个你的异母弟弟吗？"

"没有，她嫁给家父才两年。她觉得自己违背了她父亲希望她入宫的遗言，而悲伤叹息，听说她对眼下的境遇很不满意。”

“真令人同情啊！外间传闻说她是个相当标致的人，确实是很美吗？”

纪伊守答道：“长相似乎很不错，不过，我与她很疏远，正如世间所说的，对继母是不便亲近的。”

此后过了五六天，纪伊守就把那孩子小君领来了。源氏公子仔细端详了一番，觉得这孩子虽说不是十全十美，不过总觉得他有艳丽之处，有贵人相，是可期待的人。

源氏公子把小君招呼进帷内来，非常亲切地与他交谈。小君的童心深深地感激并很高兴。源氏公子也详细地询问了有关他姐姐空蝉的事，无关紧要的事他都一一作答了，有时也显得腼腆地沉默下来，因此，源氏公子也不好穷追下去，但是源氏公子还是把话说得让小君意识到他和自己的姐姐是很相熟的。小君也渐渐约略领会到：“哦，原来他们之间有这层关系呀。”小君虽然感到意外，但是在他的童心里也没有更深入地思考未来将会如何。不久，小君带着源氏公子的信到姐姐这里来，空蝉深感卑鄙，自怜而落泪。但又顾忌在弟弟面前，会否引起他有别的想法，很不体面，可是心中却又想看信，于是把信展开挡住了脸来阅读。信写得很长，其中有首歌曰：

> “嗟叹旧梦难重做，
> 望眼欲穿再蹉跎。

‘长夜不眠’[01] 啊！”这信文风潇洒，字迹秀美夺目，空蝉不由得泪眼模糊，只恨自己因缘浅薄，再加上这件伤心事，想想自己不幸的命运，不胜悲伤，就躺了下来。

---

[01] 此语出自《拾遗和歌集》，歌曰：“恋心潮涌何抚慰，长夜不眠难入梦。”

翌日，源氏公子那边召唤小君回去，小君临走前向姐姐讨回信，姐姐说："你就说：'这里没有拜读此函的人。'"小君微笑着说："他没有弄错人，我怎么好对他这样说呢。"空蝉感到自愧，心想："看来，他把详情都告诉这孩子了。"想到这些，她内心无比难过，责备说："算了，小孩子家，不要说老成话，既然如此，你就不要再上殿去了。"小君答道："他召我回去，我怎能不去呢。"说着就走了。

纪伊守也是个好色的人，他对这位年轻貌美的继母，觉得太可惜了，有心要取悦于她以便接近她，因此也巴结小君，很重视地来回接送他。今天也如此。

源氏公子把小君召到身边来，埋怨地说道："昨日一整天我都在等你，可你还是不把我的事当事呀！"小君只顾面红耳赤。源氏公子问道："回信呢？"小君只好如此这般地据实禀报。源氏公子说："你这孩子靠不住呀，这算什么事嘛。"说着又叫他再送去一封信。源氏公子还对小君说："你可能还不知道吧？你姐姐在认识那个伊豫介老人之前，就和我相识了。不过，她嫌我脖子细细弱弱不禁风的姿容靠不住，就嫁给体格健壮可照顾她生活的老人，她就是这样地欺负我。尽管如此，你还是做我的孩子吧。你姐姐依靠的那个老人，寿命也不会太长的。"小君心想："哦，原来如此，姐姐舍弃这样一位公子，未免太过分了。"小君显出颇同情源氏公子的神情，源氏公子看在眼里，觉得十分可爱。此后，源氏公子经常安置小君在自己身边，不时带他进宫，还让自己的裁缝所为他量身制作装束，就像亲生父亲那样关爱他。

源氏公子不断地让小君给空蝉送信，但是，空蝉想："弟弟毕竟还是个孩子，万一这事被泄漏出去，此身势必又添加轻浮不自量的骂名。"承蒙高贵公子的宠爱，心中纵然很感激，然而想到自己的身份不般配，她始终未曾毫无隔阂地回信以心相许。尽管她也不是不曾回想那天夜里邂逅的情景，隐约看见源氏公子的姿容，真是气宇非凡，无比优秀，可是转念又想："他在我眼前展现了饶有情趣的神态，但事到如今这又有何用呢。"

却说源氏公子无时无刻不在思念着空蝉，想到她心灵深处的忧伤，不禁同情又爱慕，想到那天夜里过分的事，让她陷入哀叹沉思的模样，多么令人可怜，他浮想联翩，简直无法排解胸中的郁闷。但是，如若轻率地悄悄前往她身边，那里是人多口杂之处，自己这种不端的行为会不会败露呢？万一败露对她也是很不利的，所以是否前去，他总是踌躇不决。

源氏公子按惯例一连在宫中住了一些日子，这期间，他等待到适合于朝纪伊守家方向去的、可供借口外出避凶的禁忌日，装出突然请假回左大臣家的样子，走到半路改道前往纪伊守家。纪伊守感到惊讶，还以为是他家的池水景致吸引了源氏公子再度光临，不胜欣喜。源氏公子早在白日里已将准备如何行动的事告诉了小君，并让他保证做好。小君本来就是早晚都侍候在公子身边的人，今宵自然也一道前往。

且说空蝉也收到了源氏公子的来函，告知此消息。空蝉心想："源氏公子做出如此周详的来访计划，足见其对爱情之用心匪浅，绝非轻浮之举，但是，我不能因此而无隔阂地让他看见我这寒碜的姿影，否则太无聊，又会再次尝到那梦也似的刚刚成为过去的、那夜的痛苦和悲叹。"她思绪翻飞，苦恼万状，最后还是觉得如若就这样在此处等待着接受他，这是一种羞耻。于是，空蝉趁小君被源氏公子叫去的时候，对侍女们说："这里距源氏公子下榻的房间太近，很不方便，再加上我身体又觉着不舒服，想让你们给我轻轻地揉揉肩膀、捶捶腰。迁居远些为好。"遂迁移到游廊那边，那个中将君侍女住的房间里，并把这里当作躲避的场所。

源氏公子心中自有打算，便让随从人员早早入睡，空蝉那边他已在信中通知她了，待大家熟睡安静下来之后，他派遣小君去找姐姐，小君在姐姐住房里却找不见姐姐，于是四处去寻找，最后到游廊那边径直进入侍女中将君的住房里，好不容易才找到了姐姐的居处。小君觉得姐姐对源氏公子的态度未免太无情，他几乎哭了出来说："人家会觉得我多么无能、靠不住啊！"姐姐吓唬弟弟说："你怎么干这种不像话的差事呢。一个小孩子干这种差事，这是世间最令人厌恶的事呀。"又说："你回去对他说，我身体不舒服，因此要让众侍女围在我身边不离开我，以便服侍我。你心神不定地转来转去，难免会让人家觉着奇怪哩。"她斩钉截铁地把话说完，可是内心中却在想："如果我的境遇不是像现在这样已嫁人，身份已定，而是像过去还住在父母家，偶尔承蒙公子来访，那才真正是既有情趣又风流的艳事呢。可是，如今难得公子这番非同寻常的心意，我的处境迫使我不得不强做不解风情的人，而坚决拒绝。公子大概会以为我是个多么不懂分寸的人吧！"内心中对自己拒绝源氏公子一事毕竟很伤心，不由得心乱如麻，乱了方寸。可转念又想："事到如今再怎么说也无济于事，怨只怨自己不幸的命运，只好硬装成一个不解风情、令人讨厌的女人啦。"她终于下定决心这样做。

且说源氏公子独自寻思："不知小君设法说动的工作做得怎样了？"他毕竟还是个孩子，源氏公子不免担心地等候着小君的回音，他刚躺下来，就听见小君前来禀报说服失败的结果，源氏公子感到愕然，觉得这女子实在太狠心了，真是世间罕见。他神情懊恼，显得十分可怜，感到："我自己也太羞耻了！"他沉默不语，过了好大一会儿，才深深地叹了口气，这女子的心肠使他感到伤心，他陷入沉思，吟歌曰：

"不知帚木心何在，

误入菌原悔不该。[01]

---

[01] 此歌借用《新古今和歌集》中的原歌"菌原伏屋长帚木，远见近观无踪迹"，以"帚木"喻空蝉。据说信州（今长野县）菌原之伏屋地方，生长一种奇树，从远处可以望见它像倒立的扫帚，但靠近瞧却不见其踪影。

真是无话可说啊！"小君将此歌传递给姐姐。空蝉也一直难以成眠，答
歌曰：

> 卑微寄生于伏屋，
>
> 形同帚木有似无。

　　小君非常同情源氏公子，他也不想睡觉，只顾来回奔忙于源氏公子与
姐姐之间传递信息。空蝉生怕别人生疑心，颇感困扰。

　　随从人员照例香甜地酣睡。只有源氏公子孤枕难眠，不由得怨气满
腹，极其荒唐地继续沉思："此女子心肠好狠啊！尽管怨恨她，但对她恋
慕之情却怎么也拂之不去，心中的情火反而越烧越旺，实在令人焦急，正
因为她的态度如此冷淡，才更加吸引自己的心。"另一方面又想："她那
冷淡无情的态度，实在令人惊讶和心焦。唉，就此打住算了吧！"可是，
自己又不甘心。于是对小君说："哪怕你悄悄地把我带到她的房间去
呢。"小君答道："她那里把门关得很严实，侍候她的人也很多，您说带
您去，怎么行呢。"小君觉得源氏公子很可怜。源氏公子说："罢了，至
少还有你不会舍弃我吧。"说着让小君在他身旁睡下。小君能傍依这位年
轻的、姿容优雅的公子，心中不胜欣喜并感到荣幸。源氏公子也觉得小君
远比那位冷漠的姐姐，更加可爱。

空蝉

源氏公子在纪伊守家里，无法成眠。源氏公子说："我从来未曾经历过如此招人讨厌，今夜，第一次深深地体验到人世间之痛苦，羞耻得几乎再也活不下去了。"小君觉得很对不住源氏公子，连眼泪都夺眶而出了，他趴在源氏公子身边。源氏公子觉得他的模样非常可爱。源氏公子心想："那天夜里，我在黑暗中亲手触摸到空蝉的娇小身躯，她的头发似乎不是太长，那样子酷似小君，着实可爱。我的这种感觉可能是由于心理作用的关系吧。总之我的心还是被她所吸引。回想起来，我对她无理强求，缠住不放地找到她藏身之处，确实不成体统。不过那女子的冷漠也实在太残酷了。"想了一夜，天刚亮，他也不像往常那样亲切地招呼小君，趁还昏暗时分就匆匆离去。小君非常怜悯源氏公子，心里也甚感寂寞。

空蝉硬是让源氏公子白走一趟，事后非常内疚。从此以后，源氏公子毫无音信。她想："大概是吃过苦头不敢再试了吧。"接着又想："他如若就此不把我的事当回事，而全然把我忘却的话，也实在令人伤心。但如若任其纠缠不休，也让人受不了，归根结底，还是见好就收，就此打住吧。"她虽然这么想了，可是内心总是难以平静，还是惦挂着源氏公子，不时陷入沉思。

源氏公子这边，空蝉的无情举止使他心中闷闷不乐，却又不能从此断绝思念，虽然不成体统，但是在想不出主意的时候就常对小君说："她的做法未免太狠心，实属可叹。我本想强制自己把她忘掉，可是力不从心，痛苦不堪，你设法找个适当的机会，让我和她再相聚一次。"小君虽然觉得此事很棘手难办，但是难得公子如此信赖，委以此任，心中还是不胜欣喜。

小君的童心也在反复盘算，继续等待好机会。赶巧纪伊守到地方赴任去了，家中只留下女眷，悠闲度日。一天傍晚，暮色苍茫、道路模糊、行人依稀难辨时分，小君驱车来请源氏公子上车前往。源氏公子心想："这孩子毕竟还年纪小，不知办事首尾是否稳妥。"不免有些担心，却又耐不住作悠悠的仔细思量，于是略作不引人注目的装扮，趁对方尚未紧闭门户之前，匆匆上路。小君从不被人瞧见的一道门口，驱车进去，并请源氏公子下车。由于是个孩子在赶车，所以值守人员就不十分在意，也不殷勤地前来接车，这样，对他们来说反而更觉轻松。小君请源氏公子站在东面屋角上的便门等候，自己动静很大地打开南面角落的一个房间的格子门，走了进去。侍女们说："这样，外面就看见了。"小君询问说："大热天，为何要把格子门关上？"侍女回答称："中午，西厢的那位轩端荻小姐就来了，正在下棋呢。"源氏公子心想："我倒想看她们面对面对弈呢。"他悄悄地从便门进来，走到挂帘子的地方。小君进入的格子门还没有关上，可以从缝隙里窥探，朝西看可望见室内的最深处，摆设在格子门旁的屏风一端，正好折叠着，由于天热，遮挡人视线的围屏布帘都撩了起来，源氏公子能将室内的情形看得一清二楚。

室内座位的近旁，点着灯火。源氏公子在揣摩："靠着正屋的中柱，侧面而坐的人，就是我所思慕的伊人了。"他细心窥视，只见她身穿一件深紫色的绫子单层袍，因为相距远看不清她穿在上身的是什么色彩的衣服。她的发型秀丽，身材娇小，姿影并不花哨。她仿佛特意躲闪地将容颜掩藏起来，甚至连对弈的对方也不让看清似的。她的手势相当轻快，似乎想把手尽量深藏在衣袖里。另一个人，她朝东而坐，面向这边，因此可以一览无余。她下身只穿着一件白色的绫罗单层袍，外面随便地穿着一件像是紫红色的小夹上衣，腰间系着红色和服裙的腰带，裙带以上的胸脯完全露出，装扮显得邋邋遢遢。但是，她肌肤白皙，蛮标致的，体态肥胖圆乎，个子高高，发型、额头的模样都很漂亮，眼梢、嘴角露出一种媚态，容颜异常艳丽。她的头发虽不很长，却长得浓密，垂肩发光润可爱，看上去似乎无太大瑕疵可挑剔，是个招人喜欢的人儿。源氏公子心想："难怪她父亲伊豫介那么珍惜她，把她看作是举世无双的宝贝呢。"源氏公子饶有兴味地观赏，又觉得："她如若在心气上再沉稳些则更好。"源氏公子瞥见她，就有这种感觉。

不过，看来此女子并非无才气。围棋结局，填空眼[01]时，动作敏捷利落，一面谈笑风生，一面收拾棋局。坐在里首的空蝉则相当文静沉着，她说："请等等，那里是和局，应从这劫[02]处乘虚而入……"她对手的女子轩端荻则说："不不，这局我输了，来，我从这个角落数吧。"说着屈指数开："十、二十、三十、四十……"那麻利的神情，仿佛能数尽伊豫温泉浴槽周围的木板[03]似的。只是品格稍嫌逊色。空蝉则无比谦恭地，常用衣袖遮掩嘴角，不让人清楚地看到她的容貌，不过，只要凝眸注视，自然能够看见她的侧脸。眼皮稍许鼓起，鼻梁也不很美观，显得老成，没有红润娇嫩之色，如若逐一品评她的五官，毋宁说她的容貌是属于不美一类，但是，若论修养和嗜好方面，则内涵深沉，仪容端庄整洁，比有才气的轩端荻更有情趣，她的姿态具有引人注目、牵动人心的魅力。

轩端荻方面，她性格开朗，妩媚可爱。她每每洋洋得意地纵情欢笑，喧闹起来娇艳百态，越发吸引人，从这个角度上说，她也是个蛮招人喜爱的人。源氏公子虽然觉得"她似乎是个轻浮的女子"，但是在他多情好色的心中，似乎也不能将她割舍。源氏公子迄今所遇到的不少女子，一个个都不是轻浮无所拘束的人，在源氏公子面前总是表现得一本正经，连脸都不让他全看见，不露出自己的本性，因此，他总是只能看到她们的表面，

---

[01] 填空眼：围棋中的固有名词。
[02] 劫：同上。
[03] 此语出自催马乐，见《体源钞"风俗"》，歌曰："伊豫温泉浴槽板，周围可知有多少，不知呀来数数呀，哎哟哟君可知否。"大概这歌中的伊豫温泉的"伊豫"可以与伊豫介的"伊豫"挂上钩，故举出为数甚多的浴槽板吧。

像轩端荻这样不拘礼节，全部外露的形象，让他窥视到了，这还是头一回。因此尽管自己也觉得在对方全然不知的情况下，偷看到她的全貌，这举止是对不住女方的，但还是想长时间看下去。不过源氏公子觉察到小君似乎往这边走过来，于是从容不迫地离开了这里。

　　源氏公子回到先前所在处，靠在廊道的便门口。小君觉得让源氏公子在这种地方久候，不胜惶恐，他说："今天有稀客来，我无法靠近姐姐身边。"源氏公子说："这么说，今宵就这么空手而归吗？这不是令人太难堪了吗？"小君答道："怎么会呢。待客人回到那边去后，我立即设法。"源氏公子心想："如此看来，他那神情似乎有把握使他姐姐依从似的。小君虽然还是个孩子，却很懂事，善于察言观色，也很沉着。"

　　大概是下完棋了，室内传出衣服的窸窣声，似乎是人们站起身来的动静，看样子是散场了。侍女说："小少爷到哪里去了？我把这扇格子门关上吧。"接着传来了关上格子门的声响。源氏公子对小君说："人们都熟睡了，那么你就到姐姐那里去，巧妙地安排一下吧。"可是，小君知道姐姐坚贞、一本正经，终究是不可能被折服的，自己无法与姐姐商量，因此他打算趁人少的时候，悄悄地把源氏公子直接带进姐姐的居室。源氏公子说："纪伊守的妹妹轩端荻也在这边吗？让我去窥视一下吧。"小君说："这可万万使不得。因为格子门的内侧还立有围屏呢。"

　　源氏公子心想："这倒也是，不过自己早已全都窥视到了。"他心中觉得蛮有趣的，又想："窥见她的事不能告诉小君，不然太对不住她了。"于是他只是反复地说："还要等到夜深人静，真等得使人焦急啊！"

　　小君这回敲开旁门，走了进去。人们都睡了，寂静得很。小君说："我就在这隔扇门口睡吧，这里通风，好凉快。"说着摊开薄席子躺下了。侍女们大都在东厢的房间里睡了。刚才给小君开门的小女童侍女也进去睡了。小君佯装睡着，过了片刻，他拉开屏风遮挡灯火照亮的一方，引领源氏公子悄悄地向室内昏暗的那边走了进去，源氏公子带着宛如双腿发软似的心情，悚惧地想道："此番事情不知办得是否稳妥，会不会又遭倒霉？"但是脚步还是跟随引领者走，撩起围屏上挂着的布帘，想轻轻地走进去，但是由于夜深人静，他那身质地柔软的丝绸服装，还是发出窸窣的声音，清晰可闻。

空蝉虽然努力使自己对"源氏公子就那样把她给忘却了"感到高兴，但是，那桩不可思议的、像梦一般的"夜间之事"，总是在她心中萦绕，拂之不去，使她无法安详地成眠。她经常是"白昼凝眸夜难眠"[01]，虽然不是"春之树芽"[02]，此目却无法合眼歇息，而陷入深深的悲叹。她的围棋对手、女客轩端荻说："今夜我也在这里歇宿了。"说着笑容可掬地谈了许多，而后就在这儿睡了。这个年轻人无忧无虑，很快就睡着了。

空蝉感觉到似乎有人悄悄走过来，闻到飘逸过来一股芳香，她觉得奇怪，抬头一看，从挂着单层布帘的围屏缝隙，虽然是在黑暗中，但她确实清楚地看见个身影在挪动，往这边靠近，她觉得太卑鄙了，吓得不知如何是好，只顾轻手轻脚地坐起身来穿上一件丝绸单衣，不声不响地从居室溜了出去。

源氏公子不了解情况，走进室内，摸索到只有一个人在睡着就放心了。比地板低一段的另一间厢房里，只有两个侍女在那里睡。源氏公子将盖在此女子身上的衣服掀开，挨近身去，他觉得此女子似乎比前次邂逅的那个女子体形大些，却没有特别介意。只是觉得：都有人走到自己身边了，还睡得那么酣。这副模样使他觉得有点奇怪，这时候他才发现自己认错人了。他感到意外又觉恼火，可是他又想："事到如今，若让此女子察

---

[01] [02] 出自《一条摄政集》中的歌："白昼凝眸夜难眠，春之树芽无暇歇。"日语中"树芽"与"此目"谐音，引出下文。

觉到自己是认错人了，岂不让她耻笑自己笨，她也会觉得奇怪吧。再说，自己即使前去追寻自己的意中人，可她既然成心躲避自己到如此程度，就算追到她，终归未必实现得了愿望，反而会被她认为自己傻。"于是，转念又想："这里的这个女子，如若是今宵在灯火映照下窥见的那个可爱的美人，那就事出无奈，将错就错吧。"他之所以作如斯想，恐怕也是平素不良的轻浮心所导致的吧。

轩端荻好不容易醒了过来，她万没有想到会发生这种事，非常惊慌，只顾茫然不知所措，由于毫无思想准备，自然也不知脉脉的柔情。不过，她虽然是个尚未经过世面的纯洁处女，但也有几分风流心，因此她没有显出因未经世故而惊慌失措的样子。源氏公子本打算不把自己是谁告诉这女子，可是转念又想：如果此女子于事后，静下心来琢磨到为什么会发生这种事，对自己来说，虽然没什么大不了的关系，可是对那个冷漠的空蝉来说，她格外恐惧世间的流言蜚语，势必伤透心，未免太对不住她。因此源氏公子巧妙地编造出一些理由，自圆其说地对此女子说道："以前我曾多次假托避凶而到这家来，为的是想遇见你。"此语，如果是个细心人，只需琢磨一下前因后果，就能觉察出破绽来，可是，轩端荻似乎是个冒失者，毕竟还年轻，想不到那一层。源氏公子虽然觉得这个女子并不可憎，但是对她似乎也并不十分惬意，自己还是爱慕那个冷酷无情的空蝉。源氏公子心想："此刻她不知躲藏在什么地方，想必会笑我是个愚蠢者吧，总之，如此狠心的人，真是少见啊！"尽管如是想，他脑海里却不掺杂别的东西，只顾回忆空蝉的事。这且不去说它，却说此刻在身边的这位轩端荻，天真烂漫，年轻水灵，也蛮可爱的，他终于又含情脉脉地和她结下盟约。他说："古人云'与其结下众所周知的因缘，不如这样的私通更添情趣'，让我们彼此相思吧。我的处境令我不得不顾忌世人的流言蜚语，有时身不由己，力不从心，不能按照自己的意愿行事。再说，你那边也有麻烦的人们在，不会容忍你这样做，一想到这些，就让人心痛。请你不要把我忘记，等着我吧。"他说得头头是道。轩端荻毫无怀疑，心中想到什么就直率地说："让人议论也怪羞耻的，因此，我这边无法给你写信了。"源氏公子说："不可以让一般人知道此事，不过，信件倒是可以托付给这里的殿上小侍童。不露声色地交给他即可。"说着顺手将估计是空蝉脱掉扔下的丝绸薄衣拿起走出了居室。

小君就在附近睡，源氏公子把他叫醒，小君心中惦挂着事，睡不很熟，公子一叫，他旋即睁眼。于是，悄悄地将旁门推开，这当儿，一个年长的老侍女令人害怕地扬声问道："是谁在开门？"小君生怕源氏公子听见，心中觉得挺讨厌的，他回答道："是我呀。"

"哎呀，半夜三更的，还要到哪里去呀？"老侍女自作聪明地加以关照，她走了出来。小君觉得实在讨厌，回答道："不，不到哪里去，只是在附近走走。"说着把源氏公子推出门外去，这时正值晓月当空，普照大地的每个角落，老侍女忽然看见一个人影，于是问道："还有另一位是谁？"接着又自以为是地说："哦，是民部姑娘吧？你的个子好高呀！"她说的民部姑娘是这家一个个子高大的侍女，由于个子高大而常被人取笑。老侍女误以为小君带着这个高个子侍女出去走走，她说："小少爷过不了多时也将长成民部姑娘一般高了。"说着自己也从门口走了出来。源氏公子感到狼狈，可又不能张口让她回去，只好靠到廊道门口阴暗处藏身，不想老侍女竟然走到他身边来，向他诉苦说："你是今宵到上边去侍候的吧？我从前天起就闹肚子，所以就到下边来，可是据说上边侍候人手不够，又把我召了去，因此昨夜我就在上边侍候来着，可是我的肚子还是难受得要命。"她没等对方回话，又说："哎呀！肚子好痛呀！痛死我了，那么过后再见……"说着就匆匆进门去了。源氏公子好不容易脱开身，便走了出去。源氏公子觉得这种蹑足而行的行径，既轻率又危险，他大概吃了苦头不敢再试了吧。

　　小君坐在车后，陪源氏公子乘车。源氏公子回到自己的本邸二条院，于是和小君聊起昨夜的情况，他责备小君说："你的做法还很幼稚呐。"他非难空蝉心肠狠，怨恨不已。小君觉得源氏公子的心思蛮可怜的，却又没有话安慰他。源氏公子愤怨满腹地说："一想到她对我如此深恶痛绝，我也讨厌起自己来。她不愿见我，哪怕给我一封温情的信也好嘛，难道我连那个老头伊豫介还不如吗？"尽管如是说，他还是将携带回家来的空蝉那件丝绸薄衣，压在自己的衣服底下，然后就寝。他让小君在他身旁躺下，时而吐露许多怨言，时而又亲切地交谈。随后又对小君十分认真地说："你虽然很可爱，但毕竟是那个狠心人的亲人，因此我恐怕不能永久地照顾你了。"小君听了真的很伤心。源氏公子躺下良久，仍未能成眠，便又坐起身来，叫小君立即将笔砚拿来，那书写的文笔不像是特意赠人的书信，只是在一张怀纸[01]上，像消遣似的书写起来。歌曰：

　　　　金蝉脱壳身他去，
　　　　蝉衣余香熬煎人。

　　写毕，塞入小君怀里，叫他明日送去。此时，源氏公子又想起那位轩端荻，不知她此刻作何感想，他觉得她怪可怜的。可是，转念又思前顾后，浮想联翩，最终还是决定不给她写信。而那件薄薄的丝绸衣，由于留有伊人亲切的香味儿，他始终藏在身边，还不时拿出来观赏。

　　小君前往坐落于中川的家，姐姐空蝉早已在家里等候着弟弟的到来。

---

[01] 怀纸：或称叠纸，日本古时人经常携带于怀中备用的白纸，好几张叠叠在一起，横折两折，纵折四折，或用作写和歌、俳句打草稿，或做擤鼻涕用纸。

一见到弟弟就痛斥他一番说："昨夜，你这孩子办事怎么如此荒唐，我总算逃脱了一劫，逃是逃过去了，可是难免会遭到世人的怀疑，真是给我带来了莫大的麻烦。像你这样一个糊涂的毛孩儿，源氏公子不知是怎样想的，竟然遣用你。"小君听了，羞愧得无地自容。小君觉得无论源氏公子或姐姐内心都很痛苦。他掏出那张怀纸，上面有源氏公子为消遣而写的歌，交给姐姐。空蝉毕竟舍不得置之不理，接过来看了一遍，心想："哎呀！那件蝉蜕般的丝绸薄衣，他带回去了吗?！那是一件'伊势海女' [01] 般陈旧的衣服呀！"仅仅想到这些都羞煞人了。她心潮澎湃，浮想联翩，心乱如麻。

且说住在对面西厢房的轩端荻，昨夜遭遇此事，心中总觉得很羞愧，她带着羞愧的心情回到了自己的房间。此事别人谁都不知晓，她无从与谁交谈，只能独自陷入沉思。她看见小君出入四处奔走，却不是为她送来源氏公子的来信，心中颇感郁闷。但她也并不埋怨源氏公子的举止过分轻浮，只是出于风流之心，颇感寂寞和思恋。至于那位狠心人，尽管是那么沉得住气，压抑着自己的恋心，也明白源氏公子对她的爱情绝非一时的心血来潮，如若这种情况发生在昔日她还是少女身的时代，她可能会接受，如今青春岁月已一去不复返，可恨此身缘薄，想到这些不免心潮涌动，遂在那张怀纸的一端，抄下了一首歌：

蝉翼露珠藏树间，
恰似湿袖悄然泪。[02]

---

[01] 此语出自《后撰和歌集》中的歌，歌曰："伊势海女弃旧衣，见物念人心悲戚。"
[02] 这是《伊势集》中的一首歌，空蝉想起此歌，恰似她此刻的心情，故抄录下来，聊表心绪。

第四回

だいよんかい

夕 顔

源氏公子经常悄悄地造访六条御息所[01]。有一回，他从宫中前往六条御息所，在中途歇脚处，源氏公子想起住在五条的大贰[02]乳母曾因患了一场大病，为了祈求康复，她削发为尼[03]，便想去探望她。于是，前去寻访坐落在五条一带的这户人家。但是，可供直接进车的大门关闭着，因此，源氏公子就让随从人员把乳母的孩子惟光叫出来，他自己则坐在车子里等候打开大门。在等待的过程中，他环顾又脏又乱的大街光景，只见这乳母家紧挨的邻居家的下方，新设置有用丝柏薄板编成的篱笆墙，篱笆墙上方有一扇采光用的吊窗，吊窗约莫四五间[04]长，窗内挂着洁白崭新的帘子，使人有一种凉爽的感觉。隔着窗帘的亮处，看见许多脸形美丽的女子的影子，她们正在向这边窥视。这些女子不断在移动，从挡住她们下半身的篱笆墙高度来揣摩，想必她们的个子都很高。这种奇特的景观，引起源氏公子的好奇心，他寻思着："这里究竟聚集着些什么样的人呢？"

　　由于是微服私访，故他们的车子也相当简便不引人注目，加上又没有让人在车前开道，源氏公子心想："人家也不知道我是谁。"因此觉得很轻松，他从车内稍许往外望，只见这户人家的房门，似乎是带格子的板门，敞开着，从外面可以一直望见里面，室内进深并不很深，是一处简陋的住家，令源氏公子觉得可怜，想到古人云："世间何处方可居"[05]，他

[01] 六条御息所：即六条妃子。"御息所"（MIYASU-DOKORO）原意为天皇的休息所，后发展为对后宫女性的称呼，指侍奉天皇卧室、受到天皇宠爱的女性。也是对皇太子妃、亲王妃的敬称。
[02] 大贰：日本古时太宰府的首席副长官，位于少贰之上。太宰府：日本律令制下，设于筑前国筑紫郡的地方官厅。主要掌管九州的九国二岛的行政工作、接待外国使节、守卫沿岸和管理与大陆之间的商船贸易等事务。在福冈县太宰府市有其遗址。这里"大贰"是乳母的丈夫的官职名称。
[03] 日本古时有这种习俗，患重病时出家，祈求佛爷的保佑。
[04] 间：日本长度单位。1间等于6日尺，约1.818米。
[05] 此句出自《古今和歌集》第987首，歌曰："世间何处方可居，行止驻步定栖宿。"

心想："其实，这种简陋的住家，同金玉殿宇还不是一样吗？！"

百叶门式的篱笆墙根处，青青的蔓草悠然地沿墙根攀爬，青草中点缀着朵朵白花，孤芳自赏似的展露着笑容。源氏公子自言自语地吟道："形似告知远方人。"[01] 随从似对此古歌有所领会，遂跪下禀告："那绽放的白花名叫夕颜[02]，这花名似人名，这种花都是在这种奇异的墙根边上开放的。"的确，这一带到处是一间间又小又破的旧房屋，东倒西歪，四周环境脏兮兮的，这种蔓草就在这种十分寒碜的人家的屋檐下满处爬，四处开花。源氏公子目睹此种情景，说："这是可怜的薄命花啊！给我摘一朵来。"随从就从敞开着的门走了进去，正在摘花之时，只见一个身穿单层黄色薄纱和服长裙的可爱女童，从一扇雅致的拉门里走了出来，并向随从招手。她手里拿着一把薰香扑鼻的白扇子，说道："请将花放在扇子上献上吧。因为这是没有花枝也没有情趣的花。"说着，将扇子递给了随从。恰巧这时，惟光出来开大门，随从就把盛着花的扇子交给惟光，由他献给了源氏公子。惟光惶恐地致歉说："因为忘却钥匙是放在哪里了，迟迟才来开门，这是万不应该的事，虽然这种地方不会有见过世面的人，不过让各位在杂乱无章的大街上久候，实在是……"于是，将车子赶进门内，源氏公子便下车。

在这家中，有惟光的哥哥阿阇梨[03]、妹夫三河守和妹妹等人，前来照顾生病的乳母尼姑，他们看见源氏公子光临探访，感到无上光荣，大家诚惶诚恐地道谢。乳母尼姑也从床上坐起身来，说：

"我老身已濒临死不足惜之境，惟感难以割舍的是，削发为尼之后恐怕就不能像以前那样出现在公子面前，会见公子了，这是令人感到遗憾

---

[01] 此句出自《古今和歌集》中的旋头歌，歌曰："形似告知远方人，绽放白花为何花。"

[02] 日语"夕颜"即瓠子花、葫芦花。

[03] 阿阇梨：日本佛教天台宗、真言宗的僧位。

的。再加上对红尘还依依不舍，因此行动自然逡巡不前，但由于有受戒的经历，佛祖保佑，得以延年益寿。承蒙公子前来探访，能够相见，于愿足矣，现在一心惟盼阿弥陀佛早日来迎而已。"说罢纤弱地潸潸泪下。

源氏公子噙着眼泪说："前些日子听说乳母身体欠佳，我十分惦挂，如今又看到您远离世俗，削发为尼的身影，不禁感到深深的悲伤和遗憾。但愿您高寿延年，看着我升官晋爵，茁壮成长。日后您将能顺当往生九品净土之最上世界[01]，听说往生时对尘世若留一丝半点的执著都是不好的。"

但凡做乳母的人，对于自己喂养的孩子，都偏心眼，觉得是最好的，即使这孩子有天大的缺点，在她眼里也是完美无缺、聪明绝顶的，更何况此乳母喂养的是像源氏公子这样非同凡响的公子，更觉得脸上有光。她想到自己曾经朝朝暮暮亲切喂养这孩子，觉得自身也很高贵，这是自己前世修来的荣光，是神佛暗中保佑才获得的幸运，想到这些不由得潸然落泪。乳母的儿女们觉得母亲这副哭哭啼啼的模样实在不好看，他们彼此交头接耳，议论说："瞧母亲这样一位出家人，似乎还留恋尘世，泪流满面，让源氏公子看了也会觉得很别扭的。"他们互相传递眼色，显出十分困惑的样子。源氏公子则对乳母此时此刻的心情深表同情，他说："当我还在幼年时代，疼爱我的母亲和外祖母都相继作古了，后来养育我的人似乎很多，但是我觉得最亲近的，除了您之外没有别人。我成人之后，由于身份所拘，不能自由行动，不能经常见到您，也不能按照自己的意愿随时前来探访您。尽管如此，每当阔别许久未见到您，我心中就会感到寂寞和不安。诚如古人所咏'但愿世间无死别'[02]。"他殷切地安慰乳母，情不自

---

[01] 据说，佛教中极乐净土里有上中下三品，三品中又各有上中下之三生，最上的世界就是上品上生。

[02] 此句出自《伊势物语》中第84段的一首歌，歌曰："但愿世间无死别，千秋长寿为子活。"

禁地流下泪来，他举袖拭泪，袖香飘逸，萦绕满屋。乳母的儿女们方才还在埋怨尼姑母亲尚留恋尘寰，哭哭啼啼多难看呀！此时不由得感到："的确，仔细想来，能当上如此高贵的公子的乳母，真是难得的无比幸福，是前世修来的善果。"大家都感动得热泪潸潸。

源氏公子吩咐惟光，请众僧再为乳母做法事，祈求佛爷保佑她病体早日康复。临走之前，源氏公子又叫惟光点燃蜡台，仔细端详方才送来的盛着夕颜花的白扇子，他嗅到使用这把扇子的人的薰衣香，芬芳飘逸，沁人肺腑，这把扇子使他感到用扇人的亲切。他还看见扇面上，似消遣而用挥洒自如的笔调书写：

　　露沾夕颜增光彩，
　　料是贵人远道来。

源氏公子觉得这首和歌虽是信笔写就，行文却是上乘的，也很有情趣。在这种地方，竟然住着如斯女子，实在令他感到意外，也令他觉得饶有兴味。于是，源氏公子对惟光说："西边邻居家，住着什么样的人，你曾探询过吗？"惟光暗自想："他那讨厌的毛病又在内心里活动了吧。"但惟光嘴上不说，只是冷淡地回答道："虽然这五六天，我都在这里住下，但是只顾担心病人的病情，一心只想如何照顾好病人，没有仔细打听邻居家的事。"源氏公子说："你以为我的老毛病又发作了吗？我只为这把扇子的事，想打听一下而已，你还是给我找个熟悉这一带情况的人来问问看。"

惟光退下，遂到邻居家把看门人叫出来，向他打听后，回来禀告说"那是扬名介[01]的家，据这家看门人说：'这家男主人到乡下去了，留守

[01] 扬名介："扬名"是有名无实的意思，"扬名介"就是说只有官名，没有俸禄和职务的介（次官）。

的女主人很年轻，爱华美好风流，她的姐妹们都在宫中供职，经常出入此家。'更详细的情况，下人也不得而知了。"

源氏公子听罢，心中断定："如此看来，这把扇子的事，想必是宫中人之所为，因此，洋洋得意地运用熟悉的调子，咏歌送来的吧。"又想："反正是个身份大煞风景的人吧。不过，人家特地以我为目标赋歌赠我的这份心意，也蛮可爱，总不能弃置不顾。"按惯例，他对这类风流雅事本来就极易动心，于是在一张怀纸上，特意用不像是自己的字迹，回赠歌曰：

暮色苍茫天朦胧，
远观夕颜心虚空。

写毕，他交给刚才摘花的那个随从送去了。那户人家的女子虽然未曾见过源氏公子，然而从旁稍加窥视公子的侧脸，就可以推量其全貌，遂不失时机地在扇面上献上歌。可是，过了良久，女方还不见回赠答歌，心中感到别扭和扫兴，正在此时，暮地看见源氏公子特地派人将他刚写好的歌送来。这些女子顿觉兴奋，神清气爽地你一言我一语商量着如何答复，来人等得有点生气，就径自回去了。

源氏公子命随从将前驱的火把遮掩得昏暗些，免得惹人注目，悄悄地离开了乳母尼姑家。那邻居家也早已把吊窗和格子门关了，从窗门缝隙里透出来的灯光，比萤火光还显得微弱，令人觉得可怜。

源氏公子来到目的地六条妃子的宅邸，这里的树丛、庭前种植的花草都与别处迥异，住处分外幽雅恬静。六条妃子仪态端庄，品位高雅，气度非凡，绝非一般女子可以比拟。公子到了这里，哪会想起墙根夕颜花之事呢。翌日早上，稍许贪睡了些，及至旭日升起时才起程回府。他那迎着朝阳的姿态，神采奕奕非常优雅，人们对他赞不绝口，是有其道理的。今日归途中，又经过那夕颜花的窗前。往日赴六条时，每每经过此处，却一向不曾在意，只因区区扇面上的题歌，竟拨动公子的心弦。他寻思："这里面住的是什么样的人家呢？"此后，往来路过此处，必定注目察看。

数日后，惟光前来拜访，他客套地道了开场白："家母的病况，至今还是未见好转，我忙于诸多奉侍，以至迟至今日才……"然后走到源氏公子身旁，秘密地对公子说："前些日子您有过吩咐之后，我就叫家人找个熟悉邻居家情况的人，探询了一下，不过那人了解的情况也不多，他相当秘密地告诉说：'那户人家里自五月间起，来了个人，她究竟是个什么身份的人，连家人都不告知。'于是，我自己怯生生地悄悄从邻居家的篱笆墙缝里窥视，透过垂帘望见一群年轻侍女的身影，从她们穿的和服裙，外加罩上长裙来看，她们是在侍候她们的女主人。昨日傍晚夕阳余晖一直照射到这家的深处，我趁这家屋内能看得清楚时，窥视了一下，只见有个女子坐在那里写信。此人的长相诚然很标致。她似乎在沉思着什么问题，在她身旁侍候的侍女们，悄悄地在哭泣，这些情景我都清楚地看见了。"

源氏公子微笑着，心想："我还想知道得更详细些啊！"惟光暗自寻思："我这主人，社会名望好，身份高贵，风华正茂，天下女子赞声不绝，无不欣羡，从具备这些优越条件的角度来说，如若少了风流韵事，缺乏风情，岂不是美中不足，令人感到寂寞吗？世间的一些凡夫俗子、身份卑微者，见如斯美女尚且动心，更何况……"于是，惟光说："我心想说不定我还能巧妙地探索到一些事呢，我就制造出一点机会，给一个年轻的侍女送去一封信。于是对方马上用熟练的笔迹给我写了回信。看来那不是一个长相不美的侍女。"

源氏公子说："那么你就更进一步和她套近乎，若不详细调查清楚，就是美中不足了。"

源氏公子暗自想："这户夕颜花之家，大概就是那天雨夜品评中属于下等之下等，是左马头认为的微不足道的人家吧。不过，其中说不定会出乎意外地遇见可取的女子呢。"好奇心促使他总是想着世间稀奇的事。

且说，空蝉对源氏公子的态度过于冷淡，令他感到她同世间的一般女子很不一样。源氏每念及此，心中就想："如果那夜她的态度温顺些，那么我即使一时犯下痛苦的过失，也许会从此断念。然而，她的态度那么强硬，叫我就此退却罢休，我真是很不甘心。"因此，他始终没有忘却她。总之，源氏公子迄今对于像她这样没有什么特别优异之处的女子，从不放在心上，可是自从听了先前的那次雨夜品评之后，他的好奇心越发无处不在了，他很想去探索领略各种不同阶层的女子。不了解源氏公子的这种心态，只顾天真直率地等待着他的另一个女子轩端荻，源氏公子并非觉得她不可爱，但是，"那个冷酷的空蝉佯装不知此事，实际上恐怕早已注意到此事了吧"，想到这些，源氏公子不免内疚于心，他心想："首先，待我观察透空蝉的心思后再说。"就在这过程中，伊豫介从赴任国上京城来了。他首先赶紧来参见源氏公子。

伊豫介因从海路乘船来的缘故，晒得肤色稍黑，旅途疲劳，容貌显得憔悴、呆板，令人看了觉得不舒服。不过，论人品、出身，他并不卑贱，看上去虽然是个老人，但还蛮漂亮的，形态也不俗，总觉得他有些非同寻常的地方。他谈到赴任国的许多故事时，源氏公子本想问他伊豫国当地的一些情况，诸如"伊豫温泉浴槽板，周围可知有多少"等，但总觉不好意思，于心不安。只是暗自寻思，回忆起诸多风流韵事。他想："对待如此厚道的长者，作这样的想法，实在太荒谬，于心有愧啊！也许这种恋爱的确是非同小可的过失。"他想起雨夜品评时左马头的谏言，更觉对不住伊豫介。他又想到空蝉的人品："那个空蝉对我心肠冷酷，着实可恨，不过她对丈夫伊豫介确实很忠诚，这点令人敬佩。"

后来，源氏公子又听见伊豫介说："此番进京为的是操办女儿轩端荻的婚嫁事，并拟带着妻子空蝉一同到赴任国去。"源氏公子听了此番话后，心中不免慌乱焦急。待伊豫介走后，他便与小君商量："你能不能再给我安排一次会见你姐姐空蝉？"小君心想："纵令我姐同意见面，也不是那么轻而易举地就能偷偷幽会，何况姐姐自认为与身份高贵者不般配呢，事到如今，再怎么设法恐怕也白搭。姐姐认为这种事是见不得人的丑事，早已断念了。"

至于空蝉这方，她觉得让源氏公子把自己全然忘却，难为他一往情深，自己做得未免太绝情，太没情趣了，因此每当有机会回信时，在措辞上委婉些，或者添些风雅的词句，作些动人的和歌什么的，使源氏公子看了觉得亲切，有情趣，很可爱。空蝉的这种态度，使源氏公子虽然觉得她是个冷漠可恨的女子，但是无法把她忘却。

还有另一个女子轩端荻，如今尽管有了夫婿，身份已定，但是源氏公子觉得她依然采取顺从自己的意思的态度，因此也就放心，尽管耳闻诸多关于她结婚的传闻，源氏公子都没有特别动心。

秋季来临。诸多事端使源氏公子焦躁不安，心绪紊乱。由于他很少前往左大臣宅邸，葵姬难免满怀怨恨。六条妃子方面最初拒绝公子的求爱，好不容易接受了他的爱之后，岂知公子的态度忽然一变，竟疏远了她。六条妃子好伤心啊！她想："在未曾发生关系之前，他的那份热诚，那份情深，都到哪儿去了？"这位妃子的性格是总好把事情往极端处想，她想："两人的年龄不相称[01]，他们俩的事，万一泄漏出去，被世间的人们有所耳闻，可就……为此而疏远又未免太薄情。"她越想越伤心。源氏公子没有前来造访之夜，她独寝自怜，万感交集，深陷悲叹，难以成眠。

一天清晨，朝雾弥漫，众侍女催促源氏公子起身，他睡眼惺忪，一边

---

[01] 是年，据称六条妃子二十四岁，源氏公子十七岁。

唉声叹气一边步出六条宅邸。一个名叫中将的侍女，打开一扇格子门，又将围屏的帘子撩起，以便女主人目送公子。六条妃子抬头朝外看，只看见源氏公子正在观赏栽种在庭院里的争妍斗丽的奇花异草，流连忘返。他那姿态之美，着实无与伦比。他在侍女中将的陪同下向走廊那边走去。侍女身穿一件合乎季节的紫菀色衣服，外罩轻罗质地的裙子，腰身纤细，体态婀娜。源氏公子回眸，让她在角落上的房前栏杆边上小坐，端详着她那谨小慎微的举止和美丽的垂肩发，觉得她长得真漂亮，随即脱口而出：

"心离名花言谨慎，

不摘朝颜将悔恨。[01]

怎么办呢？"说着，他握住侍女中将的手。中将本是善于作歌的人，旋即答道：

朝雾迷茫紧出发，

君心不留斯名花。

侍女中将特意将源氏公子的诗情引向女主人身上。

这时，一个长相格外可爱的侍童，以合乎理想的姿态，活像特为这场面而设置的人物，不顾露珠把他的肥大裙裤脚濡湿，拨开花枝走进花丛中，摘了一朵牵牛花，献给源氏公子，这情景简直可以入画。即使偶然路过瞥见一眼源氏公子那俊美的容颜，都无不深深地动心，纵令不解情趣的山樵野叟，也都想在花木荫下小憩，这难道不是人之常情吗？但凡知晓这位公子的俊美容貌者，无不各自依照自己的身份，欲把自己觉得十分可爱

---

[01] 此处"名花"喻指六条妃子，"朝颜"即牵牛花，喻指侍女中将。

的女儿，送去给他当使唤丫头，或者自家有姿色并不难看的妹妹，也希望把她送至源氏公子身边侍候，哪怕地位卑微也心甘情愿，更何况能有某种一时的机会，十分接近地聆听这位源氏公子说话，仰望他那俊美容貌和典雅神采。只要稍许懂得一些情趣的女子，怎么会把这位公子等闲视之呢，她着急并担心的是，公子不能够无拘无束地经常来造访共叙。

且说那位惟光，自从接受了源氏公子的吩咐，让他窥探邻居家情况，后来似乎大有进展，了解到相当详细的情况，特前来禀报说："那人家的女主人究竟是什么人，谁也猜不着。看起来非常隐蔽，似乎不愿让人知道她的来历，大概生活过得太悠闲无聊而觉得寂寞的缘故，她才迁到这朝南的有半截带格子的板窗的狭窄长屋来，每当大街上响起行车的声音，年轻的侍女们似乎会窥视，有时一个像是这家的女主人的女子，也悄悄地前来参与窥视，隐约看去，她的长相相当可爱。有一天，大街上来了一辆车，车前开道者扬声要人们让路，正在窥视的女侍童急忙往里间跑，禀报说：'右近小姐，快来看呀，头中将大人的车子打这儿通过呐。'其他许多侍女闻声也都出来了，其中有个地位相当高的侍女用手示意：'嗳，别嚷！'她问女童：'你怎么知道是头中将大人？让我来瞧瞧。'说着悄悄地走到这边来，通往长屋这边的通道上临时架着一道板桥，由于急忙赶着走过来，她的衣裳的下摆绊住了，她踉踉跄跄地摔倒，差点从桥上掉下去，她生气地埋怨道：'哎哟，你这葛城之神，竟架起这么一道危险的桥。'[01]本想前往窥视的兴致也因此一扫而光了。头中将身穿贵人常用的便装，还带上数名随从。有人问女童：'你怎么知道是他们呢？'女童告诉她们那人是谁，这人是谁，一一举出他们的名字。她认识头中将的随从

---

[01] 此语是借用日本典故而发。据日本古代传说，奈良时代的山岳咒术者命一言主神（葛城之神）一夜之间，在葛城山与金峰山之间架起一道岩石桥，但是没等把桥架完天就亮了。

和侍童，所以知道车内的人是头中将。"

惟光禀告上述情况之后，源氏公子说："如若确实看清车内的情形就好了。"源氏公子暗自揣摩："莫非那位女主人就是先前雨夜品评时，头中将谈到他觉得可怜，至今还难以忘怀的女子常夏吗？"他想到这些，脸上就露出想了解得更多一些的神色。惟光看在眼里，笑着说："其实，我和那家的一个侍女，巧妙地攀谈上了，她干得相当不错，一无遗漏地把那家中的情况都告诉我。有个年轻女子装作与同辈侍女打成一片，操着她们日常的用语，我故意装糊涂，装着受骗的样子，出入他们家。这些侍女们以为她们能够严守秘密，殊不知有小孩在，小孩有时候难免说漏了嘴，称呼主人，其他侍女们就赶紧加以掩饰，用话打岔，试图搪塞过去，仿佛这里就没有什么女主人。"惟光说着笑了。源氏公子说："去探望乳母尼姑时，顺便让我也窥视一下吧。"源氏公子的好奇心，不免又在涌动，他想："那里虽然是临时的歇宿之处，不过，从住家的情况看来，正是左马头轻蔑的下品人家吧，其中说不定也能挖掘出意外的可取之物来呢。"

惟光本来就是惟主人之命是从的人，哪怕是一星半点的小事，他也绝不违背主人的心意，何况他自己也是个用心周到的好色者，对这种事格外感兴趣，想方设法有步骤地进行，终于使源氏公子得以开始和那家女主人悄悄地幽会了。至于事情经过的来龙去脉，相当烦琐，按惯例就此省略。

且说源氏公子未能彻底查明这个女子究竟是谁，因此也不把自己的名字告诉她。他极其随便地装扮，务求不引人注目，破例地不乘坐车辆或骑马，只是徒步往返。惟光通过他的这些举止揣测："主人对这个女子的那份心，恐怕是非同一般的了。"于是，惟光将自己的马让给源氏公子骑，他自己步行作陪。却又满腹牢骚，暗自抱怨："好歹我也是个多情种，这般寒碜地徒步前往，叫对方看见了多难为情呀！"源氏公子为了不让外人知晓，随身只带上次传递夕颜花的那个随从，和另一个谁都不认识的侍童而已。他还有所顾忌，生怕那女子会有线索，刨根问底，因此连到邻居的大贰乳母家作中间小憩也都免了。

那女子也心存疑窦，不知这位男士究竟是谁，为探明究竟，当来送信者离开时，她就派人尾随其后，或黎明时分公子离开她家时，她也派人跟踪，了解他的去向以探知他家住何处。然而，源氏公子行踪隐蔽，不让对方探明。尽管如此，源氏公子迷恋她，不能不见她，心中总惦挂着她。虽然有时也反省，自己与她偷情，这样做不好，是轻率之举，颇感悔恨，但还是非常频繁地往返她家。男女间这方面的情事，即使言行谨慎的人，有时也会乱了方寸的，源氏公子迄今体面地装作一本正经，不做会被人指责的事，但是，这回不知怎的竟如此不可思议，清晨刚分别，隔着一个午间就觉得已经等得不耐烦，心情焦灼，恨不得夜间幽会的时刻立即到来。另一方面，又强作镇静，自我抑制地想："这简直是入魔似的，她也不是那么值得自己如此真爱的嘛。"可话又说回来，他想道："此人从整体上看，姿态是那么惊人的温柔，仪态大方，却欠缺深谋远虑、沉稳端庄的情趣，虽然看上去很年轻活泼，却也不是未知男女之道的处女，出身似乎也不是很高贵，她究竟哪点优秀，竟惹得我如此深入涉足。"他反复思考，连自己都觉得不可思议。

源氏公子在着装上似乎格外用心，有意穿些粗糙的便服，他的装束完全改变了往常的模样，面孔也尽量遮掩不让人看清，于夜深人静时分悄悄地出入这户人家，活像昔日物语作品中描写的妖怪。至于夕颜方面也不免觉得有些毛骨悚然而暗自悲叹，不过，即使在骏黑中探手摸索，大致上也能知道斯人的体态，她心想："此人究竟是什么样的人？可能还是邻居的那位好色者惟光引领来的吧。"她怀疑惟光大夫[01]。惟光方面始终挂着一

---

[01] 大夫：有多种含义，此处为日本古时受五位以上勋位者的统称。

副若无其事的面孔，佯装此事出乎意料似的，他依旧在这家四处欢闹，因此夕颜不知这究竟是怎么回事，虽然觉得此公子对自己的情爱深，但不晓得斯人的人品如何，有点莫名其妙，于是，陷入奇妙的沉思。

源氏公子也觉得："此女子对自己似乎无戒心，如此信赖自己，会不会让自己麻痹大意，然后她忽然隐藏起来，让你不知道上哪儿才能找到她？这里是她临时藏身之处，也许不知什么时候，她会迁居到别的什么地方呢。"万一追踪不到她的身影，倘若能就此绝念，只当是获得了一时的慰藉而了结这份情缘，倒也罢了，可是源氏公子怎么也不甘心就此罢休，每当为了避忌人们的目光不去和她幽会的夜晚，总是担心她会不会不知去向了呢，实在令人难以忍受，极其痛苦，焦灼万分。因此，他想："干脆不言明此女子是何许人，直接把她迎入二条院。如果此事被世人所知，引起非议，这也许也是前世因缘注定的，虽说事情该如何办，取决于我这颗心怎样想，不过，说实在的，迄今自己还不曾对谁如此恋恋不能忘怀，不知这是前世注定的什么缘分啊！"源氏公子想到这些后，就对夕颜说道："来！让我们到另一个比此处更舒适的地方，悠闲自在地叙谈吧！"夕颜说："尽管您如是说，但我总觉得很怪异，您对事情的处理办法异乎寻常，我总觉得有点害怕呀。"她说话的口吻天真无邪，源氏公子想："说得也是啊！"便露出微笑，亲切地说："看来我们俩当中必有一人是骗人的狐狸精啰，那么你权且把我当作狐狸精，受骗一次吧。"他的亲切使夕颜完全顺从，她心想："跟他去也无妨。"源氏公子虽然觉得自己这样做非常不体面，但是夕颜一心一意信赖自己的这份心，确实非常值得珍惜。可是他总怀疑此女子莫非就是头中将述怀时所说的那个常夏。他回想起头中将作的有关那女子品格的种种叙述，这问题首先浮现在他脑海里，他体察到这女子隐瞒她的出身经历，自然有其道理，因此他也没有强行追问到底。他甚至还这样想："从此女子的表现上看来，她似乎无心突然背叛我而逃遁别处，如果我久不来接近她，把她弃置一旁，说不定她会变心，否则的话，眼下看不出她会有闹别扭而突然隐遁起来的心思，因此，如果我稍许移情于别的女子，也许反而更有情趣呢。"

八月十五之夜，月光普照大地，板屋缝隙多，月光透过缝隙筛落进来，这种不熟悉的住家情况，使源氏公子感觉稀奇。大概是临近黎明时分的缘故，邻居家的人们早早醒来，传来了卑微男人们的说话声："啊！真冷，今年的买卖可真不景气，乡间周围的生意也很不好做，实在令人担心！……喂！北邻家的，你听我说呀！"诸如此类，彼此对话的声音，隔着板墙，不时地传送过来。贫苦的人们，各自为了自己的生计，早早醒来，忙忙碌碌操持着各自的活儿，物件撞击发出叮叮当当的声响，仿佛就在耳边旋荡。夕颜显得相当不好意思。如果她是个讲究体面好装腔作势的人，那么住在这样寒碜的地方，定然会感到难为情，恨不得有地洞可钻吧。然而，她是个性格豁达的人，并没有真切地感到有什么难受、悲伤或难以为情，她的态度和姿容确实很有品位，她天真烂漫，四周无比嘈杂的声响，四周人们的粗鲁、没规矩，她仿佛都视而不见置若罔闻，并不特别介意，其实，与其多余地感到难为情而面红耳赤，莫如像她这样，让人看来反而觉得她很宽容。那脚踏杵捣米，石头撞击碓臼发出的砰砰声，比轰隆轰隆的雷鸣还响，仿佛就在枕边轰鸣。源氏公子觉得"实在震耳欲聋"，却不知这是什么声响，只觉得响声怪异，令他感到很不舒服。此外就是诸多令人腻烦的嘈杂声。四面八方隐约传来在捣衣板上捶打粗布衣裳的声音，间中还夹杂着飞雁掠空的悲鸣，杂音交错，酿成一股莫名的哀愁氛围，叫人实在难以忍受。

源氏公子所在的房间，靠近房屋的一头，他自己打开了拉门，和夕颜一起眺望户外的景色。只见小小的庭院里种植着漂亮的淡竹，庭前种植的花草树木上的露珠，在晓月残光的映照下，即使在这样的场所，也同样闪烁生辉。源氏公子在宫中，听惯了即使近在咫尺的壁间的蟋蟀唧唧啼鸣，听起来也像是从遥远的他方传来，此处的秋虫鸣声此起彼伏，喧嚣嘈杂，听起来仿佛就在耳边作响，他却反而觉得别有一番情趣，这大概是缘于他深恋夕颜，故万般缺点都能宽容吧。

夕颜身穿白色夹衫，外面罩上一件质地柔软的淡紫色外衣，色泽虽然并不华丽，但她的身形却非常窈窕可爱。尽管没有格外突出可供指点的优秀之处，但是她的体态袅娜多姿，言谈举止楚楚动人，令人觉得她简直太招人怜惜了。源氏公子虽然觉得，此女子若能再添上一点深思熟虑、沉稳庄重就更好了，但还是希望和她作更多的推心置腹的交谈，于是对她说："我说呀，让我们迁移到附近一个地方，舒适地交谈到天亮吧。在这里如此这般地待下去，令人感到很苦闷。"夕颜落落大方地说："为何如此着急？！"源氏公子向她立下不仅是今生，还有来世的海誓山盟，博得夕颜对他的信赖，她逐渐对他不存戒心，坦诚相待，她的这种真诚而天真的气质，令人感到特别异乎寻常人，不像是个已婚的女子。源氏公子此刻已无法顾忌会招来世人的什么微词了，他便把侍女右近叫来，让她叫随从将车子拉到门内来。这家的侍女们都知道源氏公子的这番恋情非比寻常，尽管不了解公子是何等身份的人，总觉有点不安，但是终归还是对他们的恋爱寄予希望。

临近黎明时分，没有听见雄鸡报晓的啼鸣，却传来了众多上了年纪的修行者祈祷并膜拜的声音，他们大概是在进行登上奈良县金峰山参拜前的斋戒吧，源氏公子想象着他们时而站立时而跪坐的举止，是多么艰辛的修行啊，觉得实在可怜。他心想："浮世无常，宛如朝露，何苦为了自身的贪婪对它索求什么呢。"他侧耳倾听，只听见传来"南无当来之导师[01]"

---

[01] 当来之导师：即弥勒菩萨。据佛教传说，释迦牟尼圆寂后，经过五十六亿七千万年，弥勒菩萨现世。

的诵经声和顶礼膜拜声。他听了心中有所感动，对夕颜说："你听听，那些老人们不仅为今生，还为来世祈祷呢。"他深为感动，遂吟道：

前贤可效优婆塞[01]，
山盟来世莫忘怀。

举长生殿的故事为例，太不吉利，因此不引用"比翼鸟"[02]的典故，而海誓山盟同生在五十六亿七千万年之后弥勒菩萨出世之时。这盟约的未来太遥远，太夸大其辞了。夕颜答歌曰：

前世宿缘已薄命，
岂敢指望来世福。

如此这般的作歌赠答，实际上能有多少会心传意呢？也许是靠不住的。

晓月行将隐入山头，在朦胧的月影下，夕颜的心神蓦地不知驰骋向何方，她踌躇不决，源氏公子多方劝导，催促她动身，晓月突然隐没云中，曙色景致别有一番情趣。源氏公子习惯于在天未大亮之时急忙上路，遂将夕颜轻巧地抱上车内，命右近同车前往。

车子来到夕颜家附近的一处院落，呼唤守院者出来开门。源氏公子掀起车帘，望见车外一片荒凉，仰望院门，只见院门几乎被葳蕤的海州骨碎补草所掩隐，四周的树木茂密，呈现一股无以名状的阴森氛围。朝雾浓

---

[01] 优婆塞：佛语，指佛门在俗的男性弟子，这里指在家修行之男子。
[02] 引自白居易的《长恨歌》中的"七月七日长生殿，夜半无人私语时。在天愿作比翼鸟，在地愿为连理枝"。

重，空气潮湿，由于车帘掀开，潮气使衣袖都变得湿漉漉的了。源氏公子说：“我从未经历过此种情况，实在是令人操心劳神啊！”遂吟歌曰：

> “古人可曾恋惆怅，
> 披星戴月未曾尝。

你习惯吗？”夕颜含羞腼腆地答歌曰：

> “山头若何心未知，
> 惟恐途中月消失。[01]

我害怕呢！”说着露出怯生生恐惧的样子，源氏公子以为她可能是住惯了那种狭窄而人多的地方的缘故，觉得蛮有趣的。

　　随从将车子拉进门内，停在西厢房前，卸下牲口，将车辕架在栏杆上，源氏公子等人坐在车内等候侍者把房间收拾干净。在这过程中，右近观察这般光景，不免浮想联翩，暗自回想起过去头中将与夕颜私通等事。从看管院落的男侍的那种殷勤接待来客的样子来看，源氏公子究竟是什么身份的人，她心中已完全估计到了。天色逐渐明亮，当万物隐约可辨的时分，源氏公子等人便下车，尽管是临时加以收拾的房间，但是总算能及时地把房间拾掇得干干净净。守院者说：“侍候者谁都没有来，恐怕有诸多不便啊！”此人是源氏公子的亲信管家之下手，曾经在左大臣宅邸内进进出出伺候，他走近公子身边说：“是否叫些人来侍候？”源氏公子阻止他说：“我是特意挑选这处估计无人会来的居所，你要给我保守秘密，绝对不得向外人泄密。”此人赶紧去准备早粥伺候，做是做好了，可是由于人

---

[01] “山头”比喻源氏公子，“月”比喻夕颜自己。

手不够，狼狈周章。源氏公子也未曾经历过在如此荒凉的旅居所就寝，此刻除了与夕颜缠绵无尽地倾吐心曲，宛如"息长川"[01]滔滔不绝外，别无他事可做。

到了太阳上升老高时，源氏公子才起身，并亲手把格子窗门支撑起来，举目望去，只见庭院非常荒芜，不见人影，极目远眺，惟见古树葳蕤，阴森可怕。近处的草木等，也没有值得一看的。一派悲秋的景象。池子里的水也被水草所掩盖，这个庭园不知什么时候，竟变成如此可怕的荒废园子。远离主房的那边，盖有一些房屋，似乎有人在住着，却又距离此处太远。源氏公子说："这里可真够荒凉啊！就算有鬼居住此地，也会宽容我吧。"直至此刻，源氏公子还是遮着脸不让她瞧见，夕颜对此心中颇觉难过，源氏公子觉得两人既已亲昵到如此程度，自己还把脸遮掩，显得隔阂，未免不近情理，于是吟歌曰：

　　　"夕露润花尽开颜，

　　　只缘瞥见一线牵。[02]

露之光如何呀[03]？"

夕颜斜着眼瞥了源氏公子一眼，低声答歌曰：

　　　光辉熠熠花上露，

---

[01] 此语出自《万叶集》中的歌，歌曰："滔滔不绝息长川，与君叙情无尽时。"
[02] 源氏公子把自己比作花开，意即揭开障目物露出脸来。此歌表白：我之所以露出真面目，乃因我们有邂逅之缘。
[03] 夕颜先前曾在送给源氏的扇面上写了"露沾夕颜增光彩"之句，源氏借用她的"露之光"含意，询问之。

只因黄昏眼模糊。[01]

　　尽管此歌不算高明，不过源氏公子觉得蛮有趣味。源氏公子如此推心置腹地对待夕颜，他那模样之美，真是世间无与伦比，更何况在这样的场合，甚至令人觉得是不是鬼使神差，有不吉利之感。源氏公子对夕颜说："你对我总是保持一定的距离，我很难过，因此我也不想露出真面目。到了现在，你至少哪怕报一下你的姓名呢，不然太令人扫兴了。"夕颜答道："我乃'渔人之子无定宿'[02]嘛。"她那副尚有隔阂的神态，倒使源氏公子觉得她十分娇媚。源氏公子说："那就无可奈何啰。这恐怕也是'起因在我'[03]，怨不得你呀。"源氏公子时而吐露怨恨之心情，时而又柔情蜜语，这一天就这样打发过去了。

　　惟光带了些水果，前来探访此处隐蔽的住家。可是他担心右近会埋怨他从中牵线，所以不敢贸然走近源氏公子身边。惟光暗自思量："公子为了这个女子，不辞辛苦，在如此荒芜的地方落脚，的确蛮有意思的。"他揣摩着："此女子必有值得公子付出如此代价之处。"他觉得自己本来满可以捷足先登将她抢到手的，可却把她让给了公子，未免太过大方啦，想着又觉得有些后悔。

　　源氏公子眺望着无比寂静的日暮的苍穹，主房的深处昏暗，夕颜觉得有点害怕，遂将一头的垂帘掀起，并在源氏公子身旁躺了下来。他们彼此凝望，看见对方在夕阳余晖映照下的脸庞，夕颜觉得自己竟出乎意外地来到这样的地方，实在不可思议，翩跹的浮想和哀叹也逐渐淡忘，略微显出

---

[01] 夕颜故意戏言，意思是说：露光映衬下的那张脸显得很美，其实也没什么大不了。
[02] 此句出自《和汉朗咏集》中的歌，歌曰："白浪拍岸终归处，渔人之子无定宿。"
[03] 此语引自《古今和歌集》第807首，歌曰："渔人割藻闻虫泣，起因在我不怨世。"

一副亲昵信赖的神态，着实可爱。成日依偎在源氏公子身旁，她对四周的环境显得怯生生的模样，既天真烂漫又招人爱怜。源氏公子早早地就将窗户和格子门关上，并叫人把灯火点亮。源氏公子埋怨说："瞧！我们已成推心置腹的伴侣，可你至今心中尚存疑虑，还不愿告诉你我的真实姓名，使我感到伤心。"这时，源氏公子想象着："父皇不知有多着急地在寻找我吧，可是叫使者们到哪里去寻找呢。"接着又想："自己为什么如此痴迷？真不可思议。至于六条御息所那边，我久疏造访，她不知有多么苦恼，我遭她怨恨，确是很痛苦，不过，她的怨恨也不无道理。"每当怜惜恋人时，源氏公子首先想到的，就是六条御息所。可是眼前面对的这位夕颜，天真无邪，实在可爱，相形之下，六条御息所那边，遇事总是过于深思熟虑，令人感到苦闷，不免有点想舍弃她。源氏公子不觉间竟把此二人加以对比。

将近半夜，源氏公子刚迷迷糊糊进入梦乡，仿佛有个绝色美人坐在他的枕边，对他说："我如此倾心爱慕你这美少年，你却无动于衷不理睬我，竟把这样一个没什么格外可取之处的女子带出来，备加宠爱，这举止未免太绝情啦。"说着想把躺在他身边的夕颜弄醒，源氏公子见状，心里仿佛被梦魇住了，大吃一惊，睡眼睁开，只见灯火全熄灭，源氏公子越发感到可怖，遂拔出长刀放在身边，他叫醒右近，右近害怕得只顾往公子身边靠过来。公子对她说："你去把过道上的值宿人叫醒，让他们把纸烛点着端过来。"右近说："外面这么黑，叫我怎么去呀。""啊哈！你真像个小孩子！"源氏公子说着笑了，旋即拍手唤人来，四周传来回响，阴森可怖。值宿人没有听见召唤的掌声，谁都没有来，夕颜吓得哆哆嗦嗦地全身颤抖，不知如何是好，只顾冒一身冷汗，湿漉漉的，真是吓成魂不附体的模样。右近说："小姐天生胆怯，一有什么动静，就吓得要命。如今出现这种情况，她心中不知有多么难受呢。"源氏公子也觉得："夕颜确实很胆小，白日里也只顾凝望着天空，怯生生的，实在可怜。"于是对右近说："我出去把人叫醒。拍手唤人，只传来回响声，真是讨厌。你到她身边来陪伴她一会儿。"源氏公子让右近靠近夕颜，然后自己从西边的旁门走了出去，一打开房门，只见过道上的灯火也全都熄灭了。

户外凉风习习，值宿的人数很少，这些人都在酣睡。所说的值宿人有：负责留守此院落者之子，即经常在源氏公子身边受使唤的年轻男子，殿上侍童和源氏公子的随从，仅此三人而已。公子一召唤他们，留守院落者之子应声醒来，源氏公子说：

"你点着纸烛拿过来，告诉随从要他不断鸣弓弦[01]，在这种人迹罕至的地方，你们还能放心睡大觉吗？听说惟光朝臣来过，他此刻在哪儿？"

年轻人回答说："他来过了，可是公子没有吩咐他办什么事，他说明早再来迎接公子，撂下话就又回去了。"这个年轻人是宫中的泷口[02]禁卫武士，颇善鸣弓弦，他利索地一边拉响弓弦，一边吆喝："小心火烛啰！"朝向留守人的居所那边走了去。

源氏公子听见鸣弦声，想象着宫中的情景："此刻，将近午夜，该是值宿的殿上侍从唱名的时间已过，正好是泷口武士鸣弦唱名的时刻了吧。"如此看来，估计此时还不到深夜时分。于是，源氏公子折回居室，他在漆黑中探手摸索，知道夕颜依然如故，躺在那里，右近在她身边俯卧。源氏公子说："喂，你怎么啦？嗨，不必吓成这副模样嘛。在如此荒凉的地方，狐狸精之类的东西，可能会出来吓唬人，使你感到害怕。但是，既然有我在这里，谅它也不敢出来作祟。"说着使劲把右近拽了起来。右近说："实在太可怕了，我觉得非常难受，所以就趴了下来。恐怕小姐会更加难过吧。"源氏公子在黑暗中伸手去摸索夕颜的身子，说：

---

[01] 当时的习俗，认为鸣弓弦可以驱除妖魔。即不放箭只空拉放弓弦，使它发出响声。
[02] 即宫中的禁卫武士，为藏人所属下。

"哦！为什么这样……"源氏公子觉得她没有呼吸，摇晃她的身躯，只觉得软绵绵的，毫无反应，失去了知觉，他心想："她真是个孩子气十足的人啊！大概是被妖魔把魂给勾走了吧。"他不知如何是好，简直束手无策。

此时，泷口武士把点燃了的纸烛端来。但是，右近已经吓得动弹不了了。源氏公子把近旁的围屏拉了过来挡住夕颜的身躯，对泷口武士说："把纸烛端过来。"但是遵守规矩的泷口武士不敢上前去，只站在门槛处，源氏公子说："把纸烛端过来再靠近些，守规矩也要看场合切时宜。"他把纸烛拿过来靠近一看，恍惚中隐约看见刚才梦见的那个美女就在夕颜枕边，蓦地又全然消失了。

源氏公子心想："这种事情，只在昔日的物语读本中读到，如今现实中看见了，真是稀罕事，同时也很恐怖。但更重要的是，夕颜现在怎么样了？"他焦灼万状，忐忑不安，顾不得自己的身份如何，躺倒在夕颜的身旁，一边摇晃她一边说："醒醒呀，醒醒呀！"可是夕颜的身躯一味冷却下去，她早已断气了。他束手无策，缄默不语了。

此时，源氏公子身边没有得力可靠的人可供商量"怎么办才好"。他想："倘若有个法师，可以做法事驱除妖魔，在这种时候就能派上用场，也可壮胆啊！"源氏公子自己虽然逞强，然而毕竟年轻缺乏经验，眼见夕颜无常地猝死，无限悲伤却又毫无办法，只顾紧紧地抱住夕颜苦诉说："啊！你活过来吧，不要让我如此伤悲！"可是夕颜的躯体越发冰冷，渐渐变得不像人样了。右近此前都吓得晕头转向，此时清醒过来，便号啕痛哭。源氏公子想起南殿闹鬼恐吓某大臣的故事[01]，精神顿时振作，胆子也壮了起来。他告诫右近说："眼下她虽然断了气，但未必就这样死去。夜

---

[01] 此故事出自历史物语《大镜》。话说某朝太政大臣藤原忠平，在黑夜里路过南殿寝台的后面，鬼出现，抓住他的佩刀鞘尾，他拔出佩刀斩鬼，鬼吓得向东北方向落荒而逃。

间的哭声听起来格外响，啊！安静些！"但是，由于事情来得太突然，源氏公子本身也觉得茫然不知所措。

源氏公子把泷口那个年轻人唤来，吩咐他说："这里出现了怪事，有人被妖魔迷住，痛苦不堪，你现在立即派人前往惟光朝臣的歇宿处，说我叫他即刻前来，并机密地告诉惟光朝臣，倘若他兄长阿阇梨在家的话，请把阿阇梨也带来。不要声张，以免被那位乳母尼姑听见，因为乳母尼姑是极不宽容这桩秘密行事的。"源氏公子口头上虽然说得理路清晰，可是内心却无限哀伤，夕颜的无常猝死使他悲痛万状，再加上周围环境那么阴森凄凉，真是难以言喻啊！

风略微粗暴地劲吹，大概已过夜半时分，松林迎风发出凄怆的松涛声，异乎寻常的鸟儿在啼鸣，声音嘶哑，源氏公子觉得宛如猫头鹰在哀鸣[01]。他思绪万千，四周杳无人烟，人声绝迹，不禁令人毛骨悚然。他无限后悔自己为什么要到这种荒郊野地来歇宿呢，如今懊恼已无济于事。

右近吓晕过去了，她依靠在源氏公子身边，一个劲地颤抖不止，仿佛要抖死过去。他心想："莫非这个女子也不行了吗？"源氏公子拼命地紧紧抓住右近。这时候房间里惟有他一个人是头脑清醒的，可是也想不出什么好对策来。灯火隐隐约约地在闪烁，映照着主房门口的屏风上方，只觉得室内的各个角落一片昏暗。他仿佛听见自己身后传来轻微的脚步声，似乎有人向这边走过来。他心想："倘若惟光快点来就好了。"惟光是个行踪无定的花心男子，派去寻找他的人，到处寻觅也不见他的踪影。长夜漫漫，源氏公子觉得苦熬的这一夜，宛如度过了千年。

好不容易熬到听见远方传来晨鸡报晓的啼鸣，源氏公子情不自禁地左思右想："不知自己前世造的什么孽，今世竟遭到如此危及性命的灾难，

---

[01] 源氏公子觉得此番景象恰似白居易的《凶宅》诗所云："枭鸣松桂枝，狐藏兰菊丛。"

虽说是咎由自取，自己在男女情爱上犯下了无可辩解的、悖逆常理的罪过，从而招来报应，才发生了如此前无古人后无来者的罕见的事件吧。事件既已发生，再怎么试图隐瞒实际上是隐瞒不住的，风传至宫中自不消说，世间的种种流言蜚语势必猖獗，甚至成为未经世面的孩童那尖酸刻薄的话柄。迄今一路平安无事地走过来，想不到结果竟落得天下蠢才的污名。"

惟光朝臣终于来了。惟光是迄今日日夜夜都侍候在源氏公子身边听候他差遣的人，偏偏今夜就没有守候在自己身边，找也找不见他，又这么晚才来，实在可恨，但是，待到招呼他来到自己身边时，自己想说出来的事，又觉得太没意思了，故顿时缄默说不出话来。右近观察惟光朝臣的神情，想起当初就是他给源氏公子和夕颜小姐牵的线，见到他不由得放声痛哭起来。源氏公子此刻也按捺不住自己的情绪，此前，自己独当一面强作坚强，照顾右近，可是一旦看见惟光，自己便松了口气，悲伤的情绪犹如潮涌，在内心中澎湃，他伤心地痛哭不已。过了好大一会儿，他才平心静气地说："这里发生了极其不可思议的事，用凄惨或别的什么言辞都难以形容啊！据说遇到这种突如其来的事变，诵经可以驱邪，我想这么办：祈求神佛保佑她生还。我要阿阇梨和你一道来，他呢？"

惟光说："阿阇梨昨日回比睿山了。不管怎么说，发生这样的事，实在太不可思议了。她此前是否有什么症状？"

"没有什么症状呀！"源氏公子说着又潸潸落泪，那神态美极了，实在动人，惟光望见他这番神情，情不自禁地也大声痛哭了起来。

说到底，还是年长者阅历深经验丰富，遇见种种场合，都能应付自如，在遭遇不测的情况下，这种人才是最得力，可以依靠的。源氏公子和惟光都是年轻人，遇上这种事，简直束手无策，尽管如此惟光还是绞尽脑汁想办法，他说：

“这件事如若让守院者知道恐怕不好，光他一个人大概还可以信得过，可是他的家眷知道了，消息很自然地就会从此院完全泄露出去。因此首要的问题就是要迁离此院。”

“可是，哪里还有比这里人烟更稀少的去处呢？”源氏公子说。

“您说得是啊！如果搬回她原来的五条住家，侍女们见状势必悲伤痛哭，熙熙攘攘，惊动四周邻里，难免有人会责问，世间自然会传播各种流言蜚语。找个山中的寺院，那里也常有人办理殡葬事宜，我们混在其间，不会引人注目。”惟光在寻思，思考之后他说：“过去，我曾认识一个侍女，后来当了尼姑，据说她已迁居，就住在东山一带，她是家父的乳母，年事已高，那一带街坊邻里为数不少。不过，她家四周环绕着茂密的森林，是个幽静的地方。”惟光说着，趁黎明尚昏暗时分，赶忙把车子拉了过来。

源氏公子似乎没有力气把夕颜抱起来，因此惟光连同铺着的席子将夕颜裹住一并抱上车，夕颜个子娇小，虽说人死了，却不令人感到害怕，反而觉得她很可怜。铺席无法裹严她的全身，她的黑发露了出来，源氏公子看了十分伤心，只觉得眼前一片漆黑，既凄惨又悲伤，他想一路送她直至她化成灰烬，可是惟光说：“请您趁现在人迹还稀少的时候，赶紧骑上马回二条院去。”惟光让右近乘上载着夕颜尸体的车，并将马让给源氏公子骑上，他自己将裙裤腿捋高些，跟着车子徒步走出院子。他觉得这是一个多么奇异的意想不到的送殡场面，但是一看到源氏公子悲伤欲绝的神色，就奋不顾身、不顾一切地朝向东山那边径直远去了。源氏公子则宛如一个失魂落魄者，如梦似幻，茫茫然地回到了二条院。

二条院里的人们暗地里纷纷议论：“公子不知是从哪里回来的呢，神情相当痛苦啊！”源氏公子径直进入寝台[01]，压抑着心中的苦闷，他越想

[01] 寝台：日语作御帐。日本贵族寝殿的主房里，设比地板高出一段供贵族休寝用的台，四周立柱，自天花板垂下幔帐，亦称帐台。

越觉得悲伤、悔恨："自己为什么不搭乘那辆车呢？万一她生还，她心中会怎么想？她肯定会以为我抛弃了她，怨恨我是个无情的男子吧。"他心乱如麻，无法理清自己的思绪，满脑子想的净是夕颜的事，但觉胸口堵得慌，头也剧痛，全身似乎在发烧，痛苦不堪，他想："与其活得如此悲惨，莫如死了干净。"

日头已升得老高，源氏公子还没有起来，侍女们深感疑惑，劝他用膳，喝早粥等，他一口也不沾，只顾一味咀嚼痛苦，心情极坏，非常沮丧。此时，他父皇派使者前来。其实，皇上早就已派使者寻找源氏公子的下落，没有找到，皇上非常惦挂，因此，今天指派左大臣的公子们，作为使者登门造访。源氏公子吩咐，只请头中将一人，"进到里面来站立，隔着垂帘说话"[01]。

源氏公子对头中将说："我的乳母自今年五月间身患重病，她削发为尼，接受了佛戒等，大概是获得神佛的保佑，得以起死回生，康复起来，最近又再度发病，身体衰弱至极，她希望我再次前去探视。她是我幼小时最亲近的人，在她弥留之际，如若不前去探望她，她定会觉得我太无情。我便前往乳母家探望她，不料她家有个仆人患病，病情突然严重起来，还来不及把他送出家外，此仆人就死在乳母家中了。不巧此时我就在乳母家中，他们有所顾忌不敢将此事告诉我，待到日暮时分，才将尸骸送出家门。后来我才听说了此事。当前，宫中诸多祭神仪式在即，不料我身触秽，诚然不便，因而谨慎行事，不敢贸然进宫参谒。再说，今日拂晓，我又偶感风寒，头痛得很，实在难受，只好委屈你站立隔帘交谈，诚属无礼之至。"

头中将说："既然如此，我只能将事情的原委，如实启奏圣上。昨夜

---

[01] 当时的习俗，接触过死人的人，身上污秽，日语称"触秽"，忌讳请来客坐下，须站着隔着垂帘或别的物件说话，日语称"物越"。

举办管弦游乐会时，圣上也差人四处寻找你，未能找到你，圣上神色甚不悦。"说罢告退离去。头中将旋即又折了回来[01]，他对源氏公子说："你到底是怎么触秽了？你刚才所说的一番话，听起来似乎不像是真的。"源氏公子吓了一跳，心想："莫非他察觉到什么？！"可还是装作若无其事的样子，回应说："没有什么太多的详情，你只需启奏说我意外地触秽便可。实在是对不住父皇。"说罢心中更觉悲伤万分，一想到夕颜的死，不由得伤心至极，更不想与任何人交谈。源氏公子只把头中将的弟弟藏人弁唤了进来，叫他如实将自己因触秽而闭居家中的详细原委再次启奏圣上。还给左大臣邸上葵夫人那边也写了封信，告知"由于发生了这样的事情，暂时不能前往探望"。

傍晚，惟光前来参见源氏公子。由于源氏公子宣称自身触秽，故前来参见者，无不站立交谈片刻旋即退出，缘此，在公子身边的侍者也不多。源氏公子把惟光召进来，靠近他问道："情况怎么样啦？她终于还是不行了吗？！"他说着以袖掩面，哭泣不已。惟光也热泪潸潸地说道：

"已经毫无办法了。让她的尸骸长期停放在山寺里也不妥当。明日恰巧是适宜安葬的吉日。我认识那里的一位德高望重的老僧，我和他商量，并拜托他代为办理有关安葬的礼仪仪式了。"

源氏公子问："跟她在一起的那个女子，情况如何？"

惟光答道："这个女子似乎也活不下去了，她说：'我莫如紧随小姐一同去啊！'她困惑，整个乱了方寸，今早她还想身投峡谷自尽呢。她说：'我要把此事告诉五条那户人家。'我安抚她说：'你少安毋躁，静下心来思前顾后再说。'"

源氏公子听罢，极度悲伤，他说："我自己也万分痛苦，不知该如何

---

[01] 因头中将作为钦差，得先把公事办完，而后暂时告退，再折回来，以私人身份，与公子开玩笑。

处置自己才好啊！"

惟光说："您不必如此自责，一切事端皆是前世注定。这次发生的事件，绝不会向任何人泄漏，万事包在我惟光身上，定然妥善处理。"

源氏公子说："你所说的倒也在理。我也确信万事皆前世注定。不过，由于我考虑欠周，花心所致，害死了一条人命，我不得不身负此罪名，实在非常痛心。你切勿告知你妹妹少将命妇等人，更不能告诉你家的那位乳母尼姑，她经常告诫我不要到处悄悄去拈花惹草，如果让她知道此事，我定会羞愧得无地自容。"他封住了惟光的嘴。

惟光说："外人自不消说，就连执掌有关葬礼仪式的法师们，我都没有向他们吐露真实情况，而是因人而异，分别对他们巧言自圆其说了。"公子听罢，觉得惟光办事还可靠，稍微放心了。

侍女们稀稀落落地隐约听见他们的谈话，不由得狐疑起来，她们想："奇怪呀！这是怎么回事？公子既然宣称自身触秽，连宫中都不去参谒，为什么竟如此悄悄地长时间交谈，还叹息呢？"

源氏公子就办理葬礼仪式事宜，叮嘱惟光说："万事不得办得简慢啊！"

惟光说："怎么会简慢呢。不过也没有必要办得过分铺张。"说罢要退出，源氏公子顿觉非常伤感，他说："你也许会觉得很不适宜，但是如果我不能再见遗体一次，心中总是很不安，就让我骑马前往吧。"

惟光虽然觉得公子这样做实在很荒唐，但还是说："您既然想这样做，也无可奈何，那么，早点起程，赶在夜色未深之前回府。"

于是，源氏公子更衣，换上最近悄悄前去夕颜住家时所穿的那套便服，准备出门。

此时，源氏公子的心情十分沉重，痛苦不堪，他想象着要踏上不可思议的夜道前去，深恐途中遭遇危险，心中不免逡巡，可是如若不去，又无法排解悼念猝死的夕颜的无限悲伤,此时此刻,若不去见一下遗体,不知来世哪辈子才能再见面。便不顾一切,排除恐惧,照例带着惟光和那个随从前往,只觉得路漫漫十分遥远。

十七日夜晚,月儿当空,一行来到贺茂川畔,前面举着火把照明引路,火光昏暗,遥望鸟边野[01]那边,若在平常源氏公子定会感到毛骨悚然,可是现在一门心思只想夕颜,哀伤满怀,哪还会感到什么可怕,有的只是胡思乱想。他带着这种思绪万千的心情好不容易来到了东山。

这一带呈现一派荒凉景象,在一间木板葺屋顶的房子近旁,兴建了一间佛堂,一名老尼就在这里过着尼姑的生活,非常凄清静寂。透过板墙缝可望见佛堂前昏暗的灯火那隐约的亮光,板屋内,只有一个女子的哭声,外间有几名法师时而在相互交谈,时而特意压低嗓门,小声念佛。这一带各家寺院的初夜修行业已完毕,一片静寂无声,只有清水寺那边,还见到许多灯火,适值十七日之夜,因此参拜寺庙的往返者甚多。

且说这家寺院里的这位老尼有个儿子是位高僧,源氏公子听见他用尊贵的声音念诵经文,情不自禁地潸潸落泪,无法控制。进到屋内一看,只见右近背着灯火,与夕颜的遗体隔着屏风,趴在地板上。源氏公子能够体察到右近此时的心情:"孤身一人在这样的地方,多么悲戚寂寞啊!"

源氏公子觉得夕颜的遗体并不使人有可怕的感觉,那模样倒是蛮可爱的,他觉得此刻的她与生前的她,似乎没有什么变化。源氏公子握住夕颜的手,说:"请让我再听一次你的声音,不知我们前世结下了什么缘分,今世仅能作短暂的刻骨铭心的欢聚,你忍心抛下我一个人而他去,使我陷入悲伤苦海,不能自拔,未免太残忍了。"他失声痛哭不已,在场的高僧,虽然不知他是何许人,但是也被他那种异乎寻常的悲痛所打动,也都

---

[01] 鸟边野:地名,位于京都市东山区,阿弥陀峰西侧山脚下,是平安时代的火葬场、公墓所在地。

纷纷落泪。

源氏公子对右近说："你到我二条院来吧。"

右近说："我自幼少时候起，经过了漫长的岁月，一直是片刻不离地侍候着小姐，已养成了亲睦的习惯，如今突然诀别，我独自一人，哪里有我该回去的家呀！如果我回去，家中的侍女们必定会问我小姐怎么啦，我自然会告诉她们小姐猝死的悲伤事，人们势必都会议论纷纷，把此事归罪于我，这是我最为伤心的事啊！"说着号啕大哭，接着又说："我恨不得也火化成一缕青烟追随小姐而去啊！"

"你所悲叹固然有其道理，不过，这是人世间之常情，一旦诀别哪有不悲伤的呢！然而不论是哪种情况的发生，都是命中注定的，只好认命了。你就放心地把我当作可依靠的人好了。"源氏公子一边抚慰右近，一边却又自叹："其实我才真正是活不下去的人啊！"他那神色可真凄凉。

惟光催促说："天色行将黎明，恳请公子快些打道回府吧。"源氏公子恋恋不舍，频频回首，他终于带着满腔悲情，踏上了归途。

归途中，夜露打湿了衣裳，朝雾弥漫，源氏公子觉得仿佛方向难辨，自己宛如步入迷途。脑海里浮现出一如夕颜生前躺着的姿影的那具遗体，那天夜里一起盖着歇息的，她那件红色衣衫，现在原封不动地穿在遗体身上，这究竟是前世的什么宿缘啊！源氏公子一路上想入非非，神情恍惚，在马背上摇来晃去，惟光见状连忙挨近加以扶持，并百般劝慰，才勉强往前行进。当他们来到贺茂川河滩的堤上时，源氏公子从马背上滑落了下来，心情极其恶劣，他说："或许命里注定我行将倒死这往返的途中，自觉恐怕是回不到家了。"惟光也不知如何是好，束手无策，他心想："倘使自己深思熟虑，坚定不移，公子再怎么强求，也决不会带他到那种地方，走如此之途。"事到如今后悔莫及，心慌意乱，于是用贺茂川的水净手，祈求清水的观世音菩萨保佑，逢凶化吉，除此别无他法，无计可施。

源氏公子也强自振作，心中念佛祈求神灵保佑，同时依靠惟光的协助，好不容易终于回到了二条院。

二条院里的人们，看见源氏公子深夜外出，都觉得很奇怪，他们互相私下慨叹："大概又去做不体面的事吧。公子近来的表现显得比往常更加沉不住气，一个劲地悄悄外出，尤其是昨天，公子的那副模样，显得十分苦恼、痛苦不堪，他为什么要作如此心慌意乱的夜游呢？"

果然，源氏公子躺下歇息后，真的病倒了，非常痛苦，仅仅过了两三天，整个人已显得异常衰弱。皇上闻知此事，无比担心，于是兴师动众，在各家寺院举办各种祈祷法会，诸如举办阴阳道的祈求病体康复的祭祀、驱除恶魔的祓禊[01]、密教的掐诀念咒祈祷保佑等等，不胜枚举，为的是祈求神灵保佑病人早日恢复健康。世人纷纷议论："源氏公子是世间无与伦比的美男子，恐怕是奇才薄命，红尘留不住哩！"

源氏公子虽然在受病痛的折磨，但是还记得吩咐下人把那个右近召唤到二条院来，并在他的近处赐给她一个房间，让她侍候。惟光担心公子的病情，总是心神不宁，但还是强作镇静，关照着这个孤身只影的侍女右近，给她安排侍女的工作。源氏公子的病情略见好时，便召唤右近前来侍候，因此，右近没多久就融入朋辈侍女中和她们打成一片，成为二条院的一员。右近身穿深黑色的丧服[02]，她的容貌虽然长得并不格外俏丽，却也没有可供指责的缺陷，是个并不难看的年轻女子。源氏公子悄悄地对右近说："我遭遇如此不可思议的短暂因缘的折磨，估计自己在这人世间也不会活得太长久，你失去了长年相伴的主人，想必格外伤心觉得无依无靠，我想只要我还活在世间，万事由我来关照并安慰你，但是，只怕我不

---

[01] 祓禊：古代在水边举行的一种祭礼。
[02] 旧时习俗，与故人的关系深，或哀伤故人的意志深沉，丧服的染色更浓重。

久也要追随她去，那就很遗憾了。"他的声音微弱，有气无力地热泪潸潸，右近见状，不能不将心中所思的、纵令悲伤也无法挽回的、丧失主人的痛苦搁置一旁，更为这位公子的安康而揪心，公子万一有个三长两短那才真正是万般遗憾呢。

二条院殿内的人们无不为源氏公子的病情担心，他们惊慌失措。宫中派来的探病使者，远比雨点更加频繁。源氏公子听说父皇为他的病情非常担心，不胜惶恐，于是勉强振作起来。左大臣那边也十分挂牵，每天都派人到二条院来探视，并从各个方面给予诸多的照顾，可能是这些方面的关照有成效的缘故吧，二十多天后，源氏公子本是相当严重的病情，逐渐朝向好转的方向发展，没有留下什么后遗症状。

恰巧在源氏公子触秽届满三十日的忌讳之夜，他的病也好了，于是进宫参谒盼子早日康复心切的父皇，而后到宫中的值宿所淑景舍歇歇脚。左大臣用自己的车子来迎接源氏公子回府，并近乎唠叨地再三叮嘱，注意病后务必需要禁忌的，需要谨慎行事的各种事项。

源氏公子在一个短暂期间里，觉得自己仿佛在另一个世界，脱胎换骨变成了另一个人。约莫于九月二十日前后，源氏公子病体痊愈了，他面容非常憔悴，却反而增添了妖娆的情趣，他每每陷入沉思，时而吞声哭泣度日。看到公子的这副模样，有的人说："说不定是被鬼魂附身了。"

且说在一个悠闲宁静的傍晚，源氏公子把右近召唤到身边来，和她聊天。源氏公子说："我至今还纳闷，她为什么要隐瞒自己的身份呢？就算她真的是'渔人之子无定宿'，她怎么就不能明察我对她的这片赤诚的爱慕之心，而始终对我保持距离，叫我好不伤心啊！"右近回答说："她怎么可能想隐瞒到底呢，她以为日后总会有适当的机会，把没有什么大不了的真实姓名告诉公子，她没想到与公子不可思议地邂逅，从一开始就是一段意想不到的奇缘。她说，她'总觉得如梦似幻'，她认为您之所以对她隐匿姓名，多半是因为身份高贵，生怕玷污名声，这也难怪，但由此可见您对她并非真心，她伤心透了，故也对您隐匿姓名。"

源氏公子说："彼此隐匿姓名，实在是一桩意气用事的无聊之举啊！我本无心要那样隔阂，只是做这种会被人指责的花心行为，迄今我未曾经历过，尚未习惯。首先是父皇经常训诫，同时处在我这样的地位，对各方面都有诸多顾忌，平日即使与人稍有戏言，也会被人大肆渲染，议论纷纷，没完没了地横加批评。谁曾想到自从那天黄昏开始，她的面影不可思议地总在我心上盘旋，无限爱慕之心促使我强求邂逅，这可能表明前世已注定了我们这段宿缘是昙花一现的结局。每想及此，心中万分怀念，同时也深深感到无比惆怅。既然这段宿缘如此短暂，她为什么竟这般令人倾心，深切爱慕啊?！请你更详细地说来……如今万事已无必要隐瞒了。七七期间要请人画佛像供奉 [01]，为死者祈福，如若不知死者姓名，心中也无法为谁供奉祈福。"

右近说："我怎么会隐瞒呢。只是想小姐自己一直隐秘不说的事，小姐死后我将它说出来，难免犯了嘴损之罪过而已。小姐的双亲很早就已仙逝。她父亲位居三位中将，非常疼爱女儿，但由于自己身份卑微，无法了却要让女儿出人头地的心愿，积郁成疾而丧命。后来，一个偶然的机会，当时还是少将的头中将对小姐一见钟情，交往了三年，相爱情深意浓，不料去年秋天，右大臣邸 [02] 派人来兴师问罪，百般恐吓。小姐天性怯懦，吓得要命，遂躲到住在西京的她乳母家，但是那里环境寒碜，生活艰难，她想迁居山村，但是那边，从今年起正值迁徙不吉利的方向，不得已只好暂且搬迁到五条那处邋遢简陋的居所。不料在那里又被公子发现，她悲叹自己又播下了痛苦的种子。小姐和一般人不一样，为人相当谦虚谨慎，不愿

---

[01] 旧时习俗，于死者七七期间，请人画十三佛，供奉寺内，诵经念佛为死者祈福。
[02] 头中将迎娶右大臣家的第四女公子为正妻。

让人看见她为恋人而陷入深思的模样，觉得让人见了是很可耻的事，即使对您，她也装着若无其事的样子。"

源氏公子心想："果然就是此人呀！"他联想起早先头中将曾谈及常夏这个女子的事，情不自禁地更加怜爱她。源氏公子询问右近说：

"听说她有个小孩不知去向了，头中将非常悲伤，她是有个孩子吗？"

"是的，那孩子是她前年春天生下来的。是个女婴，可爱极了。"右近答道。

"那么这个孩子现在哪里？请你不要告诉他人，设法让我来领养这女孩吧。夕颜她无常地猝死，实在可怜之至，倘使我能够领养她的遗孤，有个念想，真不知有多高兴啊！"接着又说："我本想将此事告知头中将，但是如若告诉他，可能会遭到他无奈的埋怨。嗨，不管怎么说，领养这孩子，不算是什么坏事 [01]，请你设法巧妙地找些借口，说服这孩子的乳母，让她带着孩子一起到我这里来。"

"您愿意这样做，我真是太高兴了。那孩子在西京成长，实在委屈了她，无奈除此别无可仰仗之人，只得让她屈居那里。"右近说。

日暮时分，四周静寂，天空景色饶有情趣，庭前种植的花草树木枯萎凋零，虫声唧唧，音色也渐细了，红叶尽染，一派秋景浓重的风情。右近放眼瞭望宛如已成画的有趣景致，觉得自己能在如此显赫的宅邸供职，实属意外，想起夕颜所居的五条住家那种寒碜情状，就觉得羞愧。

源氏公子听见竹丛中几只家鸽煞风景的啼鸣，回想起往日和夕颜共宿在那家院落，夕颜听见这种家鸽的粗鲁啼鸣，极其害怕的神情，那面影宛如幻象呈现在自己眼前，于是，源氏公子问右近：

"她究竟多大了？她和一般人不一样，看上去怪弱不禁风的，这样是

---

[01] 言外之意即从缘分上说，这孩子是自己钟爱的恋人之遗孤，又是妻子葵姬的侄女。

活不长的呀。"

右近答道："我想她十九岁了。小姐已故的乳母是我的母亲，小姐的父亲三位中将怜恤我这个孤儿，收留了我并让我陪伴小姐，形影不离，一起成长。如今小姐已故，叫我怎能在这人间活下去，我恨只恨与她生前'亲密无间'[01]啊！这位弱不禁风的小姐就是多年以来和我相知以心、相依为命的主人。"

源氏公子说："女子看上去显得可怜、弱不禁风，正是她的可爱之处。聪明而不温顺的女子，是很难招人喜欢的。也许由于我天生个性不干脆、不刚强，所以喜欢柔弱温顺的女子。虽然这样的女子，一不留神容易遭男人欺侮，上当受骗，但是她本性处世谨慎、谦恭，能善解人意，体贴并顺从丈夫，这点是很可爱的。若能如愿地将这样的女子加以调教，定能和她过上和睦恩爱的生活。"

右近说："小姐恰恰是公子所喜欢的这种类型的人，可惜她已早逝，实在遗憾啊！"说着哭了起来。

天空阴沉，冷风袭人，源氏公子凝望此番景象，不由得陷入沉思，宛如自言自语似的咏歌曰：

　　　　火化云烟升空游，
　　　　苍穹暮色把心揪。

右近不会作答歌，只是心中在想："小姐此刻若能在公子身旁，该有多么……"想到这些，不禁悲伤满怀。源氏公子回想起那天晚上在五条陋室听到的那种响彻耳畔的捣衣声，连那种声音现在都觉得很怀念，不由得

---

[01] 此语出自《拾遗和歌集》中的歌，歌曰："亲密无间罩生前，徒增死别断肠态。"

吟咏"正长夜"[01]的诗句，而后就寝了。

却说伊豫介家的那个小君，自那以后，偶尔也会前来参见源氏公子，但是源氏公子并不特别像以前那样托他带口信给他姐姐空蝉，因此，空蝉揣摩，大概公子觉得她是个无情的女子，从而对她已完全断念了，她自己不免感到很怅惘。正在此时，听说源氏公子生病了，心中毕竟惦挂而哀叹，尤其是自己行将随夫远去伊豫国夫君赴任地，内心毕竟感到既沮丧又寂寞，为此也想试探一下源氏公子是否已把自己完全忘却，于是给他写信曰："闻知贵体欠佳，暗自牵挂，却难于明言。

> 久疏书信君不问，
> 岁月蹉跎乱方寸。

诚如'益田'[02]之歌所云，此身存活无意义。"源氏公子接到空蝉来信，十分珍惜，觉得她也很令人怜爱，难以忘怀。遂复信曰："'此身存活无意义'，此言该由谁来说?！

> 空蝉浮世吃不消，
> 起死回生系书香。

世态真无常啊！"源氏公子用病后尚颤抖的手，信笔挥洒，字迹反而更潇洒美丽。空蝉知道公子至今尚未把那"金蝉脱壳"的往事遗忘，真是难为

---

[01] 出自白居易《闻夜砧》，诗曰："谁家思妇秋捣帛，月苦风凄砧杵悲。八月九月正长夜，千声万声无已时。应到天明头尽白，一声添得一茎丝。"

[02] "益田"指益田池，位于大和国高市郡（今奈良县）。日语"池"字与"活"字谐音，此语引自《拾遗和歌集》中的歌："莼菜根长苦水底，益田存活无意义。"

他了，同时也觉得很不好意思。空蝉喜欢作这种饶有情趣的书信往来，却无意更进一步接近他，她只盼求得他不要以为她是个不知风情的蠢妇，就足够了。

还有另外一个人轩端荻，源氏公子听说她已嫁给藏人少将，心想："怪哉，倘若他知道她不是处女，不知会作何感想。"源氏公子觉得藏人少将怪可怜的，同时又很想知道轩端荻的情况，于是写了封信差小君带给她，信中说："思君心焦得要死，可曾知晓否？

　　一夜情缘虽短暂，
　　何由吐露别离恨。"

源氏公子将此信系在一枝长长的荻花枝梢，吩咐小君说："你要悄悄地送去！"心中却在想："万一被少将发现，他知道写信人是我，估计也会宽容吧！"他的这种自负的心态，真是毫无办法。小君趁少将不在的时候将信递给轩端荻。轩端荻原本怨恨公子太薄情，如今见信，觉得他毕竟还念旧情，不胜欣喜，便借口时间仓促，匆匆写下答歌：

　　荻花枝前传美意，
　　半是欣喜半抑郁。

她想用花哨的言语掩饰自己那丑陋的字迹，可是从情趣上说，整首歌没有品位。源氏公子回想起先前在中川之家瞥见灯火映照下，那两人对弈的面影，觉得仪容端庄却很随和地与对方对弈的空蝉，有一种令人见了不愿疏远她的感觉，至于轩端荻，似乎没有什么特别的嗜好，并以粗野地喧闹为荣，他想起那时的光景，觉得此女子也并不可憎。源氏公子依然是

"风流苦头未尝尽"[01]，春心浮动，又想再招惹另一个花名。

且说夕颜殁后七七四十九天，源氏公子要为她秘密地在比睿山的法华堂举办法事，诸事皆颇讲究，从装束开始，该办的事都要求万无一失地办好，虔诚地诵经。连经卷、佛身的装饰都一无疏漏地精心装点。惟光的兄长阿阇梨诚然是一位尊贵的高僧，由他主持法事，庄严肃穆无与伦比。源氏公子还召来与他关系密切的学问之师文章博士，请他撰写祈愿文。源氏公子自己打草稿，没有写死者的姓名，只写："令人怀念的人仙逝，祈愿阿弥陀佛慈悲指引……"表达这番意思的草稿，写得情真意切。文章博士看了祈愿文的草稿，说道："祈愿文写得甚好，无须再添削。"源氏公子尽管在人前极力隐忍心中的无比悲痛，但是热泪还是情不自禁地夺眶而出，文章博士等人见状，颇为关切，说："死者究竟是个什么人？没听说是什么人死了。之所以令公子如此悲叹伤心，想必其宿缘必定颇深。"源氏公子命人将他秘密备办给死者布施的装束之裙子拿来，吟歌曰：

今日哀泣系裙带，

何时重逢结解开。[02]

源氏公子想象着阴府他界之事："亡灵在中有[03]期间漂泊无着，将赴何道[04]尚未定案。"想到这些越发专心致志念佛诵经祈愿冥福。

---

[01] 此句出自《古今和歌集》第631首，歌曰："风流苦头未尝尽，只缘伊人尚幸存。"

[02] 旧时习俗，男女恋人分别时，海誓山盟，约好彼此于重逢前不移别恋，相互在对方的底裙带上系个结。

[03] 中有：佛语，指人死后七七四十九天期间。亦称中阴。

[04] 道：这里指的是六道，佛语，众生轮回转生的六道，即地狱道、饿鬼道、畜生道、修罗道、人间道、天上道。

此后，源氏公子每当遇见头中将时，不知怎的心头总是忐忑不安，公子很想把那个女孩子[01]平安成长之事告诉他，但又害怕遭到他的怨恨，终于没有启齿。

却说夕颜生前居住的五条那边的住家，侍女们不知夕颜上哪里去了，十分担心，自从她那天离开家后，就无法寻找到她的去向，连右近也杳无音信，大家都觉得很奇怪，也悲叹不已。她们虽然不十分清楚，不过从来访者的举止模样来判断，四下里她们都在悄悄议论，那位公子很可能是源氏公子。她们催逼追问惟光，但是惟光却佯装一概不知，不露声色地只顾搪塞，照样一如既往地与她们偷情。她们更觉得事态扑朔迷离宛如在梦中，摸不着头脑，她们揣测："说不定她被某国守的好色公子弄了去，那人又害怕头中将会来兴师问罪，于是把她带到赴任国去了呢。"

却说五条这家的主人，本是西京那乳母的女儿。这乳母有三个孩子，她们认为右近是已故乳母之女，是外人，与她们自然有隔阂，所以不把夕颜的情况告诉她们。她们想念夕颜，哭个不停。至于右近，她害怕，如果把详情告诉她们，势必引起她们的一阵骚乱，再说，源氏公子至今也没有向人泄露此事，继续保密，因此她至今还未能去寻访那个遗孤，只顾隐蔽自己的行踪，打发日子。

源氏公子一味冥想，盼望自己哪怕在梦里能见到夕颜。此番法事举办结束后的翌日夜里，源氏公子在梦里，仿佛梦见先前在某院歇宿的光景，夕颜枕边出现一个女子的身影，这女子同早先梦见的那个人一模一样，他心想："此女子大概就是住在此荒郊野岭的妖魔，想缠住我，顺带惹起这种事的吧。"源氏公子一想起这些事，不禁毛骨悚然。

且说伊豫介定于阴历十月初前往赴任国。此番是携带夫人一同前去。

---

[01] 指夕颜与头中将生的女儿，即后来长大成人的玉鬘。

因此源氏公子特别精心地为他们饯行，还秘密地为空蝉备办了做工精细讲究的精美梳子和扇子等礼物，为数不少，连献神用的币帛都热情地给他们准备了，还将他先前拿走的空蝉的那件丝绸薄衫一并送还，并作歌一首，曰：

> 珍藏此衫充念想，
> 丝绸衫袖泪浸朽。

还写了一封信，虽然详细入微地叙述了许多，但避免了絮叨。源氏公子派来的使者已返回。其后空蝉派小君将关于丝绸薄衫的答歌送去，歌曰：

> 丝绸夏衣似蝉翼，
> 狠心抛弃好悲戚。

源氏公子陷入沉思："我再怎么想念她，她毕竟是一位非同寻常的狠心人，终于离我远去了！"今日正值立冬之日，苍穹仿佛向人间宣告似的下了一场阵雨，天色清幽，异常静寂，源氏公子成天茫然冥思苦索，观望景色度日，独自吟歌曰：

> 死别生离两道去^[01]，
> 秋尽冬来人凄寂。

源氏公子似乎深深地感悟到："这种无法向人诉说的暗恋，毕竟是很

---

[01] 意指夕颜已故，今天空蝉又远离，两人分道他去。

痛苦的啊！"

　　源氏公子对诸如此类烦琐之事，早已悄悄地备加努力隐讳，这种心情倒也难能可贵。笔者本想一概省略，不予泄漏，但又恐读者中会有人以为："知情者，怎能因为其人是帝王之子而文过饰非，滥加表扬呢。"而把这部物语误解为虚构之事，出于无奈，笔者只好决定将情况如实记录下来。过分尖酸刻薄之罪，犹恐在所难免。

第五回

小　紫

源氏公子患疟疾，施行了咒术、祈祷等各种疗法，都未见奏效，病痛还是不时发作。有人建议说："北山某寺有个神通广大的高僧。去年夏季流行疟疾，曾有不少这样的例子：别的僧人苦于无法治好病人，而他竟能轻易地治愈了。此病拖延日久，恐难对付，还请尽早试试吧。"于是，源氏公子派使者前去邀请这位高僧。高僧说："我已老迈，腿脚不灵，足不出户了。"使者回来复命，源氏公子说："那么，我只好亲自悄悄前去了。"说着，只带四五名贴身侍从，连夜起程。

却说，该寺坐落在深山中，时值三月末，京城已过繁花季节，可是，山野的樱花还在遍野盛放。走进深山，源氏公子看到春霞叆叇的景色，饶有兴味。他平素不习惯于这样步行外出，高贵的身份也不便这样做，因此，他更觉新奇了。

这座寺院的建筑很有情趣。它背靠高峰，四周岩石环绕，寺院就坐落在其深处。那位高僧就居住在这里。源氏公子走进寺院内，没有道明身份。面容憔悴的年迈高僧，一眼望见这位引人注目的公子，吃惊地说道："诚惶诚恐，想必是昨日那位召唤贫僧的公子吧？贫僧如今已不问尘世之事，故念咒祈祷的法事也大都忘却了，岂敢让公子屈尊驾临此地呢。"他笑眯眯地仰望公子，真不愧是一位可贵的高僧。接着他操作法术画符，请公子服下符水，还为公子掐诀念咒祈祷。这时候，日渐高照。源氏公子走到寺外，放眼眺望。此处地势高，散落各处的僧房尽收眼底。近处曲折的山路下方，围着细荆条篱笆，荆条结得很是讲究。篱笆内林木掩映，居室、曲廊颇有情趣。源氏公子遂问道："这是何人居住的房子？"随从答称："那是公子所认识的那位僧都[01]的居所，他已经在这里住了两年多。"源氏公子说："哦，原来是那位拘谨的僧都的住所，今天我微服

---

[01] 僧都：日语语音作SHOZU，日本僧官之一。僧纲的第二位，仅次于僧正，统率僧尼。今为各宗派的僧位之一。

出来显得有些奇怪，且又瘦削，很不体面，说不定他早已知道我来了。"

　　这时，只见几个长相标致的女孩子从屋子里走出来，有的汲供佛用的净水，有的在摘取鲜花。这番情景，一览无余。随从者互相议论说："哟，那里有女人哩，僧都不至于把女人安置在那里吧，那究竟是什么人呢？"一个侍从走下去窥探后，回来禀报说："奇怪，那屋里住有年轻的女子和小女孩儿呐。"

　　源氏公子折回寺院，诵经念佛。这时，红日已高挂。他担心："疟疾还会不会再发作呢？"侍从说："请公子到室外散散心，不要总惦挂着那病才好。"于是，源氏公子就登上后山，朝京城的方向望去。只见遥远的天际挂满彩霞，周围的树梢着上一层嫩绿色，宛如轻轻地腾升起的缕缕炊烟。源氏公子脱口说道："多么像一幅图画呀！住在此间的人，想必是心胸开阔，无所牵挂吧。"有个侍从回应源氏公子说："这算不上是什么幽深的景致，公子若再走远一些，看到那里有海有山的景色，就更会觉得像一幅优美的图画了。诸如富士山或某某岳等。"有的侍从接下来说："西国那边，还有一处处饶有趣味的海湾和海岸边的景色呐。"侍从们你一言我一语地说个不停，好让公子分散注意力，不去想疟疾会如何。

　　侍从中有个名叫良清的说："京城附近播磨地方明石海湾也很特别，虽然这地方算不上深幽，可是放眼远眺，海面的风景与别处迥然不同，别有一番情趣，让人心旷神怡啊！这地方的前国守现已遁入佛门，他家育有一女儿，视为掌上明珠。这户宅邸十分壮观，此人本是大臣的后裔，这种身份的人家理应会更加发迹，可是只因他本人性格怪僻，极不合群，竟把一个好端端的近卫中将职位辞去不干，而申请到这边来当播磨国的国守。然而，这里的播磨人并不爱戴这位国守，多少还瞧不起他。他说：'事到如今，我还有何脸面再回京城！'一气之下，断然削发遁入空门。尽管播磨国里有很多适合隐居的地方，可是他又不移居深山，而在那样的海岸边落脚，这样的行止，似乎有点异乎常理。也许他顾虑，深山里人烟稀少，不免阴森可怕，恐怕年轻的妻子女儿会感到寂寞。再就是，他营建了这处称心如意的，可供颐养天年的宅邸，也是他不愿迁居深山的原因之一吧。

"先前我曾到这一带，顺便观察过这家的情景，此人在京城虽然境遇不佳，但是在乡下他能拥有广袤的土地，营建堂皇的宅邸，尽管遭到部分人的蔑视，然而，不管怎么说，他的这些家产，都是仰仗担任国守的威权置办起来的，足够他富裕地度过晚年而无须担忧。他热心为后世修行，当法师之后，反而福星高照，成了个人品高尚的人。"

源氏公子询问："那么，那家女儿的情况如何？"

良清答道："这家女儿的姿容和气质一般。不过，每任国守，心中都各有盘算，无不向她父亲表露出求婚的意思。但是，她父亲概不答应，经常留下话说：'我如此虚度年华，埋没一生，实属无奈。我仅此一女，她可是维系着我的一线希望，如果此志不遂，我身亡故，而她又盼不到好运降临，还不如葬身大海。'"源氏公子听得饶有兴味。侍从们又说："既然是如此秘藏的宝贝女儿，就让她去当海龙王的王后好了，如此'胸怀大志'真是自寻烦恼啊！"逗得大家都乐了起来。

且说告知源氏公子这家情况的良清，是播磨国守之子，官从六位藏人，今年晋升为五位。他的伙伴们相互开玩笑说："这个家伙真是个好色之徒，他是不是有意突破明石道人的誓言呢？所以总在那家附近徘徊窥视吧。"有的说："嗨，再怎么说，终归是个乡下女子。从小就住在乡下，又在迂腐的双亲教养下成长……"

良清偏袒说："不，听说她母亲知书达理，是个有来头的人，颇有面子，不时从京城中的富贵人家那里，雇来年轻能干的侍女和女童陪伴她，还教她学习京城的风俗礼仪等，极其重视培养女儿，格外耀眼呐。"也有人说："不过，倘使她双亲亡故，她成了孤儿，恐怕就不能那么悠游自在地生活下去啰。"

源氏公子说："她不知出于什么意图，想到海底去呢。看来海底也是污秽之地啊！"这个乡下女子的故事，似乎吸引了源氏公子。他身边的侍从们深知这位公子生性偏好非同寻常的奇闻，就算是这么一个乏味的乡下女子，她的故事肯定也已经留在公子的心里了。

折回寺院后，一位侍从建议说："天色行将黄昏，看样子疟疾不会再发作了，那么我们早点起驾返京吧。"老高僧却劝说道："惟恐妖怪还缠住贵体，今夜还是在这里静静地念佛诵经为好，明日再返京如何？"众侍从说："老高僧说得在理。"源氏公子本人也觉得，难得过这种借宿山寺的生活，很有兴致，于是公子说："那么好吧，就明日一早起程吧。"

入春日长，源氏公子闲来无事，在傍晚彩霞漫天飞舞的昏暗时分，信步向围着细荆条篱笆的地方走去。公子支使其他随从都回寺院去，身边只留下惟光陪同。他们来到篱笆旁，向屋内探视，窥见眼前朝西的房间里供奉着一尊佛像，有位尼姑在念经。还看见那位尼姑将帘子稍卷，在佛像前供花的情景。又看见她在靠近室内的柱子处坐下，将佛经放在凭肘几上，非常吃力地在念经。一眼看去，觉得这位尼姑非同一般，年龄约莫四十开外，肌肤格外白皙，品位高尚，身体虽然瘦削，但脸颊丰润，眼神灵活，头发剪成尼姑型的短发，整齐且美观，反而显得比长发更美，颇为新颖别致，看了惹人怜惜。

尼姑身边有两位秀丽的年龄较大些的侍女，还有几个女童，进进出出，嬉戏玩耍。其中一个约莫十岁的女孩子，身穿洁白的衣衫，罩上一身穿惯了的金黄色外衣，正在向这边跑来。这女孩子的长相，与别的女孩子迥然不同，人们见到她的模样，自然会联想到待她长大成人后，想必是个国色天香的美人。她那舒展扇形似的披肩长发，随着她的跑动而轻轻地飘动。她满脸通红，哭泣着跑到尼姑身边。尼姑抬起头来望了望那个小女孩儿，问道："你怎么啦，和女童们拌嘴了吧？"源氏公子觉得这两人的长相有点相似，心想："大概是母女俩吧。"

小女孩儿相当惋惜地向尼姑告状说："小麻雀本来扣在烘笼里，却被犬君放飞了。"站在尼姑身旁的一个侍女说："哎哟，那个小丫头笨手笨脚，又闯祸了吗？该训斥她一顿。那只小麻雀真可爱呀，不知飞到哪里去了呢，它不要撞上乌鸦才好呐！"她说着走开了。尼姑长着一头丰厚的头发，相貌端庄，人们称她为"少纳言乳母"，想必就是照顾这小女孩儿的保护人了。尼姑说："唉！说这种不懂事的话，多么孩子气啊！我的性命已处在过今天不知明日的时刻，你却全然不顾，而只爱玩麻雀。我不是常对你说，喂养小生灵会造孽的吗？真罪过呀！"接着又说："到这边来。"这小女孩儿在尼姑身边正襟危坐地跪坐下来。她的相貌十分可爱，天真烂漫，眉宇间仿佛飘荡着一股灵气。她把落到额前的发丝拢了上去，露出了孩子般的额头，那头发的造型非常的美。源氏公子觉得自己仿佛"期盼着看到她逐渐长大成人的模样"，不由得定睛凝视着她。他察觉到自己原来是因为这小女孩儿的长相、神态都酷似自己倾心思慕的伊人[01]，才会如此聚精会神地注视她，就情不自禁，潸潸地流下了热泪。

尼姑一边摩挲着小女孩儿的头发，一边说："连梳头都嫌麻烦，却长得一头秀发，只是太孩子气了，实在令人担心啊！长这么大了，本该更懂事一些。你已故母亲十二岁上丧父，那时候她什么事都懂了，像你现在这个样子，我若辞世，你怎么过日子啊！"说着格外伤心地哭了起来。源氏公子目睹此番情景，也情不自禁地感到悲伤。这小女孩儿虽然年幼无知，却也抬头凝望着哭泣的尼姑，然后伤心地垂下眼帘，低下头来，快将垂落额前的秀发晶莹发亮，美极了。尼姑吟歌曰：

---

[01] 指藤壶女御。

嫩草安身知何处，

露珠消逝何其苦。[01]

尼姑身旁的另一个侍女感动得落泪说："说得是啊！"遂答歌曰：

幼苗前程尚未晓，

露珠焉能就此消。

这时僧都从对面走过来，对尼姑说："这里，从外面都能看得一清二楚，今日为何偏要在这里坐下呢？我刚刚才听说，源氏中将为了祈求治愈疟疾，到山上的老和尚这里来了。他这次的行踪非常隐秘，连我也没有告知一声，我虽然住在这里，却未曾去问候他。"尼姑听罢说："哎哟，这可怎么办，我这副怪模样，说不定已经被随从的人看见了呐。"说着将垂帘落了下来。僧都说："你不想趁此良好机会去瞻仰一下当今名闻天下的光源氏吗？他那气度非凡的神态，连我这个抛弃红尘的僧都，看了也都觉得可以全然忘却尘世的悲哀，延年益寿呐。好吧，让我送个信去吧。"僧都说罢便走开，源氏公子听见传来僧都远去的脚步声，便又折回寺院去。

源氏公子心想："今天我看到可爱的人儿了。难怪那些好色者总想悄悄外出，却原来能够不时寻觅到意外的美人啊！我只是偶尔外出，竟能遇见如此意想不到的事。"公子觉得蛮有趣的，他内心底涌动着一股强烈的思绪："这小姑娘确实很漂亮，但不知道她究竟是个什么样的人，我若能把那样一个小姑娘安置在身边，权且代替伊人，朝夕相见，也可以得到一

[01] "嫩草"比喻小女孩儿，"露珠"比喻尼姑。

点慰藉……"

源氏公子一边想着这件事，一边躺了下来。这时，僧都的弟子前来把惟光叫了出去，由于地方狭窄，来人向惟光传达僧都的话，无须惟光禀告，公子全都听见了。那来人说："僧都说：'我刚刚才听闻公子已驾临此山中，理应立即前来问安，但转念又想，公子是知道贫僧在此寺修行的，此番秘密微行自有其个中原委，贫僧不敢贸然造访，公子旅行的下榻之处理应由敝寺准备，实在遗憾之至……'"

源氏公子说："我于十多天前突然患了疟疾，经常发作，痛苦不堪。听人的指点，突然决定前来寻访此山寺，但又考虑到老高僧如此德高望重，万一治疗无效，岂不严重影响其声誉？因此极其秘密地前来。我现在就前往贵处造访。"

僧都闻讯立即前来问候源氏公子。

这位僧都虽然是一位出家人，但是气度确实很高尚，人品理应也受到人们的尊敬。源氏公子觉得自己这身微行装扮，有点不好意思与僧都相会。僧都向公子叙述了自己如此这般地闭居山村修行的情况后，一味邀请公子前往，说："寒舍与这里同样是草庵，不过有溪流带有凉爽的情趣，可能会赏心悦目。"源氏公子想起僧都曾经向与自己未曾谋面的尼姑大肆赞美过自己的种种情况，心中觉得有点难为情，可是又很想了解那个可爱的小女孩儿的情况，于是，决意登门造访。

果然如僧都所说，同样是草木，可是这里的草木是煞费匠心加以整修的，别有一番情趣。这是一个没有月亮的夜晚。引入庭园的池水边上，点燃了篝火，星星点点地挂上点燃的灯笼。朝南的房间，装饰得非常好看，飘来了缕缕沁人心脾的薰香，弥漫四周。这是名香的气味。从公子衣袖里流泻出来的薰衣香，随着源氏公子的走动，顺风飘荡，洋溢着一种美妙的风情，引得隐居室内的人不由得满心喜悦。僧都给源氏公子讲述人事无常以及来世因果报应的故事。源氏公子由此联想到自己的诸多乱伦之罪孽，不胜惶恐。他觉得："心中净是一些乏味之事，大概自己这一辈子将为这些无聊之事而劳心，更何况来世，不知将会受何等苦难啊。"每念及此，公子就想要过像僧都这样隐居修行的生活。可是，白天那小女孩儿的面影，总是在自己的心中萦绕，使自己眷恋不已。于是，源氏公子问道："是什么人居住在这里？我曾经做过一个奇怪的梦，梦中本来是想要询问你此事来着，今天却应验了这个梦。"

僧都面带微笑地说："这个梦可来得真突然呀。难得您前来造访，惟恐扫了您的兴。按察大纳言亡故已多年，您可能不认识此人。他的夫人是我的妹妹。按察大纳言辞世后，她就出家了。近来她体弱多病，我又远离京城，闭居此地，她就前来投靠，在这里深居下来。"

源氏公子暗自揣摩着问道："听说那位大纳言有个女儿，我不是出于好奇，而是认真地探询此事。"

僧都说："按察大纳言只有一个女儿。他过世已经十几年了。已故大纳言本打算将此女儿送进宫中，格外重视地加以调教培养，可惜他未能如愿就告别人间。此后这位出家为尼的母亲，孤身抚养这女儿。这时候，不知是何人牵线，这女儿竟秘密地与兵部卿亲王^[01]私通了。兵部卿亲王的正夫人出身高贵，盛气凌人，妒忌心重，多次兴师问罪，诸多恐吓，使这女儿不得安宁，终于积郁成疾，不治身亡。常言道：'积郁成疾'，确有其事，这种情景确实活生生地呈现在我眼前。"

源氏公子揣摩："如此说来，这个小女孩儿就是已故的那位小姐的女儿啰。"接着又想："那么，这个小女孩儿有着兵部卿亲王的血脉，难怪她的长相酷似我思慕的那个人。"源氏公子越发想要亲切照料这个小女孩儿。他心想："这小女孩儿出身高贵，气质典雅，长得又美丽，没有那种

---

[01] 这位兵部卿亲王是藤壶女御的哥哥，他们都是后妃所生。

123

自作聪明的心态，可以轻松地与她交谈，按照自己的理想很好地去调教培养她长大成人。"他为了进一步确认这小女孩儿的身份，又询问道："的确很令人同情啊！那么，这位小姐没有留下一儿半女吗？"

僧都回答说："她生前留下了一个小女儿，这小女孩儿就靠外婆抚养，可是这位削成短发当了尼姑的外婆，年迈多病，常为外孙女今后的成长问题忧心忡忡，叹息不已。"

源氏公子心想："这样的话，正是个好机会。"于是，又进一步向僧都探询说："我冒昧地请问，僧都可否代我与老师姑商量，让我来做那小女孩儿的保护人？其实，我虽已有妻室，只因缘分淡薄，总是不能融洽相处，常常独居一处。但只怕你们以为年龄不相般配，把我当作平庸之辈，认为我做此事不够稳妥。"僧都答道："公子所言，令人十分感激，不过这小女孩儿年纪太小，惟恐还无法做公子的游戏伙伴。当然，小女孩儿总需要有人呵护，才能长大成人。贫僧不了解详情，待与她外婆商量过后，再来禀报。"僧都说话率直，态度古板，年轻的源氏公子心中也觉得难以为情，不想再多说些什么。这时候，僧都说："近日来，贫僧在供奉阿弥陀的佛堂里修行，今日尚未作初夜的诵经，待诵经完毕，再来作陪。"说着，便登上佛堂。

源氏公子苦恼万状。这时，天空急降骤雨，山风呼啸，寒气袭人，瀑布声也比先前更喧嚣。时而还可怕地传来夹杂着似是在打盹儿的念经声。面对此情此景，就算是漫不经心的人也会不由得悲从中来，更何况是多愁善感的源氏公子呢。他实是难以成眠。僧都说的是初夜诵经，实际上已是深更半夜时分了。里屋的人似乎也还没就寝，虽然她们动作轻微，尽量不发出响声，但是念珠碰撞凭肘几的声音，还是隐约可闻。柔软的衣衫那轻微的沙沙声，听起来备感亲切优雅，相距似乎很近。于是源氏公子悄悄地来到这房门前，轻轻地推开了围在室外两扇屏风之间的缝隙，并拍响了扇子，以表示招呼。里面的人没有想到外面会有人来，但听见有人打招呼，又不能置若罔闻，于是有个侍女膝行[01]过来，然后又后退了几步，用迷惑的声音问道："奇怪，莫不是我听错了吧？"公子答道："有佛爷指引，即使在黑暗中，也绝不会错的。"声音是那么有朝气，那么文雅，相形之下她自己的声调显得粗俗，不禁感到难为情，说："公子欲见何人，请明示。"源氏公子说："诚然过于唐突，难怪令你疑惑。不过——

> 凝眸青青小嫩草，
> 旅人落泪沾衣袖。

烦请通报一声。"侍女答道："公子明知此处没有人懂得和歌，究竟要我通报谁？"公子说："我呈此歌自然有其缘由，请予体谅。"侍女只好入内通报了。

　　老尼心想："啊！真是件艳事。莫非他以为这孩子已是知情的妙龄女子了吗？话虽如此，他为何知晓那'嫩草'之歌呢？"她茫然若失，百思不得其解。但是，迟迟不答歌是失礼的，遂吟歌曰：

> "旅居一夜泪湿衫，
> 怎比深山地衣寒。

我们的泪珠永难干啊！"侍女将这首歌转告了公子。公子说："我从未经历过如此间接问候。我冒昧提出，盼借此机会见一面，有话需要郑重面谈。"侍女再报告老尼，老尼说："公子怎么会误解了呢，对那位如此高

---

[01] 膝行：两腿席地，向前蹭行。

雅、腼腆的公子，我没有什么要回答的。"众侍女说："那样的话，恐怕会使公子觉得我们失礼吧。"老尼转念又想："她们说得也是，我若是个年轻人，会面也许感觉难为情，可我都这把年纪了，何苦辜负来客这番热诚呢。"于是，她慢慢膝行至源氏公子身边。源氏公子说："突然造访，难免轻狂，但我心中绝无轻率之意，这点佛爷定能明鉴。"公子见老尼道貌岸然、从容不迫的样子，反倒觉得自己太冒失，有话也难言了。老尼答道："的确不知大驾光临，又蒙如斯言语，实是缘分匪浅。"源氏公子说："听闻贵处有位实为可怜的小姑娘，能否允许我代替她亡故的生母来呵护她呢？说来晚辈自幼丧母，至今孤寂度日，听闻有同样命运的人，就想祈求允许结为同伴，此刻是再好不过的机会，故直言不讳，略表赤诚。"

老尼说："承蒙公子此番言语，老尼不胜欣喜。只是老尼担心公子是否有所误解，诚然，此间确有一孤女，依靠微不足道的老身过活，不过，她还是个不谙世事的天真幼女，恐怕还不能理解公子如此气度不凡的宽容，因此，恕难从命。"

源氏公子说："师姑所言诸多情况，晚辈尽皆明晰，惟盼师姑不必拘泥小节，念在晚辈思慕小姐之心非同寻常，请予以明察。"

老尼听罢，心想："恐怕公子不知两人的年龄实是太不相称，因此才出此言吧。"所以老尼也没有给源氏公子一个合适的答复。这时，只见僧都前来，源氏公子就此打住，说："总之，我已启齿，真心相求，也就安心了啊！"说罢，他重新将屏风合拢了起来。

天色已近黎明时分，山风将在修行法华三昧[01]的佛堂里做法华忏悔[02]之声传送了过来，令人觉得异常庄严，那诵经声和着瀑布声响，使

---

[01] 法华三昧：是佛教天台宗根据《法华经》、《观普贤经》而修之法，以三七日为一期，行道诵经，或行或立或坐，观察中道实相之理。
[02] 法华忏悔：即念诵《法华经》以忏悔罪孽之法。

源氏公子心有所感，遂吟歌曰：

山风呼啸催梦醒，
瀑布声声人涕零。

僧都答歌曰：

"山水令君泪湿袖，
我心平和常年修。

可能是贫僧听惯了的缘故。"

天色大亮，朝霞弥漫，四处的山鸟啁啾鸣啭，不知名的草木野花五彩缤纷，争艳斗丽，处处可见，大地美丽似锦，时有野鹿出现，或伫立或迷茫地走动。源氏公子对山中的景色颇感新奇，心中的烦恼也顿时消失了。那位德高望重的年迈高僧，尽管行动不便，但还是千方百计设法前来为公子作护身祈祷，他那嘶哑的诵经声，是从稀稀拉拉的牙缝间漏出来的。不过，念诵陀罗尼[01]的音调清寂，听起来觉得格外持重，功德无量。

京城派人来，祝贺公子疟疾痊愈，宫中也派使者来迎接了。僧都备了此间山村未见的水果，又从各处山谷挖采各类珍品，款待公子，为他饯行。僧都说："贫僧因立誓今年内不出此山，故不能远送，临别依依，实在难舍。"说着向公子劝盏。源氏公子说："此间山清水秀，令人留恋，只因父皇挂念，我诚惶诚恐，不能不返京。待到山花烂漫时，我将再来造访。"遂作歌曰：

---

[01] 陀罗尼：梵文，佛语。据说陀罗尼的一字一句皆潜藏无边的旨趣，念诵它可排除诸多障碍，获得种种功德。

返京将告宫人知，

山樱盛时再造访。

源氏公子吟歌的声调优雅，神采奕奕，光辉耀眼。僧都答歌曰：

盼君似盼优昙华[01]，

山樱焉能移心花。

源氏公子听罢微微含笑地说："稀有时节才开一次花，可真不容易盼待啊！"老高僧接受源氏公子赐杯，吟歌曰：

松下庵门今启开，

难得拜见君风采。

老高僧吟罢，感激涕零，仰望着公子的英姿。这位年迈高僧给源氏公子赠送了一具金刚杵[02]，做护身用。

僧都赠送源氏公子一串饰有玉宝石的金刚子[03]念珠，这串念珠是圣德太子[04]从百济国那边得来的，此念珠装在一个唐式的盒子里，这盒子的外面套着一个有镂空花纹的袋子，这也是从百济国那边获得的。盒子上系着五叶松枝。僧都还赠送了好几个藏蓝琉璃罐，罐中装有各种药品，各

[01] 优昙华：梵语。印度人想象中的植物，传说三千年一开花，开花时金轮王将出现，或如来佛将出世。此处比喻源氏公子。
[02] 金刚杵：佛教真言宗用的佛具，两头尖的铜或铁制短棒，手持之用以击退烦恼。
[03] 金刚子：属田麻科之一种乔木，其果实之核可制念珠。
[04] 圣德太子：用明天皇之皇子，推古天皇即位，他即成为皇太子，信奉佛教，制定十七条宪法。

个罐上系有藤枝或松枝。这些礼物和土特产,都是得体的赠品,与这山寺相称。

　　源氏公子派人赴京取来早已备好的各种物品,作为布施送给为他念诵咒文的老高僧、为他诵经的僧都等人,甚至对周围的下人、山樵野叟等也都分别给予相应的赏赐。源氏公子亲自念经诵佛,正要出门之时,僧都走进室内,向公子作了详细的禀告,那就是公子托他与老尼姑商谈有关抚养那小女孩儿的事,他转达老尼的话说:"总而言之,现在无法仓促回复,倘若公子有此诚意,再过四五年后,再说吧。"僧都如实转告了老尼的话后,公子怏怏不乐,嘱咐僧都身边的小女童给老尼送去一首歌,歌曰:

　　　　昨夕瞥见花姿丽,
　　　　今朝飞霞难舍离。

老尼答歌曰:

　　　　惜花真意知几许,
　　　　且观霞天变何如。

　　源氏公子觉得歌意趣味深邃,品位高超,却故意做出随意书写的姿态。

　　正当源氏公子要命随从起驾返京时,左大臣家众人簇拥着诸公子前来迎接。众人说:"公子出门也没有告知要到什么地方,因此……"来者中有与源氏公子关系特别亲密的头中将及其弟左中弁,此外还有其他公子也尾随前来。他们埋怨说:"如此珍奇之地,理应约我们一道来共享乐趣啊！如今竟把我们排除在外，未免太……"源氏公子说："在如此美不胜收的花荫树下，若不稍事歇憩而匆匆离去，那就太遗憾了。"于是他们便肩并肩地在岩石荫下的青苔上席地而坐，举杯畅饮。从近旁的高山上倾泻下来的流水，循着固有的山势形成瀑布，颇有情趣。头中将从怀里掏出一管笛子，吹出清澄悠扬的笛声。弟弟左中弁用扇子轻轻地打着拍子，唱起催马乐之歌："丰浦寺之西……"[01]这两位尊贵公子都是出类拔萃的人，而源氏公子病后略显清减，他那微带烦恼的神色、凭依在岩石边上的美姿，举世无双，无与伦比。他那仪表之俊美，压倒群英，众人不由得把目光都聚焦在他身上。有一名随从吹奏擅长的笙篥，还有准备吹箫的风流少年。僧都亲自抱来一具和琴，一味恳请源氏公子说："恳请公子抚琴弹一曲，若蒙偿愿，山鸟也会感动的。"源氏公子说："本人心绪紊乱，难以抚平啊！"话虽这么说，但他还是适当地弹了一曲，然后偕同众人一起起程了。

　　源氏公子离去后，不值一提的众僧人，连同不谙世事的孩童都觉得很留恋、很遗憾，不由得落泪了，更何况僧都和深居内室的年迈老尼，他们从未见过如此英姿俊美的公子。他们相互议论说："真不像是这尘世间的人啊！"僧都也说："不知是前世修来的什么缘分，今生竟能遇见如此尊贵的人，像如此优秀的贵人，竟生在如此龌龊的日本之末世，每想及此，不禁令人感到悲伤不已啊！"他说着，举袖揩拭着泪水。在那个小女孩儿的童心里，也觉得这位公子尊贵俊美，她说："他比我父亲还美得多呀！"侍女们就对小姐说："那么，小姐就做他的女儿吧。"小女孩儿点点头，心想："果真能这样，该有多好啊。"于是，此后她在玩耍偶人游戏或画画的时候，都要做出或画出一个"源氏公子"的形象，还给那个称

---

[01] 此歌为催马乐《葛城》："葛城寺之前，丰浦寺之西，榎叶井里珍珠粒，哎呦呦，一旦显灵验，国家繁荣我家富，哎呦呦！哎呦呦！哎呦呦！"

为"源氏公子"的偶人穿上漂亮的衣裳，并且非常珍惜它。

却说源氏公子回京城后，首先进宫拜谒父皇，禀报近日来的状况。皇上看见源氏公子消瘦许多，非常担心，于是询问老高僧是如何祈祷的、如何有效验的等等，源氏公子均一一作了详细的禀奏。皇上说："如此说来，该给他升为阿阇梨，这般修行积德高深的老僧，朝廷竟一无所知。"说罢，心中颇为尊敬这位老高僧。

恰巧这时，左大臣进宫觐见。左大臣对源氏公子说："我本想也进山前去迎接你的，可是又担心对你的微行有所不便，故而作罢。你该静养一二日。"接着又说："我送你回家吧。"源氏公子虽不想返回葵姬家，但又碍于左大臣岳父的情面，只好出宫前往。左大臣把自己的车让源氏公子乘坐，自己则乘坐后面的车子。源氏公子体察到岳父大人如此重视并照顾女婿的一片慈祥之心，不由得感到心不忍。

左大臣家估计源氏公子今天会回来，早已做了精心的安排。源氏公子有些日子没有回这家来了。这时只见房间的陈设器物擦得格外锃亮，宛如玉座儿，所有用品一应俱全。葵姬也一如往常，深隐内室，没有急于出来迎接。左大臣万般焦虑地劝她，她才勉强出来相见。然而，出来后却只顾正襟危坐，纹丝不动，活像物语绘^[01]卷中的淑女。葵姬的态度如此冷漠，源氏公子简直无法应对，他多么想将心中所思，自然而然地倾吐出来，还有向她诉说昨日北山之行的见闻，哪怕她有一点反应，作一些有趣的回应，该多么可爱啊。可是，她对世间事全然不动心，似乎很拘谨，表现得十分冷淡。与她共处的岁月越长，彼此的隔阂就越深，实在令人痛苦不堪。于是，源氏公子情不自禁地开口说："我多么希望我们能像世间的夫妇那样，看到你开诚布公毫无隔阂的模样，哪怕偶尔有那么一回也罢。我病得那么痛苦难堪，你连我的病况如何，都不闻不问，你一向如此，不足

---

[01] 物语绘：即描绘物语文学作品中的事件或景物的画。

为怪，但我心中却难免有怨恨啊。"过了好大一会儿葵姬才回答说："你也
体会到遭人不闻不问的痛苦滋味了吗?!"她说着眼色饱含娇羞地眄视了
一下源氏公子。她的气质高贵，颜面秀美。公子说："难得你启齿言语，
一鸣惊人，一般说'遭人不闻不问的痛苦'这类怨恨的话，是身份不同的
情妇的语言，我们是明媒正娶的夫妻，出此言未免太无情吧。你向来对我
态度冷漠，为盼有朝一日你改变冷淡的态度，我想方设法做过种种尝试，
可是你对我却越发疏远啊！算了，只好听天由命，何苦怨天尤人，只要一
息尚存，就耐心等待吧。"说罢径直走进寝室。葵姬不想随即跟着进去，
源氏公子对葵姬束手无策，一边叹息一边躺了下来。大概觉得扫兴，不想
再理会葵姬，便佯装困倦的样子，脑子里却装满世间之事，浮想联翩。

公子心想："我真想将那位嫩草般的小女孩儿安置在自己身边，呵护
她长大成人，可是老尼认为年龄不相称，想来也不无道理，现在确实也难
以启齿向她求爱。不过，难道我就不能绞尽脑汁地想个办法，干脆将她接
过来，朝夕相处，以抚慰自己烦恼的心吗？小女孩的父亲兵部卿亲王品格
相当高尚，举止优雅，但长相并不俊美，可是他女儿怎么长得让人一眼看
去，就觉得她酷似藤壶女御？无疑是有她们家族的血脉吧。兵部卿亲王和
藤壶女御可能是同一个母后所生的吧。"一想到她是藤壶女御的亲人，更
倍感亲切，留恋不已，越发要设法将她迎接过来。源氏公子陷入了沉思。

翌日，源氏公子写了一封信给老尼，又写了一封给僧都，委婉地谈及
此事。给老尼的信中说："日前所求，未蒙采纳，只好回避，终于未能罄
述衷情，甚感遗憾。在下此恳求，其志绝非一般，如承蒙谅察，则欣喜之
至。"另附上一张以情书体裁写的小纸片，曰：

"魂牵梦萦系山樱，
  情怀无限皆尽倾。

时常惦挂着夜间的山风会否摧残山樱。"字迹秀美自不待言，仅就这简单的小信封内所装的内容来说，连年迈的老尼看了都觉得脉脉含情，令人眼花缭乱。"实在不好意思，该如何回信才好呢！"老尼苦于不知如何作答，最后复信说："日前所言之事，本只当偶然戏言，今承蒙特意赐函，真不知如何答复。外孙女连习作《难波津之歌》[01]都书写不顺当，很不成器，更何况——

　　凄厉风吹山顶樱，

　　一时情怀何足凭。

老尼实在放心不下啊。"僧都的回信内容与老尼的大致相同。源氏公子颇感遗憾和委屈。过了两三天，源氏公子差遣惟光去活动，公子说："那边有个叫'少纳言乳母'的人想必还在，你不妨去寻访她，详细地和她商量。"惟光心想："哎呀，我家公子真是个风流倜傥的人，用心良苦，连那样一个年幼无知的小女孩儿都不放过。"他回想起那天隐约窥视那小女孩儿时的情景，觉得蛮有意思的。

　　僧都收到源氏公子郑重其事的来函，深表感谢。惟光提出要求，得以和少纳言乳母会面。于是，惟光将源氏公子的旨意，以及自己观察到的情形，详尽地述说了一番，惟光本就是个口齿伶俐的人，能说善辩，他运用平和动听的语调说个不停。尽管如此，老尼姑那边的人，一个个都觉得："小姐还是个年幼无知的孩子，源氏公子不知打的是什么主意。"都有点

---

[01] 此歌出自《古今和歌六帖》，昔日幼童教养习字之初，必练习书写此歌，歌曰："春光明媚难波津，漫长冬眠百花开。"还练习书写出自《万叶集》中的歌："浅香山影见不真，山泉水浅情渊深。"

纳闷。源氏公子的信中，写得很诚恳，还说："我尤其想看那位小姐习字的手迹。"他照例在折叠打结的书信里，附歌一首，歌曰：

> 浅香山影恋情深，
> 山泉高悬诚可恨。[01]

老尼答歌曰：

> 虽知拂逆将后悔，
> 山泉影子不愿随。

惟光返回后据实向源氏公子禀报。还带回老尼姑的一封信，信中写道："老尼的病势若见好，过些时日将返京，届时再行奉复。"源氏公子阅罢，心中无限惆怅。

且说藤壶女御因患病而回三条娘家静养。源氏公子看见父皇为她焦虑不安的样子，着实可怜，但另一方面又极想趁此机会，哪怕与她相会一回。为此，源氏公子心烦意乱，哪儿都不想去。无论在宫中，或在二条院私邸，白日里他都沉湎在苦思冥想之中。一到傍晚，他就严加催促王命妇。不知命妇是怎么策划的，想必费尽了心力，总算能让这两人相会了。在幽会这段时间里，他们都深感痛苦，总也不敢相信这是现实。藤壶女御每每想起那桩亏心事，就觉得自己埋下了终生愧疚的种子，早已下决心不再重犯。可是，如今又出现这般情景，实在太可鄙。她脸上挂着一副无法排解的忧愁神色，但她又觉得他很温存可爱。虽说彼此并非没有隔阂，可

---

[01] 此歌借用小紫习字书写的《浅香山古歌》中的"浅"、"山泉"、"影"，暗喻心向小紫。

他那文雅谦恭的气质，毕竟非同凡响。源氏公子寻思："她为什么竟如此璧玉无瑕，完美无缺？"心中反而装满怜惜的情怀。幽会匆匆又怎么能够罄尽累积多日的万般愁绪。他们多么盼望能永远同宿在暗部山[01]中，然而，偏偏良宵短暂，令人真有"莫如不相会"之感。源氏公子歌曰：

> 幽会一夜难再逢，
> 尽望今世留梦中。

藤壶女御目睹源氏公子那副悲痛欲绝的哽咽样子，着实心疼，答歌曰：

> 梦中纵然能长留，
> 世人非议令人忧。

她惶恐不安，心绪紊乱，确实也不无道理。这时，命妇已将公子的便服收拢送来。

源氏公子回到二条院私邸，终日卧床，哭泣不已。公子差人给藤壶女御送去一信，她照例不看，公子虽然明知如此，还是感到遗憾，茫然自失，也不进宫拜谒父皇，一连两三天只顾幽闭私邸。但是，公子一想到父皇会不会担心自己，也就感到非常害怕。藤壶女御则悲叹自己的命苦，病情越发加重了。皇上三番四次地派遣使者催促她尽快回宫，可是她无意回去。她觉得不知怎的，此次病状与往日不同，暗自揣摩：莫非是珠胎暗结？于是更觉不光彩，一味伤心难过，不知今后会怎么样。

夏天到了，藤壶女御越发起不了床，她已有三个月身孕，体形已明显

---

[01] 暗部山：京都名胜鞍马山古名暗部山，此处喻黑夜。

地突显出来。众侍女见状也很纳闷。藤壶女御觉得这前世因缘来得可怜，不想上奏。事情的原委，人们做梦也没有想到，只觉得不可思议："有喜数月了，为什么还不上奏？"此事，藤壶女御自己心里明白，而了解情况的，就是侍侯她起居沐浴的乳母的女儿阿弁，还有王命妇。她们虽然觉得蹊跷，但知道此事非同一般，彼此心照不宣，不敢议论。王命妇知道，这是无法逃脱的前世因缘，只好认命。至于向宫中禀报，也只能编造说由于阴魂作怪，迄今不能及时看出是身怀六甲。大家都信以为真。皇上更加心疼藤壶女御，不时地遣人前去问候。不知怎的，这使藤壶女御更加惶恐，终日忧心忡忡。

　　却说，中将源氏公子做了一个非常可怕的梦，神奇的梦。便招请释梦者前来。经询问，释梦者便说出连源氏公子本身都想象不到的事[01]。释梦者接着又说："这幸运的梦中夹杂凶象，务必谨防。"源氏公子觉得此事麻烦大了，便对释梦者说道："这不是我做的梦，是别人做的梦。在这个梦成为事实之前，绝不许对任何人说。"此后，源氏公子一直心绪忐忑不安地在寻思："这究竟是怎么回事？！"后来听说藤壶女御身怀六甲，他才联想到："莫非那神奇的梦，是来报此事的？"于是又起了想再见她的念头。公子好言好语地央求王命妇设法安排，然而王命妇一想到这是自己牵线所造的孽，便觉毛骨悚然。再说，情况愈加错综复杂，如何善始善终，她着实无计可施。此前，源氏公子偶尔还能罕见地获得藤壶女御只言片语的回音，可如今却杳无音信，信息全然断绝了。

　　七月间，藤壶女御一行起程回宫。皇上与爱妃久别重逢，对她更加无限宠爱。她腹部已见隆起，面容憔悴，无精打采。可是，在皇上眼里，却别有一番风情，觉得她简直美得无与伦比。皇上一如既往，终日住在藤壶女御宫中。时光流逝，渐渐到了皇家贵族游乐的季节，皇上接连不断地下

[01] 释梦者判断源氏公子将成为天子的父亲。

诏，令源氏公子进宫抚琴吹笛，做这做那。源氏公子竭力压抑住自己的感情，然而，澎湃的心潮却难以平复，不时流露了出来。藤壶女御明白他心中的苦闷，自己的思绪也纷乱如麻。

且说住在北山寺的那位老尼姑，病况基本好转，出山返回了京城。源氏公子打听到老尼在京城的宅邸，经常送信去问候。老尼的回信大致上都同样是婉言谢绝的内容，这是当然的了。近数月来，源氏公子为藤壶女御的事，比往常更陷入沉思，缘此，无暇顾及其他，从而也没有发生什么特别的事，平安地度过了时日。暮秋时节，源氏公子越发感到心绪不宁，终日叹息不已。一天，在月光皎洁之夜，难得情绪转好，便出门去幽会恋人。正是此时，天空突然下了一场阵雨。源氏公子要去的地方是六条京极一带，因为他是从宫中出发，所以路程稍微远些，途中路过一处荒宅，但见古树葱茏，有一户显得昏暗的人家。源氏公子的那位贴身随从惟光向公子禀报说：“这户人家就是已故按察大纳言[01]的宅邸。前些日子，我因事路过此地，顺便到这家问候致意，听那家的人们说：‘那位老尼身体相当衰弱，已经不记人事了。’”源氏公子说：“太可怜了，我该前去探候，你为什么不早点告诉我呢？现在就差人进屋去通报吧。”惟光遂派一名随从进去通报，并让随从说是源氏公子专程前来问候。随从进去对传达的侍女说：“源氏公子专程前来探望师姑。”传达的侍女惊讶地回答说：“哎哟，这可怎么好，师姑近日来病势严重，无法面见客人啊！”她话虽这么说，可是转念又想，如若让他就此回去禀报，也是非常失礼的事，于是，立即拾掇朝南的一间厢房，请公子进来歇息。

侍女禀告公子说：“敝处实在简陋，承蒙公子光临探候，由于事出突然，来不及准备，只好委屈公子于此陋室。”源氏公子觉得这地方确实非同一般。他答道：“我早就想前来探候，只因恳请之事，屡遭回绝，故而

---

[01] 此位按察大纳言即小紫的外祖父，老尼姑的丈夫。

逡巡未敢前来打扰。师姑玉体欠佳，我亦未能及时知晓，实在过意不去。"老尼命侍女传言道："老尼始终病疾缠身，如今大限将至，承蒙公子亲临慰问，却不能起身迎接面晤，实在遗憾。至于此前所言有关小外孙女之事，若蒙公子思心不变，且待她度过如今这般年幼无知的年龄之后，定将送往贵处忝列其中。老尼实在不忍遗弃此孤苦弱女而到往生乐土啊！"

老尼的寝室距此间很近，她那凄楚的语声，断续可闻，源氏公子又听见她接着说："实在是诚惶诚恐啊！这孩子哪怕是到了可答谢的年龄也好啊。"源氏公子听了此言，深受感动，说道："若不是深情所系，我岂能露出如斯动情之举，不知是前世结下的什么缘分，从初次见面之日起，就倾心思慕，真是不可思议，这恐怕只能说是前世注定的宿缘。"接着又说："往常的拜访，总是带着遗憾离去，如今只求听听小姐那天真无邪的声音，不知可否。"侍女答道："不，此事实难从命，小姐年幼，此刻正在酣睡。"正当此时，对面传来有人走过来的脚步声，还听见说话声："外婆，前些日子到寺里来过的源氏公子来了呀，您为什么不见他呢？"侍女们都觉得很难为情，接着又听见有个侍女制止她说："哎呀，请安静些。"可是小女孩儿却毫不介意地说："不！外婆说过'见到源氏公子就会得到安慰，心情会好起来的'。"她认为这是好事，所以才跑来告诉外婆的。源氏公子听了觉得蛮有意思的，但又照顾到别让侍女们太尴尬，于是装作没有听见的样子，诚恳地说了一番探病问候的话之后就告辞了。源氏公子心想："这小女孩儿确实还是个不懂事的孩子，不过，今后可对她施以高质量的教养。"

翌日，源氏公子写了一封措辞极其诚恳的信差人送去，照例附上折叠打结的小文书，上面写道：

"雏鹤一声引销魂，

行舟苇间亦逡巡。

正是'思恋伊人常翘首'[01]吧。"他故意用孩子般的笔致书写，行文饶有意趣。因此众侍女说："它可以拿来作小姐的习字范本呐。"少纳言乳母代老尼姑复函道："贵函问候的老尼，命已危在旦夕，现迁居山寺。承蒙关照之恩惠，她恐怕只能于他界报答了。"源氏公子见信，无限悲伤。

秋天的夕暮，越发使源氏公子更添惆怅，近日来他为藤壶女御的事忧心忡忡。他想得到那个与她有血缘关系的小女孩儿，这个念头愈加执著了。源氏公子回想起老尼姑吟歌"露珠消逝何其苦"的那天傍晚的情景，越发思念那小女孩儿，同时又想，一旦求得那小女孩儿之后，与藤壶女御相比会不会感到女孩儿相形见绌呢？于是不免有所担心，便吟歌曰：

　　野草生根连紫草[02]，
　　何时摘得心愿了。

十月里，皇上预定行幸朱雀院离宫。舞人等都是选用第一流人家的子弟、公卿、殿上人等擅长此道者，因此包括诸亲王和大臣在内，各自分别演练技艺，忙得不可开交，无暇他顾。源氏公子也忙于练习舞乐，蓦地想起迁居北山寺的老尼已久疏音信，特意派遣使者前去致意。使者只带回僧都致公子的信函。信中写道："舍妹老尼已于上月二十日仙逝，虽说这是世间之常理，但还是感到无限悲伤。"源氏公子从僧都的来函中得知老尼

---

[01] 此句引自《古今和歌集》第731首，歌曰："堀江泛舟往来走，思恋伊人常翘首。"

[02] 此处"野草"比喻那小女孩儿，"紫草"比喻藤壶女御，这两人有姑姪女的血缘关系，故称"根连"。那小女孩儿称"小紫"这个名字，就是根据这句来的。此句根据《古今和歌集》第867首写就，歌曰："紫草伶俜武藏野，放眼望去诚可怜。"

作古，哀痛人事之无常。公子思忖着："不知故人所牵挂的那个小紫怎么样了，那样小小年纪，想必深切怀念她的外祖母吧。"公子朦胧地忆起昔日自己与母亲桐壶更衣死别时的情状，就更加热诚地遣使前去吊唁。少纳言乳母按照礼仪做了相当得体的答复。

　　源氏公子听说小紫在外祖母的忌期三十日过后，已迁返京中宅邸。几天后，在一个闲暇的晚上，源氏公子亲自前去造访，只见住宅十分荒凉，人影稀少，可以想见这个幼女住在这里是多么可怕悲凄啊。少纳言乳母引领公子到先前来过的那间正面朝南的会客厢房里坐下，她热泪纵横地叙述了老尼临终时的情状和小姐的孤苦伶仃，源氏公子也情不自禁地潸潸泪下，濡湿了衣袖。少纳言乳母又说："也有人建议将小姐送回她父亲兵部卿亲王那里，可是已故老师姑说：'孩子的母亲生前曾说过，兵部卿亲王的正室为人冷酷无情，孩子会受罪的。再加上这孩子年龄虽不算很小，但却未谙人情世故，处在似懂事又非懂事的年龄阶段，倘若让她夹杂在那边众多孩子当中，难免会遭到欺侮的啊！'老师姑直到弥留之际，始终为此事担忧，叹息不已，现在想来，她的担心不是没有道理的，因此承蒙公子一番厚爱的即兴言辞，也顾不得日后是否能持久，惟有不胜感谢了。只是小姐自幼娇生惯养，懂事的程度与她的年龄不相称，这点着实令人忧心。"源氏公子答道："我曾反复郑重表白了自己的诚心，贵方为何要如此见外？我觉得小姐的天真无邪，是多么津津诱人，我深信这是一种特殊的宿缘。能否让我不通过转达而与小姐直接面谈呢？

　　　　和歌湾苇纵难见，
　　　　波浪岂甘空折返。[01]

---

[01] 以和歌湾的"苇"比喻小紫，"波浪"比喻源氏公子。

倘若就此回去，岂不是太煞风景了。"少纳言乳母连忙说："实在是诚惶诚恐。"遂答歌曰：

"不识波浪情甚笃，

随波逐流太轻浮。

不知如何是好啊！"源氏公子见少纳言乳母应答娴熟大方的样子，情绪有些好转，便吟咏"何以难过关"[01]的古歌。公子美妙的吟咏声，渗透了年轻侍女们的心灵。

这时，小紫想念外祖母，躺在床上哭泣。陪伴她游戏的女童说："有个穿着贵族便服的人来了，可能是你父亲呢。"小紫听她这么一说，就起身走了出去，扬声说道："少纳言妈妈，身穿贵族便服的人在哪儿呢？是父亲大人来了吗？"她一边说一边走到少纳言乳母身旁，那声音可爱极了。源氏公子说："不是父亲，是我，我也不是外人，过来，到这边来。"小紫隔着幔帐听得出来人就是上次来过的那位源氏公子，方才她错以为是父亲，觉得不好意思，就靠到乳母身边说："走吧，我困了。"源氏公子说："事到如今，为什么还要躲避呢？过来，就在我膝上睡吧。再过来些。"少纳言乳母说："瞧！还真是不懂事呐。"说着，将小紫推到源氏公子身边。小紫天真地跪坐下来，源氏公子把手伸进幔帐摸索，他触摸到小紫那光滑浓密的、披在柔软衣裳上的长发，摩挲着发端，手感美妙，他想象着一定是格外的美吧。于是，他又握住小紫的手。小紫看这个陌生人如此亲近，觉得有点害怕，又对乳母说："我想睡觉嘛。"说着硬把身子缩离幔帐。源氏公子就势钻进帐内，一边说："今后我就是呵护你

---

[01] 此歌出自《后撰和歌集》，歌曰："经年心焦无人晓，何以难过逢坂关。"

的人，你可不要讨厌我。"少纳言乳母说："哎呀，这成什么体统，再怎么对她说，都没有什么用呀！"乳母显出困惑的神色，源氏公子对乳母说："不管怎么说，对这样年幼的孩子，又能把她怎么样呢。我只是为了表白世间无与伦比的一片诚意罢了。"

户外下着霰子，这是一个极其可怕的凄风苦雨的夜晚。源氏公子说："仅凭这么几个人，无依无靠，怎么能够生活下去啊！"说着，潸然泪下，实在难以忍心就此离去，便对众人说："把格子窗扉撂下来吧。这样的夜晚太可怕啊，让我来侍寝，请大家都靠拢过来。"说着，就不拘礼节，一把将小紫抱到寝台上了。众侍女见状都惊呆了，一个个都在想："这真是意想不到的怪事。"少纳言乳母也束手无策，焦虑不安，内疚不已，但又不能声张，惟有唉声叹息在旁等候。

小紫十分害怕，直打哆嗦，不知如何是好。她那美丽肌肤的色泽、那害怕寒冷似的模样，实是令人怜爱。源氏公子搂着仅穿一件单衣的小紫，心中多少有些异样的感觉，他心平气和地讲故事给她听，还说："到我那里去吧，那里有许多很有趣的图画，还可以摆玩偶人。"他说的都是些孩子们喜欢听的话儿，态度又非常和蔼可亲，小紫这颗幼小的心逐渐平静下来，不会只顾害怕了。尽管如此，她还是难以成眠，只是战战兢兢，不好意思地仰躺着。

几乎整夜狂风大作。众侍女悄悄地在议论："真是的，倘若源氏公子没有来，今夜不知多么可怕呀！同样的，小姐的年龄如若与公子相仿，该有多好。"少纳言乳母也很为小姐担心，就在小姐近旁陪伴她。狂风逐渐停息了，源氏公子要在天亮之前回去，不知怎的源氏公子总觉得心情仿佛是与恋人幽会了一夜，次日清晨才离开似的，他对乳母说："看到这位令人怜爱的小姐，总为她焦虑不安，尤其是现在，片刻也不舍得离开她。我成天连说话的对象也没有，朝朝暮暮过着寂寞的生活，我想让她迁到我二条院来。这种地方怎能长期住下去呢，你们的胆子也真够大的。"少纳言乳母说："兵部卿亲王也说要来迎接她，不过，待举办过了老师姑四十九日法事之后再说吧。"源氏公子说："兵部卿亲王虽说有父女的血缘关系，可以依靠，不过一向分居，各在异处，关系生疏，在这点上同我不一样，我今后将做她最亲近的保护人，从真心诚意的程度上说，也许胜过她的父亲。"公子说罢，摩挲着小紫的秀发，然后告辞，但他仍频频回过头来，流露出依依惜别之情。

户外朝雾弥漫，黎明天空的景色别有一番情趣，地面上铺满了霜，一片白茫茫。源氏公子心想："倘若我真是从恋人那里幽会一夜，然后于清晨回家，一定风情十足。"此刻他总有美中不足之感，于是带着这种心情离去。

途中，源氏公子想起一个极其秘密的恋人，她家就在这归途上，于是他就让车子在她家门前停下，派人去敲门，却无人回应。没法子，只好让一个嗓音美妙的随从在门外唱起歌来，歌曰：

> 拂晓浓雾天迷蒙，
> 岂能不入妹之门。[01]

反复唱了两遍之后，只见门内走出一个风趣机灵的侍女，答歌曰：

> 浓雾篱前莫犹疑，
> 草门未锁凭君启。

---

[01] 此歌借用催马乐《妹之门》一曲中的歌词，该曲曰："妹之门，恋人门，过门不入怎堪忍。"

侍女吟毕，旋即进门去了，此后就再没有人出来。源氏公子觉得就此离去，未免欠风流，可是天色逐渐放明，招人眼目又有所不便，于是决意径直回二条院去。

源氏公子回到二条院后，躺在卧铺上回想着那可爱姑娘的倩影，自己不久将能陪伴她，就悄悄暗恋起来，独自莞尔而笑，不觉间进入了梦乡。红日高照时分，他才起床，然后执笔给小紫写信致意，从与一般男女幽会后男子次日清晨回家那种情况的迥然不同开始写起，连吟咏的和歌也非同寻常。搁笔后，他的心仍然在牵挂着她。随信还附上有趣的图画。

恰巧就在那天，小紫的父亲兵部卿亲王来探望她。这宅邸比昔日更显得荒芜，只见屋宇一味地又宽又大，年久失修，侍候人手更觉稀少，一派凄寂的景象。兵部卿亲王观望了好大一会儿，说道：“小孩子怎能在这种寂寞的地方长久生活下去，就算是短暂的也不好，还是迁到我那边去吧，那边宽敞，又没有什么可拘束的。还有乳母的单间，可以方便侍候，孩子还可同那边的孩子一起游玩，快活地过日子。”父亲叫小紫到身边来，小紫身上还留有源氏公子的衣服薰香味，芬芳扑鼻。父亲闻到此优雅的香味，说：“哦，饶有风情的芳香呀，只是衣裳太陈旧了。”父亲觉得女儿的境遇太可怜了，他说：“在迄今漫长的岁月里，姑娘一直生活在年迈多病的外祖母身旁，我经常劝请老夫人把她送到我这边来住，以便熟悉本家的人而不至于生疏，可是老夫人却嫌弃我家，因此我家的那位夫人也心存不快，到了这种时候才把她送去，更令人于心不安啊！”少纳言乳母说：“不，请大人不必挂怀，眼下虽然寂寞些，但这是短暂的，还是让小姐在这里住下吧，待她长大到稍懂人情世故之后，再行迁居是不是更为妥善些？”接着又说：“小姐日日夜夜思念已故的外祖母，以至不思进食。”小紫的确消瘦了许多，不过反而显得品位更高尚，姿容更美了。父亲对小紫说：“何必要那样缅怀外祖母呢，她现在已经不在这个人世间，过分想念又有何用呢。有我在嘛。"

　　天色渐黑，兵部卿亲王行将起程回家，小紫觉得很害怕，哭了起来，引得父亲也一阵心酸，热泪盈眶，再三用好话哄她说："不要太过分地想念外祖母了，这样不好，过些日子我会来接你的。"他说罢离去了。

　　父亲走后，小紫寂寞难耐，经常哭泣。她还不懂得思考自己的命运将会如何，只是怀念外祖母生前寸步不离地呵护自己的岁月，如今外祖母已成故人，不禁伤心至极。幼小的心中总觉得堵得慌，也不像往常那样爱游玩了。白日里尽管伤心还是容易打发过去，可是一到傍黑，整个人完全陷入忧伤中。少纳言乳母等人觉得："小姐这般情状，如何生活得下去呀！"可是，又不知如何安慰她才好，只有陪着她一道哭个不停。

　　这时候，源氏公子派惟光前来问候。惟光转达公子的话说："我本想亲自前来问候，只因父皇宣召进宫，不能前来。每当想起那边凄凉的情状，就坐立不安。今派惟光带几个人前来值宿。"少纳言乳母说："这也未免太没有意思了，纵令开玩笑也罢，对于初遇缘分，从一开始就如此怠慢，倘若被兵部卿大人知晓，定会责备我们这些守护人的失职。小姐呀！你可要小心，在父亲面前，千万不要透露出源氏公子的事。"可是小紫本人根本没有把这些事放在心上，真是天真得可怜。少纳言乳母又抓住惟光，向他诉说小姐凄凉的境遇，后来又说："再过些日子，倘若真有不可逃遁的宿缘，届时将会圆满实现。只是眼下无论怎么说都很不相称，公子传下这些令人感到不可思议的话儿，不知是何种用心，我百思不得其解，心中焦虑万分。今天兵部卿亲王大人来过了，他嘱咐我说：'你要好生照顾小姐，不要让我担心，千万不要做出考虑欠周的事来。'大人的叮嘱，使我联想到公子的好色行为，就更觉烦恼了。"她一边说了这些话，一边却又在想："不能说得过火，以免惟光误认为公子与小紫小姐之间已发生了关系。"因此，她不再说些担心之类的话了。惟光也不得要领，觉得莫名其妙。惟光返回二条院，把小紫小姐家的情景据实向源氏公子禀报，公子觉得小紫的境遇着实可怜。可是，他又想："如若经常亲自去造访，毕竟不合适。"他顾忌到会招来外人的闲言碎语，说他轻浮。思前顾后，最好还是干脆把她迎接过来。于是，他经常写问候信送去。

一天傍晚，源氏公子又派惟光将信送去。信中说"今夜因有要事不能亲自前往探望，你们会怪我疏远吧"之类的话。少纳言乳母对惟光说："兵部卿亲王大人突然派人来说，明日将前来迎接小姐到那边去。我心中慌乱如麻，长年住惯了的艾蒿丛生的荒凉陋屋，一旦要离开，毕竟依依不舍，众侍女也都心慌意乱。"少纳言乳母只作了简单的致意，也没有像样地款待惟光，就忙着去缝制衣物，准备行装。惟光只好就此回去了。

这时，源氏公子正来到左大臣家，葵姬却并不马上出来会面，源氏公子感到很忧伤，遂弹奏吾妻[01]六弦琴，吟唱"我在常陆专耕耘"[02]，歌声优雅动听。正在此时，惟光回来了。源氏公子唤他到身边来，询问那边的详情。惟光据实一一禀报。源氏公子闻知小紫将迁居到她父亲兵部卿家的消息之后，感到很是遗憾，他思忖着："她一旦迁居兵部卿家，我若特地前去提出接她回二条院来，就显得自己举止轻浮；如果不声不响地把她接来，势必招来强夺幼女的非议，倒不如趁她们还未前往兵部卿亲王家，暂时封住少纳言乳母她们的嘴，将小紫接到自己身边来。"于是，源氏公子吩咐惟光说："黎明时分，我要到小紫那边去，车子的装备一如我到此处来时一样，随从只带一两人即可。"惟光奉命，立即离席。

源氏公子转念又琢磨着："怎么办才好呢？反正世人听闻此事，定会非难我对她有恋情。假如她恰值妙龄，人们也就认为她与我是心心相印，

---

[01] 吾妻（AZUMA）：即东国。

[02] 此句出自风俗歌中的《常陆》，歌曰："我在常陆专耕耘，你竟疑我有外心，哎哟哟！日夜兼程的你呀，翻山越野雨夜临。"常陆，旧国名，今茨城县的大部分。

此乃人之常情，情有可原。可是如今情况并非如此，再加上，万一被她父亲查询，岂不是很尴尬吗？"公子思前顾后，茫然若失，转念又想："如果错过现在的机会，将会后悔莫及。"于是当机立断，趁夜深人静时出发。葵姬一如往常，勉勉强强，对待公子态度冷淡。公子对她说："我忘了二条院还有些要紧的事待办，我去去就来。"说着，就走了出来，连侍女们都没有人察觉。源氏公子回到自己的房间里，换上贵族便服，只让惟光一人骑马跟随，向小紫住处的六条那边出发了。

来到六条的小紫家，敲叩大门，一个全然不知情的仆人把门打开，因此车子就悄悄地驶进了院子里。惟光敲了敲屋角上的旁门，并咳嗽了几声，少纳言乳母熟悉他的声音，便出来开门。惟光通报说："源氏公子来了！"少纳言乳母说："小姐正在酣睡呢，为什么深夜来访？"她估计公子是顺便来的。源氏公子说："我听说她将迁居她父亲那里，在她迁去之前，我有话要对她说。"少纳言乳母说："是什么事呢？我相信小姐是会很好地表达她的意思的。"说着，笑了笑。源氏公子径直走进了内室。少纳言乳母急得不知如何是好，她说："小姐身边有几个不像样的老婆子睡着，睡姿可丑陋啦。"公子没有理会她，只顾走进内室说："还没有睡醒吗？我去叫醒她，朝雾的景致如此有情趣，怎么都不晓得呢。睡得好沉啊！"侍女们吓得连个"呀"字都喊不出来。

小紫还在甜美的睡梦中，源氏公子将她抱了起来，叫醒她。小紫睡眼惺忪，迷迷糊糊的还以为是父亲来接她了。源氏公子摩挲她的秀发，替她拢了拢头发，说："好了，走吧，你父亲让我来接你。"小紫察觉"他不是父亲"，惊慌失措，显得格外恐惧。源氏公子对小紫说："不要害怕，我也是和你父亲一样的人呐。"说着把小紫抱起来走了出去，惟光和少纳言乳母都大吃一惊，说："这是要做什么呀？！"源氏公子说："我不能经常前来探望，总是放心不下，因此想迎接她到可以不用担心的地方，可是屡遭冷淡回应，实在遗憾，倘使她迁居到她父亲那边去，今后就更难去探望她了。来，快来一个人陪同她一起去吧。"少纳言乳母焦急万状地说："今天确实是非常不方便，她父亲兵部卿亲王来时，叫我如何向他交代呢，因此，再过些日子，如果真有缘分，无论怎样也自然会成功的。现在小姐尚处在不懂事的年龄阶段，突然这样做，叫侍候的人也无所适从，很为难啊！"源氏公子说："那么好，没关系，侍候的人以后再来吧。"说着让人把车子靠到这边来。众侍女觉得做得太过分了，惊慌得不知所措，担心："这可怎么办呢？！"小紫也惊恐地哭了起来。少纳言乳母无法制止，只好自己也换上衣服，带上昨夜刚缝制好的小姐的衣衫，匆匆地上车走了。

这里距二条院很近，天还未亮，就抵达了。源氏公子的车子就停在二条院的西厢殿前，公子轻盈地抱着小紫下了车。少纳言乳母说："我的心情真还像是在做梦似的，不知该如何是好。"她犹疑着是否该下车。源氏公子说："你随便吧。小姐本人已经来了，你若想回去，车子就送你回去好了。"少纳言乳母无计可施，只好下车。由于事出突然，她整个人都惊呆了，心乱如麻，总也平静不下来。她想："兵部卿亲王知道此事后会怎么想，会怎么说呢？更重要的是，小姐的命运又将会怎么样？总而言之，小姐可以依靠的母亲和外祖母都先后过世了，她真是太不幸了！"想到这些，少纳言乳母不禁泪如泉涌。可是转念又想，今日是初次到此，头一天就落泪是不吉利的，因此将忧虑强忍了下来。

平时西厢殿无人居住，没有准备寝台等。源氏公子让惟光安置好寝台、屏风等一切应有的器具和陈设，再准备些坐垫，到时只需将帐帘落下就可用了。然后，他让人从与西厢殿相对的东厢殿里将卧具拿了过来，准备就寝。小紫非常害怕，浑身颤抖，不知如何是好。不过，总算没有放声大哭，她只是说："我要睡在少纳言乳母身边。"她说话的声调，纯粹就是个小孩子。源氏公子开导她说："从今以后，不该再跟乳母睡了。"小紫十分伤心，哭了一会儿就入睡了。少纳言乳母惦挂着小姐的事，躺下了却怎么也不能成眠，只顾痛哭不已。这时，天空逐渐明亮，她环顾四周，只见殿宇的构建和室内的装饰等都很讲究自不待言，就连庭院里铺的砂石也看上去活像撒满了宝玉，闪耀夺目。少纳言乳母看到这些，更觉难以为情，自惭形秽。幸亏这里没有其他侍女。这西厢殿原本就是供偶尔前来造访的客人歇宿之用，只有几个男仆人站在门帘外伺候。他们隐约知道主人迎接了女客前来住宿，彼此悄悄地议论说："不知来者是什么样的人，恐怕是非同寻常的人吧。"源氏公子今早的盥洗和喝早粥，都在这里进行。

太阳已高悬当空，源氏公子才醒来。他吩咐说："这里没有侍女侍候，会很不方便的，挑选几个合适的侍女，傍晚时分到这边来。"又让人暂且先从东厢殿叫来几个女童陪伴小紫玩耍。源氏公子吩咐说："特别挑选几个年纪小的女童到这边来。"不大一会儿，四个长相着实可爱的女童来了。

小紫身上裹着源氏公子的衣服，还在睡觉。公子硬把小紫唤醒，对她说："你不该总是那样闷闷不乐。如果我不是出于真心，能够这样呵护你吗？女孩子家最好性情温柔些。"源氏公子已经开始谆谆地开导她了。小紫的长相，近看比远瞧更加美丽，源氏公子同她谈话十分慈祥，他让人拿来了许多有趣的图画和玩具，还做了她喜欢的各种游戏，她这才懒洋洋地起身来观看。她一身深灰色半旧的夹丧服，不时地露出天真烂漫的笑容，可爱极了。源氏公子瞧着，自然而然地也跟着笑了。

源氏公子前往东厢殿去了，这时候，小紫走到垂帘近前，透过垂帘窥见庭院前的树丛和池子那边的情景，觉得经霜后庭前栽种的花草树木的景色，宛如绘画般美丽，她还看见此前未曾见过的四位或五位殿上人，有的穿紫袍，有的穿红袍，来来往往，不断地进进出出。小紫心想："这里果然是个很有趣的地方。"然后她还看见室内陈设的屏风上有相当美丽而有趣的绘画，她看得很高兴，自然也忘了心中的烦闷，露出了孩子天真可爱的神色。

此后的两三天，源氏公子没有进宫，专陪小紫聊天，试图以自己作为榜样，尽心训导她，精心地写了许多字画。这些字画都很美，他从中抽出一张写在紫色纸上的字，给小紫看。上面写的是：

> 纵然不识武藏野，
> 紫草之缘情深切。[01]

笔迹格外秀丽，旁边还用略小的字写道：

> 武藏野草诚可爱，
> 只缘紫草难寻来。[02]

源氏公子对小紫说："来，你也来写一张。"小紫回答说："我还写得不好呢。"说着抬头望了望公子，那样子天真无邪，十分美丽。源氏公子不由得微笑着说："不能说因为写得不好就放弃不写，这是不好的。我会教你写呀。"小紫转向一边，着手写字，她那写字的手法和执笔的样子，纯然是一个孩子的模样，却使公子觉得可爱极了，这连源氏公子自己都觉得不可思议。小紫写罢，说："我写糟了。"就很不好意思地把纸藏

---

[01] 此歌出自《古今和歌六帖》。武藏野地方紫草多，所以紫草也称为"武藏野草"。
[02] 此处歌中所提"武藏野草"，意指酷似藤壶女御的小紫；从血缘上说，小紫实际上是藤壶女御的侄女。此处"紫草"意指藤壶女御。

了起来。源氏公子硬抢过来，只见上面写着：

> 不知缘何来抱怨，
> 我属哪种野草缘。

　　尽管这首歌充满稚气，但源氏公子觉得这孩子可以塑造，前途无量。小紫的笔致丰满，颇似她已故外祖母老尼的手笔。因此，如果让小紫临摹当代风格的字帖范本，定能写得更漂亮。此外，源氏公子还特地为小紫制作偶人，并给这些偶人造了许多房子。公子还和小紫一起玩儿，他感到这是排解忧思的最好办法。

　　且说留在小紫宅邸里的侍女们，都在担心兵部卿亲王来询问小姐的事，不知该如何回答才好，因实在没辙而忧心忡忡。源氏公子临走时曾吩咐她们："暂且不要将小紫的事告诉任何人。"少纳言乳母出于自己的考虑，也要她们绝对保守秘密。因此，侍女们都守口如瓶。兵部卿亲王询问时，她们只说："少纳言乳母只带着小姐不知逃到哪儿躲避起来了。"兵部卿亲王无可奈何，心想："已故老尼生前极不愿意将外孙女小紫送到我这边来，少纳言乳母秉承老尼生前的意愿，做出了越分的举止，又不敢公然说小姐不便到她父亲那里去，于是擅自做主，把小紫不知带到哪里去了。"他只好伤心落泪地离去，临走前向侍女们说："如果探知小姐的行踪，要及时前来报告。"侍女们困惑不已。

　　兵部卿亲王还到北山的僧都那里去探询，打听不到任何行迹。他想起小紫那秀气十足、端庄美丽的容貌，心中不由得既想念又悲伤。他的夫人原本很憎恨小紫的母亲，如今这种心思已荡然无存，她也很想把小紫接过来，按照自己的想法来教养她、塑造她，现在指望落空，不免感到遗憾。

　　却说二条院西厢殿里，侍女逐渐增多了。陪伴小紫游戏的男女孩童，看到这两位主人装扮入时，很是新颖，就无拘无束，玩得特别开心。每当傍晚，源氏公子不在家时，小紫就觉得寂寞，不时为思念外祖母而哭泣，却不怎么想念父亲。这也难怪，因为她从小就离开父亲，不在父亲身边生活，已养成了习惯。现在她只和这位慈父般的源氏公子亲近，整天地缠着他。源氏公子一进门，首先出来迎接的就是她。她与源氏公子亲昵地说话，投在源氏公子的怀抱里，毫不腼腆，也无所顾忌。这些表现可爱至极，是笔墨无法形容的。源氏公子有时在想：如果她到了懂得嫉妒的年龄，一旦两人之间发生一些不愉快的事，自己作为男方，心情会不会起变化呢？女方或男方动不动就埋怨对方，自然就会产生一些意外的事。不过，现在她真的是一位无瑕疵的游戏伴侣。的确，就算真的是亲生女儿，到了这样的年龄，做父亲的也不能那样不分彼此，亲近到同寝一室呀。不过，小紫眼下真是自己的一个非常特殊的秘藏的宝贝女儿啊！

第六回

末摘花

源氏公子无论怎样思考，也无法拂去对夕颜的怀念。夕颜短命，活似朝露般转瞬即逝。源氏公子对此死别感到的悲痛心情，虽历经岁月，也难以忘怀。这边的葵姬或那边的六条御息所，都很骄矜自恃，看到她们相互警惕、勾心斗角，彼此对立的情绪很强烈，相形之下，已过世的夕颜善解人意、温存善良，她那和蔼可亲的面影，真是无与伦比，至今依然令人怀念。因此，他总想物色一个像夕颜那样的身份不高，真正可爱，又无须诸多顾忌的人。源氏公子总是好了伤疤忘了痛，依然风流偶傥，所以只要是世间略有好评的女子，他都一无遗漏地倾听传闻并记在心上，对于其中略有所动心的女子，他总免不了给该女子送去一两行隐约表露情怀的文书。收件的女子对他的言辞置若罔闻或拒之千里之外的，可以说几乎一个也没有，这样，他觉得也未免太平庸无奇了。

　　当然，在众多的女子当中，也有性情刚烈、铁石心肠的，这样的女子无比古板，一本正经，异常缺乏情趣，她们太不自量力，不解事物的情理，结果，这种态度行不通，最终不得不整个丧失志气，嫁给一个平庸的人。源氏公子也曾与这种类型的女子交往了一段时间，后来完全中断关系，这种人为数不少。源氏公子时常想起那个拂逆他的空蝉，不禁有所怨恨。每当遇上有适当的机会，有时也会给轩端荻写封信。源氏公子多么想能再一次看到此前的那番情景：空蝉与轩端荻在灯光下下围棋时，轩端荻那副衣冠不整的自然模样。源氏公子毕竟无法泰然自若地忘却他曾经交往过的女子的行迹。

　　源氏公子还有另一位乳母，名叫左卫门，他对她的重视仅次于当了尼姑的大贰乳母，左卫门乳母有个女儿名叫大辅命妇，现在宫中任职。她是有皇族血缘关系的兵部大辅的女儿，是个相当风流的年轻侍女，源氏公子不时召她到身边侍候，吩咐她办些事。她的母亲左卫门乳母与父亲早已离异，并已改嫁，现在成了筑前守的妻子，随丈夫前往赴任地了，因此，大辅命妇就以父亲兵部大辅家为娘家，住在这里，并在宫中进进出出。

有一天，大辅命妇和源氏公子闲聊，偶然提起已故的常陆亲王晚年生下一个女儿，他对她疼爱备至，尽心教养。后来亲王父亲辞世之后，这位小姐只得过着凄苦孤寂的生活。源氏公子说："这太可怜了。"接着又询问了有关这位小姐各方面的情况，大辅命妇说："关于这位小姐的气质、容貌方面，我不十分清楚。只觉得她生性娴静，与人总保持疏远的态度，因此，连像我这样的人，有时有事晚间去探望她，她也要隔着垂帘对话。现在惟有七弦琴才是这位小姐最知己的朋友。"

源氏公子说："琴也是三友 [01] 之一，只是另一友'酒'于女子不合适。"接着又说："让我听听她的琴声吧。她父亲常陆亲王是这方面的能手，想必她的技艺也非同凡响。"大辅命妇说："未必值得您特地前去听吧。"源氏公子说："用不着摆架子嘛。近日来月色朦胧，让我趁春日月色朦胧之夜悄悄前往。你也请假出宫陪我去吧。"大辅命妇虽然觉得这事很麻烦，但恰逢宫中近日来比较空闲，便趁闲来无事的春日，请了一天假出宫。

大辅命妇的父亲兵部大辅另外还有一处宅邸，时不时也到这常陆亲王邸来探望其遗孤。大辅命妇不太愿意住在有继母在的父亲家，而喜欢这位小姐所住的常陆亲王邸，她觉得这里亲切，总爱到这边来住宿。

源氏公子果然按他所说的去做，于十六日夜晚，月色朦胧、极富情趣之夜，来到了常陆亲王宅邸。大辅命妇说："真让人为难呀，在这春日月色朦胧之夜，无法弹出清澈的琴声来啊！"源氏公子说："嗨，你还是去劝她抚琴吧，哪怕弹几声也好，不然我白跑一趟，空手而归，未免太遗

---

[01] 三友：指琴、酒、诗。此句引自白居易诗《北窗三友》："今日北窗下，自问何所为？欣然得三友，三友者为谁？琴罢辄举酒，酒罢辄吟诗。三友递相引，循环无已时。"

憾了。"

　　大辅命妇觉得，让源氏公子在自己不像样的简陋房间里等候，很不好意思，也觉得对不住公子。然而此刻也顾不了这许多了，她急忙让公子悄悄地躲藏在自己的陋室里，然后独自前往这位小姐居住的正殿去。但见这里的格子窗还打开着，小姐正在观赏庭院里月下吐香的梅花。大辅命妇心想"这是个好机会"，便扬声说："我想起您的琴弹得极美妙，就趁此饶有情趣的良宵前来洗耳恭听哪。平日忙于操办公务，进进出出，无法静下心来聆听您的琴声，实在遗憾之至。"小姐说："这里有了像你这样的知音真好。不过，在你这样出入宫廷的人面前献丑，未免……"说着把琴拿了过来。大辅命妇心中颇为着急，她想："不知源氏公子听了会觉得怎样。"她心中忐忑不安。小姐弹了一会儿，听来还很悦耳。虽然小姐操琴的手法不算特别高明，但是因为这种琴相比其他乐器的音色，品位格外优秀，因此，源氏公子听起来并不觉得难听。他浮想联翩："想当年，常陆亲王在这荒芜寂寞的地方，按古典方式，郑重地尽心教养这位小姐，如今当年的这些形迹均已荡然无存，小姐住在这里多么寂寞，多么凄凉啊！昔日的物语小说里，经常描绘的凄凉场景，大概就像这样的地方吧。"他很想接近小姐倾吐衷肠，但又觉得这样做未免太唐突无礼，不好意思，所以逡巡不前。

　　大辅命妇是个机灵的女子，她觉得小姐的琴声不算特别高超，不好让源氏公子听的时间太长，于是说道："月儿似乎要隐没起来了，其实我那里还有客人要来，我若不在，未免怠慢了客人。琴声留待以后再慢慢来欣赏。我把格子窗关上吧。"大辅命妇适可而止，回到自己的房间来。源氏公子说："我正想听下去，怎么就不弹了呢？光凭听的这段是难以辨别琴艺好赖的，真遗憾啊！"看公子那神色，似乎对此情景蛮感兴趣。但闻公子说："既然同样都是听，何必不让我更靠近些听呢？"大辅命妇本想见好就收，所以回答道："瞧您说的，在这种凄凉寒碜的环境中，她心情郁闷、内心痛苦的时候，您靠近她，岂不让她感到内疚。"源氏公子心想："的确，她说得也有道理，男女之间彼此不相认识，突然一见钟情，那是身份低微者的作为。"他觉得这位小姐身份不卑微，是一位值得怜爱的人，于是源氏公子说："那么以后你相机把我这份心意转告她吧。"源氏公子大概另外还有相约幽会的对象吧，他相当秘密地准备回去。于是，大辅命妇揶揄说："皇上总以为您过分一本正经，而为您操心，每当我听到皇上这么说时，心中总觉得挺滑稽，皇上恐怕未必能看见您这副秘密微行的姿影吧。"源氏公子回过头来，边笑边说："可别连你都像陌生人那样，净挑我的刺儿呀，如果说我这点作为就算是轻佻的举止，那么你们女子的那些轻浮操行，更是丢人哩。"源氏公子认为大辅命妇是个相当风流的女子，经常对她说诸如此类的话，此刻听他这么一说，她觉得很难为情，遂缄默不语了。

　　源氏公子想在归途中顺便路过这位小姐所住的正殿，说不定能窥见她的身影，于是悄悄地往那个方向走。只见那里庭院前的篱笆几乎都坍塌歪斜了，只剩下寥寥无几。源氏公子往背阴的地方靠近，竟看见早已有个男子站在那里。他心想："此人会是谁呢？准是个思慕这家小姐的花心郎吧。"于是，公子沿着月影昏暗处隐蔽起来，却看见那个男子竟是头中将。原来这天傍晚时分，源氏公子和头中将一起从宫中退了出来，源氏公子没有径直回到原配夫人所在的左大臣宅邸，也没有回到自家宅邸二条院，途中与头中将分手，引起头中将的好奇心："他要到哪里去呢？"其实头中将自己此刻也有想要前去幽会的场所，但他没有去，却特意尾随源氏公子，跟踪了解情况。头中将所骑的马毫无装饰，他穿一身便服，这身装束没有引起源氏公子的注意，头中将看见源氏公子走进一处奇特的人家，觉得难以理解，就在这过程中，忽听得传来琴声，他被琴声所吸引就驻步倾听，心想源氏公子过一会儿必定会出来回家的，遂在此处等候。

源氏公子无心思去分辨那个人是谁，只顾小心不让人家发现自己而蹑足走路，悄悄地退了出来。头中将突然走过来对他抱怨说："真可恨，你中途竟甩开我，独自走了，所以我就随后送你至此地。"遂吟歌一首吐露怨气，歌曰：

> 一道走出大内山，
> 十六夜月竟隐藏。[01]

源氏公子听罢此带有埋怨味的歌，心感不悦，但醒觉到此人是头中将，就又觉得有点滑稽，遂怨恨地说："真是意想不到的恶作剧呀！"遂答歌曰：

> 月光普照没山后，
> 何苦探迹来追搜。

头中将听罢，说："倘使今后我还是总尾随你的行踪，你打算怎么办？"接着又说："说实在的，干这种秘密的行径，能否顺利达到预期目的，那就要看陪同者的本事高低啦，今后你就让我随时跟着你好了，因为微服私访，难免会遇上不期的问题。"他反复劝谏。源氏公子此前屡屡微服暗访，都被头中将所察觉，心中不免悻悻，但一想到头中将竟无法找到他本人与夕颜所生的爱女的下落，自己却知道，从而自以为是一种了不起的功绩，心中自然洋洋得意。

其实他们两人本来各自都有欲去幽会的地方，但彼此揶揄一番之后，

---

[01] 此歌中"大内山"比喻官中，"十六夜月"比喻源氏公子。

觉着不好意思，就都不去了，于是两人共乘一辆车，一起返回左大臣宅邸。这时月亮似乎也解风情而躲入云层里去，两人在车内吹着笛子，车子顺着幽暗的夜路向前行驶。他们让先驱的开道者不要吆喝，到家后悄悄进门，在没有人看见的廊道上换下便服，穿上贵族便装，若无其事地佯装刚从宫中退出的模样。他们吹着笛子消遣，左大臣照例不放过这种机会，也拿出高丽笛子合奏一番。左大臣奏笛的技艺高超，他吹得津津有味，葵姬在帘内，也让侍女把琴拿过来，并让擅长此道的人抚奏。侍女中有个名叫中务君的，专门擅长弹琵琶，此人曾被头中将看中，但她却不理睬他，而对难得一见的源氏公子则情有独钟，无法忘怀。他们两人的这种关系自然无法隐瞒，左大臣夫人听说此事，大为不悦。因此中务君这时觉得自己处境尴尬，不便往前凑，心情沉重，百无聊赖，凭依在一个角落上。这样就与源氏公子相距甚远，她看不到他，感到寂寞沮丧，烦恼万状。

　　源氏公子和头中将回想起方才听到的琴声，觉得那所荒凉的宅邸有点奇怪，他们饶有兴味地浮想联翩。头中将甚至陷入冥想，他想象着："倘使这样一位标致而又可爱的美人，长年累月住在那样一种地方，而我首先发现了她，并且非常中意她，我自己肯定会对她迷恋得忘乎所以，这样势必招来世人的纷纷议论，自己内心也会十分苦楚吧。"接着又想："源氏公子对这女子早已在意，还特地前去造访，决不会轻易撒手的。"想到这里，一股莫名的妒火，不由得涌上心头，使他感到焦灼不安。

　　此后，这两位公子都分别给这位小姐写信，但都没有收到小姐的回音。他们放心不下地焦急等待着，尤其是头中将忧心忡忡，他心想："她未免太不解风情了，按理说，生活在那样寂寥的环境里，自然会多愁善感，看见草木、时空变幻无常，不免会触物感伤，而情之所至，或咏歌以寄情怀，偶尔会博得知音者的同情，岂不是一桩好事。身份再怎么高贵，如此矜持，难免令人不快，终非善举啊！"源氏公子与头中将本来就是推心置腹的好友，头中将问源氏公子："你收到那位小姐的回信了吗？实际上，我也试着写了一封信给她，可是杳无回音，她未免太没有礼貌了。"听到头中将抱怨，源氏公子心想："果然不出所料，他也在追求她呐。"源氏公子莞尔而笑，含糊其辞地回答说："嗨，也许我本来就没有盼着她回信，我好像没有印象看过她的回信。"头中将听罢暗自揣摩："看来自己遭她冷落了。"心中不免记恨那女子。

　　源氏公子本来对那女子并不一往情深，加上这女子的态度又那么冷漠，他早已不怎么感兴趣了，可是现在知道头中将在追求她，源氏公子心想："头中将是个善于言辞的人，这女子可能会为他的甜言蜜语所动，而对捷足先登的我板起面孔来不搭理，那就太可悲了。"一想到这儿，他旋即与大辅命妇认真地商量说："那位小姐总是那么疏远我，实在令人吃不消，她大概以为我是个薄情人吧，其实我的本性不是个朝三暮四的轻浮者，倒是有些女子没有长性，在与我交往的过程中竟移情别恋，使我不得不与她分手，可是到头来她反而归罪于我轻浮呐。且说那位小姐悠然自在，没有父母兄弟的干扰，这样无忧无虑的人儿，倒是非常可爱啊！"

　　大辅命妇答道："这，怎么说呢，要把那样的地方当作富有情趣者的偶尔歇脚处[01]，终归难能称心如意，似乎不合适呀。不过，她为人谦虚、谨慎而又含蓄，具备世间难能可贵的美德啊。"她把自己的见闻向公子描摹了一番。公子说："如此看来，她大概不是一个乖巧机灵、才气横溢的人，不过，像孩子般天真无邪、文静大方，也很可爱嘛。"他说这话时，脑海里闪现着夕颜的影子。

---

[01] 偶尔歇脚处，原文作笠宿，出自催马乐《妹之门》："妹之门，恋人门，过门不入怎堪忍。啊！行色匆匆，袖遮雨，肘遮雨，雨呀尽管下，杜鹃寻觅避雨所，偶尔歇脚处，杜鹃暂且歇脚又何妨。"

这期间，源氏公子患了疟疾，加上又为那桩不被人所知的忧心事[01]所困扰，劳心费神不得悠闲，在忙碌中送走了春夏。

到了秋天，源氏公子静静地沉思，他回想起在夕颜的住家，黎明时分听见那捣衣板上捶打粗布衣裳的嘈杂声，如今想来还觉得很可留恋。源氏公子时常给常陆亲王家的那位小姐写信表露衷肠，可是对方依旧毫无反应，显得不知情趣，这就越发激起源氏那种"越得不到的就越想得到"的决不服输的情绪。他着实很不高兴地用遗憾的口吻埋怨大辅命妇说："这到底是怎么回事？我从来还未曾遇见过这种情况。"大辅命妇觉得很过意不去，回答说："我并不认为这段缘分绝不般配。只是这位小姐遇任何事都显得腼腆，格外含蓄，总也不敢向前迈出一步，未免太过分了些。"源氏公子说："这正是不懂得人情世故啊！倘若是处在幼稚无知，自己管不了自己而须父母管束的阶段，遇事羞怯，还情有可原，可是这位小姐如今万事都可以沉思静想，独自做主了，所以我才给她去函的。现在我无所事事，寂寞无聊之时，倘使她能体谅我的心情，给我一个回音，我也就满足了，我并不像世间的一般男子追求异性抱有诸多的要求，只想在那荒芜宅邸的廊道上伫立一下而已。如此这般拖延下去，实在令人不得要领，无法理解，就算这位小姐不允许，你也该想个妙法促成此事啊，我决不会做出不轨之事让你为难的。"源氏公子讲了许多，并促她办事。

原来，源氏公子每当听人谈起世间女子的事，表面上似乎不当回事地听着，实际上，他有个毛病：听在耳里，记在心上，而且总不忘怀。大辅命妇并不知道他有这个毛病，于是在一个寂寞无聊的夜晚，闲聊中无意谈起"有这么一个人"，没想到源氏公子却牢记在心上，并且认真地抓住她不放，使她感到困扰，多少有些顾虑。大辅命妇心想："这位小姐的长相

---

[01] 指暗恋藤壶女御。

并不特别标致，与源氏公子不太般配。硬要牵线把这两人凑合在一起，万一发生不幸之事，就对不住这位小姐了。"但另一方面她转念又想："源氏公子如此热心地拜托自己，自己如若置之不理，也未免太不近人情。"

这位小姐的父亲常陆亲王在世之时，由于时运不济，门庭冷落，无人前来造访，何况如今，庭院荒芜，杂草丛生，更无人眷顾了。恰在此时，这样一位举世罕见的尊贵公子——源氏公子不时寄来美丽的函件，飘逸出来的一阵芳香，使得年轻的侍女们无不欢欣期盼，大家都好言相劝小姐说："还是写封回信才好啊！"可是小姐却惶惑不安，只顾一味害羞，甚至连源氏公子的来信也没有要看的意思。大辅命妇心想："既然如此，莫如相机让他们隔着屏障对话，那时，源氏公子如若对她不惬意，此事就算作罢。倘使他们真有缘分，不妨让他们偶尔有些交往，也不至于招来他人的责怪吧。"大辅命妇怀着轻浮冒失的心态，独自做了决定，并且没有把这桩事情的原委告诉她的父亲。

八月二十日过后，一天，夜色深沉，总也不见月亮出来，只有星星在苍穹闪烁。随风传来阵阵松涛声，令人感到好不寂寞。常陆亲王家的末摘花小姐谈起父亲在世时的情景，不由得伤心落泪。大辅命妇觉得这是个好机会。可能是她给源氏传递的信息吧，源氏公子照例悄悄地前来。月亮终于出来了，它照亮了庭院荒芜的篱笆。正当源氏公子望着庭院令人生厌的景色时，大辅命妇在屋内劝末摘花小姐弹琴，琴声隐约传来，在源氏公子听来也不乏佳趣。但是轻浮的命妇还嫌劲头不足，她心想："若能弹得时新多趣些更好。"

源氏公子知道这里没有人看见，就放心地走了进去，呼唤大辅命妇。大辅命妇佯装刚知道而惊讶的样子，对小姐说："怎么办呢？那位源氏公子来了。其实他老早以前就经常埋怨我不替他带回信来，可我一直婉拒他说：'这不是凭我个人就能做到的事。'他总是说：'既然如此，那就让我直接向小姐倾诉吧。'现在该如何回复他，好让他回去呢？他不是一般的轻浮少年，此番前来很不寻常，回绝他未免太可怜，莫如隔着屏障，听他诉说吧。"小姐极其困窘，腼腆地说："我不会应酬客人的呀！"说着只顾一味膝行退缩到室内的深处，活像一个未经世故的小孩儿。大辅命妇看了笑着规劝她说："您这样孩子气，实在令人着急。一个人身份再怎么高贵，在有双亲呵护期间，闹点孩子脾气，还有点道理可言，如今您处境孤苦无依，还这般不懂世故人情，害怕与他人接触，这与您的身份太不相称了。"小姐天生不愿强硬拒绝别人的劝告，她回答道："如若不须我回答，只是听听对方的诉说，那么就把格子门关上，隔着格子门听他叙述吧。"大辅命妇说："可是，让他站在廊道上说话是很失礼的呀，他决不会强求，而做出轻率的举止的，您尽管放心好了。"她巧妙地说服了小姐，并且亲自将两个房间分界处的隔扇门严实地关上，还在外间的客室里设置了客人的坐垫。

末摘花小姐极其不好意思，她从来没有思想准备要与一个男子应酬，这是她做梦也没有想到的。她想："大辅命妇既然如此劝告，想必自有其道理吧。"便听从了她的安排。

傍黑时分，乳母那样的老年侍女都各自回到自己的房间睡了，只有两三个年轻的侍女在侍候，因为她们都想拜见享誉世间的源氏公子的美貌尊容，一个个都心神不定、情绪紧张地期待着。她们替小姐更换上得体的衣裳，梳妆打扮一番。至于小姐本人对这些事似乎全都不放在心上。大辅命妇看到这番情景，心想："源氏公子姿容无比俊美，为了不引人注目而便装打扮，更显得格外妖娆动人，善解风情的人才能赏识这种幽姿，可是这位不解情趣的小姐却无动于衷，自己实在是愧对源氏公子。"另一方面她又在想："幸亏这位小姐文静地坐着，不至于露出更多的缺点，这点倒又叫人放心。"接着又想："源氏公子不断催促我为他牵线，我为了应付他而做了这样的安排，可是结果会不会给这位可怜的小姐埋下忧虑的种子呢?！"想到这些，她不由得内心感到不安。

　　源氏公子思考着这位小姐的身份，他觉得"比起那些喜趋时、爱装腔作势的人来，她的品格要高雅得多"。这时，末摘花小姐在众侍女的怂恿下，好不容易膝行了过来。源氏公子隔着隔扇，隐约闻到一股衣衫的薰香味，觉得她稳重、高雅，很有气派。他想："果然如我所料。"于是委婉周到地倾诉他多年来对她的恋慕之情。只是小姐虽近在咫尺，却一言不答，源氏公子心想："简直无从着手啊！"他叹了一口气，吟歌曰：

> 庆幸不弃容述怀，
> 缄默不语何苦来。

又说："哪怕说声'不许说话'也罢。'免生瓜葛徒折磨'[01]。"小姐身边有个名叫侍从的侍女，她是小姐的乳母的女儿，是个好出风头的年轻人，她看见小姐的这副神态，心中替她着急，也觉得小姐怪可怜的，于是走到小姐近旁，替小姐答歌曰：

> 焉能鸣钟断君语[02]，
> 缄默只缘费思议。

　　侍从故意装作小姐亲口说的样子，娇声娇气，显得尤其不够庄重。源氏公子听了，虽然觉得这娇声比起她的身份来似乎过于婀娜柔媚，不过

---

[01] 瓜葛，原文作玉襷。此句出自《古今和歌集》第1037首，歌曰："莫如宣称无思索，免生瓜葛徒折磨。"
[02] 此语缘于佛家讨论《法华经》八讲时，以鸣磬为讨论终止的信号，故将此磬称为"无言钟"。

初次听来，还是难能可贵的。源氏公子说道："如此说来，我反而无话可说了。

> 明知无声胜有声，
>
> 缄口似哑苦煞人。"

源氏公子又对她说了许多不得要领的闲话，时而风趣十足，时而认真诚恳，可是小姐却毫无反应，源氏公子心想："此人真有点特别，她心中是否有什么别的想法呢?!"他觉得就此告退未免太遗憾了，于是悄悄地推开隔扇门，钻进了内室。大辅命妇吓了一大跳，心想："这位公子真会使人麻痹大意，然后乘其不备呀。"她觉得很对不住小姐，就佯装不知此事，折回自己的房间去了。

在内室里的年轻侍女们，久已仰慕源氏公子那世间无与伦比的美貌，从而对他的轻浮罪过也很谅解，没有表现出特别惊慌的样子，只是觉得此事来得太突然，小姐没有思想准备，实在太可怜了。

至于小姐本人，她心不在焉，只顾腼腆、羞怯地后退躲闪，除此别无他法。源氏公子心想："在这种情况下，她这样的表现，着实可爱。足见她是个未曾见过面的人，是从小在双亲呵护下成长的。"便大度地宽容了她的美中不足，觉得她也怪可怜的。然而，不知怎的，自己内心中总有那么一点奇妙的惆怅，难能尽兴，于是在极其失望的情况下，趁夜深人静时离开了该宅邸。

大辅命妇一直惦挂着不知情况怎样了，躺下了却难以成眠。她想："还是佯装不知为妙。"因此她虽然听见源氏公子离开宅邸的动静，也没有起来送客。源氏公子就悄悄地溜出了宅邸。

源氏公子回到二条院居所，躺下暗自思忖："人世间要找一个称心如意的女子，也真不容易啊！"他浮想联翩，想到这家小姐身份高贵，就这样抛弃她，情面上总觉得过意不去。胡思乱想了一阵，内心不堪烦恼。正当此时头中将来了，头中将说："哟！还在睡懒觉呐，昨夜准是做什么事了吧。"源氏公子坐起身来，说："独自睡觉好轻松，终于睡过头了。你这会儿是从宫中出来的吗？"头中将回答说："对，我刚从宫中退了出来。皇上即将行幸朱雀院，据说今天就要选定乐人和舞者，我想去通知家父，所以就退了出来，顺便也来知会你一声，我立即又要进宫去。"源氏公子见他行色匆匆，便说："那么，我也跟你一起进宫吧。"遂命人端上晨粥和小红豆糯米饭，与客人共进早餐。门前虽然备有两辆车，但他们同乘一辆。途中，头中将心怀疑窦，挑剔说："你还睡眼惺忪呐！"接着又带着埋怨的口吻说："你有很多事都瞒着我吧？"

由于皇上将行幸朱雀院，今天是宫中必须议定诸多事情的日子，源氏公子成天待在宫中，他想起常陆亲王家的那位小姐，觉得她怪可怜的，至少应该写封信去慰问。此信直到傍晚时分才差人送去。此时适逢下雨，路途不便，源氏公子大概也没有想去那边歇宿的欲望吧。

却说小姐那边，从一大早就等着理应早早送来的致意信，却总也不见来。大辅命妇觉得小姐很可怜，心中怨恨源氏公子之无情。至于小姐本人，心中只觉得昨夜与源氏公子相会，太羞耻了。理应早上来的信，到傍黑才送到，这反而使她们不知如何是好，无所措手足。只见信上写道：

> "夕雾弥漫[01]晴未见，
> 夜雨淅沥愁绪添。

---

[01] 意指小姐缄口不语太拘谨。

我待天晴了再出门，等得好心焦啊！"从信上看来，源氏公子今夜是不会来了，侍女们都很失望，不过大家都怂恿小姐说："还是写封回信吧！"小姐此刻心烦意乱，连一封普通的应酬咏歌信函，都无法写就，眼看着夜色逐渐深沉，照例是那个叫侍从的侍女教小姐咏歌曰：

荒园夜雨盼待月，

纵非同心谅能解。[01]

众侍女异口同声鼓动小姐写此信，小姐只得在紫色的信笺上书写，信笺的颜色因经年日久已褪色得很陈旧了，不过小姐的字迹毕竟遒劲有力，文采则只能算是中等水平，行文上下句齐头写下来。源氏公子看到这封索然寡味的回信，实在没兴趣看下去，遂搁置在一旁。他不知她对他的行为作何感想，一想到小姐此刻的心情，源氏公子内心就非常不安，他想："常言所说的'悔恨不已'，大概就是指像我此时的心境吧。然而，事到如今已后悔莫及，自己既然已经做了就得负责。"于是决心今后要永远照顾这位小姐的生活。可是小姐怎会知道源氏公子的这份心思呢，她只顾悲伤叹息。

左大臣于夜间从宫中退出时，劝诱源氏公子和他一道回府，回到葵姬的身边。

且说贵公子们为了皇上将行幸朱雀院，一个个兴致盎然，大家聚集在一起，或商讨，或各自分别练习当日的舞蹈动作，这已成为他们每天的作业。乐器的音响比平常嘈杂多了。贵公子们彼此竞争，特别卖力气，不把它看作寻常的游戏，他们高奏大筚篥、尺八，声音很响亮，连

---

[01] "荒园"比喻小姐自己，"月"比喻源氏公子，意即纵令心境不同，想必你也能体察我的心情吧。

本来是放置在栏杆外地下的大鼓，他们也搬到栏杆边来，亲自击鼓猛练习。在这种情况下，源氏公子也很忙碌，不过他对几个格外思念的恋人那里，还是忙中偷闲前去造访了。只是常陆亲王家的小姐那边，她望断秋水也不见公子的身影，倏忽间已到深秋时分了，源氏公子还是一直没有前去。

皇上行幸朱雀院的日期临近，正当舞乐等节目进行彩排，忙碌不堪的时候，大辅命妇来了。源氏公子见到她，便问道："她怎么样了?！"他想到那位小姐的身世，觉得很对不住她。大辅命妇将小姐的近况告诉了他，又说："您这样对她，全然不把她放在心上，连作为旁观者的我们看来，心中也很难过。"她说着几乎要哭了起来，源氏公子心想："这命妇原先曾要我对那位小姐保持一定的距离，方能感到她的风雅、含蓄，要我适可而止，可我竟破坏了她的劝诫，她定会认为我做事太欠思虑了吧。此刻我在她面前，还有什么话可说呢。"源氏公子又想象着那位小姐本人沉默不语、心中闷闷不乐的忧伤情状，觉得十分可怜。源氏公子叹了口气说："我太忙了，真没法子呀。"接着又微微笑着说："那位小姐也太不解情趣哩。我想稍微惩戒一下她的习气。"大辅命妇看到源氏公子那年轻美貌的尊容，情不自禁地也跟着微笑了。她心想："像源氏公子这样风华正茂的俊美少年，难免会招惹女性的怨恨，他任性惯了，兴之所至，哪顾得上去体察别人的感受如何，这也是不足为奇的。"

庆贺皇上行幸朱雀院的准备工作告一段落之后，源氏公子不时也去造访常陆亲王家的那位小姐。但是，源氏公子自从迎接了与藤壶女御有血缘关系的小紫到二条院来居住之后，把全身心的爱都倾注在美丽可爱的小紫身上，连六条妃子那里也渐渐疏远少去了，更何况常陆亲王的荒芜宅邸。源氏公子虽然没有忘却常陆亲王家的小姐，觉得她很可怜，但总是望而却步，懒得前往。这也是没有办法的事。

常陆亲王家的这位小姐一向腼腆，总是闪烁躲藏，不愿让人看清自己的面貌。源氏公子迄今也无意特地要看个清楚不可。不过他又想："重新再仔细观察，也许会发现意外之美也未可知，往往也许总在昏暗中摸索的关系，她的模样很模糊，总觉得有点怪，与想象的不一样，总之真想看个清楚啊！"但是，在灯火通明的情况下看，也怪难为情的。于是，有一天晚上，当小姐和众侍女都轻松愉快地在休息的时候，源氏公子悄悄地走进屋里，透过格子门的缝隙窥视，但看不见小姐本人的身影。围屏等都相当陈旧，几近破烂，不过看得出它们多年来还是一成不变齐整地陈设在那里，由于围屏障眼，无法看清楚。只见有四五个侍女在那里，饭桌上摆着几个像是琉璃色的唐国制青瓷碗碟，已经很陈旧不好看了，由于经济拮据，没有什么像样的风情，饭菜简陋，显得很可怜。这些侍女大概是刚从小姐那里退下来，正在就餐的。另外在正殿一隅的房间里，有个侍女似乎感到有点冷，她穿着说不上是白色的衣裳，因为那衣裳已被煤烟熏黑，外面罩上一件肮脏的裙子，系在腰间的模样，实在不雅观。尽管如此，她毕竟还是个侍候用膳的侍女，可是她那额前插梳子[01]的造型太邋遢，徒有形式却很不正规，活像内教坊[02]或内侍所[03]里的人的形象，又可怜又滑稽。源氏公子做梦也没有想到，现在的贵族人家，还有这种背时的古老侍女伺候用膳[04]。

　　源氏公子听见有个侍女说："啊！今年可真冷。没想到活了这把年纪，还遇上如此凄凉的境况。"说着哭了起来。还有个侍女冷得发抖，几

---

[01] 日本古时宫中的规矩，但凡侍候皇亲贵族用膳的侍女，必须将额发撩起，并端正地插上梳子以免头发奔拉下来。
[02] 内教坊（NAIKYOBO）：宫中安置舞姬，教习女歌、踏歌的所在地。
[03] 内侍所：日语语音作NAISI—DOKORO，内侍（女官名）的当值之处。在日本皇宫的温明殿中，祀奉八咫镜。
[04] 让额前端正地插上梳子的侍女伺候用膳的这种风习，这时已经不使用了，惟有因循守旧的贵族人家才沿袭这种风习。

乎跳了起来，她说："一回忆起亲王在世时的情景，不胜感激，我们此刻真不该叫苦，虽然过着凄寂无依的生活，但还是能够熬下去的。"侍女们你一言我一语地彼此吐露苦水，源氏公子听了，心中颇感同情。源氏公子从那里走开后，佯装刚到这里来的样子，敲了敲格子门，便听见房间里的侍女们说："来了来了！"她们赶紧把灯火挑亮，打开格子门，迎接公子进屋。

那个名叫侍从的年轻侍女，在斋院[01]那里还兼有差事，最近没有在这里，从而在小姐身边伺候的，净是些寒碜的土里土气的女子，不禁使源氏公子有一种异样的感觉。刚才侍女们在发牢骚，抱怨天气寒冷，这场雪纷纷扬扬漫天飞舞，下个不停，天色阴森，寒风凛冽，狂吹肆虐，把大殿的油灯都吹灭了，也没有点灯人去把它点着。源氏公子蓦地想起，记不清是什么时候曾经发生过闹鬼的事[02]，现在这间宅邸的荒凉程度，并不亚于那里，只是四周比那里狭窄一些，这里尽管人数少，总还有几个人，可以壮壮胆子，不过四周景象阴森凄凉，不由得令人毛骨悚然，无法成眠。但话又说回来，这样的夜晚又别具一种雅趣，另有一番风情，这种异样的凄艳感觉倒是颇能牵动人心的。只是关键的那位小姐一味缄口不语，毫无情趣，实在遗憾之至。

天终于亮了。源氏公子独自打开格子门，欣赏庭前雪景中的草木。只见一望无垠的荒凉大地，一片白茫茫，雪地上没有留下任何行人的足迹，实在无比寂寞。可是，抛弃那人不顾只管自行离去，又觉心不忍。于是，源氏公子带着怨恨的语气说："哪怕出来观赏一下如此美妙的天空景色嘛。总是闷声不响，心有隔阂，令人难以理解啊！"户外虽然晨光熹

---

[01] 未婚的皇女或皇族的女子，去贺茂神社侍奉神灵者称斋院，去伊势神宫侍奉神灵者称斋宫。
[02] 指夕颜去世那天晚上发生的情况。

微，但是在雪光的映衬下，源氏公子的俊美英姿，愈发年轻水灵，年老的侍女们露出称心的微笑，望着公子的尊容，她们点拨小姐说："快点出去吧，不出去是不合乎情理的，女儿家最要紧是温存柔顺。"小姐天生不愿拒绝别人的劝导，于是略事打扮一下，就膝行出来了。源氏公子佯装没有看见，依旧向外眺望，实际上早用眼梢瞥见。他心想："她的实际模样不知怎样，当她无戒心时，我近旁细看，如若看出她的可爱之处，自己该有多么高兴呀！"然而，这毕竟只是自己的一种心思。

首先，她跪坐那坐姿的形体很高，可以想见她的身长，源氏公子想："果然不出所料啊！"他悲哀得心都碎了。其次最难看的就是那个鼻子。那鼻子乍然映入眼帘，就让人觉得活像普贤菩萨骑的白象的鼻子[01]，高得怪又长得可厌，鼻尖略微下垂，稍带红色，格外令人扫兴。她的脸色比雪还白，且白里透青，额头宽得可怕，再加上下巴鼓鼓的，整个面孔长得特别出奇，身体瘦骨嶙峋，形体可哀。尤其是肩头骨骼明显突出，从衣服外面，也能看得清清楚楚，着实令人可怜。源氏公子心想："我何苦一览无余呢。"可是她长相太怪，反而使他更想看。源氏公子觉得她只有头发的发型和长发垂下的姿态最美，绝不亚于以美发闻名遐迩的人的秀发，她那头垂发垂到夹内衣的下摆处，略略被卡住，而后再往下垂，约莫一尺多长。

连人家的衣着装束都数落，未免太尖酸刻薄，不过昔日的物语小说里，首先似乎是描写人的装束。姑且效仿一下。却说这位小姐穿一身准用色[02]的衣服，那浅红的色泽已经褪得发白了，上面罩上一件近乎黑色的

---

[01] 据《观普贤经》曰，普贤菩萨乘坐的大白象的鼻子如红莲花色。

[02] 准用色：原文作许色（YOULUSI YILO），日本平安时代任何人都可使用的服饰颜色，如浅红、浅紫等浅色。而深红、深紫等是禁色（古时按位阶规定袍的颜色，禁止逾越规定用色，例如天皇以下公卿以上所用的袍色是黄栌染、曲尘、深红、黄丹色、深紫等，殿上人以下的诸臣不得使用，是为禁色）。

夹内衣,其原来的紫色几近没有留下痕迹,最上面套上一件黑貂皮外衣,相当贵重、漂亮,阵阵衣香飘送过来。虽然这是一身古色古香很有来头的、品味高雅的装束,但是,穿在年轻女子的身上,就显得很不相称,格外夸张和刺眼。不过话又说回来,多亏有了这件皮外衣御寒,否则她一定冷得要命,看到她那冷飕飕的神色,源氏公子不由得又涌起一阵心疼她的感觉。

常陆亲王家的这位小姐照例缄口不语,源氏公子自己也觉得似乎没有什么话可说,但是,他又想试试是否能打破这种缄默的僵局,于是没话找话地跟她谈了许多。小姐还是非常腼腆,只顾抬起双肘,用袖子遮住嘴巴,就连这个动作也显得很不合时宜,土里土气,活像司仪官炫耀威严列队而行的姿态,还装出一副笑容,更令人感到很不协调,但同时又觉得太难为她了。源氏公子心中不快活,想早些离开此地,就对她说:"你无依无靠,我遇你一见倾心,愿意照顾你,你若真心待我,对我更亲切些,我会感到莫大的安慰,可是你总不把我当作自己人看,叫我好伤心。"遂以此为借口,歌曰:

> 朝阳照檐冰柱解,
> 地冻何以仍凝结。[01]

可惜小姐只是莞尔一笑,无意作答。源氏公子情趣索然,不等她答歌就离开了。

源氏公子乘车来到中门,在中门内停下,只见那中门歪歪斜斜,行将倒塌的样子,源氏公子心想:"夜间观看,虽说也感到荒芜,但终归还有

---

[01] 意即既然已许我结缘,为何内心底还如此隔阂?

许多隐蔽处看不见。此刻在朝阳璀璨下，放眼望去，一派极其凄怆寂寞而又荒凉的景象映入眼帘，惟有松枝上的积雪，晶莹欲坠，透露出几分暖意，山乡之风情，令人不由得生起凄凉之感觉。曾记得那天雨夜品评时，人们所说的'葎草丛生的凄楚之家'，大概就是指这样的地方吧。倘使在这样的地方，果真有一位招人怜惜的、可爱的伊人住在这里，纵然是折磨良多的苦恋，也是难以割舍的呀！这样的苦恋想必多少总能慰藉我那负疚之恋[01]的情思吧……然而，这正合理想的住家，却住着与之不相协调的、其貌不扬的小姐，真令人无可奈何。如若不是自己而是他人，恐怕不会如此耐心照顾她吧。自己之所以如此关照她，大概是她那已故父亲常陆亲王总为女儿担心，其亡灵来指引我这样做的吧。"

庭院里的橘子树上落满了积雪，源氏公子呼唤随从，让他们拂去橘子树上的积雪。松树仿佛羡慕橘子树，将自己的一根树枝反弹了起来，只见白雪纷纷飘落，这景象颇富有古歌中所云"恰似闻名末松山"[02]的情趣。源氏公子寂寞地望着飘落的雪花，心中想："纵然没有深解风情者也罢，哪怕有个略懂情趣的对手，该有多好啊！"

行车必须通过的那扇门还没有打开，随从让掌管门钥匙的人前来开门，只见一个老态龙钟的人出来，后面还跟着一个妙龄女子，不知是老人的女儿还是孙女，无法辨明。在雪光的辉映下，这女子身穿的衣服越发显得肮脏，她冷得难以忍受似的抱着用衣袖裹住的一个奇怪的取暖器物，里面装着一丁点炭火。老人连开门的力气都没有，这女子走到老人身旁，帮助老人，可是她笨手笨脚的，怎么也打不开门，于是源氏公子的随从便走上前去帮忙把门打开了。源氏公子见状顺口吟道：

---

[01] 意指与继母藤壶女御私通之悖伦的恋爱。
[02] 此句出自《后撰和歌集》中的一首歌："我袖无日不拂掸，恰似闻名末松山。"

白发似雪诚可怜，

朝泪浸袖可比肩。

接着还吟咏古诗"幼者形不蔽"[01]，该古诗中的"并入鼻中辛"的句子，引发源氏公子蓦地联想起鼻尖稍带红色、冷飕飕的那位小姐的面影，情不自禁地露出了微笑，心想："头中将如若看见这位小姐的长相，不知会作何比喻。想必他会常到此地来窥探情形的，我此前的举止大概都被他窥见了。"想到这些，源氏公子只觉实在无计可施了。这位小姐的长相如若像普通女子那样，没有什么特殊情况的话，自己舍弃她也无所顾虑，如今已确切地看清了她的长相，反而觉得她着实可怜，决意诚恳地长年照顾她。赠送她的衣物，虽说不是黑貂皮一类的东西，却也是绢、绫罗、棉布等，甚至老侍女们的衣物，包括那位看门的老翁，从上到下所有人的衣物用品，都周全地照顾到。小姐对如此诚恳的关照，没有觉得不好意思，源氏公子也就安心了。源氏公子决意做小姐在经济方面的秘密后盾，长期周济她，其投入程度在一般以上。

　　源氏公子每每想起那位空蝉的事："曾记得有那么一天晚上，她悠闲地坐在灯光下对弈，她那容貌的侧影虽说很丑陋，不过她那得体的仪容修饰却能掩盖住她的缺陷，使人看上去并不觉得她不雅观。论身份，这位小姐并不亚于空蝉，如此看来，家世身份的高下，的确并不能完全决定女子品格的优劣。空蝉为人稳重，举止有分寸，甚至令人记恨，我终于败在她手下了。"

　　今年又到岁暮时分。一天，源氏公子在宫内值宿，大辅命妇前来见

---

[01] 此乃白居易《秦中吟》十首之《重赋》中的句子，该诗曰："岁暮天地闭，阴风生破村。夜深烟火尽，霰雪白纷纷。幼者形不蔽，老者体无温。悲端与寒气，并入鼻中辛。"

他。源氏公子每当要梳头的时候，总要叫她前来侍候，虽然源氏公子和她没有什么暧昧的恋爱关系，只把她当作一个不拘小节的人看待，但是毕竟有时也和她开开玩笑，公子习惯于使唤她，因此她只要有事，即使公子没有召唤她，她也来找公子。这时，大辅命妇不好意思地微笑着说道："有件挺滑稽的事，我犹豫着要不要对您说呢。不对您说嘛，又觉着不合适，可是……"

源氏公子说："究竟是什么事？对我就不需要有什么顾虑嘛。"

大辅命妇说："不，怎能无所顾虑呢，要是我自己的事，再怎么顾忌，首先也要对您说，可是这件事真令我难于启齿。"说着显出很不好意思开口的样子。

源氏公子恨恨地说："你又在故弄玄虚啦！"

大辅命妇旋即说："是常陆亲王家的小姐托我送来一封信。"她边说边将信掏了出来。

"嗨！我当是什么事，这有什么可隐瞒的嘛。"源氏公子说着将信拿了过来，大辅命妇吓了一跳。信是用质地稍微厚重的陆奥纸[01]写的，那信纸用薰香薰得香味很浓烈；至于文字嘛，还凑合算得上尽力写得工整了。歌句曰：

君心冷漠酿哀怨，
泪浸衣袖常思念。

源氏公子不解其意，侧侧头寻思。大辅命妇将包袱皮里裹着的似乎很沉的衣服盒子放下，并将东西拿了出来，说："这怎能不让您见笑呢，不过小姐说，把它送给您，可做元旦穿着的盛装，小姐特意赠送您的东西，

---

[01] 陆奥纸：陆奥产无皱纹的纸。

想必您不至于毫无情面地退回去吧。我又不能自作主张，将它存放在我手里不让您看，这样做有违小姐的一片心意，思之再三，我还是把它带来给您看了再说。"

源氏公子说："若擅自做主把它截住不带给我，未免太残忍了。她的这片心对我这个无法把她的泪袖弄干的人来说，实在太令人高兴了。"他只说这么一两句，就再也没有说什么了。他心想："哎呀！瞧这咏歌的水平也真够可怜的，大概她也尽最大的努力了吧。她只有那个叫侍从的侍女给她修改，身边大概没有文章博士给她指导作歌的要领吧。"他觉得差劲，提不起精神来说话。可是转念又想："她还是尽心尽力地作歌了，体谅到她的这片心，这也可算是所谓'难能可贵的歌'吧。"源氏公子觉得有点滑稽，不由得微微笑。大辅命妇抬头望见公子的表情，不禁难为情得脸都涨红了。

小姐赠送的贵族便服，虽然是当今流行的深红梅色[01]，但是毫无光泽且陈旧，几乎让人无法忍受。便服的表里同样都是深色，再看看细微的接缝口，也能看出其做工很粗糙平庸。源氏公子觉得很扫兴，他把信摊开，就在信纸的余白处，信手写上一笔以解闷。大辅命妇侧目瞥见，只见歌曰：

> "诚非可亲之色彩，
>
> 何苦接触末摘花[02]。

---

[01] 原文作今样色，即当时流行的中间色，这里指的是深红梅色，它不符合朝廷按位阶规定使用的正色。
[02] 末摘花是做染料的红花的别名，这小红花长在花茎末端，人们把小红花摘下做染料，因而得"末摘花"之名。小姐的红鼻和红花谐音（日语都称为HANA），因此源氏公子以"末摘花"比喻鼻尖红的小姐。

我只把它当作色彩浓重的花看待呀！"大辅命妇琢磨着："源氏公子过分挑剔'花'，大概另有什么深层意思吧。"她想起偶尔在月光下曾见过小姐的红鼻尖，觉得小姐怪可怜的，同时也觉得公子随便写下的这首歌饶有韵味，她习以为常地自言自语，吟道：

> "纵然薄情红花衣，
>
> 贬损名声无意义。

处世真艰难啊！"源氏公子听罢，心想："这首歌虽说不算什么优秀之作，不过，小姐哪怕有像她这种普通人的应对咏歌的能力呢。"源氏公子越想越觉遗憾，转念又想："她身份高贵，贬损她的名声，流传到社会上，对她来说未免太残忍。"这时，众多侍女前来侍候。源氏公子悻悻然，叹了口气对大辅命妇说："把这些东西收藏起来吧！这可不是一般人的作为。"大辅命妇心想："我干嘛要让他看呢，恐怕连我自己也被他看成是个没头脑的人啦！"她羞愧得无地自容，于是悄悄地退出了。

翌日，大辅命妇到宫中执役，源氏公子来到台盘所[01]探视，扔给大辅命妇一封信，说："给你，这是昨天的回信。真奇怪，总觉得这种回信太费心思了。"女官们很想知道这到底是怎么一回事。源氏公子只顾一边吟咏："沉溺于花之色彩[02]……舍弃三笠山之少女……[03]"一边走开了。

大辅命妇听见源氏公子吟咏此风俗歌，联想到小姐的红鼻尖，觉得挺可笑的，可是不了解事情的原委的女官们则责怪说："怎么回事嘛，你只

---

[01] 台盘所：宫中女官侍女的集中处，位于清凉殿西厢。

[02] 此句出自风俗歌，歌曰："沉溺于花之色彩，嗜好红熟绢啊，喜好淡紫色呀……"

[03] "舍弃三笠山之少女"这句在风俗歌里理应有续句，可能已失传。源氏公子吟咏此句，暗喻常陆亲王家的小姐。

顾自己独自在笑。"大辅命妇回应说："没什么，源氏公子大概是在这寒冷的降霜的早晨，看见有个爱穿红绢衣的人，鼻尖冻得呈红色，于是哼出刚才那首风俗歌，我觉得很有意思嘛。"有个女官说："哎呀，太过分了，在这里的人，没有哪一个鼻尖是红的呀！他不至于以为左近的命妇[01]或肥厚的采女 [02] 混杂在我们当中吧。"不知为什么，她们竟互相议论开了。

大辅命妇把源氏公子的回信交给了小姐，侍女们在大殿上聚拢过来，带着感佩的心情拜读。只见歌曰：

> 不遇之夜已然多，
> 新衣莫非添隔阂。[03]

此歌是在一张白纸上随便书写的，这反而透出源氏公子那相当潇洒风流的情趣。

除夕当天傍晚，源氏公子将别人献给他的高贵物品，诸如衣服一套、浅紫色的衣服，还有金黄色的衣服等等各式各样的衣物，装进末摘花小姐送来的那个衣服盒子里，并叫大辅命妇带去送给小姐。大辅命妇暗自比照先前小姐送公子的衣服色彩，可以想象得到公子恐怕是不满意那种色彩吧。可是小姐家的那些老年侍女却主观地加以品评，她们认为："小姐送去的衣服，红色显得庄重，与公子送来的衣物相比，未必相形见绌吧。"还说："至于咏歌方面，小姐所咏之歌通情达理、格调扎实，源氏公子的答歌，只是在潇洒情趣上多下功夫。"你一言我一语地加以议论。

---

[01] [02] 人名，这两人当时都因有个红鼻子而出名。
[03] 此歌根据《拾遗和歌集》中的歌"一袭衣衫从中隔，不遇之夜更隔阂"而吟咏。

小姐本人也觉得那首歌是自己费尽苦心才吟咏出来的，所以就把它抄写保存了下来。

元旦的诸种仪式举行过后，今年理应有男踏歌[01]。年轻的贵公子们，照例在各处集中，排练节目，闹哄哄的，源氏公子也忙碌了一阵，不过他还是想及那寂寞的常陆亲王宫邸，觉得那里怪可怜的。因此于正月初七那天举行的白马节会[02]结束后，到了夜晚，源氏公子从父皇御前退出，装作前往宫中的值宿所当值过夜的样子，深夜里，源氏公子便出门，奔常陆亲王宫邸去了。

宫邸的情景比过去热闹多了，显得有活力，像一般正常的人家。小姐的姿容多少也带点柔媚可爱劲了。如若能随着新年的到来，她也焕然一新变得完全认不出来，会是什么样子的呢？！源氏公子浮想联翩。

倏忽间已到太阳升起时分，源氏公子犹豫着，虽然有点依依不舍，但还是站起身来。府邸东边屋角上两面开的板门敞开着，对面回廊上方的屋顶也掀开了，景象一派荒凉，阳光一无遮挡直接照射了进来，在庭院里那一层薄薄的积雪的映照下，位于深处的小姐的居室都能一览无余。小姐望见源氏公子起身穿上贵族便服，她把身子稍许往外挪动，斜靠着凭肘几侧身躺着，她那头垂下的秀发，美极了，源氏公子心想："倘使她的脸蛋也能脱胎换骨，像秀发那么美……"源氏公子把格子窗扉支撑高，蓦地想起不能撑得太高，免得看清她那红鼻尖，太不好意思，终于没有把格子窗扉尽量撑高，只把凭肘几拿来，让格子窗扉架在凭肘几上。源氏公子整理了一下自己蓬乱的鬓发，侍女们遂把相当古老的镜台、唐式的化妆盒、梳具

---

[01] 男踏歌：每年正月十四、十五两天殿上（可上殿的高官或这种门第者）地下（五位以下的官吏或这种门第的人，不可以上殿）的人们，头戴高巾子冠，冠上饰有棉插花，一边唱催马乐，一边巡游各处的一种仪式。

[02] 白马节会：平安时代以后，每年正月初七在宫中举行的天皇观赏白马的仪式，有避灾驱邪的含义。

盒等拿了出来。源氏公子看见在这些梳妆用具中，星星点点地混有男子梳发用的物件，觉得很漂亮也饶有情趣。

小姐今天的着装，看上去很合时宜，原来她今天所穿的服装就是源氏公子回赠的、表明心意的衣物，它放在早先装她送给公子的衣服的那个盒子里，小姐拿起来就穿了。源氏公子没有察觉到这点，他只注意到她所穿的外衣的花纹很有趣味，又总觉得似曾在哪里见过。

源氏公子说："过年了，今年哪怕启齿说几句话语来听听嘛。倒不是期盼聆听黄莺的初鸣[01]，而是想看看你接待我的仪态之焕然一新。"小姐好不容易用颤巍巍的声音，腼腆地说出："纵然'百鸟啁啾迎春到'[02]，我也……"源氏公子笑着说："瞧！这就足以证明这一年来的进步嘛。"说着一边吟咏"终究忘却莫非梦"[03]，一边告辞。小姐目送源氏公子离开，她依然斜靠凭肘几侧躺着。源氏公子望见用袖子挡住嘴的她的侧脸，还是那个末摘花般的红鼻尖，特别红，格外突出，他觉得："太不雅观了。"

源氏公子回到二条院宅邸，看见小紫虽然尚未长成窈窕淑女，但已经非常美丽，同样是红色，小紫脸上的红润，让人看来觉得那么亲切。她穿一身白色无花纹、里子是浅蓝色的细长而柔软的合身衣裳，那天真烂漫的姿态，着实可爱。她在崇尚古风的外祖母教养下，原本没有把牙齿染黑[04]，但现在已开始让她化妆了，染黑牙齿的同时把眉毛拔掉，再用眉黛描眉，化妆后她的姿容更美，更清爽了。源氏公子望着她，心想："守着这样一

---

[01] 此语源于《拾遗和歌集》中的歌："新年伊始万象更，清晨惟盼黄莺鸣。"

[02] 此句出自《古今和歌集》中的《春歌　上》第28首，歌曰："百鸟啁啾迎春到，故我依旧无奈何。"

[03] 此句出自《古今和歌集》中的《杂歌　下》第970首，歌曰："终究忘却莫非梦，踏雪寻访为见君。"

[04] 把铁片泡在醋里或茶水里制成铁浆，再用铁浆把牙齿染黑。这是平安时代上流社会妇女间流行的一种时尚。

个极其可爱的美人，为什么不自始至终陪伴在她身旁，而要为那样一个乏味的女子的事操心劳神呢?！真是咎由自取啊！”于是一如既往地和小紫一起玩偶人游戏。

小紫画画，还在画上着色彩。她信笔画了各式各样很有意思的画，源氏公子也在一旁，和她一起画。他画了一个头发很长的女子，并在这女子的鼻尖处涂上了红色，他觉得即使是绘画，这样的形象也很丑陋。他照照镜子，觉得镜子里映现的自己的容貌相当漂亮，于是又亲自将红彩抹在自己的鼻尖上，照镜看了看，觉得就连在这样漂亮的脸蛋上，混杂这种古怪的色彩也是非常难看的。小紫见状，笑个不停。源氏公子说：“倘使我落下了这样的残疾，你怎么办？”小紫说：“哎呀，太不喜欢了。”她担心这红彩会不会粘住抹不掉，内心忐忑不安。

源氏公子故意装作擦擦鼻子，一本正经地说：“怎么也擦不掉呀，这恶作剧可闹大啦。我怎么对父皇说呢?！”

小紫着实认真，非常同情源氏公子，她走到他身边为他揩拭。源氏公子开玩笑说：“你可别像平仲[01]那样，给我涂上墨呀。红色嘛勉强还能忍受……”这氛围下的两人，俨然是一对非常恩爱的恋人。

春天阳光明媚，庭院恬静，不知不觉间只见株株树梢上空彩霞缭绕，人们心中早就期盼着快些开花才好啊，梅花知春，含苞待放，微笑着呈现一派娇媚的风情，格外引人注目。正殿带棚子的台阶[02]下面的红梅，每年都最早开花，今年也已染上颜色，源氏公子触景生情，吟道：

---

[01] 平仲是平贞文的别称，据《平仲物语》的故事说，平仲是个有名的好色者，他在某女子的面前想装流泪的样子，误把墨当作水涂在眼里。
[02] 带棚子的台阶，原文作阶隐，指为防止台阶遭雨淋，在台阶最前端立两根柱子，搭上棚子与廊道顶棚连接上。这里也是停车处。

"梅枝秀丽招人恋，

　　　联想红鼻顿生厌。

唉，真无奈！"源氏公子情不自禁地叹了一口气。这样的女子，前途将会

怎样呢？天晓得！

红叶贺

桐壶天皇举办五十寿辰庆典，行幸朱雀院的日期定在十月初十之后。此次行幸仪式格外盛大隆重，比往常更加有趣。然而，舞乐等都在外间表演，妃嫔们无法观赏，实在是一大憾事。天皇宠爱的藤壶妃子也无法亲眼欣赏，天皇深感美中不足，遂命舞乐等庆贺节目在宫中清凉殿上先举行一次彩排。

源氏中将表演的舞蹈，是双人舞《青海波》。他的搭档是左大臣家的公子头中将。这位头中将才貌双全，非同凡响，然而，与源氏并立在一起，就黯然失色了，宛如绽放美丽鲜花之树旁的一株深山野树。

日暮时分，夕照艳丽，乐声沸腾，舞兴正浓。虽然两人同样都在舞蹈，但是源氏的舞步沉稳，表情优美，举世无双。他吟诵和歌，简直就像佛界里的仙鸟迦陵频伽的鸣声，富有情趣，优美动人。天皇看了，感动得流下泪来。诸位亲王、公卿大臣也都激动得落泪。和歌吟罢，源氏公子重整舞袖，准备起舞，乐队守候着掐准节奏，蓦地奏响，乐声大作，好不热闹。源氏公子神采奕奕，比往常更加容光焕发，无比动人。皇太子的母亲弘徽殿女御，看了源氏如此优美的姿态，心中好兴妒忌，说："准是鬼神附身发挥魅力了，真叫人毛骨悚然！"众年轻侍女听了她这番话，心里都觉得很不舒服。藤壶妃子看了源氏的表演，心中想道："他若无那份非礼之心，一定会显得更美。"她沉思往事，恍如进入梦境。

彩排结束后，当天晚上，藤壶妃子在宫中侍寝。天皇对她说："看了今天彩排中的《青海波》，真是冠绝群芳，你觉得如何？"藤壶妃子一时难以直率回答，只说了句："格外精彩。"天皇说："伴舞者也跳得不错，舞姿手势等都很中看，到底是名门子弟，出手不凡。当代著名的舞蹈师傅，舞蹈技艺方面固然高超，不过那种端庄高雅的情趣，却难以显现出来。彩排之日已如此完美地表现了出来，只怕行幸之日，在红叶树荫底下演出的舞乐，会给人美中不足之感呢。不过，为了让你能够亲眼欣赏，所以才做了这样的安排。"

翌日早晨，源氏中将给藤壶妃子写信说："昨日承蒙观赏，不知感觉如何？我是带着无法言喻的缭乱心绪起舞的。

> 心绪缭乱不应舞，
> 拂袖传情可清楚。

谨上。"可能是源氏中将那光彩照人的仪表，终究使藤壶妃子无法沉默吧，她回信说：

> "唐人拂袖远难见，
> 飘逸舞姿实可怜。

我只以平常心来观赏。"源氏收到此信，感到无限珍贵。他想："她知道《青海波》乃唐人之舞乐，连异国朝廷的情况都明了，不愧是具备皇后教养者所吟出的歌句。"不禁欣喜，面带微笑，像手持经文不离身似的郑重地将信摊开来阅读。

天皇行幸朱雀院时，诸亲王、公卿大臣们无不随行侍奉，皇太子也前来奉陪。载着管弦乐队的船只，按惯例围绕庭院里的池塘环行一周，乐队时而演奏唐乐，时而演奏高丽曲子，舞蹈者极尽舞蹈之能事，翩翩起舞，节目种类繁多，乐器声嘹亮，尤其是击鼓声，惊天动地。天皇蓦地想起先前彩排时，夕照辉映下的源氏公子的姿影，实在是太美了，心中不由得涌起一股莫名的不安情绪，遂命各家寺院为源氏公子诵经祈祷。世人听说此事，无不深表同情，认为此举在理，乃人之常情。惟独皇太子的母亲弘徽殿女御却妒火中烧，认为皇上过分宠爱儿子了。

表演《青海波》舞，须群众演员围成舞圈，参列围成舞圈者无论是殿上或地下人员都是世间名声甚佳的有识之士。宰相二人，还有左卫门督和右卫门督，分别掌控左舞乐唐乐和右舞乐高丽乐，参加今天演出的舞师们，都是此前从专业的乐人们中精选出的特别优秀者，分别由各家把他们请到各自的家中，闭门加紧排练过的。

树木高耸，在亭亭如盖的红叶阴影下，由四十人并立围成舞圈，吹奏的笛声响亮，美妙得简直无法形容，笛声和着松风传送四方，听起来宛如深山里吹过来的风声，但见落叶缤纷，随风飘悠，表演《青海波》的源氏中将，出现在这样的背景里，他那舞姿翩翩、光辉照人的形象，实在美极了，不由得令观赏的人感到震惊。舞人源氏中将头上插的装饰物——红叶，纷纷掉落几近于无，他那俊美的容颜，冠绝群芳。左大臣摘下庭院里的菊花，给他重新插上。

日暮时分，下了些许阵雨，连苍穹仿佛都善解此种场景的情趣似的，呈现出如此美妙的景色，插在源氏中将头上的各种菊花，异彩纷呈，美得简直无法言喻。源氏中将今天使出了全身解数，舞姿格外精彩动人，特别是收场时的绝招表演，荡漾出一股绝妙的风情，不由得令欣赏者不寒而栗，觉得这绝非人世间的舞姿。连不懂得艺术之好赖的一般庶民，或在树荫下，或在岩石间，或在高山树的树叶丛中观看热闹，他们当中多少懂得一点情趣的观赏者，都感动得落下泪来。

继《青海波》之后，值得一看的节目，就是承香殿女御所生的第四皇子表演的《秋风乐》，表演者童装打扮，舞姿翩跹。这两个舞蹈节目，几乎表现尽了舞蹈的乐趣，令人不愿将视线移向他物，仿佛把视线移向其他的舞蹈，自己就会扫兴似的。

这天晚上，源氏中将晋升为正三位。头中将也加官为正四位下。此外，诸公卿也都分别获得各自相应的晋升。他们获得晋升的喜悦，都是托了源氏中将绝妙舞技的福。源氏中将那美妙的舞姿，令观赏者震惊，也使人感到满心喜悦，想必是前世修来的福吧。

且说藤壶妃子，最近一段时间，请假回了娘家，源氏公子照例几乎每天都在彷徨，伺机谋求与藤壶妃子会面。许久不回左大臣家，那边难免要发诸多牢骚，再加上源氏公子找到小紫，并"把小紫迎入了二条院"，有人把这消息告诉了葵姬，葵姬听说此事，心中自然比以往更加不愉快。源氏公子想："本来，葵姬不了解详细的内情，因此起疑心而恼火，那也是在情理之中的事。不过，倘若她品格高贵，能像一般人那样，坦率地说出自己的怨恨，我也会坦诚地将心中的想法向她倾诉，并安慰她。可是谁曾想到她却只顾将我往坏里揣测，实在令人讨厌，我终于起了歹念，做出那种荒唐事。就葵姬的人品来说，也挑不出她有什么瑕疵，诸如照顾不周，使我感到不满的那样的缺点。再说，她最先与我结缘，是我的原配，我确实真心疼爱她、珍惜她，可是她却似乎没有体察到我的这份心，实在叫人无可奈何。但愿不久的将来她会回心转意，理解我的心情。"从她那端庄稳重的气质来看，自然会有这么一天的。源氏公子对葵姬无比信任，这点，与对别的女子迥异。

却说年幼的小紫，来到二条院之后，逐渐熟悉这里的环境，她确实气质高雅、姿容秀丽，但毕竟还是个小女孩儿，天真烂漫，她对源氏公子格外亲近，总缠着公子。源氏公子心想，在短暂的一段时间里，暂先不告诉殿内的人们这个小姑娘是什么人，他一直将小紫安置在正殿对过的西厢殿里，房屋内的设备一应俱全而且都无比高级。源氏公子本人总到这边来，教诲小紫各种事项，诸如自己写下范本，让她习字等。源氏公子的心情简直就像把迄今寄养在他处的亲生女儿接回家来似的，他特别叮嘱所有的侍者包括家务管理所和管家在内：一切为了小紫，务必尽善尽美，不使她有任何不足之感。二条院里，除了惟光之外，所有侍者无不感到不可思议。

小紫的父亲兵部卿亲王也全然不知小紫住在此处。小紫至今依然不时想起过去的一些往事，她很多时候怀念外祖母老尼。源氏公子到这里来的时候，她会暂时忘忧，可是，一到夜晚，源氏公子虽然偶尔也会在这里住宿，但是很多时候难免要四处奔忙去幽会情人。每到日暮时分，小紫看见公子准备出门，有时也会尾随其后，舍不得让公子离开，源氏公子觉得小紫非常可爱。源氏公子连续两三天在宫中值宿，然后到左大臣宅邸再住上数日的时候，小紫就非常郁闷。源氏公子见状好不心疼，觉得自己仿佛有了一个没有母亲的孩子，悄悄外出幽会也无法安下心来。北山的僧都听说源氏公子如此宠爱和重视小紫，既感到惊异也为小紫感到高兴。每当僧都为小紫的外祖母老尼做法事的时候，源氏公子都派人送去各式各样的供品，郑重地吊唁一番。

藤壶妃子请假回娘家，住三条院宅邸之后，不知近况如何，源氏公子很想了解，遂前去探望，谁知那里却只让王命妇、中纳言君、中务君等侍女出面接待，一改往常对他的待遇，源氏公子感受"宛如接待一个陌生人"，颇觉扫兴，但还是把这种心绪强压在心头不外露，便和她们东拉西扯地闲聊。正在此时，兵部卿亲王来了，听说源氏中将在这儿，便前去与他会面。源氏公子仰望兵部卿亲王，只觉得他颇具风情，娇艳典雅，不禁暗自心想：倘使亲王是个女子之身，我们彼此相遇，该不知多么有趣。源氏公子又想：兵部卿亲王是小紫的父亲又是藤壶妃子的兄长，不论从哪个角度看，他都是和蔼可亲的。于是和他详细入微地交谈了起来。兵部卿亲王也觉得源氏公子的模样比往常的任何时候都更加可亲近，感叹世间竟有如此漂亮的男子。但亲王不曾想过会有这样的女婿，只是在他春心浮动的思绪里，觉得源氏公子若是个女子就好了。

日暮时分，兵部卿亲王告退，进入妹妹藤壶妃子的帘内，源氏公子对他羡慕不已。公子记得，昔日，在父皇的庇护下，自己能进入帘内，就坐在藤壶妃子的近旁，直接和她对话，可如今，藤壶妃子却全然把源氏公子当作陌生人看待，使公子感到无比凄凉，真是无可奈何。源氏公子只好告辞，临走郑重其事地说："我理应经常来问安才是，但由于没有什么重要的事，自然久疏问候了。今后若有用得着我的地方，请随时吩咐，我定当效劳。"说罢即告退回家了。

王命妇一直想巧妙安排，好让源氏公子与藤壶妃子相会，却苦于无计可施，再加上藤壶妃子的心情不好，她自怀孕后更觉得与源氏公子的幽会是可耻的，态度变得更加峻严，王命妇也不好意思开口。日子就这样一天天毫无意义地流逝，这两人都陷入无穷无尽的苦恼中，都觉得那是"一段无常的孽缘"。

且说小紫的乳母少纳言，自从住进二条院安定下来之后，她想："这真是意想不到的幸福生活啊！回想起来，已作古的老尼总为小紫的前途忧心，也许是她勤于念佛，祈求神佛保佑小紫，神佛灵验，小紫才蒙神佛保佑的吧。"接着又想，源氏公子有原配夫人，是左大臣家的千金葵姬，她是个身份相当高贵的人，再加上源氏公子本身又好四处寻访姿色可人的女子，因此小紫长大成人以后，会不会发生诸多麻烦事呢？转念又想，源氏公子如此特别宠爱小紫，看样子似乎大可放心。

小紫为外祖母服丧，常规是三个月，因此十二月底的大年夜，就可以给小紫脱掉丧服，换上新装。但是小紫是在外祖母的抚育下长大的，除了外祖母以外，别无其他亲人，因此她习惯于作不那么花里胡哨的装扮，大致上喜欢穿红、紫、金黄色等没有花纹或图案的布料制作的平常服，她穿上这身高贵女子穿着的平常服，那模样很合时宜，又非常有情趣。

元旦早晨，源氏公子要进宫朝拜贺年，于是先来小紫的房间探视一下。源氏公子微笑着对小紫说："从今天起，你就成为一个大人了吗？"源氏公子说话的神态，实在可敬又可爱。

新年一大早，紫姬[01]毫不察觉地只顾忙于摆弄她的玩偶。在成套的一对三尺高的小柜橱里，摆设着各式各样齐备的日常器具，还把源氏公子给她制作的许多座玩具小房屋集中在一处，星星点点摆满一地玩耍。紫姬望着源氏公子的脸，说："我们在玩驱鬼[02]呐，犬君把这个东西摔坏了，所以我在给它修补呢。"她的神情仿佛发生了什么重大的事件似的。源氏公子神色一本正经地说："哦，这可真是太粗心大意啦，我马上让人来给你把它修理好。今天是新春喜庆日子，应该说些祝贺吉利的话，可不能哭哟。"说着准备出门去。源氏公子神采奕奕，装扮得格外华丽，引得众侍女都出来一睹公子的风采，聚集在廊道一头说是给公子送行。紫姬也出来相送，然后又马上回去玩耍，她给自己的玩偶源氏公子大加装饰，把玩偶装扮成去参谒天皇的样子。紫姬的乳母少纳言开导她说："过了新年你该是大人了，过了十岁的人再玩偶人，会招人嫌的，你现在已经是一个有丈夫的人了，得有一副端庄夫人的模样，去与你的丈夫相见，可你连把头发梳拢起来这短暂的工夫，都嫌麻烦，安静不下来。"由于紫姬过分热衷于耍弄玩偶，乳母的原意，是想启发她让她觉得净顾玩是难为情的事，才这么提醒她注意。紫姬心中则在想："这么说，我已经有丈夫了。少纳言乳母等侍女们的丈夫，都是些长相丑陋的男子，惟有我的丈夫年轻潇洒美貌啊。"她现在才意识到自己与源氏公子之间有一种特别的关系。虽说她还是个没有脱掉孩子气的少女，但毕竟这标志着她长大了。紫姬遇事总是显出孩子气十足的样子，二条院内的侍者侍女们都觉得这样的夫妻真是不可思议，殊不知他们现在还是一对名不副实的夫妻。

源氏公子在宫中朝拜贺年结束后，回到了左大臣宅邸。葵姬对夫君源氏公子的态度依然一如既往，端庄有余而亲昵不足，使源氏公子觉得和她

---

[01] 过了新年，小紫已成年，名称亦改称紫姬。
[02] 大年夜有举行驱鬼仪式的习俗，这里指模仿这种习俗的游戏。

在一起很窘迫，公子痛苦地说：“哪怕从今年起，多少改变些往常的状态，对我稍微温存点，我该不知有多少高兴啊！”可是，葵姬大概是听说源氏公子特地把外人迎进了二条院来加以照顾，估计将来有可能把此人扶为正室，为此心中存有隔阂，因此对夫君越发疏远，觉得难以亲近吧。然而表面上她又强作不知的样子，源氏公子和她开玩笑的时候，她也打不起精神来随声附和，纵然有所回应，也是与其他人不同，显得格外客气。她比源氏公子年长四岁，大有姐姐的韵味，她心中也有些难以为情，不过她毕竟是正当豆蔻年华，容貌端庄秀丽，无可挑剔。源氏公子觉得自己的这位夫人真是十全十美，无懈可击，不免反躬自省，自己过于春心浮动，喜好干些荒唐事，难怪招来她的怨恨。

葵姬的父亲左大臣，在同辈大臣中，尤其获得皇上的信任和厚爱，社会威望也高，再加上葵姬的母亲是皇上的同母胞妹，葵姬是他们唯一的宝贝女儿，视为掌上明珠，葵姬自然骄矜，自视甚高，受不了别人的一星半点的忽视和冷落。可是源氏公子对她的态度却显得不那么重视她，久而久之，两人之间就难免心存隔阂。左大臣心中虽然觉得源氏公子经常不回家来太过分了，但是，一见到源氏公子，怨恨也都忘却了，因此，还是在诸多方面很重视并百般照顾源氏公子。

翌日早晨，源氏公子正在准备出门的时候，左大臣特地前来看看，恰巧源氏公子在换装，左大臣手持名贵的宝石玉带赠他，他为源氏公子按标准的穿衣方法，整理公子服饰的后身等等，几乎就差没给他穿上鞋子了，真是照顾得无微不至，可怜天下父母心啊！源氏公子婉谢说：“如此名贵的宝石玉带，留待宫中举办例行宴会时，再拜领吧。”可是，左大臣却说：“那时候，另有比这个更好的礼品赠予，这宝石玉带微不足道，只是形状还比较珍奇罢了。”说着给源氏公子系上了宝石玉带。

左大臣如此百般体贴，关怀备至，仅只看到源氏公子那俊美的身影，就觉得活得很有意义。纵令源氏公子偶尔才回家来一趟，然而能够不时地给如此潇洒俊美的女婿送往迎来，也是莫大的喜悦。

此后，源氏公子前去贺年，虽说是贺年，但所去的地方不多，除了清凉殿（父皇）、东宫御所（皇兄）、一院（皇祖父）之外，只到三条院拜贺藤壶妃子。府邸内的侍女们赞叹说："今天，源氏公子显得格外俊美啊！随着年龄的增长，公子一年比一年越发美得令人销魂啊！"藤壶妃子听见她们如此赞叹，也从围屏缝隙窥视了一下，顿时百感交织，苦恼万状。

藤壶妃子分娩的日期，算来是去年十二月中旬，可是过了日子却毫无动静，不免令人忧心。三条院众侍女都等得好心焦，她们议论说："不管怎么说，新年总该生产啦。"藤壶妃子也这么认为，可是，新年过了，还是依然如故，预产期一再拖延，世间人们便纷纷议论，会不会有妖魔在作祟。藤壶妃子十分担忧，生怕因此泄露隐私，导致身败名裂。她整天唉声叹气，万分苦恼。源氏中将掐指计算月份，料定此胎与己有关，于是不露声色地在各寺院举行法事，为她祈祷安产。源氏中将心想："人事无常，莫不是我与她的这段无常缘分就此断绝了吗？"他忧心忡忡，叹息不已。幸亏过了二月十日之后，藤壶妃子平安地生下一男婴。于是忧虑全消，宫中和三条院众人皆大欢喜。

天皇盼望藤壶妃子长命富贵，可她想起那件隐私事，不胜内疚。但是，当她听说弘徽殿女御等人在诅咒她，盼她难产而死，她想："自己如果真死了，她们岂不称心大快。"想到这里，她就偏要振作起来，她的身体也逐渐恢复健康了。

皇上极其焦急地想看看新生的小皇子，源氏公子也心怀隐秘，渴望见到自己的这个私生子，于是他找个无人注意的机会，前往三条院探望。源氏公子让侍女假传圣旨说："皇上急于知道小皇子的情况，让我先来看看，然后回去禀告。"藤壶妃子让侍女传回话说："有困难，婴儿还不到看的时候。"婉谢不让源氏公子看，这也是有其道理的。因为小皇子的长相，确实酷似源氏公子，甚至到不可思议的程度，简直就像一个模子里出来的。藤壶妃子深受良心的折磨，内疚、痛苦不堪。她愁绪万端，不断地在想："人们只要一看见这小皇子，哪能不盘究自己那梦魇一般的过失呢？世人连一些微不足道的小事都好吹毛求疵地挑毛病，更何况自己的这般情状，自己最终还不知会招来多大的身败名裂之祸呢！"她深深地感到自己好苦命啊！

此后，源氏公子偶尔见到王命妇，说尽巧言善语，求她设法安排他与藤壶妃子见面，然而毫无成效。源氏公子又急于要看一眼小皇子，死乞白赖地要求王命妇为他巧妙安排，王命妇回答说："为何要那样强人所难呢？以后您总会有好机会见面的。"王命妇嘴上虽然谢绝了，但心中却非常苦恼，她和源氏公子一样，心情都很不平静。源氏公子顾忌到周围的他人，无法明说，他暗自想道："我什么时候才能不通过他人传言而直接与她对话呢？！"源氏公子神色黯然，伤心得要哭的样子，让旁人见了好不心疼。源氏公子吟道：

"前世结下何怨恨，

今世隔阂如此深。

我实在无法理解怎能有如此深沉的隔阂。"王命妇也曾见过藤壶妃子那种没有忘却源氏公子并为之苦恼的神情，因此对源氏公子此时的处境哪能无动于衷而置之不理，她答歌曰：

"见子兴叹思子伤，

人生在世实艰难。

您两位都是无时不在愁眉苦脸，实在可怜啊！"源氏公子始终无法与藤壶妃子晤面，扫兴而归。藤壶妃子顾忌世人的流言蜚语，她对王命妇也不像以前那么信任，那么推心置腹了，只保持沉稳的距离，以便不引人注目。不过，有时她心中也会埋怨王命妇替她牵线，以致酿成这样的恶果。王命妇则没有想到结果会是这样，内心备感惆怅。

四月间，小皇子回到宫中。小皇子自诞生后，从日子上说，成长得比预期要快，现在已会翻身了。小皇子的长相与源氏公子简直如出一个模子，惊人的相似。皇上万万不会想到，这其中还有私通的秘密存在，天皇只觉得："此婴儿长相非常美丽，无与伦比。同样都是无上高贵的血统，相貌与源氏公子相似是很自然的。"天皇毫不介意，极其重视并很宠爱小皇子。

源氏公子年幼的时候，天皇本来就觉得他无比可爱，非常重视他，本想立他为皇太子，只因他是身份卑微的更衣所生，得不到世人的认可，终于不能如愿，不禁十分遗憾，把他降为臣下，着实委屈他了。天皇看到他成年后的堂堂仪表，那非凡的容貌，更觉没把他立为皇太子，万分可惜。这回，小皇子是身份高贵的女御所生，并且天生与源氏公子有着同样的辉煌秀丽，天皇把小皇子视为无瑕的宝玉，非常珍重地抚育他。藤壶妃子看到这一切，心中越发感到内疚，更加于心不安了。

每当藤壶院那边举办管弦乐游乐的时候，源氏中将照例前去参加表演，天皇也总抱着小皇子出来欣赏，天皇对源氏公子说："朕虽有许多儿子，但是，只有你小时候，朕才像现在这样，早晚始终都让你在朕身边，也许因此，抱着他自然联想到你小时候的情景。这小皇子的确酷似你。孩子们小时候是否都这样？"天皇觉得这两个孩子极其可爱。

源氏中将听了，不禁暗自吓了一跳，他觉得自己的脸似乎在变色，既害怕又诚惶诚恐、问心有愧，既高兴又觉得可怜，心中万感交集，热泪差点夺眶而出。小皇子在牙牙学语，他笑起来美极了，美得甚至令人毛骨悚然，因此，源氏中将想：如果说小皇子酷似我，那么我越发不胜惶恐，这大概就是一种内心的自豪感吧。藤壶妃子听了天皇同样的话，内心极其痛苦，一身冷汗濡湿了衣衫。源氏中将见了小皇子之后，思绪万千，心中反而更加难以平静，便从宫中退了出来。

　　源氏公子回到二条院，在自己的居室里躺下休息，心中的苦恼无法排解，他想待心情稍微平静下来之后，再到岳父左大臣宅邸。庭院里种植的花草树木，呈现一派绿韵，其中石竹花盛开得尤为艳丽，源氏公子摘下一枝，连同一封信送到王命妇那里，叫她转交给藤壶妃子，信里想必写了许许多多。公子还附了一首歌曰：

　　　　"香花比拟小皇子，

　　　　慰藉愁肠泪更多。

艳丽花开固然好，将它比作小皇子来看待，这人世间也是渺茫无着落呀！"

　　王命妇大概是赶巧逮着了好机会，将花和信呈给了藤壶妃子，王命妇趁藤壶妃子看信的机会进言道："请您在这石竹花瓣上，哪怕写上如丁点灰尘般的只言片语……"[01]藤壶妃子此时适值内心百感交织，万分惆怅之际，于是像随便涂写似的，写了字迹模糊的两句：

　　　　泪袖前缘育此花，

　　　　何忍疏远怠慢它。

---

[01] 此语借用《古今和歌集》第167首歌意来表达愿望。该歌曰："岂让尘染石竹花，情深意浓珍惜它。"

王命妇高兴地将此答歌转给了源氏公子。源氏公子原本以为今天照例是不会收到她的回音的，独自躺着陷入沉思，这时突然获得此答歌，心情格外激动，无比高兴，不禁热泪潸潸。

源氏公子一边读藤壶妃子的答歌，一边独自发呆，躺着沉思良久，心中的郁闷无论如何也排解不了。每当这种时候，公子照例要到西厢殿紫姬的居室那边去散心。源氏公子衣冠不整，鬓发蓬乱，没有穿外衣，只穿便服里面的衣服，一边奏出曲调柔和的笛声，一边走出自己的居室，来到紫姬的房间，窥视了一下。只见紫姬斜靠俯卧的样子颇富情趣，宛如方才那枝饱含露珠的石竹花，美丽又可爱。她似乎在撒娇闹别扭，因为源氏公子回到二条院却没有立即到她这里来，她觉得受了委屈，就不像往常那样出来迎接他，而独自任性撒娇。源氏公子坐在房间一头，对她说："到这边来。"她也佯装没有听见。紫姬嘴里轻声吟诵"满潮浸泡海滨藻"[01]，而后不好意思似的用衣袖遮掩着嘴，姿态潇洒，形体婀娜。"哎哟讨厌！你怎么会把这种句子记住了呢。'潜入水中招人嫌'[02]，意思是说这样做不好呐。"源氏公子说着命侍女将筝拿过来，源氏公子教紫姬弹筝。源氏公子说："筝琴的琴弦中的细弦[03]最容易断，这是最麻烦的。"说着把琴调子调低成平调，首先自己来调试拨弄，仅只弹最简单的试琴调的谱子，然后把筝推到紫姬跟前让她弹。紫姬不能只顾一味闹别扭，她坐起身来操筝，弹得相当干净利落。由于她的个子还小，得伸展躯体，方能自如地运用左手压弦，她那手的动作很美，公子觉得

---

[01] 此句引自《万叶集》第1394首，歌曰："满潮浸泡海滨藻，相恋乐少多烦恼。"
[02] 此句引自《古今和歌集》第683首，歌曰："伊势海女朝夕咽，潜入水中招人嫌。"
[03] 筝琴：弦乐器的一种。中国筝有十二、十六、二十一弦等各种。日本筝有十三弦。雅乐筝称乐筝，另外还有俗筝、筑紫筝等等。从操筝者的对面往里数一、二、三、四、五、六、七、八、九、十、斗、为、巾共十三弦，斗、为、巾弦是筝琴弦中最细弦。

她着实可爱。公子吹笛子和着她的筝声，并教授她一些技法。紫姬领悟得很快，再困难的曲调，只需教一次她就记住了。无论做什么事，她都十分心灵手巧，富有创造性，缘此源氏公子觉得她才是自己盼望已久的如意称心的意中人。《保曾吕俱世利》这个曲子，名字虽然有点怪，但是其节奏旋律很有意思，源氏公子用笛子吹奏一曲后，让紫姬与他合奏此曲，她弹得虽然不够娴熟，但是拍子准确无误。公子听起来觉得非常精彩。

天黑掌灯时分，源氏公子与紫姬双双在灯下观赏画，因为先前公子曾说过要去左大臣家，所以随从者在门外故意咳嗽两声，说："天快下雨了。"意在催促公子出门。紫姬一向胆小害怕，心中闷闷不乐，她也不看画了，就势伏在画上，那姿势可爱极了，源氏公子伸手抚摩她那披散纷垂的密厚秀发，替她整好，并说道："我不在你就想念我是吗？！"她点了点头，公子说："我也是，一天不见你，心中就觉得很痛苦。不过，你现在年纪尚幼，所以我不需多心顾虑，当前，我首先得顾忌到那些性格乖僻爱起疑心好妒忌的人，照顾她们的情绪，以免招来诸多麻烦，所以眼下我才暂且这样频繁外出。等你长大成人以后，我就决不外出了。我之所以想尽量不招人怨恨，为的是希望尽可能长寿，以便随心所愿地度过我们俩的美好时光呀。"公子体贴入微地说了这番话后，连紫姬也觉得怪不好意思的，没什么话可说了。不大一会儿，她就势靠在源氏公子的膝上睡着了，那姿态格外天真令人怜爱。于是，源氏公子对随从人说："我决定今晚不外出了。"随从人员遂离席退下，侍女们将膳食端了上来。源氏公子把紫姬唤醒，对她说："我决定不外出了。"紫姬的情绪顿时变得欢乐，起身同源氏公子一道用餐。但是紫姬吃得很少，只是用筷子沾了一下菜肴而已，她似乎还有点放心不下地说："那么我们就歇息吧！"源氏公子暗自想道："如此可爱的人儿，我怎能弃置不顾呢，纵令奔赴黄泉，也难以割舍她而独自前往呀！"

紫姬如此依依不舍地把公子挽留住，这是常有的事，这种消息自然会不胫而走。传闻传到左大臣宅邸，葵姬身边的侍女们也纷纷议论开了，有的说："究竟是个什么样的女子呀？真是令人想象不到啊！迄今没有听说有什么人在公子身旁，如此贴近他，缠住他不放，又这么撒娇，准不是个身份高贵、品格高尚的人，说不定是在宫中偶然瞥见某个中意的宫女，错加宠爱，为了避免世间人们的闲言碎语，才把她藏匿起来的吧。公子四处宣扬说她还是个不懂世事的、令人怜爱的小女孩儿呐，也许也是这个缘故吧。"皇上似乎也听说源氏公子身边有这么一个人，体谅并且很同情左大臣难过的心情，他对源氏公子说："可怜左大臣十分担心，总是唉声叹息，这也是难怪的。当你还是年幼无知的时候，左大臣就一直百般呵护你，做你的保护人，尽心尽力照顾你，他的这份心意有多么厚重，你知道吗？你年纪也不小了，对他的担心叹息你怎能置若罔闻，你为什么如此薄情负义？"听了父皇的这番话，源氏公子只觉得实在对不起岳父左大臣，从而没有作任何回答。天皇心想："这孩子大概不喜欢葵姬吧。左大臣用心良苦，着实可怜啊！"接着天皇又像自言自语地说："不过，话又说回来，你又不像是个好色之徒，没有不正派的行为，宫中有的是侍女，宫外到处都有各式女子，既没见也没听说你对谁动心而去拈花惹草，你究竟把谁藏在何处，以致招来你妻子和岳父如此的怨恨呢？！"

　　天皇虽然年事已高，但是在女色方面，没有放过任何一个称心者，连采女 [01]、女藏人 [02] 等，只要容貌风姿秀丽、趣味高雅，天皇都格外喜欢，因此近来，机灵麻利的宫中女供职者大量聚集。源氏公子只要和她们开句玩笑，她们就无不争着上前来。可是，对这样的一些侍女，也许是公子见惯了的缘故，丝毫没有引起他追求的兴趣，因此侍女们都觉得不可思

---

[01] 采女：古时服侍天皇饮食的后宫宫女。
[02] 女藏人：掌管宫廷中文书、总务等事务的女官员。

议，有时还故意试探性地对他说些带挑逗性的戏言，但是他表面上总是持不即不离的态度，保持在不使对方觉得自己不知风趣的火候上来对待她们，实际上他从不乱了方寸。缘此有的侍女就以为公子是个过分一本正经、美中不足的人。

却说宫中有个年纪相当大的典侍，出身门第高尚，本人的人际关系不错，是个有心机的人，颇受人们的敬仰。但是说来也怪，她天生喜好卖弄风骚，在情爱方面每每有轻率的举止，源氏公子颇为纳闷，心想："她年纪那么大了，怎么还那样放荡？"于是他尝试着对她说了几句戏言，对方竟大肆认真起来，全然不顾彼此多么不般配。源氏公子虽然觉得她真可怜，但是又觉得这老妪毕竟也别有一种风趣，偶尔也曾与她相会，但又怕被别人知道，毕竟与一个过时黄花交往有失体面，因此在人前有意疏远她，这样就招来该典侍的极度怨恨。

有一天，适逢该典侍服侍天皇梳头，梳理完毕，天皇召唤侍候他换装的宫女，前往更衣室去，剩下该典侍，此外别无他人。这个典侍今天的装扮比往常更显得干净利落，她的姿态、头发的发型很娇艳，衣裳的穿法也很合体，相当华丽，一派风骚撩人的体态。源氏公子看了很不舒服，他觉得："年纪那么大了，何苦还想往年轻里打扮，不知她是怎么想的。"源氏公子毕竟很难装出视而不见的样子，于是搋了搋她的衣裳下摆，她立即将绘有相当艳丽却不算扇画的彩图扇面遮住容颜，猛回首瞟了公子一眼，传送秋波，只见她的眼睑相当发黑，眼眶凹陷，发端等处非常蓬乱。源氏公子心想："拿着一把与年龄相比多么不相称的扇子呀！"于是，他把自己手持的扇子和她的交换过来，看了看，只见鲜艳耀眼的深红色扇面上，用泥金画满了树梢高耸的森林，另一面则是以苍劲笔迹、带有典雅意趣的情怀，信笔书写了"荒林树下老草密"[01]。源氏公子心想："她居然还选了

[01] 此句引自《古今和歌集》第892首，歌曰："荒林树下老草密，驹马不齿无人刈。"

这种让人意想不到的和歌句子。"不禁微笑着说："你的意思是说'荒林夏日乃佳宿'[01]吗？"而后，源氏公子觉得过多地与她对话，太不般配了，让别人看见了也怪麻烦的，可是女方却毫不介意，她吟歌曰：

> 君来可刈驹饲料，
>
> 过分茂密树下草。[02]

这显然是一派风骚撩拨的姿态。源氏公子答歌曰：

> "林荫不绝驹麇集，
>
> 何苦涉足惹睥睨。

人言可畏呀！"源氏公子说着即欲离去，典侍拉住他说："我从未曾遭受过这般伤心事，如今这把年纪还蒙受如此羞辱。"说着痛哭了起来，源氏公子说："我很快就会给你写信的，因为我心中还是想念你嘛。"说着拂袖甩开她而急忙出门，典侍不顾一切地追上去缠住他，满心怨恨地说："横竖此身宛如'桥墩'[03]啊！"此时，天皇刚更衣完毕，从隔扇缝里窥见此般情景，心想："这两人太不般配了！"天皇觉得实在滑稽，自言自语："平素人们总说源氏公子太一本正经，而为他担心，其实不然，瞧，连这样的也不放过呐。"说着笑了笑，典侍虽然颇觉难以为情，可是转念又想："古人不是也说为着心爱之伊人，'濡衣'[04]又何妨吗？"因此，

---

[01] 此句引自《信明集》，歌曰："杜鹃鸣啭麇集处，荒林夏日乃佳宿。"
[02] 此歌参照《后撰和歌集》中的歌"我家莽草饲料好，惟盼君偕爱驹到"而改作。
[03] 古歌曰："津国长桥之桥墩，衰朽可悲仍残存。"见藤原伊行著《源氏释》，此书为现存最早的《源氏物语》注释书，对书中所引之和歌、汉诗文、故事和佛典进行了考据。
[04] 日语"濡衣"（NULEGINU）有受冤枉之意，此处的"濡衣"出自《伊势物语》第75段，歌曰："伊人无情催泪落，濡湿衣袖心寂寞。"

她也不为自己强作什么辩解。

旁人则议论纷纷："真没想到会有这种事啊！"这种传言传到了头中将的耳朵里，他心想："我在拈花惹草方面，用心可谓无微不至的了，竟然没有察觉到还有那么一个风骚的半老徐娘。"于是想试着去会会那个春心未减的老女，遂主动找上门去，终于与她结下了露水姻缘。这位头中将也是个仪表堂堂的美男子，因此典侍本打算以此人来取代那位薄情的源氏公子，然而实际上办不到，她觉得"自己心目中最想见到的人，还是源氏公子一个人，任凭谁都无法取代"。这是多么异想天开的痴情啊！

总之，典侍与头中将的私通，是在极其秘密中进行的，因此源氏公子也不知道实情，典侍每次见到源氏公子，都倾吐自己满心的哀怨情绪，源氏公子见她那么大年纪了，怪可怜的，想安慰她几句，可心中又不愿意，觉得太麻烦了，因此，好长一阵子没有和她见面。一天傍晚下了一场雷阵雨，雨后天气清爽宜人，源氏公子于黄昏的微暗中，在温明殿 [01] 附近悠闲地漫步，听见这个典侍正在兴致盎然地弹奏琵琶的声音。原来这个典侍每逢御前有演奏会，她必加入由男人们组成的管弦乐队在天皇御前演奏助兴，她的琵琶演奏技艺格外高超，乐队里似乎没有人能胜过她。恰逢此时她在情场上不顺心，撩拨琴弦可以发泄她内心的积郁，因此她弹出来的琵琶声听起来格外哀怨动听，她还放声唱起"干脆下狠心，做个种瓜娘" [02]，歌声相当嘹亮，可是歌词在源氏公子听来总觉得心里不舒服。源氏公子侧耳倾听，联想起昔日白乐天在鄂州倾听淑女

---

[01] 温明殿：日本皇宫的内殿，一半供奉神镜"八咫镜"，一半做内侍的休息所。
[02] 典侍唱的是催马乐《山城》，歌词大约是"山城种瓜人……求我嫁与他……再三来思量，干脆下狠心，做个种瓜娘"云云。

弹琵琶[01]的情景，他想："那时大概也是荡漾着这种情趣吧。"典侍的琵琶声蓦地停住了，可以想见她定然显露非常苦恼的神色。源氏公子小声吟唱催马乐《亭子》[02]，并倚靠在柱旁，典侍遂接上该歌跟着和唱"君自推开可进来"，源氏公子觉得她的这种举止也迥异于一般女子。典侍吟歌曰：

> 亭中无有湿衣人，
>
> 惟有苦雨降倾盆。[03]

吟罢深深地叹息。源氏公子心想："你情夫无数，为什么独往我身上倾泻怨恨？何苦情痴到如此程度，真讨厌啊！"于是吟道：

> 觊觎人妻多麻烦，
>
> 伫立亭中更不惯。

源氏公子吟罢，欲就此离开，可是转念又想这样做未免太绝情，结果还是走进她房门顺应了她，和她搭讪几句。虽说是逢场作戏，倒也难得另有一番情趣。

却说头中将一直对源氏公子很不服气，觉得："源氏公子总是装作非

---

[01] 白居易《夜闻歌者 宿鄂州》诗曰："夜泊鹦鹉洲，秋江月澄澈。邻船有歌者，发调堪愁绝。歌罢继以泣，泣声通复咽。寻声见其人，有妇颜如雪。独倚帆樯立，娉婷十七八。夜泪如真珠，双双堕明月。借问谁家妇？歌泣何凄切？一问一沾襟，低眉终不说。"
[02] 歌曰："亭子檐下我伫立，无情雨水浇我衣，盼汝把门快开启。门未上扣亦未锁，只是微微作虚掩，君自推开可进来，已婚女子我盼待。"
[03] 此歌借用催马乐《亭子》（原文作《东屋》）之部分歌词，"亭子"比喻自己，"苦雨"比喻自己的眼泪。

常正经的样子，经常责难我行为欠检点，可是他自己却悄悄地到处拈花惹草，肯定私藏了许多情妇，还佯装坦然自若的样子，我得设法捅破他的这层伪装。"如今发现源氏公子走进了典侍的房间，觉得报复的机会来了，心情着实愉快。

头中将心想："这种时候，我得吓唬他一下，逼得他无路可走，再问问他'嘿！吃尽苦头了吧'"。于是，暂不露声色，以便麻痹对方。

这时，刮来一阵冷风，夜色渐深，头中将估计这两人已经就寝，于是，悄悄走进典侍房间。却说源氏公子总觉心里不踏实，从而也睡不着，因此听见房内有动静，他万万没有想到会是头中将，还以为是那个修理大夫[01]，至今难忘典侍的旧情，而深夜前来探访。让他看见自己同那样一个老女有这种极不合适的行为，实在是太难为情了，于是他对典侍说："啊，真麻烦，我走了。你明知那个人会来，早已有蜘蛛的预兆[02]，却瞒着我，太过分了。"说着匆忙中只顾拿起一件贵族便服，就躲到屏风后面去了。头中将看见源氏公子的狼狈相，强忍住笑，他走到源氏公子刚才拉开来的屏风旁，突然将屏风喊里喀嚓地折叠起来，故意让它发出好大的响声。典侍虽然是个上了年纪的女人，但却相当风骚，容易赢得男性欢心，过去也曾数度遇见过诸如此类争风吃醋令人焦虑的场面，凭她的经验，表面上似乎还能沉着应对，但她还是非常担心，生怕这个潜入房内的来客会对源氏公子怎么样。她苦闷、紧张得发抖，紧紧地拽住这个来客。

源氏公子本想迅速逃离现场，以便不让那来客知道自己是谁，可是一想到自己这副衣冠不整的狼狈相，想象那丑态百出的背影，太不成体统了，因而踌躇不前。头中将也不想让对方知道自己是谁，故意缄默不语，

---

[01] 修理大夫：修理职的长官。
[02] 此语来自《古今和歌集》第1110首，歌曰："今宵情郎想必到，蜘蛛动作示预兆。"日本民间迷信，衣服上有蜘蛛爬动，预兆必有亲人来。

只顾装着极其气愤的模样，唰的一声拔出大刀，典侍慌张失措，旋即呼喊："且慢且慢！"说着跪在头中将跟前，合掌求饶，头中将觉得甚滑稽，差点噗嗤地笑出声来。这个典侍本是很会往年轻里打扮，表面上显得婀娜多姿、风骚十足，其实她已是个五十七八的老女了。此时她只顾狼狈周章而忘却了自己的蓬发乱衣。这个惶惑不安、战战兢兢的典侍，夹在两个无与伦比的、年方二十上下的年轻貌美的贵公子之间，显得多么滑稽和不协调。

头中将故意装作陌生人一般，摆出一副凶神恶煞的架势，这样一来，源氏公子反而看出破绽，清楚他就是头中将，心想："他准知道是我，才故意如此放肆地恶作剧。"真是太不知分寸了。

当源氏公子知道对方是头中将之后，觉得他的这副模样实在太滑稽了，因此抓住他拔刀的那只手腕，狠狠地拧了他一下。头中将知道自己的伪装已败露，甚感遗憾，同时再也强忍不住地笑出声来。源氏公子说："你刚才的作为是来真的吗？开玩笑也得有个分寸嘛，快让我把便服穿好。"头中将一把抓住便服不放，不让他穿。"那我也让你同我一样！"源氏公子说着伸手去扒头中将的腰带，试图剥掉他的便服，两人推推搡搡、拉拉扯扯的过程中，源氏公子衣服的缝线被七零八落地拉扯开了。于是，头中将吟道：

　　"掩隐虚名终败露，
　　绽线裂开露内服。

套上这破绽多处的衣服，势必引人注目吧。"源氏公子答歌曰：

　　明知吓人反害己，

一意孤行坏主意。

两人对歌之后，心头的怨恨也烟消云散，双双都是一副衣冠不整的难看模样，一起离开该处了。

源氏公子回到二条院宅邸后，心中觉得："自己的秘密被人家发现了，实在遗憾。"不久就睡着了。

典侍觉得发生这种意想不到的事，真是凄惨，她发现那两人落下了和服裙裤和腰带等物品，于是翌日早晨就给源氏公子送去，还附上一首歌曰：

"二位常来复又去，

怨恨留恋何意义。

我'情意何如已露底'[01]，徒悲戚啊！"源氏公子看了，心想："此人真厚脸皮。"有点讨厌，可是一想到昨夜里她那走投无路的惨状，又觉得她怪可怜的，于是答歌曰：

波涛纵凶无威震，

拍岸遭扰岂不恨。[02]

仅此寥寥数语而已。源氏公子断定这条腰带是头中将的，因为他发现这腰带的色彩比自己的便服的色彩浓艳，再看看，发现自己的便服一边袖口的加长半袖子也被撕断，不见了。源氏公子心想："世事真是怪怪的，

---

[01] 此句引自《新敕撰和歌集》中的歌："泪若悬河徒悲戚，情意何如已露底。"
[02] 此歌中的"波涛"喻头中将，"岸"喻典侍。

看来热衷于拈花惹草的人，果然是失态者多呀。"他觉得自己也该检点些才好。

头中将在宫中值宿，他将源氏公子的那半截袖子包好给源氏公子送去，并附上一言说："请先把这个缝好吧。"

源氏公子恨恨地想道："这袖子怎么会落到他手里呢？"又想："倘若这条腰带没有落在我手里，那该多遗憾。"于是，源氏公子用与那腰带同样颜色的纸张将那条腰带包好，并附上一首歌给头中将送去，歌曰：

> 惟恐埋怨情丝断，
> 花田腰带即归还。[01]

头中将收到腰带及此歌后，旋即答歌曰：

> "君窃取我花田带，
> 恩情断绝恨满怀。

我心头之怨能消吗？"

将近中午时分，他们各自分头上殿参谒，源氏公子摆出一副冷静从容的架势，若无其事的样子。头中将内心窃笑，但因为当天公事繁忙，是上奏天皇和宣旨下达的日子，源氏公子看见头中将那副故作威仪端庄、一本正经的样子，心中也觉得好笑，每当彼此的视线偶尔相遇时，自然相互作会心的微笑。遇上无人在场时，头中将就走到源氏公子

---

[01] 此歌借用催马乐《石川》之歌意而吟。《石川》歌曰："石川高丽人，窃取我腰带，悔不该挨窃，窃取何腰带，花田之腰带，惟恐失腰带，恩情从此绝。"当时人迷信，情人幽会时，如果腰带被人盗走，即意味男女恩情从此断绝。

的身边，十分妒恨，斜眼看着他说："你的秘密事，不敢再尝试了吧？"源氏公子回答说："怎么会呢，倒是空手而归的人才可怜呐。不过真正可忧的是世间'人言可畏'[01]呀。"两人交锋了一阵后，自然休战，并约好若有人问及此事，缄口保密，一道效仿古人"若问犬上鸟笼山"[02]。

此后，偶有机会，头中将就拿此事作为挪揄源氏公子的材料，源氏公子觉得："这都是那个难缠的老女闹的。"大概以后再不敢干此种事了吧。可是那个典侍却依旧卖弄风骚，每每怨恨源氏公子薄情，使得源氏公子好不困窘。头中将则没有将此事告诉他的妹妹葵姬，而是试图把此事当作抓住了源氏公子的把柄，必要时可以拿出来，起点威吓作用。

由于天皇格外宠爱源氏公子，连诸多身份高贵的皇子们，对源氏公子都得敬畏三分，多半敬而远之，惟有头中将不服气，决不被源氏公子所压倒，哪怕遇上丁点小事，也要与源氏公子争个高低。原因是，惟独头中将与葵姬是同母所生，头中将觉得：源氏公子不过是皇上的儿子罢了，而自己呢，父亲是诸大臣中最受天皇器重的国戚左大臣，母亲是公主、天皇的亲妹妹，自己从小就在身份如此高贵的双亲百般呵护万般宠爱下长大的，论身份有哪点亚于源氏公子呢。从人品上说，自己具备了贵公子的一切条件，尽善尽美，是十分理想的。

这两个人之间，在风流韵事方面的竞争，各有相当异乎寻常的高招，若一一叙述，难免冗长，就此打住。

七月间，藤壶妃子即将被册立为皇后，源氏公子已由中将晋升为宰

---

[01] 此语出自《古今和歌六帖》中的和歌，歌曰："海藻纵茂海女刈，人言可畏更忧虑。"
[02] 此句引自《古今和歌集》中第1108首和歌，歌曰："若问犬上鸟笼山，莫露我名答不知。"

相。天皇准备在近年内让位给弘徽殿女御所生的皇太子，并立藤壶妃子所生之子为皇太子。但是这新皇太子没有后援人，他外家诸舅父都是皇子，但已降为臣下。当时是藤原氏之天下，天皇不便令源氏的人摄政，因此不得不将新皇太子的母亲册立为皇后，以便加强新皇太子的势力。弘徽殿女御得知此事，大为不满，这是自然的了。天皇对她说道："你的儿子不久将即位了，届时你就稳居皇太后的尊位，放心吧。"的确，世人难免纷纷议论说："这女御是皇太子的母亲，进宫已有二十余年。当今的天皇要将藤壶妃子册立为皇后来压倒她，恐怕困难吧。"

册立藤壶妃子为皇后的仪式举行完毕的当天晚上，已晋升为宰相的源氏公子进宫奉陪。藤壶妃子是先皇的皇后所生，在同样是后妃者中出身特别高贵，再加上又生了一位掌上明珠般的小皇子。缘此，天皇对她备加宠爱，别人对她更格外崇敬。何况郁郁寡欢的源氏宰相，想象着辇车中藤壶皇后的姿容，不胜思慕。他又想到今后与藤壶皇后相隔愈加遥远，更难相见，不由得苦恼万状，自言自语地吟道：

　　高居云端难相遇，
　　此恨绵绵无尽期。

内心深感凄切寂寞。

小皇子日渐成长，相貌愈加酷似源氏宰相，甚至两人难以辨别了。藤壶皇后见状心中十分痛苦。不过，别人似乎没有注意到这点。世人大都认为：凡人再怎么脱胎换骨，都无法与源氏公子的容貌之俊美相比，小皇子的相貌却不可思议地酷似源氏公子，这两人宛如日月行空，光辉耀眼。

二月二十日过后，天皇于南殿举办赏樱花宴。藤壶皇后和弘徽殿女御所生的东宫皇太子则安排坐在天皇御座的左右两侧。藤壶皇后和东宫皇太子都前来出席了。弘徽殿女御平素每当看到藤壶皇后占上风时，心中总是很不愉快，因而尽量避免和她同席。今天举办的是很有看头的赏樱花宴，怎舍得放弃，尽管知道藤壶皇后坐在上席，她还是强忍住怒火，前来出席了。

当天风和日丽，晴空万里，鸟语啁啾，令人身心愉悦，诸亲王、公卿们以及擅长诗道者，都应邀赴宴，探韵[01]赋诗。源氏宰相宣称："臣探得了'春'字韵。"源氏宰相连报韵字的声音都格外动听，非同凡响。接着是头中将，人们的目光很自然地会将此二人两相对比，尽管头中将在精神上不知有多么紧张，但他也毫不逊色，只见他沉着冷静，在声调语气的运用上也恰到好处，十分卓越。其他众人看到源氏公子那压倒群英的姿容，有不少人望之胆怯，自惭形秽，更何况品位稍低的文人们，看到天皇和皇太子的才学都格外优秀，再加上当今盛世，精于诗文之道的贤能者众多，自愧弗如。在这天空万里无云，明朗开阔的御前的庭院里，探韵赋诗本身虽然并不困难，但是要迈步上前去探韵，总觉得望而却步，不知如何是好。至于年迈的文章博士们，装扮奇异，显得寒碜，不过他们习惯于应对这种场面，颇能处之泰然。这种种状况，天皇都饶有兴味地看在眼里。

舞乐诸事，更无须赘言，万事早已准备停当。渐渐到了夕阳返照时分，开始表演《春莺啭》舞，舞姿相当美妙，皇太子联想起去年秋天举办的红叶贺宴席上，源氏公子表演的《青海波》舞的美姿，遂赐一枝花给他插在冠上，并恳切地希望他再表演一次。源氏公子盛情难却，于是站

---

[01] 探韵：一种探取一字，并以该字为韵而赋汉诗的游戏。具体为在庭院里安置一文台，台上陈列着许多背面朝上的、写有韵字的纸条，赋诗者各自从中抽出一张，并按纸条上所书的韵字来赋汉诗。

起身来，缓缓地扬起衣袖，翩翩起舞，仅只表演一段以答所望，那舞姿之动人，简直无法比喻。左大臣看了感动得落泪，以至往日对源氏公子薄情待自己女儿葵姬的那份怨恨都忘却了。左大臣遂问道："头中将在哪儿？快上来。"于是头中将便上前表演《柳花苑》舞。舞蹈的时间比源氏公子的稍微长些，而且格外用心去发挥自己的精湛技艺，也许他已估计到会出现这种场面，而早就有思想准备吧。他的表演相当精彩，因此天皇恩赐给他一袭御衣，人们都认为这的确是罕见的例外。接着是诸公卿不按顺序上场献舞，不过此时已是暮色苍茫时分，起舞者舞姿之优劣实在难以分辨清楚了。

在朗诵诗歌时，朗诵师也无法把源氏公子所作的汉诗顺溜地一口气朗诵完毕，因为每朗诵一句，盛赞声不已。精于此道的文章博士们也都衷心悦服了。以往每遇这种场合，天皇首先就让源氏公子赋诗，以增添现场的光彩。今天源氏公子的诗作出类拔萃，天皇内心的喜悦更是非同寻常。

藤壶皇后看见源氏公子如此才华出众，暗自想道："东宫皇太子的母亲弘徽殿女御如此嫉恨源氏公子，真不可思议。但反观自己如此怜惜他的才华美姿，也实在令人忧心忡忡啊！"她情不自禁地反躬自省，内心中暗自吟咏：

　　倘能寻常赏花姿，
　　露珠何须忧心思。[01]

她的这首心中暗咏的歌，不知为什么竟然泄露到世间了呢？！
御宴进行至深夜才散席。公卿们纷纷告退。藤壶皇后和东宫皇太子也

---

[01] 此处"花姿"比喻源氏公子，"露珠"比喻藤壶皇后自己。

各自起驾回宫。

明月当空，四周宁静，一派情趣浓重的夜景。源氏公子已有几分醉意，觉得如此美好的夜晚，怎能让它徒然度过。他心想："正好殿上的值宿人都已沉睡，在人们意想不到的深夜里，说不定会有良机与藤壶皇后相遇呢。"于是悄悄地往藤壶院那一带走去窥探情况，但是可借助引路的王命妇等人所居处的房门已紧闭，无计可施，只有叹息，却又不甘心就此作罢，遂走到弘徽殿的游廊上，只见第三道门还没有关上。

御宴散席后，弘徽殿女御直接赴宫中值宿，因此留守此间的侍女似乎不多。深处拉门的插销也没有插上，寂静无人声。源氏公子心想："世间女子犯错误，大概都是缘于门禁不严导致的吧。"他静悄悄地迈入门槛，往深处窥视，侍女们大概都入睡了。蓦地传来朝气蓬勃且亮丽的声音，听来可以断定绝非寻常女子的娇声，只见这女子一边吟诵"朦胧月夜美无比"[01]，一边朝这边走了过来。源氏心中暗喜，待她走近时，出其不意地拽住了她的衣袖。那女子吓了一跳，露出害怕的神色，说："哎呀，真讨厌！你是谁？"源氏公子说："有什么可讨厌的呢?！"遂吟歌曰：

> 感知情趣月夜深，
> 非是朦胧宿缘真。

源氏公子吟罢，从容地将她抱进房内放下，并把拉门关严。这女子因事出意外，顿时手足无措，那茫茫然的神态美得着实令人向往，可爱极了。她哆嗦地说："这里有个怪人！"源氏公子说："谁都会容忍我的，你喊人来也没有用，还是安静些吧。"女子从对方的声音断定此人肯定是源氏公子，心中多少也获得些许安慰。她虽然感到困惑，但又不想让对方

---

[01] 此句出自《新古今和歌集》，歌曰："不露皎洁呈依稀，朦胧月夜美无比。"

以为自己是一个不知风趣的女子。源氏公子这天可能喝得过多了些，醉意正兴，举止有些异乎寻常，他觉得就这样放过这女子，太可惜了，加上这女子又是个未经世故、娇媚温柔的女子，她大概也不知道如何坚决拒绝的缘故吧，两人终于就此结了缘。源氏公子沉湎在女子可爱的气息里，但良宵恨短，不久天色渐明，心中不禁怅怅。更何况这女子显得乱了方寸，露出苦恼万状的神色。源氏对她说道："请教芳名，否则日后无法联系，想必你也不愿就此断绝联系吧。"女子答歌曰：

> 侬若薄命归黄泉，
> 探寻荒冢君可愿。

她作答时的模样十分娇媚妖艳。源氏公子说："说得有理，我失言了。"遂吟歌曰：

> "不顾寒露觅芳踪，
> 世诼宛如竹林风。[01]

你若不嫌世诼纷纷，何苦顾忌我呢，莫非想隐瞒下去不告诉我芳名吗？"两人交谈的过程中，不觉已天明。侍女们陆续醒来，前往宫中迎接弘徽殿女御，走廊上人来人往，颇为繁忙。源氏公子无奈，只好与那女子交换了一把扇子，作为日后联系的凭证，就离去了。

源氏公子在宫中的值宿所桐壶院内侍女众多，有些人已经醒来，看见源氏公子一大早就回来，他们彼此推搡，故意装睡，交头接耳说："哎哟，到处拈花惹草，好辛苦啊！"源氏公子走进内室，躺了下来却不能成

---

[01] 此处"寒露"比喻女子身份，"竹林风"比喻世间的毁谤。

眠，他寻思："她真是个可爱的美人啊！她肯定是弘徽殿女御诸位妹妹中的一个吧，她还是个未经世故的处女，也许是五女公子或六女公子吧。听说她的姐姐即帅皇子[01]的夫人以及头中将所不中意的夫人四女公子，都是美人呐。倘使她是五或六女公子中的一个，那就更加有意思了。六女公子已由她父亲右大臣许配给东宫皇太子，如若她就是此人，那么自己就做了对不起人的事啦。她们姐妹多，究竟谁是谁，不易分清，要想弄清恐怕也相当麻烦。看样子，此女子也不想就此一别即告终，可是她又为什么不告诉我以后如何联系呢？"他思绪万千，可能是所有的心思都被她吸引住了。与弘徽殿门户不严紧，使人有空子可钻的情况相比，藤壶院这边门禁格外森严，难以靠近。相形之下，源氏公子觉得藤壶皇后是个深谋远虑、有修养、无与伦比的可敬佩的人。

次日，继大宴之后又举办了小宴，一整天在繁忙中度过了。源氏公子在筵席上弹筝。今日的小宴比昨日的大宴更显风流，饶有趣味。藤壶皇后于破晓时分进宫侍候天皇去了，因此有关这方面的事，源氏公子毫无思考的余地。源氏公子想起，昨日朦胧残月中邂逅的那女子，想必已经从宫中出来了吧？于是派遣两名一向机灵行事的侍臣良清和惟光前去窥探情况如何。源氏公子本人也从御前退出回到住处。这时，两名被派去的侍臣回来禀报说："刚才隐蔽在背阴处的车子，现在已从北门出去了。在诸多女御和更衣的娘家众人中，右大臣家的两位公子四位少将和右中弁[02]都急忙着出来，想必是为相送弘徽殿女御从宫中退出吧，我们清楚地看见有许多美貌的女子作陪，共乘坐三辆车子呢。"源氏公子听了不禁心中一激动，暗自想道："那位淑女肯定会在那些车子里。如何才能了解到她是其中的

---

[01] 这位帅皇子是源氏公子的同父异母弟弟，后来是萤兵部卿亲王。
[02] 四位少将和右中弁都是弘徽殿女御的兄弟。四位是第四位阶，即官阶正四位、从四位的总称。

哪位小姐呢？或许她父亲已闻知此事，莫如大大方方正式请求当他的女婿，这样做不知可行否。不过，不知此女子人品如何，在情况不明的条件下，贸然求婚岂不荒唐，可是不刨根问底她到底是谁而就此作罢，未免太遗憾了，该如何是好啊?！"他苦恼万状，无计可施，陷入沉思却茫无头绪地躺了下来。

源氏公子蓦地想起了紫姬："住二条院的年幼的紫姬这阵子不知该有多么寂寞、无所事事地打发日子，我多日来一直住在宫中，没有回二条院去，她肯定是郁郁寡欢了。"源氏公子脑海里浮现出紫姬那可爱的姿影。

源氏公子拿出那把交换的作为凭证的扇子来，展开一看，只见扇子两边的大扇骨上饰有三枚重叠着的樱花模样的薄纸饰物，色彩浓重的一面，有用泥金画的朦胧月儿，月影倒映水中，其意趣平平，然而它是佳人惯用的物品，那就另有一番亲切感渗透其中。那位吟咏"探寻荒冢君可愿"的淑女的面影总在他内心中旋荡，于是，源氏公子在扇面上书写一首歌曰：

> 黎明残月何处觅，
>
> 无限惆怅心孤寂。

书毕，将扇子收好。

源氏公子觉得久疏造访左大臣宅邸，但又可怜那年幼的紫姬，于是决定先去安慰她一下，遂赴二条院去了。每次源氏公子看见紫姬，都觉得她长得愈发标致，越发娇媚了。尤其是她那聪明伶俐的天分更为突出，真可谓完美无缺，完全可以按照他自己的心愿去塑造她，并教养她成才。只是源氏公子感到于心不安的是，仅仅由男子一手来教养，将来她的性情会不会缺少含蓄和温柔呢？

源氏公子把近日来在宫中所见的一些情况讲述给紫姬听，又教她弹琴，陪伴她度过一整天，傍黑才准备出门，紫姬见状说："又要走吗？"她心中虽然感到不痛快，但是，现在已经很习惯了，再也不像过去那样，一味缠住公子不让他走。

源氏公子到了左大臣宅邸，葵姬照例没有立即出来迎接。源氏公子寂寞无聊，浮想联翩，信手抚筝，吟唱催马乐《贯河》："……无有一夜得安眠……"[01]正在此时，左大臣前来，他与源氏公子谈论先前在赏花的御宴上一些有趣的事。左大臣说："老夫已届高龄，侍奉过四朝贤明君王，可算是有些阅历者，却未曾见过像今次那样：诗文方面呈现才气横溢，秀雅非凡，舞蹈和音乐方面亦呈尽善尽美，无懈可击。观赏此情景，不由得产生可延年益寿之感。现今盛世文运辉煌，各行道皆人才济济，加之贤婿精通诸技艺，又有所准备，各行专家一应俱全方能如此吧。连我这老翁亦跃跃欲试，随之起舞呐[02]。"

源氏公子回应说："其实也没有做什么特别的准备，只因责任在身，但求善尽其职，四处寻求贤师高手前来赴会而已。从当天表演的万般技艺来看，惟有头中将表演之《柳花苑》最能成为后世之典范，更何况当此盛世之春，岳父大人如若翩跹起舞，那就更为天下增光了。"

这时，左中弁和头中将等人都来了，他们背靠栏杆，各持所好乐器合奏了起来，曲调优雅，乐声缭绕，着实富有情趣。

且说，黎明残月下的那位淑女，回想起那天在朦胧残月中发生的那桩事，宛如一场无常的梦，便唉声叹气，陷入沉思。她已许配给东宫皇太

---

[01] 《贯河》歌曰："贯河浅滩一处处，柔软手臂且当枕，躲避父母至妻房，无有一夜得安眠，父母打嗝妻腼腆。"

[02] 此语出自《续日本后纪》中的一个故事：一百一十三岁的尾张滨主，按捺不住内心的激动，在清凉殿上翩翩起舞，上奏曰："不甘寂寞年迈翁，翩跹起舞庆昌隆。"

子，预定于四月间进东宫完婚，她苦恼万状，无法消愁解闷。源氏公子这方也并非全然无法打听清楚，只是不确切知道此淑女是弘徽殿女御姐妹中的哪一位，尤其是平素这家人憎恨源氏，倘若贸然前去求婚，名声也不好，缘此源氏公子也很烦闷。

三月二十日过后，右大臣家举办赛箭会，邀请了众多公卿和亲王前来赴会参加赛箭以联络感情，接着就举行观赏藤花之宴。此时，樱花盛开的季节已过，落后于季节而晚开的两株樱花树，仿佛善解古歌所云"众芳凋落山樱粲"[01]之意趣，展现其烂漫的姿态，真是情趣十足。右大臣家最近新建了一座殿宇，以供弘徽殿女御所生的公主们举行着裳仪式[02]之用，精心装饰得富丽堂皇。他家十分讲究排场，一切设备都追求新颖时髦。右大臣前几天在宫中遇见源氏公子时，已亲自邀请他参加今天的盛会，但又生怕他今天不来，会使今天的赛箭赏花盛宴失色而生遗憾，遂派其儿子四位少将前去迎接源氏公子，并附歌一首曰：

我家藤花非寻常，

焉能不待君来赏。

此时源氏公子恰巧身在宫中，遂将此歌呈给父皇御览，父皇阅毕笑着说："他好得意哟。"接着又说："他特地派人来接你，你该快些去才好。女御所生的公主们都在他家长大，他不会把你当作外人来对待的。"

源氏公子整装打扮了一番，直到日暮时分，右大臣家人等得好心焦："怎么还不来呀？！"就在此时，只见源氏公子姗姗来迟。他身穿一件白色

---

[01] 此句出自《古今和歌集》第68首，歌曰："穷乡僻壤无人赏，众芳凋落山樱粲。"

[02] 着裳仪式：原文作裳着，日语语音作MOGI。日本习俗。日本平安时代，女子成人，举办着裳仪式。一般十二至十四岁，特别是决定了配偶时，举办此仪式居多。与此同时，将垂发改梳成发髻，称之为初笄，日语语音作UIKOGAI。

透粉红花色的唐绫质地的贵族便服，内里穿一件染成浅紫色的衬袍，衬袍后身拖着长长的下摆，他的这身装束夹在众多身穿色泽固定的大礼服袍子的公卿贵族之间，显然呈现出一派风流潇洒的皇子的优雅的风采，大家都肃然起敬。源氏公子从容大度地入座，他的神采确实特别超群出众。源氏公子之美，甚至压倒了宴会主人颇感自豪的自家所栽的花之色香，相形之下，反而令人减低了赏花的兴趣。

当天的管弦乐演奏得相当精彩。夜色渐深时分，源氏公子被劝酒，喝得酩酊大醉，他佯装颇难受的样子，悄悄地离开了坐席。

长公主和三公主在正殿里。源氏公子来到正殿东面的房门口，凭依在那里。正殿的房檐前，藤花盛开，为了赏花，正殿朝这面的格子门都开着，众侍女麇集在门前。她们仿佛有意将衣袖和裙裾露出门帘外，宛如正月十四、十五日举行男踏歌时那样。这种姿态令人感到与今天举办的私宴氛围很不协调，源氏公子不由得想起藤壶院一带的情景，觉得那里很幽静、雅致。

"我身体微感不适，而人们一味殷勤劝酒，实在穷于应付，因而冒昧躲到这边来，能否让我哪怕在背阴处躲一躲？"源氏公子说着掀起旁门的帘子蒙住上身，刚想迈进屋里，只听见有个女子说："哟，这可麻烦啦，身份卑微者才借故向高贵者攀缘呐。"看上去，说话人的神采虽然显得不甚庄重，但也并非一般的年轻侍女，可以断定她是个气派高贵而美丽的淑女。

室内飘荡着一股薰香味，烟雾弥漫。从众多侍女行动中发出衣裳摩擦的窸窣声等，可见她们的着装质地的确是特别华贵，在举止方面，总的来说，缺乏含蓄庄重的风情和深度，呈现嗜好潮流、追赶时髦的家风。这些身份高贵的公主、贵族小姐们，大概是为了观看射箭和赏花，才占据了这靠门口的地方吧。在这种场合源氏公子理应有所控制，稳重些才是，可是他的花心却为眼前这般艳丽的情趣所动，情不自禁地琢磨着："不知哪一位是那位黎明月下的女子。"他的心怦怦直跳，扬声说："扇子被盗了，可真倒霉啊！"[01]说着，将身子靠在门旁望了望。只听见有一女子回答说："原来是个奇怪的高丽人呀！"[02]一听此言便知该女子显然是个不知底细的人。帷幔后面还有另一个女子，她缄默不答，只是不时在叹息。源氏公子挨近此女子，隔着帷幔握住了她的手，吟道：

> "欲见朦胧月下人，
> 进入佐山竟迷途。

这是为什么呢？"他用揣测的口吻说此话，女子忍不住答道：

> 只要诚心来相许，
> 安能迷途叹唏嘘。

听这声音，显然就是那天邂逅的那个女子。源氏公子万分欣喜，只是……

---

[01] [02] 见第七回《红叶贺》所注催马乐《石川》，此处把歌中的腰带，改作源氏公子与那女子交换来的扇子。

第九回

葵姫

改朝换代后，源氏公子对万事似乎都提不起精神来。也许是晋升了大将官位之故，源氏公子往时那种轻率幽会和私通之举，不得不有所收敛。因此，他拈花惹草的八方女子望眼欲穿地盼望他来访，竟然落空，她们自然满心怨恨和悲叹。也许是这种造孽的报应吧，源氏公子本身对心爱的藤壶皇后对待他的那份冷漠的心，也无时不在叹息。

桐壶天皇自从让位给现今的朱雀天皇之后，如今无职一身轻，可以像寻常人一样，自由自在，朝朝暮暮和藤壶皇后在一起生活和游乐，这种状况大概令当今皇上的母后弘徽殿女御感到满心不悦吧，她干脆常住在宫中，宫中现在无人可与她比肩，她也乐得个轻松愉快。昔日桐壶天皇有时还举办管弦乐的游园会等活动，大获世人之好评，极尽风流之雅事，让位后今天的生活毋宁说更加清闲舒适。只是格外想念别居冷泉院的东宫皇太子，他惦挂着皇太子没有强有力的后援人，因此万事托付给源氏大将加以关照。源氏公子受到委托，一方面觉得对不住父亲，另一方面心中非常高兴。

那位六条妃子与已故东宫皇太子所生的女儿，已被选定即将去当斋宫 [01]，六条妃子由于觉得源氏大将对她的爱情不是那么牢靠，加之女儿年轻，却要去那么遥远的伊势当斋宫，她也放心不下，缘此要陪伴女儿一道前往，她早就有此打算了。桐壶院 [02] 听说此事，便对源氏公子说："她是我已故的弟弟东宫最珍视的妃子，弟弟生前格外宠爱她，你若把她当作一般人，轻率地对待她，那就太对不住她啦，再说，我把这位斋宫也看成是自己的女儿一样。无论从哪个角度来考虑，你都不应该简慢对待她才好。你如斯随心所欲、轻浮好色的作为，势必招来世人的责难。"桐壶院说此话时神色甚为不悦，源氏公子深深感到父皇的训斥很有道理，字字

---

[01] 当时有这样的制度：天皇即位时，选定派往伊势神官服务的皇室未婚女子。
[02] 即桐壶天皇。天皇让位后一般改称为"院"。

句句渗入肺腑，他只顾毕恭毕敬地聆听教诲。桐壶院接着又说："万不可让对方蒙受耻辱，无论对谁都须谨慎有礼相待，切莫让女子怀恨你。"源氏公子暗自想道："我那悖伦、大逆不道的秘密，倘若被他知晓，可怎么得了……"内心感到一种模糊的忧虑，诚惶诚恐地退了出来。

有关六条妃子与源氏公子的关系，桐壶院业已耳闻，所以才有此番训诲。源氏公子好色风流的行径，有损于六条妃子的名誉，对己也十分不利。源氏自己觉得很对不起六条妃子，本应更加重视她、体贴她才是，可是自己与她的这段暗恋，并没有明确地公开，再说，六条妃子这方，也觉得从年龄上说与源氏公子很不相称，自己于心有愧，从而对源氏公子采取保持一定距离的审慎态度，因此，源氏公子也随她的意向相应地去对待她。然而他们的秘密关系，桐壶院早已耳闻，世间也无人不晓。尽管如此，六条妃子觉得源氏公子对此似乎不甚介意，足见源氏公子心肠之冷酷薄情，她不禁对他心怀怨恨而暗自叹息。

这种风言风语也传到源氏公子的堂妹、式部卿亲王的千金槿姬的耳朵里，槿姬深思："自己决不要重蹈他人的覆辙。"此前，偶尔也曾给源氏公子复函，现在基本上不写那些没什么意思的回音。不过也不露骨地表现出讨厌的神色，令他难堪，只是采取稳重的态度对待他。源氏公子始终觉得"此人毕竟与众不同"。

葵姬对源氏轻薄的行为，当然甚为不满。不过，她大概也觉得过于激烈反对也无济于事吧，心中并不十分嫉恨。这时，她已身怀六甲，内心苦楚，很是害怕。源氏得知葵姬已怀孕，深感庆幸，觉得她令人怜爱，她的双亲等人也都欣喜异常，但也为她担忧，生怕万一会出什么事，于是举行种种法事，为她祈求安产。这期间，源氏公子自然繁忙不堪，对六条妃子等情人，虽不曾忘怀，但造访的次数自然就减少了。

这时，贺茂神社里的那位斋院，修行期已经届满，继任人已定为弘徽殿太后所生的三公主。桐壶天皇与弘徽殿太后特别宠爱这位三公主，不忍心让她去过清苦的修行生活。然而，又别无适当的人选，只好让她前去。斋院入神社的仪式，本来是一般的神事，但是这次办得特别隆重。斋院入贺茂神社举行祭祀那天，除了举办固定的仪式之外，还添加了许多无比精彩的节目表演，这也反映出这位新斋院的人品身份非同一般。

斋院入神社前举行祓禊[01]，执事的公卿人选本有定数，但此次特选些名望高、容貌俊秀者。连他们穿在礼服下面的衬衣的色泽和穿在外面的和服裙子的花纹以及马鞍等也都精选齐备。还特别宣旨，命源氏大将陪同。侍女们的游览车，老早以前就已精心装饰好。于是，在一条的大路上，车水马龙，人声杂沓，几乎无缝隙可钻。一处处木板搭的看台，也都分别讲究各自的意趣，挖空心思加以装饰，就连从帘下露出的侍女们的衣袖，也着实是一道美妙的景观。

葵姬极少四处闲逛看热闹，加上身怀六甲略感不适，本来就没有打算去观光，可是年轻的侍女们私下里说："哎哟，真是的，我们几个人若悄悄前往观看这场热闹，也没什么意思呀！今天可观赏的队列里，有源氏大将参列其中，连毫不相干的一般人、身份卑微的村夫农妇都想来一睹源氏大将的风采，有的甚至从遥远的各国携妻带儿上京城来参观，可是，至关紧要的我们这位尊夫人却不想去，实在太……"这些话被母夫人听在耳里，于是她劝说女儿："今天看来你的心情也不错，出去走走吧。你不去观赏热闹，侍候你的侍女们都觉得没趣呐。"女儿遵命，于是母夫人吩咐家人赶紧备好车辆，这时候，太阳已升得老高，葵姬没有过分地打扮，就乘车前去观看热闹了。

---

[01] 斋院入贺茂神社侍奉神之前需举行两次祓禊仪式，初次祓禊后，入宫中左卫门府斋戒若干时日，而后再择吉日进行第二次祓禊。这里指的就是第二次祓禊，斋院净身，而后入紫野的野宫修行一年，再赴贺茂神社侍奉神。

葵姬一行装饰得颇为华丽的几辆车子和侍从来到一条大街上。只见无数游览车已在那里排列得水泄不通，竟无空隙的地方可以进入。随行的车子中，有许多是有身份的女官乘坐的，于是，侍从们在那一带的游览车中，看准了一处牛车左右没有随从者的地方，喝令停在那里的车子都退避。其中有两辆牛车，从外观上看，那车厢上挂着的竹箔稍显古色古香，不过从竹帘下方等处看，似乎颇有来历，总的来说相当有节制，偶尔从帘子的下方可以瞥见车中女子露出的袖口、衣裳的下摆和外衣等，色泽相当淡雅，这做派显然是有意不招人注目。该两辆车的侍从看见别人要他们退避，就走过来，强硬地说："这两辆车子非同寻常，不能退避！"说着不让对方的人员抚触车子。双方的随从都是些年轻人，而且又贪杯，喝得醉醺醺的，彼此就争吵了起来，简直无法制止。于是，葵姬夫人这方年长明白事理的几位前驱者，出来解围说："不要这样嘛！"然而无济于事，还是制止不住。

　　原来这两辆车子是伊势斋宫的母亲六条妃子的。她微服出行，本想散散心而不想让任何人知晓，可是葵姬夫人那方的随从一看便知道是她府上的车子，于是他们当中有人就冲着对方的随从张口骂道："乘坐这等车子，还说什么大话呀！无非仰仗源氏大将的一点豪势罢了。"

　　葵姬夫人那方的随从中有源氏大将的家人，他们虽然觉得六条妃子那方太受委屈了，但又碍于害怕招惹麻烦，不敢出来说句公道话，只得佯装不知。争吵一番的结局是，葵姬夫人这方的车队终于蛮横地挤进了行列里，把六条妃子的两辆车挤压到葵姬夫人的侍女车之后。六条妃子从车内往外看也望不见什么光景，这还在其次，她觉得自己如此微服出游，竟被人识破，还加以排挤羞辱，实在是不堪忍受，痛心至极。

　　六条妃子的车辕的架台也全被挤折了，只好将车辕架在别人家的破车子的车毂辘上，才能立稳，实在太不体面。她内心颇后悔："何苦到这种地方来呢。"实在是无可奈何。她本想什么也不看了，就此打道回府，可是四周连挤出去的缝隙都没有，正当颇费踌躇的时候，只听见人们在喊"来了来了！"六条妃子听到人们的喊声，知道源氏大将的队伍行将通过，她觉得如此可恨的冤家，自己又不得不留在此处恭候他的通过，实在委屈了自己，可叹女人之心是多么脆弱啊！她内心虽然也想一睹源氏大将的姿影，然而这里又不是"竹丛荫处"[01]。大概是六条妃子的车子没有任何标识的缘故吧，源氏大将在她跟前走过，却没有驻步回首张望，竟无情地扬长而去。她伤心至极，觉得还不如全然看不见他的踪影呢。

这一天，众多的游览车装饰得比往常更加华丽，那装点尤其讲究地呈现出各家独到的趣味。一辆辆车内满载着一个赛一个的美人，车厢竹帘下方露出她们的衣袖口和裙子的下摆，源氏大将沿路对这些美妙的景观仿佛视而不见，但偶尔也会微微含笑瞥一眼，因为他心中明白那是他某情人的车子。

葵姬夫人的车子格外醒目。源氏大将经过时，仪态端庄，他的侍从们路过时也都毕恭毕敬。六条妃子看到这番情状，相形之下，觉得自己完全被葵姬的气势所压倒。不胜伤心，独自吟道：

> 偶能窥见冤家影，
> 黯然神伤叹薄命。

吟罢不禁潸然泪下，但又害怕被人看见很不体面，于是强自忍住伤悲。她寻思着："源氏大将那光彩夺目的容貌风采，在风和日丽的场景里，更显得绚烂有魅力，如若不瞧上一眼岂不遗憾。"

---

[01] 此语出自《古今和歌集》中第1080首歌，歌曰："竹丛荫处隈川冷，饮马川边见倒影。"

源氏大将队列中的其他扈从，各自按照自己的身份着装打扮，既华丽又井井有条，其中众公卿的装束尤为特别，然而在源氏大将的光芒前，不由得黯然失色。大将的临时随从，用的是殿上人近卫将监[01]，此举也非同寻常，因为惟有天皇难得行幸时，才派殿上人近卫将监随从，可是今天，源氏大将的临时随从由右近卫将监兼藏人，即伊豫介之子来担任。此外，其他随从人员也都挑选容貌端庄、风度翩翩者来做，真是一行灿烂夺目、井然有序的队列。如此这般备受世人尊崇的源氏大将的风姿神采，就连无心的草木见了，恐怕也无不为之摇曳吧。

观众中有些身份不俗的女子，一身壶装束[02]，徒步前来观景，还有遁入空门的尼姑等人，也跟跟跄跄地挤在人流中，前来参观，倘若在平时，人们定会嫌她们"不务正业，何苦来凑热闹呢"！惟独今天，人们却能体谅她们意欲一睹美景的心情而觉得"这也难怪"；更有一些老掉牙、双颊深陷、让夹衣罩住垂下的长发、模样古怪的老太婆，合掌置于额头上，顶礼膜拜源氏大将的尊容，那愚痴的模样挺滑稽的。还有一些衣衫褴褛的乡巴佬，不知自己长相之丑陋，只顾望得出神地傻笑。另有一些人，是源氏大将连看都不看一眼的地方官的闺秀们，也乘坐尽心竭力修饰得十分豪华的车子，特意装出一副娇媚的模样，惟盼源氏大将哪怕瞥上一眼。形形色色滑稽的场面，也形成了一道景观。更何况一些平日曾与源氏大将私通的女子，看到大将今天的风姿，大多不免自愧弗如，而暗自悲叹。

式部卿亲王[03]端坐看台上，观赏队列的行进，他看到源氏大将的神采，不禁想道："呀！他真是越长越俊美，光彩夺目啊！莫非有神灵附身?！"简直让人骇异。式部卿亲王的女儿槿姬回想起多年来源氏大将追

---

[01] 近卫将监：即近卫判官，律令制的四等官之一，位在次官之下，主典之上。

[02] 壶装束：平安时代至镰仓时代日本中层以上的妇女徒步外出时穿着的轻便旅装，腰部肥大，下摆窄，形似壶状，因而得此名称。

[03] 这位式部卿亲王是槿姬的父亲、源氏公子的叔叔。

求她的那片心，诚非寻常。就算是一般的男子，如此殷切地追求，女子也不会讨厌，更何况是源氏大将呢。他怎么竟这么俊美，这印象不由得留在她心中，但是她并不想更多地接近他，可是陪同她的年轻侍女们，对源氏大将的神采赞不绝口，甚至使她都听腻了。

举行贺茂祭[01]的当天，葵姬没有去参观。有人向源氏大将禀报了被褉那天发生争夺车位的详情，源氏大将觉得六条妃子着实受了很大的委屈，葵姬的作为未免太无情，他心想："真遗憾啊！葵姬那样一个端庄稳重的人，有时处世缺乏柔情宽容，过于武断，尽管她本人无意伤害别人，可她的作风说明她没有考虑到她们俩处在那样的关系，理应互相关爱体谅才是。她的作风影响了她的属下，以致酿成这样无谓的结局。六条妃子气质高雅，含蓄谦和，人品高尚，如今遭此侮辱，心中不知有多愤懑。"

源氏大将觉得很对不住六条妃子，于是前去造访她，可是六条妃子让人传话说："女儿斋宫还在六条邸内斋戒净身，不可亵渎神明，她也无法安心会面。"六条妃子借此为由，谢绝与源氏大将会面。源氏大将虽然觉得她说得在理，可心里还是牢骚满腹，自言自语地说："这是怎么回事嘛！但愿她们俩不要针锋相对才好啊！"

今天源氏大将摆脱喧嚣的人群，先躲到二条院，再去参观贺茂祭。他来到西厢殿，便命惟光备好出门观光的车辆。然后对那些年幼的侍女说："你们也去观光好吗？"紫姬今天打扮得格外美，源氏公子满面春风，笑眯眯地端详她。公子说道："来，咱们一起去观光。"紫姬的头发，今天梳得特别漂亮，源氏公子抚摩她的秀发，说道："你已经很久没有修剪头发了，今天想必是个吉日吧。"于是召来占卜吉日的阴阳师，请他卜定一个良辰吉日。在这过程中，源氏公子又对年幼的侍女们说："你们先去吧。"源氏公子看见这些女童们的美丽着装，她们一个个都有一头可爱

---

[01] 贺茂祭：贺茂神社每年一度举行的定期祭典。

的、修剪得既漂亮又齐整的头发，披在最表层的浮纹花样的绫罗和服裙子上，显得格外鲜明亮丽。

　　源氏公子说："让我来给小姐理发。"接着又说："哟，这头发可真厚呀！日后不知还会长多长呐。"源氏公子苦于无从下手把头发削薄，他说："头发长得再长的人，额发总会是稍短些的，如若丝毫没有梳拢不上的短发，那就太没有情趣啦。"源氏公子削完发后，道贺一声"秀发漫漫长千寻 [01]"。紫姬的乳母少纳言听到此祝词，内心充满无限感谢之情。源氏公子遂吟歌曰：

　　　　海水千寻深莫测，
　　　　绿藻青丝惟我护。

紫姬答歌曰：

　　　　安知海水深莫测，
　　　　潮汐涨落难捉摸。[02]

　　吟罢将此歌抄了下来，那模样显得蛮干练，却也呈现几分孩子气，饶有趣味。源氏公子觉得她十分可爱。

　　今天的游览车也很拥挤，几乎无缝隙可插进去。源氏公子想把车停在马场乙殿一带，却苦于无从落脚。源氏公子说："这一带公卿们的车子太多，过于喧嚣啊。"正在逡巡不前时，偶见近处停着一辆相当讲究的女车，从车帘下露出的袖口可见车上乘坐不少女子。其中有个女子从车内伸

---

[01] 寻：长度单位，一寻约合1.515米或1.818米。千寻，也有深度不可测的意思。
[02] 此处以"海"比喻爱情，以"潮汐"比喻源氏公子的心。

出一把扇子，招呼源氏公子的随从，说道："停在这儿不好吗？我们可以让出位置来。"源氏公子心想："多么好管闲事的女子呀！"不过，位置倒是蛮好的。于是，源氏公子命随从驱车过去，公子对车中的女子说："怎么会找到如此佳处？令人欣羡呀！"说着将那把俏皮的扇子的一端折弯，他见到那只手，知道此人就是那个风骚老女典侍，但见扇面上写道：

> "他人戴花伴君爱，
>
> 葵祭神许盼君来。[01]

我无法冒犯禁区呀！"源氏公子看了很腻烦，心想："她大概以为自己总那么年轻。"真讨人嫌，有意冷淡地答歌曰：

> 徒然假意称盼我，
>
> 知汝与会相好多。

典侍老女看了觉得很羞愧，却又写道：

> 轻信葵祭可相会，
>
> 徒有虚名实后悔。

源氏公子因有女伴同车，不便将车帘卷起，这也招来许多人的妒忌。

---

[01] 日语"葵"与"会"谐音。葵祭（AOIMATSULI）：贺茂祭的别称。当天人们的帽子上、牛车的车帘子上或用木板搭起的看台的帘子上都插上桂花和葵花。人们相信葵祭时装饰葵花，可期与情人相会。

人们纷纷揣摩："源氏公子先前祓禊之日，威风凛凛地走过，今日是轻装出游，不知是谁人同行相伴，想必是非同寻常的人吧。"源氏公子觉得方才不值得与一个不足挂齿者对答和歌，实在扫兴。可转念又想：倘若把歌送给一个不像典侍老女那样厚脸皮的女子，恐怕受歌者又会顾忌到车中有女伴同行，不好意思，连只言片语的答歌也不会轻易地送给我吧。

且说六条妃子，自打贺茂祓禊之日发生了抢占车位事件后，颇感懊丧，她比往常想得更多。她觉得源氏公子是个薄情人，对他深感绝望。可是今后就此与他完全断绝关系，坚决奔赴伊势，又觉得没有依靠而心中不安，世人闻知此事，自己也会被人嘲笑。然而若下决心留居京城，那样遭受众人的欺凌，如此奇耻大辱实在令人难以忍受。恰似古歌所吟："垂钓伊势放浮标，心潮难定水上漂。"[01] 她内心逡巡难决。也许是由于日思夜想，苦恼万状的缘故，她的心灵仿佛脱了壳而飘浮在空中，宛如一个万分痛苦的病人。

源氏大将对于六条妃子行将赴伊势的事，并不认为这是"不合情理的错误决定"而加以阻止，只是委婉地说些模棱两可的话，他说："我自知己身微不足道，使你厌弃，自然是在情理之中的事。不过念在往日的情分上，我虽不足取，但还望今后继续保持联系为盼。"因此，六条妃子心中感到困惑，一时不知如何是好，祓禊那天本想出门观光聊以散散心，不曾想到竟然遭受那样的侮辱，自那以后她对万事越发忧心忡忡，无比厌倦。

至于葵姬这边的情况，看来葵姬似乎是被生灵或死灵附身，她病得很重。家中父母大人上上下下都在为她忧心叹息。源氏公子此时也不便悄悄地四处拈花惹草，二条院那边也是偶尔才回去一趟。尽管源氏公子觉得葵姬夫人平常有些不尽如人意之处，但是她毕竟是个身份高贵的，比其他人

---

[01] 此歌为《古今和歌集》第509首。

都需要特别重视的原配夫人，尤其是她可庆可贺地身怀六甲，加上又患重病，因此，源氏公子格外为她担心，便请来高僧为她祈祷，祈求佛爷保佑，还在自己室内做种种法事。可能是做法事有成效的关系，法师嘴里吐露出许多阴魂和生灵的名字 [01]，其中有一灵魂，法师无论怎么驱赶，它也不愿附在替身童子身上 [02]，而只顾附在病人身上。尽管它没有特别折磨病人，但它总是缠住病人寸步不离。通过有灵验的修行者加以驱除，也降伏不了它，如此顽强的魂灵，看来非同小可。于是，左大臣宅邸内的人们便尝试着一一数遍源氏大将通常交往的去处，并作了诸多揣测，有的人悄悄地在议论："六条妃子和二条院的那位小姐，才是源氏大将格外宠爱的人，她们的妒恨心大概也是最烈吧。"请阴阳师来占卜，也问不出像样的确切答案。就说阴魂作祟吧，葵姬平素没有与人结下什么深仇大怨。要么只有葵姬已故的乳母，或者左大臣家代代相传的宿怨的死灵，偶尔乘人之危，也不是什么大出手，只是出来显显灵罢了。

葵姬终日泪水汪汪，不敢哭出声来，每每咳嗽不止，极其痛苦难忍。她那痛苦的模样令人看了不禁会联想到一种不吉利的预感，家人惊慌失措，觉得事态严重，无限悲伤。桐壶院也很关心，不断派人来探询病情，还为她做祈祷法事。如此承蒙恩宠，她的身价更值珍视了。

天下人都关心葵姬夫人的病情，六条妃子听说此事，心中不免难以平静，也很嫉妒。以往她并没有如此强烈的妒忌心理，自打发生了那争夺车位的小事件之后，她的心颇受刺激，深怀怨恨，左大臣家没有想到这件事竟然这么严重。

六条妃子怨恨心重，使她考虑问题乱了方寸，她觉得自己想必生病

---

[01] 当时人们迷信死人和活人的灵魂都能附在病者身上作祟。

[02] 古人认为做法事驱邪可治病。这里的替身童子指祈祷法师身边的童子（也有用偶人代替童子的），法师念咒驱除附在病人身上的阴魂或生灵，转移至替身童子身上，以使病人祛病消灾。

了，从而想请法师做法事，于是，临时迁居他处，以便做祈求佛爷保佑平安之法事。源氏公子听说此事，不知六条妃子的健康状况如何，心中十分惦挂，便决意前去探病。但是，这时六条妃子已经暂居他处，因此，源氏公子只好相当隐蔽地前往。源氏公子首先请求六条妃子原谅他的不得已，以至久疏问候，怠慢了她。接着源氏公子谈到葵姬的病况，他说："我虽然不是特别担心，不过，她的双亲把病情看得格外严重，心急如焚，怪可怜的，这种时候，我也不能视而不见，得从旁关照。你看待万事，若能宽容大度，我真不知有多高兴。"

源氏公子看见六条妃子的神色显得比往常更加苦闷，觉得这事难怪她，自然也十分同情她。两人没有作更深入的交谈，彼此间的隔阂没有排除。一清早源氏公子就告辞，六条妃子看见公子那俊美动人的神采，又觉得舍不得离开他而远去，可是转念又想："他平素很重视他的那位原配葵姬夫人，如今她又快要生下一个可爱的婴孩，他的情爱势必倾注在她一人身上，这样一来，我就只能寂寞地空等着他来访了，这岂不是自添烦恼。"好不容易淡忘了的情思，而今又死灰复燃，正值烦恼之际，傍晚时分，源氏公子送来了一封信，信上说："近日病情看似有好转的病人，突然病情加重，痛苦万状，缘此难以弃之不顾。"六条妃子估计源氏公子又在故伎重演，寻找借口不来就是了，于是回他一信曰：

"明知恋途泪濡袖，

奈何深陷诚堪忧。

古歌中提及山井之水太浅 [01]，确实对啊！"源氏公子阅罢此信，觉得在他

---

[01] 此语来自《古今和歌六帖》，歌曰："懊悔汲取山井水，其浅仅够濡湿袖。"喻源氏公子之恋情浅如山井之水。

交往的众多女性中，惟独此女子的文笔独占鳌头。他琢磨着："这人世间，该怎么说才好呢。我所恋慕的众多女性，不论是品性或容貌，其美皆各有千秋、无懈可击，却苦了我无法将爱情倾注在认定的某一个人的身上。"自己也觉得很苦恼。这时已是暮色苍茫时分，公子赶忙写一回信曰："来鸿所云'太浅仅湿袖'[01]，何以如斯浅呢？莫不是君情不深，才如斯埋怨吧。

> 君涉浅滩仅濡袖，
> 我立深潭身尽湿。

如若不是病人病势严重，我当亲自奉送此函。"

葵姬遭阴魂附体，病情严重，痛苦不堪。世人流言，纷纷传说：这是六条妃子的活人的怨魂及她已故大臣父亲的阴魂作的怪。六条妃子听到这些流言，不免思虑万千，有时她也想到："我只嗟叹自身命苦，并无怨恨他人之心思，不过也曾听闻，但凡人过于忧怨，活人的怨魂偶尔也会出窍而游离四方，或附于人体作祟。也许发生的就是这种情况吧。"近年来自己生活在万般思虑苦楚中，却从未曾像现在这样伤心得柔肠寸断。自打被褉那天为了争夺车位这等区区小事，竟遭人如此蔑视，蒙受凌辱以后，就一个劲地悲伤悔恨，觉得心灵仿佛总是在空中游荡，人也安静不下来。偶尔打盹，就进入梦乡，在梦乡里仿佛梦见魂灵游荡到那位美丽的葵姬夫人的住处一带，把这位夫人拽来拽去地绕圈圈，梦中的魂灵可不像清醒人，它凶猛激烈，一心只顾发泄怨恨，狠狠地击垮对方。她好几次都做过这样的梦。

---

[01] 此语出自《古今和歌集》第618首，歌曰："泪河太浅仅湿袖，身逐河去方知忧。"

六条妃子每当做了这样的梦之后，她总想："唉！太凄惨了，难道我的魂灵当真脱离了我的躯体而游荡到葵姬夫人身边去了吗？"她每每感觉自己神情恍惚，仿佛魂不附体，"这世道，有那么丁点小事，被人抓住了都不会往好里说，更何况这件事，更是人们说三道四散布流言蜚语的好材料。看样子不久即将恶名远扬啦。若是已不在人世的人，阴魂不散而作祟于人，这倒是世间的通常事。但是就连这种他人身上的平常事，在我听来都觉得罪孽深重，太卑鄙了，何况我还活在人世间，蒙受此昭著恶名，真是前世造的孽啊！今后不论再发生什么事，我决不再去惦挂那薄情的冤家了。"话虽这么说，可是实际上却是情丝剪不断理还乱，诚如古人所云："你说再也不想时，实际上已在想了。"

六条妃子的女儿斋宫本应于去年内进入宫中左卫门府斋戒，但由于诸多杂务耽搁，以至延至今年秋天才进去。预定于九月里迁移至嵯峨野宫修行，此前得忙于准备再做一次被褉。可是她母亲六条妃子却奇怪地仿佛丢了魂似的，只顾呆呆地躺着，忍受折磨。侍候斋宫的侍女们格外重视六条妃子的病情，把它当作一件大事来看待，为她举办种种祈祷法事。她患的并不是非常可怕的病，只是不知是哪儿不舒服，但觉终日忧郁度日。源氏大将也常来探访，但是更重要的那位葵姬夫人病重，他心虽有余却无暇顾及其他了。

正当大家都觉得葵姬距临产还有些时日，而疏忽大意之时，葵姬突然觉得自己即将分娩，极其痛苦。祈祷安产的法事越发加紧进行。可是惟独那一个顽固的魂灵总附在葵姬身上，法师无论怎么驱除也挥之不去。连法力精深的修行者都无可奈何，觉得"真是罕见的顽固魂灵啊"！苦于无计可施。尽管如此，魂灵最终还是被念咒镇住了，魂灵借助葵姬之身，痛苦地号啕大哭说："请法师且缓施展法力，我有话要跟大将说。"近身侍女说："果然不出所料，其中必有详情。"于是请源氏大将到围屏边来，为人父母的左大臣夫妇心想："看来女儿的大限将到，临终可能有遗言要对公子说吧。"于是稍事退避，祈祷佛爷保佑的众僧都压低了嗓门念诵《法华经》，呈现一派极其庄严的氛围。

源氏公子撩起围屏的幔帐薄纱，望了望葵姬，但觉葵姬的容貌格外美丽，她的腹部隆起得相当高，她那躺着的姿态，纵令他人看了都会心乱，何况源氏公子，他不由得感到一阵心疼，也觉得悲怜，那是自不待言的了。葵姬身穿白色衣裳，映衬着乌黑的秀发，色泽华美，十分协调，她的秀发绵长且厚密，用丝带束起，洒在枕上，这般景象与她平日严谨端庄的打扮相比，虽显得凌乱，却反而别有一番潇洒的情趣，十分可爱。源氏公子握住她的手说："唉！你这是怎么啦，真让我好伤心难过呀！"他哽咽得话语都说不清，说着不由得哭泣了。平素确实难以亲近的葵姬，此刻眼神带着些羞涩，面露疲劳的神色，她凝眸仰望着公子，情不自禁地热泪潸潸。源氏公子亲眼目睹这般情状，怎能不令他柔肠寸断啊！葵姬哭得非常厉害，源氏公子估计她可能是留恋终日为她悲叹的亲爱的双亲，也生怕此刻与夫君见面会成为永别的时刻，缘此而无上悲伤。源氏公子安慰她说："万事都不要往牛角尖里去想。你的病一定会好起来的。常言道：不论发生什么事，夫妻情缘所系，总会有相逢的时候，就算来世，终归也定能重逢的。岳父大臣和岳母大人也有宿世因缘，不论到哪儿，哪怕生死轮回，其缘分也是息息相连不会断绝的，必定有重逢的时候，请你也这么想而放宽心吧。"

附在葵姬身上的生灵借助葵姬的口回答说："不！我所想的不是这个，此刻我全身都非常难受，能否请法师稍缓念咒？我万万没有想到竟迷路游荡至此来骚扰，只因过于忧郁想不开者的魂灵，不能守舍而脱壳游荡四方，偶然至此而已。"话音和蔼可亲，还吟歌曰：

可叹游魂四处飞，

盼君结裾送魂归。[01]

　　那魂灵说话的音色和姿态，和葵姬都大不一样，简直是另外一个人。源氏公子觉得很奇怪，经仔细一琢磨，认定那显然就是六条妃子嘛。他大为震惊，此前他曾听见人们说三道四，都只当是坏人的无稽之谈，听了心里很不舒服，时而还加以驳斥，此刻这种事竟活生生地展示在眼前，他觉得世间竟有此等怪事，实在厌恶，也觉得很可悲。源氏公子说："你这般陈情，可我不知道你是谁，请你明言姓甚名谁。"她立即回答，那声调、姿态全然与那位别无二致，这般情景，世间常用的所谓"惊讶"二字似乎已无法确切地形容了。侍候葵姬的众侍女就在近旁，使源氏公子感到好难为情。

　　那魂灵的声音逐渐安静了下来。葵姬的母亲估摸着女儿葵姬此刻的身体可能见好些了吧，就送一碗汤药过来。侍女们搀扶着葵姬坐起来服药。转眼间，婴儿就诞生了。全家人上上下下都无限高兴，可是转移至病人的替身童子身上的魂灵，却露出嫉妒葵姬安产的态势，大肆吵闹。大家都担心产妇产后的状况，可能是祈愿法事都做得特别周全的缘故，产后诸事都得以平安妥当地处理，因此以比睿山的座主为首的众高僧都欣慰地揩拭额上的汗珠，匆匆告辞退下。家中众人连日来尽心尽力照顾病人，此刻才得以稍事安下心来歇歇。葵姬的双亲和源氏公子估计"大概不会再有什么特别的事了吧"。为了感谢神灵的保佑，又开始追加举办祈祷法事，全家人都只顾兴致盎然地细心关爱照顾新生的小宝贝，无意中却忽略了病人。

　　桐壶院为首，诸亲王、众公卿无一遗漏地纷纷送来祝贺婴儿诞生的珍

---

[01] 当时人们迷信，若活人的生灵脱壳而游离四处，见者只须将衣服的前下摆打一个结，魂灵便可回归原体。

贵礼物并参加产后庆宴[01]，家人看见每夜贺宴上的庄重且珍贵的礼品，都兴高采烈。又因诞生的是男婴，所以庆贺礼仪就更加隆重而热闹。

那位六条妃子得知葵姬安产，心中平静不下来。她寻思："早先就听说她病情危笃，怎么现在又顺利安产无事了呢？"她感到有些奇怪，不禁回想起自己似乎身不由己，恍恍惚惚地魂不附体，那魂灵四处游荡，迷茫怅惘，她很纳闷，自己的衣裳怎么竟渗透着焚烧罂粟花[02]的香味，于是她用洗发水将头发洗干净，还更换了衣裳，想试试看是否还有那股香味，可是那股香味依然故我，还存在。这种事连她自己都觉得很荒谬，更何况世间人们，倘若他们得知此事，那流言还不到处传播吗？这种事又不能向别人诉说，只能锁在内心深处，暗自叹息，她的心性变得越发怪诞了。

源氏公子的心境因葵姬平安分娩而稍稍得到些平静。可是一想起那意外的生灵没等问讯就主动陈述的情景，就不免忧心忡忡。他多日没有造访六条妃子了，自己也觉得很过意不去。然而若亲切地与她会面，她会不会感到很尴尬，反而给她增加更多的烦恼？这岂不更可怜。思前想后，觉得还是只给她写一封信为佳。

且说葵姬患了这场重病之后，全家上下都觉得要特别重视呵护她，绝不能有丝毫的疏忽，源氏公子也觉得这是理所当然，因此他也没有悄悄地上哪儿去。葵姬依然相当痛苦地忍受着重病的折磨，不能像往常那样与源氏公子相对而谈。

新生婴儿长得格外漂亮，源氏公子从一开始就那么喜爱孩子，他那宠爱婴儿的神情，实在是非同寻常。左大臣也觉得万事如愿，非常高兴，只是葵姬的病体未见痊愈，这是令他感到不安的。不过又想，经过一场重病

---

[01] 原文作产养（UBUYASINAI）。日本平安时代的习俗是，婴儿诞生后第一、三、五、七夜，都举行庆贺宴会，亲戚带着贺礼前来参加宴会。贵族家庭尤其盛行此举。
[02] 当时人们迷信，焚烧罂粟花，其香味可以驱邪。

之后，再怎么说也要逐渐恢复健康呀，因此他也不那么揪心了。

　　新生婴儿的眼神特别美，酷似东宫皇太子。源氏公子看见那眼神就联想到东宫皇太子，极其思念他，很想马上进宫去看皇太子，于是隔着围屏向葵姬吐露苦衷说："我很久没有进宫了，心中着实惦挂，今天很想进宫走走。能不能让我更接近你谈谈呢？隔着围屏说话总觉得太疏远了。"侍候葵姬的侍女们遂附和说："真是的，夫妻之间无须特别注意修整仪容，何况夫人是在病中，隔着围屏相对太……"说着在夫人卧榻旁设一座位，然后请源氏公子进来，与夫人直接面对面谈话。虽然不时听见葵姬夫人答话，但是语声还是显得相当微弱。源氏公子回忆起她曾一度濒临危笃令人绝望的情景，此刻两人相会，心情恍若在梦里境。于是又和她谈到她病危时的情状，源氏公子蓦地想起那天看见奄奄一息的病人突然变成了另一个人，详细入微地陈情，如今想起这些事也不由得毛骨悚然，于是源氏公子说："唉，还有许多想谈的话，但你现在身体还很虚弱……"接着又关照夫人说："请服汤药吧。"众侍女见状十分高兴，心想："不知公子何时学会护理病人了呀！"也觉得公子值得钦佩。葵姬是一位相当漂亮的夫人，眼下因重病缠身，被折磨得瘦弱不堪、精神恍惚，她躺于病榻上的神态，着实可爱，也特别令人伤心难过。她的秀发纹丝不乱，潇洒地摊在枕头上，那情调看上去简直美不胜收。这派风情吸引了源氏公子的心，公子凝眸注视着她，不由得想道："平素自己对她哪点感到不满呢？"源氏公子对她说："我进宫参见父皇过后，立即回家来。我们能毫无隔阂地相会，我很高兴。岳母大人常陪伴你，我深恐妨碍她，而不敢常来，远离你我内心也很苦楚。惟盼你逐渐恢复健康，回到往常我们的居室去。也许是岳父母大人过于把你当孩儿般娇宠，以至恢复得慢些吧。"说罢旋即告辞。源氏公子的着装相当美，葵姬躺在病榻上一反常态，满怀深情地目送公子离去。

其时正值秋季司召[01]期间，评议京官的任免事宜。左大臣也必须进宫参与评议。诸公子盼望升官，追随乃父左右片刻不离，并与左大臣一起进宫。

左大臣与诸公子进宫后，府内人少多了，显得颇冷清。正当此时，葵姬突然感到胸口憋闷，急剧地咳了起来，万分痛苦，家人连向宫内禀告消息的工夫都没有，她就撒手人寰了。噩耗传至宫中，左大臣及源氏公子等众人都惊骇万状，几乎足不着地飞也似的赶忙从宫中退出，当天晚间原定举办司召除目[02]之夜晚会，由于发生了这样的意外情况，一切计划都被打乱了。

左大臣府内，哀伤痛哭声不断，不觉间已至夜半时分，想邀请比睿山的座主或各处的高僧们来，也无法前去。众人本以为葵姬安产后，危险期已过，多少有些松懈大意了，不料竟出了那么大的意外事，府内众人一个个都吓昏了头。四面八方的吊唁客纷至沓来，家里人应接不暇，乱作一团。亲人们的悲痛哀泣，旁人看来都觉得太凄凉实在目不忍睹。葵姬以往每每被魂灵附身，曾一时昏厥过去，后来又渐渐苏醒过来，因此家里人存有侥幸心，连枕头都原封不动，静候了两三天看看情况，可是只见她的容颜逐渐变相，知道已绝望了。家里人无不伤心至极。源氏大将除了悲痛惋惜葵姬的辞世之外，还为那件生灵附身的事而忧伤，他深深感到人生在世，实在厌烦。他对关系非同一般的亲朋好友前来吊唁，也觉得心烦。

桐壶院也很叹惜，郑重其事地派人前去吊唁。左大臣家门虽遭不幸，却因此反而增添了光彩，在悲戚中也交织着一些喜悦，但不管怎么说，左大臣还是热泪潸潸无绝时。他不假思索地顺随别人的劝说，举办庄严的祈

---

[01] 司召（TSUKASAMESI）：京官的任免评议决定。"县召"则是地方官任免评议决定。春秋二季，定期举办评议决定官吏更任免的仪式。
[02] 司召除目（TSUKASAMESI ZIMOKU）：任命京官的仪式。

祷法事，尝试着施展万般法术，惟盼能祈求到让女儿复活过来。然而事与愿违，眼见着女儿的尸体日渐腐朽，再怎么设法也无济于事，他终日带着一颗无望的痴心度日，最后出于无奈，只好将女儿的尸体送去鸟边野火葬场。伤心之事何其多！

四面八方前来送葬的人群，还有各家寺庙的念佛众僧人，簇拥在广袤的原野上，人群拥挤得几乎无立锥之地。桐壶院自不待言，藤壶皇后以及东宫皇太子等人派来的使者，还有其他各处派来的使者，来来往往络绎不绝，庄严肃穆地宣读表示沉痛哀悼的吊唁词。

左大臣悲恸得连站立的力气都没有，自愧命途多舛，老泪纵横地说："老夫如此年迈，竟遇此白发人送黑发人的不幸事，悲恸之余步履维艰，以至匍匐前行……"众人听了，无不心痛，深表同情。葬礼仪式盛大而隆重，人们喧嚣了整整一夜，黎明时分，大家才依依告别这无常的尸骸，各自回家。

虽说生死是人世间之常事，但是，源氏公子也许由于此前充其量只见过夕颜之死，仅此一次，没有更多经验的缘故吧，无比眷恋死者葵姬。

八月二十日之后的一天，黎明残月高悬，天空呈现一派凄怆的景色。左大臣在归途中想念已故的女儿，心情格外悲伤，不知如何是好。源氏公子见状，觉得这也难怪，同时也引起自己顿觉悲伤的共鸣，因此，仰望天空，吟歌曰：

> 一缕青烟升碧空，
> 满怀凄怆望苍穹。

源氏公子回到左大臣府上后，丝毫也无法成眠。他一边回想起葵姬近年来的状态，一边在想："为什么自己总是认为她终究会理解自己的心情，而忽视了她的感受，自己只顾任性轻浮行事，而使她心怀哀怨呢？葵姬终于把我看作是一个薄情人而抱恨终生地辞世了。"越想后悔的事就越多，然而，如今后悔也无济于事了。他穿一身浅墨色的丧服，只觉自己仿佛在梦中，他甚至遐思："假如我先死了，她必定穿一身深墨色的丧服[01]吧。"接着又吟歌曰：

> 丧服颜色纵然浅，
> 泪蓄袖兜却成渊。

吟罢即念佛，其姿态格外优雅。而后又悄悄诵经："法界三昧普贤大士……"那娴熟程度似乎比诵经驾轻就熟的法师尤胜。

源氏公子看见新生婴儿时，就联想到"何以留下念心儿"[02]，想及此，泪泉不禁似潮涌，同时也想："幸亏她还留下这遗孤，聊以安慰我这颗凄寂的心。"

葵姬的母亲自从丧女后，一直沉湎在悲戚中，以至一病不起，性命危在旦夕。全家人都为她担心，忙乱个不停，请来诸多高僧为她做祈祷法事。

葵姬逝世后，家中为她做了多次超度的法事，日子一天天地流逝，葵姬七七超度的法事业已准备就绪。由于女儿死得太突然，老夫人似乎不愿相信这是事实。每次举办超度法事都会使老夫人内心涌起新的悲伤。儿女再怎么鲁钝无可取，为人父母的都会当作心肝宝贝，不知有多么疼爱，更何况像葵姬这样的女儿，父母心痛是理所当然的。再说他们只有葵姬一个

---

[01] 当时的制度规定，妻子逝世，丈夫穿的丧服是浅墨色的，而丈夫辞世，妻子则须穿深墨色的丧服。

[02] 此句引自《后撰和歌集》，歌曰："若非姻缘难割舍，何以留下念心儿。"

女儿，本来就觉得太少，现在她又已辞世，他们的心情比摔碎了袖上的一颗宝玉还要痛惜得多。

源氏大将连自家的二条院都没有回去，深深地沉浸在哀慕和追思中，叹息不已。他早晚都诚恳地为爱妻诵经念佛。至于对散居各处的情人，他也仅写封信去而已。那位六条妃子跟随女儿斋宫去宫中左卫门府斋戒，她更以严格净身斋戒为由，不与源氏公子通信。源氏公子内心深处早已有厌世之感，如今这一切更使他感到厌倦，如若没有这可爱的新生婴儿之羁绊，真想一如宿愿遁入空门修行佛道，可是他首先又想起西厢殿的紫姬姑娘，他想假使没有他，她该不知有多么寂寞，她的倩影蓦地在他脑子里闪现，激起他对她的无限思念。夜间他在幔帐台[01]内独身就寝，虽然有众多侍寝的侍女在附近侍候，但身旁还是很寂寞，他不时想起“寂寞秋时竟死别”[02]之句，每每惊醒难以成眠，于是挑选了几名音色优美的僧人，让他们夜间在一侧诵经侍候。黎明时分，他听见这念佛声，更觉寂寞难忍。源氏公子觉得：“深秋的凄厉风声，沁人肺腑，平添无限的哀愁啊！”不习惯于独寝的公子，但觉夜长难熬。一天，拂晓时分，朝雾笼罩着大地，有人送来一封信，旋即离开。信写在浓艳的海蓝纸上，系在含苞待放的菊花枝头。源氏公子觉得：“好时兴的意趣别致之物啊！”打开一看，原来是六条妃子的手迹。只见信上写道：“久疏问候，想必能体谅吧！

　　惊闻噩耗泪模糊，

　　怎比君哀袖尽濡。

---

[01] 幔帐台：日语作御帐台，指在贵族寝台上铺草席，四周立柱子围上幔帐，上有顶棚，幔帐内设有围屏装置，是当时贵族的卧榻。
[02] 此句引自《古今和歌集》第839首，歌曰：“寂寞秋时竟死别，活现眼前恋苟且。”

只为此刻苍穹美景所动，聊以书之。"源氏公子觉得："她写的书信比往常的优美啊！"看罢也不忍抛弃。但又想："她还装傻，写信来慰问，实在可恨。"可是就此与她断绝音信，未免太绝情，而且还可能污损她的名声，思之再三，一筹莫展，最后又想："人既然已过世了，也许这是前世注定的命运所致，可是为什么要让我活生生地看到那个生灵呢？！"自己之所以感到如此遗憾，足见自己内心中还是不忍完全割舍对六条妃子的感情吧。他想给她复信，但又担心她正陪伴女儿斋宫净身斋戒，会不会有所顾忌。他逡巡了良久，不知如何是好，最后又想："她特意来函，若不回复未免太不近人情。"于是在一张近似深灰色的紫色信笺上落笔："久疏问候，心中无时不在惦挂着，只因身在服丧期间，不便致函，想必能予以见谅的。

> 后逝先丧均朝露，
> 执著无边又何苦。

请把昔日不愉快的往事都忘了吧。君在净身斋戒，可能不宜读此函，我的处境也类似。"

这时六条妃子已回到自宅六条院，她悄悄看信，看到源氏公子字里行间隐约透露心情的字句，由于内心负疚，一看就明白他指的是什么事，她心想："看来他全都一清二楚了。"感到无比痛心。她寻思："自己真是一个罪孽深重的人啊！这种传闻若传开去，桐壶院听见，不知会怎么想呐。亡夫前东宫皇太子，与桐壶院是同胞弟兄，在诸兄弟中，他们俩的感情最好，关系最亲密。亡夫生前曾恳切地托付桐壶院照顾女儿斋宫的未来，桐壶院也经常说：'我一定代替弟弟照料这侄女。'还总劝我留在宫中生活，可是我想，自己这守寡之妇，不宜在宫中久留，因此辞退而迁居宫外。谁曾想到竟遇上这个年龄不般配的青年冤家，终于坠入情网，难以自拔，以致恶名流传啊！"她浮想联翩，思绪缭乱，依然是郁郁寡欢。不过，从总体上说，六条妃子在社会上有趣味高雅的好评，向来声名卓著，因此这次她女儿斋宫从宫中左卫门府迁居嵯峨野宫时，也举办了诸多时髦的饶有情趣的聚会。因此，一些风流倜傥的公卿殿上人，不顾朝露暮霭，赶往野宫一带漫游，似乎已成为他们当时的一项工作。源氏大将听说此事，情不自禁地想道："这是当然的了，六条妃子精于优雅之道，这样的人，如若厌世而赴伊势修行，不知该有多么寂寞。"

葵姬的七七超度法事都依次做毕，居丧日以来，源氏公子一直闭居左大臣府中。葵姬的兄长头中将，现已升任三位中将，他深知源氏公子是第一次经历这种漫长的闭居的生活，太难为他了，因此也很同情源氏公子，故经常来陪伴他，告诉他许多世间的见闻，诸如一些严肃的事，照例还有一些淫乱猥亵的事，聊以安慰他。在这种场合下，似乎总免不了要把那个典侍的事当作笑料来谈，这种时候，源氏公子都要规劝头中将几句，说："唉，太可怜了，不要那么蔑视那位老奶奶嘛。"其实，每当谈及她，总是忍俊不禁。他们交谈无所顾忌，也无须隐瞒什么，他们还谈及那年十六之夜、明月皎洁之秋夜的那些事[01]，还谈到许多偷香惜玉的风流韵事，闲聊的过程中每每悲叹人事之无常，有时还潸然泪下。

一天，日暮时分，忽下阵雨，苍穹呈现一派哀愁的情趣。头中将脱下深灰色的便服，换上浅色的指贯装[02]，英姿飒爽，鲜艳夺目，使见到他的人都不免自惭形秽。他风度翩翩地到源氏公子这边来。源氏公子凭依在西边旁门的栏杆处，望着庭院里经霜后枯萎的花草树木。狂风凄厉，阵雨猛

---

[01] "十六之夜"指源氏公子前往常陆亲王宅邸窥看末摘花偷听弹琴，被埋伏在一边的头中将看到；"明月皎洁之秋夜"指源氏公子夜晤末摘花，翌日早朝，被头中将揶揄了一番。见第六回。

[02] 指贯装（SAXINUKI）：日本中古公卿、贵族穿的一种肥裤腿、束裤脚的和服裙裤。

下，源氏公子触景生情，潸潸的热泪仿佛在和雨珠竟下，源氏公子双手托腮，情不自禁地独吟："为雨为云今不知。"[01]那姿态之优美，不禁令头中将春情涌动，心想："倘使自己身为女子，留下这样一个男子而死去，灵魂也会死守住他而不愿离去吧。"他凝望源氏公子片刻，而后走到公子身旁坐下，源氏公子不修边幅，衣冠不整，只是重新系好便服的带子。源氏公子所穿的贵族夏天便装，色泽比头中将的深些，里面衬托着鲜红的衬装，尽管装束简素，却反而雅观，不由得人百看不厌。头中将也以感慨万分的神色，仰望苍穹的景色，独自喃喃吟歌曰：

"为雨淋漓浮云中，

寻觅芳魂何适从。[02]

不知去向啊！"源氏公子接着吟道：

芳魂为云居苍穹，

化作阵雨黑黝黝。

源氏公子吟歌的神情，充分表现出他对爱妻无限追慕和哀思的情怀，头中将见状不由得暗自揣摩："奇怪呀！本以为源氏公子这几年来对我妹妹葵姬并不是那么情深爱浓，不过因桐壶院介入每每训导，父亲左大臣对

---

[01] 此句引自唐刘禹锡作《有所嗟》，诗曰："庾令楼中初见时，武昌春柳似腰肢。相逢相笑尽如梦，为雨为云今不知。"
[02] 此歌和上面引用唐朝刘禹锡诗句，都是来自中国战国时代的诗人宋玉（前290—前223）的《高唐赋》中所云："昔者，先王尝游高唐，怠而昼寝，梦见一妇人，曰：'妾巫山之女也，为高唐之客，闻君游高唐，愿荐枕席。'王因幸之。去而辞曰：'妾在巫山之阳，高丘之岨，旦为朝云，暮为行雨。朝朝暮暮，阳台之下。'旦朝视之，如言。"

他关爱备至、用心良苦，可能多少也打动了他的心，再加上他和母亲有姑侄之亲情所系，所以他不好舍弃葵姬，而勉强维系貌合神离的夫妻关系，淡然度日，我有时也觉得他怪可怜的。其实不然，他非常珍重自己的原配夫人，格外信赖和疼爱她。"当头中将明白过来，是自己误解了源氏公子后，不免觉得妹妹过早辞世太可惜了。头中将感到万事仿佛都失去了珍贵的光彩，多么令人沮丧啊！

源氏公子看见树下枯萎了的丛生的杂草里，盛开着龙胆花和抚子花，于是命侍女折下一枝抚子花，并附上一函，于头中将告辞后，派上小公子的乳母宰相君将花和函件送给岳母老夫人，函件上写道：

> "枯草丛中抚子花，
>
> 悲秋遗物诚看待。[01]

老夫人会觉得抚子花香逊色吗？"

小公子天真无邪，他那灿烂的笑容简直美极了。老夫人的眼泪，甚至比风中的枯叶更加脆弱，何况源氏公子的文采打动了她，她看了信后忍不住泪流满面，遂答歌曰：

> 而今看花泪潸潸，
>
> 枯草丛中犹绽放。[02]

源氏公子闭居府内，终究觉得闲来无事，颇感寂寞。蓦地想起了槿姬，他琢磨着："从她的性情来判断，不管怎么说，她肯定会理解我今日

---

[01] 此歌中，源氏公子以"抚子花"比喻儿子，以"秋"比喻爱妻葵姬。

[02] 此歌借意《古今和歌集》第695首，歌曰："而今见伊心生悲，山沟犹开抚子花。"

之悲伤吧。"其时已傍黑，源氏公子还是写了一信，差人送给槿姬。虽说久疏音信，但偶尔也曾有过文书的往来，因此槿姬的侍女们也不特别在意，便将信呈给小姐阅览，信文是写在一张浅蓝色的唐国纸笺上，歌曰：

> "历年饱尝秋悲凉，
> 今日傍晚泪滂沱。

总是'阵雨淋漓下不停'[01]啊！"众侍女议论说："从字迹上看，此信写得格外用心思，比往常的有看头，令人难以置之不理呀。"槿姬自己也这么认为，于是执笔写道："闻君身居宫中，想必很寂寞，我'心虽有余不能去'[02]。"并吟歌一首曰：

> 秋雾弥漫妻诀别，
> 眼观阵雨心悲切。

仅书此寥寥数语，可能是心理作用的关系，总觉得它蛮雅致的。

世间无论什么事，现实总是难得像理想那般美，源氏公子对于那些对自己态度冷淡的淑女，反而更加爱慕，这就是他的心性。他寻思："槿姬虽说对我冷淡，但有时也对我表示出某种情趣，这正说明我们彼此的感情是可以相通的。如若我表现得过分多情，引人注目，反而容易暴露出多余的缺点。我不希望把西厢殿里的那位紫姬，培养成具有这种性格的人。"他心想："近些日子以来，她想必很寂寞，很想念我吧。我虽然无时不在

---

[01] 古歌曰："阵雨淋漓下不停，泪袖无时不湿透。"见四辻善成著《源氏物语》注释书《河海抄》。

[02] 此句引自《后撰和歌集》中的歌，歌曰："恋情纵染浓重色，心虽有余不能去。"

惦挂着她，但从心情上说，也只是关心一个没有母亲的孤女，无须担心她像情人那般，因久不见面就会埋怨或责难你，这点倒是令人感到宽慰，没有精神负担。"

天全黑了，源氏公子命人将灯火移近跟前，并招来适合于在这种场面出现的侍女们，在他跟前闲聊。其中有一个侍女名叫中纳言君的，早已暗中与公子偷情，公子此刻是在服丧期间，全然不涉及此种关系，众侍女仰望公子，内心中不胜感佩："公子真是心地善良的人啊！"源氏公子便亲切地和她们天南海北地闲聊世间的常事，说："近来大家都聚集在这里，反而比夫人在世时显得更加不分彼此，亲密相处了。可是一想到今后不能长此下去，心中不免依恋不舍啊！死别固然悲痛，一想到今后的生离，也是令人伤心难受呀。"众侍女听见公子出此感言，无不激动得落泪，其中一侍女说道："夫人仙逝无法挽回，心中万分悲恸，也无可奈何。可是一想到公子今后行将离开此地，再也见不到您，心里就……"话没说完就哽咽得说不下去了。公子闻言，觉得众侍女着实可爱又可怜，他说："怎么会再也见不到呢，难道你们把我想成是一个薄情人吗？若是有远见的人，定能懂得我的心。不过，人的寿命也是无常的啊！"他说着凝视灯火，只见热泪盈眶，其神态格外美。众侍女中有一个是葵姬特别怜惜的女童，她名叫贵君，双亲全无，孤苦伶仃。源氏公子觉得这女童确实可怜，就对她说："贵君，今后我来做你的保护人。"贵君放声大哭了起来。贵君内里穿一件短的内衬衫，染的黑色比别人的浓重，上身罩着黑色外衣，下身穿一条黄里带浅黑色的裙子，模样挺可爱。源氏公子对众侍女说："希望不忘旧情的人，委屈些忍耐眼前的寂寞，不要舍弃这个婴儿，继续留下来工作。夫人已仙逝，踪迹无存，连你们都各散东西的话，家里岂不冷落，无可依靠。"他极力劝说众侍女留下来继续服务，可是众侍女都在想："唉！只怕日后难得见到您莅临了吧。"众侍女内心中总觉得无着落。

左大臣按照众侍女的各自身份，分别赏给她们一些随身物品，或是一些确实可供留下纪念死者的遗物，一切都低调处理，没有大肆宣扬。

源氏公子暗自想："我总不能如此忧郁地、成天发呆地生活下去啊！"于是决心进宫参见父皇桐壶院。车子备妥，先行开道者也都聚齐，苍天似乎善解人意，下了一场阵雨。凄风扫枯叶，越刮越猛，在源氏公子身边侍候的众人，一个个都觉得内心涌起一阵悲凉，近日稍得干了一些的衣袖，今天又被泪珠浸透了。源氏公子预定今日出宫后，夜间径直回二条院歇宿，侍从的人们各就各位，有的先行去二条院在那里等候。源氏公子今日离开，并非一去不复返，但是，左大臣府上众人都感到无比悲伤。左大臣和老夫人见到这般情景，心中又新添了一阵叹息和忧愁。

源氏公子给老夫人书写一函："惟因父皇盼望多时，且有诸多训导，故拟于今日进宫聆听教诲，虽说暂别一时，但回想起迄今的悲惨遭遇，竟能苟且活命至今，不禁感慨万般，心潮汹涌。本应当面拜别，又担心反而会给您增添烦恼，因此就不特地拜别了。"老夫人泪眼模糊，沉浸在极度悲伤中，看不清来函的字迹，也无法回信。因此只有左大臣立即出来送别女婿，他也忍不住悲伤，只顾以袖掩面，在场的众人目睹此场景，无限悲戚。

源氏大将思绪万千，感慨世道无常，情不自禁地热泪潜潜，却也能深沉地自我克制，神情显得相当沉着平静，姿态优雅。左大臣沉默了好大一会儿，说："老夫已上了年纪，甚至连一些区区小事，有时也止不住要落泪，何况遭此不幸，泪眼无有干时。思绪纷乱难以控制，举止不免失态，实在不便见人，因此不敢晋见太上皇，烦请贤婿得便时适当将此情况面奏太上皇为盼。老夫年迈，余命无几，不料竟老来痛失爱女，真是苦命啊！"左大臣强作镇静，说了这番话，神情显得非常痛苦。源氏公子也好几次涕泗交流。公子安慰说："虽然深知世间老少天命无常，这是人世间之常态，可是遇上这种不幸事，内心中所感到的悲伤是无法言喻的啊！小婿定将此情况向父皇裏报，定能得到父皇的体谅的。"左大臣于是催促说："看来这场阵雨一时半会儿停不了，贤婿莫如趁天黑前……"

源氏公子环顾四周，只见围屏后面、距隔扇稍远的空阔处，约莫有三十来名侍女聚拢在那里，她们各自身穿或深或浅的墨色丧服，神态显得非常凄凉、沮丧，令人看了十分心酸。左大臣触景生情，对源氏公子说："贤婿难以割舍的小公子还留在这里，便中想必会来探视的，这种盼待将成为我们的慰藉。然而不解人意的侍女们，都以为贤婿今日舍弃这里，就再也不会回来了，因而深感失望，与其说她们为小女的死别而悲伤，莫如说更为日后失去那张曾令人愉快地侍候左右的面影而兴叹，这也是难怪的。往时贤婿与小女相处不甚融洽，老夫总盼有朝一日，会和好起来的，岂料指望终于落空……唉！多么令人惆怅的日暮啊！"说罢又落泪，源氏公子接话说："这只是见识肤浅者的叹息而已，诚然，昔日总觉得会融洽起来的，从而并不介意，这期间难免有时确实久疏联系，可是如今还有什么理由不常来探望呢？且看我今后的表现吧。"说罢就告辞上路了。

左大臣目送源氏公子远去后，回到了公子的原居室，只见室内的摆设，一如爱女在世时的模样，可是，而今人去室空，宛如蜕下的蝉壳，好不叫人心酸。围屏前放置的砚台等文房四宝散乱，又有公子弃置的书稿，左大臣把它捡起，眨巴着眼睛来过目。年轻的侍女们看见左大臣的这副模样，在悲伤的氛围中，也不禁露出些许微笑。在这些乱纸堆里，有富有情趣的古诗，既有汉文的古诗，也有日文的和歌。不论是假名的也罢，或是汉字的也好，都用各种新颖奇拔的书体来书写，左大臣不由得赞叹道："真是一笔有灵气的字迹啊！"说着仰望上空陷入沉思。如此奇才，将与他人结合，多么可惜啊！左大臣又见到源氏公子在"旧枕故衾谁与共"[01]

---

[01] 此句出自白居易《长恨歌》："鸳鸯瓦冷霜华重，翡翠衾寒谁与共？"但文中作"旧枕故衾谁与共"，可能是根据别的版本。

这句诗旁写道：

　　　　休戚与共难离去，
　　　　冥府芳魂更依依。

而在另一纸上的"霜花白"[01]旁边写道：

　　　　夫人作古尘封床，
　　　　夜夜孤眠泪珠伴。

还见到在废纸堆里夹着不知是什么时候放的一枝枯萎了的抚子花，也可能是那天给老夫人送信时折下的吧。左大臣把它拿给老夫人看，并说："对于无法挽回之事，也是无可奈何的。这种可悲的事例，世间并非绝无仅有，也许我们与女儿的缘分浅薄，所以才生出让我们如此悲叹不已的孩子吧。一想到此，我反而怨恨前世造的孽，断了悼念的心思，然而眷恋的情思随着日月的推移，越发深沉，令人难以忍受啊！再加上考虑到这位贤婿大将行将成为别家的人，多么可惜，怎不令我伤心至极。回首往日，我一两天不见到他，或有时往来少些，我就觉得心中郁闷，仿佛家中失去了朝夕的光彩，叫我如何活下去呢？"说着忍不住放声大哭。侍候于他左右的年长的侍女们，也非常悲伤，不约而同地都哭了起来。不觉间酿成一派凄凉的黄昏景色。年轻的众侍女三五成群，分散在各处，彼此吐露自己感慨良多的伤心事，有的说："正如公子所说，只要我们好生侍候小公子，寂寥的心境自然会得到安慰。然而把希望寄托在这小遗孤身上，未免太渺

---

[01] "霜花白"疑为"霜华重"之误。

茫。"各人都有各自的想法，也有人说："我暂且先回家一趟，以后再回来吧。"彼此表露依依惜别的心情，各人都觉得拨动心弦的事确实太多了。

源氏公子进宫拜见桐壶院，上皇对他说："你近来消瘦多了，大概是连续吃素的日子多了的缘故吧。"显露出很心疼的神情，于是在御前赐下丰盛的美食，席间还问长问短，百般关怀。父亲的亲情流露使源氏公子感到万分诚惶诚恐。源氏公子又去晋谒藤壶母后，侍女们难得拜见源氏公子的英姿，藤壶皇后命王命妇传致意之话说："想必遭此莫大不幸，无限悲痛，不知随着时间的推移，悲情是否淡化些？"源氏公子答曰："虽知人事无常，但身临其境时，才深深体会到厌烦之事甚多，苦恼万状，心绪缭乱，承蒙不时来鸿慰藉，始得以支撑至今。"源氏公子即使在平时，对这位藤壶皇后也是满怀惆怅，何况此刻，愈发悲痛了。他身穿无纹的大礼袍，里面衬着一件浅墨色的衬袍，帽带卷起，一派服丧期间的朴素装束，那姿影比穿着华丽的盛装更觉优雅。源氏公子很长时间没有见过东宫皇太子，为表示思念之意，便问候皇太子的近况如何等，叙话间不觉已是深夜时分，于是告辞，退出皇宫。

二条院里的一处处房间都打扫得十分干净，男仆女侍们都在等候源氏公子回府。级别较高的侍女们都从故里返回，一个赛一个地盛装打扮，源氏公子看了自然联想到左大臣府上的侍女们并排坐着，一个个神情沮丧的模样，不由得可怜起她们来了。

源氏公子换好了衣服，来到了西厢殿看望紫姬。只见她室内的装饰随着季节的变更也换上了冬季的装饰，明亮而新颖，几个年轻貌美的侍女和女童的装扮也很得体，这一切都是由紫姬的乳母少纳言尽心指点、妥善布置，力求万无一失，让人看去觉得十分雅致。紫姬的着装也相当美丽。源氏公子说："多日不见，竟长成个大人了呀。"说着将小帷幔撩起，仔细端详，但见紫姬腼腆地略微侧向一边，她那含情脉脉的身影，简直美不胜收。源氏公子心想："在灯光下，她的侧影和她梳的发型，竟和我所魂牵梦萦的那位藤壶皇后一模一样啊！她真的长大成人了。"感到非常高兴。源氏公子走近紫姬身边，对她倾吐别离期间的思念之情。源氏公子说："这期间的诸多故事，本想向你慢慢述说，但因为都是一些不吉祥的事，我暂且先到那边去休息，以后再来。今后我会始终和你在一起，你也许甚至还会嫌烦哩。"少纳言乳母听见公子这番亲切的谈吐，非常高兴，但心中还是有危机感，她想："源氏公子于诸多隐蔽处有许多身份高贵的情妇，其中会不会有一个麻烦颇多的人来取代正夫人的位置呢？"这点不禁令她耿耿于怀。

源氏公子回到自己的居室后，命一名叫中将君的侍女给他揉捏脚，接着便睡着了。翌日清晨，源氏公子给住在左大臣家的小公子写了一封信。读了老夫人满纸惆怅的回信，源氏公子心中又涌起无限的悲伤。

此后，源氏公子闲来无事，时而陷入沉思，时而茫然若失，至于悄悄去拈花惹草，也觉得没什么太大意思，因此，他也懒得出门。且说紫姬在各方面的成长都十分理想惬意，看上去她已是一位亭亭玉立的淑女，再也不觉得年龄不相称了。源氏公子一有机会，就若无其事地尝试着启发她，可是紫姬似乎没有领会而无动于衷。为了排解寂寞和无聊，源氏公子每天都在西厢殿与紫姬下围棋，或做汉字偏旁游戏 [01] 来打发日子。紫姬天生灵巧，娇艳可爱，即使在不起眼的游戏中，她也能显示出她的聪明才智。在以往的岁月里，源氏公子只把她当作一个可爱的孩子看待，如今心潮涌动，难于控制，虽然也很心疼她，但终究免不了侵犯了她。不过，紫姬自幼与源氏公子十分亲密，别人从旁观察是无法看出什么破绽的，只是有那

---

[01] 汉字偏旁游戏：原文作偏继，日语语音作HENTSUGI，即仅示诗句等的汉字右偏旁（TSUKULI）让对方猜字的游戏。或者只出汉字的右偏旁，游戏者不断续上左偏旁成汉字，续不上者便是输家。

么一天，公子早早地就起身，而紫姬却迟迟不见起来。众侍女都很担心地说："小姐为什么还没醒呢？是不是身体不舒服了？"源氏公子要回到自己的居室之前，先将砚盒等文具放进寝榻的围屏内，然后才离去。紫姬在室内无人的时候，好不容易才把头抬了起来，她发现枕边放着一封折叠成结的信，便毫不在意地随手将信打开来看看，只见信上写道：

夜夜共寝习为常，
为何还隔一层衫？

文书运笔似乎很俏皮。紫姬做梦也未曾想到源氏公子竟存此心，可自己为什么对这样一个居心可恨的人，竟毫无戒备而只顾真心实意地一味信赖他呢？每想到此就觉得自己实在可怜。

中午时分，源氏公子到西厢殿来，说道："瞧你似乎很苦恼，是不是心情欠佳？今天也不下棋了，好寂寞哟。"说着往寝榻的围屏内窥探，只见紫姬将衣服连头部也蒙住，还在躺着。侍女们在与寝榻的围屏保持一定的距离处侍候着。源氏公子来到紫姬身边，对她说道："你为什么表现得那么不愉快？没想到你会给人添麻烦呀！你这样，侍女们心里恐怕会很纳闷的。"公子说着把蒙头盖着的衣服掀开，只见紫姬浑身是汗，额发也都湿透了。"哎哟！这可怎么得了呀！"公子说着千方百计柔声蜜语哄她，可是紫姬真的非常伤心，她一声也没有回应。"好了好了，你这么伤心，我再也不好意思来见你了。羞煞人啦。"公子满心怨恨地说，他打开砚盒一看，里面没有答歌，因此觉得她是一个情窦未开的、纯洁的少女，更觉得她可爱了。这一天公子成天在紫姬寝榻的围屏内陪伴她、安慰她，可是紫姬的神色表明她的情绪始终没有好起来，源氏公子觉得她越发令人爱怜了。

这天夜晚，官员们送来亥子饼[01]，但因源氏公子还在服丧期间，所以一切从简而不大肆铺张，只给紫姬送去了一只用丝柏的白木片折成的蛮有情趣的盒子[02]，里面装着精心制作的各种色彩的亥子饼。源氏公子看见后，遂来到南面的正殿，把惟光召来，微笑着对他说："你给我做这样的饼，不必做各种颜色，只要一色的，明日[03]黄昏时分送到，因为今天的日子不惬意。"惟光是个善于察言观色的机灵人，旋即心领神会公子的意图，无须细问，便郑重其事地答道："您说得是啊，婚情之始的庆贺，当然要挑选好日子，那么'子之子'饼[04]要做多少呢？"源氏公子说："今日的三分之一[05]就行。"惟光完全领会了公子的言外之意，立即去办理。源氏公子觉得"此人办事真利索，是个机灵人"。经办此事，惟光对谁也没有说，基本上是他独自包办一切，在自己老家里亲自做饼。

源氏公子为了取悦紫姬，使尽了全身的解数，他此刻的心情宛如才刚抢来一位小姐一般，束手无策，连自己都觉得挺滑稽的。多年来一直都觉得她很可爱，然而哪儿比得上此刻爱她的心情，恐怕连只鳞片爪都不及，人心真是难以驾驭啊！源氏公子觉得如今要他一夜见不着她，他都受不了。

按照源氏公子的吩咐所制作的饼，惟光及时于第三天的深夜时分悄悄地送来了，他还细腻地考虑到："少纳言乳母是个年长者，倘若托她送去，也许紫姬会觉得难以为情。"于是他就把少纳言乳母的女儿阿办叫

---

[01] 每年阴历十月上旬的亥日的亥时，日本有为祈求亥之子吃亥子饼的习俗。传说吃了此饼，可消灾除病，子孙昌盛。

[02] 原文作桧破籠。

[03] 当时的习俗是，于新婚之后的第三天，以饼来代表庆贺之意。"明日"正好是他们成亲的第三天。亥子饼是各种色彩的，而新婚的"三日夜之饼"则是一色的。

[04] 亥日的翌日即子日，日语"子"与"寝"谐音，惟光灵机一动，把这天制作之饼称"子之子"饼。

[05] 以"三分之一"来暗示新婚第三天。

来，对她说："你悄悄地把这个送给小姐。"说着拿出一个香盒子[01]给她，并说："这是庆贺的礼品，你要准确无误地放在小姐的枕上。千万要小心，决不能不当回事。"阿办觉得有点奇怪，她说："我从来就不知道什么叫不当回事。"说着把香盒子接了过来。惟光说："真的，今天忌讳的字句可不能说，要谨慎啊。"阿办说："我在小姐面前，才不会说这种话呢。"阿办还年轻，还不懂得领会更深层的意思，她无心无意地将香盒子从寝榻围屏处伸进去，放在紫姬的枕边，此后的事就是源氏公子照例运用巧妙的语言，告诉紫姬这饼的意义了。其余的侍女都不了解实情，到了第二天清晨要把这个香盒子撤下来的时候，才有几个近身侍候的侍女明白过来，他们两人已成亲了。惟光不知是什么时候准备好的，只见香盒子里装的盛饼的盘子是带腿的，盘子腿上的雕刻精美，饼的形状格外别致，饼的摆设形式也饶有情趣。少纳言乳母没有想到源氏公子竟能如此郑重其事地办事，不胜感激也不由得悲从中来。她想起源氏公子平素无微不至地关爱紫姬，用心周到的那份情怀，不禁感动得热泪潸潸。然而侍女们却私下低声地议论说："话虽如此，嗨！这种事情，只需悄悄地吩咐我们办就好了。那个惟光此刻还不知会怎么想呢。"

此后，源氏公子不论是进宫，或是去参谒父皇，时间哪怕是短暂的，心思也总是平静不下来，紫姬那可爱的面影总是在自己的眼前闪现，连公子自己都觉得"恋心真是不可思议呀"！源氏公子此前曾交往过的诸多情人，都纷纷从各处来函倾吐怨恨的哀情。其中也有公子割舍不了的人。然而如今枕边新人娇嫩可爱，此刻的心情真是"怎堪一夜不共枕"[02]。源氏公子一门心思只惦挂着紫姬，因此也就懒得出门，并且还总是装出一副很苦恼的样子，他给诸多情人的回信中只是说："人世间令

[01] 香盒子：装香料的盒子。惟光为了不引人注目，特意将饼装在香盒子里送去。
[02] 此句出自《万叶集》，歌曰："娇嫩销魂初交欢，怎堪一夜不共枕。"

人忧心的事繁多，待伤心事稍许淡忘时，当再造访。"就这样度日。

却说当今皇上的母后弘徽殿女御，她的六妹栉笥姬[01]，自从那夜与源氏大将邂逅之后，一心只想念他。她父亲右大臣说："其实嘛，这样也很好。他失去了那样一位尊贵的夫人，我依女儿之愿，将女儿许配给他，也无可非议吧。"但是，弘徽殿太后非常憎恨源氏公子，她主张："送妹妹进宫侍奉，地位更高，有何不好。"于是，极力劝说妹妹进宫侍奉。

至于源氏公子方面，他并没有把胧月夜当一般人看待，因此传闻说她将进宫侍奉，也觉得可惜，但是眼下源氏公子无心移情别恋，他想："人生苦短，今后我决心只专心爱紫姬一人，免得招来他人的怨恨。"他回想起前一阵子发生的事，更觉得可怕，决心引以为戒。接着又想："那位六条妃子，自己虽然觉得她着实可怜，但是真要娶她为妻，感觉上难免有所隔阂，莫如保持像近年来的交往，每逢有机会可以彼此叙谈，相互获得慰藉，倒也不错。"自己对她的感情，毕竟还是难以完全割舍的。

且说紫姬，源氏公子心想："自从紫姬迁至此处来，至今世人都还不晓得紫姬是个什么出身什么秉性的人，似乎没把她当尊贵者看待，我不妨借此机会告诉她父亲兵部卿亲王。"源氏公子为紫姬举办着裳仪式。尽管没有大肆铺张，四处张扬，但是场面十分讲究，其诚挚的用心可谓无与伦比。可是紫姬却表现得格外冷淡，因为她觉得多年来她万事都信赖他，总是缠着他，却没有想到他的心竟是龌龊的，她十分后悔自己过分天真，连正眼也不愿意瞧他一眼。源氏公子百般逗她开心，她也没领情，只觉得厌烦，心情非常郁闷，与过去的她简直形同另外一个人。源氏公子见她这副神情，觉得她既可怜又非常可爱，公子说："多年来我是那么死心塌地地疼爱你，你不以为'交欢只缘恋更深'[02]，竟神色郁郁，令我好伤心。"

---

[01] 即第八回《花宴》中出现的胧月夜。
[02] 此句引自《万叶集》，歌曰："真心诚意疼爱卿，交欢只缘恋更深。"

公子吐露满腔的委屈，这一年 [01] 就在委屈氛围中过去了。

大年初一，源氏公子按惯例前往桐壶院，向父皇拜年，接着去当今皇上朱雀天皇和东宫冷泉院等处，然后退出大殿，来到左大臣宅邸。左大臣不顾新年须图个吉利，而只顾与家属追思已故葵姬在世时的诸多往事，勾起满怀的寂寞和悲伤。正在此时，源氏公子来了，左大臣一直强忍住悲伤，然而终于压抑不住，无限悲伤涌上心头。源氏公子也许是由于年龄又增长了一岁的缘故，仪表显得更加庄重，容貌比以前愈发俊秀了。公子从左大臣那里退出后，走进已故妻子葵姬的居室内，侍女们前来迎接公子，她们都很怀念公子，情不自禁地热泪盈眶。源氏公子看了看小公子夕雾，夕雾也长大了许多，总是微笑着，令人十分爱怜。孩子的眼梢、嘴角都酷似东宫皇太子。源氏公子心感内疚地想："别人看了恐怕都会起疑心吧。"室内的摆设布置，与过去别无二致。衣架上一如既往地挂着新的衣裳，只是没有挂女子衣衫，但觉美中不足，令人感到怅然。

老夫人令侍女传话说："今日过年，我拼命抑制住自己的悲伤，公子来了，我反而难以压抑自己的感情……"接着又说："我按小女在世时的惯例，给公子做好了新的服装，不过由于近月来，泪眼模糊，挑选的色泽未必符合公子之所望。不过，惟独今日务请公子不嫌简陋，换上新装。"除了挂在衣架上的新服装之外，还送来特意为公子今天换新装而精心制作的一整套正服衣裳，包括内衬袍 [02]，不论是色泽还是织工都是上乘的、异乎寻常的。如此深情厚意，怎能等闲视之，源氏公子立即换上了这套正服新装。公子心想："如若我今天不前来问候，岳父岳母该不知多么失望。"念及此，公子心里很难过。于是致谢说："春天来了，该首先前来

---

[01] 估计这一年光源氏二十二岁。
[02] 内衬袍：原文作下袭（SHITAGASANE），着正装时穿在里面的半袖、后身下裾很长以至拖地的长袍。

问安，只是万感交集，不知从何说起。正是：

> 新年新装色泽艳，
>
> 着装落泪情不变。[01]

情思潮涌难抑制啊！"老夫人答歌曰：

> 新岁即令复又新，
>
> 老泪纵横难自禁。

莫非他们都陷入了徒劳或糊涂的悲叹中?！

---

[01] "着装"（KITE）与"来"字谐音，"落泪"（NAMIDAZO FURU）与"旧情"谐音，意即纵令年复一年，心情依旧不变。

第十回

だいじゅっかい

杨桐

随着斋宫赴伊势的日子临近，六条妃子心中越发感到孤独寂寞。自打左大臣家那位毫无办法地令她感到烦恼的源氏公子的正妻葵姬病逝后，人们盛传，这回六条妃子定会成为源氏大将的继室。连斋宫邸内的侍女们都兴奋地期待着。谁知从那以后，源氏公子对六条妃子反而更加疏远，几乎断绝了往来。这是六条妃子始料未及的，她心想："可能是由于那生灵事件，以致使他彻底嫌弃我了。"她完全明白了源氏大将的心思之后，决意抛弃万般情思，一心只想到伊势去。母亲跟随女儿斋宫一起赴伊势侍奉神灵，这种前例特别罕见。因此六条妃子就借口女儿年幼，作为母亲不放心让女儿独自远行，遂决心离开这令人伤心的京城尘世。源氏大将听到此信息后，觉得从此行将与她远离，心中不免感到惋惜，时不时给她寄去几封满怀细腻情思的信。六条妃子也觉得现在更不应该与源氏大将相会。她想："人家既似乎已嫌弃我，如若再与他相会，只会增加自己的烦恼，何苦徒劳而无益呢。"于是她横下一条心不再见他。

六条妃子偶尔也会短暂地回到六条京极的自家宅邸，不过她的行踪隐秘，因此源氏大将不知晓。野宫乃斋戒之地，一般不能随意前去造访。源氏大将虽然很惦挂她，但也只好虚度日月。在这期间，桐壶院父皇生病了，虽说不是患什么大病，但时不时地闹病，使父皇感到很苦恼。源氏公子也总是挂心父皇的健康，但同时依旧思念六条妃子，他暗自寻思："她认定我是个薄情人，这也确实难怪她，即使旁人听说此事，恐怕也会认为我太无情吧。"最后，公子还是下决心前往野宫去造访她。

斋宫赴伊势的日子定于九月初七起程，六条妃子一想到行期日渐逼近，不由得忙乱了起来。可是源氏公子却屡次来信说："哪怕站着谈片刻也罢……"六条妃子甚感困惑，她想："干脆不见。"可是转念又想："过分闭居也太郁闷，倒可以隔着帘子和他对话。"于是她暗地里等待着他的到来。

源氏大将来到广袤的嵯峨，踏入无边的草原，只见一派寂寥的景象：秋花凋零，原野上稀稀疏疏的枯萎茅草中的虫鸣，与凄厉的松涛声，合奏成一曲无可名状的交响乐[01]，从远处断断续续地传来，令人感受到一种无与伦比的哀艳美。源氏大将只带了十几名亲信随行打前站，随身侍从等也没有大肆装扮，不过，虽说是一趟极其不露声色的微服出行，众人在装扮上都格外用心，看上去那姿态相当俊美，陪伴源氏大将前来的几位风流雅士都深深感到，这番装扮与这派自然景致特别协调。源氏大将自己内心也在想："如此自然美景，我以前怎么就没想到前来一游呢。"不禁后悔此前错过了欣赏如此美丽的景致。

野宫外面围着一道细荆条的篱笆，内里有一处处散落的木板房，像是临时建造起来的，显得简陋。但是，门前用原木造的鸟居[02]，形式却很庄严神圣，令人肃然起敬。神官们三三两两，群聚各处，有的在故意咳嗽，相互交谈着什么，这般景象，看上去俨然与外界迥异。烧制神膳的火光微弱，人影寥落，阴森静寂。源氏大将一想到，那么容易陷入沉思的人，要在这样一个远离尘世的寂寥环境里，度过日日月月，他心中不由得泛起一股极其可怜难过的情绪。

源氏大将隐身在北厢人影稀少的地方，提出拜访六条妃子的要求。此前的音乐声戛然停住，传来了诸多侍女在室内的优雅举止发出的音响，只见几个侍女走出来接待，却不见六条妃子有会面的意思。源氏大将心中闷闷不乐，郑重其事地说："希望能体谅我如此微服外出，诚然与我如今的身份很不相称。惟盼体察我的一片心，不要把我拒于稻草绳[03]之外，只求一晤，倾诉衷肠以释郁郁心结。"侍女们便劝六条妃子说："让他站在

---

[01] 此语出自《拾遗和歌集》，歌曰："琴声松涛奏和谐，属何弦音难分解。"
[02] 原木造的鸟居：用带有树皮的木料建造的日本式牌坊。
[03] 稻草绳：原文作注连绳（SHIMENAWA），即挂在神殿前表示禁止入内的绳子。此处意即不让进居室的垂帘内。

那种地方实在很不体面，怪可怜的。"六条妃子心想："唉，怎么办呢？这里耳目众多，让人见了也很难看，若女儿斋宫知道了也会怪我欠思虑，不成体统。此时此刻须谨慎，是不能再与他相会的。"她想不再理睬他，却又觉得无情拒绝也无济于事。她思前顾后，哀叹、懊恼不已，最后还是膝行向前，那姿态无比的优美与典雅。

源氏大将说："这里是神圣之地，但我只在廊道上，想必无妨。"说着，他便跨上廊道，坐了下来。这时候，傍晚的月亮引人注目地爬了上来，月光映衬着源氏大将的身影，那举止姿态之高雅、优美，真是无与伦比。源氏大将与六条妃子久未相见，想把数月来积郁心中的情思都倾吐出来，可是一时又不知从何谈起。于是，他将手中摘来的一小枝杨桐伸进帘内，说："我心未变，依然似杨桐叶之常青，才斗胆擅越神垣[01]，前来造访，不想竟遭此冷遇。"

六条妃子吟歌曰：

　　神垣乌有杉标识[02]，
　　缘何错折杨桐枝。

源氏大将答歌曰：

　　传闻神女此间歇，
　　杨桐幽香引采撷。[03]

---

[01] 此语出自《拾遗和歌集》，歌曰："百草神垣冒犯越，奋不顾身为情结。"
[02] 此句借用《古今和歌集》第982首古歌，歌曰："三轮山麓妾住庵，门前杉树恋可探。"意即我这里又无杉树之标识，你找错门了吧。
[03] 此歌模仿《拾遗和歌集》古歌"杨桐幽香引我来，但见神女聚风采"而作。

这一带的氛围庄严肃穆，令人难以接近。不过，源氏大将还是把头探入垂帘内，将身子挪近门槛处。他回想起过去，可以随意与六条妃子会晤，六条妃子对源氏大将也十分爱慕，在那样的一段时间里，源氏大将心存怠慢，并不觉得她有多么可爱。后来发生了生灵作祟事件之后，源氏大将觉得此人怎么竟有如此瑕疵，对她的情爱也逐渐冷却了下来，以至两人的关系如此疏远。然而阔别多时后，今日的会晤，又勾起昔日的情思，只觉心绪翻腾，无限懊恼。源氏大将继续回忆往事，思虑未来，不由得心软而落泪。六条妃子见此情状，她本想竭力抑制，不表露真情，但最终还是按捺不住，泛起满脸的愁容。源氏见此情形，更觉伤心，劝她勿赴伊势。此时，月亮大概已隐没，源氏一边仰望凄怆的长空，一边倾诉心中的怨恨。六条妃子听后，顿时消融了迄今对源氏的积怨，好不容易抛弃了的旧情又死灰复燃，搅得她心神激荡，思绪纷乱。

据说殿上年轻的皇亲贵族公子们不时相邀到这一带的庭园来观赏景致，这里的庭园果然景致优美，在这情趣浓重、景致幽雅的环境里，这两人彼此尽情倾吐苦恋的衷肠，那缠绵悱恻真是笔墨难以书尽。

这时天色渐明，黎明的美景仿佛是造化特为这两人设置似的。源氏大将吟道：

向来晓别催人泪，
今日悲伤尤为最。

他握住六条妃子的手，依依惜别，那份情深意浓尽在无言中。凉风习习，金琵琶哀鸣声声，仿佛善解人意。这般风情，即使不知忧愁者见了，都会觉得难过，更何况这两位心潮澎湃的情侣，这样反而无法如意地吟诗咏歌。六条妃子勉强答歌曰：

秋别多半亦悲伤，

铃虫声声更断肠。

　　源氏大将回首往事，觉得后悔之事甚多，但已无可奈何。他顾忌到天大亮后离去有所不便，只好匆匆地与六条妃子告别了，归途中朝露浓重。

　　六条妃子内心惆怅，两人分别后，她更觉寂寞难耐，只顾茫然若失地仰望着天空。年轻的侍女们脑海里想着隐约瞧见的公子仰望月光的美姿，嗅着芳香犹存的公子的衣服的薰香味，这些美好的感受仿佛渗透了她们的心田，她们哪怕犯错误也在所不惜似的赞叹不已。她们说："再怎么重要的行程也罢，哪能舍得放走如此俊美的公子啊！"说着竟都情不自禁地热泪潸潸。

　　翌日，源氏公子派人送信来，字里行间流露出两人幽会后的那份情爱，内容文字表现之细腻远超过往常的来函。六条妃子看了虽然也很动心，然而她觉得事到如今已经到了无法回心转意的地步，只好哀叹无可奈何了。一般说来，源氏公子这个人，即使对待交情不深的女子，在涉及到表现"情"这个问题上，他也会很巧妙地娓娓诉说，更何况他与六条妃子的感情非同一般，每想到行将与她背离，不免深感惋惜，也苦恼万分。源氏大将差人给六条妃子送来了许多礼物，包括旅途中需用的装束，甚至随行人员的用品，一应俱全，所赠送的礼物既富丽堂皇又很珍贵。可是，六条妃子对此一点都不挂在心上，她介意的是自己在世间似乎留下了轻浮绝情的坏名声，如今仿佛又遭人遗弃，起程的日期逼近，她更是朝朝暮暮沉溺在哀叹声中。斋宫年幼，心地单纯，她觉得迄今母亲随行的起程日子总也定不下来，如今确定了，心中非常高兴。世间的人们有的非难说："母亲陪伴斋宫赴伊势侍奉神灵，史无前例。"有的则表示十分同情。议论纷纷不一而足。身份卑微者可以自行其是，无人品头论足，倒也乐得个自由自在。而身份高贵者，反而制约其多，顾虑重重。

斋宫赴伊势前，于九月十六日在桂川举行袯禊仪式，场面比往常的要隆重得多，长途护送的敕使[01]和参加仪式的公卿，都是挑选身份高贵、颇有名望的人。这大概是由于有桐壶院关照的缘故。她们起程的日子终于来临，源氏大将照例送信来，表示无限惜别的心情。还按祭神仪式般在杨桐枝上系上白布条，并在白布条上给斋宫献上这样的字句："诚惶诚恐致斋宫"，接着写道："雷神尚且无法劈开有情种[02]，何况——

　　护国天神[03]若有心，
　　断明恋人情难尽。

思来想去，这场分离总是难以忍受的。"尽管临行异常忙乱，斋宫还是给源氏大将回了信，该答歌由随从斋宫的女官来代写。歌曰：

　　若由天神判此状，
　　首先追究负心郎。

源氏大将很想进宫去看看斋宫和六条妃子入宫辞别的模样，可是转念又想："自己以形同被六条妃子遗弃之身，前去送别，让人看了也很不体面。"于是作罢，只顾独自茫茫然地陷入沉思。他看了斋宫的答歌，觉得俨然大人的口吻，不禁微微笑。心想："她年龄虽小，却是个蛮风流的人

---

[01] 斋宫为天皇在位期间任命的，因此朝廷从中纳言或参议中任命远途护送使者，做永久护卫斋宫的敕使。
[02] 此语来自《古今和歌集》第701首，歌曰："雷神震怒踏踏苍穹，无法劈开有情种。"
[03] 指斋宫。

啊！"蓦地动心。源氏公子有个毛病，凡是非同寻常，十分棘手的事，他必挂在心上。他心想："她幼小时，只要想见她随时都能见到，自己却终于没有见过她，实在太遗憾了。不过世事无常难料，说不定什么时候就会有机会见到她呐[01]。"

优雅绝伦又富有情趣的斋宫与六条妃子入宫的这一天，许多游览车都出来观看她们的队列。这母女两人于申时入宫，六条妃子乘坐的是轿子。她回想起当年大臣父亲多么珍视调教她，盼望她入宫后能登上皇后的地位，不料世态多变，时运不济，到了今天这个年龄又再度入宫，所见事物感慨良多，不禁勾起无限的悲伤。想当年她十六岁入宫，当上已故皇太子的妃子，二十岁上皇太子撒手人寰，如今三十岁了，又再次见到这宫城，不胜感慨万端，遂作歌曰：

> 吉庆强忍不忆旧，
>
> 怎奈哀愁把心揪。

斋宫是年十四岁，长相格外标致，今天着上盛装，更觉美丽动人，朱雀天皇看了，不禁为之动心。当朱雀天皇为她在额发上插上别离御栉[02]的时候，不由得泛起一股特别怜爱的心潮从而落泪。

斋宫退出时，大极殿前等候着许多装饰华丽的车子[03]，那车帘下露出的女装袖口色调华美、清新夺目，一派典雅的景观。许多殿上人分别与各

---

[01] 这是指天皇换代时，斋宫、斋院也要更新换代。

[02] 这是当时的一种礼仪。当斋宫起程赴伊势神宫时，在宫中大极殿上举行拜别天皇的仪式，这时天皇须给斋宫额发上插上一把黄杨木制的梳子，并说一句"勿回京"，因为斋宫返京城，即意味着天皇换代。

[03] 装饰华丽的车子，原文作出车（IDASIKURUMA），指日本平安时代每当天皇行幸、举办仪式或贺茂祭时，为女官、侍女乘用，而从宫中借出的带篷牛车。车身装饰十分华丽，车帘下故意露出乘车女子的衣袖或衣裳的下摆。

自相好的侍女依依话别。到了傍黑时分，这行人从二条大道上绕入洞院大路，恰在二条院门前经过。源氏大将深感寂寞和忧伤，赋歌一首系在杨桐枝上，送给六条妃子，歌曰：

> 今日狠心把情断，
>
> 难免挥泪铃鹿川。[01]

这时天色已昏暗，再加上旅途中嘈杂喧嚣，因此，六条妃子没有即时回音，而于翌日越过逢坂关口之后，才作答歌曰：

> 何苦洒泪铃鹿川，
>
> 远赴伊势有谁怜。

答歌虽简短，但行文高贵，字迹极其清秀，源氏大将心想："此歌若再增添些哀怨的情趣就更好了。"这是一个朝雾迷蒙，风情十足的黎明，源氏大将一边欣赏景色一边独自吟歌曰：

> 遥望伊人赴远方，
>
> 秋雾莫隐逢坂山。[02]

这天源氏大将也没有到紫姬居住的西厢殿，心情寂寞地独处一室，陷入沉思，孤寂地度过了一天。他想到六条妃子长途跋涉，怅惘地眺望虚

---

[01] "铃鹿川"是赴伊势途中必渡过的一条河，意即你今日狠心弃我而去，他日难免会后悔落泪的吧。

[02] "逢坂山"是六条妃子赴伊势途中经过的山口，公子取逢坂山的"逢"字，满心盼望秋雾莫要阻拦他们有朝一日的重逢。

空，心中该不知有多么苦楚和寂寞。

却说，进入十月，桐壶院的病情加重。世间的人们无不牵挂着上皇的安康。朱雀天皇也不时悲叹，十分忧心，于是驾临探病。桐壶院的病体已经相当衰弱，但还是再三叮嘱朱雀天皇要好生照顾皇太子，其次提到源氏大将，桐壶院说："希望你一如我在世时那样，遇事不论大小巨细，都要把他当作保护人那样，多与他商量。他的处世方法和施政才能远远超越他的年龄，从面相上看，他是掌管天下、治国安邦才相之人。缘此，为了免遭他人的妒恨，有意没有宣旨封他为亲王，而降他为臣下，让他当朝廷的保护人，辅佐朝纲，希望你不要辜负我的这番苦心。"此外还留下了诸多恳切的遗嘱。不过，国家大事非女流作者之辈所该谈及，仅略记此只言片语，已够冒失的了。朱雀天皇聆听遗嘱，万分悲伤，一再表明决不违背父皇之教诲。朱雀天皇这时已长大成人，他眉清目秀、仪表堂堂，桐壶院见了十分欣喜，觉得他靠得住而深感宽慰。朱雀天皇因身份的关系，不便久留，只好匆匆告退，临别真是依依不舍。

且说东宫皇太子本想与朱雀天皇一起前去探病的，但因人多嘈杂，因此改日再去。皇太子年龄虽小，却很懂事，举止沉稳，相貌俊美。他时常想念父亲桐壶院，今天得以见面，只顾天真烂漫满心喜悦地仰望父亲。那神情，实在招人怜爱。桐壶院上皇看见藤壶皇后满面泪痕的模样，万感交集，心乱如麻，对东宫皇太子嘱咐了许许多多，但是皇太子毕竟年龄尚幼，靠不住，他不免忧心忡忡，十分悲伤。桐壶院也曾嘱咐源氏大将，务必勤理朝政，肩负起东宫皇太子的保护人的职责。东宫皇太子到了深夜时分才告辞，随行的殿上人也都跟着一起告退，既隆重又热闹，这情景不亚于先前朱雀天皇驾临时的景象。桐壶院本想留住他多待些时候，可是皇太子终究还是走了，桐壶院实在舍不得他走。

当今朱雀天皇的母后本也想前来探病，但碍于有藤壶皇后在桐壶院身边侍候，她就犹豫不决是否前往。在这过程中，桐壶院也没有特别痛苦或病入膏肓的迹象，却突然与世长辞了。桐壶院突然驾崩的噩耗一经传出，许多人都大为震惊悲叹，不知所措。众多公卿和诸多官员都哀叹不已，他们揣度："桐壶院虽说是让位隐退了，事实上他依然掌握朝纲，与在位时别无二致。如今突然驾崩，当今天皇年龄尚幼，他外祖父右大臣的个性又那么急躁，很不好侍候，当今天皇若完全听任他外祖父右大臣的摆布，世态真不知会变成什么样子。"藤壶皇后和源氏大将就更不用说了，他们悲痛得死去活来，此后为举办各种佛事，源氏大将比其他诸多皇子都格外操心和郑重其事。世人虽然认为这是理所当然要这样做的，但同时也寄予莫大的同情。源氏大将即使穿着朴素的丧服，他的形象也显得分外清秀俊美，让人见了不禁心酸怜悯。源氏大将去年和今年相继遭遇妻亡和父丧的不幸，不由得感到人世间真没意思，不如趁此机会，远离尘世，断然出家觅清净，可是羁绊缠身，又怎能摆脱。

七七四十九日丧期内，女御和妃嫔们都在桐壶院举哀，事毕各自纷纷离去。这天正好是阴历十二月二十日，岁暮时节一般都是寒气逼人，天空的景色也不见放晴，藤壶皇后的心情更是惨淡而无开心之日可言。她知道弘徽殿太后的秉性，若在她那任性滥用权术的环境里生活，肯定是无法忍受的；更重要的是多年来亲切相处的桐壶院的面影，总是时刻萦绕在自己的脑海里；再加上长年守候在这宫院内的众多侍从也不可能长期滞留下去，势必各奔东西，自己留在此处，只会增添无限的悲伤。

藤壶皇后决意迁居三条的自家宅邸，前来迎接她的是她的兄长兵部卿亲王。这时候室外大雪纷飞，寒风凛冽。宫院内的人影逐渐稀疏，一片寂静冷清。源氏大将特地前来相伴，闲聊往事，诸如桐壶院健在时的情景等。兵部卿亲王望见庭院里的五叶松在大雪的摧残下凋零，松树下方的叶子已经枯萎，不由得吟歌曰：

苍松枯萎荫翳无，

枝叶凋零叹岁暮。

此歌虽说不是什么上乘之作，只是触物感伤，但源氏大将情不自禁地
热泪濡湿了衣袖，他眼见冰封整个池面，吟道：

池水清澄如明镜，

不见慈颜悲填膺。

此歌只是有感而发，稚气十足。藤壶皇后的女官王命妇吟道：

岁暮泉水凝冻冰，

慈容依稀乃常情。

此外各人还吟咏了许多歌，无须继续记述下去了。藤壶皇后迁居三条
自家宅邸的仪式，按惯例进行，别无异样。可能是心情的关系吧，总觉得
很凄怆，虽然是回到自己原来的住所，可是心情却仿佛旅居他乡，她脑海
里大概不断地浮现出阔别旧居多年，这几许岁月的诸多往事吧。

旧岁换新年了，可是世间没有举办任何辉煌的欢庆庆典，一派静寂的
景象。源氏大将对世事感到厌倦，整日幽居室内。正月里是任免地方官的
时间，桐壶院在位时自不消说，即使让位后，其权威也毫无变化，每逢这
种时候，源氏自家宅邸门前，必定是马呀牛车呀纷至沓来，几乎无空隙之
地。可是今年大为减色，带着寝具前来值宿的人几乎见不着，几名亲近的
老管家也没有什么急忙要做的事。看到这般情景，源氏大将心想："从今

往后，大概就是这般情景了吧。"不禁满怀惆怅。

弘徽殿太后的六妹栊筒姬即胧月夜已入朱雀天皇的后宫，二月里晋升为尚侍[01]。因为原先的尚侍于服丧期间，为缅怀桐壶院的旧情出家为尼，胧月夜就替补了她。胧月夜身份高贵，又长得标致，在云集的众多嫔妃佳丽中，她也是格外优秀，且时运亨通，特别受到朱雀天皇的宠爱。弘徽殿太后常回娘家居住，回宫中时住在梅壶院，于是将自己在宫中的旧居弘徽殿让给这位尚侍胧月夜居住。胧月夜此前住在登花殿，登花殿场所比较阴森，如今迁到弘徽殿来，觉得这里亮堂多了，侍女们为数众多地云集这里，生活环境也变得富丽堂皇了。然而，她始终忘不了当年在朦胧月色下与源氏公子的邂逅，心中不时悲叹。她大概私下依旧与源氏公子秘密通信吧。源氏公子虽然也顾忌到"万一走漏风声，传闻传到右大臣家，可怎么得了"，但是，这位公子天生有个毛病：越是难得，就越想要得到手。因此胧月夜进宫晋升为尚侍后，源氏公子对胧月夜的恋慕越发深切了。源氏公子也明白，父皇桐壶院健在时，弘徽殿太后有所收敛，不过她是个性情刚烈的太后，如今她要对过去强压在心头一桩桩痛恨事设法进行报复，近来自己总是遇到一些意想不到的麻烦事，估计也是太后从中作梗的缘故吧。尽管源氏公子估计到会吃太后作梗的苦头，但是无奈自身不谙世道之艰辛，对人际关系也不善于施展巧妙的手法加以应对。

左大臣的情绪也低落，轻易不进宫。昔日朱雀天皇还是皇太子时，曾经有意要娶左大臣的千金葵姬，左大臣婉拒，而将女儿葵姬许配给源氏公子。此事弘徽殿太后至今未忘，依旧耿耿于怀。再说左大臣与右大臣之间的关系一向不和睦，加上已故桐壶院在位时，左大臣任意行事，如今时过境迁，右大臣成了当今天皇的外祖父，趾高气扬，左大臣看了心中当然很不是滋味，因而情绪低落是很自然的事。

---

[01] 尚侍：内侍司的长官。

源氏大将一如既往，经常到左大臣宅邸请安，他对昔日的众多侍女比以前更加关怀备至。对小公子夕雾更加重视，无比疼爱。源氏公子的这份难能可贵的爱心，令左大臣感到莫大的喜悦和安慰，他一如既往盛情款待这位女婿。

　　昔日源氏公子承受桐壶院天皇的格外娇宠，风流倜傥，忙于四处拈花惹草，无所顾忌，如今时过境迁，不能不有所收敛。昔日经常幽会的一些女子，如今也渐渐绝迹，他对自己往日的轻浮举止，也逐渐不以为然了。他并不格外费心去干这种勾当了，为人也变得沉稳庄重，现在这种姿态和风采才符合他的身份。世间的人们都纷纷评论说：“西厢殿的紫姬好幸福哟。”紫姬的乳母少纳言等人，看到这番情景，都暗自认为这是已故老夫人为外孙女修来的福分。现在紫姬的父亲兵部卿亲王也能和女儿紫姬如愿地互通信息了。兵部卿亲王与原配夫人所生的几位千金，虽然受到亲王无限的关爱，但并不能那么如愿地获得幸福，因此对紫姬很多时候表现得既羡慕又妒忌，亲王的原配夫人心中大概也不会平静吧。这种景况活像昔日小说里特意虚构出来的情节。

　　贺茂斋院 [01] 因父皇桐壶院驾崩，回宫服丧。斋院便由槿姬来接替担任。按一般惯例，贺茂斋院都是由公主来担任，亲王的女儿担任斋院，此前鲜见其例，不过眼下由于无适当之公主可派，因此派上槿姬。源氏大将倾心于槿姬，虽然经年累月，未能如愿，但是心中对她总是难以忘怀。如今她的身份改变，被派去当斋院，源氏大将心中不禁十分惋惜。不过，源氏大将还是一如既往托槿姬身边的侍女中将君不断地传递信息。源氏大将并不怎么介意自己已失去昔日权势的现状，依然我行我素，为排遣自身的郁闷而到处奔忙，做些诸如此类不得要领的无聊事。

　　虽然朱雀天皇遵照桐壶院上皇的遗嘱，重视并关照源氏大将，但是他

---

[01] 这里说的贺茂斋院是指弘徽殿太后与桐壶院所生的未婚的三公主。

毕竟年轻，尤其是他的性情过于温顺，没有刚强的气魄，万事顺从母后弘徽殿和外祖父右大臣的主意，从不反对。这样一来，天下的政治，自然就不是按朱雀天皇的心思行事了。缘此，源氏大将的处境艰难，屡屡遭遇麻烦事。可是，那位朱雀天皇的尚侍胧月夜，却在源氏大将诸多麻烦事缠身的处境下，还是爱慕源氏大将。尽管行事不易，但还是悄悄有来往，两人时有幽会。

　　宫中开始举办五坛法会[01]时，这两人趁朱雀天皇斋戒净身的机会，照例寻求那梦一般的幽会。尚侍胧月夜的女官中纳言君巧做安排，避人耳目，把源氏大将引领入昔日那间记忆犹新的走廊房间里。因正值法会期间，往来耳目众多，此房间又在走廊边上，中纳言心中不禁忐忑不安，生怕被人看见。且说源氏大将的英姿，朝夕拜见的人，尚且百看不厌，何况胧月夜难得与公子见上一面，怎能不魂牵梦萦。尚侍胧月夜自身正值如花似玉的亮丽年华，虽然举止可能有欠庄重，不过她年轻秀丽、纯真可爱，也使源氏公子不禁倾心爱慕。就在这彼此倾慕的过程中，不觉间天色已接近黎明，忽然听见近处传来宫中值夜班的近卫武官故意清嗓子的声音，接着扬声喊道："奉命巡夜啰！"源氏大将心想："除了自己之外，想必还有另一名近卫武官躲在这一带幽会，被心术不良者告知值夜武官，让值夜武官吓唬那人吧。"又想自己也是个近卫大将，觉得挺滑稽的，也觉得怪令人讨厌的。那值夜武官四处巡逻，又扬声报时辰道："寅时一刻啰！"胧月夜不由得吟歌曰：

　　　心绪纷扰泪濡袖，

---

[01] 每年正月八日起，连续七天，在宫中举行真言祈祷法会，劝请五大明王，是为五坛法会。中央是不动，东坛是降三世，西坛是大威德，南坛是军荼利，北坛是金刚夜叉，保佑平安顺遂。

报晓声声把心揪。

她那副离情别绪的可怜模样，着实可爱。源氏大将答歌曰：

悲叹终生命所致，

胸中郁闷无尽时。

源氏大将心神不安，匆匆走出房间。这时，夜色深沉，晓月当空，雾气弥漫饶有意趣，源氏大将虽然是身着极简便装偷偷前来，反而显出他那无与伦比的潇洒姿态。赶巧承香殿女御[01]的哥哥头中将[02]刚从藤壶院出来，站在月光照不到的屏风后面。源氏大将不知情，径直走了过去，被他瞧见了，可真倒霉。这头中将，迟早总会非难源氏大将的吧。

源氏大将就这样不怎么费劲就能同尚侍胧月夜幽会了，可是他心中却想念着另一个把他拒之远远的、过于冷峭的藤壶皇后。他一方面敬佩她是个了不起的人，另一方面从自己不能随心所欲的角度看，又觉得她心肠太狠，很多时候对她满怀怨气。藤壶皇后很久没有进宫了，因为她觉得进宫没有意思，也觉得脸上无光。可是许久不见儿子冷泉院皇太子，心中又总是惦挂着他。皇太子没有其他可依靠的后援人，只有源氏大将照拂他的大小巨细事宜。可是源氏大将那种可恼的居心，至今依然如故，他的追求每每使她感到痛心。她想道："幸亏桐壶院直到仙逝都不知我们那桩不伦之事，如今回想起来，都深感后怕。事到如今万一这桩丑闻泄露出去，且不说自己会身败名裂，对皇太子的前程势必招来极其不利的影响。"每念及此，不由得惊恐万状，缘此更勤于修炼佛事，祈愿借助佛力，促使源氏大

[01] 此承香殿女御是朱雀天皇的妃子。
[02] 承香殿女御的哥哥也是担任头中将之职。

将断了这个非正道的心思，自己也千方百计摆脱情网。却不料可耻的是，有一天，源氏大将不知找到了什么机会，竟悄悄地走到了藤壶皇后的近旁。

源氏大将似乎早有深谋远虑筹划好了，侍女们谁都不曾察觉。藤壶皇后看见源氏大将，只觉得仿佛是在梦中。源氏大将娓娓细说，吐露了苦闷无穷的心声，笔者简直无法用笔墨来写尽。可是藤壶皇后远隔着屏风，淡然处之，不予理睬，最后忽觉心痛至极，在她身旁侍候的王命妇和弁君等人，惊慌得手忙脚乱，尽心尽力照顾藤壶皇后。源氏大将只觉得藤壶皇后对他太冷淡太无情，心中无限怨恨，懊恼伤心得浑浑噩噩，分不清过去和未来的事，心情只觉一片黑暗，神志也变得不清醒了。此时天已大亮，可是源氏大将却不想回家。众侍女听说藤壶皇后患病，不胜惶恐，纷纷前来探病，出出进进一派混杂的景象。源氏大将也吓得近乎失去了知觉，王命妇把他推进壁橱式的房间里，让他隐蔽起来。悄悄地给源氏大将送衣服来的侍女，心里也直着急。

藤壶皇后由于过分气恼，急火攻心，越发苦恼万分。她的兄长兵部卿亲王和中宫大夫[01]等人前来探视，旋即召唤僧人做祈祷法事，忙乎了一阵。源氏大将隐蔽在壁橱式的房间里，心中忐忑不安地偷听外间的声响，心里惦挂着藤壶皇后的病情不知怎样了，好不容易熬到了日暮时分，藤壶皇后的神志逐渐清醒过来了。她万万没有想到源氏大将竟会躲藏在壁橱式的房间里，侍女们大概生怕她烦心，所以没敢将此事一五一十地告诉她吧。藤壶皇后膝行到白日里就座的御座上坐下，她的兄长兵部卿亲王等人见她的神志逐渐恢复过来，心想大概好了，于是各自告辞回去了，藤壶皇后室内人少了。平常藤壶皇后近身侍候的侍女不多，其他侍女都退到帷幔外的各处，王命妇和弁君等人在小声商议："如何设法让源氏大将从这里

---

[01] 中宫大夫：管理服侍后妃相关事务的官员。

出去？今夜她的病如若再次发作，那可怎么得了。"

　　隐蔽在壁橱式房间里的源氏大将，看见房门有条缝隙，他便轻轻地推开，顺着屏风的夹缝，溜进藤壶皇后的居室。他望见阔别多日的藤壶皇后的姿容，感到难得一见欣喜万分，激动得热泪潸潸。只听见藤壶皇后说："还非常痛苦啊！莫非我的气数已尽？"她说着脸朝外面的方向望去，源氏大将从这边望见她的侧脸，简直娇艳无比。侍女们给她端上水果，劝她说："哪怕尝一尝水果！"水果盛在像砚盒盖似的盘子里，摆得很雅观，可是，藤壶皇后连看都没有看上一眼，她那神色令人觉得她只顾深深地感到尘世之烦恼忧伤，她那凝神沉思、愁容满面的模样，令人非常怜爱。源氏大将不由得想道："藤壶皇后梳的发型、天庭的模样，那头长长的垂下来的秀发，那无与伦比的光润可爱的姿容等，怎么竟与西厢殿里的那位[01]长得一模一样呢！"源氏大将觉得自己多年来与酷似藤壶皇后的紫姬相处，多少能使自己暂时忘怀思恋藤壶皇后的痛苦。现在一看，这两人果然惊人地相似，由于有紫姬的陪伴，多少能慰藉自己苦恋藤壶皇后的那份心思。源氏大将觉得这两人在气度之高雅和那难以接近却脉脉含情等方面，简直别无二致，难于分辨谁是谁。不过，也许是由于老早以前就无限倾心爱慕藤壶皇后的关系，如今觉得藤壶皇后更是正当最美的年华啊！简直可爱至极无与伦比。源氏大将想到这些时，内心激动得不能自已，终于神魂颠倒，从从容容地潜入了藤壶皇后围着帷幔的卧榻内，拽动了一下藤壶皇后衣裳的下摆。源氏大将身上特有的衣裳薰香味，扑鼻而来，藤壶皇后一闻便能断定是源氏大将。由于来得太突然，藤壶皇后顿觉可耻，又惊恐万状，吓得终于趴倒在铺席地板上。源氏大将埋怨她说："哪怕转过脸来瞅我一眼嘛！"说着心中难过得只顾拽住她的衣裳想把她拉过来，藤壶皇后连忙脱掉外层衣裳，企图就此逃脱，却不料源氏大将无意中把她的秀发连

[01] 指现在住在西厢殿里的紫姬。

同衣裳一把抓在手中，她想逃也逃不掉，心中极其烦恼，只恨这可能是前世造的孽缘，伤心至极。源氏大将迄今极力压抑住自己这份对她的恋心，此刻再也控制不住，心潮澎湃，也顾不得失态了，一味热泪潸潸，千言万语倾诉不尽多日来的离愁别恨。藤壶皇后心中很厌烦，不愿作答，只是说："我今天心情很差，有朝一日情绪好转过来后，再会晤吧。"可是，源氏大将还是不停地吐露衷情，在他那情意绵绵的话语中，也不无打动藤壶皇后的言辞，她心想自己过去也并非没有过错，但现如今如若重蹈覆辙再犯错误，那就太可耻了。藤壶皇后虽然也很怀念源氏大将的那份情意，但还是极力婉言拒绝了他的请求。今宵就这样度过了。源氏大将方面，也觉得对藤壶皇后这个人不能过分强求，若违背她的心意，自己面对这样一位气度高雅的人，未免显得太可耻了，于是源氏大将只是说："就这样见见面也很好，有机会见面，至少也能慰藉我那思恋之苦于万一，此外哪还敢存有非分之念。"藤壶皇后听了之后，这才稍许宽心。即使是一般情侣在这种时候，都会增添无限的哀愁，何况他们两人，心中的痛苦更是无以名状。

天亮了，王命妇和弁君极严肃地力谏源氏大将赶紧离开此处，加上藤壶皇后内心无比痛苦，宛如半死的人的神色，源氏大将觉得她很可怜，便说："让你得知我这个人还活在世间，实在惭愧，还不如死去的好，但抱恨而死将会给来世造孽啊！"他说这话时，那股痴迷劲实在惊人，接着吟道：

"相逢困难有谁知，
今生来世叹无止。

我的这份执迷之心，恐将会成为你的羁绊了。"藤壶皇后听罢，也不由得叹息，她吟道：

> 此恨缠绵无尽期，
> 君心轻浮乃缘起。

她漫不经心地吟诵，那姿态着实令人恋慕难舍。然而，源氏大将心想："倘若不离开此处，她势必更伤心，于我亦多苦楚。"只好带着无可奈何的心情告别了。

此后，源氏大将想："我还有什么脸面再去会晤藤壶皇后呢？恐怕只好等到她谅解我的苦楚的时候了。"别后，源氏大将也没有给藤壶皇后写信，没有进宫，没有去探望皇太子，在宫中几乎绝迹，只是独自憋闷在自家的一室里，不论是睡觉时或睡醒时，总是在想："藤壶皇后为什么这么狠心啊！"他那苦恋之心，那悲伤的程度，使他失态，丧失体面，失魂落魄，甚至活像个病人。只觉得对尘世万念俱灰，每当想到"世事忧患烦恼添"[01]，也曾想过："算了，干脆出家了清净。"可是转念又想到那位可爱又可怜的紫姬，她衷心地依托于自己，实在很难舍弃她。

藤壶皇后，自从这次暗中与源氏大将会晤之后，心情一直就很不好。王命妇等人听说源氏大将故意憋闷在一室里，连一封信也没有捎来，想想源氏大将难得前来造访，却失望而归，觉得他也怪可怜的。藤壶皇后也有她的考虑，她为了自己的儿子皇太子着想，也不希望疏远皇太子的后援人源氏大将，此刻，如若源氏大将产生厌世之感，一心一意要出家遁世，这毕竟是令人痛心疾首的事。"不过，话又说回来，如果源氏大将的那股邪念之根不断，那么我自己的恶名终究会泄露出去而流传于可厌的世间。再

---

[01] 此句引自《古今和歌集》第951首，歌曰："世事忧患烦恼添，莫若隐遁求清闲。"

说，弘徽殿太后对我又有诸多子虚乌有的蛮横指责，我何不趁此退出中宫皇后之位呢？"她渐渐地考虑到这些问题来。

藤壶皇后回想起桐壶院在世时，对她宠爱备至，留下了许多诚惶诚恐的遗嘱，然而，如今世道已变，万事全无昔日的面影。"我自己纵令不落到戚夫人[01]般的悲惨命运，也一定会发生足以使天下人耻笑的事件。"她觉得当今的时势令人厌恶，如此度日，实在难熬得下去，因此决心背离尘世遁入空门，然而不见儿子皇太子一面，就此削发改装，又于心不忍。于是悄然微行进宫会见皇太子。

源氏大将原本对藤壶皇后的关照是无微不至的，就连一些区区小事，他也关怀备至，可是藤壶皇后此番进宫，源氏大将却借口身体不适，没有前来送她。当然，一般面上的关照还是照常不变，不过了解内情的侍女们私下里都悄悄在议论说："源氏大将对一切都感到极其厌倦呐。"她们都很同情源氏大将。

皇太子的长相非常俊秀，他长大了。阔别许久能与母亲见面，皇太子难得那么高兴，缠绕在母亲左右的那股亲热劲儿，藤壶皇后看了更加疼爱，遁入空门的决心不由得感到很难实现。一看到宫中的状况，觉得世态无常，大多已凄凉地改变了面貌，尤其是弘徽殿太后心肠之狠毒，也令人不安，自己出入宫廷亦有诸多不便，总觉得举步维艰，十分痛苦。长此下去，对皇太子未来的前程也很不利，实在令人担心。思绪纷扰，不知该如何是好，于是询问皇太子说："今后如若间隔长时间没有和你见面，待到见面时，你看见我已不像现在这样，而是变得异样了，你会怎么想呢？"皇太子凝视母亲的慈颜，一边笑着说道："那么会变成像式部[02]那样吗？

---

[01] 戚夫人是汉高祖的爱妃。汉高祖驾崩后，吕后出于妒忌报复，砍断戚夫人手足，剜眼、熏耳，强令她喝喑药使她喑哑，还令她居厕中，侮辱她为"人彘"。
[02] 这里的"式部"是一个相貌丑陋的侍女。

怎么可能呢！"他说话的神情，简直可爱得无法形容。藤壶皇后不禁怆然而落泪，说："那个式部是因为老了，才变得丑陋，我和她不一样，我是要把头发剪得比她的还要短，穿上黑衣裳，模样就像守夜僧[01]一般。今后与你见面的机会也许会更少了。"皇太子认真地说："您长久时间不来，我会很想念您的。"说着泪珠夺眶而出，他觉得不好意思就把脸转了过去，他那头轻轻晃动的头发，显得很清爽，那双令人感觉亲切的、润泽的眼睛，那模样，随着成长越发酷似源氏大将。他的牙齿有些虫牙，因此嘴里就有黑点，微笑起来的那股灿烂的劲头，不由得令人联想到美女的亮丽。只是他长相如此酷似源氏大将，令藤壶皇后甚感遗憾，她觉得恰似美玉中的瑕疵，只因她深感人言可畏，格外害怕世人探知她的隐私。

　　源氏大将虽然非常想念皇太子，但是为了惩戒藤壶皇后那惊人的狠心，他强忍住对皇太子的想念，不去探望皇太子，带着无时不思念的心情打发日子。但又担心别人看了会乱加揣测，加上自己也感到百无聊赖，于是决定去观赏秋季野外的景色，顺便去参拜云林院寺，他的已故生母桐壶更衣的兄长是个佛门的律师[02]，就在这寺院内修行。源氏大将想诵读佛经，进行修行，他在寺院里逗留两三天的过程中，感慨良多。红叶逐渐尽染，秋天野外的景色妖艳诱人，欣赏秋景的情趣，使他几乎忘却了故乡。源氏大将召集寺院内所有学问高深的律师，倾听他们的高谈阔论。也许是由于寺院环境的关系，越发使他感到人事之无常，他通宵达旦陷入深思，依然是"凄楚思恋狠心人"[03]啊！脑海里自然地浮现出藤壶皇后的倩影。法师们在"黎明时分残月"的映照下，给佛爷供奉花和水，发出花盘碰撞

---

[01] 守夜僧：原文作夜居僧。为了祈求佛爷的保佑或祈祷平安，而请来僧人守候在近旁通宵诵经，这样的僧人称守夜僧。
[02] 律师：这里指的是寺院里德高望重、严守戒律的高僧。
[03] 此句引自《新古今和歌集》中的和歌，歌曰："黎明时分望残月，凄楚思恋狠心人。"此处的"狠心人"，指藤壶皇后。

的响声，菊花和色彩浓淡不等的红叶折枝散落各处，也呈现一派无常的景象。源氏大将接着又想："这种修行，既可以慰藉现世寂寞无聊的心情，又可以造福于后世，既然如此，这乏味无聊之身，还有什么难以处理的呢。"律师用相当庄重的声调念诵："念佛众生摄取不舍……"[01]源氏大将听见这种长长的有节奏的诵经声，颇感羡慕，不由得暗自寻思："自己为什么不下决心遁入空门呢？"可是，这种念头刚泛起，首先自己牵挂着的紫姬的身影又浮现在脑海里，这可能是尘缘未了，邪心作怪的缘故吧。这回可真是从未曾有过如此长时间离开紫姬了，心中甚为挂念，于是不断给她写信。信中也曾如是说："我本打算尝试一下，看看是否能够舍弃尘世，然而还是难以慰藉我寂寞之心，反而越发增添孤独之感。眼下还有未听完的佛法讲义，暂时还在这边逗留，这期间，你那边近况如何？"他轻松地在一张陆奥纸上书写，字迹极其洒脱漂亮。还附上一首歌曰：

> 独居我家似朝露，
> 山风呼啸心苦楚。

紫姬读了这封情深意切的书信之后，不禁落泪，她在一张洁白的方形厚纸笺上写下答歌曰：

> 我似蜘蛛依朝露，
> 风吹丝网乱腾苦。

源氏大将看了，不由得自言自语地说："她的字迹越发有情趣了

---

[01] 这是《观无量寿经》中的经文，曰："光明遍照十方世界，念佛众生摄取不舍。"

呀。"说着微微笑，觉得她真可爱。他们之间经常有书信往来，所以她的字迹与源氏大将的很相似，她现在的字迹多了几分妩媚，运笔气势更增添了成熟女性的情趣。源氏大将一心只想精心地把她塑造成不论从哪个角度看，都很完美的女子。

源氏大将所在的云林院距离槿姬斋院所在的贺茂神社很近。于是他就通过槿姬的近身侍女中将君给槿姬去函，他向中将君诉苦说："我这般仰望羁旅的天空，思慕伊人，无比惆怅，不知斋院能否予以谅察啊！"他给槿姬斋院赠歌曰：

> "生怕亵慢奉神人，
>
> 忆起当年诚怀念。

虽然'往昔悲恋不复返'[01]，想了也无济于事，但我觉得似乎能复返。"

源氏大将的遣词用语似乎很亲密，那是写在一张浅绿色的唐纸上，又在杨桐枝上系着白布条，装饰得很神圣庄严，一并赠送。回信由侍女中将君执笔："其实也无可排遣解闷的，闲来无事追忆往事，有诸多感怀，那也无济于事。"书写得比往常细腻诚恳。斋院在那白布条一角上写答歌曰：

> "不曾有过揪心念，
>
> 从何谈起忆当年。

我不曾有过那记忆。"寥寥几笔。源氏大将看了觉得："斋院的文笔虽说

---

[01] 此句引自《伊势物语》第7段中的和歌，歌曰："往昔悲恋不复返，欣羡浪涛能回还。"

并不细腻，却很明朗，草书等也很出色，更何况那姿容，她长成大人的模样，该不知有多么标致呢。"仅仅凭想象，源氏大将都动心了。可是如斯想又害怕亵渎神灵啊！回想起去年的今天，他正在野宫造访六条妃子，度过了令人满怀伤感的一夜，说来真是不可思议，怎么这两人的回应竟然都是同样的呢？他埋怨神灵在阻挠他的爱恋。他的这种毛病实在寒碜，既然非恋不可，那么在此前如若想方设法，未必不能成事，然而那时竟悠闲度日，蹉跎岁月，如今才感到后悔，这也是一种古怪的心理啊。至于斋院，她也知道源氏大将有这种异乎寻常的毛病，因此偶尔给他回信时，也没有采取拒之千里的冷酷态度，这也有点令人难以理解。

源氏大将念诵《天台六十卷》[01]的经文，有些不明白之处，就请高僧给予讲解。高僧说："这山寺平日勤于修行功德，因此呈现如此可庆可贺之光彩。为佛祖面上也增光。"连身份卑微的法师们也皆大欢喜。源氏大将在过山寺生活期间，心静沉稳，继续思考人世间的诸多烦恼事项，几乎不想回家了，然而他惦挂着一个人——紫姬，她就成了他出家的羁绊，一想到她，他就不能在山寺久留了。告别山寺时，他向山寺布施丰厚的诵经酬劳，寺内所有上下僧人以及附近的山村平民百姓都获得了他的赏赐，他极尽所能地做了一番宝贵的善事之后，告别山寺踏上回归的路程。一路上望见卑微的村民像被扒到一起的庭院的落叶，一群群聚集路旁，诚心相送，满脸感念的泪花，拜谒车队。源氏大将身穿黑色的麻布丧服，乘坐居丧期间装饰成黑色的牛车，神情憔悴，没有什么特别华丽的装饰，然而人们透过车帘，隐约拜见源氏大将的尊容，都觉得他的姿容真是无与伦比。

且说紫姬，阔别许久，源氏大将觉得她的姿容比往日更加标致，呈现成年女性的文静端庄。她担心她与源氏大将两人的缘分今后不知会成什么

---

[01] 《天台六十卷》是佛经书名，包括"天台三大部"——玄义、文句、止观各十卷，以及其后的释签、疏记、弘决各十卷。

样，那神情令人心疼也令人怜爱。源氏大将一想到自己为那不伦之恋，不知付出了多少痛苦和辛劳，她可能已知晓，前些日子她作歌曰"风吹丝网乱腾苦"确实很可爱，源氏大将对她比往常更加亲昵，给她述说了许多故事。同时源氏大将也想起久疏问候的藤壶皇后，于是源氏大将拟把从山寺带回来的红叶作为礼物送给她。他想，她看了定会觉得经过秋露润泽的红叶远比庭院里的红叶，色泽更加浓重艳丽，从而难以等闲看待自己送她红叶的这番丹诚的情怀吧。再说太长时间不去向她请安也很不体面，因此情不自禁地将信连同一枝红叶一并赠送给了藤壶皇后。信件礼物送到王命妇那里，信中写道："听说藤壶皇后进宫探望皇太子，这很难得。我也很久没有前去问候皇太子和藤壶皇后了，不过心中总还是惦挂着两位，不知近况如何。由于我好不容易决意去山寺诵经念佛，且有预定的日数，不便中途而废，以至延至今日。我独赏红叶，'恰似黑夜丝锦展'[01]，可惜了。特送上，在您心情尚佳时，不妨一览。"

这枝红叶确实很美，藤壶皇后不由得注目观赏，只见红叶枝上按惯例系着一个打成小结的东西。有许多侍女都在现场看着，她的脸色在红叶的映衬下也泛起红潮，她心里在想："源氏大将直到现在那份邪心还不死，实在令人厌恶。那样一个通情达理懂得深谋远虑的人，真可惜，不知怎么搞的，有时竟犯糊涂干出一些惊人的行为来，别人看了能不起疑心吗？"想到这些，她心里觉得很不痛快，于是将这枝红叶插在花瓶里，放置在远处房檐下的柱子旁。藤壶皇后给源氏大将的回信，只谈及一般的情况，以及与皇太子有关的，拜托他多加关照的事，是一封行文严肃的回信。源氏大将看了觉得："她真是个聪明伶俐、硬心肠的人啊！"尽管对她存有怨恨的情绪，但是他对皇太子一贯无微不至地关照，现在更不能疏远他，免

---

[01] 此句出自《古今和歌集》第297首，歌曰："深山红叶无人赏，恰似黑夜丝锦展。"

得别人起疑心。于是，在藤壶皇后行将从皇太子那里退出宫的当天，源氏大将就进宫去了。

源氏大将进宫，首先去拜见朱雀天皇，恰逢朱雀天皇空闲，于是和他闲话昔日今朝的诸多故事。朱雀天皇的容颜酷似父皇桐壶院，不过稍微比父皇更优美文雅些，他对人亲热，性情柔和。两人共叙，彼此交流哀戚的心绪。朱雀天皇虽然也曾耳闻，源氏大将与尚侍胧月夜的旧情尚未断绝，并且偶尔从胧月夜的神色上也能看出来，不过他认为："这没什么，倘若这两人的关系是从现在开始的，那就太不像话了。他们的关系早在尚侍胧月夜进宫之前就存在了，那么两个熟悉的人彼此交心，也没有什么不妥之处。"因此也没有加以责备。朱雀天皇和源氏大将两人天南海北地谈论了世间的诸多故事。朱雀天皇还向源氏大将询问了一些学问上不解的问题，还谈论到各自爱好的恋歌、歌物语等。在交谈的过程中，朱雀天皇顺便谈及那位斋宫赴伊势当天的事，并赞美斋宫容貌俏丽，源氏大将也推心置腹地将那天拜访六条妃子，在野宫深感充满凄怆情趣的黎明时分的情景，一无保留地向他叙述。

二十日的月亮逐渐爬了上来，这是一个月色秀丽别具风情的深夜，朱雀天皇说："真想在如此清幽的景色中，举办一场管弦乐的乐事啊！"源氏大将却起身告辞，奏曰："藤壶母后今晚退出宫中，我拟前往东宫探望皇太子，遵照已故父皇遗命，照拂皇太子，再说，皇太子又别无其他保护人。由于与皇太子有血缘的缘分，对藤壶母后亦当眷顾。"朱雀天皇答道："父皇弥留之际遗嘱命朕视皇太子如己出皇子，故朕亦十分关心，但又不宜过分张扬。皇太子年龄虽小，但书写笔迹格外有灵气啊！朕万事愚钝，有此聪慧太子，亦觉脸上增光。"源氏大将又奏曰："从大体上说，皇太子确实十分聪慧，然而虽有成年人模样，其实年龄尚幼，尚未成材。"接着又将皇太子的日常一般情况奏上，然后从御前退出。

且说弘徽殿太后的兄长藤大纳言，他的儿子名叫头弁，凭恃祖父手握大权，成为当今显赫一时的年轻红人，傲视一切，无所顾忌。这时头弁正前去探望妹妹丽景殿 [01]，恰巧遇上源氏大将的先行开路人员小声喊着开道，从后面赶了上来。头弁的车子一时停住，头弁在车内缓慢地朗诵："白虹贯日，太子畏之。" [02] 源氏大将听了心中很不痛快，但又不能责备他。因为听说弘徽殿太后痛恨源氏大将，处处要找他的麻烦，太后的近亲也常常做些令源氏大将难堪的事，此刻源氏大将虽然觉得十分讨厌，但也只好装作没有听见，不动声色地走过去了。

源氏大将来到东宫时，藤壶皇后尚未退出。源氏大将托侍女转达称："由于晋谒天皇，因此时至深夜才来问安。"其时一轮明月当空照，清幽美丽，藤壶皇后不由得缅怀桐壶院在世时，每逢这般充满情趣的月夜总要举办管弦乐会娱乐消遣，在华美的氛围中欢快游乐的情景，如今宫殿建筑依然在，只是人事诸多改变了，情不自禁地悲从中来，吟道：

> 九重夜雾遮明月，
>
> 遥念清幽空悲切。[03]

藤壶皇后命王命妇将此歌转告源氏大将。两人间隔甚近，透过帘子源氏大将隐约可以感觉得到帘内藤壶皇后的动静，倍感亲切，昔日对她那冷酷无情的态度心怀怨恨，此刻也全然忘却，不禁怆然而落泪，遂答歌曰：

> "月影依然映秋色，

---

[01] 丽景殿是朱雀天皇的女御。

[02] 燕之太子丹派荆轲去刺杀秦始皇，看见白虹贯日，知道此乃图谋行刺之事失败之预兆，心中畏惧。头弁借此故事嘲讽源氏大将对朱雀天皇怀有二心。

[03] "九重"喻宫中，"夜雾"隐喻右大臣一派当权者，"明月"比喻朱雀天皇。

夜雾隔阂苦奈何。

古人不是也有'朝霞亦似人心妒'[01]之事吗？"

藤壶皇后依依惜别，舍不得离开皇太子，对他说了各种事情，然而皇太子毕竟年幼，理解不到那深层含意，藤壶皇后不免极其担心。皇太子原本习惯于早就寝，但是今宵他大概是要等到母后离开之后才睡吧。送别母亲时，皇太子虽然很舍不得，但还不至于缠住她不放。藤壶皇后非常心疼，觉得皇太子太可怜了。

源氏大将一想起头弁朗诵的那句话，心中就不安，觉得世间令人烦恼的事太多。很长时间也没有与尚侍胧月夜通信了，不知不觉间，时令已到秋冬之交下了头一场小阵雨的时候，景色萧然。不知胧月夜是怎么想的，她给源氏大将寄来了一首歌，歌曰：

> 望断秋水无来鸿，
> 岁月蹉跎寂寞中。

萧索的晚秋气象也催人多愁善感，估计这位尚侍胧月夜寂寞难耐，才积极地悄悄写了这首歌差人送来，她的这份心不招人嫌，源氏大将让送来信者稍候，他让侍女打开放置唐纸的橱柜，从中挑选一张特制的好纸，并精心选取笔墨，给胧月夜写回信。那神采格外艳丽，他跟前的侍女们见此情状，都在挤眉弄眼互相牵扯衣袖私下揣摩："这信是给谁写的呀？"源氏大将走笔写道："纵令来函述怀也无济于事，一心惩戒自己，不敢再尝试，非常沮丧。正值只顾忧虑自身之事时，顷接来函，有

---

[01] 古歌曰："欲赏山樱霞挡路，朝霞亦似人心妒。"

感曰：

> 莫将别离思恋泪，
> 视为深秋阵雨辈。

只要彼此心灵相通，纵然仰望寂寥的苍穹，亦能忘忧解愁吧。"信中细腻地吐露衷情。源氏大将似乎收到了许多类似这样惊人的苦诉怨恨信，但他只作了略有风情的回信，这些信似乎都没有深深打动他的心。

藤壶皇后决意在为已故桐壶院一周年忌辰做法事之后，继续举办八讲^[01]法会，为此诸多费心准备张罗此事。十一月初一前后，是国忌之日，大雪纷纷扬扬。源氏大将赋歌寄赠藤壶皇后，歌曰：

> 去岁今日永诀别，
> 何时重逢谁能决。

今天是举国哀伤之日，藤壶皇后旋即答歌曰：

> 苟延余生多苦楚，
> 今日恍若再共度。

藤壶皇后虽然不是格外用心来书写此歌，但是源氏大将看了觉得既艳丽又高雅，大概是心理作用的关系吧。她的字体运笔，虽然并不特别优异，也不时兴，却有一种非同寻常的情趣荡漾其间。今天，源氏大将也压

---

[01] 八讲：指法华八讲，把《法华经》八卷分开宣讲的法会，又细分成朝夕二讲座，历时五天宣讲毕。

抑住对她的恋情，专心诵经念佛祈求冥福，热泪却宛如可怜的融雪水滴，情不自禁地滴落。

过了十二月十日，藤壶皇后举办的八讲法会开始进行，气氛无比庄严。从每天为死者做佛事诵经开始，经卷的装潢非常讲究，玉轴、绫罗的封面，用竹席子包装，其精美无与伦比。这位藤壶皇后，即使在平常场合，对细微小事物的装饰也很讲究，追求精致完美，更何况像今天这样的大场面。佛像的装饰、花几上的桌布等，甚至令人误以为是真的极乐世界呐。第一天是为先帝 [01] 祈求冥福，第二天是为母后做佛事，第三天是为桐壶院祈求冥福。这一天是宣讲《法华经》第五卷 [02] 的日子，公卿大臣们不顾当世掌权人的猜忌，许多人都前来听讲。今天特选修行格外优秀的高僧担任讲师，因此从"僧人背薪" [03] 开始宣讲，虽然是同样的歌词，今天的念诵显得格外庄重。众亲王供奉各种物品，并围绕佛像边走边念诵。源氏大将所准备的供养品，所讲究的意趣之深邃，与众人迥异，常人无法比拟。作者似乎始终净表扬源氏大将，不过由于每次遇见他都觉得他越发俊美，褒他实在也是情不自禁啊！

最后一天是藤壶皇后自己满愿的日子，她在佛前宣誓，决心出家。在场的人无不大为震惊。她的哥哥兵部卿亲王以及源氏大将也大吃一惊，顿时感到茫然。兵部卿亲王在仪式举行半截时，退场进入帘内，藤壶皇后向其兄表明自己已下定决心。法会结束时，她召来比睿山的住持，并请他为她授戒。藤壶皇后的伯父横川僧都走近她身旁，为她落发，这时殿内人心震撼，不祥的哭声充满殿堂。就算是身份卑微的老人，行将出家之时，也

---

[01] 这里的"先帝"是指藤壶皇后的父亲，桐壶院之前一代天皇。
[02] 《法华经》第五卷是《法华经》二十八品中的第十二品，讲的是提婆达多成佛和八岁龙女成佛的故事等，它作为恶人成佛、女人成佛等的根据，受到世人的重视。
[03] 指大僧正行基所作《樵薪》之歌，出自《抬遗和歌集》。歌曰："伐薪摘菜又汲水，从中领悟《法华经》。"众人一边念此歌一边绕佛像行走。

会感到一阵莫名的悲伤，更何况藤壶皇后平素从来没有流露过这种意向的蛛丝马迹，因此，兵部卿亲王哭得非常伤心。参加法会的人们，觉得四周的氛围很庄严肃穆，令人肃然起敬，同时也觉得很凄凉，大家都同情落泪，濡湿了衣袖而回家。

已故桐壶院的皇子们，回想起藤壶皇后往日的荣华富贵景象，感慨万分，悲伤不已，都前去慰问她。惟有源氏大将独自留下，孤坐席上，默默无言，不知该对她说些什么才好，怅惘茫然。但他又担心别人会起疑心："他为什么会如此伤心呢？"于是，源氏大将在兵部卿亲王退出后，前去慰问藤壶皇后。此时人群逐渐散了，四周恢复宁静，侍女们一个个在抹鼻涕眼泪，三三两两在各处聚集。皎洁的月光普照大地，望着雪光映衬下的庭院景象，不禁忆起昔日的往事，浮想联翩，痛苦难耐，勉强按捺住潮涌般的思绪，请侍女传言问道："为什么如此急于下决心？"藤壶皇后照例让王命妇传言，答称："此决心并非今日突然做出的，因估计早说了，难免会引起人们的骚扰，搅乱我的心。"这时，源氏大将在帘外似乎也可以感觉得到帘子内的动静，许多侍女云集在那里，隐约传来衣服的摩擦声，坐卧举止动作小声而亲切，那转动身体流露出的唉声叹气，令人感到充满了难以慰藉的悲伤氛围。源氏大将不由得感到她吐露的心声确有道理，他万分悲伤难过。此时，户外狂风大作，雪花纷飞，帘内飘来一阵阵芬芳的"黑方"[01]薰香味，佛前供奉名香的烟雾也微微地袅袅腾腾，加上源氏大将身上的薰衣香，汇合成宜人的芳香世界，这充满情趣的夜景，令人感到宛如身在极乐净土的环境里。皇太子也派使者来了。藤壶皇后回想起前些日子与皇太子话别时，儿子的那番话，她的决心再坚定，也难以压抑住悲从中来，她伤心得一时难以作答。源氏大将见状，颇合时宜地帮她答谢来使。这时殿内所有在场的人无不心潮起伏，平静不下来，源氏大将也无法

---

[01] 黑方：一种薰香，由沉香、丁子香、甲香、白檀香、麝香等调和炼制成。

倾吐衷肠。作歌曰：

> "月挂云霄诚可美，
>
> 为子摸黑独自怜。[01]

我有这种想法，乃由于自己缺乏勇气，我对你的坚强决心，真是无限羡慕。"源氏大将只说了这几句。这时，侍女们都守候在藤壶皇后身边，他思绪万千，心乱如麻，又无法倾诉，万般焦急。藤壶皇后答歌曰：

> "一般忧患皆抛弃，
>
> 亲缘何时全背离。

仍有一丝烦恼挂心头啊！"这答复的一部分，估计是来传言的侍女体察源氏大将的心情，擅自修改过的吧。源氏大将满腔悲情，痛苦万状，郁闷地退出了皇宫。

源氏大将即使回到二条院的自家宅邸，也是独自在自己的居室内歇息，但还是不能合眼，继续在思索世间的许多令人厌烦的事情，心中只惦挂着皇太子的事。他辗转难眠，想道："已故父皇桐壶院辞世之前，封藤壶女御为中宫皇后，有意正式安置她做皇太子的保护人。谁承想藤壶皇后似乎是忍受不了世道之艰辛可恶，遁入空门，恐怕不能再保留皇后之位了。如果连我自己也舍弃皇太子而出家的话……"思虑万千，通宵达旦。源氏大将还想到，现在还必须为刚出家的藤壶皇后准备些日用器具，于是命家人急忙准备，须在年内料理停当。王命妇也陪同藤壶皇后一起出家，

---

[01] 此歌中的"月"比喻藤壶皇后，源氏大将羡慕她能出家获得清净。"子"暗喻皇太子，表明源氏大将割舍不了尘缘，无法出家，只好在烦恼苦闷的黑夜中徘徊。

因此对她也应该诚恳关照。如若过于详细叙述这些细枝末节，难免冗长，还可能有所遗漏呢。本来在这种时候，亦会有一些饶有兴味的和歌出现的，这也省略了，未免令人感到有些美中不足。

藤壶皇后出家之后，源氏大将来造访她，顾忌世人的闲言碎语也比以前少了，有时候还有机会和她直接晤谈。源氏大将对藤壶皇后的恋情，虽然还深深地埋藏在内心中，但是如今也只能让它深埋下去，不应表露了。

旧岁更新[01]，宫中又呈现一派繁华的景象，或举办内宴[02]或举行踏歌会[03]等，藤壶皇后听说此事，只觉人事无常，她肃静地勤于修行，一心只想为后世积德，有个美好的前途。她觉得自己已远离过去种种艰难、烦恼的岁月。往常的诵经堂自不消说还保留在那里，另外还特意兴建了一所经堂，就在西殿的南边，与正殿有些距离，她迁移到新经堂，每天诚心修行。

源氏大将前来造访。他环视四周，觉得这里毫无新年的氛围，宅中一片寂静，人影稀疏，只有藤壶皇后的几个亲近的侍女低垂着头坐着，也许是自己的心情使然，只觉得她们的神情仿佛满心委屈的样子。只有吉利的白马[04]依然如故牵到这宫邸来绕行，侍女们正在观看白马。昔日每到新春，众多公卿大臣竞相前来贺年，如今这些人故意绕道而行，或过门而不入，直奔右大臣宅邸而去，在那里云集。虽说这是势在必然，但是不禁令人感到世态炎凉啊！恰在此时，侍女们看到源氏大将热诚来访，他那俊秀的英姿，真不愧是以一当千，无不感动得热泪盈眶。

源氏大将从客人的角度看，四周呈现一派极其凄凉的景象，不由得催

---

[01] 光源氏是年二十四岁。
[02] 内宴：平安时代正月二十日前后在宫中招待文士的例行宴会。
[03] 踏歌会：平安时代正月中旬少年男女在宫中边歌边舞，庆祝新春。
[04] 正月初七是白马节会，每年的这一天，都举行仪式，把马寮中的白马牵出来让大家观赏，习俗相信，这天看白马可以驱邪保平安。

人万般感慨，他蓦地说不出话来。再看看出家人的住处，与昔日不同，帘子的边缘和帷幔都是深蓝色，从一处处缝隙可以隐约看见浅灰色或橙黄色的袖口等，觉得相当优美、典雅。惟有池面开始全面解冻的薄冰和岸边发芽的柳树，没有忘记春季时令的到来。源氏大将环顾四周的景象，遂低声吟咏："木瓜亦有心。"[01] 他那神态无比优雅，接着他又赋歌一首曰：

　　得见割藻海女寮，
　　怆然泪下松浦岛。[02]

　　藤壶皇后的房间进深并不太深，房间里的空地方几乎都让出来，摆上供奉佛的用具，因此藤壶皇后的座位，距帘子外面的源氏大将似乎比较近。藤壶皇后的答歌曰：

　　浦岛面影已不再，
　　难为海浪涌过来。[03]

　　答歌虽然是隔着帘子传出来，但是她咏歌的声音，还是隐约能听得见，此前强忍住的泪珠，此刻情不自禁地夺眶而出。源氏大将又担心自己的这副模样被淡泊红尘的尼姑们看见，怪不好意思的，因而没有多谈几句就告辞了。源氏大将离开后，几位年长的侍女一边流泪一边赞美源氏大将说："啊！这位公子随着年龄的增长，越发英姿飒爽、俊美无比了。想起

---

[01] 此语出自《后撰和歌集》中的一首歌，歌曰："得见著名松浦岛，海女木瓜亦有心。"
[02] 借用古歌，以"松浦岛"比喻藤壶皇后所居宅邸，日语"海女"与"尼姑"谐音，"藻"指长长的裙带菜，有陷入沉思的意思，"裙带菜"与"眺望"谐音。
[03] 此歌中的"浦岛"喻藤壶皇后的宅邸，"海浪"喻源氏大将。

往时他那无忧无虑、富贵荣华、显赫一时、天下惟我独秀的时候，我们就觉得他怎么会懂得世道人情呢。没想到他如今竟已变得沉稳大度，即使对一些区区小事，也都能体恤照顾周全，不知怎的，看了不禁令人心疼他呢。"藤壶皇后也有许许多多往事回忆。

春季司召时，在藤壶皇后的三条宅邸内任职的人们，都没有得到理应赐下的官位。按一般道理，或从中宫皇后的关系来说，都是应该有加官晋爵的，今年却全然没有。因此有许多人都在悲叹，愤愤不平。藤壶皇后虽然就这样出家了，但按理说没有理由立即废除她的封位和俸禄，然而此次朝廷竟然以她已出家为借口，对藤壶皇后的一切待遇都作了诸多的变更。藤壶皇后本人早就摒弃尘世间的诸多烦心事，可是宅邸内的官员们都觉得自己失去了依靠，悲叹不已。藤壶皇后看到他们的神情，也每每动心，感到很不愉快。自己已经别无所求，自身如何无所谓，只要皇太子日后能顺当地即位，她一心只惦挂着这件事，毫不松懈地勤于修行佛道。由于皇太子的身世有不为人知的险恶内情，使她感到不安和恐惧，她不断地向佛祈祷："万般罪孽都该归咎于自己，祈愿佛祖宽恕皇太子的无辜。"她借念经诵佛，慰藉心中的烦恼。源氏大将看到她的这般情景，很能体谅她的心境。源氏大将殿内的人们，像藤壶皇后宅邸内的人们一样，在待遇上也都遭到坎坷。源氏大将觉得这人世间太卑俗，毫无趣味，成天闭居家中。

左大臣公私两方面都很不顺心，觉得世态全变了样，太没意思了，于是上书辞官不做。朱雀天皇想到父皇桐壶院在世时把这位重臣当作难能可贵的后援人，并留下遗嘱要长期把他当作国家的柱石，因此不能怠慢这位重臣，不予批准他的辞职。左大臣屡屡上书辞官不做，但还是无济于事，屡遭退回。可是左大臣还是坚持辞官不做，闷居家中。如今惟有右大臣一族，愈益享尽无限的荣华富贵。身为一代重臣尽忠尽职的左大臣，就这样遁世引退了，因此朱雀天皇都觉得失去了依靠而寒心。世间有正义感的人们，无不哀叹惋惜。

左大臣府上的诸公子，一个个人品厚道，受世人的敬重，一直过着幸福的生活，可是近来整个消沉了下来，那三位中将[01]等，在政界里更加郁郁不得志。三位中将以往虽然时不时到四女公子处留宿，但是由于他对妻子四女公子的态度一向冷淡，因此右大臣也没有把他划归可心的女婿之列。三位中将可能早有所悟，因此此番的加官晋爵没有自己的份儿，他对此事并不怎么放在心上。他看到连源氏大将都如此沉静闭居家中，可以想见如今的世道已经靠不住了，更何况自己呢，这种遭遇势在必然的了。于是他经常前去造访源氏大将，或谈学问，或奏管弦乐。他们想起昔日两人总在一起狂热地竞赛，现在也如此，即使是一些区区小事，也还是要比个高低。源氏大将于春秋二季举行季节的诵经仪式[02]自不消说，还临时举行种种尊贵的佛事法会，并召集一些无事可做的有闲工夫的文章博士前来，或赋诗，或玩隐韵游戏[03]，借以消磨时间，排遣积郁，几乎不进宫中执役，随心所欲地过着悠闲自在的生活。这样一来，又招来世间人们诸多的闲言碎语，渐渐地发展到有人对源氏大将作令人讨厌的非难。

夏雨宁静地绵绵降下，闲来无事之时，三位中将带了许多宝贵的诗集来到源氏大将的二条院。源氏大将也命手下把殿内的书库打开，还从未曾打开过的橱柜里略事挑选出几本珍藏的有渊源的古集来。他不声不响地召集了众多精于此道的人士，有五品以上的公卿，也有大学寮的博士，云集一处，按单数和双数，分成左方和右方两组，比赛隐韵。优胜者获得的奖品等，也是无比精美，众人竞争激烈。随着竞赛下去，出现了许多困难的

---

[01] 这位三位中将即与源氏大将并驾齐驱荣耀俊秀的头中将。
[02] 按惯例，每年的二月和八月在宫中有传诵《大般若经》的仪式，源氏大将学官中的做法，在自家举行。
[03] 隐韵游戏：原文作韵塞（INFUTAGI），就是将古诗中的押韵字隐藏起来，让人猜测是什么字的一种游戏。

押韵字，每每把精通此门道的著名博士也给难住了。源氏大将在此关键时刻不时从旁给予启发，可见他才学之精深。在座众人不由得赞叹说："源氏大将怎么能具备如此全面的才华，准是前世修来的果报，因此万事才优胜于一般人。"胜负的结果终于见分晓，三位中将一方即右方败下阵来，因此，过两天后，三位中将得举办输方的飨宴。宴请尽量不铺张而从简，优美的丝柏木片制成的多层饭盒等，还有各式各样的奖品都出现了。这天照例请来了许多人，赋诗作乐。台阶下的蔷薇有那么几朵开始绽放，这景致要比春秋鲜花怒放时的情景，显得清静幽雅，这是一个饶有情趣的季节，大家融洽开怀地抚弄管弦享乐一番。三位中将的儿子今年刚做了殿上童，他才八九岁，歌声非常甜美，还会奏笙吹笛等。源氏大将也很喜欢他，把他当作游戏的伙伴。这个孩子是右大臣家四女公子所生的次郎君，由于有外祖父做坚强的后盾，人们寄希望于他的远大前程而非常重视他。这孩童心肠好，性格耿直，长相俊秀。在宴席上当人们觥筹交错有点凌乱的时候，这孩童就扬声唱起催马乐《高砂》[01]的曲子来，歌声悦耳，源氏大将脱下外面那层衣服奖赏给他。源氏大将喝得比往常多些，满脸泛红，更显得容光焕发，无比俊美。他身着绫罗便服，外罩一件单衣，透露出的肌肤显得格外美，上了年纪的博士们从远处瞻望，不禁感动得落泪。当孩童唱到《高砂》的最后一句"君貌胜于百合花"时，三位中将便举杯敬上源氏大将一杯酒，并吟歌曰：

祝福今朝花初绽，
君貌胜花众慕瞻。

---

[01] 《高砂》歌词曰："风光明媚美高砂，高砂尾上顶刮刮，白玉垂柳山茶花。祝福呈祥呀呈祥，丝带衣架玉柳挂，为什么呀为什么，心潮澎湃真没法。百合花呀百合花，今朝初绽呈荣华，君貌胜于百合花。"

源氏大将微微笑，接过酒杯答歌曰：

　　　"乖违时令今开花，

　　　难耐夏雨来糟蹋。

已经衰败了。"这是故意开玩笑。其实他喝得并不算多，却装着酩酊大醉的样子。三位中将责难他，强令他多喝几杯。这时，人们吟咏的歌不计其数，不过大多是一些乘酒兴而逢场作戏的无心之作，按贯之所谏诤，为避免烦琐，予以省略。众人或作和歌，或赋汉诗，净是些赞美源氏大将之作，源氏大将也得意洋洋，不禁自豪地咏唱："我文王之子，武王之弟……"[01]这种自我比喻确实恰当，不过他是成王的什么人呢？惟有这点是他于心不安无法清楚咏唱下去的。藤壶皇后的兄长兵部卿亲王也经常来拜访源氏大将。这位亲王对管弦音乐等特别精通，因此他们彼此之间是优雅意趣相投的关系。

　　这时，那位尚侍胧月夜由于患疟疾时间较长，为了做念咒祈祷等法事方便起见，出宫回到娘家右大臣宅邸里来了。经过举行包括祈祷佛爷保佑在内的种种法事之后，她的病体恢复了健康，家中人人皆大欢喜。胧月夜自认为这时候正是难得的好机会，于是与源氏大将密约，煞费苦心地硬要策划每夜都幽会。胧月夜正当风华正茂的青春期，娇艳妩媚，最近因病略微清减，却反而更觉可爱。胧月夜的大姐弘徽殿太后，这时也和她一起回娘家，周围环境对于他们的行事十分危险，然而源氏大将偏偏有个痼癖：越困难就越要去做。因此他偷偷地度过了几度良宵。他们两人的这种关

[01] 此语出自《史记》第33卷《鲁周公世家》，周公诫子伯禽曰："我文王之子，武王之弟，成王之叔父。我于天下，亦不贱矣。"源氏大将将桐壶院比作文王，将朱雀天皇比作武王，自己比作周公旦。倘若将皇太子比作成王，那么源氏大将是"叔父"，触动他的隐私，因此不再咏唱下去。

系，自然会有人察觉，但是人们由于害怕招惹麻烦，没有人将此事禀报太后，右大臣更是万万没有想到会有这种事发生。一天夜里，骤雨凄厉，雷声轰鸣，直至破晓时分，右大臣家诸公子以及弘徽殿太后的侍从女官等人纷纷醒来四处走动，人声嘈杂，耳目众多。侍女们害怕雷雨都聚集到附近来，源氏大将无论如何也无法脱身，在这过程中天亮了。胧月夜的寝榻帷幔外面，周围都是侍女聚集在那里，源氏大将和胧月夜这两人不由得胆战心惊。侍女中只有两人知道内情，焦急万分却也无可奈何。

待到雷声停，雨渐小时分，右大臣走到这边来探视，先到弘徽殿太后室内探望。人们的行动声被阵雨声所遮盖，使源氏大将和胧月夜都没有察觉到，不料，不大一会儿的工夫，右大臣蓦地轻松走进了胧月夜的居室内，他一边撩起帘子一边问道："你怎么样啊？昨夜的情景好吓人哟，我惦挂着你却未能来看你，你兄长和太后的侍女等人都来探望过你了吧？"他连珠炮似的说了一通，举止显得轻率，源氏大将看在眼里，虽然处在狼狈周章的境地，却忽然想起左大臣的庄重神采，自然地两相比较，觉得右大臣简直可笑得无法比拟，他情不自禁地微微笑。源氏大将认为右大臣本该进入帘子内之后再开口说话才合乎规矩。

尚侍胧月夜非常苦闷，实在无计可施，只好慢慢腾腾地从帷幔内膝行出来，右大臣看见她满脸泛起红潮，以为她还在患病发烧，遂对她说："怎么回事？你的气色还是异乎寻常嘛，想必是妖魔还在执拗地缠身吧，还应该再继续做法事才好啊！"右大臣在说话的当儿，蓦地发现一条浅紫红色的男用腰带，缠绕在女儿胧月夜的衣服上拖着出来，他觉得很蹊跷。接着又看见一张写有和歌的怀纸掉落在寝榻帷幔的下方，这是怎么回事？心中不免大吃一惊，问道："那是谁的？好眼生的东西呀，拿过来让我瞧瞧，看是谁的。"胧月夜吓得猛回首一看，这才发现。可是事到此刻已蒙混不过去了，还有什么话可回答的呢。她吓得魂飞魄散。为父者右大臣身份如此高贵，倘若怀有宽宏的胸襟，当然会体谅女儿而想到她大概是害羞的吧。可是，偏偏这位右大臣是个性情急躁、毫无宽容心的大臣，他无所顾忌地去把那张怀纸捡起来，并就势窥视了一下寝榻帷幔内的情景，只见一个男子身穿令人讨厌的皱巴巴的睡袍，恬不知耻地躺在女儿寝榻上，此男子这时才拉起衣物把脸盖住，设法掩饰过去。右大臣觉得发生这等事实在卑鄙下流，顿时惊呆了，同时深感自愧内疚，也万分恼火，然而，毕竟不便当场公开揭露出来。他气得两眼昏花，只好拿着那张怀纸径直折回自己的正殿去。胧月夜吓得魂不附体，几乎昏死过去。源氏大将深感遗憾地想道："积恶过多，终于到了承受世人非难的时候啦！"但是看见眼前胧月夜那副可怜的难受神态，还是设法尽量安慰她。

右大臣本是个由着自己性子行事的人，想到就说，心里憋不住事是他的本性，再加上上了年纪愈益固执偏见，因此他毫不游移地把这桩事向弘徽殿太后一无遗漏地和盘托出。右大臣说："发生了如此这般的事件，这张怀纸上的字迹，正是右大将[01]的手迹。固然以前也发生过这种事，由于我们的心软宽恕了他，才酿成今天的事件。昔日我曾因相中他的人品，宽恕他万般的罪过，也曾表示过愿招他为女婿，可是他一概不把此事放在心上，而且以非常薄情、冷淡的态度看待此事，我万没想到会是这样，内心虽然气愤至极，可转念又想这或许是前世注定的孽缘，只好认命。我想经我多方述愿，朱雀天皇也不至于把此女当作失身之女而摒弃她吧。这样，总算能如我所愿，送进宫中来。但女儿毕竟有瑕疵，不敢过分奢望女御之尊，只好让她屈就尚侍之位，这点在我来说，已是莫大的憾事。如今她又发生这样的事，更令我痛心。虽说拈花惹草是男人常犯的毛病，可是这大将的心思也真是岂有此理！他对斋院槿姬，竟也胆敢亵渎神明，悄悄地给人家寄情书，世人风传他们之间的关系蹊跷，这种冒犯神灵的

---

[01] 指源氏大将。

事等，不仅关系到世风的问题，对他自身也很不利啊！我想他不至于做出那种轻率鲁莽的事来吧。何况他是当今的有识之士，风靡天下，是一种难能可贵的特殊存在，我迄今不曾怀疑过大将的居心，可是……"

弘徽殿太后对源氏大将早就怀恨在心，听了父亲右大臣的这番叙述，更加怒不可遏。她说："谈到朱雀天皇嘛，自昔日以来他就受到人们的藐视，那个辞职回家的左大臣，不愿把自己视为无上宝贝的独生女葵姬许配给身为兄长的皇太子，而宁肯把女儿嫁给被降为臣籍的弟弟源氏，新婚共寝的时候，源氏才刚到元服之年呐。说来我原本就有意要让六妹胧月夜进宫侍候朱雀天皇的，不料竟发生了那桩愚蠢可笑的事，然而谁都不以为然，众人都心向源氏大将，站在他一边袒护他，结果妹妹的女御之望落空，只好屈居尚侍之位。我常以此事饮恨在心，总想千方百计提升妹妹的地位，使她不亚于他人，其中也有要洗刷那个可恨的人的凌辱的因素在内。谁知妹妹竟甘愿接受自己心爱者之诱惑。看来那有关斋院槿姬的传闻是真的吧。不管怎么说，看上去，源氏对朱雀天皇之所以觉得很负疚，乃因朱雀天皇对东宫皇太子未来继位的问题怀有好意的缘故，这也许是不言自明的。"她理直气壮，打破情面地数落个不停，缘此连右大臣都觉得源氏大将怪可怜的，他后悔地想："自己何苦要把这桩事泄露给弘徽殿太后呢。"于是委婉地劝解说："你说得固然在理，不过此事暂且不要泄露出去，你也不必告诉天皇。此女之所以又犯此罪过，大概是因为上次犯了过错，天皇并不摒弃她，因而有所依恃，才敢做出这种事来吧。你先秘密地劝诫她，她如若不听你的劝诫，那么这个罪过就由我来承当。"弘徽殿太后听了这话后，怒气仍然未消。她暗自琢磨着："六妹胧月夜和我住在一起，理应无空子可钻，源氏竟敢肆无忌惮地钻进来，分明是不把我们放在眼里，在作弄我们嘛。"越想越气急败坏。她暗自盘算："这正是个好机会，要狠狠地惩治一下源氏大将。"她似乎在绞尽脑汁策划行动的计划。

第十一回

花散里

源氏公子那种咎由自取的、他人无从知晓的诸多恋事所招来的忧愁怨恨，非始于今日，桩桩件件层出不穷，仿佛没有止境，可是，如今世道已时过境迁，近来烦心之事接踵而至，使他万分沮丧，心中不由得又泛起厌世之感。然而，自己难以割舍的事情毕竟太多了。

　　桐壶院当年有个妃子，称为丽景殿女御的，她本身没有生下皇子或公主。自从桐壶院辞世后，她的境遇日渐凄寂，全靠源氏大将照料，清寂度日。她的三妹花散里，曾经在宫中与源氏大将有过偶然邂逅之缘。源氏大将对女子一向多情，一度幽会就难以忘怀，尽管不是特别宠爱她也罢。然而，却使那女子情思难断，浮想联翩。近日源氏公子对人世间万事都觉着烦恼，闷闷不乐，这时他想起了此女子，按捺不住涌动的心情。五月梅雨季节，难得放晴的某一天，他前去造访花散里这女子。源氏公子没有兴师动众，只是微服外出，也不用先驱开道者随行，悄悄地出门了。

　　源氏公子经过中川一带时，只见有一户简朴的人家，树丛葳蕤，颇有风情，屋内传来一阵音色十分悦耳的筝与和琴合奏的乐曲声，弹得很热闹很投入。乐声传入源氏公子的耳朵里，此房屋的进深较浅，源氏公子从车内探出头来，向门内窥视，风吹拂着高大的桂花树的嫩叶，送来一阵幽香，令人联想起过葵节时的情景。环视这一带四周的景象，觉得蛮有情趣，似曾相识，蓦地想起这里就是此前自己曾经欢度过销魂之一夜的人家，不由得心潮翻腾。他寻思着："自那以后已阔别多时了，人家还会记得我吗？"心中觉得不好意思，但又不能过门不入"只掠过"[01]。正在踌躇不前时，忽闻杜鹃啼鸣掠过夜空，听起来仿佛在劝人驻步造访此人家，于是他命车子折回去，照例派遣惟光将一首歌送进屋内去，歌曰：

---

[01] 此语出自《古今和歌集》第154首歌，歌曰："夜黑黢黢道迷惑，杜鹃缘何只掠过。"

杜鹃怀旧折回路，

依恋私语歇宿处。[01]

惟光记得正殿西头似乎住着许多侍女。他听见有几个侍女的声音很熟悉，于是先清了一下嗓子，看看反应，然后郑重其事地转告源氏公子的歌句。看样子侍女中年轻者居多，她们不晓得赠歌者是谁，遂答歌曰：

杜鹃鸣声似熟悉，

梅雨昏暗难辨析。

惟光估计她是故意装糊涂，回答说不认得是谁，惟光说："好吧好吧，可能是'种植篱笆难辨懂'[02]吧。"说着便走了出来。这女子内心中暗自怨恨，也深感遗憾。源氏公子心想，她大概已经有主了，因而举止谨慎吧，这也在情理之中，无可厚非。在这般身份的女子中，源氏公子首先想起那位筑紫的五节舞姬[03]着实可爱。源氏公子就是这样，在恋爱问题上，不论是哪方面的对象，他都很挂心，没完没了，不堪其苦。但凡与他有过交情的女子，哪怕只有短暂的一度春宵，纵令经过多年的岁月，他依然难以忘怀。这反而成了诸多女子忧虑怨恨的根源。

源氏公子朝向自己预定的目标，来到了丽景殿女御的宅邸，这里正如他所想象的，人影稀少，静悄悄的，令人感到相当凄寂可怜。他先去拜访丽景殿女御，与她叙旧。不知不觉间夜幕降临，不久二十日的月儿当空，庭院里高大的树木投了一片阴影，檐前近处的橘子树飘来一缕缕令人感

---

[01] 此处"杜鹃"比喻源氏公子自己。

[02] 古歌曰："花落树梢呈葱茏，种植篱笆难辨懂。"见源孝行著《源氏物语》注释书《紫明抄》。

[03] 筑紫是九州的古称。"筑紫的五节舞姬"是指筑紫守太宰大贰的女儿。

到亲切的芳香。女御虽然上了年纪，但是毕竟有修养，典雅可爱。她虽不再有当年显赫的桐壶院的宠幸，但其为人还是可以推心置腹、和蔼可亲的。源氏回忆往事，一桩一件历历在目，情不自禁地潸潸泪下。这时，传来了一阵杜鹃的啼鸣，可能就是刚才落在篱笆旁的杜鹃鸟吧，其鸣声与先前的别无二致。源氏心想："它是否追逐我的足迹而来的呢？"他觉得这种情趣实在艳美，遂低声吟咏："莫非杜鹃亦通情。"[01]接着作歌曰：

> "杜鹃思慕飘香橘，
> 伴我来访落花里。

为了抚慰流逝的难忘岁月，我早就该前来造访这里了。访晤故人，郁闷虽消，却又平添新愁。一般说趋炎附势是世间之常态，因此可以谈心者寥寥无几。何况近来百无聊赖，难以排遣啊！"女御听了这番话，更觉世态炎凉，人生苦楚。可能是由于她品格高尚的关系，她那陷入沉思的样子，显得格外哀伤可怜。女御吟道：

> 荒园凄清无人睬，
> 檐前橘花引客来。

尽管她回答的仅仅是这两句，但源氏公子却将她同别的女子相比，觉得她与众迥异。

源氏公子拜别女御之后，佯装顺道的样子，悄悄地走到花散里所居的西厅前，向室内望了望。花散里已久不见源氏，加上源氏那举世罕见的俊

---

[01] 此句出自《古今和歌六帖》，歌曰："故人叙旧心温馨，莫非杜鹃亦通情。"

·

美，使她一见之下，顿时全然忘却迄今对他的怨恨。源氏公子一如既往，与她情深意切地娓娓叙谈，未必不是由衷之言吧。当然不只是花散里，但凡源氏公子所交往的女子，皆非平庸之辈，都各具特色，因此，相见便两相融洽，彼此爱恋。当然其中也有女子因源氏久疏探访，伤心而移情别恋的。但源氏公子认为，这是人之常情。刚才中途经过的篱笆内的那女子，就属于移情别恋这一类。

源氏物语

第十二回

だいじゅうにかい

須磨

源氏公子逐渐感到世间人际关系太繁杂，不称心的事越来越多，即使努力佯装若无其事的样子，打发时日，将来恐怕也难免会遭遇更为可怕的事。

　　他听说昔日须磨地方曾有人居住，现在已成为远离村庄的相当荒凉之地，就连捕鱼人家也稀稀疏疏。不过，住在繁华热闹的地方，也非本意。可是，远离京城，又牵挂故里，而且传出去也不好听，着实困惑。千头万绪，过去的事、未来的前途等等反复思量，悲伤之事确实太多了，思想上本来就已厌弃这忧心事繁多的都城，可是一旦要离去，又觉得难以割舍。在诸多难以割舍的人和事中，尤其是紫姬，她那唉声叹气伴随着朝朝暮暮的可怜样子，比什么都更使他揪心、怜爱。过去每当短暂分别时，尽管明知终归还会重逢[01]，但哪怕一两天的暂别，源氏公子也总是牵挂不已，紫姬也觉得仿佛失去了依靠，无着落。而这次的离别，究竟几年又无期限，正是"满心惟盼重逢时"[02]，此一别远去，世态无常生死难卜，说不定是走上不归路[03]啊！一想到此不由得悲从中来，因此，有时他甚至想干脆悄悄地把她也带去。可是转念又想："带着这样一个可怜的纤弱女子到那个除了惊涛骇浪之外无人来访的荒凉海滨，是很不合适的。再说，这样做反而会使她更加操心伤神。"可是，紫姬却说："只要能与你同行，纵令奔赴黄泉路又何妨。"似乎流露出埋怨的情绪。

　　那位花散里尽管与源氏公子幽会的机会不多，但是她那清寂无依的生涯，一直仰仗公子的照拂，这回公子离京远去，她不胜悲叹，诚然在情理之中。除此之外，偶然与源氏公子有过一夜因缘的众多女子中，暗自伤心哀叹者也不在少数。那位已出家的藤壶皇后，惟恐世间人们的闲言碎语伤

---

[01] 此语出自《古今和歌集》第405首，歌曰："腰带两头各西东，绕了一圈又重逢。"
[02] 此句引自《古今和歌集》第611首，歌曰："思恋杳渺无尽日，满心惟盼重逢时。"
[03] 此语出自《古今和歌集》第862首，歌曰："暂别出门登旅途，或许已迈不归路。"

害自己，故而谨小慎微行事，但她也经常秘密地给源氏公子来信，公子不由得想道："她昔日若能如此贴心寄语，表示好意，该有多好。"接着又伤心地想道："我为她备受苦恋的熬煎，这都是前世造的孽缘啊！"

源氏公子定于三月二十日之后离京。离开京城的日子没有通知任何外人，他只带长年近身的七八名侍从随行，极其安静地出发了。临行前只给几个必要的亲友致函悄悄送去，也不张扬。不过，信中想必诚挚抒怀，定然会有感人肺腑的好文章，只可惜作者那时心情也很紊乱，无心思去探听详情。

出发前两三天，源氏公子趁着黑夜前往左大臣家。他乘坐一辆简陋的女用竹席车子以遮掩身份，偷偷溜进屋里，情景甚是可怜。简直就像一场梦。源氏公子亲眼目睹亡妻葵姬的房间，一股寂寞与凄凉的心绪油然而生。小公子的乳母，还有昔日侍女中还留下侍奉的几个人，看到这般模样的公子来访，都觉得很稀奇。她们从各个房间聚拢过来，拜谒了源氏公子，就连阅历不深的年轻侍女，都感到人事无常而热泪盈眶。小公子夕雾长得格外俊秀，他高兴得欢蹦乱跳。源氏公子说："许久不见，你还那么记得父亲啊！"说着将他抱起，让他坐在膝上，那怜惜之情，着实令人不堪忍受。左大臣也来了，与女婿源氏公子会面。左大臣说："听说贤婿近日闲来无事，总是闭居家中。老夫本想前去造访，闲话家常，叙叙旧，不过由于老夫是以病重为由，辞去朝廷官职，不务政事，因此随意出门，深恐招来非议，说老夫'为私事倒是神采飞扬'，诸如此类的闲言碎语。老夫虽是无官一身轻，不需什么顾忌，然而，当今世道权势专横，确实可怕。老夫到了这把年纪，看到贤婿遭此横祸，深感自己长寿是一种沉重的忧心事。纵令乾坤颠倒过来，老夫也料不到会发生此等憾事。这般世态，真令人万念俱灰啊！"源氏公子遂详细地将远离京城的缘由向岳父左大臣禀告说："发生这样或那样的事，都是前世招来的报应，归根结底只能说是咎由自取。即使是官阶没有像我这么高的人，稍犯过错，都要受到朝廷的贬斥，这样的人若采取如一般人无所谓的态度，还照样抛头露面，据说在外国也会招来重罪的，更何况像我这样的，据说也有人在议论贬黜、流放远地之事，想要特别课以重罪吧。若自以为没做过什么亏心事而泰然处之，恐怕后患更无穷。因此，与其蒙受更大的耻辱，莫如及早主动遁世，远离京城。"

左大臣谈到昔日桐壶院的往事，还谈及桐壶院对源氏公子的关怀，说着频频地用衣袖揩拭泪水。源氏公子再坚强也忍不住陪着落泪。小公子天真烂漫地在游戏，总缠绕在这两位亲人的身边，他们看了异常心酸。左大臣说："我总是无法忘却亡女的事，直到现在还是悲伤不已。不过，倘使小女尚在，看到这次事件，不知会多么伤心，幸亏她早死，也免得做此噩梦。这么一想，反倒获得安慰。只是念及这纯洁的幼儿，得长年累月生活在老人身边，而无机会亲近生父，这才是无比悲伤的啊！古人即使真犯了罪，也不至于受如此重罚。吾婿蒙受冤枉，想必还是前世注定，在外国此类冤案也很多，不过，总要列出具体的罪状，才能如此治罪。因此，这次之事，真是令人百思不得其解。"左大臣侃侃而谈，说了许多。

三位中将也来了，他与源氏公子共饮直至深夜，当晚源氏公子就在岳父家留宿，侍女们都前来侍候，与公子叙旧。其中有个侍女叫中纳言君的，一直受到公子的另眼看待，远超过别的侍女。这天她在人前"欲语难启言"[01]，源氏公子看到她那沉默寡言的样子，心中暗自觉得她怪可怜的。入夜，大家都就寝的宁静时分，惟有中纳言君留下来，陪伴公子作分外心平气和的交谈。源氏公子之所以在这里留宿，也许就是为了这一刻吧。

---

[01] 此语引自《伊势物语》第19段，歌曰："感情疏远诚可怜，遥见欲语难启言。"

翌日，天尚未亮，源氏公子就准备出门。这时残月当空，饶有情趣。庭院里鲜花繁盛期已过，残留着婆婆娑娑的树影，颇富风趣。淡淡的朝雾笼罩着庭院，呈现一片云雾朦胧的景象，远胜于秋夜的凄婉之美。源氏公子凭依在房间一角的栏杆上，观赏良久。中纳言君大概是为了要亲自目送公子的缘故，打开了旁门，并在那里等候。源氏公子对她说："想来难能有重逢之日了，此前没有料想到会出现如此这般的世道，因此白白地浪费掉多少个随时可相见的日日月月啊！"中纳言君只顾饮泣吞声，顾不上答话了。

老夫人派遣小公子的乳母宰相君向公子传话说："老身本想亲自与贤婿晤谈，无奈过分悲伤，心绪紊乱，因此拟待心情平静下来之后再说。没曾想到贤婿未等天明即将离去，老身顿感意外，这与昔日全然不同。哪怕多待上一会儿，待到这可怜的幼儿睡醒呢。"源氏公子也感伤哀泣，他不像是答歌，只是低吟：

> 渔夫烧盐观海湾，
> 疑是鸟边山焚烟。[01]

源氏公子对宰相君说："黎明时分的离别，并不都是如此伤心的，但今朝的伤心想必有人会理解的。"宰相君答道："'离别'这两个字，任何时候听来都令人感到难受，尤其是今朝的离别，更令人伤心。"她的话声里带有鼻音，足见她发自内心地感到悲伤。

源氏公子请乳母代为禀告老夫人："小婿亦有千言万语，想向老夫人

---

[01] 此歌根据《古今和歌集》第708首而作，歌曰："须磨渔夫烧盐忙，伤心云烟飘他乡。"日语"观海湾"与"怨恨"谐音，意即怀着怨恨前往位于海湾边的须磨。"鸟边山"即源氏公子的妻子葵姬的火葬地鸟边野。

述说，只因满腔愤恨，不知从何说起，老夫人想必会谅察小婿的这番心情的。如若再见尚在酣睡的幼儿，反而会使我迷恋尘世，莫如硬着心肠匆匆告别。"源氏公子出门的时候，众侍女都来窥视，目送公子。行将隐没的月儿，顿时明亮了起来，在月光的辉映下，源氏公子的姿影越发显得艳丽、清爽，他那陷入沉思的神采，即使虎狼见了也会被打动而哭泣吧。更何况这些侍女，从幼少时期就熟悉他，看到他身陷如此无法比喻的境遇，无不深深感到凄惨可怜。情状诚然如斯。老夫人答歌曰：

> 火化烟飘都城空，
>
> 幽魂落寞远隔中。

　　如此思念故人，悲伤的思绪如潮，无穷无尽。即使在源氏公子离去之后，人们都还依依惜别，哭泣不已。

　　源氏公子回到二条院宅邸，看见这里的人昨夜似乎连盹都没有打一个，东一堆西一簇，面对今非昔比的世态，只顾茫然自失。侍从室里只留下了平日与公子亲近的侍奉者，他们准备与公子一道前往，因此都各自回去与亲友话别了。至于平日与源氏公子过从不是甚密的人，连前来问候的区区小事，也顾忌会招来右大臣的严厉责怪，或引起更多的麻烦，因而却步。昔日门庭若市，车水马龙，连住地都嫌狭窄，如今却萧条冷落，无人登门。源氏公子痛切地体会到世态之炎凉。餐桌等大多都落满灰尘，一处处的铺席也都翻过来摞在一起。源氏公子不禁心想："如今在我眼皮底下尚且如此，日后我离开了，更不知会变得多么荒凉。"

　　源氏公子来到西厢殿，见格子窗门还未关上，估计紫姬定然忧心忡忡通宵达旦眺望窗外。年轻的侍女们和女童等人都在一处处的廊道上打盹，看见公子到来，慌忙起来招呼。源氏公子看见侍女们都作值宿的一身装扮，出出进进，心感不安，觉得："日后，再过些岁月，这些侍女势必坚持不到最后，行将各散东西吧。"他连平时满不在意的一些小事，现在都一一看在眼里，而触景伤情。源氏公子对紫姬说："昨夜我为诸多待办之事，忙至深更夜半，所以就在那边歇宿。你不至于照例怀疑我又在外面拈花惹草吧，我想至少还在京都的这段期间里，我是不会离开你左右的。然而我现在即将远行，心中自然会有许多牵挂，总不能闭门不出啊。即使不那样做，在这无常的人世间，我还是会被人说成是薄情而就此疏远，真令人伤心啊。"紫姬只回答道："你说伤心，还会有比遭此厄运更令人感到伤心的事吗？"说罢，沉默不语，露出一副椎心泣血般的痛苦模样。这也真是难怪啊，她与父亲兵部卿亲王一向疏远，本来父亲与这里还有点亲族上的往来，可是近来父亲顾忌世间的权势，生怕招来麻烦，与源氏公子既杳无音信来往，也没有前来探访慰问，因此，她觉得自己在他人面前也很不体面，甚至感到还不如当初不会面，不让父亲知道自己的下落就好了。在这种时候，紫姬的继母即兵部卿亲王的正夫人等却在议论说："刚觉得那孩子突然交好运，可是转瞬间又行了衰运，嗨！她注定是个苦命人，但凡关爱这孩子的人，一个个都离她而去呀。"这些话不胫而走，传到了紫姬的耳朵里，她感到格外伤心，从此与娘家更加疏远，决不来往了。可是这样一来，她在京就无人可依靠，简直就真是孤苦伶仃的身世了。

　　源氏公子用道理开导她说："我离开京城，度过一段流放的岁月后，如果朝廷还不赦免，那时就算我居住在岩穴[01]，也会迎接你去的。然而，现在若携你同行，势必招来世人的指责：身受朝廷贬黜，不能见日月之光，理应知进退，却还任性而为，罪孽更加深重呀。我虽无过

---

[01] 此语出自《古今和歌集》第952首和歌，歌曰："岩穴中住但求适，充耳不闻世间事。"

失，却遭此横祸，恐是前世造孽的报应吧。再说，流放犯携带所爱的人同行，史无前例，在这疯狂般的人世间，说不定还会遭遇更大的灾难呢。"

太阳高照，源氏公子还闭居在寝室里。帅皇子和三位中将来访，源氏公子更衣换上便服，准备会晤。源氏公子说："我现在是无官位者。"他穿一身无花纹的平绢便服，反而显得更加优美可亲，他消瘦的身影令人更觉清秀动人。他想整理一下鬓发，于是向镜台那边走去，照见自己镜中清减的面影，自己都觉得文雅美丽，却说："我整个人都衰弱了呀，莫非我真像镜中影像那么消瘦吗？可怜啊！"紫姬满眼噙着泪珠，凝望着源氏公子，那模样实在令人怜爱，源氏公子不禁吟歌曰：

> 此身漂泊远离群，
> 留影镜中永伴君。

紫姬仿佛自言自语地低吟歌曰：

> 果真别离影长留，
> 抚慰我心镜中求。

吟罢，将身子躲藏在柱后，借以遮掩热泪潸潸的模样。源氏公子深感在众多的淑女中，数她是一位无与伦比的美人。帅皇子对源氏公子谈了诸多伤心的往事，直至日暮时分才告辞。

花散里知道源氏公子行将离京远去，内心感到颓丧无着落，经常给公子去信慰问，这也是人之常情。源氏公子心想："我若不再次去造访她，她可能会怨恨我薄情。"于是决定于这天晚上前去造访，可是又舍不得离开紫姬，磨蹭至夜深人静才出门。花散里的姐姐丽景殿女御非常高兴地迎接源氏公子说：“承蒙莅临，没想到寒舍亦能忝得您造访。”那欢欣鼓舞的情状，无须一一赘述。看样子这两姐妹的日子过得相当清苦，多年来一直仰仗源氏公子的关照孤寒度日，日后可以想见会更加艰难，居所殿内势必更加孤寂凄清。这时月色朦胧，只见宽广的池面、草木丛生的假山呈现一派凄寂的景象，源氏公子不由得想象着自己离开京城，居住在宛如岩穴般的住所的情景。

居住在西厅的花散里颓丧地思忖：“公子行色匆匆，大概不会再到这里来了。”正当添愁的月光娇媚地映照大地，万籁俱寂，洋溢着一派浓浓的雅趣之时，蓦地听见有人走动的声音，接着飘来了缕缕芬芳的衣香。不久，源氏公子悄然地走了进来。她膝行几步，迎了上去，便与公子在月下幽会。两人在这里又絮语缠绵，不觉间天色已近黎明，源氏公子叹道：“良宵恨短啊！连这种未能尽兴的相会，今后恐怕都难得会有第二次，一想到此，不禁后悔以往没常来访，而蹉跎岁月。如今成为古往今来鲜见其例的落难之身，心情从未有过如此忐忑不安呀。”两人又谈了许多往事回忆，直到时不时传来声声鸡鸣。公子顾忌世人耳目，连忙告辞。这时候，但见残月逐渐隐没，花散里过去总把残月西沉的情趣，比作宛如公子离去时之感受，如今又见此景象，不由得悲从中来。残月余晖照在花散里深紫色的衣服上，宛如古歌所吟“泪濡颜”[01]，花散里低吟歌曰：

> 月映衣袖虽简陋，
>
> 百看光辉亦不够。[02]

---

[01] 此语引自《古今和歌集》第756首，歌曰：“相逢相思心挂牵，冷月映袖泪濡颜。”
[02] 此歌将“月”比作源氏公子，用“衣袖”比喻自己，意即我多么想把美丽的月光留住啊！

源氏公子看见她那依恋不舍的愁容，觉得怪可怜的，自己虽然也很悲伤但还是安慰她，遂吟歌曰：

> "皎洁明月终将现，
>
> 莫看短暂昏暗天。

不过，回想起来，世态无常啊！只见'前途渺茫悲伤泪'[01]，内心不禁黯然。"说罢便在黎明昏暗中离开了。

　　源氏公子回到二条院宅邸，将种种行装准备妥当，接着吩咐一些平素亲近而不媚当世权势的侍从，于他离开后分别管理宅邸内上上下下的一切事务。并从他们当中挑选了几名，随他一起上路。在那边山村里住家所要用的物品，仅仅挑选一些非用不可的才带去，并且特意不加修饰以力求简朴。此外还带一些必读的书籍，诸如白氏文集等，装入箱内，外带一张琴。其他铺张炫耀的用具和华丽的服装等，一律不带，他把自己装扮成奇异的山野村夫模样。至于家中的一切，包括侍从在内等万般琐事，全都委托紫姬来掌管。属于他领地内的庄园、牧场以及应该审慎掌管的各处领地的地契票据等，也都交给紫姬保管。除此之外，甚至有关成排的仓库和纳殿诸事也由紫姬主管，兼令向来认为可信任的少纳言乳母协助管理，并让紫姬有事可以适当地与了解主人脾气的家臣[02]商量，并交给他们经管。至于源氏公子身边的侍女如中务君、中将君等人，过去虽然怨恨公子对她们薄情，但是还能经常得以侍候于他身边，

---

[01] 此句出自《后撰和歌集》，歌曰："前途渺茫悲伤泪，只见眼前一片黑。"
[02] 家臣：原文作家司（KEISHI），平安朝中期以后亲王、摄关、大臣、三位以上官员家掌管家务的职员。

尚能聊以自慰，可是，今后情况又会怎样呢？正在这时，源氏公子宣布说："我可能还会有平安归来的一天，凡是愿意等候这一天到来的人，都到西厢殿去就职。"他让上上下下的侍女和家臣都转移到紫姬所在的西厢殿去，还按照各人的身份，分别赏赐各种物品，留作纪念。小公子夕雾的乳母等人，花散里她们那边，也拿到颇有情趣的礼品，这是自不待言的。此外，众人的日常生活方面的需要，也都无微不至地考虑到了。

　　源氏公子还不顾一切地给尚侍胧月夜送去一函。函中写道："虽然明知你不便来函，情有可原，但是如今面临不得不认命远离之际，忧伤难过之情，着实无与伦比，恰似：

　　　　无缘相逢伤悲恋，
　　　　竟成横祸流放源。

只有这桩事，是我无法逃脱之罪吧。"源氏公子担心此信中途会遭遇被拆看的危险，因此没有详细书写。胧月夜见信，非常感动，强忍住热泪，衣袖却怎么也挡不住热泪潸潸，她答歌曰：

　　　　身似水泡漂泪河，
　　　　未及相遇已消磨。

　　她边哭边写，字迹缭乱却相当有情趣。源氏公子觉得这次分离前未能再与她见一面，实在遗憾。不过，转念又想，她那边的人当中，憎恨源氏公子的她的近亲很多，再说胧月夜本人也有所顾忌，因此源氏公子自己不好开口强求，只得作罢。

明日即将起程。这天傍晚，源氏公子拟前往北山，拜谒父皇桐壶院陵墓。临近破晓时分，月色分外明亮。于是，源氏公子先去拜访师姑藤壶皇后。藤壶皇后在靠近垂帘外给源氏公子设座，亲自与他交谈。藤壶皇后首先谈到皇太子的事，她格外关切皇太子的前途问题。两人内心深处都隐藏着一桩共同的心事，交谈起来自然万般情深。她那和蔼可亲、高贵优雅的音容笑貌，依然如故，源氏公子本想向她隐约吐露昔日遭受她的冷漠相待的那股怨恨情绪，可是转念又想，如今何苦重提往事，令她伤心，自己也徒增烦恼，于是一声不响地强忍住不说，只说："我蒙受此意外之罪，想来乃因那么一桩事所致，不知怎的，总觉得非常可怕，我身纵令死了也不足惜，盼只盼皇太子能顺利登基……"他此番话说得在理。藤壶皇后对这一切心知肚明，她内心非常感动，以至说不出话来。源氏大将万感交集，思绪翩跹，情不自禁地怅然泪下，那神态无比优美文雅。源氏大将说："我将前去参拜父皇陵墓，母后有何话要转告吗？"藤壶皇后过度悲伤，一时答不上话来，她强按捺住痛苦的思绪，吟歌曰：

> 故人安知子伤悲，
> 遁世徒添凄怆泪。

她心乱如麻，苦恼万状。两人彼此都无法很好地表达此刻千头万绪的心情。源氏大将答歌曰：

> 死别伤悲犹未尽，
> 生离哀怨复满襟。

待到拂晓月残时，源氏大将才告辞，然后前去参拜父皇陵墓。随从者只带五六个人，仆人也只带亲近者，骑马前去。回想当年出门时的盛况，与如今的境遇相对照，不免有沧海桑田之感慨。随从人员无不悲叹满怀。其中有一人，昔日于斋院赴贺茂神社侍奉神灵，举行贺茂祓禊之日，曾给源氏公子充当临时随从，此人是伊豫介之子，任右近卫将监兼藏人职务，今年本该获加官晋爵，却终于被排除在晋升殿上人的名册之外，官爵也被剥夺，成了无依无靠者，只得加入源氏公子远赴须磨的行列里随行了。这一行人在前往拜谒皇陵的途中，走到可以眺望贺茂神社之处时，此人蓦地想起祓禊那天的情景，于是从马上下来，牵住源氏公子的马头，吟歌曰：

> 昔日行列好气派，
> 惟恨神灵不理睬。

源氏公子觉得此男子抚今追昔、触景生情，感慨良多这也难怪，当时他何等风光，荣耀非凡啊！想到这些自己心中也很难过。源氏公子下马来，朝向遥远的神社那方顶礼膜拜，向神灵告别，还吟歌曰：

> 远离京城不留停，
> 虚名是非任神评。

右近卫将监是个善解风情的年轻人，听了此答歌，目睹源氏公子的神采，内心深深感到这位公子真是既优雅又可敬。

源氏公子拜谒皇陵，但觉父皇在世时的一幕幕情景，活生生地浮现在眼前。这样一位身居无上高位的明君，业已与世长辞成为故人。缅怀亲人不胜悲伤，公子在陵前哭诉万般情怀，然而再也听不到父皇的谆谆教诲声了，父皇那么多殷切的叮咛、种种遗嘱，而今都已烟消云散不知去向了。悲伤慨叹、言语再多亦无济于事，奈何！

皇陵道上杂草丛生，一路上足踏手推萋萋芳草而行，朝露濡湿了衣裳，晓月也隐入云中，郁郁葱葱的森林，呈现一派凄怆的景象。源氏公子刚要拜别陵墓，竟然顿觉不知归途的方向，公子再三膜拜，只见父皇的面影活生生地呈现在眼前，不由得毛骨悚然。公子吟道：

> 父皇亡灵暗相送，
> 假托明月隐云中。

天色大白，源氏公子才打道回府。他给皇太子那边去信道别。这时，王命妇代替藤壶皇后在宫里照料皇太子。因此，源氏公子命人把信交给王命妇。信中写道："我今日即将离开京城，不能再次造访，这是最令人感到悲伤的事。一切万望体谅，予以关照为盼。嗟叹：

> 何时重见春花都[01]，
> 命途多舛成野夫。"

这封信系在一枝樱花稀稀落落凋零的枝杈上。王命妇立即将信送给皇太子，并告诉他信中是这样那般写的，皇太子虽然年幼，却很认真地在听，那神情似乎是在思索。王命妇问他："回信要说些什么呢？"皇太子回答道："对他说：短暂不见面，尚且不胜想念，何况远去，该不知有多么牵挂啊！"王命妇心想："这回信也未免太简单了些。"又觉得皇太子

---

[01] "春都"与"春官"即皇太子谐音，此处暗指皇太子。

很可怜。她回忆起昔日源氏公子为了迷恋藤壶皇后所做的荒唐事，招来了无限的烦恼与痛苦，脑海里不由得浮现出一桩桩一件件的往事。她心想："他和她本来都可以过着无忧无虑的生活，不想竟自找烦恼，陷入无边的苦海，但思前想后，也是由于自己给他们搭桥，这愚蠢的一念之差，招致发生此等事。"想到这些，王命妇好生后悔。她回答源氏公子的信上写道："拜读来函，真是无言可答。我已将尊意转告皇太子。看到皇太子那伤心无着落的神情，令人感到很凄凉。"她的信写得不得要领，想必是由于心绪紊乱的缘故吧。她还附上一首歌曰：

> "花开花落须臾间，
> 盼春早日花都现。[01]

只要时机到来……"此后，王命妇总在侍女们之间交谈惜别等诸多伤心的往事，引得宫中的侍女们悄悄地落泪。

　　此前即使只见过源氏公子一面的人，看到他近来那副沮丧哀愁的神情，无不深表同情而觉得实属可叹，更何况平常侍候于他身边的人，就连公子未曾认识的婢女和清扫厕所的妇女，由于一向承蒙公子的恩惠过日子，公子即使是短暂不在，都觉得难过，何况如今这般情况，她们哀叹：见不到公子的日子会不会就长此下去啊？朝中的一般官员，有谁能把此事等闲视之呢。源氏公子从七岁开始，昼夜不离父皇左右，但凡有奏章，公子都鼎力相助，助其顺利获得批准，缘此，百官无不感念源氏公子的大力协助。身份高贵的公卿大臣、弁官之中，受到源氏公子的恩惠者亦很多，官居这些人之下的受惠者，亦不计其数。这些人都不是不知感恩，只

---

[01] 借"花开花落"比喻荣枯盛衰，悲喜莫测，惟盼公子如春天般早日重返都城。

是当今的世道，当政者独断专行，他们的行动不能不有所顾忌，因此无人敢与源氏公子亲近。社会上的人们都很惋惜源氏公子的远去，有些人内心中谴责当政者处事不公允，而恨恨不平，可是又想："就算自己不顾自身的利害，前去慰问，对源氏公子又有什么好处呢。"在这种时候，许多人甚至采取很不体面的冷淡态度。源氏公子只觉得世态炎凉，不时慨叹人生实在无聊。

起程那天，源氏公子与紫姬安闲地倾心相谈，从容地度过了一天，照例于深夜辞行。公子身穿便服，行装也简陋，他卷起帘子劝说紫姬："啊！月亮出来了。哪怕再多走几步目送我远行呢。我此次远离，日后不知会有多少话憋在心头想对你倾诉呐。以往偶尔暂别一两天，我胸口都觉得憋闷得慌哩。"紫姬抽泣不已，心神恍惚。她踌躇片刻，还是膝行了过来，在月光的辉映下，她显得格外美。源氏公子暗自想："这次倘若真是告别无常的世间，她不知会过着怎样颠沛流离的生活啊！"念及此处，不胜悲戚，实在放心不下，但见她那样愁肠寸断的样子，又不忍心说出来，生怕她更加伤心，遂装作若无其事地说："这是短暂的离别。"并歌曰：

> 生离岂能拆赤诚，
> 一息尚存守山盟。

紫姬答歌曰：

> 纵令舍命何足惜，
> 哪怕换来留须臾。

源氏公子为她一片诚挚的爱心所打动，越发难分难舍。但是，待天大白后，又顾忌别人的耳目，遂匆匆出发了。

一路上，紫姬的面影总是浮现在源氏公子的脑海里，他满怀离愁别绪上了船。时值白昼长，加上顺风，翌日申时就抵达须磨湾。他不曾经历过如此短暂的游山玩水，时而感到寂寞，时而觉得有趣，还留下几分新奇的印象。途中有一处昔日叫大江殿的地方，如今已相当荒凉，遗址上只剩下几棵松树为标志了。公子触景生情，歌曰：

> 屈原千古留芳名，
> 此身流放至何年。

源氏公子眺望浪击海滨又回潮的景象，脱口吟咏古歌《羡慕》[01]，虽然这是一首尽人皆知的古歌，但是结合此情此景听起来，众随从无不深感悲戚。源氏公子猛然回首，只见远方群山闭锁在云雾中。他此时的心情诚如白居易所云"三千里外远行人"[02]，情不自禁地潸潸泪下，宛如"桨滴水珠"[03]，公子遂咏歌曰：

> 云峰阻隔我故乡，
> 仰望苍穹共戴天。

---

[01] 此歌出自《后撰和歌集》，歌曰："恋情愈使方寸乱，羡慕浪涛去复返。"
[02] 此句出自白居易诗《冬至宿杨梅馆》："十一月中长至夜，三千里外远行人。若为独宿杨梅馆，冷枕单床一病身。"
[03] 此语引自《古今和歌集》第863首歌，歌曰："披露荡舟渡银河，桨滴水珠伴泪落。"

闻者无不伤心。

源氏公子在须磨的居住处，就在昔日流放于此地的行平[01]中纳言过着"藻盐滴滴浇寂苦"[02]的生活的那一带地方。这里距离海岸稍远，是凄寂而荒凉得可怕的山中。包括篱笆的编扎式样在内，这里的各种建置，令人感到很稀奇。有茅草葺屋顶的茅屋，有芦苇葺屋顶的像回廊那样的建筑，装修得别有一番情趣。源氏公子心想："这里的建筑样式，与四周环境的氛围多么协调啊，它与京城里的建筑风格迥然异趣，假若我不是由于流放而到此地来，定是兴味盎然的吧。"于是又联想起昔日风流偶傥的诸多往事来。

源氏公子把附近一处处庄园的官员们召集来，让他们投入建设工程，并让良清作为自己亲近的家臣，秉承自己的意志，监管这些官员。源氏公子做了这些安排，心中不禁有抚今追昔的凄怆之感。不久，营造的园林已初具规模，颇有雅趣。公子还命挖深庭院里的池子，加深池水，增多庭院内的植树。他的心情逐渐平静了下来，但也觉得宛如做了一场梦。这里摄津国的国守，也是公子过去的亲信家臣。此人深念过去的那份情义，每每暗中关照。因此，这里不像是个旅居之地，人来人往的好生热闹。不过，源氏公子总觉得知音难觅，不时有客居他乡之感，心境难免郁郁寡欢，经常担心今后的岁月不知该如何熬过去。

旅居须磨的生活逐渐安定下来，不觉间已到梅雨季节。源氏公子怀念京城往事，眷恋的人不计其数，尤其思念的是，紫姬会不会焦虑万分，皇太子又不知近况如何，小公子夕雾那天真烂漫戏耍的样子……牵肠挂肚的诸多人和事总在他脑子里转悠，于是，他写了许多信差人进京传送。写给

---

[01] 行平：即在原行平（818—863），平安初期的歌人，官居中纳言民部卿。他是六歌仙暨三十六歌仙之一的在原业平之兄长。

[02] 此句出自《古今和歌集》第962首，歌曰："沦落须磨人何如，藻盐滴滴浇寂苦。"须磨湾百姓多烧海藻制盐。

二条院紫姬以及写给出家了的藤壶皇后的信，在写的过程中往往感伤得泪眼模糊，而不得不短暂搁笔。给藤壶皇后的书信，写道：

> "须磨湾人愁断肠，
>
> 松岛海女可安康。[01]

总是惆怅满怀无尽时，尤其是近来，只觉得前途一片黢黑，真是'蜿蜒胜似此川汀'[02]。"致尚侍胧月夜的信，照例寄给中纳言君代转，佯装是给中纳言君本人的私人信件，函内写道："寂寞时，不由得回忆起往事，正是：

> 肆无忌惮欲见卿，
>
> 芳心是否为我倾。"

　　如此这般地写了许许多多的言语，读者诸君想必可以想象得到。源氏公子也给岳父左大臣去了函，还给乳母宰相君写了信，拜托他们多加照顾夕雾小公子。

　　京城各人收到了源氏公子的来函，许多人看信后都很伤心，也很忧愁。二条院的紫姬读信后，无限思念，万分焦灼，缘此卧床不起，哀叹声不息。侍女们绞尽脑汁，不知如何安慰她才好，实在无计可施，大家心中都很不安。紫姬看到源氏公子往常用惯了的器皿、惯常抚弹的琴，嗅到公子更衣时脱下扔在那里的衣服上残留的余香，只觉得源氏公子现今恍若

---

[01] "须磨湾人"指被流放到须磨来的源氏公子自己。"海女"与"尼姑"谐音，这里指出家了的藤壶皇后。

[02] 此句出自《古今和歌六帖》，歌曰："思君热泪如泉倾，蜿蜒胜似此川汀。"

已是辞世之人，这种感觉使她感到很不吉利，于是少纳言乳母请来北山的僧都举办法事，祈祷平安。僧都向佛爷祈祷保佑两桩心愿：其一，祈愿佛爷保佑源氏公子平安无恙，早日返京；其二，祈愿佛爷保佑紫姬消愁静心，平息悲叹，迎来吉祥安泰。僧都在紫姬悲伤痛苦的状态下专事修佛祈祷。

紫姬为源氏公子操办羁旅中的寝具衣物杂什，给他送去。平纹绢布便服、裙裤等，样式非同寻常，物件自然而然地透露出置办人那份无以名状的悲伤心情，公子临别吟咏"留影镜中永伴君"的面影，虽说总萦绕在她身边，但毕竟是虚的，于实际无补。她看到公子往常进进出出的房间、经常凭依的罗汉松木柱子等，也不由得只觉得心情郁闷，此情此景，纵令阅历深厚、饱经风霜的年长者尚且难受，更何况紫姬。她平日亲近源氏公子，是在公子那形同亲生父母般的呵护和教养下成长起来的，如今公子突然远离，她眷恋不已，这也是人之常情。再说，假若那人干脆亡故了，再悲叹也无济于事，再怎么说也无法挽回，天长日久可能也会逐渐淡忘吧，然而，听说那流放之地距京城不算远，可是别离的时间何时才到头，也无个期限，每想到此，心中便涌起无限的悲愁。

皈依佛门的藤壶皇后惦挂着皇太子的前途问题，常为此而哀叹，这是毋庸赘言的。她寻思着，既然与源氏公子有宿缘，怎能一味当作陌路之人来相待呢。不过，近年来只因害怕世人非议，假若她稍稍流露眷恋之情，世人定会大肆张扬，因此她强压制住自己的感情，佯装没有觉察公子所表露的心情，冷淡处之，终于令那些多嘴多舌的人没有议论及此。这事之所以能掩人耳目，一方面固然是由于源氏公子能极力控制住情感，不任性妄为，另一方面也是由于藤壶皇后能将感情巧妙地深藏不露，避人耳目的缘故。如今回忆起当年的情景，不免既惆怅又思恋，缘此，她的回信也写得稍微细腻些，信中写道："近来愈发觉得恰似：

松岛海女盼君归，

　　经年悲叹热泪垂。"

尚侍胧月夜的回音中写道：

　　"众目睽睽藏私恋，

　　情思煎熬有谁怜。

更多的情况，谅必可以想象得到，何须赘言。"她仅写下这寥寥数语，放
在中纳言君的回信中。中纳言君的回信倒是详尽地描述了尚侍胧月夜的惆
怅心境、哀叹情景，有些段落的字里行间流露出非常哀伤悲切的感情，源
氏公子看了不禁潸然泪下。

　　紫姬在回信中回应了源氏公子特别细腻的来信，也写了许多忧伤的
话，还吟歌曰：

　　须磨湾人泪湿襟，

　　怎比紫儿涌泪泉。

　　紫姬送来了诚挚尽心的寝具衣物杂什，色泽和式样等都很雅观。源
氏公子心想："紫姬办任何事都很精心灵巧，合乎我意，如若没有眼下
的诸多烦心事牵扯，我定能与紫姬过上称心的悠闲岁月。"实在遗憾呀！
她的面影昼夜都浮现在源氏公子的脑海里，的确令人难以忍受。公子甚
至想："还是悄悄把她接来吧。"可是，转念又想："不！不！不能这么
想，在如斯可忧的人世间，至少得先消灭罪孽。"于是又立即净身慎

心，日夜勤于修行。

左大臣的回信中，写了小公子夕雾的情况，写得十分悲怆。不过，源氏公子心想："将来自然会有与孩子重逢之日，那孩子身边又有可靠的外祖父母呵护，不必担心。"他之所以这么想，难道反而是在父子之情这方面没有困惑吗？

真是的，在诸事纷繁忙乱中，竟把一个人给遗漏了。

源氏公子也曾差遣人给伊势斋宫那边送了信，那边的六条妃子亦特地派遣人送来了回信。她的回信写得情深意切，遣词用字考究贴切，笔致高雅，着实出类拔萃，格外优美又有深度。信中写道："听说贵方下榻之处，恍若非现实世间，闻及此，不由得感到仿佛身在黑夜里的梦中。纵然如斯，也不至于岁月漫长地流落他地吧，只是前世罪孽深重的我身，重逢之日，怕是遥遥无期了。

　　惟盼须磨流放人，
　　念及伊势海女身。

在这万事皆令人心绪烦乱的世间，前途如何，谁能知晓啊！"她的信写得好长，此外还有一首歌曰：

　　伊势纵令可拾潮，
　　我身惟能捞懊恼。

看样子六条妃子是在沉思感慨的状态下，逐字逐句地写，在写的过程中，不知搁笔叹息多少回，才终于写就。她用的是白色的唐纸，接连写了四五页，那蘸墨落笔的手法所展现的情趣，实在妙不可言。源氏公子回想往事，觉得："她本是一位令人爱慕的女子，只因曾一度发生了生灵附体作祟的事件，我错怨了她，以至使她伤透了心，委屈远离。"如今回想起来实在惭愧，深感对不住她。恰巧在这时候看到她这情深意浓的来鸿，自己觉得连送信来的使者都很亲切，于是，留住来使多住上两三天，听他讲述伊势那边的情况。这来使是个聪明伶俐的年轻人，是斋宫的近身侍者。在这简素凄寂的住宅里，自然容许来使近身禀告，来使窥见源氏公子的体态姿影，心中赞叹不已，不禁感动得落泪。源氏公子给六条妃子写的回信，其措辞之亲切体贴，是可以想象得到的。其中有一段这样写道：

"早知我身会遭此流放之灾，还不如当初申明随君同赴伊势就好了。此间只觉寂寞无聊，心中无着落。

> 泛舟逐浪伊势人[01]，
> 何妨捎上脱难者。
>
> 沉涵哀叹泪湿袖，
> 凄寂须磨何时休。

不知何时方能重逢，想及此心中不由得无限惆怅。"

如此这般，源氏公子对每位有过交情的人，都殷勤备至地尽心抚慰。

花散里那边也寄来了悲情切切的长长的回信，还附上了她姐姐丽景殿的来函，源氏公子看了这些回音，觉得饶有情趣，也觉得很稀罕。他逐一阅读这些回信，觉得心灵上获得了慰藉，但也催人思绪万千。花散里还附

---

[01] 此句借用风俗歌之句，歌曰："怪哉！伊势人，何以说他怪？乘上小船去逐浪，泛舟逐浪呀！泛舟逐浪！"

歌一首曰：

> 凝望蔓草满荒轩，
> 泪似露珠袖尽湿。

　　源氏公子读了这首歌后，想象着："此刻她家住宅无疑是蔓草萋萋，她过的是无人照拂的困窘生活。"又看到她来函述说："梅雨连绵时分，瓦顶板心泥墙，一处处坍塌。"于是源氏公子便向京中自家家臣说明了自己的旨意，命他请来附近各庄园内的修葺工，前往她家进行修缮。

　　那位尚侍胧月夜，因与源氏公子偷情秘事败露，成了世间的笑柄，她情绪非常低落消沉。右大臣向来格外疼爱这个女儿，遂再三一味向大女儿弘徽殿太后说情，还上奏朱雀天皇。天皇认为她"并非有严格身份地位的女御或更衣，而只是宫中一般的女官"，就不加追究而宽恕了她。尽管弘徽殿太后特别憎恨那位源氏公子，发生这件丑闻后本该严惩不贷，但尚侍胧月夜却侥幸获得天皇的赦罪，仍然可以进宫奉侍。可是尚侍胧月夜还是刻骨铭心地爱恋着她的这位意中人。

　　到了七月，尚侍胧月夜回宫奉侍，本来就格外宠爱她的朱雀天皇不顾人们的讥讽，照例一如既往总要她侍候在他身旁。天皇时而向她述说怨恨，时而又与她海誓山盟，显现出温存宠爱之情。皇上那容貌姿态，确实艳美、纯洁，然而胧月夜内心中装满了对意中人源氏公子的思念，实在对不住朱雀天皇。有一日，宫中举办管弦乐会，朱雀天皇就便对胧月夜说："那位不在场，总觉得寂寞，美中不足啊！何况有这种感觉的人，真不知有多少呐。一切事物似乎都失去了光彩。"其后又噙着泪珠说："我完全违背了先皇的遗嘱，也许终将遭到报应。"胧月夜也忍不住潸然泪下。朱雀天皇又说:"我虽活在这人世间,但觉得很无聊,并不希望长命百岁啊!倘使我真的与世长辞了,你会怎么想呢?一想到你对与我的死别可能还不及与距都城很近的那人的生离感到的悲伤,心中不免产生妒忌,古歌云:'莫若生前……'[01]这大概是心地不够诚挚者留下的言辞吧。"他那态度显得格外亲切,这番话是深有感触才说出来的,胧月夜的泪珠终于情不自禁地夺眶而出。朱雀天皇说:"瞧!就是这样嘛,你的眼泪究竟是为谁滴落的呢?!"接着又说:"你至今还没有为我生个小皇子,实在遗憾。我想遵照先皇的遗嘱,让东宫皇太子继承皇位,然而其间颇多障碍,令人心里难过呀!"由于当时行政大权掌握在权臣手里,朱雀天皇无法按照自己的意愿执政行事。再加上他年纪尚轻,性格上又欠缺刚强,因此不称心如意的事甚多。

须磨开始刮起更加"尽情"[02]的秋风。源氏公子的住处虽然距海边稍远,但行平中纳言所咏的"越关来"[03]那首和歌中所提的海风夹着波涛声,果然于夜间总在耳边回响,凄厉无比。这就是这里的秋天啊!侍候于源氏公子身边的人越来越少,此刻他们一个个都已入睡,惟独公子未眠,他躺着倾听四周的风暴声,心潮澎湃,宛如波涛拍击心扉,不觉间热泪夺眶而出,泪水好像要把枕头漂浮起来似的。他起身略事抚琴,连自己听了也觉得非常震撼,于是打住,不抚琴而吟歌曰:

> 旅人恋都泪似涛,
>
> 莫非伊人送风到。

---

[01] 此歌出自《拾遗和歌集》,歌曰:"死后思念有何用,莫若生前把恋拥。"
[02] 此语引自《古今和歌集》第184首和歌,歌曰:"月影筛落林木间,尽情悲秋悄悄临。"
[03] 此歌出自《续古今和歌集·行平》,歌曰:"须磨海风越关来,旅人双袖凉飕飕。"

随从们被惊醒，都觉得其声凄美无比，按捺不住悲从中来，不觉间一个个坐起身来，悄悄地抹鼻涕眼泪。源氏公子见状，心想："这些随从人员，此刻不知在思想些什么。为了侍候我一人，离开家，抛开了片刻都不愿别离的父母兄弟，漂泊到这种苦楚的地方来。"一想到这些就觉得很对不住他们，还觉得自己今后如若仍长此一味悲愁哀叹下去，他们看了定然更加难过不安。于是，白日里便与他们天南海北地戏说各种笑话，以宽慰人们的心绪。在寂寞无聊中，将各式各样的纸张粘合起来，权当书法用纸习字游笔。为消磨时间还在稀罕的唐绢上绘作了各种画，并将它绷到屏风上，的确很漂亮，颇有看头。往时常听到人们描述山海的景色，自己只能在距山海遥远处想象其姿容，如今亲临其境，近观其姿，果然那高山大海海滨之美姿，绝非凭空想象的情景所能比拟，兴之所至挥毫绘出许多无与伦比的图画来。随从的人们看了都说："应该召请当今的名手画家千枝和常则等人前来，为这墨画着上色彩啊！"大伙说着不胜遗憾之至。他们接触到这样一位平易近人、和蔼可亲的源氏公子，不觉间也忘却了多日积累下来的苦楚和愁思，并以能侍候在公子身边为莫大的乐趣，因此总有四五个人在公子身边侍候着。

庭前种植的鲜花盛放，色彩斑斓，在一个饶有情趣的黄昏时分，源氏公子来到可眺望海的走廊上，伫立观景。他那副神情姿态，飘逸潇洒，简直美不胜收，更何况是身在远离喧嚣尘世的环境里，看上去仿佛是仙境中的神仙显灵。源氏公子身穿一件柔软飘逸的白色绫罗单衣，配上紫菀色的和服裙裤，罩上一件深紫色的贵族便服，宽松地系上腰带，全然一身休闲舒畅、不拘礼节的装扮，嘴里轻轻地念诵"释迦牟尼佛弟子某某"的经文，那诵经声，缓慢柔和，听起来简直是无上优美悦耳。这时离岸不太远的海面上，传来了渔夫们一边荡着小舟一边歌唱的声响。极目远望，隐约望见逐渐远去的小船，宛如一只只小鸟，浮现在眼前，心中不由得涌起一股孤独寂寞的情绪。成行的飞雁声声啼鸣，掠空而过，那音响酷似划船的桨声，源氏公子眺望此番景象，万感交集，不由得热泪夺眶而下。他举手拭泪，那手势在黑檀木制的念珠的映衬下，显得格外美。看到公子如此艳美的手势，思念故乡女人的随从们在心灵上都获得了安慰。源氏公子触景生情，作歌曰：

初雁[01]掠空留哀鸣，
想是伊人寄深情。

良清接着吟咏歌曰：

明知旅雁非故友，
何以闻声猛怀旧。

民部大辅惟光也吟咏歌曰：

离乡常世[02]悲鸣雁，
与昔日我无关联。

前述的右近卫将监也吟歌曰：

"舍弃常世凌空雁，

---

[01] "初雁"指秋季第一次从北方飞来的大雁。
[02] "常世"是惟光的家乡。

幸有同伴相慰怜。

我们倘若脱离了同伴，该不知有多么寂寞啊！"右近卫将监的父亲伊豫介迁任常陆次官，他没有随父亲赴常陆，而随源氏公子来此处流放地。他内心中虽然多有所牵挂，但是表面上还装作蛮自豪的、若无其事的样子，热情侍候在源氏公子身边。

　　天空升起一轮皎洁的明月。源氏公子想起今宵是十五之夜，不由得怀念起昔日清凉殿上的吟歌作乐的情景，于是联想到京城的人们也一定会在一处处望月吧。他只顾凝望明月，脱口吟咏"二千里外故人心"[01]。听者照例感动得落泪。源氏公子还无限怀念那夜藤壶皇后吟咏的赠歌"九重夜雾遮明月，遥念清幽空悲切"等往事，怀旧心切，终于泣不成声。侍候左右的人规劝公子说："夜深了……"但是源氏公子还是不愿进寝室歇息。公子吟歌曰：

　　　　仰望明月暂慰心，

　　　　回归月都[02]遥无垠。

　　源氏公子回忆起那天晚上，朱雀天皇相当亲切地作了诸多话旧的情景，他的容貌酷似已故桐壶院父皇，源氏公子的怀念之情涌上心头，于是一边吟诵"恩赐御衣今在此"[03]，一边走进寝室。父皇赐下的那件御衣，

---

[01] 此句出自白居易诗《八月十五日夜禁中独直对月忆元九》，诗曰："银台金阙夕沉沉，独宿相思在翰林。三五夜中新月色，二千里外故人心。渚宫东面烟波冷，浴殿西头钟漏深。犹恐清光不同见，江陵卑湿足秋阴。"
[02] "月都"比喻京都。
[03] 此句出自《菅家后草》中菅原道真（845—903）诗："去年今夜侍清凉，秋思诗篇独断肠。恩赐御衣今在此，捧持每日拜余香。"

源氏公子确实不曾离身,一向放置在身边。公子又咏歌曰:

命途多舛恩难忘,

泪浸衣袖心怅惘。

　　那时候,太宰大贰任期届满返回京城,随行家属人数众多,他有好几位千金,不便走陆路,于是夫人率女儿女眷乘船走水路。姑娘们兴起沿海湾游山玩水的雅兴,再说须磨海湾的景色比起他处更有意思,因此颇有吸引力。还听说源氏大将谪居于此地,春心浮动的年轻姑娘们,尽管笼闭在船内不可能窥视到,仍然不由自主地脸上飞起红潮,恋慕的思绪翩跹,更何况是曾与源氏公子有过交情的那位五节小姐,甚至觉得纤夫把行船白白地拽过须磨湾,未免太可惜了。恰在此时,远处的悠扬琴声随风传送了过来,四周环境之优美、抚琴人情趣之高雅、琴声之哀怨凄寂,交织在一起,不由得催得有心人纷纷落泪。

　　太宰大贰给源氏公子送函致意。信中说:"下官自远方奔赴京城,本想首先拜访府上,聆听有关京城详情的指教。不想公子竟屈居于此,今日途经此处,诚惶诚恐,不胜悲伤。本想躬亲前往问候,惟恐尊处早已亲朋好友、相知纷至沓来,迎接繁忙,不便打扰,故暂不前往,改日定当造访。"将该信送来的人是太宰大贰的儿子筑前守,此人曾得到公子的提携当上藏人,源氏公子曾见过他,他看到公子遭此厄运,非常悲伤,叹息不已,但因眼下人多,顾忌到外边的流言蜚语,不便久留,就匆匆告辞了。临别源氏公子对他说:"我自离开京城之后,难得见到昔日的亲友,承蒙你特地来访……"公子给太宰大贰的回信也写了类似的意思。筑前守挥泪依依惜别,回到他父亲身边,将公子谪居的近况禀报父亲。太宰大贰和前来迎接的人们,听了他的叙述,无不失声痛哭。那五节小姐想方设法,差人送去一函曰：

"琴音牵住心纤绳，

踌躇不前君可知。

不揣冒昧，'希见谅'[01]。"源氏公子一边看信，一边微微笑，那神情十分俊美动人。公子回信曰：

"心似纤绳若踌躇，

理当停泊须磨浦。

我做梦也未曾想到会过这种渔夫般的生活。"昔日有个故事说，有人赠诗给某驿站站长[02]，站长尚且依依惜别，更何况五节小姐，她真想独自留下来呐。

岁月如流。自从源氏公子远离京城后，京城里以朱雀天皇为首的众人都很挂念源氏公子，特别是东宫皇太子更是朝思暮想，偷偷落泪。他的乳母见了心里很难过，知根知底的王命妇见了尤为心酸。出家人藤壶皇后更是惦挂着皇太子的前途，总为他的事忧心忡忡，连源氏大将都被流放之后，她更是终日悲叹不已。源氏公子的诸亲王兄弟，以及一向与源氏公子和睦相处的诸公卿中，有些人最初还与公子有书信往来，进行慰问，甚或赠答一些颇具人情味儿的诗文，然而由于源氏公子所作的文

---

[01] 此语引自《古今和歌集》第508首和歌，歌曰："心似大船浮海面，起伏不定希见谅。"
[02] 此典故出自《大镜》，故事大致内容为：昔日汉学家菅原道真遭人诬陷，流放播磨，途经明石驿站，歇一宿，驿长厚待，感念之余赋汉诗赠予驿长，诗曰："驿长莫惊时变改，一荣一落是春秋。"

章、所咏的歌都被世人大加赞叹，弘徽殿太后听到传闻，大为不悦，横加非难，恶言恶语道："受到朝廷贬斥者，理应不得随心所欲行事，连日常的饮食也不得随意。然而此人竟在流放地兴建幽雅的宅邸，还舞文弄墨诽谤朝政，竟然还有人追随他，岂不像指鹿为马的献媚者一般。"此后各种谣传四起，人们都很害怕，不再有亲朋好友敢于与源氏公子互通信息了。

二条院的紫姬，自从与源氏公子分别后，时光虚度，无时无刻不在思念源氏公子。原先在东厢殿里奉侍的侍女，都转到西厢殿来侍候紫姬。她们刚来时，觉得这位夫人并没有什么特别过人之处，可是相处日子久了，习惯下来，便逐渐感到这位夫人和蔼可亲十分可爱、人品诚实心地善良、宽厚待人情趣高雅，于是家中便没有一人提出辞职离开。紫姬对身份较高的侍女，有时也很自然地与她们会面。这些人心中都在想："难怪在众多女子中，源氏公子格外宠爱这位夫人，果然有其道理呀。"见过紫姬的人，都十分敬佩她。

源氏公子待在须磨的日子越长久，思念紫姬的深情就越发难以释怀，恨不得立即把她接过来同住，可是转念又想："我该独自一人偿还这前世的孽债，怎能让她来共同受罪呢。"于是自行打消了这个念头。在这穷乡僻壤，万事与京城大不一样。源氏公子初次看到从未曾见过的老百姓的一般生活，只觉得很新鲜、稀奇，也感到自己沦落到过老百姓一般的生活，不免有点委屈。在这里，附近不时有些烟雾飘忽过来，源氏公子以为是渔夫们烧盐冒出的烟雾，殊不知却是住宅后面的山上有人在烧柴。源氏公子觉得很稀罕，遂咏歌曰：

> 柴烟缭绕思绪扬，
> 但愿故乡人来访。

冬天来了，天空下起鹅毛大雪，源氏公子眺望着苍穹的景色，觉得与平日迥异，格外可怕。于是抚琴聊以消遣，并让良清唱歌，让民部大辅惟光吹横笛合奏作乐。当源氏公子倾心弹到意趣深奥的曲子时，其他的音响都停了下来，人们抬手揩拭感动的热泪。源氏公子想起昔日一女子被遣嫁到番邦的故事[01]，此女子心中该不知是什么滋味。他想象着倘若此女子是自己所爱之人，被遣到那么遥远的地方……他就有一种不祥的预感，仿佛这种事将会发生在自己身上似的。于是，他吟咏了一首汉诗"霜后梦"[02]。此时月光格外明亮，照遍了进深浅显的暂时旅居的住所。躺在铺席上也能眺望深沉的夜空，正是"终宵床底见青天"[03]。他望见月亮西行，行将隐没的情景，心头不由得涌起一股凄怆的情绪，自言自语地吟咏："只是西行不左迁。"[04]接着独自信口咏歌曰：

迷途不知何处去，

愧见月亮循轨行。

这一夜照例难以成眠。黎明时分传来白鸽极其凄凉的声声哀鸣，源氏公子赋歌曰：

---

[01] 指汉朝元帝时，将汉女王昭君遣嫁到番邦的故事。
[02] 此诗是大江朝纲所作的汉诗《王昭君》，收入《和汉朗咏集》卷下。诗曰："翠黛红颜锦绣妆，泣寻沙塞出家乡。边风吹断秋心绪，陇水流添夜泪行。胡角一声霜后梦，汉宫万里月前肠。昭君若赠黄金赂，定是终身奉帝王。"
[03] 此句引自《和汉朗咏集》中的一首汉诗，诗曰："向晓帘头生白露，终宵床底见青天。"
[04] 此句引自《菅家后草》中菅原道真所作的汉诗，诗曰："冀发桂芳半具圆，三千世界一周天。天迥玄鉴云将霁，只是西行不左迁。"

拂晓白鹤呼唤友，

失眠孤身似获救。

　　此刻，随从人员都睡得正酣，源氏公子只身躺着反复吟咏。黎明前天尚黑，源氏公子盥洗过后，诵经念佛勤于修炼等举止，在过去京城的生活里是鲜见的。随行人员看在眼里，疼在心上，没有一个愿意离开他而返回京城，哪怕是短暂的离开。

　　明石海湾距此地仅一跨之遥，良清想起那位明石道人的女儿，遂写了封信送去，可是不见那位小姐的回音，只收到她父亲的简短回函称："有事相商，盼能一晤。"良清心想："反正他女儿都不答应了，他却让我找上门去，我何苦给他留下一个空手而归的背影呢！"于是打退堂鼓，也不前去了。这位明石道人生性孤高，无与伦比，按当地播磨人的习俗，认为惟有国守的家族最高贵，最令人敬佩。可是异乎寻常地高傲自大的明石道人，却不把国守放在眼里，拒绝良清对他女儿的求婚，而要另觅佳婿，就这样虚度了几许岁月。此时听说源氏公子就这样客居须磨，于是对他夫人说："桐壶更衣所生的源氏光公子，蒙受朝廷的贬斥，到须磨湾来了。我们的女儿有宿缘，故能遇上这种意想不到的天赐良机，我们要想方设法趁此良机，把女儿许配给这位公子啊。"夫人答道："哎哟，这可不行呀！听京里人传言，那位公子拥有众多身份高贵的夫人，尚不知足，背地里还悄悄地四处拈花惹草，甚至连皇上的妃子都敢冒犯，以至闹得沸沸扬扬。像这样的人怎么会把我们这种偏僻山沟里的土包子姑娘放在心上呢！"明石道人恼火地说："你不懂，我的想法与别人不同。你就按我所说的做准备吧。首先要制造个机会，请他到这里来。"他说着自鸣得意，显然是个固执己见者，于是大肆布置起来，把家里装饰得耀眼夺目，显示格外重视女儿的事。夫人说："何苦这么做呢，纵令对方是个多么高贵的人物，我女儿初次结缘，难道非要嫁给一个负罪的流放者吗？倘使对方真心爱我女儿，那还有的可说，可是，压根儿就不是那么回事啊！"明石道人听了，更加火冒三丈高，嘟哝着说："负罪遭贬谪之事，不论在唐国，还是在我朝廷，但凡世间出类拔萃、非同凡响者，大都蒙受过此灾难。你晓得源氏公子是怎样的一个人吗？他已故的母亲是桐壶院天皇的妃子桐壶更衣，是我叔叔按察大纳言的女儿，她的姿容美丽无比，闻名于世。进宫之后，深获桐壶院天皇的特别宠爱，别人无法与她比拟，这样就遭到众多妃嫔的妒忌，郁悒成疾，红颜薄命，早年身亡。她留下了这位源氏公子真是一大幸事。看来身为女子者，心气就得高。我虽然是个乡巴佬，由于有这层关系，公子不至于嫌弃我。"

明石道人的这个女儿的容貌虽然算不上是绝代佳人，但气质高雅、情趣深沉，实际上与身份高贵的女子相比毫不逊色。她不时暗自哀叹自身所处的境遇，还独自揣摩思量："身份高贵的男子，也许会看不上像我这样的女子，而我又决不愿意嫁给所谓门当户对的平庸之辈。倘使我长命，心疼我的双亲先我而辞世，那么我要么削发为尼，要么葬身海底。"

她父亲明石道人对这个女儿可谓疼爱关怀备至，每年两次带她去住吉神社[01]参拜，女儿自己也默默祈祷，祈求住吉神保佑赐福。

源氏公子在须磨迎接了新的一年，昼长夜短，过着百无聊赖的生活。去年种植的小樱树，枝头已经绽开了花朵。在春光明媚的日子里，源氏公子缅怀往昔的诸多事情，不时潸然泪下。二月二十日已过，去年正是这个时候离开了京城，诸亲友依依惜别时的情景是多么令人怀念啊。现时也正是南殿的樱花盛时吧。回想当年在花宴上桐壶院的优美的音容笑貌、朱雀

---

[01] 住吉神社：位于大阪市住吉区住吉町，供奉海上守护神住吉神。

天皇清秀优雅的仪表，还有朗诵自己所作汉诗等情景，就不禁脱口咏出：

> 倏忽思念宫中人，
>
> 插花时节又来临。

正在百无聊赖之时，左大臣家的那位三位中将前来造访，这位中将现已升任为宰相。他人品高尚，深受人们的爱戴。然而他本人总觉得这世间缺少情趣，怪乏味的，每每触景生情，惦念着源氏公子，于是下定决心要去见源氏公子，心想："纵令为此而被治罪，也顾不了这许多了。"骤然奔赴须磨来了。一见到源氏公子，百感交集，既珍视爱惜又欣喜若狂，两人久别重逢，悲喜交织，不禁"热泪纵横两不分"[01]。宰相举目望去，只见源氏公子那居所的式样，活像唐式房舍，像得简直无法说。那四周的秀丽风光，清幽宜人，宛如在画中，竹编的围墙环绕，石头的台阶、松木的柱子，虽然简素，却格外风雅。[02] 源氏公子的那身装束，活像一名山樵野叟，他穿的是一般人穿用的浅红透黄色的贴身衣服，外面罩上蓝灰色的便服及和服裙裤，十分朴素，一派十足的土气，却更显出源氏公子的气质高雅。人们看了不禁露出笑容：他那姿影着实清爽亮丽。他日常使用的器具，也仅置备刚够用的一些而已，他的居所进深浅显，一眼就可以看透内里。围棋盘、双陆棋盘、弹棋盘等物件，都是乡间制造的产物，还置备了念珠等念佛诵经的器具，可见他勤于学佛修行。他所用的膳食等，更是地道的乡间食物，烹调出别具乡间特殊风味的菜肴。恰巧渔夫们打鱼归来，给公子送来了贝类佐餐，源氏公子

---

[01] 此句引自《后撰和歌集》，歌曰："或喜或忧一样心，热泪纵横两不分。"

[02] 此处描写借用白居易诗《香炉峰下新卜山居草堂初成偶题东壁》："五架三间新草堂，石阶桂柱竹编墙。南檐纳日冬天暖，北户迎风夏月凉。"

与宰相便召唤一人过来，问他长年在海边的生活等状况，这渔夫便向他们陈述了世道艰难、生活艰辛等种种苦楚。渔夫的话语宛如鸟类的啁啾鸣啭，虽说不得要领，然而在人心所感到的苦楚和为生活奔波操心这点上，是没有什么高低贵贱之分的。两位公子听了渔夫的叙说之后，不由得涌起一股怜悯之情，于是赠送些衣服给渔夫，渔夫感到无上光荣。近处群马并排，再往那边望去，有一间像是仓库般的小屋，有人从那里取出干稻草来喂马，宰相看了也觉得稀奇。他们看见饲草，联想起催马乐《飞鸟井》，两人便略略唱了起来，接着叙谈阔别多月来的桩桩往事，时而落泪，时而欢笑。宰相谈到"小公子夕雾天真无邪、活泼可爱，左大臣朝朝暮暮为外孙操心，终日叹息"，源氏公子听了不胜悲伤。千言万语也难以倾尽积累多日的情状，就连其一二恐怕也难于尽述。

当天晚上，两人彻夜不眠，行文作歌，通宵达旦。话虽如此，宰相还是顾忌到世人对他此行的非议，于是急欲返回都城。须臾重逢，反而添悲。源氏公子便与宰相喝起饯别酒，两人齐声共吟"醉悲洒泪春杯里"[01]，左右随从众人听了无不泫然泪下，他们也各自与短暂邂逅相知的人道别，露出依依惜别的神情。黎明的天空中成行的飞雁掠空飞过，身为主人的源氏公子咏歌曰：

> 春天返乡知何年，
> 艳美鸿雁归故乡。

宰相依依惜别，赋歌曰：

---

[01] 此句出自白居易诗："往事渺茫都似梦，旧游零落半归泉。醉悲洒泪春杯里，吟苦支颐晓烛前。"

言犹未尽辞别苦，

折返花都或迷途。

宰相独出心裁地带来京城特有的颇具情趣的土特产，作为礼品，赠送给源氏公子。源氏公子也尽地主之谊，回赠了一匹黑驹，以表不胜感激之意，并说："由我这不祥之身赠物，恐不吉利啊。不过，想必能体谅这是'胡马依北风'[01]而嘶，马亦知恋故乡，看在此情分……"这的确是一匹稀世的宝马。源氏公子接着又说："请留作纪念吧。"他还添加赠送了一支非常珍贵的笛子。他们彼此的赠答仅此，适可而止，以免惹人注目。

太阳冉冉上升。宰相临走内心焦急，频频回首，亲睹源氏公子目送自己，反而倍感心酸。宰相说："不知何时方能再会，不过终归不会就此永别吧。"身为主人的源氏公子答歌曰：

"且看云鹤高空翔，

我身坦荡似春阳。

虽然盼望有朝一日能平反昭雪，但是一经流放，连昔日之贤能亦难以返回原先的环境，更何况我，岂敢奢望重见京城呢。"宰相歌曰：

"苍穹孤鹤空啼鸣，

眷恋昔日比翼情。

---

[01] 此句引自《文选》之古诗，诗曰："行行重行行，与君生别离。相去万余里，各在天一涯。道路阻且长，会面安可知。胡马依北风，越鸟巢南枝。"意即故乡难忘啊！

承蒙以诚相待，不由得想起'可爱可亲习为常'[01]，难免令人万分惆怅。"

　　宰相语重心长，伤心得无法再深谈下去，就辞别上路了。宰相走后，源氏公子更加悲伤，每天过着冥思苦索的生活。

　　三月初巳日[02]一到，源氏公子的随从中略通此道的人，挂着一副博闻多识的面孔劝说道："今日是上巳，但凡有忧心事的人，应去举行祓禊啊！"源氏公子也想去观赏一番海景，遂采纳了此人的建议，到海边去举行祓禊。他们在海边极简单地只围起一圈帷幕，请来几位路过此地的摄津国的阴阳师进行祓禊。阴阳师把一个特制的大型偶人放置在纸船里，送到海面上，让它漂流远去。此番情景，源氏公子看在眼里，感同身受，觉得那偶人宛如自己，不禁作歌自叹曰：

　　　　身似偶人漂大海，

　　　　命途多舛诚无奈。

　　源氏公子坐在天光璀璨、海岸辽阔的地方，在天光海色映衬下，他的身影更显得无比艳丽。海面上风平浪静，光灿灿的，一望无际。源氏公子深感前途渺茫，他回忆过去，思索未来，思绪万千，接着又歌曰：

　　　　八百万神亦明鉴，

　　　　不白之冤岂待言。

---

[01] 此句引自《拾遗和歌集》，歌曰："可爱可亲习为常，纵令暂别愁断肠。"
[02] 巳日：日语语音作MINOHI，亦称上巳，相当于地支中"巳"的日子。这天有举行祓禊的习俗：人抚摩象征着自己的偶人，将自己的灾厄衰运寄托于偶人身上，然后将偶人放置于纸船里，并弃于河海流水中，让它漂流远去，以消灾解难。

话音刚落，狂风骤起，刮得天昏地暗。不等祓禊仪式结束，人们就开始吵嚷开了。天空顿时降下倾盆大雨，急速而猛烈，大家都想逃回家去，可是连把雨伞送来的工夫都没有，谁也不曾想到天气会如此骤然剧变。只见狂风把一切都刮得乱七八糟，真是一阵前所未有的飓风，刮得浪涛汹涌，刮得狂奔回家的人们一个个足不着地飘飘悠悠。海面上仿佛盖上了一床洁白的巨大棉被，一片亮光白茫茫，雷鸣电闪，大家边逃边觉得雷电仿佛行将打在自己头上似的，好不容易才逃进了家门。大家惊慌失措地说："从来未曾遇见过如此惊险的遭遇。过去起大风时，天色总是先有预兆的。如此突然掀起的飓风，多么可怕多么罕见啊！"雷声还在轰隆响个不停，四处砸下来的雨点，仿佛可凿穿阶石。众人担惊受怕，胡思乱想："如此惊险，该不会是世界末日将近吧！"惟有源氏公子沉稳从容地在诵经。日暮之后，雷声稍息，只是夜里风还在继续刮。雷声之所以稍息也许是诵经祈祷灵验所致吧。众人相互议论说："这飓风雷雨交加肆虐，倘使再继续下去，我们将被波涛卷入大海，这就是所谓海啸，它顷刻间就能夺走人的性命。以往只是听说，却不知道此种事竟是如此可怕。"

　　黎明时分，大家都已进入梦乡。不久，源氏公子也打起盹来，梦见一个素不相识的人走过来说："大王宣召，为何还不去？"然后四处寻找源氏公子。公子惊醒，心想："据说海龙王格外喜欢美貌之人，莫非是看中了我？"不禁毛骨悚然，越发觉得这海边之地不能长住下去。

第十三回 明石

だいじゅうさんかい

近数日来，风雨不停，雷鸣不止。极其寂寞苦闷之事，层出不穷。源氏公子思前想后只觉前途一片黑暗，无限悲哀，心灵深受挫折，怎么也振作不起来。他琢磨着："究竟该怎么办才好？如若借口这里气候异变而返回都城，我这戴罪之身尚未被赦免，定将招来更多世人的耻笑，还不如找一处深山，销声匿迹地隐遁起来。"可是，接着又想："如果我这样做了，世人恐怕又会说我被飓风驱逐，逃往深山老林，此类流言蜚语传至后世，后人定会嘲讽我多么轻薄……"思来想去无所适从。每夜在梦乡里，总是遇见同一个模样的人前来纠缠不休。

朝朝暮暮淫雨连绵下个不停，连个短暂间歇的工夫都没有，心中也着实牵挂着京城里的情况，每每忐忑不安地想道："难道自己就这样葬身此地吗？"然而天候异变，狂风暴雨肆虐，连往户外探探头都无法做到，也没有人专程来探访。只有二条院的紫姬不顾狂风暴雨，积极地派了一个仆人前来，此人被暴风雨淋得全身湿透，形象怪怪的，倘使在路上遇见了，真是分辨不清他是人还是别的什么怪物。这样一个形象怪异身份卑微的下人，若是在过去，早就被驱逐，绝不会让他接近公子身边，可如今源氏公子却觉得他格外可怜而又和善可亲。这种情绪上的变化，使源氏公子自己都觉得自己的身心受了多么大的委屈。此人带来的紫姬的信中写道："近日来愁煞人的阴雨连绵，下个不停，天色昏暗恰似自己的心情，遥望自己依恋的须磨方向，也辨别不清。

> 肆虐成狂海湾风，
> 思君热泪似潮涌。"

此外她还细腻而集中地写了许许多多哀愁伤心的事。源氏公子刚拆读来函，就不由得热泪盈眶，"宛如汀边水骤增"[01]，两眼昏花，心情黯然。此来人告知："京城里的人也都说，此番暴风雨仿佛是什么怪物在告诫，有传闻说宫里举办仁王会[02]等。往返宫廷的路途都因暴风雨受阻，公卿大臣们都无法上朝，政务也不得不暂时停顿。"此人嘴笨，讷讷不出于口，但由于源氏公子很想了解京中的情况，就召唤他走近自己身边，询问详情。此人又说："那暴雨只顾天天不停地下，那飓风不时地猛刮起来，如此异变的天候，已经持续了多日，这是京中前所未有的，人们惊恐万状。天还降下大块冰雹，几乎洞穿地底，雷声轰鸣不止，简直是前所未有啊！"此人说时脸上露出惊恐的神色，不由人更增添忧虑。

　　源氏公子心想："这样的气候如若再持续下去，世界恐怕行将整个毁灭啦！"翌日黎明时分，飓风又猛烈地刮了起来，大海掀起巨浪，波涛汹涌，猛烈地撞击着海岸，发出可怕的巨响，那气势仿佛要把岩石和山峦撞个片甲不留。雷鸣电闪的可怖光景，更是难以用言语表达，只觉得霎时间电闪雷鸣就要落到自己头上似的，身临其境者无不吓得魂不附体。随从的众人相互悲叹道："自己犯了什么罪，竟遭到如此悲惨的灾厄，见不着父母，也看不到可爱的妻子儿女，难道就这样死去吗？"源氏公子沉住气，刚强地想道："自己犯下什么天大的过错，以致会丧命此海滨呢。"尽管如此，四周的人们喧嚣不止，因此只好叫人备办各种币帛供奉神灵，祈求保佑，祷告说："祈求住吉大神，镇守这附近一带的海域，灵验显赫的大神，请拯救我们这些人吧。"还许下了诸多宏愿。随从众人见状，各自都把自己的性命将如何之事搁置一边，首先想的是，像公子这样身份高贵的人，却遭到史无前例的灾难，沉沦于苦海中，实在是莫大的悲哀。但凡神

---

[01] 此句引自《土佐日记》中的一首歌，歌曰："行人住客泪泫然，宛如汀边水骤增。"

[02] 仁王会：即请僧人来讲《仁王护国般若经》的法会，祈求七难即灭，七福即生。

志清醒、有正义感者，都愿意舍弃自身性命，以救护公子一人。众口齐声诵念佛神，虔诚祷告："我公子生长于帝王深宫，虽说自幼享尽荣华富贵，但生性仁慈，施恩泽遍及大八洲[01]，救济过为数众多深陷悲境之辈，然而不知是前世造什么孽的报应，要沉溺在这歪风邪气的风波中。天地神灵啊！祈求明鉴，无罪人却遭处罪，被剥夺官位，离乡背井，朝夕忐忑不安，日夜哀愁叹息，甚至遇上如此可悲的天候灾难，性命濒危，不知这一切是前世的孽报，还是今世之罪过，祈求神佛明鉴，予以保佑，消灾赐福。"他们面向住吉神社的方向顶礼膜拜，还做了种种许愿。源氏公子自己也向海中的龙王和四面八方的众神许愿。此时但听见响雷霹雳一声，正好落在与源氏的居室相连的廊道上，迸发出火焰燃烧了起来，并将这廊道烧毁了。屋内众人吓得魂不附体，只顾转来转去，不知所措。后来只好请源氏公子转移到大概是调制食物的房间内。众人顾不得身份高低，共挤在一室里。有的呼号，有的哭泣，噪音大作，不亚于雷鸣。天空一片漆黑，活像研墨一般，已是傍黑时分。

不久风势逐渐减弱，雨点稀稀拉拉，空中的星星也开始闪烁。这间调制食物的房间也太简陋，实在委屈公子啦。随从人员本想请公子转移回正屋去，可是那里已被雷电摧残，模样令人发怵，再加上众人的四处践踏，乱糟糟的，帘子等也都被风刮得七零八落，只好等到天亮后再作打算。正当大家思来想去的时候，源氏公子则只顾专心念佛诵经，他想到今后诸事，心中着实惶恐不安。

月亮出来了，源氏公子推开柴门，极目眺望，只见附近明显地留下了海浪冲刷过的痕迹，此刻也还有余波在来回推涌。这左近村庄，没有一个人能通晓天文事物的道理，知道过去与未来，判明为何气候会掀起如此的异变。只有怪模怪样的渔夫们，知道这里住着高贵的人，因此群聚在外面

---

[01] 大八洲：日本列岛的古称。

彼此交谈，唧唧咕咕，说了些即使源氏公子听了也听不懂的话，一个个模样确实很古怪，但也不便驱散他们。只听得渔夫们说："这种风如若继续不停地刮下去，海啸就会涌上来，把这一带地方通通吞没，得全靠神灵来保佑啊！"如果以为源氏公子听了这番话，就会胆战心惊，那就太愚蠢了。源氏公子咏歌曰：

> 若非海神来呵护，
> 此身早已漂远处。

狂风终日骚扰，源氏公子虽说精神振作，却也异常疲惫，不知不觉地打瞌睡了。这住处确实很简陋，公子只身靠在凭肘几上打盹。梦中忽然看见已故的桐壶院上皇站在眼前，神态宛如在世时一模一样，他对公子说道："你怎么住在如此不堪入目的地方。"说着拽住公子的手，让公子站起来，接着又说："你必须按照住吉神灵的指引，迅速乘船，离开此处海湾。"源氏惊喜万分，说："孩儿诚惶诚恐，自从与您诀别后，遭受诸多苦难，此刻正想弃身投海呢。"桐壶院上皇说："万万不可有此举。你此番受难只是些小罪过的报应。我在位期间，并没有犯过什么大过错，但无意中自己也难免犯些小罪过。由于我在赎罪期间，无暇顾及人世阳间诸事，不过看到你蒙受如此大难，我难以忍受，遂从阴府潜入大海，登上海岸来到此间，一路走来十分疲劳，我还要顺便进宫，有些事需要面奏当今皇上，我这就上京了。"话音刚落便匆匆离去。

源氏公子满怀对父皇的眷恋之情，悲伤地说道："我陪您前往！"说着失声痛哭，猛抬头仰望，父皇早已不见了，只见一轮明月普照天空，源氏公子此刻的心情不像是在梦中，只觉得父皇的面影就在这附近依稀可见，天空飘忽的浮云瞹瞹可亲。以往长年梦中，未曾梦见过父皇的面影，今晚，令人眷恋、牵挂的父皇在梦境中出现，虽然短暂，却清晰可辨，此刻仿佛还在眼前闪现。自己沉陷在极其悲惨的深渊，濒临死亡之际，父皇的在天之灵及时赶来救助，不禁令人万分感激。说起来，自己反倒是承蒙了这场暴风雨的恩泽，梦中父皇的叮咛给自己带来了希望，使自己感到无比喜悦。源氏公子心中充满了对父皇的眷恋，此刻的心情反而觉得忐忑不安，他忘却了现世的悲哀，惋惜为何不在梦中与父皇作更详细的晤谈。他希望再继续做梦，强迫自己入眠，可是眼睛却不曾再合拢，直到天明。

有只小船驶近岸边，船上两三个人上岸，朝源氏公子所居的住所方向走过来。人们觉得奇怪，询问来客是何方人士，据称是前任播磨守明石道人乘船从明石海湾到此地来相访。明石道人的使者说："倘使源少纳言[01]随侍于此，敝处主人欲求一晤，有事面商。"良清听了，大吃一惊，遂禀报源氏公子说："明石道人是昔日我在播磨国时的相识，长年有较亲近的交往，后因一些私事相互埋怨，就不互通信息了，久无来往。如今在这暴风雨中突然来访，不知有什么要事。"他说着露出满脸纳闷的神态。源氏公子觉得此事似乎可与父皇托梦之事联系起来看，于是说道："快快去见他！"良清遵命前往船上会晤明石道人。可他心中总是纳闷，不得要领，心想："在这强烈的暴风雨中，他出于什么考虑，怎么就突然开船来访呢？"

明石道人对良清说："前些日子，即上巳之日那天夜里，我梦见了一个装扮得奇形怪状的人，叮嘱我要办一事。起初我不相信，就不当一回事，可是，后来我又再次梦见此人，他对我说：'本月十三日，你将会看到灵验显著，要把船准备好，暴风雨一停歇，务必立即把船开到须磨湾去。'于是我试着把船准备好，等候这天的到来，后来猛烈的狂风暴雨、

---

[01] 即良清。

电闪雷鸣果然来了。常听说外国的朝廷，也有很多相信托梦并借以救国[01]的例子，缘此即便贵方不相信此事，我也不会错过梦中人所示的此日子，乘船前来告知。船刚起航，只觉得一阵奇异的顺风徐徐地吹送过来，船能平安地抵达须磨湾，诚然与梦中神灵的指引相吻合。我想贵方说不定也会有什么预兆，因此，不揣冒昧，烦请将此情况转达贵公子。"

良清返回，悄悄地将这些情况向源氏公子禀报。源氏公子思来想去，觉得梦境与现实错综复杂，真是不可思议。他将梦中听到的那样的启示对照过去和未来，进行一番思考之后，觉得："倘使自己只顾一味担心世人的传闻、后人的苛刻讥讽而辜负了神灵真诚的护佑，那么世人的嘲笑将比眼前的更厉害。辜负现世人的一片热诚，尚且感到内心痛苦，何况神谕，更不应违背。自己一方已历经过种种磨难，应该依从这位比自己年长、位高望重的长者，遵照他的盛意行事。古有贤者云：'退一步海阔天空'，不是吗？如今自己简直已被逼到了生命极限的地步，尝尽了世间前所未有的种种苦难，纵令不顾忌死后的恶评，也不会有更猛烈的灾难了。再说梦中也受到了父皇的教谕，我还有什么疑虑呢。"于是执笔给明石道人回复如下："漂泊到此人生地不熟的他乡来，尝到了世间罕见的忧伤，京城那边无一人前来慰问。我惟有仰望天马行空的日月的光泽，当作故乡的亲友来盼待，恰逢此时传来佳音，正是'喜迎渔夫钓舟来'[02]。明石海湾那边，可有供我隐身之处？"明石道人无限欣喜，旋即回复致谢。

---

[01] 此典故出自《史记卷三》《殷本纪第三》："帝小乙崩，子帝武丁立。帝武丁即位，思复兴殷，而未得其佐。三年不言，政事决定于冢宰，以观国风。武丁夜梦得圣人，名曰说。以梦所见视群臣百吏，皆非也。于是乃使百工营求之野，得说于傅险中。是时说为胥靡，筑于傅险。见于武丁，武丁曰是也。得而与之语，果圣人，举以为相，殷国大治。"

[02] 此句引自《后撰和歌集》，歌曰："风吹湿钩逐波去，喜迎渔夫钓舟来。"

随从者劝请源氏公子说："不管怎样，请在天亮以前上船。"源氏按惯例只带四五名亲信乘船出发。和来时一样，奇怪地骤然刮起了一阵风，行船飞也似的到达了明石海湾。虽说须磨与明石之间相距很近，行船片刻即可抵达，但是如此迅速到达，不禁令人感到似乎有神风相助。

明石海滨的景色，确实与别处大相径庭。只是来往行人多，不称源氏公子的心意。明石道人在这里的领地很多，不论是在海滨，还是在山背后。海岸各处都因地制宜，建造起能引人入胜、趣味盎然的海滨茅屋，适合于勤做修行以求造福来世，或在山脚下、流水畔建造庄严的佛堂，可供专心致志地念佛修行。在这里他为现世的生活所做的准备，有秋收的稻谷，同时为安度晚年，能过上富裕的生活，备有成排的谷仓，贮存丰厚；按不同季节居住舒适的要求，在各处建造各自不同的住所。由于害怕前些日子那场海啸的骚扰，女儿等眷属近日已迁移到山冈附近的住宅居住，因此，源氏公子可以在海滨的公馆里，无拘束地过着舒心的生活。

源氏公子上岸转乘车子的时候，正值旭日冉冉东升之时，明石道人在晨曦的映照下，隐约望见源氏公子的仪态，顿时竟忘却了自身年迈，似乎觉得自己的寿命延长了。他笑逐颜开，首先只顾合掌膜拜住吉明神，仿佛手中捧着日月之光宝贝似的，他自然竭尽全力细心照料源氏公子了。此地的天然风光优美，自不消说，这宅邸的构造也十分讲究高雅的情趣，庭院里栽植的树丛、置石、花草丛错落有致，从海湾那边引到庭院里来的流水布置等，更是妙不可言。倘若要把这些美景画成画，造诣不深的画家恐怕都难以充分表达其意境呐。这里远比数月来在须磨湾居住的环境好，令人觉得格外明朗舒适，有一种亲切感。室内的装饰布置也别具一格，优美典雅。可见明石道人平日华贵的生活，无异于京城里诸多高贵的人家，毋宁说其绚丽多彩有过之而无不及。

源氏公子在这宅邸内稍事休息，静下心来之后，就给京中各人写信。紫姬派来的男仆神情沮丧低头哭泣说："途中尝尽狂风暴雨的侵袭，到此地后又遭遇可怕的雷雨，实在可悲啊！"他就这样在须磨滞留了一些时日。源氏公子召唤他过来，过分丰厚地赏赐他许多物品，并遣他回京。托他带去一些信函，有给自己信赖的祈祷师们的，以及给应去信致意的各处知己的，内容大概都是告知自己在须磨这段期间的详细情况吧。惟独在致师姑藤壶皇后的信中，才谈及自己梦得教谕，不可思议地捡回了一条命的境遇。源氏公子给二条院的紫姬那封倾吐哀怨的来函写回信，却无法一气呵成，写了数行，就搁下笔，揩拭眼泪。这封信写写顿顿的情景，也是格外罕见的。源氏公子在信中写道："接连不断地蒙受灾难，尝尽艰辛，我不时曾想，莫如现在就弃离尘世遁入空门，这种心思似乎越发浓重，可是，你临别吟咏的'抚慰我心镜中求'、你那面影，总在我身边萦绕，叫我如何舍得遁世出家呢。每想到这些，其他的悲伤事以及种种忧心烦恼，都变成次要的了。

陌生须磨迁明石，
遥念伊人添情思。

内心只觉得一切都像是在梦中，一场永不醒的梦。心中不知充满多少愁与恨啊！"一股难以名状的心绪在翻腾，信写得很凌乱。然而在源氏公子身边的随从人员看来，却是表露了源氏公子的心灵之美，公子还是非常宠爱紫姬的啊！随从人员也各自给家乡的亲友写信，诉说在须磨的生活之寂寞沮丧，并托此男仆带回京城。连绵下个不停的雨空，此刻已呈现晴空万里的景象，出海捕鱼的渔夫们，一个个豪情满怀地上路。那须磨地方，实在太寂寞了，就连渔家们居住的房屋，也是稀稀落落的没几间。明石海湾这边，人口过多有点碍眼，但却别具一格，诸多饶有情趣之事，颇能抚慰人的情绪。

主人明石道人勤修佛法，虔诚专心，只是为了这女儿的前程，他经常在人前流露自己的愁思，甚至到了令人听了都觉得痛苦难受的程度。源氏公子自然也听说了，从源氏公子的心情来说，他想："这位美人的名字早有所闻，此番到明石来，不期而遇，可能也是前世的宿缘吧。不过，自己在沦落之时，除了勤修佛法之外，不应有其他邪念。再说，倘若紫姬听说自己行为不端，她肯定会埋怨，并且不相信自己迄今所说的话。"一想到这层，自己就觉得难以为情，因此也不曾表露过自己的心思。但是，每听说这位小姐气质高雅、容貌非凡，心中又不免产生恋慕之情。

明石道人尊重源氏公子，自己几乎没有接近源氏公子，而是住在距公子住处稍远的下屋。其实他希望朝夕都能亲近地见到源氏公子，住得这么远难能如愿，心中好不焦急，他总想："要设法实现自己的那桩宿愿。"于是，更加勤于修佛法，祈求保佑。明石道人虽然已是六十岁的人，但精神还很矍铄，为人和蔼可亲，由于勤于修行，略显清减，虽然有时显得顽固而昏聩，但是也许由于出身高贵的关系，见多识广，知道许多典故，言语举止也颇文雅，令人感觉到他是个有教养的人。源氏公子有时召见他，听他讲些古人的趣闻逸事，多少也能慰藉自己的寂寥心情。源氏公子以往于公于私都很忙，没有时间听人家讲世间的故事，如今点点滴滴地听进去，觉得也蛮有意思。源氏公子不由得想道："如若不到此地，不遇上这位老人，那才遗憾呐。"他们间中也交谈一些有趣味的话题。就这样明石道人与源氏公子逐渐熟悉起来，但源氏公子气度不凡，在他那高雅的姿态跟前，明石道人自惭形秽，话到嘴边又咽了回去，满腹想说的话也无法如所思地说出来，内心不由得感到万分焦急和遗憾，只能与夫人共叙衷肠，相对叹息。至于明石道人的千金本人，自觉身在此穷乡僻壤之地，纵然想寻觅一个身份一般的对象，也难相中一个如意的郎君，如今看到世间竟有如斯高雅俊秀的君子，但自知自己身份卑微，相距遥远，不敢有高攀的奢望。她听见父母有此心愿，认为这全然是一桩不相般配的亲事，一想到此，就觉得此时远比出现这件事之前更令她悲伤自怜了。

不知不觉间已到了四月份。明石道人为源氏公子置办季节更换的夏装、幔帐垂帘用的薄布，布料都是挑选饶有情趣的。明石道人如此无微不至地照料源氏公子，使公子既不好意思，又觉得他未免做得太过分了些，但又念及他毕竟是一位身份高贵、人品蛮好的道人，也就听任他的安排了。京中也不断有人前来探访。一天，在恬静的月夜里，源氏公子放眼眺望清澄无垠的海面，觉得这水面宛如自己熟悉的故乡庭院里的池水，一股无法形容的眷恋之情涌上心头，心里只觉空落落的，一片迷茫。眼前望见的只是淡路岛，嘴里不禁吟咏："身居淡路遥望月。"[01] 接着作歌曰：

> 望淡路岛生悲情，
> 月夜澄明照透心。

源氏公子多日没有抚琴了，他从琴囊里把琴拿出来，随意弹奏了一曲。在旁众人听了，不由得动情，心生悲凉。源氏公子又尽情施展自己的拿手技艺，弹了琴之秘曲《广陵散》[02]。那山边内宅里颇有素养的年轻

---

[01] 此句出自《新古今和歌集》，歌曰："身居淡路遥望月，今宵月近缘境迁。"
[02] 《广陵散》是琴之秘曲，今已失传。据《晋书·列传第十九》曰：(嵇)康尝游于洛西，暮宿华阳亭，引琴而弹。夜分，忽有客诣之，称是古人，与康共谈音律，辞致清辩，因索琴弹之，而为《广陵散》，声调绝伦，遂以授康，乃誓不传人，亦不言其姓字。

侍女们都侧耳倾听，听见琴声和着松涛声悠扬地随风飘来，都为那美妙的音色所感动。就连丝毫不谙律的各处身份卑微的庶民，都被这飘飘欲仙的琴声所吸引，不由自主地奔向海滨的方向，迎着海风走去，有的人甚至因而伤风了。琴声也令明石道人坐不住了。他懈怠勤修的法事，急匆匆前来欣赏。他边流泪边赞赏说："这美妙的琴声，使我仿佛现在才回想起自己已舍弃的尘寰，今夜的良宵光景，宛如我平日勤修苦求的来世的极乐净土啊！"源氏公子脑海里顿时也浮现出往时的诸多光景：在京城里，在宫中一年四季应时举办的管弦游乐会上，此人的琴、那人的笛，奏得意趣盎然，还有荡漾全场的妙不可言的歌声；每当这种时候，自己总是受到众人的赞美，上自父皇下至群臣，无不重视和尊敬自己。想到别人的事，也忆起自己的事，心境宛如在梦中，兴之所至，抚琴再奏上一曲，那音色格外悲戚凄凉，动人心弦。明石道人感动得热泪潸潸，流个不止，便命人到山边的内宅将琵琶、筝琴都取来，明石道人抱起琵琶，俨然一位琵琶法师[01]，弹了一两曲颇具雅趣、甚难得的曲子，并劝请源氏公子弹筝琴，因此公子稍事弹了一会儿，听者依其心境各自深有触动。音乐这种东西，即使使用的不是什么太了不起的乐器，弹奏出来的音色，却能因所处环境之情趣而增添美感。这里，眼前是一片海阔天空、一望无际的海面景色，比起春季之樱花、秋季之红叶那种绚烂艳丽来，这里初夏的树木枝繁叶茂、苍翠葱茏，呈现出一种难以形容的娇媚情调。这时传来秧鸡的一阵啼鸣，活像敲门声，不禁令人想起"谁人关门不让入"[02]，领略到一种哀伤的情趣。

这时，明石道人弹起那音色格外动听的筝，听起来非常亲切，深深地

---

[01] 琵琶法师：即弹琵琶的法师，或弹琵琶的盲僧。日本自平安时代起就有盲僧在街头巷尾弹琵琶化缘，到了镰仓时代开始有以边弹琵琶边说《平家物语》为业者。
[02] 古歌曰："傍晚秧鸡来敲门，谁人关门不让入。"见《源氏释》。

打动了源氏公子。源氏公子不经意地信口说："筝这种乐器，若是和蔼可亲的女子，无所拘束地弹起来，那就更有味道了。"明石道人听了不由得微微笑着说："哪儿的话，听了公子的弹奏之后，哪里还有什么女子能弹出更有情味的琴声来呢！说起来嘛，我所得弹筝之道，那是我家受延喜[01]天皇嫡传，至今已经历至第三代了。像我这不才之身，早已舍弃世俗之事，只有偶遇心情不佳之时，才弹筝抒怀，不想小女也前来模仿，倾听并顺其自然自习，她竟能弹得与那位已故亲王殿下的手法相似，这也许是我这山野僧侣偏听，误把琴声当松籁[02]，不过，我总想找个机会，让公子悄悄地听一听小女弹筝呢。"他边说边觉得全身发颤，几乎流下泪来。

　　源氏公子说道："如此看来，我不知高手在此，我所弹的听起来大概是'琴音不像是琴声'[03]吧，实在汗颜。"说着，他把筝推开，又继续说："说也奇怪，筝这种乐器，自古以来就是女子弹得最好。想当年嵯峨天皇的第五位公主，得到天皇嫡传弹筝之道，成为当时举世闻名的高手。其后这流派的技艺就后继无人失传了。当今弹筝高手之辈，充其量不过是些表面功夫。没想到这里却深藏着弹筝的名家，真令人欣慰，但不知可否让我听一听这番高艺？"明石道人说："公子要听，我随时都可以叫她到尊前来弹奏。昔日也有人呼唤商人之妻出来弹奏琵琶[04]，欣赏古典之美呐。说到琵琶，真能弹出绝妙音调来的人，在古代也不易多得啊！我那小女，不知怎的，一抚琴犹如行云流水，几乎顺畅无阻，平易可亲的曲子之类，她也能奏出情味浓厚的妙趣来。不知她是怎么习得的。让她身处在这波涛汹涌的荒凉之地，实在是太可悲了。不过，也多亏有了这样一个女

---

[01] 延喜（902—922）：醍醐天皇的年号。
[02] 古歌曰："听惯松籁山野僧，误把琴音当松风。"见一条兼良著《源氏物语》注释书《花鸟余情》。
[03] 言外之意是：班门弄斧了。
[04] 此典故出自白居易诗《琵琶行》，其中提及"老大嫁作商人妇"。

儿，每每化解我积郁的心思，给我莫大的慰藉。"源氏公子觉得明石道人的谈吐既潇洒又蛮有意思，于是，将手边的筝推到明石道人跟前，请他弹一曲。明石道人的弹奏手法然非同凡响，他展示高超的弹筝技法，弹奏的曲子是当今已听不到了的，弹奏的手法等也是非常遵循古风的。那左手压弦所发出的音响，清澈动听。这里虽然不是伊势海，可是源氏公子还是叫嗓子较好的随从人员唱："伊势海滨清幽静，俯拾海贝通报名……"[01]源氏公子本人也不时合着拍子，参与齐唱，明石道人不由得中止弹筝而只顾赞美和欣赏。明石道人还命人备办了各种珍贵的点心和水果，并热情地劝请在场的诸位随从人员畅饮，满堂众人似乎全然忘却了人世间的忧患烦恼，欢快地度过了这一良宵。

夜色越发深沉，海滨的凉风阵阵吹来，随着月儿渐次西沉，天色越发清澄，四周一片静寂。明石道人与源氏公子开怀畅谈，无所不叙。明石道人谈及自己起初迁居此地海湾时的心情，与为造福来世而修行佛道等等细枝末节，娓娓而谈，最后连自家女儿的情况也不问自述了。源氏公子觉得有点滑稽，不过在他的话里语间也有值得同情之处，可怜天下父母心啊。明石道人说："有件事实在难于启齿。公子莅临这种意想不到的穷乡僻壤，纵令时间短暂，我想，说不定是我这个老法师终年勤于修行，修来的福气，承蒙神佛垂怜，怜恤我的苦心，而让公子受短暂的委屈来到此地的吧。事情的原委是这样的：我向住吉明神祈愿，至今已历时十八年了。自小女幼年，我就对她寄予厚望，每年春秋两季，我都带她到住吉神社，参拜明神。我还昼夜六时[02]勤修佛事，常把自身祈愿往生极乐搁置一旁，一心只祈求神灵保佑这女儿嫁得高贵女婿，以圆宿愿。我前世造孽，以致今

---

[01] 此歌为催马乐《伊势海》："伊势海滨清幽静，俯拾海贝通报名，拾得贝壳呀！还拾得珍珠。"
[02] 昼夜六时：佛教念经时刻，其将一昼夜分为六段，即晨朝、日中、日没、初夜、中夜、后夜。

生成了个山村贱民，但家父也曾身居大臣之职。我这一代成了田舍平民，长此一代接一代沉沦下去何时了，每想及此，心中好生悲伤。自从小女出生后，我就把希望寄托在她身上，但愿她将来能嫁上京中的高贵人家。缘此我得罪了许多门当户对的求婚人家，从而也招来了诸多的不利，吃了不少苦头，但我也不以为然。只要我一息尚存，纵令力量绵薄，也要护卫到底。万一良缘未结，而我先归天，那么我已立下遗嘱：与其嫁庸夫，莫如投身大海。"诸多伤心之事，一时难以罄尽。明石道人说着热泪泫然。

源氏公子正值心事重重之时，噙着泪珠听取这些伤心之言后，回应说："我身蒙受不白之冤，漂泊到这意想不到的乡间来，不知前世造的什么孽，实在令人想不通。今宵听了你这番言语之后，思前想后，仿佛深深悟到这是前世注定的缘分。你既然有如此明确的愿望，为何不早些告诉我？我自从离开京城以来，深感世事之无常，人间实在乏味，因而除了勤修佛法之外别无他思。日月蹉跎，心灰意冷。府上有如此美眷，虽也略有所闻，但因想到自己是被流放之人，岂能作非分奢想，因此作罢，宁可身受委屈。你既然有此意愿，务必请予以引导，成全好事，亦可慰藉我这可怕的独寝孤眠。"明石道人听了这席话后，无限喜悦，遂吟歌曰：

"沉思独寝君体味，
　犹惜深闺孤寂泪。

更何况长年累月为女儿的事操心的父母，想必也能体谅吧。"明石道人的声调虽说是颤巍巍的，但他毕竟有教养，不失高贵雅趣。源氏公子答道："住惯海湾的孤寂人，恐怕难能体谅我寂寞无助的心情吧。

　旅途愁眠盼天明，

辗转反侧难入梦。"

源氏公子那副坦诚吐露衷肠的姿态,着实优美可爱,简直无法形容。明石道人似乎无穷无尽地又谈了许许多多,为避免冗长,恕不赘言。即便如此,笔者也许难免有言过其实之处,也许会过分显露了明石道人的糊涂与固执的性格。

明石道人自己多年来的宿愿已逐步获得了却,自然觉得神清气爽。翌日晌午时分,源氏公子差人送一封信到山边的内宅处。源氏公子从明石道人的谈吐中,料定这位千金是个气质高雅而含蓄的小姐,暗自揣摩:在这偏僻的乡间,说不定隐藏着格外优秀的佳丽呐。不由得倾心神往,遂在一张核桃色的高丽纸上,特意用心地写道:

"不知远近寂望空,

神灵启示访仙宫。

'按捺不住心所思'[01]啊!"信上大概仅写此寥寥数语。明石道人暗中等待着源氏公子的来信,他来到自家山边的内宅,果然看到送信的来使,他热诚地款待来使,让他喝得酩酊大醉。可是小姐的回音却迟迟不见送出来。明石道人遂走进女儿的闺房,催促女儿快写,但是女儿明石姬还是不听从。她面对这封美文,自觉受之有愧,惭愧的心绪搅得她伸不出手来提笔,她暗自对比彼此的身份,觉得极其不相般配,便借口说"心情不佳"而靠着卧具躺下了。明石道人束手无策,只好由自己来代替女儿作答复:"承蒙来鸿,不胜感激,惟小女生长在穷乡僻壤,可能是'今宵大喜袖难

_____
[01] 此句引自《古今和歌集》第503首,歌曰:"按捺不住心所思,又恐情场有所失。"

装'[01]的缘故,诚惶诚恐以至不能拜读来鸿。恰是:

> 两相寂望彼长空,
>
> 心思何曾有不同。

如是说也许过于缠绵。"此信写在一张陆奥纸上,字体十分古雅,运笔也格外潇洒。源氏公子看了,觉得:"真是风流洒脱呀!"不禁为之一惊。明石道人奖赏给送信来的使者一件非同寻常的漂亮女装。

次日,源氏公子又写了一封信送去。信中写道:"代笔来鸿,此前从未曾见过。"接着又咏歌曰:

> "无人问讯可奈何,
>
> 心中苦楚叹没辙。

正是'未曾相见难言慕'[02]啊!"源氏公子这回的书信是写在一张极其柔软的薄纸上,字体格外秀丽。明石姬见信,暗自想道:"身为闺中少女,看了如此秀美的文书而无动于衷,未免太胆怯了。虽然觉得源氏公子是一位难得的贵人,但又想到彼此身份过于悬殊,纵令自己动心也是徒然,如今竟蒙他青睐,令微不足道的自己也忝列世人之中,得他前来寻访……"她想到这里不禁热泪盈眶。可是,她还是一如既往不肯写回信。经父亲明石道人的多方劝导,她这才执笔作书回复,信是写在一张浓香薰透的紫色纸上,着墨浓淡有致,似乎打算应付过去。歌曰:

---

[01] 此句出自《和汉朗咏集》,歌曰:"昔日欣喜袖中藏,今宵大喜袖难装。"
[02] 古歌曰:"未曾相见难言慕,心中暗自叹苦楚。"见肖柏著《源氏物语》注释书《弄花抄》。

君心思慕为何如，

未曾谋面哪来苦。

　　她的字迹和运笔手法相当优雅，绝不亚于京城里的高贵女子，那真是
一派上流女子的笔致。源氏公子看了她的手书之后，不由得想起京中的生
活来，觉得和明石姬通信饶有情趣，但又顾忌到如若次数频繁，不免引人
注目，于是隔两三天通信一次，或于寂寞的日暮时分，或在发人多愁善感
的黎明，便借口触景生情执笔写信，又在估计女方也会有同感的时候，去
信问候。女方的回信也并非毫无反应。源氏公子想象着明石姬那善于思
考、气质高雅的形象，心中就很想见她。可是每当谈及此女子，良清的口
吻总像是在说自己的女人似的，这点也令公子感到不愉快。再说良清已多
年苦苦追求此女子了，公子觉得自己就在他眼前把该女子夺为己有，使他
失望，未免太对不住他。思前顾后，最好是女方主动找上门来，形成自己
自然接受她，这是再好不过了。可是那女方比矫揉造作的高贵女子更加孤
高，岂肯示弱，只是一味令男方心焦。因此谁都不主动，只好在暗中比耐
性，日子就这样一天天地过去了。

　　源氏公子蓦地想起京中紫姬的事来。自从出了须磨湾口，如今又往西
移动，相隔更加遥远，想念之心更为迫切，每当情绪低落的时候，自然就
想：“该如何是好呢？真是‘岂知恋苦人消沉’[01]啊！干脆暗地里把她接
到此地来算了。”可是转念又想：“不管怎么说，我总不至于长期在此
滞留下去的。事到如今，何苦再做些授人以话柄的事呢。”于是又平静了
下来。

　　这一年，朝廷方面仿佛得到神灵的喻示，接连不断发生了骚动不安的

----

[01] 此句引自《古今和歌集》第1025首，歌曰：“本想暂别强可忍，岂知恋苦人消
　　沉。”

许多事。三月十三日，雷鸣电闪不停，狂风暴雨交加，这天夜里朱雀天皇做了个梦，梦见桐壶院上皇站在清凉殿的正面的台阶处，神情极其不悦，双眼盯着朱雀天皇，朱雀天皇诚惶诚恐，桐壶院上皇对朱雀天皇说了许多话，主要的大概是谈及有关源氏公子的事。朱雀天皇惊醒过来，甚感恐惧，也很同情，于是将梦中的情景向弘徽殿母后禀告，母后说："暴雨大作、天候恶劣之夜，日有所思，往往夜必有所梦，这是常有的事，不必惊慌。"可能是由于在梦中与父皇对视过的缘故，朱雀天皇忽然患了眼疾，苦恼万状不堪忍受。为了祈求神灵保佑眼疾快些痊愈，宫中和弘徽殿内都郑重其事地举办法事。就在这期间弘徽殿太后的父亲太政大臣逝世了，从年龄上说，他的死是自然规律，不足为奇，可奇怪的是，死人的噩耗接踵而至，搅得人心惶惶。弘徽殿太后不知怎的也生起病来了，身体日渐衰弱。朱雀天皇十分忧虑，不断叹息。他琢磨着："源氏公子蒙受无罪之冤，沉沦苦境，近日来的灾祸，准是施政不公的报应吧。"因此，他多次对母后说："如今似乎可以赐源氏官复原职了。"母后回答说："现在就让他官复原职，世人必议论称此举轻率。获罪而被贬黜离京者，不满三年就获赦罪，世人该不知会如何非议呐。"严厉谏诤。在此多方顾忌举棋不定的过程中，日复一日，这两人各自疾病缠身的烦恼更加深重了。

至于明石方面，每到秋季，照例是海风异常凄厉。源氏公子孤身独寝，内心甚感寂寞，时不时催促明石道人说："能否设法悄悄引小姐到这里来呢？"源氏公子自己不愿到女方那边去，明石姬更无意主动上门来。她心想："身份极其卑贱的乡下姑娘，才会恋慕短暂下乡的京城男子，轻易就上他们花言巧语的当，结成露水姻缘，我不是如此卑贱的女子。像源氏公子这样的男子，本来就看不上像我这般的女子，如若与他短暂苟且，将来势必招来更多的痛苦。父母亲对女儿寄予过高的妄想，在女儿谨守深闺的妙龄期，不顾是否门当户对，一心只想高攀，以为这样可图未来的幸福。然而，一旦真的成事了，反而会招来无尽的悲伤。"接着又想："其实，我所期盼的，只不过希望趁源氏公子在明石的短暂逗留期间，互换文书，已是难得的深沉的情趣交流了。多年来早已闻知源氏公子其名，惟盼有朝一日能见上一面，哪怕是在远处隐约窥视也罢。万万没有想到，源氏公子竟因意外情况，在明石海滨居住下来，虽然彼此的住处相距稍远，但是偶尔也能隐约得见尊容。他那无与伦比的琴声，有时也能随风传送过来，那朝朝暮暮的起居情况，我们也能一一地得知详情，颇感亲切。像我这样一个微不足道者，还承蒙他探询冷暖，这对于一个混杂在这样一群渔人之间，且终将无声无息地枯朽的人来说，已是莫大的幸福。"想到这些，越发觉得彼此身份悬殊而自觉很难为情，丝毫引不起要进一步亲近源氏公子的念头来。

作为明石姬的父母来说，能把源氏公子迎接到此地来，似乎觉得自己多年来的宿愿已经实现了大半，然而仔细想来："不慎重考虑就把女儿许配给源氏公子，公子日后若不疼爱且怠慢女儿，做父母的该不知多么悲伤。"想到这层，不由得十分担心。又想："纵令对方是多么优秀的人物，女儿若遭到抛弃，那是多么悲惨的事啊！父母只顾一味祈求肉眼看不见的神或佛，而不仔细衡量源氏公子的心态情操和女儿的宿命，这未免……"如此这般翻来覆去思绪万千，着实心乱如麻。

源氏公子时常对明石道人说："听见近来的波涛声，自然引起想欣赏令媛的抚琴声啊！没有悠扬美妙的琴声相伴，这漫漫秋夜，过得实在无意义。"于是，明石道人悄悄地选择吉日，不顾夫人的诸多担心，也不让众多弟子知晓，独自精心布置安排，把室内布置得绚丽辉煌、井井有条。于十三日夜，当皎洁的月儿显赫地露脸的时候，他只吟咏了一首古歌"惜花良宵月皎洁"[01]，就邀请公子前往山边内宅。源氏公子虽然觉得此人的举

---

[01] 此歌出自《后撰和歌集》，歌曰："惜花良宵月皎洁，惟盼知心人善解。"

止有些卖弄风流，不怎么样，但还是换上贵族便服，装饰打扮一番，于夜深时分出门。明石道人早已把无比豪华的车辆准备停当，可是源氏公子嫌它过于张扬耀眼，遂骑马前往。公子只带惟光等数名随从。明石道人的山边内宅，距海滨还有一段较远的山路，途中可以观赏一处处海湾的景色，眺望理应与爱人共赏的海湾月影[01]，源氏公子触景生情，脑海里顿时浮现出心爱的紫姬的身影，恨不得立即策马直奔回京城，情不自禁地咏歌曰：

> 逐月马儿狂奔放，
> 瞥见伊人又何妨。

明石道人那山边内宅的布局颇为讲究风雅，庭院内的植树枝繁叶茂。这里是一处值得一看的、格外别致的居所。海滨的本宅建造得堂堂皇皇，饶有情趣，而山边的内宅，则着力于闲寂幽雅。源氏公子想象着："这位千金住在这样幽静的环境里，想必体味尽诸多风雅的情趣，心境定然多愁善感，不由得令人同情。"明石道人修行处三昧堂就在附近。松风把悠扬的钟声传送过来，呈现一种哀怨的氛围。扎根于岩石缝里的松树，那姿态显得多么雅致。庭院里栽种的花草丛中，虫声唧唧，此起彼伏。处处景象，源氏公子都一览无余。

小姐所住的那栋房屋，建造得格外精心讲究，罗汉松板门的门扉微微启开，以便让月光照射进来。源氏公子便走进门内驻步说了几句什么，可是小姐方面陷入沉思，不愿意如此近距离相见，只顾叹息，透出无意过分亲近的神色。源氏公子见状心想："好大的派头哟。此前纵令身份更高而难以接近的人，只要我逼近甜言蜜语，还未曾有人刚愎自用不为所动的，

---

[01] 古歌曰："偕同伊人共观赏，月影沉潜海湾中。"见《源氏释》。

如今难道说是自己走了衰运，以致要受女人的侮辱吗？"想到这些，他心中无限愤恨，也感到非常苦恼。接着又想："在这种情况下，如若蛮横强求，则有损于自己的形象，绝非本意。可是，倘使在心灵上征服不了对方而败下阵来，那是多么不体面啊！"此时，源氏公子心乱如麻，焦虑不安的神情，诚如古歌所云："惟盼知心人善解。"源氏公子看见近处围屏的带子触到筝弦，发出触碰声，由此可以联想到小姐刚才信手弹筝时室内杂乱无章的情景，顿时觉得蛮有情趣。于是，开始隔着垂帘对小姐说："久闻小姐是弹筝的高手，能否弹上一曲，让我也饱饱耳福呢?！"接着还滔滔不绝地说了许多话，并咏歌曰：

但觅知音叙由衷，
解我浮世辛酸梦。

明石姬答歌曰：

黑夜漫漫如心境，
是梦是真难辨明。

明石姬那隐约可见的言谈举止，酷似伊势的六条妃子。正当明石姬不存戒心无所拘束的时候，源氏公子蓦地走进内室中来，害得她惶惑不已，赶紧躲进近处的另一间室内，就势把门带上。不知怎的，门一下子关严紧了。源氏公子似乎无意强行把门打开，然而这种局面哪能维持多久，不大一会儿，源氏公子就与明石姬直接照面了。只见这位小姐气质高雅、亭亭玉立，她那标致的姿容多少令源氏公子觉得自愧弗如。源氏公子一想到这段天赐的良缘，就更觉得此女子令人无比倾心爱慕。此公子生性大概是与女子一经直接见面，情爱就会自然产生吧。他平时总恨长夜漫漫何时了，今日却觉得秋夜何以如此短暂。可是心中还是顾虑自己此举被外人知晓，多少有些忐忑不安，于是给她留下了缠绵蜜语，便告辞了。

这一天一反往常，更加秘密地派人给明石姬送信。大概是心有愧疚吧。明石道人也生怕此种关系外泄，因此款待送信来的使者也不便过分张扬，但内心又觉得过意不去。此后，源氏公子经常悄悄地到山边内宅来。由于两地相距较远，往返频繁，自然担心被一些好传流言的渔夫碰见，缘此有时造访次数不得不有所收敛。明石姬对此心怀疑虑，哀叹道："果然不出所料啊！"明石道人见状，也很担心："不知公子会不会变心！"他忘却了对极乐世界的宏愿，一心只盼源氏公子的莅临。本已脱俗的道人，如今为了女儿的事又把心思搅乱，也实在可怜啊！

源氏公子琢磨着："二条院的紫姬倘使听到这件事的传闻，定会觉得我对她心有隔阂，就算我只是戏谑一场，她也必定会疏远我的。这是多么令人感到心痛和羞愧的事啊！"由此可见源氏公子对紫姬的爱有多深。源氏公子又回忆往事："曾记得，以往自己总爱拈花惹草，使得这样一位气质高雅、为人宽容的紫姬，每每因我而苦恼怨恨，我为什么要做这样无聊的事，使她受到伤害呢？！"回想起这些往事，真是追悔莫及。尽管在此地能看到明石姬美丽的姿容，也难以抚慰自己对紫姬那份爱恋之情。于是执笔给紫姬写了一封比往常更加详尽的书信。信中说："唉！回首往事，真是不堪启齿，我生性喜好寻花问柳，虽然并非出自本意要伤害你，可是实际上却使你每每因我的事而忧心烦恼，回想起来真是令人痛心疾首。可是说来也怪，我在此明石海湾又做了个奇异的梦。如今我不待你问即自行坦白，但愿你能体察我对你毫无隔阂的这份诚心。"还写了"海誓山盟若忘却"^[01]。接着又写："总而言之——

> 拈花惹草戏一场，
> 思君难眠泪潸潸。"

从紫姬的回信中看来，她对此事似乎并不特别介意，字句语气都写得蛮和蔼可亲，在信的末尾写道："承蒙坦诚以梦语相告，心中不由得万感交集，恰似：

> 海誓山盟心坚定，
> 波浪岂能漫松林。^[02]"

源氏公子阅读此信，觉得通篇文书豁达大度，字里行间饱含着情深意切的韵味，这使公子深受感动，爱不释手。此后好长一段时间，源氏公子没有悄悄前去和明石姬幽会。

阔别许久不见源氏公子来访，明石姬心想"果然不出自己所料"，她悲伤欲绝，觉得此刻真恨不得立即投身大海。她感到："自己以往一直依靠风烛残年的父母亲照料，虽然未曾想过何时才能过上一般女子所应过的生活，岁月只是在蹉跎中度过了，但也过得无忧无虑，无所烦恼。自己虽然也曾想象过世间男女的诸多烦恼事，却万万没有料到竟是如此令人揪心、悲伤。"尽管如此，明石姬在源氏公子面前依然保持高雅稳重，和蔼可亲地接待他。源氏公子方面，随着时间的推移，他与明石姬相处的日子

---

[01] 古歌曰："海誓山盟若忘却，三笠山神亦不允。"见《河海抄》。
[02] 此歌仿《古今和歌集》第1093首而作，歌曰："海枯石烂不变心，波涛焉能盖松林。"

越久，越发觉得她可爱。然而每当想起无依无靠地在京城里自家中独守空闺的紫姬，望眼欲穿地盼待着丈夫归来，备受煎熬地度过日日月月，想象着她对远方的丈夫万般牵挂，内心不知有多少痛苦的情景，源氏公子就觉得很对不住她。缘此，源氏公子往往选择夜间独寝。

源氏公子画了各式各样的图画，把心中所想的事都画入画里，情趣深沉，心想如寄给紫姬，定能听到她的回音。人们看到这些情趣深刻的画，也定会深受感动的吧。说来也怪，可能是两人心心相印的缘故，二条院的紫姬每当寂寞难耐的时候，也和源氏公子一样，画了许多画，她把自己的日常生活情趣，像日记那样如实地用画面表现出来，并缀辑成集。且看这两人齐心绘画的结果，会是怎么样的吧。

新的一年揭开了序幕。宫中朱雀天皇患病，有关传位之事，世间人们议论纷纷。当今朱雀天皇的皇子，是右大臣[01]的女儿承香殿女御所生，才刚两岁，年龄太幼小。缘此，皇位自然应该传给藤壶皇后所生的春宫冷泉院皇太子。在这种情况下，需要遴选辅佐新天皇执政的人选，朱雀天皇过滤遍世间的能臣，考虑再三，觉得惟有源氏公子最为合适。可是这位源氏公子现在还沉沦于流放的境遇中，实在是太可惜，太不应该了。因此，终于不顾弘徽殿太后的谏诤，决定赦免源氏公子之罪。

自去年起，弘徽殿太后饱受妖怪折磨，为疾病缠身所苦恼。宫里还出现种种不祥的征兆，闹得人心惶惶不得安宁。朱雀天皇的眼疾，可能因严格斋戒祈求神灵的保佑，曾一度大为见好，可是此时又严重了起来。朱雀天皇心中忐忑不安，于七月二十日之后，再次颁布圣旨，令源氏公子返京。

源氏公子虽然认为自己终将会被赦免，然而世道无常，变幻莫测，结

---

[01] 这位右大臣是朱雀天皇的岳父，朱雀天皇和其女儿承香殿女御育有皇子。

局会怎样，难以预料，缘此经常哀叹。正在此时，突然接到圣旨，令他从速返京。源氏公子固然不胜欣喜，可是一想到马上就要离开此处海湾，难免因惜别而愁叹。至于明石道人，虽然明白源氏公子返京是理所当然，但是听到此消息后，心中只觉堵得慌，不由得悲从中来，可是转念又想："只要源氏公子能够平步青云、荣华富贵，自己的愿望终将会实现的。"

最近，源氏公子每夜都与明石姬相会叙谈。自六月以来，明石姬因妊娠反应，气色不佳，苦恼于身体常感不适。大概是由于分别在即的缘故，源氏公子的心情总觉得遗憾，他对明石姬的爱，比以往更加深了。他想："奇怪啊！我大概是忧虑的命吧！"思虑万千，心乱如麻。明石姬更不消说，她陷入默默的沉思。这本是顺理成章的事。想当初，源氏公子不得不从京城迈上这出乎意料的悲伤之路，那时心中只想："最终总会返回京城吧。"凭借这种信念来抚慰自己寂寞的情怀。而这回则是欣喜地起程返京，然而一想到："恐怕不会再有机会重访此地了。"就不禁黯然。随从众人听说此消息，个个欣喜万分。京城里派来迎接源氏公子的人也抵达了。人人心情愉快，惟独主人明石道人噙泪度日。不知不觉间时令已到了八月，连苍穹也呈现悲秋的神色。源氏公子仰望天空，内心惆怅，暗自想道："为什么自己总是自寻烦恼，昔日如今，总是为一些无聊的恋情所困惑，以至身心都受到痛苦的折磨呢？！"源氏公子浮想联翩，苦恼万状。几个知心的随从者看到这般情景，十分懊恼地嘟囔着说："唉！真没办法，老毛病又发作了。"他们还挤眉弄眼地私下议论说："起先几个月，对萍水相逢的人毫不起色心，后来偶尔背人耳目悄悄前往造访，保持浅浅的关系。谁知近来竟不顾一切地频频交往，这样一来不是反而使那女子更痛苦吗？！"他们又议论到事情的源头，追索到少纳言良清有一回在北山首先开始谈及这个女子的事。良清听了心里很不痛快。

后天就要出发了。源氏公子异乎寻常，待不到深夜就到明石姬家去了。往常由于夜深，看不清明石姬的容貌。今宵得以仔细端详，觉得她不亚于有来头人家的千金，确实气质高雅，相貌非常出色，就这样舍弃她，确实太可惜了。务必想方设法把她迎接到京城中去。源氏公子把自己的这种想法告诉了明石姬，借此安慰她。明石姬觉得，这位公子的相貌俊秀，当然无须多说，而他由于长期斋戒修行，面部清减，那相貌反而越发显得无比俊美。源氏公子此时内心痛苦，神色苦闷，双眼噙着泪珠，满怀深情地与明石姬交谈将设法维系缘分的想法。明石姬感到像自己这样一个女子，能得到公子如此的爱恋，已经很幸福了，岂敢有更多的奢望。同时也觉得公子如此优秀，而自己又如此卑微，不免伤心至极。这时秋风传送过来异乎寻常的波涛声响，渔夫们烧盐的烟雾袅袅，缭绕上升，此情彼景交织，呈现一派哀愁的景象。源氏公子咏歌曰：

> 此番暂别似云烟，
> 缭绕上升同方向。[01]

明石姬答歌曰：

> 心思缭乱似火苗，
> 埋怨薄命徒飘渺。

歌罢伤心地哭泣。明石姬此刻的话语虽甚少，但心中想说的，答歌中也尽情细腻地表达了。

源氏公子总想倾听明石姬的琴声，但至今一次也未曾欣赏过，不免是

[01] 意即不久将会在京城迎接你，我们又能在一起。

件恨事。于是对明石姬说："那么，作为临别纪念，可否为我弹上一曲？"说着派人去海滨馆将自京城带来的七弦琴取来，源氏公子首先抚琴，约略地弹了一首自以为情趣奥妙的曲子，那悠扬的音调在夜深人静的清澄的上空旋荡，简直是美妙无比。明石道人听了，按捺不住激越的心情，亲自携带着筝琴走进女儿房间里来。明石姬满怀离情别绪，倾听公子的悠扬曲调，再加上父亲弹的筝声，感动得泪珠止不住扑簌直下。在情绪激越之余，她自然而然地抚琴，轻轻地弹上一曲，那曲调的确格外高雅。从前源氏公子听到藤壶皇后弹琴，当时就觉得她的琴艺是当代无人可以与之比拟的。她的艺术技巧娴熟入时，美不胜收。听者随着琴声的抑扬，不仅可以获得心灵上的满足，还自然地会想象着抚琴者的美丽容貌，心中确认她无疑是一位身份高贵者，足见其琴艺着实无比高超。眼下这位明石姬的琴声，听上去令人感到风韵潇洒、情趣深奥，不由得产生某种既妒忌又欣羡的心理。连精于琴艺的源氏公子都觉得此曲甚为稀罕，此前仿佛未曾听过，那曲调的情趣渗透心灵，令他备感亲切。琴声到动人心弦之处，戛然停住，源氏公子还没有听够，内心颇感美中不足。公子十分后悔："此前数月的漫长时间里，为什么不请求她弹一曲呢？哪怕是强求也好嘛。"于是情真意切地向她倾吐永不忘怀的保证。并对她说："谨将此琴权做临别纪念赠品，直至我们合奏之日吧。"

明石姬兴之所至信口吟咏：

> 姑且听信随意言，
> 琴音哭诉苦思念。

源氏公子听罢，多少有些怨恨，答歌曰：

"愿君心似琴中弦[01]，

　　情爱音色永不变。

在这琴弦音调未变之前，我们定能重逢。"他向明石姬保证，但是，明石姬只顾沉浸在眼前别离的伤悲中，抽泣不已。这也是人之常情。

　　临走那天拂晓，还蒙蒙亮的时候，人们就准备出发了。京城里派来迎接他们的人也都来了，四周闹哄哄的。源氏公子内心怅惘，找个无人的地方，咏歌赠予明石姬，歌曰：

　　与君悲别明石湾，

　　寂寞情思掀波澜。

明石姬答歌曰：

　　别后茅舍将荒芜，

　　莫若随波[02]解凄楚。

　　源氏公子读答歌，见她坦然如实道出内心所思，不胜感动，尽管强忍但也抑制不住热泪扑簌直下。不解公子心思的人们揣测并体谅公子："虽然在此地过着穷乡僻壤的简陋生活，但是长年住下来也习惯了，如今要离去，难免会悲伤。"只有良清心存怨气，他想："源氏公子准是热恋那位小姐了。"随从人员行将返京，皆大欢喜，不过今天是在此地最后一天，即将告别此海湾，也难免依依惜别，相互交谈离情别绪之事，想必有各式

---

[01] 琴中弦：指七弦琴的居中一弦，与"海誓山盟"略有相关语之妙。
[02] 随波：意即纵身投海。

各样的情景。不过，这些事在这里就从略了。

明石道人备办今日送别的赠品，可谓富丽堂皇，十分体面。赠送给公子的随从人员甚至职务卑微的仆役各一套珍贵的旅行装束。人们不禁诧异，这些珍贵且周到的礼物不知是何时备办的。赠送给源氏公子的旅行装束自不待言，除此之外还抬来好几箱衣服，一并赠送。另外，让源氏公子带回适合于京城的正式礼品等琳琅满目，格外别致又饶有情趣，真是用心周到，无微不至。明石姬在为源氏公子准备的今日穿着的旅行装束上附一首歌曰：

> 为君缝衣泪清清，
> 惟恐湿装人不穿。

源氏公子读罢此歌后，在忙碌中答歌曰：

> 穿着装束怀相思，
> 指日可待重逢时。

源氏公子深感她的一片诚心，于是换上了她缝制的旅行装束，并将自己平日惯常穿着的装束送给了她。这又给明石姬增加了一件触物伤感的纪念品。明石姬嗅到这高级华美的装束上那浓郁的芳香，怎不令她深切怀念公子呢。

明石道人对源氏公子说："如今，我是遁世之人，恕我今天不能远送了。"他那副哭丧着脸的神情，显得十分可怜，年轻人看了大概都会偷笑吧。明石道人咏歌曰：

> "厌世出家居海湾，
>
> 尘缘未了心迷乱。

为小女事，黯然神伤，内心迷惘惆怅，无法远送至县境了。"接着又试探公子的意向，说："也许这属儿女情长之语，不过，公子若有思念小女之时，敬请务必来鸿……"源氏公子听了这番话后，不胜悲伤，情不自禁地潸然泪下，双眼四周一处处泛起红潮，那神态简直美极了。源氏公子回答道："既已结同心，怎能弃置不顾。相信不久您将会明白我的心思。只是这个住处，令我难于舍弃，不知该如何是好。"说着咏歌曰：

> 秋别海湾悲伤情，
>
> 超于春季叹离京。

　　源氏公子吟咏歌时不时揩拭眼泪。明石道人听了此歌，情绪越发低落，以至几乎昏倒。

　　自从与源氏公子分别后，明石道人变得起居困难，行动不便。当事人明石姬的心情，其悲伤程度更无法形容，她不愿意让人瞧见自己悲叹无着落的神情而强作镇静。她伤心的主要原因是，她觉得自己身份卑微，与源氏公子不般配，源氏公子返京乃是无可奈何之事，然而自己事实上是被弃置下来，此恨实难排解。再说，源氏公子的面影总在自己眼前闪现，片刻都难以忘怀。当前所能做的就只有沉浸在泪河里。母夫人也没什么话可以安慰女儿，只是对丈夫说："何苦想出这种折磨人的点子呀！也怪我考虑不周，顺从了你这位极其乖僻者的安排所致啊！"明石道人回应说："算了！不要埋怨啦。女儿自有不会被遗弃的缘分 [01]，眼下虽然别离，但

---

[01] 指明石姬已怀上源氏公子的孩子。

公子肯定会想方设法的。劝女儿放心，多注意保养身体，服些补药才好。唉声叹气是不吉利的呀！"说罢退到房间的一角。乳母和母夫人等还在议论明石道人的乖僻和失算，他们说："多年来一直在盼望她能嫁上一位称心如意的好郎君。好不容易盼到了今天，本以为能如愿以偿了，谁知道才刚开始就遭受折磨呀。"明石道人听见这些悲叹声，越发觉得女儿很可怜，自己的心情就更加茫茫然。白日里成天价昏睡，到了夜里就起身，嘴里说："念珠不知跑哪儿去了。"于是合掌仰望天空礼拜佛爷，弟子们窃笑他糊涂。一天月夜里他走出门外，说是要到佛堂去念经修行，谁知半道上竟掉进庭院中的池水里，又被饶有情趣的点景岩石的棱角碰伤了腰。惟有卧病期间，疼痛总算分散了他的注意力，他才得以稍许忘却了为女儿的事而忧心。

却说源氏公子来到了难波海湾，在这里举行了祓禊。还派人到住吉明神神社向神祷告："此番由于行色匆匆，未能参拜，待诸事安定下来之后，当前来还愿，参拜谢恩。"此番源氏公子改变身份之事来得突然，以至处理万事大有措手不及之感，他不能亲自前往参拜神社，也无心特地游览名胜古迹，只顾急匆匆赶路，返回京城。

终于回到了二条院，在京城迎候的人与从明石海湾回来的随从人员阔别重逢，心情宛如在梦中，欣喜万分，激动得不禁相对而哭，掀起一阵极其嘈杂的音响。紫姬每每自叹命苦，被弃置一旁，过着极无意思的生活，如今重获团圆，不知多么高兴。在这段分别期间，她长得越发美丽成熟了。由于长期忧心苦恼，原本厚密的秀发略见薄了一些，这样反而显得更有风情了。源氏公子想："从今以后我再也不会离开她了！"然而心情平静下来之后，那位惜别忧伤的明石姬的倩影，又浮现在他的脑海里，源氏公子不由得一阵心酸。看来源氏公子这样的人，注定是一辈子要为缠绵的恋情费心劳神了。源氏公子将明石姬的情况如实地向紫姬叙述了一番。他谈到明石姬时，缅怀的神情溢于言表，他那副认真的姿态，紫姬看在眼里，心中自然觉着不快，可她却装作若无其事地吟咏古歌"身被遗忘无所思"[01]，隐约流露出哀怨之情，源氏公子听了觉得她很有意思，非常可爱。他心想："眼前这样一位百看不厌的美人，我怎么竟与她长期分离了呢？！"想到这些，自己也不免惊讶，从而越发憎恨这个人世间了。

源氏公子官复原位，不久又晋升为员外的权大纳言[02]，但凡因源氏公子牵连而遭贬黜的人，一个个都被赐予官复原职，并获得世人的宽容，他们宛如枯木逢春，心情舒畅，皆大欢喜，着实可庆可贺。

一天，朱雀天皇召见源氏公子，源氏公子入宫觐见。朱雀天皇御前赐坐予他。在旁的众多宫女，特别是自桐壶天皇时代起就侍奉至今的老宫女们，望见源氏公子，觉得公子随着年龄的增长，越发长得俊美无比。想到他这几年来怎么能居住在那种荒凉孤寂的穷乡僻壤，经年累月辛酸度日，不由得悲从中来，哭泣声感叹声不绝于耳。朱雀天皇甚至面对源氏公子的俊美风采，自愧弗如。今日出场召见，他在自己穿着的服饰上格外讲究。朱雀天皇近来心情欠佳，身体相当衰弱，幸亏昨天今日略感好些，于是与源氏公子小声而亲切地叙谈，不觉间已是入夜时分。十五夜的月亮清幽皎洁，饶有情趣。朱雀天皇回忆诸多往事，一桩桩一件件感慨万千，但觉孤独沮丧，不禁潸然。他对源氏公子说："多日来已无举办管弦乐之游乐了，以前经常听到你的琴声，现下相当长时间已听不到你的弹奏了呀！"源氏公子听罢，旋即咏歌曰：

　　沉沦落魄海湾边，

---

[01] 此歌出自《拾遗和歌集》，歌曰："身被遗忘无所思，可怜伊人背海誓。"
[02] 日本实行律令制时，大纳言是太政官的副职，即今之副首相。大纳言有定额，额外增封的大纳言，称"权大纳言"。

蹉跎蛭子腿瘫年。[01]

朱雀天皇听了非常同情公子饱受苦难，同时也颇感惭愧，遂答歌曰：

绕柱二神终重逢，

当年春恨无须存。[02]

他咏歌时的风采相当优美动人。

源氏公子返京后，首先急于要办的事，就是筹备举行法华八讲佛事，为已故桐壶院上皇祈冥福。他前去参谒东宫皇太子冷泉院。东宫皇太子茁壮成长，他看见源氏公子前来，觉得很亲切难得，非常高兴。源氏公子看见他，也感慨无量，无限疼爱。东宫皇太子才学无比优秀，看样子贤明过人，将来作为天子治理天下，其能力定当绰绰有余。至于出家的藤壶皇后那边，源氏公子待到自己心情稍微平静下来之后，才前去参谒。他与她阔别多年，千头万绪，想必感慨良多吧。

真是的，对明石海湾那边，源氏公子托付护送他返京的明石那边的来人，折回海湾时带去一信给明石姬。这封信自然是瞒过紫姬，温情脉脉而细腻地写就的。信中说："夜夜波涛汹涌，叫我怎能平静——

叹息声声待拂晓，

---

[01] 此歌仿《日本纪竟宴之歌》而作。蛭子，是日本神话中伊奘诺和伊奘冉二神所生的儿子，三岁时双腿瘫痪，不能站立，被放置在苇船里抛弃海上，漂流远去。这里的"蛭子腿瘫年"，即三年的意思，比喻源氏公子被流放了三年。

[02] 伊奘诺和伊奘冉二神围绕着一根大柱子，一个向左绕行，另一个向右绕行，最终相逢，彼此求爱，结为夫妻，生下日本国土和诸神。此歌意即我们两人虽然暂时分别了，但是最终还是重逢了，因此希望把当年春天分别的怨恨忘掉吧。

恰似朝雾可曾料。"

　　还有那位太宰大贰的女儿五节小姐，不知怎的竟暗恋着源氏公子，曾为公子的背运而叹息，现在知道公子已返京城，暗恋的心情也觉着没劲而冷却了下来。她派一个仆人送一封信给源氏公子，吩咐仆人不必说明是谁写的信，只需使个眼色把信放下就行了。信中写道：

　　须磨去信常思念，
　　泪朽衣袖望君鉴。

　　源氏公子看了觉得："字迹相当清秀啊！"他料定是五节小姐的来鸿，便答歌曰：

　　闻知恋泪常浸袖，
　　倒欲倾吐怨情由。

　　源氏公子以前曾经觉得五节小姐很可爱，她的信又唤起了他昔日对她的恋情，越发觉得她更加亲切可爱了，然而近来他似乎断然摒弃了从前的一些举止，而谨慎处世了。对花散里等人，也只是致信问候而已，对方自然感到美中不足，反而更增添新的怨恨。

第十四回

だいじゅうよんかい

航标

自从源氏公子在须磨做了那个梦，清清楚楚地梦见已故桐壶院父皇之后，心中总惦挂着桐壶院父皇的事，拟欲设法举办佛事，以解救父皇在阴府受罪之苦，每每因未能如愿而伤心叹息。此番得以返回京城，遂赶紧着手筹办此佛事。于是，在十月间举办了法华八讲佛事。现今世间的人们对源氏公子的仰慕，一如既往。弘徽殿太后的病情依然沉重。她因想到"终于无法击退源氏公子"而快快不乐。朱雀天皇以往违背了已故桐壶院父皇的遗命，总是忧心忡忡，深恐遭到恶报，如今已召回源氏公子，并让他官复原职，还有所晋升，心中稍感宽慰。他的眼疾此前经常发作，痛苦不堪，如今也痊愈了。然而他总觉得"自己的寿命不会很长"而忧心不已。他觉得这皇位不能长久占据，缘此，经常宣召源氏公子进宫参谒。朱雀天皇推心置腹、毫无隔阂地与源氏公子共商国事、世间事。如今朱雀天皇可以按照自己的旨意颁旨行事了。世间臣下万民皆大欢喜，其乐融融。

　　随着时间的推移，朱雀天皇让位的决心逐渐坚定了起来。但是尚侍胧月夜心中没底，她忧愁今后身世之孤单，常常叹息，朱雀天皇很怜悯她，对她说："你父亲太政大臣业已亡故，你大姐弘徽殿太后病情沉重，希望渺茫，我觉得自己在世之日也不多，将来你孤身只影地留在世间，着实十分可怜啊！回想过去，你爱我不如笃爱那个人，但是我的爱情是专一的，我只钟爱你一个人。有朝一日我走后，比我优秀的那个人也许会使你如愿，爱护、照顾你，然而他对你的爱，是无法与我对你的感情相比拟的。每想及此不由得委屈心伤。"说着潸然泪下。胧月夜顿时满面泛起红潮，滚滚泪珠闪烁不已，她那洋溢着无比娇羞的美貌，使朱雀天皇看了全然忘却了她以往万般的罪过，只觉得她极其可怜又可爱。朱雀天皇又说："你为什么不为我生个小皇子呢？实在遗憾啊！想到你将来或许会为你那宿缘深沉的人生儿育女，就觉得可惜呀。由于身份的局限，那孩子只能是一个臣下之子。"诸如此类未来不得而知的身后事，他都想象着说出来了，胧月夜听了只觉万分惭愧，也极其悲伤。胧月夜心里明白，朱雀天皇容貌端庄文雅、清秀俊美，对她无限宠爱，且与日俱增，而源氏公子尽管仪表堂堂，相当优秀，不过，随着岁月的流逝，她逐渐体会到源氏公子不是那么思念她，对她的感情也不是那么深沉，从而也曾悔恨地想过："为什么当初情窦初开之时，自己竟任性妄为，以致惹出大祸，害得自己声名狼藉自不消说，还连累了公子蒙受灾难呢?!"每每想到这些事，就觉得自己是个多么可悲之身啊!

翌年二月，东宫皇太子冷泉院举行元服仪式。皇太子时年十一岁，看上去长得比他的实际年龄要大，像个大人似的，他容貌俊秀，酷似源氏大纳言，简直就像一个模子里印出来的。世人传颂美誉称：这两位大人物站到一块，相互辉映，光彩照人。然而，皇太子的母亲藤壶皇后听了，心中隐痛，惟恐别人看出实情来，内心好不苦楚。朱雀天皇观看了东宫皇太子成年的元服仪式，看到皇太子俊秀的姿容也颇加赞美，于是亲切地把让位之事向他说了。当月二十日过后，突然发布了让位的指示，弘徽殿太后大吃一惊，颇觉狼狈。朱雀天皇安慰她说："我虽然让出尊位，但是今后更得悠闲来孝敬母后，请您放心吧。"

东宫皇太子冷泉院即位之后，将承香殿女御所生的皇子立为皇太子。

世间改朝换代，万象更新，欣欣向荣的景象层出不穷。源氏由大纳言晋升为内大臣。这是由于左、右大臣的人数有定额，眼下没有空缺，因此设个内大臣的职务，作为额外的大臣。源氏内大臣本应摄政，掌管朝纲，但源氏说："这是繁重的职务，我无法胜任。"想把摄政之职让给早已告退的葵姬之父原左大臣，亦即他的岳父。原左大臣不肯接受，他说："我因病已辞去官位，近来越觉年迈体衰，无法担当此重任。"

但朝中百官和世间百姓都认为，以外国之事为例，每当时势变迁，社会动乱之时，纵令隐居深山的人，为求天下太平，也会不顾白发苍苍出山

辅政 [01]，这样的能人才真正是可敬重之圣贤。原左大臣曾因病告退官职，现如今时移景迁，更新换代，重新官复原职，无可厚非。再说，此种情况在日本亦有先例。最后，原左大臣不好再坚持推辞，就当了太政大臣，时年六十三岁。昔日他因时局于己不利，才辞官引退，笼闭家居，如今又恢复了昔日的荣华富贵。他家诸公子在官场上曾沉沦一时，如今各自也都获得了晋升。特别是宰相中将晋升为权中纳言 [02]，他的原配夫人，是已故太政大臣家的四女公子，他们所生的女儿，年方十二岁，拟送进宫当新天皇的女御，缘此备加珍视地养育。他们的儿子，即以前曾在二条院唱催马乐《高砂》的次郎君，也已举行过元服仪式，授予爵位。儿女前途似锦，真是万事称心如意。此外他还有几位夫人都相继生育，真是人丁兴旺好不热闹，源氏内大臣看了好生羡慕。

　　源氏内大臣只有原配夫人葵姬所生的一个儿子夕雾。夕雾的长相比他人格外俊美，被特许在宫中和东宫上殿，尽管如此，葵姬不幸早故，太政大臣和老夫人见到外孙长大成人，想起女儿，至今依然对痛失女儿深感悲伤而叹息。不过，葵姬逝世后，她娘家就依靠源氏内大臣的光环，万事有他关照，如今又在他的提携下，多年来沉沦于晦气的处境得以摆脱，重振家声，呈现一派欣欣向荣的景象。源氏内大臣的心意没有变，一如既往，每遇有事，必亲自奔赴太政大臣私邸。他对小公子的乳母以及其他侍女，但凡这几年来没有散开离去的人，每遇适当的机会，总会予以照料，因此而得益的人甚多。他对待二条院的人也一样，但凡耐心等待他返京而经受艰苦磨难者，他都想给予令人开怀的优厚回报，对于中将、中务君等曾受他宠爱的侍女们，也按各自的身份给予相应的怜恤。由于内务繁忙，公子

---

[01] 这里所说的外国白发老人出山从政，意指汉高祖时的商山四皓，即因秦末战乱，隐居陕西省商山的四位须眉皓白的贤哲东园公、绮里季、夏黄公和甪里。他们于汉高祖时先后被邀请出山辅政。

[02] 这位宰相中将是葵姬之兄长，即前文中的头中将。权中纳言，即定额外的中纳言。

也就无暇顾及外出游逛了。坐落在二条院东边的宫殿，原本是已故桐壶院父皇所赐的遗产，公子此番将它改建得无比壮观，为的是要让诸如花散里这样的境遇孤寒凄寂的人儿住进去，以了却公子自己的一番心愿，缘此才精心修缮的。

真是的，还得说说明石姬那边的事。源氏公子经常挂念的就是那位明石姬，她身怀六甲，不知近况如何。公子自返京以来，公事私事纷繁，以至无法如意地探询。到了三月初光景，掐算起来，她的产期已近，源氏公子内心暗自怜爱惦挂她，于是派遣使者前去探问。使者回来禀报说："她已于三月十六日分娩，生下一女婴，母女平安。"源氏公子喜得千金，格外珍爱，从而更加珍视明石姬了。源氏公子后悔："为什么不把她接到京城中来分娩呢？！"曾记得从前有个算命先生卜算说："公子命中注定有三个孩子，其中必有天子命和皇后命的，地位最低者也是太政大臣，是人臣位阶之极。"又说："夫人中身份最低者产女儿。"这些卜算现在果然应验了。一般说，以往的一些高明的相面先生也都曾说："源氏公子的官阶必登上最高位，掌管天下事。"近数年来，源氏公子的命途多舛，这些卜算预言都落空了，这些预言因此也在他心中消失了。然而自从冷泉天皇即位之后，源氏公子的宿愿实现了，他心中无比喜悦。至于他自己，他自觉与皇位无缘，也决不作此类幻想。想当年已故桐壶院父皇在诸多皇子中特别偏爱自己，却又把自己降为臣下，想到已故父皇的睿智和远虑的良苦用心，就知道自己没有登上皇位的缘分。接着心中又暗自想道："此番冷泉天皇即位，外人虽然不知道真相，但是算命先生所说的那句话确是真实应验了。"

源氏公子绵密地思考着现在与未来的情况，他觉得，是住吉明神的指引，让他奔赴明石海湾走了一趟，准是明石姬命里注定有生育皇后的宿缘，因此她那个性乖僻的父亲才不顾身份极其不相称的障碍，一味攀亲。

果真如此，这个未来将贵为皇后的女婴，让她诞生在这穷乡僻壤，实在太委屈了她，太愧对她了。再过些日子一定相机迎接她进京来。打定主意之后，便派人去催促东边的修缮工程早日竣工。

另一方面，源氏公子又想到：明石海湾那种地方，一定不容易找到称心的乳母。他忽然想起已故的桐壶院父皇有个叫做宣旨的女官，生了一个女儿，这女儿的父亲是宫内卿兼参议，现已亡故，做母亲的宣旨，不久也辞世了。现在这个女儿过着清贫的生活，嫁给一个没什么出息的男人，刚生下了一个婴儿。了解这位宣旨的女儿的情况的人，曾经将此情况告诉过源氏公子，公子遂把此人召唤来，托他设法把这位宣旨的女儿请来，让她给明石姬所生的女婴当乳母。此人便把源氏公子的意思告诉了宣旨的女儿。这位宣旨的女儿，年纪尚轻，是个没有心计的人，她住在一间终日无人眷顾的简陋房屋里，过着清贫的生活。她听了此人的这番话后，没有作什么深入的思考，只觉得能与源氏公子挂上钩的事，总是好事，就答应说："那就去吧。"源氏公子一方面也是出于很同情这个女子的身世，就决定要送她去明石海湾。源氏公子想端详一下这个女子，便找个机会在极其秘密的情况下造访了她。此女子虽然一口答应了，却不知"将来会怎么样"，心绪不免有些烦乱。但她念及源氏公子的一片诚心好意，也就感到莫大的慰藉和放心，她说："那就悉听尊便吧。"这一天正好是个吉日，便赶紧准备起程。源氏公子对她说："我派你到远方去，你也许会怨我太不照顾人，不过其中自有重大的道理。这地方我也曾意想不到地去过，并且在那里度过寂寞无聊的漫长岁月，请你不妨以我为前例，暂且忍耐一些时日吧。"说着把明石海湾那边的情况详细地告诉她。宣旨的这个女儿从前曾经在已故桐壶院上皇御前伺候过，源氏公子对她仿佛眼熟，但是此番见她，觉得她憔悴多了，那住家也十分荒芜，只有面积宽阔这点还依稀可见几许昔日的光景。庭院内古木参天却呈现一派阴气逼人的景象，不知她在这里的日子是怎么过的。不过这个人的长相蛮年轻可爱的，吸引住源氏公子的目光，公子跟她开玩笑说："舍不得把你送到明石去，还想把你接到我那儿去，不知意下如何？"这女子心想："同样是伺候人，若能在这位公子身边侍候，我这不幸之身也获得莫大安慰了。"她仰望源氏公子的美姿，公子赠歌曰：

> "虽非知交但相遇，
> 临行惜别亦依依。

很想尾随你去呢！"那女子不觉莞尔，答歌曰：

> 借题发挥话惜别，
> 尾随意在心上人。

她答歌很娴熟，源氏公子觉得她"相当好胜犀利"。

乳母乘车从京城出发，她身边只带一名亲信侍女。源氏公子叮嘱乳母此事要守口如瓶，绝不能向世间泄露。源氏公子托乳母带去守护婴儿的佩刀，以及其他必备的用品等等，应有尽有，不计其数，几乎装不下，真是照顾得无微不至。他赠送给乳母的物品也颇讲究，表现出一番细腻的关怀。源氏公子想象着明石道人对这外孙女珍视与疼爱的情景，脸上不时地露出笑容。同时，又觉得在穷乡僻壤生下这婴儿，怪可怜的，他总惦挂着这女婴，可见亲情所系匪浅。他在信中再三叮咛千万要细心照料婴儿，还附上咏歌一首曰：

> 盼能拂袖抚慰君，

愿君长生似巨岩。[01]

　　乳母乘车从京城起程后，途中改乘船来到摄津国的难波，再改乘马车迅速到达明石海湾。明石道人终于盼来了乳母，欣喜万分，他无限感激源氏公子的好意，朝向京城的方向，合掌礼拜表示感谢。他看到源氏公子如此关切这女婴，就越发可怜这个外孙女了，甚至诚惶诚恐。这个女婴长得非常美丽，真是天下无比。乳母见到她后心想："公子如此珍视这女婴，再三叮咛要细心抚育她，确实有其道理。"一想到这一层，只觉去往异地他乡，旅途奔波劳顿，宛如做梦一般的凄寂心情，顿时豁然开朗。她觉得这女婴的确非常漂亮可爱，便精心照料她。分娩后的明石姬，自从与源氏公子分别后，长期沉湎在忧伤之中，身体日渐衰弱，甚至不想活下去。现在看到公子如此关心照顾，心情稍感欣慰。她在病榻上抬起头来，无比优厚地款待京中来使。来使说："我们马上要告辞。"他们急于返回京城，因此明石姬写了一首歌，托他们带给公子，略表心意，歌曰：

　　　孤身狭袖抚幼雏，
　　　期盼广袖展洪福。

　　源氏公子看到回音，不知怎的，非常思念这个女婴，甚至连自己都觉得奇怪，一心只盼能早日见面。
　　源氏公子从未明确地对紫姬谈及明石姬怀孕生育之事。他担心她早晚自然会听到传闻，这样反而不妥，不如主动向她坦白。源氏公子说："其实嘛，有件事得向你坦白。这人世间说也真怪呀，苍天在作弄人嘛，盼望

---

[01] 据佛经故事说，仙人每三年一次，用天衣轻袖抚摩巨大岩石，抚遍一次即免遭一劫。

生儿育女的，偏偏不生，而无心要孩子的，却反而生了，实属意外，真遗憾啊！而且生的又是个女婴，更不足挂齿，纵令弃置不顾也无妨，然而这样做终究不是个妥善办法。我想过些时日，把她们接到这边来让你看看，但愿你不要嫉妒憎恨她。"紫姬听了，脸上顿时飞起一片红潮，回答说："真奇怪，你平常总提醒我切莫嫉妒，我若是个爱嫉妒的女子，就连我自己都会讨厌自己的，如果说我真是个爱嫉妒的人，那么这种妒忌是什么时候学会的呢？"言外之意是在埋怨："还不是你教会的吗？"源氏公子听了，开怀地笑了起来，说道："瞧瞧！这不正是在嫉妒嘛，是谁教会你的，虽然不得而知，但是我觉得你这态度是出乎我意料的。你胡乱猜疑而怨恨我，想到这点叫我好不伤心啊！"说着终于满眼噙着泪珠。这两人近年来彼此深深地相恋，热爱着对方。紫姬一想起两人时常往来的书信等，那份情真意切，使她觉得他与别人之间的万般事，只能认为是一时的逢场作戏，从而心中的那股怨气自然就消失了。源氏公子接着又说："我之所以惦挂着那个人，并与她有书信来往，自有个中原因。但是过早地对你说，又生怕引起你的误会，因此……"他话说到这里就戛然打住，而后将话题转向别处，说："此人之所以可爱，跟当地的自然环境也有很大的关系，在那种穷乡僻壤，有这样的人就觉得很稀罕。"源氏公子接着还对她谈及他告别明石海湾时，傍晚看到海边渔家烧盐，烟云袅袅的景象，颇有一派哀愁的情趣，遂与那人略作唱和等，还有那天晚上隐约看见那人的姿容，以及她的琴声美妙、技艺高超等等，源氏公子言语间自然流露出眷恋的情怀。紫姬听了暗自想道："那时候自己孤身只影在京城，无比凄寂悲苦地度过日日月月，而他……他虽说是逢场作戏，却把心分给了别人。"一想到这些，紫姬心里特别不痛快，心想："既然如此，我只顾我了。"她背过脸去，茫茫然地陷入沉思，自言自语地悲叹道："这世态真令人伤心啊！"接着咏歌曰：

情烟袅袅方向同，

我欲先行消失空。[01]

源氏公子立即答道："瞧你都胡说些什么，叫我好不伤心呀！

苦海荒山受煎熬，

浮沉泪海为谁劳。

算了，总有一天我会让你看到我的真心的。只怕我的寿命不长。我总想不做那些无聊之举，以免遭人的怨恨，如斯想也正是一心只为了你一人啊！"说着把筝拿到身边来，调整了一下筝弦的音调，而后劝紫姬弹一曲，可是紫姬碰也不碰一下筝，大概是听了刚才源氏公子说明石姬擅长弹筝，心生妒忌的缘故吧。紫姬本是个温柔、稳重的美人，但看到源氏公子的风流作风，也难免产生怨气。然而她这样的神情反而使她更显得娇媚可爱，源氏公子觉得紫姬气恼时的模样最有风情，更有看头了。

源氏公子暗自揣算，到五月初五，明石姬所生的女婴该过五十日庆贺日了。他想象着那婴儿可爱的模样，一股浓郁的亲情涌上了心头。他想："这女儿倘若是在京城诞生，这一天，万事都可以随意安排，该是多么欢庆的日子，实在可惜啊！她生在那样偏僻的、境遇可怜的乡间，婴儿若是个男孩儿，就不必那么令人担心了，可她是个女孩儿，在那么凄凉的环境里生长，实在委屈她了。自己此番横遭厄运，被贬黜流放该地，莫非是命中注定为此女降生而来的吗？"于是，源氏公子差遣使者前往明石海湾并

----

[01] 此歌是应对第十三回《明石》中源氏公子与明石姬唱和之歌而作，似要表达"在你俩情烟袅袅同方向上升之前，我只想化成烟云先行消失"的意思。

叮嘱他务必于女儿过五十日庆贺日当天到达，使者正好于初五当天抵达了。源氏公子用心置办的诸多赠品都是些稀世珍品，还有些实用的物品。源氏公子在致明石姬的信件中写道：

"海松凄寂似母女，

五十吉日心悬挂。

我身在京城，心系明石啊！长此分居，总觉不是个事。惟盼尽早下定决心，进京团聚。京城里万事俱备，无须担心。"明石道人照例喜极生悲。在这种时候他觉得活得越发有劲了，难怪他会激动得落泪。明石道人家里也正在举办仪式庆贺外孙女诞生五十日，场面十分隆重，倘若没有京中的来使亲眼目睹，那就真是衣锦夜行没人见，太可惜了。

京城里派来的那位乳母，觉得明石姬为人和蔼可亲，每每陪她话家常，成了她的说话伴侣，获得了世间的慰藉，忘却了世间的艰辛。在这之前，明石道人也曾托人找来几个身份不亚于这乳母的妇人来明石馆里使唤，可是她们几乎都是些年老体衰穷途潦倒的旧宫女，有的原本欲在乡间找个落脚的住家，辗转流浪才偶然到此地来的。而这位从京城里来的乳母和她们相比起来，既年轻稳重，气度又比她们优越得多。她把世间的珍奇传说逸闻讲述给她们听，还从女子的角度观察，凭着自己的心情和感觉，去描绘源氏内大臣的姿容，以及世人对他的极度赞美和敬重。她滔滔不绝地娓娓道来，明石姬听了，就觉得自己能为如此优秀的人物生下能成为他的念想的女儿，自己也是很了不起的。乳母和明石姬一起看了源氏公子的来信，乳母内心中暗自想道："啊！可怜的明石姬交上了如此意想不到的好运。相形之下，受苦的是我这身世呀！"乳母思绪万千，后来看见信中写了"乳母近况如何"等细心关怀的话语，她自己也觉得万分欣慰。明石姬给源氏公子的回信说：

> "孤单仙鹤降荒岛，
>
> 无人问津祥日到。

适逢陷入沉思遐想之时，忽见来使带来殷切的慰问，心感莫大的安慰，也增添了活下去的力量，然而总觉命途多舛，心中无底，恳切盼望妥善计议，以图日后有个安身之处。"信写得既热情又心平气和。源氏公子反复阅读这封来函，不禁痛切地自言自语长叹一声："真可怜啊！"紫姬斜楞地瞟了他一眼，而后悄悄地独自嗟叹，吟咏古歌："孤舟离岸去远方。"[01]吟罢她陷入沉思。源氏公子怨恨地说："瞧你胡猜到这般程度，我说'真可怜啊'，那只不过是脱口而出的话罢了，每每回忆起那海边的景致，我总觉得难以忘怀，就不免会自言自语，你却听在耳里记在心上呀！"源氏公子只将明石姬来函的信封表皮给紫姬看看，紫姬看见那上面的字迹相当秀美，饶有情趣，非一般贵族女子所能比拟，心中不禁感到惭愧，难免有几分妒忌地想道："如此优秀，难怪他……"

源氏公子就这样一心陪伴取悦紫姬，日子一天天过去了，却不曾去造访花散里，他觉得很过意不去。由于公事繁忙，身份又高，自己的行为举止不能不有所收敛，再加上花散里那边又没有什么特别引人注意的消息，因此暂且把她的事搁置在一边，内心也平静。五月梅雨连绵，百无聊赖，公私两方面都比较清闲时，有一天，他蓦地想起她来，于是前往造访。源氏公子在心上虽然略疏远了花散里，但还是很关心照顾她的日常生活所需的一切，花散里就是仰仗源氏公子的关照度日的。她与源氏

---

[01] 此歌出自《古今和歌六帖》，歌曰："孤舟离岸去远方，渐走渐远隔渺茫。"紫姬悲叹自己逐渐失宠。

公子久别重逢，态度依旧亲切自然，没有露出女子惯有的撒娇、闹别扭或怨恨的神色，源氏公子也就安心了。她的居处，近年来越发荒芜了，住在里面可以想象得出有多么凄寂。源氏公子和她的姐姐丽景殿女御交谈，夜深了，源氏公子才去西厅会晤花散里。朦胧的月光射入室内，公子的姿影在朦胧月色的映衬下越发艳美，无比俊秀。花散里面对公子的美姿更觉自惭形秽，不过她原本就坐在靠近门口的地方茫然地望着外面，那姿态倒也从容大度，给人的感觉甚佳。近旁传来秧鸡的啼鸣，花散里咏歌曰：

> 秧鸡如若啼鸣绝，
>
> 荒宅焉能迎美月。[01]

　　她咏歌时的态度格外亲切谦恭而含蓄，源氏公子不由得暗自叹道："啊！真是的，世间的女子一个赛一个地令我难以割舍，这可就苦死我啦！"源氏公子答歌曰：

> "秧鸡啼鸣门即开，
>
> 奈何冷月会进来。[02]

这点倒叫我放心不下呀！"这是源氏公子借爱情问题向花散里开玩笑，并非真的疑心她另有情夫。源氏公子绝不会疏漏而忘却她这几年来一直独守空房，盼望着公子重返京城的那份钟情。她想起前几年公子临别前吟咏的歌"莫看短暂昏暗天"，谈到公子的誓约使她感到有盼头，接着她又说：

---

[01] 此歌中以"月"比喻源氏公子。日本和歌中，常以"秧鸡啼鸣"比喻敲门声。
[02] 此处的"冷月"暗指别的情夫，源氏公子戏称担心花散里有别的情夫。

"为什么那时依依惜别，竟那么悲伤，一味沉陷在深深的哀叹中？反正像我这样一个薄命之身的人，现在还是同样陷入哀叹中。"她的谈吐稳重，姿态文雅。源氏公子照例搬出不知是从哪里学来的诸多好话，百般温存地安慰她。即使在这种时候，他还想起那位五节小姐。他始终没有忘记她，总想再见上一面。可是难得有相见的机会，又不能避人耳目，悄悄地前去造访她。那女子，也始终念念不忘源氏公子。她父母虽然百般规劝女儿，可是女儿却对与他人成亲之事早已全然断念。

　　源氏公子放心地营造改建殿堂，他心想："要把诸如五节小姐这样的意中人召集过来，若能如愿以偿地养育明石姬生下的那个前途无量的女儿，就可以请这些能人充任照顾女婴的人。"源氏公子那东院改建的殿堂，比二条院本宅邸更加讲究，现代风格饶有情趣的屋宇居多。源氏公子遴选几位有关系的国守，让他们各自分担这些建筑工程，并负责催促工程进度及早完成。

　　源氏公子对尚侍胧月夜至今仍未断念。他因与胧月夜私通而遭贬斥流放，但是至今仍不自慎，心中还想死灰复燃。可是，胧月夜自从遭此灾难之后，深自警戒，不敢再像从前那样与他来往了。源氏公子觉得如今这人世间反而太拘谨，太寂寞了。

　　朱雀天皇自从让位以后，身心颇感舒坦，每遇春秋佳节，必定举办饶有兴味的管弦乐游乐，日子过得悠闲自在。以前的女御和更衣照旧伺候他。其中承香殿女御是现今皇太子的母亲，原先并不得宠，反而被尚侍胧月夜所压倒，如今儿子被立为皇太子，她也随之走红，迥异于昔日了。惟有她不陪伴在朱雀天皇身边，而随皇太子另居他殿。源氏内大臣的宫中值宿所仍是昔日的淑景舍，亦即桐壶院。皇太子则住在梨壶院。桐壶院与梨壶院是近邻，往来方便又可放心交往，万事皆可互通信息彼此商谈。缘此，源氏内大臣很自然地又成了当今皇太子的保护人。

藤壶皇后是当今冷泉天皇的母亲，她由于早已出家不能晋升为皇太后，仅按太上皇的标准得到御封赐，身边还有被任命的随身专职侍卫，威仪堂堂，真是今非昔比。藤壶皇后每天诵经念佛，勤修法事，积德行善。过去很长一段期间，由于顾忌弘徽殿太后的权势，难能出入宫禁，不能经常如愿地看到儿子冷泉天皇，内心不免感到很凄寂，现在她可以随心进进出出，境遇甚佳，心情豁然开朗。相形之下，弘徽殿太后则哀叹世态变幻无常，自身时运不济。源氏内大臣每遇上什么事，都关心照顾并敬重她，甚至使她感到受之有愧，隐隐内疚。世人对源氏内大臣以德报怨之举心有不平，议论纷纷，觉得太便宜她了。

　　紫姬的亲生父亲兵部卿亲王，对源氏公子遭受流放数年，备受痛苦的煎熬一事，不表同情，只顾一味趋炎附势。因此源氏内大臣一想到他，就觉不愉快，他们之间的关系依然如故，并不和睦。总的说来，源氏内大臣对世间一般人都很亲切，关怀备至，惟独对兵部卿亲王一家则很冷淡。藤壶皇后十分可怜这位兄长，她觉得出现这般情状实在遗憾。当今天下大权，平分秋色，掌管在太政大臣和源氏内大臣这翁婿两人手中，协力同心主持朝政。

　　权中纳言的女儿于今年的八月进宫，成为冷泉天皇之女御。她的祖父太政大臣亲自关照操办一切事务，仪式十分隆重。兵部卿亲王家的行二千金原本也有进宫成为女御之志，经父母的精心调教，深获世间的高度评价。然而源氏内大臣并不认为这二千金的才貌出类拔萃。兵部卿亲王也无可奈何。

　　那年秋天，源氏内大臣为还愿而前往住吉神社参拜住吉明神。随行队伍的装扮威风凛凛，其盛况传遍各处，引起不小的轰动，公卿大臣以及殿上人都争相参加。这时，恰巧明石姬也按惯例赴住吉神社参拜。她每年照例都要去该神社参拜，去年和今年由于怀孕和分娩，行动不便而未曾去，因此现在就合二为一，把两次并成一次前去参拜。她是乘船去的，船靠岸时，只见岸上非常热闹，参拜的人群挤得满满的，供奉神前的珍贵供品一件接一件地献上。乐人和十列[01]的装束都非常整齐华美，而且都是挑选形象美观者。明石姬船上的人向岸上人打听："是谁来参拜？"岸上人答道："源氏内大臣来还愿！世间竟然还有不知此盛况的人呀！"话音刚落，连那些身份卑微的围观者都开怀地笑了起来。明石姬心想："实在可叹啊！有的是时日，却偏偏选择这个时候来！遥遥望见那人的神采，心中越发怨恨彼此身份的殊隔。但话又说回来，自己毕竟与他结下了不解之缘。然而连那些身份低贱者都能称心如意地侍候在他的左右，得意洋洋，而时刻关心他行踪的自己，不知前世造的什么孽，偏偏就不知道今天这件大事，竟贸然前来凑这份热闹！"她想到这里，不禁悲从中来，偷偷地落下了眼泪。

源氏内大臣一行，走进了呈现一派深绿色的松林中，穿着浓淡有致的官袍的官员们不计其数，他们在松林中穿梭，看上去宛如姹紫嫣红的花卉和红叶飘洒于林间，官阶居六位的官员中，藏人身着的浅蓝色官袍尤为醒目。那位怨恨贺茂神社垣墙的右近卫将监如今已晋升为卫门佐，成为煞有介事地前后都有随从的高级藏人。良清也晋升为卫门佐，他比谁都感到神清气爽，穿一身鲜艳的红色官袍，蛮英俊的。所有在明石见过面的人，一改昔日的形象，个个着装花里胡哨，悠游自在地四处走动，其中年轻的公卿和殿上人，着装更是争妍斗丽，连马鞍也装饰得美不胜收，呈现一派亮丽的风景，使明石海湾的乡下人都觉得大开眼界。

明石姬极目远望，瞧见源氏内大臣的车子行驶过来，反而格外感伤，

---

[01] 十列（TOTSURA）：日本平安时代以后天皇行幸神社时左右近卫官人效力表演的一种赛马游乐，即奏过舞乐之后并排的十匹马开始赛跑。另一说为由舞人表演骑射的游乐。

其至抬不起头来眺望一眼自己恋人的面影。朱雀天皇效仿河原左大臣[01]的先例，特赐予源氏内大臣一队随身童子，童子们的装束非常华丽可爱，头梳角发[02]，扎发髻用的由浅渐深的紫色细绳也格外艳丽。这十个童子的身高体形都很美，装扮得各具特色，特别入时。葵姬所生的小公子夕雾，在众多人员的簇拥下，于人群中出现。他的随马童子等人，装束划一，别具一格，鲜明地与众不同。明石姬望见夕雾如此高贵风雅，相形之下，自己的女儿却过着不成样子的生活，心中不胜悲伤。于是朝向住吉神社的方向合掌礼拜，祈求神灵护佑女儿交好运。

摄津国的国守前来迎接源氏内大臣一行，举办了无比盛大隆重的飨宴招待，其盛况似乎是一般大臣参拜神社时所无法比拟的。

明石姬颇感困惑，觉得此地不能久留。心想："我这身份微不足道者所献菲薄供品，忝列其中，惟恐神明也不堪入目，可是就此折回去，岂不半途而废。"深思之余，决定今天先在难波湾停泊，哪怕先行祓禊也好。于是，她让船儿驶往难波湾。

源氏内大臣做梦也不曾想到明石姬也来了。这一夜通宵歌舞飨宴，举行各种仪式，极尽诚心来取悦神明，隆重程度超过原先所许之愿。神前奏乐规模盛大，通宵达旦。惟光等以前曾患难与共的人，都深深感谢神明的恩惠。惟光趁源氏公子偶尔离席之机，走上前去，对公子咏歌曰：

还愿住吉谢神恩，
伤心往事又浮沉。

---

[01] 河原左大臣：即源融（822—895），日本平安前期的贵族，左大臣。嵯峨天皇之皇子，受赐姓源氏而降为臣籍。
[02] 角发（MIZURA）：日本古时的一种童子发型，将头发从头顶上分向左右，在双耳边结成圆形发髻。

这咏歌引起源氏公子的共鸣，公子遂答歌曰：

"荒郊恶浪侵袭狂，
神恩浩瀚焉能忘。

果然很灵啊！"源氏公子说话时，那神态美极了。惟光于是将明石姬的船被这里的盛况气势所压倒，退避三舍，绕道而行的事，告诉了源氏公子。公子惊讶地说道："我丝毫不知情啊！"源氏公子十分同情她，他回忆往事，觉得是神灵引领他到明石海湾与明石姬结下了良缘，此事不能等闲视之，因此必须给她写信通通信息，哪怕寥寥数语也罢，以抚慰她的心伤。源氏公子估计她此番与自己的队伍如此不期而遇，定然会很伤心的。

　　源氏辞别住吉神社后，到处观光游览，逍遥自在。他在难波湾举行祓禊，尤其是在七个浅滩处举行的祓禊仪式格外庄严隆重。他眺望难波的堀江一带，情不自禁地吟咏古歌："寂寞今似难波状。"[01]流露出思念明石姬的心情。侍候于车旁的惟光，可能领会了公子的用意，一如既往地从怀里掏出早已备好的短管毛笔和纸张等，于停车时奉上。源氏公子心想："惟光真机灵啊！"于是就在怀纸上书写：

舍身恋慕神为证，
幸得邂逅宿缘深。

写毕，源氏将它交给惟光。惟光便派一个知情的仆人送交明石姬。

---

[01] 此歌出自《拾遗和歌集》，歌曰："寂寞今似难波状，纵令舍身又何妨。"

却说明石姬望见源氏公子一行并驾齐驱而过，心中无限悲伤，恰于此时，明石姬忽接来书，尽管是寥寥数语，她亦深深感到公子犹念昔日的恩爱，不辱旧情，不胜感激，流下眼泪，答歌曰：

孤居难波不足寻，
缘何舍身思恋君。

明石姬将此歌附在她在田蓑岛 [01] 上祓禊时当作供品用的布条上，交由使者奉复源氏公子。

此时暮色苍茫，晚潮上涨。海湾上的仙鹤也引颈高歌，声声凄婉，催人泪下。源氏公子十分感伤，甚至想不顾人耳目，前去幽会明石姬。于是咏歌曰：

泪透旅衣似当年，
纵有田蓑难挡掩。 [02]

源氏内大臣一行返回京城时，一路上参观游览，欢快逍遥，然而源氏公子内心中依然惦念着明石姬。地方上的青楼女子都云集过来迎接这一行人，他们虽号称公卿大臣，却是些年轻好事的人，对这些青楼女子似乎颇感兴趣。但是，源氏公子却认为："纵令是寻欢作乐之事，也要看对方的人品气质是否可爱，方能引起深沉的情趣，即使是逢场作戏，对方若露出轻薄之态，也就让人失去倾心的意趣了。"缘此，那些青楼女子一个个矫

---

[01] 据称田蓑岛是现今天王寺西面海中的一个岛，是七个浅滩之一，乃重要的祓禊场所。
[02] 此歌仿《古今和歌集》第918首而作，歌曰："难波遇雨淋湿透，虚名田蓑难掩漏。"

揉造作、撒娇泼痴的模样，令源氏公子感到厌恶。

且说明石姬待到源氏公子离去后，翌日正好是个吉日，于是前往住吉神社供奉币帛，称心如意地完成了与她的身份相合的种种还愿。尽管如此，她此行却平添了更多的思虑，朝朝暮暮哀叹自己身份之卑微。她猜想着此时源氏公子返抵京城不几天吧。一天，竟有公子派来的使者到明石海湾来，据来使说，公子拟于近日内迎接明石姬母女进京。明石姬心想："这确实是公子的一片诚心，令自己也忝列在他爱慕的众人之中，不过且慢，我一旦乘船离开了明石海湾去到京中，会不会遇到不佳的遭遇，届时进退两难可怎么办呢？！"明石姬万般顾虑，忧心忡忡。她父亲明石道人也觉得就此放走女儿和外孙女，实在放心不下。然而倘若让她们埋没在这乡间，又心有不甘，也许眼下的日子，还比认识源氏公子以前的岁月过得更加辛酸。父女二人万般顾虑，举棋不定，只好回复公子："进京之事，一时难以决定下来。"

朱雀天皇让位之后，改朝换代，按惯例派赴伊势神宫侍奉神灵的斋宫也必须换人。缘此，六条妃子和女儿斋宫都回到京城来了。她们返回京城之后，源氏公子一如既往对她们关怀备至，甚至异乎寻常的亲切周到，可是六条妃子心想："昔日他对我的那份情爱早已淡漠，现在自己可不要重蹈覆辙啊！"她对源氏公子已经断念，源氏公子也没有特意前去造访她。源氏公子心想："我倘若硬要去惹动她的心，她对我的那份情爱能否持久维持下去，亦不得而知。再说，我如此悄悄地四处奔走，做些拈花惹草之事，于当今的身份亦有诸多不便。"因此，源氏公子对六条妃子也不去强求。只是惦挂着她的女儿前斋宫，不知现在成长得多么标致了，倒是令人颇怀念。六条妃子返京后，把六条的旧宅邸大加精心修缮，她们住在这里，日子过得十分风雅舒适。六条妃子昔日的雅趣，依然如故。宅邸内安置了许多美貌的侍女，自然成为众多风流才子群聚之地。她自己虽说似乎孤寂，但是诸多饶有情趣的逸事也能抚慰她的心。然而就在这期间，她忽然身患重病，情绪忧郁，心中格外不安，她想："这大概是由于近些年来，自己在伊势神宫未能专心勤修佛法，罪孽深重所致。"悔恨交加，终于决意剃度为尼。源氏公子听说此消息，心中感到："我与她多年来的情缘虽已了断，但是每逢有游乐聚会之时，她总是个叙谈的上乘伴侣，如今她毅然决然削发为尼，远离尘世，实在太可惜了。"他深感惊讶，于是前往六条宅邸造访，满怀深情地诚心慰问，谈了许许多多。

六条妃子在靠近她枕边处给源氏公子安置了座位，她自己凭靠在扶手上，隔着围屏与源氏公子叙谈。源氏公子觉得她的身体似乎相当衰弱，心想："至今自己依然一如既往深深地眷恋着她，此心难道就再也没有机会向她表白了吗？"他甚感遗憾，不由得伤心地痛哭了起来。六条妃子见源氏公子对她如此真心实意地关怀，心中万分感动而悲伤，于是将女儿前斋宫的前程事宜托付给源氏公子。她说："我走之后，此女势必孤苦伶仃，遇事万望多加关照，不要把她忘却。她别无可依靠者，境遇将无比凄凉孤单。我身虽属无济于事之辈，但只要还活着，总想精心培育她成长，直到她通晓世间人情世故之日……"她话说到这里，已伤心得泣不成声，仿佛性命垂危之际，源氏公子安慰她，说道："即使你不悉心叮嘱，我也决不会弃她不顾的。更何况承你嘱托，我当竭尽全力，多方关照，万望不必为后事挂怀。"六条妃子说："真正要找到确实可靠的义父，的确是相当困难啊！承蒙应允不胜荣幸，不过，无母之女总是很可怜的啊！更何况你倘若过分怜爱她、培养她，势必招来他人的怀疑和妒忌，甚或遭殃，这也许是我的过虑，但希望你千万不要妄动情爱的念头。不幸的我有亲身的体验，痛感身为女子一旦坠入情网，必多意外之苦楚。因此我决意让女儿舍弃情念，远离男女之关系，终其一生。"源氏公子听了她的这番话之后，觉得她说得相当坦率且直截了当，于是回应道："近年来我在这方面也深有体会，你似乎以为我还保留着昔日的那颗好色心，实在遗憾，这不是我的本意。罢了，日后自然会明白的。"这时，户外天色傍黑，室内点着昏暗的灯火，隔着帷幔，里面的情形隐约可见，源氏公子心想或许能窥见她的芳容呢，于是悄悄地从帷幔的缝隙向内里窥探，只见在幽暗的灯火映照下，六条妃子的秀发相当美丽，削得很雅致，她凭依在扶手上，这景象活像一幅图画，实在是风情十足，美极了。

陪伴着六条妃子躺在寝台东面的女子，想必是她的女儿前斋宫吧。源氏公子看见帷幔有一处杂乱地偏向一旁，他的眼睛盯住那里，透过幔帐往内里瞧，只见前斋宫手托着腮，神态显得非常悲伤，虽然只能瞥见，却也能感觉到她长得非常标致。她那自然飘洒的秀发，那端庄的头形以及整体的姿容，透出艳丽而高贵的气质，那玲珑剔透、娇小可爱的稚趣，令源氏公子看得没个够。她那津津诱人的形象，使源氏公子恨不得能立即亲近她，可是一想到六条妃子刚才的那番话，也就收敛，回心转意。这时，六条妃子说："我觉得身体特别难受，恕我失礼了，请你也早点回去吧！"侍女们抱着她让她躺了下来。源氏公子说："我今天专程前来问安，贵体若能见好些，我该多么欣喜。现在见到这般模样，叫我心里好难受啊！你现在觉得好过些吗？"他想探头窥视帷幔内的情形，六条妃子即对他说："我已经衰弱得厉害，在此病入膏肓之际，承蒙适时前来慰问，诚然宿缘匪浅，我心中牵挂之事，业已大致奉告，若蒙不弃予以照拂，我亦可安心地走了。"源氏公子答道："承蒙让我忝列聆听遗言之列，不胜悲伤和感激。已故父皇所生皇子皇女为数不少，但与我亲睦者几乎没有。父皇视斋宫如同皇子皇女，因此我也该把府上的前斋宫视为妹妹，尽心竭力予以关照。再说，我也已到为人之父的年龄，眼下身边尚未有待抚养的子女，也不免感到寂寞。"说罢起身告辞。此后源氏公子经常派人前来问寒问暖。

六条妃子自从与源氏公子会晤叙谈后，过了七八天就告别人寰了。六条妃子辞世后，源氏公子顿觉心灰意冷，痛感人事太无常，总觉得很寂寞沮丧，也不上朝，一心只顾料理六条妃子的葬礼仪式及有关的佛事。六条宅邸那边没有什么特别可以依靠的人，男的只有前斋宫的几个年老的故旧的斋宫官员，出入六条宅邸，勉强打理事务。源氏公子亲自来到六条宅邸，向前斋宫表示吊唁之意。前斋宫命效力于斋宫的女官代致答辞说："突遭不幸，乱了方寸，不知如何是好。"源氏公子说："我对已故令堂曾有诺言，令堂对我亦有遗命嘱托。今后倘蒙视为亲人，则无上欣喜。"于是，源氏公子召集宅邸内众人，吩咐各就各位办理各自应办之事。源氏公子尽心竭力诚恳周到，看来近年来他对六条妃子疏远的内疚心情似乎多少能弥补一些了。六条妃子的葬礼仪式非常庄严隆重。源氏公子自己的二条院内的侍者，被派遣前来六条宅邸当差者不计其数。源氏公子沉浸在深深的哀愁中，勤于修行佛道，深深垂下帘子，一心只顾念经诵佛。他经常派人去慰问前斋宫。前斋宫的哀伤心情逐渐平静了下来，经常亲自作回复。她起初大概是出于谨慎起见，没有亲自作复，经乳母劝导说："请他人代作复是失礼的。"她这才亲自执笔。

一天，雨雪交加，纷纷扬扬。源氏公子推想前斋宫此时想必陷入沉思，该不知有多么悲伤，于是派人前去慰问，并送去一函曰："面对此刻这般天色，不知作何感想？

> 雨雪纷乱凌空飞，
> 亡灵萦绕心伤悲。[01]"

---

[01] 据佛教的说法，人死后四十九天期间，其灵魂总在家里绕，不离开家。

信是写在阴天天色一般的灰色信笺上，为了引起少女的注目，他格外用心地将字迹写得颇为挺秀，令人读了赏心悦目。前斋宫读了信后逡巡着是否回复，她身边的人们都敦促她说："请人代笔是不合适的。"因此她就在一张浅墨色的、薰透了浓重的薰香的、饶有情趣的纸上，着墨浓淡有致地写上一首答歌曰：

> 泪似雨雪停不住，
> 苟且偷生心凄楚。

她的字迹虽然写得非常恭谨，却相当沉稳大度，尽管算不上是上乘之作，却也蛮高雅可爱。

且说这位前斋宫，早在她赴伊势神宫侍奉神灵之时，源氏公子就觉得："如此标致的女子去侍奉神灵，实在太可惜了！"现在她已返京，"自己倒可以倾心于她，向她表明自己的爱慕之情。"然而，当源氏公子脑子里萌生这个念头的时候，照例即刻改弦易辙，觉得这样做太对不起人了。他想："已故六条妃子弥留之际，生怕我与前斋宫有关系，她放心不下地谆谆告诫我，不无道理。世人也猜想我一准爱上这女子，我偏偏要反其道而行之，我要心灵清白无邪，善意地关心照顾她。等到当今天皇年龄再长大些，略解情事之时，再举荐前斋宫进入后宫当女御。我眼下子女甚少，颇感寂寞，因此把她当作秘藏的女儿，精心抚育她，是为上策。"源氏公子下定此决心后，便非常认真、诚恳地关照这位前斋宫。一有机会源氏公子就亲自去六条宅邸关照，还经常对前斋宫说："恕我失礼直言，你应该把我当作已故令堂的替身，当作亲人来看待，万事毫无顾虑地与我商量，这才是我的本意。"然而这位前斋宫天生腼腆，生性内向，遇事总是逡巡不前，她的说话声略被源氏公子听见一星半点，她都觉得是非常意想不到的粗俗。众侍女多方劝她作答，但始终不起作用，大家都为她的内向性格忧心。

陪伴在这位前斋宫身边的有效力于斋宫的女官、内侍司的女官等人，或者关系较深的各亲王家的千金等，都是一些素有教养的人。因此，源氏公子心想："她在这么良好的环境下成长，那么将来按照我心中的打算，作为女御送进宫中，绝不会逊色于别的女御、更衣等妃嫔。但她的长相究竟如何，我总得看个清楚才好啊！"然而在这些想法中未必就那么纯粹是出于为人父母爱护子女之心吧。源氏公子自己也知道自己的心思变幻不定，因此拟举荐前斋宫进宫当女御的打算没有向任何人泄露。他一心只顾为已故六条妃子做佛事、祈祷冥福，因此，六条宅邸侍候前斋宫的众人对源氏公子的这种重情义的举止甚高兴也很赞赏。

随着无常岁月的推移，六条宅邸内的景象愈加凄寂冷落，众侍女也逐渐离开他去。六条宅邸坐落在下京的京极一带地方，这里住户人家稀少，各处山寺的钟声相继传来，生活在这里的前斋宫听见这些钟声，往往会情不自禁地放声痛哭。虽说一样是世间母女关系，但是这位前斋宫与母亲的亲热程度非同寻常，几乎步不离母亲左右。前斋宫带着母亲一起奔赴伊势神宫侍奉神灵，这是史无前例的，但她不顾这些，硬要母亲陪同前往。惟有此次母亲独赴不归路，她不能追随，因此终日泪流满面无干时，无限悲伤，叹息不已。另一方面，或身份高贵者，或身份卑微者，试图通过前斋宫身边的侍女牵线搭桥，向前斋宫求爱的人，为数众多。但是源氏内大臣告诫包括前斋宫的乳母在内的众多侍女说："你等绝对不可自作主张，犯下不可饶恕的错误来。"俨然一副为人父母者的口气，提醒她们注意行事要有分寸，乳母等人敬畏源氏内大臣的威严，相互警戒："决不可做出令源氏内大臣听了感到不快的事来。"此后，她们就决不敢做诸如穿针引线之类的无聊事了。

且说朱雀院自从斋宫行将赴伊势神宫侍奉神灵，那天在大极殿举行庄严仪式，见到了美若天仙的斋宫之后，至今也难以忘怀。后来斋宫返京，他曾对六条妃子说："让前斋宫进宫来与斋院 [01] 等姐妹们住在一起吧。"但是，六条妃子没有答应，她心想："朱雀院身边身份高贵的女御、更衣甚多，而自己这边力量单薄，又没有实力雄厚的保护人，怎能……"再说她心存顾虑："朱雀院身体病弱，也是令人十分担心的。女儿会不会也像自己一样年纪轻轻的就孀居空房呢？！"因此，迟迟未曾作复。如今，六条妃子又已作古，更加无人来做前斋宫的保护人了，前斋宫身边的侍女们都为她忧愁。适逢此时，朱雀院又诚恳地提出他的期望。源氏内大臣闻知此消息，心想："倘使违背朱雀院的期望，硬把前斋宫夺过来，又觉对不起朱雀院，可是若视而不见放弃她，又觉得太可惜了！"于是，源氏内大臣就前去与师姑藤壶皇后商量。

源氏内大臣对师姑藤壶皇后说："现有一事要与您商量，朱雀院拟接纳前斋宫，此事如何处理好，令我颇感棘手。前斋宫的母亲六条妃子诚然端庄稳重，待人接物能深思远虑，只因我年轻气盛，任性妄为，流言蜚语传遍，害得她苦恼万分，抱恨告别人寰。回想起来真是后悔莫及啊！她在世期间，我终于未能排解她心中的怨恨，她弥留之际，还承蒙她将女儿前斋宫之事托付于我，足见她对我的由衷信任，才将忧心事遗嘱于我，真令我铭感肺腑。就算是世间一般人有难时，我闻知也不忍弃置不顾，更何况此事，我必须竭尽全力处理好，好让她在九泉之下也能宽恕昔日我对她的罪过。当今天皇逐渐长大成人，但从年龄上说毕竟尚

---

[01] 这位斋院即已故桐壶院的三公主，朱雀院之妹。

幼，倘若有一个年龄稍长略明事理的人随身侍候，岂不甚好。如此设想是否稳妥，尚请母后裁定。"师姑藤壶皇后答道："此想法确实甚佳。违背了朱雀院的意愿，固然委屈了他，对不住他，不过，不妨以亡母留下遗言为由，只当全然不晓得朱雀院之意愿这回事，径直将前斋宫送入宫中便妥。朱雀院近来勤于修行，诵经念佛，对儿女情长之事已不甚执著，即便闻知此事，估计亦不至于过分怪罪吧。"源氏内大臣说："那么，对外则称母后懿旨'命前斋宫入宫进女御之列'，我只做承办赞助的角色。此前，我思来想去绞尽脑汁终于想出此策，即尽心尽力向您禀报，尚不知世人对此举将会作何等评议，倒是令人担心的。"源氏内大臣心想："再过几天，我将切实按她所说的办，现在我首先要不露痕迹地把前斋宫迎接到二条院来。"

　　源氏内大臣回到二条院，便将此事告诉紫姬说："我想把前斋宫作为养女，迎接到这里来与你做伴，二人共话倒是一对好伙伴。"紫姬听了很高兴，赶忙去做迎接前斋宫来住的准备工作。

　　师姑藤壶皇后的哥哥兵部卿亲王倾尽全力教养女儿，一心只盼女儿能早日进宫。但由于源氏内大臣与他之间存在隔阂，因此他的愿望迟至今日亦未能实现。师姑藤壶皇后从中调解，实在是费尽了苦心。权中纳言的女儿，现在已成为弘徽殿女御，她的祖父太政大臣把她当作女儿一样百般爱护。冷泉天皇也把这女御当作相投的游戏伙伴。

　　师姑藤壶皇后心想："兵部卿亲王的女儿与冷泉天皇年龄相仿，将来即使被接纳进宫，充其量也不过是多了一个游玩的伙伴，能有一个年龄稍长的女御来照管后宫诸事，倒也是非常可喜之事。"她如斯想，大概也就把此意告诉了冷泉天皇吧。另一方面，源氏内大臣对冷泉天皇的照顾也真是无微不至，辅佐朝政自不待言，连朝朝暮暮生活上的细枝末节万般琐事，他都关照得妥妥帖帖。这一切，师姑藤壶皇后都看在眼里，喜在心上，感到十分放心了。她近来体弱多病，即使进宫也力不从心，难能如愿地照顾皇上。因此物色一位年龄稍长的女御，始终侍候于天皇左右，确实是势在必行之事。

第十五回

だいじょうごかい

艾蒿丛生的荒地

"藻盐滴滴浇寂苦"，源氏公子谪居须磨湾，寂寞度日期间，京城里有不少女子都惦记着他，她们各自思绪万千，为他叹息。其中亦有生活无忧无愁者，只因一味思念源氏公子并为恋情缠绵所苦恼，例如二条院的紫姬，生活富裕，时不时可以和谪居远方的公子互通音信，还可以随着时令季节的推移所需，为他置办失去了官阶后暂时穿用的装束，派人送去，聊以慰藉他心灵上的寂苦。此外，还有为数不少的人，外人并不知道她们是公子所思念的情人。公子离开京城的时候，她们只能听听传闻而加以想象，心中万分痛苦。

常陆亲王家的千金末摘花就是其中之一人。自从父王辞世后，她无依无靠，孤苦伶仃，境遇非常凄凉。后来，意外地结识了源氏公子，承蒙公子的一直关怀，照拂备至，她的日子才过得安适惬意。这样的举动，在气派富足的源氏公子来说，只是略表寸心，算不得什么的小事一桩，可是对于接受一方，即境遇穷困得不成样子的末摘花来说，则宛如天空上的明星映照在盆水里一样，光彩夺目。却不料正在她着着舒坦生活的时候，源氏公子突然蒙受贬谪须磨的大难，他心灰意冷，泛起一股厌离尘世的情绪，除了格外有缘分的人外，他几乎都已忘怀。他远赴穷乡僻壤的须磨湾后，便杳无音信。末摘花尽管悲怆度日，但暂时尚能勉强维持，可是日久天长，经济上就日益拮据，显得穷极潦倒了。年长的侍女们私下相互嘟囔，悲叹着说："啊！实在可怜，不知是前世造的什么孽呀！前阵子才刚交上好运，宛如神佛显灵，赐予洪福，承蒙源氏公子的眷顾照料，我们正庆幸她能获此莫大的福分呐。虽说人世间为官者蒙冤受屈，本是常有之事，可是我们这位小姐别无可依靠的人，这景况着实可悲啊！"想当初在贫穷凄寂的岁月里，过着无比孤苦的生活，说来也习惯了，然而一旦过上一段稍许幸福美好的生活之后，重遭贫困，就觉得痛苦不堪而叹息不已了。当年多少有点指望的侍女们自然而然地群集在她身边，如今也都相继离去。无处可去的侍女中，有的业已亡故，随着日月的推移，上下的人数也寥寥无几了。

本来就已荒芜的宅邸，现在人烟稀少，宅邸内终于成了狐狸栖息之地。阴森可怕的、枝繁叶茂的老树丛中，朝夕不断地传来鸱鸮的啼鸣，大家都习以为常了。过去人气旺盛之时，这些不吉利之物大都销声匿迹，如今古树的精灵等怪物，仿佛适得其所似的纷纷现形，令人惊心动魄之事层出不穷。因此所剩无几的侍从人员也都不堪忍受，觉得此处非久留之地。

近年来，有些地方官即国守之类的人想在京城里物色造型富有趣味的宅邸，有人相中了这座宅邸的参天古树丛，于是求中介人前来探询："此宅邸的主人是否愿意出手？"众侍女听到此消息，纷纷鼓动小姐说："干脆趁此机会把这宅邸出售算了，迁居到不这般可怕的宅邸去。长此留在这里，我们这些剩下来侍候小姐的人也不堪忍受了。"末摘花泪潸潸地说道："唉！太残忍啦。有这种念头教世人听了都会耻笑的，只要我一息尚存，决不会做出这种忘本之事。这宅邸虽然这般荒凉可怕，但是只要一想到这里是保留着父母面影的亲切的故居，心里就感到莫大的安慰。"她做梦也不曾想过这种事。

宅邸内的日用杂什器皿，大都是带有时代色彩韵味的，上代人用惯了的东西，古色古香，华美精致。有几个一知半解却自认为博学的暴发户，对这些器物垂涎三尺，他们特地探听到某物是某名家工匠所做，打听到这些器皿都是有来头的，于是求人介绍，试图采购。其实这种举止自然是瞧不起这户人家贫困潦倒，因此胆敢放肆侮辱，上门来寻购。那些侍女们有时候说："无可奈何啊，出售器物这类事，也是世间常有的事嘛。"她们企图自圆其说，出售一些器物，以解眼前经济拮据的燃眉之急。可是，末摘花却严厉地斥责说："这些器皿是上代人留给我使用的，怎能让它成为下等人家的装饰品。违背已故先人的本意，是罪过的。"她决不允许她们出售器皿杂物。

末摘花异常孤单，连个稍加相助的人都没有，只有一个当禅师的哥哥，偶尔难得从醍醐[01]到京都来时，顺便到这宅邸里来探望她。然而，这禅师是个世间罕见的守旧者，即使在同样都是法师的人中，他也是个生计无着、远离尘世的圣人。所以，他到这宅邸时，看见庭院蓬生的杂草早该清理了，可是他却毫不介意。因此，在这宅邸滋蔓的杂草湮没了整个庭院，艾蒿亦欲与屋檐比高。葎草密密麻麻地封锁了东西两头的大门，门户倒是严紧了，可是四周的围墙却处处坍塌，牛马都可任意入内践踏。每年从春天到夏季，牧童竟然驱赶牲口进入院内放牧，幼小的童心竟也不讲道理呀。

这年八月里的台风肆虐，把走廊等都刮得东倒西歪，仆人居处的板葺屋顶都被掀开仅剩下房架，仆役无处栖身都离散了，朝夕的炊烟断绝，可怜可悲之事数不胜数。那些莽撞的贼人见这宅邸沉寂荒凉，估计里面都是一些无用之物，因此过门而不入。虽说这里极其荒凉，蒿丛蓬生，但毕竟还是宅邸，正殿内的陈设还是一如往昔，毫无变化。只是无人打扫，积满灰尘。不过从整体看来，无疑还是一处井井有条的美丽居所，末摘花就在这里生活，度过朝朝暮暮。

在这样的生活环境里，哪怕读一些虚幻的古歌或是故事之类的书籍，多少也能排解一些寂寞的情绪，慰藉居住在这蓬蒿丛生的孤寂宅邸里的人儿那郁郁不乐的心灵，然而末摘花缺乏这方面的嗜好。或者，虽然谈不上是什么风流雅趣，不过，在闲暇无聊之时，自然会与志趣相投的朋友通通信，年轻女子观赏花草树木寄予情怀，亦能忘忧解闷的，然而末摘花严格遵守父母的遗训，对世间格外拘谨隔阂，即使难得有几个她认为不妨可以

---

[01] 醍醐：京都市伏见区之地名。伏见区内有醍醐寺。

通信的女友，也决不表示亲热。她偶尔独自打开古老的柜橱，取出《唐守》、《藐姑射老妪》、《辉夜姬》[01]等物语文学的插图本，随意翻阅，消遣消遣而已。要说阅读古歌嘛，其要领首先得挑选出有趣味的读本，再得心应手地找某首歌的题目及某作者，才有看头，可是末摘花取出来的读本，是用华丽的纸屋纸[02]、陆奥纸等印制的版本，古旧得纸张都起了毛，内容也都是尽人皆知的平庸无奇的一些古歌，实在是太没意思了。可是末摘花每当寂寞无聊之时，就翻开这类读本来看看。当时人们流行诵经念佛，勤修佛法，但是末摘花生性腼腆，加之也无人帮她备办这些事宜，她的手从来未曾触摸过念珠。末摘花的生活就是这般循规蹈矩，单调乏味。

有个侍女名叫侍从，她是末摘花的乳母的女儿，多年来哪儿也没有去就在这里侍候末摘花。侍从在这里供职期间，不时到一位斋院那边走动，现在这位斋院故去了，侍从失去了一处生活的依靠，甚是伤心犯愁。且说末摘花的姨母，由于家道中落，就嫁给了一个地方官。这地方官家里有好几个女儿，父母关爱备至地重视教养她们，正想寻找优秀的年轻侍女。侍从心想："去侍候这户人家，比去完全不相认识的人家好，再说母亲也曾和这户人家有往来。"于是便经常出入这户国守家。至于末摘花则由于生性孤僻，一向与这位姨母的关系并不亲近，也不相来往。这位姨母向侍从吐露怨气说："我这位已故姐姐，由于我只是个地方官的夫人，有碍她的脸面，而瞧不上我。现在她女儿的境遇困窘，我也无意去关照她。"话虽这么说，可是她不时地还是给外甥女家去信问候。

一般说，出身卑微的普通人，有不少人往往尽心模仿身份高贵的人而

---

[01]《唐守》、《藐姑射老妪》是当时的物语插图本，今已失传。《辉夜姬》即《竹取物语》，该书中女主人公的名字是辉夜姬。
[02] 纸屋纸：平安时代在京都纸屋院漉制的优质高级纸。纸屋院：日本平安时代制造官用纸的场所，位于京都纸屋川畔，为图书寮所属。

妄自尊大。末摘花的这位姨母，虽然出身于高贵的世家，也许是命里注定的缘故，竟沦落为地方官的夫人，缘此，她心理失衡，思考问题多少有些卑鄙之处。她想："姐姐因我身份卑微而瞧不起我，如今她家贫困潦倒，也是个报应。我要趁此机会设法让末摘花来充当我家女儿的侍女。这小女子性情虽然有些地方落伍，不合时宜，不过来做帮工，倒是个可靠的人选。"于是命人给末摘花传话说："请你常到我家来玩嘛，我这边有人想听你弹琴呢。"还经常催促侍从劝说末摘花小姐前来。末摘花倒不是有意矫情，只因生性腼腆，遇事总是逡巡不前，终于没有前去与姨母亲近，姨母就怨恨她。

这期间，末摘花的姨父晋升太宰大贰。这老两口把女儿各人的婚嫁事安排妥当后，准备赴筑紫的太宰府就任。他们还是想劝说末摘花跟他们一起去。于是派人来对末摘花传话说："我们行将离京远去了，你过着无依无靠的孤单生活，我们实在担心。近年来我们虽然没有经常来往，不过由于彼此相距较近，也就放心了。但今后你实在太凄凉了，叫我们放心不下呀！"措辞十分巧妙委婉，但是末摘花全然不动心。姨母丧气地诅咒说："真可恨！好大的架子啊！任你再怎么孤高自命不凡，长年在那种蓬蒿丛生的陋室里生活的人，源氏大将也不会看上眼的。"

此后不久，源氏公子获得大赦，起程返回京城。普天之下人们欢欣鼓舞，大家都争先恐后地要向源氏大将表明自己深藏的诚意。源氏大将观察了身份高的、地位低的男男女女的心迹，深深感悟到人情厚薄、人心各异，不胜感慨万分。

由于事情繁忙，源氏公子竟没有想起末摘花来，不觉间又过了许多日子。末摘花心想："现在还能有什么指望呀！回想起这几年来，我一直为公子横遭灾难而无上悲伤，日夜为他祷告，但愿他能像枯木逢春一般再度兴盛。他返京城后，连瓦砾般的低贱之人都能同庆公子升官晋爵，而我如今却只能偶有所闻，就像风闻他人之事似的。想当年公子横遭贬黜，伤心离京时，我以为大概是自己的命途多舛所致，从而觉得这人世间真是毫无意义！"她愁肠寸断，哀怨交加，蓦地放声痛哭了起来，陷入了绝望。

末摘花的姨母太宰大贰夫人听说此事，心想："瞧！果然如此嘛。那样一个孤身只影、穷困寒酸的人，谁还会理睬她呢。就是佛爷神仙都还要挑拣罪孽较轻的人才肯给指引呐。境遇如此困窘，还那么神气十足，还当是父母在世时那样随心所欲吗？这种傲慢，实在可怜呀！"姨母越发觉得这外甥女实在太不开窍了，于是派人向她传话说："还是下决心跟我们一起走吧。要知道古人云'排解忧愁寻山路'[01]，你也许会以为乡间都是难以生活的地方，然而我不至于让你过得不体面的。"她的话说得很动听，以至末摘花身边的几个早已失望而垂头丧气的侍女私下抱怨着说："小姐要是能听从她姨母的劝说就好了，看来小姐不会作出什么像样的决定。不知是什么心思，促使她这么顽固。"

那时侍从已经嫁给大贰的一个亲戚，可能是大贰的外甥吧。丈夫要赴筑紫，不可能让侍从留在京都。虽然此去不是出于侍从的心愿，但也不能不随夫君前去。侍从对末摘花说："离开小姐，叫我好伤心呀！"她想劝小姐同行，可是末摘花至今依然把希望寄托在源氏公子身上，尽管公子早已音信渺茫多时了。末摘花心中一直存有一种信念："眼下虽然是这般境况，但再过些时日，总有一天他定然会想起我来的。他对我曾有过真心诚意的誓约，只因我命途多舛，以致被他一时忘却。相信有朝一日风传信息，他闻知我的困窘，必定会来探访我的吧。"她经年累月一直都这样想，她宅邸内的情况，比以前更加荒凉，愈发不像样了，然而她还是独自竭力强忍，哪怕是不起眼的日常用具，一件都没有缺失，如同往常。她那

---

[01] 此句引自《古今和歌集》第955首，歌曰："排解忧愁寻山路，钟情伊人羁绊苦。"

坚忍不拔的精神，始终如一，但是终日热泪潸潸，陷入沉思，娇嫩的容颜哪经得起这般苦痛的折磨，她那鼻子揩擦得红肿，活像山野樵夫颜面正中粘上了一粒红果实。她那侧脸，形状之丑陋，连一般人看了都觉得不堪入目。唉！不该再细说了，否则就太对不起这位小姐，笔者的口吻似乎过火了。

随着冬天的到来，末摘花的生活更加没有着落，她只有在悲伤中茫然度日。

这时候，源氏公子的宅邸内，正在为已故桐壶院举办法华八讲法会，其规模盛大，仪式极其隆重，轰动了整个京城。尤其在挑选诵经的僧人讲师方面，非同寻常，都是挑选一些学问卓越、道行高深的尊贵的圣僧。末摘花的那位禅师兄长也被邀请来了。法会结束后，归途中，这位禅师兄长顺便到常陆宅邸来造访妹妹末摘花。他对妹妹说道："源氏权大纳言为已故桐壶院举办的法华八讲法会，我也参列其间。这法会规模盛大而隆重，那庄严神圣的场面，简直令人疑是现世的极乐净土。那风雅的法乐也是尽善尽美的。那位源氏公子的形象俨如佛菩萨的化身，在这五浊^[01]泛滥，佛法式微的世界里，怎么会生出如此端庄俊美的人物来啊！"这位禅师只略谈片刻，就告辞离去。这兄妹俩与一般世间的兄妹迥异，他们相见时似乎无话可说，连平庸的聊家常也不说上一句。

末摘花听了兄长的一番话之后，心想："遗弃了身陷困窘，可怜而无依无靠的苦命人，这是多么缺乏慈悲心的佛菩萨啊！"她满心怨恨，觉得："诚然，那份情缘眼见得行将断绝了！"正在此时，那位姨母太宰大贰夫人突然前来造访。

这位夫人平素与末摘花并不亲睦，此番因想劝诱末摘花一起前往筑紫，就给末摘花置备了几件衣裳送来。她乘坐一辆装饰得颇为华丽的牛

---

[01] 五浊：佛教用语，指劫浊、见浊、命浊、烦恼浊、众生浊五种龌龊。

车，春风得意，体态轻盈，一副无忧无虑的模样，突如其来地登门造访来了。她把门叫开，举目望去，只见四周荒芜凋零，有点令人毛骨悚然，左右两扇门扉，眼见也摇摇欲坠。随从夫人前来的仆役们，帮着看门人忙活了一阵之后，好不容易才把门打开。这居所尽管荒芜，想必总会有人足踩踏的三径 [01] 吧，可是这里蓬蒿丛生，究竟哪里才有路。找来找去方才找到了一间朝南打开格子门窗的房子，于是把车靠到那里。末摘花觉得姨母这种大贰夫人趣味的举止太不礼貌了。她只好将被煤烟熏得污秽不堪的围屏支撑起来，自己隔着围屏迎接，由侍从直接出来接待她。

侍从的容貌也憔悴多了，长年辛劳以至身体清减，然而她的姿态文雅，人又聪明伶俐。说句过分的话，小姐的容貌就该和她调换才好。姨母对末摘花说："我们不久就要动身了，你孤身只影地留在此地，叫我们好不放心，难于割舍呀。我今天是来迎接侍从的。你不喜欢我，与我有隔阂，一次也不曾到我家来，但是至少侍从这个人，请你务必允许我把她带走。话又说回来，这么凄凉的日子，你怎么过呀！"话说到这里，一般情况下自然会落泪的，可是此刻姨母内心中所想的却是他们此番赴任前途似锦，无上欢欣呐。姨母接着又说："已故常陆亲王在世时，嫌弃我丢了你们家的脸面，不让我登门，因此我们之间的关系就疏远了。不过我一向对此并不介意。可是你身份高贵，自命不凡，再加上你宿命好，结识了源氏大将，我这身份卑微者，自然有诸多顾虑，不敢前来亲近，直至今日。然而人世间世态无常，我这微不足道之身，反而生活过得舒适安乐，而你这昔日高不可攀的贵府，如今竟落得如此可悲又可怜的境地，实在令人伤心。现在彼此住处相距较近，虽说不常来往，但随时都可以关照，因此也

---

[01] 三径：西汉蒋诩因王莽摄政称病隐居，在家门前开辟三条小路，据说分别种植了松、菊、竹，惟与高逸之士求仲、羊仲往来。后用"三径"意指隐士的家园。陶渊明《归去来兮辞》就有"三径就荒，松菊犹存"之语。也有谓"三径"指隐遁者的庭院里通门、通井、通厕的三条小路。

就不那么担心了。这回我们将奔赴远方，把你一个人留下来，我们内心感到很不安，也很心疼啊！"

姨母说了一大通话，但末摘花从感情上说，并不觉得融洽，因此她只是礼貌地回应说："承蒙关爱，不胜欣喜，不过，像我这样的世间奇特之人，到他处去，又何济于事，莫如原封不动埋没于此处，与草木共朽。"

姨母又说："你如斯想，固然自有其道理，不过，难得一个活生生的人，竟埋没在这种阴森可怖的环境里，苦受煎熬，恐怕也是世间罕见的吧。当然，倘使能得到源氏大将的眷顾，为你修缮装饰，那么还可指望这座宅邸将焕然一新，变成琼楼玉宇，可是，现在源氏大将除了兵部卿亲王的女儿紫姬之外，别无分心去相爱的人了。昔日他由于生性风流，四处拈花惹草，现在都与这些女子断绝往来了，何况像你这般住在丛生蓬蒿中不成样子的人。希望他眷顾到你为他艰苦地守节而前来造访，这恐怕是难以实现的吧。"末摘花听了姨母的这番话之后，心中暗自思忖："姨母说的确实如此。"一股悲情涌上心头，情不自禁地潸潸泪下。

尽管如此，末摘花的心思丝毫没有动摇的迹象，姨母费尽口舌，千言万语也没能把她说动，只好说道："那么至少也该让我把侍从带走……"这时已是暮色苍茫时分，姨母急于告辞回家，侍从心中十分焦急，思绪万千，她哭泣着悄悄地对末摘花小姐说道："那么，今天夫人费尽心机苦苦相劝，我且先去给他们送行吧。夫人说的那番话，自然有其道理，小姐犹豫不决，当然也有个中原因，可就是叫我这个居于中间者心烦意乱不知如何是好啊！"

末摘花一想到连侍从都要离开自己而远去，心中十分懊恼，也很舍不得让她走。可又无法挽留她，惟有放声痛哭，除此别无他法。末摘花想送一件衣裳给侍从留作纪念，可是穿惯了的旧衣裳等也都残留污迹，送不出手，此外又没有什么东西可送她，足以答谢她长年侍候自己的辛劳。长期以来末摘花总把自己掉下来的头发积攒起来，理成一绺假发，足有九尺多长，相当漂亮，她把它装在一个精美典雅的盒子里。现在她把它连同一瓶家传的香气浓郁高雅的古代薰衣香，作为纪念品赠送给侍从，临别依依不舍作歌曰：

> "成绺假发[01] 不松弛，
>
> 谁知别离把心撕。

由于已故乳母留下遗言，本以为我虽然身处困境，你依然会始终留在我身边照顾我的。现在你要离开我远去，也是理所当然。可是你走后，又有谁能代替你来陪伴我呢，这叫我怎不伤心呀！"她说到这里，哭得更加凄凉了。侍从也已泣不成声，说不出话来，好不容易才答道："就别说有母亲的遗言了，我从来就不曾想过抛弃小姐。多年来我与小姐一起，患难与共，含辛茹苦，如今却突然要我踏上旅途，流浪他乡，叫我如何……"接着她答歌曰：

> "假发纵令会消失，
>
> 不弃小姐向神誓。

只是不知天命能否延续到……"这时，大贰夫人嘟囔着说："你在做什么呢？天都快黑啦！"侍从心烦意乱，只得匆匆上车，一味回首凝望。

多年来，即使在最困窘的时候，侍从都不曾离开过小姐片刻，如今匆匆离别，小姐难免感到极其寂寞。侍从走后，甚至连已不顶啥用的、老态明显的侍女都牢骚满腹地说："唉！早就该走了。这样的地方谁还想留

---

[01] 末摘花以"假发"比喻侍从。

呀。就说我们这些人吧，也忍受不下去了。"她们各自思索自己的安身之计，准备另找出路。末摘花只能郁闷地听着。

到了阴历十一月，在雪霰交加的日子里，别人家庭院里的积雪还有消融之时，可是这处宅邸却由于蒿莱蓬生，挡住了朝阳夕照，积雪颇厚，不由得令人联想到好像是越后的白山终年积雪的景色，连进出的仆役也没有。末摘花百无聊赖，陷入沉思，只顾茫然望雪兴叹。侍从在时，还能天真地谈天说地，借以安慰她，时而哭泣时而欢笑，给她排忧解愁，如今连这个人也远走了。夜里钻进落满尘土的寝台内，尝尽孤眠寂寥的滋味，暗自悲伤。

至于二条院那边，源氏公子重返京都，格外珍惜疼爱阔别许久的紫姬，为她忙个不停，加上公务缠身也忙个不可开交。缘此，但凡他觉得不甚重要者，一概不特地专程寻访，更何况末摘花。偶尔想起她，充其量只不过想到"她大概也平安无恙吧"。仅此而已，并没有急于要造访她的意思。转眼间这一年又过去了。

翌年四月间，源氏公子想起了花散里，他向紫姬打了招呼，就悄悄地前去造访。近来连日降雨，至今仍未完全停息。待天色放晴后，月亮在美丽的天空中露出脸儿来。源氏公子想起了昔日悄悄出门的情景，在当空悬挂的妖娆的黄昏之月下，一路上对往事浮想联翩。途中，路过一处荒芜得不堪入目的宅邸，房屋庭院四周杂木丛生，简直就像一座森林。在月光的映照下，盘缠在一棵高大的松树上的藤花随风摇曳，传来一阵阵淡淡的清香，不禁引人怀旧。这香气与橘花的香又不相同，别有一番情趣。公子从车窗里窥视，只见坍塌的墙垣遮挡不住低垂的柳枝，反而让它任意覆盖在残垣断壁上。难怪公子觉得这些树丛好生面熟，却原来这里就是末摘花的宅邸。源氏公子觉得甚是凄凉，油然生起哀怜之情，遂令将车子停下来。公子每次悄悄外出都带惟光随从，这次惟光也跟随在身边，公子问他：

"这里是已故常陆亲王的宅邸吗？"惟光答道："正是。"公子说："这家那位小姐如今还依旧寂寞地住在里面吗？我想去探访一下。特地前来未免太麻烦，今日顺便，你替我进去通报一声。问清楚后，再说出我的名字来。倘若弄错了人家，就显得轻率了。"

住在此处的末摘花，只因连日降雨，越发愁煞人，她神情沮丧地陷入沉思。恰巧这天午睡时做了个梦，梦见已故父亲常陆亲王。醒后恋恋不舍，更加悲伤了。她命老侍女将漏雨濡湿了的房檐前揩拭干净，还整理了一处处的坐垫。她像常人一般，罕见地独自咏歌，歌曰：

故人入梦泪湿袖，
屋檐滴水更添愁。

这种心情实在是太令人同情了。正在此时，惟光走了进来。惟光东绕西拐地寻找，试图找到一处有人声响的地方，可是一个人影也不见。他心想："果然不出所料，我往常路过此处，向里面窥探，不见有人居住。如今看来，确实如此。"他正想折回去时，月光蓦地明亮了起来，借助月光看见有一间房子的两扇格子窗门都支撑开着，那垂帘似乎还在动。找了半天终于发现有人，心中不由得感到有点毛骨悚然。但他还是走上前去，扬声招呼问讯，只听见里面的人用年迈的声音，先清嗓子然后问道："来者是谁，是哪一位？"惟光通报了自己的姓名，然后说："我想见一位名叫侍从的姐姐。"里面回答称："她已经到别处去了。但有一个与她相似的人。"从说话的声音判断此人上了相当年纪，但这声音似乎熟悉，他断定她准是从前认识的那位老侍女。

里面的人意想不到地看见一个穿便服的男子姿影不露声色地出现，姿态温文尔雅地探询，只因多日来没见过这般模样的人，竟疑心："此人莫不是狐狸精的化身？"只见这男子走过来，说道："我来为的是想探听一下你家小姐的情况。如若小姐初衷不变，那么我家公子至今依然有心来探望她。今宵亦不忍过门而不入，车辆此刻就停在门前，该如何禀报，盼坦率告诉我。我非鬼怪，请放心吧。"众侍女听了不禁窃笑，那老侍女答道："我家小姐如若变心，早已迁居他处，不会留守在这蓬蒿丛生的居所中了。请予推察实情，善加禀报为盼。连我们这些上了年纪的人，都未曾见过人世间竟然还有人过着如此无与伦比的困窘生活。"老侍女越说越起劲，于是不问自说地将这家种种困苦的情况告诉了惟光。惟光觉得烦琐，说："好啦好啦，我即刻将这些情况禀告公子就是。"旋即走了出去。

惟光来到源氏公子跟前，源氏公子问道："为何待的时间那么长，她到底怎么样了？这里简直成了杂草丛生的荒原，昔日的面影几乎荡然无存了！"惟光禀告说："只因如此这般，四处寻找，好不容易才找到了人，说话的老侍女是侍从的婶婶，名叫少将。她的语声我听过，比较熟悉。"接着惟光将末摘花的近况向源氏公子一一禀告。公子听了不由得想道："实在太可怜了！在这样的杂草丛生中度日，多么凄凉啊！我为什么不早些来访她呢？！"他怨恨自己太薄情，说道："该怎么办？像今天这样微服出行，今后恐怕是不容易的，倘若没有今天这个机会，恐怕也不可能前来造访她，她矢志不渝，足见她是多么坚贞不拔。"他说罢，就想立即走进去，但又觉得还是谨慎些好。他想写一首动人的歌送去，又担心她说话小心谨慎的习性如故，使者要长久等候才能拿到她的答歌，那就太对不起使者了，于是作罢，决意不送歌而直接步入。惟光拦住他，说道："里面蒿丛蓬生，满是露水，难以插足，必须清除露水后方好进去。"公子听了，自言自语地咏歌曰：

坚贞不屈赤诚心，

拨开蒿丛访伊人。

源氏公子咏罢，还是从车上下来。惟光在前面走，他用马鞭拨落杂草上的露珠，给公子开路。但是葳蕤树丛繁枝茂叶上的露水纷纷滴落，宛如秋天的阵雨，随从者便给公子撑起雨伞。惟光说："真如'宫城野树露胜雨'[01]啊！"源氏公子身穿的指贯装的肥裤腿，被露水濡透的面积似乎不小。连昔日看似有又似无的中门，如今都早已不见踪影，即使进来了也深感毫无情趣，幸亏无外人瞧见此刻公子的狼狈相，总算可安心些。

末摘花一味痴心地等待着源氏公子有朝一日会到来，如今终于盼来了，心中自然很高兴，然而自己的一身装扮未免太寒酸，怎么好意思见人。前些日子大贰夫人送她衣裳，由于她不喜欢这位姨母，就连姨母的赠品也看都不看就搁置了起来。老侍女把这衣裳收藏在有薰香的唐国古式衣柜里，如今派上用场，她们拿了出来，一阵馥郁芬芳可人的香气扑鼻而来，令人感到亲切。老侍女们劝请小姐更衣，末摘花无奈，只好穿上。然后将那被煤烟熏黑了的围屏移近跟前，她坐在围屏后面接待源氏公子。

源氏公子走进室内，对末摘花说道："阔别多年疏于问候，但我心始终没变，时常思念你。可是你却一向不与我联系，叫我好不心酸。为了试探你的诚心，一直等到今天。你家虽无杉门[02]的标识，可是我还是不能过门而不入，我终于拗不过而输了你。"源氏公子说着把围屏的垂帘稍微拉开，窥视内里，只见末摘花仍然纹丝不动地坐在那里，没有立即答话。尽

---

[01] 此句引自《古今和歌集》第1091首，歌曰："劝请贵人撑伞御，宫城野树露胜雨。"

[02] 此语借用《古今和歌集》第982首，歌曰："三轮山麓妾住庵，门前杉树恋可探。"

管如此，她内心不由得想到公子不嫌荒漠，不辞辛苦，亲自前来荒宅造
访，这片深情着实令人感激，遂振作起来，以寥寥数语回答了公子的话。
源氏公子说："你深居在这野草丛中，过着艰辛的生活，我十分体谅到你
长年累月的这片苦心积虑。我本人初衷不改，不问你是否变心，只顾披霜
戴露贸然而来，不知你对此有何想法？近几年来，我对世人一概疏远，想
你也一定能谅解。今后若有违你心之事，我该负违背誓言之罪。"他讲了
这些情深意长的话，也难免有些水分，言过其实了吧。至于是否在此歇宿
的问题，他觉得此处一切都过于简陋，确实不好意思留宿，只好巧妙地找
个借口，委婉告辞。

庭院里的松树虽然不是源氏公子亲手种植，"但见松树已长高"[01]，
不禁眷恋倏忽流逝的岁月，慨叹自身浮沉若梦，便对末摘花顺口吟道：

> 藤花盘缠留人住，
> 松树含情待我至。[02]

源氏公子吟罢又说道："细算起来，阔别至今已经年累月。京城里诸
事也多有变化，种种事物令人感慨良多。日后得便，定将近年来在乡间茹
苦含辛之情状向你倾诉。你那方面，这几年在此处，春去秋来如何艰辛度
日，想必除我之外亦无人可倾吐衷肠吧。我妄自如是猜想，是否有点不可
思议？"

末摘花答歌曰：

---

[01] 此句引自《后撰和歌集》，歌曰："莫道植松人渐老，但见松树已长高。"
[02] 此歌表白源氏公子此刻之心情，他望见藤花攀缠着松树而生，此种风情使他触景
生情，有感而发。日语中"松"字与"待"字谐音。

望眼欲穿经年盼，

只为观花顺路来？

源氏公子仔细端详末摘花咏歌时的神情姿态，还闻到她衣袖的薰香味阵阵飘忽过来，觉得她比从前成熟多了。

月亮行将隐没。西边门外的廊道早已坍塌，檐端也荡然无存。月光明晃晃地直接照射进室内来，照亮了室内的一切陈设，布置没有变化，依然如故。比起"思君忍草满故园"[01]的外观来，这里别有一番优雅的风情。源氏公子想起古代的物语小说里有描写贫苦女子用围屏上的帘布制作衣服的故事，想到末摘花大概也与这贫苦女子的境遇一样，长年累月过着清贫凄寂的生活，心头不禁涌起哀怜的情绪。源氏公子觉得末摘花一向谦恭退让，不愧是高贵小姐出身，气质高雅，情趣不俗。"在这点上是令人难以忘怀，不胜怜爱她的。只因近年来自己这边忧患频仍，搅得自己心力交瘁，缘此，与她也音信隔绝，她心中定然会怨恨我的。"源氏公子十分同情她。

源氏公子又去造访了花散里。她也没有刻意的迎合时世的冶容取宠模样，与末摘花两相比较，并无太大差异，从而末摘花的缺点也就不那么突出了。

举办贺茂祭和斋院被褉的时节到了。朝中上下官员无不借此名义，向源氏公子馈赠各式各样的礼品，为数众多，不计其数。源氏公子便将这些礼品分别转送给他散见各处的心目中人，其中对居住在常陆宅邸的末摘花格外体贴入微，他吩咐几个亲信家臣，派遣仆役前往常陆宅邸，割除庭院内的蓬蒿杂草，四周的残垣断壁太不雅观，又命修筑一道板垣，把常陆宅

---

[01] 此句引自《古今和歌集》第200首，歌曰："思君忍草满故园，松虫啁啾鸣悲怨。"

邸围了起来。不过，源氏公子顾忌到外边的流言蜚语，生怕人谣传说他在外面又找到了什么新欢，有伤自己的体面，因此自己不前去造访，只是写信并派人把信送去。信中写得细致周详，告诉末摘花说："现在正在二条院附近修建房屋，将来迎接你前去居住。先物色几个聪明伶俐的侍童供你使唤。"连侍女之类的事都操心到，真是无微不至地关怀。因此住在这荒草丛中的人们无不喜出望外，众侍女仰望长空，冲着源氏公子所住的二条院方向合掌膜拜，表示由衷的感谢。

人们本以为源氏公子对世间的寻常女子，即使偶尔逢场作戏，也是不屑一顾的，除非世间略有好评的美貌者，且确有吸引人之处，他才愿意追求。谁也不曾料到，如今他竟一反常态，把一个毫不起眼的末摘花看作是个特殊人物，这究竟是出于什么心态所致呢？也许这是前世的宿缘吧。从前在常陆宅邸里，许多人都以为小姐再没有什么指望了，因此看不起她，各自纷纷离她而去，如今又争先恐后地回来了。这位末摘花小姐心地善良，为人谦虚谨慎，是一位好主人。给她当侍女时安乐惯了的人，后来转到庸碌无所作为的暴发户地方官家里当侍女，事事看不惯，心情很不舒畅，于是又折回到末摘花身边来，尽管这样做未免显得卑俗、翻脸无情。

源氏公子的权势日益增强，待人接物的态度也比从前更加亲切了。末摘花家的大小巨细事务，都由公子亲自照料，家中顿时充满了活力，宅邸内的人手也迅速地增多了起来。庭院里的树木本来葳蕤芜杂，蓬蒿丛生，看上去只觉满目荒凉，阴森可怕，如今庭院里的池塘溪流都打捞干净，引来流水淙淙，庭前的花草树木也都修剪得井然有序，给人一种凉爽宜人的感觉，整个环境真是焕然一新。那些平素没有受到像样主人器重的掌管事务的下级职员，都想方设法要在源氏公子面前露一手，他们看见源氏公子如此这般宠爱末摘花，纷纷趋之若鹜地奔常陆宅邸而来，讨好并侍候末摘花。

此后，末摘花在古老的常陆宅邸住了两年，之后便迁居二条院之东院。源氏公子虽然难得与她会晤，但由于住家相距甚近，因此源氏公子趁外出之便，也经常来探望她，并没有怠慢她。末摘花的姨母大贰夫人返京时，听说末摘花日子过得很幸福，甚为震惊。侍从为小姐的幸福生活感到高兴，同时也后悔当初自己的决定过于草率，为此深感惭愧。诸如此类情景，笔者理应主动再写得详细些，只因此刻觉得头疼，心绪也烦乱，无意执笔，且待日后有机会再行追忆写就吧。

源氏物语

第十六回

<ruby>だいじゅろっかい<rt></rt></ruby>

守关哨卡

在桐壶院天皇驾崩的翌年，伊豫介改任常陆介，赴常陆国就任。他夫人即那位吟咏帚木之歌的空蝉，跟随丈夫前往就任地。这位空蝉在遥远的常陆国听闻源氏公子谪居须磨，心中不免暗自哀伤，为他惋惜。本应传送思念之情，却苦无机会。当然，从筑波山至京城也未必没有可托之人，惟恐中途有什么闪失，总觉不妥，因此，多年来一直未通信息，年复一年，杳无音信。

且说，源氏公子流放须磨，原无定期，后来忽获特赦，返回京城。翌年秋上，常陆介也任期届满。他携家眷返京，进入逢坂关那天，恰巧是源氏公子赴石山寺还愿的日子。常陆介的儿子纪伊守一行人从京城到关上来相迎，并向父亲禀告了这消息。常陆介听罢，心想："若在路上相遇，难免车多人杂，乱哄哄的。"于是趁天亮之前赶忙动身。可是，女眷所乘车子太多，缓缓而行，不觉日已当空了。

常陆介一行人来到名叫"打出"的这个地方的海边时，听说源氏公子一行人已越过粟田山。还来不及让路，源氏公子的先遣人员已经快速地接近了。于是，他们只好在关山下车，并将车子拖进杉树林里，卸下了牛车的套，支起车辕，人们都躲避在杉树后面，恭敬地望着源氏公子一行经过。可是，常陆介一行人的车子，有的已先行，有的还落在后面，因眷属人数众多，这边还有十辆车子，女眷们的衣衫袖口露在车帘外，那衣裳色泽一见便知绝非乡下女子的衣着。源氏公子窥见，觉得这像是斋宫下伊势时人们出来瞧热闹的游览车似的。源氏公子鲜有地又重获荣华，其先遣人员为数众多，这十辆车子吸引着他们的视线。

时值九月下旬，红叶尽染，浓淡有致，还有经霜而枯萎的簇簇草丛，交织出一派色泽斑斓的秋景，别有一番风情。源氏一行人从守关哨卡起程，很快地就来到了远离村庄的地方，随从人员身穿各式各样的旅行便服，合身得体，绞染的白色花纹显出一种风雅之美。源氏的车子垂下帘子，他把常陆介一行人中的昔日的小君——现任右卫门佐——唤来，让他向其姐空蝉传话："我今特地前来守关哨卡相迎，多少总能体谅此情吧。"源氏公子回顾诸多往事，不胜感慨。但他在众人面前，不便细说，心中却十分惆怅。空蝉又何曾忘却那桩秘密的往事，如今暗自思念起旧情来，不禁愁绪万斛。她心中吟道：

> 往来落泪流成川，
> 行人误认为清泉。

然而，她一想到公子又怎么会知道自己的这份心情，也就觉得这只不过是枉然独吟罢了。

源氏公子在石山寺参拜完毕之后，右卫门佐从京城里前来迎接，并且向公子致歉，说那天没有随公子前往石山寺实在过意不去。右卫门佐昔日还是个孩童的时候，曾深受源氏公子的喜爱，承蒙公子的提携，授爵从五位。不料源氏公子遭受贬黜，流放须磨时，他因顾忌当权者的权势，不敢追随公子到须磨，却随姐夫伊豫介赴常陆。因此公子对他心存隔阂，但不露声色，当然也不像当年那样亲信他，不过也把他列入心腹家臣的行列。

常陆介的儿子纪伊守，现已调任河内守。其弟右近卫将监，当时曾被革去官职，随公子流放须磨，如今走鸿运，备受尊重。许多人包括右卫门佐和河内守等人看了，都很眼红，后悔当初自己为什么如此势利眼，趋炎附势呢！

源氏公子把右卫门佐唤来，令他给空蝉送信。右卫门佐心想："时隔多年，我以为他早该忘得一干二净了，可他真能坚持不变心啊！"源氏寄给空蝉的信写道："前些日子在守关哨卡相遇，但觉宿缘犹存，不知你是否亦有同感？只是——

逢坂偶遇暗自喜，

未能谋面实可惜。

我对你家那位守关人[01]，真是既羡慕又妒忌啊！"源氏公子又对右卫门佐
说："我与她已久疏联络，现在恍如新认识似的，不过，我的心始终未
变，习惯于把旧情看作是今日的新恋。不过，她也许会埋怨我说的这些风
雅之事吧。"说罢，他将信递给右卫门佐。右卫门佐荣幸地持信前去姐姐
空蝉那边，对姐姐空蝉说："还是给他回封信吧。其实，我原以为公子对
你的那份心不会如昔日那么执著了，可没想到现今他还同样亲切，这份盛
情真值得感激啊！尽管我觉得充当这种传递书信的差事很是无聊，但是，
感于公子这份亲切的情怀，难以冷漠地断然拒绝。更何况你是女流之辈，
盛情难却，给他写封回信，恐怕谁都不会怪罪于你的吧。"空蝉现在比从
前显得更加腼腆，动不动就自惭形秽，但念在公子难得来信的分上，终于
提笔复函曰：

"逢坂关口是何关，

忧思翩跹诚可叹。

往事犹如梦一场！"源氏公子觉得空蝉既可爱又可恨，总之她是个令人难
以忘怀的女子。此后他依然时常给她去信，试图打动她的芳心。

　　这期间，常陆介由于年迈的缘故，疾病缠身，自知余生无几，惦念着
这年轻的妻子，经常叮嘱他的几个儿子："我走后，万事随她的心愿去

---

[01] 源氏公子戏称空蝉的丈夫常陆介为守关人。

做。你们必须如同我在世一样地多照顾她啊。"他朝朝暮暮无时不反复地说着这些话。空蝉自叹本已命苦，若再丧夫，此后孤苦凄怆的日子不知该怎么样熬过啊。常陆介见她日夜哀愁，也十分心疼，然而谁也无法抗拒大限之将至，他甚至冥想："为了她，能否设法将灵魂留下来护佑她呢？"心里又想："不知儿子们的心思究竟会如何呢？"他愁绪万斛，却无能为力，终于在无奈中与世长辞。

在此后的一段日子里，儿子们念在父亲有那番遗言的分上，表面上尚能恭敬善待继母，实际上令空蝉伤心之事甚多。空蝉也深知人情之冷暖因时而异，此乃世间常理，惟自叹命苦，终日在悲愁中度过。儿子们当中，只有河内守因昔日有恋慕她的非分之想，待她比别人更亲切些。他对空蝉说："父亲谆谆叮咛，我岂能违背父命。我虽微不足道，但只盼莫存隔阂之心，我随时恭候差遣。"他貌似孝顺，实则居心不良。空蝉心想："我大概前世造孽，今世得了报应。孀居余生，长此下去，这儿子还不知会说出什么稀世罕见的胡话来。"她悲叹自己命途多舛，看破红尘，便独自悄悄地削发为尼了。她的随身侍女们深感失望，无不悲叹："这是多么悲惨的事啊！"河内守也非常伤心，他说："她还是很讨厌我啊！往后的日子还长着呐，她可怎么过呀！"世间亦有微词："何苦佯装一副红颜薄命的淑女模样呢？！"

源氏物语

赛　画

师姑藤壶皇后十分关心并经常催促办理有关六条妃子的女儿前斋宫进宫的事。源氏内大臣总是为前斋宫担心，因为她没有能细心关照她的、像样的保护人。源氏内大臣先前本打算把她迎接到二条院里来，但顾忌到朱雀院的关系，而取消了这个计划，并且佯装全然不知此事。事实上安排前斋宫进宫的一切事宜，都是他一手策划操办，并且是在秘密中进行的，简直就像为人父母般地细心照顾。

　　朱雀院听说前斋宫将进宫成为冷泉帝的女御，内心大为惋惜。但为了避免外人的闲言碎语，此后他再也不与前斋宫互通信息。不过，到了前斋宫进宫的那天，他派人送去许多华丽的衣裳，无比名贵的梳具盒，临时放布毛巾、头发、衣物等的无盖盒，香壶盒，还有各式各样的薰香。尤其是薰衣香，真是稀世罕见之珍品，穿上此种香薰过的衣裳，即使远距百步之外走过，也能闻到其香味，朱雀院是满怀热诚命人精心调制出来，送给她的。他也许早已估计到源氏内大臣将会看到这些礼品，因此事先做好准备的吧。这些礼品格外引人注目，不过，总令人感到有特意做给人看的成分存在。恰巧此时源氏内大臣到宅邸来了，伺候前斋宫的女官就将此事禀告，并请源氏内大臣观看礼品。源氏内大臣稍事看了看梳具盒的盖子，觉得做工相当精美，确实是一件雅致而名贵的珍品。他在插梳 [01] 盒的心叶 [02] 上看见附有一首歌，歌曰：

　　　别离梳示勿回京，

　　　无缘连理恐神定。 [03]

---

[01] 插梳：原文作插栉（SASHIGUSI），妇女插在头发上做装饰用的梳子。

[02] 心叶（KOKOROBA）：指在罩着香壶盒等盒子的绫绢外罩的四角上，或在盒子的系绳上，再系上的做装饰用的银或铜制的梅花或樱花。多少表示赠送者的一种情趣。

[03] 当年斋宫赴伊势神宫时，朱雀天皇给斋宫额发上插上别离御栉，并说："勿回京。"因为斋宫返京意味着天皇换代。此歌意即朱雀天皇感伤地想，大概是神灵因他说过"勿回京"一语，不让他们结为连理吧。

源氏内大臣看了此歌后，不由得思绪翩跹，觉得这件事做得太对不起朱雀院了，朱雀院实在可怜。相形之下，自己在恋爱问题上，相当固执，我行我素的脾性依然故我。想当初，自打斋宫赴伊势神宫侍奉神灵时起，朱雀院心中大概早就念念不忘斋宫了。此后经年累月地挂牵，好不容易盼到斋宫返回京城了，本以为终于可以了却这多年来的心愿，谁知道情况突然发生了意外的变化，朱雀院心中不知怎么想啊！尤其是他如今已让位，过着闲寂的生活，他也许会怨恨当今的世道吧。试想如若自己身处其境，也禁不住会产生内心动摇的啊！源氏内大臣越想越觉得朱雀院太可怜，后悔自己为什么会想出这种居心不良的招数，害得他人凄怆痛苦。回想起来，以往自己对朱雀院，虽然有怨恨他的时候，但也有觉得他可亲的时候，他是个典雅和善的人……源氏内大臣思绪万千，交织纷乱，顿时陷入沉思的状态。过后，源氏内大臣询问前斋宫："那么你如何作答歌呢？此外还有信吧，信上是怎么说的呢？"前斋宫觉得信件等令人目不忍睹，不便出示信函，连侍候她的女官，前斋宫也不让她看。前斋宫深感苦恼，简直打不起精神来写回信。众侍女见状劝说道："如若不写回信，未免缺乏风情，也对不住人家呀！"源氏内大臣听见了，遂补充说道："不写回信确实不好，哪怕象征性地写上几句也罢。"因此，前斋宫更觉难以为情，曾记得那时朱雀天皇的姿态是那么优雅，容貌是那么清秀，他因惜别而痛哭的情状，不知怎的竟深深地刻印在她幼小的心灵上，她只觉得他非常和善。这一切情景如今仿佛就呈现在眼前，她回想起已故母亲六条妃子的诸多往事，一桩桩一件件，使她感慨万千，她只写了一首歌作为回复，歌曰：

别离时说勿返京，

回忆往事添悲情。

前斋宫仅写寥寥几个字，而后赏给来使种种物品。

源氏内大臣很想看看前斋宫是怎样回信的，但此事毕竟难于启齿。源氏内大臣心想："朱雀院的长相宛如窈窕淑女，这位前斋宫的姿容，长得也很匀称标致，真是天生一对十分般配的佳偶。而当今的冷泉天皇年龄尚幼[01]，我这样顺序颠倒的操作安排，前斋宫内心当真不会感到不高兴吗？"等等。他甚至连前斋宫对异性的那种女性味十足的心情都入木三分地体察到了，心中更觉懊恼和不安。可是事到如今，木已成舟无法挽回，只能继续命手下尽心尽力有序周全地筹办前斋宫进宫的事宜。他吩咐向来极其亲信的修理宰相[02]照料一切，力求尽善尽美，不得有半点疏漏。而后自己先行进宫去，为避免朱雀院见怪，他当然不露出充当代替前斋宫父母照料一切的神色，只装作前去请安致意而已。

六条宅邸原本就有许多优秀的侍女，六条妃子亡故后借故回娘家去的侍女，现在都回来聚集在一起。宅邸内呈现一派无比繁华昌盛的景象。源氏内大臣看到这般情况，心想："倘若那可怜的六条妃子还健在，她定然会庆幸自己多年来为养育女儿成人所付出的心血没有白费，肯定会珍视地照料一切的吧。"源氏内大臣缅怀故人六条妃子的人品，他觉得从世间一般人的目光看来，她确实是一位难得的气质高雅的淑女，一般人是很难达到她的境界的。论优雅素养方面她也是格外优秀的，因此每遇到相应的场合，源氏内大臣自然地就会想起她。

师姑藤壶皇后也进宫来了。冷泉天皇听说有个新人将进宫来，非常天真可爱地有点担心。冷泉天皇虽年幼却很懂事，像大人般地显得老成，不

---

[01] 这时冷泉天皇十三岁，前斋宫二十二岁。
[02] 修理宰相：参议兼修理大夫之职。

过他母亲师姑藤壶皇后还是提点他说："有一个腼腆而优秀的女御即将来陪伴你，你要用心好好对待她呀！"冷泉天皇心想："与大人做伴，也许会很不好意思吧。"到了深夜时分新女御才进宫来，冷泉天皇见她一派端庄沉稳的气质，身材娇小，袅娜多姿，觉得她非常美。他和弘徽殿女御已经相伴得很熟悉，关系和谐，无须顾忌什么。现在这位新女御，人品沉稳，姿态有点腼腆，源氏内大臣对她又格外郑重，关怀备至，冷泉天皇觉得似乎有点难以轻松地接近她。夜间侍寝，则由这两位女御同等地轮流值班，不过白日里冷泉天皇想随意无拘束地游戏玩耍，则大多到弘徽殿女御那边去。权中纳言送女儿进宫的心愿，本是希望女儿将来立为皇后的。现在来了这位前斋宫，与女儿形成竞争的局面，他心中不由得从多方面感到不安。

朱雀院看了前斋宫对附在插梳盒上的歌之答歌后，对前斋宫的恋慕之情有增无减，总是难以忘怀。这时，源氏内大臣前来参见，与他亲切而细腻地闲聊了诸多往事，这过程中顺便谈到了当年斋宫赴伊势神宫的情景。这件事，以往聊天的时候，曾不时地谈及，今天又触到这个话题，但是，朱雀院没有明显地坦露"自己曾经有心想迎娶前斋宫"。源氏内大臣也佯装不知道他有这份心思，只是想打探一下，看他对前斋宫的事是怎么想的。当源氏内大臣谈到前斋宫的一些传闻时，他看到朱雀院陷入深思的神情，足见他情系前斋宫的程度有多深。源氏内大臣不由得感到非常同情朱雀院。他想："能令朱雀院如此深切怀念的美丽姿色，该不知有多么可爱呐。"源氏公子很想瞧一眼前斋宫的容貌，然而这是不可能的[01]，因此心中颇为焦急。从大体上说，前斋宫的人品格外庄重，倘使她有点孩子气的举动，自然总会有机会让人窥见她的容颜的。可是随着年龄的增

---

[01] 当时男女相隔很严格，一般男女相会时必须隔着围屏，不可以直接见面。

长，她的性情越发庄重，因此源氏公子只能隔着围屏与她相会。凭着相会时的感觉，想象着她准是一个极其标致的女子。

且说冷泉天皇有两位女御紧紧地陪伴在他身边，简直令别人无缝隙可插进来，因此那位兵部卿亲王一时无法顺利如愿地将女儿送进宫来。不过他相信待到天皇长大成人，尽管已有两个女御，也不至于抛弃他的女儿的，于是静下心来随着日月的推移，慢慢地等候时机的到来。那两位女御则各显神通，意在争宠。

在诸多的技艺中，冷泉天皇对绘画最感兴趣。由于兴趣所至，熟能生巧，他自己也画得一手好画。斋宫女御十分擅长绘画，冷泉天皇自然由衷向往，经常到她那里，彼此交流作画。殿上的年轻人中，但凡学习这门技艺的，都能获得冷泉天皇的另眼看待，取得天皇的欢心，更何况这位可爱的美人。她作画用心深沉，笔致随心所欲，挥洒自如。她时而靠桌搁笔沉思，显出一副深通此道的模样，那副可爱的姿态，令人倾倒。缘此，冷泉天皇更常来梅壶院，自然比以往愈加宠幸斋宫女御。弘徽殿女御的父亲权中纳言闻知此消息，心中很不服气，他本是个好胜逞能决不让人的倔头倔脑的人，"我女儿怎能输给人呢？"在这种竞争心态的驱动下，他召集众多优秀画家，给他们备好上乘的纸张，叮嘱他们务必全力以赴地绘出无与伦比的画来。他认为物语绘最富情趣，最耐人寻味有看头，于是极尽可能地挑选些饶有兴味又富情趣的题材让他们作画。此外，还让他们描绘反映一年内每月节日举办的活动、景物等的画，加上此前没见过的、样式新颖的长长的题词，并将这些画拿到弘徽殿女御处，呈给天皇御览。

这些画都是精心绘制的上乘之作，皇上又临幸弘徽殿来赏画了。但是，弘徽殿女御不轻易就拿出来呈给天皇御览，更不舍得让天皇拿去梅壶院给斋宫女御看。因此，珍惜地秘密收藏起来。源氏内大臣听闻此事，笑道："权中纳言那好胜的孩子脾气，依然如故啊！"于是，向冷泉天皇奏道："动辄秘藏，不轻易呈上御览，以至圣心焦急，实在令人震惊。臣家藏有古画，都应取来奉上。"说罢，他返回二条院，打开收藏着新旧画幅的柜橱，与紫姬一起挑选。但凡新颖而又富有情趣的种种作品，都一一取出，归置齐整。只是描绘诸如《长恨歌》与王昭君的画，虽然兴味盎然又饶有情趣，但故事情节不吉利，故今次不拟选出。源氏内大臣趁此机会，也打开珍藏着须磨、明石旅次日记绘画的箱子，以便让紫姬一睹这些画。

　　这些画确实精彩动人，赏画者纵令是初次观赏，不知此前的缘由，但只要是略解情趣者，观赏这些情味深长的画之后，无不感动得潸潸落泪。更何况这对患难与共的夫妇，经历过终生难忘的当年的苦难，留在两人心中的那场苦痛之梦，似乎没有梦醒过来的时候，看到这些画，当年的苦难历历在目，叫人怎能不伤悲。紫姬看过这些感人的画幅后，不由得埋怨源氏内大臣为何此前不早些给她看，遂吟歌曰：

　　　　"孤身留京守寂空，
　　　　莫若渔女入画中。

心中的不安，也得以慰藉啊！"源氏内大臣听了她的歌，对她不胜爱怜，于是答歌曰：

　　　　昔日蒙难不堪提，
　　　　追忆往事催泪滴。

　　源氏内大臣蓦地想起："不妨将这些日记绘画，拿去给师姑藤壶皇后观赏。"于是，他从中挑选各一幅不至于触景生情的画带去。然而，挑选到描绘出须磨、明石各处风光旖旎的海湾的风景画时，他心中不禁想起明石姬家中的情景来，惦挂着那家现在情况不知如何，牵挂之念耿耿于怀。

权中纳言听说源氏内大臣正在收集画幅，就更加别具匠心地将画轴、封套、带子等装饰得格外精美。

三月十日前后，天空晴朗，正是春光明媚惹人起兴的季节。宫中诸院每日闲来无事，就竞相收集书画，借以消磨时光。源氏内大臣心想："同样是竞赛，何不扩大规模，让冷泉天皇能够更多地御览，而更感高兴呢？"于是，他特别尽心地收集各种佳作，并送到梅壶院斋宫女御宫中。如此一来梅壶女御[01]和弘徽殿女御各自都收集了为数不少的各种名画。梅壶女御认为：物语绘内容丰富、构思细腻，可以使人产生一种亲切感。缘此，她净是挑选古典物语的、饶有典故情趣的名画佳品。弘徽殿女御挑选的，则都是当今鲜见的、题材风雅可爱的杰作。若论外表的新颖与华丽，弘徽殿女御选的，则是上上乘之作。侍候皇上身边的女官，但凡略通此道者，对这些画无不如此这般地相互加以品评，这几乎已成为近日来的作业了。

师姑藤壶皇后也进宫来了，赶上此情景，也一一观赏了这些画，她原本对画就很感兴趣，一观赏就难以舍弃，每每懈怠了诵经念佛的修行。她听见众女官议论纷纷，各抒己见，就将她们分为左右双方：梅壶女御为左方，左方成员有平典侍、侍从内侍、少将命妇等人；弘徽殿女御为右方，右方成员有大贰典侍、中将命妇、兵卫命妇等。这些人一个个都是当今出名的有眼力的鉴识家。她们彼此争论，各述各的理由，师姑藤壶皇后听了觉得饶有兴味，她建议，先将左方所展示的物语的鼻祖《竹取物语》中

---

[01] 梅壶女御即斋宫女御，因斋宫女御住在梅壶院，故称梅壶女御。

的老翁和右方所展出的《空穗物语》[01]中的俊荫这两卷画并列在一起，让双方争辩其长短优劣来分胜负。

左方成员说："这是嫩竹代代相传的古典不朽的故事，虽然没有特别风趣的情节，但是主人公辉夜姬不染世俗污秽尘垢，怀抱远大的志向，保持纯洁清高，终于如愿地升天，步入月宫的境界，这段宿缘可谓高尚精彩。当然这可能是神代的故事吧，因此，凭我们一般肤浅女子的眼光，也许是不可能看透的。"

右方人员说道："辉夜姬升天返回月宫，天界的事，我们下界无法得知。就其在人世间的命运，她与竹子结下了缘分来说，可以断定她是个身份卑微者，她的光辉可以照亮伐竹翁一家，却终于不能与天皇的高贵光辉并列发光。安部多[02]抛舍了许多黄金买来的火鼠裘[03]，放入火里烧，一忽儿全部化为灰烬，太没意思了。车持皇子尽管明明知道蓬莱山是很难到达的，竟然制造赝品玉枝，弄得自己身败名裂，这是错误的，故事乏味。"

这《竹取物语》的画卷，是名画家巨势相览所作，题字是纪贯之所写的。纸用的是纸屋纸，加上薄唐绫镶边，包装用纸是紫红色的，紫檀的轴。这是一般常见的装潢。

右方人员则夸耀起自己这方的《空穗物语》画卷，说道："俊荫乘船赴唐朝途中，遇狂风巨浪，漂泊到人生地不熟的波斯国，然而他坚忍不拔，不违初志，终于习得一身无比高超的技艺，名闻于唐朝朝廷以及

---

[01] 《空穗物语》：日语"空穗"（UTSUHO）是"空洞"之意，此书以开卷第一个故事主人公藤原仲忠与其母在北山杉林空洞中生活命名。

[02] 安部多：可能是已失传的古本《竹取物语》中的人名。现存《竹取物语》中是阿部御主人。

[03] 火鼠裘：传说中的宝物，没人见过其真品。据传火鼠毛长寸许，其皮为裘，抛入火中也不焚烧，天竺圣僧曾持来中国。

我国国内。他才气横溢，流芳千古。这幅画意趣深幽，绘画技艺拔群，融合了唐国风格和日本风格，那丰富的趣味是无与伦比的。"这画卷用白色纸，封皮是青色的，黄色的玉轴。画是常则[01]所绘，题词是道风[02]所写。因此洋溢着当代华美之趣，耀眼夺目。左方无言反驳，结果右方获胜。

接着比赛的是左方的《伊势物语》[03]画卷与右方的《正三位物语》[04]画卷。这也是难以断定孰优孰劣的。但大致上认为，右方的《正三位物语》画卷多趣华美，描绘了宫廷情景乃至近世的种种世相风俗，饶有兴味，颇有看头，略胜一筹。左方的平典侍咏歌曰：

> "未谙伊势海深沉，
>
> 焉能乱贬奇趣珍。

怎么能用花言巧语描绘伧俗世间的色情之作，来玷污业平[05]之盛名。"听左方如斯争辩，右方的大贰典侍咏歌曰：

> 壮志凌云且鸟瞰，

---

[01] 常则：即飞鸟部常则，平安中期村上天皇的宫廷画师，生卒年不详。

[02] 道风：即小野道风（894—966），平安中期的著名书法家，小野篁之孙。

[03] 《伊势物语》：日本第一部歌物语，成书于十世纪初，以三十六歌仙之一的在原业平的《在原业平集》的和歌为中心发展起来的。它由125段，206首和歌组成，主要描写日本古代宫廷内外的恋爱故事，贯串了"风流"、"好色"的审美情趣。它将和歌的抒情与简洁文体的叙事相结合，创造了歌物语的新模式，在日本古代物语文学的发展过程中起到了重大的历史作用。

[04] 此书已失传。

[05] 业平：即在原业平（825—880），平安初期的歌人，六歌仙暨三十六歌仙之一。盛传是《伊势物语》的主人公，一位姿容端丽、放纵不羁、热情奔放的和歌名手。阿保亲王之第五子，曾任右近卫权中将等职，世称在五中将、在中将。

海水虽深在足下。

师姑藤壶皇后说："兵卫大君[01]的凌云壮志，固然不容忽视，不过在五中将的盛名亦不可玷污。"于是咏歌曰：

乍见形似甚古旧，
伊势盛名永不朽。

如此众多女子你一言我一语，争辩得乱作一团，纵令费尽唇舌也难以断定哪一卷为最上乘之作。学识肤浅的年轻侍女们，迫不及待地想看到赛画的结果，可是此事的进展过程非常保密，连天皇的侍女和师姑藤壶皇后的侍女也丝毫不能窥视。正在此时，恰巧源氏内大臣进宫来，看见她们如此热烈地争论，觉得很有意思，于是说道："同样是争论，何不在皇上御前一决胜负呢？"他预先也估计到可能会出现此种情况，所以起先不将特别优秀的作品拿出来，如今时机已到，就将须磨、明石二画卷拿了出来，加入左方的画中。权中纳言的用心也不亚于源氏。当时世人喜欢收集饶有趣味的画于纸上的单张画或画卷，此风已成为天下之流行。源氏内大臣说道："为了现在赛画才特意制作新作品，非赛画之本意。此番赛画仅以旧藏的作品为限。"权中纳言背人耳目，特地设置一间密室，令画家在室内作画。朱雀院闻知此事，就将所藏佳作送给梅壶女御。在这些作品中，有描绘宫中全年举办各种仪式的画，皆是前代诸卓越画家所作，画得异彩纷呈，饶有情趣，上有延喜天皇亲自挥毫书写的体现自身趣旨的题词，又有反映朱雀院当政时治世的种种事迹的画卷，其中有描绘当年斋宫赴伊势神宫时在大极殿举行仪式的情景。这情景深深地刻印在他心上难以忘怀，因

---

[01] "兵卫大君"估计是《正三位物语》中的主人公名字。

此，他便将当时的情状作了详细的叙述，并让名画家巨势公茂尽心描绘出来。这画画得格外生动精彩。这些画装在有优雅透雕的沉香木盒里，盒盖上系有心叶，插着同样是用沉香木制作的梅花，十分精美趋时。朱雀院没有写信，但命使者传口信，那使者是朱雀院殿上奉侍的左近卫中将。那画卷上描绘了大极殿前斋宫上轿时的情景，在那气氛神圣的画面上，有一首歌曰：

> 身居禁外度时光，
> 往事难忘心怅惘。

仅仅此歌而已。梅壶女御觉得收到礼物不作复，未免太失礼，她一边痛苦地沉思，一边将当年在大极殿上朱雀天皇给她插上的别离御栉的一端折断，并在这一小段梳子上写了一首歌曰：

> 禁中情景全改变，
> 当年奉神诚可恋。

写毕，她用浅蓝色的唐纸将此物件包好，然后交由来使转呈朱雀院，并犒赏来使许多精美的礼物。

朱雀院读了梅壶女御的答歌，无限感慨，恨不得时光能倒流，恢复当年在位时的情状。他心中可能也在怨恨源氏内大臣的作为太过分了，但这可能也是当年贬黜源氏的报应。朱雀院所藏的画，经太后[01]之手传给当今弘徽殿女御宫中的，为数不少。此外尚侍胧月夜也是个酷爱书画者，收藏

---

[01] 这位太后即朱雀院之母，桐壶院的弘徽殿女御。现在的冷泉帝的弘徽殿女御是太后的外甥女，即她四妹的女儿。

甚多饶有情趣的珍品。

赛画的日子决定了。虽然时间较仓促，但却操办得井井有条，颇具风雅的情趣。左方右方的许多画都呈上来公开披露。在位于清凉殿西侧的宫女们的值事室内，临时设一御座，御座北侧为左方，南侧为右方。其余殿上人都坐在后凉殿的木板走廊上，各自助威自己心向的一方。左方的画放在紫檀盒子里，架在苏枋木的雕花腿台座上，台座上铺的是紫地的唐织锦，台座下的桌布，铺的是染成紫葡萄色的唐绫绸。奉侍的童女六人，身穿红色外衣和白色汗衫，里面衬的是红色内衬衣，有的人衬的是浅紫色的。那神态和心气等都显得非同寻常。右方的画放在沉香木盒里，搁在嫩沉香木制的矮桌上，桌布铺的是浅蓝地的高丽的织锦，矮桌腿扎上用线编成的细带子，当作别具匠心的雕花桌腿，相当趋时华丽。童女穿的是浅蓝色外衣和柳色汗衫，里面衬的是金黄色的衬衣。双方的童女各自把画盒排列在皇上面前。皇上的随身侍女，属左方的在前，属右方的在后。她们的装束的颜色，双方各不相同。

皇上宣召源氏内大臣和权中纳言上殿。这一天源氏内大臣的皇弟帅皇子也来觐见。这位皇子的兴趣是多方面的，相当喜爱风雅，尤其酷爱绘画。可能是源氏内大臣暗中劝他来的吧，缘此，没有正式宣召，他恰巧在这个时候到，皇上就召他上殿，并任命他为评判者。

左右双方所展出的许多画，各有千秋，绘画技艺精妙绝伦，一时甚难以断定优劣。朱雀院赠给梅壶女御的描绘四季景色的画，都是由昔日的高手挑选富有趣味的题材，运用神功妙笔，精心绘制出来的，因此都是无与伦比的优秀之作。不过由于画在单页纸上，画纸的尺寸有限，画家无法充分表现出山水的丰富姿态及其情趣。而右方新作的画，只顾显示功力之精湛及构思之巧妙，因而气质上略露浅薄，不过也未必逊色于古画。新画画面热闹华丽，令人看了不禁有"啊！有趣"的感觉，在这点上似乎又略胜一筹。今天的赛画,双方都各有长短,产生了诸多争论,十分有趣。

师姑藤壶皇后打开了朝饷间[01]的隔扇拉门,也前来观赏。源氏内大臣一想到师姑藤壶皇后也深通绘画之道,心中不由得泛起思慕之情。每当判断优劣无把握的关键时刻,她每每作恰如其分的进言。

在评判尚难裁断胜负之际,天色已擦黑。赛画到了最后一轮,左方展出须磨画卷,权中纳言看了,不禁心惊肉跳。右方当然也早有准备,精心挑选最优秀的画作,作为压轴作品展现了出来。无奈源氏公子画技高超,加之恰巧在蒙难谪居期间,将万斛思绪凝聚笔端,挥洒自如,其作画之卓越成果自然所向无敌。包括帅皇子在内,众多观赏者无不感动得热泪潸潸。帅皇子昔日也曾对源氏公子的时运不济深表同情,很可怜他的孤寂凄苦,看了这幅画卷之后,觉得如今的这份观后感受远比过去的那份同情可怜的感情来得更加深刻。画卷上呈现出流放地的风光,源氏公子的感伤等等,仿佛历历在眼前。谪居之地的景色,包括连名字都无从知晓的一处处海湾,甚至隐居处无名的海岸,都一无遗漏地描绘出来。还书写题词,行文的书体是草书,间中还混有假名,不是正式的详细日记[02],里面还写了情趣深沉的歌。众人只想观赏这画卷,谁都似乎无暇顾及别的事了,刚才看过的各种画作,相比之下几乎索然无味,都被忘却了,大家的兴致自然聚焦在须磨画卷上,深感画面洋溢着缕缕哀愁,却又饶有情趣。结果这画卷力压群芳,左方从而获胜。

时刻已临近黎明时分,令人感到四周万籁俱寂,情趣深沉。赛画后的筵席上,觥筹交错,源氏内大臣顺便畅谈往事,他对帅皇子说:"我自幼心向学问,可能是父皇估计我将来会在才学方面有所发展,曾有一次训诫我说:'世间未免过分重视才学,也许由于这个缘故,才学高深者能兼获

---

[01] 朝饷间:位于宫中侍女值事室之北。
[02] 当时的正式日记是用汉文书写的。

长寿与福气的，微乎其微。汝今生长于富贵之家，即使无甚才学，身份亦不逊于他人，所以无须勉强深入钻研才学之道。’缘此，教我学习种种实际上有用的有关仪式典礼的政道知识和技艺才能等，我在这些方面虽然不算笨拙，却也没有什么特别擅长，只是在绘画方面，尽管这不过是微不足道的虚幻的技艺，但我总是千方百计地设法钻研，希望能尽情地画出自己满意的作品来。正在这过程中，意想不到自己竟成了山村野叟，亲眼目睹浩瀚的大海景象，一览无余地观察到各处的风光，领略到大海深沉的情趣，但是由于我的笔力所限，难能随心所欲地将自己的感受充分地表达出来。我既没有什么适当的机会，也不敢突兀献丑，今日贸然出示，惟恐世人会讥笑我为多此一举之人呐。”

帅皇子答话说：“无论从事任何技艺，如若不尽心钻研，都是不可能有所成就的。各门行道都各自有其师傅，都有必须循规蹈矩的法则。技艺深浅姑且不论，从师自然总可以模拟到师傅所教的一套技艺吧。惟有运笔书画之道和下围棋，不可思议的却要看其天分的表现。有些人，看上去似乎没有下什么深功夫去苦学，却能凭着这方面的天分，竟擅长书画和精通围棋之道。富贵人家的子弟之中，也有出类拔萃的精英，精通百般技艺。父皇膝下，我等皇子皇女，无不学习各种技艺。在这些人当中，惟有你最受父皇的器重，又最善于接受教益，学问自不消说，其他诸多技艺中，弹琴位居第一，其次横笛、琵琶、筝等，也不断地学习钻研。父皇亦曾如此评说。世人也有同感。至于绘画方面，大家以为非吾兄之专长，不过是偶尔兴之所至，随便画画，权当消遣而已，谁知道竟画得如此出神入化，恐怕连古代的名人书画家也要望尘莫及了。这反而令人觉得岂有此理呢！”帅皇子说到这里，已现出有点语无伦次，也许是酒醉好哭的缘故，一提起已故桐壶院的往事，他就神情沮丧地落泪了。

此时正是二十日过后的日子，月亮出来了，但月光照不到室内来，不过天色倒蛮清幽美好，皇上命人把书司[01]取来，授予权中纳言。源氏内大臣自然是这方面的能手，但权中纳言也弹得相当好，比其他人优秀。于是，帅皇子弹筝，源氏内大臣弹七弦琴，琵琶则让少将命妇弹奏，还从殿上人当中挑选才能优秀者来打节拍，这场合奏非常有趣。随着天色逐渐明亮，庭前的花色、室内人们的姿容，渐次隐约可见，飞鸟啁啾鸣啭，呈现一派朝气蓬勃的清晨吉祥气象。师姑藤壶皇后颁赐各种福禄礼物，帅皇子因担任评判者，另外加赐一袭御衣。

此后一段时间里，众人几乎每天都在品评须磨日记画卷。源氏内大臣对师姑藤壶皇后说："这须磨日记画卷就留在母后处吧。"师姑藤壶皇后也很想将开头部分和剩下的后面部分画卷再细细欣赏一番，就回答说："让我再一帧帧地看下去吧。"源氏内大臣见冷泉天皇对这次赛画感到很满意，自己也满心欢喜。权中纳言觉得源氏内大臣连在赛画这样的区区小事上都如此袒护梅壶女御，便担心自己的女儿弘徽殿女御会因此失宠而屈居下位，但暗中观察又见皇上依然亲近弘徽殿女御，并关怀备至，也就觉得即使源氏内大臣袒护梅壶女御，亦可放心释怀了。

另一方面，源氏内大臣有心想在朝廷重要的宫廷宴会、礼仪仪式方面，增加一些新例，以便让后世人们传诵："这是从冷泉帝这代开始创建的。"缘此，即使是内部非正式的一些规模不大的游乐之事，他都用心策划，力求富有珍趣。这诚然可称为繁荣盛世了。

但是，源氏内大臣还是感到人事之无常，他似乎经常在深思："待到冷泉帝年龄稍长之后，自己还是想遁入空门。"他寻思着："试看古之前例，一些在风华正茂之年腾升高官爵位，出类拔萃之人，大都短命，不能长期享受。自己在当今这个朝代，接受的优厚待遇已属过分，多亏中期惨

---

[01] 书司（FUNNOTSUKASHA）：这里为和琴的别称。书司也是后宫的部门，由女官掌管书籍、笔墨、桌子、乐器等。

遭贬黜，忧患沉沦，以至能存活至今。今后倘若再贪恋荣华，惟恐寿命难长。莫若遁入寂静的空门，勤修佛法，为来世积德，还可造福今世延寿。"于是，选定山村恬静之处，兴建佛堂。同时命人雕塑佛像、置备经卷等。可是，另一方面，他又想按照自己的意愿，尽心尽力抚育年幼的儿子夕雾和明石姬的女儿，看着孩子们茁壮成长。因此，看样子早日遁世之念短期内很难实现。他究竟作何打算，确实难以揣摩。

第十八回

松风

源氏内大臣的二条院东院新建工程业已竣工，他让花散里迁居这东院中的西殿，包括廊道等处。家政所和家臣的住处，也做了应有的妥善安置。东殿拟提供给明石姬居住。北殿建得特别宽阔，隔成许多房间，他准备让以前纵令是露水姻缘，但亦许以赡养终身的女子都集中住在北殿里。这些房间的格局合理周到，布置也令人感到亲切。正殿空着，作为自己偶尔来时的歇息之地，因此也一应俱全地安置了各种适当的陈设。

　　源氏内大臣经常给明石姬去信，希望她尽早上京来。但是，明石姬自知身份卑微，未敢贸然前往。她暗自盘算着："听说源氏公子对京城里那些身份高贵的夫人们，尚且表现得不即不离，显得薄情，反而令她们感到忧虑痛苦，更何况自己，能得到公子的多少宠爱，而贸然进京忝列其中呢？！我若进京，恐怕只能显出自己身份微贱，从而会使这女儿蒙羞。充其量偶尔才有机会获得公子驾临，我孤守空闺诚心等候的模样，岂不令人耻笑，自己落得自讨没趣，多凄凉啊！"她思绪万千，颇觉苦恼，可是，转念又想："若让女儿长年在乡间成长，不能与别人同享荣华，未免太委屈了孩子。"因此，她对源氏公子的劝告，又不敢心怀怨恨而断然回绝。她的双亲也觉得女儿的顾虑确实有其道理，一味唉声叹气，束手无策。明石道人蓦地想起，他夫人的已故祖父中务亲王，在京城北郊嵯峨大堰河附近有一所宅邸，这位亲王的子孙发展不如意，没有继承人，因此这宅邸经年累月早已荒芜。只有一个上代传下来的类似管家的人，现正管理着这块领地。明石道人叫这管家来，与他如此商量着说："我已看破世间的一切荣华之事，决心长期隐居此处，不想，老来又遇上一桩意外事，想在京城里再找一处住宅。但是如果马上迁居繁华热闹之区，又觉很不适宜，因为住惯乡间的人，在闹市里心情无法平静下来。缘此，我想起了你管理的那处有悠久历史的老宅邸，我当把一切须用的材料物资送到，所有修缮费用由我负担。可否请你尽心掌管，修缮成可住人之地呢？"受委托的那男子答道："多年来这座宅邸无人看管，几乎已变成一处奇怪的荒芜草丛了，我把几间仆人的住房略加修缮，凑合住了下来。今年春上，源氏内大臣在那地方兴建了佛堂，佛堂营造得格外庄严肃穆。众多工匠云集那一带，变得人声杂沓起来。您若希望找个清静的地方，选那里就想差了。"明石道人说："这倒也无碍，也许反而更好呢。实际上，我们正想托这位内大臣的庇护呢。房屋内部的修缮事宜，我们会逐渐布置安排，当务之急是要赶紧把房屋大致上修缮起来。"那人回答说："这不是我拥有的土地，亲王家又没有继承人。我住惯了安宁的乡间，以至隐居至今天。亲王庄园内的水田旱地久已荒芜，我曾向已故中务亲王的后人民部大辅请求，承蒙他的一些赏赐，我也献给他不少礼品。我就把这里作为自己的土地耕耘了。"他说了许多，惟恐自己辛勤耕耘的成果会遭到没收。那张胡子拉碴其貌不扬的面孔着实令人生厌，鼻子附近都涨红了，噘起嘴巴似乎不满地诉说。明石道人当即说道："不，水田旱地之类的事，我们没有追三问四的意思，照旧按你的意愿耕耘好了。不过，那些地契和房契等都保存在我手中。由于我如今不问世事，那里的土地房产等多年失修，这些事留待日后再慢慢调查清理。"这管家从明石道人的话语中隐约听出他们家与源氏内大臣有关系，心想："往后的事情恐怕不易打交道了！"此后，这管家就从明石道人那里领了一大笔房屋修缮费，抓紧修缮那宅邸。

源氏内大臣不知道明石道人有这种打算，只是不解明石姬为何不愿进京。又想到让女儿这样一位小女公子在寂寥的乡村生活成长，担心"后世之人，难免妄加揣测，而流言蜚语四起的话，反而会令明石姬的声誉更加不堪"。明石道人这边的大堰宅邸修缮竣工后，明石道人才把自己想起此宅邸后的原委告诉了源氏内大臣。这时，源氏内大臣才恍然大悟：原来明石姬一直不肯迁到东院来和众人同住，是有此打算的缘故。他觉得这件事办得用心周到，心中颇感欣慰。

那位惟光朝臣，照例是承办秘密行事时不可或缺的轻车熟路人，这回源氏内大臣也是派惟光到大堰河那边去，命他精心设计置办宅邸内各处所需的陈设等。惟光回来禀报说："那里真是个景色秀美的地方，与明石海湾海边的景色有类似之处。"源氏内大臣心想："明石姬住在这样的地方，倒是很合适的。"源氏内大臣所兴建的佛堂，位于大觉寺的南边，面朝瀑布，有瀑布殿堂之雅趣，不亚于大觉寺，是一座风雅的佛堂。明石道人的宅邸濒临大堰河，伫立在妙不可言的松林中，建筑物虽然并不特别讲究，但正殿简素雅致，别有一番山乡的清寂情趣。内里的装饰设置，全都在源氏内大臣的精心安排下进行。

　　源氏内大臣派了几个亲信，悄悄地赴明石海湾迎接明石姬。明石姬这回已无法再推托，终于下决心进京。可是一旦要离开这经年累月住惯了的海湾环境，又觉得依依难舍，尤其是想到父亲明石道人今后将孤身只影地在海湾过寂寞的生活，心中不免思绪万千，惆怅不已。她情不自禁地想："自身的命运为什么竟如此多悲多怨？！"很羡慕那些未曾接受过源氏公子垂爱的人。至于明石姬的双亲，他们则觉得："承蒙源氏内大臣的宠幸，把女儿迎接进京，这是近年来我们夫妇日思夜想梦寐以求的愿望，现今如愿以偿了。"自然感到很高兴，可是高兴归高兴，一想到夫人随女儿进京，往后得过夫妻不能相见的日子，该多么凄惨，不由得悲伤难忍。明石道人日日夜夜心中只觉茫茫然，嘴里只顾念叨同样一句话："以后就不能再见到这小女公子了吗？！"除此别无他事可做。夫人也非常悲伤，她想："多年来（因彼此皆出家）都没有与丈夫同一处居住，今后彼此分离，让他独居海湾，有谁来照顾他呢。纵令是萍水相逢，一旦结下露水姻缘，'彼此熟悉'[01]之后，蓦地分离，也会伤心，更何况我们是长相厮守

---

[01] 此语引自古歌，歌曰："彼此熟悉浸水树，蓦地分离情难除。"

的夫妻。夫君虽然生性乖僻、别扭，不过，这也是命里注定的缘分，我们还选定了明石海湾作为养老之地，本想'享尽天命相厮守'[01]，如今忽然相分离，怎不令人深感忧伤。"年轻的侍女们住在这乡间，经常嫌寂寞，现在行将迁居京城，自然欣喜若狂，但想到今后恐怕不能再回来观看这海滨的景色，内心不禁依依不舍。她们看见远去又复返的海浪，不由得热泪潸潸，濡湿了衣袖。

此时正值秋天，更是容易引发人们的心情多愁善感的时节。出发那天拂晓，秋风萧瑟，虫声唧唧。明石姬向大海的方向望去，但见往常习惯于后夜诵经的明石道人，今日却比往常起得更早，他摸黑起床，涕泪长流，诵经拜佛。今日喜庆，忌讳不吉利的言行，然而谁都忍不住流下泪来。小女公子长得非常可爱，外祖父把她视为夜明珠一般，常常珍惜地抱着不肯放手。小外孙女也就亲近他，缠着他。他虽然也想到自己是异于世人的出家人，应该有所顾忌，然而片刻不见小女公子，就觉得无所适从，往后的日子怎么过下去呢？他悲伤得难以自已，于是咏歌曰：

"祝愿前程展洪福，

老朽别泪止不住。

唉！这话太不吉利啦。"说着旋即把眼泪揩拭掉。他的尼姑夫人接着咏歌曰：

当年双双离都城，

此番孤行犯逡巡。

---

[01] 此句出自《古今和歌集》第965首，歌曰："享尽天命相厮守，无须忧患迎白头。"

咏罢，不由自主地哭了起来，这也是情有可原的。她回想起多年来夫妻长相厮守的恩爱情怀，如今行将舍此，而前去仰仗不甚可靠的因缘，又得重新回到曾经厌弃过的京城，诚然是世态无常啊！明石姬也咏歌曰：

"此去何时再重逢，

世态无常难晓通。

父亲哪怕把我们一直送进京城呢。"她恳切地劝请父亲，可是明石道人借口说还有诸事待办，不便离开明石海湾。尽管如此委婉谢绝了，可是他还是很担心这一行女眷旅途中的诸多不便之事。他对女儿说："当年我舍弃京城而迁居到此乡间来，全是为你着想，我以为担任地方国守，可以按照自己的意愿朝朝暮暮精心养育你。不料来到此地之后，可能是因果报应吧，身遇种种灾难。如若重返京城，我只是一个官场落魄的潦倒的老朽地方官，无法改换蓬蒿丛生的贫苦门庭，于公于私这两方面，我只会落得一个坏名声，而有辱先父的盛名，则更是令人痛心。当年我离开京城时，人们估计我必定会抛弃尘世遁入空门，我自己也决心抛弃世俗的功名利禄。可是眼见你逐渐长大成人，知道多情善感，我便又觉得：怎能把如花似锦的你，深藏在这乏味无聊的乡间。父母为子女总有操不完的心，宛如阴霾天永无放晴时，真是可怜天下父母心呀！于是只顾求神拜佛，但愿自己的苦命衰运，不要连累子女，不要让女儿长期与山乡野叟的父母一起埋没在穷乡僻壤中。长期以来抱着这种愿望，不断蕲求神灵保佑，在这过程中，终于意外地盼来了喜运，得以与源氏公子喜结良缘。但由于身份相去甚远，反而为你的前程着想又有诸多担心，并为之悲叹。不过，小女公子的诞生，使我确信这是命里注定的宿缘，便又觉得让这小女公子在这海滨度日，太委屈她了。我想这小女公子的命运会比他人优越的。想到此后再不能见到她，心里就难受翻腾，平静不下来，可是此身既已决心长期抛弃尘世，情绪也就得到了缓解。显然你们有光辉灿烂的未来，我这山村野叟之心暂时受到搅动，也许这也不过是前世宿缘注定的吧。恰似生于天界的天人，暂时坠入三恶道[01]，陷入一时的悲伤。今天就要和你们长期分别了，将来你们即使在京城听到我的死讯，也不必为我办理善后的祈冥福、做佛事。古歌曰：‘年迈难逃死一劫’[02]，不要为此伤心得乱了方寸。"他的话虽然说得很坚决，但后来又说："在我化成灰烟那天傍晚之前，我会于昼夜六时的修行念佛中，添加为我这小女公子祈愿祝福，谁叫我这份污秽的尘缘尚未了呢！"话说到这里，他又露出哭丧着脸的神色。

这行人倘若坐车走陆路，那就车辆成行，浩浩荡荡太显眼；若是分为水陆两路又嫌太麻烦。从京城前来迎接的人们也希望尽量不要太张扬，以避人耳目。最后决定全部人员都乘船，悄悄地起航。

辰时，这一行人就乘船起程。恰似古人依依惜别所咏的"明石海湾朝雾浓"[03]，行船在朦胧朝雾中渐渐远去。明石道人目送行船，心中着实悲伤，无限烦恼，只顾茫然若失地眺望。坐在船上的那位尼姑夫人，离开了这长年生活惯了的明石海湾，今又重返京城，心中也泛起无限的感慨，不禁热泪潜潜。她对女儿咏歌曰：

心向彼岸[04]**勤祷告，**

行船半途又背道。

---

[01] 三恶道：据佛教所说，天人果报尽时，暂时坠入三恶道，即地狱道、饿鬼道、畜生道，经此苦恼之后再生于天界。
[02] 此句出自《伊势物语》第84段，歌曰："年迈难逃死一劫，盼子归来心更切。"
[03] 此句出自《古今和歌集》第409首，歌曰："明石海湾朝雾浓，行船远去心牵动。"有一说认为，此歌乃柿本人麻吕所作。
[04] 彼岸：佛教用语，指超脱生死（涅槃）的境界。

明石姬答歌曰：

　　海湾春秋曾几度，
　　忐忑乘船把京入。

　　行船一路顺风，按时抵达京城。由于有了避免他人盘问的思想准备，下船上岸走陆路也很简素不张扬。

　　大堰宅邸颇有意趣，很像多年来住惯了的海湾宅邸，使人没有异地的感觉。只是悄然回忆往事，感慨良多。新增添的游廊式建筑也颇具情趣，庭院里的流水布局雅致美观。室内的陈设，虽然还没有达到无微不至的程度，不过，住下来之后觉得也蛮称心的。源氏内大臣命几个亲近的家臣在大堰宅邸内操办祝贺这一行人平安抵达的洗尘贺宴。至于他本人何时前来造访，还须设法找个适当的借口，再做安排。时间不觉已过数日，明石姬不见源氏内大臣来访，心中万分悲戚，成天思念辞别了的家乡。幽居寂寞之时，取出昔日源氏公子赠送她留作纪念的那张琴来，抚琴独奏。时值秋季，一股难以忍受的寂寞悲情涌上了心头。她独居一室，可以随心所欲地抚琴。稍弹片刻，只觉松风无情地与琴声共鸣。尼姑母亲神态忧伤，正斜靠着枕头躺着，听见琴声，便坐起身来，咏歌曰：

　　只身改貌回山乡，
　　耳熟松风和鸣响。

明石姬和歌曰：

他乡空寂怀故友，

知音何在琴心揪。

　　明石姬母女朝朝暮暮如此虚度，深感无常。源氏内大臣内心更是忐忑不安，遂顾不上他人的耳目，决心前往大堰宅邸访问。此前，源氏内大臣不曾明确地把明石姬上京来的事告诉过紫姬，他担心紫姬照例会从别处听到，反而不妥，于是对紫姬打招呼说："桂院[01]那边还有些事需要我去处理，虽然总挂在心上却已搁置了许久，还有约好来访我的人，也在那附近等着我，不好意思不去。再说嵯峨野那佛堂里的佛像，装饰也还没有完工，也得去处理安排，怎么也得在那里待上两三天。"紫姬此前曾听人说过，源氏内大臣突然兴建桂院，她估计大概是给明石姬居住的吧，心里很不自在，她回答说："说是去两三天，只怕得等到斧头柄烂掉[02]，等死人啦！"说着脸上露出不悦的神色。源氏内大臣说："你又在烦恼地瞎猜了！别人都说现在的我同以前的我全然不同了，惟独你……"他巧妙地抚慰并取悦她，这过程中，太阳已升得老高了。

　　源氏内大臣此番出门是微服出访，只叫几个亲信打前站，悄悄前往。他抵达大堰已是日暮时分。当年遭贬黜时，一身旅装便服的装束，明石姬都觉得他的风度是世间无与伦比的，何况如今一身贵族便服，仪态文雅，姿态优美，举世无双。她看得简直目眩，不禁惊喜万状，先前的满腹愁云顿时尽消。源氏到了邸内，觉得一切都珍奇亲切。他看见了小女公子，更觉非常可爱，不禁后悔此前相互隔绝的岁月为什么要那么漫长，实在太遗

---

[01] 桂院：指源氏公子那座位于嵯峨野的别墅。新建的佛堂也在那里。

[02] 此典故出自《述异记》："晋王质入山采樵，见两童子对弈，质置斧坐观，童子与质一物如枣核，食之不饥。局终，童子指示曰：'汝柯烂矣。'质归乡里，已及百岁，无复旧时人。"后人称此山为"烂柯山"。"柯"就是斧头柄。

憾了。他心想："葵姬所生的孩子夕雾，世人都大肆盛赞他是美男子，不过这里面难说没掺有趋炎附势、阿谀赞美的成分，因为他是现下太政大臣的外孙。这小女公子虽尚幼小，却已长得如此美丽可爱，将来势必前途可观。"看到小女公子稚嫩的小脸颊上展露天真烂漫的微笑，竟是那么水灵那么娇媚动人，他觉得她简直可爱极了。那乳母刚到乡间时，容貌憔悴，现在也养得丰盈端庄秀丽，她过分亲昵地将小女公子近年来的情况一一告诉源氏内大臣。源氏内大臣心疼地抚慰道："可怜这母女就在那寂寥的渔人烧盐的渔村环境下，忍受着孤寂的生活呀！"又对明石姬劝说道："这里距离京城相当远，我来造访很不方便，还是迁居到我已准备好的地方去吧。"明石姬回答说："初来乍到尚未熟悉，过些时日再说吧。"她委婉地谢绝，亦不无道理。

这一夜两人千言万语倾吐衷肠，共度良宵直至天明。

源氏内大臣召集看守人和新近增加的掌管事务的人员，命他们各就各位，负责院邸内尚未修理的各处场所。附近领地内各处当差的人们，听说源氏内大臣将驾临桂院，纷纷聚集，来到此院内参见。源氏内大臣命他们修整庭院内遭受损伤的花草树木。源氏内大臣说："庭院里一处处的点景石都东倒西歪的了，倘若能把它们修整得雅观些，这也是个饶有情趣的庭院啊！不过，这种地方特意讲究地加以修缮，也没有太大意思，因为这里不是永久的居住之地，修缮得太好了，离开时难免依依不舍，反而造成内心的痛苦。"接着他又追忆起谪居明石海湾时的诸多往事，时而落泪，时而欢笑，开怀畅谈，神态潇洒可敬可爱。明石姬那尼姑母亲窥见了源氏内大臣的风姿神采，既忘记了自身的老迈，也忘却了忧虑纷扰，只觉心情豁然开朗，笑逐颜开。

源氏公子想修整疏导一下东边寝殿的游廊下方的溪流及引入庭院里的流水，使它看上去有些意趣。他脱下了外面的那身贵族便服，现出一身穿在里面的漂亮衣服，其姿影格外优美。他亲临现场指挥工人修缮，明石姬那尼姑母亲看见了，心中只觉得："源氏公子那堂堂的身影，真是叫人欢喜赞叹。"源氏公子看见装佛前供水用的器具等，想起了那位尼姑老夫人，说道："师姑老夫人也来了吗？我衣冠不整，太失敬了！"于是命属下把贵族便服取来穿上，走到尼姑老夫人居处的围屏近旁，极其恳切地说道："能培养出如此无瑕疵的美好千金来，全仰仗老夫人平素勤于修行积德的恩惠所致。老夫人为了成全我们，舍弃多年来修心静养的住处而重返杂沓的尘世，此种深沉的恩泽确实非同寻常，不容忽视。另一方面，老丈人独居海湾，对这边的情况，必定诸多惦挂。您对我们的万般照料，真是感激不尽！"尼姑老夫人答道："承蒙公子诚心体谅老身重返尘世思绪烦乱之苦心，老身能活到今天，似乎也值了，真是不枉此生了。"说着哭了起来，接着又说："这棵幼小的松树，也生长在波涛汹涌的海滨，确实很可怜，如今移植到可靠的沃土，前途无量，着实可庆可贺。惟恨扎根肤浅[01]，不知是否有碍，这点老身尤为放心不下。"她说话的神态相当有品位。源氏公子便和她侃侃叙旧，追忆当年尼姑老夫人的祖父中务亲王居住在此宅邸时的情景。这时溪流已疏导修缮好，流水淙淙，声声宛如在哭诉，尼姑老夫人闻声咏歌曰：

重返故园步蹒跚，
淙淙流水声依然。

源氏公子听了，觉得她这首歌咏得很自然不造作，姿态谦恭，意境风雅潇洒，便答歌曰：

---

[01] 意指自家身份卑微。

"流水不忘故园情，

　　　沧桑故主变面影[01]。

往事着实令人怀念啊！"源氏公子感慨地说着，站起身来，风度翩翩，容貌俊美。尼姑老夫人觉得，他真是一位人世间无与伦比的美男子。

　　源氏公子来到嵯峨野佛堂。他就举办佛事的有关事项，定下了规矩：每月十四日举办普贤讲，十五日阿弥陀讲，月底释迦讲，集中精神唱名念佛，这是自不待言的。此外他还增加应该举办的各种佛事。有关佛堂的装饰以及供奉佛用的各种器具，他手持传阅清单一一吩咐到。直至明月当空照之时，他才从佛堂回到大堰宅邸。他想起当年明石月夜赶夜路，奔明石姬家去的情景，明石姬仿佛揣摩到他的心情似的，取出那张公子赠她留作纪念的琴来。源氏公子见琴，心中不禁涌起一股凄怆难忍的情绪，他情不自禁地抚琴弹上一曲，音调一如既往没有变化，因此，当年的情景仿佛就呈现在眼前，令人感到无比亲切和怀念。于是源氏公子咏歌曰：

　　　海誓山盟调不变，

　　　诚心一片可明鉴。

明石姬答歌曰：

　　　妾心似琴调不变，

　　　松风怜恤拨心弦。

　　两人如此对答咏歌，明石姬作为源氏公子的咏歌对手，似乎没有不相

---

[01] 意指明石姬的母亲已出家为尼。

称之感，这点，令明石姬感到无比幸福。

　　源氏公子对这位美若天仙，姿态胜于亩傍[01]的明石姬着实难舍难分，小女公子又这么美丽可爱，他凝视着她，百看不厌。他暗自盘算着："如何安排这小女公子才好呢？让她默默无闻地在背阴处成长，既委屈了她也十分可惜。莫若带她到二条院去给紫姬当女儿，精心呵护，竭尽全力培养她，日后送她进宫，也可避免世人的非议吧。"可是又生怕明石姬不愿意而伤心，怪可怜的，因此难于启齿，而只顾噙着眼泪凝望着这小宝贝。小女公子初见父亲，幼小的心灵稍许有些腼腆，后来逐渐熟悉，就对他有说有笑地亲昵了起来。源氏公子愈加感到她天真可爱而又美丽，他把她抱起来，这父女俩的姿影，真是美不胜收，足见这父女俩的宿缘是多么深沉。

　　翌日，准备返回京城，源氏公子依依难舍，早晨在寝殿里多待了些时候才起身。他打算从这里直接返回京城，可是桂院那边，早已聚集了许多人，还有许多殿上人到这大堰宅邸里来迎接他。源氏公子一面整理装束，一面嘟囔着说："真不好意思，这里是轻易找不到的地方，可他们……"外间人声杂沓，源氏公子不得不走出来。临别依依不舍，十分难过，心头思绪纷扰，走到明石姬房间门口驻步。乳母抱着小女公子走了出来，源氏公子看到这极其可爱的女儿，深情地抚摩小女公子的头发，说道："我一日不见她心中就很难受，实在是露骨地爱不释手啊！该怎么办呢？此地诚然'汝乡遥遥'[02]啊！"乳母回答说："从前住在遥远的明石海湾，思念得好苦楚，如今到此地来，今后是否能得到更多的关爱呢？实在令人担心。"小女公子伸出双手，朝向站立着的父亲要他抱，源氏公子把她抱过

----

[01] 传说亩傍山山姿优美，为女体。大和国（今奈良县）著名的三山即亩傍、耳成、香具，后二者为男体，相争亩傍。此为《万叶集》中的趣闻佳话。

[02] 此语引自三十六歌仙之一的藤原元真的《元真集》中的歌，歌曰："汝乡遥遥何其远，须臾未逢恋心悬。"

来坐下，说道："真不可思议，我的一生为什么竟是这般苦楚无尽时呢？和这小女公子分别，哪怕是短暂的一时半刻，心中也觉得痛苦不堪。明石姬夫人在哪里，为什么不与小女公子一起出来道别？哪怕再见一面，亦能聊以慰藉寂寞的离情别绪啊！"乳母笑着走了进去，把外间的情况告诉了明石姬，明石姬思绪万千，心烦意乱地躺着，一下子无法坐起身来。对此，源氏公子觉得她未免太摆高贵的架子了。众侍女焦虑地劝说她快些出去，她这才勉强起身，膝行出去。她把半身隐藏在围屏后面，那侧面的姿影确实很艳丽高雅。从端庄艳美的角度看，即使说她是个皇女也不为过。于是源氏公子把围屏的薄帘子拉开，彼此细腻入微地诉说离情别绪。源氏公子起身告别，走了几步猛回首，只见刚才还那么逡巡不前的腼腆的明石姬居然走出来送别了。明石姬目送源氏公子离开，觉得他真是个难以用语言形容的气度不凡、风华正茂的公子。他本来是个身材修长的人，如今略微发福，那体态显得更匀称了。衣着装束十分得体，那神采不愧是堂堂的内大臣的身份，连裙裤的下摆也仿佛飘逸出娇艳动人的气息来。产生这种感觉也许是由于偏爱的目光所导致的吧。

且说当年被削去官位的那个右近卫将监，如今已复职藏人之位，并兼卫门佐的职务，今年又获晋爵，一改当年跟着流放到明石海湾时的模样，一派神清气爽的姿态。他来取源氏内大臣的佩刀，走到源氏内大臣的身边，蓦地发现帘内有个熟悉的侍女的身影，便话外有音地说道："我决不会忘却当年在明石海湾上承蒙的厚意，此番多有失礼了，望见谅。清晨醒来觉得此地颇似明石海湾，却无门路给你写信致候。"那侍女回答说："层云密布的山乡，其凄寂程度不亚于朝雾浓重的明石海湾，连'高砂松亦非故友'[01]了，承蒙你这不忘故旧的人前来问候，真令人感到欣慰。"

[01] 此句引自《古今和歌集》第909首，歌曰："知音零落已长久，高砂松亦非故友。"

右近卫将监觉得这个侍女全然误会了他的意思。他早先曾对明石姬有意思，本想说这番话来隐约暗示自己的心情，不料竟被这侍女误解为自己对她有意思，实在太扫兴了。于是一本正经地告别道："改日再来致候吧。"就跟着源氏内大臣的行列出去了。

源氏内大臣装扮得整齐美观，相当从容地迈出稳重的步伐，走向备好的车子，前驱者便扬声开道。头中将和兵卫督坐在车子的尾部陪伴。源氏内大臣对他们说："这个轻易找不到的隐蔽居所，竟被你们发现了，真遗憾啊！"他露出满心不高兴的神色。头中将答道："昨晚月色澄明，我们未能及时赶来奉陪，实在可惜，因此今早冒着浓雾前来了。时令距漫山红叶似锦的时节虽然尚早，但是野外秋草萋萋，正是赏心悦目的时分，昨晚同行的某朝臣，途中迷恋于放鹰狩猎，掉了队，此刻不知怎样了。"

"今天还是去桂院。"源氏内大臣说，于是一行人遂奔桂院去。桂院管理人为置办骤然决定的筵席，忙得焦头烂额。源氏内大臣把饲养鸬鹚的渔夫们招来。这些渔夫的谈吐，使他想起明石海湾上渔夫们那啁啾鸣啭般的谈话。昨日在野外过了一夜，放鹰狩猎的人们，将猎物小鸟拴在荻枝上作为象征性的土产礼品献上来。筵席上觥筹交错，敬酒不知几度，人们醉醺醺地在河边跟跄，好不危险。不过也借着醉意，就在附近兴致盎然地度过了一整日。众人各自都作了绝句。到了皎洁的明月呈辉煌的时分，开始大兴管弦的游艺，一派时兴的风流氛围。弹的乐器只有琵琶与和琴，笛一类的乐器则选择擅长者来吹奏。合乎秋季时宜的曲调，和着河面上吹拂过来的习习凉风，别有一番乐趣。众人正在兴头上时，月亮已爬升得老高，万般乐声响彻清澄的夜空，夜色也逐渐深沉了，这时，京城里来了四五名殿上人，这些人都是侍候在皇上身边的。宫里也举行了管弦游乐会，皇上曾顺便说："今天是斋戒六天圆满的日子，源氏内大臣必定进宫的，为何不见他来？"有人禀报说："源氏内大臣正在嵯峨野的桂院逗留。"于是，皇上遣使送信来，使者就是藏人弁。冷泉帝的信中有歌曰：

> "遥居月宫桂川畔，
>
> 蟾光映照呈璀璨。[01]

悠闲恬静，令人好生羡慕。"源氏内大臣向来使郑重表示未能参加宫中游乐会的歉意。

　　源氏内大臣觉得比起宫中的游乐会来，由于环境各异，这里所奏的乐声更觉凄婉，增添情趣。他一边欣赏，一边不由得贪杯，更醉了。

　　由于桂院这边没有准备犒赏物品，便派人到大堰宅邸那边传话："无须特别贵重，有什么可供犒赏的物件吗？"明石姬遂将现有的两挑衣箱交来使藏人弁送到。由于藏人弁急于回宫，源氏内大臣便从衣箱内取出一套女装，赠给藏人弁，并咏歌曰：

> 徒有虚名蟾宫桂，
>
> 朝夕雾浓盼晴垂。

暗喻自己盼望冷泉帝行幸此地，带来晴天的心情。

　　源氏内大臣吟咏"久居月宫桂乡里"[02]，不由得想起淡路岛的往事，他谈到躬恒[03]抱着怀疑的心情吟咏了"今宵月近缘境迁"[04]，在场有些人

---

[01] 传说月宫中有桂树，此处押着桂院的"桂"字作歌。
[02] 此句出自《古今和歌集》第968首，歌曰："久居月宫桂乡里，惟盼蟾光普照及。"为歌人伊势所作。
[03] 躬恒：即凡河内躬恒，日本平安前期的歌人，三十六歌仙之一。侍奉宇多、醍醐天皇，是《古今和歌集》撰著者之一，与纪贯之、壬生忠岑齐名。著有歌集《躬恒集》。
[04] 此句出自《新古今和歌集》，歌曰："身居淡路遥望月，今宵月近缘境迁。"

不由得悲伤起来，带着醉意掉下眼泪。源氏内大臣咏歌曰：

> 时令轮回重返京，
> 明月是否淡路月。[01]

头中将吟歌曰：

> 浮云遮月一时能，
> 终究荣光展前程。

右大弁年纪稍长，他是桐壶帝时代就受信任，在职时间较长的人，他
咏歌曰：

> 抛舍宫阙半夜月[02]，
> 而今姿影藏何谷。

众人各随己愿，纷纷作歌，为避免烦琐，恕不一一赘述。

源氏内大臣那心平气和的清寂的谈话，随着醉深兴浓无所拘束，更加
饶有兴味，众人似乎想千年万载地听下去，那真是听至斧头柄可能都要烂
了。可是源氏内大臣说"只能逗留到今天为止"，急于要返京。于是，人
们都获得与各自身份相应的服饰赏赐。众人把赏赐的服饰搭在肩膀上，在
云雾中错落有致，恍若庭院里五光十色的花草，呈现一派色彩缤纷的光

---

[01] 此歌是源氏公子从躬恒的歌引发回忆当年遭流放时的心情，今昔对比感慨万千而作。
[02] "半夜月"比喻桐壶帝。此歌意在缅怀故主。

景，美极了。近卫府中因能歌善舞而声名卓著的舍人 [01] 有若干名也侍候在一旁，这些人觉得就这样结束游乐，未免美中不足，于是此起彼伏地唱起《此马》[02] 来，他们载歌载舞，众官员纷纷将赏赐的服饰脱下，披在一处处的载歌载舞者的身上，顿时呈现一片姹紫嫣红，看上去宛如秋风中的红叶在飘舞。如此狂欢作乐的一行人打道回京城，欢声笑语传彻四方，大堰宅邸那边的明石姬，远远地听见这些声响，既感到惜别也颇觉寂寞。源氏内大臣觉得与明石姬告别后，没有给她留下一封书信，心中也颇感不安。

源氏内大臣回到二条院，歇息片刻，然后将嵯峨野山乡的诸多情况讲给紫姬听。接着又说："我比约好回来的时间拖延了一些，心中也不自在。只因那帮爱好风流的雅士找上门来，硬把我留下了。闹得今朝实在疲劳不堪。"说着就去歇息了。

紫姬心中照例很不愉快。源氏内大臣佯装不知，启发她说："何必硬要把自己同一个与自己身份悬殊的人相比呢。你应该想：我是我。高瞻远瞩才好。"

源氏内大臣预定日暮时分进宫去。他转向一边，迅速地写了一函，大概是写给明石姬的吧，从旁望去只见字迹密密麻麻的写得很详细。又对送信的使者悄悄地耳语了一阵子，紫姬的侍女们见了满心不痛快。

当天夜里，源氏内大臣本打算在宫中歇宿的，但为了取悦心情不佳的紫姬，尽管夜已深沉，他还是回家过夜。这时，明石姬的回信也刚刚送到。源氏内大臣并不藏匿，当着紫姬的面开封阅览。信中没有什么特别使她看了感到不悦的字句。源氏内大臣对紫姬说："你把这信撕掉扔了吧。

---

[01] 舍人（TONEKL）：日本律令制下的下级官吏。
[02] 《此马》是神乐歌中的一首歌，歌曰："森林中的足斑白马，啊！率领林中的小马跑来，马群中有足斑白马、虎毛马，正是此马啊！呀！向我们乞求饲草，给它喂草料，还给它喂水，给它喂草料啊！"

真麻烦呀，这种东西随便放在这里，于我的年纪很不合适。"说着将身子凭依在凭肘几上，可是内心里却是非常惦挂着明石姬。源氏内大臣只顾凝视着灯影，一言不发。那封信摊在桌面上，紫姬佯装不想看信的模样，源氏内大臣说："你硬装着不要看信，却又在偷看，你那眼神令我感到不自在呀！"说着绽开笑容，洋溢着一派可爱的魅力。源氏内大臣靠近紫姬身旁对她说："说实在的，她已经生下一个可爱的小女孩儿，可见宿缘匪浅。可是，这女孩儿的母亲身份卑微，我若公然把这孩子当作女儿来抚养，又恐招来非议，实在烦恼，请你体谅我，替我想个法子，一切听你定夺。你看如何是好，是否将她接到这里来由你亲自抚育调教？这孩子现在已是蛭子之年，这么天真烂漫无辜的孩子，我不忍心抛弃她。我总想设法在孩子幼嫩的腰身上着装，如果你不嫌弃，就请你为她系上腰带 [01]。"紫姬回答说："你简直太不了解我，真使我出乎意外，你若这么看我，那我也只好佯装不知，谈不上什么融洽相商了。其实，我想我一定会很喜爱这个天真烂漫的孩子的。她这么幼小，该不知有多么可爱呐！"说着脸上露出微笑。原来紫姬天生喜欢小孩，很想得到这女孩儿，抱在怀里抚育她。源氏内大臣心中逡巡不前，不知该如何是好。心想："真的将她迎接来吗？"

　　源氏内大臣不便常去大堰宅邸，只有前往嵯峨野佛堂念佛时，顺便去造访，每月仅有两次欢会的缘分。比起一年一度相会的牛郎织女来，仅略胜一筹而已。明石姬虽然不敢有更多的奢望，但心中哪能没有忧虑呢。

---

[01] 此处意指"穿裙裤仪式"。日本习俗，举办穿裙裤仪式时，请尊贵有名望者为之系腰带。

源氏物语

第十九回

薄 云

だいじゅうきゅうかい

随着冬天的到来，大堰河畔的宅邸显得越发冷清，明石姬母女闲寂无聊，蹉跎岁月。源氏公子劝说道："在这里毕竟日子不好过，不如迁居到我近旁来吧。"可是明石姬心想："即使迁居到那边去，'只怕难堪少光彩'[01]，倘使在那边看透了薄情郎的心，我将会赤裸裸地万念俱空，'届时如何来倾诉'[02]。"因此逡巡难决，只顾叹息沉思。于是源氏公子诚恳地与她商量着说："那么，让这孩子长此以往在此处住下去，绝非上策，我有心为她安排光明的前途。我觉得让她埋没于此处，未免太可惜。说实在的，紫夫人听说了此事，她总是很想看看这孩子。因此让孩子到那边去，与紫夫人熟悉之后，我想大张旗鼓而非不为人所知地，为她举办正式的穿裙裤仪式。"明石姬早已料到源氏公子可能会有这种想法，如今听他坦言，更觉心如刀绞。明石姬回答说："纵令孩子无奈地改变成高贵的身份，获得珍视，然而了解实情的人难免会泄漏实情而引起微词纷纷，这种局面恐怕也很难收拾吧。"明石姬怎么也不愿意放弃女儿。源氏公子说："你的担心也不无道理，不过，你大可不必怀疑紫夫人的心思，她婚后多年未曾生育，颇感寂寞和遗憾。紫夫人天生喜欢孩子，像前斋宫那样的大女孩儿，她都硬要一心把她当作女儿来疼爱照顾，更何况你那天真可爱的小女公子，她更不会轻易放弃的。"接着又描述了一番紫姬的为人处世如何和善、理想。明石姬听了，心想："果然如此，昔日也听过传闻：这样一位年轻的风流倜傥的公子，究竟要选怎样的人做正夫人呢？他当年的花心，如今已经稳静了下来，能使他把心收住，绝非一般的宿缘，足见这位正夫人，一定有在万人之上的优秀品德之魅力。像我这样微不足道的人，当然不能和紫夫人并肩受宠。若贸然迁居东院，岂不被她耻笑。就算不计较我自身的利害关系，也要考虑孩子的前途，终归要仰仗她的照料。

---

[01] 此句引自《后撰和歌集》，歌曰："迁居盼君君不来，只怕难堪少光彩。"

[02] 此句引自《拾遗和歌集》，歌曰："怨恨薄情多痛苦，届时如何来倾诉。"

不如趁孩子天真幼稚时,将她让给紫夫人吧。"可是转念又想:"这孩子一旦离开我,寂寞之时,我不知会多么想念她,无以慰藉,我将如何度日?再说,这孩子一去,还有什么可以吸引公子偶尔前来造访呢?"她思前顾后,乱了方寸,只觉得自己的命何其苦啊!

尼姑老夫人是个善于思考的人,她对女儿说:"你未免多虑了。今后难得见孩子,固然痛苦甚多,但应该更多地为孩子的前途着想。源氏公子肯定是在深思熟虑的基础上才对你说这番话的。你应该信任他,而把女儿交给他。你想想,就连皇子,根据他生母的身份,其待遇都有所区别。以这位源氏内大臣来说,虽然才貌举世无双,但最终还是被降为臣下,其原因就在于他的外公即已故按察大纳言的官阶比别的女御的父亲低一级,源氏公子被人称为是更衣所生,待遇上自然比女御所生的皇子低下。皇子尚且如此,更何况一般臣籍官员了,简直无法相比较。再说纵令是亲王们或大臣的女儿,若这些亲王或大臣的官阶较低,这女儿又不是正夫人,她所生的子女势必为世人所轻视,父亲对待这些子女也有所区别。何况我们这样的家庭,倘若源氏公子的别的夫人中,有身份高于我们的夫人生了子女,我们的孩子自然就会比不上了。但凡子女,无论身份高低,只要受到双亲的珍视养育,自然会成为受到人们尊重的原因。这孩子的穿裙裤仪式,如若由我们自己来操办,我们再怎么尽心,要在这种深山僻壤之处来举行,又有什么荣耀可说的呢。还不如交给他们,听任他们的安排,我们且看他们如何对待我们的孩子。"母亲训示了女儿一番之后,又请教见解高明者,还请阴阳师占卜,都说送孩子去二条院大吉。明石姬处于弱势,无可奈何。

源氏内大臣虽然为这小女公子作如斯打算,但也体谅到做母亲的把孩子送给别人后的悲伤和牵挂之情,因此也不强求。源氏内大臣给明石姬写信询问:"穿裙裤仪式之事,不知意下如何。"明石姬回复曰:"思虑再三，让女儿住在像我这样一个微不足道者身边，对孩子的未来不利，太委屈她了。可是，让她忝列贵人之中，又深恐被人嘲笑……"源氏内大臣看了回信后，十分同情她。

选定了吉日之后，源氏内大臣便悄悄地命人办理迎接小女公子的一切该办的事项。明石姬实在舍不得割舍这女儿，不过，她心想："首先要做到的，就是一切都为了女儿的前程着想。"也只好忍痛割爱了。明石姬说："不仅是女儿，连乳母也必须随同小女公子前往而别离，回想起多年来，朝朝暮暮，或是忧伤或是寂寞之时，总是与乳母相伴，彼此安慰，如今乳母也要远离，今后自己孤身只影，该不知会多么伤心难受啊！"明石姬悲伤地哭泣，乳母也抽噎着说："这大概也是前世注定的缘分吧。我意想不到地有幸得以侍奉在您身边，多年来您对我的恩情，我终生难忘。虽然我确信此番分别未必就没有重逢之日，但是，一想到离开了您，将到别处去同一些意料不到的人相处，哪怕是短暂的，心中也感到很难过啊！"如此惆怅度日，不觉间时令已到寒冬腊月。

雪花飘零霰子纷纷扬扬的日子渐多，明石姬越发感到孤寂凄怆。她独自嗟叹："为什么自己总是忧患无穷？命运好苦啊！"她比往常更加珍爱这小女儿，精心深情地爱抚她。一天，天空阴沉，终日降雪。翌日清晨，庭院里积满了雪花。明石姬回忆往事思考未来，浮想联翩。今日，她来到平素难得前来的近门处，观看池边的冰雪。她穿着多层的柔软的雪白衣衫，茫然凝视，那陷入沉思的姿影，那头秀发的造型，那袅娜背影等，不由得令人感到，任何无上高贵的女子，其美丽神采，大概也莫过于此吧。明石姬揩拭自己的落泪，叹息说："没有女儿和乳母在身边的日子里，真不知有多么寂寞啊！"姿态文雅美丽。她情不自禁地哭泣了，咏歌曰：

纵令雪埋深山道，

惟盼来鸿绝不少。

乳母也哭泣着答歌安慰她，歌曰：

吉野深山雪埋路，

心心相印能克服。[01]

当积雪略见融化的时节，源氏公子驾临大堰宅邸。倘若是往常，那是翘首期盼公子到来的，然而一想到公子可能是为迎接小女公子来的，明石姬不由得顿觉心如刀绞。她心想："此事不怪任何人，事情本来就是自己心甘情愿的，倘若自己表明不愿意，谁都不会来勉强自己的，唉！实在太糟糕了。可是，事到如今，倘使反悔，岂不显得太轻率了吗？！"明石姬聚精会神地在反思。

小女公子美丽可爱，就坐在母亲明石姬的膝前，源氏公子看在眼里，心想："自己与明石姬的宿缘，非同寻常啊！"这小女公子自今年春上开始留长发，现在已长得像尼姑的披肩发一般长了，轻轻地摇晃，格外美丽。她长相标致，眉清目秀，更无须赘言了。源氏公子体谅到做母亲的要把这样一个心肝宝贝送给别人，日后不知会多么伤心和牵挂。他内心非常难过，觉得很对不住明石姬，便对她反复说明自己的用心。明石姬说："但愿不要把这孩子看作是卑微人所生的女儿，请尽心抚育她。"说到这里，情不自禁地流下泪来。那姿态着实令人心疼。

小女公子年幼尚不谙世事，只顾催促快些上车。母亲亲自抱起女儿，

---

[01] 此歌满怀古歌情怀而作。该古歌即指《古今和歌集》第1049首，歌曰："君纵遁居吉野山，我将追随不迟缓。"

走到车子的近旁。小女公子拽住母亲的衣袖，娇嫩地说声："妈妈也上来！"那声音无比美妙。孩子使劲拽住母亲，明石姬悲伤至极，咏歌曰：

惜别幼松肝肠断，

何日方能见辉煌。

她尚未咏毕，已泣不成声。源氏公子见状，觉得：这是人之常情，确实很痛苦，令人同情啊！于是咏歌安慰她，歌曰：

"连理根深武隈松，

但观幼松千秋荣。[01]

希望你耐心等待。"明石姬觉得源氏公子说得也颇有道理，内心稍获平静，可是终究还是按捺不住心头的悲伤。乳母和一个名叫少将的品味高雅的侍女，仅此二人手持佩刀和类似天儿[02]的东西，与小女公子同乘一辆车。其他几个相貌不俗的年轻侍女和女童乘另一辆车随行。源氏公子在归途中，一路上惦挂着留在大堰宅邸内的明石姬有多么伤心，深感自己造下了何等沉重的罪孽啊！

傍黑时分，源氏公子一行人始到达二条院。驱车靠近殿前，那些来自乡村的侍女蓦地看见四周环境迥异于原先的住处，一派繁华的景象，心想在这样的人家当差，想必很不自在的。源氏公子给小女公子安排的住处是一间朝西的居室，室内陈设特殊，小型的器物齐备，琳琅满目，十分美丽

---

[01] 武隈松：著名的连理松，意即源氏公子与明石姬结为夫妻。"幼松"指小女公子，意即请耐心观察女儿的辉煌前程吧。
[02] 天儿：日本古代祓禊时放在孩子身旁作为替身，可避凶邪灾难的布偶人。

可爱。乳母的居室则是游廊靠北的一个房间。小女公子于途中睡着了。抱她下车时她没有哭。侍女带她到紫姬居室内，给她吃一些点心等食品。她环顾四周，逐渐察觉到母亲不在场，那张可爱的小脸上顿时露出想哭的模样，紫姬遂唤乳母前来，连哄带劝地多方安慰她。

源氏公子想到住在山村大堰宅邸内的明石姬失去了孩子，该不知有多么寂寞，就觉得很对不起她。但是看到紫姬朝朝暮暮抚育这孩子，视同己出，便觉得她是抚养这孩子的最适当人选，又感到十分惬意。遗憾的是，这孩子不是她亲生的，如若是她亲生的女儿，人们也就不会说三道四了，可是她生不出来，实在可惜呀。小女公子初来乍到的头几天，哭着要寻找自己熟悉的面孔。不过，好在她天性温顺有趣，心地善良，对紫姬格外亲昵，因此紫姬非常疼爱这小女公子，觉得自己仿佛获得一件其美无比的宝贝。紫姬终日抱着小女公子哄她，逗她玩儿，乳母自然而然地和紫姬接近，从而逐渐熟悉了。他们还另寻觅一名身份高贵的乳母跟随左右照料小女公子。

小女公子的穿裙裤仪式，虽然不是特别准备，场面却也非同寻常。量身裁衣，配置适合她那小巧玲珑身段的装束和用具，她装扮起来活像过女儿节时摆设的玩偶，娇小可爱。当天前来庆贺的客人为数不少，不过由于平日的来客也是络绎不绝，因此看上去并不那么显眼。小女公子系上束衣袖的带子，并在胸前打了一个花结，看上去更加美丽了。

大堰宅邸内的人，无时无刻不在想念着小女公子。明石姬更加心痛，悔恨自己的过错，不该轻易放手让女儿离开自己。尼姑老夫人那天虽然那样训示女儿，如今也不免常常落泪。但听说那边如此珍爱并精心抚育小女公子，心中也颇感欣慰。至于小女公子所需的有关装束和用具，那边万事都料理得一应俱全，这边满可不必操心，只是给随身侍候小女公子的众侍女和乳母备办一些世间罕见的色彩华丽的衣裳急忙送去。

源氏公子则念及大堰宅邸那边的明石姬，想必她已望眼欲穿地在等待，"久未去造访，她定会疑心我薄情，以为我果不出她所料，抛弃她了，她定会怨恨我，我实在对不住她。"于是，年内就悄悄地前去造访她。居住大堰宅邸本来就很孤寂，再加上放走了那朝夕与共的心肝宝贝女儿，可以想象到她的内心多么悲伤和痛苦。源氏公子每念及此，心中也十分难过，因此，后来就不断地给她去信。紫姬如今也不怎么特别嫉恨明石姬了，看在这美丽可人的小女公子的分上，紫姬宽容了她母亲的罪过。

　　新年到了，万象更新。初春的天空格外晴朗，二条院内事事顺遂，多福呈祥，一处处殿宇都装饰得富丽堂皇。贺年的客人纷至沓来。其中年长的客人大都在正月初七过七草节[01]之日，源源不断地驱车前来庆贺。年轻的贵公子们，无忧无愁，一个个兴高采烈。络绎不绝的人群中，有人心中或许多少也有相应的忧心事，不过，表面上都呈现一副春风得意的气派。从现场的氛围看，真可说是一派太平盛世的景象。

　　住在东院西殿里的花散里，日子似乎过得很幸福，无可挑剔。侍候她的侍女和女童们也都得到细心的照顾，获得合乎礼仪的装束，日子过得很舒适。不管怎么说，生活在靠近源氏公子的地方，自然会得到其好处的。每当源氏公子得闲之时，往往会突然漫步过来，不过，夜间则没有特意前来歇宿的时候。花散里气质文静，心胸开阔，她认为自己与公子的缘分深浅程度都是命里注定的，只好认命了。因此，心情难得地格外爽朗，闲适自得地度日。缘此，每遇四季佳节，源氏公子给予的细心关照亦不亚于紫姬。这里也配备了为数不少的侍女和家臣，照料万般家务事，这些侍女和家臣都不敢玩忽职守，日子过得有章有法，看起来相当舒适。

---

[01] 七草节：大年初七这天家家户户喝七菜粥，称为七草节。日本古代传说，喝了七菜粥，可祛百病。七菜即春天的七种菜：芹菜、荠菜、鼠曲草、蘩缕、稻槎菜、芜菁和萝卜。将这七种菜剁碎熬粥，即是七菜粥。

源氏公子经常惦挂着居住在山村大堰宅邸里的明石姬那寂寞的境遇，正月里，在公事私事的繁忙告一段落之后，有一天，他便前去造访明石姬。这一天，源氏公子格外精心地打扮，他身穿有樱花花纹的贵族便服，里面穿色泽十分华美的衬衣，这身装束的薰香浓郁。源氏公子向紫姬辞别时，她深深地感受到，在普照大地的夕阳映衬下，公子那绚丽的神采越发动人，她含情脉脉地目送他出门。小女公子天真无邪，只顾拽着父亲和服裙裤的下摆，缠着要跟父亲一起去，甚至一直跟着几乎走到居室外面来。因此，源氏公子短暂地驻步，心里觉得孩子怪可怜的，于是说了许多好话哄她，嘴里哼着"明朝定将把家还"[01]，一边走出门。紫姬叫侍女中将到游廊口等候，待源氏公子出来时，赠他一首歌，歌曰：

> 若无伊人留行舟，
> 期盼明朝返回头。

　　中将咏歌，遣词用字、音调相当熟练，源氏公子笑颜绽开，答歌曰：

> 浏览一遍明日返，
> 纵使伊人芳心乱。

　　小女公子听不明白他们彼此的唱和，只顾天真烂漫地在戏耍，紫姬看了觉得她非常可爱，从而对远方人明石姬的那份醋意也全然消融了。紫姬心想："明石姬不知多么惦挂着这孩子。设身处地想想，倘若换成自己该

---

[01] 此句是催马乐《樱人》中的词句。《樱人》第一段："樱人快快停住船，载我去看那岛田，我种岛田计十町，浏览一遍即回返。哎哟哟！明朝定将把家还，哎哟哟！"第二段："何苦信口把我诓，明朝回返何其难，那边诱人有偏房，明朝定然难回返。哎哟哟！明朝定然难回返，哎哟哟！"

不知多么思念啊！"紫姬凝望着小女公子不大一会儿，就把她搂抱到自己的怀里，让这孩子吮吸自己白皙娇嫩的乳房，她这副逗孩子玩儿的神态，着实意趣深远，引得在场的侍女们彼此议论说："夫人自己怎么不生儿育女呢?!""这孩子若是她亲生的该有多好啊！"

　　山乡那边的大堰宅邸内，日子过得相当优裕和富有情趣。那建筑物的造型与京城的风格亦大异其趣，令人感觉珍奇。再加上女主人明石姬的容貌和风姿、言行举止的高雅，源氏公子每次看到她都觉得她一次赛过一次的优秀，并不逊色于身份高贵的夫人们。他心想："她如若像世间比比皆是的平庸无奇的女子，没有什么特色的话，我也不会钟情于她，那样的例子也不是没有。她的父亲性情乖僻，名声不甚佳，这是一大麻烦事。不过她本人的人品，确实是很高尚的。"源氏公子前来造访，每次总是来去匆匆，令人感到美中不足。同样的，此番前来也只能匆匆一聚，他内心感到痛苦，情不自禁地只顾叹息说："恰似梦中渡浮桥。"[01]源氏公子顺手把筝拿了过来，他回忆起当年在明石海湾，深夜聆听明石姬弹奏时的悠扬音调之妙趣，于是一味劝请明石姬弹奏琵琶，明石姬与源氏公子合奏了不大一会儿，源氏公子觉得明石姬弹奏的技巧怎么竟如此娴熟美妙。接着源氏公子将小女公子的近况细腻而周详地告诉她。

　　大堰宅邸本是个寂寞的居所，源氏公子就这样时不时地前来造访歇宿，偶尔也尝些水果或红小豆糯米饭团。源氏公子并不公开言明是专程前来造访，而是借口到附近寺庙参拜或到桂院去，顺道来的。公子对待明石姬，没有刻意表现出引人注目的恩爱举止，也没有丝毫怠慢鄙视，一切顺乎感情的自然流露，态度恰如其分。足见他对明石姬的宠爱与众不同。明石姬也深知公子对她非常爱护，因此她对公子没有什么过分的要求，也不

---

[01] 古歌曰："世道无常愁难消，恰似梦中渡浮桥。"见藤原定家著《源氏物语》注释书《源氏物语奥入》。

过分自卑。待人处世一切不违背公子的心意，分寸拿捏得体，日子过得十分体面。她大致上也听说过，公子在身份高贵的女子那里，从不如此无隔阂地相处，总是一派趾高气扬的姿态。她寻思着："我若乔迁京城里的东院，住在太接近公子的地方，反而不显眼，难免会遭人欺侮。现在住此处，虽然公子偶尔才前来造访，但确实是为我而特地前来，于自己来说更觉体面些。"明石姬的父亲明石道人送女儿进京时，虽然撂下了狠话，但是终究还是很牵挂，他担心源氏公子给她们的待遇，颇想了解自从那次分别以后，她们的景况怎样，遂经常派遣使者前去探询消息。有时听到令他忧心忡忡的消息，但更多的信息是令他感到荣耀和欣喜的。

恰巧这时，葵姬的父亲太政大臣与世长辞了。太政大臣是天下的顶梁柱似的人物，对他的辞世，天皇也甚感悲伤而叹息。以前左大臣曾短暂辞去任职，笼闭家中，尚且引起朝廷内的骚动，何况今日撒手人寰，为他的仙逝而悲伤者甚多。源氏内大臣也非常痛惜：从前政务万事都仰赖太政大臣掌管，自己乐得清闲，从今往后无可依靠，事务想必会更加繁忙。想到此不由得叹息。冷泉天皇处世远比他的实际年龄老成得多，亲自掌管政务，拿捏得当，源氏内大臣无须为他操心，可是太政大臣作古之后，冷泉天皇的后援人除了源氏内大臣之外，别无得力像样的，往后有谁能代替源氏内大臣负起后援的重任，以便成遂他多年来意欲遁世出家的宿愿呢。每念及此，便觉得太政大臣过早地撒手人寰，实在令人痛心，太可惜了。源氏内大臣为已故太政大臣郑重地祈冥福做佛事，其庄严肃穆和隆重的程度，远远超过太政大臣的儿孙们所举办的。源氏内大臣还细致入微地前往凭吊，并殷勤地多方照料。

这一年流年不利，社会上多灾多难，疫病流行，宫中不断出现怪异的征兆，闹得上下人心惶惶。天空异乎寻常，日月星辰常露凶兆之光，行云迹象亦呈异样。世间惊人之事多发。天文、阴阳易卜等各路博士，纷纷上书呈报各种意见，其中也有记述一些不可思议的非通常惯例的事。对于这些怪事，惟有源氏内大臣内心感到格外烦恼，他认为这些都是由于自己罪孽深重所导致的。

师姑藤壶母后，自今年初春起一直患病，到了三月里，她的病情越发加重。冷泉天皇曾行幸三条院，探望母后的病情。桐壶院驾崩之时，冷泉天皇尚年幼，未能深刻理解死别之悲伤。此番母后病重，冷泉天皇格外担心，悲叹忧愁溢于言表。藤壶母后也十分悲伤，她用相当微弱的声调说："我早已预感到今年恐难逃过大限一劫，不过并不觉得病情特别恶化，倘若我流露出早已知晓死期将至，生怕世人会讥笑我装模作样，因此并不特别做佛事为后世祈福。我早就想进宫，平静地对你谈谈当年的一些往事，无奈精神欠佳，以至迟迟至今尚未能如愿，实在太遗憾了。"她今年三十七岁，却显得很年轻，病前呈一派风华正茂的模样，冷泉天皇觉得非常可惜，从而更加伤心了。他对母后说："当今流年不利，万事皆须小心谨慎。孩儿听说母后近来身体不适，郁郁度日，十分担心，却没有特别做法事祈祷赐福，实在……"说着似乎深感内疚。于是，赶忙举办了大规模的法事，为母后祈福。源氏内大臣也是以为她患的是通常的小毛病而疏忽了，现在则忧心忡忡。

冷泉天皇由于身份的关系，不便在此处久留，于是，过了一会儿就告辞回宫，他内心非常悲痛。

藤壶母后极其痛苦，说话也变得很困难了。她内心却总在想："苍天赐予我富贵之命，让我享尽人间的荣华，非一般世人所能比拟。同时，我内心中的无限苦楚，也是无与伦比的。冷泉天皇做梦也不会想到个中的秘密实情，我毕竟是很对不住孩子，惟有此事，使我内疚不已。即便死后，这块心结也是难以解开的。"

源氏内大臣从朝廷的角度来看，身份高贵的太政大臣刚辞世，藤壶母后又垂危，不幸之事接连发生，实在可悲又可叹。尤其是想起不为人知的秘密爱慕藤壶母后这件事，更觉无限伤心。于是，竭尽全力，大肆操办祈福法事，为她祈祷。

近年来，源氏公子对藤壶母后的恋情虽然早已断念，但是，每想到今生再也没有与她叙谈的机会，不免悲伤万分。源氏公子走近藤壶母后的病榻前，在围屏近旁，向了解情况的侍女探询母后的病情。母后身边的侍女都是可亲信之人，她们将详情细腻地告诉公子，接着又说："近月来，即使身体状况很不好，她也从不懈怠诵经修行之事，长期积劳，使她的身体更加衰弱，最近连橘子汁那样的饮料也喝不下去，看样子已经不行了！"侍女中有许多人都唉声叹气，哭泣不止。

藤壶母后命侍女向源氏公子传言说："你遵从已故父皇遗嘱，辅佐当今天皇尽心竭力。多年来受惠匪浅，我总想找个适当的机会，对你的深情关照表示由衷的谢意，可是等候至今尚未能如愿，实在是莫大的憾事！"她说话的声音听起来非常微弱，断断续续地传送过来，源氏公子听了只顾伤心痛哭，一时答不上话来。公子心想："自己的感情为什么如此脆弱？"公子顾忌到在人前不要失态，于是强忍住眼泪，重新振作了起来。可是一想起藤壶母后当年美丽的倩影，即使是从世间一般人的目光看来，就算没有那层亲密的关系，见者也会非常怜惜这样一位人品高尚的贵人。可是人的命运不能随心所愿，纵令想将她挽留人间，也无能为力，这才是真正可悲又可恨的天大的事啊！源氏公子好不容易强忍住热泪回答说："不才的我，只能略尽绵薄，微不足道，只是承蒙委以后援重任以来，竭尽全力辅佐幼主而已。太政大臣谢世后，政务重任蓦地落在我身上，着实诚惶诚恐。而今又见母后病成这般模样，更觉心神纷乱不定，或许此身在世，余命无几了吧。"在这过程中，藤壶母后犹如灯火熄灭般，安静地仙逝了。源氏公子心中之悲痛难以言喻，只见他一味哀叹。

藤壶母后在众多身份高贵者中，最富有慈悲心，普天下芸芸众生，无论对谁她都以关爱为怀。豪门贵族向来难免仗势欺人，她对人则是自然相处，毫无仗势欺人的举止。在差遣人手时，但凡兴师动众给人添麻烦之事，她一概不沾。在行善布施积德方面，她也做得恰如其分，决不大肆铺张。纵令自古以来，就是在贤明圣君的时代，经人劝说布施积德而大肆铺张、讲究排场者大有人在，她也不这么做。她只用继承下来的财物，自己所应得的俸禄、爵禄和封户禄，在不影响所需用项支出的范围内，量力而为，真是用心周到。缘此，连不深谙尘世间事的、在山野中修行的僧侣，都哀悼她过早辞世。

　　藤壶母后的丧仪消息，震撼全国，闻此噩耗者无不悲伤叹息。殿上官员一律身着黑色丧服，在这种氛围下，令人感到明媚的春光都黯然失色，落得一派戚寂之春的苍茫暮色。

　　源氏公子观看二条院庭园内的樱花，不由得忆起当年花宴上的情景，自言自语地吟咏"今年绽放墨色花"[01]。他生怕别人盘问，独自笼闭在佛堂里，终日暗自哭泣度日。夕阳余晖艳丽地照耀着，山边的树梢清晰可辨。飘浮在山巅上方的薄云，呈现一片深灰色。在这万事都提不起兴趣的时刻，这片灰色的薄云，却格外惹起他的伤感，他情不自禁地吟道：

　　　　夕照山巅薄云灰，

　　　　恰似丧服色深邃。

　　佛堂里无人听闻，徒然独吟而已。

　　为故人做的七七四十九天佛事业已完成，四周静寂，天皇内心不安，

---

[01] 此句引自《古今和歌集》第832首，歌曰："山樱若是有心发，今年绽放墨色花。"

颇感寂寞。

却说有一名僧侣，早在冷泉天皇的外祖母健在时，就已进宫供职，一直担任祈祷僧之职。已故藤壶母后相当尊敬并信任他，冷泉天皇也很信任此僧侣，多次命他举办隆重而庄严的法事。此僧侣确实是一位素负盛名的贤能圣僧。他今年约莫七十岁，近年来闭居山中，为来世祈福而做今生最后的修行。此番专程来京都为藤壶母后祈祷康复，应召入宫，经常侍候于皇上身边。源氏内大臣也劝他说："今后你就如同昔日一般，长住宫中供近侍之职吧。"此僧侣回答说："如今贫僧年迈，本已不堪勤修夜课，只因大臣指示，诚惶诚恐，再加上为报答作古故人的厚恩，敢不效命。"说着便留住宫中了。

一天，寂静的拂晓时分，侍候的人员不在近旁，值宿的人也都退出了。此时，这名僧侣一面煞有介事地用十足的老人沉稳声音咳嗽，一面向冷泉天皇奏上人生无常的事理，并趁机说："贫僧确有难于启奏之事，如若奏上可能反而招来所奏不实之罪，缘此顾虑甚多。但陛下若不知此事，罪孽深重，贫僧只怕会遭天谴。贫僧若将此事深埋心底直至丧命，则于事无补，佛爷亦将斥责贫僧心术不正吧。"他话说到此，似乎再说不下去了。冷泉天皇心想："究竟是什么事呢，莫不是他有什么遗恨终生的事不成？法师这种人，即使是圣僧也罢，往往会离经叛道，有一种扭曲的乖僻妒恨的劣根性，实在麻烦。"于是对他说："我自幼就信任你，你却有事隐藏不说，令人遗憾呀！"僧侣说："啊！诚惶诚恐，贫僧连佛祖严禁泄露的真言秘诀，都一无保留地传授给陛下了，至于贫僧自己还有什么事值得隐藏的呢。惟有这件事，是牵涉到过去未来的大事，如若隐瞒，只怕反而会丑闻流传天下，这对于已故桐壶院和藤壶母后以及现今掌握大政的源氏内大臣都很不利。贫僧这般老法师之身，即使因上奏而被治罪，亦无怨无悔。此刻秉承佛祖旨意，向陛下奏上数语：陛下尚在胎内时，已故藤壶母后已有深为担心叹息之事,她命贫僧为她祈祷。身为法师者,对其具体详情,自然不知晓。后来,出乎意料,源氏内大臣蒙受不白之冤,遭贬黜须磨海湾。藤壶母后越发惊恐,又命贫僧为她多次祈祷。源氏内大臣听说此事,也曾命贫僧为他祈祷。陛下即位之前,贫僧一直为陛下勤修佛事,祈祷安泰。据贫僧所了解……"于是,将详实情况启奏一番,冷泉天皇听了之后,顿觉卑鄙、闻所未闻,既恐惧又悲伤,思绪万千,内心凌乱,以至好大一会儿,无法作答。僧侣自觉贸然启奏,扰乱圣心,深恐降罪,遂欲悄悄退下。冷泉天皇把他叫住,说:"朕如若不知此事而度过一生,恐怕来世也当受罪。可是你将此事隐藏至今才告诉朕,反而叫朕怨恨你了。除你之外,是否还有人知晓此事,可会泄露出去?"僧侣回答说:"除了贫僧和王命妇之外,并无他人知道此事。贫僧今日启奏,心中实在恐惧。近来苍天频频变化,世间不平静,究其原因就在于此。陛下年幼时,尚未谙世事,神灵宽恕。如今长大成人,任何事都能明辨是非,苍天也就降下灾难,以示惩罚。人世间万般祸福,起因皆从父母那代开始,陛下若不知天变地异是何罪孽酿成的,贫僧不胜担忧,遂把深藏内心底的事,和盘托出。"僧侣边哭边说,这过程中天已大亮,僧侣旋即告退。

冷泉天皇从僧侣那里听闻这惊人的消息,觉得此身宛如在梦中,百感交集,心绪纷乱,他觉得此事对不住已故桐壶院的在天之灵,而让源氏内大臣即自己的生父屈居臣下之位,实在太可怜也太可惜。他左思右想,苦恼万状,不觉间太阳已升得老高,尚未起床。源氏内大臣听闻冷泉天皇龙体不适,大为震惊,旋即前来探望。冷泉天皇一见生父的身影,其悲伤愈发难以忍受,不由自主地潸然泪下。源氏内大臣还以为他悼念已故母后,伤心得泪泉潮涌至今尚未干呢。

这一天,式部卿亲王与世长辞了。噩耗奏上,冷泉天皇哀伤悲叹,觉得这世间凶灾频仍，接踵而至，令人担忧啊！在这种情况下，源氏内大臣也不好告辞回二条院。于是，一直留住宫中，侍候皇上，并亲切地与皇上谈心。皇上就便对他说："我可能寿命不长了，不知怎的内心总是不安，终日心情不佳，天下又如此不平静，万事多灾多难，令我忧心忡忡。说实在的，我很想让位，已故母后健在时，我生怕她伤心，不敢提及让位之事，如今我希望及早让位，以便能悠闲度日。"源氏内大臣感到愕然，连忙答道："这万万使不得。世间是否平静，未必由于政治的是非曲直，贤王之世，亦难免有凶险之事发生。圣明帝王的时代，发生意外叛乱之事，在唐国国土也有前例，在我国也是如此。何况最近谢世的人，大都是享尽天年者，顺从自然规律走的。陛下不必过多悲叹。"接着源氏内大臣还列举诸多前例，力图宽慰冷泉天皇。作者身为女子，仅书写如此天下大事之一斑，已觉实在不好意思。

冷泉天皇穿上一身黑色丧服，比往常更显得清纯秀丽，他的姿容，简直与源氏内大臣别无二致。冷泉天皇往常照镜子的时候，也觉察到这点，自从听了僧侣的那番话之后，又重新仔细端详源氏内大臣的容颜，更加亲切地感到父爱之深沉。冷泉天皇总想设法向源氏内大臣隐约地提到这件事，但是又担心，生怕源氏内大臣听了会羞愧得无地自容，他稚嫩的心灵鼓不起这份挑明的勇气，从而不能立即袒露胸怀。这期间，他们只是种种闲话家常，不过两人的感情比往常更亲近了。冷泉天皇对源氏内大臣的殷勤态度，与过去相比全然不同，贤明的源氏内大臣哪能看不出来，他感到不可思议，却不曾想到冷泉天皇已完全了解事情的底细了。

冷泉天皇欲向王命妇探问详情，可是又不想让她知道已故母后那么严守的秘密竟被他完全知晓了。冷泉天皇只想找个机会，向源氏内大臣隐约地提及此事，并问他自古以来有没有这种先例，可是总也找不到适当的机会，于是他越发勤勉治学，博览群书以作调查。他在书中发现，在唐国的国土上，帝王血统的乱伦关系，有公开的，也有秘密的，这样的事例相当多，而在日本的国土上，则未能顺遂地发现。即使有这种实例，这么秘密的事，怎么能见诸史书，流传后世呢，当然是不会的。他在史书中只看到：皇子降为臣籍，成为第一代源氏，然后任纳言、大臣，之后又成为亲王并即帝位，这样的例子为数不少。于是他就想参照古人前例，以源氏内大臣贤能为依据，让位给他。冷泉天皇作了种种思考。

这时正值秋季司召期间，朝廷内定任命源氏内大臣为太政大臣。冷泉天皇预先告诉了源氏内大臣，顺便透露内心想让位予他的意思。源氏内大臣听他这么一说，顿时极其自惭形秽，惶恐万分，旋即回答说："此事万万不可行。"接着又说："已故桐壶父皇在世时，在众多皇子中，臣下特别受到父皇的宠爱，但父皇决不考虑传位给臣下。今日岂能违背父皇遗旨，贸然登上帝位。臣下惟愿确守遗嘱，竭尽全力辅佐朝廷。再过些年，惟盼能笼闭佛堂，静修佛道三昧，仅此而已。"他照例用臣下的口吻启奏，冷泉天皇听了深感遗憾。至于朝廷拟任命他当太政大臣一事，源氏内大臣也说："尚须考虑，暂且不受命。"最后只是晋升官阶，特许乘坐牛车出入宫门。冷泉天皇深感美中不足，也很可惜，他还是想恢复源氏内大臣为亲王。可是，源氏内大臣如若恢复为亲王，眼下别无适当人选可任太政大臣，成为朝廷的后援人，因为亲王是不能兼任太政大臣的。缘此，冷泉天皇的这个愿望也未能实现。于是只封了权中纳言为大纳言兼大将。源氏内大臣暗自思忖："此人日后再晋升一级，待到那时节，我万事皆可委托于他，自己总可以落得一身清闲，安度余生吧。"接着他又思绪翩跹，想到冷泉天皇似乎已知道那个秘密，果真如此，那就太对不住已故藤壶母后的在天之灵啦。同时，他看到冷泉天皇如此烦恼，自己又深感惶恐。他十分纳闷："这个秘密究竟是谁泄露出去的呢？！"

王命妇已任御栉笥殿[01]的执事，迁居该处，那里赐有她的房屋。源氏内大臣前去会见她，询问她："关于那件秘密事，已故藤壶母后健在时，有无顺便向当今天皇多少泄露过？"王命妇回答说："不，已故藤壶母后非常担心，害怕皇上会听到一星半点的消息。可是另一方面，她又忧虑，皇上不知生父而蒙受不孝罪孽，会否遭到天谴。她为皇上操心而叹息不已。"源氏内大臣听了这番话之后，回想起已故藤壶母后当年那非凡的深思远虑的姿影，不由得涌起无限眷恋的情思。

　　且说梅壶女御，一如源氏内大臣所期望，亲切而周到地照顾冷泉天皇，备受皇上的宠爱。源氏内大臣觉得这位女御的人品和长相，真是无可挑剔的完美，因此特别珍视她，并精心关照她。秋天到了，梅壶女御返回二条院的娘家来，源氏内大臣命人把寝殿装饰得格外耀眼夺目，现在他简直是用为人父母般的心情照顾她。

　　一天，秋雨纷飞，源氏内大臣望见庭院里栽种的花草，盛开的繁花色彩斑斓，露水洒满花瓣及草叶上，不禁想起梅壶女御的母亲六条妃子在世时的种种往事，泪珠濡湿了衣袖。他随之前往梅壶女御的居室，探望梅壶女御。

　　源氏内大臣身穿浅墨色的贵族便服，借口说世态不安宁，实际上是出于追思藤壶母后，自藤壶母后仙逝以来，他就一直在斋戒。他把手里拿着的念珠，稍事藏到袖兜里，让它不那么显眼，那姿态、神采格外优美。他走进帘内来，梅壶女御隔着围屏亲自与他叙谈。源氏内大臣说："庭院里的秋花，怒放满园，今年年景不佳，凶灾频仍，实在扫兴，惟花草只顾任性，仿佛知晓时令地展颜绽放，令人感到凄凉啊！"他说着凭依到柱子边上，在夕照的映衬下，他那身影实在美极了。他谈起当年六条妃子还健在

---

[01] 御栉笥殿：在贞观殿内，承做服装之处。

时的陈年旧事，特别是谈到那天赴野宫造访六条妃子，于黎明时分依依惜别的情状，不胜感慨万千。梅壶女御大概也感到宛如古歌所咏"往事回忆添苦楚"[01]，她眼看着就要落泪的模样，极其文雅而美丽，转过身去的姿态也袅娜可爱，真不愧是一位娇媚优美的女子。源氏内大臣心想："只可惜隔着帷幔不能直接亲眼目睹，实在遗憾啊！"他兴奋得那颗怦怦跳动的心几乎都要跳将出来，这种恶癖也着实讨厌。

　　源氏内大臣接着又说："回思往昔，生活上无忧无虑，理应可以悠闲度日的，但只因我生性好风流，以致苦恼不断忧伤不绝哟！我与许多女子有过牵强的恋爱关系，内心痛苦不堪，其中有二人，至死不能释怀而抱恨撒手人寰，一个就是你家已故的母夫人。她始终怨恨我薄情，直至辞世也不肯原谅我，这是我长期以来难以忘怀的莫大悲伤事。我这样竭尽全力照顾你，只盼获得些许慰藉，哪怕一星半点，奈何'情结燃烟诚难消'[02]，看来这可能已成为黄泉路上的孽障了。"还有另一个人[03]，他撂下没谈，就转换话题说："我人到中年时，惨遭贬黜，沉沦悲境，那时就想，有朝一日返京后，想要办的事情甚多，如今总算能够逐渐如愿做到了。住在东院的那位[04]，以前孤身只影艰难度日，怪可怜的，现在悠闲自在，无须担心什么了，我与她彼此知心，互相谅解，我们彼此可说是亲密无间了。我返京后，加官晋爵，还成为当今皇上的后援人。但我对荣华富贵不是那么深感兴趣，惟对风流韵事则难于自我控制。送你进宫时，我当了你的保护人，为人父母般地照顾你，要知道这是我付出了多么大的努力，压抑住我对你的恋慕，才办到的。不知你是否能体谅我的这份心思，如果你连哪怕是'真可怜啊！'这样的话，都不说一声，那么我的这番苦心真是白

---

[01] 此句引自《拾遗和歌集》，歌曰："相思泪似草叶露，往事回忆添苦楚。"
[02] 古歌曰："情结燃烟诚难消，盼君并蒂永逍遥。"见《源氏物语奥入》。
[03] 估计指的是藤壶皇后。
[04] 指花散里，她住在东院。

费啦。"梅壶女御觉得太可怕了，而缄默不回答。源氏内大臣说："瞧！还是不可怜我啊！"于是赶紧转换话头，接着又说："从今往后，我将静思如何安度余生，不再做留下愧疚种子的事，我想随心所愿，闭居佛堂，勤修佛事，为来世积德。只是回顾以往，我没有做出任何一桩辉煌的业绩，值得自己一生怀念，这毕竟是很遗憾的事。我目下有一个幼小的女儿，她距成人之日尚甚遥远，我不胜惶恐，诚恳拜托，想借助你的力量，期盼此女光耀门庭。我归天之后，还望你不弃小女并多予栽培为感。"梅壶女御答话的样子显得非常豁达开朗，然而好不容易只隐约听到她的一句话。她那姿影的确令人备感亲切，源氏内大臣聚精会神地倾听，心平气和地一直守候到日暮时分，接着又说："光耀门庭之奢望，暂且不去说它，眼下我最盼望的是，能够心旷神怡地尽情欣赏一年四季的变迁：各个季节的鲜花以及秋季的红叶，还有它们上方天空的景色。春季的花林，百花争艳，秋季的原野，千草萋萋，大自然旋荡的情趣孰优孰劣，引得千百年来各有所好的人们彼此争论不休。究竟哪个季节的景色最引人入胜，最令人赏心悦目，毕竟终无定论。在唐国的国土上，人们都说春花似锦，其美无比，而在我大和的和歌中，则咏'秋悲情趣更悠长'[01]。我们移目观赏春秋四时的景色，只为当时呈现眼前的美景而动心，至于花貌鸟语，难分优劣。我想至少要在自己狭窄的庭院里，栽种移植一些能够令人体味到各个不同季节情趣的春花树木、秋野千草，并养一些无人问津的山野昆虫，供你们各位观赏。但不知你对季节中的春季和秋季，喜欢哪一个呢？"梅壶女御觉得难以回答而陷入沉思，如若全然不答话，又觉不合适，于是说："这种问题古人都难以判断，更何况我们，能有什么特别的感悟呢。诚如您所说，四季景色各有千秋，没有孰优孰劣的问题，不过，古人云：'秋

---

[01] 此句引自《拾遗和歌集》，歌曰："春日只见花怒放，秋悲情趣更悠长。"

夕何以更眷恋'[01]，秋天傍晚的景色，不由得令我联想到自己与已故母亲
的缘分，宛如无常消失的露珠……"她那不得要领的谈吐，使源氏内大臣
觉得很可爱，情不自禁地咏歌曰：

> "同是哀怜恋秋景，
>
> 惟盼体谅我心情。

我每每有不堪思恋的时候啊！"梅壶女御对此无从作答，流露出难以理解
的神态。源氏内大臣想借此机会，向她倾泻满怀按捺不住的无尽爱怨，或
者更进一步做出乖僻之举。可是，转念又想，难怪她显得极其困惑的样
子，自己的花心蠢动也未免太不成体统。于是回心转意，仅发出一声叹
息，这时看上去，他呈现出一副安详的极其优雅的神态，可是梅壶女御只
觉得很讨厌，她悄悄地逐渐向后面退却，想躲进里间去。源氏内大臣对她
说："没想到你竟那么讨厌我呀，真正理解情趣的人，是不会这样表现
的。嗨，算了，今后可不要再恨我，你若恨我，我会很伤心的。"说罢起
身告辞了。他走后，薰衣香味犹存室内，梅壶女御连室内回荡着的这股香
味都觉得讨厌。侍女们一边将格子窗门关上，一边议论说："坐垫上留下
的余香，多么芳香呀！这个人怎么竟是各种美的化身呢，真不愧是'杨柳
嫩枝上绽放'[02]，津津诱人啊！"

　　源氏内大臣回到西厢殿来，并不立即走进内室，他陷入沉思，在靠近
门口处躺了下来。他命人将灯笼挂在远处，叫几个侍女在身旁侍候，并和
她们闲聊。源氏内大臣内心暗自察觉："自己那种咎由自取的乱伦恋老毛

---

[01] 此句引自《古今和歌集》第546首，歌曰："伊人无时不挂牵，秋夕何以更眷
　　恋。"
[02] 此句见《后拾遗和歌集》，歌曰："樱花兼具梅香囊，杨柳嫩枝上绽放。"

病，至今未改。"继而又想："向梅壶女御求爱这种事，与自己的身份实在太不相称了。昔日那桩乱伦恋，如若从罪孽极其深重可怕这点上看，远比这件事严重得多，不过神灵可能念我年轻，做事欠思虑以致犯了罪过，而宽恕了我。如今我怎能重蹈覆辙。"想到这些，又觉得随着年龄的增长，自己对此竟似乎有所醒悟，自我控制的能力增强了。

梅壶女御当时表现出仿佛深知悲秋情趣的模样，回答源氏内大臣说喜欢秋景，如今反思，深感后悔，也觉得很惭愧。她独自郁郁寡欢，甚至就像个病人。至于源氏内大臣，他斩断邪念一身轻，比以往更像是为人父母般地亲切照顾梅壶女御了。

源氏内大臣对紫姬说："梅壶女御心倾秋色，蛮有意思，而你则喜欢春晨的曙光，亦自有其道理。因此今后春秋四时季节，观赏花草树木，举办游乐事，亦当依你所好精心设计安排。我公务私事缠身，不能尽情欢乐，总想设法了却宿愿，遁入空门，只是不忍心让你寂寞度日，缘此内心惆怅不已。"

源氏内大臣还念念不忘居住在嵯峨山乡大堰宅邸内的那位明石姬，不知近况如何。但因自己的身份越来越高贵，出行也就越来越不易，难能轻装便行走访她。源氏内大臣心想："明石姬总觉得自己身份卑微，因此觉得人世间乏味无聊，只顾一味伤心，其实何苦那样自卑呢。但是另一方面，她又不愿意轻易迁居京城里的东院，不禁令人感到她也太任性了，不过自己还是很同情她的。"于是，源氏内大臣借口必须去嵯峨野佛堂念佛，于某日遂去访问大堰宅邸。

明石姬住在大堰宅邸内，日子越长越觉得凄怆。这样的环境，即使不是多愁善感的人，也不由得会感到凄凉，更何况纵令能相逢，也是辛劳重重的因缘。虽然明石姬也想到与源氏内大臣的宿缘匪浅，可是匆匆的相聚，徒增更多的心酸。源氏内大臣再怎么竭尽心力抚慰她，也止不住她的潸潸热泪，真令人束手无策。

　　透过葳蕤的树丛，可以望见星星点点的篝火，倒映在庭院里的流水上，闪闪烁烁，恍如萤火，颇有情趣。源氏内大臣说："这般住宅的景致，若不是在明石海湾看惯了，定会觉得珍奇。"明石姬吟道：

　　　　"篝火倒影如渔火，
　　　　　身似浮舟载寂寞。

我的忧虑一如既往啊！"源氏内大臣答道：

　　　　"只缘不解余思怀，
　　　　　心如倒影徒摇摆。

究竟是谁在忧愁悲伤啊！"源氏内大臣反而埋怨明石姬不体谅他的心思。近来源氏的心情稍得平静，能够专心修习佛法，常到嵯峨野佛堂来，作较长期间的停留。也许是由于这个缘故，多少能排解一些明石姬的愁绪。

第二十回

槿姫

在贺茂神社当斋院的槿姬，由于父亲式部卿亲王去世，为了守孝辞职移居别处。源氏内大臣向来有一种习癖：一旦钟情于某人，决不忘怀。缘此，他三番五次去信慰问槿姬。槿姬想起以前曾被他爱慕追求过，添了不少麻烦，因此没有给他作由衷的回信。源氏内大臣对此深感遗憾。九月间槿姬迁居桃园旧宅。源氏内大臣闻知，心想："姑母五公主也住在桃园宅邸。"于是借口探望五公主，前往拜访了槿姬。

　　已故桐壶院健在时，格外重视五公主这个妹妹，因此源氏内大臣对这位姑母至今还是很亲昵的，经常有文书往来。五公主与槿姬分别住在正殿的东侧和西侧。式部卿亲王辞世未多久，门庭却已呈现荒凉的氛围，令人感到一片凄怆沉寂。

　　五公主会晤源氏内大臣，并与他交谈。她的模样已老态毕露，经常咳嗽。她的姐姐三公主，即已故太政大臣的夫人、葵姬的母亲，至今毫无老相，显得年轻标致，令人羡慕。这位五公主则与姐姐三公主大相径庭，声音粗硬，显得不文雅。这可能是由于境遇不同所导致的吧。她对源氏内大臣说："桐壶院驾崩之后，我便觉得万事仿佛失去了依靠，随着日渐年迈，易于垂泪度日。如今连这位兄长式部卿亲王也弃我而去，使我更觉得存活于这无常的人世间，真是虽生犹如死啊！幸得你前来探访，使我顿觉忘却了一切忧愁。"源氏内大臣觉得这位姑母确实老态龙钟，他以敬老的口吻说："父皇驾崩之后，世间万事确实已面目全非。前些年侄儿我遭受不实之罪，被贬黜到人生地不熟的地方，茫然不知所措。不曾想到后来又获赦免，重返朝廷，忝列众臣之中，公务繁忙，几乎无闲暇之时。近年来很想常来问候，相互叙旧，并聆听教诲，却总是未能如愿，实在遗憾。"五公主说："哎呀，可怜哟！这世间的所见所闻，无不变幻无常，惟有老身依然故我，无所事事地活着。我每每多怨恨自己的寿命太长，然而今天看到你重返朝廷，欣欣向荣，又觉得我如若在你蒙冤遭难时就死去，那才不知有多么可惜哩！"她的声音颤巍巍的，接着又说："啊！你长得仪表堂堂。曾记得你童年时，我初次看见你，不禁大吃一惊，觉得人世间怎么竟有如此光辉照人的人。此后每次见到你，都觉得怪哉，怎么越长越美得出奇。世人都说当今皇上的长相酷似你，但我估计，不管怎么说他比起你来终归略逊一筹。"她呶呶不休地说，源氏内大臣觉得："哪有当面极尽溢美之辞赞扬人的呀！"可又觉得她那返老还童的天真劲儿蛮有趣的，于是回答说："前些年我沦落须磨山村，身受百般苦难折磨，整个人都憔悴了，相形之下，当今皇上容貌之俊秀，为古往历代帝王所无法比拟，确实是一位无与伦比的明君。姑母方才的那番估计差矣。"五公主说："不管怎么说，只要能经常见到你，我这风烛残年之身，也许还会延年益寿呐。托你的福，今天我的心情仿佛豁然开朗，把年迈之事全然忘却，对尘世忧患的悲伤也得以缓解了。"话音刚落，她又哭泣起来，接着又说："我好羡慕三姐啊！能招来你这样的女婿，得到亲切的照顾。这里的那位已故亲王，生前还时常后悔，没把女儿许配给你呐。"源氏内大臣觉得，这句话才稍许入耳。他承接她的话说："如若能这样做，亲密地经常来往，此刻的我该不知有多么幸福。可惜他们都疏远我。"他满腔的怨恨情绪，似乎都写在脸上了。

　　源氏内大臣朝向槿姬所住那边的庭院望了望，只见庭院里栽种的花草，枝叶尖梢呈现一派枯凋的景致，别有一番情趣。他想象着槿姬想必也在悠闲地观赏这景色吧，她那姿影该不知有多么温文尔雅津津诱人，他迫不及待地向五公主招呼一声说："今天前来拜访，也得顺便去探望一下槿姬，不然就太不近人情了。我这就到那边造访去。"于是告辞，并顺着外廊走到那边去。

　　这时已近傍黑时分，源氏内大臣走到槿姬居室前，透过深灰色包边的帘子，隐约窥见室内挂着黑色的帷幔[01]，令人感到凄怆。一股幽雅的薰衣香味随着微风飘忽过来，荡漾着无比感人的情趣。侍女们觉得让源氏内大臣在外廊的地板上候着，如此款待未免太失礼，于是请他到南厢房里就座，由一个名叫宣旨的侍女，代小姐酬酢。源氏内大臣深感美中不足地说道："让我坐在帘外，看来直到如今还把我当年轻人看待呀！可以说我敬仰姐姐已经年累月，变得苍老了，念在这无数功劳的分上，也该让我能自由进出垂帘围屏啊！"槿姬让侍女传言回答说："往事如烟，万事尽皆梦一场。如今恰似梦初醒，这无常的人世间，是否真实靠得住，我还在迷惑难解，你是否有功劳，且待我慢慢思考后再说。"源氏内大臣觉得人世间确实无常，她的这番话，不由得使他陷入沉思。源氏内大臣咏歌曰：

> "暗自期待神允迁[02]，
>
> 未能谋面已多年。

如今神灵允许你返回京城，你还有什么戒备的借口回避不见我呢！我也曾惨遭贬黜，历尽世间种种痛苦的折磨，千言万语积郁心中，惟盼向你倾诉，哪怕是一星半点啊！"源氏内大臣一副殷勤恳切的仪态，显得比以前更加潇洒俊美。尽管如此，从年龄上说，他比槿姬还是大了许多，不过，若就内大臣如此高位来说，他又显得过于年轻不相称。槿姬答歌曰：

> 世间哀愁纵悠悠，

---

[01] 服丧期间，所用的帘子、幔帐皆为深灰色或黑色。
[02] 指源氏暗自期盼槿姬自贺茂返回京城。槿姬自朱雀天皇时就在贺茂神社当斋院，侍奉神灵，她父亲式部卿亲王辞世后才返回京城。

违背誓言神必咎。

　　源氏内大臣说："啊！好可怜。过去的事早已被神风[01]刮跑了。"他说话的神态魅力十足。侍女中有人动情，天真地插话说："古歌中不是说'岂料神明未显灵'[02]吗？"庄重的槿姬听了这些话，只觉得很困惑。槿姬生性疏远色恋之道，随着年龄的增长，她越发谨小慎微，思虑深沉。她缄口不语，众侍女见状，急得不知怎么办才好。源氏内大臣深深地叹息说："没想到今天的造访，竟成了一场揶揄调谑。"说着起身告辞。他边走边说："年纪大了，就遭人讥讽啊！苦恋把我折磨成这副憔悴的模样，却遭她冷漠对待，连'而今'[03]也无法吟咏了。"众侍女只顾一味盛赞源氏内大臣的俊美。时令已是富有情趣的季节，天空一派清澄，众侍女倾听秋风扫落叶的声响，不禁想起往时住在贺茂神社时的情景，一幕幕饶有情趣的光景顿时浮现在眼前。那时源氏公子向槿姬倾吐衷肠的来鸿不时寄至，内中表露，时而意味深长，时而内心凄寂。侍女们回忆往事，彼此叙旧。

　　源氏内大臣满怀惆怅的心绪回到家里来，成夜愁绪翻跹未能成眠。清晨，源氏内大臣命人打开格子窗，他在窗前茫茫然凝望着朝雾中的景致，只见一处处枯萎的花草丛中，盘缠着无数的牵牛花，似开非开地绽放着，花色花香都已呈现枯萎衰颓的状态。源氏内大臣命人摘下一枝，送给槿姬，并附上一函曰："昨日受到明显的陌生人般的待遇，令我好难堪，你看到我受窘而归的背影会作何感想呢？我心中感到莫大的委屈呀，不过——

---

[01] 神风，原文作科户之风，科户（SHINADO）是日本神话中的风神，即级长户边神（SHINATOBENOKAMI）。
[02] 此句引自《伊势物语》第65段，歌曰："川畔被褫求心静，岂料神明未显灵。"
[03] 此语引自《住吉物语》，歌曰："而今君家门前过，惟盼垂青免蹉跎。"

牵牛花 [01] 容难忘记，

是否已过盛放期。

不管怎么说，我长年累月苦恋的这片心，你多少总会体谅的吧，我既绝望
却还抱有一丝期待。"槿姬看信，觉得对方遣辞稳重大方，用心良苦，如
若不作答，未免太不近人情。众侍女把笔砚等拿了过来，劝她复函，槿姬
答歌曰：

"深秋雾重攀篱笆，

似有若无牵牛花。

将我比作酷似牵牛花，不由得令人垂泪。"仅此寥寥数语，别无更深的情
趣，不知怎的，源氏内大臣捧读此书，读罢竟不忍释手。也许是因为看到
青灰色的信纸上，那清秀纤柔的笔致，美得令他着迷的关系吧。一般说
来，写作赠答歌这类事，往往会因作者之品位及其笔致之雅趣，当时觉得
格外醒目，令人感觉不到其缺陷，可是，事后传抄下来，有的令人看了会
紧锁眉头的。缘此，也许作者失之自以为是，在这里写下的许多歌中，不
尽妥善的想必很多。

　　源氏公子心想："自己现在如若像年轻时代那样地写情书，于年龄来
说很不相称。"回想起来槿姬对待自己一向采取不即不离的态度，以至至
今自己的心愿尚未能实现，确实是一大遗憾。可是自己怎么也不甘心，还
是要鼓足勇气，锲而不舍地继续追求她。为避人耳目，源氏公子独自居住
在二条院的东厢殿里，把槿姬的侍女宣旨唤来，与她商量办法。槿姬身边
的侍女一个个春心浮动，她们对一些不起眼的男性尚且倾慕，何况对源氏

---

[01] 牵牛花：日语语音作ASHAGAO，与日语汉字"槿"同音，亦指女子容颜的意思。

公子，更是赞不绝口，看样子不惜酿成大错呢。可是槿姬本人，年轻时代对风流韵事毫不动心，何况现在，双方年龄增长，地位也不同了，更得巍然不动。槿姬觉得："即使是偶尔逢场作戏，在赠答歌中吟咏草木，亦深恐世人会讥讽为轻薄之举。"源氏公子觉得槿姬的性情一如既往，无法相融洽，她那颗非同寻常的、一成不变的心，真是罕见，也令人感到愤恨。

这件事终于泄露了出去。世人纷纷议论说："源氏内大臣恋上前斋院了。五公主等人也高兴地说：'这是天生一对的良缘。'的确十分般配啊！"这些话传到紫姬耳朵里，她当时想："不至于吧，果真如此，他总不会瞒我的。"后来她仔细观察他的动静，察觉到他的举止异乎寻常，时而呈现一副若有所思的模样，时而茫然若失，魂不守舍。

她这才忧心忡忡地想："他果真在害相思了，可是在我面前还装作很忠实，谈起此事时就戏言搪塞过去。"又想："槿姬与我同样都是亲王血统，但她声望高，一向受人敬重。若公子的心偏向她，对我很不利。多年来我备受公子宠爱，无人可以与我比肩，我惯于享受荣华富贵，如今倘若被人压倒，岂不令人心伤！"她不禁悲叹，接着又想："真到了那时节，即使公子不至于不念旧情而与我绝缘，也必然会轻视我。我自幼受公子的关爱呵护，公子多年来关怀我的这份深情，势必逐渐淡化乃至飘渺……"她思绪纷繁，好生烦恼。倘若是一般小事，满可以向公子撒娇，埋怨他几句也就算了，可这是一桩事关重大的伤心事，不宜表露出来。源氏公子则总是愿意坐在窗前，茫茫然陷入沉思状态，而且住宿宫中的次数也多了起来。公子一得闲就埋头写信，写信仿佛就是他的公务似的。紫姬心想："世间的传言果然是真有其事。公子的烦恼也该向我透露才是，哪怕是一星半点呢。"她越想越觉得讨厌。

冬天来了，今年这段期间是皇室为师姑藤壶母后逝世的服丧期，宫中的祭神仪式等，一律不举办。源氏公子闲来无事，寂寞难耐，于是照例要前往造访五公主。时值黄昏时分，雪花纷纷扬扬，天空呈现一派艳丽的暮色景象，源氏公子穿着平日穿惯了的一身衣裳，得体优美，只是今天衣香薰得格外浓郁，装饰刻意讲究。易于动情的女子，哪能不为之倾倒。源氏公子出门终归得向夫人紫姬招呼一声，于是说："五姑母玉体欠佳，我想去探望她。"说着坐了下来，紫姬连看也不看他一眼，只顾在逗小女公子玩儿，从她的侧影望去，她的神色似乎异乎寻常。源氏公子说："你的情绪最近似乎有点怪，我并没有得罪你呀！只是想到'须磨海女勤烧盐'[01]，太熟悉了反而会不会产生陌生的感觉呢？因此特意离家而常住宫中，今天你又起什么疑心了吧？！"紫姬只回答一句："的确'过分熟悉'[02]反而痛苦更多啊！"说着她背过脸去躺了下来。源氏公子不忍心就这样离她而去，无奈自己已经通知五公主要前去造访，只好忍痛出门了。紫姬躺着，继续思忖："世上的夫妻之间，竟也会发生这样的事，真没想到。过去我的想法太天真了！"源氏公子虽然穿的是一身深灰色的丧服，但是色调与多层衬袍的搭配十分得体，非常协调，公子的姿影反而显得格外美观，在雪光的映衬下更觉艳丽夺目。紫姬目送公子的背影，心中暗自想道："如若那身影，今后真的离我越来越远……"她不禁感到一阵心酸，苦楚得难以忍受。

源氏公子只带几个亲信前驱，悄悄地前往。他对手下的亲信说："我除了进宫之外，已到了懒得走动他处的年纪了。只是桃园的五公主处境似乎很孤寂，式部卿亲王生前曾托我照顾她，她本人现在也曾请求我多加关照，确实也在理，看她怪可怜的。"源氏公子对侍女们也作了类似的表白，侍女们私下议论说："啊！公子那颗风流倜傥的花心依然如故呀，可惜是白玉上的瑕疵吧。会不会又要吹皱一泓春水呢？"

---

[01] [02] 古歌曰："须磨海女勤烧盐，过分熟悉反疏远。"见《源氏物语奥入》。

源氏公子如若从人们进出频繁的桃园宅邸的北门进去，未免显得轻率，他想从正门即西门进入，可是西门紧闭，于是派人前去通报。五公主本以为源氏公子今天不会来了，听见通报，吃了一惊，赶紧叫人去开门。看门人一副冷得哆哆嗦嗦的模样，慌慌张张前去开门，可是这扇门硬是难打开。这里除了他本人之外没有别的男仆人，他只好独自使劲地拽开，嘴里嘟囔着发牢骚说："整个门锁都锈住了，打不开呀！"源氏公子听了，觉得怪可怜的，不由得感慨地想："自己觉得亲王过世仿佛是昨日今朝之事，不觉间却似乎已近三年。尽管亲眼目睹感知世态无常，自己却始终未能舍弃这短暂栖身的人世间，还为四季的花草树木的色彩动心啊！"感慨之余，嘴里吟咏：

　　宅邸无常成蓬门，
　　纷纷降雪盖残垣。

良久，门好不容易才打开，源氏公子遂进门探访。

五公主一如既往，闲聊往事，话匣子一经打开，就不得要领地滔滔不绝，谈个没完。源氏公子只觉索然无味，听不进去而直犯困。五公主也打哈欠了，她说："天一黑就想睡，话也说得不利索啦。"话音刚落，不大一会儿，就响起怪怪的鼾声，源氏公子喜出望外，赶紧起身告辞。刚要迈步，只见另一个老太婆边清嗓子边迎面走了进来，扬声说："不好意思，想必您是知道我在这里的，我还静候您来看我呐。莫非您早就不把我放在世人的行列里了？桐壶爷在世时，总喜欢揶揄地叫我'老祖母'呐。"她自报姓名，源氏公子也就想起来，原来此人以前叫源内侍之助 [01]，虽然听说她后来当了尼姑，成为五公主的弟子，在这里修行，但是

---

[01] 即本书第七回《红叶贺》中提到的典侍，是内侍司的次官。

没有想到她至今还活着。源氏公子心想："我从未曾有过寻访她的意思。"可她自作多情，真是毫无办法。源氏公子说："父皇在世时的事，早已成为陈年旧话了，朦胧地忆起当年的往事，不禁令人感到孤寂。今天我很欣喜，能听见你的声音，请你把我看作'病倒旅人丧怙恃'[01]，多加关照吧。"说着源氏公子凭依而坐，他那姿影越发引得这位老妪怀念昔日的风采，她依旧装出一副风骚的姿态，虽然由于牙齿脱落以至嘴形变得干瘪，可她还硬装出一副娇声嗲气妖媚十足的模样，似乎有意要与公子调情。她搭讪说："常道他人丑老朽。"[02] 并不觉得难以为情，仿佛现在才突然老起来似的，源氏公子不禁苦笑，但回过头来又觉得这个老妪也怪可怜的。源氏公子回想起她年轻的时候，宫中有多少女御和更衣争宠斗智，如今这些人中有的早已撒手人寰，有的已变得不成样子，落魄潦倒毫无生趣，其中像师姑藤壶母后等盛年仙逝者，实在可悲可叹！还有已是风烛残年余命无多，情趣又不怎样的人，却能漫长地存活于世间，悠然度日。如此看来世间万事无定，世态无常啊！想到这里，不由得悲从中来，脸上露出感慨万千的神色。源内侍之助老妪竟误以为源氏公子为她动心，于是兴致盎然地咏歌曰：

岁月流逝情难忘，

祖母一语犹在耳。[03]

源氏公子听了，感到厌恶，勉强答歌曰：

---

[01] 古歌云："片冈山上旅人行，饥肠辘辘卧不起，丧失怙恃哀戚戚。汝无荣华无贵籍，饥寒交迫卧倒地，旅人可怜诚可怜！"见《拾遗和歌集》之圣德太子长歌。
[02] 古歌云："常道他人丑老朽，曾几何时成自羞。"见《源氏释》。
[03] 此歌是仿《拾遗和歌集》中的一首歌而作，歌曰："念父之父情所牵，非子之子不探访。"

> "身在他界犹盼待,
>
> 父母恩情难忘怀。

情义确实靠得住嘛。日后再叙谈吧。"说罢起身告辞。

　　坐落于西面的槿姬的居室,虽然已经把格子窗门关上了,不过,如若表示不欢迎源氏公子来访,也显得不合适,因此保留一两扇窗还开着。这时明月初升,照耀着庭院里的一层薄薄的积雪,冷月白雪两相辉映,呈现一派颇具风情的夜景。源氏公子回想起方才那位老姬卖弄风骚的姿态,不由得联想到俗话说:"丑态莫过老化妆,腊月寒冬难掩藏。"从而觉得十分滑稽。这天晚上源氏公子的态度格外认真,他恳切地央求槿姬说:"恳求你不要通过侍女传言,而直接回答我,哪怕说一句'我讨厌你'也罢,我也可以从此断绝这个念头。"可是,槿姬方面则认为:"昔日他和我彼此都年轻,一时稍许犯些过错,世人也会宽容,再加上父亲也重视他。然而那时自己尚且觉得可耻、不成体统,何况如今,风华正茂之年早过,怎能直接和他答话,哪怕是一声呢。"她的芳心巍然不动。源氏公子大失所望,内心无限怨恨。不过,槿姬也不过分让对方难堪,以至失礼,她依然让侍女传达她的答话。这时,夜色深沉,寒风凛冽,一派凄怆的光景,源氏公子触景伤情,悄然揩拭感伤的落泪,咏歌曰:

> "无情苦头虽尝尽,
>
> 愁上浇愁心脾沁。

令人好伤心啊!"语气颇强烈。侍女们照例对源氏公子深表同情说:"真可怜啊!"槿姬只好传言,答歌曰:

"而今何由来相见，

传闻怨尤君心变。

我无意改变既往初衷。"源氏公子无计可施，着实满怀诸多怨恨，郁悒欲归，心情活像个渔猎姿色而不得的年轻人。他对侍女们说："今天的这般情状，世人如若知晓，势必成为笑柄，请你们务必保密，一定要如古歌所云'莫露我名答不知'[01]，我这厢熟不拘礼地拜托了。"接着又与她们窃窃私语，不知都在谈些什么。只听见侍女们相互议论说："唉！真太对不住人家啦，不知小姐为什么如此绝情地对待他呀。他并没有露出轻佻之态嘛，太受委屈了。"

　　槿姬并非不解源氏公子人品之优越、情感之丰厚，不过她觉得："如果我对他表示好感，他肯定以为我无异于世间一味盛赞他的寻常女子，而且我浮动的春心势必被他看穿，在他那堂堂英姿的相形之下，会显得多么羞耻呀。因此，对他决不可流露出亲切、倾慕之情。充其量只能在收到他来信时，作些无关痛痒的回复，保持若即若离的关系，或施以传言答话的接待，掌握在不失礼的火候上。更重要的是，自己身为斋院，近年来却疏于佛事。为消除罪孽，也得勤于修行才是。"槿姬虽然决心出家修行，可是如若现在突然与他断绝关系，毅然出家，看上去反而不自然，活像装模作样，势必招来世间的流言蜚语。她深知人言可畏，即使对近身的侍女，也不轻易吐露真情，处事谨小慎微，逐步专心致志准备修行事宜。她有许多兄弟，但都是异母兄弟，彼此关系相当疏远，在这宅邸里的生活境遇也日渐落魄孤寂，恰在此时，有像源氏公子这样的贵人，诚恳而亲切地前来

---

[01] 此句引自《古今和歌集》中第1108首和歌，歌曰："若问犬上鸟笼山，莫露我名答不知。"

关照，宅邸内的人们无不袒护公子，几乎都站在公子一边。

源氏公子恋慕槿姬虽然还没有达到神魂颠倒的地步，不过，槿姬对他采取冷漠态度，使他颇感意外。可是，要他在情场纠葛上就这样认输而作罢，他自己又不甘心。世人评价源氏公子人品优异、威望高重，无可挑剔，待人接物通情达理，分寸拿捏得当，他自己也觉得自己比起年轻时代积累更多的经验了。如今到了这样的年龄，还四处拈花惹草，难免被人揶揄，可是就此罢休空无所获，岂不更会被世人耻笑。他思绪万千，不知如何是好。

源氏公子已经多日没有回二条院歇宿，因此紫姬思念心切，宛如古歌所云："岂知恋苦人消沉。"她竭力强忍，可有时还是按捺不住哀怨的泪珠直往外流。源氏公子见状，对她说："怪哉，你的脸色与往常不一样，你怎么了？！"说着抚摩她的秀发，传送着一股脉脉的温情，这般恩爱夫妻的神采，恐怕连作画也难以描绘出来。源氏公子又说："藤壶母后仙逝之后，皇上一直忧伤，深感孤寂，看了实在可怜，再加上太政大臣撒手人寰，一时无适当人选可委任该职，政务繁忙，我不得不常在宫中居住，好几天没有回家来，你可能不习惯而埋怨我，这也是情有可原的。不过我现在已不像从前那样春心浮动了，你大可放心。你虽然已成熟，是个大人了，但还是不能体谅人，不能明察我的心情，在这点上还是带有孩子气，很可爱啊！"说着替她整理一下她那掺和着眼泪的额前秀发，紫姬越发撒娇，把头拧向一边沉默不语。源氏公子说："哦！你这股孩子脾气，不知是谁培养的。"公子心中却在想："人事无常，生死难料，连紫姬与我也心有隔阂，真令人伤心！"源氏公子沉思了好大一会儿，接着对她说："近来偶尔与槿姬略有交往，你大概对我又起疑心了吧，那是你太过虑了，日后你自然就会明白的。槿姬这个人，生性一向孤僻，与人疏远。我每每在郁闷无聊之时，给她写封信，不过向她开几句玩笑，使她感到困惑而已。她最近闲来无事，偶尔也给我复函，当然只是敷衍几句，没有什么值得向你叙说的，你无须多虑，要把情绪扭转过来才好。"这一天源氏公子成天在紫姬身旁取悦并安慰她。

鹅毛大雪纷纷扬扬，积雪已经很厚，此刻还下个不停。日暮时分，观赏雪中的松与竹那各有千秋的丰姿，别有一番风情在心头。雪光映衬下的源氏公子和紫姬的身影，越发光彩照人。源氏公子说："四季景物的风情，烂漫的春花和茂盛的秋季红叶固然令人心旷神怡，但是寒冬的月夜里，冷月寒光照耀下的白雪映衬着清澄夜空的景色，虽然无色彩，却更觉沁人心脾，甚至令人联想到另一个世界。其情趣、哀愁都达到了极致。昔日有人说，寒月败兴，真是见地浅薄呀。"源氏公子命侍女将帘子卷起。只见月光普照，大地一片白茫茫，庭院里枯萎草木的残影令人可怜，小溪流水也已冻结，不流淌了，池塘冰封水面，呈现一派凄怆的景色。源氏公子便命女童们下到庭院里去滚雪球。在月光映照下，女孩们的姿影格外可爱。其中有几个年龄稍大些举止较稳重的女孩儿，随意地乱穿着色彩斑斓的童装外衣，腰带也邋遢地系着，这身值宿的装扮也很艳丽，尤其是披着那头长长的黑发，在庭院里一片白茫茫的雪地映衬下，格外醒目。幼小的女童孩子气十足，活蹦乱跳四处奔跑，连身上装饰的扇子等掉落也没察觉，一味热衷戏耍，那天真烂漫的模样可爱极了。雪球越滚越大，女孩们还想滚得更大一些，可是已经无法再推动，她们为此而犯愁。那些没有下去玩雪的女孩儿，聚在东面旁门的廊檐下，挤来挤去，有的为庭院里的伙伴们心焦，有的笑盈盈地在观看。

源氏公子对紫姬说："前年藤壶母后曾命人在庭院里堆一座雪山，这本是世间一桩寻常的游戏，但这主意是出自母后所思，它就成了稀罕而有趣的风流韵事了呀。每逢四时佳节，举办游乐之时，自然就会想起母后英年早逝，不胜万分惋惜。母后总是异常谨慎，因此我没有机会亲近她，仔细观瞻她的容颜。不过，每当她驾临宫中，她总是把我视为可信赖者。我也诸多仰赖母后，遇事总愿意与她商量。她待人处事总是不张扬，不炫耀自己的才气，但她所说的话或出的主意都是恰到好处的。就算是区区小事，她也处理得妥妥帖帖，无懈可击。如此精明能干的人，世间还能找到吗？！她温柔腼腆，善于深谋远虑，她的贤惠是世间无与伦比的。惟有你这个紫，不管怎么说，与她的血缘最近 [01]，只是有些多心，宽容包涵不足，这是令人烦恼的。至于前斋院槿姬的气质，又属于另一类人，可于寂寞无聊的时候，互通音信，海阔天空闲聊一些无关紧要的话。不过我也得相当谨慎。如此圣洁优雅的人，当今恐怕只剩她一人了。"紫姬说："那么那位尚侍胧月夜，既有才，趣味又高雅，人品优秀，不像一个轻浮的女子，可是奇怪的是，怎么竟有风流韵事流传呢？"源氏公子回答说："是啊，若论姿容艳丽的女子，可称得上非她莫属。至于风流韵事的传闻嘛，我觉得自己对不起她，每想起来，只觉后悔的事甚多。但凡轻浮好色的风流男子，随着年龄的增长，觉着遗憾的事就越多。我自以为比别的男子稳重得多，尚且如此……"提起尚侍胧月夜，源氏公子情不自禁地掉下了几滴眼泪。接着又谈到明石姬，源氏公子说："那位山村女子，身份卑微，受人轻蔑忽视。不过，她虽然身份低下，却深明事理，只是由于自己出身不如别人高贵，反而自恃更高，这不能不说是一种瑕疵。我还没有遇见过身份过于低微的人。不过出类拔萃格外优秀的女子，在这世间也很少见。东院里的那个孤身只影凄寂度日的人 [02]，性格始终不变，倒也自有其可爱之处。那也是很难做到的啊！想当初她那份谦恭沉稳的气质，令我一见钟情，直至今天她依然如故，谦恭安分地度送岁月，到了现在我们彼此已无

---

[01] "紫"既指紫姬也指当时最高贵的紫色，蕴涵无上赞美的意思。紫姬是藤壶皇后的侄女，两人有血亲关系。

[02] 指居住于东院的花散里。

法分离，我越发怜爱她。"源氏公子和紫姬两人，共叙往昔与现今的种种事情，直到深夜。月色更加明亮，万籁俱寂，情趣深沉。紫姬吟道：

> 冰封池塘溪流冻，
> 清澈月影独行空。

她略微侧着头朝外看，那姿态分外妖娆，无与伦比。她头上插着簪子的姿影和容貌酷似源氏公子所恋慕的藤壶母后，源氏公子忽然觉得母后的幻影与紫姬的身影重叠，着实楚楚动人。于是，他对槿姬的爱慕之心，多少也收了回来。恰在此时，传来了鸳鸯的啼鸣。源氏公子吟道：

> 雪夜缅怀昔日情，
> 鸳鸯哀鸣更添愁。

回到寝室就寝后，源氏公子依然思念着藤壶母后。在似梦非梦的恍惚中，他隐约看见藤壶母后出现在眼前。她满面哀怨，说："你说决不把隐私泄漏出去，然而丑闻终于无法隐匿而被世人所知晓，令我在冥府深感羞耻和遭受磨难，我好生痛苦啊！"源氏公子想回答，可是仿佛遭梦魇，说不出话来，而只顾呻吟。紫姬说："哎呀！你怎么了？！"这说话声惊醒了源氏公子，公子睁开眼，看不见藤壶母后，痛惜万分，按捺不住内心的忐忑不安，待到平静下来时，方才梦中的泪水，此刻更情不自禁地又潸潸不止，濡湿了袖口。紫姬担心地问道："这是怎么回事？"源氏公子却呆若木鸡地躺着，良久才咏歌曰：

> 惆怅冬夜难入梦，

絮语缠绵恨梦短。

　　源氏公子因梦断难续而心生悲伤。翌日清晨，早早起身，不声不响地只顾命各处寺院诵经拜佛。源氏公子心想："梦里她埋怨我使她在冥府里遭受磨难，回想起来确实也是这样。藤壶母后生前勤于修行，一切罪孽似乎也减轻了，惟有这桩隐私，使她无法洗清自身染上的世间污秽。"源氏公子反复深刻地思考着因果报应、六道轮回的道理，想象着她来世投胎的困苦，内心感到无上悲伤。心想："如何才能设法拯救她脱离苦海？怎样才能到那陌生的冥府寻觅到她，代她受罪呢？"源氏公子缜密地思来想去，却又存在戒心，生怕公然为藤壶母后举办法事，会引起世人的怀疑，且冷泉天皇会不会从烦恼的思绪中，转向多心揣摩而有所察觉呢？缘此，只好一心专念阿弥陀佛，祈求佛爷保佑往生极乐世界，能与藤壶母后同坐莲花台之上……这正是：

　　　　怀念故人欲探寻，
　　　　冥府迷茫无踪影。

　　这大概又是依恋尘缘，以致苦海无边了。

源氏物语

源氏物语

叶渭渠 唐月梅 译

〔日本〕紫式部 著

目 录

第二十一回

だいにじゅういっかい

少女

岁月更新，光源氏是年三十三岁。倏忽间已至三月，藤壶皇后一周年忌辰业已过去。朝野臣民都脱下深灰色的丧服，换上通常的服装。到了四月一日更衣的季节里，满朝官员衣冠楚楚，令人眼花缭乱，更不用说四月中旬的酉日，举行贺茂祭时，晴空万里，人们神清气爽，惟有前斋院槿姬无事可做[01]，每每陷入沉思，孤寂度日。陪伴她的年轻侍女们，望见庭院里的桂树枝叶随风摇曳，感到格外亲切，回想起小姐当斋院时的情景，十分怀念[02]。源氏内大臣来函致候："今年贺茂祓禊之日，想必清闲安逸吧。"并赠歌曰：

> 昔日祓禊河岸边，
>
> 而今脱孝得悠闲。

信是写在紫色的信笺上，采取正式的立文[03]格式，将情书折叠打结，系在藤花枝上送去。来函格式令人深切地感到合乎时宜，因此槿姬答歌曰：

> "刚觉服丧是昨日，
>
> 倏忽脱孝变今时。

时光流逝可谓无常啊！"仅此而已。源氏内大臣照例颇感亲切地阅览。到了槿姬脱除丧服之日，源氏内大臣送去了无数高贵的礼物，件数之多几乎让人无处可放。礼物交由侍女宣旨代转，槿姬感觉甚是难堪，流露出退回

---

[01] 过去槿姬当上斋院侍奉神灵，每逢贺茂祭，忙得不可开交，自从去年不当斋院回家后，无所事事。

[02] 举行贺茂祭时，场面上必用桂枝叶装点，或将桂枝叶插在衣冠上，因而侍女们触景生怀念之情。

[03] 立文（TATEBUMI）：正式书信的形式之一，将写好的情书折叠打结。

的意思。宣旨心想："倘使这些礼物上附有语气怪异的情书，退回去倒也在情理之中，可是并没有……何况小姐当斋院期间，源氏公子也时不时地公开赠送礼物，确实是一片诚心的问候，哪能随便找什么借口回绝人家呢！"她觉得十分为难。

逢年过节，源氏公子也总是给五公主那边赠送礼物，五公主由衷感激，着实夸奖一番："刚觉得不久前这位公子还是个孩童，不想倏忽间竟已变成大人了。他知书达礼，关照周全，再加上容貌俊秀，气度非凡，心地又这么善良啊！"引得年轻的侍女们都笑了。

五公主见槿姬时，每每对她说："那位源氏内大臣倾心于你，并非始于今日，你父亲式部卿亲王健在时，因你当上了斋院，他为不能拥有这样一个女婿而深感遗憾，经常愁叹地说：'我好不容易定下的打算，女儿却偏偏不从总要摆脱。'每说此话，不免心中怅怅。当然，已故左大臣家的葵姬在世时，我惟恐得罪三姐三公主，故不曾劝你。如今这位身份高贵不可动摇的正夫人已经过世，依我看，现在由你来做填房，再合适不过，没有什么不好的。再说源氏内大臣也恢复了老样子，诚恳地向你表示爱慕之情，我认为这正是天赐良缘，何乐而不为呢。"槿姬对她这一套倚老卖老的言辞不感兴趣，回答说："已故父亲式部卿亲王健在时，总认为我就是这样一个脾气倔强的人，我一向如此。事到如今，要再回过头来追随世俗，我觉得太不像话了。"槿姬似感羞耻，神态凛然，五公主也就不再勉强劝说下去。槿姬觉得这宅邸内上下的人们都袒护源氏内大臣，她十分担心会不会有人从中充当搭桥的使者呢，自己得多加戒备。至于源氏内大臣本人，一味尽心竭力，表示忠诚，耐心地等待着槿姬的动心，并没有强求以至伤害她的意思。

源氏内大臣与葵姬所生的小公子夕雾，今年已十二岁，源氏内大臣急于为他举办元服仪式。本想在二条院举行，但夕雾的外祖母太君很想在自家宅邸举办，以亲睹这一仪式。太君这要求自然合乎情理，不可悖违，以免使她伤心。于是，源氏内大臣便决定在已故太政大臣邸内举行。夕雾的大舅右大将[01]和小舅等人，都是公卿大臣，深受朝廷的信任，他们就成了主办仪式者，各自争先恐后地抢着备办丰厚的贺礼以及关照诸多事宜。社会上的一般人也都很重视，兴师动众异常热闹，仪式办得相当隆重。

源氏内大臣本想封夕雾四位官爵，世人也都料定如此。但是，夕雾还年幼，还处在任性的阶段，若让他一跃就登上四位，反而会被人认为这是权臣的惯技。因此，源氏打消了此念头，决定封他六位，穿浅绿袍，仍特许上殿。夕雾的外祖母太君闻知此消息，极为不满，认为这真是意外之事。她有如此想法也着实难怪，深可同情。这位外祖母遇见源氏内大臣时，提及这件事，源氏内大臣便向她解释说："说实在的，我也曾想过，现在这个时候就给他举行元服仪式，强行令他装成成人是否合适，我倒是希望他暂时入大学寮[02]，专攻学问两三年。在这期间，只当其未成年。日后学业有成，自然能独当一面，为朝廷效力。回想起我幼少时期，生长于九重深宫之中，不知天高地厚，不解世态深浅，昼夜侍候于父皇左右，所读之书亦甚少。尽管承蒙父皇言传身教，但由于处在心气不足的年龄，缺乏修养，因此无论在专攻学问方面，或抚琴吹笛方面，功夫都不到家，有许多地方都不及他人。世间难得有贤能的儿子超越愚钝父母的先例，考虑到遥远的未来，我深恐一代不如一代，彼此水平相去甚远的局面传承下去，缘此，我打算让夕雾多些钻研学问。一般说，高贵人家的子弟，如若随心所欲地加官晋爵，炫耀荣华，骄奢成习，势必把钻研学问视为艰辛的迂回曲折之路，是劳苦身心之事，从而望之却步。此等子弟，如若只顾沉湎于吃喝玩乐，却能随心所愿地登上高官位阶，那么趋炎附势者定会口蜜

---

[01] 这位右大将即原来的头中将，后来由权中纳言晋升为右大将，是葵姬的兄长。
[02] 大学寮：实行律令制时代培养贵族子弟成为官吏的学院，或掌管此事的机关。

腹剑，在内心耻笑他，但表面上却采取阿谀奉承的态度，以取悦于他。这期间高贵人家的子弟自然自以为了不起，非同凡响。然而一旦时过境迁，父母亡故，丧失了后台，家运衰颓，一落千丈，此人就会被世人所轻蔑侮辱，乃至无置身之地。如此看来，为人总须以学问为根本，并须具备大和魂[01]，受世间的器重，方能称得上世间的强者。从眼前看来，我所采取的措施，虽然需要漫长的岁月，也许会令人着急，但是能勤修学问，养精蓄锐，将来成为天下的栋梁柱石，那么为父者即使撒手人寰，也无后顾之忧。目前夕雾虽然没有什么显赫的功名，但在我的关照下，这期间我想不至于会被人讥笑为大学寮的清贫书生吧。"

听了这番述怀之言后，太君不禁感叹，她说："言之有理，你的这番深思远虑，的确很好。不过这里的右大将等人认为封夕雾六位，未免太低就，而有微词呐。夕雾这孩子也很不高兴，他向来瞧不上右大将和左卫门督[02]家的表兄弟，认为他们都比不上自己。可是这些被他瞧不起的表兄弟们，竟一个个获得加官晋爵，出人头地，惟有自己至今还在穿浅绿袍，他心中觉得十分委屈，看了也着实可怜啊！"源氏内大臣听了笑着说："了不得呀！这孩子也懂得怨恨我了。不过，他依然还是个稚气十足的天真孩子。"源氏内大臣觉得夕雾非常可爱，接着又说："多研习些学问，待到多懂些人情事理之后，这些怨恨自然就会逐渐消除。"

源氏内大臣为了让夕雾多读点书，便命夕雾入大学寮研习汉学，这就需要给他举行取表字[03]的仪式，仪式就在二条院附近的东院内举行。公卿大臣们和殿上人等都觉得举行这种仪式很稀罕，争先恐后地前来参观。那

---

[01] 大和魂（YAMATOTAMASHI）：即学问以外之才，应用之才，处世才能。所谓"学才"在当时是指汉学的才能。

[02] 这位左卫门督是右大将之弟，夕雾的小舅。

[03] 在中国，成年人有取表字的习惯。当时日本学习中国，进入大学寮的学生，每人须取个表字，办法是，从姓上取一个字，再加上一个中国式的字，比如文屋康秀，字文琳。

些儒学文章博士看到如此富丽堂皇的场面，可能有点怯场吧。源氏内大臣说："希望大家不要客气，应该按照儒学家家中举办仪式的惯例，一丝不苟，严格执行。"儒学博士们这才强作镇静，装出一副泰然自若的模样。有几个人穿着借来的装束，于体形不合适，呈现奇形怪状，他们也不觉难以为情。他们的神采、说话的声调循规蹈矩，煞有介事地逐一入场，排成一排就座，现场的一切，他们都是见所未见，似乎颇感新奇。年轻的贵公子们看到这番情景都忍俊不禁。

实际上，主办者事先已做好布置，务必不要露出粗俗之相，仪式上的接待人员，都挑选些老成稳重者充当，让他们端着酒瓶等敬酒，可是儒家的礼仪另有一套，因此，右大将和民部卿等人虽然谨小慎微，手里端着素陶酒杯，但终究还是不合乎礼法，不时被儒学博士严加斥责，一贬到底。有一儒学博士斥责说："尔等乃奉陪者，未免太不懂规矩！尔等在朝为官，竟然不知我等乃著名儒学者，实在糊涂到家可笑之极。"众人听了这种语气，无不噗嗤地笑出声来。儒学博士又斥责道："不许喧嚣，安静！太不守规矩，应立即离席退下！"这种威吓，的确也很滑稽。没有进过大学寮的人，不曾见过这种仪式场面，都觉得很稀罕，饶有兴味，而大学寮出身的公卿大臣们，懂得此道，神采飞扬地露出得意的微笑。他们看到源氏内大臣尊崇学问，并引导儿子立志钻研此道，诚然可庆可贺，并无限尊敬他的高远见识。

在座的人稍有私下说话者，立即被儒学博士们制止，并被斥为没礼貌、粗鲁之举。夜幕降临，灯火通明，严厉呵斥人的儒者们的脸庞，在明亮的灯光照耀下，一个个活像猿乐[01]中的滑稽小丑，瘦骨嶙峋，一副古怪

---

[01] 猿乐（SARUGAKU）：又称"申乐"，是日本古代、中世表演艺术之一。能乐和狂言的源流。平安时代猿乐和散乐内容几乎相同，镰仓时代增加了模仿和歌舞的要素，成为寺院、神社祭典的表演艺术，并由此诞生专业的艺术组织，具有一定的垄断权（猿乐座）。室町时代，成为"能"的同义词。

寒酸相，不甚雅观，真是形态各异其趣，非同寻常。源氏内大臣说："哎哟！真可怜，我这顽固不化之身，行将遭受严厉的斥责吧。"说着躲进帘内，隔帘观看外间的情景。

大学寮的有些学子来晚了，仪式场内的坐席有定额，都坐满了，没法子挤进去，便想退下回家。源氏内大臣听说此事，旋即留住他们，邀请他们到钓殿[01]那边坐下，还特地赏赐他们诸多物件。

仪式举行过后，源氏内大臣召集众儒学博士和高才生们继续赋诗。精通此道的公卿大臣和殿上人，也都受挽留参与此行列。文章博士们作四韵八句的律诗，其余一般人包括源氏内大臣、诸公卿大臣和殿上人等都作五言或七言的绝句。由文章博士选择富有情趣的题目。短暂的夏夜，倏忽天色已大白，于是开始讲释诗篇。左中弁担任讲师。此人长相眉清目秀，声音清晰响亮，他以庄严稳重的口吻，扬声朗诵诗篇。他那神采飘逸的姿态，着实饶有情趣。他真不愧是一个声望高、造诣深的儒学博士。

夕雾生长在这样一个高贵的人家，可以享尽人世间的荣华富贵，却能立志刻苦求学，他所作的诗句，能引经据典，借用种种故事，诸如夏天对窗边的萤火虫光感到亲切，冬天对树枝上的积雪映衬出的雪光感到亲昵[02]等等，映现出立志勤奋钻研学问，矢志不渝，字字句句富有情趣，十分优秀，大获人们的盛赞。人们甚至认为他的诗作即使传到唐国，也不愧为一代名作。

源氏内大臣的诗作自不待言，诗中充满为人父母热切关爱子女的真情，格外感人肺腑，以至吟诵者无不感动得落泪，引得人们争相吟咏。女

---

[01] 钓殿（TSIRIDONO）：水榭。寝殿式建筑中，建于东西厢房向南延伸的中门廊尽头面临水池或泉水的建筑物。可供垂钓用。
[02] 此为唐朝李翰撰《蒙求》中"孙康映雪，车胤聚萤"的典故。晋朝车胤家贫，无钱购油点灯，遂用袋子聚集萤火虫，借助萤火虫光，刻苦读书。贫苦的孙康，也是借助雪光刻苦求学的。

流作者才疏学浅，岂敢妄谈汉诗文，为免招来厌烦故而从略。

　　源氏内大臣继续为夕雾入学之事做准备，他在二条院的东院内，给夕雾设置一房间，并请来一位才学渊博的老师，认真指导夕雾钻研学问。夕雾行过元服仪式之后，几乎没有到外祖母身边去。老人家疼爱外孙，日日夜夜尽心竭力关照入微，总把夕雾当婴儿般来呵护，难免影响他专心学习，缘此，他自然需要静居东院一室。每月只许他去探访外祖母三次。

　　夕雾闭居在东院一室，郁闷得难以忍受。他想："父亲管我过于严厉了。我本应不须如此勤学，也可以受到重用升官晋爵的嘛。"心中不免有些怨恨。然而，夕雾毕竟生性忠实勤快，并无轻薄浮躁之气，还是颇能含辛茹苦的。他决意将应读之书籍尽早读完，早日加入群臣的行列，堂堂正正地立身处世。果不出所料，经过四五个月的刻苦学习，终于读完了《史记》等书籍。

　　源氏内大臣觉得，现在夕雾已可以应大学寮的考试了。他首先让夕雾在自己面前预试一下。届时照例请来右大将、左大弁、式部大辅、左中弁等人，还请那位老师大内记[01]到场，由大内记抽出《史记》中一卷卷高难度的，估计正式考试时，文章博士会提到的段落，让夕雾通读一遍。夕雾畅通无阻地朗朗上口，各个章节的学说要点、疑问或优秀之处，他都能心领神会，朗读时的抑扬顿挫、分寸掌握皆恰到好处，令在座的诸位监试者不禁感到震惊，赞叹他真是个天才，一个个感动得落泪。夕雾的大舅右大将就更不用说了，他感叹道："倘若已故摄政太政大臣尚健在，该不知……"话音刚落不由得哭泣了。源氏内大臣也按捺不住激动的心情，说道："迄今旁观他人的情状，只觉得寒碜，如今轮到自己，一样是随着孩子长大成人，父母相应地日渐昏聩，这是人世间之正道啊！我等尽管还不

---

[01] 内记（NAIKI）：属中务省，主管起草诏命等、记录宫中一切事务的文官，分大、中、少各二人，选取能文善写者担任此职。

到那样的岁数……"说罢也不由得揩泪。老师大内记看到这番情景，以为自己教导有方，不禁暗自欣喜，觉得脸上有光。右大将给大内记敬酒，老师喝得酩酊大醉，他那脸庞非常瘦削。他是个闻名的性格孤僻者，才学出众却无人赏识，孤身只影，贫困度日。源氏内大臣赏识他那渊博的才学，特聘请他来任教。他获得过分优厚的待遇，觉得承蒙源氏内大臣的恩德，使他顿时仿佛变了另一个人。况且夕雾日后平步青云，他还可以享受无上的眷顾呢。

参加大学寮考试当天，满朝公卿大臣几乎都到了，车辆云集大学寮门前不计其数。无数人员极其珍重地侍候着冠者[01]夕雾公子进考场。夕雾的仪表既高贵又俊秀，此刻在这里与一般学生夹杂在一起，实在太不协调了。先前参加取表字仪式的那些怪模怪样的儒者们也都来了，让夕雾在末席上就座。夕雾内心颇感委屈，这确实也在情理之中。这里也像先前取表字仪式时一样，有些在场监考的儒学博士，不时扬声斥责，实在令人感到不愉快。不过夕雾丝毫不受影响，从容不迫地朗读完毕。

此时正是大学繁荣昌盛的时节，不由得让人联想到昔日的全盛期。上中下各阶级的人们竞相崇尚此道，潜心追求学问。缘此，人才、贤能者辈出。夕雾此番应考文章生、拟文章生[02]等，全都顺利及第。因此今后老师和学生夕雾，双双只须一味潜心钻研学问了。

源氏内大臣不时在邸内举办诗会，文章博士、学者们都应邀前来参加，他们可以施展才华，并获得优厚待遇。总之，各路贤才，只要有真才实学，都能各得其所，充分发挥才干，获得社会的承认，真可谓是学术繁荣的时代。

---

[01] 冠者：举行过元服仪式，六位而无官者。
[02] 在律令制的大学里学习纪传诗文，经大学寮考试及第者称"拟文章生"。拟文章生进而经式部省省试，考诗赋及第者，赐予"文章生"称号。

不久，宫中开始酝酿立后之事。源氏内大臣举荐梅壶女御，理由是藤壶皇后曾留下遗言，让梅壶女御照顾冷泉天皇。但是，其他皇族宗亲则认为：藤壶与梅壶都是皇室血脉之后人，两代皇后不宜都出自皇室血脉。因而并不赞同。他们认为："弘徽殿女御入宫最早，理应册立为后。"于是，双方的支持者各有居心，暗中争斗。另外还有一位昔日的兵部卿亲王[01]，如今已成为式部卿亲王，是当今的国舅，深受冷泉天皇的敬重。他的女儿按他的宿愿，早已进宫当上了女御侍候当今皇上。支持她的人认为："既然要立亲王家的千金为后，那么式部卿亲王家的千金同样是女御，况且又是已故藤壶皇后的侄女，亲上加亲。皇后仙逝后，由她来代替皇后照顾皇上，再合适不过了。"三方支持者，各持各的道理，相互竞争。结果，终于册立了梅壶女御为皇后。世间的人们惊叹："梅壶女御好福气哟，和她那不幸的母亲六条妃子，简直有天壤之别。"

这时，源氏内大臣晋升为太政大臣，右大将升任为内大臣。源氏太政大臣便将天下政务移交给新任内大臣掌管[02]。这位新任内大臣为人厚道，办事一丝不苟，而且活跃、贤明能干，引人注目。他格外用心钻研学问，尽管昔日在玩隐韵游戏时，曾败在源氏公子手下，但是他在处理政务方面则非常精明。他拥有好几位夫人、十几个孩子，孩子们日渐长大成人，一个个都出人头地，各自都有相当的官职。他家道殷实繁荣，不亚于源氏一家。这位新任内大臣的女儿，除了弘徽殿女御之外，还有一人，叫做云居雁，年方十四岁，她与弘徽殿女御是异母姐妹，她生母是亲王家的千金，娘家血统高贵，不亚于弘徽殿女御之母。但她的这位生母后来改嫁给一位按察大纳言，生了许多子女，云居雁随母，便和这些异父弟妹一起，由继父抚养。新任内大臣觉得这样下去有失体面，于是将云居雁接了回来，寄

---

[01] 即紫姬的生父，已故藤壶皇后的兄长，当今皇上的大舅。
[02] 按照一向的惯例，太政大臣不管具体细微的政务。

养在她祖母太君身边。新任内大臣重视弘徽殿女御远胜于云居雁,然而云居雁的人品优秀,长相格外标致。

云居雁与夕雾同在太君膝下长大。到了十岁之后,两人才分居异间。父亲内大臣教导女儿云居雁说:"你和表弟夕雾虽然是姑表近亲,但是身为女子,不可过分接近男子。"这两小无猜分开之后,夕雾的童心不免眷恋着云居雁,每当凭吊无常的春季樱花、秋季红叶,或寻觅伙伴一同做偶人游戏时,或问候太君起居安否的时候,夕雾总是诚恳而亲密地紧紧追随云居雁,对她表示好感。云居雁自然也爱慕夕雾,他们直到现在依然是两小无猜,不相回避。侍候他们的人员,包括乳母和侍女们,见到这般情状,内心都在想:"这又何妨呢,两人都还是孩子嘛,本来就是在一起长大的,彼此亲密惯了,突然把他们拆开,会不会让他们感到蒙受羞辱呢?"从旁看来,云居雁纯洁无邪,天真烂漫。夕雾虽说还是个稚嫩的小男孩儿,可是不知与她有了什么关系,自从两人各居异室之后,他总是迫切地盼望相见,心情平静不下来。他们的书法笔迹眼前还很稚嫩,却很可爱,将来势必大有长进。他们彼此互致无数书信,然而毕竟还都是童心未泯,粗心大意,有时也会把书信失落各处,侍候云居雁的侍女中有人捡到了书信,大略知道了这两人的关系,但是谁还会去告诉别人呢,她们大致上似乎只当视而不见。

源氏太政大臣和新任内大臣这两位大臣的升官大飨宴举办过后,朝廷眼下别无其他重要的紧急公事待办,大家都处在恬静悠闲的时刻,天空降下一场阵雨,正是"荻上风吹寒露降"[01]。秋季里的一个傍晚,内大臣前来参见太君,还把女儿云居雁唤来弹琴。太君擅长弹奏各种乐器,她把这些技艺都传授给了孙女云居雁。内大臣说:"琵琶这种乐器,女子弹奏看上去似乎不甚娴雅,不过弹奏指法精巧,音色美妙动听。当今世间能受到

---

[01] 此句引自《藤原义孝集》,歌曰:"秋季黄昏呈苍凉,荻上风吹寒露降。"

正确传授者，几乎没有了，充其量仅存某某亲王、屈指可数的源氏……"他数了几名之后，接着又说："女子当中，这方面的能人，得数源氏太政大臣在大堰山村里金屋藏娇的那位明石姬。据说她弹奏的指法非常高超，大获好评。此人是音乐名家的子孙，祖上传到她父亲这代，长期隐居在穷乡僻壤的山村里，不知怎的，她竟能弹得如此精妙。源氏太政大臣觉得她的琵琶弹得格外美妙动听，每每赞不绝口。音乐方面的才能与别的技艺不一样，得与众人合奏，寻求协调，几经磨练方能成巧，可是，这位女子独自弹奏，竟能练得如此精巧，真乃稀世罕见，难能可贵啊！"说罢，劝请母亲太君弹奏一曲，太君说："近来拨弄弦柱的动作已经不利落了呀！"说着她兴致盎然地弹了一曲，而后说："那明石姬真幸福啊！听说她人品也非常优秀。源氏太政大臣一直想要个女儿却未能如愿，她给他生了个千金。太政大臣惟恐这女儿住在山乡，将来难能有出头之日，于是将她带到自己身边，交由那位身份高贵的紫夫人当作养女来抚养。听说人们都钦佩太政大臣用心周到呐。"

内大臣说："女子只要性情好，总会有出头之日啊！"身为大臣也在背后议论旁人，同时又联系到自己，说："我养育弘徽殿女御的过程中，力求把她培养成一个无懈可击的完美者，万事不亚于任何人，不料竟被梅壶所压倒，看到如此不济的命运，不由人深深感到人世间之事真是不可捉摸啊！我想至少要设法让这个云居雁当上中宫皇后。再过几年，东宫皇太子[01]行将举办元服仪式了，我暗自盘算着，但愿能了却此愿，没想到这位幸运的明石姬生下了一名将来足以与皇太子般配的女儿，紧跟着来与云居雁角逐。这位千金如若进宫，恐怕难能有谁可与她媲美，赛得过她哩。"说着不禁流露一声叹息。太君说："怎么可能有这种事呢。你父亲已故太政大臣生前曾经说过，我们这样的人家，不可能不出皇后的。弘徽殿女御

---

[01] 这位东宫皇太子是朱雀院之子，现年五岁。冷泉天皇在位十八年后即让位给他。

进宫之事，他也十分上心尽力。倘若他还在世，恐怕就不会有这种偏颇之事出现。"由于弘徽殿女御没能立为皇后之事，太君对源氏太政大臣不免怀有满肚子的怨气。

云居雁相当天真烂漫，天生一副可爱的模样。她弹筝时，但见低垂下来的秀发造型、发际模样等都格外艳丽高雅。她看见父亲内大臣凝神端详着自己，不禁腼腆了起来。她把头稍许扭向一旁，那侧脸也很美丽。她左手摁弦的指法呈现出非常动人的姿态，简直就像人工制造出来的偶人，祖母太君看了也觉得无限爱怜。云居雁随意消遣似的拨弄琴弦，弹了一会儿，而后将筝推向一边。内大臣把和琴拿过来，将原本是描写秋景的古歌音律，用他那娴熟的指法，悠闲自在地变换律调，弹出寒冬情趣来，让人听了觉得是一首当今流行的曲子。正是这种运用自如的高超技艺，非常有意思。庭前树木枝梢上的树叶凋落殆尽，上了年纪的侍女们听曲观景，感动得落泪。她们聚集在一处处围屏后面倾听，但听得内大臣吟咏"风之力盖寡"[01]，接着说道："虽然不是为琴声所感，但是不可思议地为情趣苍凉的暮色所动啊！敬请太君再弹一曲如何？"太君弹奏时，内大臣和之以《秋风乐》歌曲，歌声优美，饶有情趣。太君觉得她膝下的儿孙，个个都十分乖巧可爱，对这儿子内大臣亦颇感欣喜。这时，夕雾也来了，又增添了更多的乐趣。内大臣对夕雾说："请到这边来。"又命人拉开帷幔，把云居雁隔开。然后对夕雾说道："最近一直没见你啊，干吗要那么埋头钻研学问呢？你父亲太政大臣理应知道，学问过高，有利也有弊，却严厉命你如此苦心钻研，所为何来？只顾闭门读书，太苦了，真可怜。"接着又说："有时不妨做些学问以外的事。笛声中也传送着古代圣贤的风韵呐。"

---

[01] 此语引自《文选》第46卷，陆士衡《豪士赋序》曰："落叶俟微飙以陨，而风之力盖寡；孟尝遭雍门而泣，而琴之感以末。何者？欲陨之叶，无所假烈风；将坠之泣，不足繁哀响也。"

说着给他递过去一管笛子。

夕雾吹奏笛子，笛声悠扬，朝气蓬勃，情趣十足，美不胜收。内大臣让弹奏的琴等乐器暂且停下来，生怕影响夕雾吹奏似的，轻轻地打着拍子，并唱起"蹭了胡枝子花色"[01]等歌谣。唱毕说道："源氏太政大臣也喜欢这种游乐，政务繁忙之际，不时借以排遣紧张氛围呐。确实，我以为活在乏味的人世间，就该做使人心情舒畅的事，以便过得快活些。"说着举杯畅饮。这时，天色渐暗，室内掌灯火，大家一起吃开水泡饭和下酒菜肴等。过了一会儿，内大臣命云居雁回那边房间去了。内大臣意在强使这两人疏远，连云居雁的弹琴声也不让夕雾听到，刻意更加严厉地隔离他们。侍候太君身边的几个上了年纪的侍女私下议论说："但愿这对年轻人今后不出事才好啊！"

内大臣似乎要告辞了，他走出房间，却悄悄地进入他暗地里宠爱的一个侍女的房间，秘密地撂下几句知心话，而后偷偷地溜了出来。途中竟听见有人在私下议论，他觉得奇怪，侧耳倾听，却原来是在议论自己，只听见一个侍女说："他自以为精明，但终归还是糊涂地为人父母呀！等着瞧吧！早晚会出事的。俗话说'知子莫若父'，纯粹瞎说。"她们挤眉弄眼地在讥讽他。

内大臣心想："实在遗憾啊！如此看来果真有此事，以前我并非没有警惕，不过总觉得他们还是孩子，从而马虎大意了。世事真烦人啊！"他这才全然明白了事情的真相，但并不张扬，不声不响地走出门外。前驱者们扬声吆喝簇拥内大臣上车，侍女们听见吆喝声，不由得纳闷，嘀咕说："哟，内大臣怎么这会儿才起程呢，此前躲到哪个角落去了？都到这把年纪了还如此花心呐。"刚才私下议论内大臣的侍女说："方才飘来一阵浓

---

[01] 此句出自催马乐《更衣》："我欲更衣呀，诸公且稍候，这身衣衫呀，历经原野和藤原，蹭了胡枝子花色，哎哟诸公呀！"

烈的薰衣香味，我们还以为是夕雾少爷来了，这下可就糟啦！刚才我们背地里的议论，说不定都被内大臣听见了，这位老爷可是一位难以取悦的人呐！"大家不免忐忑不安。

内大臣一路上在琢磨："让他们这两个人结缘，倒也不是一件令人感到遗憾的坏事，不过，姑表关系的姐弟俩成亲，亲缘太近显得平平无奇，外人也会议论的。何况源氏硬把我女儿弘徽殿女御的气势压倒，令我懊丧，我正指望这云居雁进宫侍候皇太子，也许能压倒他人的气焰，为我争回这口气。如若放弃，岂不遗憾！"

源氏太政大臣和这位内大臣之间的关系，昔日到今，从大体上说还是亲密和睦的，但在权势上，两人一向相争较劲，这种心情至今依然不变。内大臣一想起往时每每输给源氏太政大臣的事，内心便愤愤不平，当天夜里难以成眠，直到天明。

内大臣猜想太君一定知道夕雾和云居雁这两人相好的事，但因她过分溺爱这孙女和外孙，以至一切听任他们所为。内大臣回想起侍女们的背地议论，心中不免恼火，一股不愉快的情绪涌上心头。他生性好强，时有盛气凌人的表现，这桩心事使他不得安宁。

两天后，内大臣又去拜见太君。儿子频繁前来请安，太君自然非常舒心，感到欣喜。她把头发剪成尼姑头一般，身上套上一件漂亮的便服。内大臣虽说是自己的儿子，但毕竟是一位大臣，他为人拘谨，缘此得拘礼行事，太君隔着围屏接待他。内大臣心情不佳，满脸不悦的神色，他对太君说："儿子今天前来拜见请安，实在难为情。想到这里的侍女们不知以什么眼光来看我，心里就觉得很不好意思。儿子虽然不才，但只要活在人世间，就始终不会离开母亲的左右，行事决不违背母亲的意志，只是为了这不肖小女不随心的作为，让儿子不得不怨恨母亲。本来不该如此怨恨母亲，然而儿子终于压抑不住啊！"说着揩拭潸潸的热泪。太君那化妆得十分漂亮的脸，顿时改变了颜色，她瞪大眼睛震惊不已，询问道："究竟为了什么事，我活到这大把年纪了，还遭你如此怨恨？"

内大臣觉得自己说话实在太鲁莽了，母亲真可怜，连忙说："儿子将此幼女托付母亲抚养，自己没有尽为人父母之责，首先只顾力争为身边长女取得女御之位，指望她能一展宏图。费尽苦心，不料以失败告终。儿子深信幼女在母亲大人抚育下，定能成材，因而十分放心，不料竟发生此等意外之事，令人遗憾。论学问，夕雾那孩子的确闻名天下，难有比肩者，不过，倘若潦草从事，近亲结缘，必遭世人讥讽为轻率，即使是身份卑微者，也不会如此行事，对于夕雾也是件缺憾。为夕雾着想，莫若另选远离血缘关系、显赫而高贵的人家，做个风光的女婿，这才是荣华富贵、可庆可贺之举。如若近亲结缘，绝非上策，源氏太政大臣恐怕也要考虑考虑的吧。太君如若有意让他们结缘，亦请先明示，以便及早做安排，场面也可做得更体面些，而今听任幼者随心所欲为所欲为，不加约束，令人忧心呀！"太君做梦也未曾想到此事，实在太意外了。她说："的确，你这么说也有道理。但是我丝毫不知道他们私下有这样的打算，果真有此等事，我比谁都更觉遗憾和忧心。你把我视为与孙儿们同罪，我感到委屈。自打你将幼女托付我抚育之后，我格外疼爱她，连你注意不到之处我都关照到位，煞费苦心，不求为人所知，但求把她抚育成出类拔萃之人。他们两人都还是幼稚的孩子，他们的可爱劲儿，也许会使我眼花、心不明亮，但如果说我急于让他们苟且结缘，我想都没想过。我倒要问你，你是从谁那里听来的？轻信坏人之言而乱责无辜，是万万不可取的。倘若是捕风捉影毫无根据，岂不是玷污了人家的名声！"内大臣回答说："不，绝不是捕风捉影，这里的众侍女都在背地里说坏话嘲讽呢。着实令人感到遗憾，也十分担心啊！"说罢，起身告辞。

了解实情的侍女们，对此事都深表同情。那天晚上背地里议论嘲讽的几个侍女，更是坐立不安，后悔"为什么要在背地里议论嘲讽呀"，彼此叹息不已。云居雁本人一无所知，依旧天真烂漫没有心计。父亲内大臣向她房间扫视了一下，看见她那可爱的身影，心里着实怜爱。他责怪乳母等人说："我总说她年纪还小，没想到她竟是这般轻率不懂事，我还一直指望她长大出人头地，我比谁都愚鲁啊！"乳母等人无言以对，只是私下里嘀咕："这种事情，即使无上尊贵的帝王家之千金也难免，昔日的物语小说里也有这样的例子。事情往往是由了解男女双方情意的中间人牵线，相机促成幽会的。可是我们这里的这两位，多年来朝夕与共生活在一起，年龄又都很幼小，何况还有老祖母无微不至的关照，我们怎能越权把他们隔离开呢，终于疏忽大意了。不过，从前年开始，老夫人对他们的管束似乎严厉起来了。有些孩子虽说年龄小，不知怎的却很鬼，会寻觅机会仿效大人做出格的事。但是这里的夕雾少爷为人正直，我们做梦也没有想到他会做出乱了方寸的放荡事。简直是出乎意外啊！"说着彼此发牢骚，不由得叹息。

内大臣对乳母等人说："算了，不必多说了。眼下你们不可将此事泄漏出去。尽管终归是瞒不住的，但是你们得多留神，听见什么风言风语，务必竭力反驳，说这是捕风捉影毫无根据之事。近日内我将让小姐迁居我处。对老夫人我也难免会抱怨几句。你们想必也不至于希望有这种事发生吧。"侍女们从他的话里，觉得他怪可怜的，同时也有感到高兴的事，那就是他不再怪罪她们了，于是随声附和讨好说："我们当然不希望有这种事发生。我们倒是担心此事会被大纳言[01]老爷知道。但愿小姐能早日进宫，夕雾少爷虽然才貌双全，终归还是臣下，有什么可贵呢。"

云居雁本人，简直孩子气十足，父亲苦口婆心万般开导，她似乎毫无回应，以至使她父亲实在无法对付，不由得哭泣了。末了只好私下与靠得

---

[01] 指云居雁的继父。

住的乳母和几个侍女商量说："有什么良策可以使小姐不至于虚度一生呢？"内大臣只顾一味埋怨母亲太君。

太君对孙女云居雁和外孙夕雾都非常疼爱，尤其更偏爱夕雾，也许偏爱在起作用吧，她倒觉得夕雾小小年纪就有恋心，是可喜可爱的，反而怪儿子内大臣那番话不近情理，太不体贴人了。太君心想："何苦如此小题大做呢，内大臣对女儿云居雁本来是不很关心的，并没有打算精心培养她，大概是后来看见我如此珍视抚育她，这才想到指望她将来进宫当皇太子妃的事。倘若这种指望落空，她命里注定只能嫁给臣下，那么还会有比夕雾更优秀的人吗？论姿态、长相，有谁能与夕雾比肩呢。依我看，夕雾还可以迎娶比云居雁身份更高的女子呐。"太君这样想，也许是由于过分偏爱夕雾所致。她埋怨内大臣。内大臣如若知道她的这番心思，恐怕会更加怨恨她吧。

夕雾不知道别人正为他的事闹得沸沸扬扬，只顾前去探望外祖母太君。前些日子，夜间众目睽睽，无法与云居雁幽会倾吐衷肠。今日比往常相思更切，傍晚时分他就来了。太君往时看见外孙前来，总是笑逐颜开，高高兴兴地迎接他，可是今天却挂着一副严肃的面孔同外孙说话。太君对夕雾说："你大舅内大臣，因为你的事，极其埋怨我，叫我好为难啊！你想入非非，恋心萌动，会不会与亲密的伙伴做出一些傻事来呢？让别人为你担心，多难受呀！我本来不想谈及此类事的，可是不谈，又生怕你不明白事理。"夕雾原本心中就有鬼，听外祖母这么一说，当即猜着是什么事，脸上飞起一片红潮，回答说："到底是为了什么事呢？我自从闭居静处潜心读书以来，深居简出，少有机会与众人交往，总之，不曾有过什么事得罪大舅呀！"说着露出满脸羞怯的神色。太君心疼外孙，觉得他实在可怜，说道："好了，从今以后要多加小心谨慎才是。"说着把话题转到别的事去。

夕雾想到今后与云居雁通信更加困难了，实在伤心。太君劝夕雾进膳，他一点也没吃，仿佛睡着了似的，实际上是精神恍惚。待到大家都睡着了，夜深人静时分，他试着去打开那扇通往云居雁居室的隔扇，往常这道隔扇是没有上锁的，今夜却严密地锁上了。居室内一片阒寂，夕雾内心忐忑不安，倚靠着隔扇坐了下来。居室内的云居雁也还没有睡，她躺在那里侧耳倾听夜风吹拂着竹子发出的簌簌声，还隐约听见飞雁掠空的悲鸣，也许是稚嫩的童心也为愁肠百结所苦恼的缘故吧，她不由得独吟："云中愁雁恰似侬。"[01]那姿态天真烂漫十分可爱。夕雾听见吟咏歌的声音，心中着急，低声说："请开开门，小侍从在吗？"可是没有回音。小侍从是乳母的女儿。云居雁知道自己的独自吟歌被夕雾听见了，很不好意思，只顾一个劲地把头钻进被窝里。她隐约感到自己的恋心似乎在萌动，真讨厌啊！乳母她们就睡在她身旁，她纹丝不动，生怕惊醒了她们。夕雾与云居雁两人相互默默无言。

夕雾独自咏歌曰：

夜半唤友若雁鸣，

风荻摇曳添愁情。

夕雾继续思忖："秋风吹拂透身心。"[02]他折回到太君的房间里，生怕自己的屡屡叹息会惊醒外祖母，小心翼翼翻来覆去地睡了。翌日清晨醒来，莫名地感到难以为情，他迅速地来到自己的房间，给云居雁写了信，可是无法找到小侍从，当然更不能去云居雁的居室，他苦思焦虑，灰心丧

---

[01] 古歌曰："雾霭浓重云中雁，郁结愁闷恰似侬。"见《河海抄》。云居雁小姐的名字，据说是根据此歌而取的。
[02] 此句出自《续古今和歌集》，歌曰："秋风吹拂透身心，寂寞愁思情无尽。"

气。云居雁那方，她只觉得被人议论纷纷，名声不好而感到羞耻，此外，自身将来会怎样，世间人们将会如何看待她，她都不加深思，也不介意，依然一派风雅富贵美丽。侍女们私下议论她的艳闻，她听了并不觉得格外讨厌，也不想疏远夕雾。她认为这种事没什么可大惊小怪的，遗憾的是侍候她的乳母和侍女们对她严加劝诫，因此今后她也不便与夕雾通信了。倘若夕雾是个少年老成者，定会千方百计创造机会以摆脱困境的，可是夕雾年幼，无计可施，只有深感遗憾了。

内大臣自那次以后就没有前来造访。他极其怨恨母亲太君。内大臣的原配夫人听闻此事，只因云居雁非自己亲生，故装作不知晓此事，而自家亲生闺女弘徽殿女御不能册立为皇后，她就只顾挂着一副非常不高兴的脸色。内大臣对她说："梅壶女御被册立为皇后，举行了格外盛大隆重的仪式，而我们的女儿弘徽殿女御正在为世态悲伤，意志消沉呢。我心疼女儿，胸口痛啊！我欲叫她暂且请假回娘家，轻松地休养一些日子。她虽然未能册立为后，可是当今皇上却特别宠爱她，让她昼夜侍候在身边，连宫女们也不得悠闲，她们都在暗自叫苦呐。"于是立即向皇上请假，可是冷泉天皇却没有轻易准假，内大臣还是不高兴地坚持请求，皇上只好勉强准假，让他把弘徽殿女御迎接回娘家去。内大臣对她说："你回娘家悠闲度日也许会感到寂寞，我把云居雁叫来，让你们姐妹俩一起做伴游玩吧。我把她托付给太君教养，虽然是无可担心的，但是那里有个早熟的男孩儿经常来往，你妹妹也到了自然不该与男人接近的年龄了。"说完突然前往太君处要把云居雁接走。

太君深感失望，对内大臣说："我惟一的女儿英年早逝后，我很寂寞孤独，喜得你托付我教养这孙女，我拟终生珍视养育她，指望她朝朝暮暮在我身旁，以慰藉我这老迈之人的悲伤。没想到你对我竟心存隔阂，实在太冷酷了！"内大臣惶恐不安，旋即回答说："我内心感到不如意的，只是那件事，我对母亲，怎么可能心存隔阂呢。只因在宫中侍奉的女儿怨恨世态，心情郁闷，近来请假回娘家住着。我看她寂寞沉思，怪可怜的，缘此想叫云居雁去与她做伴玩耍，以安慰她。这只是临时之举而已。"接着又说："云居雁承蒙太君抚育长大成人，这份恩情绝不能忘。"话虽这么说，可是太君知道内大臣的脾性，一经认定要做的事，再有多少人劝阻，他都决不回心转意而要一意孤行，因此太君深感遗憾，极其不满意，她边哭泣边哀叹说："人心冷漠薄情啊！总之这两个孩子的童心，对我也心存隔阂，冷淡疏远我啊！他们幼稚无知，实属无奈。深谙事理的内大臣，怎么也会怨恨我，而要把这小女孩儿带走呢。她在你那边，未必就比在我这里更放心吧。"

恰巧这时候，夕雾来了。最近他频频到这边来，惟盼偶有机会，能见上云居雁一面。夕雾看见内大臣的车子，心怀内疚，觉得不好意思，悄悄地躲进自己的房间里。内大臣的公子左少将、少纳言、兵卫佐、侍从、大夫等人也都在这里聚集，可是太君不许他们进入帘内。内大臣的异母兄弟左卫门督、权中纳言等，虽然不是太君亲生，但他们还是遵循已故太政大臣的遗嘱，一如既往经常来给太君请安，诚恳地尽一份孝心。他们的公子们也都各自前来，不过论相貌、气质，没有一个能与夕雾比肩的。祖母太君也最宠爱夕雾，比宠爱谁都甚。自从夕雾迁居东院之后，太君身边就只剩下云居雁是她最怜爱的孩子了。她精心抚育她，片刻不离地关照爱护她。可是如今内大臣却要把云居雁带走，太君自然感到无比寂寞悲伤。内大臣说："我这就进宫去，傍晚前来接她。"说罢告辞出门去。

内大臣暗自寻思："事到如今，这两个人的事，真是毫无办法。倒不如妥善行事，成全他们算了。"可是内心总觉得很不愉快。接着又想："得先让夕雾出人头地，免得我们有失体面。届时再察看他对云居雁的爱深浅程度如何，再作决定。即使同意他们结缘，也要明媒正娶，堂堂正正地举行婚礼。总之不能像以前那样住在一起，否则再怎么劝阻也无济于事，只怕年幼无知的孩子，会做出不体面的事来。再说，太君恐怕也制止不住他们。"于是就以给弘徽殿女御做伴，慰藉她的寂寞为借口，在太君邸内或自家宅内，到处花言巧语极尽掩饰之能事，顺当地把云居雁接到自家来了。

云居雁接到太君来信，信里写道："内大臣可能又将埋怨我，但不管怎么说，你总是理解我的心情的吧，盼来相见。"云居雁注意礼节，打扮得格外整洁漂亮地到太君邸来了。她今年十四岁，看来还带有孩子的稚气，不过她天真烂漫，举止高雅，神态十分可爱。太君对她说："迄今我与你一直片刻不离，你是我朝朝暮暮获得慰藉的伴儿，你走后我多么寂寞孤单啊！我余生不多，惟恐命里不能看到你未来富贵显赫之日。如今你弃我而去了，一想到你今后不知走向何方，不禁悲伤不已。"祖母说到这里，伤心地哭了。云居雁想到最近那桩难以为情的错事，羞愧得头也抬不起来，只顾抽泣。这时，夕雾的乳母宰相君走了出来，对云居雁低声耳语说："我盼只盼小姐不久的将来如同夕雾公子一样，成为我的女主人。小姐迁居他处，实在遗憾啊！内大臣老爷即使要把小姐许配给别人，小姐也千万不可听从呀！"云居雁听了，越发害羞了，一声不响。太君责备乳母说："算了，这种复杂的事不要说了。每个人的各自命运都是前世注定的，谁也不知道将会怎样。"宰相君依然愤愤不平地说："哪儿呀！内大臣老爷准是藐视我家少爷，说他不足取呢。但是，实际上我倒想请他探询一下，我家少爷当真逊色于别人吗？"

夕雾躲在暗处窥视。这种行为，若在平时他总会顾忌到被人怀疑而处境尴尬，然而此刻他苦于不能与云居雁谋面，心中万分焦虑不安，顾不到这些细节，只是一味揩拭眼泪。乳母见状，非常同情他，便设法说通太君准许，趁傍晚时分人来人往纷繁杂沓的时机，让他们两人幽会了。两人相见，彼此十分羞涩，心潮澎湃，激动得说不出话来，只是相对热泪潜潜。后来夕雾说道："内大臣心太狠了，我本想干脆死了这条心吧，可是一旦别离，想必会思念得受不了，恋情将会越发浓重吧！回想以往没人注意的时候，为什么不充分利用机会，更多地相见呢？！"他说话时显出一派朝气蓬勃的模样，格外招人怜爱。云居雁回应说："我也一样。"夕雾询问道："你也思恋我吗？"云居雁微微点头，神情十分天真。

已到掌灯时分，内大臣退朝，传来前驱人员耀武扬威吆喝开道的声音，太君宅邸内的侍女们扬声说："内大臣老爷来啦！"喧嚣忙乱了一阵，云居雁害怕得全身颤抖。夕雾心想："管他呢，喧嚣就由他喧嚣去吧！"他一心只顾决不放走云居雁。云居雁的乳母前来寻找她，看到这般情景，心想："唉！真糟糕！看样子太君不可能不知道此事。"她懊恼地嘟囔："哎呀！世事真是糟糕透了。内大臣老爷知道了，大发雷霆严加训斥，这是自不待言的。那位按察大纳言老爷知道了，还不知道会怎么样呢。不管你多么出类拔萃，可是小姐初婚就嫁个六位无官者，真够可怜的宿缘啊！"这嘟嘟囔囔的牢骚话声隐约地传来。乳母径直找到屏风后面，埋怨这一对恋人。

夕雾想到自己由于六位无官而被乳母蔑视，怨恨世道不公，恋心多少也冷却了下来，心情颇感乏味，他对云居雁说："你听乳母的话吧！"吟歌曰：

> "血泪犹可染袖红，
>
> 绿袍焉能遭嘲讽。

羞煞人矣。"云居雁答歌曰：

命途多舛身难料，

我俩宿缘谁知晓。

　　这两人倾吐衷肠言犹未尽，内大臣走进邸内来了，云居雁不得已只好回到自己房间去。

　　夕雾独自留在这里，自己也觉得很不体面，他内心激动不已，回到自己的居室躺了下来。不大一会儿，三辆车子便悄悄地迅速离开了，夕雾听见这一切动静，心神不定，感到一阵惆怅。外祖母太君派侍女来唤他去，他纹丝不动佯装睡着了。他热泪潸潸，控制不住，唉声叹息直到天明，于凌晨浓霜一片白茫茫中，急匆匆地返回东院了。他生怕自己哭肿了的眼睛被人看见，怪难为情的，再加上外祖母太君可能会派人来唤他到她身边去，还不如找个安心场所待着，缘此，才急于回东院来。

　　归途中，他暗自寻思："这处境皆非他人所使然，全都是自寻的烦恼。"不由得忐忑不安。这时天色阴沉，四周还黢黑，夕雾触景生情，吟歌曰：

冰霜凛冽黎明暗，

热泪潸潸黑浸染。

　　源氏太政大臣家，于今年的五节舞[01]宫中祭祀时，须派遣一名舞姬去参加[02]。准备工作虽说不是那么繁忙，但是由于日子逼近了，随从舞姬的女童等人的装束，必须抓紧置办。住在东院的花散里，负责操办舞姬进

---

[01] 日本古时于每年阴历十一月中的卯日举行新尝祭（天皇用当年新谷敬奉诸神并亲自尝食的祭祀仪式），进行五节舞等宫中活动。
[02] 参加五节舞的舞姬共四人，分别从公卿家选出二或三人，地方官家选出一或二人。

宫时随从人员所穿戴的装束。源氏太政大臣自己掌管总务。新近册立的秋好皇后也帮忙置办许多高雅的服饰，包括女童和下级侍女着装等。去年由于为藤壶皇后居丧，五节舞暂停没有举办，非常寂寞。为了补偿去年的这份寂寞，今年办得格外盛大辉煌，人们的心情也特别激动。在选送舞姬方面，各家相互竞争，万事力求尽善尽美。云居雁的继父按察大纳言和内大臣之弟左卫门督都遣送女儿去当舞姬。地方官方面，由现任近江守兼左中弁良清派遣女儿去当舞姬。今年特殊规定：但凡充当舞姬者，于五节舞结束后，皆可留在宫中担任女官。因此大家都愿意献上女儿。源氏太政大臣家所遣送的，是现任摄津守兼左京大夫惟光朝臣的女儿舞姬。这姑娘的容貌和风姿相当标致，世间是有定评的。惟光觉得有些困惑，可是周围的人责怪他说："按察大纳言遣送的是侧室所生的女儿，而你遣送的则是原配夫人所生的精心培育的闺女，有什么不好意思的呢！"惟光虽然踌躇不决，但又想道："反正充当舞姬过后，还可留在宫中担任女官。"于是下定决心。他精心调教女儿，让她在自家充分地练习舞蹈，还严格挑选随身侍候舞姬的侍女。待到预定那天的傍晚时分，便送女儿到二条院去。源氏太政大臣也把二条院内侍奉诸夫人的女童和侍女叫来，仔细观察比较，精心挑选出其中的优秀者。被选中的人，想到自己本来的身份，个个似乎都感到格外体面和荣幸。源氏太政大臣决定：在天皇御前表演之前，先在他面前预演一次。他看见入选的女童千姿百态十分美丽。由于人数过多，必须筛下几个，却又舍不得筛下谁，好生为难。他笑着说："真恨不得多选一个舞姬，多增加一组人员啊！"最后，只好依据仪态和神采，复选一遍。

入大学寮的夕雾，终日闷闷不乐，毫无食欲。他心事重重，书也读不进去，怅然若失躺在那里陷入沉思。为散散心，他闲庭漫步聊以自我安慰。他的容貌和风姿十分优雅，端庄俊秀，年轻的侍女们见了都赞不绝口说："简直太美了！"他信步走到紫姬的住处，却连那里的帘前也不敢走近。这大概是由于源氏本人有切身经验，深恐发生意外，缘此，不让他接近紫姬。紫姬的贴身侍女们自然也疏远他。不过今天因为迎接舞姬，各处乱哄哄，夕雾大概就在混乱中走进紫姬的西厢殿里去的吧。惟光之女舞姬在众侍女的搀扶关照下，从车上下来，走进屋角的双开板门，再进到屏风的后面，在临时设置的歇脚处稍事休息。夕雾悄悄地走近这边来，窥视一番，只见这舞姬似觉疲惫，躺在侍女身旁。看样子她的年龄与那位姑娘[01]差不多，个子可能比那位姑娘稍微高一些，体态袅娜，姿容秀丽，比起那位姑娘来似乎略胜一筹。由于四周昏暗，无法细看，不过从整体的感觉上说，非常可人，令人觉得酷似那位姑娘。自己虽然没有见异思迁的意思，但是仅仅白见一回，又觉不甘心，于是伸手去拽了拽她的衣衫下摆。舞姬不知是怎么一回事，但觉诧异，夕雾吟歌曰：

"天女侍奉丰冈姬[02]，
我心所向莫忘记。

正是'少女挥袖瑞垣边[03]'。"夕雾这举动和话语来得太突然了。尽管声音充满朝气美妙动听，但是舞姬不知这陌生人是谁，只觉得有点害怕。正在此时，随从的侍女们急匆匆前来为小姐再做一次化妆，四周闹哄哄的，夕雾只好极其遗憾地走开了。夕雾不喜欢这身六位的浅绿色装束，平日也不愿进宫，终日无精打采的。但他被告知，五节舞之日，宫中特许穿便服。他遂进宫去。他虽然还是个年轻貌美的少年，但姿态却显得少年老成，他迈着端庄的步伐走路，神采飞扬。上自天皇，下至公卿朝臣们无不

---

[01] 指云居雁。
[02] "天女"比喻惟光的女儿舞姬，"丰冈姬"乃神话中掌管食物的丰收大神。
[03] 此句引自《拾遗和歌集》，歌曰："少女挥袖瑞垣边，一见钟情久思念。"

宠爱他，他真是稀世罕见备受众人器重的宠儿。

　　参加五节舞仪式的舞姬们，一个个美若天仙，孰优孰劣难以区分。众人议论纷纷，盛赞称：若论舞姬们的容貌姿态，得数源氏太政大臣家遣送的和按察大纳言家遣送的舞姬最为优秀。这两人的确相当出色，不过若论天真与艳丽，还得数源氏太政大臣家的舞姬，似乎无人可与她比肩。从整体的感觉上说，这位舞姬的装束既高雅又入时，她的装扮品位和容貌姿态远比她的身份高贵得多，如此难得一见的、无与伦比的娇艳，自然获得大家的无上赞美。不管怎么说，今年选送的舞姬，年龄比往年的稍大些，的确给人一种别开生面的感觉。源氏太政大臣进宫观赏五节舞时，回忆起往昔举行五节舞仪式时那个筑紫少女[01]，便在举行五节舞仪式的辰日那天傍晚，给她写了一封信，信中言辞是可以想象的吧，附歌曰：

> 少女当年舞翩跹，
> 旧友不觉已中年。

　　源氏太政大臣回顾流逝的岁月，当年那可爱少女的倩影便浮现在脑海里，一股怀旧之情油然而生。他深感人事无常，遂写了此信给她。她收信后，便答歌曰：

> 昔日邂逅舞传情，
> 私下许君犹如今。

　　她选用蓝地有花纹的信笺，合乎五节舞之辰日舞姬身穿蓝色唐装的情

---

[01] 指筑紫守太宰大贰的女儿，她当年被遣送担任五节舞姬，与源氏有私情。

趣，运墨或浓或淡，错落有致，书体大多是不易分辨的草书，龙飞凤舞流畅别致。源氏太政大臣觉得文如其人，饶有兴味地阅读。

惟光的女儿，受到夕雾的青睐，夕雾悄悄地在她所在的那一带徘徊，却没能接近她。她装模作样，显得格外冷淡，因此彬彬有礼的夕雾总觉不好意思贸然亲近她，而只顾叹息不已。这位姑娘的容貌姿态格外使他动心，所以他很想与这位姑娘亲密接近，聊以慰藉未能与那薄情人[01]见面而思念她的情怀。

宫里已决定让这些舞姬于五节舞仪式结束后全部留下来，在宫中供职。不过，此次临时准假，允许她们各自短暂回家，因此近江守良清的女儿在唐崎做被禊，摄津守惟光的女儿在难波做被禊，争先恐后地申请出宫。按察大纳言也申请把女儿暂且带回去，改日再送进宫供职。左卫门督把非亲生女儿充任舞姬送进宫来，虽然遭到责难，但这个姑娘也获准留在宫中了。摄津守惟光恳求源氏太政大臣说："宫中典侍空缺……"言外之意能否设法让他的女儿填补，源氏太政大臣也有这个考虑。夕雾听说此事，深感遗憾，心想："假如自己的年龄不这么小，官阶像一般人那样，那么不妨提出自己的要求，可是此刻自己连思念的心情都无法向她倾诉啊！"虽说想念她，不过还没到死去活来的程度，但再加上云居雁的揪心事，夕雾难免不时热泪盈眶。这位五节舞姬的哥哥是个殿上童，经常在夕雾身边待候。有一次夕雾比往常更加和蔼地向他探询说："令妹五节舞姬何时进宫呢？"他回答说："听说年内就要进宫来。"夕雾说："她长相相当标致，实在令人爱慕啊！真羡慕你能经常见到她，你能否设法让我再次见到她呢？"殿上童回答说："这怎么可能，连我都不能随意见她呐，亲兄弟尚且不能接近她，更何况你，我怎能让你们见面呢。"夕雾说：

---

[01] 指云居雁。

"既然如此，哪怕只给我递一封信呢。"说着把信交给殿上童。殿上童说："老早以前我曾代办过给妹妹转达信笺的事，遭到父亲的训诫呐。"说着面露难色，可是又经不起夕雾的再三恳求，感到他怪可怜的，于是只好把信转交给妹妹。这姑娘年龄虽小，但也许是情窦早开的缘故吧，她读了夕雾的信，觉得蛮有意思的。信笺外还附加数枚令人心欢的绿色薄纸[01]，运笔字迹虽然还很稚嫩，但行文颇显风流大气，不由人感到此人前途无量，信上还赋歌一首曰：

少女拂袖舞翩跹，
可知我心苦思恋。

兄妹俩正在看信，父亲惟光蓦地前来，两人惊恐万状，信已来不及藏匿。惟光询问："何人来信？"说着把信拿了过去，孩子们顿时面红耳赤。"简直岂有此理！"惟光怒斥道。为兄的拔腿就逃，被父亲惟光喊住，问道："是谁的来信？"殿上童答道："是太政大臣的公子，他如此这般地再三求我传递的。"听儿子这么一说，惟光方才脸上的怒色顿时烟消云散，他绽开笑容说："多么可爱的少爷，他已知晓风流倜傥啦，你们虽然与他同龄，却与他相去甚远，活像两个傻瓜。"惟光一味夸奖夕雾，接着又把信拿给夫人看，并对夫人说："那位少爷如若看上我家女儿，哪怕稍许当作一般人来宠爱，那么我们与其送她去充任并不稀奇的宫职，不如嫁给这位少爷吧。看看这少爷的父亲太政大臣的气质，他一旦遇上一见钟情的人，就会终生不忘，确实是个可靠的君子。说不定我也能成为像明石道人那样的人呐。"至于其他人，各自都在忙碌于为自家的女儿进宫供职做好准备工作。

---

[01] 日本人习惯，信封内除信笺外附加一两枚同样的空白纸。

其时，夕雾连信件都无法给云居雁传递，他总是念念不忘远比惟光的女儿更优秀的云居雁，随着时间的推移，思恋的情怀越发沉重，终日只顾叹息："莫非再也不能见到她的面影了吗？"除此别无他法。至于外祖母太君那边，自己确实也懒得前往，免得看见云居雁昔日居住的房间、当年一起游玩的场所，一切的一切都会更加勾起他的往事记忆，就连他长期住惯了的太君宅邸三条院都成了伤心之地，于是他又闭居于二条院。

　　源氏太政大臣托居住在二条东院西殿里的花散里照顾夕雾，大臣说："太君年迈，距百年之日也不远了，太君百年后，也请你照顾这孩子。从他现在幼小时候起，就把他放在你身边，请你做他的保护人。"花散里天性柔顺，对任何事都是惟源氏之命是从，因此她满怀慈爱心照顾夕雾。夕雾曾偶尔瞥见过花散里的容颜，他觉得这位继母长相其貌不扬，父亲对这样的人也不遗弃呐，而自己却一味痴情眷恋着那漂亮却薄情的云居雁，太无聊了。他有时还想："我应该找个像这位继母那样相貌不怎样，性情却柔顺和蔼的女子相恋才好。"可是转念又想："每天面对着不值得一看的人，也未免太扫兴了。就说父亲吧，虽然相当长时期以来一直眷顾这位继母花散里，但是从一开始就知道花散里长相平庸、性格柔顺，对她保持像文殊兰般的隔阂[01]，采取了有分寸的不即不离的态度，确实有其道理。"同时又觉得，自己小小年纪却在思考这些问题，不免难以为情。外祖母太君虽是尼姑装扮，但至今依旧很美，夕雾到处看惯了美人的姿容，以为人人的容貌和风姿都是完美无缺的。可是这位继母花散里本来就其貌不扬，加上年纪渐老，身体越发瘦削，头发也逐渐稀少，自然令人瞧不过眼。

　　年终岁暮，外祖母太君只顾专为外孙夕雾一人准备新春过年穿用的盛装。可是夕雾对这一套套豪华的盛装，都懒得放眼瞧一瞧。夕雾对太君外祖母说："大年初一，我还不一定进宫拜年，何苦做这般隆重的准备

----

[01] 此语出自《拾遗和歌集》，歌曰："三熊野湾文殊兰，百重隔阂心相连。"

呢！"太君外祖母说："瞧你怎么这样说话，活像暮气沉沉的老头的言辞。"夕雾喃喃自语："心情未老先衰，暮气沉沉啊！"说着热泪盈眶。太君料想夕雾准是为云居雁的事痛苦、受折磨，实在可怜，太君自己也紧锁眉头，责备说："一个男子汉，连身份卑微者都应是气壮山河的，可不能过分郁恺消沉，缘何如此郁郁寡欢愁眉不展，有什么严重事吗？可不吉利呀。"夕雾说："没什么特别的事，人们揶揄说六位芝麻官，虽然我想这是暂时的，但我还是懒得进宫。倘若已故外祖父太政大臣还健在的话，即使开玩笑也没人敢欺负我吧。虽然父亲是我至亲的亲生父，可他严格死板，把我当外人待，连他的居室附近一带，我也不能随便前往，只能在他到东院时，才能走近他身边。东院西殿的那位继母花散里对我固然很慈祥，悉心呵护我，但是我总想着，如果母亲还在世，我就无忧无虑了呀！"说着潸然泪下，那模样着实令人心疼。太君越发伤心地哭泣了，她说："早年丧母的人，不论身份高低，都是很可怜的。不过，当然各人都有各自的宿命，成人立业后，就不会遭人欺负了。因此，对任何事都不必过分介意。已故太政大臣哪怕再多活几年就好了。现在的太政大臣即你的亲生父亲，虽然都是一样可以依靠，但有许多事他都不随我的心意去做。人们都夸奖云居雁的父亲内大臣的秉性好，但是他对待我渐渐变得与昔日不一样了，因此我觉得长寿也没有什么意思。看到连你这样一个年轻、有远大前程的人，都如此这般地有些许悲观，真可叹世道艰辛啊！"说着哭了起来。

大年初一，源氏太政大臣不须进宫朝贺，在家悠闲安歇。正月初七节宴日，仿照当年良房[01]太政大臣的古例，将白马牵入宅邸内，模仿宫中的仪式，举办节宴。不知不觉间，比当年的古例更为郑重，呈现一派庄严隆重的盛况。二月二十日后，冷泉天皇行幸朱雀院，时间距鲜花盛开的季节

---

[01] 良房：即藤原良房（804—872），平安初期的朝臣，曾任太政大臣，谥号忠仁公。据说他在自家宅邸内看见白马。

尚早，乃由于三月份是已故藤壶皇后的忌辰之月份。早开的樱花，其色泽也饶有趣味，朱雀院内也格外精心布置，奉命陪同天皇行幸的公卿大臣、亲王们早早地就做好细心的装扮，人们都在淡红色的衬袍上，罩上青色的贵族便袍。冷泉天皇穿红色的御衣，源氏太政大臣奉旨也前来作陪，穿着同样的红色服装，这两厢红色，光彩绚丽，相互辉映，浑如一人。人们的装扮和品味用心，都与往常大不相同，特别讲究。朱雀院也格外清秀雅丽，随着年龄的增长显得越发端庄，那姿容神态和品位都格外高雅、优美洒脱。今天没有特地邀请专门作汉诗文的人来，只请来十名才学方面享有声誉的大学寮生。还仿照式部省考文章生的书法，由天皇赐下诗题。这大概是为源氏太政大臣的长子布置的一次尝试性考试吧。胆怯的大学寮生们，内心缺少底气地分别坐上小舟，在湖上荡漾，独自写诗[01]，他们一个个露出不知所措的神情。日头逐渐西斜时分，但见载着管弦乐队的船只游弋湖中，奏起各种舞乐曲调，山风吹送着悠扬的乐声，美妙动人。独坐舟中的夕雾不由得心想："我无须如此苦学勤修，也能在人群中悠然自得地交往、游乐。"不免对世道有所怨恨。当开始奏起《春莺啭》的舞曲时，朱雀院不禁缅怀昔日桐壶天皇举办花宴时的情景，说道："只怕再也看不到当年那样的游乐了。"源氏太政大臣继续深切地回忆起昔日的往事，乐曲快将结束时，源氏太政大臣向朱雀院敬酒，咏歌曰：

春莺鸣啭似往昔，
花宴面影已依稀。

朱雀院赋歌曰：

---

[01] 参加考试者，一人乘一舟荡于湖上，漂向湖中岛，这期间独自作诗，这叫"放岛之试"。

遥居九重彩霞外，

黄莺唧啾报春来。[01]

源氏太政大臣的弟弟帅亲王[02]，现在是兵部卿，他向当今圣上献上一
杯酒，并咏歌曰：

笛声传承昔日韵，

春莺鸣啭似当年。

帅亲王巧妙周旋[03]，缓和氛围，显现出他的稳重，诚然可喜可贺。圣
上接过酒杯，赋歌一首曰：

春莺怀旧唱枝头，

疑是花色现衰退。[04]

意境无比幽雅，颇有深度。这次聚会只是私家至亲的团聚，因此没有各方
诸多贤达更多的感怀唱和，抑或是笔者书写的疏漏，以致唱和仅只写下这些。

奏乐处相距稍远，乐声依稀可闻，于是圣上命人把各种乐器拿来。兵
部卿亲王操琵琶，内大臣抚和琴，呈给朱雀院的是十三弦筝琴，皇上照例
命源氏太政大臣抚七弦琴。在场的人净是这方面的高手，各人施展各自的

[01] 朱雀院意指自己自从让位后，虽说还在宫内住，却似遥居九重霄，今日听到《春
莺啭》一曲，恍如黄莺来报春。
[02] 即原来的帅皇子。
[03] 源氏和朱雀院吟咏的歌，带有挖苦景况的味道，兵部卿亲王对圣上咏歌，巧妙地
缓解气氛。
[04] 冷泉天皇谦逊之语，意即人们怀旧，大概是因为当今治世不如昔日辉煌吧。

绝招，奏出的音色美妙绝伦，无与伦比。担任歌者的众多殿上人侍候于左右，他们先唱《啊！尊贵》[01]，接着唱《樱人》。此时正是月色朦胧情趣深沉时分，湖中岛四周，一处处燃起篝火，冷泉天皇行幸朱雀院之游，就此宣告结束。冷泉天皇起驾回宫时，虽然夜色已深，但如若不顺道拜访弘徽殿太后，过门不入，未免显得冷酷无情，因此归途中前往叩访。源氏太政大臣也奉陪一道前往。太后高兴地等待着他们的来访，并与他们照面了。源氏太政大臣看到太后老态龙钟的模样，不禁缅怀已故的藤壶皇后，心想："世间也有活得如此长命的人。"他觉得藤壶皇后过早辞世实在遗憾。太后对冷泉天皇说："哀家已如斯年迈，万事皆忘却了，难为你驾临探望哀家，这才使哀家想起昔日桐壶先皇的一些往事来。"说着哭泣了。冷泉天皇说："自从父皇母后诸位亲人仙逝后，我也无心赏景惜春了。今天拜见太后，心情才豁然开朗，得到安慰。容改日再来拜访。"源氏太政大臣也作了礼貌性的寒暄，并道声"容改日再来请安"，而后离去。太后看见他匆匆离去时那气势威风的场景，心中不免翻腾，暗自思忖："源氏回忆起昔日的往事，不知会有什么想法呢？当初自己不该极力阻挠他那看来是命中注定会独掌天下的权势。"她后悔自己当年对待源氏所施展的手段。尚侍胧月夜闲来总好静静地追忆往事，从而感慨万千。至今只要有适当的机会，她似乎还不断地与源氏互相通信。太后时不时公开上奏皇上，诉说她心中的不满，诸如朝廷赐下的年官[02]、年爵[03]，还有别的什么事等。每当遇到不称心的事时，她就哀叹："何苦活得这般长寿，来瞧如此

---

[01] 原文作《安名尊》，是催马乐的曲子，"安名"（ANA）是赞叹词，歌词曰："啊！尊贵，今日之尊贵，哦，古亦有之，古无如斯景象，今日之尊贵，情趣深沉出色呀，今日之尊贵。"

[02] 年官：一种卖官的制度。日本平安中期以后，朝廷每年给特定的人以任命官职的推举权，并准许其获得任职官员交纳的任职费、俸禄等利益。

[03] 年爵：日本平安时代以后实行的一种卖官制度。准许皇族或贵族为他人申请荣誉爵位，并从获得爵位者那里获取利益。

不可救药的世道呀！"她只想恢复当年的不可一世，对万事都觉得不如意。随着年迈她越发爱吹毛求疵，朱雀院也拿她毫无办法，苦不堪言。

且说那位大学寮生夕雾，当天所作的诗文格外卓越，被录为进士[01]。参加此番考试的十名考生都是经过遴选来的修学年限长、成绩优秀者，可是此次考试的及第者仅三名。夕雾于秋季司召时晋升为五位，当了侍从。他无时不在思念着云居雁，但可恨的是内大臣监督甚严，无空子可钻，没法见面，只能利用适当的机会互相通信而已。真是一对郁郁不乐的痛苦情侣。

源氏太政大臣有意要营造一座幽静的宅邸。他琢磨着既然要造，就建造一处规模宏大、饶有情趣的宅院，以便邀请散居四处难得见面的，例如那位放心不下的远居山村的明石姬等人，让她们都迁居聚集到这里来。他做了这个计划后，遂在六条京极一带，六条妃子的遗宅[02]附近，占地四个区划，营造新宅邸。明年正值紫姬的父亲式部卿亲王五十大寿，紫姬现在已着手准备贺寿事宜。源氏太政大臣心想："此事我不能佯装不知。"于是说："及早做准备，可能的话，最好在新宅邸举办庆贺大寿仪式。"遂加紧催促营造工程快马加鞭。旧岁更新[03]，营造工程自不待言，贺寿的准备事宜都得加紧进行。庆贺当天举行法事后设贺宴之事，选定雅乐的演奏家、舞人等，都需要源氏太政大臣做周密准备。紫姬负责准备经卷、佛像、法事之日的装束以及各种犒赏等。住在东院的花散里也前来帮忙。紫姬和花散里两人举止端庄高雅，彼此和睦相处，潇洒度日。

这兴师动众的筹备工作，轰动了整个世间，式部卿亲王也耳闻此事了，他心想："多年来源氏太政大臣对社会上的一般人普遍施以仁爱心，

---

[01] 进士：即文章生。儒家出身者称作秀才，别家出身者称为进士，不久即晋升为五位。
[02] 六条妃子的遗宅由她女儿秋好皇后继承，现在成为源氏太政大臣的六条院的一个区划。
[03] 光源氏是年三十四岁。

惟独对我家却意气用事，冷漠无情，遇事每每故意为难人，令我难堪，就连对待我的属下也都不施以恩惠，真是可悲可叹之事不胜其多，想必他是有某种怨恨我的缘由吧。"式部卿亲王虽然觉得讨厌也感到很严酷，但转念又想："在与源氏有情思瓜葛的，如此众多的女子中，自己的女儿紫姬，能获得源氏太政大臣格外的宠爱，享受着世人既欣羡又妒忌的荣华富贵，真是前世修来的福气。尽管这种恩惠没有延伸至我家来，但是自己也感到颇有面子。再说，这次为庆贺我五十大寿，如此过分地大兴土木，巧做筹备，确实使我老来获得意想不到的荣幸啊！"式部卿亲王很高兴，可是他夫人却郁郁寡欢，心中十分恼火，大概是因为她的亲生女儿本想进宫充当女御，可是源氏太政大臣对此事不给予丝毫的关照，对此她一直怀恨在心吧。

八月里，营造六条院的工程竣工了，人们行将乔迁入住。四区划中的西南（未申）之区划，从前是六条妃子的旧宅邸，因此还照旧让六条妃子的女儿秋好皇后居住。东南（辰巳）之区划是源氏太政大臣和紫姬的住处。东北（丑寅）之区划，则是原住东院西殿的花散里居住。西北（戌亥）之区划，则决定留给明石姬居住。原有的湖泊和假山，但凡嫌其位置不合心意的都拆了重造，流水的情趣和假山的姿影已然旧貌换新颜，各区划内的景致，都按照夫人们各自的意愿进行布置。诸如紫姬居住的东南区划内，假山筑得高高的，种植无数春天开花的树木，湖泊的模样也宽阔饶有情趣，庭院里特意栽种五叶松、红梅、樱花、紫藤、棣棠、樱桃、越橘等，春季里繁花绽放令人赏心悦目。树木之间，星星点点、错落有致地栽种一丛丛秋草。秋好皇后居住的西南区划内，在原有的假山上种植着色泽浓艳的红叶树林，从远处引来清澈的泉水，并让流水从高筑的岩石上俯冲下去，发出宛如瀑布倾泻的水声，酿造出一种秋季广袤郊外的野趣。此时恰巧正当其季节，秋草的花盛开，烂漫成趣。这派秋季的美妙意趣远远压倒了嵯峨大堰一带野山景致的情趣。花散里居住的东北之区划内,有清凉的泉水,夏季以葳蕤的树林成荫取胜。庭院里种植淡竹,淡竹下想必清风吹拂清爽可人。种植的树丛,树身高耸宛如森林,浓荫遍布,饶有情趣。四周特意栽上溇疏花做篱笆,遥望宛如山村,庭院里栽植怀念旧侣之橘花[01]、红瞿麦花、蔷薇花、牡丹花等种种花,其间还错落有致地种植些春秋的草木。这一区划的东面,划出一部分地方做马场殿,马场四周围上栅栏,作为五月间赛马游乐的场地[02]。湖畔栽种茂盛的菖蒲,其对面建了马厩,饲养着精选的稀世珍贵的名马群。明石姬居住的西北之区划,北面用假山分隔出一块地方,建造成排的仓库。栽种汉竹和葳蕤的苍松做区隔围墙,这一切布置为的是适宜于观赏枝叶上的积雪等雪景。初冬伊始将结早霜,篱笆菊呈现斑斓,笑傲早霜,成排柞栎一派嫣红,俨然惟我得意。此外几乎不知名的深山树木之类,但凡枝叶繁盛的树木等都移植过来。

到了秋分时节,该是乔迁的时候,原定居住二条院的夫人们一起迁居新宅邸,可是秋好皇后嫌一起搬迁太混乱,她稍微推迟一些日子才迁移。一向不爱张扬逞威风的花散里,将于当天晚上和紫姬一起搬到新宅邸来。喜爱观赏春天景色的紫姬,她居处庭院的陈设布局虽然不合乎当下的季节,但还是相当高雅,情趣深邃。乔迁用车十五辆,开道者大多是四位或五位的官员、六位的殿上人等,只挑选交往较多的凑足必需人数,出行行列没搞得那么盛大。为免遭世人的非难,一切从简计议,做任何事都不那么大张旗鼓地盛大进行。花散里那方的乔迁行列气势,与紫姬这边也不相

[01] 此语出自《古今和歌集》第139首,歌曰:"欣闻五月橘花香,怀念旧侣袖芬芳。"

[02] 日本平安时代,五月里有近卫官人的骑射竞赛活动。五月初三、初四在近卫府马场进行练习,称荒手结(ARATETSUGAI),初五、初六在宫中进行骑射竞赛,称真手结(MATETSUGAI)。五月初五是左近卫府举行近卫官人的骑射竞赛活动的日子,在这里,赛场设在六条院的马场。

上下，不过，花散里这边有大公子夕雾侍从陪伴照顾，人们认为："诚然，这样安排也是合乎情理的。"此外侍女使用的房间等事宜，都细致地一一分配妥善，真是万事做得细致入微稳当周全。过了五六天后，秋好皇后才从宫中出来，迁居新宅。其乔迁仪式虽说简朴，却也相当得体。这位皇后命运顺遂自不消说，其为人品格高尚，端庄稳重，很有魅力，为世人所敬重，非同寻常。这六条院的四个区划之间，既有围墙相隔，也有一处处廊道彼此相通，可互相联系，庭园的营造布局似乎意在彼此要亲密无间地相处，颇具意趣。

时令已是九月，红叶着色斑斓，秋好皇后庭院里的景致趣味盎然，美不胜收。一天傍晚，微风习习，秋好皇后摘来各种花、红叶参差交错放在砚台盒盖上，差女童给紫姬送去。个子高大的女童，身穿深紫色的衣裳，外面罩上一件淡紫色的绸缎衫，其上面再套上一件红黄色相间的轻罗汗衫礼服，她着装端整适体，迈上走廊，穿过游廊上的拱桥前往。这种正式礼仪的仪式，一般是派遣成年侍女致意的，但秋好皇后却相中容貌美丽可爱的女童，特意派她去。这女童习惯于在这种高贵的场所伺候贵人，她的姿态优美，举止文雅，与众不同，十分可爱，令人喜欢。秋好皇后致紫姬信中赋歌云：

> 君爱春园翘盼待，
> 且观红叶乘风来。

年轻的侍女们逗乐来使女童的情景也蛮有意思的。紫姬的回礼是在砚台盒盖上铺设青苔，以表现岩石山景等的意境，并在五叶松枝上系一首歌曰：

飘零红叶无乐趣，

莫如松绿映春色[01]。

　　这种扎根于岩石缝里的松树，仔细端详起来，着实是意趣美妙、天工精巧之物。紫姬如此才思敏捷，趣味高雅且丰富，秋好皇后不禁饶有兴味地观赏。她身边的侍女们见到紫姬才思过人、文采卓越，赞不绝口。源氏太政大臣对紫姬说："这红叶和来信好可恨呀！待到春花盛开时节，你大可回敬她了。现在的季节若贬斥红叶，不免会得罪立田姬，暂且忍让一下吧，反正早晚你会站在鲜花的荫翳下，发出强音回敬她。"两人亲昵地对话，充满朝气的情景，不禁令人无比欣羡。夫人们对这六条院的新居称心惬意，无可挑剔，她们彼此和睦相处，经常互通信息。

　　大堰的明石姬，自感身份卑微，不愿与其他各位夫人一起迁居，她想待到她们都迁徙停当后，她才悄悄搬迁。缘此她十月间才乔迁到六条院来。明石姬的居所的陈设布置、庭院的布局、乔迁行列的阵容排场等都不亚于其他人。源氏太政大臣考虑到明石姬所生的女儿的未来，对待这位母亲的待遇礼仪等万般做法，与其他诸位夫人没有什么太大的差别，非常郑重地礼遇她。

---

[01] 此句依据《古今和歌集》第24首而作，歌曰："岩石松绿永不变，大地回春绿
　　更添。"

第二十二回

玉　鬘

岁月流逝，事情虽然已隔多年，然而源氏太政大臣对那位令他百思不厌的夕颜，依然丝毫未曾忘怀。他见过各式各样秉性的袅娜淑女，越见得多就越会想起这位夕颜，他心想："她倘若还健在就好了。"每当想起她，就觉得她值得恋慕，也令人十分惋惜。夕颜的侍女右近，虽说不是什么特别优秀的人，但源氏太政大臣还是看在夕颜的念想分上，觉得她怪可怜的，缘此把她当作老资格的侍女，留在府内供职。源氏公子流放须磨的时候，把掌管侍女们的事宜一概托付给夫人紫姬，因此自那时起，右近就在紫姬这边伺候。紫姬觉得右近为人淳朴、拘谨缄默，比较看重她。右近心里却在想："我家夕颜小姐倘使还健在，受到的源氏公子的宠爱，绝不亚于明石姬吧。源氏公子对一些不是那么笃爱迷恋的人，尚且不加遗弃，还耐心地给予长期的关照，更何况我家夕颜小姐，即使不能与身份高贵的紫夫人并列，也定能列入此番乔迁新居六条院宅邸来的另几位夫人的行列里吧。"想到这里，无限悲伤。右近也很想念留在西京寄养于乳母家里的小女公子玉鬘，不知她现在何方。右近一直谨小慎微，生怕外人知晓夕颜猝死之事，加上源氏公子有话在先，堵住她的嘴，他叮咛说："事到如今，多说无益，'莫露我名'[01]。"因此她心存顾忌，不便前往西京探问小女公子是否平安。在这期间，乳母的丈夫当上太宰少贰，要前往就任地上任，乳母也得随夫一同前去。玉鬘这年刚四岁，只能跟随乳母去筑紫了。

　　乳母一直在打听夕颜的下落，四处求神拜佛，日夜哭泣思念，向所有相识者探询，但最终还是杳无音讯。她想："事到如今，实属无奈，我只得抚养夕颜夫人的这个女儿玉鬘，就当作夫人托孤的遗念，照顾这孩子吧。"可是，转念又想："让这姑娘跟随我这身份卑微的人，一起奔赴遥

---

[01] 此语引自《古今和歌集》第1108首，歌曰："若问犬上鸟笼山，莫露我名答不知。"

远的他乡，确实太凄凉，还是设法通知姑娘的父亲吧。"然而，始终没有合适的机会。在这踌躇不前的过程中，乳母与家里人商量，大家担心："这孩子的母亲杳无音信，万一孩子的父亲问及，如何作答呢？再说这姑娘与她父亲并不亲近，硬让小小年纪的她就这样随父而去，也令人揪心。倘使姑娘的父亲知道自己的孩子在我们这里，恐怕决不会让我们把她带到边远的他乡的。"各抒己见地商量的结果，决意不通知她父亲而把她带走。玉鬘长相十分标致，此时已露出气质高雅、姿容清秀的端倪。他们乘坐没什么特别像样设备的船只奔赴筑紫时的情景，显得无比凄清。

玉鬘稚嫩的内心里总是念念不忘母亲，她时时询问："是不是去母亲那里？"她每次询问自然勾起乳母伤心而热泪潸潸，连乳母的女儿们也思恋夕颜夫人，跟着悲伤哭泣。他人提醒说："在船内哭泣是不吉利的呀！"要她们注意。乳母看到沿途一处处美好的景色，不由得暗自思忖："啊！倘若芳心纯洁的夕颜在场，看到沿途这般美景，该不知多么欣喜。"可是转念又想："她若在场，决不会让我们远离京城奔赴穷乡僻壤的他乡的。"乳母怀念京城的天空，想起古歌所云："欣羡波浪复回转"[01]，心情只觉得忐忑不安，忽听得船夫们粗声粗气地唱道："漂泊至远方，令人好感伤。"乳母的两个女儿不禁相对而泣。姐妹俩各自对"离京颓丧赴僻壤"[02]感慨良多，彼此咏歌以抒发感伤的情怀：

> 船夫想必恋伊人，
> 途经大岛[03]歌声沉。

---

[01] 此句引自《后撰和歌集》，歌曰："旅人远去心思恋，欣羡波浪复回转。"
[02] 此句引自《古今和歌集》第961首，歌曰："离京颓丧赴僻壤，渔人捯绳捕鱼虾。"
[03] "大岛"是玄海滩的岛屿，在筑前国钟海岬附近。

渺茫无着海上寻，

可怜何处能见君。

行船经过筑前的金御崎海岬时，她们像口头禅似的，早晚念叨着：
"情系皇神永不忘。"[01]不久，抵达太宰府之后，乳母觉得如今距离京城
越发遥远，思恋夕颜夫人之情激荡，伤心哭泣，心想至少要把这份情寄托
在精心照顾夕颜遗孤玉鬘身上，就这样送走朝朝暮暮。偶尔也有梦见夕颜
夫人的时候，但每每见到她身边还有个长相酷似她的女子，惊醒过来后，
乳母心情极坏，甚至病了一场，缘此她想："看来，夕颜夫人大概已不在
人世了！"乳母渐渐灰心绝望，伤心至极。

却说，乳母的丈夫太宰少贰任期届满，打算回京，可是路途相当遥
远，少贰又不是格外有势力的人，要筹措返回京城的路费并非一时半会儿
就能办到，无法决定起程日期。不料在这期间少贰忽患重病，觉得自己大
限将至，这时玉鬘才刚十岁，他看见她长相美丽可爱，着实为她的前途诸
事而揪心，他对家人说："倘若连我都舍她而归天，她今后不知还会流浪
到何方，让这孩子生活在这种穷乡僻壤，实在是太委屈她了。真希望能早
日带她返回京城，通知她的亲生父亲，听任她的命运安排，但愿她能飞黄
腾达。京城地域宽广，地位上升的机遇总会多些吧。我如斯想，也准备这
么做的，万没有想到自己行将在这种地方撒手人寰……"太宰少贰有三个
儿子，他对儿子们留下遗嘱说："你们只需想方设法把这位小姐带回京城
去，大可不必为我身后做法事之类的事。"玉鬘是什么样人家的女儿，少
贰家一向连官邸里的人也不让知晓，只说她是必须精心照顾的有来头人家
的子孙而敷衍过去，并且不让外人见她面，极尽所能地格外重视养育她。

---

[01] 此句出自《万叶集》，歌曰："行船将过金御崎，情系皇神永不忘。"借此聊表
自己的心思：情系夕颜永不忘。

如今少贰已然病故，乳母等非常悲伤，孤苦无依，只能一心遵循遗嘱，想方设法筹措将玉鬘带回京都。然而，在这筑紫地方，少贰也结下了不少冤家对头，因此办起事来格外费神费力。不知不觉间他们又在筑紫滞留了好几年。玉鬘逐渐长大成人，长相标致胜过她母亲夕颜。可能她身上有她父亲即当今内大臣的血缘，她气质高雅可爱，性情温柔稳重，确实是个十足的美人。这种传闻流传各地，当地好色的乡下人大都恋慕她，很多人给她寄送情书。乳母觉得既可恨又可恼，一概不予理睬。为躲避这些荒唐的求爱者，乳母特意散布："姑娘长相一般，还严重残疾，与任何人恐怕都无缘。她拟当尼姑，我尚健在期间，则留在我身边。"这样一来，人们又传说："已故少贰的孙女是个残疾人呐，真遗憾呀！"乳母听到这些传闻，甚至觉得很不吉利。乳母对自己的孩子们说："得千方百计设法把玉鬘小姐带回京城去，通知她父亲内大臣。小姐小时候，她父亲相当疼爱她，因此不至于薄情地抛弃她吧！"说着叹息不已。乳母求神拜佛，祈求神灵保佑她能如愿以偿。不过，乳母的女儿、儿子们都在当地相应地成家，定居了下来。乳母独自一人焦虑不安也无济于事，带领玉鬘小姐返京的指望，越发渺茫无着落。玉鬘随着年龄的增长逐渐懂事了，她觉得人生实在艰难，于是祭祀本命星[01]等。到了二十岁时，玉鬘已长成亭亭玉立的窈窕淑女，更令人感到如此标致的少女却生活在穷乡僻壤，实在太可惜了。这时乳母他们的住所已迁至肥前国。当地有许多略有声望的人，听说少贰的孙女是个美人，络绎不绝地前来造访，给这家人带来了莫大的骚扰，甚至令他们感到厌烦。

却说附近肥后国有个称为大夫监[02]的人，他的家族遍布整个肥后国，

---

[01] 每年正月、五月、九月三次举行佛事，斋戒，祭祀自己的本命星，以祈求消灾解难。

[02] 监：太宰府的判官，相当于六位的官，但此人获得授予从五位，故称"大夫监"。

在当地颇有声望。他是个有权势威严的武士，虽然粗俗没风度却有几分花心，企图搜求各处姿容美丽的女子。他耳闻玉鬘的情况，说："不管她有多么严重的残疾，我皆视而不见，一定要娶她。"他极其热心地派人上门去提亲，乳母觉得对方此举太唐突鲁莽，答复说："舍下孙女怎么可能接受此等要求，她行将当尼姑了。"大夫监焦虑不安，硬要强求，便亲自到肥前国来。他把少贰的儿子们招来，对他们说："汝等倘使能让我如愿以偿，今后可成为我的亲信，我将鼎力扶持汝等。"少贰家的老二和老三接受了他的收买，回家来对他们的母亲说："起初我们为小姐着想，觉得这门婚姻不般配，太委屈小姐了。不过，这位大夫监倒是个可以指望的人，能够做我们的坚强后盾。倘若得罪了他，恐怕我们就很难在这一带落脚生活了。虽说小姐是高贵人家的后代，可是她父亲又不来相认，世间人也不知晓，身份高贵又有什么用呢。难得大夫监如此恳切地前来求亲，以小姐眼下的处境来说，这门亲事不是很幸运吗？也许正因为命里注定有这种缘分，小姐才流落到这样的地方来呐。就算逃避得过去，又有什么好处呢。再说，如若惹怒了大夫监，他是个顽固倔强者，说不定会施展什么报复手段呢！"儿子如斯威吓母亲，乳母听了非常担心，她的大儿子丰后介对母亲说："这样做是极大的错误，太对不起人家了。况且已故父亲少贰留下遗嘱，因此我们要千方百计设法巧妙安排，从速护送玉鬘小姐返京。"

乳母的两个女儿不知如何是好，哭得十分伤心，她们相互叹息着说："夕颜夫人那么时运不济，四处漂泊，杳无音信，不知到哪里去了。我们总盼望着玉鬘小姐能配上一户体面的人家，哪怕是普通的人家也罢，没承想竟落魄至将与那种人成亲啊！"可是大夫监全然不了解这些情况，自以为是个身份高贵者，遂写情书给玉鬘送去。他行文笔迹倒不算那么拙劣，用的是唐国的厚片方纸笺，经薰香薰过，芬芳扑鼻。他本以为自己行文还算得上有点雅趣，殊不知其遣辞造句土味儿十足。而后，他接纳少贰家老二为伍，让老二引领他前来造访。大夫监年龄约莫三十岁左右，身材魁梧，胖墩墩的，容貌看上去虽然不是那么丑陋，但也许是心理作用的关系，只觉得他的举止动作粗俗，一看就像个可怕的人。他脸色红润，血气方刚，用极其嘶哑的声音喋喋不休。一般怜香惜玉者多半在夜间避人耳目悄悄行事，称为"夜爬"[01]，可是这个人却异乎寻常，竟在春天的日暮时分前来。虽然不是秋天，但他的神情却显得"何以更眷恋"[02]。乳母心想："在这种情况下，不好跟大夫监撕破情面。"于是出面与他寒暄。大夫监说："久仰已故少贰为人情深义重、端庄磊落，早已想拜见结交，倾诉在下的这份情意，无奈没有机会。不想时日蹉跎中，大人遽然仙逝，令人哀戚万分。为弥补此愿，欲恳请祖母太君应允将府上千金交由在下来照顾，缘此，今日鼓足勇气，不揣冒昧前来拜访。当然，在下深知小姐血统高贵，下嫁寒舍，诚然委屈，不过，在下等定当把小姐敬奉为珍爱之主君，尊她为家中至高无上者。祖母太君对这门亲事之所以踌躇，想必是听闻舍下纳蓄众多贱妾，而有所嫌弃吧。不管怎么说，这些贱人是无法与小姐等量齐观的，我定当视小姐之地位不亚于皇后之尊。"他花言巧语滔滔不绝地说了一通，乳母说："不敢当，承蒙一番美好言辞，不胜荣幸之至。不过，小孙女也许是命里注定，时运不佳的关系，身患难于启齿之残疾，无法见人，她每每于暗地里独自嗟叹，实甚可怜。"乳母的话音刚落，大夫监接着自鸣得意地说："这等事不必挂虑，天下人，纵然是目盲或足瘫者，在下亦能照料，务使患者得以治疗康复。肥后国内的神佛，都听从在下的调遣呢。"他还撂下话说："过几天将前来迎娶。"乳母操着仿佛乡下人的口吻说："由于本月是春季的末月，不宜……"[03]当场支吾

---

[01] 夜爬：原文作夜这（YOBAI），私通的意思，一般指男人到女人家过夜。
[02] 此语引自《古今和歌集》第546首，歌曰："伊人无时不挂牵，秋夕何以更眷恋。"
[03] "本月"指阴历三月，即是春季的末月，按乡下习俗，春季末月不宜结缘。

搪塞过去。大夫监无可奈何，临告辞之际，想留下一首赠歌，遂略加思索，咏歌曰：

> "若存二心对待君，
>
> 愿受松浦镜神[01]惩。

在下自我感觉这首和歌咏得相当不错。"说着微微笑，露出一副生疏的、初次吟咏赠答恋歌的神态。乳母深感愕然，无意作答歌，便让女儿们替她作答歌，可是女儿们说："我们更加莫名其妙了。"乳母觉得时间拖得过久，不作答有碍情面，于是信口答歌曰：

> 经年祈求遂心愿，
>
> 未能如愿怨镜神。

乳母用哆哆嗦嗦的颤音咏答歌。大夫监说："等等，您在说些什么？"他说着蓦地把身子向乳母逼将过来，乳母吓得脸色铁青。女儿们心中虽然也甚害怕，但为了圆场，强露笑容，替母亲辩解说："家母本是想说，小姐因患残疾，为祈求幸福，终身不嫁，倘若违愿，势必怨恨。无奈家母老迈糊涂，竟误咏成怨镜神。"大夫监听了点点头说："噢，原来如此，说得在理。"接着又说："您咏的这首歌，蛮有意思的啊！在下虽然名义上被称为乡巴佬，但绝非微不足道的当地居民所可比拟，就算是京城里的人，又何足为奇，吟咏和歌在下尽皆通晓，切莫瞧不起在下哟！"说着他本想再吟咏一首和歌，大概是没能作出来吧，就此离去。

乳母对次郎君已被大夫监收买非常恐惧，忧心忡忡，只得催促长子丰

---

[01] 镜神：指肥前国松浦郡的镜明神。

后介想方设法行事。丰后介寻思："我能想出什么好法子让小姐脱离苦海呢？我连个商量的人都没有，惟有两个亲弟兄，只因自己不愿与大夫监为伍，我们兄弟间的感情都发生了龃龉，如今得罪了大夫监，纵令想稍许动作又谈何容易。更令人担心的是，说不定还会招来什么横祸呢。"丰后介思来想去，心烦意乱，而玉鬘暗地里伤心痛苦的神情更令人怜惜，她悲观绝望，甚至想："莫如死去算了！"她有这种想法也实属难怪，丰后介极其同情她的处境，决意奋不顾身拟订出走计划。丰后介的妹妹们也决心放弃多年来生活在一起的丈夫，陪伴玉鬘一起出走。丰后介的幺妹小名叫贵君，现在叫兵部君。丰后介安排她陪伴玉鬘于夜间出逃上船。由于大夫监已回肥后，并拟于四月二十日左右，选择吉日前来迎娶，因此他们趁此期间就这样出逃。兵部君的姐姐终因孩子多、事务杂，无法同行，彼此惜别。兵部君心想："此番一别，恐怕很难再有重逢的机会了。"长年住惯了的土地，虽说没有什么格外依恋不舍的事物，只是松浦宫前那海滨的景色和这位姐姐，令她恋恋不舍，内心不免十分悲伤，临别赠歌曰：

> 逃离浮岛[01]诚庆幸，
> 行船何处留身影。

玉鬘也作临别赠歌曰：

> 孤帆远影路遥遥，
> 凋零身世随风飘。

玉鬘深感身心飘忽无着，便俯卧船中。一想到他们这样出逃的消息自

---

[01] 日语"浮岛"与"忧岛"谐音，意即逃离苦海。

然会风传到大夫监那里，性格倔强不服输的大夫监肯定会追赶过来的，他们心急如焚，便雇一艘快船，大家赶紧登船。船上有特别的装置，幸好又遇上顺风，他们甚至不顾危险，飞速向京都驶去。行船顺利地驶过了响滩[01]，沿途人们望见这艘船行驶飞快，有人甚至说："莫不是海盗船？小小船只竟能飞快地行驶过来！"诸如此类的话。比起只顾掠夺财宝的海盗来，更可怕的倒是那个穷凶极恶的人说不定什么时候会追赶上来。大家忐忑不安，只觉得走投无路。行船驶过响滩时，玉鬘咏歌曰：

> 忧心忡忡心潮涌，
> 胜似响滩浪汹汹。

行船驶近川尻[02]地方时，大家这才松口气，仿佛才苏醒过来似的。船夫们照例用粗犷的声调唱船歌："船从唐泊行驶到川尻……"歌声听来颇感凄怆。丰后介也用凄凉而亲切的声调，情深意浓地唱道："无比可爱的妻儿，而今似乎已遗忘。"思想起来，诚如歌中所云，自己把家人尽皆遗弃，此刻家人不知情况如何，能干且靠得住的仆人们，都被自己带来了。"此后大夫监如若憎恨我，而追逼我家里人，家人们该不知会遭遇何等灾殃。回想起来，此番行事，自己不顾前后，只顾鲁莽出逃啊！"随着心情逐渐平静下来，他净想象着一些意外的坏事，不由得情绪低落，终于热泪潸潸，于是吟咏："胡地妻儿虚弃捐。"[03]兵部君听了也不免勾起重重心事，她想："真是的，此番行事确实不可思议啊！自己抛弃了结缘多年的丈夫，突然出逃，不知他会作何感想呢？"她接着浮想联翩："虽说是返

---

[01] 响滩：山口县西边，福冈县北边之海域。
[02] 川尻：位于摄津的淀川河口。
[03] 此句引自白居易诗《缚戎人》："念此吞声仰诉天，若为辛苦度残年。凉原乡井不得见，胡地妻儿虚弃捐。"

回故乡，却无固定的可去之处，也没有可依靠的亲人，一心只为让小姐脱离苦海。离开了长年累月住惯了的世界，漂浮在惊涛骇浪之中，翻来覆去地思索，却理不出个头绪来，究竟怎样才能设法安顿这位小姐呢？"她感到茫然，想不出办法，最后她想："事到如今，只有走一步算一步了。"于是匆匆赶路进入京城。

　　他们探寻到九条有个当年的熟人还健在，便造访他，并以该处为暂时落脚之处。然而九条虽说位于京城里，却不是像样人家的居住区，四周都是些形迹可疑的做买卖的女人和商人，他们夹杂在这群人当中，寒酸度日，不觉间已到了秋天。回顾往事，寻思未来，可悲之事甚多。连众人所仰仗的丰后介也宛如水鸟登陆，不知所措，每天无所事事，着实无聊。可是事到如今，再折回筑紫又很不体面，他深深后悔自己行事考虑得太欠周详。一道跟着来的仆从们也各自托故纷纷他逃，有的分别折回故乡。看情况，在京城也无法过上安宁的生活，乳母朝朝暮暮叹息不已，总觉得对不住自己的长子，丰后介安慰母亲说："您不必介意，儿子自身微不足道，反正为了小姐儿子愿奉献出生命，永远跟随到底，即使山穷水尽也绝无怨言。相反纵令儿等多么荣华富贵，握有权势，而让小姐屈嫁给那样的人，于心何忍啊！"接着又说："这种时候，神佛定会保佑小姐获得幸福的。附近有个八幡神社，与小姐在乡间所参拜的松浦神社或箱崎神社祭祀的是同一尊明神。记得小姐离开当地时，曾向此明神立下了诸多誓愿，因此承蒙神灵的呵护，现在才得以平安返回京城，应该迅速去参拜才是。"于是让小姐等人前往参拜八幡神社。他向熟悉那一带情况的人打听，得知八幡神社里有一名僧人，早年与父亲太宰少贰有交情，现在担任八幡神社的五师^[01]之职，于是他把该僧人请来，引领众人前往八幡神社参拜。

---

[01] 五师：通常一家寺庙的事务管理定员五人，因而得名"五师"。当时的八幡神社由社僧掌管神社事务。

参拜之后，丰后介又说："除了八幡神灵之外，佛菩萨中，长谷寺的观音菩萨在日本国内据说是最为灵验的，甚至在唐国都闻名遐迩呐，更何况我国国内远居乡间的人。小姐长年拜佛，佛菩萨定会格外护佑的。"说着便带玉鬘前去参拜长谷寺的观音菩萨，并特意决定徒步走去以表示虔诚。玉鬘不习惯于步行远路，内心颇感寂寞也很痛苦，不过她还是顺从家人的规劝，拼命地向前迈步。她边走边向佛祈祷，心想："不知自己前世造了何等深重的罪孽，以致今生遭遇如此苦难，颠沛流离。母亲纵令不在人世，她若心疼我，应引领我到她身边去。倘若她尚健在，应该让我见上一面啊！"可是，她连母亲的长相都毫无记忆了。以往只顾一味希望母亲还健在，从而以不断悲伤叹息度日，如今备受旅途中的痛苦煎熬，更是苦楚填膺。好不容易撑持到椿市[01]，是时已是离开京城第四天巳时左右，到达此地时，已精疲力竭不成人样了。

玉鬘一路上虽然没有走太多的路，并且还接受了种种治疗，可是她的脚底还是疼痛得无法动弹。他们不得已只好暂时在椿市的一户人家借宿歇息。这一行人中有全家的顶梁柱丰后介、持弓者二人、仆役和男童三四人，女眷总共才三人，都穿着壶装束，此外还有做清洁工作的下女一人、老侍女二人随从。这一行旅人相当朴素并不显眼。他们落脚之后，准备在佛前点燃的灯明，并添加诸多供品，不觉间已是日暮时分。这户人家的主人是个法师，刚从外面回来，就听见他唠叨说："今天有客人要来歇宿呢。那伙人都是些什么人？奇怪可疑的妇女们，会胡作非为的。"玉鬘等人听了觉得很不是滋味。正在这时，果然有一群人走了进来。

这群来客似乎也是徒步来的。他们当中有两名穿着不俗的女子，随从

---

[01] 椿市：位于奈良县樱井市三轮附近，那里有座椿市观音堂。这一带是通往长谷寺的必经之路。

的下人男男女女为数众多，牵来四五匹马。他们行动相当文静，并不嚣张，缓步走了进来，其中也有几个长相清秀不俗的男子。户主法师本打算让这一行人留宿家中，可是玉鬘这一伙人已先到达，他搔搔头，转来转去好不为难。玉鬘这边处境也很困难，事已至此，要改变住处既不体面，也很麻烦，于是安排一部分人深入里间，一部分人藏身外间，剩下的人挤到房屋的一个角落里。玉鬘的住处，则围上围屏与众人隔开。随后进来的客人们也不那么轻狂。两方相当安静，彼此相互照应。

实际上，后到的来客，正是日夜思念玉鬘而悲伤哭泣的右近。右近在源氏公子家当了多年的侍女，随着时间的推移，她渐渐感到自己中途插进来充当府中的侍女，总不相称，不时为自己日后的归宿问题感到苦恼，缘此常来参拜长谷寺观音菩萨，祈求护佑。她是这里的常客，一切驾轻就熟，行事麻利，只因徒步前来，疲惫不堪，遂躺倒歇息。这时，只见丰后介走到贴邻的围屏边上，亲自手捧盛着膳食用具的木制方盘，冲着围屏内说：“小姐请用膳，粗茶淡饭，务请海涵。”右近听见了，便猜想：“住在围屏内的人，准非我等普通人吧。”于是她透过缝隙窥视，觉得那男子的模样似曾相识，可是一时又想不起来此人是谁。丰后介非常年轻的时候她见过他，如今他躯体发胖，肌肤黝黑，面色憔悴。阔别多年了，她蓦地自然想不起他是谁了。这时，丰后介呼唤：“三条！小姐唤你呐。”只见另一个女子走了出来，右近一看，又是一个熟人，右近想起来了：“此人就是已故夕颜夫人的侍女三条，曾经侍候夕颜夫人多年，夫人隐居于租屋内时，也是三条在夫人身边陪伴伺候的。”右近觉得能在此地见到三条，简直就像做梦一般。右近很想拜见这些人的主人，但是总也想不出什么好办法来，绞尽脑汁，最后决定：“对了，我不妨先向三条打听一下，先前的那个男子肯定是兵藤太 [01] 吧，如此看来，说不定玉鬘小姐也在这里

---

[01] 兵藤太：丰后介原来的名字。

呢。"右近想到这里,内心急不可耐,遂叫人把三条请来。三条就在隔壁房间里,她正在专注地就餐,不肯立即过来,右近觉得这家伙真讨厌,也觉得自己未免只顾自己方便。三条好不容易来了,嘴里叨叨着:"真没想到呀,在筑紫国待了二十年的下女,京城里竟有人认识,莫不是看错人了吧?"三条说着走了过来,她穿的是乡巴佬式的熟绢衬袍,罩上一件和服,体态相当肥胖。右近从三条身上,意识到自己也老了,不禁难以为情。右近冲着三条把脸凑了过去,说:"你仔细瞧瞧,理应还记得我是谁吧?"三条拍了一下手,说:"啊!原来是你呀!太高兴啦,真高兴啊!你从哪里来的呢?夫人也来了吗?"说着放声大哭了起来。右近回忆起当年三条年轻时那熟悉的情景,岁月如流,不禁感慨万千,说:"我先问你,乳母老夫人也来了吗?小姐怎么样了?那个叫贵君的呢?"至于夕颜夫人的事,右近想起那无常的临终的情景,说出来大家将会多么伤心失望,因此有所顾忌,缄口不敢说出来。三条答道:"大家都在这里呐,小姐已长大成人。我首先得去告诉乳母老夫人。"她说着向里间那边走去。

　　大家听了三条的诉说之后都十分惊讶。乳母说:"简直就像在做梦一般,曾记得当年右近把夕颜夫人带走的时候,我不知多么憎恨她,想不到竟能在此地邂逅。"她说着走近两个房间的交界处,将隔着双方房间的类似屏风的东西全部拆除。彼此相见时,连寒暄也顾不上,只顾相对痛哭。过了一会儿,乳母老夫人连连诉说:"夫人怎样了?在这漫长的岁月里,我连做梦都想知道她在哪里,我向神佛许过大愿,可是由于我住在那遥远的世界里,连一丝风声也传送不到那里,令我无限悲伤。我这把年纪的人还存活在世上,着实可悲。不过,夫人舍弃下来的小女公子,长得美丽而文雅,十分可怜,我若舍弃她而死去,到阴府也会遭罪的,我怅惘苦闷,以至苟延残喘至今天。"右近顿时无法作答,她觉得此刻自己的狼狈劲儿,远超于当年夕颜夫人猝死时自己的惊慌失措。她虽然感到为难,但还是说："唉！说了也是毫无办法的事，夫人早已撒手人寰了！"话刚落音，三人不由放声痛哭，潸潸热泪想止也止不住。

此时已是暮色苍茫时分，须赶紧准备供神佛前的灯明等事宜，以便玉鬘一行前去参拜，引领者连声催促，此刻只得依依惜别。右近虽然说了声："不如一起去吧！"但又生怕引起双方随从人员的猜疑，就此作罢。乳母连向丰后介告知详情的工夫都没有。如今双方已相互理解，无须格外顾虑，于是分别出门前去参拜。

右近一边走一边悄悄地观察乳母家的这一班人马。只见其中一女子的背影袅娜，举止显得相当疲惫，身穿一件四月初夏的单衣，一头乌发，模样异常的美。她估计此人就是玉鬘，内心涌起一阵凄楚的感觉，十分悲伤。多少习惯于步行的善男信女们早已在佛殿里就座了。乳母一行人由于照顾玉鬘，行动迟缓，直到初更僧侣修行时分才抵达。佛殿里人声嘈杂，挤满了来自各方的信众，熙熙攘攘。右近落座在靠近佛尊的右方一间房里。乳母一行人可能由于与法师交情不深的缘故吧，被安排在远离佛尊的西边房间里。右近找到了他们，劝他们说："还是移到我这边来吧。"乳母遂把事情的原委向丰后介一五一十地细说，并与他商量好，让男人们都留在原处，她带着玉鬘移到右近这边来。右近对乳母说："如您所见，我身份虽然微不足道，只因如今在源氏太政大臣邸供职，此番出门，随从人虽为数不多，但一路上无人胆敢来骚扰，大可放心。总而言之，在这种地方，居心叵测的恶徒，看见乡下来的人，会起歹心，施以凌辱，得提防警惕。"此外她还想讲许许多多，可是，这时已响起众多僧人的诵经声，她们在喧嚣的氛围下，也跟着礼拜佛爷。右近心中暗自祈祷："我一直祈求菩萨让我能找到小姐的下落，如今承蒙菩萨保佑我如愿以偿，得以相见。此外我还祷告，源氏太政大臣一向在寻找玉鬘小姐，情深意切，万望菩萨引领，务使他们得以相见，祈求菩萨赐予小姐幸福。"

众多的乡下人从四面八方前来参拜。这个大和国的国守夫人也参拜来了，随从众多排场盛大，威风凛凛。三条看见这种场面欣羡不已，她向菩萨祷告："南无大慈大悲的观世音菩萨，我别无所求，惟求菩萨保佑我家小姐当上个大贰的夫人，或者做大和国国守夫人。这样一来，三条我等下属也能相应沾光，有个出头之日，届时我等定将齐来还愿。"说着合掌举至额上虔诚礼拜。右近听见她这样祈求，心里可有气，说道："哎呀！你真成乡巴佬啦！小姐的父亲头中将大人，当年已是威势无比，更何况如今是执掌天下朝政的内大臣，荣耀满门威光四射呢，莫非你只希望小姐当一名地方官的妻子吗？"三条回应说："嗨！别唠叨啦！什么大臣不大臣的，算了吧。你没瞧见大贰夫人参拜清水寺观世音菩萨时那威风凛凛的排场吗？简直不亚于帝王的行幸哩。真是岂有此理！"说着依然合掌，更加一心顶礼膜拜，闭居寺院斋戒祈祷。

从筑紫来的玉鬘一行人，预定祈祷三天。右近原本无意久留此地，但考虑到可趁此机会与乳母等人畅谈，觉得应闭居寺院，于是召唤法师来说明自己的意愿，请他给予安排。供奉神前灯明的愿文，须写上施主的祈愿，诸如愿文的写法等琐事，施主只需示意，法师皆能心领神会，熟练操作，右近遂驾轻就熟示意说："依照惯例，为藤原琉璃君[01]供奉灯明，务请妥善代为祈祷。近日已能遇见此君，日后定当前来还愿。"玉鬘一行人从旁听了，也都很感动。法师也说："这真是可喜可贺之事啊！贫僧孜孜不倦的祈祷应验了。"当天晚上，参拜的善男信女们诵经念佛，喧嚣了一夜。

天亮时分，右近退到早先熟悉的法师的房间里，闭居寺院斋戒祈祷，大概是为了能与乳母等人畅叙积压多年的话语吧。玉鬘相当疲惫、略显睏腆的模样，看上去美极了。右近说："我出乎意外，能在高贵人家府上供

---

[01] 藤原琉璃君：玉鬘的乳名。

职，见过许多人，却总觉得未曾见过有谁能与府上大臣的紫夫人的长相相媲美，最近紫夫人又抚育了一位非常可爱的小女公子，相貌十分标致，这是自然的了。这与大臣的珍视呵护非同寻常，也不无关系吧。我们家的玉鬘小姐，虽说经受旅途劳顿，但看上去端庄秀丽，不亚于他人，真是可喜可贺。源氏太政大臣在他父皇还健在的时候，见过宫中众多女御、皇后及其下的妃嫔，不计其数，一览无余，可是大臣说：'我觉得惟有当今皇上的藤壶母后和我家的明石小女公子姿色最标致，所谓美人指的正是她们这样的人。'我想拜见作个比较，可是藤壶母后我未曾见过，明石小女公子长相虽说秀丽，不过才刚八岁，尚未成熟，成人之后倒是可想而知。紫夫人的姿色，有谁能比得上呢。源氏太政大臣也认为她是个卓越的美人，可是口头上哪能这么说呢，倒是经常开玩笑说：'你嫁给我，正是你的福分哩。'我经常看到众多佳人和这般美景，定会延年益寿吧。我本以为人世间再没有比她们更美的人了，殊不知我们这位玉鬘小姐，若论姿色，与她们相比，毫无逊色之处呢。事物终归有极限，再怎么是绝代美人，头顶上也不可能发散毫光啊！应该说我们玉鬘小姐也是一位绝顶美人了。"她说着微微笑，仰望着玉鬘，乳母听了也很高兴。乳母说："如此国色天香，却差点被埋没在穷乡僻壤里，我们为此深感惋惜也很悲伤，于是我们抛弃家园财物，割舍了日后可依靠的子女，逃回到如今已成为他乡一般的京城里来。右近，请你务必早些好好提携引荐吧。你在高贵大臣家供职，自然交际广、关系多，请你想方设法告知她父亲内大臣关于她的情况，请内大臣收养他的亲生女儿吧。"玉鬘听了觉得不好意思，背过脸去。右近说："嗨！我虽说身份卑微，但经常能接近源氏太政大臣，有时我相机提及此事说：'夕颜夫人所生的小女公子，现在不知情况怎样了。'大臣听了之后说：'我也在设法寻找她呢，你若听到什么信息，务必告诉我。'"乳母说："源氏太政大臣确实很贤明，不过他府上有诸多尊贵的夫人，还是首先告知她的亲生父亲内大臣为好。"到了这份儿上，右近才把源氏太政大臣当年与猝死的夕颜夫人恩爱交往的原委说了出来。右近说："源氏太政大臣始终念念不忘这件事，十分悲伤，当年他曾对我说：'我真想把这个小女孩儿当作她的替身来抚养，对他人则披露说，因家中孩子少，很寂寞，已找到一个亲生的女儿。'那时候我还年轻不懂事，万事过于谨慎从事，也不敢去寻访。岁月蹉跎，这期间，从名单上得知你家主人晋升少贰，少贰到源氏府中来辞行那天，我才得以匆匆见上一面，终于连寒暄也没有说上一句。我以为你们奔赴筑紫上任，小姐将留在昔日夕颜夫人居住的五条住房处。啊！她若变成乡下人，那可就真惨啦！"这一天，他们或叙旧，或诵经念佛地就过去了。这里居于高处，可以鸟瞰络绎不绝前来参拜的人群，前方有条河称为初濑川，川流不息。右近想起古歌[01]而获得启发，遂咏出：

"寻访双杉莅古川，

庆幸川畔遇君欢。

真是'初濑川畔喜相逢'[02]啊！"玉鬘听了，遂和上一首歌曰：

初濑川事纵不晓，

川畔相逢喜泪浇。

咏罢情不自禁地哭了。她那哭泣的姿态着实可爱。右近心想："如此

---

[01] 指《古今和歌集》第1009首，歌曰："初濑川边立双杉，经年累月伴古川。"
[02] 此句引自《古今和歌六帖》中的和歌，歌曰："虔诚祈祷赐随衷，初濑川畔喜相逢。"

温文尔雅的美人，倘使沾染上乡巴佬气息，那可真是美玉上的瑕疵啦。说
也稀奇呀！乳母不知怎样尽心竭力，竟能把小姐抚育成如此美丽动人！"
看到乳母的一片赤诚，右近满心喜悦，她回想起玉鬘的已故母亲夕颜，只
是年轻貌美、心胸开阔、温柔可人、人品稳重，而玉鬘小姐则是气质高
雅，举止落落大方，很有品位，令人见了直觉此人气宇非凡而自愧弗如。
看来，筑紫这个地方真是不容藐视。可是以前自己所见过的筑紫人，一个
个土里土气的，真是不能理解。日暮时分，大家又都到大殿上诵经念佛，
第二天也修行礼佛一整天。秋风从遥远的山谷那边吹送过来，寒气逼人，
大家那份凄怆的心情不由得涌动，万般往事，一桩桩一件件，浮上心头。
玉鬘也陷入沉思，独自嗟叹，觉得前途渺茫，提不起精神来。近日听得右
近闲聊，知道亲生父亲内大臣"对一处处身份卑微的妾室所生的孩子，都
珍视收养，呵护关怀"。果真如此，像自己这样一个杂草般被埋没的女儿
身也有盼头了。他们从长谷寺出来的时候，分手之前彼此都告知各自在
京城的住址，因为右近生怕会再度不知小姐的下落。右近家住六条院附
近，距乳母的住处不太远，遇上什么事也可以前往商量，彼此都安心
了。

　　右近从长谷寺回来后，就想上正殿参见源氏太政大臣。因为她认为，
说不定会有机会悄悄告诉太政大臣呢，遂匆匆赶往正殿。右近乘坐的车子
刚一驱进六条院的大门内，就觉得这里的气派与早先的二条院迥异，院落
宽敞大气，挤满了进进出出的众多车辆，像自己这样微不足道的人，跻身
于令人目眩的琼楼玉宇实在难为情，因此，当天晚上她没有参见源氏太政
大臣，便带着满脑子的盘算入睡了。翌日，紫夫人从昨夜自各家住宅回来
的众多高级侍女和年轻侍女中，特意召唤了右近，右近深感荣幸，觉得很
体面。源氏太政大臣也一起接见她，照例开玩笑地发难说："为什么在家
待得这么久？稀罕呀！老实巴交的你，一改常态变得青春焕发了嘛，是否

有什么逸闻趣事呢？"右近回答说："我请了七八天的假，倒是没有什么
逸闻趣事，只是我闭居长谷寺院斋戒祈祷时，邂逅了一位难以忘怀的
人。"源氏太政大臣问道："是什么人？"右近担心："此事尚未禀报紫
夫人，我若贸然先向源氏太政大臣述说事情的原委，夫人知晓后，岂不怪
罪我对她有异心，而产生隔阂。"于是答道："容后禀报。"这时候其他
侍女纷纷前来，谈话就此中断。

　　天黑之后，正殿上点燃灯火。源氏太政大臣与紫夫人双双和睦并排、
亲密无间的姿影，实在令人赏心悦目。紫夫人此时年龄约莫二十七八岁
吧，正是魅力最盛时期，她比以往更加成熟，美丽动人。右近离开紫夫人
没多久，今宵一见，只觉得在这短暂期间，夫人的美色风韵越发添加了。
右近原以为玉鬘容貌相当漂亮，不亚于紫夫人，此刻见到紫夫人，也许是
心理作用的关系，觉得还是紫夫人占上风，无与伦比。由此可见幸运与不
幸之差别有多么大啊！右近自然而然地将这两人相比较，而有此感慨。源
氏太政大臣要就寝了，他让右近给他做足部按摩。他说："要让年轻的侍
女做按摩，她们就会心情烦躁，满脸不耐烦。不管怎么说，还是年纪大的
人之间容易相互理解，彼此贴心。"几个年轻侍女在一旁哧哧窃笑，她们
相互说："那是呀！老爷吩咐在身旁侍候，谁敢不耐烦呢。只是喋喋不休
地开玩笑才烦人呐！"源氏太政大臣面向紫夫人说："瞧见我和年纪大的
人过分亲热，夫人恐怕也会不高兴吧？"紫夫人回答道："惟恐不光是开
开玩笑，才危险呐！"说着便与右近谈笑风生。紫夫人魅力十足，甚至露
出一派爽朗快活的神情。

　　以源氏太政大臣而今所居的地位，掌管的朝廷大事并不那么繁忙，故
而悠闲度日，平常要么开开无关痛痒的玩笑，要么兴味盎然地探索侍女们
的内心世界，连右近这样的半老侍女，他也对她开玩笑。他问右近："方
才你说邂逅了一位难以忘怀的人，是个什么样的人呢？莫不是相中了一个

德高望重的修行者，并把他带回来了吧？"右近说："瞧您说的，好不中听呀！我找到昔日无常猝死的夕颜夫人的遗孤了。"源氏太政大臣说："啊！实在太可怜啦！多年来这孩子在哪里生活呢？"右近不便据实和盘托出，只说："住在穷乡僻壤里，多少还留有几个昔日的老人依旧在侍候她，我对她谈起昔日的往事，她伤心极了呀！"源氏说："好了，打住！丝毫不知情者在场……"言外之意：不必多说了。紫夫人说："哎哟！可麻烦啦！我困了，不想听下去啦。"说着用衣袖堵住耳朵。源氏接着问右近："那孩子的容貌等，不亚于昔日的那位夕颜吧？"右近答道："姿色未必有她母亲那么标致，不过，她的长相远比幼小时美丽多了。"源氏说："这可真有意思，你觉得那孩子的姿色相当于谁的？比起紫夫人来怎样呢？"右近说："哪儿的话，这怎么可比呢！"源氏说："你这么说，紫姬心里可高兴啦。不管怎么说，只要像我，我就放心了。"他故意俨然以父亲的口吻说话。

源氏知道玉鬘的事之后，好几次在别处单独召唤右近，对她说："叫玉鬘迁居到这附近来住吧。多年来我每每想起她来，却无法打听到她的下落，感到无比遗憾。如今得以知晓她之所在，高兴之余又觉得，直到现在才找到她，我也实在太无能了。我想也没有必要通知她的父亲内大臣，他那边子女众多，一个个视如珍宝，迄今被遗弃的她骤然间被收养，加入这群子女的行列，反而会使她感到自卑而增加她的痛苦吧。我家孩子少，很寂寞，对外人就说我意外地找到了亲生的女儿好了。我将精心照料，把她栽培成风流才子们倾心追逐的对象。"右近听了源氏太政大臣的这番话之后，欣喜万分地说道："此事全听从您的安排。内大臣那边，除非您泄漏，还有谁会走漏风声呢。一心只盼您能把玉鬘小姐当作那红颜薄命的夕颜夫人的替身，加以呵护栽培成器，定能对夕颜夫人在天之灵赎赎罪吧。"源氏说："为夕颜的事，你极其怨恨我了吧？！"说着莞尔一笑，双眼里却噙着泪珠。他接着又说：“多年来我不断地在想，我和夕颜的这段缘分真是凄怆无常啊！云集在这六条院里的人们，没有一个像夕颜当年那样强烈地牵动着我的心。许多长寿活着的人们，可以见证我的真心实意，夕颜却那样无常地猝死，我只能把右近你当作她的遗念加以关照，实在遗憾啊！至今我对她依然难以忘怀。她的遗孤玉鬘，倘若能到我这边来，那我真是如愿以偿哩。”说着执笔给玉鬘写信。他想起末摘花那鲁钝窘困的样子，担心玉鬘沉沦于那样的境遇，不知成长成什么样人品的人，因此想从她的回信行文笔致中探知一二。源氏十分谨慎并甚认真地书写，在信的末尾写道：

> 汝我宿缘宛如斯，
> 纵令不知我寻觅，
> 三岛江生三棱丝[01]，
> 坚韧不绝情所倚。

　　右近亲自把这封信送去，并且转达了源氏太政大臣的示意等，携带的礼物有玉鬘的盛装礼服和侍女们的衣物用具等，各式各样应有尽有。估计早已与紫夫人商量好了的，盛装礼服都是从裁缝所准备好了的装束中，挑选出色泽鲜艳做工格外精巧的汇集起来的，因此在乡巴佬的眼光看来，就更觉珍奇了。然而玉鬘本人却说，倘若是亲生父亲来信，哪怕是只言片语，自己也会十分高兴吧，可是为什么非要迁居到连认识都不认识的人家去呢？她感到困惑痛苦。右近耐心开导她，告知她在这种情况下应该采取什么态度。其他的侍女们也加以劝说：“不管怎么说，小姐到了源氏太政

---

[01] 三岛江：地名，位于今大阪府三岛郡淀川沿岸。三棱：生长在沼泽地或其附近的植物，叶子丝多且坚韧，多用于编织草帘、草绳等。以“三棱丝”喻情分不绝。

大臣邸，身份自然跟着高贵，令尊内大臣也会闻讯前来寻访的吧。父女的缘分是不会断绝的。像右近这样的无足轻重者，祈求神佛保佑她能遇见小姐，不是果然应验了吗？更何况您父女俩，只要双方都平安无事……"大家都安慰她，并规劝说："首先得写封回信！"大伙催促她动笔，玉鬘生怕露出乡巴佬相，深感难以为情。侍女们拿出薰过浓郁芳香的唐国信笺，让她写信。玉鬘只略微地写道：

> 缘何宿命不足道，
> 漂泊苦海受煎熬。

看上去似觉运笔不稳，略嫌孱弱，不过情趣高雅，并不俗气，源氏太政大臣阅后也就放心了。

源氏太政大臣考虑玉鬘来了住哪儿合适，紫姬所居的东南区域内，没有空着的厢房，加之气势特殊，四处住满了追随气势的侍女，是许多引人注目的人士经常出入的热闹地方；秋好皇后所居住的西南区域内，皇后经常不在家住，让玉鬘她们这些人住下，倒是很安静颇合适。不过，这样一来，别人会不会误认为玉鬘也是侍女呢？想到这些又觉不合适，惟有花散里所居住的东北区域内，虽然有点阴森，但那里的西厢房是书库，把书库迁往别处，就让玉鬘住在那里吧。与花散里住在一个区域内，花散里为人沉稳、心地善良，彼此之间可以成为推心置腹的谈心伙伴。于是玉鬘的住处就这样定下来了。这时候，源氏太政大臣才把当年与夕颜私下结缘的故事告诉了紫姬，紫姬听到他有这种秘密之事，竟然隐瞒至今，脸上露出了怨恨的神色。源氏说："你也不必怨恨嘛，何苦当成仿佛与现今尚健在者有逸闻似的呢。你没有特意打听，是我不待你问就主动告诉你的嘛，我之所以这样随便地毫无保留地告诉你，正是因为我特别重视你的缘故。"他说着深深缅怀夕颜昔日的面影。接着又说："在他人的身上，也看到许多这样的例子。即使彼此相思的感情并不那么深的也罢，我每每领略过女子的那种一往情深，总想控制住自己的花心，可是临了自然总是控制不住，终于沾惹了不少人。其中这个可慕至极、情深意浓、美丽文雅的人儿，真是无与伦比，此人倘使还活在人间，我定当把她和居住在西北区域的明石姬等同对待。人的姿色气质，本就是多彩纷呈各有千秋的，夕颜在才气纵横、风流倜傥方面略显逊色，但人品高雅，十分可爱。"

紫姬说："尽管如此，也不能与明石姬相提并论呀！"言外之意，足见她对源氏过分宠爱明石姬一事耿耿于怀，可是当她看见明石小女公子极其美丽的面容、天真无邪地倾听他们两人的谈天时的那股可爱劲儿，就又觉得源氏宠爱小女公子的亲生母亲是理所当然的，心里也就释然。

这是九月间的事。有关玉鬘迁居事宜，哪能说迁就立即可成行的呢，首先得为她物色机灵爽朗的、长相不俗的女童和年轻侍女等。居住在筑紫时，许多长相不赖的侍女从京城颠沛流离到当地来，乳母家便托人介绍，雇了几名来侍候玉鬘。可是后来由于突然出现麻烦事，匆匆出逃，这些侍女都留在当地，如今身边一个也没有。京城里自然地大人多，通过类似女商人的人，巧妙地找来了几名侍女，他们都没有告诉这些侍女，玉鬘是谁家的女儿。首先让玉鬘悄悄地迁居到右近位于五条的家里，在这里选定侍女、备齐装束，十月里迁往六条院。

源氏太政大臣请住在东北院的花散里呵护关照玉鬘，他对她说："昔日我有个心爱的人，由于愤世嫉俗，隐居在穷山恶水的山乡里，我和她有了一个女儿，我多年来一直暗中寻找她的下落，却总也找不到，这期间女儿已长大成人。最近无意中得知女儿之所在，既然知道了，就应该把她接过来，加以抚育栽培。她的母亲已经亡故。我曾拜托你关照呵护夕雾中将[01]，因此这次也同样拜托你当玉鬘的保护人，估计没有问题吧。她成长于穷乡僻壤，惟恐有诸多鄙俗之姿，还请你多加悉心教导。"他相当细致而恳切地拜托花散里。花散里温文尔雅地说："哦，原来还有这样一位千金，我一点也不知晓。明石小女公子一个人独处难免寂寞，有她来做伴太好了嘛。"源氏又说："这孩子的母亲是个心地善良的难得的好人，你也是个好心肠的人，缘此才诚恳托付你。"花散里说："适合于我做保护人的人并不多，颇感寂寞，能呵护照顾她，我很高兴。"东北院内的侍女们不知道即将来住的人是源氏太政大臣的千金，私下议论说："不知道又找到什么人啦，倒像是在玩赏麻烦的古玩呐。"

玉鬘迁居时，只用了三辆车子。随从人员的装扮和场面等，由于有右近在场指点，办得蛮体面的，没有土里土气的痕迹。源氏太政大臣赠送了许多绫罗绸缎和诸多物件。

当天晚上源氏太政大臣就访问了玉鬘。玉鬘的侍女们久闻光源氏的大名，但是长年未经世故，未必能想象得出大人物是什么样。她们在微暗的大殿灯光下，透过围屏的缝隙隐约窥见，觉得源氏太政大臣的容貌如此俊秀，实在令人震惊。右近打了来访者进出的旁门让源氏进来，源氏微笑着说："从这旁门走进来的，似乎该是特别的心上人呀！"说着在厢房内设好的位子上坐下，接着又说："灯火昏暗，活像要幽会意中人似的，听说小姐想要瞻仰父亲的尊容，你没有考虑到这点吗？"说着将围屏向一边稍许推开。玉鬘不由得羞涩万分，把身子扭向一旁，那仪容美不胜收，源氏见了，心中十分欣喜，他说："能否把灯火挑得更亮些呢？太幽雅了。"右近把灯火挑亮，并稍许移近过来。源氏说："我可是个不客气的人哟！"说着笑了笑。源氏在明亮的灯火下端详玉鬘，觉得她那双美丽的眉眼果然酷似夕颜。源氏遂毫不见外地，以俨然为人父亲的亲切口吻说

---

[01] 由此可知，夕雾此时已由侍从晋为中将。

道："多年来不知你的行踪，我无时不在牵挂着而哀叹不已，如今见到你，觉得仿佛是在做梦，不由得想起故人也就是你母亲当年健在时的诸多往事，越发悲伤难忍，甚至无法尽情地说出话来。"说着揩拭眼泪。诚然，往事如烟，回想起来不禁悲从中来。源氏掐算玉鬘的年龄，而后说："我们彼此之间情同父女，竟然阔别如此漫长岁月始能相见，实属罕见，可见这是多么艰辛的宿世缘分啊！你现在已经不是不懂事的小孩儿了，不必那么害羞，我想与你叙谈多年来的一些故事，你为什么总是那么腼腆？"源氏流露出埋怨的情绪，玉鬘顿时不知如何回答才好，羞答答地低声说："我于未满三岁不能站立[01]之年就沉沦穷乡僻壤，之后总觉万事无常，似有似无……"她那声音十分柔嫩，酷似当年的夕颜。源氏微笑着说："你埋没于穷乡僻壤，除我之外，有谁会更怜惜[02]你啊！"源氏觉得玉鬘的回应十分温存贴切，足见她的品格多么高尚。遂嘱咐右近为玉鬘办理应办之事，之后径直返回正殿。

源氏看见玉鬘端庄秀丽、人品不俗，内心甚为欣慰，于是也向紫姬叙述有关玉鬘的情形。他说："我本以为她长年在那种穷山恶水之地生活，想必寒碜得不成样子而有所鄙薄，殊不知一见到她，反而心感惭愧。我要宣扬出去让人们都知道我家有个如斯美人，让兵部卿亲王[03]等那些一门心思觊觎我家淑女的人们垂涎苦恼。那些好色之徒到这一带来，总爱板起一本正经的面孔，乃因我家没有足以令他们神魂颠倒的对象，我要精心栽培这女儿，让那伙公子哥儿按捺不住花心而露出真面目来。"紫姬说："哪有这样奇怪的父亲呀！收养一个女儿，竟首先想要女儿去诱惑人，莫名其妙嘛。"源氏说："说实在的，当初我若有现今这般悠闲，肯定会让你成为众多男性倾心追逐之目标。过去太没有心思了，以至让你匆匆当夫人，

[01] [02] 出自《日本纪竟宴之歌》，歌曰："双亲不怜蛭之子，未满三岁足不立。"
[03] 即源氏之弟，兵部卿亲王。

584   第二十二回 玉鬘

太可惜了。"说罢笑了起来,害得紫姬脸上顿时飞起一片红潮,显得十分水灵、年轻、美丽。源氏还拿来笔砚,信手写了一首歌,歌曰:

旧日恋情今犹存,
玉鬘何缘把我寻。

写毕,源氏情不自禁地独自叹息:"真可怜啊!"紫姬这才察知原来这女孩儿玉鬘是源氏所深爱的夕颜的遗孤。

源氏太政大臣对夕雾说:"这次我找到了这样一个人,你要好生和睦相处,去拜访她。"夕雾便去访问玉鬘,对她说:"小弟不肖,但愿姐姐知道有这么一个小弟,首先您若有事,小弟随时恭候悉听差遣。您迁居之时未能前来恭迎,诚然遗憾。"夕雾寒暄的态度极其认真诚恳,玉鬘身边知道实情的侍女甚至觉得很不好意思。

玉鬘在筑紫所居住的住宅,在当地来说,也算尽善尽美了,但是比起六条院来,简直土气十足,无法比拟。从六条院豪宅的室内装饰开始,真是趣味趋时、格调高雅,父母兄弟姐妹和睦相处,一个个仪容端庄、美丽动人,一切设备富丽堂皇,不由得令人目眩。原先极其羡慕大贰的侍女三条,如今也看不起大贰了,更何况那个粗鲁无教养的大夫监,一想起他就觉得极其恶心。相形之下,玉鬘非常感谢丰后介的尽心竭力,右近说她的心情也是这样。源氏太政大臣认为对仆从管理不严,会导致怠惰,遂给玉鬘任命家臣,掌管家务等,叮嘱他们督办家中该办的各项事宜。丰后介也被任命为家臣之一员,多年来沉沦穷乡僻壤郁郁寡欢的心情,骤然烟消云散,变得快活爽朗。早先他无论如何也不曾想到能在源氏大殿内任职,而今成了个有身份的人,朝朝暮暮自由出入源氏宅邸,发号施令,督办家务事等,他深感无上光荣,觉得非常体面。源氏太政大臣对玉鬘主仆的这份深情厚意、体贴入微的关照，诚然让大家不胜感激。

时令已届岁暮，源氏太政大臣叮嘱为玉鬟的居室做新年装饰，为她的随从人员备办装束等，要与众多尊贵的夫人们等同对待。源氏考虑到玉鬟的姿容固然非常标致，但毕竟还会保留些乡下气息，因此也赠送一些为她制作的具有乡村风情的服装。同时，纺织工们个个争先恐后尽心竭力各献技艺，织出各种绫罗绸缎。源氏太政大臣看见制作好了的各式各样色彩纷呈的细长女子服、高贵女子的平常服等，对紫姬说："式样相当多啊！分配给各人时，务必求得大家不要相互嫉妒羡慕才好。"于是，紫姬把裁缝所制作好了的和自家手工缝制好的都拿了出来。紫姬特别精通此门道，她对稀罕的色彩调配、由浓渐淡的印染法等很擅长，源氏太政大臣十分钦佩紫姬，觉得她真是个难得的人才。他观看并作对比，还把从各处捣衣所^[01]送来的既成品衣裳逐件挑选出来，有深紫色的、红色的，各式各样，命人收放在衣橱和衣箱里，并让年长的高级侍女按他的吩咐，"这件送谁，那件送谁"地分别收拾齐备。紫姬也在一旁观察，她说："这些衣服物品，无论哪份都是质量上乘的，似乎没有优劣之差别。至于色调的搭配得和受赠者的相貌相协调，如若色彩与穿着者的姿容不相般配就非常别扭。"源氏太政大臣微笑着说："你在一旁若无其事地观察，实际上似乎是在衡量我挑选的衣裳色泽与受赠者的长相是否合适呀。话说回来，你觉得什么色彩的衣服适合于你呢？"紫姬回答说："光让我自己照着镜子看，怎么晓得嘛。"说着露出难以为情的神色。

最终分配如下，送给紫姬的物品有：红梅色的，织工上乘，织有提花纹样的锦缎外衣和染成浅紫色的高贵平常服，以及流行的色彩格外漂亮的衬袍；送给明石小女公子的物品是：樱花色细长少女服和光润可爱的熟绢

---

[01] 捣衣所：为使布帛呈现光泽而在捣衣砧板上对其捶打的作坊。

衬袍；送给花散里的物品有：深海蓝色的、织有海边景致纹样的外衣，织法卓越但并不鲜艳夺目，外加色泽浓重的熟绢衬袍配成套；送给住在西厢房的玉鬘的物品有：华贵的红色外衣和棣棠花色的细长少女服。紫姬伴装没在看，脑子里却在联想着玉鬘的姿容，她觉得："内大臣仪表显赫、容貌清秀，但缺乏雅趣，玉鬘可能像他吧。"紫姬虽然不动声色，但是在源氏太政大臣看来，紫姬的表情似乎有点异乎寻常，他说道："我说呀，根据各人的长相来分配物品，恐怕人家会生气哩。色彩再怎么漂亮也是有限的，人的姿容再怎么逊色，说不定什么地方还会有可取之处呐。"说着就给末摘花挑选赠送她的物品，他选了：杨柳青色的上衣，上面织有纷繁的、饶有雅趣的藤蔓纹样，显得格外妖艳。源氏太政大臣不禁暗自微笑。送给明石姬的是：织有梅花折枝，蝴蝶、鸟儿各自纷飞纹样的唐式的洁白的高贵平常服，还有深紫色、光洁可爱的衬袍。紫姬从旁观察源氏给明石姬挑选的物品，从中推测她是个气质高雅的女子，不由得感到几分嫉妒。送给空蝉师姑的物品，源氏太政大臣找到一件青灰色外衣，颇具深沉的雅趣，并从自己使用的物品中给她挑选一件栀子橙黄色衣服外加一件浅红色衣裳。分别送给各人的衣服物品内都附有一函，请她们务必于元旦同一天穿来。因为源氏太政大臣想观赏一下她们的穿着与各自的姿色是否相得益彰。

收到赠品的诸位都诚恳地回信，她们犒赏传递赠品的来使，各自都匠心独具。其中，末摘花居住二条院的东院，距现今的六条院路程较远，理应犒赏丰厚些，可她生性一丝不苟，循规蹈矩决不破例，她犒赏来使的物品是：穿旧了的棣棠花纹的平常服，袖口都变成黑褐色了，而且没有附加衬袍。回信使用的是薰过浓香的陆奥纸，陈年日久，都发黄变厚了。她在信里写道："啊！承蒙惠赠礼物，反而触物伤感——

试着唐衫添怨尤，

踌躇返衣泪濡袖。"

末摘花的行文运笔颇具古风。源氏太政大臣一味微笑，阅毕没有当即把信放下来，紫姬不知是怎么回事，冲他扫视了一下。源氏太政大臣觉得末摘花犒赏来使的物品怎么这么寒酸，感到丢了自己的面子，露出满心不高兴的神色，使者见状便匆匆退下。众侍女见到此番情景也觉得可笑，她们相互窃窃私语偷偷嘲笑，觉得末摘花只顾一味保守古风，自作聪明，不惜给旁人添加痛苦感受，源氏太政大臣也拿她毫无办法。只听见源氏太政大臣说："此人可真是个能人哟！作起古歌来，总离不开'唐衫'、'泪濡袖'等幽怨的词语，嗨！说来也许我也属于此类人……固守一种流派作风，不受当今流行词语的影响，这也是令人欣羡的。每当众人聚会吟诗作歌之时，诸如在盛会或御前特意举办的咏歌会上，必出现'缠绕上'这三个字。另外，昔日赠答风流恋歌时，和歌的第三句必须出现'伊人冤家的'五个字。古人认为必须巧妙运用既定程式，诗歌才能朗朗上口。"说着笑了起来，接着又说："详细知晓并熟读各种插图小说、随笔、日记以及古来和歌中常引用的名胜古迹和修辞用语，从中摘取自己所需的词句来咏歌，难免总出现一些熟悉的或类似的词句，似乎没有太大的变化。末摘花的父亲常陆亲王遗留下来一本他撰写的纸屋纸的随笔，她要我读读该书，并把书送给了我。该书冗长絮叨地写和歌最重要的法则和作法，列举了许多必须避免的弊病。我想：我本来就是个不擅长咏歌的人，看了这絮絮叨叨的条条框框，越发无法动弹了。觉得太难啦，于是把书退还给她了。作为特别擅长此道的人来说，她所咏的这首歌太一般了嘛。"他这么说，觉得把末摘花说得怪可怜的，而他自己则感到很滑稽。紫姬非常认真地说："为什么要退还那本书呢？抄下来将来让明石小女儿读读也好嘛。其实我手头也有这类书，放在书柜里都被书虫给蛀坏了。不读咏歌重要法则的人，还是很难对作歌有亲近感呀！"源氏太政大臣说："明石小女儿将来求学问，不需要这样的东西。但凡女子，特别倾心于一种学问，并不见得好，但话又说回来，对诸多事物都一窍不通，也是十分遗憾的。总而言之，只要是心性沉稳，遇事镇静，思虑严谨，仪表端庄典雅，便是优秀的女子。"他只顾说话，没有想给末摘花答歌的意思，紫姬劝促他说："她赠歌中似乎提到'踌躇返衣'，不答歌回复她，怪别扭的吧。"源氏的习性是决不无视别人的好意，于是执笔作答。他信笔一挥而就，歌曰：

"道是反衣入梦里[01]，
铺垫只袖孤栖寂。

你哀叹也是合乎情理的。"

---

[01] 平安时代，人们相信反穿衣可入梦见恋人。源氏借用《古今和歌集》第554首"切盼恋人入梦里，夜晚欲图反穿衣"，故意将末摘花赠歌中的"踌躇返衣"（意即退回衣衫）解释作反穿衣。

第二十三回

初鳴

去旧迎新[01]，元旦早晨，天空晴朗，万里无云。普通人家墙根下的嫩草，也在雪中星星点点地冒出头来。盼望已久的春天展现春意盎然，云霞飘浮，树木在抽芽。人们的心情自然显得悠闲恬静。更何况瑰丽堂皇的六条院，包括庭园在内的各处，可供观赏的美景甚多。诸位夫人居住的一处处殿堂，装饰得极其漂亮，如若一一加以详细描述，只怕词语不够用呢。特别是紫夫人所居的春殿尤为显眼，庭前的梅花飘香，与帘内的薰香交融，迎面飘逸而来，令人恍若亲临现世的极乐净土，却又不像净土那么庄严，而是能够让人住得舒适安闲。许多年轻且优秀的侍女都被挑选去侍候明石小女公子，留下来的多半是些年岁稍长的侍女，这反而显得更有风情。她们着装得体，姿态端庄，打扮得很体面，三三两两结伴四处走动，参加固齿仪式[02]，祝福延年益寿。连镜饼[03]也送来了，她们面向镜饼祝福主君，一边唱"千年福"、"千岁强"[04]，一边祝愿主人家在新的一年里多福昌隆。大家游乐嬉戏正欢时，源氏太政大臣来了，侍女们连忙将揣在怀里的手伸出来，正襟危坐，诚惶诚恐的，都觉得"太不好意思了"。源氏太政大臣说："大家都在为我祷祝，盛情隆重啊！你们各自都有自己的愿望，不妨说来听听，好让我也来为你们祝福。"说罢莞尔而笑。侍女们于大年初一就能望见源氏太政大臣这般爽朗的神采，觉得无上光荣。其中自视甚高的侍女中将君说："我们都在面向镜饼'祷祝主君千岁强'呐，除此之外，我们自己别无其他愿望。"

白日里前来贺年的客人络绎不绝，喧嚣热闹，及至日暮时分源氏太政

---

[01] 光源氏是年三十六岁。

[02] 固齿仪式：原文作齿固（HAGATAME），习俗中于正月初一至初三这期间举行的仪式，大家吃野猪肉、鹿肉、盐腌压扁香鱼头、萝卜、瓜等以固齿，求延年益寿。

[03] 镜饼（KAGAMIMOCHI）：供神或讨吉利时摆出来的扁圆形年糕，因其形状似圆镜子故得名，一般由大小两块摞成一个饼。

[04] 《古今和歌集》第356首，歌曰："祝君万寿比松木，祥鹤庇佑千年福。"第1086首，歌曰："祷祝主君千岁强，恰似镜山立近江。"

大臣才得以抽身走访诸位夫人向她们贺年。夫人们一个个精心着装，化妆入时，倩影袅娜，简直令人看千年也看不厌。源氏太政大臣对紫夫人说："早晨众侍女互相祝贺，好不快乐，令人欣羡啊！现在我也给你带来镜饼，面向它为你祝福吧。"说着，便带几分开玩笑地念诵起祝辞来。歌曰：

> 春暖拂开池面镜，
> 无比伴侣齐倒映。

真不愧是天生一对幸福夫妇。紫姬咏歌曰：

> 春水明镜现倒影，
> 瑞兆千秋万代幸。

　　每遇喜庆节日，他们都互相祝贺，共祝永恒的幸福。今天正好是子日[01]，确实是最适合于祝愿千岁春的日子。

　　源氏太政大臣来到明石小女公子的住处，只见女童和侍女等在庭院前的山上做采松枝的游戏。年轻人快活万分，兴奋至极。小女公子的母亲即居住冬殿的明石姬夫人特意送来饱含贺年意味的须笼[02]和丝柏木制的盛食品用的多层方木盒，上面系着美不可言的五叶松，松枝上系有一只人造黄莺，附带一封表露心意的信，信中咏歌曰：

> "岁月如流人伶俜，

---

[01] 平安时代，正月初的子日里举行郊游，采松枝摘嫩菜以祝长寿。
[02] 须笼：用竹篾编成的笼子，笼子收口处保留篾片端，形似须，因而得名。

今朝待听莺初鸣。

这里是听不见任何声音的静寂之乡啊！"源氏太政大臣看了明石姬夫人所咏的歌，体察到她多么寂寞，顾不得元旦喜庆日子的忌讳，情不自禁地流下同情的眼泪。源氏太政大臣对明石小女公子说："你得亲自动笔写回信，切莫吝惜让她听到莺初鸣啊！"说罢把纸笔砚墨等都给她备齐，让她给她母亲写回信。明石小女公子的模样确实非常可爱，连天天见她面的人，都觉得百看不厌，更何况长年没能见着女儿面的母亲，心中不知多么想念女儿，源氏太政大臣想到这些时，深感罪过，内心好痛苦。小女公子给母亲写信，信中咏歌曰：

> 别后岁月去匆匆，
> 雏莺焉能忘古松。

她随着童心所愿，还冗长地写了许许多多。

源氏太政大臣来到花散里所居住的夏殿。大概是由于季节未到的关系，这里一派静寂，四处的装点没有呈现像样的情趣意向，却令人感到居住者过着品位极高的生活。随着岁月的流逝，源氏太政大臣与花散里之间相处毫无隔阂，互相理解，如今也不强求留宿或肌肤相亲，但彼此感情相当融洽，继续维持难能可贵的夫妻情缘。今天花散里的居室也用围屏隔开，源氏太政大臣稍许把它推开观望内里，花散里也一如既往，无意隐藏。她穿着源氏太政大臣于年终赠送她的深海蓝色的服装，色彩并不鲜艳却很适中。她的头发已过茂盛期，略显稀疏。虽说还不到寒碜的地步，但是夹入些假发作些修饰，总是应该的吧。源氏太政大臣在想："她的这般模样，在别的男子看来，也许会感到扫兴，可是自己却依然坚持持久地关照她，这既是自己兴之所至，也是出自自己的本意。如果她像水性杨花的女子，背叛自己的话……"源氏太政大臣每当与她照面时，首先想到的是，自己对她的情深意长，和她的沉稳持重，这是自己的愿望之所归，内心十分欣喜。两人亲昵地叙谈了去年的一些往事之后，源氏太政大臣就到西厢房去看望玉鬘。

玉鬘自从迁居到六条院来之后，还没有习惯这里的生活。不过从她迁居时间不算太长的角度看，她的进步倒是可观的。庭院四周的装饰饶有情趣，可爱的童仆的着装也很艳丽，人影幢幢，侍女来往穿梭。室内的装饰该有的基本具备，至于细枝末节的陈设，虽然尚未齐全，但是整体上已经布置得相当体面，令人住得很舒适。玉鬘本人今天穿的也是源氏太政大臣赠送她的那身金黄棣棠花色的春装，她那格外引人注目的容貌仪态简直如花似玉，几无瑕疵可挑。全身上下光彩照人，美不胜收。也许由于长期沦落穷乡僻壤的关系，总觉她易陷入沉思、忧郁，以至头发的末端略嫌稀少，不过它清爽而潇洒地披在漂亮的衣裳上，也很绮丽。源氏太政大臣看见她长得如此出色，这般标致，心想："如果不将她收养下来让她住在六条院，实在太可惜了。"同时，还觉得仅仅把她当作女儿看待，似乎还不够满足。玉鬘对源氏太政大臣虽已很熟悉，但总觉得他毕竟不是自己的亲生父亲，难免还存有诸多顾忌，有时觉得他们之间的感情很奇妙，宛如做梦一般，因此也不敢放心去亲近他。源氏太政大臣觉得她的这种态度也蛮有意思的，于是对她说："你到这里时间虽然不久，但我觉得似乎已经很熟悉了，见面时毫无疏远的感觉，倒觉得很惬意，因此你也不必有什么顾虑，经常到紫夫人那边去玩儿吧。那边有一个刚学习弹琴的小妹妹，你可以和她一道学习。那边绝没有令你担惊受怕的、心肠冷淡的人。"玉鬘听罢，回答说："我当遵照您的教诲去做。"源氏太政大臣觉得她的应对恰如其分。

傍黑时分，源氏太政大臣来到明石姬所居住的冬殿。他推开靠近居室的游廊上的旁门，一股芳香顺着微风从垂帘内飘逸过来，洋溢着一种颇为高雅的氛围。他走进室内，不见明石姬本人。他扫视了一下四周，只见砚台近旁星散地放置着许多笔记稿，各种故事书、随笔、日记等，于是他信手拿起来阅览。旁边摆着一张很美观的琴，放置在从唐国进口的、带有豪华镶边的东京织锦[01]垫子上。还安放着一个别具匠心饶有情趣的圆形火盆，火盆里薰着"侍从"香[02]，焚香薰烟袅袅，香透一件件物品，间中夹杂着不知从哪里飘来的"衣被"香[03]，芬芳扑鼻，洋溢着一种娇艳的情趣。他看到桌面上乱堆着为解闷而随意书写的废字纸，字迹别具一格，意趣盎然。不像满腹经纶的学者，书写汉字时总爱带些草体字，她倒是工整地信笔书写。令他感到珍奇的是明石姬夫人在难得收到明石小女公子写给她的歌之后所作的答歌，其中有几首情趣深沉的古歌，有首歌曰：

> 栖息花巢黄莺鸟，
> 难得眷顾访旧巢。[04]

此外还抄写诸如"盼来声声"[05]、"家居冈边梅绽放"[06]等古歌，都是些为了改变心情作自我安慰的作品，源氏太政大臣拿来一一阅读，边读边露出微笑，那神态俊美动人。他提笔蘸墨，也想信笔写写。正在这时，明石姬夫人膝行出来。毕竟是源氏太政大臣，明石姬夫人对待他的态

---

[01] 东京织锦：从中国进口的白地唐织锦。
[02] "侍从"香：又名练香，是一种用麝香、沉香等香料的粉末加蜂蜜制成的薰香。
[03] "衣被"香：一种用檀木的叶和皮研成粉末制成的薰香。
[04] "花巢"比喻华贵的紫姬居处，"黄莺"比喻女儿明石小女公子，"旧巢"比喻明石姬自家居处。
[05] 此语出自《拾遗和歌集》，歌曰："去旧迎新朝期望，盼来声声莺鸣唳。"
[06] 此句出自《古今和歌六帖》，歌曰："家居冈边梅绽放，不乏啁啾莺鸣唳。"

度彬彬有礼、恭谨周到，源氏太政大臣觉得她到底是与众不同。明石姬今天穿的是源氏太政大臣赠送她的那件唐式的洁白衣裳，乌黑的秀发亮丽地垂在洁白衣裳上，尽管黑发略显稀薄，但是反而越发增添无穷的艳丽感，令人觉得亲切。源氏太政大臣虽然也顾忌到，今天新春伊始，就在外留宿，紫夫人会不会心生嫉妒呢？但是他终究还是在明石姬夫人这里歇宿了。其他的诸位夫人闻知此消息后，都觉得：“还是明石姬格外受宠啊！”一个个不免妒火中烧，更何况居住在春殿里的紫夫人。侍女们中觉得“太扫兴啦”的，也大有人在。拂晓时分，源氏太政大臣便告辞返回春殿。明石姬夫人觉得：“天还没有大亮就急于告辞，太……”她内心依依惜别，深感遗憾，十分伤心。紫夫人盼待源氏太政大臣归来，心焦如焚。源氏太政大臣体察到她的焦虑、心生莫名怒火的心情，宽慰她说：“奇怪呀！昨夜我在那边竟打起盹儿来，不承想还像年轻人一般贪睡，你也不派人去把我叫醒……”他的这番宽慰言辞，听起来也蛮有意思的。可是紫夫人没有作出像样的回应，源氏太政大臣自觉没趣，佯装睡觉，后来果真睡着，直到日头升得老高才醒。

这天是举办临时宴[01]之日，源氏太政大臣成天忙于接待前来贺年的客人，没有与紫夫人照面。公卿大臣和亲王们照例几乎无一遗漏地到场参贺。会场上有管弦乐之游艺，宴会后还分送赠品和奖赏，礼品之名贵无与伦比。来客云集，个个装扮得衣冠楚楚，惟恐逊色于他人。这些人当中，论才能或容貌，没有哪个能比得上源氏太政大臣，哪怕少许类似也够不上。若单个来看，当时朝中，学者、名人、才艺优秀者大有人在，然而一到源氏太政大臣跟前来就全都被压倒了，实在不好意思。连不足挂齿的下仆们，到六条院来伺候，都要特别谨小慎微。年轻的公卿大臣们，知道今

---

[01] 临时宴：原文作临时客。正月初二、初三期间，摄政关白之家举办宴会，宴请公卿大臣等人。

年来了一位美丽的玉鬘小姐，大家都倾心爱慕，各具痴心，自然而然地抖擞精神，因此今年不同于往年，分外热闹。晚风习习，恬静地吹送过来一阵阵花香，庭院里的梅花仿佛善解人意，朵朵绽放。暮色苍茫、人影朦胧时分，开始响起饶有情趣的管弦乐合奏声，歌人合着拍子，开唱催马乐《此殿》[01]，气氛相当活跃。源氏太政大臣不时加入合唱，从曲末的"三枝幸草，三叶四叶中"[02]一直唱到曲终，歌声亲切美妙、喜庆悦耳。任何事，只要有源氏太政大臣参与，就会给它增光添彩，他的音色听上去就可以清晰地分辨出来，明显的不同。

深居各个殿堂里的众多女眷，隔院耳闻在如此喧嚣热闹氛围中的马蹄声、车辆声和音乐声等，内心无疑会泛起焦躁的情绪，觉得虽然同样生在极乐净土，却是在未开的莲花中[03]。更何况居住在远离六条院的二条院之东院里的人们，她们的寂寞无聊，虽然与岁月俱增，但她们都怀着"排解忧愁寻山路"的心情，因而断念不再埋怨薄幸的源氏郎君了。除了未能与源氏太政大臣照面外，不缺衣少食，不担惊受怕，万事如意，别无他求，因此侍奉佛祖的师姑空蝉尽可一心一意修行，爱好钻研学问的末摘花可以熟读各种假名草子[04]，随心所欲，奔寻求学问之道埋头钻研下去。日常生活方面的一切开支都一一安排妥帖，大可无忧无虑地过悠闲恬静的生活。

源氏太政大臣打发了新年忙碌的日子过后不几天，便走访居住二条院中的人们。诸如常陆亲王的女公子末摘花，她身份高贵，源氏太政大臣瞅见，也觉得怪可怜的，真委屈她了，因此在人前尽量殷勤体面地款待她。

---

[01] [02] 催马乐《此殿》歌词："此殿确实呀，确实富贵荣华，三枝幸草，可怜啊！三枝幸草，可怜啊！三枝幸草，三叶四叶中，建造殿堂啊！建造殿堂啊！"

[03] 佛教中极乐净土分上、中、下三品，生在未开的莲花中为下品，须经过若干劫后，莲花才绽开。这期间不能见佛，不能听说法，不能做佛事。

[04] 假名草子：用假名写的小说、随笔、日记和歌集等。草子：指装订好的书籍，或带插图的读物、仿字本等。

曾记得昔日的末摘花有一头又长又浓密的乌发，近年来已渐显得衰颓，从侧面望去，她那头乌发竟也夹杂着丝丝白发，甚或超过"飞泻瀑布"[01]，令源氏太政大臣不忍心正面端详她。她身穿源氏太政大臣赠送她的杨柳青色的衣裳，上面织有藤蔓纹样，看上去似乎很不协调，可能是由于人的气质的关系吧。里面穿的是一件没有光泽的红黑色熟绢衬袍，有点发硬，似乎沙沙作响，这与那件杨柳青色的外衣相配，显得非常寒碜，令人觉得十分可怜。送给她那么多件衬袍，她为什么不多穿几层呢?！惟有那红鼻头，红得鲜艳，连春霞也掩盖不住。源氏太政大臣无意识地叹了一口气，特意重整了一下围屏，以便把两人隔开，然而末摘花却毫不介意。如今她放心地接受源氏太政大臣长期以来深切的关怀照顾，全身心信赖并依靠他，这般模样也着实可怜。源氏太政大臣觉得："这个人不仅容貌与众不同，待人处世也非同一般，真是个不幸的可怜人！该同情啊！哪怕惟有我照顾她呢，否则太……"他下定决心继续照顾她，这份仁慈心也是难能可贵的。末摘花说话的声音颤巍巍的，活像寒冷得哆嗦，源氏太政大臣看得不耐烦，对她说："莫非你没有照管衣裳的人手吗？在这般恬静的深闺里，无须顾虑什么体面的问题，生活可以更随便更舒适些嘛，可以穿些宽松柔软的衣裳，只顾外表体面的装束，没太大意思。"末摘花即使听了这番话，也只是毫无风趣可言地笑了笑，她回答道："我还须照顾醒醐的阿阇梨[02]的生活，因此没有时间缝纫自己的衣裳。连我那件皮袄，他都拿走了，可见很寒冷。"阿阇梨是她哥哥，和她一样，也是红鼻尖。虽说这番话表明她的品格高贵，但是源氏太政大臣觉得也未免太直率啦。这样一来，源氏太政大臣在她面前，只得收起往常的谈笑风生，而挂上一副非常

---

[01] 此语出自《古今和歌集》第928首，歌曰："飞泻瀑布比银须，昔日乌发无一丝。"

[02] 末摘花的兄长现已做了阿阇梨。

认真、木讷的面孔。源氏太政大臣说:"皮袄拿走了也很好,正好可以让他当山野修行僧的代蓑衣[01]穿吧。你何不将微不足惜的白色衬衣,套它七层八层地穿着呢。你需要时,我若忘记,请随时提醒我,我本来就是个散漫人,也很懒散,再加上事务繁忙,自然容易忘事。"说着命人打开二条院仓库,取出各式绫罗绸绢,赠送给她。这处殿堂本非荒凉之处,只因源氏太政大臣不住在这里,环境氛围自然清寂,惟有庭院里树木葳蕤,饶有风趣。红梅绽放,吐出芳香缕缕,却无人欣赏。源氏太政大臣见状,不由得自言自语,咏歌曰:

故园春色满枝头,

稀世花儿惹回眸。[02]

末摘花大概没有理会此歌的意味吧。

源氏太政大臣还去探望师姑空蝉。空蝉不像是这宅邸的主人,她住在犄角上一间小而紧凑的寂静房间里,让出偌大的房子供奉佛祖。她勤于修行专心念佛,值得钦佩。经卷、佛像的装饰和临时装潢的佛坛前供水的器具等,精致优雅,看了令人联想到主人是个颇具雅趣的人。青灰色的围屏也富有风情,空蝉藏身在青灰色围屏的后面,只露出一只色彩与青灰色相对照的衣袖口。源氏看了颇感亲切,情不自禁地噙着眼泪对她说:"我只能停留在遥遥思念松浦岛上的渔女[03]啊!回想起来,很早以前就与你结下了多灾多难的缘分。如今总算只剩下晤谈这点缘分没有断绝了。"空蝉也感慨良多,答道:"承蒙如此鼎力关照,便是缘分匪浅了。"源氏太政大

---

[01] 代蓑衣:类似防雨斗篷、防雨大衣。
[02] 日语"花"与"鼻"同音。此歌字面上是咏梅,实际上是揶揄末摘花的鼻子。
[03] 此语出自《后撰和歌集》中的古歌:"松浦岛上渔女居,今日幸会久仰人。"日语"渔女"与"尼姑"谐音。

臣答道："以往我每每给你增添烦恼，理应承受报应。当年所造的罪孽，如今向佛祖忏悔也是莫大痛苦啊！不过你是否已体察到世间没有像我这样坦诚的男子了，你肯定会相比对照进行思考的吧？"空蝉听罢，料想源氏太政大臣已听说她为了斩断亡夫儿子河内守的死命追求，而削发为尼的事，实在尴尬，回答说："让你持续到人生终了都看到我这副狼狈相，已经够报应你的了，除此而外哪还有什么报应可言。"说罢，由衷悲泣了。说实在的，此刻的空蝉比起当年，涵养方面显得更有深度，气质更觉高雅，这样的人却过着尼姑生活，实在令人感到惋惜，难于割舍，可是源氏太政大臣转念又想："此刻不该对她说那些轻浮的风流戏言。"于是只跟她闲聊昔日今朝的一些趣闻。源氏太政大臣朝着末摘花住处的方向望了望，心想："末摘花哪怕有空蝉的些许优点也好呐！"

像末摘花和空蝉那样受源氏太政大臣庇护的女子甚多。源氏都一一前去探望，并亲切地对她们说类似这样的话："虽然久疏问候，但心中无时不挂牵。只要一息尚存，总有见面的机会，惟一担心的是'气数有限'[01]的死别，'天命不可知'[02]啊！"源氏太政大臣觉得各方女子都各有千秋，各自具有独特的可爱之处。他本人虽身居高位，却不惟我独尊、盛气凌人，处世态度则按不同场合，对身份各异的人，都普遍地予以相应恰当的亲切的对待，许多女子都仰仗他的这份情意度过岁月。

今年有男踏歌的活动仪式，这个歌舞巡游队伍从宫中先赴朱雀院，接着到六条院来。由于路途遥远，抵达时已近拂晓时分，明月高挂，天空一片清澄，庭院里铺上一层薄雪，这般景色，美不胜收。这时正是精于艺道的殿上人云集的时节，悠扬的笛声盈耳，在六条院他们吹奏得更加用心和起劲。源氏太政大臣有意让夫人们前来观赏盛况，预先作了通知，因此正

---

[01] 古歌曰："气数有限死别悲，料知天命能有谁。"见《河海抄》。
[02] 此语出自《信明集》，歌曰："生死天命不可知，思念难忘添几许。"

殿左右的厢房和游廊上等场所都设置了座位，让她们坐在那里观赏。住在西厢房的玉鬘来到南面源氏太政大臣居住的正殿内，和明石小女公子初次相见，紫夫人也出来了，只隔着一层围屏与玉鬘在一处谈话。踏歌的游行队伍是从朱雀院的母后那边绕过来的，抵达六条院时已近黎明时分，踏歌游行队伍的小憩驿站[01]接待他们。原本只需简单招待酒水和开水泡饭便可，但是这里的接待工作比惯例更为郑重其事，摆设宴席盛情款待。在月夜拂晓凄清的月光中，雪花纷纷扬扬，越积越厚。松风从高高的树梢上刮下来，四周光景异常惊人。踏歌的人们身穿半旧而变软了的青色曲尘袍，内里穿白色衬袍，没有装饰华丽的色彩，冠上的棉插花也是质朴无华，然而也许是由于场地环境的关系，反而使人感觉妙趣横生，不由得神清气爽，寿命似乎也延长了。踏歌队伍中，源氏太政大臣的公子夕雾中将和内大臣家的诸公子显得格外优秀、华贵。朦胧的天空逐渐吐白，星星点点的细雪轻盈飘落，不由得肌肤略感微寒。踏歌队伍一边唱催马乐《竹河》，一边翩翩起舞，舞姿优雅，歌声亲切，即使欲将此情此景入画，恐怕也难以画出来吧，遗憾呀！观赏歌舞的诸位夫人，一个赛一个地将美丽的袖口露在帘子的下方，真是五色斑斓，竞相斗艳。这番景象望上去宛如春日黎明的天空，从朝霞中裁出柳樱相辉映的织锦[02]，令人赏心悦目，百看不厌。然而，踏歌的舞者头戴冠顶后部高高的高巾子冠这种风俗有些离奇，踏歌的众人齐声颂唱寿辞[03]，喧嚣不已，还大肆宣唱些无聊琐事，这样的习俗行事，没有什么特别像样的内容，也听不见什么饶有兴味的歌谣拍子。不过，踏歌的人们照例获得御寒绢棉衣料的犒赏，而后退出。这时

---

[01] 小憩驿站：原文作水驿。踏歌队伍四处巡游，沿途一处处设小憩驿站，简便招待酒水、开水泡饭。

[02] 此语出自《古今和歌集》第56首，歌曰："观赏柳樱相辉映，展现京城春织锦。"

[03] 寿辞：即踏歌表演到最后，于结束前，众人一齐反复颂唱的《万年有》之曲。

候天已大亮，观赏盛会的诸位夫人都各自返回殿堂。源氏太政大臣稍事入睡，太阳升得老高才醒来。他对紫夫人说："中将的歌声，大体上说，似乎不亚于弁少将[01]。奇怪啊，当今是才艺方面的有识之士辈出的时代呀。昔日的人，也许在真正的学问方面优点多，但是在趣味艺道方面可能就不如近年来的年轻人吧。我之所以想把中将培养塑造成一名真正的政治家，那是因为我不希望他像我自己那样，只顾一味沉湎于风流韵事。不过，人嘛，在心灵的某个角落，还是有一点风流气韵才好。在我看来，纵令耿直，只顾表面上的一本正经，也是挺令人讨厌的。"话里透出觉得儿子夕雾相当优秀可爱。他嘴里哼唱《万春乐》[02]，接着又说："难得大家都聚在一起，我想趁此机会举行一次女子音乐演奏会，举办私家的后宴[03]。"说着命人把珍藏的分别装在漂亮袋子里的各种弦乐器如琴、筝、琵琶等都取出来，揩拭干净，把松弛的弦调试好。诸位夫人、小姐听此消息后，想必思绪翩跹，心情激动，跃跃欲试吧。

---

[01] 弁少将：内大臣的儿子，后来的红梅右大臣。
[02] 《万春乐》：由七言八句的诗谱写成曲，平安时代初期踏歌时唱此曲，用汉音歌唱，该曲每句终了都有"万春乐"这三个字。
[03] 宫中有踏歌的公家的后宴，源氏仿照它，也举办私家的后宴。

第二十四回

蝴蝶

三月二十日过后，这时节，紫夫人居住的春殿庭院内，春天的景色比往年更显得分外妖娆，百花争妍，五色斑斓，芳香飘溢，鸟语声声，比起他处来，惟有这里依然留住盛春的脚步，人们不禁感到珍奇。假山上的树丛、湖中小岛上的苔藓，呈现一派苍翠绿韵。源氏太政大臣想道："年轻的侍女们光从远处眺望这番景色，可能会觉得美中不足吧。"于是命人抓紧装点预先造好的唐式游船。并拟于该船下水的那天，从雅乐寮[01]宣召一些乐人来，在船上举办船上奏乐会。游船下水的当天，诸位亲王和众多公卿大臣都前来参与。

　　秋好皇后此时正好请假回娘家住在六条院。去年秋天，秋好皇后揶揄紫夫人所咏的挑战性的歌中有"君爱春园翘盼待"之句，紫夫人觉得现在正是回敬她的时候了。源氏太政大臣也想设法劝请秋好皇后前来观赏这百花盛开的场景，但是没有适当的机会，因为她的皇后身份使她不便轻易出门去赏花。缘此，他便请侍候皇后的年轻侍女中有赏花雅趣者，前来乘船游览。皇后所住的秋殿，其庭院南湖的水与这边春殿庭院的湖水是相通的，其间隔着一座小山，看似一道关口，游船可从这山脚的岬角处绕道摇荡过来。侍候紫夫人的年轻侍女们都集中在春殿东边的钓殿里。

　　龙头游船和鹢首游船[02]装点得富丽堂皇，十足唐式风格。掌舵、撑篙的童子，头发都梳成角发，身穿唐式服装，作唐国童子打扮。他们把游船划到如此宽阔的湖中，侍女们未曾见过这般场景，感觉仿佛真的来到了陌生的国度似的，满怀浓厚的兴趣。游船划到小岛的湖汉岩石后面，虚幻般错落有致的岩石，恍如在画中。一处处树梢上笼罩着云霞，宛如蒙上一层织锦幕。放眼遥望紫夫人居住的方向，只见庭院增色，越发深绿的垂柳细

---

[01] 雅乐寮：日本宫中负责培养选拔舞人和乐人的部门。
[02] 龙在水里能自由游动，鹢鸟在空中可任意翱翔，仿照龙头鹢首做游船头，意在防止水难。龙头游船和鹢首游船成对游弋，是天皇或贵人乘坐的船，但也让乐人上船奏乐。

枝袅娜，繁花漾出一缕缕无法形容的芳香，别处的樱花已开始凋零，这里的樱花却正值盛期，笑逐颜开。缠绕回廊的紫藤，色泽浓艳，藤花也渐次绽放，更何况倒映湖水中的棣棠花，灿烂盛开，从岸上洒落湖中。各种水鸟雌雄搭配，成对成双，亲密游弋，有的鸟儿嘴衔细枝在空中飞来飞去。在微波荡漾的湖面上，鸳鸯戏水，划出涟漪等景象，简直就像一幅景趣盎然的图案。身临其境，心情宛如进入烂柯山，斧头柄都烂了还流连忘返。天色逐渐呈现黄昏，她们漫无边际地轻松闲聊，各自随意咏歌：

> 微风吹皱花影丽，
> 疑是驰名山吹崎。[01]

> 春殿湖水通井手[02]，
> 岸上棣棠香底透。

> 何须求远蓬莱山，
> 不老留名于此船。[03]

> 春日晴朗游船发，
> 撑篙水滴美如花。

湖面景趣迷人，难怪侍女们其乐无穷，不问游船去向何方，也不思归

---

[01] 这里的"花"，指上文所提的倒映湖中的棣棠花，日语作山吹（YAMABUKI）。山吹崎在近江国（今近畿地方），以棣棠花驰名。

[02] 井手：在山城国（今京都府南部），盛产棣棠花。

[03] 此歌根据白居易诗"不见蓬莱不敢归，童男丱女舟中老"而吟咏。

返。暮色苍茫时分，乐人奏出《皇獐》[01]之曲，听来饶有兴味。可是游船已经划近钓殿，只好依依不舍地离船上岸了。

钓殿的陈设装饰，虽然简素但很优雅，侍候紫姬的年轻侍女们，早已在这里等候，她们一个个精心着装打扮，欲图不亚于他人，各逞秀色。她们的这般华丽的装束和姿影，放眼望去，着实不逊色于一幅百花争艳的织锦图景。这时候乐人奏响难得一饱耳福的稀世珍曲。精心挑选来的舞人们，为使众看官尽情赏心悦目，极尽所能献出各自高超的技艺。

夜深了，然而人们依旧觉得尚未尽兴，于是又在庭前点起篝火，宣召乐人到庭前阶下的苔藓地上，诸多公卿大臣和亲王们也都各自或持弦乐器或操管乐器拟参与合奏。专业的乐人们一个个尽皆此道高手，格外优秀，齐聚一堂。当他们一吹响双调，堂上的公卿大臣等候着此刻，遂操持琴等弦乐器，相当引人注目地合奏起来，器乐声调非常华丽。当奏出催马乐《啊！尊贵》时，连不解乐理情趣的身份卑微的仆役，都感动地说："人生在世，能听到如此美妙的音乐，真算没有白活啦！"他们拼命挤进排满马和车，几乎没有缝隙可钻的门前一带，乐滋滋地在听。夜空的景色配着管弦器乐的音色，使得现场人们的心灵深处，无不旋荡着一派格外美妙的、动人心弦的春天的旋律。

通宵达旦奏乐游乐。从吕调移至律调时，添奏了唐朝音乐《喜春乐》，这时候兵部卿亲王饶有兴味地反复唱《青柳》[02]，主人源氏太政大臣也和着他的歌声助唱起来。不觉间天亮了，悠扬婉转的乐声宛如报晓鸟

---

[01] 《皇獐》：也称《黄獐》，雅乐。别名《海老葛》，属唐乐平调的舞曲。近代舞已失传，只留下曲。此舞曲是唐景龙年间中宗为悼念因征服西戎叛乱战死黄獐谷的将领王孝杰而作。据古人的记录推测，该舞由四或六人身穿多层和服装束，褪下和服上身袒露出一边肩膀，手持玳瑁甲壳、小树枝起舞。

[02] 催马乐《青柳》歌词曰："垂柳青，垂柳青，垂柳挂青丝，哎哟哟，黄莺做织娘，哎哟哟，穿梭织斗笠，哎哟哟，织成梅花笠。"

儿的鸣啭，秋好皇后隔墙听见邻院欢快的乐声，内心好生嫉妒。

　　六条院这个地方，是个长年充满春天的气息、和谐氛围浓重的大殿堂，然而此前由于没有足以令人魂牵梦萦的淑女在，不免令一些贵公子感到美中不足。可是近来，西厢房里住着的玉鬘小姐，姿色美丽，简直无可挑剔。源氏太政大臣也相当郑重地照顾她，这消息早已传遍各处。果如源氏太政大臣所料，思慕玉鬘的贵公子似乎甚多。其中有的自认为身份高贵，与她般配的贵公子，抓住某个好机会，向她隐隐约约地表白心意；有的则单刀直入，坦率直白向她求婚。还有好几位年轻的贵公子碍于不便坦率启齿，而在内心中备受思慕的折磨。尤其是内大臣的公子柏木中将，他不知道玉鬘是他的同父异母的妹妹，似乎在苦苦地恋慕她。又比如兵部卿亲王，因相伴多年的夫人亡故，他已鳏居三年，孤独不堪，如今他无所顾忌地公开流露思恋玉鬘的意思。今早他喝得酩酊大醉，头上插着藤花，步履蹒跚却装作轻盈袅娜，其喧闹模样十分滑稽。源氏太政大臣早已心知肚明，表面上却佯装不知。正当觥筹交错，人们向兵部卿亲王劝酒时，他深感苦恼地说："我若无心思，早已逃之夭夭了，实在受不了啊！"说着委婉谢绝了劝酒。他咏歌曰：

　　　　紫藤伶俜撼心房，

　　　　投身深渊又何妨。[01]

　　于是兵部卿亲王向兄长源氏太政大臣献上藤花和杯酒，并唱："且来同插……"[02]源氏太政大臣满心高兴地答歌曰：

---

[01] 日语"渊"（FUCHI）与"藤"（FUZI）音相近，"紫藤"指玉鬘。兵部卿亲王真以为
　　玉鬘是兄长源氏的亲生女儿，他暗恋玉鬘却因血缘关系不能结缘，感到万分遗憾。
[02] 此语出自《后撰和歌集》，歌曰："君若访我吉野山，且来同插藤花絮。"

身投深渊是否值，

且待春日细观花[01]。

咏歌毕，源氏太政大臣极力挽留兵部卿亲王，其盛情难却，兵部卿亲王就又留了下来。今早的音乐演奏，比昨日的更加有趣。

这天是秋好皇后开始举行春季法会的头一天[02]。昨夜许多女眷没有回家，就在六条院歇宿，大家换上了白昼的衣裳，家中有事不便久留者则先行回家。正午时分，大家都来到秋好皇后居住的秋殿上，包括源氏太政大臣在内，都一起到会就座了。殿上人等也无一遗漏地都来参加。大概是由于源氏太政大臣的威势的关系，法会办得确实相当隆重，格外威严。

春殿的紫夫人所要做的是向佛祖献花。她挑选了相貌端庄美丽的女童八名，分成两排，四个女童身着鸟服装扮作鸟，另四个女童身着蝴蝶服装扮作蝴蝶。让穿鸟服的女童手持银花瓶，瓶内插上樱花；让穿蝴蝶服的女童手持金花瓶，瓶内插棣棠花。虽然只是樱花与棣棠花，但她所精选的是最美的花枝，让它吐出无与伦比的芳香。八个女童乘上船后，从春殿南面的假山脚下起程，向秋好皇后的秋殿的方向划过去。一路上，春风习习，瓶中的樱花零星地飘落了数枚花瓣。晴空万里，阳光在春霞霭霭之间洒落，照耀着载有童女的行船缓缓地划过来，这番景象意趣深沉，美不胜收。庭院里没有特意架设帐篷小屋，乐队临时设座在连接殿堂的游廊上，在那里摆好了折凳。女童们来到殿堂前的台阶下，献上鲜花，掌管香火的香火师们接受鲜花瓶，并把它们供奉在佛坛前的供水器皿旁。紫夫人致秋好皇后的信，由夕雾中将呈上，内有歌云：

---

[01] "花"比喻玉鬘。
[02] 按惯例，每年春季二月、秋季八月，举行四天的法会，讲读《大般若经》。今天是三月二十日过后，估计是延期了。

春园蝴蝶舞翩跹，

惟恐扰君待秋天。

秋好皇后读毕，知道这是去年她所赠红叶歌的答歌，她读着脸上露出了微笑。昨日应紫夫人的邀请去参加游船盛会的侍女们，都被春花所吸引，彼此谈论说："那边殿堂的春天景色果然很美啊！恐怕皇后也会不由自主地赞赏呐。"

黄莺啁啾鸣啭声也显得悠闲，乐队奏起《迦陵频伽》乐曲，着鸟装束的女童翩翩起舞，场内气氛活跃，连湖中的水鸟也为之激动，不知从哪里传来了它们的连续鸣啭声，这时候乐声蓦地变奏急调[01]，全曲告终，却酿出百听不厌的无穷乐趣来。更何况奏起蝴蝶乐曲[02]时，穿着蝴蝶装束的女童合着音乐成双成对轻盈地飞来飞去，时而钻入篱笆下灿烂盛开的棣棠花丛中。包括皇后的次官在内，身份相当的殿上人等依次向皇后领取赏赐品犒赏女童们。赏赐给着鸟装女童的是淡红色的细长幼女服，赏赐给着蝴蝶装女童的是表面淡赤黄色，内里黄色的衬袍。赏赐品想必是事先都准备好各人适用的物件。按顺序赏赐给专业乐师们的是白色衬袍和绢卷等。赏赐给夕雾中将的是淡紫色细长贵族服，外加一件女装。秋好皇后致紫夫人的回信中写道："昨日的音乐演奏未能拜见，欣羡得几乎落泪。

八重棣棠若无怨，

我欲伴蝶赴春园。"

---

[01] 舞乐由序、破、急三部分组成，接近尾声时奏急调。
[02] 蝴蝶乐曲：高丽壹越调，四人童舞。

紫夫人和秋好皇后虽然都是才能卓越者，不过在赠答作歌方面似乎不很得心应手，缘此，两人的赠答歌似乎都不算是上乘佳作[01]。

昨日参加游船盛会观赏美景的侍女们当中，但凡伺候秋好皇后身边的侍女，每人都获得紫夫人赠送的一份饶有风情的礼物。这类琐事若再写下去，不免冗长，恕不赘言。在这六条院内，朝朝暮暮，这类轻而易举的游乐活动经常举办，以愉悦身心，因此众多侍女自然也能无忧无虑、心情舒畅地过日子。各处殿堂的人们，彼此和睦相处，经常互通信息。

住在西厢房的玉鬘，自从在男踏歌时与紫夫人和明石小女公子等人见过面后，经常与紫夫人通信问安。玉鬘为人涵养是深还是浅，紫夫人尚未能深入了解，初步印象只觉得她颇有才气，性情温柔，是个可以推心置腹的人。因此，大家对她多有好感。恋慕她的人也相当多。可是，源氏认为择婿之事不能掉以轻心，草草决定，再说，他自己心中也不愿长此以往做她的父亲。此事每每令他放心不下，他有时甚至想："干脆通知她的亲生父亲内大臣，说明实情，以便公开……"源氏之子夕雾中将比较亲近玉鬘，经常走到她的居室垂帘的近旁。玉鬘也亲自与他应答。这种时候玉鬘总是很腼腆，夕雾方面则确信大家都知道他们是姐弟关系，对她一本正经，绝无邪念。内大臣家诸公子不知玉鬘是自家的异母妹妹，经常通过夕雾对她表示万般恋慕。玉鬘对他们毫不动心，只是私下感到同父异母兄妹之爱，缘此内心颇觉痛苦。她暗自在盼望："但愿亲生父亲知道女儿住在这里就好了！"然而她对源氏太政大臣没有流露出这种心愿，只一味表现出一心仰仗他的关怀照顾，像个天真无邪令人怜爱的孩子。这点，她并不酷似她母亲夕颜，不过长相则十足相似，只是玉鬘的才气比她母亲略胜一筹。

四月朔日，时令已届夏日更衣的季节，周围的人们正是神清气爽、面

---

[01] 这是作者紫式部对自己作歌的谦辞。

貌一新，连天空的景色也呈现一派清澄恬静，饶有情趣的气象。源氏太政大臣闲来无事，尽情行乐，举行各种游乐活动，悠游度日。而住在西厢房那边的玉鬘，则收到来自四面八方的人们寄送来的情书恋文，而且越来越频繁。源氏太政大臣颇感兴趣，心想："果不出所料啊！"他动不动就到玉鬘那边，查阅这些信件，看到应该回复的，就劝导玉鬘回信，玉鬘态度恭谨，然而深感为难。源氏太政大臣蓦地发现兵部卿亲王寄来的情书。兵部卿亲王追求玉鬘时间还不算长久，却已焦躁不堪，情书内倾诉了种种内心的怨恨，源氏太政大臣看了不由得和蔼可亲地笑了起来，说道："在众多亲王中，我与这位亲王弟弟感情最融洽，交往最密切，不过迄今有关这方面的恋情逸事，他秘藏不露。如今他人到中年，却让我看到如此这般恋情绵绵的情书，使我感到很有意思，也觉得怪可怜的，你还是给他回封信才好啊！但凡略解风情的女子所盼望的能交心的对象，世间还能有比这位亲王更理想的吗？他可真是一位风流倜傥的贵公子。"源氏试图用这番话说动这位少女的心，可是玉鬘还是只顾露出腼腆的神色。连右大将[01]那样装得一本正经、煞有介事的人，也模仿谚语所谓的"恋爱山上孔子伏"[02]，苦苦地追求玉鬘，源氏觉得这又是另一种情趣。接着他又查阅对比其余的信件，在这过程中，他发现有一封信，用的是唐国的深蓝色信笺，令人感到非常亲切，薰香浓郁，芬芳扑鼻，折叠成细条还精巧地打结。源氏觉得有点蹊跷，说："这封信怎么就没有打开呢？"说着打开一看，只见笔迹着实挺秀美丽，行文也很入时、洒脱：

　　纵然思恋君不觉，

---

[01] 这位右大将是承香殿女御的哥哥髭黑。承香殿女御是朱雀院的妃子，皇太子的生母。髭黑右大将是皇太子的大舅。
[02] 此谚语原本是说"孔子伏"，"恋爱山上"可能是后来加上的。意即在恋爱山上，圣人也会伏倒的。

恰似汹涌水无色。

源氏问道："这是谁的来信？"玉鬘支吾其辞没能如意地回答。源氏
把右近召来，对她说："对待写这种信件的人，务必探究此人的来历，精
选后，让小姐给人家回复。一般说，好色风流、喜爱拈花惹草的当今时髦
青年，有时会干些出格的事，这不能全盘归罪于男方。以我的经验来说，
男子有所求，而女子不回复，他就会觉得这女子多么冷酷无情，从而起怨
恨歹心，当时说不定就像一个不通人情世故的人。女子如若身份卑微而不
搭理男子，男子就会露出自恃身份的优越感。男子若无深情诚意，而只是
一般歌颂蝶花之类的应景来信，女子若用优雅的态度对待他，反而会煽起
对方的热情。这时候即适可而止，再不搭理男方，这对女子来说就不会产
生任何伤害。对于男子的那些无所谓的千篇一律的寒暄来信，女子切莫立
即回信，哪怕不是赞赏的话，否则会招来无穷的后患。但凡女子如若不
知谨慎自爱，随心所欲，装作善解人的风流情怀，自以为懂得情趣，最
后无不落得心绪纷扰的凄凉下场。但是，话又说回来，兵部卿亲王和髭黑
大将都是谦恭谨慎、不会胡言乱语的人，对待他们如若不懂得掌握分寸，
过分不予理睬，就不像玉鬘的作为。至于对待身份比他们两人低下的人，
则需要观察他们的志趣如何，真实感情深浅，热心程度怎样，再作恰当的
对应。"玉鬘羞答答地特意将身子扭向一旁，她的侧脸相当秀丽。她身穿
淡红色的细长女服，外面罩上溲疏色的表面白色里子淡绿色的平常服，色
彩搭配得十分协调，很时髦。她的言谈、举止、态度等，以前不管怎么说
总是难免带点土气，只是保持纯朴，倒也高雅稳重，如今随着逐渐熟悉京
城人的习俗，耳濡目染完全去掉了土气，再加上精心化妆，更显端庄典
雅，无懈可击，真是花容月貌美若天仙。源氏太政大臣看得着迷，不由得
想："这般美人，送给他人，多么可惜啊！"

右近也笑眯眯地凝神观望着这两人，不禁寻思："源氏太政大臣年轻得太不适合当玉鬘小姐的父亲了，他们俩若是结成夫妇倒是蛮般配的。"于是右近说道："我决不把他人寄来的恋文传送给小姐。您先前知道的那三四位贵人的来信，我生怕立即退回去有所失礼，因此暂时留了下来，这些信是否退回去，悉听您的指示。这样处理，玉鬘小姐还嫌烦呢。"源氏太政大臣问道："那么那封折叠得蛮别致的函件，是谁寄来的呢？行文字迹十分挺秀嘛。"说着边微笑边阅读来函。右近答道："那次送信来的使者硬把信留下后径直走了。内大臣家的长公子柏木中将老早以前就认识侍候玉鬘小姐的侍女见子，该函件是柏木中将托见子收转的，除此以外，这里别无其他可以供他托转的人。"源氏太政大臣说："这真是文雅得令人怜爱呀。他的地位虽然低，但对待他这样的人，不应该当即回绝使他难堪。纵然是公卿，从声望角度上看，未必有人能与他比肩，而在他之下者则众多。他在同样都出身内大臣家的贵公子们当中，也是最文静的人。总有那么一天他自然会知道他与玉鬘是同父异母兄妹，眼下暂时先不要明说，姑且含混敷衍一阵再说。这封信行文流畅，颇有看头啊！"源氏太政大臣说着依然握着那函件，没有立即放下来，就对玉鬘说："我如此这般地说了许多，不知你是否有别的什么想法，真令我于心不安。就说你与你亲生父亲相会之事吧，以你现在这个年轻稚气未脱，像样的身份尚未定型的样子，就去挤入分别多年且素不相识的异母兄弟姐妹行列中生活，是否合适，倒是令我十分担心的。思来想去觉得还不如按一般惯例，待到择婿成亲，有了成人身份后，自然会有父女相见的机会。兵部卿亲王虽然像是独身一人，但是秉性非常轻浮，听说他四处拈花惹草，情妇不计其数，家中还纳有为数不少的名声可鄙的侍妾。若要嫁他为妻，惟有机敏圆滑、宽宏大度的人，方能做到处事有方，安居无恙吧。但凡稍有嫉妒心者，自然难免产生争风吃醋的局面，甚至招来丈夫的遗弃，这些状况都不能不加以深思熟虑啊！还有髭黑大将，嫌弃长年陪伴自己的正夫人年老色衰，而要另求年轻的新欢，但这是世间女子所不愿屈就的。这也是理所当然的事。因此，我也在冥思苦想，不知道选择哪个人才好，尚无定论呐。儿女对姻缘之事，即使在父母亲跟前，也难以坦率明说出自己的心上人。不过，你已经不是稚童，对世间万般事物，理应有自己明辨是非的能力了，请你且把我当作你那早已仙逝的母亲一般看待吧，我决不忍心做使你不称心如意的事。"源氏太政大臣非常恳切地说了这番话，玉鬘听了感到困惑，不知如何回答才好。可是若像小孩儿那样毫无反应也怪难为情的，于是，她说："我自不懂事的时候起，就没有见过双亲，总之真不知如何思虑才好呀！"她说话的态度十分诚实，令源氏太政大臣觉得："她说得也是嘛！"源氏说："如此看来，你就像俗话所说的'后母亲娘一般看'啰，我的这番非同寻常的诚意关照，你全都看在眼里记在心上了吧？"接着他又谈了许多，可是他内心深藏的暗恋情怀却不好意思启齿。尽管他的话语中不时夹杂着一些意味深长的话，但是玉鬘却佯装没有领悟到，他只好哀叹着告辞。庭院附近，淡竹亭亭，随风摇曳，婀娜多姿，这般美景吸引着他不由得驻步，他掀起帘子，冲着玉鬘即兴咏歌曰：

> "院内翠竹扎根深，
> 竹笋茁长朝外奔。[01]

每想及此，真叫人好生怨恨啊！"玉鬘膝行过来，答歌曰：

> "嫩竹成长深知恩，

---

[01] "竹笋"比喻玉鬘，意即我把你抚养长大了，你将离开我而嫁给他人。

这个时候若与生父见面，恐怕会引起很多麻烦吧。"源氏太政大臣听了觉得玉鬘着实非常令人怜爱。可是，玉鬘心中并不真的是那么想吧。她早就焦急地盼望着能与生父见面，她想："不知什么时候源氏太政大臣才把实情向父亲内大臣说呢？"可是转念又想："源氏太政大臣如此深切慈祥地关爱我，相比之下，虽说是亲生父亲，实际上却很疏远，生父恐怕不会如此体贴入微地照顾疼爱我吧。"她浮想联翩。随着阅读许多古典小说，她逐渐懂得一些人情世故、待人接物的一些道理，因此她的行为举止都格外谨慎，自然不好意思自报姓名前去寻找生父。源氏太政大臣越发觉得玉鬘太可爱了，他也曾对紫夫人说："不知怎的，玉鬘那模样怪吸引人的呀！她那已故的母亲秉性太内向，一点也不开朗，可是她的这个女儿玉鬘，看来似乎是个善解世间事物情理、性情温柔可亲的人，对她可以推心置腹信得过。"如此这般赞美了一番。紫夫人看透他的心思，知道他不会就此善罢甘休，不免有些担心，她微笑着说："既然像是个有分寸的人，怎么竟真心实意地全盘信赖您呢，太委屈她了呀！"源氏问道："莫非我还有什么不值得信赖的地方吗？"紫姬微微笑，回答说："这个嘛，就以我来说吧，每每遭遇难以忍受的悲伤事。您那样的作风，至今能回想得起来的，当止几件呢！"源氏听了，内心不禁暗自佩服："她可真善于联想。"于是说道："你又在作讨厌的捕风捉影的瞎猜疑啦！我若有这样的用心，玉鬘还能不察觉吗？"源氏觉得这个话题麻烦，于是沉默不再谈下去，可是内心却在想："紫姬这样猜疑我，那我与玉鬘的关系该如何处理才好呢？"他感到心绪紊乱，但另一方面又反躬自省："我怎么还像年轻人那

---

[01] "嫩竹"比喻玉鬘自己，玉鬘有意将源氏暗恋她的情爱理解为义父的慈爱。"寻根"意指寻找亲生父亲。

样花心，做些无聊事呢?！"然而源氏终归还是很惦挂着玉鬘，经常前去探望她，关怀备至地照顾她。

一天傍晚，天空久雨过后初放晴，四周相当寂静。庭院里的小枫树和槲树繁茂青翠。源氏仰望天空，但觉景色宜人，令人心旷神怡，不禁吟咏白居易的诗："四月天气和且清。"[01] 这时脑海里首先浮现出玉鬘的倩影，便照例悄悄地来到她居住的西厢房里。玉鬘正在轻松愉快地练习书法，见源氏来了，立即站起身来，羞答答的满脸顿时飞起一片红潮，色泽娇艳，十分美丽。她那平静祥和的姿态，使源氏蓦地想起昔日夕颜的面影，那爱恋之情不堪忍受，于是说道："我初次见你的那时节，并不觉得你那么像你母亲，可是现在，说来奇怪，我经常甚至产生'那不是夕颜吗？'的错觉，不禁令人感慨万分啊！我见惯了的夕雾中将，他简直没有留下他已故母亲的丝毫痕迹，真不像是葵姬亲生的儿子。没想到世间竟然还有像你这样一个酷似你母亲的人啊！"说罢，只见他双眼噙着怀旧的热泪。他从盒盖里盛着的水果中，拿起一个橘子摆弄，触物生情咏歌曰：

> "橘子飘香思故人[02]，
> 恍若旧侣来现身。

我无时不在怀念早已作古的故人，无法忘怀，多年来内心无以慰藉，寂寞度日，如今能与你相会，总怀疑自己是不是在梦中，从而更加控制不住激动的情绪，但愿不至于招来你的厌恶。"说着握住玉鬘的手。玉鬘颇感狼狈，因为源氏对她从未曾有过这样的举动，她很不习惯，但态度还是落落

---

[01] 此句引自白居易诗《七言十二句赠驾部吴郎中七兄》："四月天气和且清，绿槐阴合沙堤平。"
[02] "故人"指玉鬘的母亲夕颜，玉鬘相貌、体态皆酷似夕颜。

大方，她答歌曰：

> 橘香比喻似旧侣，
>
> 红颜薄命知几许。

玉鬘困惑不知所措，趴了下来，那娇羞的神态格外动人。她双手圆润丰满，体态匀称，肌肤润泽细腻，着实美丽。源氏看了，更觉她可爱而越发动心。这天，他略加坦白了对她爱慕的心思。玉鬘忧心忡忡，惶恐万状，颤抖不已，无所措手足。源氏了解她此时的心情，对她说道："你为何这么讨厌我？我定会巧妙地隐匿，不会惹人散布流言。你在人前也装作若无其事，让我们彼此悄悄地相爱吧。我一向对你情爱匪浅，如今越发深沉，自我感觉这份情爱真是世间无与伦比。我想，你不至于贬损我在追求你的那帮人之下吧，像我这样真心实意爱你的人，恐怕是世间绝无仅有的，因此让你他嫁，我确实万分担心。"这真是一份多么自以为是的所谓父爱之心。

雨停了，风摇曳着竹叶沙沙作响，皎洁的明月拨云当空，呈现一派情趣浓郁的清澄夜色，侍女们看见源氏与玉鬘亲密交谈的样子，有所顾忌，尽皆回避了。虽说这两人以往经常见面，但是难得有这么好的机会。也许由于源氏一经吐露心曲，澎湃的热诚就难于抑制，而要穷追到底的缘故吧。源氏技巧娴熟，不动声色地将柔软轻薄的夏装外衣滑脱下来，躺在玉鬘的身边。玉鬘忧心忡忡，心想这般模样让侍女们见到，该不知作何瞎想了。她感到无限悲伤，想："如若在生父身边，他再怎么不关爱我，也不至于出现这种令人生厌的场景吧。"想到这些，玉鬘不胜伤心，止不住热泪潸潸。源氏看见她这般极其痛苦的神色，便对她说："我万没有想到你竟那样讨厌我，实在遗憾呀！连相离甚远的陌生人，按世间一般常礼，只要相爱，都容许顺其自然行事，何况你我长年相处和睦，如此相遇，亲近一下又何妨，何苦拒人千里！我决不会强行提出更多的要求，仅此而已，聊以安慰一下不堪忍受的苦恋罢了。"他满怀热情，亲切地又说了许许多多。更何况看到他身边玉鬘的倩影，心情全然酷似当年邂逅夕颜一般，不由得感慨无量。源氏自己也知道蓦地贸然行事乃鲁莽轻佻之举，于是竭力促使自己重新思考。因顾忌到侍女们会胡乱猜疑，遂趁夜色未深时分，起身告辞。临别对玉鬘说："你若讨厌我，会使我非常痛苦的。别人对你恐怕不会如此一往情深的。我对你的爱深邃莫测，无可限量，我决不会做出让人蜚短流长横加讥议的事，只是为了抚慰苦苦眷恋故人的那份情怀，可能会对你说些愚傻的话，但愿你以同样的心情回应我。"他还详细入微地谈了许多，然而玉鬘吓得魂不附体，痛苦万状。源氏又对她说："我原本以为你不会这么狠心，看来你非常怨恨我啊！"他叹了一口气，又说："此事切莫泄漏呀！"撂下此话后就走了。

玉鬘虽说已届情窦初开的年华，但还是不懂得男女之情爱事，连略通此道的人，她也不曾认识，不晓得男女之间还有比同榻更亲密的事。她悲叹："世间还有如此出乎意料的事啊！"她的情绪非常低落，侍女们担心地议论说："小姐的情绪相当不好啊！"侍女兵部君私下议论道："源氏太政大臣对小姐的关照细致入微，真是难能可贵啊！就算是亲生父亲恐怕也不会照顾得这么周到吧。"玉鬘听了越发觉得："万万没有想到源氏竟有这份令人不愉快的居心。"从而更厌恶他，同时也悲叹自己命途多舛，无限伤心。

翌日清晨，源氏早已送来一信。玉鬘勉勉强强阅信。但见来函用的是表面上显得庄重的洁白信笺[01]，并不花哨，字迹挺秀，行文相当流畅。信

---

[01] 男女同衾的第二天早晨，各自穿衣分手后的来信一般用颜色鲜艳的信笺。

中写道："昨夜你那举世无先例般的冷酷薄情作风，使我十分伤心，但是反而令我难以忘怀，不知别人对昨夜的情状如何看啊！

　　未曾融洽共寻梦，
　　嫩草何以露愁容。

你依然孩子气十足啊！"满纸俨然义父般的口吻，玉鬘读信不由得涌起一股极其厌恶的情绪，但如果不复函又恐引起别人觉得奇怪，遂在一张松软的陆奥纸上写下寥寥数语："来函拜读，因情绪极其低落，盼恕复函从简。"源氏见信不觉微微笑，心想："这副神采，不愧是个个性倔强的人啊！"他觉得尽管苦苦追求也是值得的，但确实颇费心思。源氏一经表白了爱慕之情后，并不像"太田之松"[01]，而是直截了当苦苦纠缠，向玉鬘倾诉衷肠。玉鬘越发感到走投无路，苦恼得只觉无地自容，终于病倒了。玉鬘暗自寻思："这般情状的个中内情，少有人知，无论疏者或亲人尽皆确信源氏是自己的亲生父亲，倘使此种情事泄漏世间，必将成为人们莫大的笑柄，而臭名远扬。自己本就担心，有朝一日，亲生父亲内大臣寻找到自己，会不会真心实意疼爱自己，更何况现在，发生了这种事，父亲也许以为我是个轻浮女子呢。"她浮想联翩思绪紊乱，忐忑不安。兵部卿亲王和髭黑大将等人听说源氏太政大臣态度宽容，并不排斥他们，于是更加热心诚恳追求玉鬘。那位写"水无色"的中将也从侍女见子那里隐约听说源氏对他态度宽容，他不了解他们本是异母兄妹的实情，只顾欢天喜地拼命追求玉鬘，使得自己几乎神魂颠倒。

---

[01] 此语引自《古今和歌六帖》，歌曰："太田之松忍恋苦，本欲启齿又踌躇。"

第二十五回

萤火虫

源氏现在身居如此郑重其事的太政大臣高位，无须管理任何具体事务，悠然赋闲，轻松平静度日。仰仗他关怀照顾过日子的众多夫人，各自都能按照自己的想法，过上合乎各自身份的幸福安详的生活。惟有这位住在西厢房里的玉鬘小姐，不幸遇上这种意外的烦恼事，乱了方寸，不知如何对付这位义父的行径才好。源氏的可恼之处同筑紫那个大夫监的可恶劲头，当然不能相提并论，但是源氏有这种居心，是谁人做梦都不会想到的，因此，玉鬘只能暗自伤心，对源氏有一种异样讨厌的感觉。她已届明白各种事理的年龄，因而浮想联翩，百感交集，想到自己年幼丧母已甚痛惜，如今更觉委屈悲伤。至于源氏，自从向玉鬘坦白恋慕之情后，反而更加苦恼，他不能不顾忌别人的耳目，遇事又不能畅所欲言，实在按捺不住相思苦时，便想方设法频繁去探望玉鬘。每当侍女不在她身边，四周静寂时，他就向玉鬘隐约透露爱慕的情思。每遇这种情况，玉鬘心中都会吓一跳，尽管如此她却并不断然拒绝，使他难堪，她只是佯装没有领会，乖巧地敷衍过去。

　　从大体上说，玉鬘性格开朗，待人亲切，平易近人。她本人处世态度极其谨慎小心，却总是和和气气、娇媚可爱，因此兵部卿亲王等人真诚地写信追求她。向她倾诉衷肠的时日似乎还没多久，转眼间时令已进入了五月梅雨季节[01]，兵部卿亲王给玉鬘写信诉苦说："若蒙容许我稍接近你，向你倾吐内心所思，哪怕只言片语，亦能聊以自慰。"源氏读了此信后，启发玉鬘说："这有什么关系呢，这样有身份的人诚心向你表示诚意，是件好事嘛。不该太冷淡人家，要时时给人家回信才好。"说着还教诲她回信的遣辞造句，让她写，可是，玉鬘非常讨厌，推说今天心情不好，不愿写回信。侍候玉鬘的侍女们当中，没有身份特殊或门第特别高贵

---

[01] 习俗中，梅雨季节的五月是忌讳谈婚论嫁的月份。

的人，只有她母亲那边一位任宰相的伯父的女儿，心地善良，具备一定的才能，此女因丧父，家道中落，飘零世间，后来被源府的人找到，就在此府当侍女，人们管她叫宰相君。这宰相君心灵手巧，能写一笔好字，从大体上说人品比较稳重成熟，因此，迄今每当遇上有必要时，总是叫她代笔写回信。这时候，源氏便召唤侍女宰相君前来，令她代笔写回信，内容则由他亲自口授。源氏之所以如此安排，大概是想看看兵部卿亲王与玉鬘谈情的情况。玉鬘本人自从遇到了那件不愉快的烦心事之后，收到兵部卿亲王等人那些倾吐衷曲的情书，有时也看上几眼，但并不动心，她只是想装作对源氏可叹的作为视而不见，借此摆脱心中那种烦人的不快的纠结，不过到底也有几分求风雅调情的意思吧。

　　源氏实在无聊，独自在卖力布置，心神不定地等待着兵部卿亲王来访。兵部卿亲王不了解实情，他收到了玉鬘令人满意的回信后，喜出望外，随即甚为秘密地前来探访。旁门门口的厢房里设有客人坐的坐垫，与玉鬘的居室只隔着一面围屏，近在玉鬘身旁。源氏布置得非常精心，将薰香炉隐蔽起来，让浓郁的芳香飘逸四方，呈现一派幽雅的氛围，大小巨细用心良苦。源氏之所以操这份心，倒不是出于父爱之情，而是过分地多管闲事，不过看起来，毕竟还蛮亲切的。宰相君等人并不愿意代替小姐作应答，只顾害羞得扭扭捏捏，源氏掐了她一下，叫她："别胆怯呀！"弄得她只得硬着头皮勉为其难了。过了傍黑时分，苍穹呈现一派阴沉沉的夜色，在朦胧的月光下，只见兵部卿亲王那温文尔雅的姿态非常美艳。微风带着帘内的芳香隐约传送过来，内里夹杂着悄悄隐身房内的源氏的薰衣香，因此室内充满浓郁的芬芳，在这种氛围下，兵部卿亲王料定玉鬘的姿影肯定远比早先自己所想象的更加优美潇洒，从而思慕的心潮愈加澎湃。于是，兵部卿亲王坦率地、滔滔不绝地倾诉恋慕小姐的心曲，他的言谈稳重，思虑深沉，分寸拿捏得当，毫无一味沉溺美色者的气息，诚然别具一格。源氏不由得心感钦佩，但更感兴趣的是隐蔽一旁窃听。

玉鬘原本就在朝东的房间里歇息，宰相君要把兵部卿亲王所说的话传达给小姐听，遂膝行到小姐身旁。源氏托宰相君带口信给小姐，劝诫她说："你这样接待人家，不显得太拘束了吗？处理万事，均须随机应变才是，你已经不是一味要孩子脾气的年龄了，对待像亲王这样的客人，不应敬而远之地叫侍女传话应答，纵然不愿意亲自答话，至少也应接近人家一些嘛。"玉鬘听了感到非常困惑，心想："过一会儿，他会不会以劝导为借口，趁机闯入我房间来呢？"她觉得无论应付源氏或兵部卿亲王，哪头都很麻烦，于是溜了出来，到正房与厢房之间隔着的帷幔旁边，俯伏下来。兵部卿亲王说了一大通话，玉鬘却一言不答，心中正在踌躇该怎么办的时候，源氏走近她，将表里双层的帷幔的里层撩了起来。与此同时突然发出亮光，玉鬘以为是有人点燃脂烛所放的光，吓了一跳。却原来是这天傍晚，源氏将许多萤火虫裹在便服下的薄绸衬衣袖里，藏在身边，不使萤光透露出来。这时他装作整理帷幔的样子，突然将萤火虫全都放了出来，四周顿时发出了星星点点鲜艳的亮光。玉鬘讨厌极了，赶紧将扇子挡住脸。从侧面望去，她的侧脸非常的美。源氏玩弄这套把戏，意在突然让萤火虫放亮，好让兵部卿亲王在非常惊人的萤光下窥见玉鬘的姿容。他估计兵部卿亲王之所以如此热诚追求玉鬘，原因之一是认为她是源氏之女，不过兵部卿亲王并未料到玉鬘的气质容貌如此完美，现在让他看到，好叫这个好色之人神魂颠倒，才如此巧妙安排。假如玉鬘真是源氏的亲生女儿，料想源氏决不会如此恶作剧。源氏的这番用意，实在太令人讨厌。源氏放出萤火虫之后，就从另一扇门悄悄溜走，回到自己的住处去。

兵部卿亲王原本估计玉鬘所在之处距他稍远，可是从人们的动静判断，似乎比想象的近，他激动得心怦怦跳，透过漂亮无比的幔帐缝隙窥视内里，只见近在不过一个房间的距离，并有意想不到的萤光闪烁，使他颇感兴趣。过了不大一会儿，萤火虫全都被侍女收拾了。但是那模糊的闪烁萤光，却给人留下了拂之不去的妖艳情趣的印象。凭借萤火虫发出的亮光，隐约窥见玉鬘的袅娜多姿，她那俯卧的美姿，真叫人百看不厌。果然不出源氏所料，玉鬘的倩影深深地渗入兵部卿的内心底，亲王就给她赠歌曰：

> "萤火纵灭情仍烧，
> 心中倩影安能消。

想必能理解我的心情吧？"玉鬘觉得这种场合，若思来想去迟疑作答，也不像样，只得即席答歌曰：

> 萤虫不鸣火焦身，
> 远比多言更苦闷。

　　她草草地和了一首歌，叫侍女宰相君传话，自己就走进内室去。兵部卿亲王觉得玉鬘对他未免太冷淡无情了，内心感到无比的怨恨，可是继续待下去，又显得太好色。这时候，天色尚未明，倾听檐前淅沥的滴雨声，心中也很苦，于是深夜挥泪淋雨湿漉漉地回府去了。此时想必杜鹃也会悲鸣吧。这些细枝末节太烦琐了，笔者不拟探寻下去。
　　侍候玉鬘的侍女们，也都赞美兵部卿亲王的风采，说他风流倜傥，非常像源氏太政大臣。她们还相互议论说，源氏昨天晚上就像母亲一般，照顾周到入微。她们不知道源氏深藏的用心所在，都在惋惜地说："真不应该辜负源氏太政大臣的这番深切情怀。"玉鬘内心虽感苦恼，但她毕竟看到源氏对待她可谓尽心尽力、关怀备至，不由得暗自思忖："还是自己命苦啊！如果自己能见到生父，成为他的一个普通女儿，那么接受源氏的追求，也没有什么不合适的。只是现在自己这不可思议的身份与别人不同，终归会不会成为世人的话柄呢？"她朝夕冥思苦想，苦恼万分。尽管如此，源氏也并不想毫不含蓄地胡作非为，只是天生的风流毛病，本性难移，即使是对秋好皇后等人，他内心也不是纯净无瑕疵的，一旦有机会，邪心歪念总难免会蠢蠢欲动，无奈皇后身份高贵，自己望尘莫及，只好自我烦恼，而不敢贸然表白思恋之意。至于玉鬘，她为人和蔼可亲，模样也很时髦，自己有时对她会蓦地泛起一股奇妙的情趣，每每还夹杂着采取一些令人见了都会起疑心的举动，幸亏总算能抑制住自己的感情，以至两人这种困难的纯洁关系得以维持了下来。

　　五月初五这天，源氏前往六条院东北面的马场殿，顺便探访住在夏殿西厢房里的玉鬘。源氏问玉鬘说："怎么样啊，兵部卿亲王那天晚上一直待到深夜吗？今后对待他，不要那么亲近，因为他是个有怪脾气的人。世间难得见不伤及女子芳心的男子，他们经常做出某种荒唐事哟。"他以昨日褒扬今日又揶揄的口吻，提醒玉鬘注意并开导她，他的那副神态，看上去真是朝气蓬勃、清爽动人。他身穿色泽鲜艳的衣服，外面随意罩上一件贵族便服，竟搭配得清秀无比、美不胜收，不禁令人叹为绝非世间能工巧匠所能染织得出来的服饰。他那衣裳上的花纹，与往常别无二致，可是今天却显得珍奇，他那身衣裳透出薰香的浓郁芳香，令玉鬘不禁心想："倘若没有发生那桩令人讨厌的事，这副姿容神态多有情趣，使人陶醉啊！"这时候，恰巧兵部卿亲王派人送信来。洁白的薄信笺上，行文流畅，字迹挺秀，初看似蛮有意思，可是再看下去，也没有什么特别之处。信中咏歌曰：

端午无人采菖蒲[01]，

隐根水中泣寂苦。

　　此信系在长长的菖蒲根上，似乎在说：后面的缠绵悱恻尽在无言中，恰似漫长的菖蒲根。源氏太政大臣看了，便劝导玉鬘说："今天的这封信，应该给人家回复啊！"说罢便走开了。众侍女也都劝她："还是回信的好。"玉鬘大概也觉得应该这么做吧，遂答歌曰：

"深浅难测菖蒲根，

出于污泥亦无甚。

真是朝气蓬勃啊！"仅写下这寥寥数语。兵部卿亲王是个风流人物，见信后觉得："行文再多些风情就好了……"也许是内心稍感美中不足吧。这一天，玉鬘收到四面八方给她送来装饰得十分漂亮的许多彩球袋[02]、香荷包[03]。昔日，她长年住在筑紫的乡间，过着寂寥凄苦的生活，如今脑际里，当年的印迹已荡然无存。随着心情舒畅、轻松欢快的日子日益增多，她自然而然地会想："可能的话，但愿源氏太政大臣断绝邪念，不做使我遭到他人非议的事啊！"

　　且说源氏太政大臣前来探访住在夏殿的花散里，并对她说："今天有近卫官人的骑射竞赛活动，夕雾中将会带几个男伙伴顺便到这里造访，请你们准备一下吧，他们肯定会在天黑之前到的。说来也怪，在这里举办骑射竞赛活动，并没有大肆张扬，而是悄悄进行的，但亲王们却都听说了，都要前来访问，自然会大肆喧闹一番的，请你们做好思想准备。"马场殿

---

[01] 习俗中，五月初五是采菖蒲的日子。兵部卿亲王以"菖蒲"比喻自己。
[02] [03] 原文作药玉（KUSULIDAMA），端午节挂在帘子或柱子上辟瘟。

与这里相距不太远，在这边的走廊上都能望见。源氏太政大臣接着又说："年轻的侍女们，可以敞开游廊的门，观看光景嘛。近来，左近卫府来了许多长相不俗的风流官人，绝不亚于平庸的殿上人呐。"因此，侍女们对观看骑射竞赛活动的光景更感兴趣了。住在西厢房的玉鬘这边，也有一些女童前来观看光景，游廊的房门口悬挂着翠绿的帘子，还围上成排的围屏，那是染成流行的由浅渐深颜色的幔帐围屏。女童和女仆们在那里转来转去。女童身穿黄绿色面，中间淡紫色，里了红梅色的中层衬衣，外层罩上带微红的浅蓝色的夏装外衣，大概都是玉鬘那边的人吧，共四人，一个个机灵乖巧的模样。女仆身穿表面是淡紫色，里子是浅蓝的，染色上淡下浓的礼服，还有穿着表面深红色，里子浅蓝色礼服的，都是端午节的节日装束。花散里这边的侍女身穿浓色的单衬衣和红瞿麦花色外衣等，姿态端庄，彼此之间端着架势，仿佛在竞妍斗丽，这也是一道有看头的亮丽景观。年轻活跃的殿上人们早已注视她们，频送秋波了。源氏太政大臣于未时来到马场殿，果不出他所料，众多亲王都云集在场上了。这里举办的骑射竞赛活动与朝廷举办的仪式，情趣韵味不一样，近卫府里的中将、少将们都成群结伙地前来参加，一个个英姿飒爽，异乎寻常、兴味十足地欢腾喧闹，尽情游玩了一整天。观看光景的侍女们，对骑射竞赛这行门道虽然一无所知，但是她们看见连舍人们都极尽艳丽之能事，巧装打扮，使尽全身解数竞争胜负的情景，兴致盎然。马场一直通到紫姬所居住的遥远的春殿，这里的年轻侍女们也都一样出到游廊上观看。在骑射竞赛的过程中，乐队奏管弦乐助兴，乐曲有《打球乐》[01] 和《纳苏利》[02] 等，决胜负时，吹笛击鼓，欢声响彻四方，直到夜色黪黑，什么也看不见时，方才结束。近卫府的舍人们分别领到各自的赏赐品。深更半夜时分，大家才陆

---

[01] [02]《打球乐》是唐乐曲，《纳苏利》是高丽乐曲。

续退场离去。

　　源氏太政大臣当天夜里就在花散里这边歇宿，与花散里闲聊世事家常，他说："兵部卿亲王远比他人更优秀，虽然长相并不那么出色，但是趣味和态度方面相当高雅，是个和蔼可亲的人。你曾暗中窥见过他吧？人们都非常赞美他，但我总觉得他还欠点火候。"花散里回答说："他是你的弟弟，可是看上去显得比你老。听说近来一有什么机会，他没少来造访，格外亲近和睦。不过，我很早以前在宫中隐约见过他一面之后，长期以来未曾谋面。随着年龄的增长，他的模样想必比从前俊美多了。他的弟弟帅亲王[01]也很漂亮，不过，气质比他略逊一筹，人品也更像诸王[02]。"源氏太政大臣听了，内心不禁佩服地想道："嚯！她倒很有眼力，一眼就能看透人品问题。"不过，他只是微微笑，不再议论其他人的好或坏，因为他认为刁难别人或蔑视贬低他人的人，都是缺乏思虑令人不快的人。就连髭黑大将那样的人，世间人们似乎都在赞扬他品格高尚，可是在源氏看来他并不怎么样，要选他做女婿还嫌不足，不过，源氏决不说出口。源氏和花散里现今维持在泛泛一般和睦相处的关系上，夜里也分别睡在各自的卧铺上。"从什么时候开始我们两人竟变得如此疏远了呢？！"连源氏本人都深感痛苦和遗憾。总的说来，花散里为人谦恭含蓄，从来不曾向源氏申诉过什么哀怨。此前每逢季节喜庆游乐集会等，她仅从别人口中听说传闻而已，今天难得在自己的殿堂前举办盛会，她感到莫大荣幸，觉得这是给她的庭院增光添彩。她遂文静而老实地咏歌曰：

---

[01] 前文所提的帅亲王，指的是现在的兵部卿亲王。这里所说的帅亲王是指兵部卿亲王的弟弟。
[02] 意即比亲王低一等，看上去像个王族。

妾似菖蒲驹不顾，

幸遇佳节引注目。[01]

源氏觉得这首歌虽然没有什么特别出色的文采，但是蛮可怜爱的，于是和歌曰：

君似菖蒲我似荥，

恰似鸥鹏永伴护。

他们彼此作了淡然的唱和。源氏对花散里戏言道："我们朝夕似有隔阂，不过，如斯见面叙谈，倒也简单、放心。"花散里为人稳重，因此源氏终于也平心静气地谈话。花散里把自己的寝台让给源氏，她自己则另外张起围屏单睡。花散里早已死心，她觉得与源氏共寝、过分亲昵交谈对自己来说，都是很不相称的事，因此源氏也不强求她。

梅雨连绵，甚于往年，天总是不见放晴。六条院内诸女眷闲来无事，朝夕玩赏插图故事书，以消遣度日。明石姬精于此道，自己画了许多图画，送到紫姬那里供明石小女公子玩赏。居住在西厢房里的玉鬘，此前没有这样的经历，因此不论看到哪种插图故事书都觉得新鲜稀奇，朝朝暮暮忙不迭地专心于阅读故事，或试着画画。六条院里有众多擅长于此门道的侍女。玉鬘看到绘卷或故事里，有各式各样遭遇不佳的人，她虽然不知道这些描写究竟是虚构，还是写实，是否真有其人，但是她明白这些人物当中没有一个像自己这般境遇的人。她想："《住吉物

---

[01] 此歌根据《后拾遗和歌集》中的古歌"菖蒲芳香引人摘，怪哉马驹却不睬"而作。

语》[01] 中的那位住吉姬，在当时不消说是个卓越的人物，直至今天还那么受欢迎，可见她格外优秀，却险些被主计头这个老头强婚。"她联想起筑紫那个大夫监的可怕行径，不由得感到自己的遭遇与之何其类似。源氏太政大臣四处走访，看见到处都散置着插图故事书。有一次，他对玉鬘说："哎哟真麻烦！你们这些女子，对同样的东西也不嫌烦，仿佛生来就为甘心受骗似的。这许多插图物语中，很少有真实的。你们明知它是虚构的，却对它颇感兴趣，还真心接受它。闷热的梅雨时节，也顾不上头发蓬乱，只管埋头作画呀。"说着，他笑了起来，接着又说："不过，话又说回来，不看这些昔日的故事书，又无法打发这寂寞无聊的日子，求得某种程度的慰藉。再说，在这些杜撰的故事中，确实也有写得荡气回肠、富有人情味的地方，让人看了觉得真有其事似的。因此，虽然明知它是捕风捉影虚构的故事，但不知怎的，还是很动心。看到那位文雅而美丽的姑娘，身陷忧伤苦恼的境地，不由得衷心地同情她。还有一种故事书，让你边看边觉得怎么可能有这种荒唐事，然而却被它小题大做的夸张手法搅得眼花缭乱，待到冷静下来再仔细一思考，就觉得自己仿佛被愚弄了，情不自禁地感到恼火，可是乍一读的时候，却饶有兴趣。最近以来我那边的侍女们经常给明石小女公子读一些读物听，我从旁听起来，感到世上真有相当可观的能说会道的作者啊！一般说来，这类插图物语，多半都是出自惯于巧妙撒谎者之口的信口雌黄，也许还有例外的吧。"玉鬘说："的确，大概只有惯于撒谎的人才能对插图物语作出各式各样的解析吧，像我这样的人，则只顾对它信以为真了。"她说着将砚台推向一旁。源氏说："我冒失地

---

[01]《住吉物语》：物语小说，二卷，作者不详。《源氏物语》和《枕草子》中所提到的《住吉物语》已散佚，现存的《住吉物语》估计是后人改写的，约于镰仓中期成书。故事描写女主人公住吉姬逃脱继母逼婚的诡计，寄身于住吉尼姑身边，最后得与好配偶中将喜结良缘。

贬斥插图物语了呀！其实故事有记述神代[01]以来世间发生的事的，《日本纪》[02]等只是人世间诸事的部分记述而已，正是这些故事，合乎情理、详细地将人世间的事表现出来的吧。"他说着笑了笑，接着又说："一般说，故事虽说不是就某人某事，或固定在一个人的身上，专门如实地写就，但是不论是好事也罢，坏事也罢，都是世间人的生活状况，看也看不够，听也听不够，总想把它写出来留传后世，一桩桩一件件，不能通通都锁在一颗心里，内心自然开始涌动而泛起要把它写下来的激情。因此，想写一个人好的一面时，就极尽一切好之能事，将好的一面挑选出来写下；当要写出一个人坏的一面时，又把难得一见的坏事集中突出地表现出来。不过，这些善恶之事个个都是真实的，并非世外的写照。外国小说的构思和形态等与日本的小说创作不一样，而同样是日本的小说创作，古代的和现代的也不同，内容之深浅也有差别，不能一概认定它们都是胡编乱造的事情，这不符合事实。佛祖以端正至极之心所讲的经文中，也有方便之说，由于有各种各样的说法，愚钝者心中也许会怀疑为何到处都有不一致之处。《方等经》[03]中，也有许多这种方便之说，但归根结底是一个宗旨，即菩提[04]与烦恼的差别，犹如小说故事中描写世间的善人与恶人之差别。任何事情如果从善意的角度加以解释，大概不无裨益吧。"源氏特意过分夸大地叙说了故事的功能，接着又说："可是，在这些古典小说中有没有描写像我这种老实巴交的痴心人呢？大概小说中也没有非常冷淡的小姐，像你那样冷酷无情、装糊涂的人吧。那么就让我来写这前无古例的

---

[01] 神代：神武天皇即位以前的神话时代。

[02] 《日本纪》：即《日本书纪》，奈良时代成书的日本最古老的敕撰正史，用汉文记述自神代至持统天皇时代为止的事迹的编年体史书，三十卷，720年由舍人亲王、太安万侣等撰述。

[03] 《方等经》：大乘方等经典的简称，也是《华严》《法华》等大乘经的总称。

[04] 菩提：佛教用语，悟道之意思。

小说，以传后世吧。"说着贴近玉鬘身边来。玉鬘低头把脸藏到衣襟里，回答道："即使不写成小说，这种稀罕事，难道不会成为世间的话题吗？"源氏说："难道你也认为这是稀罕事吗？我觉得你的态度才真正是独一无二的哩。"说着把身子靠到一边去，那神情分外洒脱，他咏歌曰：

"内心苦楚寻古籍，

弃亲之女古来稀。

不孝之举，在佛道里也是严戒的。"玉鬘还是没有抬起头来，源氏一边抚摩着她的秀发一边缠绵地诉说自己内心哀怨，玉鬘好不容易才答歌曰：

搜寻觅遍读古籍，

如斯慈心世间稀。

源氏听了玉鬘的答歌，内心不由得感到惭愧，遂不再作胡乱之举。但是，玉鬘的未来又会是什么样的结局呢？！

紫夫人方面也借口明石小女公子要看，对小说爱不释手。她看《狛野物语》[01]绘卷，赞叹说："画得相当好啊！"她看到绘卷里画一个小女孩儿舒坦地在睡午觉，便想起幼年时代的自己。源氏太政大臣对紫夫人说："连这些幼童之间，都懂得戏谑多么相互爱恋，由此可见，像我这样的人，可说是少有其例，耐心等待的这份恒心与众不同啊！"的确如此，像他这类在恋爱方面经验丰富的人，似乎不多见。源氏又说："在明石小女儿面前，不应该把这类描写男女关系的恋爱小说读给她听，即使她对小说中描写情窦初开的女子未必感兴趣，但是让她以为这类偷情暗恋之事世间

---

[01]《狛野物语》：当时的小说，在《枕草子》中也曾出现。今已失传。

有的是，不足为奇，那就不得了啦。"这番格外关怀的话，如若让玉鬘听
了，势必勾起她内心的不平衡，而认为："对亲生女儿的关怀，毕竟特别
啊！"紫姬说："读到小说中描写那些思考肤浅，一味模仿人之女子，觉
得既可怜又可笑。惟有《空穗物语》中藤原君的女儿，似乎知书达理，
为人稳重，干净利落，不犯儿女情长的过失，但是举止过分麻利豪爽，又
嫌太没有女人味儿，也未免过于偏颇呀。"源氏回应说："现实世间也有
这样的人，这样的女子好摆出一副与众不同的架势，自以为是，难道她们
就不懂得处世要讲究拿捏分寸吗？品格高尚的父母，精心照料栽培女儿，
只顾悉心把她培养成一个天真烂漫、有真诚品格的人，却忽视了还有许多
不如人的地方，那么他人就会怀疑她受的是什么样的家庭教育，甚至连累
到她父母的管教都遭人蔑视，那就太可怜了。反之，女儿亭亭玉立，言谈
举止恰如其分，则显示父母的苦心教养颇有成效，脸上增光添彩。还有，
有的女孩子小时候，周围的人都大肆赞誉，溢美之词盈耳。可是长大后，
她本人的言谈举止都太不尽如人意，令人大有逊色之感。总而言之，你千
万不要让没有见识的人妄加称赞我们的女儿才是。"源氏太政大臣只顾再
三叮咛，多方关照，务必做到不要使明石小女公子遭到他人的非难。古典
小说中有许多是描写继母的狠毒行径的，意在让人看到继母的坏心肠，源
氏觉得没什么意思，心想："紫姬读了会怎么想呢？这不适合于让女儿
看。"他对小说故事的挑选很严格，挑出来之后叫人誊写清楚，还加上插
图。

　　源氏太政大臣不许儿子夕雾走近紫姬所居住的房间，至于明石小女公
子那边，似乎没有让他疏远，而且还让他亲近。源氏之所以这样做，是出
于这样的考虑："自己在世期间，无论怎样都好办，可是想象到自己死后
的情景，就觉得还是让这兄妹俩互相熟悉，彼此了解，这样兄妹间的感情
就会格外深，这样做为好。"因此源氏允许夕雾进入明石小女公子朝南房

间的垂帘内，但是不允许夕雾走进紫姬所居住处近旁的侍女值事室内。源氏太政大臣的子女本来就少，因此非常重视并呵护夕雾。夕雾心地善良，关怀别人，性格谨小慎微，为人诚实厚道，因此源氏对夕雾接近明石小女公子很放心，很信任他。明石小女公子年龄尚幼，夕雾看见她在玩耍偶人等游戏的情形，不由得想起昔日自己与云居雁一起游玩的岁月，他诚恳地帮忙明石小女公子搭建玩偶府第，陪伴她游戏，不时垂头丧气，泪眼模糊。夕雾对一些没有多大关系的侍女们，每每和她们短暂地开开玩笑，但决不给她们误以为认真的错误信号。其中即使遇上略能上心，认为大可当作情人交往下去的人，自己也能控制住感情，让它最终仅仅停留在开玩笑的程度上。夕雾一心惦挂着的还是："但愿早日晋升高阶，让那些在我身穿浅绿袍时轻蔑我的人刮目相看，从而得以和云居雁生活在一起。"这是他深藏而挥之不去的、最重要的一桩心事。当然，尽管他现在如若不顾一切地纠缠强求，内大臣想必也会勉强答应将女儿云居雁许配给他，但是每当他想起内大臣对待他太残忍而感到愤恨的时候，他就暗下决心发誓要混出个样子来，让内大臣看看，好让内大臣感到后悔，这份决心至今没有忘怀。他只对云居雁本人表示真诚爱慕她的意志，在周围人们的面前决不流露出焦急情绪，因此云居雁的兄长柏木等人对他的这种冷淡态度不由得常常感到很讨厌。

右近卫中将柏木深深爱慕住在西厢房的玉鬘的美貌，但苦于为他传达信息的那个侍女见子不是那么靠得住，因此就向左近卫中将夕雾诉苦，简直要哭出来地央求他协助，可是夕雾却冷淡地回答道："我可不关心他人的私事哟。"[01]夕雾与柏木的关系，酷似父辈源氏太政大臣和内大臣年轻时候彼此之间的关系。

内大臣的妻妾，分别生下的男孩儿众多。内大臣随心所欲，按照孩子

---

[01] 夕雾回报柏木曾经不帮助他的一箭之仇。

各自生母的出身身份及其本人的人品情况，均相应地赋予优厚的地位和权势，使他们如意地各得其所。内大臣所生女儿为数不多，长女是冷泉帝的弘徽殿女御，终于未能如愿登上皇后宝座。内大臣试图让次女云居雁进宫的希望也落空，他深感遗憾。内大臣内心始终没有忘却当年夕颜与他所生的女儿玉鬘，每遇有机会，他总向人坦白说起这件事。他心想："如今她不知怎么样了呢，一个文雅而美丽的女儿，跟着一个靠不住的母亲，至今下落不明。可想而知，所有女孩子，无论如何都决不应该放任自流啊！真担心她不知深浅说出她是内大臣的女儿，她会不会沦落卑贱的境遇了呢？不管怎么样，倘若她能找上门来，自称是我的女儿的话……"内大臣痛切地不断思考。他还对他的儿子们说："如果有人自称是我的女儿，你们就要多加留意。我年轻的时候，任随春心浮动，犯过许多错误，其中惟有一个女子，出类拔萃，异乎寻常，却只因一些无聊事，内心沮丧，离我而去，杳无音信。我家女儿本来就不多，连她所生的一个女儿也失落了，实在可惜啊！"这类遗憾的话，他经常挂在嘴边，固然有时也会短暂忘却，然而一看到别人家尽心抚养女儿成人的情景，便联想到自己教养呵护女儿方面不能做到称心如意，不胜忧伤而深感无奈。却说有一天夜里，他做了一个梦，缘此请来一位占卜技术高明的释梦者为他析梦。释梦者说："说不定您会刺探到，您有一个长期遗忘了的孩子，现在作为他人的孩子存活在世间。"内大臣近来总在想或在说："一个女孩子成为他人的孩子，这样的事，世间罕见，这究竟是怎么一回事啊？！"

第二十六回

石竹花

在一个相当酷热的日子里，源氏来到六条院东侧的钓殿乘凉。夕雾中将在旁服侍，众多亲信的殿上人在做伺候工作，他们现场烹饪调制桂川献上的从桂川捕来的香鱼和附近贺茂川打来的鲈鱼。内大臣家诸公子前来造访夕雾中将。源氏太政大臣说："寂寞无聊，只觉犯困，你们来得正好。"就请他们饮酒，喝冰水，吃凉水泡饭。他们在餐桌上边吃边谈，觥筹交错，十分热闹。苍穹无云，烈日当空，到了夕照时分，蝉鸣聒噪，听来更觉酷热难耐。源氏说："像今天这样的大热天，即使泡在水中也无济于事，恕我失礼了。"说着，就躺了下来。接着又说："在这种闷热的时刻，也提不起兴趣玩管弦乐器，成天闲来无事可做，实在闷得慌啊！在宫中奉侍的年轻人，衣带纽扣都不解，真难为他们能忍耐得住这份酷热呀。在这里至少还能轻松愉快随便些。怎么样，近来社会上有什么趣闻轶事，足以令人不犯困的事，说来听听。不知不觉间我似乎也成了老人心态，不谙世事啦！"年轻人一时想不起有什么新奇的趣闻可说，一个个毕恭毕敬，背靠在凉爽的栏杆上，沉默不语。源氏便问柏木的弟弟弁少将："我不知从哪儿听说，内大臣最近找到外边女人所生的一个女儿，正在悉心照料她，这种传闻确有其事吗？"弁少将回答道："事情并不像外间夸大其辞的风传那样，其实是今年春天，父亲请释梦者来给他占卜了他的一个梦。有个女子隐约听到此传闻，找上门来说，她有证据证明她正是那个梦中的孩子。我兄长柏木中将听到自报姓名的女子的这番言辞后，便去调查情况是否属实，有无有关证据。事情详细的来龙去脉我也不甚清楚。的确，近来世间传闻此事沸沸扬扬。这件事对我们家来说自然是很不体面的事。"源氏听了，心想："果然有其事。"于是微笑着说："内大臣已有这么多子女了，还硬要在外面寻觅'脱群孤雁'[01]，未免太贪婪。我家孩子少，还真想找出如斯有来由的秘密孩子呐，大概人家也懒得自报

---

[01] 此语引自《丹曾集》中的和歌，歌曰："脱群孤雁独自飞，孤身只影好憔悴。"

姓名找上我们这样的人家吧，我家始终没有出现这样的事。不过，那女孩既然找上门来，不至于毫无根据吧。内大臣年轻的时候，相当风流，到处拈花惹草，宛如明月投影浊水中，月影焉能不朦胧啊！"其实夕雾也知道详情，他毫不在意地当作耳旁风来听，而弁少将和他的弟弟藤侍从听了，则觉得非常不堪入耳。源氏借题发挥，讽刺矛头指向内大臣，他对儿子夕雾开玩笑说："夕雾朝臣哟，你把这片落叶拾起来怎么样？这个女孩将成为云居雁的妹妹，与其遭云居雁的拒绝而留下被人取笑的坏名声，还不如捡起这'同插藤花'[01]聊以自慰，更平安无事呢。"这位源氏太政大臣和内大臣之间的关系，表面上相当亲近和睦，但是在风流韵事上，自昔日起总有隔阂不合拍之处，彼此暗中较劲，更何况内大臣不愿将女儿云居雁许配给夕雾，使夕雾中将蒙羞，深感伤心落寞，源氏咽不下这口气，因此故意说这些讥讽的话语，让诸公子传过去刺激刺激内大臣，使内大臣也感到："真可恨，这番话好狠啊！"源氏听说内大臣找到了一个私生女儿之后，心想："如果让他看到住在西厢房里的玉鬘长相那么秀美无可挑剔，肯定会更加珍视她，备加赞扬她吧。内大臣的为人，总的说来，光明磊落，办事干脆利落，明辨是非善恶，称赞一个人时则极尽褒之能事，而贬斥一个人时则把人家说得一无是处，他就是这样的一个人。因此如果让他知道我这里还藏匿着他的玉鬘，该不知道会多么恨我，还是预先不告诉他，而出其不意地把玉鬘送去。他看见如此标致的女儿，不至于蔑视她吧，甚或备加精心照料栽培她呢。"随着日渐黄昏，吹送过来的一阵阵风十分凉爽，年轻人流连忘返，源氏说："你们放轻松，随便地在这里乘凉吧，我已行将步入招年轻人讨厌的年龄了呀！"说着向西厢房那边走去，诸公子也都一道送源氏前往。

日暮时分，天色昏暗，诸公子着装同样都是一身贵族便服，难于分辨

---

[01] 此语出自《后撰和歌集》，歌曰："君若访我吉野山，且来同插藤花桨。"

谁是谁，因此，源氏对玉鬘说："你稍微靠外些坐吧。"还悄悄对她说："弁少将和藤侍从也跟着我来了。这两个人早就恨不得飞到你这边来了，无奈夕雾中将是个老实巴交的人，不带他们来，夕雾也太无心思了。这些人似乎都在恋慕你呢。即使普通身份人家的闺女，在做姑娘的时候，也会被与其身份相应的各式各样的男子所恋慕，更何况名声在外的我家，尽管内部杂乱烦琐，但外表却远比实际更被人们称道赞许。家中虽然住有秋好皇后和明石夫人等尊贵夫人，但都不是年轻人可以恋慕的对象，自从你来了之后，我在寂寞无聊时，常常想看看那些恋慕者对你用心的深浅程度如何，现在果然能够如愿以偿了。"源氏压低嗓门，声音很轻。

庭前未栽植杂花乱草，只种各种抚子花，有唐国种的，也有日本种的，绽放着各种色彩艳丽的花，它们偎依在饶有风流雅趣的低矮篱笆旁，争妍怒放。在晚霞映衬下呈现的这派暮色景象，简直美不胜收。诸公子走近花旁却不能如意地摘取，不禁感到美中不足地在那一带徘徊。[01] 源氏对玉鬘说："这些公子都是有识之士，在人品性格方面，又各具优秀特色，尤其是右近卫中将柏木性格稳重，举止格外文雅。怎么样，那位公子后来有没有来信？对待他不要太冷淡。"在这些贵公子当中，左近卫中将夕雾也是一个优秀且俊美潇洒的公子。源氏说："内大臣讨厌左近卫中将夕雾，真令人遗憾。他是不是希望藤原家族保持纯粹的血统，继续繁荣昌盛下去，而认为掺和混入源氏血统会不堪忍受呢？"玉鬘说："但是云居雁妹妹还是希望'大君早莅临'[02]的嘛。"源氏说："不，我们倒不是盼望受'丰盛肴馔何其多'[03]的款待，只是内大臣不让这两小无猜了却永结同心的愿望，使他们长年累月天各一方，他的这番用心所在，未免太残忍。倘若觉得夕雾身份低，作为女婿在世人面前分量不够有失体面的

---

[01] 隐喻把不能与玉鬘会面的心情寄托在抚子花身上。
[02] [03] 此二语出自催马乐《我家》。

话，那么他大可佯装不知，而包在我身上由我来安排，我决不会使他感到不安的嘛。"说罢叹了口气。玉鬘从源氏的这番话里领悟到：原来源氏与内大臣之间，竟有如此这般的隔阂。这样一来，自己又不知要待到猴年马月才能与生父见面了，不由得悲从中来，郁闷不乐。

一天，悬月未露面，侍女们把灯笼点亮。源氏说："靠近灯笼太闷热，还是燃篝火好。"于是吩咐侍女们说："搬一台篝火到这边来。"源氏迈步走近放置在玉鬘身旁的一张漂亮的和琴，信手拨弄了两下，相当巧妙地把律调调整好。和琴的音色听起来也非常悦耳，于是他抚琴弹了一会儿，便对玉鬘说："我本以为你对音乐方面可能不感兴趣，近几月来真是小瞧你啦。秋夜里冷月当空时分，在室内不太深处，和着虫鸣奏响和琴，会酿造出一股亲和、华美的氛围。和琴固然没有什么特别难的曲调，与其他乐器相比似乎相形见绌，杂乱稚嫩，但是它的长处是，具有其他各种乐器的音色和拍子，能与其他乐器和谐相配。和琴这种乐器乍看似乎并不起眼，却能巧妙地奏出格外深邃的意趣来。这种乐器令人感到似乎是给不能广泛了解外国情况的女子制造的。同样都要学习，你不妨也学学和琴，要专心致志和其他乐器合奏来学习。和琴的弹奏技法虽然没有什么深奥的秘诀，但是要真正把它弹好，恐怕也相当难吧。弹和琴的高手，以当今而言，无人能比得上这位内大臣。看上去似乎谁弹都一样的，然而一小曲清弹[01]，高手则能奏出万般乐器的音色回荡四方，奏出妙不可言的乐声来。"玉鬘此前也曾学过，略懂和琴，听了源氏的这番话之后，心中也很想设法使自己弹得更好一些，更想领略父亲内大臣高水平的弹奏，于是问道："若遇上六条院内举办管弦乐会之时，我能不能听听和琴的弹奏呢？在穷乡僻壤里，也有很多人学习和琴，原以为随便什么人都能轻易地学会，殊不知，名人高手弹奏的情趣效果会格外不一样。"她满腔热情，显

---

[01] 清弹：和琴弹奏技法之一。

出特别想听的样子。源氏说："当然可以。一听说和琴又叫东琴，就觉得这名字土里土气，以为是低级乐器，谁知皇上举办管弦演奏会时，首先宣召的就是掌管和琴的书司女官。不知别的国家情况如何，就日本国而言，和琴是作为乐器之始祖来对待的吧。尤其是如果能够得到名列前茅的高手内大臣亲临指点抚琴，也许就更能学到难能可贵的本领啰。今后在适当的机会，内大臣有可能会到六条院里来，不过，要让他不惜将弹奏和琴的秘诀传授，无一遗漏地将和琴秘曲弹奏出来，谈何容易啊！无论哪行，但凡高手都不会轻易地就露出自己的绝招的。不过，相信你一定会有机会听到的。"源氏一边说一边短暂地抚和琴弹了一会儿，他那无与伦比的神采，真是合乎时尚，富有情趣。玉鬘听了，心想："我亲生父亲弹得比他更好吧。"于是和琴越发勾起她思念父亲的深切之心了，她想："我什么时候才能听到父亲毫无隔阂地弹奏和琴啊？"

源氏一边弹和琴，一边满怀恋慕之情唱道："贯河浅滩一处处，柔软手臂且当枕。"[01]当他唱到"躲避父母至妻房"这句时，脸上露出微笑，坦然自若地操清弹的技法，奏出的音色无比美妙动人。他唱罢恳切地劝请玉鬘说："来，你也弹一曲吧。但凡技艺，须不害羞地在人前表演方能有所长进。不过，唯有《思夫恋》这首曲子，有的人只在心中默念，而不在人前弹奏。除此之外，不论什么曲子，都无须害臊，与别人合奏才好。"玉鬘在筑紫那样一个穷乡僻壤的地方，也有个自称是京城皇族出身的老妪，曾经教授过她弹奏和琴，但她生怕传授有误，弹错了多么难为情，所以不愿意去抚琴。她倒是希望源氏多弹一会儿，好让她多听多学些东西。她似乎迫不及待地想了解和琴的技艺，不知不觉地膝行到源氏近处，她说："不知是什么风相助吹来，旋荡着如此美妙的琴声。"她觉得

---

[01] 催马乐《贯河》歌词曰："贯河浅滩一处处，柔软手臂且当枕，躲避父母至妻房，无有一夜得安眠，父母打喝妻腼腆。"

不可思议地侧耳倾听，这姿态在篝火的映照下格外妩媚。源氏笑着说："因为有你这听觉机敏的人在，沁人肺腑般的风才相助吹来的呀！"说着把和琴推向一边。玉鬘蓦地感觉忐忑不安，由于众侍女伺候在身旁，源氏才不便口出惯常的戏言，遂掉转话头说："那些年轻人，没能尽兴观赏石竹花，终于全都走了。每想到世态无常，就觉得我必须设法让内大臣也到这花园里来观赏一下。曾记得多少年前有一天，内大臣曾经提及你的事，曾几何时，仿佛就在昨天啊！"源氏略谈了当年的往事，感慨万千，咏歌曰：

> "眼见娇艳石竹花，
> 伊人寻访原篱根。[01]

想到倘若内大臣问起夕颜的事，回答起来太麻烦了，因此苦心悄悄地把你秘藏在这里，委屈你了。"玉鬘听罢抽泣着答歌：

> 生于篱根石竹花，
> 有谁寻根探访来。

她凄凉无着落似的答歌，那神态真是无比优美水灵。源氏吟咏古歌："倘若不前来……"[02]借以安慰玉鬘。他觉得玉鬘越发可爱了，恋慕之情在心中翻腾，无法消愁解闷，简直不堪忍受。

最近以来源氏经常来探访玉鬘，但次数过于频繁，又怕招惹外人有微

---

[01] "石竹花"喻玉鬘，玉鬘酷似母亲夕颜。"伊人"指内大臣，"篱根"喻当年夕颜的居处。意即若眼见玉鬘，内大臣肯定会寻根吧。
[02] 典出不详。

词。他内心有鬼而自责，只得适可而止。然而他还是编织各种借口，不断和她通信，惟有这件事令他朝朝暮暮总挂心间，挥之不去。他暗自思忖："自己为什么要泛起这种糊涂的恋心，以致招来焦虑不安呢？为排除这种苦闷，也不是没有为所欲为的路子，然而这样做的结果，世人又会怎样议论？势必讥讽我轻浮。就算我自己甘愿承受此骂名，可是对玉鬘来说岂不是太冤枉她了吗？再说，我知道自己再怎么深爱玉鬘也无心让她与住在春殿里的紫夫人比肩，而让她位居紫姬之下，与众姬妾同排并列，对她又有多少荣耀可言。就算自己惟我独尊，四周有众多妻妾环绕，而让她位列末席，在她来说，名声也不见得会好到哪里去吧。与其如此，倒不如将她许配给身份不是那么高贵的纳言一级的、爱情专一不二心的男人，使她受到重视，也许会更幸福呢。"想必她也会明白这点的。她实在太可怜了，有时源氏也如斯想："干脆将她许配给兵部卿亲王或髭黑大将，让她嫁出去，不在自己身边，自己可能也就会断念吧。这种做法虽属下策，但也不是不可行。"可是，一来到玉鬘这里，看到她的姿色，最近又有教她弹和琴的借口，心中又有某些依依不舍，总想要亲近她。起初玉鬘对源氏多少有点厌恶感而疏远他，后来看见他并无叵测之心，觉得他的行为还是稳重的，从而逐渐习惯下来，不那么讨厌他了，彼此交谈也能维持在过得去的程度。随着时间的推移，源氏越发觉得玉鬘可爱，觉得她更添姿色了，于是又改变了主意，自己还是难以就此善罢甘休。他想："不如把她留下来，为她招个上门女婿，重视照顾他们，这样我就可以创造适当的机会，悄悄地去会见她，和她作短暂的谈心，聊以获得某种安慰。在玉鬘不谙男女情事期间，要让她驯服太煞费苦心；一旦她懂得情事之后，丈夫再怎么严格把关，她自然也无所顾忌，只要我热心爱慕她，即使耳目众多，总可以设法掩人耳目，行事亦不碍事吧。"他的这番心思实在太荒诞无稽了。他越发心神不定，焦灼万分地苦恋，思来想去，这也不是，那也不行，痛苦万状不能自拔，要想安稳度日，谈何容易。这两人的复杂关系，真是世间罕见。

内大臣最近找到了那个自称是女儿的近江君，宅邸里的人对此事很不赞许，大家都瞧不起她。世间人们也讥讽说："真是做了一件愚蠢事。"这些风言风语都传到内大臣的耳朵里。有一回，弁少将在某次谈话中，顺便提及说："太政大臣曾问过：确有其事吗？"内大臣笑着说："当然有。前阵子不是也传说源氏太政大臣收养了一个此前闻所未闻的乡下姑娘，并兴师动众似的精心培育她。一般说，源氏太政大臣这个人不太喜欢非难他人，可是在这方面不知怎的，他竟对与我有关的事件总是竖起耳朵来听并加以贬斥，承蒙关照我反而感到荣幸呐。"弁少将说："不过，据说被安排住在西厢房里的这位姑娘，长相标致，无可挑剔。兵部卿亲王等人相当迷恋地追求她，并为此而苦恼。大家都在推测她准是个美人，绝非平庸之辈。"内大臣说："那也不尽然，也许人们因为是源氏太政大臣的千金，才那样估计的吧，世间的人心大体上都是如此，她不一定就是人们所传的那么美吧。倘若她果真是一个美人的话，此前早就名扬四方啦。遗憾的是，这位太政大臣丝毫没有受到人们的非议，在这人世间，他身份高贵，享尽荣华。按理说他的正室夫人该为他生个女儿，悉心栽培，使其成为一个尽善尽美、无可置疑的千金小姐，好让人们欣羡不已，但事实上却没有。至于其他姬室也少生子女，想必他也感觉担心吧。身份卑微的姬室明石姬倒是生下一女，这个女孩儿真是前世积德，今生好大福气，成为他们家的稀世之宝，前途无量呐。至于刚才提及的后来找到的女儿玉鬘，往坏里说，没准还不是他的亲生女儿呢。这位太政大臣毕竟脾气特别，说不定有什么别的考虑，这种事他会干得出来的。"内大臣如此贬斥玉鬘，接着又说："但不知道她的婚事，他们会如何决定呢？兵部卿亲王有可能如愿以偿吧。这位亲王与太政大臣的关系特别好，人品也很优秀，看来这翁婿关系十分般配嘛。"内大臣说了这许多，内心中还是联想到自己的女儿云居雁的事，总觉很不满意，感到遗憾。他希望女儿云居雁也像玉鬘那样，让年轻人感到她典雅优美，人人仰慕，让众多仰慕者焦灼不安，纷纷揣摩谁将被选上当未来的女婿。在嫉妒与羡慕的心情驱使下，他决意：夕雾中将如若官阶不晋升到相当的高位，就不把女儿云居雁许配给夕雾。如果夕雾的父亲太政大臣再三启齿，诚恳请求，那么他也可以经不住太政大臣的请求，体面地答应这门亲事。无奈夕雾中将却一向不焦急，因此内大臣心中更觉不愉快。

　　内大臣为云居雁的事左思右想，颇为揪心，他蓦地随随便便走向云居雁的房间，弁少将也陪同他前往。云居雁正在午睡。她穿一身轻罗单衣躺着，看似蛮凉快的。她个子娇小玲珑十分可爱，罗衫下透露的肌肤色泽非常美丽。她那双手的姿势很优雅，一只手持扇子，另一只胳膊当枕而卧。那头披散的秀发，并不长得惊人，但发端浓密，相当漂亮。侍女们倚傍在围屏的背面打盹，因此内大臣进来，她们都没有立即惊醒。不过，因为父亲内大臣扇了扇扇子，云居雁这才睁眼，若无其事地仰望父亲，那双瞳眸饱含天真烂漫，脸颊上飞起的那片红潮，在父亲的眼里实在美极了。内大臣对女儿说："不是总告诫你不要打盹吗，怎么如此衣冠不整的就随便睡着了呢？你的随身侍女们为什么都不在你身边伺候，这是怎么回事？一个女孩子家，言谈举止处处都要仔细留心，注意保护自己才好。无所用心，只顾放任自流行事，那是没品位的下等女子的作为。但话又说回来，过分拘谨，活像僧人念诵不动明王的陀罗尼咒文，比划手势那样的一脸古板，也令人讨厌。对待近在眼前的人过分冷淡疏远，或过分谦虚谨慎，乍看似品格高尚，其实是太欠缺女子的娇媚可爱劲儿，不能说有诚实的品格。源氏太政大臣正在调教他的明石小女公子，准备让她将来做册立皇后的人选。他的教育旨趣，在于教她心胸开阔，通晓万事，却不锋芒毕露，为人处世步伐既不蹒跚，也不糊涂，而是胸有成竹，温文尔雅，落落大方。这个教育方针固然是合适的，不过，一个人嘛，生来就各有天性，思想行为自然而然各具特色及倾向，总是各有千秋吧。真想看到这位小女公子长大成人，将来进宫供职的时刻，那模样该不知多么优秀呐。"接着又说："我本想送你进宫去当女御，看来这个希望落空了。不过，我总得设法让你不至于成为世人的笑柄。每当听到某某人家的女儿各式各样的传闻的时候，我总为你的未来揪心，思绪万千啊！今后你对佯装诚恳，前来表'虚愿言语'[01]的男子，暂且不要去搭理他，我这里自有仔细打算。"内大臣满怀慈爱心对女儿说了这番话。云居雁回忆起昔日自己处事不知深浅，曾惹起那场可笑的闹剧，当时自己不觉难以为情，还面见父亲，如今回想起来只觉心里难受，惭愧万分。祖母那边久未曾与云居雁见面，不时来信抱怨诉苦。但是云居雁顾虑到父亲内大臣先前撂下了话，她不敢擅自前往探访祖母。

内大臣暗自思忖："该如何处置自己招来并安排住在宅邸内北厢房的近江君？"内大臣虽然把她招来了，心中却在想："我这是怎么搞的，把这个人接来，真是多此一举啊！倘若囿于世人纷纷讥评，而把她再送回原处，岂不显得我处事太轻率，像发疯一般，可是就这样让她住下去，世人会不会又风传我要诚实尽心抚养那个女孩子，指望她当上什么贵夫人呢？这种风言风语也怪讨厌的。索性把她送到弘徽殿女御那里，让她当个适合她的一般宫女算了。世人都贬斥她，说她长相极其丑陋，其实她也不像人们所说的那么其貌不扬。"适逢此时弘徽殿女御告假回娘家，就住在内大臣府内，内大臣探访弘徽殿女御，边笑边对她说："我把近江君送到你那里去，你叮嘱年长的侍女们，她办事若有什么地方不符合规矩，要不客气

---

[01] 此语出自《古今和歌集》第1055首，歌曰："虚愿言语千万句，叹声成林空唏嘘。"

地指点教导她，务必使她不成为年轻侍女们的笑柄。说实在的，我收养这个女孩子，考虑不周，太轻率了。"弘徽殿女御彬彬有礼，颇有品位地回答说："哪里呀！其实她并不像人们所说的那样，只不过她的长相够不上柏木中将等人所想象的，是世间无与伦比的美人这个程度而已。世间人们沸沸扬扬地讥讽她，话语粗俗使她难以接受，也许令她胆怯吧。"这位弘徽殿女御的姿容并非完美无缺，但她气质高雅，神情爽朗，加上态度和蔼可亲，给人一种宛如黎明时分初初绽放的可爱的梅花的感觉，还有她那含蓄、蛮有风情的微笑，内大臣看了觉得她确实优秀，与众不同。他对她说："柏木中将毕竟年轻，这次的调查考虑欠周啊！"尽管如此议论近江君，另一方面又觉得她怪可怜的。

过了不大一会儿，内大臣从弘徽殿女御这里告辞退出，顺便前往北厢房探视近江君。他来到房门口，便驻步往屋内窥视了一下，只见门帘向外随随便便地高高掀起，近江君正在与一个名叫五节的年轻而俏皮的侍女玩双陆[01]，双手忙不迭地在搓揉，嘴里不断地喊："小点！小点！"[02]真不愧是口齿伶俐。内大臣觉得："唉！太不成体统。"他打手势制止先行的随从人员前行，自己则从屋角上两面开的板门细缝里窥视，恰巧内里的隔扇敞开着，他看到对手侍女五节使劲摆动摇骰子的盒，嘴里着急地喊："回报！回报！"[03]却不想立即掷出骰子。内大臣心想："也许这女子心中'有想法'[04]吧。总而言之，这两人那高声嚷嚷的模样太轻浮了。"近江君的小脸蛋扁平，倒也蛮可爱的，一头乌发也挺美丽，看来她的前世果报似乎不错。只是她的前额低窄，声音粗哑，显得浮躁，这些缺陷似乎抵消了

---

[01] 双陆：一种棋盘游戏。游戏规则为：黑白棋子各十五个，凭骰子的点数抢先将全部棋子移入对方阵地，便是赢家。
[02] 祈求对手掷出的骰子是小点。
[03] 期盼自己掷出的骰子是大点。
[04] 古歌曰："小石头里有想法，难于让它快掷出。"见《河海抄》。

她所有的优点。她的容貌虽然不足以大加赞美，但与内大臣也不是毫无关联，父女相像不容置疑，内大臣一想到她的容貌颇似镜中的自己，不禁怨恨这份宿缘。内大臣走进屋里，对近江君说："你在这里生活习惯吗，有没有感到拘束不方便呢？我事务繁忙，也没有工夫来探访你。"话刚落音，近江君立即照例快嘴回答说："我在这里生活，还有什么可忧虑的呢。过去在漫长岁月里，我一直在盼望，有朝一日能面见慈颜，但始终未能拜见。惟有这件事，使我觉得就像玩双陆时手气不佳的心情一般。"内大臣说："的确，我身边全然没有找到可供使唤的好侍女，我早就曾经想过，让你来充当这个角色，安置在我身边吧。可是，要这样做也并非轻而易举。如果是一般仆人，不论是谁，自然都混杂在众人之中，不会惹人注意，从而可以轻松自在。然而，就连这样的人，人们都要打听她（他）是谁，是谁家的女儿，或是某某人家的儿子，一旦这样的人举止不得体，就会给父母兄弟丢脸，这样的例子很多。更何况是……"话说到这份儿上，不由得欲说又止，含糊其辞了。可是近江君却没有看懂父亲的神色，没能领会父亲为何不好意思说得更多，她连忙回应说："没有关系，过分异乎寻常地重视我，优厚待我，反而会使我感到麻烦，很拘束，我愿意为父亲哪怕倒便壶。"内大臣听了忍俊不禁笑了起来，说："这种活儿不消你去做，你果真有这份孝心对待难得如此相会的父亲的话，以后说话的声音稍稍放轻柔缓慢些，我就会延年益寿啦。"内大臣好装糊涂逗乐，见他微笑着，于是近江君说："我天生就是个快嘴人，记得幼年时代，已故母亲总是十分痛苦地告诉我说：'你出生的时候，有个掌管妙法寺[01]寺务的僧官大德僧人走进产房[02]来，你就像他了。'母亲说着叹息了。我必须想方设

---

[01] 妙法寺：位于近江国东边神崎郡高屋乡，是延历寺的分院，现存于八日市市妙法寺町。
[02] 产房：原文作产屋（UBUYA），日本古时专为生小孩而另盖的小房。当时认为生小孩要玷污家中之火，因而产妇须另起炉灶生活。

法把这个快嘴快舌的毛病改过来才好。"她说着蓦地显得特别担心的样子，内大臣感到她确实有这份深沉的孝心，怪可怜爱的。于是内大臣对近江君说："那个走进产房接近产妇的大德僧人太无聊啦，他准是受到前世罪孽的报应。犹如哑巴和口吃，是因为他们前世诋毁《法华经》，所以今世就遭到了如此报应。"内大臣说着心里在琢磨："弘徽殿女御虽然是我的女儿，却是一位尊贵的女御，如果让她看见近江君这样的女子，多不好意思，她可能会窃笑：'父亲不知打的什么主意，竟然不加仔细调查核实分析，就收养这样一个古怪的女子。'再说女御身边的众多侍女见了近江君，肯定会四处传播开去的吧。"心中感到后悔莫及，但还是对近江君说："女御已请假回娘家，现在就在家里，你不妨经常去探望她，见习一下侍女们的礼仪风范。平庸无奇无所长的人，在与人交往的过程中，只要用心学习，耳濡目染，总能习得一身本事的。你也应该多加用心，常去亲近她。"内大臣的话语刚一落音，近江君顿时喜出望外，禁不住得意忘形地快言快语道："那我真是万分高兴啦。长期以来我用尽千方百计，梦寐以求人们能承认我的存在，近年来除此之外，别的什么事我都不想。若蒙父亲允许了却我的心愿，叫我给她汲水，顶在头上运来运去，我都心甘情愿奉侍。"内大臣心想："她说话的这股子唧唧喳喳的劲头，真是拿她没办法啊！"便对她说："你无须亲手伐薪[01]，也可以去见女御。只盼你远离那个你酷似的人德僧人。"可是近江君没有领悟到内大臣开玩笑式的幽默申斥。内大臣在同辈的诸大臣中，也是一位容貌非常清秀，举止谨严，仪表堂堂，光辉照人的大臣，可使一般平庸之辈望之胆怯自愧弗如，可是近江君领会不到这些，她问道："那么我什么时候去探访女御呢？"内大臣回答说："本应挑选个好日子前去才合适，不过不择日子也罢，何必搞

---

[01] 此语出自《拾遗和歌集》中藤原行基所作和歌，歌曰："伐薪摘菜又汲水，从中领悟《法华经》。"内大臣针对近江君提到"汲水"，就以"伐薪"来回应她。

隆重仪式呢。你若很想去，今天就可以去。"内大臣撂下这句话后就走开了。

官阶四位、五位的人员，毕恭毕敬地跟随内大臣，他的一举一动，都散发出威风凛凛的气势。目送他远去的近江君看到此番情景，对侍女五节说："啊！我的父亲多么神气啊！我是这位了不起的贵人的女儿，却生长在污秽的陋屋里。"侍女五节却说："不过，太伟大了反而令人望而生畏，不敢接近，莫如有个身份正合适的父亲，接你回去，珍视疼爱你，更好呢。"这真是令人吃惊的古怪说法。近江君说："嗨，别胡说，你又照例要来和我抬杠拌嘴了呀，真令人吃惊，请你以后别用伙伴的口吻和我说话，因为我不久将成为一个有身份的人。"她满脸生气的神态，有可亲可爱之处，坦率露骨、毫不含蓄，自有其天真烂漫，令人宽恕之处。只是因为她长年累月在极其穷乡僻壤的古怪下等人堆中成长，所以不懂得什么是言语艺术。语言之门道嘛，即使极其干巴乏味的话语，若是沉稳从容地娓娓道来，那么人家听起来也是悦耳动听的；即使没什么意趣的和歌，倘能运用美妙的声调，使它带有余情余韵，把上句和下句吟咏得委婉而恰到好处，那么听者纵令没有思考其深层含意，听来也觉兴味盎然，余音绕耳。可是，在近江君来说，即使对方说些意义深、情趣浓的话语，她也听不出有什么高深含意或情趣来。她用轻浮的声调说出来的语言，令人只觉死板还带乡音，再加上她长期在那位任性不羁、自以为是的乳母怀里成长，耳濡目染，其言谈举止自然非常怪异卑下，人品也低劣了。尽管如此，她也并非一无可取之处，三十一个音节[01]的短歌，她也能拼凑得出来，还能将前后句不能自圆其说的短歌句子朗朗上口、快嘴快舌地持续吟咏下来。

近江君于内大臣离开她那里之后，对侍女五节说："父亲让我去探访

---

[01] 日本和歌形式为五、七、五、七、七，三十一个音节。

女御，若迟迟不前往，女御也许会不高兴。我决意今夜就去。即使父亲内大臣把我看作是天下第一的宝贝女儿，倘若遭到女御等贵大人的冷淡款待，恐怕我就难以在这宅邸内立足了。"足见近江君也意识到内大臣对她的信任确实很浅薄。她先给女御写一封信，信中写道："我们彼此相距不远，'仅隔苇篱'[01]，迄今却好像'仅可踩虚影'[02]不得接近，莫非造物'设置勿来关'[03]？实在令人伤心。人说'纵然不识武藏野'[04]。恕我冒昧如斯比拟，不胜诚惶诚恐，诚惶诚恐！"文中重复用字甚多，信函背面还写道："真的，我想今宵一定去拜访您。此情此景真可谓'越恨越心切'[05]吧，好了好了，说来也真怪，恰似'无水濑川'[06]呐。"她又在函件一端题歌一首曰：

> "草长常陆海，蔓伊香加崎[07]。
>
> 乡下农家女，如何能相见。

'情系大川水'[08]啊！"信是用草体假名写在青色的一折信笺上，字迹潦草，龙飞凤舞，看不出习的是什么流派的字体，摇摇晃晃，把日语"し"

[01] 此语出自《古今和歌集》第506首，歌曰："思念贵人人不知，仅隔苇篱无缘识。"
[02] [03] 此二语出自《后撰和歌集》中的和歌，歌曰："欲近仅可踩虚影，谁人设置勿来关。"
[04] 此歌下句为"紫草之缘情深切"，武藏野以盛产紫草出名，近江君以紫草比喻她与女御是同根生姐妹。
[05] 此语出自《后撰和歌集》中的和歌，歌曰："怪哉越恨越心切，叫我如何不思念。"
[06] 此语出自《古今和歌集》第706首，歌曰："思慕情怀默不喧，无水濑川下通情。"濑川表面上看不见水，河床的沙下面流水畅通。
[07] 此句暴露近江君学识肤浅，用词不当，地理概念成问题。"草"与"海"无关系；"伊香加崎"在近江国，与"常陆海"不相通。
[08] 此语出自《古今和歌集》第699首，歌曰："情系神葭大川水，藤花波浪传思态。"

字拉得怪长的，显得装腔作势。一行行字，向一边倾斜，仿佛行将倒伏。近江君却在独自微笑，望着它自我欣赏。不过她倒很细心，将信笺卷成小条打结，系在石竹花枝上，派打扫厕所的女童把信送去。这女童是个新来的婢女，动作熟练机敏，长相蛮清秀的。她来到弘徽殿女御卧室旁侍女们的值事室，对侍女们说："请将此函呈递女御。"担任杂务的女仆认得这女童，知道她是北厢房的侍童，就把信收了下来而后走了进去。一个名叫大辅君的侍女接过信来，解开系在石竹花枝上的信函并呈递给弘徽殿女御。女御看后微笑着把信放下，一个名叫中纳言的，是女御的近身侍女，她从旁乜斜着眼睛扫视了一下信文，显得颇想阅信的样子。她对女御说："这封信似乎非常时髦啊！"女御说："也许我看不太懂连笔的草体字的缘故吧，这首和歌似乎前后不相呼应。"说着将信递给中纳言看，并吩咐她说："回信如若不如此装模作样地落笔，也许人家会觉得拙劣而藐视呢，你立即写封回信吧。"她将回信的任务交给了中纳言。大家都不声张，年轻的侍女们觉得这封信来得蹊跷，都在哧哧地偷笑，女童催促乞求回信。中纳言对女御说："这封信引用了许多有趣的典故，回信很难写。若用代笔的口吻来写，恐怕会失礼。"说着只管用女御的口吻来书写："虽然彼此相距甚近，却相当疏远，诚然憾事。

> 常陆骏河须磨湾，
> 波浪拍击箱崎松。[01]"

中纳言写毕，念给女御听，女御说："啊！真糟糕！也许她以为真是

---

[01] "常陆"、"骏河"、"须磨"、"箱崎"都是地名，此歌故意模仿对方列举一连串地名，上句和下句不相呼应，以揶揄对方。箱崎的松树出名，日语"松"字与"待"字谐音，意即我等着你。

我写的歌呢。"她感到困窘，中纳言回答说："不会的，读信的人一读自然就会明白。"说着把信封好交给了女童。近江君读了回信后说："咏歌的语气富有情趣啊！她说她在等着我呐。"近江君遂把要穿上去见女御的衣裳，用气味十分浓烈的薰衣香再三薰过，又用胭脂把脸蛋抹得红通通的，头发也梳理了一遍。经过这般梳妆打扮后的模样，倒也另有一番华丽爽朗可爱的劲头。她和女御见面时，想必会有许多出格的举止吧。

第二十七回

篝 火

最近世人把内大臣家新接来的小姐近江君当作话题，一听到什么动静，就纷纷传开来。源氏听到这种消息，说道："不管怎么说，总之，把一个深藏在不引人注目的地方的女子接回家，当作千金小姐看待，即使她稍有不足之处，也没有必要逢人便说，以致引发谣传四起，内大臣的这种作风，实在令人费解。从大体上说，内大臣这个人，办事过分喜欢干脆明确，却又考虑不周，没有深入了解实情，就贸然把人接了来。大概是不惬意，才那么怠慢她吧。世间万事本该更加稳健些处理的嘛。"他很同情近江君。玉鬘听了这话，心想："我真幸运，好在没有被父亲收养了去。虽说是亲生父亲，但自己一向不知道他的脾气怎样，突然去亲近他，说不定还会自受其辱呐。"她暗自庆幸。右近也经常告诉她有关这方面的消息。源氏太政大臣对玉鬘虽然内心夹杂有那种令人讨厌的邪念，但实际上没有自行其是的非礼行为，只是内心越发怜爱玉鬘。玉鬘对源氏也渐渐释疑，感到亲切融洽了。

初秋来临，凉风习习，源氏想起了古歌"掀起我夫衣下摆"[01]之句，颇有冷落凄凉之感，难以忍受，遂频频探访玉鬘，在这里度过一整天，还教她弹琴等。初五、初六的日子里，月亮早早地西沉，天空渐次昏暗下来，这番景色和那风吹荻叶的声音，令人自然地感受到时令的逐渐推移和深沉的初秋情趣。源氏与玉鬘两人枕琴并排而卧。他心中不时感叹地自问："如此纯洁的、不可思议地共枕而卧的伴侣，世间还有其例吗？"夜色更深，源氏惟恐惹人怀疑，他便坐起身来，准备回去。庭前的几处篝火已逐渐熄灭，源氏召唤随从右近大夫，把火点燃。

湖边吹拂着阵阵凉风，卫矛树亭亭如盖，其姿态颇具风情。那树下点燃着星星点点的松明，距离窗前稍远，热气进不到室内。那火光似乎带着

[01] 此句引自《古今和歌集》第171首，歌曰："初秋凉风徐徐来，掀起我夫衣下摆。"

凉气，映照着玉鬘的身影，她那姿容格外动人。源氏摩挲着她的头发，只觉得又冰凉又润滑，无比高雅。她那似乎并无戒心的、温文尔雅的姿态，甚是可爱，惹得他不愿离去。源氏像掩饰自己的难为情似的说："自始至终应该有人跟着不断地给点亮灯火才好，夏天在没有月光的时候，庭院里如果没有灯火，会令人感到瘆得慌，仿佛无着落似的。"说着冲着玉鬘咏歌曰：

"恋情燃烧似篝火，

烟云袅袅难消磨。

我还要待到何时才是尽头啊?！虽说不是'熏蚊火'[01]，可是潜藏心底的恋火不断燃烧，毕竟痛苦难熬啊！"玉鬘听了，觉得两人之间的这种关系太奇怪，遂答歌曰：

"君心如若似篝火，

但愿烟云空中消。

以免外人觉得莫名其妙。"玉鬘深感困扰。源氏见状，便说道："那么，我该告辞了。"说着走出门外。这时，忽闻东北院花散里那边传来笛筝合奏声，美妙动人。这是夕雾中将和几个与他形影不离的游伴正在奏乐。源氏说："听这笛声，吹笛人想必是柏木头中将[02]，吹得真是出神入化啊！"他又不想回去了，于是派人前去转告夕雾："这里篝火的亮光显得

---

[01] 此语引自《古今和歌集》第500首，歌曰："宛然夏夜熏蚊火，心底恋火燃不灭。"
[02] 由此可知，柏木已升为头中将。

很凉爽，把我留住了。"夕雾即刻同柏木头中将以及弁少将三人一起来了。源氏对他们说："我听了笛子吹出的《秋风乐》，不胜悲秋啊！"说着，他把琴拿了过来，抚琴略弹一节，琴声亲切可爱。夕雾中将吹笛子，吹的是雅乐盘涉调，音色相当优雅。柏木头中将心中想着玉鬘，歌声难以唱出来。源氏催他："快唱！"柏木的弟弟打起拍子，低声吟唱，那声音活像金琵琶虫鸣。源氏和着琴声唱了两遍，然后把琴让给柏木。柏木弹琴，音色亮丽优美，饶有情趣。他运用琴爪的技法，不亚于他的父亲内大臣。

源氏对他们三人说："帘内想必有知音。今宵不宜贪杯。我这过了盛年的人，醉后容易伤感哀泣，生怕届时会将深藏内心底的话说出来。"玉鬘听了此话，深受感动。大概是由于她与柏木头中将和弁少将有切不断的血缘关系，感受非同一般的缘故吧，她在帘内窥视这两人的举动，窃听他们的声音。但对方做梦也不会想到，他们与她是兄妹关系。尤其是柏木头中将，他正在倾心恋慕她，今日遇此良机，心中情思如焚，难以按捺。他在人前佯装镇静，可是无法畅快地尽情抚琴。

第二十八回

台风

居住于六条院的秋好皇后，她的庭院里，今年栽种的秋花比往年更赏心悦目。各种奇花异草应有尽有，风雅的篱笆处处可见，有的用带皮的树枝条编成，有的用剥了皮的树枝条修成。虽然同样都是花，但是花枝的形状、花的姿态特别与众不同，朝夕带着露珠闪烁，各呈异彩，活像翠玉一般的灿烂。看到这番人工创造出来的、充满秋野美景情趣的庭院景象，人们又把前不久感受到的春光山色忘却，顿觉舒适凉爽兴味盎然，内心似乎也充满着对未来的憧憬。提起春秋优劣之争，尽管自古以来赞美秋的人居多，但是那些曾经一味赞扬紫姬园中出名的春花的人们，现在又回过头来颂扬秋好皇后的秋院景色，这如实地反映了世态炎凉。

秋好皇后喜欢六条院内的秋殿这个庭院，她回娘家来就住此殿。她本想在这期间举办管弦乐会，游乐一番，可是，八月是她已故父亲前皇太子的忌月，不宜作乐。她深恐花期易过，便早晚成天玩赏这些争妍斗丽的秋花。不料天色骤变，刮起台风，风势比往年可怕得多，把满园美丽的花朵刮得七零八落，面目全非。连不甚惜花的人们，都惊叹哀鸣说："哎呀！太惨啦！"更何况秋好皇后，她看见草丛里的露珠像碎玉般零落，觉得满目凄怆，十分伤心。她多么希望自己也能像古歌所咏"愿张大袖遮天空"[01]，不是为了春花而是希望能挡住秋空中的狂风。暮色苍茫，逐渐昏黑不见物，台风越刮越猛，天色阴森可怕。格子窗都已关闭，秋好皇后独居一室，心中惦挂着庭园内惨遭摧残的秋花，暗自忧伤叹息。

紫姬居住的春殿，庭院内刚刚修整栽植花木，刮来如此猛烈的狂风，"根疏胡枝子"怎堪等待此暴风[02]，一处处的花枝横遭折断，绿叶上的露珠也全被刮落了。紫姬坐在窗内凝望。源氏正在明石小女公子的西厢房

---

[01] 此句引自《后撰和歌集》中的古歌，歌曰："愿张大袖遮天空，莫让春花任风残。"

[02] 此语出自《古今和歌集》第694首，歌曰："宫城根疏胡枝子，且待大风盼君来。"

里。这时，夕雾中将前来问候。他无意中透过东边游廊上的小围屏上方，从开着的旁门缝隙里窥视，看见室内有众多侍女，于是驻步伫立在那里，沉默不语地观望。由于台风肆虐，人们将室内的屏风折叠起来，放在一边，从外面可以望进室内。只见厢房里坐着一位女子，不是别人，正是紫姬其人。紫姬气度高雅，端庄秀丽。夕雾中将感到有一股优美的薰衣香气飘逸过来。此情景，令人联想到春晓时分彩霞映衬下的美丽山樱在怒放，四周洋溢着娇美的香气。这股香气，仿佛也扑到不由自主正在无礼貌地窥视着的夕雾脸上来。夕雾觉得这位难得一见的女子真不愧是一位娇滴滴的无与伦比的美人。侍女们竭力拽住被狂风刮得掀了起来的帘子，紫姬见到这般情景，莞尔一笑，那模样简直美极了。

紫姬心疼群花凋零，舍不得离开它们回到深闺去。尽管伺候在紫姬跟前的侍女们花枝招展，十分艳丽，夕雾也无心把视线投向她们。夕雾心想："父亲太政大臣尽可能不让我与这位继母接近，原来是因为她美若天仙，见者无不动心之故啊！父亲深谋远虑，大概担心我见到她会心生邪念吧。"想到这里，夕雾不知怎的感到非常可怕，旋即转身离开这里。正在这时候，源氏太政大臣从明石小女公子的西厢房里打开隔扇，回到紫姬这边来，他对紫姬说："真是令人讨厌，狂风越刮越猛啊！把格子窗门全都落下来才好。就怕在这种时候有男客人前来造访，室内的一切都被他一览无余啦，不是吗？"夕雾听见声音，回转身走过去窥视，只见源氏太政大臣正在对紫姬说着话，并笑眯眯地望着她。夕雾觉得此人真不像是自己的父亲，他那么朝气蓬勃、眉清目秀、俊美逼人，正是个风华正茂的男子，紫姬也是正当成熟，色香俱全的年华，他们真是天生一对完美无缺、无比般配的佳偶。夕雾看了不禁内心感动，欣羡不已。不凑巧，这游廊上东边的格子门被风刮跑，他所站的地方，一眼就能望见，因此他生怕被人看见，随即离开现场，佯装刚刚前来造访，故意清了一下嗓子，走到房檐下，只听见源氏太政大臣在室内说："果然不出所料，来人了吧？人家肯定对室内一览无余啦。"源氏此刻才察觉而提醒说："旁门敞开着呐！"夕雾中将心想："多年来我一直没有机会拜见这位继母。风这种东西果然能掀翻岩石，承蒙大风相助，我得以见到父亲如此严加周密防范不让人轻易一见的贵夫人，我自己真是难得地一饱眼福啊！"人们纷纷前来问安，他们说："看这情形，这场非常厉害的暴风还会继续刮下去，风是从东北方向刮来的，因此这春殿平安无事，但是马场殿和南面的钓殿等处则比较危险。"他们吵吵嚷嚷地忙于做各种防范的准备工作。源氏问夕雾："中将你从哪里来？"夕雾回答说："我前往三条宅邸问候外祖母，人们告诉我，刮了好猛烈的暴风，我担心这里不知怎样，遂前来问安。外祖母那边她觉得很孤独，现在她上了年纪，反而像小孩儿一般，听见刮风声都非常害怕，我放心不下，所以想去陪伴她。"源氏说："确实是啊！你赶紧去吧。虽然从道理上说，世间不会有返老还童的现实，但是人老了就会变成那样子的呀。"源氏也很惦挂着这位岳母老夫人，于是，他让夕雾给她带去一封问候信，信中写道："天气恶劣，实在令人放心不下，有这位朝臣陪伴您身边，万事您尽可以吩咐他去做。"夕雾中将不顾一路上的狂风肆虐侵袭肌肤，坚定地返回三条宅邸。他为人规规矩矩，办事一丝不苟，平素每天都到三条宅邸和六条院问候，没有哪一天不去向外祖母和父亲请安。除了宫中的禁忌日子不得已必须在宫中值宿之外，即使是繁忙的公务和宫廷宴会缠身，他都要设法抽出时间首先去六条院请安，再绕到外祖母宅邸问候，然后才进宫去。何况今天这种天气，狂风肆虐，他内心牵挂焦虑不安，更得顶风四处奔波问寒问暖，他为人子孙的这份孝心，真值得称赞。

夕雾的外祖母太君看见外孙前来问安，不胜欣喜，似乎觉得有个依靠了，她颤巍巍地对夕雾说："我活了这把年纪，还未曾遇见过如此猛烈的台风。"此时，庭院里传来大树的枝杈被暴风刮折的声音，可怕极了，甚至连大殿堂屋顶上的瓦片几乎都要被强烈的风势刮得片瓦不留，太君对夕雾说："难为你冒着暴风前来探望我。"昔日太君家声望显赫门庭若市，如今威势衰退，只靠这个外孙夕雾中将来排遣寂寥，真是人事无常啊！实际上太君府上的威势并无消减，照样受世间人们的尊敬，只是太君的儿子内大臣对待她的态度稍许冷淡些罢了。夕雾中将终夜听见暴风的呼啸，内心不由得感到十分寂寞而陷入沉思。他恋慕不已的心上人的事，不知怎的，今天竟被他扔在一旁，而白日里窥见的那位美人的面影，却怎么也忘不了，他心想："这究竟是个什么念头啊，难道是我泛起了非分的恋心？啊！太可怕了。"他极力控制住自己，试图转移自己的思路，然而脑海里暮地又浮现出紫姬的身影，他想："紫姬真是一位前无古人后无来者的绝色天仙，父亲和她不愧是一对美满的夫妇，可是父亲为什么还要纳夏殿的那位妾室以及其他诸多妾室，与她并肩呢？这些妾室哪能比得上紫姬！况且相形见绌得太可怜了。尽管如此，父亲没有遗弃她们，还那么厚待照顾她们，可见父亲为人厚道，难能可贵。"夕雾仔细琢磨，逐渐理解父亲的为人。夕雾原本就是个规矩诚实的人，他对继母紫姬没有非分的歹念，只是浮想联翩，他希望："自己将来也能娶到一个像她那样标致的人，朝朝暮暮面对美人，有限的生命，想必多少也会延年益寿吧。"

拂晓时分，风势稍许平静下来，接着阵雨袭来。家臣们相互转告说："六条院内远离主殿的独立建筑物被暴风刮倒了！"夕雾听见他们这么一说，大吃一惊，立即想道："在狂风肆虐中，六条院内宽阔高大、鳞次栉比的琼楼玉宇群中，父亲居住的春殿一带殿宇，戒备森严，维护者众，可是东北院继母花散里所居住的那一带，想必人手稀少，情景凄凉，胆战心惊吧。"夕雾便在东方刚发白时，前去六条院探望。一路上阵雨横扫侵入车中，冷飕飕的，天空的景色十分凄怆，可是奇怪得很，自己的心情却喜不自禁，仿佛有所憧憬，这真是不可思议，莫非自己心中又增添了什么新的思念？当他意识到的时候，就觉得这简直是有失体统的痴梦，不禁自责："真是荒谬绝伦！"他一路上思来想去，不胜苦恼。他首先奔向六条院的夏殿即花散里的住处探望，只见她的神情疲惫不堪，怯生生的，夕雾百般安慰她，并召唤仆人，吩咐他们修缮一处处破损的地方，然后前往春殿去问候。源氏居室的格子窗尚未开启。夕雾便在居室前一带，靠着栏杆，环视四周，只见庭院里假山上的树木被风刮倒，无数折断的树枝倒伏满地，草丛自不消说，连房顶上铺盖的丝柏皮、瓦片，一处处的格子围屏，稀疏的篱笆等都被刮得七零八落，一片苍凉。东方微露曙光，满目忧郁氛围的庭院中露珠在闪烁，天空笼罩着可怕的雾霭。看到这番景色，夕雾情不自禁地热泪潸潸，他悄悄地揩拭泪珠，并清了一下嗓子，便听见室内源氏的声音："那是夕雾中将清嗓子的声音呐，天还没亮他就来了呀！"源氏似乎刚起身的样子。紫姬像是在说些什么，外面听不见，只听见源氏笑着说："我自打年轻的时候起，一次也不曾尝过棒打鸳鸯催晓别的滋味，现在却让你尝到，实在抱歉呀！"可以想象这两人互相戏谑的情景，多么兴致盎然。夕雾虽然听不见紫姬的回答声，不过从隐约听到的这阵甜美的调笑声中，可以感受到："这两人多么亲密无间，和睦恩爱。"夕雾接着侧耳倾听。源氏亲自动手开格子窗，夕雾觉得太靠近了不好意思，便退向一边去等候。源氏看见夕雾便问道："情况如何？昨夜你去探望太君，她很高兴吧？"夕雾回答说："是的，外祖母遇到丁点小事，都容易掉泪，真可怜。"源氏笑道："太君高寿，可能来日无多了，你要尽心地孝敬她老人家，她总在抱怨说'儿子内大臣对我照顾不周'。内大臣这个人，出奇地喜好浮华阔绰，在孝敬父母这点上，他也要外表做得堂而皇之，让人看了惊叹赞赏，却缺乏细腻的体贴入微的情爱心。尽管如此，这位内大臣终归是个有深谋远虑的相当贤明的人，当今世风日下、人心浮躁之秋，他的才学称得上是无与伦比、十分优秀的了。毕竟人无完人，要做全无缺点的人，难之又难啊！"源氏又惦挂着秋好皇后，对夕雾说："昨夜狂风大作，不知皇后那里是否有得力的侍卫伺候？"说着派夕雾给秋好皇后送去一封候信，信中写道："昨夜暴风呼啸，皇后是否受惊了？我在狂风肆虐中，不巧伤风了，痛苦不堪，正在休养中，故未能前去问候，歉甚！"夕雾持信退出春殿，穿过居间游廊的一道门，来到秋好皇后所居住的殿堂。他的姿影在朦胧的晨曦中分外优雅潇洒。他在东厢房的南侧驻步，眺望前方皇后的居室，只见那里仅打开两扇格子窗，侍女们在晨曦中隐约可见，她们卷起帘子坐在那里，有的凭依栏杆，都是些年轻的侍女。夕雾心想："在她们没有精心打扮的情况下走上前去，不知是否不成体统呢？不过在视物模糊不清的黎明昏暗中，她们各式各样的着装倒是蛮别致的。"

秋好皇后命伺候的女童下到庭院里，给一处处虫笼子里的虫儿喂露水。女童们身穿紫菀色、石竹花色的或浓或淡的衣服，外面罩上黄花龙芽 [01] 色的礼服，一身合乎时宜的装束。她们四五人一组成群，手持各式各样的笼子，来回穿梭在一处处的草丛中，还摘取了石竹花等十分美丽的花枝带回来，这番景象在朝雾迷蒙中，显得格外艳丽。一阵风从殿堂那边吹送过来一股薰衣香的芬芳，那是侍从香中特别高品位的芳香，可能是秋好皇后扭动身体时，她那服饰飘荡出来的薰香吧，确实令人感到非常优雅。夕雾不由得心情激动，难以向前迈步，但还是悄悄地轻声缓步走向前去。众侍女看见他，虽然没有露出惊慌的神色，但是都悄悄地退避到屋内深处去了。想必是因为当年秋好皇后进宫时，夕雾还是个幼童，经常出入帘内，侍女们见惯了不以为奇，因此也并不那么疏远他。夕雾将源氏的问

---

[01] 黄花龙芽：日语称女郎花（OMINAESI），属败酱科多年生草本，夏秋开众多黄色小花。

候信件给皇后呈上，便与自己认识的宰相君和内侍等人低声细语地闲聊了一会儿私事。夕雾看见秋好皇后的身影，觉得不管怎么说她毕竟过着优越的生活，拥有皇后雍容华贵的气质，见到她的倩影，夕雾脑海里不禁又浮想联翩。

夕雾中将折回到紫姬居住的春殿，这里的格子窗已全然开启，昨夜令他放心不下的庭院里的各种花朵，被摧残得枯萎凋谢，面目全非，呈现一派凄凉的光景。夕雾中将从春殿正面的台阶拾级而上，将秋好皇后的回信呈给父亲，信中写道："昨夜我似孩童一般胆战心惊，切盼你派人来防御肆虐的狂风。今朝见信，不胜欣慰。"源氏阅毕说道："怪哉，没想到皇后竟胆怯得厉害呀！当然，像昨夜那种狂风凄厉的时刻，室内只有一群女子，确实是很可怕的，她肯定在怪我照顾不周吧。"说罢决定立即前去探望。他要更换一身贵族便服，遂掀起帘子走进内室，把低矮的围屏推到一边去，夕雾中将看见围屏后面隐约露出一边袖口，心想："啊！紫夫人准是就站在那里。"不由得胸口扑通扑通地直跳，难以忍受，他本人都觉得自己的这种心情着实讨厌，旋即将视线迅速转移到别的方向去。

源氏太政大臣照了照镜子，悄声对紫姬说："晨曦中夕雾中将的姿影真漂亮啊！虽然他现在尚未成年，可我总觉得他已是个堂堂正正的成熟男子，这大概就是古人所说的'心迷惘'[01]吧！"听话听音，他似乎觉得自己总是能够保持青春常在的俊美容颜。于是他更精心地打扮一番，接着又说："我见秋好皇后，总觉得有点难为情，她的风采虽然没有什么格外引人注目之处，然而气质特别高雅，令人不能不望而胆怯。她的确是一位胸襟豁达又女人味儿十足的窈窕淑女，稳重且有情趣呀！"说着走出门来，只见夕雾坐在那里凝神沉思，没有立即察觉父亲的出现，敏感的源氏眼里

---

[01] 此语引自《后撰和歌集》中的古歌，歌曰："为人父母心迷惘，望子成龙情困惑。"

似乎看见了什么，旋即折回房间，对紫姬说："昨夜狂风大作之时，夕雾中将望见你了吧？因为风把那扇门刮开了呀。"紫姬脸上顿时飞起一片红潮，回答说："哪有的事，走廊上一点人声都没有嘛。"源氏自言自语："这就怪了！"说着走出门来，带着夕雾到各处去。

　　源氏走进秋好皇后的帘内。夕雾中将听见走廊门口一带有众多侍女的声响，遂走上前去，与她们闲聊消磨时间，但由于心中寂寞伤感的情绪在翻腾，他异乎寻常的郁闷。源氏辞别秋好皇后，立即又到西北院去探望明石姬。这里似乎没有得力可依靠的操持家政的人员，只见几个熟练的做杂务的女仆在庭院里的草丛中穿梭。女童们没有穿外衣而只穿漂亮的中层衬衣，举止轻松自在地在那一带徘徊，似乎是在想方设法寻觅并修整被狂风刮得七零八落的低矮篱笆，篱笆上攀缠着明石姬格外喜爱而精心栽培的龙胆花和牵牛花。明石姬触景伤情，满怀哀愁地独坐在房门口附近弹筝。她听见传来源氏的先遣人员前来的声音，赶紧从和式衣架上卸下一件小礼服，罩在平日穿惯了的悠闲便装上，以示敬意，足见她礼数得体，用心确实周到。源氏入内，就在房门口附近落座，他只探询狂风肆虐的情况，问候一下便冷淡薄情地走了。明石姬万感交集，心焦地独自咏歌曰：

　　　　阵风吹来抚荻叶，
　　　　孤身寂寞徒摇曳。[01]

　　居住在东北院西厢房那边的玉鬘，昨夜害怕台风的呼啸，成夜难以成眠，因此黎明时分才入睡，睡过了头，此刻才刚对镜子梳妆。源氏吩咐先遣人员说："切莫大声吆喝。"他不动声色悄悄地走进了玉鬘房中，只见屏风等都折叠起来搁置一旁，其他零碎物件杂乱无章，艳丽的阳光蓦地照

---

[01] 明石姬以"风"喻源氏，以"荻"喻自己，聊表哀怨之意。

射进来，玉鬘那美丽的姿影格外清楚地浮现出来。源氏来到她的身边坐了下来，以慰问风灾为引线，照例东拉西扯地说了许多调笑话。玉鬘感到讨厌至极，实在受不了，她不高兴地说："您总是说些令人不愉快的话。我真恨不得被昨夜那阵狂风刮飞了才好呢。"源氏爽朗地笑着说："被风刮飞掉未免太轻飘了呀！被风刮飞的东西它总要在某处落脚的吧，看来你已逐渐产生要离开我的念头啦，这也是理所当然的事嘛。"玉鬘听他这么一说，意识到自己话说过头了："唉！真怪，自己怎么想起什么就说什么呢。"她自己同样也微笑了，那灿烂的笑容着实美。她的容貌丰满圆润，活像酸浆果，她那垂发缝隙间露出的肌肤色泽十分娇艳，只是那眼神的过分和颜悦色，略嫌有损于高贵的气质。除此之外，真可谓无懈可击。夕雾中将看见父亲源氏与玉鬘交谈得似乎十分亲密，迄今他总想设法看一看玉鬘的姿影，犄角房间的帘子里，尽管设有与它平行的围屏，但由于狂风把它刮得歪斜，悄悄从上方望去，视线毫无阻拦，可以一清二楚地望见玉鬘的身影，他看见父亲源氏显然是在调戏玉鬘，不由得心想："简直莫名其妙！再怎么说身为父亲的也应有所顾忌，女儿已经不是可以搂在怀里的年龄了。"夕雾生怕父亲察觉他在偷看，可是对这般奇怪的光景，他又按捺不住强烈的好奇心，还是继续看下去。只见玉鬘坐在柱子后面，脸略朝向一边，源氏把她拉到自己身边来，玉鬘的秀发微波荡漾般，静静地垂到她的脸颊上，尽管她的神色流露出内心深感厌恶和痛苦，但她的态度终究没有断然拒绝，而是柔和地靠到源氏身边来。夕雾看到这般情景，觉得："这足以说明平素也是如此，早已习以为常了。啊！这是多么荒唐无稽！究竟是怎么回事啊?！父亲在男女情事问题上，真是用心良苦，无所不用其极呀，就连不是自己亲手抚养成人的这个女儿，他都存有如此迷恋的邪念。既然如此，难怪这样亲密呢，可是，哎呀太不成体统啦。"夕雾觉得自己有这种想法也太可耻。他转念又想："玉鬘的容貌确实很美丽，她和我虽然是姐弟关系，却是同父异母，血缘多少远一些，我有恋慕她的奇怪想法也是有可能的。"玉鬘的姿色虽说比不上昨日窥见的紫夫人，不过，玉鬘那笑容可掬的姿态，似乎可称得上能与她媲美。看到玉鬘的身影，夕雾的脑海里蓦地浮现一个念头：她宛如在夕阳的映衬下，带着露珠怒放的重瓣棠棠花。虽然这样的比喻与季节不相符，但他还是有这种感觉。花色之美是有限的，花丛中有的还带着蓬乱的花蕊，而人的容貌和风姿之美，是没有任何物类可以比拟的。

玉鬘这里没有其他人前来探访，唯有源氏与她两人平心静气地在窃窃私语，不知怎的，源氏突然摆出一副严肃的面孔，站起身来，玉鬘咏歌曰：

> 黄花龙芽遇狂风，
> 摇摇欲坠将衰颓。[01]

夕雾中将听不清楚玉鬘的咏歌声，却能隐约听见源氏吟咏的答歌。夕雾虽觉得可恨，却也觉得蛮有兴味的，还想继续窥视个究竟，却又担心："会不会被察觉在偷听？"只好退了下去。源氏的答歌曰：

> "只需接受露珠润，
> 黄花龙芽不遭损。[02]

你不妨看看在微风中摇曳的嫩竹。"也许听错了也未可知，总之不是很体面的话语。

---

[01] 玉鬘以"黄花龙芽"喻自己，以"风"喻源氏，意即你若强行施暴，我只有忍受衰颓。
[02] 源氏以"露珠"喻自己，以"黄花龙芽"喻玉鬘，意即你只要秘密听从我，就不会受苦。

源氏辞别玉鬘后，再到东北院探望花散里。今早骤然降温，可能是突然想起须置办御寒装束的事吧，花散里身边聚集了众多年长的侍女，她们擅长做裁缝等针线活，还有一些年轻侍女将丝绵挂在类似唐柜的东西上，抻长拉开。她们的旁边散置着相当漂亮的带暗红色的黄色绫罗，以及不是与位阶相称的正色而是当今的流行色、光泽鲜艳其美无比的绸绢等。源氏问道："这是给夕雾中将制作的和服衬袍吗？难为你们特意新制作衣裳，可是今年有可能暂停不举办宫中的庭园御宴，台风如此狂吹猛刮，什么活动都举办不成，今年秋天将是一个极其煞风景的秋天啰。"源氏环视四周，不知道人们在制作什么样的服饰，只见各式各样的绫罗绸缎色泽鲜艳，琳琅满目美不胜收，不由得感到钦佩，他心想："花散里对染色这行门道的精通程度，不亚于紫姬呀。"花散里给源氏缝制的贵族便服用的布料是织有唐花纹样的绫罗，色彩是用这时节摘下的鸭跖草的花做蓝色染料，染成浅蓝色，色调非常理想，无可挑剔。源氏说："应该让夕雾中将穿着这种色彩风雅的服饰，这种色调非常适合年轻人穿着，穿上肯定很好看的。"他说了这些话之后，就回去了。

夕雾中将陪伴父亲源氏四处走访了许多难以对付的女子，心中不免感到郁闷。他本想写的信，还没有写出来，日头却已经升得老高了。于是，他就到明石小女公子那里，乳母对他说："小姐还在紫夫人房里睡觉呢。她昨夜被台风吓坏了，今早直到现在还没起来呢。"夕雾说："昨夜狂风肆虐实在太厉害了，我本想前来这里值宿，无奈太君害怕极了，因此我无法前来照应。小小姐的居室平安无事吧？"夕雾如斯探问，侍女们都笑了，她们说："小姐连扇子扇的风吹送过来，她都担惊受怕，更何况昨夜的这股狂风，几乎要把房子刮塌。我们为保卫这座殿堂，吃尽了苦头。"夕雾说："这里有没有不怎么讲究的纸张？还要借用你们所使用的砚台……"夕雾请求过后，乳母便从明石小女公子的置物柜子里取出一卷纸，放在砚台盒盖上交给了他。夕雾接过物品说："哎哟，这些都是明石小女公子用的物品，实在不敢当。"不过夕雾暗地里却在想居住在西北殿堂里的明石小女公子的母亲出身并不是那么高贵，也就不那么重视了，于是夕雾便动笔写信。信笺是紫色的薄纸，薄纸的色调上面深下面渐淡，夕雾精心研墨，并仔细查看笔尖，然后聚精会神地落笔，一挥而就。他那姿态着实潇洒，但是所咏的歌却过于拘泥于汉诗，实在不敢恭维。歌曰：

乱云飞渡狂风刮，
思念缠绵君可佳。

这首歌系在被风刮折了的一株黄背草上，侍女们说："交野少将的信是系在与信笺同样色调的花枝上的呀。"夕雾说："我对色调这方面一窍不通，挑选何处野外的花枝系上才好呢？"夕雾对这样的一些侍女言语也不多，亦无任情率性的行为，真是个人品诚实而高尚的君子。除此之外夕雾还另写一信，一并交给一个名叫右马助的侍女代转。右马助对一个可爱的女童和一个干练的随从分别悄悄地叮嘱了几声，便将信件交付给他们，年轻的侍女们见状，既妒忌又羡慕，都在猜疑："收信人会是谁呢？"

此时忽听得有人喊了一声："小姐回来了！"侍女们熙熙攘攘，忙不迭地重整围屏。夕雾欲将小女公子的容貌与先前窥见的紫姬与玉鬘的美丽姿容作个比较，他平日并不喜欢做此类举动，今天心血来潮顾不得体面了。他把身子藏在旁门的帘子后面，从围屏的绽线缝隙可以窥见室内的情景，只见明石小女公子掩隐在物件后轻盈地走过来，一闪而过。其间众侍女穿梭往来，看不清楚谁是谁，实在令人心焦。明石小女公子身穿淡紫色的衣裳，她的秀发还没有长到像身高那般长，秀发的末端扇形披散，体态娇小玲珑，既高贵又令人爱怜。夕雾暗自想象："前年我偶尔见过她，她现在比当时长大了，更觉漂亮了，照这样发展下去，到了妙龄时分，该不知长成多么美啦！"倘若把先前窥见的紫姬比作樱花，把玉鬘比作棣棠花，那么明石小女公子就应该比作藤花啦。那藤花在高高的枝上绽放，随风摇曳吐露芳香，那美丽的姿态有如此刻见到的情景。夕雾心想："我多么希望与这样的美人们，朝朝暮暮随心所欲地见面相处呀！从母子姐弟兄妹的关系来说，理应允许的，可是父亲却在其间严厉地设置障碍，着实可恨啊！"为人诚实厚道的夕雾，此时内心也不由得泛起恋慕和憧憬。

夕雾来到外祖母太君的宅邸，只见太君正在静心修行佛道。这里也有不少年轻貌美的侍女在服侍太君，不过若论待人接物的举止，以及姿容和服饰，都远比不上时运正旺的六条院里的众多侍女。毋宁说容貌标致的尼姑们身着灰色尼姑衣的窈窕身影反而与这场合非常协调，富有闲寂的情趣。

内大臣参见母亲太君，室内灯火辉煌，母子俩悠闲地谈心，于是太君说："我好长时间没见孙女云居雁啦，好生想念啊！"说罢眼泪止不住地滴落下来。内大臣说："我让她务必于日内前来参见您吧。这小女儿自寻烦恼，消瘦得令人心疼。说实在的，倘若可能，最好不要生女儿呀，女儿处处都要人备加操心啊！"他的诸多话语里透出他对夕雾与云居雁这桩事心结尚未能解开，依旧耿耿于怀。太君听了也忧心忡忡，深感遗憾，不敢再表明指望云居雁来探望她了。内大臣顺便又说："最近我又找到一个极其不成体统的女儿，弄得我一筹莫展，不知如何是好呐。"他发了一通牢骚后，自己笑了起来。太君说："哎哟！哪有这种怪事！既然说是你的女儿，会差到哪里去呢。"内大臣说："正因为是我的女儿，所以才使我感到难堪，无计可施。我总想把她带来让太君瞧瞧呢。"

行幸

源氏太政大臣时时处处都无微不至地在为居住于西厢房的玉鬘着想，千方百计务求使她前途幸福，可是，他心中的那个"无声瀑布"[01]使他总觉得玉鬘甚是可怜。正如居住于春殿里的紫夫人早已估计到的，此事势必给源氏招来与其身份不相称的轻浮的骂名。源氏暗自反躬自省："内大臣这个人的性格是，对待万事都要求弄个一清二楚，容不得一星半点含糊，万一他察知此事，不给我留下任何斟酌的余地，公然把我当作乘龙快婿看待，我岂不成了天下人的笑柄！"

　　是年十二月，听说冷泉帝将驾临大原野，举世欢腾，人们张罗着前往迎驾，观览风光。六条院的众多夫人和小姐们也乘车前往参观。御驾于卯时自皇宫起驾，从朱雀大道经五条之大街再向西拐一路行进。大路两旁直至桂川畔观光的车辆挤得水泄不通。天皇行幸未必每次都像今天这般情景。今天诸多亲王、公卿大臣们，各自都别出心裁，把自家的马呀马鞍等装点齐备，对于随从和马副等人员，也着重挑选长相端庄、身高恰当者，然后让他们穿上漂亮的服饰，呈现一派异乎寻常的亮丽光景。上自左大臣、右大臣、内大臣为首，下至包括纳言以下众多官员，不消说都无一遗漏地前来陪同观览。这些人及官阶至五位、六位的殿上人，今天一整天都得到准许穿上淡黄绿色的官袍[02]和葡萄紫色衬袍。

　　一路上，细雪霏霏，天空的景色更显艳丽。亲王们和诸位公卿大臣中，擅长鹰猎[03]的人们，各自别具匠心地置备了难得一见的狩猎服饰，更何况六卫府[04]饲养鹰的官员，他们的狩猎服饰更是染色花纹讲究，异彩纷

---

[01] "无声瀑布"意指源氏对玉鬘的秘密恋情。此语出自古歌："隐秘但为障人目，无声瀑布暗自流。"见《河海抄》。
[02] 淡黄绿色：也作青色、曲尘色。由青色经线、黄色纬线交织而成的淡黄绿色，是天皇皇袍的颜色，故为禁色，未经特许一般官员不得穿用。
[03] 鹰猎：狩猎方法之一，即用经过训练的鹰捕捉鸟兽。
[04] 六卫府：日本平安初期以后，设左、右近卫府，左、右卫门府，左、右兵卫府，总称"六卫府"。

呈，世间所罕见，呈现一道饶有情趣的奇异光景。妇女们没见识过鹰猎活动是怎么回事，只觉场面热闹有趣，难得一见，因而争先恐后出门来观赏。其中也有身份卑微者，乘着寒碜的车子，车轮子在半道上折损，狼狈不堪，怪可怜的。桂川的浮桥头，还有许多令人喜欢的、风雅而高贵的女车在徘徊，极力寻找停车位子。

居住在西厢房里的玉鬘今天也出来观光。她看到了在服饰装点上竞相斗艳的众多达官显贵的尊容以及他们的风采。她从一旁瞥见冷泉帝身着红袍，容貌端庄秀丽，姿态威仪堂堂，真是无与伦比。她还悄悄地注视着自己的亲生父亲内大臣，只见他果然着装华丽、英姿飒爽，正是男子汉风华正茂的盛年期。不过一个人的气派，从其身份的角度来说，总是有限的，充其量内大臣也不过就是比一般人格外优秀的寻常人而已，一经拜谒了凤辇内冷泉帝那无与伦比的美姿之后，别人都被比下去而不具吸引她视线的魅力了。更不用说那些年轻的侍女们赞不绝口地称"容貌俊美、神采奕奕"而死心塌地恋慕不已的对象，诸如柏木头中将、弁少将以及某某殿上人之流，她根本不放在眼里。源氏太政大臣的相貌与冷泉帝的尊容，简直是别无二致的酷似。也许是心理作用的关系，玉鬘总觉得冷泉帝比源氏太政大臣似乎更威严些，确是具有无比的魅力。这样看来，如斯俊美非凡的男子着实是人世间难得一见啊！玉鬘迄今见惯了源氏太政大臣和夕雾中将等人的美丽尊容，她本以为但凡贵人，相貌都很俊美，神采与寻常人迥异，今天才感觉到这些达官贵人在盛大隆重的场面上尽管衣冠楚楚，但在冷泉帝的光彩照人之下，一个个的鼻子眼睛长得都相形见绌、暗然失色，尽皆被无情地压倒了。兵部卿亲王也随驾前来。髭黑大将平素那么装腔作势端着一副庄严的架势，今天的着装也相当华美。他背负箭囊，随驾前行，只见此人肤色黝黑，满脸髭须，实在是其貌不扬。其实拿男子的相貌同精心妆饰得花枝招展的女子作比较，本来就是很没有道理的事。在年轻的玉鬘的内心底，自然是看不上长相丑陋的髭黑大将。且说源氏太政大臣先前曾有意让玉鬘进宫去当尚侍，征询玉鬘的意见，玉鬘心想："这是怎么一回事？进宫去当尚侍，从来未曾想过，想必是一桩苦差事吧。"她胆怯后缩，迟迟不回应。今天得以拜谒冷泉帝的尊容，心想："纵令不受帝之宠爱，只当一个普通的宫女而得以在帝近旁侍奉，也是具有莫大情趣的事啊！"

冷泉帝来到大原野，凤辇停了下来，公卿大臣们在平顶的帐篷里用膳，他们更衣换装，改穿贵族便服或狩猎装束。这时六条院那边差遣人员前来献上大御酒[01]和酒肴点心等。冷泉帝早有示意，让源氏太政大臣今天也来伴驾，但源氏上奏："今因正值斋戒，恕免奉旨。"冷泉帝便派遣藏人左卫门尉，将一对穿在树枝上的雌雄野鸡猎物，赐予源氏太政大臣。在这种情况下，冷泉帝可能还会说些什么话，为避免烦琐，恕不赘述。冷泉帝咏歌如下：

> 积雪鸡飞小盐山[02]，
> 欲循古例同观赏。

太政大臣陪同帝王行幸原野，古有先例吧。源氏太政大臣诚惶诚恐地接过钦使带来的赏赐品，并款待来使。源氏太政大臣答歌曰：

> 松原积雪小盐山，
> 古有行幸弗如今。

---

[01] 大御酒：奉献给神、天皇用的美酒。
[02] "小盐山"位于大原野。

并将此歌献上。本书作者把当时隐约听闻到的一些事以及凭回忆想起的一些细枝末节记录了下来，也许有误也未可知。

翌日，源氏太政大臣给玉鬘去信，信中有一处询问道："昨日你拜谒皇上了吗？进宫之事，是否已经同意了呢？"书信是写在白色方形厚纸笺上，行文措辞相当亲切，绝非琐碎的情书式的东西。玉鬘读着，觉得很有意思，边笑边自言自语："说得好滑稽呀！"可是，心里却在想："他真会揣摩人家的心思啊！"便回信说："昨日——

朝雾弥漫朦胧中，
龙颜模糊看不清。

无论如何也难以明确地下决心。"紫姬也一起看了玉鬘的这封回信。源氏太政大臣对紫姬说道："我曾如此这般地劝她进宫，但是秋好皇后名义上也是我的女儿，玉鬘进宫争宠，似也不合适。如若向内大臣挑明说，她作为他的女儿进宫，那么弘徽殿女御也在宫里，势必有诸多不便，以前也曾顾虑过这个问题。一个年轻女子，如果提到亲近侍奉皇上都无所顾忌的话，那么窥见龙颜之后，更不可能不动心吧。"紫姬答道："瞧您说的，皇上再怎么美貌，她自己也不会表白要进宫侍奉皇上的，因为这种想法太过分了。"说着笑了起来。源氏开玩笑说："你虽然这么说，但事情若轮到你头上，说不定你会比谁都先激动哩！"源氏太政大臣再次给玉鬘回信说：

"日光明亮照天空，
龙颜焉能现朦胧。

还是下决心进宫吧。"他不断地规劝她，并想起无论如何首先必须给玉鬘举行着裳仪式。于是着手陆续精心置办各种精巧完美的用品。一般说，但凡举办仪式，即使主办者本不想大肆铺张，但周围的承办人也都会自然而然地办得堂而皇之，更何况源氏太政大臣正在考虑是否趁此机会向内大臣挑明有关玉鬘的实情，因此备办的各种物品都格外华美精致，一应俱全，丰富多彩。

玉鬘的着裳仪式拟于来年二月份举办。一般说来，但凡女子，即使获世间好评，名望甚高，并且到了不能隐姓埋名的年龄，然而作为人家的千金，在默守深闺期间，不去参拜氏族神[01]把姓名公之于世，也未尝不可。缘此，迄今玉鬘稀里糊涂地虚度时光。如今源氏太政大臣若决心将玉鬘作为自己的女儿送进宫里，这就会违背春日神[02]的意旨，所以此事归根结底又不能隐瞒下去，更讨厌的是，外人可能认为源氏自身有意施展雕虫小技别有所图，将招来后世的骂名，岂不令人遗憾。倘使是身份不那么高的人，一切都可按近来所流行的做法那样去做，毫不费事地就可以修改姓氏，可源氏却不能这样做。诸如此类，源氏太政大臣思前顾后，终于下定决心："父女缘分终归是不应切断的，既然如此，自己主动开诚布公地跟内大臣说吧。"于是写了一封信给内大臣，请他在玉鬘的着裳仪式上担任系腰带之职。但内大臣回信婉言谢绝说："由于太君自去冬患病，总不见好，在这样的情况下，不便前往。"夕雾中将昼夜都在三条宅邸，守候在外祖母太君身边，无心顾及其他事。时机欠佳，该怎么办才好呢？源氏太政大臣深感困惑，他心想："世态无常，万一太君病故，玉鬘是她孙女，理应为她服丧，如若佯装不知，则罪孽深重。还不如趁太君尚在世间，将此事坦然表白为好。"他主意已定，于是奔赴三条宅邸探访去了。

---

[01] 氏族神：一族的祖先，或受祭祀的该族守护神。
[02] 玉鬘是内大臣的私生女，内大臣姓藤原，其氏族神名为"春日神"。

源氏太政大臣如今的威势更上一层楼，即使微服出行，那排场之盛大隆重，绝不亚于圣上的行幸场面，源氏那凛凛威风，有增无已。太君看到源氏太政大臣那俊美的姿影，觉得源氏简直不像是这人世间的凡夫俗子，内心无限赞叹。太君见到这世间罕见的美姿，顿时似乎忘却了那缠身的病苦，她坐起身来，靠在凭肘几上，看上去显得很虚弱，却十分健谈。源氏太政大臣对太君说：“拜谒贵体，似乎没有想象中的那么严重欠安，夕雾过分忧心忡忡，以至夸大其辞描述贵体欠佳，我以为病情该不知有多么严重了，不胜忧虑之至。今拜谒尊容，无限欣慰。近来，宫中只要没有什么特别重大的事，我也很少进宫，仿佛不是一个在朝任职的人，只顾闭居家中，对外间万事似乎也生疏了，终于变得懒于出门了。其实，古往今来，不知有多少比我还年长的人，不顾腰弯背驼，还东奔西走，此种人大有其例。而我竟这般奇怪，这可能是除了天生本性不中用外，又加上自身嫌麻烦、懒散的缘故吧。”太君回应道：“老身知道自己患的是衰老病症，得病日子已经很长久了，今年入春以来，自我感觉似乎无望康复了，以为再也见不到你，心中不免悲伤怅惘。今日得见你面，就觉得老身的寿命似乎又得到少许延长了。如今老身已到了即使亡故也不足惜的残年，此前每当看到有些人丧失了仰赖的亲人，却还执著孤独地活在人世间，就觉得这样活下去太没有意思了，看看别人反观自己，就觉得自己也该及早准备到故人的世界去了。无奈外孙夕雾中将待我格外亲切，简直是关怀备至，且照顾周全，为老身的病情忧心忡忡。老身见状不免思来想去依依难舍，以至寿命延长至今啊！”太君边说边哭泣不已，话声颤巍巍的，在外人听来也许显得有些愚蠢可笑，然而着实反映了实情，令人怪同情的。两人抚今追昔，交谈了许许多多。源氏太政大臣顺便说道：“想必内大臣每天都会频繁地前来探望您吧，倘使能有机会在这里见到他，该令人多么高兴啊！其实，我有一件事想亲自告诉他，然而总是没有适当的机会，彼此也难得见面，真叫人好生焦急。"太君说道："他这个人嘛，也许是朝廷公务繁忙，抑或是母子感情浅薄的缘故，他并不经常来探访。你想告诉他什么事情呢？夕雾中将的确曾怨恨过内大臣，老身曾对内大臣说：'当初发生此事，是好是坏另当别论，事情既已发生，你怨恨夕雾他们俩，硬要拆散他们俩，这样做也无法挽回已流传开去的名声，反而像做了一桩愚蠢事，让世人四处散布议论纷纷，何苦呢。'可是，内大臣这个人的本性是，一旦认定要做什么事，就不轻易改变主意，我虽然不心甘情愿却也无可奈何。"太君以为源氏要对内大臣说的事是有关夕雾与云居雁的婚事，因此这样表白。源氏笑着说："有关这两个孩子的事，其实我也曾听说过，我本以为事情既然已经如此，内大臣只好宽容为怀，默许他们了，因此我也曾委婉地向他表明了自己的愿望。可是，看来他对此事格外严厉，狠狠地训斥了当事人。我深感后悔，自己何苦多余地去插嘴呢，此事流传到外面去，多么令人难堪呀。我想：任何事端，都可以弄清楚的嘛，外间的流言蜚语，怎么就不可能拨开云雾见青天，还其本来面目呢。不过在当今可叹的龌龊末世里，要将一切污泥浊水荡涤干净，谈何容易啊！世间万物在这末世里，似乎每况愈下，呈现的衰颓愈演愈烈。听说内大臣为找不到称心如意的好女婿而郁郁寡欢，怪可怜的。"他接着又说："其实，我要告诉内大臣的是另一桩事情，那就是一个他理应知晓并自己来抚养的女孩子，由于误解出乎意料地被我收养了。当初并不知道是弄错了，因此也没有硬要把情况仔细调查清楚，只觉得我家子女稀少，颇感寂寞，纵令不是亲生女儿，收养亦无妨，于是就容许她留了下来。虽然养育了她，却也没有对她施以格外精心的教育，岁月就这样匆匆地过去了。此事不知怎的，竟传到圣上的耳朵里，圣上曾经对我如斯说：'宫中没有尚侍供职，内侍司的秩序紊乱，下级女官上任供职时，亦无人加以指引，以致程序显得杂乱无章。现有的已在宫中侍奉多年的两名典侍，此外还有些职务相当的人们，各自纷纷通过各种门路前来申请，盼望担任此职。然而经过严格的筛选考核，却始终选不出称职之人才，如此看来，还是需要依照自古以来的惯例，这样的人才得从门第高贵，本人声望佳，并且不需兼顾自己本家的女子中遴选。当然也有可以不拘泥于门第，而强烈地以本人具备贤能才干为选择标准的，凭借多年以来积累的业绩功劳，从典侍而晋升为尚侍的例子，可是眼下倘若没有这类适任者，朕就想至少要从世间声望高贵的人家中选出。'圣上暗中示意，让我献出我找到的这个女儿，我焉能认为此事不妥当呢。一般说来，但凡女子进宫侍奉，不论身份高贵或身份卑微，各自都怀抱着各的愿望，但愿从圣上那里获得合乎自己身份的恩宠，而尽心尽职努力侍奉，这才是作为女子的高尚理想。倘若只顾办理表面的公事，掌管内侍司的事务，整理有关其职务的杂事，这就未免太内向，显得没风情了。不过，这也不能一概而论，世间万事还得看其本人有多大本领而定。因此我想把她送进宫任尚侍，征询她的意见时，顺便问及她的年龄等情况，这才知道原来此女子就是内大臣所要寻找的并且理应收养的人。缘此，我很想与内大臣商量，明确一下，看此事该如何办理才好。然而，总也没有适当的机会，又无法与他会面，于是，我设法找机会与他会面以坦诚交谈，遂给他写一信，邀请他担任着裳仪式上的系腰带者。可是他却推托说：'因家慈玉体欠安，不能应邀前往。'婉拒了我的邀请，我也觉得时机不合适，遂中止不举办着裳仪式了。幸运的是，今日见贵体似乎有所康复，因此我又想还是按照原计划进行，相机向内大臣阐明情况。恳请太君务必将此意转告内大臣为盼。"太君回答说："哎呀！这究竟是怎么一回事？内大臣那边有各式各样的女子，都自称是他的女儿，前来投奔，而他却不厌其烦地通通收养下来。你刚才说的那个女子，究竟安的是什么心，怎么竟错投奔到你哪里去，仰赖你的收养了呢？她是否老早以前就听说是你的女儿才来投奔的呢？"源氏太政大臣说："不，个中原因，内大臣总有一天自然会了解详情的。麻烦的是此女孩是身份卑微者所生，倘若将此事大肆宣扬出去，惟恐会招来世人的流言蜚语，因此我连夕雾中将也没有对他说明原委。请太君也务必不要将此事泄漏出去。"他恳请太君不要说漏嘴。

内大臣宅邸内纷纷传播着源氏太政大臣造访三条宅邸探望太君病情的消息。内大臣听说此消息，对源氏的突然来访不免暗自吃惊，说道："太君那边接待人员少，要接待这样威严的贵人，恐怕会招架不住的，既要接待先遣人员，还要为源氏太政大臣设座等，那边肯定没有办事干练的人员。夕雾中将想必也会一道前来的。"说着便派遣诸位公子以及平素和睦相处的诸位殿上人，前去三条宅邸，协助接待工作。内大臣嘱咐说："点心果物酒肴等，务必殷勤款待，切莫怠慢失礼。我自己本应亲自前往，但惟恐去了反而添乱，故而却步。"正在此时，太君差人送信来了。信中说："六条院的源氏太政大臣前来造访探病，这里人手少，用具不足，惟恐委屈了贵人，你能否以不是我特地呼唤你来，而是你主动前来的形式到我这里来一下？看样子他想与你会面，似乎有要事相商。"内大臣心想："源氏会有什么要事要与我相商呢？大概是为有关我家云居雁的事，夕雾中将苦苦央求吧。"接着又想："太君在世之日似乎不多了，她每每关切，希望我应允这两小无猜的婚事，倘若源氏太政大臣肯释出恳求之意，哪怕只言片语，我也不好驳他的面子不答应。关键是那个要成为女婿的夕雾竟然显得冷漠，毫不着急，这实在令人焦虑不安。今后若有适当的机会，我就装着接受别人的美言，成全他们俩的好事算了。"内大臣揣摩："源氏太政大臣肯定会与太君齐心协力，好言相劝我，届时我更难以拒绝了。"可是转念又想："我干吗轻易就让步呢？"他如此反复无常，突然推翻初衷，足见他那相当执拗的性格在作祟。不过，最终他又回心转意，心想："太君既然已有信来说，源氏太政大臣正在等候着我前去会面，我若不去，岂不愧对他们双方，我不妨先去看看情况，随机应变嘛。"内大臣打定主意，随即整装。他着装格外讲究，吩咐先遣人员不要大肆声张，旋即奔赴三条太君宅邸。

内大臣在诸多公子及殿上人的陪同下出门去，浩浩荡荡地往前行进的这支队伍，给人的印象是气势威严厚重。内大臣身材修长，体态匀称，活像前世充分积德以至今生富贵十足的人，无论是长相，还是步履姿态，都呈现一派威风凛凛的大臣神采。他身穿浅紫色的和服裙裤，上身罩上表为白色、里为鲜红色的衬袍，衣裾拖得长长的，有意显示一派宽松舒适的模样，他缓缓走过来的姿态，不由得令人感到："啊！好端庄华美呀！"六条院的源氏太政大臣穿的是用从唐国进口的绫罗制作的贵族便服，内里衬的是当时的流行色深红梅色的衣服，那飘逸潇洒的贵人风度，其优美简直可说是无与伦比。源氏之美仿佛是发自内在的光彩耀眼夺目，绝非内大臣那样的大肆盛装巧饰之美可以匹敌。内大臣家的诸位公子，一个个长得极其清秀可人，聚集在他们父亲的身边。内大臣的异母弟弟，现在称为藤大纳言、东宫大夫的，仪表堂堂，也前来探望异母太君的病情。此外还有未经特意邀请却主动前来探望的、声望甚高为世人所敬重的殿上人、藏人头[01]、五位之藏人、近卫中少将、弁官等十余人，一个个人品高尚、地位显赫，俨然一群贵公子聚集一堂，这场面真可谓盛大威严。接着陆续前来的还有官阶五位、六位的殿上人以及一般人，为数众多。太君设宴款待众人，席间觥筹交错，一个个酩酊大醉，在场众人无不赞颂太君德高望重，多福长寿。

源氏太政大臣与内大臣难得会面，一见面，彼此就回忆起昔日年轻时候的诸多往事，诸如在相互疏远期间，为了些无聊的小事，竟彼此较劲互不相让等。然而今天难得会面，亲密叙谈，彼此回忆当年种种情深意浓的

---

[01] 藏人头：藏人所的负责官职。定员两名，一名出自弁官，一名出自近卫府的官人。前者称头弁，兼任大、中弁官者居多；后者称头中将，兼任近卫中将者居多。

往事，一如既往无有隔阂，抚今追昔，互道各自的近况，谈兴渐浓，不觉间天时已近黄昏，彼此一个劲地劝酒。内大臣说："今天我若不来作陪就太不合适了，如果明知道尊驾莅临，我却因未曾奉召而不好意思前来，恐怕更得遭到谴责吧！"源氏太政大臣："哪儿的话，该受谴责的是我呀，不过，我倒是有满肚子的烦恼事呢。"他的话里似乎有弦外音，内大臣心想："对方大概想谈云居雁的事吧。"他嫌麻烦，故显出几分敬畏的神色，沉默不语。源氏太政大臣接着说："我们两人一向不论公事或私事，心灵相通，彼此不相隐匿，无论大小巨细之事，都互相商量，宛如鸟儿的双翅，互相配合，尽心竭力辅佐朝廷。可是到了后来，每每出现违背当初本意的事。不过，这些都只不过是不公开的私事而已，互相帮助尽心竭力辅佐朝廷的根本大志丝毫不变。不知不觉间岁月流逝，我们都添了年龄。回忆起年轻时代的诸多往事，不胜依依眷恋。近年来，极其难得与你会面。职位高了，相应的局限也跟着来，动不动都得兴师动众，以示身份权威。我总想，像我们这样的至亲好友，如能减少一些繁文缛节，得以轻松往来就好了，每每只恨不能如愿啊！"内大臣深表歉意地说："昔日我们确实太亲近太熟悉了，以至不拘礼节，乃至放任失礼，承蒙你亲切相待，心无隔阂。在为辅佐朝廷尽心竭力方面，不才的我当然不能与你并肩，宛如鸟儿之双翅，所喜的是承蒙你鼎力提携，使我这才疏学浅之身亦能跻入高位，为朝廷尽力，如此恩情没齿不忘。只是随着年龄徒长，不知怎的我对万事很多时候只顾嫌麻烦啊！"

　　源氏太政大臣趁此机会，委婉其辞地隐约透露了玉鬘的事。内大臣说："此人实在可怜啊！这事也太稀奇了。"他感慨万千，不由得潸潸落泪。接着又说："当时我真担心，不知这孩子情况如何，我也曾四处打听她的下落。记得在某次机会，由于愁苦不堪，曾将此事向你泄漏过。如今，我也算是一个数得着的人物，想起当年年轻时代拈花惹草，不肖的私生子女流落各处，着实有伤体面，也感到自己实在可卑又可耻。从而也设法收留了几个这样的流落孩子，越发觉得孩子们怪可怜也很可爱的。这样，我不时回忆往事，首先想起的就是这个女儿的事。"他蓦地想起很久以前，在一个细雨绵绵的晚上，对女子作了种种品评的情景。他们两人海阔天空地谈天说地，时而哭泣，时而大笑，谈得无所顾忌，十分融洽。不觉间夜色已深沉，两人便准备各自回府。源氏太政大臣说："今天前来相会，回忆起久远以前年轻时代的一些往事，令人眷恋不已，真是往事不堪回首，大有不想告别回家之感啊！"平素并非多愁善感的源氏太政大臣，也许是醉后好哭的关系，情不自禁地满眼噙着泪珠。太君就更不消说，她回想起已故女儿葵姬的往事，看到女婿源氏太政大臣那姿容比过去更显得潇洒，权势比昔日更显赫，不禁惋惜女儿红颜薄命，悲伤至极，热泪潸潸，流个不止。她那尼姑装扮的抽泣姿态，格外打动人心，别具一番深沉的风情。尽管有如此良机，源氏却始终没有提及有关夕雾中将的婚事。因为源氏估计内大臣没有思想准备，不会同意，自己何苦贸然开口自找钉子碰，影响也不好，故而作罢。内大臣这方，看见源氏没有表示任何意愿，自己也不愿做得过分，主动提出来，因此关键的这件事，依然憋在各自的内心底解不开。临别时内大臣打招呼说："今宵理应亲自陪同你回贵府，可是冷不防地这样做，又生怕引起旁人的胡乱猜疑，因此恕不远送了。今日有劳尊驾莅临，此礼改日定当登门奉还。"源氏太政大臣于是同内大臣相约说："看来太君的玉体颇见康复，先前恳请之事，切盼应允，务必于着裳仪式之日，准时莅临为荷。"

他们两人都面带喜色，各自打道回府。仆从们吆喝声骤起，跟着起行，气势颇为壮观。随从内大臣的诸公子和殿上人等都在揣摩："不知究竟有何事。内大臣和源氏太政大臣这两人阔别许久难得会面，内大臣显得格外高兴，是不是源氏太政大臣又让什么权给他了呢？"这些人都猜错了，他们谁都没有猜着这两人谈的是有关玉鬘的事。

　　内大臣突然听到玉鬘的下落，既觉诧异，又恨不得马上见她。可是，他又作了种种思考，想道："如果立即把她接到自己家中来，俨然挂着一副父亲的面孔，也很不自然。再说，不妨设想一下，源氏当初不知抱着什么打算才找到这个女孩子，并收养了她，想必她不会洁白无瑕，否则他也不会轻易地就将她归还我吧。源氏出于无奈，不得不顾忌到众多夫人的制约，不便公然纳她为妾。他毕竟也害怕世人的非议，才向我言明她不是他亲生女儿的事吧。"想到这些，他不免觉得很遗憾。可转念又想："这也算不了什么瑕疵嘛，就算我主动让女儿与源氏太政大臣结缘，又有什么不体面的呢。不过，如果太政大臣要送她进宫，弘徽殿女御等人的心情又会如何呢？这倒是令人放心不下的。总之，只好顺从源氏太政大臣，按他的意见办吧。"

　　源氏太政大臣说有事相商的这天是阴历二月初一。

　　阴历二月十六日是时令进入春分节气的日子，这天风和日丽，是吉日，据阴阳师卜算，这十六日前后都没有吉日。所幸的是太君的病体已见好转，源氏太政大臣便赶紧准备着裳仪式事宜。他照例来到玉鬘处，告诉她，他与内大臣已说明事情原委，并细心地教诲她与内大臣见面时的注意事项。玉鬘觉得他这份深沉的慈爱之心甚至胜于自己的生父，在人世间能承蒙这份厚爱，内心着实不胜欣喜。其后，源氏太政大臣又把有关玉鬘的实情，极其秘密地告诉了夕雾中将。夕雾这才明白过来，心想："原先自己总是纳闷，觉得奇怪，原来如此，难怪刮台风之后那天看到父亲的那种举止。"夕雾觉得玉鬘的长相要比那个薄情人云居雁更美，遂情不自禁地回想起玉鬘的面影，后悔自己怎么就不知道去向她表白恋慕之心，自己也真够糊涂到家了。可是，转念又想："自己既然已经爱上云居雁，就不应该移情别恋他人。"这简直是世间罕见的一片忠诚用心啊！

到了举行着裳仪式的当天，居住三条宅邸的太君悄悄派使者将礼品送来。尽管时间仓促，但她所备办的梳具盒等礼品，样样相当精美，而且十分体面，还附信给玉鬘说："向你表示祝贺。我乃不吉利的尼僧之身，故今日闭居家中，不过惟有长寿这点也许值得你效仿。我已详悉你是我的孙女，我觉得我该略表祝贺之意，不知你以为如何？一切由你了。

> 双面[01]含情梳具盒，
> 只盼孙女莫离我。"

这是用颤抖的手书写的，洋溢着古雅的情调。礼品送到时，恰逢源氏太政大臣前来指点办仪式的种种事宜，源氏看了信说："这文笔乃是老派的作风，可是那只颤抖的手多么可怜啊！想当年她擅长书写，随着岁月的推移，看来连字迹也奇妙地跟着老迈了。"他又重读一遍，说："她真善于紧紧地围绕着梳具盒，简洁地修辞用字，在三十一个音节里用的净是相关语，真了不起啊！"说罢莞尔一笑。

秋好皇后送来的礼品有洁白衣裳、女子正装外衣、和服衬袍装束以及绾发髻的梳妆用具等，都无比精美。还按惯例添送各种香瓶，瓶内装有从唐国进口的各式各样薰香，香气格外芬芳浓烈。此外诸位夫人也都各具匠心，赠送衣物装束，包括侍女们所用的物品诸如梳子、扇子等都想到了，真是琳琅满目，皆为上乘物品，无懈可击。这几位夫人各自都具有各自的高雅趣味，他们把各自的用心都凝聚在各自的赠品上，暗中较劲，缘此所赠各色礼品，相应地各具特色，饶有情趣。住在二条东院里的几位夫人，听说六条院举办着裳仪式，自知身份卑微不会去参加庆祝仪式，只是沉默

---

[01] "双面"意指玉鬘无论是源氏太政大臣的女儿也罢，或是内大臣的女儿也罢，归根结底都是我不可割舍的骨肉，我的孙女。

不语地听听就算了。唯独常陆亲王家的小姐末摘花，异乎寻常地循规蹈矩，但凡遇上举办什么仪式，她总是不会佯装不知而欠缺致意的礼数，她就是这样一个颇具古典气质的人。她想："如此隆重的仪式，怎能置若罔闻。"于是按照惯例办精致的祝贺礼品，这也是一片值得赞扬的心意。她赠送的礼品计有：青灰色的细长女子和服一套；称为暗红色或是什么色，总之是上代人备加赞赏的色调的、夹的和服裙裤一套；褪色泛白了的紫色雪珠花纹料子的、高贵女子的平常服一件。这些衣裳装在一只十分讲究的衣箱内，外面包扎得很细致雅观，差人送到玉鬘那边去赠送给她。并附上一函，说："我是个微不足道者，本不该冒昧来凑热闹，但值此盛大典礼之际，又不能置若罔闻无所表示，送上薄礼，或许可转赐侍女。"遣辞造句落落大方。源氏太政大臣看了，心想："真烦人啊！她的那套毛病又沉渣泛起啦！……"连他自己都脸红了。源氏太政大臣说："真是个奇怪的古板人啊！这样一个畏首畏尾的人，老老实实地闭居家中才好呢，何苦这样做，连我都觉得难以为情。"接着又对玉鬘说："不过，你还是该给她写一封回信，不然她会责怪的。回想起当年，她的父亲常陆亲王非常疼爱她，倘若对待她比对待他人差些，那就太委屈她了。"末摘花给玉鬘送来的贵族女子平常服的袖兜里，装有她咏的一首歌，她照例固守那种作风，爱用"唐衫"这个词语。歌曰：

> 置君身旁不惯常，
> 我身暗自怨唐衫。

　　末摘花的字迹打年轻的时候起就很不怎么样，现在越发衰退了，活像雕刻出来的字一般硬邦邦的。源氏太政大臣看了既可气又可笑，实在忍不住，就说："她作这首歌，想必绞尽了脑汁，何况现在她身边又无得力的侍女相助，够难为她了。"他觉得实在滑稽，又说："尽管我很忙，但还是让我来给她作答歌吧！"接着又说："唉，何苦呢，别人都意想不到的用心，大可不必这样做嘛。"说着满心不高兴地写道：

> 唐衫唐衫又唐衫，
> 翻来覆去道唐衫。

书毕说道："她格外认真地固守老作风，珍惜爱用'唐衫'这个词语，所以我也来运用一下。"源氏说罢将这首歌给玉鬘看，玉鬘阅罢，娇媚地莞尔一笑说："哎呀，太可怜啦！这似乎是在挪揄她嘛。"她感到不知所措。啊！记述了这许多无聊的事。

在不了解实情之前，内大臣对为玉鬘举办着裳仪式一事，并不上心，然而当意外地听闻实情之后，却急不可待地想见玉鬘，因此在举办着裳仪式当天，他早早地就到了现场。看到仪式排场操办得比一般规格更加讲究，足见源氏太政大臣的用心多么周到，他内心不胜感激，但同时也觉得有点蹊跷。到了亥时，主人方面请内大臣进入玉鬘居室帘内，仪式上须具备的陈设自不消说，所设坐席也装饰得无比华丽。主人劝请客人品尝酒肴，灯火也比往常的筵席更加明亮，情趣盎然，招待用心周到，可谓殷勤备至。内大臣心中急不可待地欲与玉鬘交谈，可是今宵这样做未免冒失，他在为她系腰带上的结扣的过程中，也显露出不堪忍耐的神色。主人方面的源氏太政大臣对他说："今宵不叙旧，你权且装作不了解详情的样子。考虑到在不知实情的众人面前需要做些掩人耳目之事，所以仪式还是按一般常规行事。"内大臣说："哪儿呀，此刻简直不知如何致谢才好。"在觥筹交错中，内大臣顺便说："承蒙无与伦比的关怀备至，真是感激不尽。不过，此前一直瞒着我，不能不令我增添几分怨恨。"于是咏歌曰：

海女隐匿玉藻丛，

而今浮现怨重重。

内大臣终于掩饰不住内心的激动，情不自禁地在人前热泪潸潸。玉鬘
由于诸多大臣贵人聚集于帘内羞怯得无法作答歌，主人源氏太政大臣见状
遂代替玉鬘答歌曰：

“无处安身靠渚边，

藻屑卑贱渔人嫌。[01]

这怨恨未免太不讲理了嘛。”内大臣也回应说：“的确言之有理。”内大
臣再也无话可说，遂走出帘外。

此时包括诸位亲王在内的众多远亲近邻的贵公子，陆陆续续无一遗漏
地聚集到这里来，其中夹杂着为数不少的恋慕玉鬘者。他们望见内大臣进
入帘内，久久不见出来，心里不禁犯嘀咕：“究竟是怎么回事啊？！”惟
有内大臣的公子柏木头中将和弁少将略知实情。兄弟俩想起以往由于不了
解情况，暗恋并追求过玉鬘，如今深感后悔不该这样做，所喜的是幸亏没
有深陷进去。弁少将向哥哥柏木头中将窃窃私语：“多亏没有把暗恋公
开。”柏木头中将说：“源氏太政大臣是个别具一格的人，似乎喜欢做些
离奇的事。说不定他想把玉鬘也塑造成类似秋好皇后一类的人吧。”这兄
弟俩各抒己见，都被源氏听见了。不过，源氏太政大臣还是对内大臣说：
“暂且还请多加费心处理此事为盼，以免遭世人的非议讥讽。身份卑微者

---

[01]　“渚边”比喻源氏太政大臣家，“藻屑”喻玉鬘，“渔人”喻内大臣。

处理万事，尽可我行我素，即使胡作非为，也无人问津，甚至宽容。可是，只要是你我的事，势必引起世人的种种议论，流言蜚语四起，乃至无端地增添烦恼。这件事非同寻常，比较麻烦，务请不要操之过急，要郑重稳健行事，务必使世人逐渐习以为常，才是妥善之举吧。"内大臣回应说："有关玉鬘的事，该如何办理，悉听尊便。玉鬘多年来承蒙厚爱，得以在幸福的庇护下顺利成长，这真是非同一般的前世缘分的造化啊！"源氏太政大臣赠送给玉鬘的礼品等，其丰富华美更不必说了。主人还按来客各自的身份，相应地分别馈赠礼物以及福禄奖赏，品种和数量上都照惯例或超过常规，相当精致贵重。只是内大臣曾借口太君患病而婉言谢绝参与仪式，源氏顾及此事，因而没有举行大型的管弦乐会。

兵部卿亲王向源氏太政大臣认真地表白了对玉鬘求婚的愿望，说："着裳仪式业已结束，再没有理由推迟了吧。"源氏太政大臣回答说："当今皇上有指示，有意让她进宫任尚侍之职，现正在上奏祈盼准许辞谢。缘此必须等待谕旨下达后，视情况再作其他考虑决定。"玉鬘的父亲内大臣是在朦胧的灯光下，隐约瞥见玉鬘的姿影，他总想设法再清楚地端详一番。他心想："如若玉鬘的长相平庸无奇，源氏太政大臣恐怕也不会那么珍视地抚育她吧。"想到这些反而越发挂心依恋不舍了。就在此刻他回忆起从前曾做过的那个梦，心想："这个梦确实应验了。"有关玉鬘的实情，内大臣只告诉了女儿弘徽殿女御一个人。

有关玉鬘的情况，内大臣严守秘密，暂且不让世人知道此事。然而喜欢说长道短是世人的陋习，此事，不知怎的竟不胫而走，渐渐传播开去，这位鲁莽轻率的近江君也听到了传闻。一天她来到弘徽殿女御跟前，恰巧柏木头中将和弁少将也在场，她无所顾忌地说了一通："父亲又找到一个女儿哩，哎呀此人好幸运哟！不知是个什么样的人，能让父亲内大臣和源氏太政大臣如此重视她。听说她的母亲也是个出身卑微的人呐。"弘徽殿女御听了心里很难过，沉默不语。柏木头中将对近江君说："两位大臣都重视她，自然有其道理吧。我倒是想问你，这些情况你是听谁说的呢？你冷不防地说了这么一大通话，当心被多嘴多舌的侍女们窃听了去。"近江君气冲冲地说："哎呀，讨厌，我全都听闻知道了，她将要进宫去当尚侍啦。我急忙赶到这里来供职，为的正是指望有朝一日承蒙照顾，举荐我进宫去当尚侍。因此连一般侍女都不愿干的活儿，我也都卖力认真地去干。女御却不举荐我去，太薄情啦！"她埋怨女御，惹得柏木头中将他们都笑了。柏木头中将讥讽近江君说："尚侍倘若还缺员，我们这些人还想去当哩[01]，你却横插进来要争，胃口未免太大了吧。"近江君恼火地回答说："像我这样一个微不足道的人，原本就不应该加入你们这些贵公子的行列里，都是头中将不好，多余把我带进来，让我在这里遭受人家的愚弄嘲讽。如此看来，身份稍许卑微的普通人，都不应该踏入这府第里来。真受够了，可怕啊！"说着膝行着后退，双眼直勾勾地冲着这边怒目而视。她虽然不憎恨，却很生气，气得眼角都吊了起来。柏木头中将听了近江君这番话后，觉得确实是自己做错了事，因此真心诚意地沉默了下来。弁少将微笑着说："你这么热心地干活，这种无比忠实的工作态度，女御怎么会忽视呢，要沉得住气嘛。瞧你那鼓足干劲的神色，轻易地就能把坚硬的岩石一脚踢成雪沫[02]似的，等着吧，总有一天你会如愿以偿的。"柏木头中将也接上弁少将引神话的话茬说："还是在天上的岩门[03]里闭门不出更为保险、平安无事呐。"说罢便起身走了。近江君扑簌簌地落泪，说："连你们这些贵公子都冷淡无情地待我，只有女御深切心疼我，所以我才在这里供职。"说着又勤快地干活去了。下级侍女和女童们不屑去做或吃不消

---

[01] 这是揶揄的话语，因为尚侍是内侍司的长官，内侍全都是女官。
[02] 此语出自《日本书纪》中所载天照大神与素盏鸣尊相争故事，这段描述中有句曰："踏坚庭而陷股，若沫雪以蹴散。"
[03] "天上的岩门"是《神代记》中的神话故事。

的杂活重役，她都不辞辛劳地东奔西走，真心诚意拼命地为女御献身尽职。她还一个劲地强求女御："请您推荐我去当尚侍吧！"女御不由得感到为难，心想："近江君不知是怎么想的，竟提出这种毫无道理的请求来。"弄得女御无话可回答。

内大臣听说近江君想当尚侍，不禁开怀大笑。当他来到弘徽殿女御这边时，顺便问道："近江君在哪儿？叫她到这儿来！"近江君听见父亲内大臣召唤自己，遂高兴地扬声应道："来了！"说着来到内大臣跟前。内大臣装得一本正经地说："瞧见你蛮勤快地为女御卖力干活的模样，这才觉得你入朝当女官干起活儿来，肯定也能胜任吧。你想当尚侍，为什么早不向我表白呢？"近江君听了这番话，当真满心高兴地说："我原本也想恳求父亲的，但我又想女御总有一天自然会替我向父亲转达我的愿望吧。可是，我现在听说这个尚侍职位已经另有预定的人选了，我简直犹如做了一个发财的美梦，醒来却是一场空，不由得手抚胸膛大失所望。"她说话的口吻相当爽朗。内大臣强忍住几乎喷出的笑声，对她说："你的毛病就在于遇事拐弯抹角不明说呀，如若早些向我表明，我准会首先上奏推荐你，太政大臣家的女儿身份再怎么高贵，只要我恳切上奏，皇上无不照准的。现在也不晚，你不妨写一篇任官祈愿的上奏文书，字迹工整文章华美，再写上情趣深沉的长歌，皇上看了准会录用你的吧，因为皇上喜欢有情趣的人。"内大臣虚假而动听地哄骗近江君一通，实在不像为人父者的言谈，太丑恶了。可是近江君却信以为真，搓揉着双手恳求说："作和歌嘛，我虽不才却也能作，惟独那关键的汉文申请奏文，还得恳请父亲出面为我申请，充其量我只附加只言片语，主要还是要仰仗父亲的洪福。"躲在围屏后面等处的侍女们听见这些话，觉得滑稽得要死，憋不住笑的人，溜到室外去松一口气。弘徽殿女御脸上飞起一片红潮，觉得太难为情了。内大臣也说："心情不痛快的时候，只要一见到近江君，万般愁云也会烟消云散的。"他只把她当作消愁解闷的笑柄。可是世人却议论纷纷，有人议论说："内大臣为了在人前掩饰自己的羞愧，才那样对待自己的私生女儿。"

泽 兰

玉鬘被封为尚侍，源氏太政大臣和内大臣都劝她早些进宫就职。玉鬘暗自思量："此事该如何处理才好呢？连被当作父亲看待的源氏太政大臣尚且心怀鬼胎，当今的世道不能粗心大意。更何况宫中的生活万一发生什么意想不到的烦恼事，分别遭到秋好皇后和弘徽殿女御的冷遇，我岂不处在尴尬无助的境地。再说，像我这样孤儿般出身卑微的人，源氏太政大臣或内大臣都没有把我的事深深地挂在心上，为我深思熟虑，我与他们相处时间短，父女之间的感情也不深厚。再加上，世间有些心术不正的人，总把我的事往坏里想，巴不得我成为人们的笑柄。总而言之，看样子今后不愉快的事，恐怕将会陆续不断地发生吧。"她已经不是不谙世间人情世故的幼年期，她察言观色，思绪万千，十分苦恼，不禁暗自悲伤慨叹。可是转念又想："我若不进宫去当尚侍，而留在六条院里过现在这样的生活，虽然也并不坏，但是这位源氏太政大臣心存邪念也实在令人讨厌，我何时才有脱身的机会，远离苦海，杜绝无端飞来的对我的世诼，还我清白之身呢？亲生父亲内大臣也有顾虑，生怕源氏太政大臣不悦，因而不便断然把我领回家去，公开承认我这个私生女儿，这样做毕竟名声也不好听。思来想去，我无论进宫或是留下住在六条院，都免不了纠缠着瓜田李下莫名爱情的瓜葛，自己实在万般苦恼，还落得此身遭到世人的纷纷议论，何其痛苦啊！"实际上，自从源氏太政大臣向内大臣阐明玉鬘的身世之后，源氏对玉鬘的那份非分恋情越发膨胀，玉鬘内心的痛苦无法向谁诉说，只能暗自陷入无尽的伤悲。

　　玉鬘岂止没有可供倾诉衷肠一泄苦水的对象，连哪怕细枝末节只言片语的心事也能吐露的母亲也没有了。内大臣和源氏太政大臣都是些令人望而难以为情的出色的显赫贵人，哪能大小巨细的事都可以如此这般地与他们商量呢。玉鬘走到房间的墙角附近，凝神眺望那渗透心灵的凄惘天空的苍茫暮色，感到它恰似自己这异乎常人的薄命之身的境遇。她那姿影，着实美极了。

玉鬘为祖母太君居丧，身穿浅灰色丧服，体态姿容清减，由于服饰色调与往常不同，显得深沉，这与她那清秀的姿容反而十分协调，显得更加艳丽而引人注目。在她身边侍候的侍女们，一个个望着她微笑。正在这时，夕雾中将来访，他也为外祖母太君守孝，身穿与玉鬘同样色调却稍微深些的深灰色贵族便服，帽缨子卷起[01]，姿态温文尔雅，相貌显得更俊秀了。此前，夕雾一直以为玉鬘是自己的异母姐姐，所以真心敬爱她。玉鬘对他也并不回避，已习以为常。现在她知道他们彼此不是姐弟关系了，但如果突然改变态度，似乎很不自然。因此，她依然在帘前添设了围屏，隔帘与夕雾相晤，直接与他对话而不用侍女来传言。

夕雾秉承父亲源氏太政大臣的指示，来向玉鬘如实转达皇上对源氏太政大臣所说的话。玉鬘对此所作的答辞十分稳重，相当得体，那言谈姿态既高雅又很有深度，令人颇感亲切。夕雾看在眼里，不由得想起那次刮台风的翌日清晨，窥见过她的面影，心中一直眷恋，难以忘怀。当时只觉遗憾的是有姐弟的血缘关系，可是现在夕雾知晓实情之后，更加难以抑制恋慕玉鬘之情感波澜。他估计玉鬘进宫之后，皇上肯定不会将她当作一般女官看而置之不理，玉鬘、皇后和女御等人，看起来与皇上都人品完美，十分般配，想必会和睦相处吧。不过，从另一个角度看，恐怕也难免会发生一些麻烦的事。夕雾满脑子充满了恋慕玉鬘的思绪，却装作若无其事，精神抖擞、小题大做地说："父亲有话命我秘密转达，勿让外人听见，你说怎么办？"玉鬘身边的侍女们一听此言，旋即稍微退避到围屏后面等处，面向别的方向。于是，夕雾编造出一通话，活像父亲源氏太政大臣的口谕，煞有介事地娓娓而谈。大概内容是：皇上对她之重视非同一般，叫她要做好足够的思想准备。玉鬘无言可回应，只是悄悄地叹了一口气，那姿

---

[01] 居丧期间，男子的帽缨子须卷起以示守孝。

态既优美又可爱。夕雾越发按捺不住澎湃的心潮，他对她说："居丧期本月内届满，由于无吉日可供挑选，故父亲决定于本月十三日到贺茂河原举行袚禊脱丧服[01]。届时我也陪同前往。"玉鬘回应说："你也一起前去，会不会太张扬了呢？还是悄悄前往好些吧。"玉鬘的言外之意在于不想让世人详细了解她穿丧服的缘由，她真不愧是个聪明灵巧者，用心可谓周到。夕雾说："你不想泄漏实情让外人知道你是太君的孙女，太可怜了。这丧服是我无限怀念外祖母的念物，要把它脱下扔掉，还真的很舍不得呐。这且不去说它，我倒有点纳闷，你和我们家的关系何以竟如此亲密，我还没有想明白。如若不是你穿上这身色调标志着血缘关系的丧服，我还真不相信你是内大臣的女儿呢。"玉鬘回答说："我什么都不懂，更何况这些事，想也想不明白，不过这丧服的色调，令人感到怪悲伤啊！"她的神情比往常显得深沉，更觉美丽高贵。夕雾大概想趁此机会向玉鬘表明心意吧，他手持一枝开得很艳美的泽兰[02]，从帘子边上塞进帘内，对玉鬘说了句"这也是有缘须观赏的花啊"，说着却没有将花放下。玉鬘瞬间不经意，伸手去取花，夕雾就势拽住她的衣袖，扯动了一下，赠歌曰：

> 共尝朝露秋泽兰，
>
> 怜惜鹿岛盼晤谈。[03]

玉鬘听了之后，心想："莫非他是在说'东国尽头常陆带……'[04]吗？"

[01] 为太君作古的居丧期是五个月即一百五十天，约莫于阴历八月二十日届满，现在大概提前于八月十三日举行袚禊脱丧服。
[02] 泽兰：原文作藤绣，菊科多年生草本植物，秋季在茎顶开淡紫色小花。"丧服"日语又称"藤衣"，缘此说泽兰与丧服有缘。
[03] 意即你我皆为同一人居丧，表示一下同情心又何妨呢。
[04] 此句引自《新古今和歌集》中的古歌，歌曰："东国尽头常陆带，鹿岛神官盼理睬。"日本茨城县鹿岛神官举行祭礼时，人们把意中人的名字写在带子上，供于神前，神官把带子成对扎起占卜缘分。

她觉得很讨厌，但佯装不解其意的样子，悄悄地退到里面去，答歌曰：

"远道寻访野泽兰，

何苦牵强缘深浅。

我们如此相晤，情谊也够深厚的了，还有何求呢。"夕雾笑着说："是浅是深，你心中自然明白。我也知道从理智上考虑，你承蒙皇上垂青，我怎敢妄想，然而澎湃的心潮，怎么也平静不下来，这点恐怕你是不会知晓的。可是又担心一旦向你阐明，反而会招你讨厌，缘此，一个劲拼命地将这种内心的苦楚压抑在胸中，以至'至今仍如故'[01]，过度思念痛苦不堪。且说柏木头中将的心情你知道吗？当时我只顾认为这是他人的事，而漠不关心，现在落到自己身上，这才明白自己多么愚蠢，从而也理解了柏木的心情。如今柏木痴迷之梦清醒了，从此可以与你永远保持兄妹关系，亲密不分离，心灵上可以获得实在的慰藉，看了不禁令人既羡慕又妒忌啊！至少也请你怜恤一下我的这片苦心。"他喋喋不休地说了许多，怪难为情的，恕作者不赘述了。

尚侍玉鬘渐渐向室内深处后退，心中觉得很厌烦。夕雾说："好狠心啊！你心中自然明白，我一向无意得罪你的嘛。"夕雾本想趁此机会，更多地倾诉衷肠，却听见玉鬘说："不知怎的，今天我觉得格外烦恼。"她说着终于退进内室去了。夕雾极其失望地深深叹息，无奈地告辞了。

夕雾深感后悔："自己真不该对玉鬘说出这些冒失的话。"接着他又想起紫夫人，觉得她的姿容比玉鬘更美得令人神魂颠倒，自己总要找个好机会直接会见她，至少就像今天隔帘会晤玉鬘那样，哪怕隐约听到她的声

---

[01] 此语引自《拾遗和歌集》中的古歌，歌曰："苦恋至今仍如故，纵然舍命意欲晤。"

音也罢。他一边焦急地思考，一边返回源氏太政大臣这边来。不大一会儿，源氏太政大臣便出来见他。夕雾将玉鬘的回话等向父亲禀报。源氏听罢说："看样子，进宫当尚侍，她并不十分惬意。想必是兵部卿亲王等人在追求女性方面，门道在行，技巧熟练，用心良苦，极尽花言巧语之能事，打动了她的心，使她平添烦恼了吧。倘若如此，让她进宫，岂不是太委屈她了吗？不过，皇上大原野行幸的时候，她瞥见皇上的英姿之后，不是觉得皇上非常出色吗？我原以为，妙龄女子只要见到皇上一面，哪怕是瞥见一眼，都无不愿意进宫侍奉的，因此我才策划让她进宫当尚侍的。"夕雾说："不过，就她的人品、长相来说，是让她进宫去充当什么角色才合适呢？秋好皇后地位崇高，后宫无人可与她比拟。弘徽殿女御也威势堂堂，备受恩宠。玉鬘进宫纵令深受宠爱，恐怕也很难与她们比肩。再说听闻兵部卿亲王格外迷恋玉鬘，送玉鬘进宫只不过当一般的尚侍，又不是女御或更衣，这样一来，仿佛给亲王制造障碍，他会不会怀恨在心呢？父亲和他有兄弟情谊的关系，这样做太遗憾了。"夕雾操着活像大人的口吻说话。源氏说："啊！做人可真难呀！玉鬘的事，不是凭我一个人的心思就能定夺的嘛，连髭黑大将也恨透我。我这个人毕竟不忍心对境遇不幸者视而不见，总要设法助其摆脱困境，缘此招来他人不合情理的怨恨，我反而被人视为举止轻率。实际上是我无法忘却玉鬘母亲弥留之际凄凉托孤的遗嘱。近些年才听说，她的这个孤身只影的女儿住在穷乡僻壤的山村里，悲叹亲生父亲内大臣无意积极寻找她的下落，我觉得她非常可怜，于是决意将她接过来收养她。由于我对她关怀备至，重视培养她，这才引起那位内大臣现在格外珍视对待她。"源氏言之成理地娓娓道来，接着又说："从玉鬘的人品看来，许配给兵部卿亲王，确实也十分般配。她的姿色艳丽，体态婀娜娇媚，十分入时，还相当贤惠稳重，没犯过什么过失，结亲后夫妻感情定然和睦融洽的吧。不过，即使让她进宫，她的条件也是绰有余裕而无不足的。她的容貌端庄美丽，气质高雅，知书达理，办事不拖泥带水，干净利落，完全符合当今圣上求贤若渴的意旨。"源氏太政大臣大肆赞扬玉鬘，夕雾甚想探明父亲的真实心意，就势说："父亲近年来关怀备至地抚育她，却遭世人的误解，风言风语说父亲别有用心。髭黑大将托人向内大臣提亲希望迎娶玉鬘时，内大臣也作了大致内容类似的回话。"源氏笑着回答说："无论从哪个角度说，由我来抚育玉鬘都是不合适的呀。玉鬘不论是进宫还是如何行动，终归需要得到她的亲生父亲内大臣同意，按他的意思办才好嘛。常言道：女子有三从[01]。破此顺序，随我心所欲办事，是不应该的呀。"夕雾又进一步单刀直入地说："可是，听说内大臣私下里在悄悄议论说：'无奈，太政大臣家里，老早以前已有好几位身份高贵的夫人，太政大臣难以将玉鬘列入其中，与她们并肩，于是一方面佯装放弃，要把玉鬘让给我，另一方面又要安排让玉鬘进宫去充当一名普通的尚侍，以便把她整个笼络在自家中[02]，真不愧是贤明的策划。他还来向我道喜呢。'确实有人把这些情况告诉我的。"夕雾确信非常明确无误地转达了这番话，源氏听了心想："也许内大臣确实有这种想法。"不免觉得玉鬘怪可怜的。源氏说："内大臣真是作了非常不吉利的瞎猜啊！他这个人的脾气是，万事都要打破砂锅问到底，因此才有这样的胡乱猜想吧。但是，事情的真相不久自然会大白于天下的。他琢磨得未免过多了。"说着笑了。他神态爽朗，言语清晰，然而还是没能完全解开夕雾的疑窦。源氏自身也在想："事情果真是这样的吗？倘使我真是像人们所揣测的那样，那就实在太遗憾了，太扭曲得离谱啦，我必须设法让内大臣了解我的心是洁白的。"尽管如斯想，却又觉得："自己不知不觉间，在让玉鬘进宫当尚侍的问题上，立场是暧昧不清的，内大臣尖锐地看穿了我这

---

[01] 三从：未嫁从父，既嫁从夫，夫死从子。此语出自《礼记》。
[02] 尚侍一职，不需要经常进宫。

样做意在掩人耳目。"内大臣的这种尖锐的洞察力，实在令人不快。

玉鬘于八月底脱丧服。源氏认为九月乃忌讳婚嫁之月份，他想将玉鬘进宫的日期延至十月，并且也这样说了。皇上听了心中也等得很焦急。恋慕玉鬘的人们闻此信息，一个个都不胜惋惜，各自都想趁她进宫之前，完成向她表白自己的恋心之愿望。于是各自寻觅能助自己一臂之力的侍女，死乞白赖地请求她们成全此事。可是玉成此事远比赤手阻挡吉野的瀑布[01]要困难得多，因此侍女们都回答说："这简直是毫无办法的事。"

夕雾中将也十分懊丧，悔不该于前些日子向玉鬘唐突地说出那番话，不知她会作何感想。他忧心忡忡，表面上则装作十分繁忙地东奔西走，非常诚恳亲切地为玉鬘办理一般事务，拼命地讨好她。自从那次说出冒失的言谈之后，他再也不轻举妄动了，极力按捺住苦闷的心情，装着若无其事十分镇静的样子。

玉鬘的几个同父异母的兄弟，其后也轻易不到六条院来，一心只盼玉鬘进宫日期的到来，以便前去帮忙。柏木头中将以前那样费尽心机苦苦追求玉鬘，如今暮地杳无音信，玉鬘的侍女们都在怀疑他是个注重实利的人。可是今宵他却以父亲内大臣的使者身份来了。然而他依然如故，习惯于此前悄悄地递送情书信息的做法，于月明星稀之夜，进门来藏身于桂树后。此前玉鬘一向没有接见他，也无意倾听侍女转述他的话，今天却理所当然似的在朝南方向的帘子前给他设座接待他。但是玉鬘还是谨慎腼腆，羞于和他直接对话，而让侍女宰相君居中传达彼此的应答。柏木头中将心中甚感不快，他说："父亲特地差我前来，为的是有些话不宜让他人转达。可是你却如此疏远我，叫我如何直接对你说？我虽微不足道，但常言说得好：'手足情义千丝万缕割不断。'虽说这话是自古以来的老生常

---

[01] 此语出自《古今和歌六帖》中的古歌，歌曰："吉野瀑布手难挡，人心多变不可测。"

谈,却也道出了真理啊!"玉鬘回答说:"说实在的,我也想把长年累月积压在心中的苦恼向你诉说,无奈近来不知怎的,心情极坏,以至不能如意地起身,你却如此责怪我,反而使我感到兄妹情义淡漠了。"她认真地道出不服气的情怀。柏木说:"你心情极坏以至起不了身,是否容许我到你卧榻边的围屏前问候呢?……算了,我这要求未免太不体谅人啦。"说罢极其秘密地传达了父亲内大臣的口谕。他神态高雅,彬彬有礼,不亚于他人。内大臣口谕的大致内容是:"有关你进宫任尚侍一事的详细情况,我不能过细地详问,你若能秘密地告诉我与我商量,似乎好些。我这方面,万事顾忌他人的耳目,不能随意前去看你,也不便任意通信,反而不胜思念。"柏木顺带还让侍女宰相君把他自己的话也传达给玉鬘说:"从今以后,我再也不会写那种愚蠢的信了。不过,不管怎样,你对我这满腔热情竟熟视无睹,不能不令我越发增添怨恨。首先怨恨的是今宵对我的款待,算是怎么一回事呢?理应请我到北面的房间[01]进行接待才是,倘若像你们这样的高雅女子不屑于接待我的话,哪怕请下级的侍女来应对酬酢呢。像今天遭受的这种冷遇,还是前所未见,我简直是遇上了稀世罕见的遭遇啊!"他一边侧着脑袋,一边牢骚满腹地叨叨不止,样子怪滑稽的。宰相君遂把他的话转达给玉鬘听。玉鬘说:"在人前突然过于亲近,深恐外人讥讽议论说'未免太注重实利了吧',缘此极力控制自己,未曾把多年来积压在内心的飘零苦楚倾诉,现在难过的事反而更多了。"这原本只是耿直的应酬言语,柏木听了却觉得很难以为情,缄口不语。随后咏歌一首曰:

"妹山道深未详悉,

---

[01] 北面的房间是指最里头的房间。

绪绝桥头踏步迷。[01]

啊！"咏罢不胜悔恨，但这是咎由自取，怨不得别人。玉鬘叫宰相君传话
答歌曰：

　　妹山迷途诚不知，
　　但觉来文莫名痴。

　　宰相君传达了玉鬘的答歌之后接着说："迄今的诸多来函，我家小姐
看不明白。小姐对世间万事多有顾忌，因此不便作复。估计今后自然不会
再有这种事了。"柏木觉得宰相君所说的倒也实在合情合理，于是答道：
"好了，今天在这里待的时间太长也不像话，该告辞了。今后我会日积月
累地为她效劳，以表达我的真诚。"说罢告辞离去。此时月光明亮普照大
地，天空的景色也十分艳丽，月光下柏木神态高雅清秀，他身穿贵族便服
的姿影与眼下的情景格外协调，华丽且富有情趣。年轻的侍女们对平素不
怎么起眼的人或事都议论纷纷，此时她们都极力赞美说："此人的姿容、
风采，比起夕雾中将来，虽然略逊一筹，但也相当优雅俊秀。他们这家的
少爷小姐怎么竟个个都长得这么标致呢！"
　　髭黑右近卫大将与右近卫府的次官柏木中将是同僚，因此髭黑经常邀
请柏木前来亲密交谈，还拜托柏木居中牵线向内大臣提亲要迎娶玉鬘。这
位髭黑大将人品也相当优秀，估计将来是辅佐朝廷的重臣候补人，内大臣
觉得他作为玉鬘的夫婿也蛮般配。然而那位源氏太政大臣却在张罗着要把

---

[01] 妹山：位于纪伊国伊都郡的纪川畔，是和歌中常见的名胜。这里的"妹山"含兄
　　妹之意。绪绝桥架于陆前国志田郡古川上，"绪绝"含缘断之意。歌中大意是：
　　因不知你只想做兄妹，故误迈入缘断失恋之途。

玉鬘送进宫去当尚侍，他又不好违背源氏的意愿，将玉鬘许配给髭黑大将。他甚至暗自揣摩，源氏想必另有用心，因此玉鬘的事他只好听任源氏的安排。

这位髭黑大将是皇太子的生母承香殿女御之兄。朝臣中除了源氏太政大臣和内大臣之外，髭黑大将最受皇上的信任。他的年龄约莫二十二三岁。他的夫人是紫姬的姐姐，也就是式部卿亲王的长女，比髭黑大三四岁，虽然没有什么大不了的缺憾，但可能在人品上有不可信赖之处的缘故吧，髭黑给她起了个绰号叫"老妪"，对她一向不称心，总想设法和她分手。正是由于这个缘故，六条院的源氏太政大臣觉得髭黑大将不配当玉鬘的夫婿，这桩姻缘不合适。髭黑大将虽然没有轻薄好色之举，然而为了玉鬘的事，他弹精竭虑，四处奔波。他从熟悉内情的人那里，悄悄地探听到："玉鬘的亲生父亲内大臣对髭黑的提亲并无异议，玉鬘也并不乐意进宫当尚侍。"于是髭黑大将便一个劲地催促玉鬘的侍女说："现在只有源氏太政大臣一个人另有想法而不同意，小姐的亲生父亲早就没有异议了。"希望她积极从旁助成此事。

到了九月，秋季清晨初次降霜，四周的景色格外艳丽。那些为追求者居间牵线的侍女，把背人耳目悄悄送来的各方人士的求爱信拿来给玉鬘。玉鬘并不亲自阅览信件，只是由侍女念给她听。其中髭黑大将的来函是这样写的："原本盼望九月能见上一面，日子却徒然过去了，仰望秋空的景色，心中不免惆怅迷惘。

　　若蒙眷注忌九月，
　　纵令拼命怕无常。"

看样子髭黑大将早已听说，过了九月份玉鬘即将进宫当尚侍啦。兵部卿亲王的信是这样写的：

> "朝阳灿烂乐观赏，
>
> 莫忘矮竹叶上霜。

若蒙体谅我内心的苦闷，聊以自慰这苦恋的情思。"这封信是系在被霜打得枯萎了的矮竹枝上，矮竹叶上的残霜也没有抖落，连那个送信来的使者的神情也显得憔悴，诚然与送来的咏歌相映成趣。还有式部卿亲王的儿子左兵卫督，亦即紫姬的兄长，由于频频进出六条院，自然了解玉鬘进宫的详情，他非常失望和苦闷，缘此信中倾诉诸多怨恨的言辞，并作歌曰：

> 欲忘难忘添悲戚，
>
> 如何是好苦无计。[01]

这样的情书不论是信笺的色彩、墨迹或信笺上薰香的香味等，都丰富多样，各具特色，各有其趣。侍女们看到这些状况都在说："小姐一旦进宫，即将和这些贵公子断绝交往，难免感到遗憾和寂寞吧！"玉鬘不知作何感想，但见她只给兵部卿亲王略作答复，歌曰：

> 葵花纵然心向阳，
>
> 朝霜焉能独自消。

尽管回音只是寥寥几笔，兵部卿亲王也极其珍视地阅读，他从她的字

---

[01] 此歌仿《清慎公集》中的古歌而作，古歌曰："欲忘难忘奈之何，如何运作方是可。"

里行间领略到，玉鬘已经了解他凄怆的心思。纵然她仅写只言片语，他也感到无上欣喜。众人这样的诸多来信，没有什么特别重要的事，只是诉苦吐怨的内容居多。简言之，源氏太政大臣和内大臣对玉鬘都作如此评判：为女子者的气质，皆应以玉鬘为模范。

第三十一回

だいさんじゅういっかい

丝柏木柱

源氏太政大臣劝诫髭黑大将说："此事[01]若让皇上耳闻，则不胜惶恐。我看暂且勿走漏风声才好。"可是，髭黑大将却按捺不住内心的激动，忘乎所以，毫无顾忌。玉鬘虽已和他相处多时，但对他毫无发自内心的爱意。她自叹这是出乎意外的厄运，是前世造的罪孽，一直郁闷消沉。髭黑大将虽然感到万分痛苦，但又觉得难得获此艳福，可见自己与她的缘分匪浅，不由得暗自欣喜。髭黑大将越看这美若天仙的玉鬘就越觉得称心如意，他觉得："如此理想的美人倘若落入他人手中……"光凭想象都感到痛心疾首，于是感念之情不禁使他甚至想将为他撮合此事的侍女弁君同石山寺的观世音菩萨并列，一并顶礼膜拜谢恩。然而玉鬘则恨透了弁君，打那以后玉鬘一直疏远她，使她畏怯不敢前来侍候，只好困在侍女房间里。却说爱慕玉鬘而苦苦追求她的人，诚然各式各样不计其数，也许是石山寺的观世音菩萨显灵，惟独护佑了她不怎么喜欢的髭黑大将。源氏太政大臣对此人也并不满意，内心极其惋惜，可转念又想："事已至此，实属无可奈何，再说她的亲生父亲内大臣等人都已同意，惟有我出来唱反调，表示不认同，则对不住髭黑大将，岂不是多此一举，何苦呢。"于是举办无比隆重的婚礼仪式，郑重其事地接待这位女婿。

髭黑大将急于早日将玉鬘迎接到自己宅邸内，正在做各种准备工作。但是，源氏太政大臣认为玉鬘若漫不经心地贸然迁居过去，那么髭黑大将的那位满心不悦的正夫人正等着她，玉鬘肯定会遭受委屈。于是源氏便以惟恐玉鬘会受委屈为借口，对髭黑大将说道："不必那么着急嘛，办事还是审慎些、稳健些好，不要张扬，务必使你们两人都不受人讥讽与怨恨才好。"玉鬘的亲生父亲内大臣在私下里也曾说过："依我看，玉鬘嫁给髭黑也许反而安全。她没有格外特殊的保护人，如若为争君宠而匆匆进宫充

---

[01] 指玉鬘已内定任尚侍，但在尚未上任期间，在侍女弁君的牵线下与髭黑大将发生了关系。

任尚侍，遭遇势必痛苦不堪，我实在为她担心。虽说我疼爱她，也有心提携她，可是，我那原配的女儿弘徽殿女御正受着皇上的宠爱，叫我如何下得了手呀。"确实如此，如果身在皇上身边，所受待遇却低人一等，远不及其他的女御、更衣，宛如寻常的宫女一般，不受到皇上的重视，终归是很不幸的。

　　髭黑大将与玉鬘新婚第三日夜晚，举办祝贺仪式，源氏太政大臣与新婚夫妇唱和诗歌，过得好生欢快。内大臣闻此消息，这才感到源氏抚养玉鬘，确是一片好意，内心不胜感激。髭黑大将与玉鬘的婚事虽说是悄悄地进行，但是事情毕竟自然而然地成为人们颇感兴趣的话题，一传十、十传百地传扬开去，终于变成一件珍闻，沸沸扬扬。不久，传闻也传到皇上的耳朵里，皇上说："遗憾啊！此人与我无宿缘。不过她既然有意要担任尚侍，不妨依愿进宫就职嘛。只是朕不得不断念，对她不施以宠爱之恩啦。"

　　时令已至十一月，在这个月份里宫中的祭祀典礼频繁，内侍司里事务繁杂，女官们和内侍等源源不断前往六条院玉鬘尚侍住处，向她请示，自然门庭若市，人来人往好生热闹。而髭黑大将白日里也不思返回自宅，只顾黏在此处，为回避来客只好在玉鬘房间里东躲西闪的，因此玉鬘尚侍十分厌烦他。且说，在许多倾心追求玉鬘的失恋者中，最为伤心的是兵部卿亲王。式部卿亲王的儿子左兵卫督除了失恋之外，还因其妹是髭黑大将的原配夫人，由于玉鬘的关系被髭黑大将遗弃，遭世人取笑，所以更加痛恨而陷入沉重的忧伤中。可是转念又想："事到如今，痛恨忧伤也无济于事，自己反而显得愚蠢可笑。"相形之下，髭黑大将是个出名的古板守旧的人，多年来从未发生过什么风流韵事，或出现过什么越轨行为，然而如今简直像是变了另外一个人，整个人为玉鬘神魂颠倒。为了掩人耳目，他黑夜白昼悄悄来去，其行踪活像一个风流潇洒的男子，叫众侍女见了都觉得好笑。玉鬘原本是个性格开朗、活泼可掬的女子，如今那绽开时如花似玉的笑容，不知收敛到哪里去了，她只顾忧心忡忡，闷闷不乐。虽说尽人皆知她与髭黑大将发生关系这件事，绝非出自她所愿，然而源氏太政大臣对于此事，内心深处又会怎么想呢？她每每想到兵部卿亲王那份一往情深、温文尔雅的情怀，不禁深深感到无比羞愧和不胜后悔。缘此她面对髭黑大将，总是挂着一副满心不悦的神色。

　　源氏太政大臣此前曾不遗余力地纠缠玉鬘，以至引起世人怀疑他们之间的关系，如今客观上证明了他心地清白。他回想起自己年轻时代诸多恋爱的往事，觉得总的来说，自己这个人纵令有一时的冲动，却不喜欢强加于人的恋爱。他对紫姬说："你以前不是也曾怀疑过我吗？"但实际上他也知道自己的习癖未改，到了不堪苦恋之时，难免会随心所欲。至今他对玉鬘的情思依然未断，有一天，他趁髭黑大将不在时，白日里来到玉鬘住处。玉鬘近来极其苦恼，情绪恶劣，忧郁寡欢，神情憔悴，没有爽朗的时候。她听见源氏太政大臣到访，勉强坐起身来，躲在围屏后面接待他。源氏太政大臣今天也格外用心相待，态度比往常多少有点明显的改变却不生硬，还作了一般常规的寒暄。

　　玉鬘见惯了一本正经的、平庸无奇的髭黑大将，此刻看到源氏那英俊非凡的身影和那动人的姿态，不由得联想到自己意外地遭到此番厄运，羞愧得无地自容，情不自禁地热泪潸潸。他们彼此的交谈逐渐进入温存的佳境，源氏将身子靠在近旁的凭肘几上，边说边向围屏里窥视，只见玉鬘容颜消瘦，却依然美丽可爱，比以前更添娇媚，更令人百看不厌。他想："如此佳人，却让给他人，我也太荒唐了！"在不胜惋惜之余，赋歌一首曰：

　　　　"虽未结缘心相慕，

三途川渡他人扶。[01]

实在没有想到啊！"说着揩拭被泪水濡湿的鼻尖，那神情多么亲切而令她
心疼。玉鬘掩面答歌曰：

> 诚盼未渡三途川，
> 身成泡沫消泪河。

　　源氏微笑着说："希望在渡三途川之前，变成泡沫消失在泪河中，这
种想法未免太天真了。不过，反正三途川终归是必经之途，届时哪怕让我
扶扶你的指尖给你引路也好啊！"接着又说："说实在的，想必你心中也
十分清楚，像我这般愚钝且又宽容可信赖的人，怕是间无与伦比的吧。
倘若个性倔强的你，多少能够理解这点，我也就放心了。"玉鬘听了这番
话，内心不禁泛起一阵酸楚，十分难过。源氏见状觉得怪可怜的，遂转换
话题说："皇上希望你进宫，迟迟不见你行动，这是失礼的。还是进宫去
一趟才好。那位大将独占你之后，使你每每感到难以进宫兼任公职，这是
男女之常情。其实，我当初为你拟定的计划，本意不是这样的。可是，二
条那位内大臣应允这门婚事，我也只好同意。"这番细腻的言辞，玉鬘听
来满心感动又觉羞愧万分，只顾潸潸落泪，沉默不语，无法作答。源氏见
她如此伤心、苦恼万状，也不便尽情倾吐衷肠，只把进宫须知事项和事前
应做好的思想准备等谆谆善导了一番。看样子，源氏不会立即应允玉鬘迁
居髭黑大将邸内。

---

[01] 民间传说，女子死后第七天，必须渡过水流三道缓急不一的三途川，据其生前罪
　　孽的报应而定下一途。渡河时，她生前第一个结缘的男人，伸出援手扶助她过
　　河。

髭黑大将不舍得放玉鬘进宫。不过，他脑子里蓦地浮现一个念头，想趁玉鬘进宫的机会，将玉鬘从宫中直接迎接回自家宅邸，于是只是允许她暂时进宫去。髭黑大将不习惯迄今总是悄悄地进出六条院会见玉鬘，内心颇感不自由自在，他总盼着早日将玉鬘迎接回自家宅邸，于是着手精心修缮自己宅邸。这宅邸多年来庭院失修，呈现一派荒芜景象，各处房屋的陈设也都陈旧，日常家用器物落满灰尘，还有其他用具等等也都得一一加以整理更新。他根本没有顾忌此举会引起原配夫人的悲叹，平日那么疼爱的儿女，如今也都不放在他的眼里。若有柔情心怀的人，无论做什么事，一般都会顾及是否影响到他人，体谅人家的心情。可是这位髭黑大将的性格是一心认定就一竿子插到底，因此原配夫人这方每每深受其苦。

　　说起来，髭黑大将的原配夫人的人品，绝不比别人差，身份也相当，她父亲是高贵的亲王，她是父亲娇生惯养的爱女，受到世上人们的尊重，她的长相端庄秀美。只是不知怎的，她总是被一个莫名的幽灵纠缠不休，苦恼万状，以致近几年来她成了个与正常人异样的人，往往失常，貌似疯癫，夫妻之间的感情也日渐冷淡，疏远多时了。不过，髭黑大将还是把她视作真正的原配夫人，比谁都珍重她。直到最近邂逅了玉鬘，玉鬘的魅力深深地吸引住他的心，使他不由得稀罕地见异思迁。他觉得玉鬘真是个出类拔萃的、美丽动人的女子，特别是世人狐疑她与源氏有暧昧关系，事实却证明她是洁白无瑕的，缘此，髭黑大将越发珍爱她，这是理所当然的。

　　髭黑大将原配夫人的父亲式部卿亲王闻知此事，说道：“事态既然已经如此，将来他把那如花似玉的美人迎接到家里来，备加珍视宠爱，而让我女儿遭受委屈，冷落向隅，岂不被外人所耻笑。只要我还活在世间，决不让女儿忍受如此奇耻大辱。”于是将殿宇东面的厢房腾出来，并加以修饰，想把女儿接回娘家来住下。可是女儿则认为虽说是自己的娘家，但自己既然已经出嫁，重新回娘家来依靠父母，终非长久良策。她无限烦恼，心情极坏，终于病倒了。其实她本性端庄高雅，心地善良，生性天真无邪，只因缠身的那种怪病不时发作，以致每每发生被人疏远之事。她的居室内陈设凌乱不堪，落满尘埃，她自身也不修边幅，显得寒酸得不成样子。髭黑大将看惯了玉鬘那边窗明几净玉宇琼楼般的环境，相形之下着实觉得原配夫人这边显得凄凉，不堪入目。然而毕竟长年夫妻的恩情尚在，内心不由得泛起极其可怜她的情绪，于是对她说道："纵令短暂结缘恩情浅薄的夫妇，但凡有相当身份的人，彼此都能相互体谅，才能厮守一处白首偕老。你身体受疾病折磨，痛苦不堪，我本有话欲向你倾诉，亦难于启齿。你我不是多年的亲密夫妻吗？你患了异乎寻常的病，我也打算一直照顾你到底，缘此万般艰辛亦能宽容忍耐直至今日，但愿你能体察我的这番苦心，对我不要萌生疏远的念头啊！我常对你说，我们已经育有儿女，总而言之我不会敷衍而疏远你，可是你却抱着妇人心，不得要领地如此怨恨我。在你还没有看透我的真心期间，怨恨我也许实属情有可原。不过，现今希望你暂时任我所欲，好生关注事态发展吧。亲王岳父得知有关我的传闻，勃然大怒，坚决要把你接回娘家去，他这样说反倒显得轻率了。我不知道他是否真下决心这样做，还是暂且发出这样的话来惩戒我。"他说着微微一笑。夫人听罢妒火中烧，颇感不快。连长年在宅邸内供职的近似妾室的侍女木工君和中将君等人听了，也都深感不服气，内心愤愤不平。恰巧此刻原配夫人正处在神志清醒、精神正常的时候，她静静地哭泣，哭得好伤心。她回应道："你责备我昏聩，耻笑我古怪反常，这是理所当然。不过连我父亲的事都顺带端出来说事，若被他听见，他不知会怎么想。由于我这个不肖的女儿，致使父亲招来轻率的恶名，实在令人于心不安。至于有关你的事，我也已经听惯了，事到如今，我还能有什么想法可言。"说着背转身去，那姿态着实令人同情。这位夫人本来就是小个子，加上长年病魔缠身，异常偻偁，弱不禁风。她本来长着一头厚密的秀发，又黑又长，如今脱落成稀稀落落状，仿佛被人分掉了一大部分似的，再加上难得梳一次头，且长期以泪洗面，额发被泪珠粘连，更觉万分凄凉。当然她原本就没有娇媚相，只是酷似她父亲式部卿亲王，长相温文尔雅，不乏艳丽，却因备受病魔折磨，哪里还有心思顾及装扮，自然毫无艳丽的神色。髭黑大将对原配夫人说道："我岂敢妄加评说亲王岳父轻率。你可千万不要说出这种有失体统、传到外面有损声誉的话呀！"他一面安抚夫人一面又说："说实在的，近来我经常去的那个地方，确实是令人眼花缭乱的豪华殿堂，像我这样一个陌生而又欠风流的粗鲁人，在那里出出进进，不管怎么说还是很显眼的，事事都得费心谨慎，颇感不自在。缘此欲把她接回自家来，过得更舒畅自在些。当今世间，太政大臣的威望无与伦比，这是自不待言的，他家中的大小巨细万般诸事，他都能处理得井井有条细致周到，令人看了不禁欣羡，自愧弗如。我们家内倘若出现什么丑事，让他听闻，那就太难以为情，太对不住他了。因此恳切盼望你与玉鬘能够和睦相处。再说，纵令你迁返娘家，我也决不会把你忘怀。不管怎么说，我们的夫妻恩情绝不会断。然而，倘使你执意离我而迁返娘家去，势必被世人所取笑，而我定然也会被人们讥评为轻薄之徒，缘此，但愿你能念在多年来的夫妻恩情的情分上，长相厮守，互相照顾。"夫人听罢这番安抚的话语之后，回答道："你那薄情令人心酸的作为，我并不在意，不过，令我痛心的是，由于我患这种意外的怪病，使父亲为我而愁叹，如今又要为我遭夫君遗弃被他人耻笑而痛心，我深感内疚，叫我有何颜面去见父亲啊！那位太政大臣家的紫夫人，对我来说并非外人[01]，固然紫姬妹妹自幼离开父亲，在不知父亲是谁的环境中成长，现在竟成了那个人的义母，来照顾那个人，而我丈夫竟成了她的女婿，父亲对如此残酷的现实，十分恼火，不过我倒无所谓，只是静观你今后的行动而已。"髭黑大将说："你这番言

---

[01] 紫姬是她的异母妹妹。

谈真是十分通情达理，可是当你的痼疾发作起来，痛苦的事情就会跟着发生。这回的事，紫夫人并不知道，太政大臣至今依然把她当作掌上明珠般呵护，像我这样一个你所轻蔑的凡夫俗子，紫夫人哪会顾及呢。她似乎并不自命为人家的义母，岳父大人为此恼火怨恨之事，若让她听见了多不好呀！"髭黑大将在原配夫人居室内待了一整天，与夫人谈了许许多多。

　　然而一到日暮时分，髭黑大将就心神不定，恨不得早点奔赴玉鬘的住处。不巧此时天空飘下雪花，纷纷扬扬，在这种恶劣的天气里，还要特地前去造访，旁人看来也不体面。再说眼前的这位夫人，倘若气色骤变、妒火中烧而大肆发泄怨言恨语，自己反倒可以此为借口，怒斥一番而后离家出门，无奈她此刻心平气和、温文尔雅，看了着实令人怜爱。髭黑大将顿时不知如何是好，思绪纷乱，逡巡不前，但见格子窗门还没关，遂走到窗前，朝向庭院心不在焉地呆望。夫人见丈夫这般左思右想的神色，于心不忍，遂催他上路，说道："天公不作美，下这么大的雪，路上可不好走，天色也晚了呀！"夫人心知肚明，自己与丈夫的情缘已到头，反正想挽留也挽留不住，遂下定决心这么说，那神态诚然太可怜了。髭黑大将说："下这么大的雪，叫人怎么出门呀！"可是转念又说："不过，最近这段期间，我还是勤些上门去才好，因为人们还不了解我的真心，总爱说三道四，源氏太政大臣和内大臣听了其左右人们的谗言，对我产生怀疑，缘此我还是不能不去。请你不要焦虑不安，不妨用长远的目光，沉住气观察我的心思吧。看到你这般神志清醒的时候，我无心思考他人的事，惟觉得你蛮亲切体贴的。"夫人温柔地回答说："哪儿的话，倘若你人留在家里，而心却飞向他方，反而使我感到伤心痛苦。如果你人在别处，心却在惦记着我的事，那么我那'泪袖结冰'[01]也将会消融啦。"她说着把薰衣物的

---

[01] 此语引自《后撰和歌集》里的和歌，歌曰："冬夜思念难成梦，泪袖结冰未消融。"

香炉拿了过来，给髭黑大将的衣服薰上浓浓的芳香。她自己却穿着虽浆过却已失效而皱巴巴的旧衣服，那遢遢的身影，越发显得形体瘦削孱弱。她那心灰意冷的模样，诚然令人看了不禁心疼。她那双哭肿了的眼睛，确实有点碍眼不雅观，不过此刻髭黑大将出于怜爱心在起作用，觉得那也蛮可爱的。他回想起多年来与夫人共度的岁月，如今自己却把昔日恩爱的情怀蓦地移向他人，未免太轻薄，于是内疚的心绪泛起。然而，终归还是禁不住热恋玉鬘的情火在燃烧，于是佯装几声叹息，开始更衣，还把小香炉拿过来，塞在袖兜里薰香。髭黑大将穿上柔软舒适的合身装束，其风采虽然赶不上无人可以与之比肩的六条院美男子光源氏，不过也算得上仪表堂堂，一派男子汉的威武模样，一看便知非同寻常。

守候于室内的随从人员在扬声说话："飘雪渐小，天色也很晚了吧！"他们毕竟不敢直截了当催促，就佯装高音相互谈话以示意，还故意咳嗽几声。中将君和木工君等一边哀叹"世态炎凉真没意思呀！"一边躺下来彼此闲聊。夫人凝神强忍着悲伤，优雅可爱地挨在一旁躺下。不知怎的突然间站起身来，将大熏笼下方的香炉拿了过来，接着走到髭黑大将的身后，旋即将满炉子的香灰从他头上倾倒了下来，这是一瞬间发生的事，谁也不会料到。髭黑大将大吃一惊，顿时呆若木鸡。细细的香灰飞入眼睛钻进鼻孔，弄得他头昏脑涨，惊慌失措，不知如何是好。他想把灰尘掸掉，然而满身是灰，掸也掸不净，干脆将身上衣服都脱了下来。他十分恼火，寻思着她倘若神志清醒却存心这般作为，实在令人忍无可忍，再也不值得一顾了。然而，这照例是幽灵附体作怪，企图使她遭人厌恶遗弃，侍候在她身边的侍女们都这么认为，而十分同情她。众人手忙脚乱，张罗着给主人更换衣装。可是香灰钻进鬓发一带，还沾满全身，这副模样，怎能前往善美极致般的玉鬘居处呢。髭黑大将心想："虽说是心智错乱，可是这种举动，确实也太稀罕，从来未曾见过啊！"他内心排斥她，感到厌恶至极，刚才泛起的爱怜心绪，此刻已荡然无存。不过，他考虑到倘使把事情闹大，恐怕会招来更大的麻烦，只好按捺住心中的怒火。尽管已是深更半夜，他还是召来僧众，大肆举办保佑祈祷法会。可能是僧人念咒法力在起作用，但听鬼魂附体的夫人扬声叫唤，恶声谩骂。髭黑大将听见这种怪声，不禁心生厌烦感，这也不无道理。夫人通宵达旦受祈祷僧咒语法力的折磨，时而像是挨打，时而摔倒，时而又哭又闹。拂晓时分，好不容易才平静下来，稍事休息。髭黑大将趁这空当，赶紧给玉鬘写信。信中说：“昨夜，这边有人突发暴病，几近死亡，再加上大雪纷纷扬扬，难以前往，逡巡不前间，但觉全身寒冷不堪。此情此景想必你会鉴谅的，但不知左近侍女们会作何揣度啊！”言语率真朴实地写了下来，还附上一首歌曰：

> “心似寒雪乱飞舞，
>
> 独寝衣袖如冰柱。

实在难堪啊！”信是写在洁白的信笺上，行文倒是郑重谨慎，却没有什么特别的情趣，不过字迹相当挺秀，毕竟是一位才学优秀的能人。

尚侍玉鬘却全然不把髭黑大将挂在心上，纵然他夜夜不来，她也无所谓。髭黑大将这封忧心忡忡、提心吊胆写成的信，她连看都不想看上一眼，自然不会复函。髭黑大将盼不到她的回音，着实悲伤，足足担心了一整天。

髭黑大将的原配夫人，依然受病魔折磨痛苦不堪，因此家中接着又开始做祈祷法事。髭黑大将内心中也在默默祈祷：“但愿她恢复正常，不要再发作，哪怕是短暂的最近一段期间。”他暗自想：“若不是了解她平素是个心地善良、性格温柔、和蔼可亲的女子，哪能忍受到今天。她的这副模样实在令人讨厌啊！”日暮时分，他照例匆匆准备外出。夫人因病无心顾及照顾他的衣着，因而他的装束既不利落也不体面，显得邋遢，他不由得牢骚满腹。今天临外出时也没有人给他取出一件新的贵族便服为他更换，实在太寒碜了。昨夜身穿的那件便服，被烧出好几个洞，荡出令人生厌的焦臭味，确实别扭，连衬袍也染上焦臭味。倘使就穿着这身衣服前往，岂不是明白地告诉人家，这是夫人妒火中烧所致吗？玉鬘见了肯定会讨厌的。于是他脱去这身装束，洗了个热水澡，精心地装扮了一番。木工君一边替他把衣服薰香，一边咏歌曰：

> "孤身只影心如焚，
> 妒火烧衣现纷呈。

您对夫人如此薄幸，令在旁观看的我们也不免义愤难平。"她说着用衣袖遮掩着嘴，眼梢却在暗送秋波，十分娇媚。但是髭黑大将此刻却无动于衷，他只怪自己过去怎么就会看上像木工君这样的女子。这的确是薄情啊！髭黑大将答歌曰：

> "如斯恶疾长伴随，
> 结为连理诚后悔。

昨夜那样出乎意外的事态，如果传到玉鬘耳朵里，我就两头都落空啦！"他说着一边叹息，一边出门去了。

相隔才一夜的工夫，髭黑大将觉得玉鬘的姿容竟越发鲜艳秀丽，从而下定决心全身心疼爱玉鬘，不再分心给他人。他想起家中的事就觉得极其厌烦，恨不得长期住在玉鬘这里。

髭黑大将家中连日大办法事祈祷驱邪。然而附在髭黑大将原配夫人身上的鬼魂却越闹越凶，肆无忌惮地骚扰。髭黑大将闻知这般情况，心想："此刻回家，势必闹出被人耻笑的丑闻。"他越想越发怵。后来纵然回自家去了，也另居别室，只把子女叫来抚爱一番。他有一个女儿，十二三岁，还有两个小儿子。近些年来，夫妻间的感情，总的来说是逐渐疏远，不过，他还是把她当作无可比肩的尊贵的原配夫人看待。如今看来，这份情缘已到了尽头，众侍女对此也感到非常悲伤。

髭黑大将的岳父式部卿亲王得知这般情况后，说道："髭黑大将既然已经把我女儿当外人看待，我们这方倘若还硬撑着忍气吞声，岂不是太失面子，让天下人耻笑吗？只要我一息尚存，我女儿就没有必要死心塌地地追随他。"说着旋即派人前去，要把女儿迎接回家里来。这时候，原配夫人的情绪稍微恢复正常，正在悲叹自己命途多舛，忽听得来人要把她接回娘家去，夫人心想："这种时候，如果我硬赖着留下来，等待丈夫最终宣布断绝情缘之后，才万念俱空搬回娘家，岂不是更让人耻笑吗？"她思来想去，最后决定搬回娘家。在夫人的兄弟中，其兄左兵卫督是公卿大臣，可能考虑到若让左兵卫督前来迎接，未免太张扬，因此只让中将、侍从和民部大辅等人前来迎接她，且仅派了三辆车子来。夫人的侍女们早就预料到："终归会有这么一天的。"可当这一天真的来了，想到"今天是住在这里的最后一天了"的时候，大家就情不自禁地扑簌簌掉下眼泪来。夫人低声细语地对她们说："我行将回到历经漫长的岁月后已住不惯的娘家，权当临时寓所。在狭窄得难受的地方，哪能容纳得了这许多人呢！你们当中得有一部分人各自回自己的老家，待我在那边安定下来之后，再作计议。"于是，侍女们遂各自收拾起自己的零星物件，各自回自己的老家去。宅邸内凌乱不堪。夫人的日常家用器具，但凡需要用到的，一概打包以备运走。这时上上下下的人们哭声喧嚣，好一派凄怆的情景。

他们的子女年幼无知，正在天真地玩耍，夫人把他们都叫到跟前来，对他们说道："我深知自己命苦，对这世间无可依恋，日后会如何，惟有听天由命了。你等来日方长，今后会孤苦四散，这终将令我不胜悲伤。女儿且随我走，前途如何也顾不上了。你们两个男孩虽然暂时也跟我去，但是终归必须常来探望父亲，接受他对你们的眷顾。不过，你们的父亲似乎并不把你们挂在心上，因此你们的前途看来十分渺茫，恐怕会困难重重的。但是，只要外祖父还健在，你们将来也许总可以走上仕途的。即使这样，当今的世道，是那位源氏太政大臣和内大臣随心所欲呼风唤雨的时代，他们得知你们有外祖父的那层关系，想必你们要出人头地，也是很困难的。倘若你们要遁入空门，隐身山林，那就令我伤透心，死也难以瞑目啦！"说着哭了起来。年幼的孩子们虽然没能全部听懂母亲这番话的深刻含意，但也都哭丧着脸抽泣了。乳母们也都聚在一起，互相悲叹着说："在昔日小说中经常看到描述，慈爱心重的父亲，一旦时过境迁追随权势，往往心迷于妻，而薄情冷淡前妻的孩子。更何况这位髭黑大将，徒有父亲的虚名，即使在人前也肆无忌惮地露出薄情之举，孩子们若指望他提携，恐怕是靠不住了。"

暮色苍茫，天空呈现一派行将降雪的模样，这是一个景色十分凄怆的黄昏。前来迎接的几位公子催促夫人上路说："天气恶劣，早些起程吧！"夫人只顾揩拭潸潸的热泪，茫然地沉浸在极其悲伤的思绪中。

髭黑大将最钟爱的女儿心想："怎能连道别都没有说一声就走呢，也许今后再也没有机会见到父亲了，叫我怎么过日子啊！"她思绪万千，伤心地低下头来哭泣，不想走。母亲连哄带抚慰女儿说："你这份情怀，更令我伤心了。"女儿等呀等的，急切地祈盼着父亲此刻能回家来就好了，可是，天色都这么晚了，髭黑大将待在玉鬘那边，怎会舍得离开呢。这女公子平日爱靠在东面的一根丝柏木柱[01]旁坐着，想到今后将是别人来倚

---

[01] 丝柏木柱，日语汉字写作"真木柱"。后文的"丝柏木柱夫人"即这位女公子。

靠它，不由得悲从中来，便将一张暗红色的纸折叠了一下，在上面疾书一首歌，并用簪尖把它塞到这柱子的缝隙里，歌曰：

临别依依心思多，
丝柏木柱莫忘我。

在作歌的过程中，女公子就哭了。她母亲对她说："该走了。"并和歌曰：

丝柏木柱情依旧，
前缘已断焉能留。

髭黑大将原配夫人身边的侍女们听了，都十分悲伤。她们平时对庭前的草木并不怎么在意，如今也觉得恋恋不舍，凝望着它们不由得也抽泣了起来。木工君是髭黑大将身边的侍女，留了下来。中将君给她赠歌曰：

"岩间水[01]浅竟留住，
持家主君却远离。

真是意想不到啊！就此告别了。"话音刚落，木工君答歌曰：

"岩间水浅虽留住，
悲缘终归非福禄。

---

[01] 以"岩间水"比喻木工君。

唉！真可叹啊！"说着哭了。前来迎接夫人的车子出发了，夫人回首观望，一想到无缘再次见到这宅邸了，心中不免一阵酸楚，觉得世态无常。她凝神注视原本并不起眼的树梢，频频回首观望，"直至不见"[01]为止。虽说不是"君家树梢回首望"[02]，但是面对多年来待惯了的住处，怎能不依依惜别呢。

髭黑大将原配夫人的父亲式部卿亲王等待女儿回娘家来，内心不胜烦恼。髭黑大将原配夫人的母亲[03]边哭边扬声数落："你把源氏太政大臣当作上好亲戚，其实依我看，他倒像是你的宿敌。想当年我们女儿欲进宫当女御，他曾百般作梗发难。你曾说，这是他流放须磨时你未曾同情他，以致他报这一箭之仇。世人也有如斯传闻。然而姻亲之间，怎能有如斯举动。一般说来，宠爱妻子者，势必爱屋及乌，其爱必将惠及妻子娘家人，可是源氏太政大臣却只宠爱紫姬一人，而不及其他。更何况源氏已年届中年啦，还招来一个身份不明的女子，当作义女精心抚养。自己玩赏腻了，就想把她许配给一个诚实靠得住的、不会变心的男子，于是相中我们家的女婿，珍视奉承他引他上当，这种行为能不令人恼火吗？"她滔滔不绝地数落，式部卿亲王说道："哎呀！你话说得太难听啦。切莫信口雌黄，贬斥举世无可非议的大臣。他是个贤明人，肯定是预先都考虑好了，才施行报复的吧。我被他算计在内，那是我自身的不幸。源氏太政大臣不露声色，对当年谪居须磨时，对待他或善或恶的人们，施以回报或报复，对善者助其晋升，对恶者促其沉沦，他对人际关系的处理自有其道理，我觉得都很精明得当。惟有我一人，大概他念及我是他那珍爱之人的父亲，有这

---

[01] [02] 二语引自《拾遗和歌集》菅原道真的歌，歌曰："君家树梢回首望，直至不见心怅惘。"
[03] 式部卿亲王的原配夫人是髭黑大将原配夫人的生母，紫姬的继母。

层姻亲关系吧，前些年我五十寿辰时，他还为我举办了那么隆重的、举世盛赞的庆贺仪式，作为我们家来说似乎显得过分了些，我常以此仪式作为自己一生中最体面最荣幸的盛事，今生足矣。"老夫人听了，心中越发恼火，极尽不祥的恶言秽语，把源氏等人胡乱地诅咒了一通。老夫人真是个说话恶劣、得理不饶人的人。

髭黑大将住在玉鬘那边，听说自己的原配夫人回娘家去了，心想："怪哉！她怎么竟像个年轻女子，燃烧起妒火，气得回娘家去了呢。其实她本人并没有断然要离异的激烈想法，想必是亲王岳父出此轻率的下策吧。"他想到家中还有子女，还想到在人前的面子问题，思绪万千，不胜烦恼，遂对玉鬘说："我家中出了怪事，她回娘家去了。虽说她走了，我们反而更轻松些，不过，说实在的，她这个人性情挺好的，你若去了，她会躲在一个角落里，不会为难你的。可是她的父亲突然把她接回娘家去，此事如若传开让外人知晓，还以为我薄情，抛弃了她。我得回去照照面再回来。"说着打点装扮准备出门。髭黑大将身穿一件上好的衣服，里面穿一件白色面青色里子的衬袍，下身穿一条青灰色的和服裙裤，这身装束显出一派仪表堂堂。侍女们看了觉得："此人与玉鬘蛮般配的。"可是尚侍玉鬘听说他家里出了这样的事，更加自叹命苦，对髭黑大将连瞅都不瞅一眼。

髭黑大将本想去向式部卿亲王诉苦，顺道先回一趟自家。木工君等人出来迎接，并向他详细汇报他不在家期间所发生的诸多情况，当他听到女儿临行时依依惜别的情状，一向威武刚强的髭黑大将，此刻也情不自禁扑簌簌地掉下眼泪来。这副模样让人看了，不由得心酸同情。髭黑大将说："无奈啊！她与寻常人不同，是个患有怪病的人，多年来我一直忍受并谅解她那病痛的折磨，莫非他们不理解我的这份苦心吗？倘若是个任性不羁的人，绝不可能与她共处至今天。唉！反正她本人已成了个废人，无论住哪儿都一样。只是年幼的孩子们，不知亲王将如何来照顾他们啊！"他一边叹息一边看塞在丝柏木柱缝里的、女儿手写的那首歌，觉得字迹虽然稚嫩，情怀却蛮感人。女儿那份亲切依恋之情在他内心中涌动，使他在奔向式部卿亲王家的一路上，不断揩拭泪珠。来到亲王宅邸内，却毫无能见到妻子儿女的迹象。亲王对女儿说："你何苦要去见他，他那趋炎附势之心又不是始于今日，多年来他见异思迁的行为，我早有耳闻。你要等待他回心转意，得等到猴年马月，哪有尽头，结果只会使你的病情愈加严重而已。"亲王如此劝诫女儿，自然有其道理。髭黑大将对亲王岳父陈情说："事到如今，回娘家来这种做法未免有点考虑欠周啊！我悔不该疏忽大意，满以为我们都有一群儿女了，而没有时常倾诉衷情，怠慢之罪确实诚惶诚恐。不过，这次但求宽宏大量予以原谅为盼。今后我倘若被世人断定为罪不可赦，我愿接受如斯的惩罚。"他苦苦地申诉，还是得不到谅解，于是请求："哪怕只让我见见女儿也罢。"可是，女孩儿没有出来见面，只有两个小儿子出来。十岁的大儿子当殿上童，长相很美，尽管姿态并不那么优雅，但还是受到人们的称赞，他很聪明灵巧，悟性渐高，通情达理。二儿子刚八岁，非常可爱，相貌酷似姐姐。髭黑大将抚摩他的头，哭着对他说："我姑且把你当作我思念的你姐姐的替身吧。"髭黑还要求见亲王岳父一面，可是亲王也推托不见说："不巧偶感风寒，正在卧床歇息。"髭黑大将遭受冷遇，无可奈何，只好告辞离开该宅邸。

髭黑大将让两个小儿子坐上车，一路上和他们谈话，他不能带儿子们到六条院去，只好带他们回到自己家中来。他对儿子们说："你们还是住在这里的好，我来看望你们也方便。"

儿子们茫然无着，心中不安地目送着父亲出门，看见这般情景着实令人怜悯，髭黑大将从而又增添了一种新的忧虑。但是一到六条院看见玉鬘那美观吉祥的身影，自然联想到身患怪病的原配夫人那奇形怪状的模样，两相比较感到简直无法相提并论，玉鬘的美好拂去了他心中万般的忧虑和烦恼。从此以后，髭黑大将便以走访式部卿亲王家遭受冷遇为借口，断绝与原配夫人的来往，也不通信息。式部卿亲王得知，大为震惊，深感遗憾。紫姬也得知此事，悲叹道："连我也遭到父亲怨恨了，好不冤枉啊！"源氏太政大臣觉得对不住她，说道："为人办事可真难，有关玉鬘的事，不是我一个人可以说了算数的，却又与我有关联。缘此，皇上对我似乎也心存隔阂感到不快。听说兵部卿亲王也埋怨我，不过，他是个宽厚待人的人，待他了解实情之后，怨恨自然就会消除的。男女间相爱的事，纵然想保密，但最终还是藏不住的，我想亲王岳父不至于怪罪我们吧。"

由于上述种种事情的纷扰，闹得尚侍玉鬘的心情越发郁闷，没有爽朗的时候。髭黑大将觉得实在委屈她了，思来想去总是心焦不安，他想："前些日子，玉鬘原本拟进宫赴任尚侍，但由于我阻挠而中止，皇上会不会责怪我失礼，怀疑我有何居心？源氏太政大臣和内大臣等人对此似乎也很不愉快。其实，迎娶宫中女官为妻，又不是没有先例。"他终于改变了主意，拟待开春后就让玉鬘进宫。

新年期间宫中照例举行男踏歌，尚侍玉鬘在这天进宫，仪式之隆重简直无与伦比。玉鬘的义父源氏太政大臣和她的亲生父亲内大臣都前来参加，自然给髭黑大将增添了威势。源氏太政大臣的公子宰相中将夕雾满怀热忱前来协助，万般张罗。玉鬘的兄长柏木等人也趁此机会聚集，一起前来，百般奉承，显出一派郑重而又悉心照料的模样，诚然可庆可贺。尚侍玉鬘的房间设在承香殿[01]的东侧，西侧则是式部卿亲王家的女御所居之处，其间只隔着一道长走廊，然而两人的心却相隔遥远，毫无亲情可言。

近来宫中众多妃嫔竞相争艳，呈现一派情趣盎然、典雅风趣的升平盛世生活氛围。今天的踏歌没有让太多格外邋遢散漫的更衣们出现。前来帮

---

[01] 承香殿是皇太子之母承香殿女御（髭黑之妹）的居处。

忙的计有秋好皇后、弘徽殿女御、式部卿亲王家的女御、左大臣家的女御。此外只有中纳言之女和宰相之女参加协助。众妃嫔各自娘家的女眷们也都前来观赏踏歌，呈现一道异样亮丽热闹的风景。参观者无不打扮得极尽华美之能事，多层的袖口也修饰得十分整齐雅观。朱雀院的承香殿女御即皇太子的母亲也打扮得相当鲜艳华丽，皇太子年龄尚幼，但一身装饰却是十分时兴的。

　　踏歌的队伍从皇上御前奔赴秋好皇后宫，然后向朱雀院行进，原本还该奔向源氏太政大臣的六条院的，但由于夜色深沉，前行诸多不便，因此这次就省略了。踏歌队伍从朱雀院折回来，在辗转环绕皇太子宫等处的过程中，天空渐露微明。在天色朦胧情趣浓重的黎明时分，踏歌的男舞人们醉兴正浓，齐声欢唱催马乐《竹河》。内大臣家的四五位公子也加入了歌唱的行列，在众多的殿上人中，他们的嗓子格外好，长相又清秀，他们的加入诚然给队伍增辉生色。殿上童八郎君，是内大臣原配夫人所生，深受父母的宠爱。他的长相十分俊美可爱，可与髭黑大将的长子太郎君相媲美。他是尚侍玉鬘的异母弟弟，玉鬘自然不把他当外人而注意看他。侍候尚侍玉鬘的女官们的衣服袖口和一身着装打扮，从大致情形上看，甚至比过惯尊贵的宫中生活、具有高贵身份的妃嫔和女官们更显得时髦。尽管色彩和重叠地穿着的衣服与其他女官的一样，但看上去显得格外华丽。玉鬘本人和女官们都觉得："如此心情舒畅地在宫中当差，哪怕是短暂的也不错啊！"各处犒赏踏歌舞人们的礼物大致是一样的，不过，玉鬘这边所赠送的插在高巾子冠上的棉插花装饰形状别致，做工格外细致精心，富有情趣。这里是男踏歌舞人们的小憩驿站，气氛很热闹，人们的心情更觉喜气洋洋。小憩驿站的招待规格原本是有定规的，但是女官们都特别用心周到地接待，这自然是髭黑大将示意这么做的。

　　髭黑大将为玉鬘的事，总也放心不下，一直待在宫中的值宿所内，成天派人多次前去对玉鬘传话说："请务必于今夜请假和我一道回家，在这种机会里，深恐君也许会变心。进宫当差，实在令人放心不下。"同样一件事说了好几遍，玉鬘不予回复。侍女们对髭黑大将说："太政大臣的意思是：'不要那么急于辞退，难得进宫来供职，要干到令皇上感到称心如意，得到皇上恩准之后再说辞退吧。'因此今宵就提辞退，未免为时过早太不尽兴啦！"髭黑大将听了，内心一阵困惑，叹息着说："我那样再三劝诱她，可是世间之事，最终还是不能如愿以偿啊！"

且说兵部卿亲王当天虽在御前侍候奏乐，但是心神不定，思绪总飞到尚侍玉鬘那边萦绕在她的周围。后来实在按捺不住自己的情绪，终于写封信送去。赶巧髭黑大将这时到近卫府衙门去了。侍女将信转给玉鬘，说："这是兵部卿亲王送来的信件。"玉鬘无奈地阅信，只见信中写道：

> "比翼鸟落深山木，
>
> 春来妒煞何其苦。

我仿佛耳闻咽啾呜唪声。"玉鬘阅罢但觉十分难为情，脸上飞起一片红潮，她正琢磨着不拟回复时，皇上突然驾临。在皎洁明亮的月光映照下，只见龙颜无比清秀，酷似源氏太政大臣。玉鬘暗自纳闷："世间怎么竟有如此一模一样的两位美男子。"玉鬘觉得源氏太政大臣对她的恩情不薄，只可惜内里夹杂着一些令人讨厌的邪念。她对此刻见到的皇上怎么可能有坏印象呢，皇上相当和善，委婉地对她说了些埋怨她拖延进宫日期的话，令她感到羞愧得无地自容，无颜面对皇上，于是遮住脸没有答话。皇上对她说："怪哉！你怎么沉默不语。朕以为你会领略朕的一番心意[01]，谁知

---

[01] 指冷泉帝封玉鬘三位官阶事。

你竟置若罔闻，原来这是你的脾气呀。"说罢赠歌曰：

> "何以如斯难相逢，
> 深心思慕紫衣人[01]。

莫非你我宿缘已到头？"他朝气蓬勃，俊秀动人，玉鬘不由得深感难为情，不过，她觉得他酷似源氏太政大臣，不像他人，也就放心了。她鼓起勇气作答歌，意思是：尚未进宫供职建立功劳，今年承蒙赐封三位官阶，不胜感谢。答歌曰：

> "不知缘何封紫袍，
> 却原来是圣心操。

今后自当知恩图报尽心供职。"皇上听了微笑着说："你刚才说自当知恩图报，似乎说了也白说。倘使有人能理解我的心思，我真想问问他，我的思慕是否有道理。"那神情仿佛怨气满怀，玉鬘感到实在烦恼，穷于应付，心想："真讨厌啊！今后在他跟前，可不能流露出多有情趣的姿态。世间男子几乎都有这种毛病，真麻烦。"于是她显出一副端庄肃丽的样子，皇上也就不好随心所欲地口出戏言，皇上心想："算了，她今后会逐渐习惯的。"

　　髭黑大将闻知冷泉天皇造访玉鬘，非常担心，无法平静，屡屡催促玉鬘辞退出宫，玉鬘自己也害怕："这样下去会发生为人妻所不应有的事情。"她在宫中不能安居，于是设法造出必须辞退出宫的种种理由，再由

---

[01] 尚侍三位，规定穿紫色官袍。

父亲内大臣等人巧妙申请，冷泉天皇才赦准她请假出宫。皇上对玉鬘说："你一旦请假出宫，肯定有人会以此为戒，不让你再度进宫。假使他这样说出来，也不好处理，实在令人难过啊！朕比谁都最先恋慕你，不料却被他人捷足先登，朕反而还得取悦于他，朕甚至感到自己仿佛重蹈昔日某氏[01]的覆辙。"皇上确实感到非常遗憾。过去只是听说，如今亲眼目睹，觉得玉鬘果然比传闻的更美，就算从一开始无恋慕之心，待亲眼见了也决不会轻易放过，更何况自己对她早就有爱慕心呢，自然会越发产生妒忌和感到万分遗憾。然而，若只顾强求，又生怕玉鬘觉得自己肤浅而遭她讨厌进而疏远。缘此皇上摆出一副情趣深沉的姿态，和她说些山盟海誓的话，试图打动她。玉鬘不胜惶恐，心想："难道真是'梦中迷途我忘形'[02]吗？"

　　辇车已经准备停当，源氏太政大臣和内大臣派来侍候玉鬘的人，早就等候着玉鬘起程。髭黑大将也来了，他忙不迭地甚至唠叨着催促快些动身。然而，冷泉天皇却还在玉鬘身边，舍不得离开，他生气地说道："如此严阵以待地在旁护卫，实在讨厌啊！"遂咏歌曰：

　　　　云霞隔断九重天，

　　　　莫非不再飘梅香。[03]

　　此歌虽然不是什么出色佳作，但是玉鬘仰望皇上那俊美的姿容，大概连带对歌词也感到饶有情趣吧。皇上接着又说："我多想'流连春郊泊一

---

[01] 某氏：指平安时代的歌人、好色美男子平贞文，其情人被当时的太政大臣藤原时平所夺。

[02] 此句引自《后撰和歌集》中平贞文的情人致他的答歌，歌曰："现实无谁定山盟，梦中迷途我忘形。"

[03] "云霞"比喻髭黑，"梅香"比喻玉鬘。

宿'[01]，但可怜有人难以离开你，此人的心情比朕更加苦楚，故朕准你回去。今后不知如何互通信息才好。"说着显得十分苦恼的样子，玉鬘不胜惶恐，答歌曰：

> 纵令不比百花枝[02]，
> 如斯香风会传递。

她那依依不舍的情状，惹得皇上十分爱怜，临走还频频回首凝望。

髭黑大将早已存心今夜将玉鬘直接迎到自家宅邸。他想倘若预先把自己的打算说出来，恐怕源氏太政大臣不会同意，因此一直不露声色。此时蓦地说道："我伤风了，突然感觉身体很不舒服，故想回自宅休息方便些，若与尚侍玉鬘分开又很不安，因此……"他温和地作了这番表白后，旋即与玉鬘径直回自家了。玉鬘的父亲内大臣认为这样行色匆匆未免太仓促，不举办相当的仪式是不够体面的，可是仅仅以这丁点事为由强加阻拦，难免会令髭黑不快而伤和气，于是说道："总之由他去吧，当然人家的事非我所能自由支配的。"六条院的源氏太政大臣觉得此事来得突兀，不合自己的本意，但又不便启齿干预。玉鬘也感到自身宛如"伤心云烟飘他乡"[03]而暗自悲伤。然而髭黑大将却觉得自己仿佛盗得一位美女回家来，欣喜万分，心情彻底平静了下来。

髭黑大将总为玉鬘进宫供职期间，冷泉天皇曾进玉鬘房间造访，感到非常妒忌怨恨。他每谈及此事，玉鬘就很不愉快，觉得他着实是个品位低

---

[01] 此句引自《万叶集》第1424首，山部赤人的歌，歌曰："为摘菫菜访春野，流连春郊泊一宿。"
[02] "百花枝"比喻宫中的妃嫔如女御、更衣。
[03] 此句引自《古今和歌集》第708首，歌曰："须磨渔夫烧盐忙，伤心云烟飘他乡。"

下不识情趣的人，从而冷淡、疏远他，缘此她的心情愈加欠佳了。另一方面，式部卿亲王那时对待髭黑大将那么严厉苛酷，后来觉得非常难以圆场。髭黑大将打那以后干脆与式部卿亲王家断绝音信不再造访，他庆幸迎娶玉鬘之事已如愿以偿，如今只顾朝朝暮暮精心照顾玉鬘过日子。

转眼间已到二月，源氏太政大臣总遗憾地感到："髭黑这个人办事太任意放肆啦！万没想到他竟敢公然将玉鬘占为己有。这也怪自己太麻痹大意。"源氏始终为此事耿耿于怀，惟恐被人取笑，太不体面。当他想到玉鬘，不禁恋恋不舍，心想："虽然常言的宿世因缘不容忽视，但是此事也怪自己实在太粗心大意，以致酿成自食恶果，能怪谁呢！"他坐卧不安，玉鬘的面影总浮现在他眼前。他想到髭黑大将这样一个不解风流情趣、粗俗没风度的男子伴随在玉鬘身边，即使想写封信去戏言几句，也不能不望而却步慎言了，实在太没有意思，于是克制自己，忍耐了下来。但是，有一天，倾盆大雨下个不停，四周静寂，在这种无所事事的时候，他自然想起往时排忧解愁的去处便是到玉鬘的居室，心平气和地谈心，昔日的那般情景，多么令人眷恋，于是执笔给玉鬘写信。可是又想到此信虽然是悄悄地交给侍女右近代转，但是也要警惕免得让右近见笑，因此万事不能畅所欲言，只能写得含蓄些，让玉鬘去领会。源氏作歌曰：

> "春雨敲叩悠闲时，
> 对故乡人作何思。

寂寞无聊时，不由得回忆往事，怨恨情丝万缕，言语难尽啊！"右近趁无人在场之机，将信递给玉鬘，玉鬘阅信不由得哭泣。她感到随着时间的推移，自己内心深处愈加思恋源氏太政大臣的英姿，然而自己又不能面对非亲生父亲的人坦然地说："我很想念你，总想设法见到你。"实际上此刻她心中也在琢磨着"如何才能与他会面",悲伤不已。昔日源氏太政大臣时不时地对玉鬘产生悖伦的邪念,令玉鬘很不愉快,但玉鬘未曾把此事告诉过右近,只是深藏内心中备受熬煎。不过,右近察言观色,早已窥知一二,但他们两人的关系究竟已发展到什么程度,至今右近心中也没数。玉鬘拟作复,说道:"实在不好意思给他写回信,但不作复又嫌不礼貌。"说着写道:

> "长雨水滴湿衣袖,
>
> 无时不思泡沫人。[01]

岁月流逝,不觉已拜别多时,寂寥之感诚然与日俱增。敛衽拜上。"她恭敬而有礼貌地书写。源氏太政大臣展信阅览,不禁潸潸落泪,宛如房檐雨滴,滴个不停。又怕被人看见了不好,勉强装作若无其事的样子,然而惆怅的心绪填膺,不由得想起昔日尚侍胧月夜被朱雀院的弘徽殿母后严厉监视,强行拆散自己和她的情景。眼前的事与当年的情景多么相似,不过可能是由于近在眼前的缘故,他倍感痛苦,真是世间无有其例。他心想:"看来好色的人,大都是自讨苦吃啊!从今往后,不管怎么说都不要再自寻烦恼啦,这是很不合适的恋情。"他努力克制自己不要乱了方寸,可是眷恋她的念头怎么也拂之不去,他试图抚琴聊以自慰,却触物生情,想起玉鬘那典雅的手指拨弄琴弦荡漾出令人怀念的琴声,于是他手抚和琴,清弹起来,还唱起"玉藻切莫连根采"[02],神态优雅动人,倘若恋人看见

---

[01] "长雨水滴"比喻闷闷不乐地注视远方落泪,"泡沫人"比喻生命无常转瞬即消失的人,意指源氏。

[02] 此句出自风俗歌《鸳鸯》,歌曰:"鸳鸯来,野鸳来,连野鸭也前来,原野池中的,哎哟哟!玉藻切莫连根采,哎哟哟!逐渐成长可期待,哎哟哟!逐渐成长可期待。"

了，想必也会不由自主地动心吧。

冷泉天皇自从瞥见玉鬘那天生丽质、袅娜姿态，心中总是难以忘怀，那首可憎的古歌"飘逸红衫袅娜姿"[01]竟成了他的口头禅似的总挂在嘴边，沉思眷恋不已。他不时悄悄地给玉鬘写信。玉鬘长久沉思，独自嗟叹自身命苦，她对如斯遣怀赠答之事也觉得乏味，缘此也不写那种亲切融洽的回信或答歌。玉鬘还是念念不忘源氏太政大臣对她的那份与常人迥异的深情厚爱，有关种种事都让她深切地感受到这份恩情，难以忘怀。

时令到了三月，六条院的庭院里紫藤、棣棠争妍斗丽，夕阳照耀天空，源氏太政大臣观赏此番景色时，眼前旋即浮现出玉鬘那百看不厌的美丽姿态，昔日她住在此宅邸时的面影仿佛依稀可见，于是他步出自己所居的正殿，来到玉鬘昔日所居的西厢房，朝向庭院放眼望去，只见棣棠花自然而然地几近凭依在淡竹的低矮篱笆上，错落有致地绽放，芬芳扑鼻，美极了。源氏信口吟咏："栀子染衣色犹浓。"[02]接着又作歌曰：

"心向井手遭阻隔，

暗恋棣棠[03]依故我。

'一见倾慕难忘记'[04]啊！"遗憾的是这些吟咏无人在听。这会儿他似乎才确切地意识到玉鬘已经离开自己了。这真是一种不可思议的心理状态。他看见那里有许多鸭蛋，遂把它当作橙子橘子一般，极其自然地给玉鬘送过去。还附上一信，因估计到可能被他人看到，故一本正经地写道："别后日复一日未能再谋面，不由得令人心感惆怅，但听说你身不由己，非赶

[01] 此句引自《古今和歌六帖》，歌曰："站也相思坐也思，飘逸红衫袅娜姿。"
[02] 此句引自《古今和歌六帖》，歌曰："思君恋君不言中，栀子染衣色犹浓。"
[03] 以"棣棠"比喻玉鬘。
[04] 此句引自《古今和歌六帖》，歌曰："夕照原野杜鹃啼，一见倾慕难忘记。"

上特别的机会，难得再见面，不禁遗憾万分。"他口吻亲切地书写，还附上一首歌曰：

> "巢中一卵觅不着，
>
> 落入谁人手中握。

何苦那么紧握，不过，倒也令人羡慕。"髭黑大将也看了信，笑道："女子既已嫁人，是轻易不回娘家的，除非有什么特别的情况，不然，即使亲生父母也不应随便前去会面，更何况这位太政大臣。他怎么总是念念不忘而经常发怨言呢。"髭黑大将嘟嘟哝哝地抱怨，玉鬘很讨厌听髭黑大将发牢骚，于是说道："我可不写回信。"玉鬘现出难以执笔的神情，髭黑大将便说："那就由我来写吧。"髭黑大将甚至连代笔也显得滑稽可笑。他作答歌曰：

> "犄角雁卵不足道，
>
> 何苦谁人来寻找。

您情绪欠佳，真令人吃惊。我如斯作复似乎好风流。"源氏太政大臣看了回信，说："没听说这位大将也会写这种风流倜傥的信，可真稀罕。"说着笑了，可他内心却十分厌恶髭黑大将如此为所欲为地独占了玉鬘。

　　髭黑大将原配夫人自从搬迁回娘家居住后，随着时光的流逝，对髭黑大将的感情越发疏远，这意外的无情冲击使她陷入忧伤沉思，病势加重，终于精神恍惚痴呆了。从大体上说，髭黑大将对她的关照是亲切周到无微不至的，对儿女们依然关爱呵护。夫人方面也不可能与他完全断绝关系，在经济生活方面，一如既往接受他的接济。髭黑大将非常惦念女儿，可是夫人方面决不让女儿与他见面。这位女公子看到外祖父式部卿亲王府内人人都恨透了自己的父亲，她幼小的心灵觉得自己与父亲的距离越发遥远了，不由得深感不安和悲伤。她的兄弟则能时常进出父亲的宅邸，他们和她聊天时，自然会谈到继母尚侍玉鬘的情况。他们说："她对我们和蔼可亲，很疼爱我们，她喜欢有情趣的事，朝朝暮暮过得挺自在。"这位女公子很羡慕自家兄弟，同时也自叹自己为何不生成个可以随便进出父亲宅第的男儿身呢！说来也怪，不分男女几乎都牵挂尚侍玉鬘的事，心思千回百转。

是年十一月间，玉鬘生下一个非常可爱的男婴。髭黑大将真是心想事成，极其称心如意，欣喜万分，于是竭尽心力呵护这母子俩。有关这方面的情景，不需作者赘述，读者想必也能充分想象得到的。

玉鬘的父亲内大臣觉得女儿玉鬘自然而然地时来运转、福星高照，十分欣慰。他觉得玉鬘的姿色不亚于他格外宠爱的长女即当今的弘徽殿女御。头中将柏木也把这位尚侍玉鬘当作极其亲密的胞妹看待，和睦相处。不过昔日他不知情，曾经恋慕过她，可能是昔日恋情尚存的关系，而今她被他人夺走，昔日的恋情不免杂着妒意在心中涌动，他想："玉鬘还是进宫当尚侍更有意义。"他见玉鬘的新生儿长相俊秀，又想道："皇上至今尚未有儿女，因而经常叹息，这新生儿若是皇子，该多么荣耀啊！"这种想法如今已成为多余。玉鬘住在家里，亦可照章办事指挥处理尚侍的公务，她本人亲自进宫之事久而久之也就作罢了。这样处理，似乎也蛮得当。

内大臣家那位自己找上门来的女儿，也就是盼望当尚侍的那位女公子近江君，由于天性使然，近来情窦初开，春心浮动，内大臣为此束手无策，不胜烦恼。弘徽殿女御也十分担心，生怕她做出什么轻薄之事，无时不为她提心吊胆。父亲内大臣曾制止她说："今后你再不可到人群中去。"可是她连父亲的话也置若罔闻，照旧偏要往人多的地方钻。有一天，不知是什么日子，弘徽殿女御那边聚集了许多殿上人，并且净是一些特别有声望的人士，他们吹奏管弦，优雅恰到好处地合着拍子歌唱。适值秋季日暮时分，情趣浓重景色宜人，宰相中将夕雾也前来参与，他异乎寻常的无拘无束，谈笑风生。众侍女都觉得十分难得，赞美说："夕雾中将到底是超群出众啊！"话音刚落，只见这位近江君挤开别人，钻到人群中来了。众侍女说："哎呀！真糟糕。这可怎么办。"她们想把她拽住，近江君却狠狠地瞪了她们一眼，依然继续使劲往前挤，她们无可奈何，相互嘀咕着："她会不会又冒出不得体的话来？"这时只见近江君一把抓住世间罕见的老实人夕雾宰相中将，大肆扬声赞叹道："正是这位，正是这位！"喧嚣声高且洪亮，众侍女暗暗叫苦，近江君却用清爽的声音吟咏曰：

> "海上漂船逡巡多，
>
> 请教何处好停泊。[01]

何苦像'无篷舟'[02]恋'同一人'[03]呢！哎呀！失礼啦。"夕雾宰相中将听了觉得莫名其妙，心想："弘徽殿女御这边怎么竟有这般冒失的女子。"思来想去才猛然想起，这原来就是那个出了名的近江君，不由得感到滑稽可笑，于是答歌曰：

> 惊涛骇浪纵令现，
>
> 船夫无意靠岸边。

近江君遭拒绝，讨了个没趣。

---

[01] 此歌大意是：你与云居雁似乎尚未能结下情缘，我已来到你身边，何必不恋我。

[02] [03] 出自《古今和歌集》第732首，歌曰："堀江荡漾无篷舟，穷追眷恋同一人。"这里的"同一人"指云居雁。

梅枝

源氏太政大臣精心筹办明石小女公子即将举行的着裳仪式，其用心之周到，非同寻常。皇太子亦将于同年二月举行元服仪式。元服仪式完成之后，明石小女公子行将进宫。今天正好是正月底，公私均无要事，甚是闲暇，源氏便令人配制薰衣用的香剂。他想查看一下太宰大贰献上的唐国舶来的香剂品质是否比以往的差，于是命人打开二条院自宅的仓库，取来唐国舶来的种种物品进行比较，说道："绫罗绸缎等还是从前的既令人感到亲切，品质又优良。"明石小女公子进宫在即，所需日常使用的生活用具的覆盖布、铺在地上的褥垫等都须用绫罗绸缎镶边。源氏太政大臣命人把桐壶帝在位初年高丽人进贡的绫子、金线织花锦缎等今世罕见的珍品取了出来，分别恰如其分地派上用场，将太宰大贰这回献上的绫罗等赏赐给众侍女。香料方面，新陈并备，分配给院内各位夫人，并嘱托她们说："请把两种薰香调配合一吧。"举行着裳仪式时的礼物和赠送公卿大臣们的礼品等，都配备得精美恰当举世无比。六条院内外都忙于做准备工作。女眷们各自精心挑选材料，捣制香剂，铁臼响声处处可闻。

　　源氏太政大臣在距离正殿稍远的一室内，专心致志地在调制仁明天皇承和年间禁止传授给男子的两种秘方薰香："黑方"与"侍从"。他不知是从哪里耳闻，竟然熟记下来了。紫夫人则在正殿东面的对屋与厢房之间的别室里，特意于深处设座，依照八条式部卿亲王[01]的秘方调制薰香，大家各自非常秘密地进行调制，互相竞争。源氏太政大臣说："那么应以薰香味的浓淡来决胜负啰。"他们真是童心未泯，竞争心十足，不像是为人父母者。他们二人严守秘密，连身边都不多安置些侍女。各种器具都准备得尽善尽美，其中香壶盒子的样式、香壶的形状、焚香香炉的造型意匠等，都是新颖入时，格外醒目的。源氏太政大臣打算从各位夫人精心调制的香剂中，挑选其中的优良者合在一起放入容器里。

---

[01] 即本康亲王，仁明天皇第五皇子。制香名家。

二月初十，细雨霏霏，庭院里红梅盛开，其色泽和芬芳荡漾出美不胜收的情趣。是时，兵部卿亲王来了。他是为了明石小女公子着裳仪式在即而前来致意的。这位亲王向来与源氏的交情深厚，彼此毫无隔阂，海阔天空无所不谈。他们正在欣赏红梅，前斋院槿姬派使者送来书信，书信系在一枝已凋零的梅枝上。往日槿姬与源氏的交情，兵部卿亲王早有所闻，他见了此信颇感兴趣，问道："哟，她主动送信来，报何消息呢？"源氏微笑答道："我直截了当毫不客气地托她调制香剂，她郑重其事地赶制成了。"说罢，将信函收藏好。随信还送来一只沉香木制的盒子，盒内装着两个琉璃碗，一个是蓝色的，另一个是白色的，碗内装有又大又圆的薰香丸，在碗罩上饰有心叶，蓝色琉璃碗饰的是五叶松枝，白色琉璃碗上饰的是白梅花枝，带子系着的形状也很优美可爱。兵部卿亲王注目观赏，赞叹道："好娇媚艳丽啊！"他发现盒子里还附有一首歌曰：

> 梅花残香虽已散，
> 佳人袖里透芬芳。

着墨淡雅，却闪耀着余情余韵。兵部卿亲王夸张地高声朗诵了一遍。夕雾宰相中将让送信来的使者留下来，犒赏使者以丰盛的美酒佳肴，还送给来使一套女子的装束：红梅衬袍配以唐国绸缎制成的细长便和服。

源氏太政大臣的复信，也用红梅色染成的上深下渐浅的信纸，并在庭院里折取红梅一枝，将信系在上面。兵部卿亲王不满地说道："我在揣摩信中不知有什么隐情，竟如此深藏呢！"看样子他颇想知道信中的秘密。源氏太政大臣答道："没有什么特别的事，你非以为是什么隐情，叫我好生为难呀！"说着信手执笔写道：

花枝凝情思故人，

防人责难藏来函。

信的内容大致如此而已。源氏太政大臣又对兵部卿亲王说道："我对这次调制薰香之事似乎显得过分认真，太好风流了，不过我觉得为了这个惟一的女儿，作为父母这样做了也是理所当然的。女儿长相并不格外出色，因此在着裳仪式上不便邀请关系疏远者担任系腰带结的角色，所以我拟请秋好皇后请假回娘家，充当这个角色。秋好皇后与小女有姐妹情义[01]，彼此又熟悉。不过秋好皇后气质高雅、举止稳重，请她来参加这万般平庸无奇的仪式，不免有些委屈她了。"兵部卿亲王说："哪儿的话，实际上从令媛要效仿秋好皇后的角度上看，请她到场乃恰到好处的想法。"他肯定了源氏太政大臣的思路。

源氏太政大臣想趁此良机将各位夫人所调制的香剂收集起来，遂派使者分别去对众夫人说："今日傍晚，所幸因雨空气湿润，适合于试香。"于是夫人们各自精心调制的各种香剂都纷纷送到。源氏太政大臣对兵部卿亲王说："香气优劣的评判，正所谓'非君莫属凝神思'[02]。"说着将焚香香炉拿来试香。兵部卿亲王谦恭地说："我可不是知香人[03]哟！"不过，兵部卿亲王并不推辞，他将各种精心调制的、无比芬芳的极佳薰香一一闻试，并从香剂材料的分量上，挑出一种稍嫌不足的缺点，勉强评出其优劣之差别来。接着终于轮到评定源氏太政大臣亲自调制的两种薰香。源氏太政大臣按宫中惯例埋贮香剂，古时是将调制好的两种香剂埋在宫中右

---

[01] 秋好皇后是源氏太政大臣的义女。

[02] [03] 此二语出自《古今和歌集》第38首，歌曰："梅花色香谁人知，非君莫属凝神思。"

近卫府庭院里的溪流畔[01]，而今他的香剂是埋在流经西边游廊下方的溪流畔，此刻他觉得该把这两种香剂拿出来了，于是命宰相惟光的儿子兵卫尉把它挖出来，由宰相中将夕雾接过来，呈给兵部卿亲王。亲王露出难色说："这个评判者颇难担当啊！烟气好熏人呀！"香剂调制的处方基本上是一样的，因而广泛流传各处，不过，由于各人的趣味不同，成分分量的合成多少有点差异，从而薰香味的浓淡自然有别，仔细嗅闻加以品赏辨别，着实饶有趣味。兵部卿亲王觉得这众多的香剂各有千秋，难于断然评定孰优孰劣。其中唯有前斋院槿姬送来的"黑方"香剂，不管怎么说香味格外高雅，沁人心肺，与众迥异。至于"侍从"香剂方面，则确定为源氏太政大臣所调制的最为优秀，香气娇艳，亲切宜人。紫姬所调制的三种香剂[02]中，"梅花"香剂香味华丽时髦，制作者有心在艳香上下功夫，因而飘荡出一缕缕此前未曾闻过的新鲜薰香味。兵部卿亲王赞扬道："恰巧在梅花争艳的季节里，微风吹送过来的梅香，简直敌不过这薰香的香味啊！"住在夏殿里的花散里，听闻诸位夫人纷纷调制薰香，暗中比试本领高低，她觉得自己何苦挤进去凑热闹与人相争呢，足见她连在调制薰香的举止上，也是秉持谦恭含蓄的心态的。因此她只调制一种名曰"荷叶"的香剂，这又是别具一格的幽香，令人感到既可爱又亲切。住在冬殿里的明石姬心想："本来理应遵循既定的章法调制出合乎季节的香剂，可是调制出来的'落叶'香剂若被其他夫人的薰香所压倒，未免太扫兴。"她想起在薰衣香中，上乘的调制处方就是公忠[03]朝臣获得前朝朱雀院宇多天皇

---

[01] 古时的习俗是，将调制好的香剂装入瓷器内埋在溪流畔的泥土里。"黑方"与"侍从"两种香剂，春秋埋五天，夏季埋三天，冬季埋七天。宫中一般埋在右近卫府庭院里的溪流畔，右近卫府在紫宸殿的西侧。

[02] 指"梅花"加上"黑方"与"侍从"，共三种香剂。

[03] 公忠即右大弁源公忠。据说他得益于其母典侍滋野直子传授薰香的处方，后来成为调制薰衣香的名人。

的秘传，经苦心研究，精选材料调制成的名香"百步"。明石姬照此处方调制出的薰衣香，稀世罕见，芬芳扑鼻，非常优雅。兵部卿亲王说："这真是独具匠心的优秀香剂呀！"按兵部卿亲王的评判，这诸多香剂皆各有千秋，十分优秀。源氏太政大臣便揶揄他说："你真是个八面玲珑的评判者呀！"

　　月亮出来了。源氏太政大臣与兵部卿亲王举杯畅饮，共叙往事。苍穹月色朦胧，氛围幽雅，雨后放晴，微风吹拂，梅花飘香令人感到温馨亲切，殿宇各处飘荡着一股无以名状的薰香，令人春心荡漾，直感妖艳。在藏人所[01]那里，人们正在为明日举办管弦乐合奏勤加排练，还将各种弦乐器的部件诸如琴弦琴柱等巧加修饰一番。众多殿上人也都前来演习，笛声悠扬好生悦耳。内大臣家的两位公子头中将柏木和弁少将红梅前来参见问候之后，正拟退出之时，源氏太政大臣把他们两人留下来，命人把各种弦乐器拿来，将琵琶交给兵部卿亲王，筝琴由源氏自己弹奏，和琴留给柏木。弦乐合奏，音色清丽，异常动听。宰相中将夕雾吹奏横笛，曲调与春季时令吻合，清音缭绕，响彻云霄。弁少将红梅合着拍子，唱催马乐《梅枝》[02]，歌声美妙无比。他于童年时节，曾在隐韵游戏之后，即席唱催马乐《高砂》，此刻唱《梅枝》，兵部卿亲王与源氏太政大臣在他演唱的过程中，不时也参与同他合唱。今晚的聚会虽说不是什么特别重大的盛会，却是风雅十足、饶有情趣的夜间游宴。

　　兵部卿亲王向源氏太政大臣敬酒并献歌曰：

　　　"倾心梅花已长久，

---

[01] 源氏仿效宫中藏人所，在六条院也设此机构。
[02] 催马乐《梅枝》歌词曰："黄莺栖息梅枝头，啊！唧啾鸣啭盼春来，呀！唧啾鸣啭盼春来，呀！飞雪飘飘迎春到，此番美景好可怜！飞雪飘飘迎春到。"

恍若莺啭情忽悠。

真想在此'留千年'[01]啊！"兵部卿亲王说着将杯酒献给源氏太政大臣，源氏太政大臣接过酒杯，并将它赐给头中将柏木，还咏歌曰：

今春饱览花色香，
花开盼君来寻访。

柏木接过酒杯，将它传给宰相中将夕雾，并赠歌曰：

愿君彻夜吹响笛，
悠扬传至莺巢里。

宰相中将夕雾接过酒杯，答歌曰：

徐风有心避花木，
竹笛怎敢尽情吹。

大家笑着说："如果那样，花太可怜了！"弁少将红梅也咏歌一首曰：

云霞岂忍遮月花，
巢莺定然喜鸣啭。

---

[01] 此语引自《古今和歌集》第96首，歌曰："醉心原野无时限，花若不谢留千年。"

兵部卿亲王说过："真想在此'留千年'啊！"他果然一直待到黎明时分才告辞。源氏太政大臣赠送给兵部卿亲王的礼品，计有拟为自用的贵族便服一套，以及未曾试过的薰香两瓶，差人送到亲王车上。兵部卿亲王咏歌曰：

> 花香蓄满新袖管，
> 惟恐爱妻误责难。

源氏太政大臣揶揄他说："你也过分胆怯了！"当亲王的车子正在套牛的时候，源氏太政大臣接着咏歌曰：

> "锦绣归家美津津，
> 喜出望外迎郎君。

难得一见的美姿，她怎舍得责怪呀。"兵部卿亲王听罢，觉得自己在歌的趣味上，比起源氏来略逊一筹，不由得苦笑了。接下来柏木、红梅等诸位公子都分别获得赏赐，似乎不是太丰厚，都是些细长女服或高贵女子的平常服等。

是日戌时，源氏太政大臣来到秋殿。秋好皇后回娘家所居的秋殿的一处小客厅，已经布置成明石小女公子的着裳仪式会场。为小女公子梳发的内侍等人，不大一会儿都来了。紫夫人借此机会与秋好皇后相见。秋好皇后与紫夫人这双方的随身侍女聚集到一起，为数相当可观。子时举行着裳仪式。虽然灯火昏暗，看得不是十分清楚，但是秋好皇后觉得女公子长相着实秀丽。源氏太政大臣向秋好皇后致谢道："不揣冒昧，呈请为小女系结腰带，承蒙不弃，感激万分，惟恐后人习以为先例，不胜诚惶诚恐。"

秋好皇后答道："孤陋寡闻之身，承蒙委以重任，反而觉得于心不安。"她那温文尔雅的谦逊姿态，格外水灵娇美。源氏太政大臣看到如此众多的窈窕淑女聚集一堂，感到吉祥和睦盈门，确实无比幸福。只是女公子的亲生母亲明石夫人未能参与如此重要时刻的盛会，得以亲眼目睹女儿的姿容，想必无限悲伤，这真是莫大的遗憾。源氏太政大臣此刻真想派人前往邀请她出席盛会，但又生怕别人妄加非议，终于作罢。六条院但凡举办仪式，即使寻常之事，也会办得郑重其事，更何况如此盛会，须详尽记述之事甚多，如若只写一角，又反映不了全貌，反而乏味，故恕不赘述。

且说皇太子之元服仪式已于这个月的二十几日举办完毕。皇太子年仅十三，却已长成堂堂大人模样。因此朝内高官贵族争先恐后欲把女儿送进宫奉侍皇太子，但是听说源氏太政大臣早已有此心意，而且准备得相当充分，排场格外隆重，左大臣和左大将等公卿贵族们觉得自己的女儿无法与之比拟，故而打消了这个念头。源氏太政大臣听说此事之后，说道："这就不合适了，后宫之中必须有众多女御、更衣争妍斗丽，相互较量，哪怕是少许的优劣之差呢，这才是本意。让众多的国色天香笼闭在各自的深闺中，岂不是太可惜了吗？"说着就让自家女儿延期进宫。公卿大臣们原本拟静候明石女公子进宫后，才陆续将自家的千金送进宫，如今听闻延期的消息后，左大臣首先就将自家的三女公子送进宫，人们称之为丽景殿。

明石女公子在宫中的住处，是经过改建并装饰停当了的，早先为源氏在宫中的值宿处淑景舍。女公子延期进宫，皇太子等得好不心焦，因此决定四月进宫。日常家用的各种器具，在原有物件的基础上，再添置新的物件，一应俱全，所有用具之类的雏形及图样等，均经源氏太政大臣亲自一一过目。他还召集制作各门类用具的行家里手，请他们尽心竭力精心制作。该装入图书箱内的草子书籍，都选择可供女公子做习字帖用的草子图书，其中有不少是古代著名书法家闻名遐迩的传世之作。源氏太政大臣对紫夫人说："如今的世态风气，每况愈下，万事不如古代，世风呈现肤浅，惟有假名书法是当今最为上乘的无上至宝。古人的字迹固然合乎其既定的笔法，但是缺乏心胸开阔、行云流水的潇洒气势，似乎有千篇一律之嫌。近年来才渐渐出现名家高手，书写出妙趣横生的假名书法来。我曾有一度倾心于练习书法，收集了许多优秀的范本。其中有一幅字是秋好皇后的母亲六条妃子所写的，虽然仅仅一行字，看似漫不经心，信手挥毫，却是十分自然地一气呵成的。我无意中获得此作，认为它是稀世罕见的佳作。缘此结下了翰墨情谊，后来她曾后悔，我不幸竟落得薄情骂名。其实我并非那么薄情，我这般真心诚意地照顾她女儿，而她女儿的前程是她最揪心之事，她是个思虑深沉的人，在九泉之下，想必也能体察我的这番苦心，改变对我的看法吧。且说秋好皇后的手迹，挺秀美丽饶有情趣，不过才气方面似乎略逊些。"这话是压低嗓门轻声说的。接着又言道："已故母后藤壶师姑的书法手迹，娇媚艳丽，富有情趣，不过笔力气势稍嫌弱些，余情余韵少了些。尚侍胧月夜，不愧是当今的书法高手，但是过分潇洒，难免带些毛病。不过，总而言之，尚侍胧月夜、前斋院槿姬和你，都可说是当今书法的高手。"紫姬听到自己的手迹获得肯定，遂说："让我忝列高手之林，实在汗颜啊！"源氏说："你也无须过分谦虚。你那柔和的笔法，给人一种亲和感，别具一格。不过你的汉字写得格外出色，相形之下，间中的假名文字就显得略逊一筹了。"说着还添置了好几册未曾写过字的习字本，封皮和带子等都制作得相当精美。接着又说："我拟请兵部卿亲王和左卫门督挥毫，我自己也写上两帖吧。他们再怎么装腔作势书写，恐怕也无法跟我比肩吧。"源氏太政大臣自卖自夸起来。他还精选墨和笔并郑重地给诸位夫人写信，请她们也在空白的习字本上书写。夫人们觉得动笔书写确是件难事，其中就有人辞谢了。源氏太政大臣再次恳请她们务必书写。他还拿出十分雅致的高丽薄纸本，说："让这几个潇洒少年也来试试笔。"于是他对宰相中将夕雾、式部卿亲王的儿子左兵卫督和内大臣家的头中将柏木等人说道："苇手[01]也罢，歌绘[02]也好，按各自喜好的字体书写吧。"于是，这些年轻人便各自使尽全身解数，尽心书写相互竞赛。

源氏太政大臣依然在距离正殿稍远的一室内，专心挥毫。时令已过繁花似锦的季节，天空清澄，风和日丽，各种古歌在他脑海里竞相浮现，他随情致所至，信手挥毫，或书写草体假名文字，或书写普通体的假名文字，字迹格外流畅秀丽。留在他身边的侍女不多，只有两三人侍候研墨等杂事。这两三位侍女可不是等闲之辈，如果想从有典故的古歌集中挑选几首歌，她们可是优秀的参谋。帘子整个卷了起来，书籍、习字本等放在凭肘几上，源氏太政大臣不修边幅，悠闲自得地坐在窗前，嘴衔笔尖，凝神构思，那优美的姿态简直令人百看不厌。在习字本翻页时，每遇上白色或红色等底色格外醒目的纸面，他就改变运笔的姿态，备加用心地书写，行家里手、知情解趣者看到这般美妙的神态该不知有多么动心。这时，侍女通报说："兵部卿亲王莅临。"源氏太政大臣吓了一跳，赶紧换上贵族便服，并命侍女添设一坐垫，旋即恭请亲王入座。这位亲王长相也十分清秀，他风度翩翩地拾级而上的身影，被躲在帘子内的侍女们窥视着。源氏太政大臣与兵部卿亲王相见，彼此恭敬殷勤地寒暄，姿态十分高雅秀美。源氏太政大臣高兴地说："闲居无聊，寂寞不堪之时，承蒙光临，真是良辰佳时啊！"兵部卿亲王遂把源氏太政大臣嘱书的习字本递交给他，源氏立即翻开阅览，觉得字迹虽说不算是什么特别优秀的书法，但也洋溢出一

---

[01] 苇手：用草体假名写的字。日本平安时代流行的文字书写艺术手法，字体形似水边的芦苇。

[02] 歌绘：和歌画。以和歌内容为题材，用画表现歌意，再书写上和歌。平安时代的时尚。

种才气，运笔自然潇洒，不愧是书法佳作。在题写和歌方面，也特意挑选与众不同的古歌，一首不过三行，极少汉字，书写得十分舒展流畅。源氏太政大臣阅览后惊叹不已，用带有妒忌的口吻说道："书写得如此高超，真没想到啊！如此看来，像我们这号的就该掷笔了！"兵部卿亲王开玩笑说："我汗颜地忝列群贤之中，真是借光生辉了。"源氏太政大臣所书写的各式习字本不该再隐藏了，于是把它拿出来，两人共同阅览。兵部卿亲王看到源氏太政大臣小心翼翼地在唐纸上书写的草体字，觉得特别出色，可喜可贺。还看到在纹理细密，令人感到柔软可亲的，色彩并不那么艳丽，却十分雅致的高丽纸上，书写着恬静的假名字迹，字字落笔都特别用心，简直美不胜收，甚至令观赏者兵部卿亲王几乎跟随作者挥洒的笔致，流淌下感动的热泪。这真不愧是百看不厌的书法佳作。亲王还看到源氏在这里的纸屋院生产的、色泽鲜艳的厚片方形纸笺上，用自由的草书体书写和歌，运笔潇洒自如，具有无限的魅力，使他内心涌起一股说不清的亲切感，对源氏的手迹爱不释手，再不想看其他人的书法作品了。

左卫门督所书写的作品，显示一派好高骛远、冠冕堂皇的书风，但是在运笔功夫上似乎有欠缺沉稳之处，不免有矫揉造作之嫌。他所书写的和歌也都挑选别开生面的作品。诸多淑女的作品，源氏不愿多拿出来，尤其是前斋院槿姬所书写的作品，更加深藏不露。请诸位年轻人书写的苇手草子等，各自深下功夫，风流偶傥，各显其美。宰相中将夕雾所作，富有行云流水之雅趣，作品中所呈现的情状宛如一片芦苇丛生的景象，活像芦苇胜地难波海湾的景色，像流水的字迹和像芦苇的字迹，错落有致，交相辉映，有些地方确实相当美。还有些纸面上，一反当下流行的意趣，独具匠心将文字写成形似奇石嶙峋的姿态。兵部卿亲王看了，饶有兴味地赞扬说："这匠心意趣，真是令人大饱眼福了！练就这样的书写，恐怕要费相当时间呐。"这位兵部卿亲王对任何事物都深感兴趣，是一位风流倜傥的亲王，故而对这番技艺备加赞赏。

今天又是一整天议论有关书法技艺的事。源氏太政大臣选出所藏的各种拼裱纸[01]的字帖供大家欣赏，兵部卿亲王也顺便派担任侍从的儿子回家去把亲王邸所藏的各种字帖拿来，计有嵯峨天皇摘录的《古万叶集》四卷、延喜天皇所书的《古今和歌集》一卷，用浅蓝色唐纸拼裱而成，用同样颜色的深花纹的唐织锦做封面，用同样颜色的玉做歌绘卷的轴，还系上唐国的五彩丝带，装饰得十分美丽。每卷书法风格各异，字迹十分美妙。源氏太政大臣把灯火拉近，细心阅览，赞赏道："古人的字迹里着实有无穷的乐趣啊！当今的人们仅模仿到古人技艺的只鳞片爪。"兵部卿亲王遂将这两件作品赠送给源氏太政大臣，并说道："纵令我有女儿，倘若她无慧眼不识货，我也不会传给她，更何况我没有女儿，作品放在我这里，岂不成了空怀至宝吗？"作为还礼，源氏太政大臣特地赠送亲王的儿子侍从厚礼，是唐国珍本字帖，特意装在沉香木制的书盒子里，外加一管相当精致的高丽笛子。

近来，源氏太政大臣热衷于品评假名书法的工作。但凡世间的书家高手，不论其身份地位属上中下何等，他都能探寻到，观察后选定适当的类别让其书写。不过，身份卑微者书写的作品，则不收入女儿的书箱内。他特意考查作者的人品和才华，并让合格者分别书写字帖或卷轴书画。此外还为女儿备办大小巨细的万般宝物，净是些甚至外国朝廷都难得一见的物品。其中亲王所馈赠的字帖类书籍最令世间众多青年动心，特别想一饱眼福。在遴选各种画幅时，他没有把当年在须磨所作的绘画日记列进去。由于他想让此作品成为传世之作，缘此改变主意，拟待女儿年龄稍长，阅历

---

[01] 拼裱纸：原文作继纸，由各种彩色纸拼裱而成的纸，供书写和歌等用。

更深些再说，这次就没有把它拿出来。

内大臣听说别人家为女儿进宫所做的准备事宜如此隆重，相形之下，自己这边显得凄寂，内心不免十分懊恼。他家千金云居雁，正值妙龄时期，美貌动人，却无所事事，陷入寂寞的沉思，她那姿影令为父的内大臣看了，着实为她担心，不时叹息。那个夕雾的态度依然如故，一向沉稳冷静，倘若女方这边显示退让，积极攀亲，又怕招人耻笑，内大臣每每暗自后悔叹息："早知如此，当夕雾诚心恳求时，我遂其所愿就好了。"他仔细琢磨，觉得此事的责任不能归罪于夕雾一人。内大臣有些后悔之意，宰相中将夕雾亦有所闻。不过，他每想起内大臣对他冷酷无情的态度，内心的怨恨犹存，缘此他按捺住内心激越的思念情绪，特意显露出一派沉稳冷静的态度。然而他绝非移情别恋，另有所爱，他真心诚意恋慕云居雁，内心总觉"岂知恋苦人消沉"。再说云居雁的乳母等人曾嘲讽他穿"浅绿袍"，他也暗下决心：待到自己晋升为纳言之后，再去求见云居雁吧。

源氏太政大臣心中纳闷："夕雾为什么至今尚未定亲？"不禁为儿子担心，他对夕雾说："你对内大臣那边的那位倘若已经绝望，那么右大臣和中务亲王似乎都有意要招你为女婿，随你自己挑选吧。"夕雾听罢，沉默不语不作回应，只顾诚惶诚恐地坐在那里。源氏太政大臣又对他说："有关择偶之事，当年我也是连桐壶父皇的教导都没有遵循，因此我对你的事不想多说些什么。不过如今回过头来寻思，觉着当年父皇的教诲真是至理名言，足以管用一辈子。你至今依然只身悠闲度日，世人大概也都在揣摩，以为你心气高。如果你被宿缘拖着走，娶了个平庸的女子，落得虎头蛇尾的结局，岂不丧失体面遭人耻笑。纵令胸怀大志，结果也未必能如愿以偿。要知道万事都有个限度，不可过分奢求。我自幼在宫中成长，言谈举止不能随心所欲、放任自流，一切都得循规蹈矩地去做，稍有过失都担心会不会被人讥讽为轻率呢。缘此事事谨小慎微。尽管如此，还是招来好色的骂名，受到世人的讥讽。你官位尚低，还受不到太大的约束，但是切莫因此而放纵自己，随心所欲。个人的心思欲望如若不加以适当的控制，自然就会膨胀起来，以至傲慢浮躁。这时如若没有心爱的伊人镇静其心，贤明者也会因女人问题而丧失地位、名誉扫地，昔日不乏这样的例子。倘若倾心追求不应该爱的女子，结果或许会使对方蒙受流言蜚语，败坏名声，自己也遭到别人的怨恨，酿成终生的遗憾。倘使不幸因错配鸳鸯而结成连理，相处之下很不称心如意，即使到了无法忍耐的地步，也应该重整心态予以宽容，诸如或是看在岳父母的情分上，忍让谅解，或是岳父母早已辞世，娘家家道中落无从依靠，而她本人又有令人爱怜之处，就应扬长避短，相中她这点长处与她长相厮守。这样处事，既是为了自己也是为了对方着想，深谋远虑以求有个善终的结果。"每当悠闲宁静时，源氏太政大臣总是如此关怀备至地开导儿子夕雾。夕雾顺从父亲的教诲，纵令偶尔逢场作戏，恋慕过云居雁以外的女子，心中也觉得云居雁太可怜了，并认为这是自造罪孽，愧对云居雁。

云居雁这方，她看到父亲内大臣比往时更加沉思叹息的样子，内心颇感愧疚，她忧伤地陷入沉思，觉得自己命苦。表面上她装得若无其事的样子，稳重大方，内心却思虑万千地度日。而夕雾那方每每相思痛苦难耐之时，就给云居雁写情深意切的书函。尽管云居雁应有"值我信赖知谁人"[01]之叹，倘若是世间深通世故者，定然怀疑对方对自己的真诚，但是她并不怀疑夕雾的真心，她读他的来函，大多时候是深受感动而无限忧伤。有人风传："中务亲王已征得源氏太政大臣的首肯，拟将女儿许配宰相中将夕雾，正在准备说亲呐！"内大臣听闻此信息，心中的忧愁复又翻腾，只觉胸口堵得慌。他悄悄地对女儿云居雁说："听说夕雾将成为中务

---

[01] 此句出自《古今和歌集》第713首，歌曰："世人虚伪今尤甚，值我信赖知谁人。"

亲王的女婿呐，他真是个薄情人。昔日源氏太政大臣曾向我开口提及这门亲事，当时我固执己见，没有及时回应，因此他就另择他缘了吧。如今我若退让依从对方之所求，势必招来世人耻笑啊！"他说话时眼眶里噙着泪珠，云居雁觉得十分羞愧，情不自禁地落下眼泪，她难为情地背过脸去，那姿态无比高贵美丽。内大臣见此情状，心乱如麻，思绪万千，心想："怎么办呢？还是主动前去取悦夕雾为好吧。"他忧心忡忡地走出云居雁的居室。云居雁依旧独坐窗前，凝望着庭院的景色，心想："我怎么会如此伤心而情不自禁地落泪了呢？父亲看到这副模样又会怎么想呢?！"万般思绪涌上她心头。恰在此时，夕雾来信了，云居雁尽管满心怨恨，终归还是细读了来信，信中周到细致地叙述，还赋歌曰：

> 君心无情似世人，
> 迥异于人思念君。

　　云居雁见信内只字未提及另行择缘之事，未免太薄情，她想及此，内心好不怨恨，遂答歌曰：

> 君称思念实缘绝，
> 心随俗套能怨谁。

　　夕雾阅信，只觉莫名其妙。他手持信函不放，侧头求索，百思不得其解。

第三十三回

だいさんじゅうさんかい

藤叶尖

六条院内举家上下正忙于为明石女公子进宫做准备，宰相中将夕雾却陷入沉思，精神恍惚，内心空荡荡的。连他自己都觉得奇怪，心想："自己为什么如此固执己见？相思那么痛苦，'愿守关人梦无止'[01]，听说内大臣对这门亲事有所松动，反正都要结缘，不如静候对方传来佳音，免得不体面。可是继续耐心等待也很痛苦。"他心烦意乱，思绪万千。云居雁也在想："父亲内大臣隐约地告诉，有传闻说夕雾拟与中务亲王家攀亲，倘若这传闻果真是事实，那就是说夕雾把我全都忘了！"她好伤心地叹息不已。尽管这两人莫名其妙地互相背离，但他们毕竟是一对难于割舍的恋人。至于内大臣，此前态度强硬，后来自觉到如此强硬下去于己无益，态度不由得软化下来，他内心烦恼不已，心想："那位中务亲王果真招夕雾为婿，我女儿只好另择他人。这样一来夕雾可能很痛苦，我们势必招人耻笑，说不定还会自然地发生有失体面的事。尽管此事甚为秘密，但是恐怕早已泄漏出去了，思之再三，还不如设法调适，主动让步为好。"内大臣与夕雾从表面上看似乎没有什么问题，可是内心中却有隔阂，彼此的结怨未解，因此内大臣觉得如若突兀地向夕雾提亲，也怪难为情的。若郑重其事地迎接女婿，又恐外人取笑。因此，他想待有适当时机，再向夕雾委婉地示意。

三月二十日是内大臣的母亲已故太君两周年忌辰，内大臣赴极乐寺墓地祭奠。他家诸位公子全都随行，排场格外盛大，前来参与的公卿大臣为数甚多。宰相中将夕雾也参列其中，他的一身装束非常美，其风采绝不亚于在场的其他公子，特别是他那副长相和神采姿态等，正值风华正茂之期，简直是集多种美于一身的可庆可贺的成熟美貌青年。只是自打与内大臣发生了那件不愉快的事件以来，他每遇上内大臣总觉不自在，今天前来

---

[01] 此句出自《古今和歌集》第632首，歌曰："相思心路人不知，愿守关人梦无止。"此处"守关人"意指内大臣。

参与祭奠外祖母的法事，言行举止都格外小心翼翼，神情冷静，务求不出纰漏。内大臣对他比往日倍加注目。诵经等所需的供养物品，由源氏太政大臣从六条院派人送来，宰相中将夕雾尤为万般关照，为祭祀外祖母细心经办各种供养事宜。

临近日暮时分，大家准备回家。这时极乐寺墓地落花缤纷，四周呈现一片苍茫的暮色。内大臣回忆起太君在世时的一桩桩往事，感慨万千地断续吟咏古歌，姿态潇洒优美。宰相中将夕雾在发人深思的凄迷暮色氛围中，平心静气地陷入沉思。有人嚷嚷："天快下雨啦！"夕雾却仿佛置若罔闻，依然凝神深思。内大臣见状，也许是忍耐不住了，拽了拽夕雾的衣袖说道："为何如此怨恨我？今天前来参与祭祀法事，请看在故人太君的情分上，原谅我昔日的罪过吧。我风烛残年余命不多，若为人所弃，诚然遗恨无尽啊！"夕雾闻言，诚惶诚恐地答道："外甥秉承仙逝的外祖母的遗言，原拟仰仗舅父大人的栽培，只因有所得罪未能获得舅父大人的宽恕，未敢贸然前来聆听教诲。"这时狂风暴雨大肆施虐，众人纷纷四散，争先恐后各自回家。夕雾回到家中，暗自思忖："内大臣究竟打的是什么主意？今天对我的态度竟异乎寻常。"夕雾无时不在惦挂着云居雁，从而对但凡与她有关的大小巨细事宜都格外挂在心上，这天晚上他辗转反侧难以成眠，直至天明。

也许是夕雾长年累月受相思苦折磨的回报吧，内大臣迄今的强硬姿态如今已全然绝迹，他放弃己见让步了。他想找个适当的机会，自然而不刻意地招夕雾为女婿。四月初，庭院里的藤花饶有情趣地争妍斗丽，笑逐颜开，满园美景异乎寻常，内大臣觉得白白放过这般美景岂不是太可惜，于是举办管弦乐会。日暮时分，在夕阳的映照下，花色越发迷人，内大臣便令头中将柏木送信给宰相中将夕雾，还传言道："日前花下晤谈，未能尽意，今日若有余暇，祈盼莅临。"信内还赋歌一首曰：

> 夕照藤花色更新，
>
> 惜春焉能不探寻。[01]

内大臣将信系在分外有情调的藤枝上送去。夕雾终于盼来了内大臣让步首肯的这一天，喜出望外，心情激动，毕恭毕敬地作复并答歌曰：

> 黄昏朦胧辨不清，
>
> 欲摘藤花却逡巡。[02]

夕雾对柏木说："很遗憾，我畏葸不前，作歌词不达意，拜托你为我巧妙周旋吧。"柏木回答道："我陪你一道去！"夕雾答道："你这样麻烦的随护，就免了吧。"说罢让柏木拿着信先行回去。

夕雾前往拜见父亲源氏太政大臣，禀告此事，并将内大臣的来函一并呈上。源氏太政大臣阅罢说道："内大臣准是有什么想法才邀请你去的吧，这般主动找上门来，那么以往违背太君遗愿的不孝情结也得以解开了。"源氏似乎很不喜欢内大臣此前那副极其骄矜的姿态。夕雾答道："也许未必是这样吧。只因他家正殿庭院内的藤花异乎寻常地怒放，且正值闲来无事之时，于是举办管弦乐会，邀我前去参加而已。"源氏太政大臣说："他特意遣使来邀请，你应迅速应邀前往。"源氏太政大臣允许夕雾立即赴会。夕雾琢磨着："不知内大臣究竟打的是什么主意？"内心着实感到忐忑不安。源氏太政大臣说："你那身贵族便服色彩过于浓重，质地也显得轻飘飘的。如若不是参议，或没有像样官衔的年轻人，穿你那身

---

[01] "藤花"比喻云居雁。藤花盛开于晚春，从而引出"惜春"恋情。
[02] 意即承蒙邀请，但贵方意旨不明，使我迷惑不知如何是好。

青紫色便服也许凑合，不过你身为参议，衣着须更讲究些。"说着随即将自己的一身华丽的服装，配以十分讲究的衬衣，令随从送到夕雾那里。

夕雾在自己的房里细心打扮，黄昏过后才来到内大臣宅邸，这里的人们都等得焦急了。主人方面的诸位公子，以头中将柏木为首七八个人，一起出来相迎，陪同夕雾走进邸内。座上的诸位公子相貌都很英俊，夕雾眉清目秀，尤为出类拔萃，格外俊美，给人一种亲切、温文尔雅、气质非凡的感觉。内大臣叮嘱侍者精心安排客人座位，他本人也悉心装扮一番，衣冠楚楚，准备出席。内大臣对夫人身边的年轻侍女们说道："你们都来窥看吧！夕雾公子相貌超群，举止落落大方，在风度翩翩、超群出众、成熟持重这些方面，也许甚至胜过他父亲呐！源氏太政大臣在姿容上，只是一个劲地给人优美可爱的感觉，令人看了不由自主地露出笑容，从而忘却人世间的诸多艰辛苦恼。然而这样的姿容在朝廷大会上，就显得风流有余而稍逊严肃了，这在他来说是自然而然的事。可是这位夕雾公子才学超群出众，气度豪迈非凡，世人似乎都承认他几乎是个完美无缺的人呐。"说罢，内大臣整了整衣冠，就出去与夕雾见面。公式化地彬彬有礼地寒暄几句之后，就转移到饶有趣味的赏花宴席上。内大臣说："春花烂漫，无论是梅花、樱花或桃花等，绽放时各具芬芳娇艳之色，无不令人惊叹赞赏。然而花香色盛时短暂，它不顾惜花人的感受如何，转瞬即凋零。正当人们惜花送春之际，惟独藤花姗姗来迟，'夏季刚绽放'[01]，却怪吸引人的，它那优雅姿态令人心旷神怡，它那色彩诱人联想起心爱的伊人。"说着微微含笑，呈现出一派风情十足的神态，确实令人感到很美。

月亮爬上来了，不过光线还是显得昏暗，花的色彩难辨，可是赏花宴依旧以赏花作乐为宗旨，人们或饮酒或抚弄管弦乐器，嬉戏一番。过了不

---

[01] 此语出自《拾遗和歌集》中的古歌，歌曰："藤花夏季刚绽放，惟盼凭依松树上。"

大一会儿，内大臣佯装醉酒，举止有些紊乱，一味向夕雾劝酒，似乎想把夕雾灌醉。夕雾心存戒备，屡屡婉言辞谢，缘此颇觉为难。内大臣对他说："当今处在衰微末世之际，你是天下绰有余力的有识之士，可是你却对我这个年迈之人弃而不顾，使我好不伤心难受。圣贤古籍中也有'家礼'[01]之说。你通晓孔孟之教诲，却这般苦苦地折磨我，叫我好生怨恨啊！"也许是醉后生悲的缘故，内大臣委婉地吐露了真情。夕雾连忙致歉说："哪儿的话，舅父大人为什么要作如斯想？外甥我愿宛如孝敬当年的外祖父母和家母一样孝敬您老人家，哪怕舍去性命也不足惜，不知您是怎么看我，才出此重言的。可能是由于外甥出于一时的不经心而有所懈怠才招致的吧。"内大臣听罢，瞄准此时正是好时机，遂抖擞精神吟咏起古歌"藤叶尖"[02]。头中将柏木早已得到父亲授意，这时就在庭院里折来一枝色浓连成长串的藤花，附在敬夕雾的酒杯边上，一并献给他。夕雾接过酒杯，露出了有点苦于处置的神色。内大臣遂咏歌曰：

> 藤花盘缠松树上，
> 心爱紫色当原谅。[03]

宰相中将夕雾手拿酒杯，满怀情意地躬身施礼，呈现拜舞之礼的姿态格外有情趣。夕雾答歌曰：

---

[01] 《史记卷八·高祖本纪第八》中说："六年，高祖五日一朝太公，如家人父子礼。太公家令说太公曰：'天无二日，土无二王，今高祖虽子，人主也；太公虽父，人臣也。奈何令人主拜人臣！如此，则威重不行。'"
[02] 此歌出自《后撰和歌集》，歌曰："春日照亮藤叶尖，君若思量我信赖。"
[03] 此处的"藤花"指夕雾，"松树"喻内大臣自己，"紫色"指女儿云居雁。"紫色"与"藤花"可挂上钩，即有缘分。日语"松树"与"等待"谐音，意即看在女儿情面上，我只好退让等待。

热泪迎送春几度，

今朝绽放得慰抚。

宰相中将夕雾咏罢，回敬头中将柏木一杯，柏木咏歌曰：

藤花宛若少女袖，

君子欣赏色更优。

接着是依次传杯，一一咏歌，一个个喝得醉醺醺的，言语不清，吟咏的歌也没有比上述三人所作更优秀者，故恕不赘述。

阴历初七傍晚的月色朦胧，宁静如镜的池面上呈现一片烟雾迷蒙。此时正是树木枝头嫩叶尚未扶疏，寂寞凄凉的季节。只有风情十足千姿百态横亘的松树那不太高的树干上，攀缠在其枝杈上绽放的藤花姿态出奇的艳丽。那位弁少将红梅施展他那动听的歌喉，唱起催马乐《芦苇墙》[01]。内大臣听了饶有兴味，说道："好一首别开生面的歌嘛。"于是参与助唱，并将其中一句改为"此家经年福星照"[02]，他的歌声着实饶有情趣。在这不失风流雅趣，开怀畅饮，无所不谈的宴席上，往日的旧恨，似乎尽皆荡然无存。

夜色更深时分，夕雾佯装酩酊大醉十分苦恼的样子，对柏木说："我酒喝过量了，心乱如麻，难受不堪，欲告辞回家可又担心归途是否能辨清

[01] 原文作《苇垣》，歌词曰："芦苇墙呀墙，扒开芦苇墙，与情人潜逃，与情人潜逃，是谁在潜逃，是谁呀是谁，将此事向父母禀报，闹得此家掀风暴。是此家，是此家弟媳妇，向父母禀报。天地之神灵，天地神灵可作证，我不曾禀报。出言枉我呀！叫我说呀叫我说，此乃子虚乌有，子虚乌有。"唱此歌意在讥讽夕雾引诱云居雁。

[02] 将催马乐《芦苇墙》中的一句"闹得此家掀风暴"改为吉祥语"此家经年福星照"。

路，能否在贵处借住一宿？"内大臣随即对柏木说："你给夕雾安排寝室吧。我这老者已酩酊大醉，先行失礼退席了。"说着回内室去。柏木头中将对夕雾说："想必是让你在花荫下[01]假寐吧。怎么办呢？这可就为难我这个向导啦。"夕雾带责怪地催促他说："与松结缘者，能绽放出轻薄之花吗？荒唐呀！"柏木虽然内心觉得可气，不过他一向认为夕雾人品高尚，再说他终归会成为自己的妹夫，也就放心地领他到了云居雁的居室。夕雾觉得自己恍若身在梦境，多年来的愿望终于如愿以偿，越发感到自身更应自重。云居雁见到心上人夕雾非常难为情，但见他长得越发英俊，他那成熟的姿容，简直是完美无缺。夕雾向云居雁倾诉怨恨说："我自身几乎成为世人议论的话题，全凭自己专心致志耐心等待到最后，终于获得了应允。你却不予以同情关照，真是非同寻常啊！"接着又说："刚才弁少将红梅特意唱《芦苇墙》，故意揶揄我，你都听见了吗？他讥讽人可真尖刻呀！我本想唱《河口》[02]来回敬他呢。"云居雁觉得此歌很不悦耳，答歌曰：

> "河口浮名传难堵，
>
> 关栏粗糙何须漏。[03]

太扫兴了。"她说话的神态，十足孩子气。夕雾不觉莞尔，答歌曰：

---

[01] "花荫下"喻指云居雁居住处。
[02] 催马乐《河口》歌词曰："河口有道关，关口粗糙栏，关口粗糙栏，关吏虽严守，哎哟哟，关吏虽严守，被我潜出关，双双共寝哟，被我潜出关，双双共寝哟，关口粗糙栏！"夕雾拟唱此歌，意思是说内大臣虽然管得严，但是他们俩早已私通了。
[03] "河口"又可暗喻"你的口"，意即夕雾你何苦轻易泄漏我们的私情呢。

> "莫怨河口关吏严，
>
> 隔阂两小责难免。

让我长年累月受煎熬，百无聊赖，苦恼万状，以至神志不清。"夕雾假借醉酒，装着难受的样子，佯装不知天已拂晓，流连此处而忘返。侍女们不知如何劝他回家才好。内大臣嘟囔着说："好一副居功自傲的睡懒觉相啊！"不过，总而言之，夕雾还是在天色尚未大亮时回家了。他那副睡眼惺忪的朝颜[01]是多么英俊动人。

两人共寝后的翌日早晨，夕雾给云居雁写信，依然避人耳目派人悄悄送去。云居雁今天反而比往常更难以做到立即写回信了。有几个喜欢说长道短的侍女正在背地里相互挤眉弄眼的当儿，内大臣来了，一眼就看到来信了。云居雁束手无策，只好让父亲阅信。夕雾来函写道："由于昨夜你的神情似乎显得不是那么亲密，使我悔不该贸然相见，反而觉得自身太粗鲁了。不过爱慕君之情永存，今朝按捺不住心潮澎湃，故寄书倾诉衷情。

> 思君热泪揩不尽，
>
> 愿君莫怪情难隐。"

此信写得似乎过分亲昵。内大臣阅罢，微笑着说："字迹相当挺秀嘛！"此前对夕雾心怀的怨恨，如今已荡然无存。云居雁对写回信逡巡不前，内大臣觉得："不及时回信有失体面。"他估计女儿因在父亲面前不好意思执笔回信，于是告辞走开了。云居雁给送信来的使者的犒赏礼物相当丰厚。柏木头中将还蛮有风情地款待了这位使者。此前总是避人耳目悄

---

[01] 此语出自《古今和歌六帖拾遗》中的古歌，歌曰："睡眼惺忪牵牛花，秋露遮掩君面颊。"日语中"朝颜"是牵牛花的别称。

悄隐秘地往来送信的使者，而今则是神采飞扬，堂堂正正地行动。这位使者任右近卫将监之职，夕雾把他当作亲信来使用。

六条院的源氏太政大臣也获悉此事的原委。宰相中将夕雾比往常更显得光彩照人地前来参见父亲，源氏太政大臣冲着儿子仔仔细端详一番，说道："今朝如何，信等物件送过去了吗？世间早有这样的例子，再贤明的人，遇上女子的事也难免错乱，多年来你能坚持不卑不亢、不骄不躁地沉稳应对，这种心态确实令我稍有嘉许之意。内大臣这个人行事倔强古板，不留有余地，如今又放软身段，世人势必会有微词，尽管如此，你这方切忌因占上风而盛气凌人，切莫骄傲自满而起花心，好色轻薄。那位内大臣看似具有雄才大略、宽宏大量气质，其实没有男子汉的雄心大志，倒是有些怪癖，是个较难相处的人。"他按惯例作了一番训示，然而觉得夕雾与云居雁这桩婚事称心如意，这对夫妇十分般配。这位源氏太政大臣长相显得年轻，不像是夕雾的父亲，而像是年长几岁的兄长。分别看他两人时，夕雾酷似源氏，简直就像一个模子里印出来的；可是父子并排来观看时，他们则又各具特色，不过长相都俊美无比。源氏太政大臣身穿浅色的贵族便服，内衬像是唐国绸缎般的洁白衬衣，花纹清晰，晶莹剔透。尽管已是为人父，相貌依然高雅清秀，姿态温文尔雅。宰相中将夕雾身穿色彩稍微深些的贵族便服，内衬丁香汁染成浅红里带黄色色彩的衬袍，再下面穿的是洁白的织有可爱花纹的丝绸衬衣，别开生面，格外艳丽。

今天是四月初八，六条院内举办灌佛会[01]，源氏太政大臣先从寺院请来一尊释迦如来诞生佛像到六条院内来，寺院的导师们则须后到。日暮时分，六条院的诸位夫人都派女童送布施品来，布施等做法，与宫中举办的灌佛会一样，布施内容则各行其是，佛事仪式程序也模仿宫中的做法。诸公子都前来参加聚会，氛围比严肃古板礼仪周全的御前佛事更具浓郁意

[01] 灌佛会：日本在阴历四月八日释迦生日，用甘茶灌洗释迦诞生像的佛事。

趣。不知怎的，这反而使人担心而容易畏缩。

宰相中将夕雾在参加这个灌佛会的过程中也心神不定，仪式进行过后，他分外精心地打扮一番，神采奕奕地奔向云居雁住处去了。曾与夕雾有过一面之交却无深层关系的几个年轻侍女见状，心中不免多少也有些妒恨。夕雾与云居雁长年累月相思苦恋，而今能如愿以偿喜获相聚，自然分外恩爱，正是"何以相逢难如斯"[01]。一家之主内大臣靠近过来，仔细地端详夕雾，觉得此女婿确实一表人才，十分可爱，从而越发珍视他了。他想起与夕雾赌气，自己输了只得让步这件事，至今还是甚感遗憾。不过念及夕雾为人诚实认真，在男女婚恋问题上，此前历经漫长的岁月，初衷依旧不变，一直耐心等待至今，这种人品确实难能可贵，过去自己对他的怨恨都已一笔勾销，完全原谅他了。从此以后，云居雁的住处比弘徽殿女御那边更为繁荣热闹、吉祥如意，一切几乎近于完美无缺，缘此引起云居雁的继母即内大臣的正夫人及其随身侍女等心怀妒忌而颇有微词，然而这种事对云居雁来说又有什么关系。按察使夫人[02]等知悉云居雁嫁得好人家，心里也十分欣喜。

六条院的明石女公子定于四月二十日过后进宫。紫夫人拟前往参加贺茂祭的前宵祭[03]，按惯例邀请众位夫人一同前往，但是其他夫人觉得尾随紫夫人前行，宛如随从，没有意思，因而谁都不去。于是源氏太政大臣偕同紫夫人带上明石女公子一起前往，行车队伍的排场并不那么铺张，仅用了二十辆车，前驱开道者为数也不多，尽管一切从简，却反而呈现别开生

---

[01] 此句引自《伊势物语》第28段中的古歌，歌曰："海誓山盟犹盈耳，何以相逢难如斯。"

[02] 即按察大纳言的夫人，云居雁的生母。她与内大臣分手后，改嫁按察大纳言，故云居雁由祖母（内大臣的母亲）抚养。

[03] 贺茂祭的前宵祭：原文作御生（MIALE），为京都贺茂神社在葵祭之前三天举行的祭祀神的诞生之日的仪式。

面，十分雅观的场景。祭日黎明时分，这一行人前往寺院参拜。回来时，为了观赏风物，一行人来到看台前，源氏太政大臣、紫夫人、明石女公子的随身侍女们的车子连成排，排列在看台前，蔚为壮观。人们从远处看也会立即明白："啊！那正是源氏太政大臣的一行人呐。"真是气势恢弘。源氏太政大臣回忆起当年秋好皇后的母亲六条妃子的车子被挤退的一桩桩往事，便对紫夫人说道："仰仗一时的权势，盛气凌人，做出那样的举动，真是太冷漠无情了。蔑视他人，自己却心安理得的葵姬，终于落得抱恨终生而撒手人寰的下场。"葵姬临终的怪状，源氏太政大臣则没有言及，只是说："这两人留下的孩子们中，葵姬所生的儿子宰相中将夕雾，只是一个普通人，好不容易才逐步升官晋爵，而六条妃子所生的女儿秋好皇后，贵居无人可比肩的高位，回想起来不由得令人感慨万千啊！世间万事无常，变幻莫测，人生在世期间，总想随心所欲行事，可是又生怕我一旦辞世后，留下你孤身一人，会不会遭受因我所招来的报应，而落魄凄寂地苦度晚年。我甚至连这些事都想到，从而行事不敢肆无忌惮。"话语正说到这里，但见公卿大臣等都登上看台了，源氏太政大臣便前去入座。

担任司祭的敕使是近卫府的武官头中将柏木。他从父亲内大臣邸出发时，公卿大臣们都聚集过来与他同行，一起来到源氏太政大臣的看台上。惟光的女儿藤典侍也是司祭敕使。这位藤典侍平素人缘挺好，声誉颇佳，冷泉帝、皇太子为首，包括源氏太政大臣在内，都曾犒劳赏赐她无数贵重的礼品，礼品多得甚至感到地方狭窄装不下。她深承皇恩眷顾，的确是可庆可贺的境遇。当这位藤典侍将要出门的时候，宰相中将夕雾的信送到了。这两人之间的关系，虽然没有公开，却是彼此交情甚笃。夕雾与门第高贵的云居雁结缘，藤典侍闻悉岂能不伤透心。夕雾信中咏歌曰：

"今日目睹饰葵景，

缘何不清此物名。[01]

真可叹！"藤典侍阅信后，也许是觉得夕雾在新婚期依然不忘旧情，还给
她来信，颇感亲切的缘故，就在仓促上车出门之时，作答歌曰：

"不知草名却装饰，

折桂[02]贤人必知晓。

像你这样的博士定然知道吧。"尽管是短短数语，夕雾觉得这答歌蛮有风
趣。此后夕雾依旧没有舍弃这位藤典侍，似乎还不时与她悄悄幽会吧。

　　明石女公子进宫之时，理应由正夫人紫夫人陪伴，可是源氏太政大臣
则考虑："紫夫人不能长期陪伴女公子住在宫中，还不如趁此机会让女儿
的生母明石夫人做她的保护人，陪伴她进宫。"紫夫人也觉得："反正最
终都需要这样做，何不趁现在了却心愿呢。长此以往让这母女俩天各一
方，明石夫人因思念女儿而悲叹，女儿日渐长大，也必定会惦挂着生母而
心神不安，弄得大家都很不愉快，何苦呢！"于是紫夫人对源氏太政大
臣说道："应趁此机会，让明石夫人也来陪同女儿一道进宫，因为女儿年
龄尚幼小，令我放心不下，随身侍女大都是些年轻人，乳母的照顾也很有
限，充其量也只能照顾到肉眼所能及的一些事，我自己又不能长住宫
中陪伴她，思来想去，惟有此招方是万全之策。"源氏太政大臣听了觉
得："紫夫人的想法十分周到，正合自己的意思。"于是便将这个意思告
知明石夫人。明石夫人听了不胜欣喜，多年来的宿愿终于即将实现，旋即

---

[01] 参加葵祭时，在敬奉者冠上或牛车上装饰葵或桂枝。日语"葵"与"会"谐音，
　　　"不清此物名"，意即不知何时能相会。
[02] "折桂"意指在官吏录用考试中及格。

备办随身侍女们的装束等诸多事宜，其用心讲究的程度，不亚于紫夫人。

明石夫人那当了尼姑的母亲，也极其想看到这个外孙女行将步入富贵荣华的场面，甚至祈祷念佛，祈求神灵保佑她延年益寿，以便能与这个外孙女再见上一面。如今眼看着外孙女进宫的日期临近，每想到她进宫后焉能再次见面，不禁悲从中来。

明石女公子进宫之夜，紫夫人陪伴女儿进宫。紫夫人在宫中可乘坐辇车，明石夫人如若同行，则因她身份卑微不能与紫夫人同乘辇车，必须随车徒步入宫门内，很不体面；就算她不嫌自己遭受委屈，惟恐这精心栽培起来的金枝玉叶般的女儿，因为身份卑微的生母而蒙羞。明石夫人内心既为女儿进宫感到高兴，另一方面又感到极其痛苦。

源氏太政大臣并不打算把女儿进宫的仪式搞得那么豪华惊人，他低调行事，然而毕竟是源氏的作为，仪式自然而然地办得十分庄重得体，非同一般。

紫夫人的确真心诚意地疼爱呵护这个女儿，精心栽培她成为这样一个完美的人，实在不舍得将她让给他人，心想："女儿倘若是自己亲生的该有多好。"源氏太政大臣和宰相中将夕雾也都觉得："惟有这一件是美中不足的事。"

紫夫人在宫中住了三天后，从宫中退了出来。当天晚上明石夫人进宫接替紫夫人。两位夫人初次照面，紫夫人对明石夫人说道："女儿如今已长大成人，可见我们已相处多年，现在才更加感到我们不应见外而彼此疏远。"她的谈吐态度和蔼可亲，接着还讲了许多。从此以后，明石夫人对紫夫人的心结似乎全都得以解开，对她开诚相见，无所不谈了。紫夫人看到明石夫人的言谈举止文雅可人，心想："难怪源氏太政大臣对她备加宠爱，自有其道理。"明石夫人这方也十分钦佩紫夫人，觉得她气质高雅，正处在最美貌动人的年华，她心想："源氏太政大臣在众多心爱的夫人中，尤其宠爱这位出类拔萃的紫夫人，让她稳坐在无人可与她比肩的正夫人位置上，这真是理所当然。想到自己能与这样优秀的人并列，真是前世修来的福分。"可是后来看到紫夫人从宫中退出来时所举行的仪式，格外盛大隆重，特许乘坐辇车，其尊贵无异于女御的待遇，相比之下，自己身份毕竟卑微，与紫夫人有天渊之别。

明石夫人进宫后，看见女儿长得十分美丽可爱，宛如漂亮的古装偶人，她欣喜万分，只觉自己恍如在梦境里，情不自禁地热泪潸潸，恰似"或喜或忧一样心"[01]。迄今在漫长的岁月里，她沉湎于万般苦楚，悲叹不已，受尽煎熬，几乎没有生活的乐趣，如今心情豁然开朗，甚至祈盼能延年益寿，她切身领悟到这诚然是住吉明神的灵验保佑。

明石女公子在紫夫人那万无一失的精心栽培下，长大成人，成为一个几乎完美无缺、聪明贤惠、气质高雅的窈窕淑女，从而赢得世间人们广泛的尊敬，声望甚高自然无须赘言，她那姿色仪表也是无与伦比的。皇太子那颗年轻的心，也知道格外怜爱这位妃子。与明石女公子这位妃子争宠的人们的随身侍女们，把明石妃子随身带着身份卑微的生母这件事，当作瑕疵来四处散播，然而，这种行径没能达到损害明石女公子声望的目的。由于明石夫人的精明能干，不仅把女儿住处的四周布置得富丽堂皇极其入时，即使在一些不起眼的地方，也都装点得很有品位，饶有情趣。近来殿上人等也都把此殿堂视为稀奇的角逐场所，争先恐后地前来，他们觉得在众多侍女中或许能寻觅到可恋慕的人。缘此，侍女们的言谈举止等的修养都要求格外稳重周全。

紫夫人也总在恰当的时候进宫来探望。她和明石夫人的交往关系也越发深切融洽。明石夫人对紫夫人的态度，既不亢也不卑，分寸掌握得体。

---

[01] 此句引自《后撰和歌集》中的古歌，歌曰："或喜或忧一样心，热泪纵横两不分。"意即明石夫人流的不是忧伤泪，而是欣喜的热泪。

说来也怪，不论从言谈举止上看，或从人品气质上说，明石夫人都是难得的理想人物。

源氏太政大臣自觉寿命不长，盼望着自己在世期间能够让女儿明石女公子进宫，如今女儿进宫的仪式也风风光光地举行过了。还有儿子夕雾的婚姻不顺之事，虽说是由于他心性倔强使然，以至处在终身大事未定状态，然而总觉很不体面，如今他也已完满成婚，如愿以偿了。因此，源氏太政大臣觉得自己已无可挂牵，现在正是应该实现自己欲出家的本愿了。只是对紫夫人的情思又难于割舍。不过有义女秋好皇后悉心照顾，再说，还有女儿明石女公子，她的公认的母亲，第一个就是紫夫人，今后女儿必将重视孝敬她，因此即使自己出家了，亦可将紫夫人托付给这两个女儿来照顾，大可放心。至于住在夏殿里的花散里夫人，虽然时不时感到孤寂，郁郁寡欢，不过有义子宰相中将夕雾照顾她。诸位夫人都各得其所地有人关照，无后顾之忧了。

明年，源氏太政大臣四十岁，为举办庆贺会，上自朝廷，下至各处，都忙于筹备贺寿事宜。今年秋天，源氏太政大臣晋升为准太上天皇的官位，增加领有的民户，还增添赐予年官、年爵。作为源氏来说，即使朝廷不这样加封，源氏之家也早已万般富裕，绰绰有余了。但是冷泉帝还是沿袭古代稀罕的先例，把源氏当作太上天皇，为源氏任命院的官员[01]等，使得源氏的身份地位，比以往更格外高贵，因此出入宫禁不能不拘泥于繁文缛节，这样反而不自由了，难免感到很遗憾。然而冷泉帝还嫌赐予源氏的待遇不够优厚，但由于顾忌世间的舆论，不能把帝位禅让源氏，缘此，朝朝暮暮叹息不已。

内大臣晋升为太政大臣，宰相中将夕雾晋升为中纳言。夕雾上朝谢

---

[01] 院的官员：掌管有关太上天皇事务的官员。院：日本古时指太上天皇、法皇等的住所，转义指其人。

恩。他的风姿愈加增光添彩，从仪表容貌到言谈举止，几乎完美无缺。他的老丈人新任太政大臣，看到他这般神采，内心不由得领悟到："女儿云居雁与其进宫，受人排挤，虚度年华，莫如与夕雾成亲远为幸福得多。"有一回，夕雾回想起昔日某个夜晚，云居雁的乳母大辅曾嫌弃过夕雾官位低，嘟囔着说："嫁给一个区区六位的小官，未免太……"于是，夕雾将一枝已经变成紫色的非常美丽的白菊花赠给大辅乳母，并附上一首歌曰：

> "浅绿嫩叶小白菊，
>
> 可曾想到变深紫[01]。

你当年的那番无情话，我至今都难以忘怀。"他绽开馥郁芬芳的花朵般的笑容，将花与歌一并送给乳母。乳母羞愧得无地自容，表情尴尬地仰望着夕雾那可爱的英姿，答歌曰：

> "生长名园菊虽小，
>
> 不因色浅遭人藐。

何苦如此介意我说过的话呢！"虽然熟不拘礼，然而表情尴尬满腹苦楚。

夕雾官位晋升后，权势日益兴盛，寄居岳父太政大臣邸内，深感居室狭窄，遂迁居昔日外祖母太君所居的三条殿宇。自太君仙逝后，殿宇稍显荒芜，于是着力美好地修缮了一番，并改变了太君当年居室的布局，而后迁入居住。夕雾与云居雁迁居此邸内之后，两人回忆起当年初恋时的情

---

[01] 中纳言相当于从三位，穿紫袍。

景，不由得触景生情，感慨万千。庭院里栽种的各种树木，当年是幼枝嫩树，曾几何时已长成枝繁叶茂、葳蕤成荫的一株株大树，昔日栽植的"一丛芒草"[01]，胡乱蔓延滋长，夕雾命人尽心修整。庭院内引水而成的小溪流长满了水草，也命人清除干净，让流水畅通无阻，使庭院内呈现一派生机盎然，令人心旷神怡的景色。夕雾与云居雁两人观赏饶有情趣的暮色景致，闲聊当年纯真无邪的初恋情怀和遭受折磨时的心境，云居雁觉得回忆当年值得依恋的事甚多，可是一想到不知侍女们对当时的自己是怎么想的，又觉得怪难为情。当年在太君身边侍候的侍女们，依然留了下来，照旧各司其职，住在她们各自的房间里。她们齐聚在这对新主人夫妇面前，非常高兴。夕雾缅怀已故外祖母太君，咏歌曰：

> 庭前清泉守园林，
> 可知故主何处寻？

云居雁咏歌曰：

> 故主面影觅不见，
> 无心流动系清泉。

他们正在作歌吟咏的时候，云居雁的父亲新任太政大臣退朝，打道回府，途经三条殿，望见院内红叶色彩斑斓，惊喜而驻步到访。但见院内情景，与母亲太君在世时的情况相比，似乎没有什么太大的变化，处处装点得明亮净雅，适宜居住。太政大臣看到他们生活在华丽的氛围里，感慨良

---

[01] 此语出自《古今和歌集》第853首，歌曰："一丛芒草君栽植，今成草原虫鸣炽。"

多。中纳言夕雾迁新居，心情特别，脸上微泛红潮，神态比往常更加沉静了。他与云居雁真是天生的一对佳偶，云居雁虽说还不是无与伦比的美人，但是夕雾确实拥有无限清秀的美。老资格的侍女们在这对新婚夫妇身边侍候，心情也很舒畅，乐得向他们述说种种陈年往事。太政大臣看见他们两人刚才咏歌的纸笔散置在一边，便拿起来一阅，也勾起自己怀念太君的思绪，颇孤寂似的说道："我也想咏歌向清泉探寻太君的下落呐，但顾忌到老翁咏歌恐吐辞不吉，因而作罢。"话虽这么说，但他还是咏歌曰：

> 当年古树诚然颓，
> 小松茁壮呈葳蕤。

夕雾的乳母宰相君，至今依然忘不了这位太政大臣当年对夕雾的冷淡态度，她洋洋自得地咏歌曰：

> 自幼同根连理松，
> 绿荫葱茏仰赖众。

老资格的侍女们也都吟咏了类似此意思的歌，献给他们俩。中纳言夕雾颇感兴趣，云居雁则觉得难为情，脸上飞起一片片红潮，可怜可爱。

冷泉帝于十月二十日过后驾临六条院。此次驾临，适逢红叶尽染茂盛期，想必是情趣分外浓烈之故，冷泉帝曾致书朱雀院，请其同行。前皇与今帝并驾行幸，乃世间罕见的盛举。此消息震撼举国臣民，主人源氏院方[01]竭尽全力准备迎驾，其排场之豪华绚丽令人目眩。当天巳时两帝

---

[01] 此处的"院方"，指享受太上天皇待遇的人。

驾临，先到六条院的马场殿，这里的左马寮和右马寮中的马匹都已列队，左近卫府与右近卫府的武官也都陪伴照顾，其仪式场面与五月初五的左近卫府的骑射竞赛相似，别无二致。未时过后起驾至南面的正殿。一路上的拱桥和游廊上都铺设锦缎。从外面能望得见的地方，都张挂上幔帐，到处都装点得十分周严得当。沿途经东湖，但见东湖上漂浮着数叶扁舟。这里召来了宫中御厨里的饲鸬鹚长和六条院的饲鸬鹚的人，让他们在湖上用鸬鹚捕鱼，鸬鹚捕了许多小鲫鱼。这样安排，不是特意为了让御驾路过时观赏，只是为了增添沿途上令人宽慰的一些景致雅趣而已。这里假山上的红叶之艳丽，不比任何地方的逊色，不过秋好皇后所居秋殿的庭院里的红叶，格外艳丽，富有情趣。由于中间游廊的墙业已拆除，打开中门便可毫无障碍地一览无余。正殿上方设两个御座，主人源氏的座位设在下方，冷泉帝宣旨，令将源氏的座位改设在与御座同列，这般优厚的待遇，在源氏来说已够无上荣光，但冷泉帝犹感不足，恨不能尽应尽之礼数。左近卫少将献上湖中捕来的鱼，右近卫少将献上藏人所的饲鸬鹚人在北野猎来的一对鸟，他们从正殿的东侧来到御前，分左右跪在正面的台阶前奉献。冷泉帝遂命太政大臣将此物调制御膳。众位亲王和诸多公卿大臣的飨宴，则由源氏操持安排。宴席上各种山珍海味，丰盛无比，真是异乎寻常的讲究。席间众人一个个酩酊。日暮时分，宣召雅乐寮的乐人前来奏乐助兴，但不是采取大型演奏的形式，而是选择恰到好处、富有情趣的舞曲来演奏，并令殿上童翩翩起舞。看到这般情景，不由得令人想起昔日桐壶帝行幸朱雀院，举办红叶贺的往事。演奏《贺皇恩》这个舞曲的时候，太政大臣家的小公子，十岁光景的孩童，轻盈起舞，舞姿极其优美。冷泉帝脱下身上的御衣赏赐给他。太政大臣遂代替儿子起舞拜谢。主人源氏见状，回忆起当年在红叶贺宴席上，与太政大臣共跳《青海波》舞的情景，于是摘下一枝菊花，并咏歌曰：

篱边菊花增色香，

当年共舞犹怀念。[01]

　　当年任头中将的现任太政大臣，曾与源氏公子共舞，他觉得当年两人彼此不相上下，如今自己虽说身居显赫高位，然而还是感到源氏的身份无上尊贵。天公作美，似乎有知，下了一阵及时雨。太政大臣答歌曰：

“误认菊花为紫云，

昂首仰望璀璨星。[02]

你而今‘正是辉煌时’[03]。”

　　晚风吹拂，各种红叶或浓或淡，飘洒满地，通往庭院的那条通道，宛如已铺上锦缎的游廊。庭院里聚集着众多姿容可爱的童子，他们都是高贵人家的子弟，左舞一方穿蓝色袍，右舞一方穿红色袍，里面的衬袍有浅灰色的，有暗红色的，还有略带红的淡紫色的，都是寻常的装束，头发照常梳成角发，只是在额上戴上宝冠而已。他们略微跳了几个简短曲子的舞蹈之后，折回到红叶林荫中去，这场景最富有情趣，只可惜此时已是暮色苍茫时分了，场上没有让乐队演奏大型乐曲。不久殿堂上的音乐开始，将书司掌管的琴等乐器都拿来了。在场人们兴致正浓时，大家将琴呈献到

---

[01] 以“篱边菊花”比喻当年的头中将现在的太政大臣，意即你现在已晋升高位却还怀念当年共舞事。
[02] 此歌根据《古今和歌集》第269首“云上观菊心灿烂，误认是天星璀璨”而作，意即你晋升准太上天皇高位，恍若一颗璀璨星辰。
[03] 此语出自《古今和歌集》第279首，歌曰：“秋过正是辉煌时，菊花变颜色更炽。”

冷泉帝、朱雀院和源氏跟前，著名的和琴"宇陀法师"的音色之美妙依然，不过在今天，朱雀院听起来，感觉似乎格外珍奇，动人心弦。于是咏歌曰：

秋雨几度催人老，
未见如斯红叶好。

朱雀院似乎觉得遗憾的是自己在位期间，未曾作过如此饶有情趣的游览。冷泉帝谦恭地答歌曰：

寻常红叶庭园景，
效法前朝美似锦。

冷泉帝的容貌越长越发端庄俊美，竟然与源氏的尊容别无二致。中纳言夕雾在旁侍候，其长相又与冷泉帝相似，实在令人惊讶。不过从气度品位上看，夕雾似乎略逊一筹，不及冷泉帝，但从风流俊美之姿态的角度上看，则夕雾似乎胜于冷泉帝。夕雾吹笛，笛声悠扬，格外动听。众位殿上人在台阶下唱歌，其中弁少将的歌声最美。这一姻亲家族和睦相处，真是前世修来的福啊！

第三十四回

だいさんじゅうよんかい

嫩菜（上）

朱雀院自从驾临六条院游览之后，心情一直欠佳，疾病缠身。他本来就是体质衰弱多病之身，此次更觉严重，他对自己还能活多久没有信心。多年来他虽然总想皈依佛门静心修行，但是由于母后弘徽殿太后尚在世，自己的行动难免有诸多制约和顾忌，从而逡巡不前。如今母后已仙逝，出家的念头复又翻腾，朱雀院对人说："可能是我的心已为佛道所吸引，自觉余命不多。"于是为遁入空门做种种准备工作。朱雀院的子女，除皇太子外，还有四位公主。其中三公主的母亲是藤壶女御[01]，这位藤壶女御是桐壶院前代的先帝所生，先帝赐姓源。她早在朱雀院还是皇太子时，就已作为藤壶女御入住宫中，理应成为皇后的，但因父皇过早驾崩，她丧失了格外坚强的后盾，再加上她的母亲身份地位不高，只是一个一般的更衣，因此她虽然在宫中生活，与别人相处也觉脸上无光。更何况弘徽殿太后把妹妹胧月夜送进宫来当了尚侍，这位尚侍备受重视，无人可与她比肩，她的气势把藤壶女御整个压倒了。朱雀院内心尽管很同情藤壶女御，可是也没能立她为皇后，没多久朱雀院自己也让位了，无法照顾她，实属无可奈何。缘此，藤壶女御满心怨恨，忧郁而死。她所生的三公主，是朱雀院众多子女中最优秀、最受朱雀院宠爱的。这时的三公主年仅十三四岁。朱雀院暗自思忖："自己不久即将舍弃尘世，出家修行，留下这女儿孤身只影，日后能依靠谁来度日呢？！"他最放心不下的，只是三公主之事，经常为此而唉声叹气。他在西山营造的寺院已竣工，此刻正忙于做入寺的各种准备。另一方面，又忙于筹备三公主的着裳仪式。他的住所内秘藏的珍宝器物自不待言，就连一些小玩具等，但凡略有来历之物，都一一赐予女儿三公主。其余的次品器物，再分别赐予其他各子女。

　　皇太子得知父皇朱雀院患病，并且决意舍弃尘世，遁入空门，便前来

---

[01] 这位藤壶女御是桐壶院的藤壶女御的异母妹妹。

朱雀院问安。皇太子的母亲承香殿女御陪同前往。朱雀院对这位女御虽然并不特别宠爱，但是由于皇太子是她生的，可见前世缘分深沉，从而也器重她，与她恳切地叙谈了近年来的诸多事情。朱雀院还与皇太子谈了许多有关治世之道，谆谆诱导。皇太子少年老成，处事沉稳，再加上辅佐照顾他的人们，包括明石妃子在内，都是庄重有加、诚实可靠者，因此朱雀院很放心。朱雀院对皇太子说："我于此世，已无牵挂之事，只是留下女儿众多，惦挂着她们的前途，这种担心似乎成为'难逃死一劫'[01]的羁绊。从迄今所见闻的他人的身世而言，身为女子每每身不由己，遭遇意外，受人侮辱，其命运着实可怜又可悲。将来你倘若能如愿临朝治世，希望你多费心好生照拂你的姐妹。其中有保护人的，可放心由其自行做主。惟有三公主年龄尚幼，过去一向靠我一人照顾，而今我行将出家，让她独自在世间漂泊无着，我实在放心不下，想来不胜伤悲！"他一边揩拭眼泪，一边倾吐衷肠。

朱雀院还诚恳托付承香殿女御善意照料三公主。不过这位三公主的母亲藤壶女御当初比其他妃子都格外受到宠幸的时候，其他女御、更衣都与她相互争宠，彼此妒忌。缘此承香殿女御与她的关系也不太和睦，这种心情至今犹存，就算承香殿女御并不那么讨厌三公主，估计她也未必能竭诚尽心照顾三公主吧。

朱雀院朝朝暮暮为女儿三公主的事担心而愁叹。到了年终岁暮，他的病情更加重，连帘外也不能出来了。以前也曾不时遭受鬼魂缠身病痛的折磨，但没有像这次病状旷日持久、痛苦不堪，缘此不由得联想到："莫非自己的气数已尽？！"虽然朱雀院早已让位，但是他在位期间承受过恩惠者众，这些人至今依然念旧，总以能一睹他那仁慈高贵的尊容为自己心灵

---

[01] 此语引自《伊势物语》第84段中的古歌，歌曰："年迈难逃死一劫，盼子归来心更切。"

的莫大慰藉，因而经常前来拜谒。这些人听说朱雀院病重，无不为他担忧，为他祈祷早日康复。

六条院源氏也经常派人来探望他，还拟亲自前去造访。朱雀院得知源氏即将亲自前来探病，不胜欣喜。中纳言夕雾先行前来，朱雀院把他召入帘内来接待他，与他详细地叙谈了诸多往事。朱雀院说："已故父皇桐壶院临驾崩之前，曾对我留下了许多遗嘱。其中特别叮嘱的，是六条院令尊源氏之事和当今皇上冷泉帝之事。但我即位之后，由于有公家的法律规章制约，不能事事称心如意地去做，尽管内心中的亲情不变，然而，稍有闪失便铸成后来的遗憾事件[01]，得罪了令尊。不过，在其后的漫长岁月里，不论遇上任何事，令尊对我都毫无记恨在心的表露。一般说，再怎么贤明的人，每每遇上与自身利益相关的事，往往异常动心，总要伺机报复，以致发生意外之错误事件，这样的事例，连昔日的贤圣一代，也时有发生。缘此，世间的人们总怀有疑心，认定源氏终归会有一天冲着我发泄这股怨气的。但是，源氏终于把这种怨恨强忍了下来，不仅如此，还真心诚意地照拂我儿当今皇太子，最近还遣送明石女公子进宫当皇太子妃，使我们两家亲上更加亲，这令我内心无限感铭。我生性愚鲁，惟恐沉迷于爱子之心切，不觉中做出有伤大雅之举，因此对有关皇太子的事，有意采取不闻不问、事不关己的顽固态度，任凭他人安排。至于对当今圣上冷泉帝的事，则遵循先皇遗嘱，自己及早让位，让他即帝位。在这道德堕落、败坏的世间，他是一位英明的主君，能一改我在位期间的不光彩局面，实现了我的本愿，实在令人万分欣喜。自打今秋游览六条院之后，我回忆起当年诸多亲切的往事，思念令尊源氏，想与他会面叙旧并有事与他商谈，希望你劝他亲自前来会面为盼。"他说着内心感到一阵惆怅，神情颓丧。中纳言夕雾说："往事如烟，由于当时我年龄尚幼，大人们之间的事不甚了

---

[01] 指发生打发源氏谪居须磨那样的事件。

了。长大后才逐渐参与朝政，处理世间的一些事务，这期间大小巨细的公家政事，或是有关私人的事宜，我经常有机会与家父面商讨教，但从来未曾听见家父说过或流露过一星半点有关他年轻时期遭遇的坎坷。相反，家父倒是曾言及：'朱雀院中途辞退了担任皇上的保护人之职，一心只想遁入空门静心修行，对世间一切凡事，一概不闻不问，这样一来，就无法履行桐壶先帝的遗嘱了。朱雀院在位期间，我尚年轻，才疏学浅，再加上朝廷上贤能人才济济，我纵令有心为他效力，也难能如愿以偿，我的志向终于没有机会获得朱雀院的认可。如今朱雀院远离国家大政，过着恬静的生活，我很想前去造访，推心置腹地倾诉衷肠，并聆听朱雀院赐教，无奈我碍于身份的制约，受繁文缛节的束缚，行动不是那么自由，以至岁月蹉跎，延宕至今尚未能见面。'家父每每谈及此事，就难免会叹息。"

夕雾尚年轻，今年还不到二十岁[01]，体格匀称，风度翩翩，相貌俊美，容光焕发，朱雀院不由得凝神注视着他，内心暗自寻思："我家那个难以安置的三公主，嫁给此人如何呢？！"于是对夕雾说："你如今已当上太政大臣的女婿，获得安身之处了。听说你的婚事，多年来都不怎么顺畅，我经常为你感到可惜，现在也就放心了。我对太政大臣，还真有点既妒忌又羡慕呐。"夕雾听了这番话后，内心不禁纳闷："朱雀院说这番话究竟是什么意思呢？"他思来想去，觉得朱雀院可能是在为女儿三公主许配人家的事而操心，希望能找到一个合适的人，将女儿托付给他，而后自己好安心出家修行。有关此事夕雾平日也略有所闻，如今身临其境，自然会联想揣测："朱雀院莫非有意要将女儿许配给……"夕雾虽然意识到这点，但是怎能轻率地露出心领神会朱雀院弦外音的样子而应声作答呢，于是他只是说："像我这样一个无所作为的人，要谈论迎娶婚事，原本就是一件很困难的事。"说罢匆匆告辞。

----

[01] 夕雾是年十八岁。

侍女们在门帘后探出头来窥视夕雾，都赞不绝口地说："如此容貌俊秀、风度翩翩的公子，实在难得一见，多么出类拔萃啊！"她们你一言我一语地议论纷纷。有个年长的侍女说："哪儿呀，这位公子虽然长相十分俊秀，但是远比不上他那父亲，六条院的老爷在他这个年龄时那俊俏的相貌，才真是个无与伦比的美貌公子呐，美得简直令人见了都目眩呢。"朱雀院听见她们在纷纷议论，说道："六条院的这位老爷，的确是一位出类拔萃的美男子。如今，他年龄虽然渐长，却反而比年轻时越发增添魅力，所谓'光彩照人'大概就是指这般模样吧。当这位老爷正襟危坐，处理繁重公务时，他那神态威风凛凛，那举止优美而果断，人们一眼望去只觉光彩夺目。可是，当他悠然自得、轻松戏谑时，呈现一派风流倜傥、和蔼可亲的神态，真是世间无与伦比。想必这是他前世修来的福分，方能长得如此俊美，不愧是稀世之才。此人自幼在宫中生长，先帝格外珍视疼爱他，甚至恨不得舍命呵护，精心教养他。不过他本人并不因而飞扬跋扈，反倒谦恭含蓄，二十岁上还未受纳言之位，二十一岁之后，才任参议并兼任大将之职。相比之下，这位夕雾公子则比他父亲晋升得早[01]，足见源氏家族一代胜似一代，欣欣向荣。谈到处理繁重公务的才能学识与贤明智慧方面，夕雾确实不逊于他父亲，甚或比他父亲更早跻身高位闻名遐迩，不愧是一名奇才。"朱雀院对源氏父子赞不绝口。

朱雀院看到女儿三公主年轻貌美、天真烂漫，说道："倘若有个值得信赖的人，此人能真心疼爱三公主，能宽容她年幼无知，能不动声色地悉心教育她就好了，我真想把这女儿托付给这样一个诚实可靠的人啊！"朱雀院召集几位年长持重的乳母，吩咐她们办理有关三公主的着裳仪式事宜，顺便说道："昔日六条院的源氏大臣曾将式部卿亲王的女儿抚养长大，倘若能找到这样一个靠得住的人，把三公主托付给他就好了。在寻常

---

[01] 夕雾十八岁已任中纳言之职。

人中是很难找到这样的人的，皇上那里已经有秋好皇后了，皇后之下的女御们，一个个身份都很高贵。我出家后，三公主没有实力雄厚的保护人，若送她进宫反而会使她遭受痛苦。这位中纳言夕雾尚在独身之时，我后悔没有向他示意，探询他的意向。夕雾虽年轻但才能超群出众，是一个很有前途的人。"有个乳母说："中纳言为人一向非常诚实，他一直倾心于云居雁小姐，从来不移情别恋于其他女子，现今婚姻既已如愿以偿，更不会动别的心思了。倒是六条院那位源氏大老爷，爱慕女色之心至今依然保持。在众多女子中，他尤其爱慕身份高贵的女子，并且穷追锲而不舍。诸如那位前斋院槿姬，他至今对她还念念不忘，经常给她写信呢。"朱雀院说："唉！总是那样轻浮贪色，难免会受到良心谴责的，令人担心啊！"朱雀院口头上尽管否定源氏的这种作为，但是内心中却在盘算，让女儿三公主加入源氏那诸多夫人的行列里，彼此相处难免会产生诸多麻烦事，引起不愉快，但相信源氏会像父亲那样呵护三公主的，就按乳母们的建议，将三公主托付给源氏吧。于是朱雀院又说："说实在的，倘若女儿想过世间普通人的婚姻生活，同样都是要嫁人，莫如让她去依靠源氏。浮生短暂，生命几何，该让她过上源氏家庭那样舒适幸福的生活。倘若我是个女子，与他纵然是同胞兄妹，我也一定要挨近他与他结缘。我年轻的时候确实有过这样的想法。更何况真正的女子呢，为他着迷也是非常自然的。"他说这番话的时候，心中自然想起尚侍胧月夜的事件。

　　侍候三公主的众多侍女中，有一个看上去比较庄重的乳母，这位乳母有个兄长任左中弁之职，经常出入六条院源氏宅邸，在六条院已工作多年。这位左中弁还格外忠诚地伺候三公主。有一天，这位左中弁到三公主处，与他的妹妹相见。乳母闲话家常之外顺便对哥哥说："朱雀院有如此这般的考虑，曾经向我透露。有机会的话，请哥哥不妨将此意思禀告六条院源氏大老爷。虽说公主独身不嫁人是一般惯例，但是倘若有一位夫婿能对她备加呵护、万般关照，那么就更加可以安心。这位三公主除了她父皇朱雀院以外，别无诚心呵护她的人。至于我这样的乳母只不过在这里伺候而已，起不了什么太大的作用。况且伺候人员多，遇事不可能依我一人的想法去办。因此在其他侍女的误导下，难免会发生意外事故，招来轻浮之污名，那才真是麻烦事呐。倘使朱雀院健在期间，三公主的终身大事能定下来的话，我这伺候人的人，也能安心奉公了。身为女子，不论她的血统身份有多么高贵，她的宿命如何有谁能知晓呢。总是让人忧心忡忡，放心不下呀！在诸多公主中，朱雀院格外疼爱这位三公主，可是估计也有人会妒忌她的，因此得千方百计设法不让她蒙受任何损伤才是。"乳母说了这番话之后，左中弁说："不知是天生的什么气质，六条院的这位源氏大老爷真是一位痴情人，但凡他一见钟情的女子，不论是他内心深爱着的，还是不那么倾心的，都一一寻访到并迎接过来，让她们聚集在自家六条院宅邸内。不过源氏格外珍视的人，为数也有限，似乎只有紫夫人一人，威势自然向紫夫人这边倾斜。缘此，难得在同一个六条院内，但屈居这威势之下，内心寂寞度日的夫人，也为数不少。三公主倘若有宿世因缘，果真如你所说下嫁到六条院源氏大老爷那里，据我所估计，紫夫人再怎么威势盛大，也不可能与三公主比肩。但是实际情况究竟如何，还须多有些思想准备为好。还有，六条院的源氏大老爷，经常私下里对我说些心里话，他说：'我这辈子在这乱世之秋，享尽荣华富贵，从我自身来说，可谓一无遗憾了。只是，涉及有关女子之事，我曾遭人非议，而从自己内心方面来说，也有尚未能满足的憾事[01]。'从我们的角度看来，源氏大老爷的情况确实也是如此。基于各种情缘的关系，而接受源氏大老爷庇护关照的诸位夫人，虽然不是身份卑微与源氏不相般配的女子，但都是官阶有限的一

---

[01] 指源氏至今还没有身份特别高贵的正夫人。

般朝臣的女儿，没有与他的身份地位相称的夫人。因此，同样是下嫁，三公主倘若如你所说，愿意下嫁到六条院去，那真是一桩美满的天仙配姻缘呐！"

乳母相机顺便向朱雀院禀告说："日前我曾如此这般若无其事地向家兄左中弁隐约透露了尊意，家兄称：'估计六条院大老爷肯定会乐意接纳，以了却他多年以来想迎娶一位身份特别高贵的正夫人的愿望。只要这边诚心应允就向六条院转达尊意。'此事究竟如何，悉听上皇定夺。六条院内住着各具不同身份的多位夫人，六条院源氏大老爷对她们都特别关怀照顾，根据她们各自的身份，安置得恰如其分，使她们都各得其所。不过连寻常人的一般家庭，夫人与妾室之间闹矛盾总是难免的憾事，三公主倘若下嫁六条院，会不会招来意外的烦恼，确实令人担心。世间想迎娶三公主的，不乏贵人，还望上皇深思熟虑，审慎定夺。当今世间的风习，无论身份多么高贵，亦有洁身自好，悠闲自得地孤身度过生涯的人，不过我家三公主自幼娇生惯养，不谙尘世之艰辛复杂，不宜无所依靠地过孤身生活。我们这些侍女，能力也很有限，纵然是贤能的侍女，也只能依照主人的吩咐行事，就算尽职尽责。因此三公主若无一个坚强可靠的保护人照顾，实在令人担心。"

朱雀院说："是啊！我也这么想。公主下嫁之事，似乎向来都被视为轻率之举，再说，但凡女子，身份再怎么高贵，一旦嫁人，自然而然地难免会遇上后悔之事、恼人之事，甚至坠入悲伤愁楚的苦海。可是倘若不嫁人，于丧失怙恃无人庇护之后，打定主意独身度过终生，如斯抉择是否妥善也很难说。古时人心安稳，世道所不允许做的事，谁也不敢冒天下之大不韪，胡作非为。可是，如今人心浮躁，好色淫乱之事，时有发生，耳闻不绝。昨日还是身份高贵人家的千金、父母百般珍视呵护的掌上明珠，今日却受身份卑微、轻浮好色之徒所蒙骗，落得身败名裂，也玷污了黄泉之下的父母之声誉，使已故父母的灵魂蒙羞。这种例子，不计其数。这样看来，下嫁也好，独身也罢，终归都是让人担心的。综观世态，人们是否因前世宿缘而获今生果报，我们不得而知，因此，任何情况下都有可担心之事，处理万事都须静心考虑后果。总而言之，身为女子，一切按照父母兄弟之命行事，任凭个人前世宿缘度过生涯，纵令日后生活景况衰颓，也非本人之过失。反之，女子自己选择夫婿，长相厮守，无限幸福，世间名声也不赖，在这种情况下，自觉独自做主选择夫婿，也并不坏嘛。可是从一开始理应征得父母的同意，却没有让父母知晓，就擅自做主，私订终身，这种作为，对于女子自身来说，不能不说是一种莫大的瑕疵。这种行为，即使出现在寻常百姓人家，也会被视为轻浮不慎之举。可是话又说回来，婚姻大事，终究不能无视当事者本人的意愿。然而倘若为外力所迫（诸如侍女随便牵线），失身于意想不到的不速之客，这就决定此女子一生的命运，亦可见此女子平素意志之薄弱、态度之轻率。在我看来，三公主极其幼稚，毫无主见。因此伺候在她身边的你等当乳母者，万万不可擅自做主，胡乱为她选择夫婿。倘若发生此类丑闻流传世间，那才真是极大的不幸！"朱雀院总惦挂着自己出家以后的事，从而谆谆嘱咐，乳母们觉得今后自己的责任更加重大，不胜惶惑。朱雀院接着又说："我打算待三公主再长大些，更懂事些再说，因而一直耐心等待至今，可是这样一来，我深切的出家本愿就不能完成，实在令我忧心忡忡。我觉得六条院的源氏老爷，不管怎么说都是见识卓越、明白事理，确实是个最可信赖的人。只是妻妾众多，其实这点也没有必要过多介意。与这些夫人们相处关系是好是坏，要看本人的心意如何而定。总之，六条院老爷心胸开阔、稳健持重，似乎可谓一般世间人之典型，从放心可靠这点上看，恐怕难有人能与他比肩。适合于成为三公主夫婿的候选者，除了他还能有谁呢！兵部卿亲王人品并不坏，特别是他和我同样都是身为皇子，不能把他当作外人而加以藐视，不过，他过分追求优雅，好端架子，以至缺乏稳健持重，不免令人感到有些轻飘，这样的人着实难以信赖。还有藤大纳言愿当三公主的家臣[01]，此人真心倾慕三公主，态度也认真诚恳，难得一片诚挚之心，但毕竟身份过于悬殊，总觉不般配。自古以来，但凡公主选择配偶，自然要选择品格优秀、声望出类拔萃者，倘若只凭爱慕公主这一点，就动心做出抉择，势必留下诸多缺陷而抱憾终生。又据尚侍胧月夜称：右卫门督柏木在暗恋三公主[02]。像他这样的人，官阶再晋升到相当的地位，不是不能考虑的人选。不过柏木还很年轻，为人显得轻飘，毫无稳重感。他选择配偶，抱着过高的理想，以致至今依然孤身只影。然而他却孤芳自赏，悠闲度日。他的心气很高，才学出众，终将成为天下的栋梁之材，前途无量。但是现在要让他成为三公主的夫婿，毕竟还嫌不足。"朱雀院思来想去，万般迷茫。

朱雀院对其他几位公主并不那么操心费神，实际上也没有求婚者前来打搅。惟独有关三公主的婚事，不知怎的，尽管是在深宫中密商，竟然不胫而走流传世间。于是许多人都想来攀亲。

太政大臣心想："我家那右卫门督柏木，迄今一直独身，他下定决心非皇女不娶。现在朱雀院正在为三公主挑选夫婿，我家何不去向他申明意向，倘若有幸获得应允，不仅柏木本人能如愿，我也能沾光，多么荣耀，这真是一件大喜事啊！"于是，太政大臣请正夫人拜托她的妹妹尚侍胧月夜，向朱雀院为柏木提亲。尚侍胧月夜遂向朱雀院恳切启奏，万般申请，期盼朱雀院准奏。

兵部卿亲王早先曾想迎娶右大将髭黑的夫人玉鬘，但最终未能如愿，

---

[01] 藤大纳言是现任太政大臣之异母弟弟。因大纳言官阶低，深感汗颜，故说是"愿当三公主的家臣"，实际上是想当三公主的夫婿。
[02] 现任太政大臣的正夫人是胧月夜的姐姐，因此柏木是胧月夜的外甥。柏木已由中将晋升为右卫门督。

玉鬘被髭黑大将夺走了。打那以后，兵部卿亲王决意不娶身份一般的女子，以免遭玉鬘窃笑。时值他择偶期间，得知朱雀院正在为三公主选择女婿的信息，哪能不动心呢！缘此心情格外焦急。还有藤大纳言，多年来担任朱雀院的家臣，从而得以伺候于朱雀院身边。可是朱雀院一旦遁入空门进山修行，他即将失去靠山，难免失落无着，因此期盼能当上三公主的保护人，依旧得以承受眷顾。他多么盼望获得朱雀院的恩赐。

中纳言夕雾听到各种传闻之后，心想："我不是耳闻他人的传言，而是当面聆听了朱雀院恳切的亲口劝诱，因此，我只要找个合适的中间人，向朱雀院隐约转达我有意攀上这门亲事，难道朱雀院会拒绝我吗？"想到这些夕雾不觉心潮涌动，可是，转念又想："我妻子云居雁如今已全副身心信赖我。以往多年，我完全可以借口说她薄情而抛弃她，可是我没有这样做，我不曾移情别恋于其他女子。那时节，尚且能情爱专一，如今我怎能突然春心浮动，惹得云居雁伤心呢。再说，倘若与身份高贵的三公主结缘，做任何事都不能随心所愿，万事都要兼顾云居雁和三公主的心意，势必左右都难以讨得欢心，我何苦要这样自讨苦吃呢。"夕雾本来就是个爱情专一、秉性老实的人，对于此类事，他只在内心中暗自思量，没有说出口。尽管如此，当他听说三公主将另外选择别人的时候，内心总觉不是滋味，他还是愿意侧耳倾听有关三公主的传闻。

皇太子听说三公主择婿的消息后，说道："有关三公主的婚姻大事，不仅涉及眼前的衡量评判问题，更重要的是将为后世开什么样的先例问题，缘此，需要深思熟虑而后行才好。普通臣下，人品再怎么优秀毕竟是有限的。三公主倘若欲下嫁，最好嫁给六条院主人，委托他代行父母职责，真诚呵护她。"皇太子的此番意向，并非公开用书面呈上，而是私下里派人转达。朱雀院听了十分高兴，说道："确实如此，言之有理啊！"于是朱雀院下定决心将三公主许配给六条院源氏。朱雀院首先请左中弁做中间搭桥人，循序渐进将朱雀院的意旨向源氏逐一转述。六条院源氏对朱雀院费尽心思为三公主择婿之事，早已听在耳里记在心上。他说："朱雀院为三公主的婚姻大事真是煞费苦心啊！可是，话又说回来，朱雀院自称余寿不多，可是我又比他小不了几岁，岂敢担任此照顾监护之责呢。倘若人的生死能按年龄的老幼顺序实现的话，那么我倒是可以多活几年，在这短暂期间，自然应当关照一切，无论朱雀院的皇子或公主都不能视为陌生人而弃之不顾，尤其是对朱雀院所特别嘱托的三公主，当然更要精心照顾。然而人世间世态无常，谁又能料及何时是自己的大限呢！"源氏说罢，过了一会儿接着又说："再说，倘若让三公主把终身托付给我，与我结为连理，和睦厮守，万一我追随朱雀院驾鹤西去，那么对三公主来说，岂不是更加增添她的痛苦，而对我来说，尘世间又多添了一份牵挂，成为我往生极乐净土的羁绊。至于中纳言夕雾，血气方刚正当年，尽管气质上尚欠稳健，但是他年富力强、前途无量、人品出众，定将成为朝廷的栋梁之材。依我看来，将三公主许配给夕雾，并无不相称之处。只是夕雾为人十分诚实敦厚，似乎只专爱妻子一人，大概朱雀院也十分顾忌这一点吧。"左中弁听罢，领会到源氏大老爷似乎无意接受三公主，心想倘若将原话向朱雀院复述，朱雀院那一厢情愿的满心诚意，岂不是太可怜，太令人感到遗憾了吗？！于是左中弁又将朱雀院私下里对他说的，朱雀院自己的想法和如何下定决心等情况，详尽地对源氏述说。源氏听了，难得展露笑容，说道："朱雀院多么疼爱三公主啊！对她的未来考虑得如此深远。既然如此，最好还是把她送进冷泉帝宫中。宫里虽然已有几位身份高贵的女御，但是不必过分担心，她们未必能成为三公主获宠的障碍。后来者居上的情况，是常有的事。在已故桐壶院时代，弘徽殿太后是最早进宫的女御，当时桐壶帝还是皇太子，她的权势盛极一时，然而，曾几何时竟被很久以后才进宫的藤壶母后所压倒。三公主的母亲藤壶女御是藤壶母后的妹妹，世人都盛赞这两姐妹的长相都非常标致。缘此，三公主的长相不论酷似母亲还是肖似姨母，都是异常美丽的。"源氏说这番话的时候，大概多少也有点春心浮动吧。

这年也到年终岁暮了，朱雀院的病情依然不见好转，因此诸事万般忙乱。特别是为举办三公主的着裳仪式的种种准备事项，上下繁忙不堪，备办得既庄严又完美，甚至可说是盛况空前。举办仪式的场所，设在朱雀院内的皇后居所柏殿西面，一切陈设，诸如帷幔、屏风等一律不使用日本制的绫子与织锦，全部运用想象力模仿唐朝皇后宫殿的美丽装饰，作唐式的布置装点，务求富丽堂皇、灿烂辉煌。为三公主系结腰带的角色，预先已拜托太政大臣来担任。太政大臣为人办事总是郑重其事，向来不轻易参谒朱雀院。不过他从来未曾违背过朱雀院的旨意，因此这次他满口答应，应邀与会。参加三公主着裳仪式的还有左大臣、右大臣以及其他公卿大臣等。有些原本因故抽不开身莅临的人，也想方设法调整安排，前来助兴。来宾中计有亲王八人，诸多殿上人自不消说，冷泉帝和皇太子及其随从人员也都无一遗漏地前来出席。仪式庄严肃穆、盛大隆重。冷泉帝与皇太子想道："这恐怕是朱雀院举办的最后一次盛会了。"他们体察到朱雀院的心情，深感难受，十分同情朱雀院，遂从藏人所和纳殿里储藏的宝物中取出许多唐国舶来的珍品，送给朱雀院。六条院源氏那边也送来了许多珍贵的礼品。朱雀院回赠各方来宾的礼物、送给各方来宾的福禄奖赏，以及馈赠上席贵宾太政大臣的礼品等，都是由六条院源氏代办的。秋好皇后也送来了服装和梳具盒，梳具盒经过一番精心加工装饰，意匠卓越，饶有情趣，又不失原有的意趣风格，一见就知是昔日之物。此物是当年秋好皇后进宫时，朱雀院送给她的。秋好皇后赠送的礼物，于举办着裳仪式当天的傍晚送到，秋好皇后派来的使者是朱雀院的殿上人又是中宫职的权亮[01]，他把礼物呈上，并说道："这是赠予三公主的。"礼物中附有赠朱雀院的歌一首，曰：

> 梳发旧情今犹续，
> 馈赠玉栉岁月长。

朱雀院看到此歌，感到无比亲切，追忆往事，不由得思绪翩跹。秋好皇后将此玉栉转赠给三公主，意在祝福她不妨效仿自己。这是十分荣誉的玉栉，因此朱雀院在答歌中，只字未提及昔日为她失恋的伤心往事，答歌曰：

> 经久岁月黄杨梳，
> 愿继承者万年荣。

谨以此歌致谢意。

朱雀院强忍着沉重病苦的煎熬，硬提起精神，办完了这桩着裳仪式盛会。此后过了三天，他终于削发遁入空门。一般说来，即使普通百姓，到了落发改装之日，也自然会感到悲伤，更何况朱雀院这样的至尊人物，着实非常伤心，众多女御、更衣无不悲叹。尚侍胧月夜一直依偎在朱雀院身边，她更是愁容满面郁闷不语，朱雀院也无法安慰她。朱雀院说道："惦挂儿女之情毕竟有限，告别心上人之痛苦着实难忍啊！"他那出家的决心产生了动摇，然而他硬是压抑住这种情绪，将身子勉强靠在凭肘几上。以延历寺的座主为首的三位授戒高僧便走到朱雀院身旁，为他削发换装，进行了从此脱离尘世的仪式，这仪式弥漫着悲伤的氛围。这一天，连看破红

---

[01] 中宫职指皇后官署，权亮指额外增封或暂封的次官。

尘的众僧侣都泪流不止，更何况朱雀院的诸位公主和女御、更衣，还有院中的男男女女、上上下下，不分身份高低，无不放声痛哭。朱雀院内心忐忑不安。出家之事引起如此骚扰，这是他始料未及的。他本想平淡而迅速地遁入空门，以获得一片湛静的境地，不料现状却违反了他的本意。"之所以落得这样的结果，完全因为心疼这年幼的爱女三公主所致。"他不由得这样想，也这样说了。不消说，包括冷泉帝在内，各方皇亲、公卿大臣们都纷纷派遣使者前来慰问。

六条院源氏听闻朱雀院心情稍许好转，遂前来造访。朝廷对源氏的赐封，一切都与让位的太上皇待遇相同，但是源氏并不张扬炫耀，出门时不采用太上皇的成套仪式排场。世人对源氏特别敬重，原本有固定的礼数可遵循，然而源氏刻意朴素简约，按惯例乘坐不甚讲究的车子，并且仅让有限的、必需的公卿大臣乘车随行。

朱雀院盼望已久，十分欣喜地接受源氏的来访，他强忍住病中的苦痛，打起精神来面晤源氏。接待场面并不盛大辉煌，只在朱雀院起居室内添设客座，并请源氏入座。源氏眼见兄长朱雀院一身僧装的模样，顿时万感交集，心潮澎湃，悲怆至极，泪珠不由得夺眶而出，激动的心情一下子平静不下来，好不容易稍事缓和，便对兄长说道："自从父皇驾崩之后，小弟深感世态无常，总盼着能随心所愿出家修行，无奈小弟意志薄弱，逡巡不前，终于拜见吾兄出家姿影，但觉小弟心性优柔寡断，行事总落人后，着实惭愧。对于小弟自身来说，出家之事似乎视为无所谓，故每当想起，便下决心要行事，然而每每总因难于割舍之事甚多，因而……"他感慨万千，言外之意实属无可奈何。朱雀院内心也深感不安，难以勉强振作起来，他悲伤颓丧，有气无力地低声谈古说今："愚兄我自觉气数将尽，或在今天明日，殊不知竟然得以苟延残喘，在蹉跎岁月中，总是担心在这短暂的存活期间不能了却深切的出家愿望，缘此才痛下决心这样做的。如今虽已遁入空门，但是倘若余命无几，则修行之志也不能完成，不过暂且留住此间，进入闲寂之境界，至少也能一心念佛。我并非不知晓，像我这样的虚弱之躯，之所以尚能存活于世间，全然仰仗修行之志所赐，然而我生性懈怠，迟至今日尚未能在规定时间内诵经念佛，于心甚感不安。"朱雀院说着又将近来所想之事详细地告诉了源氏，并且顺便提及说："我舍弃了诸多公主而剃度出家，心中不胜挂牵。公主中尤其是别无依靠的三公主，最令我揪心了！"朱雀院言语含蓄，然而那神态却荡漾着凄凉的弦外音。源氏深感同情，再加上内心中着实也想一睹三公主的倩影，岂能漠然置之，于是说道："此事诚然可忧，身份高贵的公主，倘若没有诚心关照的保护人，将会比一般女子更觉困苦啊！好在三公主的兄长是当今皇太子，而且在此末世之秋，皇太子又是一位难能可贵的贤明储君，为天下人所景仰和信赖，因此只要为父的吾兄把三公主托付给他，想必他决不会有所疏忽的，故三公主未来的大事，吾兄大可不必担心。不过话又说回来，万事都有个限度，皇太子将来即了帝位，掌管天下政治，日理万机，恐怕无暇顾及对一女子寄予深切的关怀照顾。总之为女子着想，须寻找一个骨肉至亲般、大小巨细皆能关照入微的保护人，此人自然须与此女结缘，而把关心爱护此女，为她解决万般事务视为应尽的天职，有这样一位贴心的保护人才能放心啊。不管怎么说，吾兄与其留下未来的悬念，莫如以适当的方法物色贤才，从中秘密内定贤婿，岂不更妥。"朱雀院答道："我也曾如斯想过，但是挑选女婿，也是一件相当艰巨的事。据我所知昔日的先例，父皇在位，世道昌盛之际，也有公主选定东床做她的保护人的，这种例子甚多。何况像我这样行将离开尘世之人，选择女婿自然并不过分苛求。但是在已经舍弃的红尘中，尚有这般难于割舍之事，不免招来种种烦恼困惑，以致病势日渐沉重。眼看着岁月迅速流逝，一去不复返，内心好生焦灼。此刻我有一件麻烦事要拜托，可否请吾弟特别眷顾我膝下这三公主，听凭你为她选定一位合适的东床？你家公子夕雾中纳言尚未娶亲之时，我后悔没有主动及早提出此事，而被太政大臣抢先一步，使我满怀妒忌并羡慕啊！"源氏回答说："中纳言夕雾为人真诚厚道，着实值得信赖。不过，他还年轻，阅历尚浅，难免多有考虑欠周之处。在这里不妨恕我冒昧直言，三公主倘若得到小弟尽心关照保护，想必她将会感到无异于在父亲的庇护下生活。只是小弟也担心自己来日短暂，深恐中途撒手人寰，不能持续关怀照顾三公主，她岂不太可怜。惟有此悬念令我感到痛苦。"源氏已然表示接受三公主之意。

已是夜间时分，主人朱雀院方面的人和客人公卿大臣们，在朱雀院御前飨宴。菜肴尽皆素食，虽无豪华的山珍海味，却也别有一番鲜嫩优雅的风情。朱雀院御前摆设着沉香嫩木食桌[01]和钵盂等。众人看到所置餐具一反朱雀院在俗期间的常态，尽皆出家人所用的器皿，无不感慨得落泪。此外催人感伤的事尚有，为免烦琐，恕不赘述。

时届夜深，源氏方才告辞返回六条院。朱雀院赏赐随从人员各种礼品，并命首席执事大纳言护送源氏一行。主人朱雀院在今日降雪的严寒中，伤风越发加重，但觉胸闷痛苦，身体很不舒适。不过女儿三公主的终身大事已定，自己也可以安心了。

源氏回到六条院，思绪万千，内心苦楚不得安宁。紫夫人也早已略有耳闻朱雀院欲将三公主嫁给源氏，正在酝酿等事。但是她心想："不至于有这种事吧？！因为以前他也曾热恋过前斋院槿姬，但最终并没有硬要娶她。"缘此，她很放心，也不曾向源氏探询过："是否真有这种事？"紫夫人一向没有把此事放在心上而泰然自若。因此源氏觉得紫夫人太可怜，

---

[01] 沉香嫩木食桌：原文作浅香悬盘，"浅香"即沉香的嫩木，"悬盘"即放置供一人使用的餐具的食桌，在方形盆下装有猫腿形的桌腿，桌腿下有垫子，这是一种高格调的食桌，多涂漆并施以泥金浮花画，外观华美。

他心想："紫夫人倘若知道今天的事，不知会作何感想。其实我对她的一片心，丝毫也没有改变，毋宁说有了今天这种事，我对紫夫人的爱反而更加深。只是这种爱情在见诸事实之前，不知紫夫人将会多么怀疑我的心思呢！"源氏内心忐忑不安。他们厮守到了现在这样的年龄，更是彼此毫无隔阂，真是天生一对亲密和谐的伴侣。缘此，心中留存哪怕是短暂的一星半点的隐情，也觉得极其压抑、不愉快。当天夜里，立即就寝，一觉至天明。

翌日，持续降雪，天空的景色萧条冷落。源氏与紫夫人谈古论今共叙家常，于是源氏就势说道："朱雀院病势加重，我前去探病，始得知他有诸多忧心事呢。他异常惦挂着三公主的终身大事，实在难于割舍，于是向我提出了如此这般的嘱托。我很同情他，觉得不便拒绝，只好接受了下来。外边的人们想必已在大肆宣扬了吧。我如今对那种怜香惜玉的儿女情怀早已疏远，兴味索然了。因此他屡次托人转达其意时，我都托故婉言谢绝了。但在他当面苦苦倾吐衷肠，亲口提出时，我着实不忍心当场断然拒绝。拟于朱雀院迁居深山修行时，即必须把三公主迎接到这边来。……你听了这番话之后，会很难过吧。但是请你相信，不管发生天大的事，我只要还在人世间，爱你之心决不会改变，希望你不要介意。毋宁说此事对三公主来说，反而是委屈了她，所以我对她也不宜太冷漠。总而言之，但愿大家耐心宽容，安详度日。"紫夫人生性易于妒忌，往常源氏略有轻浮之举，她就视为行为不端而对他恼火。因此源氏今天十分担心，不知她对此事作何反应。却没料到紫夫人一反往常，宽宏大量地从容答道："这个出于一片苦心的嘱托，实在令人感动，我怎会介意呢。只要她不蔑视我，不嫌弃和我住在一个庭园里，我就放心了。再说，她的母亲藤壶女御是我的姑母，有了这层亲戚关系，想必她也不会疏远我吧！"紫夫人这番言语如此谦逊是源氏始料未及的，源氏说："你如此这般宽容，反而令我担心，不知你是什么用意了。不过，果真能如此海纳百川胸襟开阔地待人处事，于人于己，尽皆安乐。你若能与她和睦相处，那么我一定会更加疼爱你。今后，外间人士倘若有闲言碎语，你万万不可信以为真。所有世人的流言蜚语，大都是捕风捉影毫无根据，总喜欢把人家男女之间的情事胡编乱造四处流传，以致发生意外的事件。因此对待传闻，必须平心静气，根据实情加以分析判断才好。遇事切莫急切暴躁，徒自惊扰怨恨。"源氏恳切地作了一番开导。

紫夫人心中也在寻思："此番三公主的事，出乎意外，宛如从空中突然降下来。他既然无法逃脱而接受了下来，我也不必说些埋怨他的话。倘若他和三公主真心产生恋情，那么他必然对我有所顾忌，或必能听我的劝谏而有所收敛，可是这次的事情并非如此，使我无法阻拦。务必不可让世人知道我有徒劳的怨恨。式部卿亲王的正夫人经常诅咒我，甚至为了那无聊的髭黑大将的事件，也毫无道理地怪罪怨恨我。如今她听闻此事，联系起旧怨一并思考，定然幸灾乐祸了。"虽说紫夫人胸襟开阔，是个气度宽容者，然而遇上此等事，她怎么可能会开心呢。她本以为不管怎么说，自己的地位牢不可破，大可安心，无忧无虑地享受夫妻恩爱的生活，不料如今竟发生让人耻笑的事。紫夫人心中思绪万千，心潮澎湃，表面上却装得稳重大方、泰然自若。

辞旧岁迎新年。朱雀院内正忙着为三公主迁居六条院做诸多的准备工作。过去爱慕过三公主的人们，都感到相当遗憾而叹息。冷泉帝也爱慕三公主，希望她进入后宫，现在知道她的归宿已成定局，也就断了这个念头。

且说，源氏今年正好四十岁。朝廷也十分重视为他举办祝贺初老之寿的庆典，并把它当作天下之大事操持，早已在做准备工作。但是源氏一向嫌麻烦，不喜欢铺张炫耀，缘此，一概婉言谢绝。

正月二十三是子日，髭黑大将的夫人玉鬘奉献上嫩菜，庆贺源氏四十华诞。玉鬘此举的准备工作极其秘密，预先丝毫不漏风声，突然使上这一招，源氏措手不及无法婉拒，只好接受了。此时玉鬘威势正盛，前往六条院的这一天，虽说是悄悄进行，但是她出行的仪式等排场，世人的评价也认为是格外特别非同一般的。

源氏的待客之所设在正殿内西边的耳房里。室内的所有旧物尽皆撤走。包括屏风、代墙用的帷幔等，全部旧貌换新颜。但没有搁置极之华美的椅子，地板上铺着摞十四层的唐席，坐垫、凭肘几等所有贺寿用的器物，全都是崭新的。两对镶嵌着螺钿的架柜上放置着四个衣箱，衣箱内装着夏天冬天的服装。香壶、药盒、砚台、泔器[01]、梳具盒等自家用的器物，应有尽有，琳琅满目，美不胜收。放置插头花[02]的台子，是用沉香木和紫檀木制造的。插头花造得很讲究，虽然同样都是金银手工艺品，但色彩的搭配运用手法高超，款式新颖入时，饶有情趣。这位尚侍玉鬘是个喜好风雅、深解情趣、才气横溢的人，因此万事独创一格，令人看了顿觉视野一新。但外表上又能拿捏分寸，没有特意过分夸张。

前来贺寿的众人欢聚一堂，主人源氏出来就座，与尚侍玉鬘照面。两人内心中想必勾起往事回忆，思绪翩跹吧。源氏长相相当年轻，容貌俊俏，甚至令前来庆贺四十华诞的人们怀疑：他的年龄是否算错了呢？源氏那艳丽的面容，看上去真不像是个已为人父的人。玉鬘远离源氏已颇经岁月，如今阔别重逢，一见源氏，内心着实羞愧，然而表面上并没有显露出疏远隔阂的神态，依然亲切地倾吐衷肠。玉鬘带来的两个幼儿也十分美丽可爱。尚侍玉鬘原先怕难为情，对夫君说："婚后接连生两胎，让人看了

---

[01] 泔器（YUSURUTSUKI）：日本古代朝臣梳洗头发用的盖碗状器皿。
[02] 插头花：原文作插头（KAZASI），插在帽子上的花枝或假花。日本奈良时代把真的花朵插在头发上，后来模仿中国的方式，在举行仪式时在帽子上插假花。

多不好意思。"但她夫君髭黑大将则认为："机会难得，至少应趁此良机，让源氏见见这两个孩儿。"于是，两个孩子都一样装扮，头发梳成左右分开垂肩的儿童发型，天真烂漫，身穿便服，与父母一道前来。

　　源氏见了这两个孩子，说道："岁数逐渐增长，自己内心并没有什么特别的感觉，只顾依然故我，照样满怀年轻人的心态度日。但是看到这些孙儿，这才意识到自己已是祖父辈的人啦！有时不免感慨万千，难以为情。中纳言夕雾也有孩子了，只因住处稍远，我还未曾见过呐。你比别人特别记住我的年龄，于今天子日特意前来贺寿，令我既欣喜又有几分寂寞，我还想把老迈暂且忘却呢！"

　　尚侍玉鬘业已是身份高贵的少妇了，她风度翩翩，气质高雅，姿态着实优美。她献歌一首曰：

> 今携小松献嫩菜，
> 祝贺岩根寿万年。[01]

　　尚侍玉鬘强压制住难为情，竭力显出成熟妇人的模样咏歌。源氏面前摆着四个沉香木制的方盘，盘内盛着嫩菜，他礼仪性地略尝些嫩菜，而后举起素陶酒杯，答歌曰：

> 效仿小松寿命长，
> 嫩菜托福保永康。[02]

　　在他们唱和的过程中，众多公卿大臣都到南厢来就座了。紫夫人的父

---

[01] 玉鬘以"小松"比喻自己的两个小孩儿，以"岩根"比喻源氏。
[02] 源氏以"小松"比喻孙儿们，以"嫩菜"比喻自己。

亲式部卿亲王对玉鬘心存隔阂，本不拟前来参与祝寿，但考虑到对方特地邀请，加上自己与源氏又属至亲，不便表露出心存隔阂，因此于日暮时分前来。他看到髭黑大将神采飞扬，俨然以女婿身份打理贺寿的万般事宜，心中也很不痛快，可是他的两个外孙是髭黑的孩子，也是紫夫人的外甥，不管怎么说，双方都沾上亲戚关系，缘此也就不辞辛苦地协助料理杂务。中纳言夕雾为首，率领亲戚关系深的侄子们，将四十个装有水果的笼子[01]和四十个装有点心的扁柏木盒子，逐一亲手接连进献到源氏的面前。源氏举起素陶酒杯赐众人饮酒，品尝嫩菜肴馔。源氏面前摆设四具沉香食桌，桌上的碗碟器皿都令人感到亲切，合乎时下风气。由于朱雀院患病尚未痊愈，所以没有召乐人来奏乐助兴。不过，太政大臣那方面倒是准备了琴笛之类的乐器，他说："今天既然要在这世间为源氏举办贺寿仪式，就得尽量办得珍奇，尽善尽美。"说着将预先备办好的音色格外精美的各种著名乐器拿了出来，率先演奏了起来。众人各自选择一种乐器进行演奏。在这些乐器中，数和琴是这位大臣的收藏品中最珍贵的名琴。他本人则是抚琴的名家里手，今天兴之所至得心应手奏上一曲，琴声悠扬美妙无比，令别人望而却步，不敢与他媲美。主人源氏再三请太政大臣的儿子右卫门督柏木弹奏一曲和琴，柏木一再辞谢不果，只好抚琴。他琴艺高超，琴声饶有风趣，几乎不亚于其父的技艺。听者听得入神，深受感动，赞叹不已，说："毕竟是名家之子啊！不过，子承父业，竟能达到如此境界，真是稀世罕见！"

由唐国传来的乐器当中，无论是筝还是琵琶，遵循不同的曲调，不同的乐器各有不同的弹奏手法，由于有固定的规律，有谱可依，研究方法反

---

[01] 笼子里装有水果，笼子上插树枝，是进献品或举行仪式时用。数目四十个，乃缘于贺四十华诞。

而明快，可是和琴则只是合着心绪的起伏持菅搔[01]拨弦法清弹，却能奏出万般音调，妙趣横生，甚至令人感到不可思议。随后太政大臣又将和琴的琴弦稍放松缓，调子降得很低，奏出音响丰饶的曲调。而太政大臣的儿子柏木卫门督则用非常明朗的高调，奏出娇嫩可爱的音色，亲王们听了，格外动心，惊叹道："真没想到柏木的琴艺如此高超！"

兵部卿亲王弹七弦琴。这张琴是保藏在宜阳殿内的宝物，为历代传承下来的第一名琴。已故桐壶院晚年，一品公主[02]深深爱好此道，桐壶院遂将此琴赐予她。太政大臣为了使此番庆贺源氏四十华诞的寿宴尽善尽美，特地向一品公主求来此琴。源氏见物生情，想起此琴历代相传的历史遗痕，抚今追昔，不胜感慨，依恋之情油然而生。兵部卿亲王也醉后伤感，落泪不止。他体察到源氏的心情，遂将此琴让出来，呈到源氏跟前。源氏此刻心潮澎湃难以平静，便取过琴来，仅弹奏珍奇的一曲。这种自家人和亲近者聚集举行的管弦演奏会，虽然规模不大并不辉煌，却是洋溢着无穷乐趣的夜间风雅聚会。其后召来歌人们到阶前来唱歌，他们使尽浑身解数演唱，歌声优美，从吕调转到律调，又从律调转到吕调。随着夜色深沉，曲调逐渐变得和蔼可亲。开始唱催马乐《青柳》时，歌声动听歌词饶有情趣，连鸟巢内梦中的黄莺都被惊醒了。犒赏众人的福禄奖赏，都按私事的规格办，设计精美，颇为讲究。

黎明时分尚侍玉鬘告辞，源氏赐赠礼物。源氏对玉鬘说道："眼下我仿佛行将撒手人寰远离世间般地度日，似乎不知岁月的流逝，大家为我庆贺四十寿辰，使我猛然想起自己的岁数，不胜寂寞啊！今后还望时时到访，察看我又老了几许。我受身份的成规所拘，不能自由行动，无法随心所欲与你照面，实在遗憾。"源氏此番与玉鬘会面，勾起诸多往事回忆，

---

[01] 菅搔（SUGAKAKI）：和琴的奏法之一。最单纯最基本的拨弦法。
[02] 这位一品公主是桐壶院与弘徽殿太后所生，与朱雀院是同胞兄妹。

既感凄怆也觉兴味盎然。玉鬘匆匆来访，旋即仓促离去，使他甚感美中不足，着实惋惜。尚侍玉鬘这方则觉得，亲生父亲太政大臣与她只有前世宿缘的血缘关系，而义父源氏对她慈爱关怀备至，真是情深义重，无与伦比。此后随着岁月的流逝，她的夫妻之缘牢固，她对源氏更是感激不尽。

到了二月初十之后，朱雀院的三公主将下嫁到六条院来。六条院也精心筹办，做迎亲的准备，其隆重程度异乎寻常。新房设在正月子日庆贺源氏四十华诞时，大家尝嫩菜的正殿内西边的耳房里。那边的一厢房、二厢房以及将厢房与正殿连接起来的、名为穿廊的走廊，乃至三公主随身的众侍女的诸多房间，都精心布置装饰。朱雀院运送三公主的嫁妆，是效仿女御入宫的方式，出发时仪仗之盛大隆重自不待言。送亲者中有许多公卿大臣。那位盼望以家臣资格当三公主夫婿的藤大纳言，心中虽然郁闷不快，但也来参加送亲。三公主的车子到达六条院时，源氏出来迎亲，还亲自扶三公主下车，此举异乎通常惯例。不管怎么说，因为源氏还是臣下，万事都有定规，三公主下嫁的结婚仪式，与女御入宫的仪式不同，但又与普通人娶亲不一样。这是一对异乎寻常的新婚夫妇。

三公主嫁到六条院后的三天之内，朱雀院方面和六条院方面都有威严而珍奇且极尽风雅之能事的赠答致意。

这一切情景，紫夫人都耳闻目睹，心情又怎能平静。实际上，诚如源氏先前曾对紫夫人说过的那样，三公主即使来了，那气势也未必就能压倒紫夫人，不过紫夫人迄今一直过惯了独享专宠无人可比肩的生活，如今来了个如花似玉光彩照人、前途无量的人儿，那堂堂的威势使她无法放心，不由得感到好生不自在。不过她表面上丝毫不露声色，态度冷静，当新人嫁过来时，她和源氏一道准备迎接，万般事务不论大小巨细，她都打理得井井有条、无微不至。源氏看在眼里，更觉得紫夫人真是一位世间罕见的美丽而高贵的女子，从而更加珍爱她。

三公主年纪还小，发育尚未健全，举止谈吐还很幼稚，简直就像个小孩儿。源氏回忆起当年在北山寻访到与藤壶女御有缘的小紫，并收养她的情景，当年她像三公主这个年龄的时候，已展现聪明伶俐、颇有才气的模样，相形之下这位三公主则全然是个未脱孩子气的小孩儿。源氏见三公主这种状态，心想："这样也好，她不至于刁难别人，或逞威风、盛气凌人，不过，从结缘角度看，也实在太没劲了。"

婚后三天，源氏每夜陪伴三公主歇宿。紫夫人多年来未曾尝过独睡的滋味，如今虽然极力控制，还是不免有孤寂之感。紫夫人一边精心地给源氏出门要穿的衣服多薰薰香，一边却茫然若失地陷入沉思，她那美丽而高贵的神态，非常可爱。源氏暗自想道："就算有万般的客观情况，我已有了紫夫人，为什么还要迎娶另外的妻子呢？！还是由于我举止轻浮，近来又心软，意志不坚，以致发生了这样的事件。中纳言夕雾虽然年轻，爱情却专一，为人耿直，朱雀院也体察到这点，没有选他为婿。"源氏自责的思绪翩跹，自己也怨恨自己薄情，不由得热泪盈眶，他对紫夫人说道："惟今夜从情理上说我不得不到三公主那边去，你能谅解我吧？今后若再有离开你身边的时候，我自己也该唾弃自己了。不过，朱雀院若知道了不知会作何感想啊！……"源氏显得进退维谷苦恼万状。紫夫人莞尔一笑说道："连你自己心中都没有打定主意，我还能根据什么道理来做决定呢？"这话显然表明源氏说的话等于没说。她毫无反应，这神情甚至使源氏感到惭愧，源氏以手支颐，挨在旁边躺下，紫夫人将笔砚端过来，写道：

> 但愿眼前无常态，
> 化作永恒不变爱。

紫夫人此外还夹杂着写些古歌。源氏取过来看了看，觉得尽管这是紫夫人的胡写乱画，却也不无道理，于是答歌曰：

生死纵然有绝期，
汝我恩爱永不离。

源氏写罢，不便立即就到三公主那边去。紫夫人说道："你这样逡巡不前，在人前可寒碜了。"她催促他走。于是源氏穿上飘逸潇洒的服装，荡着芬芳的薰衣香出门去了。紫夫人望着他的背影逐渐远去，内心好不平静，她暗自思忖："近年来，我也曾多心怀疑过他会不会又与槿斋院发生什么事了呢。可转念又想，他如今已非年轻，想必这念头早已绝迹，果真如此，那么今后的日子大可放心。此前确实总算平安无事，持续至今，不料现在竟又发生这种非同寻常、让人耳闻都觉很不体面的事。真是世事变幻莫测，今后情况如何，着实不能粗心大意啊！"

紫夫人表面上装作若无其事的样子，可是她身边的侍女们却都在私下相互议论说："世事真是变幻无常难以揣测啊！源氏大人拥有许多夫人，不过不论哪位夫人，相比紫夫人的气势都略逊一筹，得谦让几分，因此相处平安无事，直到如今。现在新来的这位夫人如此威风凛凛、盛气凌人，紫夫人恐怕也不会甘拜下风吧，她再怎么忍耐，也难免会遇上磕磕碰碰的一些小事，而引起不快，往后的日子恐怕还会发生种种烦恼事啦！"紫夫人装作丝毫没有听见侍女们的私下议论和叹息声，只顾兴致盎然地和她们聊天，直到深夜。然而她觉得众侍女如此议论纷纷，听起来也不好听，于是对她们说道："我家大人虽然拥有诸位夫人，但是合乎时宜，又机灵优秀，能使他感到称心如意的，一个也没有，缘此他常有美中不足之感怀。

如今这位三公主来了，真是锦上添花的好事。我可能是由于至今童心未泯的缘故，颇想与她亲近。可是世人可能在妄加揣测，以为我对她心存隔阂呢。对于身份地位与我同等程度的人，或者比我卑微的人，忽然听到一些缘于争宠的责难传闻，又不能置之不理，难免要恼火，但是这位三公主下嫁到这里来是委屈她了，因此我要设法使她不要把我当成外人看待才好。"侍女中务君和中将君听了紫夫人的这番话之后，相互使了个眼色，似乎是在说："紫夫人太慈祥宽容了。"这几个侍女，从前都曾蒙受源氏的特别宠爱，后来都在紫夫人身边伺候，因此她们都是站在紫夫人这边，与紫夫人一条心的。其他诸位夫人也都关心紫夫人，有的差人送信来慰问，信上说："不知夫人作何感想。本来就已失宠的我们这些人，对这种事早已想开了，因此反而安心……"紫夫人心想："她们作如此这般的推测，反而使我心里非常不痛快。人世间的事本就是变幻无常，何苦为此自寻烦恼呢！"

晚间太晚入睡，一反向来的惯例，深怕旁人感到诧异，紫夫人内心有此顾忌，于是走进寝室，侍女们前来为她铺被褥整理寝具，然而紫夫人一想到夜夜孤身只影，寂寞独眠，长此下去，毕竟冷落不安，心情好生难受。这时她回忆起昔日源氏遭贬黜谪居须磨，长年阔别的情景，她想："那时节，他终于远离京城，到那穷乡僻壤的须磨，当时我只求能够知道他平安无事地活在同一个世间，就心满意足了，全然把自己的苦乐事置之度外，所痛惜悲伤哀叹的只是他的不幸遭遇。倘若当年在那种纠葛纷扰中，我和他的性命都丧失了，那么今天两人还能谈得上什么呢。"这种退一步海阔天空的想法，倒也能使她稍许放宽心。

当夜刮风，四周寒气逼人，紫夫人在卧榻上难以成眠，她生怕睡在近旁的侍女听见声音引起诧异，遂纹丝不动地躺着。孤身独眠毕竟很痛苦，夜深沉时听见鸡鸣声，凄怆之情油然而生。

紫夫人并不特别怨恨源氏，不过也许是由于胡思乱想，十分苦恼的缘故，紫夫人竟在源氏的梦中出现[01]，源氏从梦中惊醒，内心忐忑不安，总觉得即将会发生什么事。好不容易熬到雄鸡报晓，他顾不得天色尚黝黑，便匆匆起身要出门去。三公主年龄尚小，因此乳母们总在她的附近陪伴伺候。源氏打开旁门径直出门了，乳母扶着三公主目送源氏出门。黎明前昏暗的天色中，只见一片雪光，四周朦胧，模糊难辨。源氏出门后，他的衣香味依然在室内弥漫，不知不觉的有人独自在吟咏"无由逗黑黝"[02]。

源氏放眼望去，但见庭院里洁白铺石的地面上，一处处残雪未消，两种洁白几乎难以辨别，互相辉映，妙趣盎然，情不自禁悄悄随兴低声吟咏白居易诗"子城阴处犹残雪"[03]，一边吟咏一边走向紫夫人住处，伸手敲格子门。由于许久没有做夜出朝归之类的事了，因此侍女们还在假寐，源氏等了好大一会儿，格子门才打开。源氏对紫夫人说道："我在门外等了好大一会儿，身体都发冷了。我之所以这么早早归来，只因生怕你过分担心，这该不算是我的过错吧。"说着伸过手去为她抻抻衣服，紫夫人赶紧将稍许泪湿了的单衣衣袖悄悄藏起来，装出一副毫无怨言、和蔼可亲的样子，但也不过分，该保守则保守，分寸拿捏得当，气质高雅令人钦佩，甚至令人感到惭愧。源氏内心不由得将她和三公主作比较，觉得身份无论多么高贵的人，都比不上这位几乎完美无缺的紫夫人。

源氏回忆起昔日的诸多往事，但遗憾的是紫夫人不愿轻易与他叙谈，当天就这样白白地过去了，又不便回到三公主那里去，于是派人送一信给

---

[01] 那个时代人们迷信生魂能入梦。
[02] 此语引自《古今和歌集》第41首，歌曰："春夜无由逗黑黝，梅花杳然却飘香。"
[03] 此句出自白居易诗《庾楼晓望》，诗云："独凭朱槛立凌晨，山色初明水色新。竹雾晓笼衔岭月，蘋风暖送过江春。子城阴处犹残雪，衙鼓声前未有尘。三百年来庾楼上，曾经多少望乡人。"

三公主，信中写道："今朝雪中稍受风寒，身体颇觉难受，因此拟在此间安闲地休息。"三公主的乳母见信后，只口头回答称："我定将此意禀报公主。"源氏觉得如斯回复太冷淡无味了。他顾虑到倘若朱雀院闻知此事太过意不去，故打算于新婚期间多住在三公主那边，以掩人耳目。然而要离开紫夫人身边又谈何容易，心想："自己早就想到会出现这种局面的呀！唉！好苦啊！"源氏独自思量，苦恼万状。紫夫人也觉得源氏若不常到三公主那边去，对新人太不够关心体贴，作为自己来说，也很为难。

翌日清晨，按惯例很晚才起身。源氏给三公主写一信送去。三公主还小，不会计较，但是源氏落笔还是很讲究斟酌的，他在一张白纸[01]上写道：

> 非因大雪阻通道，
> 只缘朝雪扰我心。

写罢将信系在一枝白梅花枝上，召来使者，吩咐道："你走西面的穿廊，把信送去。"源氏说着走到窗边，目送信使远去并眺望庭中的雪景。他身穿洁白衣服，手里摆弄着余下的梅花，观赏在那"等待朋友来"[02]的残雪上，纷纷扬扬飘洒着新雪的空中景色。此时有只黄莺落在近处一棵红梅树的枝头上，扬起清脆的歌声唧啾呜啭。源氏触景生情，不由得咏道："折得梅花香满袖。"[03]信手将手中的梅花藏起来，撩起垂帘向外眺望，他那举止姿态，既年轻又清秀动人，令人做梦也不会想到这竟是一个身为人

---

[01] "白纸"与"白雪"有关联，显现一种雅趣。
[02] 此语出自《家持集》中的古歌，歌曰："白雪白梅色难辨，残雪等待朋友来。"作者大伴家持（716—785），奈良时代的歌人，三十六歌仙之一。
[03] 此句出自《古今和歌集》第32首，歌曰："折得梅花香满袖，枝头黄莺鸣唧啾。"

父、官居高阶的人。源氏估计三公主的回信不会那么快送到，遂走进内室，把梅花拿给紫夫人看，对她说道："既然称为花，就得有这种香气才对。倘若能把这种香气移植到樱花上，那么其他所有的花都不会使我动心啦。"接着又说："这梅花也许是在我尚未看到其他诸多花盛开时，最先绽放的缘故，格外吸引我注目。多么希望能看到它与樱花同时绽放的情景啊！"源氏正在说些取悦紫夫人的话语时，三公主的回信送来了。信纸是红色的很薄的上等和纸，包装也很鲜艳抢眼。源氏大吃一惊，心想："三公主的字迹稚嫩，还是暂先不让紫夫人看为好。并非有心对紫夫人见外，只因三公主的笔法太浅陋，有损体面。"可是转念又想："事已至此，如若把信藏起来，反而引起紫夫人多心。"于是展开信纸的一端，紫夫人斜靠着身子，用眼梢窥扫一遍，只见三公主答歌云：

霏霏春雪风中飘，
须臾无常碧空消。

三公主的字迹果然太稚嫩了。紫夫人心想："都长这么大[01]的人了，字迹理应写得更像样些。"紫夫人明明已窥见，却佯装没看见，沉默不语。此事若是别的普通女子之事，源氏肯定会私下在紫夫人面前评头品足、说长论短的，但是这关系到三公主的身份问题，他不忍心让三公主受委屈。源氏对紫夫人只说了一声宽慰的话："你大可放心了！"

今儿白日里源氏要到三公主那边去。他格外精心打扮一番，众侍女看到主人如此清秀优美的姿影，想必干起活儿来都觉得很带劲吧。只有像乳母等那样上了年纪的人当中有人说："唉，不要太高兴啦！源氏大人固然仪表堂堂，令人喜爱，不过只怕日后会发生意外的麻烦事呐。"她们的心

[01] 三公主是年十四岁。

态是既欣喜又担忧。

　　三公主长得娇小玲珑十分可爱，十足一副孩子的模样。她的居室布置装饰得相当威严庄重，格外富丽堂皇，但是三公主本人对这些漠不关心，也无要求，一味天真烂漫。她穿着许多衣服，从整体上看，她那娇小的个子几乎被层层服装所淹没看不见了。她见了源氏也不特别害羞，仿佛一个不怕陌生人的孩子，悠然自得美丽可爱。源氏心想："一般世间都认为朱雀院欠缺英勇的雄才大略，而在追求风雅情趣，追求优美娇艳、品格高尚方面则是出类拔萃的。为什么教养出来的公主竟如斯平庸？况且听说三公主还是他最心疼的宝贝闺女呢。"源氏虽然感到美中不足，但是并不厌恶她，倒觉得她蛮可爱的。三公主对源氏则百依百顺，只要是源氏所说，她都姿态柔婉地一一顺从，即使是应答时，但凡她知道的，她都天真无邪地说出来，不加修饰，她的这份纯洁心灵着实令人爱怜，难以舍弃。源氏心想："倘使是昔日，我年轻时代那样纯真的话，肯定极其看不上这位三公主，可是如今阅历多了，觉得世间有各式各样的人，沉下心来观察，人们都各有千秋。然而要想找个出类拔萃者，谈何容易呀！多数情况下，人都各有所长，又都各有所短。在旁人的想象看来，这位三公主还是个无可挑剔的人儿呢。"源氏接着又想，他和紫夫人多年来一直生活在一起，如今回想起来，更加钦佩紫夫人的人品，觉得真是世间无与伦比，从而也自我欣赏，觉得自己对她的苦心栽培确实有效果。现在反而更觉得自己对紫夫人的爱越发深沉浓烈，分开一夜，或者朝别夕归，只觉相思难耐，颇感苦楚，为什么竟如此钟情？！自己也觉得不可思议。

　　朱雀院定于本月内移居西山的寺内。临别给源氏写了十分诚恳的信，信中叙述放心不下有关三公主的诸多事项，这是自不待言的。他写道："你不必顾虑事情让我闻知后会惹烦恼等等。不论任何事，请随尊意关照栽培小女是盼。"此话他反复嘱托了好几遍，可见他心中还是可怜三公主年幼，放不下心啊！他还特地给紫夫人写一信，信中写道："小女年幼无知，前往府上，万望夫人怜其无辜，多加宽容照料。夫人与小女似尚有亲戚之缘分[01]。

> 欲遁空门情未了，
>
> 入山道上多羁绊。

爱女心切情难消，以至唠叨了这许多，不揣冒昧，望多海涵。"源氏也看了此信，他对紫夫人说："他太谦恭了。你该回信表示定当遵照所嘱办理。"说罢命侍女拿出素陶酒具，以酒款待送信来的使者。紫夫人不知回信写些什么才好，有些为难。她觉得没有必要过分地表示欣然接受嘱托，只是如实述说一番心情，歌曰：

> 千丝万缕系尘缘，
>
> 砍断恩爱又何苦。

犒赏信使的礼品为女子装束一套外加细长女服一件。

朱雀院看到紫夫人的字迹相当优美，联想到稚嫩无知的女儿三公主与这万般优秀的、令人相形见绌的夫人并列相处，内心不由得可怜女儿而感到十分痛苦。这时，朱雀院行将告别尘世入山修行。朱雀院的女御、更衣等都各自分别告假回娘家，凄凉之事颇多。尚侍胧月夜移居已故弘徽殿太后的故居二条宅邸。令朱雀院依依难舍、无限挂牵的，除了女儿三公主的事之外，就只有这位尚侍胧月夜。尚侍胧月夜本想趁朱雀院入山之时

---

[01] 式部卿亲王是紫姬之父，又是三公主生母藤壶女御之兄，故紫姬与三公主是姑表姐妹关系。

削发为尼，可是朱雀院制止她说："你在此忙乱之秋，要削发为尼，难免有仿效他人作为之嫌，态度欠稳重。"因此胧月夜暂且不遁入空门，先行循序渐进地做些修行前的准备工作。

六条院的源氏与尚侍胧月夜曾有过偷情关系，后来终于也没有再次幽会的机会，以至近年来源氏对胧月夜依旧念念不忘，总盼着有朝一日能设法找个好机会相见，再次共叙旧谊，彼此交谈昔日的诸多往事。然而他们两人都有碍于身份特别高贵，不能不顾忌世人的耳目。源氏想起昔日发生过名噪一时的漂泊须磨的事件，所以万事都得备加小心谨慎。如今尚侍胧月夜过着清寂悠闲的日子，在她正想脱离尘世，遁入空门的时刻，源氏比以往任何时候都更想了解她的近况，尽管他明知不该有这个念头，可还是借口作一般的问候，经常给她写亲切的问候信。胧月夜也觉得，如今大家都已非年轻时代，大可不必避嫌，因而不时相应地给他写回信。源氏阅读她的回信，从她的字迹里感受到她在各方面都远比从前进步，完全成熟了。源氏终究按捺不住激越的心情，于是经常给胧月夜的贴身侍女即当年给他们居中牵线的中纳言君去信，向她述说迷恋胧月夜的心绪。此外源氏还把曾经当过和泉守的中纳言君的哥哥召来，复又恢复昔日年轻时代的气势，对他说道："我不希望差人传话，而想隔着垂帘和她直接对谈。我有话要对她说，你去与她商量，若蒙应允，我将悄悄地前往。我因受身份的约束，轻易不微服出行，因此必须严加防范，保守秘密，估计你也不会泄密，关于这点彼此都可以放心。"

尚侍胧月夜听了前和泉守的传话之后，心想："唉！何苦来。我逐渐懂得世间事之后，越想越怨恨他的薄情。如今我都已到了这般年龄，况且正值朱雀院上皇入山修行，别离伤悲之际，我怎能不顾及此景况而与他人叙谈什么往事旧情呢。纵令如前和泉守所说的那样保守秘密不泄漏出去，可是自己'扪心自问何言语'[01]，岂不是羞煞人吗？"她只顾哀叹，不予搭理。前和泉守只好将她无意会面的意思禀报源氏。源氏心想："当年那么突兀无理之事，胧月夜都不曾拒绝我……当然此刻她确有与朱雀院上皇别离之悲伤和内疚的心情，但是她与我也并非毫无关系，现在却骤然装作洁白无瑕疵的样子，要知道'欲盖弥彰何苦装'[02]，如今又怎能挽回呢。"源氏鼓足勇气，下定决心要以"信田之森林"[03]为路标，前往造访胧月夜。

源氏对紫夫人说："住二条院东院的那位末摘花小姐，长期患病，我因杂务缠身，至今尚未抽空前去探望，觉得很过意不去。白日里光天化日之下出门也有所不便，因此想在夜间悄悄前往。我也不想让外人知晓。"说着精心装扮一番，紫夫人瞧着他这身异常讲究的打扮，觉得有点蹊跷，其实她内心也猜中了几分。不过，自从三公主下嫁过来之后，她对源氏，不论在任何事情上，全然与昔日大不相同，总觉心存隔阂，然而表面上总装作若无其事的样子。

那天，源氏并没有到三公主那边去，只派人送一封信给她。白日里源氏只顾精心薰衣香，直到傍黑，仅带四五名平素信赖的亲信，装扮成昔日微服出行的模样，乘坐一辆车厢外表为竹箔的牛车，神不知鬼不觉地出门了。到了二条宅邸，源氏命前和泉守前去通报。侍女们悄悄地向胧月夜禀报源氏已到访，胧月夜吃了一惊，很不高兴地说道："奇怪呀！不知前和泉守是怎样向他转达我的意思的。"

居中人前和泉守说："难得一次富有情趣的拜访，倘若就这样打发人

---

[01] 此句引自《后撰和歌集》中的古歌，歌曰："对人硬称无根据，扪心自问何言语。"

[02] 此句出自《古今和歌集》第647首，歌曰："声如村鸟名远扬，欲盖弥彰何苦装。"

[03] "信田之森林"是和泉国之名胜地，这里意指以前和泉守为向导。

家回去，实在太失礼了。"于是勉强想方设法引领源氏进屋来。源氏首先把慰问的来意请侍女转达之后，接着又说："希望尚侍能移步至此，哪怕隔着帘子交谈也好。我当年那种不该有之心思，如今已荡然无存了。"他一再热心恳求，胧月夜只好唤声叹气地膝行出来。源氏心想："她果然依然如故，还是那么容易亲近啊！"两人虽然相隔，但是互相都感应到对方的体态动作的声响，彼此都感慨良多。这里是二条宅邸的东厅，源氏的客座设在东南角上的厢房里，通厢房的隔扇紧紧地锁上了。源氏满心怨恨地说："如此严密相隔地来接待，俨然接待一个春心浮动的青年。打那以后过了多少岁月，我都记得一清二楚，而今这般冷淡地接待我，未免太无情了！"

　　这时夜已深沉，鸳鸯在池塘里的玉藻间浮游，发出声声啼鸣，听上去其声也哀。源氏看见二条宅邸内寂静无声、阒无人影的景况，感慨万千："啊！世态也变了！"情不自禁地潸然泪下，这倒不是模仿平仲假掉泪，而是真落泪。源氏现在不像当年那样轻浮，言谈极其稳重，然而他这时却伸手去试试拉动隔扇，希望能把隔扇拉开，并咏歌曰：

> 难得重逢还设栏，
> 情不自禁泪潸潸。

尚侍胧月夜答歌曰：

> 悲伤热泪似清流，
> 重逢路途绝已久。

她虽持断然搪塞的口吻说话，但是回忆当年，一想到发生那名噪一时的源氏谪居须磨的事件，究竟因为谁而起，她的强硬态度不由得软了下来，觉得如今与他再见一面也未尝不可。尚侍胧月夜本来就是个意志不坚的人，尽管近年来随着阅历的增长，明白了许多人情世故，在公事的处理方面，或在私事的应对上，深深后悔自己犯过诸多过失，从而悔过自新，之后一直谨慎从事，然而今夜之幽会，不由得旧情复萌，那种亲切感恍若昨日之事，此刻自己再怎么坚强，也无法拒绝源氏了。

尚侍胧月夜依然一如既往，伶俐可爱、朝气蓬勃、和蔼可亲。她一方面顾虑世间的流言蜚语，一方面又难舍爱恋，左右为难，乱了方寸，那愁容满面不时叹息的神情，牵动着源氏的心。源氏觉得仿佛比现在刚恋上的更为难得，情味更加深沉浓重。可惜的是天色逐渐明亮，然而恋情依依难舍，毫无归意。

黎明时分的天空，充满异乎寻常的情趣，各种小鸟唧唧鸣啭，清脆动听。丛林里的花尽皆散落，树梢上的新绿依稀可见。源氏想起昔日右大臣举办藤花宴正是这个时节。虽然已是时隔多年，然而每当追忆往事，昔日的情景依然历历在目，着实令人不胜怀念。侍女中纳言君打开边门，拟目送源氏回去。源氏走到门口又折了回来，说道："啊！这藤花怎么着上如此美丽的色彩！还是那么难以言喻的鲜艳动人，叫我如何舍得离开这花荫呀！"他徘徊良久，怎么也不忍离去。

这时旭日从山边露脸，灿烂的光芒映照着源氏，他宛如从梦中苏醒过来似的，目光闪烁，精神焕发，俊秀迷人。中纳言君已多年不曾看见他，此刻觉得他的相貌神采真是稀世罕见，美极了。她浮想联翩，昔日的诸多往事又浮现在脑海里，她觉得："尚侍胧月夜今后接受这位大人的照顾，有什么不可以的呢。她虽然进宫了，但身份也很有限，又不是女御或更衣，而是个外勤的尚侍，其实不必非与源氏大人一刀两断不可。然而已故弘徽殿太后万般思虑过分多心，以致酿成那谪居须磨的不幸事件，闹得天下喧嚣一时，使尚侍胧月夜落得一个轻浮的恶名流传世间，这两人的关系自那以后全然断绝了。"她多么想让这对倾诉不尽衷肠的恋人继续叙谈下去，然而源氏碍于身份的约束，不能随意行动，再说这宅邸内耳目众多也挺可怕，举止不能不谨小慎微。太阳逐渐升高，他内心也忐忑不安。这时随行人员已将车子驱到游廊门口，悄悄地低声清了一下嗓子，意在催促。源氏召唤一个随从过来，命他去折一枝垂下来的藤花。源氏身靠一旁，陷入沉思，苦恼万状，咏歌曰：

> 难忘沉沦为君谪，
> 投身恋海荡藤波。[01]

中纳言君看见这般情景，十分同情源氏。胧月夜想起昨夜之事，不禁羞愧，极其苦恼，不过她觉得花荫毕竟令人感到亲切。胧月夜答歌曰：

> 投身恋海非真海，
> 不再接受飘渺爱。

这种十足年轻人干的行为，连源氏自己都觉得难以宽容，但是也许是由于此时无人盯梢，无须顾忌的缘故吧，他又和她私订日后幽会的密约，而后告辞。想当年源氏对胧月夜的爱恋，比其他人都令他更上心，可是曾几何时这种互恋关系就横遭断绝了，今日难得重逢，怎不叫人魂牵梦萦难舍难分呢。

源氏回到六条院，悄悄地走进紫夫人的房间里，紫夫人早已做好准备迎接他，她看到他那睡起不整洁的模样，已猜到他去哪儿了，但她却佯装

---

[01] "沉沦"意指源氏谪居须磨，"藤波"指胧月夜。

不知，若无其事的样子。她的这种态度对于源氏来说，远比醋性发作挖苦讥讽几句更使他内心难受。源氏不安地纳闷："紫夫人缘何对我如此不关心呢？！"于是源氏满怀着比以往更深的情爱，向她再次海誓山盟，表示永不变心。源氏觉得此番与胧月夜再次聚首的事，对谁都不应该泄漏，不过自己过去的行径，紫夫人全都一清二楚，所以他含混其辞地说："昨夜与尚侍胧月夜隔着隔扇晤谈了，不过总觉言犹未尽，所以还得设法避人耳目，再次秘密造访她，哪怕是一次。"紫夫人莞尔一笑说道："你真不愧追逐潮流青春复苏了呀！重操旧业，轻车熟路嘛。反观我身似吊在半空中无着落，好痛苦啊！"终因伤心而双眼噙着泪珠，源氏看到这双晶莹剔透的眼睛噙着泪珠，更觉美丽可爱。源氏说道："让你如此心绪不安，我也深感苦楚。我若惹你不高兴，哪怕一如寻常掐我也罢或别的什么也罢，只管责备发泄好了。我从来未曾教过你待人要如斯冷漠，你的任性也未免太固执了。"源氏千言万语，慰藉相劝，在讨好紫夫人的诸多言语中，不觉间似乎把与胧月夜交欢之事也无一遗漏地坦白交代了。源氏不能立即抽身到三公主那边去，而只顾在这里安慰紫夫人。三公主本人虽然毫不介意，但是乳母们则当作非同小可之事，不免有微词。如果三公主也妒火中烧起来，那么源氏势必又增添另一层烦恼。现今和谐安详，源氏只把她看作是一件大方而美丽可爱的欣赏品。

　　住在桐壶院的明石女公子，即皇太子妃明石女御，自从进宫之后，一直没有回娘家六条院来。她深受皇太子的宠爱，难能请到假期。迄今她过惯了轻松安闲的生活，如今深居宫阙，童心未泯的她，颇感苦闷。夏天到了，明石女御觉得身体不舒服，可是皇太子不愿准假让她立即回娘家，缘此明石女御更加烦恼。她之所以感到身体不适，想必是怀孕的关系。明石女御尚属年幼[01]可爱之时，却幼年怀孕，将来分娩可是件大事，大家无不

---

[01] 是年明石女御刚十二岁。

为她担心。明石女御好不容易获准请假回娘家。她的住处设在三公主居住的正殿的东面。明石女御的生母明石夫人,现在已经常陪伴女儿,还可以一起在宫中自由出入,真是前世修来的福气。

紫夫人想去明石女御的住处,顺便去探望三公主,她对源氏说道:"命人打开中门,我想顺道去探望三公主。我早就想去探望她了,只因没有合适的机会,以至拖延至今。现在正好前去造访,日后就可以无拘束地来往啦。"源氏微笑着说:"你们能和睦相处正合我意,三公主确实还很幼稚,请你今后多多善诱开导她,使她不断长进。"源氏欣然应允她们俩照面。其实紫夫人觉得更重要的不是三公主,而是将与明石女御的母亲姿色出众的明石夫人见面,心情有些兴奋,于是郑重其事地梳洗秀发,精心挑选服饰着装,打扮得极其漂亮,无与伦比。

源氏来到三公主的居室内,对她说道:"今日傍晚时分,紫夫人将与桐壶院明石女御会面,顺便来探望你,想和你亲近,请你答应并与她交谈吧。紫夫人是个心地善良的好人,而且充满朝气,蛮适合做你的游戏伙伴呢。"三公主落落大方地回答说:"太不好意思了,和她交谈什么才好呢?"源氏答道:"如何与人寒暄晤谈,得视当时的具体情况,随机应变为好,总之,坦诚相待,不要疏远人。"诚恳地开导她。源氏自然希望紫夫人和三公主和睦相处,希望之余也有几分担心,生怕三公主的稚嫩无知被紫夫人洞察,岂不令人难堪。可是紫夫人又那么难得开口说想和三公主会面,婉拒她也怪过意不去的。紫姬自己一边准备造访三公主,一边在想:"在源氏的诸多夫人当中,位于我之上的,可说是没有。不过自己幼年时代孤苦伶仃,被源氏领养过来抚育成人,惟有这点有损体面啊!"她思绪翩跹,陷入沉思,不知不觉间在随便书写消遣的过程中,信手写出来的净是浮现在脑海里的一些感伤、心灰意懒的古歌词句。自己看了看写下的字句,察觉到:"如此看来,我自己也是个有忧虑的人啊!"就在这时，源氏来到了紫夫人身边。近日来源氏端详了三公主和明石女御的姿容，他感到："她们确实很美啊！"按说这双见多了世间千姿百态之美的眼睛，再去看长年累月看惯了的人的姿容，难免会感到姿态寻常失色，令人印象模糊，引不起太大的注目，然而在源氏的眼里，紫夫人的姿容之美依然是无与伦比，确实是绝色佳人、稀世珍宝。实际上，不论从哪个方面看，她的气质都很高雅端庄，见到她不由得令人感到相形见绌，她的长相有着花闭月之美，姿态袅娜多姿合乎时宜，加之她身上飘逸出各色优雅的薰衣香味，这些因素汇集在一起，呈现出一种无上的美。源氏觉得她的姿色今年比去年更优胜，今日比昨日更珍奇，永远水灵，永远新奇。源氏也感到奇怪："她怎么长得如此艳美啊！"紫夫人看见源氏走进居室来，遂将为了消遣信手书写的字迹藏在砚台下面，被源氏发现翻了出来，反复阅览。紫夫人的书法虽说并不特别高明，但是运笔娴熟、字迹秀美，源氏看到其中有一首歌写道：

> 常青树山渐染红，
>
> 悲秋莫非逼近侬。[01]

源氏阅罢，在这首歌旁和歌一首曰：

> 野鸭绿羽色不变，
>
> 胡枝子叶变异迁。[02]

---

[01] 此歌仿《万叶集》第1543首"秋露恰似天染料，常青树山着颜色"而作。山上的常青树间夹杂有枫树，秋天到，枫叶逐渐变红色。日语中的"秋"字与"厌"字谐音，意即莫非我也将遭厌弃吗？

[02] "野鸭绿羽"指常青树的绿叶像野鸭的绿色羽毛那么绿。此歌中源氏以"野鸭绿羽"比喻自己，以"胡枝子叶"比喻紫姬，意即我心没变，恐怕是你多心了。

尽管紫夫人竭力按捺住内心中的苦楚，不外露，然而这种压抑的心绪，有时难免不由自主地流露了出来。源氏看到紫夫人刻意克制自己，她的这种卓越涵养，令源氏不胜钦佩。

　　源氏觉着今天夜里，紫夫人或三公主似乎对于他都不甚留意，于是又千方百计地悄悄溜出去造访胧月夜了。尽管他曾再三思虑，以为不该有此念头，但是这念头怎么也拂之不去。

　　皇太子的明石女御对义母紫夫人，比对亲生母亲明石夫人更觉亲热和睦与信赖。紫夫人对这个已长成人，亭亭玉立美丽多姿的义女，发自内心地疼爱她，如同己生毫无隔阂。紫夫人和明石女御亲切交谈了之后，命人打开中门，前去和三公主会面。她看见三公主果然天真无邪的模样，也安心了。于是用慈母般的大人口吻和她叙谈她们俩之间的血缘关系，并召唤乳母中纳言到跟前来，对乳母说道："原谅我不揣冒昧，絮叨起昔日的血缘关系来，其实我们是姑表姐妹的关系呐。只缘此前没有机会，两人尚未见过面，从今以后应该多往来免疏远才是，也请你们常到我那边去叙谈。我若有照顾不周之处，务请不客气地予以提示，我就高兴了。"乳母中纳言答道："公主年幼丧母，上皇最近又出家修行，公主无至亲护佑，孤寒凄凉，如今承蒙夫人这般体贴关照，真是无比庆幸之事。遁入空门的朱雀院上皇也曾有过这样的期望，惟盼夫人推心置腹地呵护，多加关爱这位年幼无知的公主。公主自己内心也极其愿意依靠夫人。"紫夫人说："承蒙上皇赐书叮咛，我总想尽心为公主效力，无奈心有余而力不足之身，辜负了上皇的厚望，实在遗憾。"说着安闲地以年长者的态度与三公主闲聊一些公主所喜欢听的话题，诸如绘画之类的事、有说不尽乐趣的女儿节摆偶人的游戏等，像孩子一般开怀畅谈。三公主觉得："紫夫人果然如他所说，朝气蓬勃、和蔼可亲。"三公主这颗天真烂漫的心灵完全喜欢上紫夫人，感情上与她十分融洽。从此以后，她们两人经常通信，但凡有趣的游戏，她们两人都在一起戏耍，亲密无间，和睦相处。世间的人们对待一些高贵人家的家事，总喜欢捕风捉影地说三道四，散布流言蜚语。想当初三公主下嫁到六条院来的时候，有人就说："不知紫夫人会作何感想。源氏对她的情爱肯定不如从前了，多少总要褪色啦。"实际上，三公主入门之后，源氏对紫夫人的情爱反而更加深了。尽管如此，世间还是有人妄加议论，风言风语。不过，紫夫人和三公主两人这样和睦相处，亲密无间，所以世间的流言蜚语也逐渐平息了下来。从而也保持了六条院的体面。

十月间，紫夫人为源氏祝寿，在嵯峨野的佛堂里做佛事，上供药师佛。事前源氏劝诫紫夫人切莫过分铺张，缘此一切准备工作都悄悄地进行。实际上办得也相当体面，佛像、经盒和包装经卷的竹套一应俱全，做工精美。佛堂庄严肃穆的景况，让人一走进来，甚至感到仿佛真的来到了极乐净土。所诵的经文是《最胜王经》、《金刚般若经》和《寿命经》[01]等，祈祷的场面确实相当隆重庄严。前来参加祈祷法会的公卿大臣为数众多，之所以能吸引如此众多的参会者前来，多半是由于这佛堂的景致富有情趣，美得无法形容，从穿过红叶林，步入嵯峨野一带开始，秋天的美景一览无余，难怪大家争先恐后地前来参加集会。在广袤的因霜冻而草木枯萎了的原野上，马车牛车来来往往之声络绎不绝，响彻原野。六条院的诸位夫人也惟恐落后地给诵经的僧众献上精美的布施品。

十月二十三日是办佛事的斋戒期满接着要举办庆贺宴会的日子。六条院内布满诸位夫人的居所，几乎无空隙之处可言。缘此，紫夫人将贺宴设在像是她私邸的二条院内。她负责操办这次飨宴的一切准备工作，包括当日的装束乃至一切主要事宜，都由她一人来定夺。其他诸位夫人都主动前

---

[01] 号称镇护国家的三部经。

来协助，各自分担一些相应的事务。

二条院的配殿等处原本是侍女们的起居室，这一天让她们暂时腾出来，作为殿上人、诸大夫、六条院的院司以及下人的飨宴场所，布置得精当庄严。正殿的耳房按惯例装点，设置镶嵌螺钿的椅子，作为准太上天皇源氏的座位。堂屋西面的厢房里，安放十二张放衣服的桌子，桌子上面照例放有夏冬的装束及寝具等，不过，这些物件的上面用紫色的绫绸盖着，看上去十分华美，但从表面是看不见盖在下面的物件的。源氏面前摆设两张陈列物件的桌子，桌面上铺的是色彩染成由浅渐深的唐绫罗桌布，其上陈列有放置插头花的小台子，是沉香木制的，台足上有雕花。那插头花的造型是一只黄金鸟落在银枝杈上，饶有情趣，这是桐壶院明石女御所赠，这件手工艺品的造型设计者是她母亲明石夫人，真是情味深长别具匠心。源氏的座位后面立着四折的屏风，这是紫夫人的父亲式部卿亲王赠送的。这屏风在做工上格外讲究，屏风上所绘的图案虽然照例是四季景色，但是所绘的泉水和瀑布等都很新奇别致，富有情趣。北面靠墙处放置两对柜子，柜内按惯例摆放日常使用的生活用具和用假名书写的书籍，诸如小说、日记、和歌集等。南厢房里安置有包括公卿大臣、左右大臣、式部卿亲王在内以及位居他们之下的众多官员的坐席，这些人无不前来就席。舞台左右两侧张着天幕，是乐人的临时休息处。东西两边还备有八十份屯食[01]，以及并排着内装犒赏品的四十个唐式柜子。

乐人队伍于未时到场，跳起《万岁乐》和《皇獐》舞，不久于日暮时分，响起开始演奏高丽乐的信号，表演《落蹲》[02]舞，这也是难得一见的舞姿。缘此，临结束前中纳言夕雾和右卫门督柏木都下到舞场，加

---

[01] 屯食：带腿的台子。日本平安时代官中或贵人举行宴会时给下人使用的台子，台子上放有酒食。又指放在该台子上的酒食。
[02] 高丽乐曲《纳苏利》单人跳时称《落蹲》。

入舞人中，反复跳末了的小段入绫[01]退场舞，而后隐入红叶林中。观众兴趣正浓，仿佛还没有看够，依依惜别舞人退场的面影。

宴席间人们回忆起当年桐壶帝行幸朱雀院时，源氏公子和头中将共舞《青海波》的那个饶有趣味的傍晚的情景。人们觉得中纳言夕雾和右卫门督柏木各自都不亚于他们的父辈，沿着父辈的足迹前行。这两人在世间声望、容貌才干、兴趣爱好、谨慎稳重等方面，与他们的父亲当年相比几乎可说毫不逊色，在官位上说甚至比当年的他们还稍高些。人们还算出当年这些父辈们和儿子们现今的年龄相仿，背后议论纷纷，有的人感叹说："还是前世修来的福，以至父子两代都是旗鼓相当的能人。"六条院的主人源氏也回忆起诸多往事，感慨良多，但觉催人泪下。

天黑了，乐队行将退出。主持内政的紫夫人的首席执事率领众人，走到放置犒赏品的唐式柜子旁，将犒赏品取出，逐一赏赐给乐人。众乐人肩上扛着主人赏赐的白绸子等犒赏品，从假山脚绕过去，经过湖堤退出。这番景象，从远处望去似乎给人一种错觉，疑为"千年仙鹤漫游川"[02]那仙鹤的羽衣。

堂上开始进行管弦乐的演奏，满场又是雅兴大发。弦乐器之类皆由皇太子那边妥善办理。朱雀院留传下来的琵琶与琴、冷泉帝赐下的筝等，这些乐器的乐声都是昔日在宫中听惯了的，难得今天能聚集在一起合奏，无论弹奏任何曲调，都不禁引人抚今追昔，想起当年桐壶院在世时的情景和现今宫中的情况。源氏暗自想道："出家了的藤壶母后倘若还在世，要举行四十大寿，我定然会主动承担置办，可惜啊！我连尽这点孝心的机会都

---

[01] 入绫：主舞终了后的退场舞。舞人合着舞曲，在舞场正中排成一列纵队，依次边舞边退场。

[02] 此句出自催马乐《席田》，歌词大意为："席田呀！席田呀！仙鹤栖息吉祥川，仙鹤寿千年，遨游吉祥川，千年仙鹤漫游川。"

没有[01]。”每念及此，不禁遗憾万分。

冷泉帝则在思忖："亲生母藤壶母后过早驾鹤西去，使得我对万事都兴味索然，内心十分孤寂，因此总想哪怕为六条院的源氏以明确的父子礼仪尽一份恭敬的诚孝之心，然而实际上不能这样做。"缘此，内心总觉很不如意顺心。冷泉帝本想借口庆贺源氏四十华诞，行幸六条院，可是源氏屡屡谏阻称："切莫引得世人泛起微词。"冷泉帝只好不胜怅惋而作罢。

十二月二十日过后，秋好皇后回娘家六条院，她要在这年终岁暮之际，为义父源氏庆贺四十大寿做祈祷祝福，特地请来奈良七大寺院[02]众僧诵经，布施布四千端，并请京都附近四十寺院的僧众诵经，布施绢绸四百匹。秋好皇后知恩图报，为感谢义父源氏多年来辛勤的培育之恩，想趁此机会献上一份孝心。她想：倘若父亲前皇太子和母亲六条妃子还健在，他们肯定也会为源氏庆贺的。缘此她又添加替代父母还愿的心情表示庆贺源氏四十大寿之意。但是由于源氏连朝廷要为他庆贺寿辰，他都坚决婉言辞谢了，因此秋好皇后只好从简办事，将计划中的许多项目都删除了。源氏对秋好皇后说："据我所知，上上代的事例，但凡做庆贺四十寿辰大典者，其寿命大都不长。因此，此番办事切莫为获世人的赞扬，轰动一时而过分铺张。倘若我真能活到五十岁，届时再来为我庆贺吧！"源氏虽然婉言辞谢了，可是秋好皇后还是按朝廷仪式举办，场面极盛大隆重。

秋好皇后居住在六条院西南面的围墙内正殿里，这里装饰得富丽堂皇，贺宴会场就设在这里，规模与先前紫夫人举办的没有什么明显的差异。给公卿大臣们的赏赐品，是仿照宫中大飨[03]的做法，赏赐诸亲王的是

---

[01] 藤壶皇后于三十七岁那年仙逝，没能活到四十岁。
[02] 奈良七大寺院：东大寺、兴福寺、元兴寺、大安寺、药师寺、西大寺和法隆寺。
[03] 大飨：日本平安时代，每年正月初二在宫中举办皇后的大飨宴，招待亲王公卿及以下的官员们，并赏赐礼品。

特备的女子装束，赏赐给非参议的官阶四位、五位的官员及一般的殿上人的，是一套细长女服，此外还一一赏赐绸绢。

秋好皇后赠送给源氏的装束无比精美，其中闻名遐迩的玉带和佩刀，都是秋好皇后的父亲前皇太子留传下来的遗物，触物生情，不由得令人感慨万端。自古以来盖世无双的一件件珍贵物品，几乎都汇集到这里，真可谓盛大的祝寿大会。昔日的小说故事中，往往会备加赞扬地一一列举惠赠的礼品，但是此类贵人之间的应酬赠答着实繁杂，不胜枚举啊！

冷泉帝既然已私下决意要为源氏祝寿，自然不愿轻易作罢，于是命中纳言夕雾操办此事。这时候，右大将因病辞职。冷泉帝为使源氏的寿宴锦上添花，增添喜庆的氛围，遂迅速晋升中纳言夕雾为右大将。源氏听说此事也甚欣喜，他谦逊地说：“如此迅速晋升，实在过分荣幸，我觉得过早了。”夕雾遂在继母花散里所居住的位于六条院东北区的夏殿摆设庆祝宴席，虽然是内部的家宴，但是由于今天的家宴是奉圣旨操办的，因此还是按正规的仪式办理，非同寻常。一处处的飨宴，都由宫中的内藏寮和谷仓院操持。屯食等事宜都仿照朝廷的贺宴的模样做，由头中将奉旨操办。前来参加庆祝的有亲王五人、左右大臣、大纳言二人、中纳言三人、参议五人，殿上人照例有冷泉帝身边的、皇太子身边的和朱雀院身边的人员等，几乎全都来参加了。源氏的坐席及用品之类，都由冷泉帝详细指示太政大臣置办。太政大臣并于当天奉命列席贺宴。源氏也甚为震惊，诚惶诚恐地就座。太政大臣的坐席设在堂屋内与源氏的坐席正相对处。这位太政大臣长相很俊秀，体格魁梧微丰，看上去是个风华正茂福星高照的人。六条院主人源氏则青春常在，看上去依然是当年年轻清秀的源氏。四折屏风上有皇上亲笔挥毫的御歌，洇染在白地淡紫色唐绫上，洋溢着水墨画之趣，真是妙趣横生不容忽视。比起描绘有趣的春秋景色的彩色画来，这屏风上的水墨光彩照人，美得不能正视，尤其是想到这是皇上的挥毫真迹，更觉难能可贵了。摆放装饰物的柜子、弦乐器、管乐器等，均由藏人所提供。

新任右大将夕雾的气势比以往更加威严了，因此今天举行的仪式自然更为盛大隆重。冷泉帝所赐御马四十匹，由左右马寮和六卫府的官员，依次从上方牵到庭院里排成排。这过程中，天色黑了。按惯例表演了《万岁乐》、《贺皇恩》等吉祥舞。只为庆贺应景而已，不大一会儿舞罢，管弦乐之会开始。由于有太政大臣在场，管弦合奏格外动听，演奏者无不使尽浑身解数，用心弹奏。琵琶照例由兵部卿亲王献艺。这位亲王多才多艺，真是世间罕见，无人可以与他比拟。源氏弹七弦琴，太政大臣弹和琴，源氏已多年未曾听到太政大臣弹的和琴声了，也许是由于这个缘故，今日听来觉得格外优美动人。于是源氏自己也毫无保留地竭尽全力在弹七弦琴上献出自己的绝招。两人都弹奏出各式各样的极其优美的音色。他们还共叙旧谊，话说当年诸多往事回忆，绵延至今。这亲上加亲缔结亲戚关系的两人，情系千秋，岂有不和睦相处共商万事之理。畅叙投机，遂开怀痛饮，正是兴致盎然无尽时，酩酊热泪潸潸止不住。

源氏赠送太政大臣的礼品，是上好的和琴一张，外加太政大臣所喜爱的高丽笛子一管，还有一具紫檀箱，箱内装有唐国的字帖、画册以及日本草书假名的字帖等。派人追上车子，将礼品献上。源氏拜领恩赐的四十匹御马时，右马寮的官人奏响高丽乐，热闹非凡。右大将夕雾则负责给六卫府的人们颁发犒赏物品。源氏的本意是想万事从简，但凡过分铺张的做法一概辞谢。然而冷泉帝、皇太子、朱雀院、秋好皇后以及接连不断前来的各方亲戚朋友，身份高贵，出手体面，寿宴自然呈现一派喜庆祥和、盛大隆重的氛围。

源氏只有夕雾一个儿子，未免孤单，总觉美中不足，不过好在夕雾才华超群，声望颇高，人品优秀。回想起来，当年夕雾的生母即源氏的原配葵姬与伊势斋宫秋好皇后的生母六条妃子，积怨深重，相互争斗不已。但这两人的后代，现今都荣华富贵，可见因果报应也变幻莫测啊！这一天的装束物件之类，皆由六条院夏殿的花散里夫人负责监制，犒赏品及其他万般事务，则由居住三条院的夕雾的原配云居雁夫人操持备办。往常六条院每遇举办盛会时，即使是私家宅邸内的逸闻趣事，花散里夫人也向来仅闻不问，只当是他人之事听听就过去了，因此，无论有任何盛会，她总认为自己无缘担任什么重要角色。可是今天只因她与右大将夕雾有母子之缘，所以备受重视。

去旧迎新，又到了新年[01]。明石女御的产期临近了，因此自正月初一开始诵经不断，家人前往一处处寺院、一家家神社举办法事，祈祷神灵保佑明石女御安产，次数不计其数。源氏以往曾经历过葵姬因产而死的不吉利事件，因此对分娩一事十分害怕，忧心忡忡。紫夫人未有分娩的经历，固然深感遗憾，着实有美中不足之感，难免膝下寂寞，但是从另一个角度看，不能不说是一件幸事。再说明石女御年幼[02]体弱，能否安产无恙，源氏老早就为她提心吊胆。进入二月里，明石女御的气色异乎寻常，身体颇觉痛苦，家人无不为她忧心惶恐。阴阳师们建议，为谨慎起见，明石女御迁居他处为宜。但是倘若迁居六条院外，则相距太远，实在放心不下。于是决定迁往她母亲明石夫人所居住的西北院正中的配殿。这西北区域里，只有两栋大的配殿，外面围着穿廊连接起来，于是即刻在配殿里密密麻麻地设置好几处祈祷坛，供奉五大明王，聘请许多道行高深的高僧聚集到一起，高声诵经祈祷。为母亲者明石夫人想到女儿分娩之安危关系到自己命运之好歹，内心急得火烧火燎。

那位出家为尼的明石女御的外祖母，近年来已老态龙钟，她觉得能够

---

[01] 是年光源氏四十一岁。
[02] 明石女御是年十三岁。

面见这个身份高贵的女御外孙女，恍如身在梦中，当天急不可待地走近外孙女亲昵一番。明石夫人近年来虽然如此亲近地陪伴这个女御女儿，却始终没有将当年的往事认真正面地详细告诉过女儿。可是这位老尼外祖母高兴得难以抑制住自己的兴奋，一到女御身边，就淌着泪珠发出颤巍巍的声调，向外孙女述说起陈年旧事。女御初听讲述，觉得："她真是一位奇怪的老太婆！"直勾勾地望着外祖母。以往她曾隐约听说过自己有这么一位外祖母，所以亲切地对待她，听她讲下去。老尼姑把女御诞生时的情况和源氏谪居明石海湾时的境遇都一一讲给她听，说："昔日大臣行将离开明石海湾返回京城的时候，我们都感到日暮途穷不知如何是好，以为至此缘分已尽，再也见不到面了。悲叹情缘何其短暂。幸而玉女诞生，助佑我们改变了命运，这宿世因缘真令我们不胜感铭啊！"她说到这里不由得潸然泪下。明石女御心想："这些往事确实令人感动，若不是外祖母告诉我，恐怕这辈子我也不会了解自己的身世了。"她情不自禁地落下泪来。接着又暗自寻思："这样看来，像我这种身份的人，本来是不可能身居高位的，全靠紫夫人辛勤养育和精心栽培，才罩上这高贵炫目的光环，受到人们的尊重。迄今自以为出类拔萃无与伦比，进宫侍奉期间，蔑视朋辈，盛气凌人，想必世人都在背后闲言碎语诋毁我吧。"这时候她才完全明白了自己的身世。明石女御早先虽然知道自己的生母身世稍卑微，却不知道自己诞生时的情况，更不知道自己出生在远离京城的穷乡僻壤。这也许是由于她过分享受优厚待遇的关系，同时也说明她自己实在太糊涂太没有自知之明了呀。她还从外祖母那里听说，外祖父明石道人现在如同仙人一般，过着远离尘世的世外生活，她觉得外祖父太可怜了，从而思绪翻跹，苦恼万状。正在陷入沉思冥想感慨万端的时候，她母亲明石夫人来了。这一天，白日里举行法会，一处处高僧云集，诵经祈祷，吵吵嚷嚷，所幸明石女御身边侍女不多，惟有这老尼姑适得其所似的挨近女御身旁伺候。明石夫人看见这般情形，说道："啊！这太不像样啦，应该拉上短围屏，躲在短围屏后面才是。风劲吹，不时掀动门帘，外面人从缝隙里望得见的呀！简直像医师一般，挨得太近，太不雅观了嘛。"明石夫人感到有点困惑，老尼姑却自鸣得意装腔作势，我行我素，加上耄耋之年，耳朵又背，看见女儿冲着她说话，只顾侧着头问了声："啊？"其实老尼姑并不算太高龄，今年约莫六十五六岁。这位老尼打扮得干净利落，气质蛮高雅的，不过此刻嘴着的泪珠在闪烁，眼皮红肿，神色显得有些怪。明石夫人估计她准是在叙说陈年旧事，不由得吓了一跳说道："您莫不是错误百出地在述说昔日诸多无聊的往事吧？怕的是您记忆不清，虚实搅和到一块，形成一些捕风捉影的怪事，让人听了觉得就像做梦一般。"说着微微笑。她望着女御，只觉得她长得眉清目秀、婀娜多姿，只是比往常更沉静了，似乎陷入沉思的样子。

明石夫人没有把女御当作自家闺女看待，只觉得女御是可尊敬的贵人。明石夫人心想，可能老尼姑已向女御叙说了昔日诸多无聊的往事，以致使她心烦意乱。明石夫人本想待到女御当上皇后，然后再把往事详细地告诉她。现在提前告诉她，虽然她不至于心灰意冷、大失所望，但是提早让她得知自己如此这般的身世情况，终归不是一件舒心事吧。

诵经祈祷结束，众高僧退出。明石夫人备好一盘水果端到女御身边来，说："哪怕尝尝这类水果呢！"她想借此举宽慰一下女御的愁闷。老尼姑只顾凝视着女御，觉得她长得着实端庄可爱，止不住热泪潸潸，面部表情却在微笑，只见嘴角咧开，怪模怪样的，实在难看，眼睛周围则泪迹斑斑，呈现一副哭丧的脸。明石夫人向老尼姑使个眼色表示"太不雅观了"，可是老尼姑却不理会，只顾咏歌曰：

　　"老尼幸遇美天仙，

喜泪扑簌总难免。

即使在古代，像我这样的老人有所得罪也会被赦免的。"听老尼姑如是
说，明石女御遂在砚台旁放置着的一张纸上写道：

祈盼老尼当向导，
寻访草庵尊长老。

明石夫人也按捺不住心中的激情哭泣了，她咏歌曰：

抛弃红尘居明石，
心念子孙难休止。

她们借咏歌调整情绪，排遣忧愁。明石女御心想，当年自己于一个黎
明时分，在明石海湾向外祖父明石道人拜别时的情景，连梦中都不能浮现
出来，实在太遗憾了。

三月初十过后，明石女御幸运地安产了。直至她分娩以前，大家都特
别为她担心，所幸她临盆没有遭受太大的痛苦，并且生下一位皇子。母子
平安万事大吉，真是如愿以偿，皆大欢喜。源氏也松下一口气，放下心
来。明石女御现在所居的配殿位于正殿的里侧，在众人房间的附近，庄严
的产后庆宴接连不断，显得格外华丽、热闹，在老尼姑看来正如她所咏
的"美天仙"所在处，不过就女御暂时居住的场所来说，毕竟简陋，呈现
不出仪式的辉煌。于是，明石女御拟迁回紫夫人所居东南区域内的自己原
来的住处。这时，紫夫人也前来探望，看见明石女御着一身洁白的装束，
紧抱住小皇子，俨然是个母亲的形象，那姿态着实有趣。紫夫人自己没有

生育的体验，也难得见到别人分娩的情景，因此见了觉得非常珍奇也很可爱。紫夫人觉得初生婴儿要精心呵护，成天抱着。婴儿的亲生外祖母明石夫人则全然听任紫夫人安排，自己只是专心伺候入浴之事。兼任宣布立皇太子的圣旨的典侍，担任给新生婴儿第一次洗澡和伺候洗澡水之职，她看见明石夫人主动来协助她，觉得很过意不去。有关明石夫人的出身内情，这位典侍略有所闻。明石夫人的人品倘若稍有瑕疵，难免会连累明石女御蒙羞，有碍体面，然而实际上出乎意外，明石夫人气质高雅令典侍敬重，她觉得明石夫人真是一位命运格外吉祥多福者。此次庆贺仪式盛况一如既往，恕不赘述。

明石女御于产后第六日，从西北区域迁回东南区域内自己原先的住处。第七日夜间，冷泉帝也送来了贺仪。朱雀院作为小皇子的祖父，理应亲临探视，但由于他已遁入空门，远离尘世，大概是以代表的形式履行此事吧，由弁官兼藏人头作为代表，奉旨从藏人所内取出相当珍贵的礼品，赠予女御。犒赏众人的绢绸，由秋好皇后负责安排，做得比朝廷所置办的更加完美。

诸亲王与众大臣等家家户户都把为庆贺小皇子的诞生送礼一事，当作头等大事来办，争先恐后，力求做得尽善尽美。源氏这回也打破惯例，改变了向来崇尚简约的作风，庆贺仪式做得无比盛大隆重，举世赞声不绝。仪式设计内涵别具匠心，优美风雅之情趣荡漾，自然应有详细记载流传后世的。这一页页情节，自然也会在不经意间就掀过去了。

源氏抱着小皇子，说道："夕雾大将生了许多孩子，至今还没有让我见到这些孙子，正感到遗憾的时候，欣喜于能抱上这样可爱的小外孙。"他极其疼爱这小外孙，当属理所当然之事。

小皇子一天一个样地迅速成长。在挑选乳母等诸事上，不召不知根底者，而从原有的侍女中选择人品好气质高尚者来担任。身为外祖母的明石夫人，沉稳庄重，气质高雅，雍容大方，礼貌分寸拿捏得当，不卑不亢，缘此无人不赞誉她。紫夫人以往总是委婉地与她相处，不是那么融洽，曾一度觉得明石夫人难以饶恕，但是现在托了小皇子诞生之福，紫夫人觉得明石夫人还算不错，彼此感情上相当和睦亲密。紫夫人天生喜欢小孩儿，亲自给小皇子缝制衣儿，真是童心未泯。她朝朝暮暮为呵护照顾小皇子而忙个不停。

那位旧脑筋的老尼姑，不能随意慢慢地把小皇子看个够，总觉很遗憾。她只能匆匆地瞧上几面，打那以后思念小曾外孙情切，不胜凄苦，真是思念心焦得要死。明石海湾那边也都得知明石女御生下小皇子的消息。遁入空门的明石道人也欣喜万分，他对众弟子说：“如今我可以安心地摆脱尘世，奔向极乐往生了！”于是他把迄今居住的住宅改成寺院，把附近的田地和器物等都捐献出来作为寺院的财产，自己本人则拟进入深山修行。且说这播磨国地方有一个郡，郡内有一处深山，难能有人进出。明石道人于多年前早已购置此山，以备日后笼闭深山，不再与世人交往。然而只因尘缘未绝，以至拖延至今未能如愿。如今得知外孙女传来喜讯，一切放心，今后仰仗神佛保佑，自己该是潜入深山的时候了。

近年来明石道人没有什么特别的事由，无须派人进京传递信息。只有在京中遣使到明石传递消息时，略作简复，或将近况告知老尼姑。如今决意远离尘世，遂给女儿明石夫人写一信，作为最后留言，信中写道：

“多年来我与你等虽然生活在同一个尘世间，但是我总觉得自己仿佛已转世再生于另一个世界了，因此只要没有什么特别的要事，就不与你等通信。再说看惯汉文而阅读起假名书信，煞费时间，从而懈怠念佛，实属无益，缘此就不给你等写信。今据转达传言，得知外孙女已进宫，并贵为皇太子妃，且诞生一小皇子，欣喜万分。我想此事个中自有缘由，且听我慢慢道来。我是一介微不足道的山中修行僧侣，不再贪婪现世的荣华富贵。然而迄今在漫长的岁月里，未能舍弃私情，在六时勤修之时，内心只顾惦挂着为你祈求神灵，而把自己往生极乐的祈愿置于第二位。你行将诞生的那年二月里，有一天夜里，我做了一个梦，梦见自己右手托着须弥山[01]，日月之光从山的左右两侧射出，鲜艳灿烂，普照世界。但是我自己则隐身于山脚的背阴处，没有承受日月之光。后来我将山放入宽广的大海里，漂浮在水面上，自己乘上一叶扁舟朝向西方划行远去。

"梦清醒过来后的那天清晨，我寻思着：没想到自己这样一个身份微不足道的人，竟然前途有望，但是这梦究竟是什么兆头？凭借什么才能期待如此辉煌的幸运呢？自己内心也在怀疑，也许这只是一场梦而已，可是从这个时候起，你母亲就怀上了你。此后我查阅世俗各方的汉学书籍，还探寻佛教经典的真义，看到书中记载托梦可信之事例甚多，因此有吉祥的托梦告示而生下来的你，纵令家庭出身卑微，也应珍视这份托梦的缘分，竭尽全力培养你。然而想到自家能力毕竟很有限，哀叹惟恐此梦难圆，遂决心告辞京城返归乡间故里。自从担任播磨国守之后，便决意扎根此地，老后也不再进京。在蛰居此地明石海湾多年期间，由于对你未来的运气寄予莫大的期望，因此私下内心中曾悄悄向神佛许下了诸多祈愿。如今宿愿得以顺利地如愿以偿，你身荣华富贵。将来外孙女明石女御成为国母，大愿圆满成就之时，你务必到住吉神社以及各大寺院还愿。当年的那个梦是应验的梦，我毫不怀疑。如今这最大的愿望既已在眼前圆满实现，那么我将来奔赴遥隔十万亿佛土之极乐净土时，势必身居九品中之上品上生，这是毫无疑问的。现今我只是在安详地等待阿弥陀佛偕菩萨一起前来接引，携往极乐净土。直至来迎的傍晚之前，我将笼闭于'水草清'[02]的深山中专

---

[01] 须弥山：梵文的音译，汉译为妙高、妙光，在古印度宇宙学说中，称谓耸立于世界中心的高山，日月均在其中旋转。

[02] 此语引自《古今著闻集》玄宾僧都入山修行时所吟咏的歌，歌曰："仙界水草清又清，普天之下欠宁静。"

心修行。正是：

> 曙光初露近拂晓，
>
> 托梦应验呈美妙。"

信上记下月日。接着又叮咛数语道："我于何月何日寿终，你等不必探询。自古以来的习俗惯例是居丧必穿麻布丧服，这有什么必要呢。你只需将自身当作佛神之化身，为我这老法师勤做功德便可。享尽现世之乐，切莫忘却来世之事。我倘若能如愿往生极乐净土，将来总会有重逢的机会，希望你努力用心，早日抵达苦海世界之外的彼岸，再见面吧！"写罢，遂将向住吉神社许愿的无数祷告文装在一个大的沉香木书箱里，加封随函送给明石夫人。致老尼姑的函件里，没有写什么特别的事，只是说："我定于本月十四日离开草庵，进入深山，拟将此无用之身躯，布施给熊狼。但愿你长生在世，以待宿愿圆满实现时节。你我有朝一日终将于极乐净土重逢。"

老尼姑阅罢此信，向送信来的僧人探询情况，僧人回答说："师父写此文书后的第三天，便移居人烟绝迹的深山峻岭。贫僧等一路送行，送至山麓，师父便令其余人都折返，只留下一僧人及二童子。当年师父出家时，大家以为这是最后一次悲伤了，谁知还留下此更深的悲哀。近年来师父于修行之余暇，常靠在一旁弹琴或琵琶。此番临行前，将这两种乐器拿了过来，在佛前弹奏，向佛告辞。然后将乐器布施给佛堂。还有他各种器物，大都捐赠给神社寺院。剩下的分别赠给平日亲近的弟子六十余人，留作纪念。再有剩下的，命我运送至京城来，供贵处使用。师父终于与我等告别，遁入深山峻岭，隐身云霞中。世间空留遗迹，悲叹者众多。"此僧人童年时代就跟随明石道人自京城下到明石海湾来，如今已成为老法师居于乡间。这僧人告别主人明石道人，无限悲伤，内心深感无着落。连释迦牟尼佛祖众弟子中最贤圣者，确信佛祖涅槃后将长住灵鹫山 [01]，可是当佛祖涅槃时，他们还是感到深沉的悲伤，何况老尼姑，闻知明石道人进入人烟绝迹的深山峻岭的消息，自然无限哀伤。

明石夫人那时陪伴明石女御住在六条院的春殿。老尼姑派人前往通报明石夫人说："明石海湾那边送来了这样的信。"明石夫人闻讯旋即悄悄回到六条院的冬殿来。如今明石夫人身份高贵，行动举止规矩繁缛，非有重要事，难能与老尼姑往来会面。现在听说有悲伤的信息传来，十分担心，因此悄悄前来。她见到了老尼姑异常哀伤的神情，走近灯前，阅读明石道人的来信，情不自禁地热泪潸潸。在别人看来，也许是区区小事一桩，然而明石夫人回忆起当年父女情深，不胜眷恋。想到今后再也见不到父亲的容颜了，悲伤至极，实在无可奈何，泪珠不住地淌下。她一边伤心一边阅信，信中说的托梦，预兆自己前程大有可望，她寻思："这样说来，父亲之所以一味顽固坚持己见，硬要我嫁给身份不般配的郎君，我曾一度焦灼不安，以为这将断送我的终身，却原来是父亲凭借这场不着边际的梦，心怀高瞻远瞩之志所使然啊！"她这才恍然大悟，理解了父亲的一片苦心。老尼姑伤心地沉默了良久，才边哭边说："托你的福，我喜遇良辰，脸面增光，过分庆幸，不过悲哀与忧愁也倍加于人。我身份虽微不足道，但舍弃住惯了的京城，沉沦于像播磨明石海湾这样的穷乡僻壤，已觉得这是非同常人的命运不济了。我与你父同在世间，却分居生活，但我并不在意，惟盼将来能往生极乐净土同住莲蓬，再结来世之缘。岁月倏忽而过，不料突然发生你要离乡奔赴京城之事，我又得以随你重返舍弃多年的京城，眼看着越活越有劲头，欣喜万分的同时，也无比惦念留乡的道人，

---

[01] 灵鹫山：位于古印度摩揭陀国王舍城东北部，今被视为圣地。相传释迦牟尼曾在此宣讲《法华经》和《无量寿经》。

增添愁思不绝。倏忽终于不能再与你父见面，生离终于变成了死别，这叫人怎不感到遗憾万分。你父于出家前，性格气质早已非同寻常人，也有时运乖蹇的因素，不过他与我自打年轻的时候起，彼此信赖，相互投缘，情深意浓非同一般，不知缘何因果报应，终于近年来竟处于如信中所述之境，相距虽不远，却蓦地成永别了呢！"她双眉颦蹙，深陷痛不欲生的忧伤境地。明石夫人也极其伤心地痛哭。她说："我无心企图使自己的前程比别人辉煌，像我这样微不足道的人，无论什么时候，也不曾奢望会获得什么显贵荣华。如今遇上与父亲生离的悲伤境况，一想到从此再也不能与父亲重逢，这才真是万分遗憾啊！我近年来的万般作为，一心只为祈盼能慰藉父亲的一片苦心于一二。可是如今父亲笼闭人烟绝迹的深山峻岭，世态无常，一旦父亲大限终至，我这用心都成徒然，还有什么意思呀！"当天夜里母女俩愁肠寸断，相互倾诉直至拂晓。

明石夫人说："昨日六条院的主君源氏看见我陪在明石女御身边，今日突然隐身不见人，恐怕难免会怪我举止轻率，就我自身而言，发生什么事倒无所顾忌，不过惟恐有损明石女御体面，所以不能任意行动。"于是，拂晓时分，明石夫人便折回春殿那边去。临走，老尼姑对她说："小皇子近日情况如何？我总想设法看看他呐。"说着又哭了起来。明石夫人回答说："您不久就会看到他的。女御对您非常亲，经常提起您呐。六条院主君在闲聊中也提到您。他说：'我要说句似乎不吉利的预言：倘若世态如我所估计发展的话[01]，但愿老尼姑多寿多福活到那个时候才好。'也许他心中有什么打算吧。"老尼姑听了欣喜地微笑着说："哟！这样说来，我的宿命真是福星高照无与伦比啦！"说着开怀而笑。明石夫人遂携带着道人送来的书信箱回到春殿去。

皇太子多次催促明石女御快些回宫。紫夫人说："皇太子如此惦念也

[01] 意即改朝换代，小皇子成为皇太子。

是理所当然的。何况又喜添宝贝皇子，怎不令他等得心急如焚呢。"说着悄悄地精心做好准备工作，拟送明石女御母子回宫。小皇子的母亲明石女御鉴于回宫后请假回娘家之艰难，很想借此机会在这里多住上几天。她年龄小，身体又弱，经过此番可怕的分娩之后，容颜略见清减，体态袅娜。明石夫人等怜爱女御，担心地说："这样虚弱的身子，令人放心不下，还是在这里多静养几天吧。"源氏说："容颜清减，袅娜多姿，皇太子看了反而更觉爱怜呐。"

紫夫人等返回自己居处之后，日暮时分，四周静寂，明石夫人来到女御居室内，将明石道人送书信箱来的事告诉女御。明石夫人说："我本想在你尚未实现祈愿登上皇后宝座之前，将此书信箱隐藏起来，暂时不让你启开阅览。但考虑到世事无常，天命大限难料，行隐藏办法我也放心不下。倘若在你未能主宰万事之时，万一我身面临大限，按我的身份地位，弥留之际难能与你诀别，缘此莫如趁我健在期间，将这件哪怕是无聊之事告诉你为宜。这封文字字迹古怪难于阅读，但也必须给你阅览。这些祈愿文可收藏在近身的柜子里，得便时务必读一读。祈愿文中所许的愿，将来必须还愿。此事切莫向非亲近者泄漏。你的辉煌前程大致上已成定局，故我亦可无挂牵地出家为尼。近来出家之心思愈加迫切，以至内心总觉得很不踏实。你必须念念不忘紫夫人对你尽心栽培的恩德。我看到她对你无微不至的深切关怀，内心为她祈福，但愿她远比我多福长寿。原本该由我来抚育你长大，但由于我身份卑微，不得不谦让，让你自幼由紫夫人来抚育栽培。多年来我总以为她也不过是世间一般的义母罢了，不曾想到她却如此发自内心地疼爱你。今后我大可完全放心了。"此外，明石夫人还讲了许多许多。明石女御噙着眼泪听她叙述。明石夫人在这样至亲的亲生母女推心置腹叙旧的情况下，依然总是恪守礼仪，态度十分谦恭。明石道人的书信，汉文调的词句艰深，没有亲切感。书信写在五六页厚实的陆奥纸上，信纸虽已陈旧多年，颜色变黄了，但其薰香却还很浓重。明石女御阅信，深受感动，她那低垂的额发被泪珠渐渐濡湿，从侧面望去，她那神态显得高贵而娇艳。

这时，六条院主君源氏正在三公主的住处。他突然打开间壁门，冷不防地走进明石女御的房间里来。明石夫人来不及将书信箱隐藏起来，于是将围屏稍微拉了过来，连自身也隐藏在围屏的后面了。源氏说："小皇子醒了吗？我片刻不见他，还真想得慌呐！"没有听见明石女御答话，明石夫人遂答道："小皇子给紫夫人抱走了。"源氏说："这太不像话啦！小皇子成天在她那边，仿佛被她一人独占了。她一直抱在怀里不肯撒手，痴醉般忙个不停，以至衣服都湿透，换了一件又一件。为什么那么轻易地就让她把小皇子抱走了呢？应该让她到这边来看才是。"明石夫人答道："太残酷啦，这话太不体谅人了嘛。纵令是个皇女，由她呵护抚育也是最为妥善的，何况是个小皇子。虽说小皇子身份无比高贵，然而在她那边不是最可放心的吗？就算是戏言，也不应过分苛刻地口出冷酷言辞呀！"源氏笑道："那么就听任志同道合的你们同伙说了算吧，我乐得放手，一切都不管了。你们大家都排挤我，对我说些好神气的话，怪可笑的。首先你就躲在围屏后面，扫兴地在贬我呀！"说着把围屏拉开，只见明石夫人凭依在主房的柱子旁，姿态典雅秀丽，不由得令人自惭形秽。她不好意思仓促地将刚才的那个书信箱藏匿起来，它还原封不动地放在那里。源氏察觉，问道："这是什么箱子？似乎是深切怀念的恋人将遥寄相思的长歌封入箱内送来的哩。"明石夫人答道："哟！瞧您说的，好讨厌呀！您近来似乎返老还童，不时蹦出令人觉得突兀的戏言。"她嘴边虽然露出微笑的形状，然而面部却显现出满怀心事的神情。源氏纳闷，歪着脑袋寻思。明石夫人也懒得拐弯抹角，说道："这是明石海湾岩屋那边送来的书信箱，箱内装有家父祈祷时念诵的经典陀罗尼等，还有尚未还愿的许愿。家父说，若有适当机会，可否也让您过过目。只是现在还不是时候，缘此不必急于开箱。"源氏回忆起明石道人那副虔诚供佛的模样，说道："明石道人自那以后该不知修行积功德有多么深厚，老人家长寿，长年累月勤于修行佛道，想必消除了不少罪障。人世间的所谓身份高贵、学问渊博的人们，迷恋尘世，沾染的龌龊多，烦恼愈深，纵令再怎么贤能，也很有限，总也比不上明石道人。老人家佛道造诣高深，神采确实是风流偶傥的。他没有那种俨然清高高僧解脱尘世的模样，然而内心深处却是通向极乐净土的境界。更何况现在心无牵挂，实实在在地从尘世中解脱了出来。倘若我是自由轻便之身，真想悄悄地前往造访他啊！"明石夫人说："听说家父现在已经舍弃原来的住处，遁入鸟声也听不见的深山老林里了。"源氏说："这样看来，明石道人的遗嘱就藏在这书信箱里了。有没有相互通信息呢？老尼姑该不知有多么伤心啦。要知道夫妻之情远比父女情义更加深切得多啊！"说着不由得满眼噙着泪珠。接着又说："随着年龄的增长，我也逐渐更多地理解世间的人情世故，回忆起明石道人那怪令人羡慕的神采，不由得感到亲切留恋。何况与他成为结发夫妻的老尼姑，此番诀别该不知多么伤心。"听了这番话之后，明石夫人心想："何不趁此良机，把父亲做的那个梦告诉他，或许他也会感动呢。"于是，明石夫人应声说道："家父寄来的书信，字迹古怪，就像是梵文。不过信中似乎也夹杂着值得你一阅的段落。想当年我离家进京之时，以为今朝一别，亲情也断了，殊不知人子之情永留心中。"她说着痛哭了起来，神态甚是感人。源氏把信拿了过来阅览，说道："透过此信看来，道人确实还很矍铄，尚未呈现耄耋之相，无论运笔字迹或其他各方面，都格外优秀，不愧为人楷模。只是在处世方面，用心稍嫌不足。世间的人们似乎都在说：'曾任大臣的道人的先祖相当贤明，稀世罕见地忠诚为朝廷尽心竭力，不知缘何谬误，招致报应，落得子孙不兴旺的下场。'不过从女儿这方面的血缘关系而言，呈现荣华富贵，绝非后继无人，这大概就是明石道人多年来勤修佛道积功德的应验果报吧。"源氏揩拭眼泪并把视线落在行文说梦的段落上，心想："人们都指责明石道人是个性情古怪乖僻、莫名其妙地怀抱着崇高理想的人。再说我本身起初也觉得他当年要接纳我为女婿，这样身份不般配的举止，纵令是偶发的也未免轻率。直至明石小女公子诞生，我才恍然悟到原来这是深沉宿缘所注定该如此的。然而对于眼前看不到的未来之事将会如何，我始终都放心不下。如今读到道人的书信，这才知道他依据这场托梦，对未来抱有莫大的期望，才一味希望接纳我为婿的啊！如此看来，当年我横遭贬黜，漂泊穷乡僻壤须磨、明石一带，也是宿命注定为了明石小女公子的诞生所以然的啊！"源氏真想知道明石道人内心里许的是什么愿，遂暗自在心里一边膜拜，一边将祈愿文拿了过来拜读。源氏接着又对明石女御说："除此之外，我也有东西要给你，还有许多事要告诉你。"顺便又说："现在你已经了解诸多往事的原委了，但你切莫忽视了紫夫人对你的深情厚爱。亲生骨肉之情爱，本来就是理所当然的，然而毫无血缘关系者的关爱呵护照顾，甚至是一句诚心好意的言辞，其心之所向更是非同一般。何况紫夫人看到明石夫人一直跟随你照顾你，却依然初衷不变，照样关爱你，深切真诚地呵护照顾你。看看自古以来世间的惯例，常言道：'继母继子表面亲。'这句话看似洞察伪情，形似贤明，其实似是而非。就算有的继母对继子心术不正，但是只要继子这方毫不计较，并且心胸坦荡，诚恳地孝敬她，继母终将会被继子的真情所打动而回心转意，反躬自省何苦不善待这么可亲的继子呢，以怨报德会遭天罚的呀。从而幡然改过自新。世间也有这样的例子，只要不是前世结下的冤家仇敌而是正直的普通人，纵然彼此想法各异，感情上存在隔阂，但只要双方都无罪过，自然会有和解的一天吧。反过来说，为了丁点小事斤斤计较，得理不饶人，只顾横加挑剔指责他人，没有与人为善之心的人，那确实是很难和解了。我虽然没有太多的经验，但是综观诸多人心世相，人的秉性、才智，各有千秋，性格各异，但各自都有各自的独到之处。人无完人，也没有一无是处的人。但话又说回来，要从人群中认真挑选忠诚可靠的自己的终身伴侣，谈何容易。若论气质高尚、心地善良者，我只选中紫夫人一人。我觉得她不愧是善良稳重、雍容华贵的淑女。不过，虽说善良也不能过分宽容，以至方寸混乱，那就不可取啦。"从源氏只顾赞美紫夫人的人品一事看来，大体上可以想象出他对其他诸位夫人的评价吧。源氏说着压低嗓门，对明石夫人说道："你善解人意、通情达理，希望你与紫夫人和睦相处，齐心协力照顾好明石女御。"

明石夫人答道："这还用说吗！我敬重紫夫人，她真是一位稀世罕见的亲切贵人，我朝朝暮暮几乎像口头禅似的不停地称赞她呢。倘若紫夫人容纳不下我这身份卑微的人，那么女御也不可能如此亲近我。紫夫人这么器重我，反而使我觉得难以为情，像我这样一个微不足道的人，本应自行消失，却活在世间，这只会使女御脸上无光，我内心实在痛苦，只觉畏首畏尾。承蒙紫夫人对我宽容大度不予治罪，我之所以有今天全然仰仗紫夫人的庇护。"源氏听罢说道："她对你的关怀，也算不上什么特别深切。只不过因为她本人不能天天陪伴女御，实在放心不下，缘此让你来承担起这项任务。而你为人办事审慎，没有俨然以生母身份自居而我行我素，所以万事得以顺利进行，我也安心，十分高兴。有时候，纵然是区区小事，若有不通情达理、想法乖僻的人掺和其中，也会使周围众人深感为难。所幸我周围没有这类人，大可心安了。"听了源氏这番话后，明石夫人继续在思索，她心想："看来，我迄今的谦恭低调行事，真是做对了。"

源氏返回紫夫人的住处去了。明石夫人在私下里议论说："他对紫夫人的宠爱，似乎越来越深沉了。紫夫人的人品出类拔萃，处理万事细致周详，着实优秀。他那么深爱她，实属理所当然，可庆可贺。他对三公主尽管表面上的待遇也很重视，但在她那里留宿的时日并不那么多，的确使她受委屈了。三公主与紫夫人出自同一血缘，不过论身份她比紫夫人更高一层，从而内心更痛苦了。"明石夫人背地里议论的同时，也对比起自己的往事，她觉得自己的宿世果报真是福气匪浅。明石夫人还暗自寻思："连三公主那样身份高贵的人，在这人世间尚且不能遂心如意，何况我这身份无法比肩的人呢。如今我已毫无憾事，只是牵挂着那位断绝尘寰笼闭深山的父亲，不由得心绪不安悲从中来。"

明石夫人的母亲老尼姑也是一心只顾信奉明石道人信中所书的一句话："福地园内播善种。"[01] 她时常心系来世相逢之事，在思念中度日。

夕雾大将昔日对这位三公主并非没有思恋之情。如今三公主下嫁给父亲，就住在附近，她近在眼前，使他没法无动于衷。于是，每当遇上适当的机会，他便借口作一般的问候，前往三公主的住处作亲切的问安，在这过程中自然看到或听到有关三公主的诸多状况。

三公主年龄小，但身份高贵、威仪堂皇，源氏给予她的排场很尊贵，重视侍奉她的程度几乎是举世无先例，然而却看不见她呈现出有深度的、格外显眼的优雅风情。服侍她的侍女们中，年长持重者甚少，净是些花枝招展、喜气洋洋、年轻貌美的女子，成群不计其数地围绕在她身边伺候，她这里就像是一处轻松快乐的殿堂。不过这些年轻的侍女中，也有为人端庄处事沉着，却只因知音难觅而心绪惆怅者，这样的人掺杂在似乎十分欢乐坦荡的人群中，天长日久自然而然地也接受感染，形成与他人步调一致的欢快情景。尤其是那些女童，朝夕只顾沉湎在不得要领的无聊游戏中，源氏看了，内心甚感不快。但是源氏秉性宽容，对世间万事不求划一、惟我是从，缘此听任这些女童自由自在地自行其乐。他觉得她们大概也希望

---

[01] 此句引自古歌"福地园内播善种，耶输多罗必相逢"。"福地园"即极乐净土，耶输多罗是释迦牟尼出家前当太子时的太子妃。

能这样吧，因此对她们宽大处理，权当视而不见，不加训斥或惩戒，只对三公主本人的举止做派精心教导，所以三公主也逐渐成熟懂事了。这些情况，夕雾大将都看在眼里，心想："的确，世间十全十美的女子，千载难逢啊！惟觉紫夫人不论在人品气质或仪表方面，历经多年的岁月直至今天，似乎未曾露出破绽或被人散布过什么微词。首先她本性恬静沉稳，真不愧是一位品格高尚的人。她不蔑视他人，同时又能永葆自身的高尚品格，令人更觉得她雍容典雅，颇有深度。"曾记得一天寒风吹拂的清晨，偶然瞥见紫夫人的面影，至今难忘，此刻又浮现在脑海里。他还想到自己的妻子云居雁十分可爱，自己对她的情爱也深沉，不过总觉得她欠缺那种扎实的、出类拔萃的灵巧。她已成为自己的妻子，如今自己安心了，然而天长日久见惯了，情感上难免泛起微微的波澜。夕雾想到六条院里聚集着众多女子，千姿百态，艳丽纷呈，内心中也禁不住涌起思慕之情。特别是这位三公主，从她身份高贵这个角度去看，理应得到父亲源氏无限特别的宠爱，然而父亲对她的情爱并不显得有什么特别之处，只是在表面众人所能见到的地方显现出似乎很重视的样子。夕雾尽管有这样的感觉，却没有什么非分的野心，惟盼有朝一日能与她见上一面。

且说右卫门督柏木，平素经常探访朱雀院，亲切地伺候朱雀院，因此深知这位太上皇朱雀院非常疼爱女儿三公主，格外关怀照顾她。当朱雀院为三公主挑选女婿的时候，柏木也听到了种种信息，自身亦曾隐约地向他提过亲，朱雀院并不认为此举有什么不妥当。然而不知在哪个节骨眼上，阴差阳错，三公主终于嫁给了源氏，柏木深感遗憾，万般悲伤。直到今天柏木对三公主依然念念不忘，恋心不死。那时柏木曾经请求过三公主的侍女从中牵线，现在还是通过这名侍女打听有关三公主的情况，这种行为哪怕不着边际，也权且充作自我慰藉吧。柏木听到世间传闻说："三公主也还是被紫夫人的气势所压倒。"于是时常向三公主的乳母的女儿小侍从[01]发泄内心的不平说:"太委屈三公主啦!她倘若下嫁给我,就绝不会受这种气了。诚然,她身份高贵,像我这样的人确实不般配,不过……"柏木总耿耿于怀地想着:"世间事瞬息万变难以料定,源氏早先就有遁入空门的宿愿,有朝一日倘若他能如愿成行,我将……"

三月里,某日天气晴朗,兵部卿亲王和柏木卫门督等人奔六条院登门拜访。源氏出面接见,共叙家常。源氏说:"过着这般恬静的生活,尤其是最近这些日子,无所事事,闲得无聊。无论是公家或私人都无事可做,不知该找什么新鲜玩意儿,以供排遣呀。"接着又说:"今早夕雾大将来过,这会儿不知他在哪儿。太寂寞了,实在受不了,我让他带来小弓[02],玩射箭,看看也好嘛。难得喜好这项游戏的年轻人来了,可惜他却不在场,他是不是回去了呢?"伺候于近旁的人回答说:"夕雾大将现在东北殿[03],正在与众人蹴鞠[04]呢。"源氏说:"蹴鞠这项游戏,动作粗野,但是令人清醒振奋,也蛮有意思的。是不是把他叫到这里来呢?"说着派人去把他唤来。夕雾大将旋即到来,源氏问道:"把球带来了吗?一起来的都是些什么人?"夕雾大将告知是某某某等人,问道:"可否请他们都到这边来?"源氏应允。

正殿东面,原本是明石女御的居所,这时,明石女御已带着新生的小皇子返回宫中了,院子里空荡荡的,静寂无声。夕雾等人便在远离人工小溪流水纵横的地方,找到了一处明朗开阔,适合于蹴鞠的场所。太政大臣家的诸位公子头弁、兵卫佐、大夫[05]等,有的已成人,有的年龄尚幼小,但个个都是蹴鞠的行家里手,技艺都比一般人优胜。眼看天色呈日暮时

---

[01] 这个小侍从也是柏木的乳母的外甥女。
[02] 小弓:也称雀弓,只能射麻雀那么小的禽类。平安朝末期供公卿们娱乐用,后来成了供儿童游戏用。
[03] 东北殿指的是六条院内花散里夫人的住处。
[04] 蹴鞠:一种踢球游戏,日本平安时代宫中或贵族家中尤为盛行。
[05] 头弁、兵卫佐、大夫三人都是柏木的弟弟。头弁就是前文出现过的红梅。

分，头弁按捺不住内心涌动的兴致，说道："今天没有风，正是适合蹴鞠的日子。"说着也加入蹴鞠的队伍里了，源氏看了说道："连弁官都按捺不住游兴，忘了身份下到场地上踢球了[01]，这里的几个身居高位的年轻武官，为什么还端着架势，不下去蹴鞠呢？像我这样上了岁数的人，看到像你们这般年龄的人，心不在焉地只在观看，就觉得很可惜。不过话又说回来，老人要玩这种蹴鞠游戏，那就太轻率了呀。"夕雾大将和柏木卫门督听了他这番话后，都下到场地上参加蹴鞠。众公子在美不胜收的花香树荫下追着球来回奔跑，这幅景象在夕阳余晖的映衬下美极了。

　　蹴鞠本来就不是一种文雅的游戏，而是动作剧烈的游戏，不过也要看在什么场地，是什么人在玩儿，呈现的氛围就不一样。在这六条院有来历的饶有情趣的庭园里，栽种的树木在雾霭的笼罩下葱茏成趣，各色樱花处处绽放争妍斗丽，柳树梢微吐新绿，在这样的环境中，纵然是微不足道的游戏，诸位公子也都在较劲，一个个信心十足地力争优胜。柏木卫门督也参与其中略略作陪，没想到他的足下功夫竟无人能与他比肩。柏木卫门督容貌清秀，是个温文尔雅的人，非常注意仪表、风度教养，但此刻他追逐踢球，邋遢相百出，也蛮有趣的。众人踢球，追逐到台阶前一带的樱花树荫下，一心只顾球哪还顾得上樱花。源氏与兵部卿亲王都走到栏杆一角凭栏观赏。众人竞相奉献各自的绝技高招，花样逐渐增多。有好几位高官，兴之所至也顾不上仪表，前额发际上的官帽也有点歪斜了。夕雾大将也考虑到自己的身份高贵，今天真是史无前例地欢闹戏谑了。不过，一眼望去，夕雾大将还是比他人显得更加年轻，更为英俊，他身穿外表白内里花的贵族便服，稍微有点皱，裙裤的下摆稍许鼓起来，裤腿略微往上提了些，但并不显得轻率。他的服饰搭配协调，呈现一派洒脱的神态。樱花落英缤纷宛如飘雪，洒落在他身上，他抬头仰望，将一些枯萎的枝杈折断，

---

[01] 弁官是司礼仪的官，不适宜做此类动作剧烈的游戏。

而后在台阶的约莫中段处落座歇息。

柏木卫门督跟着也来了。柏木一边说："樱花凋谢得好惨哟！'但愿风儿惜樱花'[01]就好了。"一边用眼梢往三公主所在的那方窥视。三公主住处的房门照例没有关严，侍女们色彩缤纷的装束的下摆，在垂帘的一处处角落露了出来，透过缝隙看到的身影，活像暮春旅途上献给道路神的币帛袋[02]，所呈现的缤纷色彩依稀可见。室内的围屏等杂乱无章，被人不经心地拉到了一边，室内展露无遗，仿佛能看到深处，令人有容易接近的感觉。这时，有只可爱的唐国种小猫，被一只较大的猫追逐，突然从帘子底下逃了出来。侍女们慌里慌张、吵吵嚷嚷地跑来跑去，喧嚣声夹杂着衣裳的窸窣声频频传来。那只小猫大概是还没有被驯服，它身上系着一根长长的绳子，绳子缠住了物件，猫越想跑绳子就缠得越紧，在猫挣扎的过程中，帘子的边缘被高高地掀起，却没有人立即察觉而把帘子整好。那柱子近旁的侍女们只顾为猫的突然出现吓一大跳，仿佛惊魂未定，束手无策。围屏边缘稍许深处，有个身穿夹上衣的女子站在那里。那是从正面台阶往西第二个房间的东隅处，因此从柏木此刻所在之处一眼望去，毫无阻拦，可以一目了然。只见她穿多层的衬袍，有大概是白面暗红色里的衬袍，色彩浓淡不一的衬袍，一层层摞着穿，层次分明，色彩浓淡有致，十分华美，看上去活像订成册子的彩色纸的断面。在多层衬袍的最上面，似乎是罩上一身细长的白面浅蓝里的绸缎便服。她那长长的秀发一直垂到衣裳的下摆，亮丽可人，简直像一绺捻丝随风轻轻飘动，发端修剪得十分整齐雅观，那秀发比她的身高长七八寸。她身材苗条，个子小，因此衣裾长长地拖在地板上，姿态袅娜，神采高贵。她那秀发下垂的侧脸，简直美

---

[01] 古歌曰："但愿风儿惜樱花，切莫逞强催飘洒。"见《源氏释》。
[02] 币帛袋：原文作币袋（NUSHABUKURO），为祈求旅途平安而献给沿途的道路神的网袋，袋内杂乱无章地装有各种色彩的小碎块绢帛和纸钱。透过网眼，袋内碎块绢帛的缤纷色彩依稀可见。

得无法形容，但只因暮色苍茫，室内深处幽暗，没能看得很清楚，柏木内心总觉没看够，而遗憾万分。年轻的公子们只顾热衷于蹴鞠，连被撞落的樱花缤纷凋零景象也无暇顾及怜惜，在一旁观看的众侍女的目光被众公子的蹴鞠场面所吸引，似乎没有立即察觉到三公主的身影被外人一览无余了。

那只小猫蓦地发出惨叫声，那人回眸一瞧，瞬间闪现的美貌和典雅的姿态不由得令人赞叹："真是一位文静水灵的美女啊！"

夕雾眼见这番情景，内心感到实在看不下去，可是自己倘若悄悄靠近，前去把帘子拨正，又觉着此举未免太轻率，只好故意咳嗽几声，提醒那人注意。那人便平静地退到里面去了。夕雾出于好心，本能地这样做了，但是从心情上说，自己也没有看够，可是这时小猫已经挣脱了绳子，帘子自然落了下来。夕雾不由自主地叹了口气，更不用说刻骨铭心思慕着三公主的柏木卫门督了，只见他愁绪萦怀。柏木寻思："方才的那个人究竟是谁呢？在众多身着正装的侍女中，惟有她一人格外醒目地穿着夹上衣装束，由此看来，那人肯定是三公主，不会是别人。"此人的姿影便留在他心上拂之不去。柏木佯装若无其事的样子，但夕雾料定："柏木不可能没有看见那副姿容。"不免为三公主感到惋惜。柏木百无聊赖，遂引逗那小猫过来，将它抱在怀里，聊以自慰。他觉得这猫身上浸染着三公主浓烈的衣香。听见猫那娇嫩的叫声，联想到宛如三公主，顿觉亲切可爱。他真是个多情人。

源氏朝这边看了看，说道："诸位公卿大臣的座位似乎太靠边了，请到这边来！"说着走进东南正殿[01]，大家尾随着他进了殿堂的客厅里。兵部卿亲王也换了座位，与大家叙谈。公卿大臣以下的殿上人们，则在檐廊上设置的圆草垫上落座。没有特别的排场，招待的食品有山茶叶饼、梨、

[01] 紫夫人所居的殿堂。

柑子之类，各种点心水果混合装在盒子盖里。众多年轻人边吃边谈笑风生。下酒菜则只有必备的鱼干。柏木卫门督神色甚是颓唐，时而朝向樱花树那边凝望发呆，若有所思。夕雾大将猜透柏木的心思，估计他是在回味方才赶巧透过帘缝瞥见的佳人的面影，正在心驰神往呐。夕雾心想："三公主身份高贵，竟如此靠前站立，想必柏木也会感到她此举未免轻率吧。相形之下，那位紫夫人绝不会有这般轻率之举。"接着又想："诚然，三公主的高贵身份获得世人的尊敬，然而相比之下，父亲对她的情爱，实际上是比较淡薄的，这也难怪。"夕雾还觉得："三公主对里里外外的一切事务照顾不周，她还像是个小女孩儿，固然天真可爱，但却令人放心不下。"可见夕雾内心中还是藐视她的。

柏木宰相[01]则几乎没有闲工夫去思考三公主的种种欠缺，只顾沉溺在思索中，他觉得此次意想不到地能透过帘缝瞥见佳人的面影，这是否是早先的宿愿行将实现的吉兆呢？不禁为自己与她有宿缘而暗自欣喜，从而更加迷恋三公主。

源氏开始谈起陈年旧事，他对柏木说道："你父亲太政大臣年轻的时候，万事都要与我较劲，比试高低。在万般技艺中，惟有蹴鞠一项，我怎样也比不过他。蹴鞠这种区区玩意儿，估计也不需要什么家传，不过你们家倒是确实有这方面的好传统，我还没见过像你这样的身手不凡者呢。"柏木听罢莞尔而笑，谦逊地回答道："我们家的家风，只有在无济于事的方面保有传统，而在真才实学上则很逊色，恐怕子孙一代也难有所成吧。"源氏说："差矣！不论什么事，只要是崭露头角，就应该记下来传承下去。你在蹴鞠方面的超群技艺，就应该在你家的传记里记录在案，后人看了定会饶有兴味的。"源氏以戏言的口吻说了这番话，显得姿容焕发、神采奕奕。柏木见了，不由得冥想："看惯了这样一位才貌超群的

---

[01] 柏木是右卫门督兼参议（宰相）。

人，恐怕不会再移情别恋了吧。我要如何作为，才能博得她的垂青，求得她哪怕有些许同情而动心呢？！"他越想越觉得自己的身份与三公主相差太远，应有自知之明。柏木怀着满腔寂寥郁闷的心情，从六条院退了出来。

夕雾大将与柏木宰相同乘一辆车，一路上相互交谈。夕雾对柏木说："近来无所事事闲暇无聊时，还是应该到这六条院来散心解闷才好啊！家父曾说：'挑个像今天这样的闲暇日子，趁春花犹存期间，到这里来相聚。'本月内找一天，你可否携带小弓前来六条院，边惜春赏花，边游玩呢？"就此与柏木相约。两人在归途中彼此畅谈，柏木还是想聊有关三公主的传闻，便对夕雾说："听说六条院的令尊至今依然经常住在紫夫人那边，他真是格外宠爱紫夫人啊！这样一来，三公主的心情真不知有多么寂寞啦，她可是她父皇朱雀院无比宠爱的心肝宝贝，如今在夫君这里，不是那么获宠，太委屈她了，实在可怜。"这话太过放肆，夕雾回应说："哪儿的话，你想差矣。怎么可能有这种事。紫夫人的情况非同一般，她是家父从小培育长大的，故而感情上格外亲密无间，惟独这点与众不同吧。至于对待三公主，事无巨细，家父处处都极其重视她嘛。"柏木说："罢了，不要再说啦！内情我全都听说了。三公主不是经常受闷气吗？金枝玉叶之身，备受父皇宠爱之娇女，竟然这般委屈，不是太遗憾了吗？！"说罢，满怀同情心咏歌曰：

"黄莺穿梭花丛里，

缘何不择樱枝栖。[01]

黄莺是春之鸟，缘何偏不为樱花所吸引？实在令人百思不解。"柏木仿佛在自言自语，夕雾心想："柏木真无聊，何苦多管闲事，如此看来，

[01] 柏木在此歌中以"黄莺"比喻源氏，以"樱枝"比喻三公主。

他似乎别有用心。"遂答歌曰：

> "杜鹃深山栖古木，
> 焉能厌弃樱花树。[01]

你不该只顾钻牛角尖地胡言乱语。"两人都觉得这话题太敏感，于是转换思路，再谈别的事。不久彼此话别，各自回家。

柏木卫门督依然在父亲太政大臣宅邸的东厢房居住，过着独身生活。他有自己的想法，好高骛远，宁缺毋滥，以至至今仍然独身。这并非他人所使然而是自我作祟自食其果，有时难免感到孤身只影，太寂寞了。不过他本人却很自负，每每认为："像自己这样一个男子汉，怎么可能不如愿以偿呢。"自从这天傍晚瞥见佳人的倩影之后，只觉头疼，忧心忡忡，他总盼望着："找个机会，再见上佳人一面，哪怕像先前那样隐约瞥见也罢。"接着又想："像自己这种身份的人，任何行动都不会太引人注目，只需找个适当的理由，诸如斋戒供佛，祈求消灾避邪等，就可轻易地出门。届时自然可以抓住好机会，乘虚而入接近她……"他浮想联翩，不着边际，转念又想："她身在深闺，我用什么办法才能让她知道我深深地思恋她呢？！"他心潮澎湃难以忍受，遂照惯例给那个小侍从写信，信中写道："前些天在春风的引领下，有幸应邀赴六条院，偶然瞥见佳人的面影，佳人该不知会多么蔑视我轻浮。可是我自该日傍晚以来，一直心绪烦乱，正是'恋心实是难抚平'[02]啊！"他还赠歌一首曰：

---

[01] 夕雾在此歌中以"杜鹃鸟"比喻源氏，以"深山古木"比喻紫夫人。
[02] 此句引自《伊势物语》第99段某近卫中将的赠歌，歌曰："似见非见斯倩影，恋心实是难抚平。"

遥望难即暮色花，

叹惜频仍留恋啊！

　　这小侍从不知道那天发生的事情经过，只当是世间常见的相思情怀的表露。于是在三公主身边伺候者稀少时，将此信面呈三公主，并微笑着说道："此人竟如此念念不忘，还把这信送来，真是讨厌呀！不过，我看到此人那种单思痛苦的神情，怪可怜的，又不忍心弃之不顾，自己内心真不知如何是好。"三公主心不在焉地说道："瞧你又来说讨厌话了。"说着看了看那封打开了的信。她看到引自古歌"似见非见斯倩影，恋心实是……"一句时，联想起那天傍晚，帘子边缘意想不到地被小猫揭开的事，脸上不由得飞起一片红潮。曾记得源氏每遇适当的机会，总是提醒她注意说："切莫让夕雾大将看见。你年龄尚小，自然容易疏忽，一不经心也许就被他看见。"她心想："倘使那天被夕雾瞥见，而源氏得知此事，定然会责备我太不注意了。"她没有去想被柏木窥见的事，最担心的是源氏会不会责备，她的心思可真幼稚。小侍从看见三公主今天的心情比往常欠佳，不便硬要她复函。小侍从遂悄悄代她写回信说："前些日子闯入内院[01]，实属非礼，难以饶恕。来函称'似见非见斯倩影'是怎么回事，莫非别有原委？"她运笔流畅地写了下来，还答歌曰：

　　"山樱高耸不可攀，

　　何须多言空断肠。

何苦徒劳呢！"

---

[01] 小侍从不知道小猫事件的详情，就写此信。

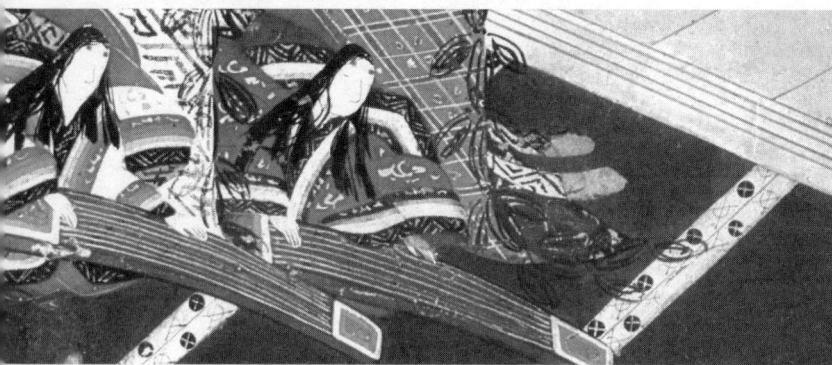

第三十四回

嫩菜（下）

柏木看到回信后，心想："从道理上说固然在理，可是措辞怎么那么无情啊！不，她为什么仅用这种千篇一律毫无情趣的应酬语言，就想敷衍过去？这叫我如何甘心呀！难道我就没有机会，撇开侍女的传言，直接与她交谈？哪怕是只言片语呢。"这番冥想之后，不知怎的他对原先一向敬重爱戴的源氏竟然萌生了莫名其妙的别扭情绪。

　　月底这天，六条院内举办射箭竞赛，许多人前来参加。柏木卫门督不知为何总觉疲乏厌倦，心神不安，不过他想："不妨前去看看佳人居所那一带的花，或许亦可聊以自慰。"于是他也前往出席了。宫中举办的射箭竞赛理应在二月，现在延期了。三月又是忌月[01]，宫中不宜举办赛事，大家都甚感遗憾。现在听说六条院有此盛会，照例踊跃前来聚会。左大将髭黑和右大将夕雾都是源氏的亲属，他们都来了。位居其次的中将、少将等人也都前来参赛。赛事原定比赛小弓，但参赛者中有不少人是步弓[02]的能手，于是请他们出来，让他们竞赛步弓。殿上人中有擅长此道者，也按一三五、二四六分成前后两组参与步弓竞赛。天色逐渐近黄昏，今天是春季的最后一天，暮云暧靆，晚风吹拂，落花缤纷，人们不由得泛起"伫立花荫难舍离"[03]的惆怅感，只顾觥筹交错，喝得酩酊大醉。席间有人说："难得诸位夫人送来许多奖励优胜者的华美礼品，想必各件奖品都凝聚着各自的意趣，可是只让百步穿柳，百发百中[04]的善射舍人不客气地享受，未免太没有风流之心了，射技稍差者也应该都来参加竞赛才好。"于是包括大将们在内及其以下的众人都走下庭院去参赛，惟独柏木卫门督的神态

---

[01] 三月是藤壶皇后的忌月。

[02] 步弓：徒步射箭。

[03] 此句引自《古今和歌集》第134首，歌曰："今日春尽春远去，伫立花荫难舍离。"

[04] 《史记卷四·周本纪第四》曰："楚有养由基者，善射者也。去柳叶百步而射之，百发而百中之。"

与众不同，独自一人陷入沉思。夕雾大将多少了解柏木的心思，看到他这副异乎寻常的神色，心想："瞧他那魂不守舍的样子，会不会做出什么出格的麻烦事来呀？"连夕雾自己都忧心忡忡了。

夕雾与柏木这两位贵公子的交情格外好，在众多亲戚中，这两人的交往特别推心置腹，胸怀坦荡，互相关怀。缘此柏木稍有什么不如意的事，或有什么忧心事，夕雾都会对柏木寄予同情。

柏木觉得自己每当在源氏面前出现，不知怎的心里总有点害怕，不敢正视他，心想："我不该有这种非分之念。一直以来，即使一般小事，只要会招人背后非议，我都不会做的，更何况这种荒谬绝伦的事。"他苦恼万状，后来又想："哪怕得到先前的那只小猫呢。纵令不能与猫倾吐衷肠，但是有猫在身旁，至少也能安慰我孤身只影之寂寥。"于是，他疯狂般地设法偷猫。可是要办成此事，谈何容易啊！

柏木前去造访妹妹弘徽殿女御，试图借聊天以排遣自己苦闷的心情。这位女御处事非常谨慎，循规蹈矩，纵然是兄妹关系，也不直接与他照面交谈，柏木心想："我的这位胞妹弘徽殿女御，对亲兄长我，尚且为了避嫌，隔着围屏交谈，相形之下，那位三公主竟然漫不经心地让人窥见自己的身影，真是不可思议啊！"柏木毕竟察觉：身为女子，行事必须谨慎。然而柏木此刻整个身心都陷于迷恋的状态，他并不觉得三公主的举止态度轻浮。

后来，柏木又去访问皇太子。他想："皇太子的长相想必与三公主有相似之处吧。"[01]于是仔细端详一番。但见皇太子的容貌尽管不是那么俊俏、光彩照人，但是他的身份高贵，毕竟异乎寻常，其气质高尚，举止优雅。宫中有只猫产下许多猫崽儿，分给各处宫室喂养，皇太子这里也分到了一只，柏木看见猫崽儿走路的样子十分可爱，脑海里顿时浮现三公主的

---

[01] 皇太子是三公主的异母兄长。

那只小猫的影像，于是对皇太子说："六条院三公主那里有只小猫，那长相之美，实在没见过有这么美的，可爱极了。我也只是瞥见了一眼罢了。"皇太子生性特别喜欢猫，因此格外细致地询问有关那只猫的详情，柏木回答说："那是一只唐国种的猫，模样与这里的猫迥然不同，尽管一样都是猫，但是那只猫性情温驯，对人格外亲昵，实在是奇妙地招人喜欢啊！"柏木的这番巧妙话语，竟说得皇太子动了心，很想获得那只猫。

皇太子把柏木的那番话记在心里，后来就通过桐壶女御[01]向三公主转达了想要那只猫的意思，三公主即刻将那只小猫送了过来。皇太子身边的众多侍女，都异口同声兴致勃勃地夸奖说："果然是一只极其可爱的猫啊！"

柏木前些日子拜访皇太子，说了那番话后，察言观色，估计："皇太子准会向三公主索要那只猫的。"于是，过了几天之后，柏木又来拜访皇太子。柏木自童年时代，就承蒙朱雀院的特别爱怜，经常在朱雀院身边伺候。朱雀院遁入空门进山修行后，他便又亲近这位皇太子，竭尽忠诚地服侍他。这天柏木以教琴为借口前来拜访皇太子，顺便说："这里的猫真不少呀！哪只是我在六条院瞥见的猫呢？"他环视了一下四周，发现了那只唐国猫，觉得这只猫着实很可爱，便去抚摩它。皇太子说："这只猫确实很招人喜欢哩，也许是它还没有驯熟的缘故，见到生人还认生呢。我这里驯养的猫，并不特别比它差。"柏木说："猫这种动物，一般说都不太会辨别生人或熟人，不过猫中也有聪明的，聪明猫自然就很机灵明白。"过后柏木又说："这里似乎有许多比那只猫更聪明的猫，那就请将那只猫暂时存放在我这边吧。"他提出这样的请求，自己内心也觉得太唐突了。

柏木终于讨得这只猫并把它带回家。夜里让猫睡在自己身边，天一亮就起来伺候猫，抚摩它精心驯养它。这猫起初虽然认生，但是现在很驯服了，不时跑过来蹭蹭柏木的衣裾，或者在他身旁躺下来亲近他。柏木着实

---

[01] 这时的桐壶女御即是皇太子妃明石女御。

感到这只猫很可爱。有时柏木陷入苦思冥想，在房门口附近斜靠着躺下来，这只唐国猫就跑过来，发出"咪咪"的亲昵叫声，柏木听起来像是"睡吧！睡吧！"的叫声，猫仿佛在催他睡觉。柏木爱抚着猫，脸上露出了微笑，终于咏歌曰：

> "苦恋难熬摸念物，
>
> 猫叫莫非解我情。

难道这猫与我有宿缘？"柏木望着猫说话，猫叫得更亲热了。柏木终于把猫抱在怀里，发呆似的陷入沉思。侍女们看到这般情景，纳闷地议论说："奇怪呀！新来的猫相当受宠呐。迄今公子对这类动物连瞧都不瞧上一眼的啊。"皇太子那边虽然催促过归还那只猫，但柏木赖着不还，他把猫关在自家里，作为自己说话的伴侣。

　　髭黑大将的夫人玉鬘，对于太政大臣家的诸位公子[01]不怎么亲近，而对义弟夕雾大将依然如昔日她住在六条院时一样，毫无隔阂，十分诚恳亲热。玉鬘天生富有才气，待人和蔼可亲。她每次与夕雾照面时，都推心置腹坦诚相待，毫无疏远的神色。夕雾大将方面也觉得同父异母妹淑景舍女御[02]比较冷淡，不易接近，相形之下，反而不如玉鬘之亲切可人，缘此夕雾与玉鬘保持着极其亲密的特殊关系。髭黑大将现在早已和发妻式部卿亲王的女儿彻底断绝关系，对玉鬘无比宠爱和尊重。只是玉鬘所生的都是男孩儿，家中没有女儿，总觉美中不足，玉鬘很想把髭黑前妻所生的女儿丝柏木柱接过来，由自己精心栽培。然而丝柏木柱的外祖父式部卿亲王坚决不同意。亲王心想："我至少要好好培养我这外孙女成为出色的人，以不

---

[01] 这些公子诸如柏木等，都是玉鬘同父异母的兄弟。
[02] 淑景舍女御即桐壶女御也就是明石女御。

至于让人笑话。"他的这份心思也经常挂在嘴上如斯说。这位亲王毕竟声望高受人尊敬，冷泉帝也很敬重这位亲王舅舅，只要是他的奏章请求，无不照准，因为如若不批，似觉过意不去。从大体上说，这位亲王爱好时髦喜欢华丽辉煌，其排场仅次于六条院的源氏和太政大臣。亲王府上出入的人员众多，世人也很尊重他。

髭黑大将是未来天下柱石的候补者，与他有血缘关系的丝柏木柱小姐的声望，怎么可能被轻视呢，缘此前来求婚者众多，但是式部卿亲王尚未选定谁。他心中总盼望着："倘若柏木卫门督有这种意愿就……"可是柏木偏偏就没有这种心思，也许他觉得丝柏木柱小姐还不如这只唐国种小猫呢，实在遗憾。丝柏木柱看到自己的生母依然怪异，疯疯癫癫不正常，过着几近被埋没的生活，内心甚感痛惜。她对继母玉鬘的风采和生活状况则十分欣羡，看来她生性也是爱好时髦喜欢华丽辉煌的。

兵部卿亲王至今依然孤身只影，尚未续弦。过去他曾热衷于追求玉鬘和三公主，结果均以失败告终，自己也觉得在世间有失体面，成为世人的笑柄，他不甘心长此鳏居独处下去，于是决心前去向丝柏木柱求婚。丝柏木柱的外祖父式部卿亲王说道："这是好事嘛。凡是为女孩子的未来着想，最好是送她进宫侍奉，其次是与亲王结缘。当今的人想把女儿许配给平庸的健壮老实人，自以为贤明，其实是想法品位不高。"说着不让兵部卿亲王遭受过多的苦恼，就应允了这门亲事。兵部卿亲王没有吃太多的苦头，过分顺利地称心遂愿了，反而觉得美中不足。不过式部卿亲王毕竟是身份高贵的人家，事到如今自己这方不能出尔反尔，于是就开始到女方家来过夜结亲了。式部卿亲王非常重视关照这位外孙女婿兵部卿亲王。

这位式部卿亲王有许多女儿，女儿们的婚事都不称心如意，他为此操了不少心也受了不少闷气，本不想再为外孙女丝柏木柱的这桩婚事操心了，可是他又不忍心弃之不顾，他说："丝柏木柱的母亲患了心智错乱的怪病，年复一年，病势越发严重。丝柏木柱的父亲髭黑大将，说她若不遵命到他那里跟随后母，就疏远抛弃不管她，这孩子真是太可怜了！"缘此，外孙女新婚居室内的装饰布置等杂事，外祖父都亲自操持照料，万事尽心竭力，真是一片慈祥心啊！可是外孙女婿兵部卿亲王则时刻怀念着已故的前妻，他只想娶一个长相类似他前妻的女子为继室，而这位丝柏木柱虽然长相也不差，却不像前妻，也许因而感到遗憾吧，从而每夜前来与丝柏木柱过夜，似乎觉得不能心满意足。丝柏木柱的外祖父式部卿亲王忧虑地慨叹："实在是太遗憾啦！"身患严重精神病症的丝柏木柱的母亲，当她神志较清醒的时候，也绝望地慨叹："世态无常可恨啊！"

髭黑大将得知此事也说："果然不出所料，兵部卿亲王本来就是个十足轻浮的人。"髭黑从一开始就不同意这门亲事，缘此甚感不快。玉鬘尚侍听说自家亲人遇上这种不可信赖者，不由得心想："倘若自己当初嫁给这位兵部卿亲王，遭到如此这般的惨状，六条院的源氏和父亲太政大臣不知会怎么想呢。"她回想起当年的往事，不由得感到有点滑稽可笑，也很可悲。她接着又想："当时自己并不想与兵部卿亲王结缘，只是他不断来信纠缠不休，似乎一往情深。最后我嫁给了髭黑，他知道后也许会藐视我，以为我是个薄情不解风趣的女子吧。"她近年来每当想起这些事，都觉得太难为情了。又想："如今兵部卿亲王成了我的女婿，说不定他会把我的往事告诉我那前房女儿呢，这才是令人犯愁的啊。"玉鬘这方也尽可能地关照丝柏木柱，她佯装不了解丝柏木柱夫妻间感情龃龉的状况，经常通过丝柏木柱的两个同胞兄弟等人，周到地向这对新婚夫妇问寒问暖，缘此兵部卿亲王也不忍心断然与丝柏木柱离异。然而式部卿亲王的夫人即那位外祖母特别爱唠叨，经常为一星半点的小事，得理不饶人地怨天尤人，唠叨个没完没了。她说："把姑娘许配给亲王，虽说不能像进宫侍奉般享受荣华，但至少也应得到丈夫的专一疼爱，舒心快活地度日呀！"她的这番怨言不胫而走，传到外孙女婿兵部卿亲王耳朵里，他心想："这可真是一通奇谈怪论呀！想当初我那贤惠爱妻健在时，我也经常逍遥不羁，寻花问柳，但不曾听说她发过如此苛刻的怨恨言辞。"他满心不愉快，越发眷恋作古的前妻，于是独自闷在自家的宅邸里，冥思苦想地度日。岁月蹉跎，不觉间两年的时光过去了，这种分居的日子也逐渐习惯了，这对夫妇至今依然保持着这般名存实亡的关系。

世态无常，岁月如流，冷泉帝即位也一十八年了。近年来冷泉帝每每如斯想也这样说："朕无亲生皇子能嗣位，总觉没劲。世态无常，朕真想能轻松地与心爱的人们相聚，随心所欲地做些个人爱好的事，自由自在地悠闲度日啊！"最近，冷泉帝生出一场重病，之后突然退位让贤。世间的人们都惋惜地说："皇上正是风华正茂，太平盛世之际，怎么这么快就让位了呢！"皇太子已长大成人[01]，遂继承帝位，世间的政治形势等，没有什么特殊的变化。

太政大臣上奏致仕，告老还乡，隐退居家赋闲。太政大臣如是想也如斯说："鉴于世态无常，贤明之帝尚且让位，何况像我这样的老人，挂冠[02]有什么可惋惜的呢。"

髭黑大将晋升右大臣，执掌天下政务大权。承香殿女御[03]没等到儿子即帝位，如斯盛世就早早仙逝，现在虽被追封为太后，然而人已驾鹤西去，有何助益呢。六条院的明石女御所生的大皇子，现在已立为皇太子。

---

[01] 此皇太子是朱雀院的儿子，髭黑之妹承香殿女御所生，是年二十岁。太子妃即是源氏之女明石女御。
[02] 挂冠：辞退官位之意。《后汉书卷八十三·逸民列传第七十三》曰："逢萌字子康。王莽杀其子宇，萌谓友人曰：'三纲绝矣！不去，祸将及人。'即解冠挂东都城门，归，将家属浮海，客于辽东。"
[03] 承香殿女御是朱雀院的妃子，髭黑的妹妹，新帝的生母。

这种发展趋势，是早已估计到的，如今一一兑现了，可庆可贺，这是令人瞩目的莫大喜事。夕雾右大将晋升为大纳言，依次晋爵，并兼任左大将。夕雾大纳言与髭黑右大臣这两人的关系就更加亲善和睦了。

六条院源氏对冷泉帝让位后没有冷泉帝亲生的皇子嗣位这件事，私下里深感遗憾，觉得很不完美。虽说这回的新皇太子也是源氏的血统[01]，然而，冷泉帝在位期间尽管没有发生令人烦恼的事件，平静地度过了，那桩罪行[02]被隐藏而没有暴露出来，但却招来冷泉帝无子孙世袭皇位的宿命，令源氏不由得感到遗憾万分。可是，此事又不可告人，只好憋在心中郁郁寡欢。所幸的是明石女御接连生下皇子，新帝对她极其宠爱，无人可比肩。

源氏这方血统的人世世代代连续被立为皇后，引起世间人们的不服气。退了位的冷泉院的秋好皇后未生皇子，源氏不顾没有像样的理由，还是硬把她立为皇后，秋好皇后每想到源氏的这份恩情，不胜感恩戴德，她的这份感情甚至与日俱增。成了上皇之后的冷泉院，果然如愿以偿，可以悠游自在，轻松出入，过上让位后闲适舒心的幸福生活。

新帝继位后，经常惦挂着自己的妹妹三公主。她因与源氏的夫妻关系，大致上也都普遍地受到世间人们的尊敬，只是她的威势，无法超过紫夫人。光源氏与紫夫人的夫妻恩爱关系如胶似漆，浓情与日俱增，彼此美满地和睦相处，毫无隔阂。可是有一天，紫夫人认真地说："我已经到了这个年龄[03]，现在不想再过这种喧闹的生活，但愿能恬静地勤修佛道。现世的悲欢离合、荣辱得失，可说都已经历过来了。希望你能体谅，允许我了却这门心思。"她经常如斯恳切地要求，源氏则总是这样回答说："有

---

[01] 这回的新皇太子，是源氏的女儿明石女御所生。
[02] 指源氏与继母藤壶皇后私通，生下冷泉帝。
[03] 是年紫夫人三十八岁。

你这样薄情的要求吗？我自己老早以前就有意遁入空门了，只因念及留下你孤身只影太寂寞了，再说我若出家，你的境遇势必变样，缘此我不忍心，以至拖延至今未能成行。总之待我的宿愿得偿后，你再作决策好了。"委婉地回绝了她的请求。

明石女御孝敬紫夫人简直如同孝敬亲生母亲一般。她的生母明石夫人则在暗中照顾她。明石夫人为人办事谦恭谨慎，言语含蓄，这反而使她的前途牢靠，吉庆呈祥。明石女御的外祖母老尼姑动不动就流下欣喜的泪珠，无法控制，甚至把眼眶都揩拭得通红。这正是长命百岁、吉祥可喜的实例。

源氏早就想为明石道人向住吉明神还愿，而明石女御所许下的愿，也要到住吉去还。源氏打开明石道人送来的那只箱子，只见箱子里装有祈愿文，文内写上诸多应承的大愿，诸如每年春秋演奏神乐，祈愿子孙世世代代必定繁荣昌盛等，明石道人果然早已预料到非有像源氏这般威势的人，不能还如斯大愿。这些祈愿文运笔流畅，字句严谨生动，着实才气横溢，想必定能感动神佛吧。源氏一边看祈愿文，一边浮想联翩："为什么一个山中修行的僧人，怀着一颗圣心，远离尘世专心修道，竟能对尘世俗事了如指掌呢？"源氏对老丈人的这份父女情深表同情，但也觉得不符合僧人的身份，接着又想："如此看来，莫非明石道人本是一位圣僧，为了某种特别的前世因缘，而暂时转生世间不成？！"源氏越想越觉得明石道人不容忽视了。

此番奔赴住吉参拜，对外则不提是明石道人的还愿主张，只说是源氏自己要去参拜。以前源氏流放须磨、明石诸海湾时所许的愿，早已还清，而源氏逢凶化吉，重返都城后，还能长生在世，享受种种富贵荣华，承蒙神佛呵护之恩，岂能忘却，因此偕紫夫人一道前往参拜。此消息一经传出，便引起世上一阵轰动，源氏为避免惊扰众人，万事力求从简。不过，由于源氏身居准太上天皇之位，一切礼仪都有一定的规格，因此场面辉煌也是近年来所罕见的。陪同前往参拜的人员，除了左右两位大臣之外，其余的公卿大臣都来了。舞人都是从卫府次官中挑选五官端正、身高相等者担任，未能入选者都甚感惭愧，有一些风流人士甚至悲伤叹息。陪从[01]也都是从石清水、贺茂的临时祭仪所用的乐人中，挑选技艺特别高超者充当。临时又外加两名陪从，都是近卫府的官人中擅长此道的著名能手。神乐方面也有相当多近卫府的官人参与。新天皇、皇太子、冷泉院都分别派遣各自的殿上人前去，供源氏差遣，为源氏服务。为数众多不计其数的公卿大臣的马、鞍、马副、随从、近侍童子以及一个接一个的奉侍并护卫的下级官僚等，都装饰装扮得绚丽多彩，美不胜收，其排场真是盛况空前。

明石女御与紫夫人共乘一辆车。第二辆车载的是明石夫人，老尼姑也悄悄地与女儿同车。由于明石女御的乳母[02]了解此次参拜的详情，所以也乘上此车同行。夫人们的随身侍女用车，有随紫夫人的五辆、随明石女御的五辆、随明石夫人的三辆，每辆车和乘车者都装饰装扮得很美，耀眼夺目，自不待言。实际上此前源氏说："既然大家同样都要去，不妨给师姑老太太把脸上的老态皱纹抻抻平，打扮一番，一起去参拜。"明石夫人曾劝阻说："此番参拜，场面盛大隆重，轰动世间，让老人掺杂其间不方便，倘若她能活到大愿如愿以偿[03]的那天，届时再……"然而老尼姑一来担心自己余年不多，二来甚想见识一下这番盛大的参拜场面，于是坚持跟着大家一起前去参拜了。她大概是前世积下了大德，故今生获得回报的吧，比起命里注定能享受荣华富贵者来说，她明显是更加幸运者。

时令已是暮秋十月二十日了，正是"神社围墙葛叶攀，秋来绿叶也变

---

[01] 陪从：日本古代，贺茂神社、石清水八幡宫等举行祭祀仪式时，从事神乐、东游的管弦和歌的乐人。
[02] 这位乳母就是明石女御诞生时，由京城派赴明石海湾的人。
[03] 意指明石女御所生皇太子继承帝位。

色"[01]。在松树林海中，红叶景色呈现，然而松树等常青树似乎只是"风声送爽始知秋"[02]而不予理会。音色宏伟的高丽乐和唐乐，不如听惯了的东游[03]歌舞之乐曲令人感到亲切有趣。乐声与风涛声交响，从树梢高耸的树林那边传送过来的松涛声，与悠扬高调的笛声交织，奏出与他处所闻迥然不同的美妙音调，沁人心脾。这笛声与六弦琴的琴声和鸣，由于没有使用大鼓，因此其拍子音色听起来不喧闹，而是优美典雅、闲寂清幽，耐人寻味，尤其是在这样的场合，更觉意味深远。舞人衣裳上用青色印染的竹节花样与松树的绿色交相辉映，众人冠冕上装饰的各式各样的插头花与满园的秋天花草交映成趣，几无差别。万物五彩缤纷、绚烂亮丽，令人目眩。东游舞乐的《求子》一曲演奏完毕时，年轻的公卿大臣褪下和服上衣袖，露出肩膀，走下庭中的舞场起舞，在没有光泽的黑袍下面，骤然露出表为淡褐色里为深红色的衬袍，以及表为深红色里为浅蓝色的最里面的衬袍袖子，还有深红色的穿在单衣与最里面衬袍之间的衣服的袖兜。正当此时，天空暮地下了一阵晚秋小雨，稍许滋润了四周的万象，令人忘怀这里是松树林海，而误以为是红叶落叶缤纷。众人的舞姿令人赏心悦目，他们头上高高地插着洁白的荻花枯枝，只舞了一回就隐没了，舞姿翩跹，饶有趣味，让观赏者犹感未能尽兴，可惜就结束了。

　　源氏自然而然地忆起昔日的往事，想当年沉沦须磨、明石的悲惨境遇，至今依然历历在目，可是无人可推心置腹共话当年，他眷恋着现已告老还乡的那位大臣[04]。他走进屋去，感念之余，咏歌一首悄悄送到老尼姑所乘坐的第二辆车内。歌曰：

---

[01] 活用《古今和歌集》第254首，歌曰："神名备山枫树丛，不容深思遍山红。"
[02] 引自《古今和歌集》第251首，歌曰："常攀山林绿油油，风声送爽始知秋。"
[03] 东游：日本从平安时代起逐渐在宫中和神社表演的民间歌舞之一。
[04] 指的是前太政大臣，当年的头中将。源氏大概是想起前太政大臣当年远赴须磨造访自己的情景。

有谁知晓当年事，

住吉神前探询松。

这首歌是写在怀纸上。老尼姑看了，深受感动。她看到当今盛世，回
忆起当年在明石海湾上送别源氏公子，以为再也见不到面的情景，以及外
孙女明石女御诞生时的状况，百感交集，深深感到自己实在太幸福了，这
真是前世修来的福啊！另一方面也十分想念那位抛弃尘世，遁入深山修行
的明石道人，不由得悲从中来，但想到今天是喜庆吉日，忌讳口出不吉之
语，于是答歌曰：

住吉明神护佑灵，

老尼始知此盛景。

老尼姑觉得如若不及时回应未免失礼，所以只将自己即时的感受表述
一番。接着又自言自语似的咏道：

昔日沉沦难忘怀，

住吉明神恩似海。

源氏通宵达旦游乐歌舞。二十日的月亮皎洁澄明，月光普照，源氏兴
味盎然地眺望无边无际的海面。霜降浓重，恍如给地面铺上一层洁白绒
毯，松树林海也着上银装素裹，四周景象分外妖娆，但觉寒气沁人，愈加
令人感到趣味与寂寞交织并存。

紫夫人向来幽居深闺，虽然一年四季，季季佳节或朝或夕都举办游乐
盛会，耳熟能详，看惯了也习以为常，但是离开家门四处游山玩水，则几

乎没有，何况此番离开京城长途旅行，更是迄今未经历过，缘此颇感新鲜，也饶有兴味，遂咏歌曰：

> 住吉深夜松挂霜，
> 疑是神戴木绵冠[01]。

紫夫人联想起小野篁[02]朝臣所咏"比良山峰木绵冠"[03]，觉得自己能联想到歌中皑皑白雪的清晨景象，是否也预兆着神灵受容源氏此番的还愿参拜，内心越发觉得可指望。明石女御也咏歌曰：

> 持杨桐叶神官现，
> 深夜霜浓似木绵。

紫夫人的侍女中务君也咏歌曰：

> 误把浓霜当木绵，
> 预示神灵将受容。

此外一首接一首不断地吟咏下去，不计其数，似可无须赘述。一般说，在这种场合所吟咏的和歌，纵令貌似擅长此道的男士，也难能咏出格外优秀的来，除了诸如"千岁松"之类的陈词滥调之外，别无意味清新、

---

[01] 木绵：日本汉字，即楮、构树，落叶乔木，花淡绿色，树皮是制造桑皮纸和宣纸的原料。日本古代祭祀时，将木绵花挂在神社院内常绿树上祭神。
[02] 小野篁（802—852）：平安朝前期的官员、学者、歌人。
[03] 小野篁歌曰："神篱显示神心容，比良山峰木绵冠。"另据藤原清辅的《袋草子》中称，此歌是菅原文时所作。

别具创意的歌词，列举这类歌，不免太烦冗。

夜色朦胧渐趋黎明时分，霜降愈加浓重，演唱神乐的乐人们过分贪杯，唱出的神乐本末[01]分不清。他们没有意识到自己已醉得满面通红，而只顾醉心凝望满园洁白的美景；无心顾及庭院里燃烧的篝火行将熄灭，只顾一边舞动杨桐枝，一边唱"万岁万岁"，为源氏祝福，祝愿源氏子孙繁荣，万事如意，无限兴盛。众人欢愉总不觉倦，恨不得"千夜并一宵"[02]，夜长漫漫才好，可是天色转瞬间就渐露黎明，因此年轻人不得不宛如回潮的波涛般争先恐后赶忙退场回家，但心中还是惋惜。松树林海的场地上，成排车辆蜿蜒而去。风吹拂着车帘子的下端，缝隙里露出女子们的衣裳的下摆，宛如常青树林的万绿丛中点缀着似锦繁花。各车辆的伺候侍女，按各车主人的身份有四位、五位、六位等，穿着不同色彩的袍子[03]，将高格调的华美食桌上的膳食源源不断地端来，敬请各车主人用餐。下人都稀奇地观看，觉得真是喜庆美好。呈给老尼姑的膳食是素斋，放置在铺着青灰色布的沉香木制方盘里。一旁观看者各自背地里悄悄议论说："好光彩的老尼，真是前世修来的福啊！"

前来参拜时所带来的各种供奉品，多得不计其数，归途上则一身轻，尽享逍遥游山玩水之乐，此类冗长琐事，恕不一一赘述。老尼姑和明石夫人惟一感到遗憾的是，那位明石道人远离尘世，潜入深山，世间这般辉煌盛会，他既未闻也不曾见。实际上像明石道人这样，孤身隐遁深山，潜心修行，这种行为的确是一般人很难做得到的。不过她们转念又想，倘若明石道人也参加到人们的这个行列里，恐怕也很不协调吧。世间的人们都以老尼姑为楷模，觉得在当今的世间，为人似乎就应该具有崇高的理想。人

---

[01] 宫廷神乐分本方和末方，本方先唱："千岁，千岁，千岁呀！千岁呀！千岁的千岁呀！"末方后唱："万岁，万岁，万岁呀！万岁呀！万岁的万岁呀！"
[02] 此语出自《伊势物语》第22段，歌曰："纵令千夜并一宵，言犹未尽鸡报晓。"
[03] 四位是深红色，五位是浅红色，六位是绿色。

们动不动就以欣羡的口吻盛赞老尼姑的福气，这情形几乎成为世间一个幸福的典故，一提到"幸福"人们势必言及"明石尼姑"。现已告老还乡辞官在家的前太政大臣，他家的小姐近江君，在玩双陆摇骰子时，嘴里必念"明石尼姑"，以祈求摇出好骰子数。

遁入了空门的朱雀院，专心修行佛道，对当今朝政漠不关心，不闻不问。只在春秋两季当今皇上行幸省亲时，才难得地略谈些昔日的尘事。他惟有对有关三公主的事至今依然放心不下，他让源氏做三公主的正式保护人，让当今皇上暗中照拂这皇妹三公主。于是朝廷晋封三公主为二品，封户等也增加了。三公主的威势更加显赫了。

紫夫人看到随着岁月的推移，三公主的威望日渐提高，她经常思索："自己深受源氏一人的格外宠爱，以至威势不亚于他人，但是随着自己日渐衰老，源氏的这份宠爱心，势必会日渐衰减，莫如趁此境遇到来之前，主动提出想出家。"可是转念又想："这样一来，源氏会不会以为我是出于赌气才这样想呢?!"缘此，紫夫人不便直截了当地提出来。

源氏见当今皇上格外关心照顾三公主，自己也不好忽略她，于是到她那里的日数，与在紫夫人这里的日数相等。紫夫人虽然觉得这也是理所当然，但是内心中难免泛起不安的情绪，心想："到底还是不出我所料。"可是表面上，她还是佯装若无其事的样子，安然度日。于是紫夫人将明石女御所生的皇太子之亲妹大公主抱到她身边来，精心栽培，也可慰藉源氏不在身边的孤眠寂寥之夜。明石女御所生的子女，她觉得个个都很美丽可爱。

住在夏殿里的花散里夫人，特别羡慕紫夫人能呵护照顾这许多孙辈。于是她也将夕雾大将与藤典侍所生的小千金恳切地迎接过来，留在自己身边呵护抚养。这小女孩儿长得特别可爱，天生聪明伶俐，格外乖巧，缘此也博得爷爷源氏的十分疼爱。源氏自己子女少，不过孙辈为数众多。他现在就以精心呵护众多孙辈为乐，抚慰这无所事事的寂寥心绪。

髭黑右大臣比以前更亲密地到六条院来拜候问安，髭黑的夫人玉鬘如今已变成一位成熟的少妇，也许由于光源氏不像昔日那么风流好色了的缘故，一有合适的机会，玉鬘也经常到六条院来问安，与紫夫人会面叙谈，彼此推心置腹，交情亲密和睦。

惟有三公主，虽然芳龄已二十了，却依然孩子气十足，天真烂漫，倒很文静。源氏如今已将明石女御完全托付给当今皇上关照，自己则是一心一意地照顾三公主，像呵护幼女一般地关爱她。

朱雀院给女儿三公主来信说："我近来仿佛预感到自己的大限行将逼近，不由得黯然神伤。我对现世之事，早已漠然无所留恋，惟盼与你再见一面。如若不能，恐将抱恨归西也未可知。大可不必兴师动众，只需微行到访便可。"源氏知道后也对三公主说："确实应该前往叩见。纵使上皇不说，你也应该主动前去问安，更何况劳烦上皇如此盼望，实在是过意不去。"于是三公主决意前去叩见问安。然而没有适当的时机，没头没脑地突然前去，似乎也不像样。源氏琢磨着如何找个恰当的借口，顺理成章地前去拜候。他蓦地想起："明年是朱雀院五十大寿的年份，何不借机置办些嫩菜素斋献上，略表寸心呢。"于是着手精心运作各种筹备工作，诸如置办各种僧服、素斋的品种等等，因为这位僧人非同寻常，所以必须下功夫，作一番精心巧妙的设计。朱雀院昔日未出家之时，对管弦音乐格外倾心，兴趣浓厚，缘此贺寿当天所需使用的舞人和乐人，都必须精心地加以挑选，一律选择精通此道的行家里手。

髭黑右大臣的两个儿子、夕雾大将的三个儿子（与云居雁所生两个加上与藤典侍所生一个），此外还有好几个七岁以上的小孩，这些孩童都将当上殿上童。兵部卿亲王家尚未举行过元服仪式的王孙们以及公卿大臣家的孩童都被选出。但凡殿上童，大都长相端正，同样一个舞，他们的舞姿就格外饶有情趣，从中选出更优秀者，并让他们做好各式各样舞蹈的准备工作。这是一次场面公开而隆重的盛会，入选者无不专心致志狠下功夫地进行排练。精通此道的专门乐师和高手们埋头教练，忙得不亦乐乎。

三公主自幼学弹七弦琴，但她很小就下嫁到六条院来，朱雀院不知她的七弦琴现在学得怎么样了，十分惦挂。他私下里曾对人说："公主有机会回娘家省亲时，我真想趁机听听她的琴声呢。不管怎么说，她在那边耳濡目染，琴艺想必总会有长进吧。"这信息传入宫中，当今皇上耳闻后，说道："说得是啊！她的琴艺想必习得格外出色吧。她在父皇面前献艺时，我也想前去听听呐。"这话又传入源氏的耳朵里，源氏心想："近年来每遇适当的机会，我总教她弹琴，从技艺上说确实大有长进。不过，还没能达到技艺精湛，弹出情趣浓重，引人入胜的音调的程度。倘若没有做好充分的准备而前往拜谒上皇，他一旦提出想听女儿弹奏的琴声，而女儿不能不从命时，三公主岂不是很尴尬。"源氏为三公主操心，从这时起，格外精心地向三公主传授琴艺。

源氏首先教她弹奏两三首别开生面的曲调，然后再教她弹奏各种饶有情趣的大曲，根据四季的推移，变换相应的声调[01]，随着气候寒暖的变迁调整相应的调式[02]，尽心竭力地传授琴艺此道那非同寻常的秘曲绝招。三公主开始时似乎觉得难度很大，后来逐渐理解，终于能得心应手地操持高超的琴艺。此前源氏曾向紫夫人申明："由于白日里众人频繁出入，难能静下心来，反复授受拨弄摇动和摁抚琴弦的操琴技法，故而改在夜间寂静时教授，好让她能专心领会琴艺的真髓。"获得紫夫人的谅解准假后，遂朝朝暮暮在三公主这边传授琴艺。

源氏从未曾向明石女御、紫夫人传授过琴艺，明石女御很想趁父亲教

---

[01] 春季是双调，夏季是黄钟调，秋季是平调，冬季是盘涉调。
[02] 天寒时弹律调，天暖时弹吕调。

授三公主秘曲的机会，回娘家六条院欣赏一番平素难得听得着的名曲。当今皇上轻易不准许她请假出宫，此番幸能准短暂假期，让她专程回到六条院来。

明石女御已生下两位皇子，现在又身怀六甲，已经五个月了。十一月份是宫中举行祭祀期间，她以孕妇忌讳参与神事为由，趁机请假回娘家六条院。十一月举办祭祀过后，当今皇上一味催促明石女御回宫，可是她舍不得放弃这种每夜都能听到如此情趣盎然无比美妙的演奏的良好机会。她极其羡慕三公主，内心不免稍有埋怨情绪："父亲为什么不传授给我呢?！"

源氏与他人不一样，特别欣赏冬夜之月，在雪光闪烁饶有风情的月夜里，源氏恰到好处地抚琴弹奏了合乎季节的各种曲子。还在身边的诸侍女中挑选略谙此道的，让她们各自发挥己之所长，抚琴合奏。

时令已近年终岁暮，紫夫人格外繁忙，各处的万般事务，自然都需要她打点关照，紫夫人不时说："到了春天，挑个悠闲的傍晚，我想欣赏三公主弹琴呢。"不久年就过去了。

朱雀院的五十大寿，首先是当今皇上举办庆贺大典，盛大隆重。源氏不便立即接着举办盛会，以避免并列攀比之嫌，缘此贺寿盛会的日期稍许拖延，定于二月十日过后举办，乐人和舞人等遂天天接连不断地到六条院来演习排练。有一天源氏对三公主说："紫夫人常想听你弹琴。我不妨拟定个日子，让你和这里弹筝弹琵琶的女眷合奏，举办一个女子音乐大会。在我看来，当今号称擅长此道的高手，其技艺修养之精湛深邃程度都赶不上六条院诸女眷。我在音乐方面，虽然算不上什么行家里手，也没有习得扎实的像样功夫，但自幼惟求在任何方面无所不知晓，缘此，世间闻名遐迩的音乐名师以及门第高贵之家的世袭祖传的专业高手，无一遗漏地都请教切磋过，然而其中技艺精湛炉火纯青，能令我钦佩得自惭形秽者，则无有其人。比起当年习琴的我们来说，当今的年轻人似乎过分爱俏皮，好装腔作势，从而显得肤浅。何况七弦琴这种乐器，听说近年来已无人学习。能学到像你弹奏的这般水平的人，几乎没有。"三公主听罢，天真地莞尔一笑，心想："我真能得到源氏如此认可啊！"不由得欢欣鼓舞。三公主今年已二十一二岁了，然而依旧稚气十足，令人感到仍然未成熟，不过她的体态瘦削挺秀、袅娜多姿，还是很美丽可爱的。源氏一有机会就教谕启发她，说："你已多年未见父皇了，此番拜谒父皇，须多加留心，务必让父皇见到你而感到你已长大成人了。"三公主的随身侍女们也都觉得："确实如此，如若没有源氏大人这般细心关照耐心教诲，她那一身稚气恐怕是难以隐藏的。"

正月二十日前后，晴空万里，暖风吹拂，庭院里的梅花也逐渐绽露笑容，一处处的花树尽皆含苞待放，四周空间，春天的雾霭升腾。源氏说："正月过后，必须着手准备贺寿盛会的事，大家将要开始忙起来了。届时若举行弦乐合奏，外间人士可能会误以为是贺宴奏乐的彩排，难免会议论纷纷，不如现在悄悄地举行。"于是邀请明石女御、紫夫人、明石夫人等到三公主的正殿这边来。众侍女都想来听琴，争先恐后极想随同主人一道去，最后，与三公主的关系稍疏远者都没有被选上，只挑选年龄稍长、略通此道、秉性良好者同去。紫夫人带着四个长相出色的女童，身穿红色外衣、淡红色的汗衫、浅紫色的棉织里衬衣[01]，下身穿上凸花纹样的和服裙裤，再罩上亮丽的红色熟绸单衣，举止姿态斯文大方。明石女御这边的情况也如此，新春伊始，房间内的装饰焕然一新，十分豪华，众侍女尽心着装打扮，互相争妍斗丽，真是无比鲜艳。女童上身穿青色的外衣、暗红色汗衫，下身穿着唐绫的和服裙裤，里衬衣则是金黄色的唐绫，一个个同样都是齐备的着装。明石夫人这边，女童的着装似乎并不那么花哨，两人穿

---

[01] 里衬衣：穿在外衣和内衣裤之间的衬衣。

紫红色外衣，两人穿淡红色外衣，这四人都穿青瓷色的正式礼服，衬袍有深紫色的、浅紫色的，都穿着色泽无比鲜艳的单衣。三公主这边也如此，她听说众人将要到这里来聚会，于是着意给几个女童装扮得格外漂亮。她们穿的是青绿色的外衣、白面绿里的衬袍、略带红色的淡紫色里衬衣等，虽然算不上特别亮丽华贵或珍奇，但是从整体上看，令人感到气派高雅，确实无可比肩。

厢房内的纸隔扇全都敞开，各处只用围屏做遮隔，源氏的座位设在室内中央。今天的合奏音乐里，拟请男童担当吹奏乐器。髭黑右大臣家的三公子即尚侍玉鬘所生的长子负责吹笙，夕雾左大将家的长公子负责吹横笛，他们都坐在厢房外面的檐廊上。室内摆好成排的坐垫，把各式各样的弦乐器逐一送交诸位女士。平素秘藏的各种乐器，都装在华美的藏青底色的袋子里，此时都拿了出来，明石夫人弹琵琶，紫夫人抚和琴，明石女御弹筝。只是三公主并不特别擅长此种大型的名琴，源氏生怕她胆怯不安，理解她的心情，便把她平日弹惯了的七弦琴作了些琴弦音的调整，而后交给她弹。源氏说："筝这种琴的琴弦并不经常会松弛，不过，与其他乐器合奏时，随着曲调的变换，琴柱容易错位，因此事先应该考虑到，而把琴弦绷得紧些，使它不跑调。女子腕力不足，难以把琴弦绷得恰到好处，因此还是叫夕雾大将来效劳为好。到这里来吹笛子的这帮人，还都是小孩子，能否与大家合拍，真没把握呐。"源氏说着笑了笑，遂差人去召唤夕雾，说："去请夕雾大将到这里来！"众女眷听说要请夕雾来，顿觉难为情，心情不由得紧张了起来。源氏自己也在想，除了明石夫人以外，其余的女眷都是自己难于割舍的重要弟子，因此但愿她们能备加用心好好表现，务必使夕雾听琴后无可非难。源氏心想："明石女御经常在皇上面前与其他乐器合奏，估计问题不大，可以放心。只是紫夫人的和琴，虽然是弦数不多仅六根弦的乐器，但是曲调的变化贫乏，弹法又没有固定规矩类型，因此女子操作起来，有时难免慌张驾驭不住。琴这种乐器本来就是适合于协调合奏的，届时她弹的和琴会不会走调呢？"源氏不禁为紫夫人略微担心。

夕雾大将心情格外紧张，他觉得今日赴六条院，远比前往参加皇上御前的大型仪式的音乐彩排活动更为费心。他穿一身鲜艳的贵族便服，外衣衬袍里里外外的衣裳都薰上浓浓的薰衣香，衣袖的薰香味更加浓郁芬芳。他衣冠楚楚地来到六条院正殿时，已是日暮时分。黄昏的天空饶有情趣，梅花仿佛眷恋去年的残雪似的披上了一身洁白的盛装，压弯了枝头般地尽情怒放，微风吹拂，载着梅花香味与帘内飘来的妙不可言的薰衣香，珠联璧合，几近形成"习习香风引莺来"[01]的意境。正殿四周旋荡着极其美妙的芳香。

源氏从门帘下方把筝的一头稍许拉出帘外来[02]，对夕雾说道："请体谅我似乎失礼了，替我把这琴弦绷紧，试试调子调整调整。我不便召唤疏远者到这里来，因此……"夕雾诚惶诚恐，把筝接过来小心谨慎地加以调试，动作利索，态度从容，把确定基准音调的琴弦调整为壹越调，调好后还很含蓄，并不立即试弹，源氏见状说道："琴弦调试好之后，如若不弹上一曲，未免太没风情啦！"夕雾故作姿态地说："儿子岂敢在高手如林的今天的音乐会上献丑呢！"源氏说道："说得也在理，不过如果外间风传，说你由于不能参加女乐演奏会故而溜走，这在名誉上可不光彩哟。"说着笑了笑。夕雾大将调试了曲调之后，有分寸地只试弹了饶有情趣的一首曲子，随后将筝退回帘内奉还。

源氏的孙辈们都穿上漂亮的值宿装束，十分可爱。他们吹笛子与弦乐合奏，虽然都还年幼，稚气犹存，不过吹出的音调也蛮动听，可说是前途

---

[01] 此句引自《古今和歌集》第13首，歌曰："梅花芬芳春风载，习习香风引莺来。"
[02] 夕雾是男子，不得进入女眷门帘内，只能在帘外伺候。

无量。

各种琴的琴弦都调整好之后，合奏就开始了。各类琴都各具特色各有千秋，其中明石夫人的琵琶指法技巧娴熟，古色古香，音色清澄，十分美妙。夕雾侧耳倾听紫夫人弹的和琴，觉得她用琴爪拨动的琴音听起来亲切可人、柔美动听，反拨琴弦奏出的琴音，音色珍奇新颖、华丽辉煌，其热闹的氛围，确实不亚于专工此道的名家高手举行大型演出时奏响的曲调。夕雾想不到和琴竟然还有如此这般美妙的弹法，惊叹不已。这显然是功夫不负有心人的结果啊！是紫夫人长年苦练结出的硕果，确实很有意思。源氏此前曾为她担心，此刻也放心了，他心想："紫夫人真是世间难得的奇才啊！"

明石女御弹筝，这种乐器的音调必须在别的乐器奏响的间歇中，在若有似无的氛围下悠悠流露出来，因此那音色听起来十分优美娇艳。

三公主弹七弦琴，虽然还处在未十分娴熟而拼命磨练的冲刺阶段，但是她弹得分毫不差，颇能与其他乐器合拍协调。夕雾听罢，觉得三公主的七弦琴真是大有进步啊！于是他自然而然地合着拍子唱起歌来。源氏也不时拍着扇子，同他唱和。源氏的歌喉比昔日更富有情趣，令人感到他的歌声稍许粗犷，增添了豪放的情绪。夕雾大将的歌声也格外优美动听。夜色渐深，趋于宁静，这真是一场无法形容的、亲切可人的深夜音乐盛会。

月儿迟迟不肯露脸，一处处悬挂起点亮的灯笼，恰到好处地照亮四方。源氏朝三公主那边窥视，她的个子明显地比一般人娇小可爱，一眼望去仿佛只见衣裳不见人。这位公主似乎稍逊幽艳之相，但觉她气质高雅、端庄清秀，宛如二月二十日时节的青柳，微吐绿芽，柳枝开始低垂，活像飞莺的翅膀所扇的风都能把柳丝扇乱似的，呈现袅娜纤弱"不胜莺"[01]

---

[01] 出自白居易诗《杨柳枝词八首》："依依袅袅复青青，勾引春风无限情。白雪花繁空扑地，绿丝枝弱不胜莺。"

之情趣。她身穿一身白面浅蓝里的细长便和服，秀发分别从左右两边朝前垂下，活像垂柳，诚然是一副地地道道的身份无比高贵的公主模样。明石女御的姿容与三公主一样，也很优雅，却比三公主略多些艳丽之美，举止端庄，言谈有深度，气质高雅，姿态有余情余韵，令人感到她宛如盛放的藤花，当时令人夏群花趋零落之时，惟有它朝气蓬勃，独自在丛中笑。不过她毕竟正值身怀六甲，腹部鼓起，抚筝过后颇感疲劳，因此把筝推向一边，身子靠在凭肘几上。她个子矮小，软弱无力地靠在凭肘几上，而凭肘几的大小又是一般的尺寸，她得伸直腰身够上，显得不舒服。源氏甚至想立即给她特制一个较小的凭肘几，足见源氏对她多么关怀备至。她身穿紫红色衣裳，秀发长长地垂下，十分清秀，在灯火映照下，她那姿态之美真是举世无双。紫夫人的着装大致上是淡紫色吧，深色的小褂配表为淡褐色里为深红色的细长便和服，她的秀发十分浓密，轻柔地披在肩背上，在与身材等的搭配上，真是恰到好处，着实匀称，无懈可击。她的那种美仿佛能散发出满堂的芳香，倘若以花来作比喻，可说是樱花了，但实际上紫夫人的姿容比樱花更美，是特别出类拔萃的。

　　按说身份相对卑微的明石夫人忝列在这些身份显赫气质高雅而又美丽的贵妇人中，难免相形见绌，然而实际上却不然，她的品格、举止态度格外高雅，令人见了甚至不由得自惭形秽。她的人品颇具吸引力，姿容也艳丽婀娜。她身穿柳色织锦的细长便和服，配上类似黄绿色的小褂，在腰部后下方，似有若无地还围上轻罗围裙[01]以示态度谦恭，同时也意味着向在场的人特表敬意，此举用心良苦。从人缘上说，她蛮得人心，众人也难以蔑视她。她谦虚地稍微偏斜坐在一块用蓝地高丽锦镶边的坐垫上，手抱琵琶，轻轻地放在膝上，而后娴熟流畅地转轴拨弦施展其技艺，听者与其说

---

[01] 围裙是伺候者穿的，因此围上围裙表示对同席者的敬意，也表示自己的谦逊。

听琵琶声，莫若说观赏其饶有情趣的神情[01]，不由得产生一种世间难得的亲切感，心情恰似摘得一枝芬芳扑鼻的连花带果的五月橘。夕雾大将或瞥见人影或但闻其声，感觉到诸位夫人一个个温文尔雅、端庄气派的模样，不由得对帘内十分向往，颇想一见。他想象着，随着岁月的流逝，紫夫人想必比昔日刮台风后那天清晨瞥见的倩影更美吧，不由得心驰神往，颇欲目睹。接着又想："三公主与我的宿缘若更深一些，她早就是我的人啦，怨只怨自己逡巡不前，实在遗憾。朱雀院不是几次三番地向我示意，背地里也经常提及我的吗？！"夕雾想到这些，就觉得真是后悔莫及，不过，他觉得三公主似乎有点欠缺持重，但他并不轻蔑她，只是对她并不那么动心。至于紫夫人，他觉得在任何方面，她都是可望不可即的人，缘此多年来一直比较疏远，他只想："至少要设法让她知道，我别无居心，只盼她了解我对她怀有一片好意。"然而连这点愿望都不能实现，这不能不使他感到遗憾而兴叹。尽管如此，他对紫夫人绝没有非分的狂妄之念，态度总是谨小慎微的。

夜色更深，夜风吹拂冷飕飕的。阴历十九日晚上的月亮刚刚露面，源氏一边赏月一边对夕雾说："春天朦胧的月夜，真令人心焦啊！不过秋夜中这样的音乐演奏声与虫鸣声交织，形成无比美妙的音响，亦有情趣，定会使人觉得乐声更加引人入胜。"夕雾应声说："秋天的月夜，月光普照大地，没有云雾和阴影，万物清楚透彻，琴音笛声清澄悦耳，心情也会清新舒畅。不过月光过分明亮，也会令人觉得天空的景色仿佛是人工特意造作出来似的，从而分心转移视线观赏一处处露珠晶莹的秋花百草，则秋日的情趣也是有限的。春天的夜空云霞叆叇，月光从云霞的缝隙里筛落，在朦胧的月影下，娴静地吹奏管乐，情景交融，这股浓郁的情趣，秋夜毕竟

---

[01] 与白居易诗《琵琶行》中"转轴拨弦三两声，未成曲调先有情"的情景相仿。

是比不上的，管乐笛声悠悠，清澄娇艳，真是美的极致。古人说女子爱惜春天[01]，确实如此。缘此欲求演奏乐声亲切可人、协调美满，莫过于在春天的日暮时分进行，这是最合时宜的。"

源氏说："不，评论春秋之优劣，自古以来，人们尚且难以下定论，何况末世每况愈下的人们，岂能轻率地断然下结论呢。不过就音乐的曲调而言，各种曲调的顺序一般以吕调为先，律调为次[02]，的确自有其道理。"接着又说："不知怎的，当今号称素负盛名的诸多行家高手，经常在皇上御前等处施展技艺，但是真正特别杰出者，为数似乎日渐稀少。即使是自命不凡的所谓精于此道的高手们，实际上他们的技艺究竟有多高深？让他们参与今晚这些并非专家的女子行列里演奏，未必就能突显出他们的技艺有多么精湛吧。近年来我深居简出，过着远离世间的生活，也许听觉也变得不灵敏了，这才真是莫大的憾事呐。不过说来也怪，在这六条院里，无论在钻研学问方面，或是在学习技艺方面，一学就能心领神会的机灵人为数不少，比起别处来，这里真是人才辈出的地方。且看御前奏乐时被选为第一流高手的人，与这里的女子们比较一下，哪方会占上风呢？"

夕雾说："其实儿子也想谈此事，只因自己对此道涵养不足，不敢班门弄斧信口开河，故而欲言又止。世人也许未曾听过古代音乐的缘故，似乎把柏木卫门督的和琴技艺以及兵部卿亲王的琵琶技艺引为当今难能可贵，这两位的技艺固然无人可以比肩，不过听听赏了今宵的音乐后，我觉得都很精彩，她们的技艺绝不亚于那两位高手，不由得令聆听者惊叹。之所以惊叹，也许是由于原先以为今宵的音乐会只不过是内部的一次演奏会，从而疏忽了。在如此惊心动魄的音乐会上，儿子的歌唱，其实是不般配的。谈到和琴，惟有前太政大臣能够得心应手地应景奏出恰到好处的神功

---

[01] 此语出自《毛诗笺》："春女感阳气而思男，秋士感阴气而思女。"
[02] 以催马乐来说，吕调是春天的曲调，律调是秋天的曲调。

妙趣，他的技艺真是超凡脱俗格外高超。除此，一般人弹和琴，大都没有什么特色。惟独今宵听到的和琴音色，真是无比美妙动人啊！"夕雾极力赞扬紫夫人，源氏说："不，并没有那么神奇，这只是你的夸张赞扬罢了。"源氏嘴上如斯说，内心却不由得颇感得意，脸上露出微笑，接着又说："说实在的，我教出来的弟子，一般都不那么差。只有明石夫人的琵琶技艺，是她家的祖传，我没有进言指点。但是不管怎么说，她到这里来之后，她那琵琶的音色，似乎多少也与从前的不同了。想当年，我意外地蛰居明石海湾的时候，第一次听到她弹的琵琶，觉得真是稀罕的美妙音色啊！十分钦佩。与那时相比，她近来的技艺高超多了。"他牵强附会地要把明石夫人技艺的进步归功于自己，因此侍女们暗自偷笑，悄悄地彼此挤眉弄眼示意。源氏接着又说："不论任何行道，只要认真去学，越学就越知道学无止境，要学到自己满足的地步，是非常困难的。说实在的，当今之世，能深入研究、锐意进取者，真是少之又少，因此倘若能够从头到尾粗略地学习某种技艺，哪怕只是学成丁点就该满足了。惟独七弦琴，其技艺门道是相当麻烦的，不可草率地接触。昔日精通琴道古法的能者，抚触起琴来，神秘的琴声，可动天地而泣鬼神。随着奏出万般不同的曲调，或是转悲为喜，或是转卑贱为高贵，或是转贫穷为获得诸多财宝。世间此种事例颇多。据说这种七弦琴在传入我国之前，曾有深悟音乐此道者，多年漂泊国外，奋不顾身努力学习此道，却难能实现自己的愿望[01]。七弦琴的神奇妙音，甚至能明显地驱使上空的日月星辰移动，逆时节令飞霜降雪、云翻动、雷轰鸣，这种神奇的变幻莫测的事例，古代都曾有过。七弦琴就是这样有无限灵性的乐器，因此全能领悟此道者为数甚少，也许是末世世

---

[01] 据《空穗物语》记载，有个人物叫清原俊荫，十六岁作为遣唐使奔赴唐朝途中，漂泊波斯国，获得七仙人教授七弦琴的秘曲，还得到仙女赠予七弦琴。他回国后，传授琴艺给日本人。

风浇薄的缘故，哪怕能传承当年此道的神功妙法之一星半点也是难能可贵的。也许还另有原因，大概是七弦琴这种有灵性的乐器，本来就有能使鬼神侧耳倾听而深受感动的神通，因此学得半瓶子醋马马虎虎的人，其生涯往往是不幸的。有此范例之后，便有人吹毛求疵地说：'弹七弦琴者必遭灾。'人们不愿招惹麻烦，便疏远此道，以至听说当今几乎无人能传承此道，这的确是万分遗憾的事。除了七弦琴的音律以外，还有什么器乐可以作为调整音调的标准呢。当然现今在这万事日渐衰微的世间，孤身远离故国，立大志，迷茫地寻访唐国、高丽等陌生的异国他乡，不顾父母及妻子儿女，也许会被世人视为性情乖戾者，然而另觅蹊径学习七弦琴的高超技艺，纵令达不到古人那般渊深的水平，哪怕达到一般程度，又何尝不可呢！固然要精通一种音律，必须付出无尽的努力去克服无穷的困难，更何况各种音律甚多，高深复杂的曲子为数不少。想当初我热衷于学习七弦琴时，曾广泛地尽量收集我国固有的和外国传来的所有乐谱，互作对比，遍查参考，拼命热心地学习钻研，后来甚至达到无师可从的地步。尽管如此，自觉还是比不上古人。何况一想到日后无可传承技艺的子孙，内心不免怅惘不已。"夕雾听罢此言，深感惋惜亦觉惭愧。源氏接着又说："明石女御所生皇子之中，如若有符合我所盼的苗子，待他长大成人，而届时我尚能存活世间，我必定将自己所习得的技艺，尽管所知不多也罄尽全部教授予他。眼下看来，二皇子似乎是大有希望的。"二皇子的外祖母明石夫人听见这番话后，觉得面目大增光彩，高兴得情不自禁地落下了泪珠。

　　明石女御把筝让给紫夫人，而后将身子斜靠着躺下歇息了。紫夫人把此前自己弹奏的和琴让给源氏，他们更加随意和谐地合奏。弹奏的曲子是《葛城》，音律华美，饶有情趣。源氏反复歌唱，他的歌声无比美妙，婉转动听。月儿逐渐高升，梅花色更美，越发芬芳，真是一派情趣深沉惹人陶醉的夜景。同样是筝这种乐器，在明石女御的弹奏下，拨弦的爪音十分可爱，令人感到亲切，再加上继承自她母亲明石夫人那深沉古色古香的琴艺风格，左手压弦摇动发出的"由"声深沉，听起来格外清澄美妙。而紫夫人弹筝的手法，又别有一番不同的情趣，行云流水，饶有趣味，琴声悠扬婉约极具魅力，令听者不由得心驰神往。"由"的发声自不消说，轮[01]的手法等方面，都比女御更胜一筹，真是才气横溢，弹的音色美妙动人。当乐器合奏从《葛城》的吕调转换至原来的律调时，诸多乐器都转换了调子，律调的种种合奏，听上去既亲切又颇入时。三公主弹的七弦琴，有五个调子[02]的种种弹法，其中必须用心全神贯注使用的是拨第五弦和第六弦的泼剌[03]手法，她弹得相当清晰优美，饶有趣味。三公主的琴艺大有长进，音色毫无残缺，听起来非常干净利落，并且还能顺应春秋万物的变化，奏出合乎时宜的曲调，她能心领神会源氏所教诲的琴艺高招，并能出神入化地表现出来。对此源氏深感满意，也觉得三公主十分可爱，同时还认为三公主能在诸位夫人面前露出他传授的高招，给他的面子也增添了光彩。

　　髭黑右大臣家的三公子和夕雾大将家的长公子美妙地吹笙和横笛，源氏看到他们尽心竭力的模样，关爱体贴地说："你们想必困了吧。今宵的音乐会，本没有打算开得很长，只需演奏片刻即可收场，只因各种乐器各自美妙的音色，尽皆引人入胜，实在是舍不得就此收场。美妙佳音纷呈，各有千秋，都非常有意思，孰优孰劣，我这听觉不十分灵敏的耳朵，一时可真难以辨别，以至还想继续听下去，从而延至深夜，实在不该。"说着赐一杯酒给吹笙的髭黑右大臣家的三公子，亦即玉鬘所生的长子，源氏还

---

[01] 轮：弹筝的手法之一。
[02] 七弦琴的五个调子：搔手、片垂、水宇瓶、沧海波、雁鸣。
[03] 根据解释琴谱字母的《详明字母》一书的解说，所谓"泼剌"，就是右手指法之一，即用食指、中指向内或向外拨弦，各自拨一声。又据《玉堂杂记》称，向内拨一声曰"泼"，朝外弹一声曰"剌"。

从身上脱下一件衣服赏给他。紫夫人也把一件细长织锦童和服，外加一条和服裙裤等送给吹横笛的夕雾大将家的长公子，但这不是正式的奖赏，只是一种寻常的表表意思而已。三公主赐一杯酒给夕雾大将，还将她自己所穿的一套女服赠给他。源氏开玩笑地责难说："这哪行呀！首先应该孝敬传授琴艺的师父我才是嘛！好可叹啊！"这时，只见三公主所在处的围屏一旁送出一管笛子，献给了源氏，源氏笑纳了。这是一管稀世的高丽笛。源氏拿起笛子试吹了一下。此时，正值人们拟陆续退场之际，夕雾忽闻笛声，顿时驻步，他从儿子手中把横笛拿了过来，吹出一支格外悦耳的曲子来。源氏眼见这些人一个个都能准确无误地传承自己的高超技艺，出手不凡，举世无可比肩，难免觉得自己的技艺才华确是稀世珍宝。

夕雾大将让自己的儿子们都乘上自己的车，在澄莹皎洁的月光下打道回府。归途中，夕雾觉得紫夫人弹奏的那非同凡响、极其优美的筝声仿佛依然萦绕在耳边，余韵无穷，着实令人恋慕。他自己的夫人云居雁也曾从已作古的祖母那里学琴，然而技艺尚未学到手，她就离开了祖母，没能继续学下去。婚后在夫君夕雾面前又很不好意思，绝不抚琴，只顾稳健周全地操持一切事务。接着一连生下两个孩子，只顾忙于抚育照顾孩子，无暇顾及习琴之事了，缘此显得缺乏风雅之情趣。不过，她有时也会生气恼火，那妒火中烧的娇嗔模样，倒也不失妩媚，蛮可爱的。

这天夜晚，源氏在紫夫人房内歇宿。紫夫人则留在三公主这边与她叙谈，直至破晓时分才回到自己房内来。夫妻两人睡至太阳爬得老高才醒来。源氏对紫夫人说："三公主的琴声，相当美妙啊！你听了以为如何呢？"紫夫人回答说："起初我曾在她那边听她弹过一次，当时觉得她还需要再下苦功夫才好。现在觉得她的琴艺已经相当精湛了。你那么专心一意地教授她，能不上乘吗？！"源氏说："诚如你所言，我几乎每日都手把手地教她，真可算是个无微不至的师父哩。传授琴艺这种事，非常复杂也很麻烦，还要花费许多时间，缘此，迄今我不曾教授谁。然而这回朱雀院和当今皇上都说：'不管怎么说，你总该将琴艺传授给三公主吧。'我听了觉得很过意不去，心想：教授琴艺固然麻烦，不过他们既然已把三公主托付我关照，那么我对这丁点要求，总该尽心效劳的。于是才决心教她的。"源氏接着又说："想当年我抚养幼小的你的时候，因公务繁忙无有余暇静下心来，从容地给你传授琴艺。近年来，不知怎的还是忙忙碌碌、杂事缠身地虚度年华，没有好好地教你，可是昨夜你的演奏，琴音美妙琴艺非凡，为我的面子也增添了光彩。夕雾大将全神贯注地侧耳倾听，惊叹不已，这真使我感到心满意足，欣喜万分。"

紫夫人在音乐行道方面，是个行家里手，同时又是当了祖母外祖母的人，照顾孙辈们体贴入微，呵护关怀之事无论巨细，面面俱到，真是无微不至、无懈可击，的确是一位稀世珍贵的贵人。源氏面对如此近乎完美的美人，内心不由得泛起"自古红颜多薄命"的不祥的莫名担心。源氏见过为数众多、各式各样的女子，但他觉得："像紫夫人这般德才兼备近乎完美的，真是绝无仅有。"紫夫人今年三十七岁[01]，源氏深切地回想起多年来和她长相厮守的情景，感慨万千，他对她说："今年的祈祷法会要比历年的特别虔诚谨慎地进行。我总是过着忙忙碌碌杂事缠身的生活，难免容易疏漏忘事，因此还是希望你自己好生想着记好了。该举行隆重的大法会时，只管嘱咐我置办就是。你的舅舅北山僧都已作古了，实在可惜！往时要举办祈祷法会时，他总是我们最可信赖的贤明高僧啊！"接着又说："至于我自己，自幼的处境就与众不同，生长于深宫，备受父皇的格外宠爱，过着极其舒适的生活，今日身居高位，尽享荣华富贵，也是自古以来

---

[01] 当时人们认为：三十七岁是女子的灾殃之年。藤壶皇后就是三十七岁这年逝世的。不过，根据本书第五回《小紫》里说，紫姬比光源氏小七岁，故今年理应是三十九岁或四十岁，而不是三十七岁，也许作者有意说成三十七岁吧。

少有其例的。然而抚今追昔，我所遭受的痛苦，也是稀世罕见的。首先是疼爱我的人，相继作古。到了余生不多的晚年，又遭遇诸多不胜悲伤的事。每当想起那些荒唐无稽的往事，心中无限懊悔，种种莫名的恐惧感、极端的痛苦感总是无穷无尽地纠缠着我，折磨我。也许正是由于付出了这种无比痛楚的代价，才换来了让我苟活到今天吧。但是说到你的情况，我感到除了我流放须磨时，你受到生离的苦楚之外，在其前或其后都别无其他忧伤烦恼之事来困扰你。当然，即使是贵为皇后者，更不用说身份在皇后之下的人，身份再怎么高贵，无论谁都难免会有忧心烦恼之事，比如宫中高贵的侍奉者女御、更衣等，人际交往费心劳神，互争君宠，更是烦恼不绝，难得过上安闲舒坦的日子。你跟随我，宛如在父母呵护下的深闺闺女，过着无比安逸舒心的生活，在这点上，你可曾知道自己是前世修来福星高照的幸运者？当然，这期间意外地来了这位三公主，不免会使你感到几分难受，然而正因如此，我对你的爱愈加深沉，可是我的这种心情，也许你因为囿于个人之局限，而没有察觉。不过，你是个善解人意的人，不管怎么说，我的这片真心，你定能了解的。"

紫夫人回答说："诚如你所说，在外人看来，身份微不足道的我似乎是过分幸福了，其实我内心不断地充斥着难以忍受的悲叹。在我来说，宛如在向神佛紧张地祈祷一般存活至今。"她神态含蓄腼腆，仿佛还有许多话要说。后来紫夫人接着又说："其实，我觉得自己余命似乎不多了，今年倘若还那样等闲视之地度过，恐怕将来会后悔莫及的。我盼只盼你允许我实现多年来的愿望……"源氏旋即回答说："此事万万不可，你若遁入空门，把我留在尘世间，我还有什么活下去的乐趣呀！你我两相厮守，虽然看似蹉跎岁月，但确是朝朝暮暮亲密无间，心心相印地共度快乐的时光，我认为这才是人生的最大乐趣，还望你体察到我这颗始终不渝格外疼爱你的真心。"紫夫人每次提出这种要求，他照例委婉地加以制止，紫夫人怏怏不乐，眼里噙着眼泪。源氏看到紫夫人这副极其可怜的模样，遂千言万语地安慰她，为她排忧解闷。源氏对她说："我所见到的女子虽然并不多，但是在我看来，各色女子，千姿百态，各有千秋，并非皆无可取，不过，逐渐熟悉深入了解之后，就会明白心地善良、性情温柔而又实诚稳重的人实在难得。比如夕雾大将的母亲葵姬，她是我年轻时候第一次相见的女子，出身于高贵人家，是难能可贵的原配夫人，然而我和她感情上总是很不融洽，心路龃龉，彼此总是疏远隔阂，直到她撒手人寰，今日回想起来实在可惜，真有懊悔莫及的感觉。但同时内心也暗自觉得，当年的情形未必就是我一个人的过错。原配葵姬端庄稳重，非常严肃，这本不是什么不足之处，只是两人照面时但觉她是一位令人发怵的过分贤能的夫人，十分可靠却毫无亲爱感。又比如秋好皇后的母亲六条妃子，若论非同凡响、趣味高雅、婀娜艳丽的女子，首先就会想起她来，可是她性情乖僻，是个难以取悦的人。一般说，身为女子，偶尔心生怨恨，在所难免，是情有可原的，可是她却将怨恨牢记心中，以至积怨越发深沉，痛苦不堪。和她相处必须谨小慎微，处处留意，丝毫马虎不得。她非常胆怯，又怕难为情，要想和她推心置腹，朝夕亲密融洽地交往，在分寸拿捏上相当困难。如果对她坦诚抒怀，深恐遭她蔑视，而过分奉承敷衍，不觉间招致彼此感情隔阂疏远。她招来了非常不该有的轻浮骂名，使她高贵的身份蒙羞，从而陷入无限的悲伤和烦恼，实在太可怜。确实，想想她之所以遭受这般凄凉的境遇，我内心深感自己也是有罪过的。为了弥补罪过，我尽心竭力关照她的女儿秋好皇后。虽说她这女儿命里注定是当皇后的命，但是终究还是靠我的鼎力提携，排除众人的讥评，不顾世人的怨恨，终于功成名遂，想必六条妃子在天之灵也会宽恕我吧。抚今追昔，许多时候都是由于我的一时高兴，放荡不羁，做出诸多荒唐事，让别人受苦，使自己也后悔莫及。"源氏略微道出昔日故人的身世遭遇，接着又说："当今皇上的女御的那位保护人[01]，她的家庭出身并不高贵，最初我小看她了，觉得她微不足道，殊不知她是个沉潜坚忍，颇有涵养的人，表面上对人谦恭忍让、百依百顺，内心深处却秘藏着高深的见识。她气质高雅，令人不由得自惭形秽呢。"紫夫人说："别人我未曾见过，情况如何不得而知。不过这位明石夫人，虽然不是十分熟悉，但不时能见面，我觉得她品格高尚、端庄稳重，内心不胜钦佩。像我这种坦率说事的样子，不知她看了会怎么想呢，这点我倒是有点担心，不过幸亏女御自然深知我心，她总会向她母亲说的吧。"

紫夫人原本很嫌弃明石夫人而疏远她，如今却这般认同赞美明石夫人，彼此亲近，源氏知道这完全是由于紫夫人真心疼爱女御的缘故。源氏对紫夫人的这片真情十分感动，对她说道："你内心深处虽然自有想法，但是你善于根据对方的人品如何，或者根据事情的具体情况怎样，娴熟地运用亲疏两手，恰到好处地待人接物。我遇见过许多女子，却从未曾见过像你这样聪明能干的人，你真是一位奇才啊！"源氏说着展露笑容，然后接着又说："三公主此番的琴弹得不错，我该前去表扬她几句。"于是，傍晚时分，源氏就到三公主那边去了。三公主丝毫也没有察觉到世间还会有人妒忌她，简直就像是个纯真的小孩儿，一心只顾热衷于弹琴。源氏对她说："今天就让老师休息一天吧。学生也应该取悦老师才是。不过嘛，你最近的勤学苦练总算很有价值，你的琴艺大有长进，我可以放心了。"说着把三公主正弹着的琴推到一旁，就寝了。

每当源氏在他处歇宿的夜里，紫夫人总是熬到深夜，与众侍女阅读小说，听故事。紫夫人心想："这些描写昔日世间种种世相的小说故事里，有描写轻浮的男子的、好色者的，还有爱上脚踏两只船的男子的女人等，起初描述了各种情节，最后结局女子都要依附到某个男子身上，生活才能

---

[01] 指明石女御的母亲明石夫人。

安定下来。可是,奇怪的是我的境遇怎么竟像浮萍一般漂浮不定呀!眼下诚如源氏所说,我的命远比寻常人幸福。可是,难道我就该怀抱着普通人难以忍受的忧伤,度过这一生不成?啊!太凄凉啦。"她辗转反侧直至夜深方能成眠,拂晓醒来只觉胸口闷得慌。伺候她身边的众侍女着急,都说:"得赶紧向源氏大人通报!"紫夫人连忙阻止她们说:"万万不可去通报!"她强忍着痛苦,直到天明。这时候紫夫人身体发烧,心情极其恶劣。可是源氏尚未归来,无法告诉他知晓。此时适值明石女御派人送信来,侍女们遂回复她说:"紫夫人今晨突然患病了!"明石女御得知信息,大吃一惊,旋即差人去通报源氏。源氏闻讯,心如刀绞,急如星火地回到紫夫人身边来,看到紫夫人非常痛苦的情状,源氏问道:"你现在觉得怎么样了?"说着伸手去触摸她的身体,觉得她在发高烧,他立即联想到昨日的谈话说今年是她的灾厄之年,要格外谨慎小心,不由得内心惊恐万状。侍女们把源氏的早粥等端到病室内来,可是源氏连看都不看一眼,这一天,源氏整天守候在紫夫人身边,调度一切,万分心焦地照料看护她。

紫夫人连一点水果都不想吃,她躺倒不能起身,一连过了好几天。源氏尽心竭力想方设法救治,格外担心病情会如何发展,不知举办了多少次祈祷法会,还请来僧人为消灾除病祷告。紫夫人所患的不知是什么病,只觉非常痛苦,胸口不时绞痛,异常烦恼,难受不堪。虽然做了无数次的祈愿祷告,却未见功效。无论任何重病,只要能见到逐渐好转,就能令人放宽心,如今紫夫人的病情却看不见好转的征候,源氏自然忧心忡忡、悲伤至极,无心考虑其他事,连朱雀院的祝寿筹备工作都中止了。朱雀院听说紫夫人的病状严重,屡次郑重其事地派人前来探望慰问。紫夫人的病情一如往常没有变化,直到二月过去了,源氏无限担忧,终日悲叹不已。他想试试更换病室,或许会有转机,于是将病人迁移至二条院了。六条院内上上下下乱作一团,众人忧心,唉声叹息。冷泉院闻此消息,也颇为挂心叹息。夕雾大将心想："这位紫夫人倘若撒手人寰，父亲势必遁入空门以了却宿愿。"夕雾大将等人尽心照顾病人紫夫人。夕雾代替父亲源氏举办父亲所要办的真言祈祷法会[01]自不消说，还特别增加举办了数次祈祷法会。当紫夫人神志稍微清醒时，总是埋怨着说："不允许我出家，真令人不愉快呀！"但是源氏觉得："让她就在眼前主动改变形容遁入空门，弃我而去，远比大限已到和她永诀更令我感到痛惜悲伤，片刻也无法忍受啊！"于是源氏对紫夫人说："我老早以前就有遁世出家的宿愿了，然而惟恐留下你孤身只影，寂寞不堪，实在不忍心，以至拖延至今未能成遂宿愿。如今你反倒要舍弃我而去吗？！"源氏口头上虽说舍不得她出家，实际上看到紫夫人病体衰弱至极，似乎没有好转的希望，仿佛大限将至的样子，内心不由得逡巡不决："怎么办，是否允许她出家呢？！"三公主那里源氏此后尚未再去，对弹琴之类的游乐也全无兴趣，全都弃置一边去了。六条院内的人们，几乎全部集中到二条院来，六条院内似乎不见人影，灯火仿佛也已熄灭，只有几位女子无声无息地住在那里，可见六条院昔日的繁荣昌盛，简直可说是全由紫夫人一人的人格魅力带来的。

明石女御也移居到二条院来，与父亲源氏一起看护紫夫人。紫夫人说："你身怀六甲，在这里若被鬼怪附身那就太可怕了，你赶紧回宫中去吧。"紫夫人尽管在病重痛苦的煎熬中，还体贴明石女御的身体。她看见年幼的小公主[02]长得美丽可爱，不由得热泪潸潸，她说："看来我见不到她长大了，她将来也想不起我的吧。"明石女御听罢，泪似泉涌止不住，悲伤至极。源氏说："荒唐！不要有这种不吉利的念头！你的病虽重，却无大碍。人之祸福大多来自心气如何而定，心胸宽宏大量者，幸福随之而

---

[01] 真言祈祷法会：原文作御修法（MIZUHO），即真言宗的祈祷法会，祈求消灾除病。
[02] 指明石女御所生的长女，现由紫夫人抚养教育。

至；气度狭窄者，即使由于家庭出身等原因而攀上高位，其生涯恐怕也会欠缺宽余顺畅。性情急躁者很难长久留在其地位上，心胸豁达且稳健者延年益寿，这样的事例甚多。"源氏在向神佛祈祷文中也写明：紫夫人心地善良、气质优雅，难能可贵，罪孽轻微，祈求护佑她早日康复。主持真言祈祷法会的阿阇梨、守夜僧，以及准许靠近侍候的僧人等，听闻源氏如此忧伤惶惑、不知所措，都非常同情他，从而更加诚恳卖力地祷告了。

紫夫人的病情有时连续五六天似乎略见好转，可是持续不久病势又重了起来，病状起伏反复，几经日月，看不到痊愈的希望。源氏暗自揣摩："她的病将会如何发展呢，难道真的就没有希望了吗？！"他担心、叹息，惟恐有鬼怪作祟，但又看不到有明显的迹象。究竟患的是什么病，也无法说清楚，只见她的病体日复一日地衰弱下去，缘此源氏悲伤至极，几乎是万念俱灰了。

且说，柏木卫门督现在已任中纳言，深受当今皇上的信任，成了时下的红人。虽然他官位晋升，渐渐受到世人的尊敬，但是他对三公主的爱恋终归不能如愿以偿，心中暗自悲伤懊恼。他最后娶了三公主的姐姐二公主，即落叶公主。落叶公主是身份卑微的更衣所生，缘此柏木对她多少掺杂几分轻蔑之意。这位落叶公主，论人品相貌远比一般人优秀，可是柏木的内心总是深深地怀念他最初的意中人三公主，觉得落叶公主恰似难以慰我心的"弃老山头月"[01]，因此对她只维持在不至于受人责难程度的那种表面夫妻关系而已。柏木内心底还是念念不忘三公主。此前给柏木传递信息的小侍从，是三公主的乳母的女儿，而这乳母的姐姐又是柏木的乳母，由于有了这层关系，柏木老早就有机会知晓三公主的许多情况，诸如三公主自幼就长得很标致，她的父皇格外珍视并宠爱她等等，久而久之柏

---

[01] 弃老山：原文作姨舍山，位于长野县更级郡。此语出自《古今和歌集》第878首，歌曰："弃老山头月凄清，难能抚慰我心灵。"

木不知不觉间萌生了爱慕三公主之心思。

　　柏木盘算着：紫夫人患病，源氏已离开六条院，陪伴紫夫人住在二条院，六条院内人烟会变得稀少了。于是柏木把小侍从唤到自家宅邸来，同她恳切地商量说："多年来我刻骨铭心地爱慕三公主。全凭有你这样一位亲切的好人从中传递信息，我才能得知三公主的种种详情，公主也得知我对她的苦恋。本以为自己的这番苦恋终会成遂的，但是结果却成为泡影，怎不令我伤透心呢！连朱雀院都听到有人报告说：'源氏府上有许多夫人，委屈了三公主居于众夫人威势之下，孤身独眠之夜甚多，不胜寂寞。'朱雀院听罢，似乎也有些后悔，说道：'既然要下嫁给臣下，理当挑选能够真心照顾三公主的人才。'还有人告诉我，朱雀院曾说：'二公主嫁给柏木，反而令人放心，看来似乎可以长远幸福。'说实在的，我很同情三公主，并为她感到可惜了，内心确实苦恼，思绪万千啊！不管怎么说，同样都是公主的姐妹俩，理应相差无几，可实际上，人跟人却不一样啊！"说罢深深地叹息。小侍从答道："哎哟！瞧您说的什么呀！什么'人跟人却不一样'，娶了一个还想另一个，恐怕是欲壑难填吧。"柏木微笑着说："事情嘛，总是这样的。从前我曾斗胆向三公主求婚，朱雀院和当今皇上都知道此事。有一回朱雀院还曾经就便说过：'许配给柏木有什么不好呢，许给他也行吧。'唉，那时候你倘若再努把力，说不定……"小侍从答道："这件事真的十分困难。人嘛，本来主要是靠前世修来的缘分，源氏老爷主动启齿，恳切要求的时候，按您的身份地位，能站出来与他竞争吗？虽然您近来地位提升了，官袍颜色也变成深紫色……"柏木无言以对，面对这个口齿伶俐的小侍从，无可奈何，只好说："算了！过去的事就不必重提了。只是眼下的机会难得，你总该设法让我接近她，以便向她倾吐衷曲，哪怕是只言片语呢。至于有没有荒唐的邪念，那就请你察看吧。那种事太可怕了，我岂敢存这份歹心。"小侍从说："既然想秘密靠近三公主，又说'岂敢存这份歹心'，您可真是居心不良啊！我干吗今天要到这里来呢。"她厌烦地顶了回去。柏木说："哎哟，这话太不中听啦！你太认真，未免过于小题大做了呀！世间男女情缘之事，本来就是变幻难料的。即使是宫中的女御、皇后，遇上适当的契机，不是也难免会发生这类事情吗？曾有其例嘛。何况三公主所处的境遇，想来身份生活固然无比高贵，可是内心深处感受到的不愉快事甚多。朱雀院膝下的许多公主中，他最宠爱这位三公主，如今却让她夹在诸多身份卑微的夫人当中，她内心肯定会有许多怨恨。这些情况我都了如指掌。世间事本是变化无常的，你不要总是固执一己之见，说出这种不成体统的话来。"小侍从应声回答道："事到如今，难道三公主为了免受委屈，就可以改换门庭嫁到更好的地方去不成？三公主与源氏大人的关系，和世间的一般夫妻不同。只因三公主没有合适的保护人，与其让她无着落地居于家中，不如把她许给源氏大人，请他代她父母保护她。这一点他们两人彼此都心领神会。您不可信口雌黄伤及他人呀！"小侍从终于怒火中烧，柏木遂用许多花言巧语抚慰她，使她的怒气平息下来。后来柏木说："说实在的，我从一开始也不是没有想到：三公主看惯了举世无双风姿飒爽的源氏，像我这等微不足道长相寒碜的人，她怎么会垂青呢。我做梦也不敢奢望能接近她，只是指望哪怕隔着围屏，能够跟她说上一句心里话，这对三公主来说，不会有什么损害吧。向神佛诉说心中事，能成为罪过吗？"柏木一个劲地向小侍从发誓，决不会对三公主做非礼之事。小侍从认为他的要求毫无道理太不像话，从而拒绝了。可是小侍从毕竟年轻阅历浅，欠深思熟虑，经不起柏木再三的苦苦哀求，结果不忍再拒绝，于是对柏木说："倘若有适当的机会，再给你设法吧。不过，源氏大人不在家的夜晚，三公主的寝榻四周都有许多人在守候着，她的座位旁也必有得力的亲信侍女陪伴。不知什么时候才能找到适当的机会呢。"小侍从带着满肚子的困惑,回六条院去。

此后,柏木几乎每天都在催问小侍从:"怎么样了,情况如何?"小侍从真是不胜其烦。柏木终于盼来了小侍从通知说有个好机会,欣喜万分,旋即整个换装,悄悄地来到了六条院。其实柏木自己也知道自己的这番举止实在不应该,他更做梦也不曾想到,由于接触了三公主,结果反而更乱了方寸,增添了无限的烦恼。他只是念念不忘那个春天傍晚偶然瞥见三公主衣衫的一角,这个美好的记忆始终浮现在他的脑海里,随着日月的推移,他越发渴望接近三公主,哪怕看上一眼她那美丽的身影,如果能倾诉一番自己内心的思慕,说不定还会获得她的只言片语,博得她一片同情呢。

这是四月初十过后的事。由于明日将举行贺茂祭的祓禊活动,三公主派了十二个侍女前去帮助贺茂神社的斋院办事。其余级别身份不甚高的年轻侍女和女童等人,各自都为自己明日前去观礼而忙于缝制衣物、梳妆打扮,一个个似乎忙得不可开交,三公主室内静悄悄的,正是人影不多的时候。三公主的贴身侍女按察君,恰巧也被经常与她勾搭的情夫源中将硬是唤去,退回到自己的房间去了。此时只有小侍从一人留在三公主身边。小侍从觉得这正是个恰好的机会,遂让柏木进来,悄悄地坐在靠三公主寝榻东侧的座位上。其实小侍从大可不必为柏木如此过分地殷勤效力。

三公主正在孤身一人悠然入睡,蒙眬中觉得似乎有个男人在近旁,她还以为是源氏回来了。只见这男子忽然彬彬有礼地走过来,把三公主从寝榻上抱了下来。三公主以为自己遭到梦魇的袭击,努力抬起头来一看,没想到是个陌生的男人,只听见这个男子莫名其妙地说了一通令人听不明白的话,三公主惊吓得魂不附体,厌恶透顶,旋即呼唤侍女,可是近旁无人伺候,没有人听见她的呼唤声而走过来帮忙。三公主吓得浑身颤抖,冷汗活像流水般直冒出来。她那魂飞魄散的模样,令人感到既非常可怜又十分可爱。柏木对三公主说道："我虽然是个微不足道的人，但也不是那么令人不屑一顾的身份卑微之徒。多年来我不自量力，内心深深地思慕三公主，倘若将这份心思秘藏在内心底，势必在心中暗自朽烂，我心不甘，缘此，斗胆冒昧向朱雀上皇透露过这份心思，出乎意外地没有遭到拒绝。本以为有望如愿以偿，恨只恨我官阶身份低下，尽管我对公主的爱慕之心比他人更加深沉，然而此志终归成了泡影。事到如今，虽然我明知万事已经无法挽回，但是这份爱慕的痴心怎么也挥之不去地沉潜心底。随着岁月的推移，这份情思与日俱增，越发感到这份失去实在可惜、可恨、可怕又可悲，万感交集，实在按捺不住，才在你面前呈现出这副不自量力荒唐无稽的模样，同时也感到万分愧疚，更无心犯更大的罪过。"三公主听他娓娓诉说，才渐渐明白过来，原来此人就是柏木。她异常震惊，又十分恐惧，一句话也回答不上来。柏木说："事发突然，使你感到惊慌，这是很自然的，不过像这样的事例，世间并非没有过。倘若你过分绝情，使我内心的痛苦和怨恨难以抚平，反而会促使我涌起不顾一切的邪念，哪怕你吐露一声'怪可怜的'也罢，我也就接受此语而告退。"其后再三恳求。

柏木原先估计三公主必定是一位堂堂正正、端庄威严，令人望而却步，难于冒犯者，因此本打算只求见一面，略表衷情便即告辞，不敢有其他非分之妄想。实际上见面之后，他觉得她并不像想象中那样高不可攀，而是个既可亲又可爱、性情温柔气质无比高雅的美丽女子，在这点上，她与一般女子迥然相异。缘此柏木顿时丧失了深思远虑、自我控制的能力，他甚至恨不得携带三公主远走高飞，隐姓埋名，什么高官仕途尽皆可弃，乃至绝迹人世间也在所不惜。他全然陷于想入非非的境地。在短暂的似睡非睡的迷糊状态中，柏木做了一个梦，梦见他所饲养的那只唐国猫，发出十分悦耳的叫声，朝向他身边走来。他心想："这是准备送给三公主而带来的猫，可是自己为什么要把猫送给她呢？"正在思想的当儿，蓦地惊醒了。柏木寻思："为什么会做这样的梦呢？"[01]三公主遭遇这种恶缘，不胜惶恐，她觉得仿佛不是现实中的事，悲痛填膺不知所措。柏木对她说："这毕竟是一段前世注定无法逃脱的深邃因缘，请你想开些吧。我自己也不相信这是现实。"于是，柏木将那一天傍晚在三公主全然没有察觉的情况下，一只小猫腿绊了绳子将帘子的一端掀起的往事说给她听。三公主听说此事后，暗自怨恨："怎么会出现这种事啊！"她觉得自己的命运太不佳了。三公主心想："事已至此，今后还有什么脸面再见源氏主君啊！"越想越悲伤胆怯，像孩子一般地哭泣了起来。柏木觉得万般对不住她，也在伤心落泪，他用自己抹泪的衣袖去揩拭三公主的泪珠，衣袖越发湿透了。

天色渐渐明亮，但柏木依然恋恋不舍，总也不愿离去。他后悔不该鲁莽行事，现在反而更加痛苦了，他对公主说："我该怎么办才好啊！你那么恼恨我，再次见面恐怕是很困难的了，我只求你对我开口说话，哪怕是只言片语也罢。"柏木花言巧语反复央求，三公主不胜厌烦，也非常困惑，越发无法开口说什么了。柏木怨恨地叹息道："没想到结局竟是令人那么不愉快，有你这么冷酷无情的吗？！"接着又说："如此看来，实在是无可奈何了。照理说如此憋闷地活着真没意思，真该结束生命了，我之所以苟且偷生，为的只是对你还有这一点要求。不过，想到今宵是最后一面，的确伤心至极。哪怕博得你稍许认可我的心情，获得少许的安慰，纵令生命结束又何足惜呢……"柏木说着一把将三公主抱了起来向外跑，三公主心想："他到底要把我怎么样啊？"她都惊呆了。犄角上的屏风一直打开着，门也开着，他昨夜进来时所经过的回廊南面的门也敞开着，这时正是天色刚吐白的黎明时分，柏木想借助微亮的曙光，略微瞧瞧三公主的

---

[01] 三条西实隆著的《源氏物语》注释书《细流抄》中说，当时人们相信梦见走兽就是受孕的预兆。

容颜。柏木轻轻地将格子窗扉撑起，用吓唬她的口吻说："你的心肠这么狠，几乎把我给吓晕了。能否请你冷静而温柔地，哪怕只说一声'好可怜'呢？"三公主觉得这简直是荒唐无稽之谈吐，她仿佛要对他说些什么，可是却只顾浑身颤抖，一句话也说不出来，她那神情诚然与小孩儿别无二致。

天色越来越亮，柏木心慌意乱，急如星火，便又对她说："我本应将昨夜做的瘆人的梦告诉你，可是你如此憎恨我，令我无法说。不过，不久之后将会有事让你领悟到的吧。"柏木行色匆匆，看到黎明时分的天色，觉得比秋日的天空更具凄清的情趣，触景生情，遂咏歌曰：

　　拂晓醒来心迷茫，

　　何来露珠湿袖长。

咏罢，一边出示衣袖让三公主看，一边叹息，三公主估计他马上就该回去了，内心多少有如释重负的感觉，勉强答歌曰：

　　毁灭残身恨不能，

　　但愿痛苦似噩梦。

她不得要领地吟咏，声音却娇嫩美妙，柏木无法尽情欣赏，只得匆匆离去。他觉得此时此刻自己的灵魂早已整个脱壳飞到三公主身边去了。

柏木并没有回到夫人落叶公主的房内，而是悄悄地回到父亲前太政大臣的府内。他躺了下来，双眼却合不拢，暗自寻思昨夜所做的那个梦，甚至想："不知是否确实能应验。"只觉得格外思恋梦中的那只猫的可爱神态。转念又想："糟了！自己犯下不可饶恕的大罪啦！今后在世上还有何面目见人呀！"他惊恐万状又感到万分羞耻，不敢迈出大门，更不用说偷偷私访三公主了。柏木自己也觉得自己干的这桩事确实太荒唐。特别是想到冒犯的是源氏的夫人，就更是罪不可赦，无法抵赖了。倘使是冒犯了皇后，而且这种秘事败露，自己也知道罪孽深重，纵令被处以死罪也认了。如今所犯的罪，虽然不至于被处以重罪，但是招致源氏的憎恨，也是非常可怕而又可耻的。

　　身份高贵的女子，内心若怀有几分情爱之念，纵然表面上优雅大气，内心中则是另一番模样，这样的女子遇上有机会被男子诱惑，春心不免会随风飘动，从而导致男女交心。此种事例世间有之。然而三公主虽说不是个有深谋远虑的人，但天性柔弱极其胆小，如今遭遇这种见不得人的事，自己总觉得是处于众目睽睽之下，那桩丑事仿佛尽人皆知，弄得自己抬不起头来，羞愧万分，连殿内的明亮场所都不敢出来，只顾暗自烦恼、悲叹："自己的命为什么这么苦啊?！"有人通报源氏说："三公主身体欠佳。"源氏正在为紫夫人病重而操劳担心，听到此信息，不禁吃了一惊，他惦挂着三公主身体欠佳，不知已到什么程度，旋即返回六条院。源氏观察三公主，看到她身体上似乎没有什么格外明显病痛，只是显得极其腼腆，沉默不语，连源氏的颜面也没有好好地看上一眼，源氏心想："大概是由于我许久没有前来歇宿，她内心存有怨气的缘故吧。"源氏觉得她怪可怜的，于是将紫夫人的病情说给她听，还说："眼下看来她已是病入膏肓，此刻对她更须温存不能冷淡，再说，不管怎样她自幼是由我呵护长大的，我怎能撒手不管呢，缘此近数月来，其他万事几乎都顾不上了。再过些时日，你自然会懂得我的真心吧。"三公主看见源氏全然不了解她的实情，心中越发难受，觉得很对不起他，只有偷偷地落泪。

　　柏木卫门督自从贸然见了三公主后，内心深感痛苦，心情一天比一天更恶劣，终日坐卧不安，朝夕寂寞度日。贺茂祭那天，诸公子都争先恐后准备前往参观游行行列，他们成群结伙来邀柏木一起去，可是柏木心烦意乱，疲惫不堪，一概婉言谢绝，只顾躺着陷入沉思。他对自己的妻子落叶公主采取了敬而远之的态度，几乎没有推心置腹地畅谈过，总是笼闭在自己的房间内独宿。此刻他正在十分无聊地独坐寂寞沉思，暮地看见一个女童手持一根人们过贺茂祭时插在头上的葵草走了进来，他触景生情，内心暗自吟歌曰：

> 痛悔冒犯摘葵草[01]，
> 神明不许头上罩。

吟罢，心中更觉眷恋三公主，心情越发悲伤了。贺茂祭盛典在进行中，外面牛车来往络绎不绝，热闹喧嚣，柏木却置若罔闻，一味沉溺在自己造成的寂寞苦海中，艰难度日。落叶公主看到柏木整天闷闷不乐、百无聊赖的神色，不知缘何。总之她只觉得他对人太视若无睹，实在不礼貌。她甚感可耻也很不愉快，只能暗自悲叹。伺候的侍女们都出去观礼了，家中人少，静悄悄的，落叶公主怀着郁闷的心情，抚筝弹上一曲，音色亲切可人，她那抚琴的神态，真不愧是一位公主，气质高雅，姿影艳丽婀娜。身在贴邻室内的柏木，听到琴声却无动于衷，反而内心感到怨恨："同样是公主的姐妹两人，我由于差了一截，不能娶到中意的那一位，真是可悲的命运啊！"他随意书写了一首歌，以发泄胸中的愤懑，歌曰：

> 桂葵亲密两姐妹，
> 只恨厄运捡落叶。[02]

---

[01] 以"葵草"比喻三公主。
[02] 桂枝、葵草都是贺茂祭时人们插在头上的吉祥装饰物，此处比喻二公主和三公主姐妹俩。此处的"落叶"指二公主，她被称为"落叶公主"即由此而来。

如此暗中胡乱发泄，实在是对落叶公主太失礼了。

源氏偶尔才到六条院三公主这边来，此番来了自然不好意思马上又折回二条院去，但是内心总是惦挂着紫夫人的病情。忽然有人来报告说："紫夫人昏死过去了！"源氏顿时只觉天地一片漆黑，他不顾一切，心急如焚，恨不得立即飞回紫夫人身边。在返回二条院的归途中，源氏心慌意乱，急若星火，来到二条院一带，果然看见连大路上的陌生人都在喧哗，二条院殿内传来号啕的哭声，令他感到这是不祥之兆，他带着不吉利的心绪，只顾走进殿内来。众侍女告诉源氏说："近几天来，紫夫人的病情似乎有些好转，没有想到突然会变成这个样子。"紫夫人的贴身侍女们无一不哭泣着央求说："我也愿意陪伴夫人一起去啊！"她们悲伤地哭成一团，伤心喧闹得无以言喻。源氏看到祈祷坛业已拆除，聚集的众法师纷纷准备退出，只留下几位护持僧和守夜僧，这番情景使源氏意识到："看样子，紫夫人的大限将至了啊！"悲恸之情无法言喻。源氏说："且慢，紫夫人虽然已昏死过去，想必是鬼魂在作祟，你们不要只顾慌了神而痛哭。"他让众人镇静下来，然后向神佛许下大愿，并把只要能请到的所有道行高深的法师都请来，让他们再做祈祷。法师们祷告说："纵然命里注定气数已尽，也祈请暂且宽容。不动尊也有本愿，气数已尽者其阳寿也可拖延日数[01]。"法师们精神振作，极其诚心祷告，头上仿佛不动尊一般冒出了黑烟[02]。源氏内心也在祷告："惟盼再度睁眼哪怕看我一眼啊！如此可怜地瞑目，不让我亲身送终，真令我抱恨终生呀！"源氏悲痛至极，恨

---

[01] "不动尊"是不动明王的尊称，佛教的守护神，密教视其为大日如来佛的化身。《不动尊立印仪轨》中说："又正报尽者，能延六月住。"所谓"日数"就是指六个月期间。

[02] 佛教不动尊的形象为满脸怒气，右手握剑，左手执缰，身披火焰，并有八大金刚童子随从。

不能与紫夫人一起驾鹤西去，在场的人们看到源氏悲伤欲绝的情景，怜悯之心涌动是可想而知的。

　　也许是源氏的这份悲恸之心感动了神灵吧，有个平素未曾出现过的鬼魂，突然依附在一名年幼女童身上，只见那女童高声叫嚷，在这过程中，紫夫人逐渐苏醒过来，源氏见状既惊喜又恐惧，不由得心潮澎湃。

　　鬼魂似乎被法师们祈祷的法力所抑制，它借助女童的口嚷嚷道："旁人都走开，只留下源氏一人听我说话。数月来我饱受咒语法力折磨，痛苦不堪，愤恨至极，以至不得不施展更狠的一手，让你知晓。可是当看见你悲痛欲绝的样子，又觉甚为怜悯。如今我虽然已变为恶鬼之身，但是生前对你的那份旧情依然残存，缘此前来探望。看到你悲痛欲绝的样子，我不忍心视而不见，终于冲你显身说话。我本来是不想让你知道是我的。"说着只见那女童的前发洒落在前额上，哭泣了起来，这姿态简直与当年所见依附在葵姬身上的生灵[01]别无二致。源氏清楚地记得当年的情景，既可怜又害怕，此番重现与当年一模一样的情景，他觉得这真是不祥之兆。于是源氏拽了拽女童的手，提醒她不要放肆，并对女童说道："你真的就是她吗？准是坏心眼的狐精在作祟，企图蒙骗人而把故人的隐私抖搂出来。快报出你的真实姓名，还必须说出不为他人所知，惟独我内心最清楚的往事试试，你若说得出来，我姑且稍许相信你。"话音刚落，只见那鬼魂附身的女童落泪潸潸，号啕痛哭了起来，她边哭边吟歌曰：

　　　　"故我已然阴阳隔，
　　　　君知何苦装糊涂。

---

[01] 二十六年前，源氏二十一岁时，葵姬在病榻上被六条妃子的生灵附体，折磨致死。见第九回《葵姬》。

可恨啊！实在可恨！"她虽然在哭泣叫喊，但是方寸毕竟没有大乱，她那含蓄的态度，与当年六条妃子的姿态简直是一模一样。源氏确认她就是六条妃子的鬼魂后，反而心生厌恶，十分不愉快，只盼她不要再多说话。谁知那鬼魂又说开了："你提携举荐我女儿，让她当上了皇后，我在阴府之下也不胜欣喜并感谢。不过阳间阴府是彼此相隔的两个世界，我对孩子的事，其实并不那么深切关心，倒是很执著于自己内心中的怨恨，总是难以忘怀。其中更有最令人痛恨之事：我在世期间遭人贬斥、蔑视，尚且可忍，只是没想到在我死之后，彼此相爱的你们两人，竟在窃窃私语中，对我评头品足，口出恶言。这才是令我最痛恨之事。要知道对已亡故者需要宽容原谅，听见他人说亡故者的坏话，该为已故者申辩甚至为她隐讳才是啊！长久以来我心怀此恨，如今我又变成了恶鬼之身，只好前来显灵作祟了。我对此人本无什么太深的宿怨，只因你身经常获得神灵的极大护佑，与我相隔似乎甚远，我无法接近你，连你的声音也只能隐约听见而已，我只好向她发泄怨恨了。算了，不说怨恨了。现在我希望你替我多做祈祷法事，诵经念佛，让我减轻罪孽。你让僧众祈祷、诵经，对我来说是让火焰缠我身，使我痛苦不堪。我丝毫也没有听到为死者祈冥福那样尊贵的教谕声音，真伤心啊！此外，请你转告秋好皇后：在宫中奉侍，切莫产生为争宠而妒忌他人之心，还必须多做功德，行善积德，以便减轻当斋宫时亵渎神事佛法之罪过[01]。否则必生遗憾呀！"这鬼魂连篇累牍说个不停，源氏觉得和鬼魂谈话不体面，于是施用法力将鬼魂封闭在室内，而后神不知鬼不觉地将病人紫夫人转移至别的房间去。

这样，紫夫人病故的风传，便在世间广为流布。有许多人前来吊唁，源氏内心感到这情景很不吉利。今天公卿大臣们都前来参观贺茂祭巡礼归

---

[01] 指侍神后又断绝神缘。

来的队伍，归途中听到人们的传闻，信口说些俏皮话："这可真是了不起的大事哟，这样一位富有生活乐趣的幸福者离开了人世间，恰似日头失去了光彩，难怪今天细雨蒙蒙哩！"还有人悄声说："像这样善美无缺的完人，必定是很难长寿的，古人也曾说'红颜薄命数樱花'[01]嘛。这样完美的人，倘若在人世间过于长寿，享尽人间的幸福欢乐，岂不苦了其他众人。从今往后，那位二品公主[02]定将获得宛如当年在自家生父身边那样的宠爱了吧，真可怜！多年来她屈居人下，太受委屈啦！"

且说柏木卫门督，昨日贺茂祭当天，他成天郁闷，笼闭自家中，今日柏木则尾随在自家弟弟们左大弁和宰相等人的行列之后，坐在车厢里去参观贺茂祭巡礼归来的队伍。途中听见公卿大臣们的这番传说，心头大吃一惊，不由得自言自语咏歌曰："人间正道本无常。"[03]于是和弟弟们一起奔向二条院。由于传闻不确切，不敢贸然宣称前来吊唁，以免招致不吉利，而只说是一般探访。然而一进门就听见一片哭哭啼啼声，似乎确有其事，大家不免惊慌了起来。这时，紫夫人的父亲式部卿亲王也来了，他极其悲伤，垂头丧气地走进室内去，连招呼来访客人的力气都没有了。夕雾大将一边揩拭眼泪一边从里面走了出来。柏木连忙问他："怎么啦，到底怎么啦？外面传闻很不吉利，我们难以置信，只是听说紫夫人重病缠身，我们深感不安，故而前来探望。"夕雾回答说："病情非常严重，而且时日漫长，今天拂晓时分曾经一度昏死过去，那是鬼魂在作祟。听说好不容易又活过来了。这会儿大家才稍许放心些，可是今后会如何呢？她的病体实在令人担心啊！"夕雾的神色显露出他当真痛哭过，眼睛也都哭肿了。柏木也许是由于自己心怀鬼胎，从而以己之心揣度他人，琢磨着夕雾为什

[01] 此句引自《古今和歌集》第70首，歌曰："如斯艳丽留不住，红颜薄命数樱花。"
[02] 指三公主。
[03] 此句引自《伊势物语》第82段，歌曰："樱花易谢更可赏，人间正道本无常。"

么对这位并无血缘关系的继母紫夫人的病体如此深切揪心呢，遂用怀疑的目光注视着他。源氏听说有许多人前来探病，随即派人传话说："病人病情严重，今晨突然一度呈现昏死过去的状态。众侍女惊慌失措，忙乱痛哭，我自己也心绪缭乱忐忑不安。承蒙亲友关怀到访，容改日再行答谢。"柏木卫门督一想到源氏，心头不由得吓一跳，倘若不是处于不得不来的情况下，他是绝对不会到这里来的。看看四周的景象，内心不禁感到内疚羞愧至极，这是因为他心术不正的缘故。

　　紫夫人一度昏死而又复活之后，源氏越发惶恐不安，于是极尽所能，更加隆重地举办各种祈祷法事。当年六条妃子在世，她的生魂尚且能作怪施虐，更何况现在在阴间变成厉鬼。源氏想象着她那狰狞的模样，内心不由得涌起一阵厌恶感，连照顾秋好皇后的那份心思顿时也淡漠了。在这种思绪的搅动下，他甚至觉得女人一个个都是万般罪孽的根源，进而感到世间的一切都太没有意思，太令人讨厌……曾记得那天他与紫夫人窃窃私语时，无人在场，他曾约略谈及六条妃子的事，那鬼魂竟然知晓而说了出来，如此看来，那鬼魂确实是六条妃子。他想起当年的事，就更加烦恼了。紫夫人一味盼望削发为尼，源氏心想："仰仗受戒的佛力，也许可以使她恢复健康。"于是在她头顶上象征性地剪下些许头发，只让她接受了五戒[01]，授戒师僧将受戒无量功德在佛前诵读，愿文言辞令人铭刻在心，十分庄严。源氏甚至不顾在人前是否体面，只管傍依在紫夫人身旁，一边揩拭落泪，一边与紫夫人齐心念佛。看到这般情景，不由得令人想到世间不论多么优秀的贤明者，一旦遇上如此令人担心的事，也是难免沉不住气而乱了方寸的。不管需要做什么事，只要是能为紫夫人消灾除病的，源氏都愿竭尽全力去做。源氏日以继夜无时不在心痛愁叹，弄得几乎神情恍

---

[01] 五戒：佛教要求在家居士必须严格遵守的五种禁戒——不杀生、不偷盗、不邪淫、不妄语和不饮酒。

惚，脸庞也瘦削了许多。

五月间，阴雨连绵，天空总不见放晴，紫夫人的病情依然不见痊愈，不过，比以前稍许见好，但是还是不时地受到病痛的折磨。源氏由于想为六条妃子的鬼魂赎罪，每日念诵一部《法华经》，以祈求冥福。此外还做种种庄严的法事，甚至挑选诵经音色庄严上乘的法师，在紫夫人的枕边昼夜不断地诵经。那个鬼魂自从一度显灵施虐之后，又时不时地出现，向人诉苦，总不肯离去。天气渐渐热了，紫夫人又好几次昏死过去，她的身体越发衰弱了。源氏悲伤心痛之情，真是无法言喻。紫夫人在濒临弥留之际，也格外挂心源氏的苦痛，她心想："我纵令撒手人寰，对我自身来说，已无足惜，只是他为我如此伤心悲切，我怎忍心视若无睹弃他而去，实在太对不住他了。"于是，努力自我振作起来，喝些汤药。也许缘此，进入六月份之后，病势似乎略见好转，有时还能把头抬起来。源氏看见她这稀罕的美姿，不胜欣喜，同时也非常担心，生怕是回光返照，因此，六条院那边他暂时就不过去了。

且说三公主自从那天遭遇了那件可叹的怪事之后，不久忽然觉得身体有些异样变化，她情绪低落，但也不是患了什么大病。过了约莫一个月之后，她不思饮食，神情憔悴，面容消瘦，脸色也发青了。那个柏木忍受不住那份相思的痛苦，不时像做梦一般前来恳求幽会，三公主感到极其困扰。一般来说，三公主把源氏当作长者看待，心中十分敬畏他，再加上不论长相或人品，柏木是绝对无法与源氏比肩的。固然柏木出身名门，姿态优雅，在一般人看来，他远比寻常人出类拔萃，然而三公主自幼看惯了源氏那举世无双的优美姿容，内心中对柏木这类人根本就看不上，见了也讨厌，没想到如今竟被这种人所困扰，还因他而万分痛苦，这真是凄怆的宿世恶缘啊！乳母等人看出三公主的病由，背地里都在小声嘟囔说："我家老爷近来甚难得才回来一趟，怎么就……"源氏得知三公主身体欠佳，这才准备回到六条院来。

却说紫夫人，由于天气炎热，感觉很不舒适，命人给她洗发过后，稍觉舒坦些。由于她是躺着让人给洗的头发，所以头发干得慢。她的头发虽然不曾认真好好地梳理过，却依然纹丝不乱，秀发轻轻晃动，光泽亮丽。病体虽然消瘦纤弱，肤色反而显得青白美丽，仿佛清澈透明，那姿色之美，简直无与伦比。不过，久病初愈，宛如刚蜕皮的幼虫，还十分衰弱。二条院长期没有住人，多少呈现荒芜的景象，自从紫夫人迁居到这里来养病之后，住进许多人，甚至让人感到院落似乎狭窄了。源氏直到最近仿佛才有工夫察觉到这些情景，特别差人精心修整庭院各处景致。他此刻才有心情眺望庭院里的人工溪流和种植的花草树木，顿时感到心旷神怡，内心不禁思绪翻跹："啊！好不容易才熬到了今天！"池塘上似乎相当凉爽，满塘荷花盛开，荷叶青青鲜艳夺目，荷叶上的露珠晶莹剔透，宛如一颗颗玉珠闪闪发光。紫夫人说："看啊！那荷花仿佛独自在纳凉呐。"说着坐起身来，眺望庭园。她长久不曾欣赏景色了，今天此举实在难得。源氏说："看到你好起来了，我心情仿佛是在梦境里。太令人担心了呀。连我自己都好几次想和你一起奔赴黄泉啦。"源氏满眼噙着泪珠，紫夫人自己也觉得深受感动，脱口咏歌一首曰：

> 余命残存呈蹊跷，
> 恰似荷露尚未消。

源氏答歌曰：

> 今生来世相厮守，
> 誓如荷露乘同舟。

源氏原本打算回六条院去看望三公主，却总也未能成行。源氏心想："当今皇上和朱雀院都在关心她，再说，自听说她身体欠佳，也过了一些时日了，迄今只因眼前的这位病人病重，使我担心得心慌意乱，长久以来几乎都没有去探望三公主了。如今这里已拨云见日，我怎能笼闭此处而不趁紫夫人病愈的间歇良机前往呢。"于是下定决心，前往六条院去了。

　　三公主心有内疚，见了源氏，她满面羞愧，恭谨腼腆，源氏问她话她也没有充分地回答。源氏心想："自己长久没有前来探望她，她虽然表现得若无其事的样子，但内心想必痛苦地有所埋怨吧。"源氏觉得三公主怪可怜的，于是甜言蜜语百般抚慰她。他召唤年龄稍长的侍女前来，了解有关三公主的身体和心情状况。侍女回答说："看样子她患的不是通常的病症。"于是侍女将三公主的苦恼情状描述了一番。

　　源氏只是说："真不可思议呀，我现在这年纪了，还会有这种新鲜事。"可是源氏内心却在想："和我长相厮守的夫人们都不曾有喜，三公主也许不是真的怀孕吧。"他并没有追问下去，只觉得三公主病痛的情状十分可怜，对她甚表同情。源氏好不容易下定决心到六条院来一次，自然不好意思马上又折回二条院，于是就在三公主这边住了两三天，这期间源氏心中还是非常惦挂紫夫人的病状不知怎么样了，因此不断地写信探询。不了解三公主的过失实情的侍女私下里议论说："才不大一会儿没见面，就有这许多话要说，不停地写信呀！唉！看样子我家三公主难有扬眉吐气的一天啦。"小侍从看见源氏来了，内心忐忑不安。

　　柏木听说源氏回六条院，竟不知自我反省，反而牢骚满腹，写了一封倾泻怨恨的长信，派人送到六条院来。恰逢此时源氏暂时回到自己的居室[01]去，三公主的居室内无人，小侍从趁机将柏木的来信呈给三公主，

---

[01] 指紫夫人在六条院时的居室。

三公主说："你让我看这种令人厌恶的东西，实在讨厌啊！我的心情本来就够恶劣的啦！"说着躺了下来，小侍从当面将信展开，说道："可是，公主您瞧！书信的附言怪可怜的。"就在这当儿，有个侍女走了进来，小侍从慌了手脚，赶紧将围屏拉了过来遮掩三公主，自己旋即走开。三公主胆战心惊不知所措之时，源氏走进室内来。三公主来不及把信件藏匿好，匆匆将它塞在坐垫底下。源氏拟于今夜返回二条院，遂到这里来与三公主告辞，源氏对三公主说道："你的病看来似乎无大碍。紫夫人的病情能否痊愈，甚难预料，故而不忍心弃之不顾，缘此只得告辞。外间即使有人会对我评头品足，你也切莫对我起疑心，不久你将会明白我的一片真诚。"源氏如此这般地抚慰三公主，按往常惯例，三公主总是像孩子一般，天真烂漫地与他谈笑，可是今天她非常沉闷，连源氏的面容她也没有好好地望一眼，源氏还以为她埋怨他薄情，以至对他这般冷淡。

　　这两人就在白日里的落座处躺了下来，相互闲聊，不知不觉已近日暮时分，两人正当短暂地蒙眬入睡的当儿，蓦地传来日本夜蝉的响亮啼鸣，惊醒了他们，源氏说："那么，我就趁尚未'夜黑道险路崎岖'[01]时出门吧。"说着坐起更衣。三公主说："古歌里不是说'且待月出照君去'[02]吗？"她那娇滴滴的声调，着实令人陶醉。源氏心想："莫非她是在想'盼得郎君留须臾'[03]吗？"想到这里，觉得三公主着实可怜又可爱，他欲行又驻步。三公主似乎任凭自己那半孩子气的纯真思绪翩跹，十分自然地表白心绪而咏歌曰：

　　　　夕露诱我泪濡袖，
　　　　夜蝉啼鸣催君去。

---

[01] [02] [03] 三句均引自《万叶集》第709首，歌曰："夜黑道险路崎岖，且待月出照君去。盼得郎君留须臾，饱赏英姿慰情绪。"

天真烂漫着实感人。源氏不由得坐了下来，叹口气说："啊！难于割舍呀！"说着答歌曰：

> 夜蝉唱晚心缭乱，
> 伊人闻声会如何。[01]

　　源氏踌躇，有些困惑，终于还是不忍心让三公主感到太寂寞，决定留宿一夜六条院。然而他内心毕竟还是挂牵着紫夫人，心神不定，只约略吃些水果，便就寝了。

　　源氏想趁清晨凉爽的时刻返回二条院去，因此早早就起身了，说："我昨夜所持的纸扇不知放到哪里去了，这把桧扇[02]扇的风不够凉爽。"说着将手中的桧扇放下，走到昨天白日里落座处躺下打盹的地方寻找。只见坐垫边上有一处有褶皱，下面露出了浅绿色晕染的薄信笺一角，便随手抽出来一瞧，看见是男子的笔迹。纸上荡出浓郁的薰香，饶有情趣。字体格外秀丽，情意缠绵，写满两张信笺。源氏细看过后，断定这无疑是柏木的手迹。前来打开梳妆镜伺候装束的侍女，还以为源氏是在阅读一般人的来信，全然不知实情。可是小侍从看在眼里，察觉到那信笺的色彩与昨日柏木所写的信笺颜色一模一样，不由得大吃一惊，心里怦怦直跳。连须给主人端上早粥等庶务都忘了，只顾暗自自我安慰地想："不会的，不管怎么说，绝不会是那封信的，怎么可能发生这种极其可怕的事呢。三公主一定会把那封信藏匿好的。"

---

[01] "伊人"指思念源氏的紫姬。此歌似仿《古今和歌集》第772首"思念不知能否来，黄昏蝉鸣伫立待"而作。

[02] 桧扇（HIOGI）：用白线穿起二十余枚丝柏木薄片做成的扇子，在日本为礼服和便服的装饰品，也可做笏板的代用品。

三公主若无其事地还在睡觉。源氏心想："三公主还是很稚嫩啊！这种东西随便乱放，让外人看见可怎么了得。"他内心不由得蔑视她，想："果然不出所料。此人不够稳重，我早就担心会出事。"

源氏离开了六条院，众侍女陆续地也都走开了。小侍从来到三公主身边问道："昨天那封信您放哪儿了？今天早晨老爷在看一封信，那信笺的颜色很像那封信的哩。"三公主听罢，知道自己大祸临头，吓得泪珠扑簌簌掉下止不住。小侍从看见她这副窘相觉得很可怜，但同时也觉得她"实在太差劲啦"。小侍从接着又问："您究竟将信放到哪儿去了呢？当时有人进来，我生怕人家看见我靠在您身边，怀疑我会跟您嘀咕什么事，我就是这样谨小慎微，惟恐露出蛛丝马迹，所以赶紧避开了。过了好大一会儿，源氏老爷才走了进来，我还以为您趁这当儿早已把信藏匿好了。"三公主说："不，不是这样的。我正在看信时，他就走了进来，我来不及将信藏好，只得把信塞到坐垫底下，后来就忘记了。"小侍从听罢吓得目瞪口呆，简直无话可说，于是走到坐垫近旁，掀起坐垫一看，那封信已经没有了。小侍从折了回来，对三公主说："哎呀！大事不妙啦！那位柏木公子非常避忌源氏老爷，就算是丁点小事，倘若传到老爷耳朵里，他都吓得要命，因此向来总是谨小慎微的。谁料到时隔不久，就闯出这场大祸来。万事都是由于您太欠考虑了，不小心于蹴鞠那天让柏木公子窥见了您的身影，自那以后他思慕您的情怀始终难以拂除，并且不断怨恨我不给他牵线。我实在想不到你们会发生这么深的关系。这对你们双方都很不利呀！"她肆无忌惮地侃侃而谈，大概是过去看准三公主年幼无所谓，早已习惯于这样说话了吧。三公主缄默不语，只顾哭泣不已，之后显得非常痛苦，茶饭不思，毫无食欲。伺候三公主的其他侍女们有的背地里埋怨说："我家三公主病得如此痛苦，源氏老爷却视而不见，只顾尽心竭力地去照顾现已痊愈的紫夫人。"

源氏思来想去还是觉得这封信很奇怪，趁没人在场的时候，来回看了几遍。他甚至怀疑："会不会是三公主的贴身侍女中，有人模仿那个柏木的笔迹书写的呢?！"然而信中的遣辞造句鲜艳华丽，熠熠生辉，如斯艳丽美文非柏木莫属，他人恐怕难以企及。信中娓娓叙述长期以来刻骨铭心的爱慕之情，备受折磨痛苦不堪，然而一旦多年宿愿成遂，反而更添烦恼不安。文章言辞、行文结构相当高明，令人感动。尽管如此，源氏觉得："内心的隐情，怎能这样赤裸地表白呢。只有柏木这等男子，不思前顾后，才在信中写得出来。回想当年自己写秘密情书时，惟恐会落入他人之手，故而对言情秘事总是写得十分含蓄，或是省略，甚或含糊其辞暧昧了之。然而从柏木的这封信看来，一个人要做到能深思熟虑，绝非容易之事。"从而瞧不起柏木的心智。他进而又想："我既然已经知道了他们的秘事，今后我该怎样对待三公主才好呢?显然她的怀孕反应，正是这种错误秘事的结果。唉！多么令人痛心的事啊！这件事不是从传闻听来的，而是自己亲眼目睹信件得知的，难道今后我还必须一如既往地那样呵护照顾她吗?"源氏不由得自问，心中总觉得难以容忍。接着又想："就算是一时冲动，从一开始并不特别钟情的女子，倘若听说她另有所爱，自己都不免心生不快和厌恶之感，更何况此女子身份特殊，竟然有如此不自量力的男子，竟敢前来冒犯。虽说自古以来，也曾发生过私通皇帝妻室之事，但是这又另当别论，因为在宫中后妃与百官共同奉侍一主君，这期间自然有诸多机会互相见面，久而久之彼此倾心爱慕，进而发生错乱的情事，这种事例为数不少。纵然是身份高贵的女御、更衣，有的人也会在某方面有所欠缺，其中也难免会有生性轻浮的，被人乘虚而入，从而发生意外的事。不过在实情混沌不清、过错不明期间，其人依然能在宫中奉侍，背地里还干些见不得人的事。然而三公主这件事的情况非同寻常，她是我家明媒正娶的夫人，我对待她比对我最心爱的紫夫人，还更加照顾和更加尊重，可是她却辜负了她丈夫的这份爱情，干出这种举世无其类的事情来。"源氏不能不强烈地嫌弃三公主。接着又想："即使是皇帝的妃嫔，有的人也只不过像是一般在朝廷上奉侍的官员，没有获得皇上的格外恩宠，在孤寂无聊的情绪中遇上钟情的男子，无法拒绝男方缠绵的情书而不时回音，从而自然地心心相印，这种行为虽然十分荒谬，但尚情有可原。然而像我这样的人，竟然会被柏木这等小人分去妻子的爱，实在是出乎意料之事。"他心中非常不愉快，但又不能在脸色上表现出来，只好苦恼困惑地憋在心里。接着联想到："已故桐壶父皇当年的心情，想必与此刻的我一样，分明知道他儿子我与藤壶母后之事，然而表面上只得佯装不知。回想起当年的往事，我真是犯了极其可怕的滔天罪过啊！"一想到近在眼前的自身的例子，不由得感到无法责备踏入"恋爱山路"[01]者了。

　　源氏表面上佯装若无其事的样子，然而其神情也掩饰不住内心的烦恼。紫夫人看见源氏如此，还以为源氏可怜她久病初愈，所以急于回来，其实他心中还是很疼爱三公主，经常惦挂着她吧。于是对源氏说："我的病已经好了。听说三公主身体欠佳，你这么快就回到这边来，岂不是冷落她了？"源氏答道："是啊！她身体欠佳，不过看来也无大碍，所以我才放心地回来了。皇上屡次遣使送慰问信来，据说今天也来信了。朱雀院经常叮嘱恳请皇上多加关心，所以皇上如此惦挂关照她。因此我倘若有些许疏忽怠慢，就会使朱雀院和当今皇上放心不下，那就太对不住他们了。"说罢叹了一口气。紫夫人说："皇上固然会惦挂，但更重要的还在于三公主本人若心怀怨气，那就太委屈她了。就算三公主不埋怨你，侍女们也一定会在她面前说些不中听的话，这倒是令人担心的。"源氏说："说实在的，对于事事为三公主着想的你来说，她真是个麻烦的公主，你还为她深

---

[01] 此语引自《古今和歌六帖》中的古歌："恋爱山路深难测，入山自成迷途者。"

思远虑，万事想得如此周全，连一般侍女们的心思你都关照到，而我只顾担心皇上的心情会否不悦，我的情爱之心未免太肤浅了。"他说着莞尔一笑，以掩饰他真实的心情。至于谈到搬回六条院居住的事，源氏总是说："让我们一起搬迁回去，悠闲自在地生活吧！"可是紫夫人每每回答说："还是让我暂时在这里安闲地静养吧。你先回去，待三公主身体好了，我再搬回去。"如此聊天，不知不觉间几天又过去了。

往常，源氏如若多日不来，三公主总会在内心中埋怨源氏薄情，可是现在她认为这与自己犯下的过错有关联。她想："万一这桩丑闻传到父皇朱雀院耳朵里，父亲该不知会多么伤心！"她便觉得世间人言可畏，自己简直羞得无地自容。至于那位柏木还是不断地写信倾吐苦恋的衷情。小侍从不胜其烦，忧心忡忡，遂把信件被发现的事告诉了他。柏木吓了一跳，心想："这事件是什么时候发生的呢？我一直在担心这桩秘事日久天长会不会自然而然地泄漏出去，光想想都觉得胆战心惊，总觉得上空似乎有无数双眼睛在盯着自己，更何况如今已被源氏本人看到了真凭实据！"柏木对源氏深感愧疚、抱歉，痛心疾首。时值盛夏季节，朝夕并不凉爽，可是柏木却觉得浑身冷飕飕的，实在是无话可说。柏木心想："迄今漫长的岁月里，不论是国家大事也罢，或是私人游宴也好，源氏总召我忝列其中，并且待我比对待别人都显得格外亲切，我很感谢他，也觉得他很可亲。如今我在他眼里已成为一个可恨的无可救药、不自量力的狂妄之徒，我还有什么脸面去见他啊！然而倘若突然与他断绝来往，不再与他照面，那么外人察觉定会起诧异怀疑之心，源氏本人势必意识到我在回避他，这也实在受不了啊！"柏木左思右想，内心忐忑不安，情绪极其低落，也不进宫上朝。他虽然不是犯下重罪，但是自觉自己这一生就算到头了，心想："自己明知会招致身败名裂的嘛！"不由得自恨自悔。继而又想："不过，静下心来一想，觉得三公主本人也不是一位稳重端庄的淑女，首先她让人能从垂帘的缝隙窥见她的身影，就不应该是高贵女性的作为。曾记得夕雾大将那时也看见了，夕雾似乎也觉得此女子太轻浮。"柏木现在才觉得自己的想法与夕雾的想法不谋而合，这也许是由于柏木硬要了断对三公主的情结那种心理在起作用，才故意对她百般挑剔吧。但是另一方面他又想："一个人出身再怎么高贵，像她那样过分地一个劲摆尊贵架势，却不识世间世故，再加上又不精心挑选品格优良的贴身侍女，以致发生这种令人惋惜的事件，于己于人都很不利，实在是令人痛心！"柏木纵然埋怨三公主，但终归还是很可怜她，他对她的情丝终究是剪不断理还乱。

源氏觉得三公主娇小玲珑的模样的确十分可爱，如今她在经受怀孕之苦，也很同情她，他虽然想决心断绝对她的关切，但是无奈对她的爱心还是胜于恨，他悲伤之余，最终还是到六条院来探望她。只是见面之后，心中更觉难受，于是为她举办各种法事，以祈求平安分娩。从大体上说，源氏对待三公主的礼遇一如既往没有变化，在某些方面甚至比过去更加亲切，更加重视。然而内心中既已存在隔阂，就很难像夫妻间那样推心置腹地交谈，只是表面功夫做得礼数周全，无可非议，以掩人耳目，其实他内心总是苦恼万状。缘此，三公主本人心中更加感到痛苦。

源氏并没有向三公主挑明自己看了柏木的信件，三公主独自闷闷不乐，幼稚得像个小孩儿。源氏心想："正因天真幼稚，才造成那样的过失。胸无城府固然好，但是太过火了也是不可靠的。"源氏接着又想："世间男女之间的事，都是令人感到不安的。像明石女御那样，过于温柔纯洁，如果她像三公主那样，遇上要对付一个出其不意的男子，恐怕会更加惊慌失措吧。一般说，身为女子而胸无成竹缺少主见，只知柔顺，就容易受到男子的轻视。一个男子相中一个不该钟情的女子，而这女子又不坚决拒绝，势必会犯错误。"他又回想起："髭黑右大臣的夫人玉鬘，没有特别像样的保护人，自幼流落在穷乡僻壤，在乡间长大，不过她才思敏捷、思虑周全。我自收养玉鬘以后，大体上是以父亲自居，但是其间我也曾对她不由自主地产生过爱意，然而玉鬘意志坚定，佯装不知，稳健相待，终于度过了危险期。后来髭黑利用缺乏慎重思考的侍女，得以偷偷进入玉鬘室内，玉鬘也断然拒绝髭黑的强求，她的洁白是众所周知的事实。直到获得我的公然应允，她才与髭黑正式结缘，这才避免了遭受世人‘私订终身’的讥评。现在回想起来，觉得玉鬘真是个才思敏捷、意志坚定的女子。她和髭黑的宿缘想必深沉，以至能够长相厮守，无论如何也永不改变。倘若当初被世人视为私订终身者，那么髭黑必定会对玉鬘有轻蔑之感的吧。玉鬘真是一个为人聪慧、办事利落的高手啊！”

　　源氏至今依然没有忘却二条宅邸的尚侍胧月夜。三公主做了那件亏心事，使他深感厌恶、痛心，从而对意志薄弱的胧月夜多少也有轻蔑之感了。源氏听说尚侍胧月夜想出家的宿愿终于能如愿以偿，不由得深受感动也颇感惋惜，旋即给她送去一封问候信。信中倾泻满怀怨恨她冷漠无情的情绪，诸如“你最近行将出家的信息哪怕通知我一声呢”。信中咏歌曰：

　　　　“为君沦落须磨浦，

　　　　　成遂师姑我不知。

此刻内心百感交集，嗟叹人生无常，我至今尚未能遁入空门，终于落后于你，实在遗憾。你纵令远离红尘，但是每天必勤修回向[01]，但愿你在佛前首先念及我的事，我将不胜感激。”此外还写了许多。胧月夜原本早就下定决心要出家，只因有源氏的拖累，以至迟迟拖延至今才能实现本愿，这种内心的秘密又不能向人表白，只能暗中感慨万千。她思来想去，觉得自

己与源氏的这份情缘，尽管从一开始就是凄怆的，但是毕竟并不浅薄。这次回信也是最后一次，从今以后再也不能互通信息了，想到这里，不由得悲从中来，从而越发用心运笔，遣辞造句饶有情趣。她信中写道："本以为嗟叹人生无常，惟我独自的感慨……来函提及你终于落后于我，这倒是事实。

> 沦落受苦明石浦，
> 缘何后我迟迈步。

勤修回向为的是施向普天下众生，岂能不包括你在内。"信文写在深青灰色信笺上，并将信系在大茴香枝上。这形式虽然很一般，然而她运笔着墨潇洒自如，情趣盎然一如往昔。源氏回到二条院时，收到了这封回信，如今与胧月夜的情缘已全然了断，便无所顾忌地将信递给紫夫人一阅，并对她说道："我被胧月夜申斥得好惨哟，的确连我自己都觉得讨厌啊！我竟能满不在乎地观察并经历过来这世间诸多令人不安的事件。能与我交谈世俗万般寻常事，善解四时变换情趣，不乏风流情怀，彼此和睦相知者，如今只剩下槿斋院和胧月夜二人，偏偏这二人又全都出家了。槿斋院非常热心于勤修佛法，似乎排除红尘一切杂念，全副身心投入修行佛道。在我见识过的众多女性当中，甚至可以说尚未有谁像槿斋院那样善于深思熟虑，并且温文尔雅、和蔼可亲啊！栽培教养女孩子，这是一件很不容易的事。女孩子天生注定的宿命是好是赖，肉眼无法看见，因此父母对她的施教也难能遂心如意。尽管如此，父母也不能不尽心竭力抚养教育她，直至她长大成人。回想起来，我命中注定没有儿女成群，从而免受诸多劳累和挂牵，只是年轻的时候，觉得没有孩子很寂寞，总希望多生孩子，每每为此而叹息。你也为抚育幼小的公主耗费相当的苦心操劳。明石女御还很年轻，对世间事尚未能深刻理解，再加上在宫中奉侍，事务繁忙，难免有考虑欠周之处。所有的公主，都必须精心栽培，尽量让人无可挑剔指责，要教诲她们为人处世落落大方，安闲舒畅地过日子。如是身份有限的寻常人家的女儿，想方设法嫁个好丈夫，丈夫自然可以弥补妻子的不足之处。"源氏说了这许多，紫夫人说："我纵然够不上是称心如意的保护人，但只要我还活在人间，定当尽心竭力把她们照顾好。只是不知天命如何呢！"她久病初愈，不免依然担心自己的身体状况，着实羡慕槿斋院和胧月夜能畅通无阻地如愿修行佛道。源氏说："尚侍胧月夜的尼僧装束等，在她那边的人能娴熟制作之前，我想还得由我们这边给她送去。袈裟等该怎样缝制，请你差遣人去制作吧。我拟让六条院东北院的花散里夫人也缝制一套。我觉得过分严肃墨守成规的法服，让人看了只觉阴气沉沉难以亲近。毕竟还须带点尼僧的雅趣才好。"紫夫人差遣人去制作了一套青灰色的尼姑服。源氏悄悄地召来作物所[01]的工匠，命他们开始秘密制造尼僧需用的器具之类，诸如褥垫、锦绫铺垫、屏风、幔帐等，特别精心地赶工。

这样，在杂务繁忙的状况下，进山修行的朱雀院的五十大寿庆贺会延期到秋天举行。然而八月是夕雾大将的生母葵姬的忌月，夕雾不便张罗乐队演奏诸事，九月又是朱雀院的母后弘徽殿太后的忌月，大寿的庆贺会只好预定在十月举行。可是，到了十月，三公主的身体又非常不适，庆贺会的日期又不得不拖延。

柏木卫门督的夫人落叶公主于十月里登朱雀院住处造访，庆贺朱雀院大寿。落叶公主的公公前太政大臣亲自备办贺仪，庆贺仪式既庄严隆重，又缜密周全，可谓尽善尽美。柏木卫门督也趁此机会，鼓起勇气，前来朱雀院住处贺寿。但是情绪依然很低落，状态反常，总像是个病人。六条院

---

[01] 作物所（TSUKUMODOKORO）：日本平安时代，宫中或院等掌管制造日常家用器具、雕刻、锻造等的部门。

的三公主打那以后，心存内疚，总觉得对不住源氏，谨小慎微，畏首畏尾，终日悲叹。可能是由于这个缘故，随着怀孕日子的增多，身心越发痛苦不堪。源氏内心虽然甚感不快，但是看到这个娇小可爱的人儿瘦弱痛苦的模样，也担心她的身体发展下去不知会怎样，觉得她非常可怜，他自己思来想去也十分郁闷。今年忙于做各种祈祷法事，这一年就在忙忙碌碌中度过了。

　　已遁入空门的朱雀院也听说三公主身怀六甲，既可怜她也很挂念她。可是也曾有人向他启奏说："源氏大人近数月来总是在外歇宿，几乎没有回到三公主身边。"朱雀院纳闷："这是怎么回事？"想想不禁吓出一身冷汗，心想："事到如今，世间男女关系之事着实可恨。"他听说紫夫人患病期间，源氏一直在照顾病人，没有回到三公主身边，心中早已感到不安，后来又听说紫夫人病体康复之后，源氏还是没有回到三公主那边，朱雀院甚至想道："会不会就在这期间，三公主犯了过失呢？就算三公主不懂得这些事，那些办事欠思虑的侍女们有可能会出坏招，从而发生了什么事吧。在宫廷里，男女互通信息，原本是风雅韵事，但有时也会出格，闹出荒唐不羁之事故来，这种恶劣事例时有所闻。"身为出家人的朱雀院虽然早已舍弃尘世的烦琐杂事，但是父女的情缘还是难以了断，于是给三公主写了一封详细而周到的信送去。恰巧源氏在六条院，便把信取过来一阅，但见信中写道："因无何要事，故久疏通信，在无限挂牵中岁月流逝，内心好不寂寞。听说你身体健康欠佳，了解详情后，诵经念佛之余，不胜挂念，不知吾女近况如何？世间夫妻间生活，纵令遇有意想不到的寂寞不称心之事，也应宽容忍耐着过日子。轻信逸言，捕风捉影，自以为是而怨恨于人，诚然是品格低下者之举。"等等，满纸谆谆教诲的言语。源氏看了，十分体谅朱雀院疼惜女儿的那份苦心。源氏心想："朱雀院理应不会听说三公主的那件秘密过失之事，必定以为罪过在于我，而一味埋怨我怠慢他女儿吧。"源氏略加考虑了一会儿，接着对三公主说："你写回信时，怎么对他说呢？拜阅如此挂心的信，我也感到很痛苦。我虽然知道你有意想不到的事发生，但我丝毫没有表露出可使外人察觉到我待你有所怠慢之处。不知是谁告诉令尊的。"三公主听罢，羞愧万分，扭转身去，神态十分可怜。她面容憔悴，闷闷不乐地陷入沉思，这神采反而显得品格高贵，分外美丽。

源氏又对三公主说："看了这封来信之后更加了解，朱雀院早就知道你着实太孩子气，欠缺辨别是非的能力，从而令他非常担心。从今以后，你万事都必须小心谨慎。我本来不想如此直白地对你说的，但是让朱雀院知道我辜负了他的嘱托，我于心非常不安，也很内疚。缘此不能不向你，哪怕只向你一人仔细说明也罢。你缺乏深思熟虑，一味轻信他人的逸言，心中只顾埋怨我对你疏远冷落，近来也许还觉得我年纪老大，姿态丑陋令你讨厌，古板不足以令人尊敬，这使我事事处处只觉遗憾也很忧伤、叹息。但愿你于朱雀院尚在期间，念及他向我嘱托照顾你的一片苦心的分上，暂且忍耐，请把我这个过气的老人等同于时人看待，切莫过分轻蔑我。老早以前，我已深藏出家修道的大志，没想到对此道思索浅薄的几位女子结果竟先于我遁入了空门。我确实有诸多令人心烦的杂事缠身，身不由己，倘若能由我自身做主的话，我对尘世也不存迷恋不舍之意。令尊朱雀院出家时，将你托付给我，命我代替他呵护照顾你，我深深体谅他的这片苦心，也诚惶诚恐欣喜获得他的信任，遂接受这份重托。如果我紧接着步其后尘而出家，与朱雀院一样将你弃之不顾，令尊势必认为我是背信弃义之徒，缘此而未能实现遁入空门的愿望。我所关怀照顾的孩子们，现在都已长大，不再成为我出家的累赘了。明石女御未来将会如何，虽然不得而知，但眼下子女日益增多，只要我尚在人间，则将平安无事，无须忧心。此外，诸位夫人尽皆顺从我的意志，她们都到了即使同我一道出家也无足惜的年龄，因此我的顾虑挂牵也越来越轻松了。令尊朱雀院的御寿似乎无多，加上病势日趋沉重，他自己心中似乎也没有把握，因此今后你切莫再有什么意外的流言蜚语传到他的耳朵里，搅乱他的心绪啊！眼下他在现世确实已大可放心，没有什么大不了的问题了。惟有妨碍他往生极乐净土，那罪过才真正是极其可怕的。"源氏说了这许多，话语里虽然没有明确提及柏木事件，但是句句都刺痛三公主的心，使她潸然泪下，流个不停，她陷入沉思，几乎昏迷不省人事。源氏本人也爱怜地哭泣着说："昔日我听老人关于人生的教诲，甚至觉得很不耐烦，曾几何时自己也变成了老人。你听了我这席话，大概也觉得我是个'多么讨厌的絮叨老头呀'，从而更觉厌烦吧。"源氏觉得自己说得过多，有点不好意思，随即把砚台拿过来，并亲自研墨，又拿出信笺，让三公主给朱雀院写回信，可是三公主双手发抖，立时写不出来。源氏心想："她给柏木那封缠绵的情书写回信时，想必不费吹灰之力，是随心所欲地写就的吧。"从而又觉得三公主诚然可恶，原先对她的那份万般怜爱的同情心顿时全然冷却了下来。不过他终归还是教她如何遣辞写回信。接着又对她说："你要参加朱雀院的贺寿会，本月份为时已晚了，再说你姐姐落叶公主的贺寿仪式格外盛大讲究，你身怀六甲，以臃肿的身躯与她并排拜寿，旁人看来也难免不够体面。十一月是父皇桐壶院的忌月。年终岁末事务非常繁忙，再说那时你的形象似乎也不雅观，让令尊见了也……不过，话又说回来，总不能一直拖延下去。你也不必犯愁和过于担心，要振作起精神来，好好调养，务必改变一下你那面容极其憔悴的形象。"归根到底，源氏毕竟还是怜爱三公主的。

且说柏木卫门督，迄今源氏办任何喜庆事，但凡涉及有关游乐事务，必定特意召唤柏木卫门督前来，与他共商筹划事宜，可是现在毫无此类召唤的信息。源氏也曾想过："这样一来，人们会不会觉得奇怪呢？"可是转念又想："我若与他会面，他会把我看作是个毫不知情的糊涂虫，让我蒙受羞辱。再说我见到他，恐怕也难以心平气和吧。"缘此，柏木长期未曾前来参谒源氏，源氏也不责怪他。世间的人们大都以为柏木一直在生病，而六条院今年也没有举办什么管弦宴会。惟有夕雾大将揣摩到几分个中的原因，夕雾心想："其中必有什么内情吧。柏木是个好色之徒，他准是为了那天看到三公主的姿影的事件，患了相思病，凄苦不堪吧。"但是夕雾万万没有想到他们发生了关系的事实。

时令已届十二月。三公主拟于初十过数日后赴朱雀院住处贺寿。六条院殿内为排练舞乐忙得不可开交。住二条院养病的紫夫人尚未归来，然而当她听说六条院将彩排贺宴舞乐，心情平静不下来，于是从二条院搬迁回六条院来。明石女御也请假回娘家。她这回又生下一个皇子[01]。她接连生下了好几个十分可爱的皇子、公主，源氏朝朝暮暮含饴弄孙，自我感觉喜获长寿多福的生活。

彩排舞乐的时候，髭黑右大臣的夫人玉鬘也前来观赏了。夕雾大将在彩排之前，先在东北院内练习演奏音乐，朝夕演练，居住东北院的花散里夫人多次听过了，因此在源氏跟前彩排的这天没有前来观赏。举办如此盛大的彩排演奏会，不让柏木卫门督参加，在热闹的程度上说，未免显得有点美中不足。不仅如此，人们会不会因此而觉得奇怪，从而生疑呢？缘此，源氏派人前去邀请柏木来参加盛会，可是柏木以病重为由，婉言辞谢。源氏心想："柏木虽然如是说，但其实并非病重，准是内心不安、顾虑重重而却步吧。"源氏觉得怪可怜的，于是特意写封信去邀请他。柏木的父亲前太政大臣也劝导儿子说："难得源氏邀请，你为什么要辞谢呢？这样做或许会引起六条院大人的误解呐，你又没有什么大病，还是忍耐一下应邀前往吧。"柏木在父亲的劝导下，接受源氏的再次邀请，怀着盛情

---

[01] 即明石女御所生的第三皇子丹穗皇子（原文作匀宫），后来的丹穗兵部卿亲王。

难却的难受心情，应邀赴会了。

　　柏木来到六条院时，公卿大臣们尚未大批抵达，源氏一如既往，让柏木进入近处的帘内来，将正屋的帘子放下，与他会面。源氏见到柏木的神态，心想："柏木果然瘦骨嶙峋、脸色苍白，他平常健康的时候，虽然不及他的弟弟们那么快活开朗，但是在办事用心周到、举止沉稳得体方面，则胜于他人一筹，今天的姿容更显得一派文质彬彬。他作为公主的夫婿与公主并肩毫不逊色，无可挑剔。只是这回的事件，男女双方的行径都实在是太欠考虑，真是罪不可赦啊！"源氏望了望柏木，内心只觉异常厌恶，但是脸上则没有表露出来，还是若无其事地亲切地对他说："由于没有什么特别的事要办，阔别许久未曾照面了。近数月来，我由于需要照顾两处病人，忙得不可开交，在这过程中，我这方的三公主拟为其父朱雀院贺寿而举办法事[01]，但杂事繁多也未能顺利进行，不觉间年关已逼近，万般事务皆未能办得称心如意，只是以奉献一些斋席的形式，聊表寸心而已。称为贺寿，听起来仿佛排场格外盛大隆重，其实只不过是想让朱雀院御览一下我家为数众多的子孙而已，缘此让儿孙们开始演练舞蹈音乐。我想至少也要有舞乐助庆吧，只是指导调试曲调的适当人选，思索再三，非你莫属，因此我也就不责怪你近数月没有前来造访之事，而邀请你来。"源氏说话时显出一派君子坦荡荡的神色，这态度反而使柏木感到羞愧万分，似乎觉得自己顿时改变了脸色，骤然答不上话来，好不容易才回答说："我也听说近数月来大人为照顾各方病人忧虑而又繁忙。不巧我自今年春天以来，患了烦人的慢性浮肿病，最近病情犯得厉害，几乎站不起来，只觉身体日渐衰弱，因此也没有进宫上朝，一直蜗居家中，形同与世隔绝。家父对我说：'今年是朱雀院五十大寿之年，我家应该格外精心且隆重地为他贺寿。'家父还从告老还乡的大臣角度思考问题，接着又劝导我说：'我

---

[01] 因朱雀院已出家，故为他贺寿时举办法事。

已是不惜挂冠悬车致仕[01]之身，自己主动参与贺寿仪式，没有适当的座位。你虽然官位尚低，但是与父亲一样胸怀大志，也请朱雀院看看你的远大志向吧。'家父既然如此劝导，我只好强忍着重病前去拜寿。家父也明白，朱雀院如今赋闲，专心修佛道，估计他也不乐意接受过于讲究排场的隆重仪式，因此我们这方也尽量万事从简，我们揣度朱雀院的深切愿望是大家能安静地叙谈，我们应该顺随他的意愿才好。"源氏早已听说落叶公主为她父皇朱雀院举行了盛大的贺寿宴，现在柏木却特意把它说成是自己的父亲主办的，可见他的用心之细腻周到。于是源氏说："的确如此，一切从简办事，世人也许以为这样做是简慢作为，殊不知深明事理者才能说出这样的话。如此看来，确实如我所思，我也就可以放心了。我家夕雾大将在朝廷里办事，日渐长大成熟，不过，他对有关情趣方面的事，也许是本来就兴味索然的关系吧，简直一窍不通。而那位朱雀院，对有关情趣这方面的学问和技巧的深奥之处，几乎无不深得要领，他精通万般事物，其中对音乐方面的情趣尤为热心，非常擅长。现在他遁入空门，抛弃红尘一切杂事，更能静下心来欣赏了。现在他对音乐的音色等，其欣赏境界想必要求得更高。缘此我想请你和夕雾大将齐心协力，好好教导那帮学舞的孩子们。那些专业乐师，只精通自己的技艺，却不晓得如何教导他人，实在派不上用场。"源氏说话的态度和蔼可亲，柏木心情复杂，既喜又内疚，动作笨拙不自在，甚少言语。柏木恨不得早点离开源氏跟前，因此不像过去那样详细周全地应答，好不容易才熬到脱身的时刻。

夕雾大将在夏殿花散里夫人那边训练行将出场表演的乐人和舞人，为他们的着装装束等做准备，得到前来协助的柏木进言，在样式创意方面更是锦上添花。夕雾大将已竭尽全力，力求完美，柏木更进一步在细致的匠

---

[01] 悬车致仕：辞退官职之意。出自《孝经》："七十老致仕，悬其所仕之车置诸庙。"

心上下功夫，足见柏木在此行道上造诣颇深。

今天是彩排的日子，夫人们都要前来观赏，为了使她们不至于觉得没有看头，所以参加表演的舞童本拟于正式贺寿当日穿暗红带浅灰色的礼服和淡紫色衬袍，今日彩排则穿青色礼服和暗红色衬袍。三十个乐人今天都穿着白色袍子。乐队设座于紫夫人居住的春殿与钓殿连接的走廊上。乐队从庭院里的假山的南端向源氏跟前行进，一路上演奏《仙游霞》之曲，这时天空飘洒着稀疏的雪花，不由得令人联想到"春近邻"[01]，梅树枝头的朵朵蓓蕾正含苞待放，自然的精致情趣盎然。源氏坐在厢房帘内，惟有紫夫人的父亲式部卿亲王和髭黑右大臣陪伴在他身旁，官阶在他们之下的其他公卿大臣都坐在外廊上。今天非正式大摆贺寿宴席之日，只是一般飨宴招待。髭黑右大臣的夫人玉鬘所生的四公子、夕雾大将家云居雁夫人所生的三公子和兵部卿亲王家的两位王孙，四人联袂起舞《万岁乐》，他们都还是童子，着实十分可爱。这四人都是相当高贵人家的子弟，一个个长相俊美、着装华丽，或许观赏者持有的想当然的心情在起作用，这四人翩翩起舞的美姿，使他们油然升起一派无比高雅的感觉。还有，夕雾大将家惟光的女儿藤典侍所生的二公子和式部卿亲王家的那位前任兵卫督，现在是中纳言的公子，二人联袂起舞《皇梓》，髭黑右大臣家玉鬘夫人所生三公子独舞《陵王》，夕雾大将家云居雁夫人所生的长公子独舞《落蹲》。此外还有《太平乐》、《喜春乐》等舞蹈，都由源氏家族的儿孙和大人们表演。天色渐暮，四周昏暗，源氏命人把帘子卷起来，这场景呈现另一番情趣，孙辈们格外俊秀的容颜，他们那手舞足蹈的千姿百态，着实罕见，这些固然应归功于舞师、乐师各尽所能、竭尽全力精心教练，夕雾和柏木的辅佐也不可或缺，再加上舞者们充分发挥自己的技艺，

---

[01] 此语出自《古今和歌集》第1021首，歌曰："隆冬将去春近邻，墙头飘雪报春音。"

才能献上这般美妙高雅的舞蹈。源氏觉得一个个舞蹈都十分招人喜欢。上了年纪的公卿大臣们，看了都感动得落泪。式部卿亲王看了孙辈们的舞姿，喜悦之泪珠不断涌出，把鼻子都揩拭红了。身为主人的源氏说道："随着老迈，经不起感动而落泪潜潜止不住啊！卫门督望着我在微笑，使我怪难为情的。不过你可曾想过，你此刻的年轻也是短暂的，岁月不会倒流，谁也逃脱不了会衰老的。"说着望了望柏木。只见柏木缄默不语，神态远比他人消沉得多。实际上柏木的情绪确实很低落，他根本无心观赏这些非常精彩的舞乐表演。此刻源氏又装着微醉，特意点他的名字说了这番话，看似开玩笑，然而却深深地刺痛了柏木的心。当酒杯巡回转到柏木跟前的时候，柏木觉得头痛，因此只装装样，举杯略沾了一下嘴唇企图蒙混过去，却被源氏发现，逮个正着，硬让他屡屡举杯畅饮。柏木不知所措，他那副无可奈何的神态非同寻常，格外俊美。

柏木心乱如麻，不堪忍受，遂于游宴中途先行告辞回家。此后身体状况一直很不好，总觉得非常难受，他心想："我今天并不像往常那样喝得酩酊大醉，为什么觉得如此痛苦呢？大概是心存内疚畏惧，从而头昏脑涨吧。自己向来不是个胆怯如鼠之辈啊，真是太没志气啦！"他自己可怜起自己来。然而这不是一时酒醉的苦楚，此后不久，柏木紧接着生了一场大病。他父亲前太政大臣和母亲都非常担心焦急。他们说："儿子住在我们见不着的地方，实在令人担心啊！"他们急切希望柏木从落叶公主处搬迁回到父母宅邸内来养病。但是落叶公主又舍不得让丈夫远离自己，内心很痛苦而叹息不已，旁人看她的神情也觉得很可怜。柏木也是，从前平安无事地过日子时，他总是满不在乎，不着边际地想"有朝一日我会逐渐爱她吧"，从而平素并不十分疼爱妻子，可是一旦要搬迁离她而去，一个念头蓦地爬上他的脑际："莫非这一别，将成永诀吗？！"不由得悲从中来，心想："日后留下落叶公主只身守空房，独自嗟叹，该不知有多么痛苦，自己实在太对不住她了。"落叶公主的母亲也很悲伤，她叹息着对柏木说："按世间的惯例来说，双亲还是应自行居住，夫妻之间，任何时候都不应该分离，这是常理。如今要把你们拆散，直到病愈为止，这期间实在令人放心不下。还是请你暂且留下来在此间养病吧。"说着就在自己的身边张开围屏，要亲自看护照顾他。柏木说："您说得在理啊！像我这般微不足道之身，本不配高攀，承蒙不弃，让公主下嫁于我，不胜感激。为报答此番深情厚意，惟盼此生长寿，让公主看到我这区区小官来日也有晋升宏图。万没想到竟患此重病，深恐连这点愿望也难以实现，每念及此，不由得自叹命途多舛，死也心不甘啊！"说罢，两人相对而哭泣。柏木不想马上迁居父母家，因此柏木的母亲更加焦虑不安，派人来对柏木传话说："你缘何首先想见的不是父母呢？母亲我每当身体偶感不适，或情绪低落、心感不安的时候，在众多子女中，最想见的首先总是你，见到你我就觉得内心很踏实。如今你不回来，叫我好生牵挂呀！"母亲的怨恨也不无道理。于是柏木对落叶公主说："可能是由于我是长子的关系，父母格外重视我，至今依然十分心疼我，短暂不见面，心中就万般挂牵。我自觉大限将至，如若现在不与父母见面，将背负深重罪孽赴黄泉，死了也不能安心，缘此不能不搬迁回去。你倘若听说我病危，切盼悄悄前来探望，我弥留之际想必定能和你再见一面吧。我生性怪愚鲁的，因此难免会让你有情爱不足之感吧。每念及此不胜悔恨之至。我没有料到自己的命途会如此无常，总以为我们的日子来日方长呢。"说着热泪潸潸地搬迁回自家父母的宅邸。留下落叶公主独守深闺，备受无法形容的眷恋柏木之相思苦。

前太政大臣宅邸内，盼来了长子柏木之后，万般忙碌地为他举办了各种祈祷法会，极尽看护照顾病人之能事。柏木尽管病重，但是还没有到突然陷入危笃的状态，只是长期不思饮食，食欲不振，连一丁点橘子他都不想进食，只见他的精神日渐萎靡颓丧。不管怎么说，像柏木这样一位当代有识之士，身患如此重病，天下人无不为之哀叹惋惜，纷纷前来探望慰问。当今皇上和朱雀院也屡屡派人前来探询病情如何，关怀备至。柏木的父母更显悲伤了。六条院的主人源氏得知柏木病重，也很吃惊，并深感遗憾，多次派人前来向前太政大臣诚恳地慰问。平素与柏木交情甚笃的夕雾大将就更不用说了，他亲自前来探病，由衷地为他忧伤叹息。

　　庆贺朱雀院五十大寿的礼仪，定于二十五日举行。这种场合理应少不了的公卿大臣患了重病，他的父母亲和诸多兄弟，以及这高贵显赫家族的各方人士，都笼罩在忧伤悲叹的氛围下。此时举办庆贺大宴，气氛似乎不协调，然而此事已经一延再延，不能搁置下来，无论如何也不能再度缓办了。源氏揣度三公主的内心活动，觉得她怪可怜的。贺寿之日，按惯例由五十处寺院诵经拜佛。另外朱雀院所在的寺院则礼拜摩诃毗庐遮那[01]。

---

[01] 摩诃毗庐遮那：即大日如来佛。

第三十五回

だいさんじゅうごかい

柏木

柏木卫门督备受病魔的折磨，病情毫无起色，不觉间这一年又过去了。柏木看见父亲前太政大臣和母亲那凄凉悲叹的情状，也无心思去考虑听从自然规律死去的事，只觉得自己先于父母走上黄泉路，未能尽孝心，罪孽深重啊！不过，心情归心情，他又反躬自问："莫非我在世间还有不了情，难以割舍，从而还想苟且偷生吗?！我自幼胸怀大志，总想出人头地，无论在公务或私生活方面，总想大显身手一番，不料竟是天不从人愿，每当遇上一两个实际问题，撞墙后方悟到自己力不从心，自身实在无用。从而对世间万事兴味索然，一心只想出家修道，为后世积福。可是我若出家，双亲必感遗憾，双亲的悲怨势必成为我遁入空门做山野修行的严重羁绊，思前顾后皆无法排解内心的苦闷，逡巡度日，结果还是招来了非同寻常的苦恼，以至无颜面与世人交往。这一切的一切都是咎由自取，除此还能怪谁呢，甚至不能向神佛倾诉怨恨之情。这一切大概都是命里注定的吧！世间'任谁难成千岁松'[01]，谁都不可能永远活在人世间，因此莫如现在死去，说不定还能博得世人的一些惋惜，也许还会获得那人的一丝同情，那么我'一心殉恋何足惜'[02]。倘使勉强活下去，终有一日必定身败名裂，这对于自己或对那人都很不利，身心恐怕都不得安宁。与其这样，莫如早日辞世，也许会让那些恨我无礼的人心想：'不管怎么说他人都死了，就原谅他算了。'以往的万般罪过，也将在我弥留之际荡然消失。我除了犯这桩过失之外，并没有任何过错。多年以来，源氏大人每遇举办游艺会，必召我到他身边侍候，百般疼惜爱护我，并十分亲切，想必他定会宽恕我的。"柏木在百无聊赖之时，每每翻来覆去地作如斯的寻思，然而越想越觉得兴味索然，黯然神伤，痛悔自己为什么会落到如此脸

---

[01] 此句出自《古今和歌六帖》，歌曰："可叹浮生无常梦，任谁难成千岁松。"
[02] 此句出自《古今和歌集》第544首，歌曰："飞蛾扑火表诚意，一心殉恋何足惜。"

上无光的地步，只觉心乱如麻，痛苦不堪，止不住的伤心泪如潮涌，枕头几乎都漂浮了起来。

当柏木的病情似乎略见好时，他趁看护他的亲人们不在身旁的间隙，给三公主写信并差人送去。信中写道："我已病入膏肓，自知大限将至，想你也早有耳闻。虽然我不怪你不关心我缘何得病，但是我着实痛苦不堪啊！"写到这里，他的手已颤抖不已，想说的话也无法继续写下去，于是咏歌曰：

> "遗骸火化成烟飘，
> 情丝袅袅长萦绕。

盼你哪怕对我说句怜悯的话，让我静下心来，走在自找的漆黑迷茫的路上，也能看到一丝亮光啊！"柏木也给小侍从写了封信，让她不要泄气，还说了许多伤感的话，信中还说："我自身也想再直接会面一次，有话要说。"小侍从的姨母是柏木的乳母，缘此，小侍从自幼经常进出柏木家，也熟悉柏木。尽管最近她憎恨柏木竟做出那件厚颜无耻的事，但是当她听说柏木病危，也不胜悲伤。她将信交给三公主时，哭泣着对她说："请公主给个回音，这确实是最后一次了。"三公主答道："我自我感觉，我命也危在旦夕！总觉惊魂不定、提心吊胆的。听说他病了，心里自然觉得他十分可怜，然而，内疚使我必须自戒，每念及此，都感到后怕。"三公主无论如何也无意给柏木回信。这倒不是由于她意志坚定，她大概是内心觉得愧对源氏吧，源氏的神态和他那不时的委婉言辞使她感到非常害怕也感到很难过。然而小侍从早已备好笔砚等文具，催促她复函，她只好勉强地写就了。小侍从趁夜间无人注意，手持着信，悄悄地溜进了前太政大臣宅邸。

柏木的父亲前太政大臣正在等待从葛城山邀请来的法力高明的修道高僧到来，为柏木祈求神灵驱除病灾。近来前太政大臣宅邸内举办各种法事，或念咒、祈祷，或诵经等，忙得不可开交。还听从人们的建议，让柏木的弟弟们到各处寻找遁迹深山、人们几乎闻所未闻的各类修验道[01]的修行圣僧，召请他们前来。于是宅邸内聚集了许多模样奇形怪状的深山修验僧。原来，柏木所患的病，其病状也没有什么特别明显的疾患，只是病人总觉得心中不安，经常放声痛哭。据阴阳师等的判断，说是有"女子的怨灵在作祟"。柏木的父亲前太政大臣心想："也许确实会有其事。"可是，做了许多法事，也不见有鬼怪精灵出现。前太政大臣极其烦恼之余，才遣人寻遍山野各个角落，召来如此众多的深山修验僧的。来自葛城山的这名修验僧，身材魁梧，面目狰狞可畏。他运用粗犷可怕的嗓门诵念陀罗尼，柏木听了，说道："哎呀！实在讨厌啊！大概我是罪孽深重之身的缘故吧，听见大声诵念陀罗尼，就觉得非常可怕，仿佛马上就要死去的样子。"说着蓦地起身，不慌不忙地溜出室外，与那小侍从说话。柏木的父亲并不知道此事，他只知道侍女们说："大少爷似乎睡着了。"就相信了，遂与这位葛城山的修验僧小声地交谈。这位前太政大臣虽然已上了年纪，但是至今依然豁达开朗，喜欢说笑话，此刻却必须面对满脸阴郁相的修验僧们，向他们详细述说柏木患病时的情状，以及其后不见什么特别突出的迹象，病情却日益严重的经过。他述说后诚恳地拜托修验僧们说："请你们务必念诵咒语让那鬼怪现身。"足见为父者的良苦用心，着实非常可怜。

柏木听见他们说这番话之后对小侍从说："你听听他们说的这番话，父亲不知道我因犯了什么罪过而引起的疾病。据阴阳师判断，有女子的怨

---

[01] 修验道：在高山中修行，以体验、领会咒力为目的的日本宗教，由密教和日本固有的山岳信仰、神道等结合而成，创始人为役行者。

灵在作祟。倘若当真是三公主的生灵执著地缠附在我身上，那么我这卑微之身，顿时就变成无上尊贵了！应该说，我这不知天高地厚之心，竟起歹念，犯下了大罪，毁坏了对方的名誉，也摧毁了自身的前程，这类事件，在昔日的世间也并非无有其例。可是，话又说回来，事情落到自己头上，还是相当麻烦的。源氏大人已经知道我的罪孽，使我没有脸面再存活下去，这大概是由于源氏异乎寻常的威仪光辉咄咄逼人的缘故吧。其实我所犯的过错也并非罪大恶极，但是自从参加彩排的那天傍晚，和源氏大人相见之后，不久我就忐忑不安、心绪紊乱，像是魂灵离开了躯体再不复返似的。倘若我的魂灵果真在六条院的她身旁徘徊的话，请她务必结裙送魂归。"柏木说这番话时，声音非常微弱，忽而哭泣忽而笑，那模样活像魂灵脱离了躯体。小侍从告诉柏木，三公主也一样，终日深感内疚，自惭形秽怕见世人。柏木听罢，顿觉精神恍惚，眼前仿佛呈现三公主那瘦削纤弱的面影，心想："自己的魂灵可能早已出窍，飞往三公主处了。"他越想，心绪就越烦乱，整个人仿佛陷入极端痛苦的深渊难以忍受。于是对小侍从说："事到如今，再谈此事已无济于事了。一想到我无常的一生就这样结束，这一份真诚的思念会不会成为三公主日后得道成佛的羁绊，心里只觉万分伤痛。三公主身怀六甲，此刻我惟一的盼望，就是能在弥留之际听到她平安分娩的消息，而后再死去。想起那天晚上我梦见猫的事，惟我独自心知她已受孕，却又无人可以相告，内心无限凄寂悲伤。"柏木百感交集，一味钻牛角尖，那抑郁固执的神情，一方面令人感到极其可怕，另一方面也令人觉得他的心情怪可怜的。小侍从忍不住潸潸落泪。

柏木让人把纸烛挪近身边，阅览三公主的复函，觉得她的手迹还很软弱无力，不过她的行文优美亲切，信中写道："听闻君患病，心甚不安，不能前去探望，奈何，只能推测状况而已。来函有'情丝长萦绕'之语，不过——

> 侬受熬煎心绪乱，
>
> 火化两烟齐飘飏。

我也未必比君后赴黄泉。"仅仅书写这寥寥数语。柏木阅后既怜惜她，又诚惶诚恐。柏木说："啊！惟有'烟'这一语，是我今生的宝贵纪念，我这一生可真是虚幻无常啊！"说着哭得更厉害了。柏木依然躺着写回信，写写停停，断断续续，行文也难以连贯，字迹古怪，活像鸟爪子的痕迹，信中咏歌曰：

> "火化成烟飘虚空，
>
> 无着魂灵不离君。

盼于日暮时分，特别仰望天空吧。我若成为亡灵，就不会有人来责怪你，你大可放心眺望。尽管已是徒劳而无益之举，但至少是长久地在怜恤我。"他杂乱无章地书写，心情越发沉重痛苦。于是对小侍从说："好了，就此告一段落吧，你早些回去，将我弥留之际的实情告诉她吧。事到如今，我一想到自己死后，世人也会疑惑我缘何而死，猜测肯定会有什么内情吧，就叫我死后也痛苦不堪，不得安宁。不知我前世造的什么罪孽，以致今生遭受这般难受的折磨。"他说着一边哭泣，一边膝行折回到自己的病榻上。小侍从回想起往昔柏木与她相见时，总是话语不断，说个没完没了，甚至还开些玩笑，可是今天他言语甚少，小侍从觉得柏木很可怜，不忍心就此离去。柏木的乳母即小侍从的姨母也把柏木的病情告诉了她，两人都非常伤心地落泪。柏木的父亲前太政大臣等更加悲痛得厉害，他忧心忡忡地说："前些日子病情似乎见好了些，怎么今天又显得这么衰弱啊?！"柏木回答说："哪里会好转呢，终归是无望了！"说着自己也哭了。

却说，有一天，自傍晚时分起，三公主就开始感到身子难受，善于察言观色的侍女们知道她即将分娩，都慌了手脚，乱作一团，旋即派人向源氏大人报告。源氏也很震惊，立即前去探视。他暗自思忖："真遗憾！如果没有那种嫌疑而确实是自己的孩子，那该多么可珍惜，可喜庆啊！"但是，他在人前丝毫不露心烦意乱的声色。他随即召修验僧等来做安产祈祷。当然宅邸内原本就有众多高僧无限期长住，因此从他们当中挑选效验高超的僧人，全都来参与安产祈祷仪式，场面盛大，好生热闹。

三公主疼痛折腾了一夜，翌日日出时分便分娩了。源氏听说产下一男婴，心中暗自思忖："由于发生了那件秘密事，万一不巧生下的婴儿长相酷似那人，可怎么办。倘若是个女婴，还可设法掩饰过去，并且看见的人也不会多，尚可安心。"接着又想："不过，有这种嫌疑而令人挠头的男孩儿，抚育教养起来倒是可以省些心，说不定也挺好。仔细想来也真不可思议，这件事大概就是我所造成的让我终生胆战心惊的罪孽[01]，于现今呈现的报应吧。我于今生就受到这种意想不到的惩罚，来世可能会减轻些罪孽吧。"不知详细内情的人，都以为这位小公子出于高贵公主之腹，又是源氏大人晚年得子，一定是源氏格外宠爱的宝贝了，从而更加用心伺候照顾。

在产房内举行的庆祝仪式，盛大而隆重。六条院的诸位夫人各自都送来了各式各样精心制作的馈赠礼物，诸如世间例行的木制方盘、高座食案、高脚木盘等都别具匠心，暗中竞赛各自的心灵手巧。

三公主产后的第五天晚上，秋好皇后这方派遣使者送来礼物，诸如赠予产妇三公主的祝膳食品、赏赐给随身伺候产妇的侍女们的物品等，赏赐

---

[01] 指源氏与藤壶皇后所犯的私通罪过。

给侍女们的物品按各自身份有所差别，一切都按宫廷的规矩行事，十分庄严。食品计有粥、糯米饭等屯食五十套，此外还在各处举办飨宴，六条院的杂役、源氏院厅的下级官员，连同其他各处的所有下人，都一一得到非常丰厚的赏赐。皇后殿前的官员，从大夫以下全都前来。冷泉院的殿上人也前来参加庆贺。

三公主产后的第七天晚上，当今皇上也按照宫廷规矩遣使赠送庆贺礼品。前太政大臣与六条院有至亲的姻戚关系，理应送特别体面的厚礼，以示盛情祝贺，无奈近来柏木病重，忙于看护病人，无心顾及其他，因此只送了一般的贺礼。众亲王和公卿大臣们都纷纷前来庆贺。从表面上看，此次的庆贺仪式，可谓无与伦比的体面隆重，然而源氏内心怀有难言之苦，并不那样高兴，从而没有举办管弦乐会助兴。

三公主的身体向来孱弱得可怜，再加上没有经历过的初次分娩，使她只觉一阵阵毛骨悚然，非常害怕，因此即使安产后，连汤药等她都不肯喝。每想到这种意想不到的分娩，不由得深深怨恨自身的命运为何如此凄苦，"恨不得分娩过程中死掉反而清净。"她甚至如斯想。源氏在人前虽然掩饰得丝毫不露，但却完全无心去看一眼那令他不悦的初生婴儿。他的这种态度，不由得使几个年长的侍女私下议论说："唉！难得生出这么一个英俊非凡的可爱公子，源氏大人却这般冷漠对待。"她们都很可怜这个初生婴儿。这些私下议论偶尔传入三公主的耳朵里，她心想："源氏现在都这样了，可想而知日后怨恨更深，势必越发冷漠无情啦。"她怨天尤人，也独自嗟叹命苦，继而又想："干脆下决心削发为尼算了。"萌生了出家的念头。源氏夜间也不在三公主处歇宿，只是白日里匆匆前来看看而已。一天，源氏对三公主说："最近我感悟到人事无常，自觉余生短暂，不知怎的，总觉得心神不安，一般说我每日都过着勤修佛法的生活，因为不想扰乱沉静下来的心情，所以没有常来。你近况如何，心情好些了吗？

我十分惦挂着呐。"说着，他从幔帐边上窥视了一眼三公主。三公主仰头答道："我总觉得活不多久了，常言说：'因分娩而死，罪孽深重。'因此，不妨让我出家为尼，或许可用修来的功德保全性命。纵令死了，也许还可以因此而消除罪孽呢。"三公主的口吻异乎寻常，语气活像深思熟虑的大人。源氏说："嗨，哪儿的话，不要说不吉利的话。你缘何有这种念头呢？生儿育女的事，固然有一定的危险可怕，但也绝对不是全然绝望的。"话虽这么说，可是源氏心里却在想："三公主果真下决心说出这些话，我成全她所愿，也是对她的深切关怀。照以往这样和她生活下去，一遇上什么事，她总显得很拘束，内心痛苦，看了也怪可怜的。而我自己这方，对她的事也不可能全然当作没事一样地重新考虑，从而有时难免会使她感到不快，别人看了自然也可能会责怪我对待三公主的态度简慢，这使我感到很困惑。这些情况若传到朱雀院耳朵里，他不了解实情，肯定只顾怨恨我怠慢他女儿。还不如就势借口她生病要成全病人所愿，同意她出家为尼算了。"源氏虽然作了这许多思虑，可还是觉得很可惜，怜惜她年纪轻轻前途无量，垂下的这头浓密秀发就要削成寒碜的尼姑头，实在太凄怆。于是对她说："你还是要振作起来才好，没有什么可担心的。看似大限将至的病人也会康复的，最近就有其例[01]，人世间还是有希望的。"说着就给她喝汤药。三公主脸色苍白，身体非常瘦弱，可怜兮兮、气息奄奄地躺在床上，那模样却显得异常文静凄美。源氏看了，不由得感到："瞧见她这副模样，纵令她犯下天大的过错，自己的心肠也不能不软下来，宽恕她了。"

进山修行的朱雀院听说三公主平安分娩，更爱怜她，很想与她会面。但又听说她的身体一直很不好，不知近况如何，十分惦挂，他揪心得甚至连朝夕诵经念佛的修行作业有时都不免有些紊乱分心了。

----

[01] 指最近紫夫人病危，后来康复。

身体日渐衰弱的三公主，近数日来又不思饮食，健康状况真是陷入濒危状态，三公主对源氏说："我已经很久没见父亲了，近来特别思念父亲，莫非我今生再也见不到父亲了吗？"说罢，失声痛哭起来。源氏立即派人前往朱雀院处，向他禀报三公主的病情。朱雀院听罢，悲伤万状，顾不上出家人的清规戒律，连夜悄悄地前去探望女儿三公主。朱雀院此举没有预先打招呼，突然驾临六条院，六条院主人源氏大吃一惊，过意不去地出来迎接。朱雀院对源氏说道："我自以为对世俗之事早已淡薄，可是内心还是残存牵肠挂肚的迷津，牵挂爱女之情难了，以至修行也懈怠了。心想：倘若人不按常理顺序归西，而呈现白发人送黑发人，三公主先我而去，生前不能见她最后一面，那么父女彼此的这份遗憾将永远缠绵不绝，这就太凄惨了。缘此顾不得世人的非议，深夜匆匆到访。"朱雀院虽然改换了出家人的装束，为避人耳目不穿正式法衣，只穿一身黑袈裟，然而他那潇洒飘逸、亲切可人的姿容依旧，使源氏看了不由得羡慕之至。两人相见，源氏照例激动得落泪，他对朱雀院说："三公主的病情并不特别严重，只是近数月来，身体一直很衰弱，又不思饮食，日积月累以至衰弱成眼下的这般状态。"接着又说："简慢设座，实在失礼。"说着在三公主的寝台前设个坐垫，并引领朱雀院就座。三公主身边的众侍女连忙扶起三公主下寝台迎接父皇。朱雀院将帷幔稍稍撩起，对女儿说道："我这身装束活像守夜的祈祷僧人，然而修行功夫尚未达到显现效验的程度，惭愧之至，只因想让你看到你想见的我的姿影，我就在你眼前，仔细端详吧。"说着揩拭模糊的泪眼。三公主发出微弱的哭泣声，对父皇说："女儿大概已无望活下去，承蒙父皇驾临，请顺便为女儿剃度吧。"朱雀院答道："你有此愿望，诚然可贵，但是身患大病，未必是大限将至，再说你尚年轻，来日方长，贸然出家，将来反而会多生烦恼，招致世人非议，还望三思啊。"朱雀院又对源氏说道："她出自本心有此愿望，如果病情果真已是病入膏肓无可救药，我想让她出家，哪怕须臾，也可以修得功德获得佛力帮助。"源氏说："她近日来常说这种话，但是，有人说这是邪魔蒙骗病人，唆使病人心生出家念头，不足为信。"朱雀院说："若是鬼怪教唆，病人经不起它的劝诱，做了反而不好，倒是应该慎重，可是现在病人如此衰弱，她自觉大限将至，而提出这最后的请求，如若置若罔闻，惟恐有个万一则后悔莫及矣。"朱雀院说着心中在思忖："当初我将女儿托付给源氏，本以为最靠得住，不想他接受之后，对她爱怜不深，他们夫妻之间的感情也不像我所期待的那样融洽。这些情况，近年来不时有所传闻，实在令我不胜挂心，却又不便公开口出怨言。可是听任世人妄加揣测，散布流言蜚语，着实令人遗憾。还不如趁此机会，让女儿出家为尼，好让世人知道她不是由于夫妻不和才出家，这样就不至于被世人讥讽了。再说此后源氏对她，纵令不同寝共处，也应该会一如既往照顾她，仅此一点就算我把女儿托付给他的最后一个要求吧。只要不是因怀恨而分居就好。在善后的处理方面，我可以将桐壶父皇赐予我的、宽敞且饶有情趣的殿堂加以修缮，供她居住。只要我一息尚存，她纵令过尼姑生活，我亦可多方关照她，让她过上安逸无忧的日子。再说源氏对她，即使夫妻爱情淡漠，总不至于过分疏远而抛弃不顾她的。这份情义我总可以见得到吧。"于是，朱雀院又说道："这样吧，我既然已经到来，就让我给她剃度，让她受戒，结上佛缘吧。"

源氏忘却了对三公主的不愉快感，只觉悲伤又遗憾，心想："这究竟是怎么回事？！"他忍耐不住走进帷幔内，对三公主说道："你为什么要抛弃我这余寿不多的人，而想出家为尼呢？！还是暂且静下心来，喝些汤药，吃些食物吧。出家固然是尊严之事，但是你的身体如此衰弱，怎能经受得住修行之苦劳呢？总而言之，首先得保养好身体再说。"三公主只顾摇头，她觉得事到如今，源氏说的这番好话反而可恨。源氏察觉到："三公主平素虽然没有明显表示，但是内心里还是满怀哀怨的。”他觉得她非常可怜。就这样，你一言我一语地说了许多，不觉间天色已近拂晓。

朱雀院说：“如天亮之后我回山，途中被人看见我这副模样不成体统。”于是催促三公主快快受戒。朱雀院遂从为三公主做祈祷的僧人中挑选效验高超的数名法师，召进产房内来为三公主落发。源氏眼见法师将这正当年的少妇的丝丝秀发剪落下来，举行了受戒仪式，情不自禁地感到悲伤和痛惜，实在难以忍受，不由得放声痛哭起来。朱雀院自不消说，他特别宠爱这个女儿，原本想让她享有比任何人都优越的境遇，现在却看到女儿对现世不持任何希望，一心落发为尼，自然伤心惋惜，潸然泪下。他叮嘱女儿说：“从今以后，期望你长保平安。一定要勤于念佛诵经。”说罢，他便趁天色未亮，匆匆上路了。三公主的身体依然非常衰弱，眼看就要断气似的，不能顺遂地起身目送父皇，连拜别的话也不能流利地说出来。源氏对朱雀院说：“今日相会，宛如在梦境中，不由得心绪紊乱。承蒙顾念旧情，特意光临，小弟招待不周，甚为失礼，容改日登门致歉。”源氏遂派遣多人护送朱雀院回山。朱雀院临别对源氏说：“昔日我性命垂危之时，心疼这女儿孤身只影，无人照顾，前途渺茫，怪可怜的，因此总是难于割舍。你那方也许原本是无意接受她，后来终于顺从我的要求，应允关照她直至今天，令我很放心。今后倘若她还能保全性命，那么已成为尼姑之身的她，不适合居住在人多热闹的地方，可是若让她远离此处到偏僻的山村去居住，毕竟也是令人心不安的。这事还得烦请你酌情适当安排，拜托你切莫舍弃为感。”源氏回答说：“您这般无微不至的叮咛，反而使我汗颜。此刻由于事出意外，过分悲伤以至心绪缭乱，万事只觉茫然不知所措了。”源氏着实痛苦不堪。

后半夜做祈祷时，有个鬼魂依附在人身上出现了。但听见鬼魂说：“瞧我就是如斯顽固哩。前些日子我作祟的那个人[01]，被你们巧妙地救走了，我好恨哟。缘此我又悄悄地到了这里，近日来我一直跟着她呢，现在我该走啦。"说着就笑了起来。源氏大吃一惊，心想："原来在二条院出现的那个鬼魂，又跑到这里来跟上三公主，没有离去呀。"他觉得三公主很可怜，同时也觉得很可惜。

三公主的病似乎略见好转，但还是很不保险。由于三公主出家了，众侍女一个个意气消沉，不过她们觉得："只要她的病能好起来，她即使出家为尼，也是好的。"她们同情她，也只好忍受了。源氏把做法事的时日延长了，叮嘱众僧不得懈怠，他自己则万般尽心关照。

那位柏木卫门督一听说三公主出家了，悲戚得几乎昏厥过去，心力也近乎衰竭，简直毫无希望了。柏木觉得妻子落叶公主很可怜，心想："事到如今，如果请落叶公主到这边来，此举似乎过于轻率，再加上母亲和父亲大人始终陪伴在自己身边，自然难免会看到妻子的身影，这也没意思。"于是向父母亲请求说："我想设法去一趟落叶公主那边。"可是双亲无论如何也不同意。缘此，柏木无论见到谁，都诉说一番自己想见落叶公主的临终之念。

落叶公主的母亲原本从一开始就不太愿意将女儿许配给柏木。只因柏木的父亲前太政大臣亲自奔走，热心恳切地再三请求，朱雀院为其诚意所打动，无可奈何就答应了这门亲事。当朱雀院为三公主与源氏结亲的事担心的时候曾说："比起三公主来，二公主反而有了一个可靠的丈夫，无须为将来犯愁。"柏木想起当年从传闻中听说了朱雀院的这番话，现在觉得自己辜负了朱雀院的信赖，实在遗憾之至，于是恳求母亲说："看样子，我有可能舍弃落叶公主而死去，她可真的要受种种苦楚了。天不遂人意，命里注定如此，无可奈何。我恨只恨不能长相厮守，落叶公主悲伤愁叹确实是很可怜啊！恳请父母亲格外垂爱，多加关照落叶公主。"母亲回答

---

[01] 指紫夫人。

说："儿啊！切莫说这些不吉利的话。你若先我们而去，我们的余寿还能有几许，可以了却你这来日方长的嘱托呢？！"母亲说着只顾哭泣不止。柏木无法再次恳求，只好另找弟弟左大弁红梅，详细地委托他办有关的种种事宜。

柏木卫门督心地善良、为人宽厚，是一位人品高尚的君子，弟弟们尤其是年幼的弟弟们都很信赖他，甚至把他视若父母一般敬重他，如今听到他说这些伤心话，无一不感到悲伤，侍奉于府内的人们也都为他悲叹。朝廷方面也都为柏木感到惋惜。当今皇上听闻柏木已病入膏肓回天乏术，旋即下诏，晋封他为权大纳言。皇上说："柏木听闻此喜讯，或许能振作起来，再次进宫上朝呢。"然而柏木的病势全然不见好转的迹象，柏木只能在痛苦中，在病榻上叩谢皇恩。柏木的父亲前太政大臣看见皇上赐下如此丰厚的宠遇，可是儿子大限将至，他越发悲伤痛惜，实在无可奈何。

夕雾大将一直深切地关心着柏木的病情，经常来探视。这次他听说柏木晋升，就第一个前来祝贺。柏木的病室在厢房，门前停放着许多前来探望或祝贺晋升者的车马，人声嘈杂，闹哄哄的。病人自今年以来，几乎无法坐起身来，病中衣冠不整，无法会见像夕雾大将这样身份高贵、风度翩翩的访客。柏木心想："病情再好些，真想见他们。"可是病体衰弱不堪，已无康复的希望，一想到这儿，不由得深感遗憾，便说："还是请夕雾大将进来坐吧。病室杂乱无章，要待客很失礼，想必他也会见谅的。"于是在自己枕边设座，并请祈祷僧人暂且退避，而后请夕雾大将进来。

柏木与夕雾自幼和睦相处，亲密无间，如今面临死别的时刻，那份悲伤眷恋的感情，实在不亚于亲兄弟手足之情。夕雾心想："如果是一般健康人，遇上今日晋升之喜，心情该不知会有多愉快啊！可是，如今柏木病成这般模样，实在是太可惜了！"夕雾对柏木说："你的身体怎么衰弱到这种地步。今日逢此喜庆，我以为你多少会好些呢。"说着，掀开帷帐来探视他。柏木说："真遗憾啊！我已经不再是从前的我了。"说着只将乌帽子[01]戴在头上，本想略微支起身子，然而动作起来十分痛苦。他身穿多层质地柔软的洁白和服，盖着被子躺着。病榻四周陈设雅洁，薰香之气缭绕。这住处荡漾着一种高雅的情趣，病人在这样的氛围里，舒适地躺在病榻上，不由得令人感到病人是一位求雅之心深邃的人。一般说来，身患重病的人，自然总是须发蓬乱，脏乱不堪的，然而这位柏木尽管瘦骨嶙峋，肤色却反而显得更白，给人一种气质高雅的感觉。他靠在枕头上说话的神态，实在极其衰弱，眼看就要断气似的。夕雾着实心疼，他对柏木说："你长期受病魔的折磨，相形之下，并不显得那么瘦弱，神采反而比往常更美了。"夕雾口头上尽管那么说，手却在揩拭眼泪。接着又说："我们俩不是有'生死与共'的誓约吗？可你怎么就这样了呢。我连你为何会得此重病都不清楚，叫我这个与你亲密无间的人怎么不揪心啊！"柏木回答说："从我自身的感觉来说，这病何时、为何会严重起来，自己并没有察觉，也没有什么地方觉得格外痛苦。万没有想到会突然变成这个样子，似乎没有过多少日子，就整个人都衰弱了，如今元气似乎已丧失殆尽。可能是由于做了种种祈愿和祈祷法事的关系，把我这死不足惜之身留住，然而让我苟延残喘，拖延时日，反而令我不堪凄苦。此刻我的心情是恨不得早些死去。尽管如此，我在这世间确实还有许多难于割舍的执著：不能称心如意地对父母尽孝心，至今还要让他们为我担心；对挚友你，我须尽的情谊也只能半途而废了；回顾我自己，没能顺畅地出人头地，而抱恨终生。这种一般世人皆有的可叹之事，姑且不论，我内心深处潜藏着的痛苦烦恼，在这弥留之际，本不应泄漏出来，然而终归难以隐忍，除你而外还能向谁倾吐愁肠呢。我虽有许多弟弟，碍于种种缘由，纵然隐约透露，也觉

---

[01] 乌帽子 (EBOSHI)：即黑漆帽，成年男子的一种礼帽，日本平安时代不分高低贵贱日常使用。会见人时戴上乌帽子，是一种礼仪。

不合适。其实，我对源氏大人，稍有得罪之处，近数月来，我总是心怀内疚，自责不已。但是这件事实在不是出自我的本意，我痛心疾首仿佛无脸再见世人，我琢磨着我的病大概就是缘此而生的吧。前些时候，承蒙源氏大人邀请，于为庆贺朱雀院五十大寿举办的音乐会彩排之日，前往六条院，并拜见了源氏大人。我对源氏大人察言观色，从他的眼神里，我似乎感到他至今依然没有宽恕我，从此我越发感到继续在人世间活下去，顾忌忧患会更多，从而觉得人生毫无意义，进而心绪紊乱，终日忐忑不安。在源氏大人看来，像我这号人固然微不足道，不过在我来说，我自幼真心敬重并信赖源氏大人，大人之所以不宽恕我，可能是听信谗言所致吧。惟有这一桩事是我死后还长存世间的遗恨，当然也是我来世获得安乐的障碍。但愿你将此事记在心间，得便时向源氏大人禀明为荷。即使我死后，倘若能够承蒙源氏大人恕罪，我当感恩不尽。"柏木越说下去，神情越痛苦，夕雾只觉得极其伤心难受，他心中已估计到是那件事，但是尚未了解详情。夕雾回答说："你何必如此多心而自责呢，家父并没有怪罪你呀，他听说你的病很严重，非常吃惊，并为你感到惋惜呐。你既然有那么苦恼的心事，为什么还对我隐瞒，不早点告诉我呢？若告诉我，说不定我还可以从中疏通呢。事到如今，已追悔莫及啊！"夕雾十分伤心，恨不能让时光倒流。柏木说："说实在的，我的病势稍见好时，本应对你诉说就好了。我万没有想到会如此迅速地病入膏肓，我漫不经心自己危在旦夕的无常生命，也说明了自己极其糊涂。请你切莫将此事泄漏出去。倘若遇上适当的机会，请你务必向源氏大人善为解释为盼。一条院那位落叶公主那边，亦请不时费心探望关照。朱雀院听说我死后，势必为公主担心，全都拜托你费心劝慰了。"柏木似乎还有许多话要嘱托，然而力不从心，心力衰竭支撑不下去了，只能向夕雾挥挥手示意："请你回去吧！"祈祷僧等便走进病室内来，柏木的母亲和父亲大人以及其他亲属都聚集在病室内，侍女们东奔西走忙个不停，一片喧嚣，夕雾哭泣着踏上归程。

柏木的妹妹弘徽殿女御自然不用说，柏木的异母妹妹即夕雾大将的夫人云居雁等人也都非常悲伤，为他叹息。柏木平素待人，无论对谁都用心周到，颇有宽厚的菩萨心肠和兄长风度，因此髭黑右大臣的夫人玉鬘对这位异母兄长格外亲睦，敬重他。她十分牵挂柏木的病势，自己另外请僧人为他做祈祷法事，然而祈祷法事不是治愈思恋病的药方[01]，终归徒劳毫无成效。柏木终于未能如愿与夫人落叶公主见上最后一面，遂像水泡消失般撒手人寰了。

多年来柏木对于落叶公主在内心底并没有太深的爱情，但是表面上则礼数相当周到，一派亲密敬重的姿态，无微不至地关怀，落叶公主在似乎祥和温馨的氛围中生活，对柏木也没有怨恨之处。只是每想到柏木的寿命如此短暂，以及奇怪地对世间夫妻惯常的耳鬓厮磨不感兴趣，不禁感到非常悲伤，从而陷入沉思。她的这副模样，着实可怜。她的母亲想到女儿年轻守寡，可能成为他人的笑柄[02]，觉得非常遗憾。她看到女儿的神情，感到无限伤心。柏木的父母亲等人就更不用说了。柏木的父母极其哀伤痛惜地哭泣着说：“应该让我们先走啊！这世间太无理无情啦！”然而如今已无可奈何。遁入空门成了尼姑的三公主怨恨柏木狂妄的恋心，并不希望他长寿，可是听说他死了，也不免觉得可怜。她暗自想：“想到这小公子薰君的事，故人柏木相信这孩子是他的，看来也许我和他确实有前世注定的这份孽缘，才发生那桩意外的可悲事件吧。”她万感交集，心里感到一阵惆怅，不知不觉间落下了眼泪。

到了三月间，天空晴朗，小公子薰君已诞生五十天，是举办庆祝的日

---

[01] 此语出自《拾遗和歌集》中的和歌，歌曰：“思恋病危不得见，除非对症无良方。”

[02] 指公主下嫁臣下，不久就丧夫之事。

子了。薰君长得又白又可爱，相貌很美，发育得很好，胖乎乎的，不像是刚生下五十天的婴儿。那小嘴巴仿佛想牙牙学语似的。源氏来到三公主这边，问候她："你的心情是否爽朗些了呢？唉！你的这身装束真令人失望啊！倘若你是一如既往的那身打扮，看到你平安无恙的身影，我该不知有多么高兴啊！你怎么狠心地舍弃我而出家了呢。"源氏噙着眼泪吐露苦衷，他如今每天都前来探望三公主，反而比以往无限重视对待她了。

庆祝小公子薰君诞生五十天，将举行献饼仪式。但小公子的母亲已换成尼姑装束，这仪式应该怎么办才是呢。众侍女正在无计可施的时候，源氏来了，他说："嗨，这没什么关系嘛。倘若是个女婴，婴儿的母亲是个尼姑，因为性别相同，惟恐前来参加庆贺不吉利，才忌讳。"于是，在南面设一小座位，让小公子入座，并向小公子献饼。小公子的乳母的着装相当华丽。人们献上的礼品各式各样，不计其数，诸如各具匠心、各有意趣的一笼子一笼子的水果、扁柏木片盒饭等，摆满了帘内帘外。人们不了解实情，满不在乎地布置着，源氏却只觉伤心和可耻。三公主也起来了，她觉得头发的末端过密，扩展成一大片，很不舒服，举手抚摩拨开额头上的头发。这时源氏撩起帷幔走了进来，三公主极其难为情地转过身去，背向着他。她比产前更加清减了。由于珍惜那头秀发，那天落发为尼时，后面还留得很长，甚至看上去不像是尼姑。她穿着看上去像是五重衬褂[01]的深灰色衬衣，外面穿一件带点黄色的浅红色衣服，从旁看去，她的姿影显得她似乎还不习惯于穿这身尼姑装。不过这反而令人觉得她像个蛮漂亮的可爱小女孩儿，娇艳秀丽。源氏说道："唉！多令人伤心啊！黑灰色毕竟是令人看了就感到寂寞黑暗的颜色呀。我不时自我安慰：

---

[01] 五重衬褂：原文作五衣（ITSUTSUGI），日本平安时代在内衣、外衣之间重叠穿着五件衬褂，后改为一件衬褂，仅袖口和衣襟处做成五层。

你虽然已成了尼姑，但我还可随时见到你。然而不听话的泪珠总是止不住地流淌，实在难为情。你舍弃了我，可是世人却认为这是我的罪过导致的，我反躬自省，不由得痛心，甚感遗憾。不免独自嗟叹：昔日的情景再也不复返了！"他叹息一声，接着又说："倘若你想从今以后，移居他处，这才真正是发自内心地厌弃我，这将会使我感到可耻又可悲，但愿你能怜恤我。"三公主回答说："我听得常言说'出家人不懂得俗世的物哀'，更何况我本来就不懂，叫我如何回答你才好呢。"源氏说："那就没有法子啦。不过你也有懂的时候吧[01]。"源氏只说了这两句话，就去看小公子了。

乳母们都是有身份、姿容端庄秀丽的人，她们共同照管小公子。源氏把她们都召唤到跟前来，叮嘱她们尽职尽责以及颁布须知事项等。源氏说："可怜啊！我到余命不多的晚年才得此子，想必他会茁壮成长吧。"说着把小公子抱了起来。但见小公子极其天真无邪地微微笑，他长得白白胖胖的，十分美丽可爱。源氏朦胧地回忆起长子夕雾幼小时的模样，觉得长相与这小孩儿不相像。明石女御所生的皇子们，由于是当今皇上的血缘关系，气质高雅，但并不特别美。可是这个小公子薰君，长得不仅气质高雅、眉清目秀，还很和蔼可亲，总是面带笑容，源氏见了觉得着实很可爱。可能是源氏心理作用的关系吧，他总觉得小公子薰君的面容酷似柏木。薰君从刚生下来不多久的现在起，就让人觉得他眼神凝重、气宇不凡，真是长得一副无限光辉灿烂的相貌。三公主分辨不出小公子酷似柏木，局外人就更不会察觉了。惟有源氏一人暗自嗟叹："可怜啊！柏木的无常命运也真够凄凉的。"接着又联想到人生无常，不知不觉地热泪潸潸。他转念又想："今天是庆贺小公子诞生五十天的日子，应忌讳哀

---

[01] 暗指她与柏木的事。

伤。"于是悄悄地揩拭眼泪。遂吟咏白居易的自嘲诗："五十八翁方有后，静思堪喜亦堪嗟。"[01]源氏距五十八岁还差十岁，然而从心情上说，他自己已有暮年之感，内心不胜惆怅。他大概很想训诫小公子薰君"慎勿顽愚似汝爷"[02]吧。源氏心想："侍女们当中，想必会有知道此事实情的人。她们以为我还蒙在鼓里，不知晓，这倒是令人怅恨的。她们准把我看成是个愚蠢的男子。"想到这些，就觉得不痛快，可是转念又想："被人看成愚蠢男子，那也是我咎由自取，只好忍耐了。我和三公主两相比较起来，三公主被侍女们背地里说三道四，就更可怜了。"源氏内心里尽管思绪万千，但表面上却不露相应的神色。小公子天真地在牙牙学语，满脸堆笑，他那眼神嘴角格外美，不了解实情的人也许不会在意，可是在源氏看来，怎么看都觉得小公子还是酷似柏木。源氏暗自想："柏木的父母似乎都在遗憾柏木没有留下个念想，哪怕是一儿半女，殊不知柏木有这个不为人所知的，又无法让父母知道的无常的孽种儿子留在这里。像柏木这样一个颇具优越感，又能思善辨的人，却由于一时的激情，出于一念之差，招致毁灭自身的结果。"源氏觉得柏木很可怜，从而也消除了憎恨他的心情，不觉间还为他掉下了同情的眼泪。

当众侍女悄悄地退下之后，源氏走近三公主身边，对她说道："你看了这孩子，觉得怎样，难道你舍得抛弃这可爱的孩子而出家吗？太残忍啦！"三公主突然听到这样的责问，顿时满脸飞起一片红潮。源氏低声吟歌，曰：

---

[01] 白居易诗《予与微之老而无子发于言叹著在诗篇今年冬各有一子戏作二什一以相贺一以自嘲》曰："五十八翁方有后，静思堪喜亦堪嗟。一珠甚少还惭蚌，八子虽多不羡鸦。秋月晚生丹桂实，春风新长紫兰芽。持杯祝愿无他语，慎勿顽愚似汝爷。"
[02] 此处的"爷"，意指柏木。

"谁人世间播松种[01]，

无言作答心隐痛。

实在可怜啊！"三公主缄默不答，跪倒下来。源氏觉得三公主无言以对，这也难怪，遂不再追逼她。源氏暗自揣摩："她不知会作何感想呢。她虽然不是个会深思熟虑的人，但总不至于漠然无动于衷吧。"想到她的心情，源氏不由得又很怜悯她。

夕雾大将回忆起方寸已乱的柏木委婉地说出的那番话，他心想："这究竟是怎么一回事啊？当时，倘若柏木神志清醒些，也许就会把真情说出来，我也就可以清楚明了事情的原委。真不凑巧，他处在无可奈何的弥留之际，着实令人沮丧，不胜遗憾啊！"夕雾很难忘怀柏木当时的那副面影，他的悲伤远比柏木的诸弟更甚。夕雾又想："三公主并没有什么严重的大病，竟迅速果断地舍弃红尘出家为尼，这又是什么道理呢？就算是出自她本人的愿望，难道父亲就允许她这么做吗？前些日子紫夫人病势危笃，哭着苦苦请求允许她出家，父亲尚且不愿割舍，终于将她劝住了。"夕雾思来想去，最后综合起来看，他觉得："的确，这样看来，大概还是因为柏木老早以前就不断地动心思恋三公主，每每会有苦闷得受不了的时候。一般说，柏木这个人似乎为人沉着、处事冷静，从表面上看，在待人接物方面，他比一般人用心周到，性情温和深沉，人们要想了解他内心中在想些什么，是极其困难的。不过，他也有意志稍许薄弱的一面，也许是由于柔情过度，难免有所闪失吧。但是，恋情再怎么冲动得受不了，不该做的事也不应迷了心窍硬要去做，以致招来丧失性命之祸呀。这样，也给对方带来痛苦，自己又徒然丧生。虽说这样的结果是前世注定的因缘，但

[01] 此句仿《古今和歌集》第907首和歌而作，歌曰："矶边拱出棵小松，不知何年播松种。"

此举实在是太欠考虑、过分轻率，招致凄凉的结果啊！"夕雾内心中思绪翻腾，却连对妻子云居雁也不曾透露，他对自己的父亲源氏，由于没有适当的机会，也不曾禀报。不过夕雾倒是总想神不知鬼不觉地向父亲吐露有关柏木的情况，看看父亲有何反应。

　　柏木的父亲前太政大臣和柏木的母亲，自儿子柏木亡故以来，悲伤的泪水就没有干枯过，过着不安的时日，头七、二七……日复一日地流逝，他们几乎都没有察觉。举办法事所需布施的法服、佛前所需供养的器物等等，一切事务均由柏木的弟妹们料理。佛经、佛像的装饰等事务由左大弁红梅来主管。当左右人向前太政大臣请示有关每一个七日的诵经事时，大臣说："这些事都不要来问我。我已经悲伤成这个样子，再给我增添苦痛，反而会影响亡者往生吧。"前太政大臣自己神情恍惚，几乎也成了将死的人。

　　住在一条院的柏木的妻子落叶公主未能与弥留之际的丈夫见上最后一面，伤心加上遗憾，备受煎熬。日子一天天地过去，宽阔的殿堂内，侍女们也相继请假走了，人数减少，寂寞冷落，惟有柏木生前的几个亲信，偶尔还来探访。掌管柏木所爱好的鹰和马的人，失去了依靠的主人，垂头丧气地进进出出，落叶公主看到这般情景，不由得感慨万千。柏木生前用惯了的诸多器物，依然摆放在那里，还有他经常爱弹的琵琶、和琴等弦乐器的琴弦，也都松弛脱落，默默无声地撂在那里。落叶公主看到这些遗物，不免触物生情，悲戚怅惘。惟有庭院里的树木依旧应时吐露新绿，群花也不忘季节地绽放美丽，落叶公主怅然、悲伤地眺望。侍女们身穿深灰色的丧服，显得憔悴，在寂寞无聊中度送春光。一天中午时分，蓦地传来了好生显赫的开道声，有人在这殿堂前停了下来，又有个人哭着说道："唉，可怜啊！难道他们忘记了，还以为卫门督尚在世不成？！"却原来是夕雾大将前来拜访。守门人遂进去通报。落叶公主原以为也像往常那样，大概是柏木的弟弟左大弁或宰相等人来罢了，殊不知却是个眉清目秀、仪表堂堂的夕雾大将走了进来。于是在正殿的厢房里设座，并请他入座。对这样一位身份高贵的公子，倘若按接待一般常客让侍女应对酬酢，未免失礼，因此，落叶公主的母亲亲自出面接待夕雾大将。夕雾对她说："卫门督不幸身亡，晚辈哀悼痛惜之心甚至胜过亲属，不过碍于名分所限，只能按常规作一般的探访慰问。但卫门督弥留之际，曾留下遗嘱，缘此晚辈不敢怠慢。人生在世谁都难免有不测之时，晚辈早晚也会有大限将至的那一天，但是只要还活着，定当尽心竭力为你们效劳。近来由于朝廷内祭神事繁忙，倘若由于私事伤悲只顾发呆闷在家里，也不符合惯例，我每天还得奉职。即便是在这期间前来慰问，也只能短暂伫立寒暄即离[01]，反而会留下未能尽情畅谈之遗憾，缘此耽搁了些时日未曾前来拜访。在下或见或听说前太政大臣悲伤得心乱如麻，不知所措的情景，此种父子情深，陷入悲境难以自拔，亦属人之常情。这先不说，且说夫妻之情更格外深切，在下想象着公主的深沉悲痛，不由得难受不堪。"叙说过程中夕雾不时揩拭泪珠鼻水。夕雾虽然是个英姿飒爽、气宇轩昂的贵公子，却也有柔情善感的一面。老夫人操着因落泪而带鼻音的声调说："悲伤乃无常世间之常态，夫妻死别之悲痛，再怎么深沉，世间也不是没有其例。像我这样上了岁数的人，不管怎么说，还可以用这样的话语，强作自我慰藉，以求振作起来。可是年轻人却总也想不开，看她那悲痛欲绝，恨不能紧随其后奔赴黄泉的凄凉模样，真令我心都碎了。我这苦命的老妪，活到现今，莫非就应看到女婿女儿一个个辞世的凄凉结局吗？这真使我忧心忡忡忐忑不安啊！你是我女婿柏木的知心好友，自然了解他的情况。我从一开始就不同意这门亲事，无奈前太政大臣过于殷切期盼，令人难以辜负其盛情，再加上朱雀院

---

[01] 当时的习俗，但凡参与朝廷祭神事宜的人，若在这期间造访居丧之家，只能伫立短暂寒暄片刻即离去。

亦觉得这桩姻缘美满可许，因此我想也许是自己考虑不周，只好改变主意，成全了这桩婚事。万没想到严酷的现实竟像一场梦一般，如今回想起来，当初自己既然有想法，坚持己见反对这门亲事就好了，想想自己的软弱，真是后悔莫及。不过话又说回来，当初怎么会料到女婿会这么英年早逝呢。只是按我的旧脑筋来看，觉得身为公主，除非有极其特殊的情况，姻缘不论是好还是坏，下嫁总非美好之事。如今她既不是独身女子，又丧失了夫婿，成了个两头无着落的红颜薄命之身，倒不如索性尾随其夫火化成烟，反而干净体面，还免得承受世人的怜悯。但是，想归想，实际上哪能如此干净利落地实现呢，我眼见女儿如此凄凉的惨状，实在是悲戚万分。正当此时，幸蒙你前来作亲切的探访，不胜感激。如此说来，女婿柏木弥留之际曾有遗言嘱托。说实在的，柏木生前对公主似乎并没有那么深切的情爱，但他临终之际，对数人留下遗言，可见他对公主确有深挚的情意厚爱。那么我们在悲伤之中，也有欣慰之时了。”说罢似乎哭得更凄凉。夕雾大将蓦地也落泪潸潸止不住。过了不大一会儿，夕雾说道：“奇怪，柏木是个异常老练持重的人，也许这就是他英年早逝的原因吧。近两三年来他总是郁郁寡欢，显得忧心忡忡的样子。在下不揣冒昧，不时忠告他说：‘你过于明察世间的道理，是个有深思远虑的人，但是过分贤明敏感，容易欠缺柔情可亲的一面，这样反而淡化了人们对你的敬贤之心。’可是他总认为我所持的看法肤浅。这且不去说它，更重要的是，落叶公主内心中比任何人都更伤心，恕在下出言冒昧无礼，在下着实很同情公主。”夕雾真挚且亲切地百般抚慰，他待了好大一会儿，才起身告辞。

已故柏木的年龄虽然比夕雾大五六岁，但还是显得很年轻，英姿飒爽，举止优雅。夕雾则诚实持重，是个堂堂的男子汉，长相十分俊秀，非同寻常。侍女们目送着清秀的夕雾离去，哀伤之情似乎也稍微减轻了些。

夕雾望见庭院里樱花美丽绽放，饶有情趣，蓦地想起古歌"今年绽放墨色花"，但觉得歌词不吉利，于是信口吟咏另一首古歌"春至百花相争妍"[01]，接着又咏歌曰：

> 樱枝虽呈半枯态，
> 良辰至时美未改。

夕雾似乎十分自然地有感而吟咏，而后迈上归程。老夫人听罢，立即和歌一首曰：

> 今春泪眼现模糊，
> 恰似柳芽穿露珠。

这位老夫人虽然不是特别富有情趣的人，不过当年却也是一名号称爱好时髦、有才气的更衣。夕雾见她反应灵敏即时答歌，心想："果然是一位持有优雅趣味的人。"

夕雾离开一条院后，旋即造访前太政大臣宅邸，柏木的弟弟们都在家，他们说声："请到这边来……"遂引领夕雾走进前太政大臣的外客厅。大臣暂且强忍哀痛，振作起精神会见夕雾。这位大臣原本长相清秀，总像不会老似的，但是丧子的悲痛使他消瘦萎靡不振，胡须也无心修整，任它长得长长的，他的样子甚至比为自己的父母居丧时更加憔悴得厉害。夕雾看见岳父大人的这般模样，一阵心酸，同情的眼泪忍不住扑簌簌地往下掉，自己觉得这般哭相很难为情，极力试图掩饰。大臣这方，一想到夕

---

[01] 此句引自《古今和歌集》第97首，歌曰："春至百花相争妍，能否邂逅听命天。"

雾与柏木是至交好友，见到夕雾后也不由自主地潜然泪下，无论如何也止不住。两人一边落泪，一边谈及柏木的种种往事，话语似乎总也述说不尽。夕雾禀告大臣有关他探访一条院的落叶公主的情况，只见大臣的眼泪活像春雨绵绵时节房檐的雨滴，不停地滴落，把衣袖都濡湿了。夕雾将自己已写在怀纸上的、落叶公主的母亲所咏的歌"柳芽穿露珠"呈给大臣一阅。大臣说："我的泪眼也模糊得看不见了！"说着一边抹眼泪一边看，从他那张泪迹斑斑的脸上，丝毫看不见他往常那种精悍利索、气宇轩昂的痕迹，实在是不成样子。从情趣上说，这首歌并不格外优越，不过"柳芽穿露珠"之句倒是蛮有意趣的，大臣看了不由得悲从中来，泪如潮涌，长时间按捺不住。大臣对夕雾说："你母亲辞世的那年秋天，我觉得世间的悲伤已达到了极限。可是女子的活动范围毕竟有限，相识交往的人少，在任何场面上都不抛头露面，因此这悲伤总是潜藏在内心底，很少触景生情明显地表露出来。男子就不同，柏木虽然并不精明能干，但承蒙当今皇上的厚爱官阶晋升以来，依靠他的人自然逐渐增多，从而惊闻柏木亡故的噩耗，为之惊叹惋惜的，似乎各方人士皆有。但是我之所以如此深感悲痛，并不是为了人世间一般的威望和官位等，我只是受不了，也舍不得丧失了几近完美无缺的柏木这个人啊！世间还有什么事物能排解我的这份悲痛呢！"说罢怅惘地仰望天空。日暮时分的雾霭呈朦胧的深灰色，枝头的樱花行将凋零，这番景象似乎今天才第一次映入大臣的眼帘。于是他就在夕雾刚才拿出来的怀纸上写道：

今春反常哭丧子，
泪珠濡湿墨色衣。

夕雾大将接着咏歌曰：

故人想必未料及，

双亲为子穿丧衣。

柏木的弟弟左大弁红梅也接着咏歌曰：

嗟叹谁人为凭吊，

春日未至花先凋。

为已故柏木举办的法事等，超乎世间的常例，特别庄严隆重。柏木的妹妹夕雾大将的夫人云居雁自不消说，夕雾大将自己也格外精心安排，召请高僧为柏木诵经超度。

此后夕雾还经常去探望一条院的落叶公主。四月的天空，万里无云，清爽宜人。四周的树梢，呈现一派新绿，望之令人赏心悦目。沉浸在悲叹中的一条院宅邸，四处寂寞萧条。正在度日如年的当儿，夕雾按往常惯例前来探访。只见庭院里成片草地正在吐露绿芽，铺沙较少的背阴处，艾蒿适得其所似的蓬蓬茸茸。故人柏木生前喜爱且精心栽种的花草树木，而今无人打理，任意丛生，杂乱无章，不由得令人联想到"一丛芒草君栽植"，待到秋季，凄厉的虫声将四起，夕雾想象着那番悲秋的景象，内心无限悲怆凄凉，几至泪下。夕雾拨开露珠打湿的草丛走进去。屋内整体都挂上伊豫帘[01]，深灰色的幔帐也已换上了夏季的薄纱布垂帘，透过垂帘看到的人影，给人一种凉爽的感觉。内里有几个漂亮的女童，身穿深灰色的外衣，那外衣的下摆和她们的发型，透过垂帘隐约可见，虽然饶有情趣，但毕竟看上去还是令人悲伤的丧色。今天是在檐廊上给夕雾设座，侍女们

---

[01] 伊豫帘：伊豫产的用矮竹子编的帘子。

给他铺了坐垫，可是又觉不合适，遂禀告老夫人说："座位设在房门口附近，未免太简慢了！"但是老夫人近来身体欠佳，只能斜靠着躺着。侍女们遂代她接待，与夕雾应酬，这期间夕雾眺望庭院里的花木，只见它们若无其事地葳蕤成长，不胜感慨万千。夕雾望见一株丝柏和一棵枫树格外突出，比其他树木长得都高，枝繁叶茂，分外葱茏，它们的枝杈相互拥抱，夕雾说道："不知是什么缘分，竟让这两棵树的上端枝杈结成连理枝，合成一棵树，前途有希望啊！"于是，夕雾悄悄地靠近垂帘处咏歌曰：

> "木神[01]既许合一体，
>
> 同样可仿结连理。

让我坐在帘外，如此疏远，令人好生遗憾！"说着走近门槛处。众侍女彼此悄悄拉扯，背地里低声议论："这位公子连那种优雅的姿态也带有相当的风流啊！"老夫人让传话的侍女小少将君[02]转达对夕雾的回答曰：

> "柏木护神虽不在，
>
> 岂容他人借宿来。

你出言未免过于欠分寸，显得用心太浅薄。"夕雾听罢，觉得她说得也是，遂微微一笑置之。

夕雾似乎感觉到老夫人稍稍膝行出来的动静，于是从容不迫地端正坐相。老夫人说："也许是由于在这艰辛的尘世里，沉浸在悲伤中度日的缘故吧，心情不可思议地苦恼万分，茫然自失地打发日子。承蒙屡屡莅临造

---

[01] "木神"意指已故的柏木。
[02] 侍女小少将君是老夫人的侄女。

访，实在不胜感激，从而得以强自振作起来。"老夫人的神情显得极其痛苦。夕雾说："您遭遇不幸，而陷入悲叹中，虽说这是人之常情，但是一味过度悲伤下去，又何济于事呢！世间万事也许前世早已注定，悲哀的命运毕竟还是有限度的。"夕雾用这些话安慰老夫人。他心想："据世间传闻，这位落叶公主品格高尚，可怜她年轻丧夫，难免会遭世人讥讽，想必她会感到雪上加霜，备受煎熬吧。"夕雾为她担心，不由自主地格外热心于探询落叶公主的近况。夕雾又想："这位落叶公主的长相，虽说不是美得无懈可击，但是只要不是丑得不堪入目不成体统……干吗要以人的外表长相好赖来定夺爱憎，或者决定是否追求迷恋呢？这样做才真正是不体面的哩。归根结底，一个人的性格优良，才是最可贵的。"夕雾如斯想，于是又对老夫人说："今后但愿能将在下当作故人一样看待，切莫见外为荷。"夕雾的这番话，虽然没有太特意地表白自己的恋慕之心，但是已经恳切地吐露了自己的心声了。夕雾身穿贵族便服，英姿飒爽，身材挺秀，风采高雅。众侍女私下里悄悄地议论说："夕雾公子的父亲源氏大人，无论从哪方面看，都觉得他和蔼可亲，他那气质之高雅、人格之魅力，无人可与之比肩。这位夕雾公子仪表堂堂，一派男子气概，蓦地一见，不由得令人发出'啊！好英俊！'的惊叹声。他那俊俏，真是超群出众啊！"有的侍女还说："夕雾公子干脆在这里进进出出好了！"

夕雾大将嘴里吟咏"右将军墓草初青"[01]，这首诗是作者为悼念近世的右近卫大将藤原保忠所作的。由此看来，不论古今，人生在世尽皆难免遭遇死别之痛，搅得心乱如麻。尤其是此番柏木亡故，无论身份高低，无人不为之惋惜叹息。这是因为柏木不仅有学问还精通技艺，并且格外重视人情。缘此连平素不甚亲近的同僚，或上了年纪的侍女，也都很依恋和悲

---

[01] 纪在昌悼念右近卫大将藤原保忠之死的诗为"天与善人吾不信，右将军墓草初秋"。由于夕雾吟咏时正值夏季，故将"秋"字改为"青"字。

伤。当今皇上尤为痛惜，每当举行管弦乐会，首先总会想起柏木而感慨万分。他每每叹息：“可惜啊！卫门督！”这句话竟成了当时的流行语，像口头禅似的几乎无人不挂在嘴边。

六条院的源氏更加怜惜柏木，追忆他的心思与日俱增。惟有源氏自己心中知道薫君是柏木的遗孤，这是别人所意想不到的，实在是没劲啊！

到了秋天，这位小公子薫君已会爬行、蹭行，他那模样之可爱简直无法形容。源氏不是在人前装模作样，而是真心实意地呵护他，经常抱着他逗乐。

第三十六回

横笛

已故权大纳言柏木英年早逝，为他感到惋惜、悼念、悲伤者甚多。六条院的源氏，从大体上说，他生性易感，平素听闻噩耗，连与他关系并不深的人，他都为之哀惜，更何况柏木经常出入六条院，朝夕相处，源氏总是更另眼看待他，觉得他和煦可亲。虽说发生过那桩着实荒唐的事，但是令人感慨无限的事甚多，每每遇上什么事，就会怀念起他。柏木逝世一周年忌辰，源氏[01]请高僧诵经念佛，为柏木做了特别隆重的佛事。每当看到天真烂漫，对自己的身世一无所知的幼儿薰君的模样，源氏觉得毕竟非常可怜，内心不由得产生一个念头：替薰君另外布施黄金百两为其生父一周年忌日做祈冥福的佛事。柏木的父亲前太政大臣不知实情，闻讯不胜欣慰，并对源氏表示不胜惶恐、非常感谢之意。

　　夕雾大将也为柏木辞世一周年忌辰做了许多事，还亲自格外诚恳地举办了法事。并且在柏木逝世一周年忌日的前后，赴一条院落叶公主那边，表示对故人深深怀念追悼之意，对公主表示殷切的慰问。柏木的双亲前太政大臣和老夫人看到夕雾对柏木的友情甚至比柏木的亲弟兄还深，说："真没有想到夕雾对柏木的情谊如此深沉。"他们都非常感激。柏木的双亲看见儿子死后，世人对他如此敬重，越发惋惜儿子过早辞世，更加无限怀念他了。

　　遁迹山中的朱雀院，由于二女儿落叶公主年轻守寡，落得他人讪笑，心中颇感凄怆。三公主又出家为尼，摒弃红尘，诸多事态使他感到尽皆不顺人意。不过，自己已然身为僧人，就该抛弃一切尘世烦恼，忍耐修道。他在诵经念佛时联想到："女儿三公主想必也和自己同样在修行佛道吧。"因此自打三公主出家为尼之后，他经常给她写信，哪怕细微的小事，他也写信告诉她。

　　一天，朱雀院在寺院近旁的竹林子里挖掘竹笋，又在附近的山里挖掘

----

[01] 是年二月源氏四十九岁。

一些山药。由于他觉得这些食物颇具山乡风流的情趣，遂派人将它送给三公主，还附上一封叙述近况详情的函件。落笔就写道："春天的山野，烟雾迷蒙，路途看不清，只因甚想给你送去一些山珍野味，特地前去挖掘，聊表寸心。

　　　　遁迹空门虽稍晚，
　　　　与你同道奔净土。

不过，佛道之修行确是非常艰巨的事业。"三公主正在噙着泪珠读信的当儿，源氏来了。源氏环视室内，觉得与往常不一样，三公主近身处放置着装有食品的盒子等物件，他觉得奇怪，心想："哟，这是什么？"于是瞧了瞧，原来是朱雀院的来函，他拿过来一阅，觉得文思绵密，着实令人感动。内里写着："我似觉大限将至，惟盼会面的一天，深恐不能如愿。"他咏的歌"与你同道奔净土"是劝导女儿勤修佛法一道奔极乐净土，别无什么特别的意趣，不愧是老僧常谈的圣语，不过，源氏心想："的确，朱雀院很自然地会这样想的。他看到连我这个本来可以指望寄托女儿终身的人，态度都那么冷淡，自然越发为三公主担心了，实在可怜。"源氏深感辜负了朱雀院的一番期望。三公主给父亲朱雀院写了感情细腻的回信，并赐给信使一袭青灰色的绫绢服。源氏隐约看见帷幔下端露出写坏了的信纸，信手捡起来一阅，只见字迹实在稚嫩。她的答歌曰：

　　　　摒弃俗世慕闲寂，
　　　　一心只想进深山。

　　源氏对三公主抱怨说："你年轻又美丽，在这里住着，朱雀院尚且为你担心，如今你还想离开六条院进深山，真令我感到意外而伤心啊！"可是，现在三公主对源氏连正面也不看一眼。她美丽的额发和漂亮的脸颊，看上去简直就像个小女孩儿，不由得令人无比爱怜，源氏心想："她何苦要变成这般尼姑模样呢！"不胜惋惜，却又生怕泛起色念，遭受佛罚，强作自我节制。两人仅隔着一层帷幔，但又不那么疏远，与对方保持适当的距离，彼此应对。

小公子薰君在乳母那里睡觉，此刻醒来，向这边爬行。他拽着源氏的衣袖，缠在源氏身边，那天真烂漫的模样可爱极了。薰君身穿一件洁白的薄绢外衣，罩在藤蔓式花样紫红色的衣服上，那衣服长长的下摆随便地拖在地面上，胸口几乎全裸露出来，衣服都挤到背后去了。这原本是小孩子的惯常模样，然而出现在薰君身上，却显得格外可爱。薰君肌肤白皙，身材高挑，活像柳木削成的偶人。头发宛如特意用鸭跖草汁染过似的乌黑油亮，小嘴红润美丽，眉清目秀，洋溢着一股高雅情趣的美感，让人看了就会联想起他酷似柏木。不过柏木的长相没有他这么俊秀非凡，不知他怎么会长得这般美。他的相貌也不太像三公主，在这小不点儿的阶段，就已显出气宇轩昂、出类拔萃的神态，真是异乎寻常。源氏觉得他比起映在镜子里的自己的面影，也并无不如之处。

小公子薰君刚学会走步，他天真无邪地走近盛着竹笋的盒子旁边，蓦地拿起竹笋乱扔，或啃上几口随即抛弃。源氏笑着说道："哎呀！别乱来。太捣乱啦！快把盒子收起来！言语刻薄的侍女或许会到处说：这小公子是只馋猫呐！"说罢将薰君抱了起来。接着又说："这小不点儿确实长得真俊秀啊！也许是我所见的幼儿不多的关系吧，原以为像这样的小不点儿，大都幼稚无知，可是这个小公子，从现在起就迥异于一般别的孩子，格外秀美，这点倒是令人担心的。这样一个美小子，从小就在小公主堆[01]

---

[01] 指明石女御所生的女儿们。

里成长，将来长大成人，不论对于公主们，还是对于薰君自己，恐怕都会出现麻烦事吧。不过，可怜啊！届时我已经看不到他们一个个成长起来的身影啦！有道是'春至百花相争妍'嘛。"说着凝视小公子薰君的脸蛋。众侍女说："哎呀！怎么会呢！切莫说这种不吉利的话。"薰君刚长出牙齿，总想咬东西，他紧紧抓住一个竹笋，一边流口水一边咬竹笋。源氏开玩笑说："啊！真是个别具一格的风流儿呀！"说着把竹笋拿开，咏歌曰：

往事痛心难忘记，

竹笋稚嫩不忍弃。

小公子薰君只顾微微笑，天真一无所知，他匆忙地从源氏的膝上爬下来，到别处戏耍去了。

随着日月的推移，这位小公子日渐长大，相貌愈加俊美，甚至到令人吃惊的程度。源氏的那份"往事痛心"似乎也全都忘却了。源氏寻思："这个孩子的诞生，说不定也是前世注定的，所以才发生那桩意外的事件吧，命运真是难以逃脱的呀。"源氏的想法稍许有些改变。他回过头来想想自己的命运，不尽如人意的事也很多。在诸多妻妾中，惟有这位三公主的出身门第无可挑剔，论品格相貌也无懈可击，却出乎意料地遁入空门成了尼姑。这么一想便又觉得，昔日她和柏木所犯的罪过，实难宽恕，依然万分遗憾啊！

夕雾大将独自回想柏木弥留之际的遗言，不知到底是怎么一回事，总想探个究竟。也想向父亲禀告，看看父亲听了会有什么反应，出于好奇了解一下父亲的态度。然而由于他内心中也揣摩到几分，因此反而难于启齿。夕雾总想找个适当的机会，探明此事的原委，并把柏木过度思考，痛苦万状的情形禀告父亲。

秋天一个令人感到寂寞的傍晚，夕雾惦记着一条院的落叶公主，不知她的近况如何，遂前去造访。落叶公主正在闲坐，轻松自在地抚弄各种琴，没有来得及好好收拾迎客，侍女们已把夕雾大将引领进落叶公主所居的南厢之室来了。夕雾明显地感觉到原先在近旁的侍女们膝行进入帘内深处的情状，耳闻帘内衣裳摩擦的窸窣声，还嗅到室内飘忽着侍女们走后留下的薰衣香味，着实感到一种典雅的氛围。按惯例由老夫人出面接待，彼此闲谈昔日故人在世时的种种往事。夕雾已习惯于自家三条院内朝朝暮暮人来人往熙熙攘攘，再加上孩子们聚集嬉戏打闹，生活气氛总是闹腾腾的，因此觉得这里确实非常静寂而意趣深沉。庭院固然由于主人无心归置而显得有些荒凉，但这里毕竟是高贵、气派优雅的住处。庭前栽种的百花怒放，青草繁茂，恰似"今成草原虫鸣炽"[01]，夕雾眺望着这宛如秋野的日暮景象，心有所感，遂将那和琴拉了过来。只见琴的音律已调好，可见这琴是经常被人弹奏的，琴上还留有弹奏者的衣香，令人觉着亲切。夕雾陷入沉思幻想："在这种风雅意趣深沉的环境中，倘若是个我行我素的风流男子，说不定会丧失自我节制的能力，露出不成体统的丑态，留下极其不体面的骂名流传开去哩。"夕雾边想边弹和琴。这琴是故人柏木卫门督生前经常弹奏的。夕雾只简短地弹了一曲饶有趣味的曲子，而后停了下来，说道："啊！回忆往日故人弹奏这琴，那琴声总是那么亲切，那么美妙，那琴声一定是已经渗入琴中了。在下多么希望听到公主弹一曲，以印证故人那美妙的神韵啊！"老夫人回答说："自从琴弦断了之后[02]，公主连幼年时学到的乐曲都忘得一干二净了。曾记得当年朱雀院命诸公主在御

---

[01] 此句出自《古今和歌集》第853首，歌曰："一丛芒草君栽植，今成草原虫鸣炽。"
[02] 意即自从柏木辞世后。

前试弹各式各样的琴，较量她们的技艺时，也曾评价过公主抚琴的技艺不错。可是如今，她神情恍惚，仿佛变成了另外一个人，失魂落魄地陷入沉思，宛如'触物生情愁更愁'[01]，似乎把弹琴看作是勾起往昔伤心事的诱因，而不愿抚触。"夕雾说："公主的这种心情着实有其道理，也是可以理解的。不过，'世间恋情终有限'[02]啊！"夕雾说着叹了一口气，遂将琴向老夫人那边推过去。老夫人说："那么请你弹一曲，也让我听听，辨别一下是否真能传出故人的神韵妙音，以饱一下耳福，哪怕缓解些许郁闷的心情呢？"夕雾说："哪儿的话，晚辈觉得这样神妙的技艺，惟有夫妻之间的传承才是格外美妙吧。但愿能听到公主演奏一曲。"说着将琴推向帘旁边，他估计公主不会立即答应，因此也不强求。这时候，月亮出来了，万里无云，成群飞雁振翅齐鸣掠过天空，公主闻声也许有所欣羡吧，再加上秋风吹拂略感微寒，公主内心为此清幽之情趣所打动，拿过筝来低声地弹了一曲。这番有深度的优雅琴声，令夕雾愈加被公主所吸引，不舍离去，反而更觉心潮澎湃，于是将琵琶拿过来，以相当亲切的音调，弹奏《思夫恋》一曲。夕雾说："晚辈确实揣度公主的心情而弹此一曲，多有失礼了，但不知能否被理解为对公主的寒暄致意呢？"言外之意是极力恳切地劝诱帘内的公主回应，公主越发感到难以为情，只顾陷入深深的感慨。夕雾遂咏歌曰：

　　腼腆不答意匪浅，

　　此刻无言胜有言。

　　落叶公主终于被打动，遂抚弄和琴，只弹了《思夫恋》末尾的一

---

[01] 古歌曰："芒草小竹遍野走，触物生情愁更愁。"见《源氏释》。
[02] 此句引自《古今和歌六帖》，歌曰："世间恋情终有限，经年累月思渐浅。"

节，随后答歌曰：

> 深夜一曲纵然哀，
> 弦外之音更实在。

在这种情趣极其深沉的氛围下，和琴的音调虽然比较粗犷豪放，然而由于她有精通此道者的诚心传授，所以尽管是同样一个曲子，她却能奏出格外凄婉动人心弦的神韵来。只可惜她仅仅弹此曲末尾的小段就止住了，夕雾不由得甚感遗憾。他对老夫人说："今夜晚辈已透过各种乐器奏出好风流的心情，承蒙公主知音，不胜惭愧。秋夜深沉，惟恐故人会责怪，于心不安，今夜就此告辞。待过些日子当再来拜访，希予稍候。但愿届时此琴调子不变，因为世间常有变调之情况，不免令人担心啊！"夕雾虽然没有明确坦露，但已委婉暗示了自己的心绪，而后欲告辞。老夫人说："今宵之风流韵事，估计不会有谁谴责吧。你我交谈，也净谈些无关紧要的陈年往事，尚未能欣赏到你那足以延年益寿的琴声，实在是太遗憾了。"说着她就在馈赠夕雾的礼物中再添加一管横笛，而后对夕雾说："听说这管横笛确实有悠久的来历，不过让它埋没在蓬门陋室里，未免太可惜。你随身带着它，不妨在归途中吹吹，笛声可与前驱开道的热闹器乐声竞响，该不知有多美妙，路人想必也爱听吧。"夕雾谦恭地致谢说："如此珍贵的笛子，惟恐晚辈不配随身带呢。"说着拿起笛子瞧了瞧，这也是故人柏木生前随身带的爱玩乐器。夕雾想起柏木生前不时对他说："我也未能将此笛子的音色真髓完全表现出来，总想将它传给热心于此道的人。"夕雾回忆往事，不由得又增添了许多哀愁，于是拿起笛子试着吹了吹，吹了半曲盘涉调就止住，说道："方才晚辈为了缅怀故人，独自悄悄地弹了和琴，拙劣之处承蒙海涵。但是这管名笛，受之实在难以为情……"说罢起

身欲走。老夫人赠歌曰:

> 薜草披露荒宅旧,
>
> 虫声[01]无异昔日秋。

夕雾答歌曰:

> 横笛音律虽依旧,
>
> 哀泣故人无尽忧。

咏罢,夕雾依依不舍地离去。夜色更深了。

夕雾回到三条院自宅。家中的格子门等都已关上,人们都已进入梦乡。大概是由于有人向夕雾的夫人云居雁饶舌说:"夕雾公子近来迷恋上一条院的落叶公主,才这般恳切地造访那边。"云居雁见夕雾这般深夜才回家,心里有气,因此佯装睡着吧。夕雾用美妙的歌喉,像自言自语似的吟唱:"入佐山中妹与我。"[02]咏罢,失望地说:"为什么都把门关上了呢?好郁闷呀!今宵皎洁的明月当空,竟有人不愿欣赏。"说着将格子门打开,还把帘子卷了起来,并在房门口附近躺下休息,他对云居雁说:"如此明月高照之夜,竟然有人安心昏睡,哪怕稍许出来赏赏月呢,啊!太没意思了。"云居雁心中很不高兴,佯装听不见不予搭理。房间的那一头,许多年幼无知的孩儿东倒西歪地酣睡,众多侍女也横七竖八地挤到一处睡了。夕雾看到这人丁兴旺的景象,联想到方才一条院冷落萧条的光

---

[01] 以"虫声"比喻笛声。
[02] 此句出自催马乐《妹与我》,歌词曰:"入佐山中妹与我,辛夷林立影婆婆,纤手莫触辛夷丛,惟恐衣香将传送,惹得花香味更浓。"

景，两相对照，简直有天壤之别。

夕雾拿起老夫人赠送的那管笛子来，边吹边思忖着："自己登上归程之后，此刻那边该不知有多么冷清。那张琴等乐器，应该尽皆依然如故，调子没有变，落叶公主还在抚琴吧。老夫人也是一位和琴高手呐！"夕雾任凭思绪翩跹，一边想象着落叶公主一边躺了下来，接着又想："柏木为何只停留在表面上尊重落叶公主，而实际上对她没有真挚的爱情呢？关于这一点，实在令人费解。万一自己把与她结缘之事想象得很美好，实际一见之下却大失所望，这对落叶公主来说，着实是太可怜啦！按世间常态来说，无论谁人，世上名声格外响亮者，往往会令人失望。如此看来，自家夫妻青梅竹马和睦相亲，多年来也未曾发生过自己见异思迁，云居雁争风吃醋的龃龉，回顾起夫妻和睦恩爱的漫长岁月，真是莫大欣慰感慨万千。难怪她养成骄矜的姿态，这也是不无道理的。"夕雾浮想联翩，渐渐昏昏入眠，梦中见到柏木卫门督，简直与当年在世的模样别无二致，身穿白色内褂[01]，坐在夕雾身旁，拿起那管笛子看了看。夕雾在梦中心想："柏木的亡灵大概是舍不得这管笛子，所以循声而来的吧。"他隐约听见柏木的亡灵吟歌曰：

"横笛声声随风来，
　愿交子孙传万代。

我想将横笛传给另外一个人。"夕雾刚要问："你想传给谁？"这时，一个孩子忽然在梦中受惊，哭了起来，哭声把夕雾惊醒了。这小公子哭得厉害，都漾奶了，乳母也起来忙活了一阵。云居雁掌着灯火走了过来，她将头发捋到后耳根，麻利地哄孩子，抱着他坐了下来。云居雁近来体态发

---

[01] 内褂：原文作褂（UCHIGI），男子穿在便服长袍、礼服里面的衣服。

胖，她露出那丰满美丽的乳房，给孩子吸吮。这小公子长得很可爱。母亲的乳房虽然白皙漂亮，可就是吸不出乳汁来，只是给孩子叼着，哄孩子罢了。夕雾也起身过来看了看，问道："怎么回事？"于是命人在房内撒些米粒，以期驱走梦魇。室内闹哄哄了一阵，夕雾方才梦中的那股悲情也不知去向了。云居雁冲着夕雾说道："这孩子可能生病了。你近来神采奕奕，陶醉于新鲜欢乐，深夜回家还说要赏月，敞开了格子门，所以妖魔鬼怪照例趁机进来了呗。"她满心埋怨地说，那爽朗生动的神情着实很美，夕雾微笑着说："说我招来妖魔鬼怪，这是哪儿的话呀！不过，倘若我不敞开格子门，妖怪就进不来，说得倒也是。你已是众多孩子的母亲，变得思考缜密口齿伶俐，说话也头头是道啊！"说着凝视云居雁，瞧得她都觉得难为情，她说："好了，请进里面来吧，我这模样怪难看的……"在明晃晃的灯火映照下，她那羞答答的腼腆神态着实动人。这小公子确实生病了，难受得通宵达旦啼哭不已。

夕雾大将想起那个梦，他思忖着："这管笛子可不好处置了。这是故人柏木生前的爱物，我不是应该继承这管笛子的人，老夫人却将它送给了我，真不是适得其所，没意义啊！不知柏木的亡灵对此会作何感想呢？即使生前不太关心的事，临到弥留之际，蓦地想起而感到遗憾甚或悲伤，纠缠在这一念中而辞世，其魂灵将难以超度而漫长地徘徊在黑暗的世界里。由此可见，在这人世间，对待任何事物都不可过分执著。"他接着又思绪翩跹，最后决定在爱宕寺请僧众为柏木诵经超度，还要在柏木生前所信奉的寺院里举办为死者祈冥福的法事。夕雾心里又在想："只是老夫人念我与柏木情谊深厚，特意将此笛子赠予我，现在我若突然将它捐献给佛寺，固然是一种善举，不过这对老夫人的一番好意来说，未免太扫兴了吧。"夕雾还是紧握住这管笛子，奔六条院去了。

这时，恰巧源氏正在明石女御室内。明石女御所生第三皇子丹穗皇子才刚三岁，在诸皇子中，数他长得最美。紫夫人特别疼爱这个外孙，把他留在自己身边呵护关照。这丹穗小皇子从室内跑了出来，喊道："大将！抱抱皇子到那边去！"丹穗皇子还不大会说话，对自己也用敬语[01]。夕雾微笑着说："来，你到这边来。我可不能越过帘子，越过去就太不懂规矩啦。"夕雾说着将丹穗皇子抱了起来，丹穗皇子说："不，谁都不会看见的，我把你的脸挡住吧，走！走！"说着用自己的衣袖遮住夕雾的脸。夕雾觉得这个小皇子着实很可爱，于是抱着他来到了明石女御这边。二皇子与小公子薰君正在这里戏耍，源氏高兴地看着他们。夕雾在犄角上的房间边，将丹穗皇子放了下来。二皇子看见了，也嚷嚷着说："我也要大将抱抱！"丹穗皇子说："不！大将是我的。"说着拽住夕雾。源氏见此场面，训斥说："你们两个都没规矩呀！大将是朝廷的近卫命官，你们却想把他当作私人的随身家臣，独自占有，还相争呐。三皇子可不好哟，总是不肯让哥哥。"源氏遂把这两人劝导开，夕雾也笑着说道："二皇子不愧是当哥哥的派头，肯让弟弟，真聪明啊！小小年纪就如此懂事又聪慧过人。"源氏也微微笑，觉得这两个外孙确实很可爱。接着源氏对夕雾说："让你这公卿大臣在这里待着，似乎不成体统，太简慢了。请到那边去。"说着拟带他到南面的正殿，可是皇子们却缠住他们，说什么也不让他们走。

　　源氏暗自琢磨："出家为尼的三公主所生的薰君，论辈分比这两位皇子要长一辈，不该和皇子们同列看待。"自己虽有区别对待之心，却又顾忌三公主会否疑心他有所偏爱，反而弄巧成拙。源氏一向思考缜密，所以一直对薰君和皇子们同等呵护珍爱。夕雾还未曾清楚地看见过他的这个异母弟弟。这时，薰君从帘子的缝隙探出头来，夕雾在地上捡起一根枯萎的

---

[01] 敬语：日语指谈话时，对对方或谈话中所提到的人表示敬意的词或说法。一般分为尊敬、自谦和礼貌三种。

花枝，并用它招呼薰君，于是薰君就从帘内跑了出来。薰君身上只穿了一件青紫色的贵族便服，肤色洁白，光彩照人，越看越觉得似乎比明石女御所生的诸皇子更漂亮，他眉清目秀，胖乎乎的很可爱。也许有先入为主的心理作用，夕雾对薰君格外注目的缘故，总觉得薰君目光炯炯，似乎比故人柏木更锐利些，他那模样也显得挺有才气似的，尽管各方面似乎比柏木更优秀些，但是他那眼梢洋溢着的灵气之美、清新亮丽则酷似柏木。尤其是他那嘴角，爽朗地笑起来时，活像绽放的鲜花，一见到他就会联想到柏木，甚至觉得他简直与柏木别无二致，莫非这只是自己的妄自揣度？不过，夕雾估计父亲源氏想必也早已发现，缘此，夕雾越发想探知父亲源氏的心情了。对于皇子们，人们可能因为是皇帝的儿子就觉得他们品格高尚，其实他们同世间寻常人家的美貌可爱的孩子看起来也差不多一样。可是相比之下，夕雾觉得这个薰君就显得着实品格高尚，拥有一种格外出类拔萃的美。夕雾暗自思忖："唉！真可怜！倘若我所怀疑的事确是真事的话，那么实际上是薰君的祖父的那位前太政大臣，那样悲伤失望，痛哭叹息说：'柏木连个孩子也没留下就撒手人寰，哪怕留个念想啊！'他多么希望有人来向他禀报：'柏木有孩子留在世间。'却始终无人来禀报，而我知情不报，这将会遭受佛祖的惩罚的。"可是转念又想："嗨！怎么可能有这种事情发生呢！"可内心中还是疑惑不解，无法作判断。小公子薰君性情柔顺，招人怜爱。他跟夕雾很亲昵，要跟夕雾玩儿，夕雾更加觉得他着实可爱。

　　夕雾随父亲源氏一起来到紫夫人这边，父子两人在宁静中悠闲地聊天，不觉间日色已近傍黑时分。夕雾讲述昨晚造访一条院落叶公主之事，源氏微笑着听他叙述。夕雾谈到故人柏木生前种种可怜的情形时，源氏随声附和，后来说："她抚琴弹奏《思夫恋》的这种心情，的确在古代的故事中也有其例，不过，一个女子把挑动人心的深情，绕着弯子向人泄漏，这种情趣一般说来是不好的，我所知道的类似事例甚多。你不忘对故人柏木的旧情，想对他夫人表示永远关怀之意，这是好的。不过，既然要这么做，那么用心必须清白，不得有过分举动，以免发生意外之事。这样，双方都很体面，外人看来也说得过去。"夕雾心想："此话说得不错。不过父亲只在教训别人时，道心很坚强，当他自己亲临其境时，真能不生邪念吗？"夕雾内心虽如是想，但还是说："怎么会发生越轨的错误呢，我只因同情她们遭遇人事无常的悲伤，故而前去作亲切的慰问。倘若突然断绝造访，反而会招来世间常见的干了见不得人的丑事的嫌疑。至于弹奏《思夫恋》一事，倘若是落叶公主主动弹奏，确实可能是有欠检点之举，然而她是顺应当时情趣氛围的要求，才约略地弹了一小段，倒是令人感到合乎时宜，饶有情趣。毕竟世间善恶万事，因人品因场合而异。而且从年龄上说，落叶公主的青春妙龄期早已过去，加上我又是个一向不习惯于调情寻色的人，或许缘此落叶公主才对我放心的吧。从大体上说，她是个对人态度和蔼可亲、办事周到的人。"夕雾觉得此刻正是向父亲谈及柏木的事的好机会，于是稍微靠近父亲身边，对他说了柏木亡灵托梦之事。源氏听罢，没有立即回应，因为他心中想到了许多往事。过了不大一会儿，源氏说道："这管笛子应该交给我保管才是。这笛子本是阳成院[01]所用之物，后来传给已故式部卿亲王[02]，他非常珍惜它。后来他听到童年时代的柏木吹出的笛声优美动听，异乎寻常，令他深受感动。于是，这位式部卿亲王便在他举办的一次获花宴上，将这管笛子赠送给了柏木。落叶公主的母亲老夫人妇人之心，对这段故事的原委未加深思，就把这管笛子赠送给了你。"源氏说了这许多，心中却在想："如果说这管笛子要传给后人，那么除了薰君之外，还会有什么人更适合呢。柏木的亡灵肯定也

---

[01] 阳成院：平安时代的天皇。
[02] 这位式部卿亲王是紫姬的父亲。

是这样想的吧。再说，夕雾大将是个颇具辨别能力的人，他一定已经意识到有关薰君这桩事的个中实情了吧。"夕雾对父亲源氏察言观色，更加有所顾忌，不敢贸然提出故人柏木的事。然而，他总想探明事情的真相，于是佯装向来不知情，此时偶然想起的样子，暧昧地询问道："柏木弥留之际，孩儿前往探访，蒙他托付身后诸多事情，内中曾谈及如何得罪父亲，深感惶恐，他再三叮嘱，惟盼得到父亲宽恕。这究竟是怎么一回事，我至今也弄不明白，心中总惦挂着此事。"说时，他满脸显出毫不知情的神态。源氏心想："果然不出所料啊！"然而，此事怎么能明白说出来呢。良久，源氏佯装不解的样子，说道："我何时对他表示过不悦之色，让他抱恨终生而离开人寰呢？连我自己都想不起来了。至于你做的那个梦，待我设法详细释梦之后再告诉你吧。女子们常说'夜间不要说梦'，今天就谈到此吧。"源氏只说到此就结束，几乎没有明确的回答。夕雾不好意思地想道："自己断然说出的话，不知父亲会怎么想啊！"

第三十七回

鈴虫

夏天[01]，六条院池中的莲花盛放时，尼姑三公主居家供奉的护身佛像塑成，举行佛像开光庆典。此番庆典是出自源氏向菩萨发出普度众生的誓愿，一切均由源氏操持置办，诸如经堂的佛具等，万无一失地周密齐备，迅速地布置一新。佛堂前竖立的装饰幡也显得很亲切，是用特意精选的富有情趣的唐织锦缝制的。这是由紫夫人赶制出来的。佛前供奉鲜花的桌面上铺的桌布，是优雅美丽的鹿斑染纺织品，给人一种亲切的感觉，无论是色泽还是富有情趣的扎染法，都是罕见、卓尔不群的。三公主的寝台四面的帷幔都撩了起来，内供佛像，后方挂上法华曼陀罗[02]画像，佛像前供奉银花瓶，瓶内插有亭亭玉立的大朵鲜活美丽的莲花。佛前所烧的名香是来自唐国的“百步”香。中央供奉本尊阿弥陀佛，侍立两旁的分别是观世音菩萨和大势至菩萨，这几尊佛像都是用白檀木雕刻成的，做工精细优美。盛着供奉的净水的器皿照例非常显眼，巧小玲珑，器皿内摆着青、白、紫色的人造莲花。根据调制“荷叶”香的处方配制的名香，似乎没有加入蜂蜜[03]，焚香时显得干巴巴。这名香的飘香与“百步”香的飘香融合到一块，形成一股浓郁的芬芳，扑鼻飘来，着实令人心旷神怡。经文为六道的众生分六部书写。三公主自用的佛经，由源氏亲手抄写。他还附上愿文表白心意：“今生只能以此举系缘，但愿他年能携手同往极乐净土。”此外，源氏还抄写《阿弥陀经》。由于顾虑唐纸质地脆弱，有可能经不起朝夕翻页的摩擦，故特意召来纸屋院的人，吩咐他们精心制造出上好的和纸，以便赶在举办此庆典前派上用场。源氏从今春开始十分用心，加紧卖力地抄写经文，能够窥见其抄作一端的人们，但觉源氏的笔墨字迹

---

[01] 是年源氏五十岁。

[02] 曼陀罗：梵文MANDALA的音译，在佛教密教中为了表现佛的彻悟世界而将众多的佛和菩萨有序地画在一起的画像。

[03] 名香调配制作时须加蜂蜜，但因供佛忌讳用动物蜜，故似乎没有加入蜂蜜的成分。

光彩照人，令人目眩，甚至比纸上横竖画的金线还要光灿灿，真是稀世罕见的珍品。经卷的轴、封面、盒子等，做工精美自不消说。这经卷放在带雕花足的沉香木制的小几上，小几与供奉的佛像同样置于寝台之内。

佛堂的布置停当之后，担任法会之讲师的僧人进来了。绕着佛像或经堂念经的僧人们都聚集到佛堂里来。源氏也拟出席这次法会，他路过三公主所在的西厢房，窥视了一下室内，只见狭窄的室内，临时充当内客厅设座，人头攒动热气腾腾，过分装扮的侍女们有五六十名聚集在室内。室内装不下，女童们被挤到北厢房的廊道上。各处都安放着许多薰香炉，烟雾弥漫，甚至烟气呛人。源氏走近侍女堆，开导那些经验不足的年轻侍女，提醒她们一些注意事项，说："但凡点暗香[01]，一定要使用文火，让人不知道烟香是从哪里冒出来的才好。倘若焚烧得像富士山顶的那股浓烟，那就大煞风景了。此外讲师释经说教的时候，必须肃静聆听，用心领略教义，不得肆无忌惮地发出衣裳摩擦的窸窣声，或立或坐都须保持静悄悄才好。"三公主夹杂在这些人当中，越发显得娇小玲珑。她正在跪拜，源氏说："小公子薰君在这里会淘气的，把他抱到别处去吧。"

室内北面的隔扇拆卸了下来，挂上帘子，众侍女都退到那边去。四周变得清静之后，源氏便将参与今日法会须知事项，以及须有的思想准备等，都周到地预先告诉三公主，其良苦用心实在感人。源氏看到三公主让出自己的起居室做佛堂用，感慨万千，他对她说："我和你一起营造佛堂，这真是意想不到的事，但愿来世能在彼岸世界的莲花上和睦共生。"

说罢，热泪潸潸，遂执笔蘸上砚中墨汁，在丁香汁染过的扇面[02]上赋歌一首。歌曰：

---

[01] 点暗香：原文作空熏物（SOLATAKIMONO），指招待来客时预先点香，使室内飘散香气，却将香炉藏起来，或在另室点香。
[02] 丁香汁染成的是浅红带黄的颜色，用于染袈裟等，此扇子是尼姑三公主所用的。

山盟来世共莲蓬，

疾首今日生离痛。

三公主也在扇面上写道：

纵然海誓共莲蓬，

惟恐君心未认同。

源氏阅毕，笑着说道："未免太小看我了呀！"然而还是显出内心无限感慨的神色。

按惯例，众多亲王都前来参与法会。诸位夫人也各自别出心裁地制作各具特色的供品献到佛前，供品多得几乎放不下。布施七僧[01]的法服等，所有有分量的事务，大致上都由紫夫人操办。这些法服用料皆是绫绸，连袈裟的接缝针脚都格外精心讲究，非同寻常，博得行家里手的由衷赞赏，说是稀世罕见，无与比肩。连细枝末节之处都注意到了，这真是相当烦琐的人世间啊！讲师用十分庄严的语气，陈述此番做佛事的旨趣，在陈述中指出："三公主摒弃尘世的无限富贵荣华，不惜年轻貌美的鼎盛年华，通过《法华经》与源氏大臣永结世世代代的深缘，此志极其尊贵。"这位讲师号称当代才学兼备、口才出类拔萃的高僧，他那格外热心的庄严陈述，深深地打动了在场的听众，人们禁不住感动得落泪。

今天的法事，原本只当家中内部的运作，因经堂建成，故拟在自家内部举办简单的开堂仪式而已，谁知当今皇上和山中的朱雀院闻讯，先后分

---

[01] 七僧：担任法会之七种职务——讲师、读师、祈愿、三礼、梵呗、散华、堂达。

别遣使送来诵经的布施等物品,极其丰盛,几乎摆不开,于是法会的场面顿时扩大了。六条院原本准备的规模,尽管源氏主张尽量从简,但是实际上也已经非同寻常,够隆重的了,何况再加上当今皇上和朱雀院盛大的布施。缘此,傍晚法会收场时,众僧所获的布施品琳琅满目,真是满载而归,寺院几乎装不下。三公主出家后直到如今,源氏觉得她着实怪可怜的,因此比以前反而更加重视、更加周到地照拂她。

且说朱雀院曾将位于三条的宅邸作为遗产留赠三公主,并劝说源氏让三公主迁居。朱雀院认为反正早晚都会有这么一天,莫如趁现在办了,似乎更体面些。可是,源氏却回答说:"分居两处,实在放心不下。不能朝夕会面,不能相互答对,绝非我的本愿。诚然,尽管难能'享尽天命相厮守'[01],但是何不趁有生之年,'无须忧患迎白头'[02]呢,我不想做违志之事。"于是,源氏又命人精心修缮三条宅邸的殿堂,务求清爽美丽。

三公主领地内所出产的各种产品,以及各处庄园、牧场等送来的进贡品,凡是贵重的都收藏到三条宅邸的仓库里。此外还新建一些仓库,收藏各种珍宝。朱雀院作为遗产传下的无数物件,凡是赐赠给三公主的,都收藏到三条宅邸的仓库里,命人严加区分三公主的私人所有进行保管。三公主日常生活的所有开销,包括为数众多的侍女、上下佣工、仆人的开支费用等,所有支出均由源氏自己负担,一切迅速安排停当。

秋季里,源氏在西侧三公主寝殿的游廊前面,中段院墙的东面一带,营造了一片原野般的地段,还增添构筑了摆供水的架子,使布置的环境与尼僧的居处相般配,景趣十分幽雅宜人。不少女子羡慕三公主,愿步她后尘,遁入空门当她的弟子,其中自然包括她的乳母和年长的侍女们。而年轻青春正茂的侍女,则只挑选意志坚定,有恒心坚持终生者,才允许她们

---

[01] [02] 两句引自《古今和歌集》第965首,歌曰:"享尽天命相厮守,无须忧患迎白头。"

出家为尼。当初三公主落发为尼时，侍女们一个个争先恐后提出请求都想追随她。源氏听闻此状，便劝导她们说："这样做是不合适的。只要有一两个意志不坚半途而废者夹杂其中，就会使旁人受到牵连，惹上一身轻薄的骂名。"缘此，最后只有十几人落发成尼，伺候三公主。源氏还命人捕捉了许多秋天的昆虫，放置在自家营造的原野中。秋日天气渐凉，傍晚凉风习习，源氏若无其事地信步来到此间，表面上名为欣赏秋虫的鸣声，实际上内心却是依旧眷恋三公主。他说了些惹三公主烦心的话，三公主觉得："源氏的癖习依然，实是出人意外啊！"这使她心中感到十分厌烦。本来，源氏对三公主的态度，在人前虽然表现得一如既往不变，但是那桩丑事总在他内心中搅动，使他甚感不快，他的心情整个变了，因此三公主在不希望再与源氏见面的心情驱动下，发心出家为尼，本以为从此可以与源氏脱离关系，安心修行了，没想到事到如今，源氏还在说这些话，使她倍加痛苦。她真想远离尘世，遁入深山生活，但又不便过于任性强求。

八月十五，月亮尚未升起的傍晚时分，三公主来到佛堂前，眺望廊道檐前的景色，一面念诵经文。两三个年轻尼姑拟在佛前献花，传来了注入净水器皿的水响声、汲取净水声等，她们忙碌于远离尘世的别有情趣的侍奉神佛工作，着实凄清。这时，源氏照例来了。源氏说："今宵虫鸣唧唧，好生热闹呀！"说罢，自己也低声念起佛经来。他念的是阿弥陀如来根本大陀罗尼，诵声轻微而尊严。虫声稠密，尤以铃虫声最突出，宛如摇铃声，悦耳可爱。源氏说道："据古人说，秋虫的鸣声都很动听，其中松虫的鸣声最为美妙。记得秋好皇后曾特意派人从遥远的原野搜捕来松虫，放置于庭院里。然而现在能够明晰地听辨出的松虫啼鸣已不多了。可能是由于松虫的寿命不像其美名，存活时间不长的缘故吧。它在无人听赏的深山老林里，在遥远原野的松原中，不惜歌喉，尽情任意地放声歌唱，真是一种孤高自赏的昆虫哟。铃虫则不然，随地而安，鸣声不绝，真不愧是合乎时宜，招人喜爱。"三公主闻言，低声吟道：

> 秋季凄凉更厌世，
> 铃虫美声难割舍。

她吟歌的风度高雅，且优美稳重。源氏说："瞧你说的，真出人意外呀！"便和歌一首，曰：

> 纵令厌世遁空门，
> 美声恰似铃虫鸣。

源氏咏罢，把琴拿了过来，很难得地弹了一曲。爱好此道的三公主也情不自禁地停住不数念珠，专心聆听琴声。这时，月亮引人注目地出来了，笼罩上一派凄怆的氛围。源氏仰望苍穹，浮想联翩，觉得世间万事变易无常，心中惆怅，琴声自然比往常弹得更加哀戚。

兵部卿亲王估计今宵八月十五之夜，六条院内定会按惯例举办管弦乐会，遂驱车前来。夕雾大将也率领身份相当的殿上人等同道前去。他们沿着琴声的指引，揣测到源氏已在三公主处，遂寻访到达。源氏说道："今天诚然十分寂寞，纵令没有特意举办管弦乐会，也很想听听阔别许久的管弦声，所以独自在这里弹琴，聊以自慰。欢迎你们来访。"于是添设座位，请兵部卿亲王入座。

今宵宫中本应举办赏月宴会，后来取消了。大家都觉得美中不足，十分寂寞，诸公卿王侯听说兵部卿亲王等已赴六条院，便也纷纷都来了。于是，在场的人们倾听虫鸣，由大家来品评虫鸣声孰优孰劣，然后又进行各种弦乐合奏。大家兴致正浓时，源氏说道："但凡赏月之夜，无论何时，都不无催人泛起莫名的哀愁，尤其是今宵，举头仰望'新月色'[01]，不由得令人联想世外事，万感交集。每逢游乐会，都自然想起故人柏木权大纳言，如今他已作古，更加令人深切怀念诸多往事。不论公事或私事，举办游乐会少了他，就觉得仿佛失去了光彩，他最能领悟花色鸟语之情趣，真是一位颇有见地的谈话伴侣，遗憾啊！"他边说边听自己弹出的凄怆的琴声，不禁落泪濡湿了衣袖。他揣摩着帘内的三公主也定会侧耳倾听此番话，不免心生怨恨，但是，在这种游宴席上，他总是首先怀念柏木，皇上等也都缅怀柏木。源氏对众人说道："今宵我们就举行欣赏铃虫宴，来个通宵达旦以尽兴吧。"

第二遍敬酒的时候，冷泉院派遣使者送信来，邀他们前去。原来宫中的游宴突然取消，大家深感遗憾的时候，左大弁红梅、式部大辅以及其他身份相当的人们都聚集到冷泉院来了。可是冷泉院听说夕雾大将等人都在六条院，遂派遣使者送信来，邀请他们来访，信中附歌曰：

"远离帝位闲寂幽，

秋夜之月不忘旧。

同样观月，何不前来共赏！"源氏看了来函说道："我如今无官一身轻，冷泉帝退位后，悠闲怡悦，颐养天年，我甚少前去造访，他心中想必怅然，故而来函催促，不胜惶悚不安。"说着立刻准备前往，并答歌曰：

月影依然照遍天，

蓬莱秋色已变迁。

---

[01] 引自白居易诗《八月十五日夜禁中独直对月忆元九》，诗曰："银台金阙夕沉沉，独宿相思在翰林。三五夜中新月色，二千里外故人心。"

这首歌并无特别高明之处，只是回顾昔日与现今情况之变化，抒怀而已。接着赐给来使以酒食，以及丰厚的犒赏。

众位公卿大臣车辆按官位的顺序排列，先行开道的人们忙不迭地奔走，管弦之游乐顿时停顿下来，大家一起上路。源氏与兵部卿亲王同乘源氏的车，夕雾大将、左卫门督、藤宰相等以及所有在座的人们，无一遗漏地都陪同前往。源氏与兵部卿亲王原本只穿一身贵族便服，他们嫌这身装束简慢了些，遂加上一件和服衬袍。月亮逐渐升高，随着夜色渐深，天空的景色愈加饶有情趣，惹得年轻人不由得在车中吹起笛子，聊以抒发情感。这行人以微行形式悄悄地前去登门拜访。倘使是正式参见，那就必须按照身份的规定，尽庄严的礼仪，彼此方能照面。但是今宵源氏恢复未当准太上天皇以前的、当臣下时的心情，以轻松愉快而且是微行的形式径直前来造访，冷泉院既甚感惊讶，又非常欣喜，他由衷欢迎人们的到访。冷泉院正当年 [01]，长得俊秀非凡、仪表堂堂，那长相越发与源氏别无二致。值此风华正茂的鼎盛时期，冷泉院却发心主动让位，欲过悠闲的生活，着实令人感慨万千。

当天夜里举行了歌会，众人所作的诗歌，无论是汉诗还是和歌，无不意切情深，妙趣无穷。然而作者照例是孤陋寡闻，纵令是记录下片段来，也惟恐贻笑大方，故而省略。

拂晓时分，各人还在朗诵诗文。不久，就各自匆匆告辞了。

源氏接着造访秋好皇后，和她共叙家常。源氏对秋好皇后说："我现在过着恬静的生活，应该经常来探望你。作为我来说，倒没有什么特别的要事，只是随着年岁的老迈，总想把难于忘怀的昔日往事说给你听听，也

---

[01] 冷泉院是年三十二岁。

想听听你的谈吐。然而以我此刻的身份，什么也不是[01]，故出门但觉得难以为情，再说心情也不舒畅，以至久疏前来造访。比我年轻的人们，有的先于我而辞世，有的早于我而遁入空门，静观人事无常的景象，不由得令人惆怅迷惘，内心不安，从而远离尘世出家为僧的意志愈加坚定。届时但愿你能眷顾我身后的家人，不致让他们孤寂痛苦，无依无靠。曾记得这些话此前对你说过多遍，希望你牢记心间，不负嘱托为荷。"源氏郑重其事地对秋好皇后拜托身后事。秋好皇后的长相依然显得很年轻[02]大气，她说："我觉得自从冷泉帝让位之后，反而比从前深居九重宫阙时，更加难得见您一面了，连我自己都觉得很意外而深感遗憾。我看到许多人抛弃尘世，立意出家，自己也觉得俗世可厌，但是自己的这份心思未曾向您禀告，听听您的意见。我已习惯于任何事首先得与您商量，因此不知该如何做才好，苦恼得很。"源氏说："的确，往时你身居宫中时节，虽然规定回娘家的时日有限，但是终归还是能盼到愉快的见面，如今，倘若没有像样的借口，就不能随意回娘家来啊！虽然常言道'人事无常'，但是没有格外悲伤痛苦的人，总是难以下定决心跟尘世一刀两断，纵然看似心无牵挂而决意出家的人，其实身上还有千丝万缕的难以割舍的羁绊，你又何苦要与这类人较劲，而生道心呢。你倘若出家，反而会被人胡乱猜疑，招来一身非议，此事切不可行。"秋好皇后听了这番话后，觉得源氏并不深切了解自己的心情，不由得深感遗憾。

秋好皇后的心底，总是惦挂着已故母亲六条妃子在阴府里不知会遭受多少苦难，不知会受可怕的地狱业火[03]何等折磨熬煎。母亲亡故后还要显灵作祟，自报姓名，招人厌恶。源氏虽然尽力隐讳，但是世人的嘴是封不

---

[01] 意指既不是名正言顺的真正太上天皇（是准太上天皇），又不是臣下的身份。
[02] 秋好皇后是年四十一岁。
[03] 业火：佛教用语，地狱烧烤罪人的大火。

住的，自然有人将传闻传到秋好皇后耳朵里。她听到后万分悲伤，觉得人世间的一切都是令人讨厌的。她很想详细了解亡母的鬼魂显灵，假借别人的口都说了些什么，情况如何，可是又不便露骨地启齿问讯，只是委婉地说："此前略有所闻，先母辞世，在阴府似乎罪孽不轻。实际上也只是传闻，未曾见到明显的证据，罪孽深重似乎也只是一种揣测。作为女儿的我，惟有死别的悲伤是最难于忘怀的，却未曾想到母亲来世的事，实在是欠考虑而心存内疚，我多么希望深通这方面道理的高人指点迷津，哪怕我自身出家，以求得拯救亡母于业火苦患中呢。随着年龄的增长，这种愿望越发迫切了。"秋好皇后婉转地表述了自己想出家的愿望。源氏听了她这番抒怀之后，觉得："她有这种愿望也是不无道理的。"很同情她。源氏说道："虽然明知地狱业火任凭谁都难以避免，但是在短暂似朝露般的人生中，总是难于割舍红尘的啊！那位目莲[01]是一位修炼得近乎成佛的圣僧，故能将其母救出，然而此种例子难能见到第二例，因此即使你舍弃玉簪，恐怕也难以斩断对尘世的恩怨情丝吧。纵令不出家，也能坚持此志，不断举办各种佛事为死者祈求冥福，积聚功德，拯救亡母于苦海。我也有心遁入空门，然而终日忙忙碌碌地过日子，难得摆脱了政务，指望过闲居生活，实际上也很没劲地虚度岁月。倘使有朝一日能成遂己愿，静居修身，诵经念佛，与此同时我也会替你为你亡母祈求冥福。遗憾的是，也许这些纯属痴心妄想。"两人共抒情怀，都慨叹世事无常，皆可舍弃，但是这两人的处境，终归还是不能毅然割舍尘寰。

　　昨夜源氏一行是极其秘密地微服造访冷泉院的，今早准太上天皇源氏前来拜访之事，则大白于天下，公卿大臣们也都到冷泉院来拜访，并且无一遗漏地都来护送源氏返回六条院。源氏想想自己子女的情况：女儿明石

---

[01] 目莲：据传是释迦牟尼的十大弟子之一。其母死后，坠入饿鬼道，目莲伤心，乞求释尊，佛教才于七月十五日修盂兰盆会，拯救其母。

女御，如今身份尊贵，世人无可比肩；儿子夕雾大将出类拔萃，威名显赫。都令他感到心满意足。然而从感情上说，他对冷泉院有一种特别的爱意，远比对明石女御和夕雾的爱更加深沉、刻骨铭心。冷泉院也始终牵挂着源氏，恨只恨在位期间难得有与他见上一面的机会，缘此及早让位，以便行动自由自在，可是这样一来，秋好皇后反而难得有机会回一趟娘家了。她和冷泉院宛如普通的臣下夫妇，相亲相爱，总是在一起同喜共乐，举办游宴、管弦乐会等游乐之事反而比在位期间更辉煌盛大。秋好皇后的处境优越，万事称心如意，只是想到亡母六条妃子在阴府受苦受难，自己想出家修道的意志日益坚定起来。可是源氏，更不用说冷泉院，他们都不答应，她只好多为亡母举办追善佛事，祈求冥福，积聚功德。秋好皇后虽然没有出家，但是对世道无常的悟道之心愈加深沉。六条院的源氏也与秋好皇后同心协力，迅速准备为六条妃子举办法华八讲等法会。

夕　霧

素负耿直厚道盛名的夕雾大将的心，终归还是被一条院的落叶公主所吸引。夕雾在他人前装作念旧，不忘故友情谊，经常十分恳切地前来慰问落叶公主，而内心中恋慕她之情涌动，他决不甘心停止在这层面上，随着天长日久，这份恋情越发浓郁。落叶公主的母亲老夫人觉得："夕雾大将待人亲切，他的这份至诚真心，的确是难能可贵啊！"丧失女婿后，眼下过日子老夫人愈加感到寂寞无聊，夕雾经常来造访，给她们莫大的安慰。夕雾造访的初衷，倒不是为了恋慕落叶公主才来的，他心想："如今突然一改常态，露出恋慕公主的神色，多么难以为情，莫如只是表示深沉挚诚的真心，公主未必就不能总有一天善解我的心思吧。"夕雾总想找个适当的机会，试探一下落叶公主的心思和态度，然而落叶公主从未曾单独与夕雾见过面。

　　夕雾不断地在寻思："如何设法寻找一个好机会，向公主坦诚倾诉自己的心思，也了解公主的意愿如何。"正在这个时候，老夫人突然被鬼魂作祟而患重病，遂移居比睿山麓小野一带地方的山庄里。老夫人老早以前一直皈依一位祈祷僧，此人是通晓戒律的律师，先前曾镇住鬼魂等妖魔的作祟，如今遁入深山，发誓决不出山入市井。所幸老夫人的小野山庄靠近比睿山麓，可以请该祈祷僧下山来。老夫人移居山庄，出行所需的车辆和陪同人员等，都由夕雾大将提供。与柏木有血缘关系的弟弟们，由于杂务繁忙，为生活奔波，反而无余力顾及落叶公主的事。固然柏木弥留之际也曾嘱托大弟弟左大弁红梅，但左大弁红梅自身对嫂嫂落叶公主也不是没有恋慕之意，并且曾一度向她示意过，遭到落叶公主的坚决拒绝，此后就无颜再次造访。与此相反，惟有夕雾大将最聪明，神不知鬼不觉地经常前来与落叶公主亲近。

　　夕雾听说老夫人玉体欠佳，做保佑祈祷法事，于是细致入微地给僧人置办各种布施物品以及祈祷时僧侣们所穿的白袍，派人送去。老夫人因患病，无法亲自执笔写致谢函，她身边的侍女们说："对这样一位身份高贵者，让一般人代笔致谢，不免失礼。"于是劝请落叶公主执笔回信。公主的行文颇有情趣，虽然只写了一行，但是十分大气，遣辞造句亲切可人。夕雾读信越发欣赏她的行文字迹，为了能多次看到她的行文，此后频频和她书信往来。夕雾的夫人云居雁对他察言观色，心想："这样发展下去，早晚难免会出事的。"缘此自然露出不悦的神色。夕雾虽想亲自前往小野慰问，但又有所顾忌，不便立即成行。

八月二十日前后，正是野外秋色分外妖娆的时分，夕雾颇想参观小野山庄的景况，便佯装一般造访的样子对云居雁说："某僧人律师，难得下山到小野来，我有要事须与他商谈。再说老夫人患病，我也想顺便前往探视。"说着便出发去小野了。此番出行没有兴师动众，只带了五六名亲信随从，装束也都是穿便服的模样。小野这个地方倒不是深山老林特别偏僻之处，途经松崎一带，山色蛮有情趣，虽然不是什么特异的岩石山，但是秋色浓郁。比起都城宅邸里特意人工造成的情趣无与比肩的庭院来，还是大自然的情趣更加令人深感兴趣。

落叶公主的山庄，四周围上一道矮小的篱笆，十分雅致。这里虽是她们短暂居住的场所，却着实能在高雅氛围中生活。在似乎是当作正殿的那所殿宇之东侧添盖的小客厅里，设置了一座祈祷坛。老夫人住在北厢房，落叶公主则住在朝西的房间里。原先老夫人劝女儿留在都城里，说："鬼魂挺麻烦的……"可是落叶公主说："我怎能离开母亲。"于是陪同母亲前来。老夫人担心住同一房，鬼魂会转移到公主身上，遂分别安顿在相隔不远的住房里。由于没有接待客人的场所，几名高级侍女便引领夕雾到落叶公主住房的垂帘前，请他稍候，然后向老夫人禀报。老夫人命侍女传她的寒暄话说："承蒙远道不辞辛苦前来造访，实在不敢当。老身倘若不幸就此撒手人寰，就无法报答公子的这份深情厚意了，所幸眼下暂时尚得苟延性命。"夕雾酬酢说:"您老移居此地之时,在下本欲亲自相送,无奈家父有要事嘱托办理,故而不能前来。此后又因杂务缠身,虽然内心总是惦念着,但是结果还是未能尽心前来造访,实在令人遗憾。"

　　落叶公主悄悄藏身室内深处,不过由于这里是临时的暂居之地,陈设简略,公主的设座距门帘处并不太深远,帘外的夕雾,透过帘子自然可以听辨出帘内的动静。夕雾听见轻柔转动身子发出的衣裳窸窣声,料定公主就在里面。当意识到这点,夕雾不由得心绪激荡。于是趁那高级侍女往返给老夫人传话的空当,夕雾遂与往常熟悉的老夫人的外甥女小少将君等侍女聊起天来。夕雾说:"我经常前来造访,并尽心效劳,不知不觉间岁月流逝已多年[01],贵方待我依然如此疏远,令我好生遗憾呀!让我坐在帘外,依靠他人传达寒暄酬酢等信息,这般冷漠的待遇,我还从未曾经历过,人们揶揄我'何其迂腐',我听了着实难以为情。倘使我更年轻些,官位卑微,行动少些拘谨,并习得一些风流好色的本事,何至于如此天真胆怯呢。像我这样多少年如一日的诚挚厚道者,恐怕世间罕见吧。"他说这番话的时候,神情格外认真。众侍女揣测到他的心事:"还是恋慕公主哟!"她们彼此私下商量说:"倘若由我们代作些不着边际的回答,反而不好意思啊!"遂进去禀告公主,说:"夕雾公子如此这般向我们诉苦,公主若不出面致意,未免太不近人情了。"落叶公主回答说:"母亲不能亲自酬酢应对,实在失礼,我理应代替母亲接待才是,无奈母亲病势沉重,我悉心照料,疲惫不堪,以至只觉力不从心,不能出面酬酢了。"侍女将此话语转达夕雾,夕雾听罢说道:"这话是公主说的吗?"他端正了一下坐姿,接着说道:"老夫人病势沉重,着实令我忧心,甚至恨不能代她身受,这是为什么呢?恕我冒昧直言不讳,在老夫人恢复神志清醒,身心康复之前,公主自己必须善自珍重,务求吉祥无恙,这样对双方都有好

[01] 柏木亡故已届三年。

处。公主还以为我只关心老夫人的安康状况，却不知我多年来恋慕公主的情深意切，真令我不胜惆怅。"侍女们也都说："说得是啊！"

到了夕阳西斜时分，天空呈现一片寂寥景色，四周雾霭蒙蒙，只觉山的背阴面逐渐昏暗，夜蝉鸣声四起，聒噪烦人。庭院墙根边上的石竹花绽放，在晚风中摇曳，袅娜多姿，饶有情趣。庭院里栽种的秋草百花，任意盛开，争妍斗丽，流水淙淙，凉意袭人，落山风呼啸，阵阵凄厉，松涛声响彻深山老林，呈现山村日暮时分的一派凄寂氛围。蓦地传来一阵敲钟声，该是轮班不断诵经的僧人换班的时刻到了，钟声与僧人轮班换座的声音融汇在一起，听起来格外庄严郑重。夕雾耳闻目睹这番情景，内心不由得怅惋不已，处在这样的氛围下，竟不思归了。律师似乎在祈求佛祖保佑病人，他用十分郑重的声调念诵陀罗尼。由于老夫人病势沉重，众侍女都聚集到老夫人的病室里。山庄是暂居之地，陪同前来的侍女本来就不多，此刻留在公主身边的侍女就很少，只见公主茫然陷入沉思，四周鸦雀无声。夕雾心想："这正是我向她吐露心绪的时机了！"赶巧此时浓雾弥漫，直飘荡到檐下，笼罩着四方，夕雾扬声说："浓雾漫漫不知归途在何方，这可怎么办？！"接着咏歌曰：

> 夕雾弥漫添情趣，
> 归途难辨心逡巡。

隐约传来落叶公主在室内的咏歌声，歌曰：

> 山庄墙根罩浓雾，
> 陋室不留轻薄主。

夕雾听其声，想象着公主亲切的神情，内心感到莫大的慰藉，此刻他真的忘记要回家了。夕雾说："这真让我不知如何是好啊！雾茫茫归途不知在何方，浓雾笼罩的篱笆内的住家似乎在下逐客令，不得泊宿，对于一个不谙风流韵事的我来说，遇到这种情况，真是束手无策啊！"夕雾表示不想回家，并委婉地吐露了自己按捺不住的恋情。近几年来，落叶公主并非全然没有察觉夕雾的心事，然而她总是佯装不知晓地对待他。此刻他竟然亲口吐露怨言，实在令人心烦，她更觉无言以对，缄口不语。夕雾深深地叹了口气，内心万般寻思，心想："这是千载难逢的好机会。"接着又想："纵令被公主误解为无情的轻浮男子也无可奈何，哪怕至少让她知道多少年来我恋慕她的这份苦心呢。"于是夕雾唤来随从人员，一个自己属下的右近卫府的判官，此人最近晋升官爵五位，是夕雾的亲信。夕雾悄悄召他到身边吩咐他说："我有要事必须与到此地来的律师商谈，他此刻正在忙于为老夫人做祈祷，不久会有间休的。因此今夜我拟在此歇宿，待到初夜规定时间内诵经念佛结束时，到律师休息处去会见他。叫某人和某人在此侍候。其余随从人员都到附近栗栖野的庄园内，在那里取饲草等喂马，切不可让众多的人在这里喧嚣。因为在这种地方歇宿，容易被人胡生疑窦，乱传轻浮的流言蜚语呐。"判官领会夕雾此话中的要领，遂遵命退去。

　　夕雾若无其事地对侍女们说："如此浓重的大雾，归途着实模糊难辨，今夜我只得在附近借宿了，反正都是借宿，莫如就让我在这帘前歇宿吧。我想一直待到阿阇梨在规定时间内诵经念佛结束休息时，再去见他。"夕雾迄今来访，从未曾这般久留，更没有露出轻浮的神色，今天晚上是怎么回事？落叶公主心里觉得："实在讨厌呀！"然而特意轻率地躲到母亲老夫人那边去，又觉得很不像样，只好纹丝不动地安静坐着。夕雾随便地与侍女们搭讪，当侍女膝行进入公主住房的门帘内去传言的时候，夕雾就跟着进去了。

这时，傍晚的雾霭弥漫，室内昏暗，侍女猛回头，看见夕雾已跟进帘内来，大吃一惊。落叶公主不由得毛骨悚然，赶紧膝行离开，本想躲到北面的隔扇之外去，夕雾却敏捷地追了上来，将她拉住。公主的躯体已进入贴邻室内，但衣裙还留在这边室内，隔扇无法锁住，只好任其半掩。公主身上直冒冷汗，汗珠宛如流水，她战栗不已。侍女们一个个都吓呆了，在这种情况下，不知该怎么应付。隔扇的内侧原本就有锁，然而侍女们不敢贸然将夕雾推开，硬把隔扇锁上，她们只顾哭丧着脸说道："哎呀！真是太岂有此理了，没想到竟有这种歹念啊！"夕雾说："我只不过想如此接近公主而已，别无更多的奢求，你们又何必那么大惊小怪。我虽然微不足道，但是多年来我的真心实意，你们总该了如指掌吧。"说着从容不迫地将自己的心事镇定自若地娓娓道来。但是，公主怎么可能听得进去，她只觉得："此人竟鲁莽到这般程度。自己蒙受了耻辱，心中委屈万分。"公主委屈得连说句话的心情也没有了。夕雾说："公主多么薄情啊！神情宛如稚嫩的孩子。我满心苦痛无人知，备受痛苦的煎熬，以至行为略见失礼，甘当罪过。然而倘使得不到公主的允许，决不会强求更进一步接近公主。我实在是不堪忍受这'铭心刻骨斯苦恋'[01]啊！不管怎么说，公主自然是多少理解我的心思的，却故意佯装不知晓，而如此冷漠地对待我，使我无法倾吐衷情，出于无奈，我只得不揣冒昧行事了。纵令招来公主把我看成是可恨的鲁莽之徒，也在所不惜，惟盼能把多年来深藏内心中的积郁向公主坦陈，仅此而已。虽然我伤心怨恨公主以无比薄情的态度待我，但是我绝无非分之念……"他强自按捺住澎湃的心潮，一派稳重自若的神态。公主虽然一直在顶住隔扇，然而这种防御其实是无济于事的。不过夕

---

[01] 此句引自《新撰万叶集》（一说为菅原道真私撰，故亦称《菅家万叶集》）中的和歌，歌曰："一旦钟情爱缠绵，铭心刻骨斯苦恋。"

雾并不强要开门，只是微笑着说道："欲凭借这道于事无补的屏障作抵御，聊以自慰也着实可怜！"在这种情况下，夕雾方寸不乱，无心任意妄为，足见夕雾人品出类拔萃、高尚优雅，非同寻常。落叶公主可能是由于长年累月沉浸在悲伤深思中的缘故，体态清减，显得弱不禁风。她穿着一身居家便服，袖口一带露出纤细的手臂，全身散发出可人的薰衣香味，给人一种温柔可爱的感觉。

秋风萧瑟，夜色渐深，好不寂寞，四周扬起虫鸣声、山鹿的悲鸣声、瀑布的倾泻声，交相混合，奏响一曲拨动人心弦的大自然交响音乐，真是一派情趣盎然的天色景象。即使一般感觉迟钝者，恐怕也难以成眠。其时格子窗尚未关闭，可以窥见月落时分的明月行将隐入山头的凄寂景象，不由得催人泪下。夕雾对公主说："公主直到此刻还佯装不解我的心思，这般无情的态度反而衬出公主的肤浅了。像我这样一个不深谙世故、愚而耿直可靠的人，世间恐无其类。对任何事都无远见、身份卑微者揶揄我这样的人为'愚痴'，真可谓冷酷无情了，但是像公主这样心气深邃、气质高贵的人也过分蔑视我，真使我难以忍受，百思不得其解，公主又不是未经人情世故的人啊！"夕雾滔滔不绝地述说，公主遭受种种埋怨，顿时不知如何回答才好，她缄默不语，苦闷地陷入万般寻思。落叶公主心想："他大概认为我是个结过婚的人，容易征服，从而每每隐约示爱，这般瞧不起人，实在令人伤心。我自己真是个无比命苦的人啊！"接着又想："还不如死了干净！"公主伤心地抽泣着，发出轻微的声音说道："纵然是我身世不幸，可是你这种狂妄不羁、侮辱人的行为，叫我怎么想才是呢！"公主似咏非咏地，断断续续轻声吟歌曰：

浮世苦难添新愁，
清白名节染污垢。

夕雾听罢，心中已拟就和歌一首，便悄悄地吟咏了出来。公主深感可憎，后悔地想：“怎么就吟出那首歌来呢！”夕雾微笑着说：“我方才言语不慎，多有冒犯了！”信口咏歌曰：

“纵令弃我于不顾，
　名节早先已染污。

公主何苦耿耿于怀，请听我的吧。”夕雾劝请公主到月光下来，公主出乎意外，硬是不肯。无奈夕雾轻易地就把她拉到身边，对她说：“我如此真心实意地恋慕公主，此志无可比肩，万望理解我意。请放心吧，我决不会做出未经公主允许的事。”夕雾的口吻坚决而干脆。谈说之间不觉已近拂晓时分。

月色清澄，普照大地，雾霭也阻挡不住，月光照射入室内，山庄的厢房进深较浅，与室外没有太大的间隔，因此公主觉得自己似乎在面对着明月，怪不好意思的，她竭力试图把脸藏起来，那副娇媚姿态之美，简直难以言喻。夕雾略加缅怀故人柏木的往事，态度从容，话语分寸拿捏得恰到好处。尽管如此，夕雾感觉到，比起已故的柏木来，公主还是藐视他，于是情不自禁地向公主苦诉心中的怨恨。公主暗自寻思：“虽然我已故夫君的官位并不高，但是这桩婚事是父皇朱雀院准许的婚姻，自然名正言顺，无可非议，尽管如此，婚后尚且遭到夫君柏木的冷漠对待。何况眼前的这位公子，岂能贸然与他结缘。加上夕雾又不是毫无关系的陌生人[01]，我倘若与他错结恶缘，我公公前太政大臣闻知此事，该作何感想？世间的流言蜚语自不消说，我父皇朱雀院倘使得知此事，会多么伤心！”落叶公

---

[01] 夕雾是前太政大臣的女婿，柏木的妹夫。落叶公主是夕雾的妻嫂。

主逐一联想到有密切关系的众人，觉得夕雾的此番求爱表白实在是太令人遗憾了。自己虽然是一心坚守贞节，但又怎能奈何世人的传闻谣诼？再加上此刻这般与夕雾照面，母亲老夫人尚未知晓，自己也甚感内疚，将来她得知此事，势必责备自己轻率，这也是很痛苦的。缘此她只顾催促夕雾早些离开，她说："哪怕在天亮之前回家呢！"夕雾答道："公主太无情了！让我像发生了什么事似的，踩着朝露回家去，朝露会怎么看我呢？莫如理解我的心思，再作后朝之别[01]。公主若敷衍糊弄我，巧妙地哄骗我快些离开，说不定会使我按捺不住心中的恋火，不由自主地做出种种不像样的举止来呐。"夕雾着实依依不舍，经公主这么一催促，他反而不思归了。不过夕雾确实是个在情场里不善于调情的人，他觉得过分强求也对不住公主，还会招来对方的蔑视，于人于己都不利，莫若趁人不知不觉之时，在浓雾中打道回府。然而，夕雾此刻早已心神不定，如痴似醉了。夕雾咏歌曰：

> "荻原重露湿衣袖，
> 凄寂无奈登归途。

我纵然一无所获登归程，公主泪湿的衣袖，恐怕也难以风干，这正是硬撑我走的心灵上的报应吧。"落叶公主心想："的确如此，我的坏名声定将不胫而走，然而，至少我可坦然面对'良心问'[02]，而答称我无愧疚。"公主竭力用极其疏远的态度对待夕雾，她答歌曰：

---

[01] 后朝之别（KINUGINU NO WAKALE）：日本古代习俗中男女一起过夜后次日早晨的分别。
[02] 此语出自《后撰和歌集》中的和歌，歌曰："人言可畏冤枉罪，良心问及坦然对。"

"借口重露湿衣衫，

莫非还要我搭上。

岂非咄咄怪事！"公主责怪夕雾的姿态，着实很美，呈现出一派高雅的气
质。夕雾近年来一味尽心竭力，非同一般地亲切为公主效劳，然而如今这
份诚心似乎也被糟蹋了，他似乎漫不经心地露出了好色的本性，以至使公
主惊恐万状，自己也觉得难以为情，要好好自我反省。但是另一方面又觉
得此番勉强顺从公主的意思，无果而归，过后会不会被人看成是个傻瓜
呢?！夕雾思绪万千，登上归途，越想越觉心烦意乱，归途中只能听任朝
露打湿了衣衫。

　　夕雾未曾经历过身披朝露悄悄地从女子那里登上归程的情景，既感到
有趣同时也很苦闷，他心里想："如若回三条院自家宅邸，夫人云居雁看
见自己浑身被朝露濡湿，一定觉得诧异而加以责难。"于是，他就回到了
六条院夏殿花散里夫人处。这时朝雾尚未散开，夕雾还在遐思："那山庄
清晨的景色想必饶有情趣吧。"众侍女看见夕雾清晨回来，悄悄嘀咕说：
"那位老实巴交的夕雾大将，也罕见地有悄悄晨归的时候呀！"夕雾稍事
歇息了一会儿，然后更换被朝露濡湿的衣服。花散里夫人这边总是为他准
备好夏冬四季适时的漂亮新衣服，他便从唐式柜子里取出薰香扑鼻的衣服
换上了。夕雾用过早粥等之后，就去拜见父亲源氏。

　　且说夕雾派人送信给落叶公主，可是公主连一眼也不愿瞧。公主想到
昨夜突然遭到意想不到的鲁莽袭击，内心实在很不愉快。公主想："此事
倘若传到母亲耳朵里，那我可真是太可耻了。母亲做梦也不会想到会有这
种事发生，万一她从我的异常神态中察觉，或是从世人的流言蜚语中听到
有关我的传闻，她势必怪我隐瞒真相，那才真叫人痛苦不堪呐！索性让侍
女们向母亲据实禀报，母亲定然伤心，那也是没有法子的事。"她们母女

俩向来感情和睦，毫无隔阂。昔日的小说故事中，往往有这样的描写：有些人的有些事宁肯告诉外人，对父母却偏偏隐瞒。落叶公主并不想这样做。众侍女相互议论说："就算老夫人略有所闻，公主何苦煞有介事似的犯愁，思东想西呢！从现在起就未雨绸缪，早早担心，太可怜啦！"侍女们不知信内都写些什么，都想看看，可是公主却无意要看信。她们着急地对公主说："过分冷淡地不予回复，似乎也不合适，活像小孩儿的作为啊！"说着将信开封，递给公主。公主说："奇怪呀，我这是怎么啦。什么也没想，只和那人漫不经心地照过一次面，然而不管怎么说，终归是我轻率之罪过，无可奈何。可是想到那人不顾别人的处境如何，只顾我行我素的行为，实在无法容忍。你们回复他，就说我不能看此信好了。"说着格外郁闷地挨在旁边躺下了。尽管如此，实际上夕雾的信并不那么可憎，信内只是情深意切地写道：

> "魂留无情卿袖中，
> 心似蜕皮迷恋空。[01]

古歌曾云'不如意者源自心'[02]，可见古时也有像我这样的例子，但是不知我的心飞向何方。"这封信似乎写得很长，侍女们不好意思把全信都读下来。从该信的行文上看，又不像是男女交欢过后，男方于次日写来的问候信，这两人究竟是什么样的关系，实情不得而知，总是令人半信半疑。众侍女看到公主的神态一反往常，显得萎靡不振，十分担心，她们心想："这两人的关系究竟是怎样的呢？夕雾大将近年来，无论什么事，都尽心

---

[01] 此歌根据《古今和歌集》第992首"魂已留存卿袖中，无魂心似荡然空"而作。
[02] 此句引自《古今和歌集》第977首，歌曰："愿舍身躯魂任游，不如意者源自心。"

竭力地亲切关怀备至，真是个世间难得的可以信赖的好人。不过倘若他真的成为公主的夫君，会不会反而有所逊色呢？一想到这里，不免叫人放心不下呀！"侍候于公主身边的诸侍女，各自都有各自的想法，无不为她担心。

老夫人全然不知晓女儿的情况。但凡被鬼魂缠身的人，看来病势很沉重，不过也有稍微轻松的时候，这期间神志是清醒的。这天中午，众僧做完祈祷之后，有一位高僧留下来，接着念诵陀罗尼，他看到老夫人病势有好转，十分欣喜，对老夫人说："大日如来[01]倘若没有说谎，贫僧这般虔诚地祈祷，怎能不灵验呢。鬼魂再怎么猖狂作恶，但由于业障缠其身，没什么可怕的。"说着用嘶哑粗犷的声音痛斥鬼魂。这是一位修行造诣深邃、性情坦率的圣僧律师，他蓦地想起，问道："这么说来，那位夕雾大将已经和府上的公主结缘了吗？"老夫人回答说："并无此事。夕雾大将乃已故大纳言的至交好友，他不辜负大纳言弥留之际的嘱托，多年来每遇上什么事，必亲自前来亲切照拂，真是世间罕见的关怀备至、照顾入微。此次他得知老身患病，听说还特地亲自前来慰问，实在是不敢当呐。"高僧说："哪儿的话啊！任何事都瞒不过贫僧的双眼，今早贫僧到这里来做后夜的修行念经时，看见一位衣冠楚楚的美男子从西面的旁门出来。那时朝雾浓重，贫僧无法辨清那是谁人。可是随我来的法师们则异口同声地说：'那是夕雾大将回去了。昨夜先将车子遣回去，他在这里歇宿了。'难怪薰衣香那么浓郁，飘逸四方，甚至让人闻了都觉得头痛，我猜中了，的确是夕雾大将来了。这位公子身上经常散发出一股浓浓的薰衣香味。不过，这份结缘绝非好事。诚然，这位公子，从人物上说确实是一位博闻有识之士。贫僧等人，自夕雾大将还在童年的时代起，就曾秉承已故老太

---

[01] 大日如来：即大日如来佛，是真言宗的教主。

君[01]的嘱托，为他举办过祈祷法事。直至今天但凡有法事，都由贫僧来承当。然而公主与夕雾大将的这桩结缘着实无益。夕雾大将的正夫人实力强大，她娘家是当代得势的名门家族，无比显赫，她所生的小公子达七八人之多，公主恐怕镇不住她。再说，女人之所以坠入长夜黑暗的地狱中，正是这种罪孽深重的爱欲之祸招来的报应，一旦遭人妒忌，这便成了长期阻碍往生成佛的羁绊。这桩结缘贫僧着实难以赞成。"高僧只顾摇摇头，直言不讳地如此说。老夫人说："这就太奇怪了，夕雾大将向来毫无好色之相。昨夜老身病势沉重，痛苦不堪，遂让侍女传言说：'且待老身休息片刻。'侍女们回禀说：'夕雾大将暂时在外间等待。'也许缘此而在此歇宿的吧。他一向是个非常老实而又循规蹈矩的人嘛。"老夫人虽然无法相信高僧所说的这番话，但是她内心却在想："说不定还真有此事呢。此前夕雾确有好几回流露出非同寻常的好色之相。不过这个人才气横溢、聪明过人，尽力避免做些会受人揶揄之事，他为人办事，态度总是端庄严正的。缘此总以为他不会做出越轨之事，故而麻痹大意了。昨夜说不定他看见公主身边人少，就悄悄入室也未可知。"

律师走后，老夫人召来小少将君，问她："我听别人告诉我有这样的事，究竟是怎么回事，公主为什么不将大小巨细的情况如实地告诉我呢？我不相信确有其事，不过……"小少将君颇感为难，然而最终还是将事情的来龙去脉详尽地告诉了老夫人，还述说了今天早晨夕雾来信中陈述的事以及公主隐约吐露的心情。接着又说："夕雾大将只是将多年来深藏内心中的情思向公主倾吐而已。他相当小心谨慎，天还没亮就回去了，不知外人是怎么说的。"小少将君万没想到是律师说的，她还当是某个侍女偷偷告诉老夫人的。老夫人听了小少将君这番话之后，什么也没有说，只觉得非常伤心和遗憾，情不自禁地热泪潸潸。小少将君见了心里十分难受，她

---

[01] 指的是夕雾的外祖母，前太政大臣的母亲。

想：“我为什么要如实地告诉老夫人呢，她正在生病，发生了这件事，对她来说岂不是雪上加霜越发苦恼，备受熬煎吗？”小少将君十分后悔，遂又说道：“他们两人相会是隔着隔扇的。”她还说了许多让老夫人宽心的话，老夫人说：“不管怎么说，如此毫无准备，轻率地与男人会面，是极其不应该的。纵令实际上是清白的，但是类似律师那样的人，以及爱嚼舌的童仆等，散布流言还会留有余地吗？叫我们对世人如何解释，难道可以说明他们没有发生关系吗？公主身边的侍女，大都是考虑欠周的人……”老夫人的话还没有说完，就已经觉得很痛苦，身体支持不住了。老夫人生病期间，听到这种意外的消息，自然很担心也非常伤心。老夫人原本满心希望把女儿落叶公主培养成品格高尚的人，如今女儿却成了平庸无奇且流传轻薄之名的人，这叫她怎能不伤透心而悲叹不已呢。

老夫人噙着眼泪对小少将君说：“趁我此刻病情略见好，去请公主到这里来吧。我本该去看她，实在是走不动。我仿佛觉得与她阔别许久了。”

小少将君来到公主室内，她对公主说：“老夫人有请公主到她那边去。”落叶公主要到母亲那边去，遂将被泪珠濡湿了的额发梳整了一番，更换了绽线的单衣，却不想立即就走。公主在寻思：“这些侍女对昨夜的事，不知是怎么想的呢？母亲大人尚未知晓此事，过后她倘若略有所闻，势必怪我有事瞒着她，这真叫人羞愧得无地自容了！”公主想到这儿，就很难迈步，遂又躺了下来。公主对小少将君说：“我蓦地觉得身体极其不舒服，真恨不得一卧不起，干脆死掉说不定反而体面啊！我的脚气病似乎又发作啦！”于是公主让小少将君给她按摩。公主有个毛病，每当她因某事忧心忡忡时，脚气病就会发作。小少将君对公主说：“有人已将昨夜的事隐约告诉了老夫人，她老人家今天问我究竟是怎么一回事，我已如实地告诉她了，但特别强调是隔着紧闭着的隔扇的，还说了些让她宽心的话。倘若她隐约问起这件事，请公主照我说的同样回答。”小少将君却没有将老夫人听到她的话之后，悲伤叹息不已的神情告诉公主。落叶公主心想：
"果然不出所料，这件事终于还是传到母亲耳朵里了呀！"公主感到很沮
丧，沉默不语，泪珠一个劲地从枕边滴落下来。联想往事，她觉得："不
仅仅是这件事，自从意想不到地下嫁给柏木为妻以来，净是让母亲一路为
我而惆怅断肠。"想到这里她就感到："我此身活着真没意思啊！"她接
着又想："估计夕雾此人不会就此甘心作罢，日后势必借故前来纠缠，多
令人心烦，世间的传闻会多么难听。"她思来想去，烦恼不堪。她接着还
想："更何况倘若心软，顺从他的甜言蜜语，说不定会流传多么可耻的污
名。虽然坚守了自身的清白，至少可聊以自慰，但是贵为公主之身的皇
女，竟那样轻率地与男子会面，实在不应该啊！"她怨恨自己命途多舛，
委屈万分。

傍晚时分，她母亲又派人来传言："请公主过去。"还让人将两室之
间的储藏室[01]两边的门打开，形成一条通道。老夫人虽然重病缠身颇感
痛苦，但还是郑重其事地迎接公主女儿。她按照往常的惯例，坚守宫中的
礼仪，从病榻上下来恭迎公主。老夫人对公主说道："这房间十分凌乱，
让你过来，实在难以为情。仅两三天不见，心情却觉得仿佛阔别了漫长的
岁月，着实寂寞怅惘啊！常言道：'今世纵有母女缘，来世亦未必能重
逢。'即使来世能邂逅，也记不得今世的亲情，还有什么意思呢！如此看
来，母女缘分着实短暂，彼此还得远隔。在这无常的人世间，迄今母女过
分亲密地生活，惜别时反而令人后悔了。"说着落泪潸潸。落叶公主也百
感交集，满心凄婉，只顾凝望着母亲而默默无语。公主生性谨慎内向，昨
夜的事又不能直截了当地畅所欲言，只顾沉默，羞愧万分。老夫人颇可怜
女儿，也不责问昨夜的事。天色渐黑，侍女们赶紧点亮灯火，并备好晚餐

---

[01] 储藏室：原文作涂笼（NURIGOME），日本寝殿式建筑中的一个房间，是将泥墙封抹
　　　厚实的闭锁式房间，类似仓库。

端到病室里来。老夫人听说公主什么也不想吃，遂亲自重新烹调菜肴，可是公主毫无食欲，丝毫不沾。只是看见母亲病情好转，心情才稍许开朗些。

夕雾又派人送信来，不谙内情的侍女把信接了过来，通报说："夕雾大将有信送来，是寄给小少将君的。"公主顿觉很不自在。小少将君接过信来，老夫人不能不问道："是什么信？"老夫人心中断定女儿已失身，她老人家暗暗等待着夕雾今夜会再来。可是听说夕雾有信来，老夫人估计他不会来了，心中忐忑不安。老夫人说："这封信嘛，还是应该回复的，否则太简慢了。世间难得见到更正流言蜚语的人，即使你自信自身清白，然而相信你清白的人能有几个呀！莫如以净美的心情与他通信，一如往常才好。置之不复，未免冷淡，显得太傲慢了吧。"老夫人说着便要看信，小少将君十分尴尬，只好给她看。只见信中写道："昨夜拜会始知公主待我如斯冷漠，反而令我一心一意恋慕不已。正是：

流言蜚语难防堵，
越防越显思虑粗。"

信文似乎很长，老夫人未能尽读。从行文上看，态度似乎不很明朗，字里行间又流露出得意的神色，尽管如此，今夜却无所谓似的不来造访，这是怎么回事嘛，老夫人觉得这种行径未免太过分了。老夫人仔细回想："当年柏木卫门督对公主的爱情出乎意外的冷淡时，我确实很伤心，不过在表面上，已故柏木的礼数比任何人都更加周到，使我们日子过得挺体面的。这虽然也可聊以自慰，然而我们对此尚且心感不满，更何况夕雾的这般行径，不是太过分了吗？前太政大臣家知道此事后会怎么想呢？"老夫人接着又想："不管怎么说，我得探明夕雾是怎么想的，至少也要了解一下他的心思如何。"于是老夫人不顾身患重病的苦楚，甚至眼前似乎只见一片漆黑，也一边擦擦昏花的双眼，一边写下那字迹活像鸟的足迹般的回信。信中写道："老身病势沉重，公主前来探视，正当此时，顷接来函，虽劝请公主作复，无奈她心情极其欠佳，实在令人不忍心看下去，只好由老身代笔作复：

> 女郎花枯山野边，
> 缘何留宿仅一天。"

　　老夫人匆匆写下数语，就此搁笔。然后将信的两头拧好封住，而后送到帘外去。接着便躺了下来，其模样显得相当痛苦，侍女们惊慌失措，吵吵嚷嚷地骚动了起来。她们估计老夫人方才神采奕奕，可能是鬼怪的一时疏忽放松吧。神通广大的法师们又开始忙乎祈祷，大声诵念经文。众侍女劝请公主说："公主还是回居室去歇息吧。"可是公主悲叹自身命苦，宁肯追随母亲而去，不愿独活世间，她纹丝不动地守候在老夫人的病榻前。
　　夕雾大将那天白日里从六条院回到三条院自家宅邸。他心想："我今夜倘若再访小野山庄，那么外人肯定以为我们已然缔结同心，然而事实上则还没有达到那个程度，连夜造访，势必招来坏名声。"因此夕雾自己只好强自忍耐了下来。可是，今天恋慕的苦恼心情，远比往常更甚千倍。
　　夕雾的夫人云居雁隐约听闻丈夫有偷情之事，心里很不痛快，然而表面上却佯装不知，只顾躺在自己的起居室内和孩子们玩耍，聊以消遣。傍黑时分，小野山庄那边给夕雾送来了回信。夕雾接过信来，略略看了看，行文与往常不一样，字迹像鸟的足迹，立时难以辨识，于是将灯火移近，慢慢阅读。云居雁虽然隔着幔帐，却早已看到有人送信来，她悄悄地走到夕雾背后，将信一把抢了过来。夕雾吃了一惊，对她说道："唉！瞧你，在干什么嘛，真岂有此理！这是六条院东北院的那位继母[01]送给我的信嘛。她今天早晨受了些风寒，正难受着呢。我在父亲那里告辞出门后，未曾去探望继母，心甚牵挂，遂给她去函问候'此刻感觉如何'，请看，这是她的回复，情书有这样写的吗？你方才的举止显得多么鲁莽呀！随着岁月的流逝，你竟与日俱增地蔑视我，实在出人意外。你这样做，我会怎么想？你简直不觉得难以为情呀！"夕雾说着愤懑地叹了一口气，他佯装对那封信无所谓的样子，似乎也不想设法巧取回这封信。云居雁也无意立即要看这封信，只是将信攥在手里，她说："你所谓的随着岁月的流逝，我竟与日俱增地蔑视你，其实说的是你自己，你才是如此呐！"她看见夕雾神色泰然，自己也有所顾忌，因此只是娇嗔地说了这么一句，她的神情生动可爱。夕雾笑道："嗨，无论谁跟谁，舌剑唇枪总是世间常态。不过像我这样的男子，别处恐怕难得一遇。一个身份不低的人，目不斜视，一心只守惟一的妻子，活像胆小的雄鹰惧怕雌鹰[02]一般，这会招来世人多少耻笑，而被这样孤僻的丈夫坚守着，对你也不是什么值得骄傲的事。必须在聚集的众多美女中，格外受丈夫的宠爱，地位与众截然不同，这才令人钦佩，自己内心也总觉清新愉悦，才能不断感受到人世间饶有情趣的事物，感慨深邃的情调。如今让我充当类似某翁那样，专心且珍重地守候着一个年轻女子[03]的迂夫子，昏聩地守候着你一人，岂不是太遗憾了吗？这对你来说也并不体面呀。"他天花乱坠地说了一通，意在不知不觉中设法取回那封信。云居雁着实艳丽地莞尔一笑，说道："夫妻恩爱何苦虚求堂皇体面呢，你若欲如斯，可就苦了我这个过了时的人。近来你的模样变得怪轻浮，我还是初次见到，实在看不惯，真是受不了。正是'一向

---

[01] 指花散里。
[02] 鹰类雌性大个，雄鹰个子小。
[03] 日本古时似乎有这样的故事，今已失传。

不让我痛苦'[01]呀！"她那抱怨的姿态倒也蛮可爱的，夕雾应声答道："你是想说'今日暮地使我思'[02]吧。我究竟怎么变了呢？一直没有听你提及，你未免太疏远我了嘛。准是有无聊者搬弄是非吧，奇怪呀！此人[03]从过去就不信任我，看我不顺眼，因为我的绿袍而说三道四，至今还蔑视我，试图离间我们，遂在你耳旁隐约说些难听的话，于是为了一个毫无干系的人，你竟妒火中烧……"夕雾口头上虽然这么说，可是心里却在想："自己终究要与落叶公主结缘的。"因此没有格外强调争辩。大辅乳母听了夕雾这席话后，实在难为情，无言以对，缄口不语。

两人东拉西扯，云居雁最终还是把信藏了起来。夕雾也不强求她把信拿出来，装作无所谓的样子就寝了。可是，内心却万分焦灼，他想："总得设法将信拿回来。估计是老夫人写的回信吧，不知信中都写了些什么内容呢？"夕雾躺着，也没打盹，只顾百般寻思，久久未能成眠。云居雁已经睡着。夕雾装作若无其事的样子，探索了一下昨夜云居雁所坐的坐垫下方，没有看到那封信。他心想："没有多大工夫嘛，她还能把信藏到哪儿去呢？"夕雾心情很不愉快，天都亮了他也不急于起身。云居雁被孩子们的声响吵醒，膝行到外间去。夕雾也装作刚刚醒来的样子，并悄悄地四处寻找，然而那封信还是无法找到。云居雁眼见夕雾并不是那么急于找信，她想："那大概不是情书。"因此也就不怎么介意。孩子们在戏耍，儿子们蹦蹦跳跳，女儿们摆弄女儿节偶人[04]，大孩子或读书或习字，各自忙各自的活儿，而最小的幼儿则围着她爬来爬去，云居雁把夺来那封信的事全都给忘了。而夕雾的脑子里惟有那封信的事，除此别无所思。他想及早给

---

[01] [02] 古歌曰："一向不让我痛苦，今日暮地使我思。"见《源氏物语奥入》。
[03] 暗指大辅乳母。
[04] 女儿节偶人：原文作雏人形，是日本模仿天皇、皇后装束等女儿节陈列的偶人的总称。平安时代贵族女孩子的玩具。

小野山庄那边回信，可是昨夜那封信中的内容未曾看清楚，不看清来函而作复，老夫人势必估计到那封信肯定失落了。夕雾思来想去，焦虑不安。待到大家都吃过饭后，寂静的晌午时分，夕雾对夫人云居雁说："昨夜的那封信里不知都写些什么，你硬是不让我看，真是毫无道理啊！今天本应前去探望，可是由于情绪欠佳，六条院也不能前去了，因此想写封信慰问一下，但不知来信都写些什么。"听夕雾若无其事地如此说，云居雁觉得："自己藏匿那封信，真是愚蠢之举。"云居雁怪难为情的，从而故意不提这件事，回答说："你只需说前天晚上在小野深山里着些风寒，身体微恙，不能前往，巧妙且委婉地致歉，不就行了嘛。"夕雾开玩笑似的说："得了！你总爱说些不符合事实的话，有什么意思呢。你把我等同于世间轻浮男子来看待，这反而令我感到可耻呢。这里的侍女们，看见你在像我这样一个老实巴交不识风流韵事者面前，还说些醋味十足的话，恐怕都在窃笑哩！"接着就问："那封信你究竟藏哪儿了？"云居雁并没有立即将信拿出来，夕雾只得依旧和她海阔天空闲聊一阵，而后短暂躺下歇息，不觉间已届日暮时分。

日本夜蝉"卡那卡那"的鸣声惊醒了夕雾，他想："小野山庄那边，不知被多么浓重的雾霭封锁住了，实在可怜啊！今天至少也该写封回信啦。"夕雾觉得很对不起她们，他装作若无其事的样子，一边研墨一边在思索："信文该如何措辞才能圆场呢？"他茫然地环视四周，偶然望见云居雁的坐垫靠里的那端有稍稍隆起之处，就试着掀开坐垫瞧了瞧，"哦！原来那封信就藏在这坐垫底下。"夕雾发现信后，既高兴又生气，他面露微笑，读着信，看到信中出乎意外的令人心不安的歌词，心头不由得吓了一跳，心想："莫非老夫人已听说前天夜里的那桩事，以为我与公主已铸成事实？！"想到使老夫人心中难过，夕雾不禁感到真对不起她老人家，自己实在过意不去。夕雾又想："昨天夜里她老人家想必等到天亮了吧，今天直到此刻，又不见我送信来……"夕雾内心万分懊恼，接着又想："看来老人家不知强忍着多么沉重的病苦，而执笔写下这几乎无法辨认的龙飞凤舞般的字迹，足见她不知多么忧伤。她老人家哪禁得住今宵又空等一夜，杳无音信啊！"可是事到如今已经毫无办法。缘此，夕雾觉得云居雁实在可恼，她为什么要如此肆无忌惮地恶作剧啊！夕雾想："她毫无道理，不由分说地就将信藏了起来……嘻！咎由自取，还不都是自己把她娇惯出来的嘛！"夕雾思来想去，觉得自己本身也挺可恨，他此刻的心情真是恨不得痛哭一场。夕雾本想立即出门，可是转念又想："纵然前去造访，落叶公主也未必欣然愿意与我会面吧，可是老夫人信中又那样说，叫我如何是好啊！不巧，今天是个坎日[01]，万一我的愿望能够如愿以偿，说不定未来也不吉利呢，万事还是力求稳妥，从长计议为好。"夕雾为人办事一向诚实认真，因此作如斯想。于是决定首先写封回信送去。信中写道："拜读珍贵来鸿，欣喜万分，但'缘何留宿仅一天'之责备，实感意外，不知有何所闻？

　　　秋野草深诚探访，

　　　未结共枕梦一场。

如此申明似乎无益，不过，昨夜未能向您请安，倒是罪过匪浅。"另外还给落叶公主写了一封缠绵悱恻的长信，命人从马厩中选出一匹快马，换上随从用的马鞍，派遣前天晚上的那个随从判官纵马送信，并小声叮嘱他说："你就告诉她们我昨夜在六条院歇宿，是刚回到三条院的。"

　　小野山庄那边，昨夜等候夕雾，却不见他来，老夫人实在看不下去，她顾不得日后会被世人讥讽，写了那封叙述怨恨的信送去，竟然收不到夕

---

[01] 阴阳道说坎日诸事主凶，不宜出门。

雾的回音。今天眼见又到日暮时分了，她不知夕雾究竟居心何在，对他感到绝望。由于过分伤心，以至心力几乎衰竭，近日好不容易见好的病势复又沉重了起来，老夫人痛苦不堪。

至于当事人落叶公主则并不怎么为此事伤心难过，只是为那天被一个不速之客看到自己不整洁的姿态感到十分遗憾。她并不太介意夕雾的事，不过看见母亲为她如此伤心悲叹，她感到意外也觉得很可耻，却又无法向母亲说明自身的清白。缘此，她显得比平时更加腼腆而又谨慎。老夫人看见女儿的这副模样，更加可怜女儿，她感到："公主的命运怎么越发苦楚了啊！"悲伤的情绪填满了老夫人的胸膛，她对公主说："事到如今，我也无须再说些什么大道理。常言道'一切都是命里注定'，不过由于自己意外的疏忽大意，也不得不遭受到他人的非难。事情既已过去，无法挽回，今后多加小心就是了。我虽微不足道，迄今对你还是万般悉心照料。如今你已深明事理，人世间的纷繁世故人情，你也都能深思熟虑，拿捏分寸适当应对，这方面我似乎大可放心。然而你有时也难免有未脱孩子气之嫌，意志尚欠缺坚定。缘此我也着实为你担心，总希望自己能多活些时日。连一般臣下的人家，但凡身份稍微高贵的女子，总是一女不事二夫，否则被人藐视，认为轻浮，何况你贵为皇女公主之身，更不能轻率地与男子接近。想当年，出于意外的机缘，让你委屈下嫁给柏木，多年以来，我常为此事而苦恼伤心。然而这也是你命里注定的宿世孽缘。因为包括你父皇朱雀院在内，都赞许这门亲事，柏木的父亲前太政大臣也表示欣许，惟独我一人又如何阻挡得了啊！只好断念，听天由命了。不幸的是柏木又英年早逝，害得你身陷孤苦忧患的境地，但是这也不是你的过失，只能怨天叹命，凄凉度日。这回又发生了此事，对夕雾或对你都不利，轻浮之恶名将会不胫而走。虽然我也曾想过：尽管世间传播流言蜚语，但我大可置若罔闻，惟盼至少你们两人之间能像寻常夫妻般相亲相爱，和睦度日，长此以往或许也能使我寂寞的心灵获得一些安慰。没承想夕雾竟是如此薄情的人啊！"老夫人吐露怨恨夕雾的满腹牢骚，止不住热泪潸潸。老夫人只顾独断述说，落叶公主无法插嘴申诉，只有抽泣，她那模样十分文静又很可爱。老夫人凝视着女儿的姿态，接着又说："可怜啊！你无一处逊色于他人，不知前世造的什么孽，以致今生必须承受这么沉重的痛楚，好命苦啊！"话音刚落，老夫人顿觉身体极其难受，作祟的阴魂等鬼怪就是趁人体衰时猖狂袭击的，老夫人骤然昏厥，躯体急速变得冰凉。律师也惊慌得手忙脚乱，赶紧向神灵许愿，大声诵经祈祷。这位律师默念："自己曾发过誓，终生闭居深山修行，此番纯粹为了老夫人而出山，倘若修法不灵验，拆毁祈祷坛而归山，则脸面全无，御本尊大日如来佛势必也会令世人感到无慈悲啊！"他专心一意地在做祈祷。落叶公主伤心痛哭，诚然是理所当然的事。

人们正在忙乱得不可开交的时候，夕雾大将派人把信送来，交由侍女递了进来，此时老夫人隐约听闻夕雾有信送来，心想："夕雾今夜又不会来了！"接着又想："实在是意想不到啊！公主将成为世人的笑柄，连我自己又为什么要送给夕雾那样的一首歌呢！实在是多此一举。"老夫人万感交集，痛苦至极，不久就撒手人寰了。此时此刻的情景，用千言万语，诸如没意思、悲伤怨恨等字眼都难以表达尽啊！老夫人早在以前就经常被阴魂鬼怪骚扰，每每昏厥而又苏醒过来。众僧以为此次也照例是阴魂附体，遂加紧诵经祈祷驱除鬼怪，不料这回竟然是大限已到，无可挽回了。落叶公主意欲与母亲同赴黄泉路，纹丝不动地躺在遗体旁哭泣。侍女们来到她身旁，用世道常理劝慰她说："事到如今已无可奈何，再怎么痛不欲生、悲叹不已，驾鹤西去者也不会回返，虽然意欲追随老夫人奔赴黄泉，但是事实上怎么可能随心所愿呢！"有的侍女说："公主这样做，反而不吉利，会令死者在赴阴司路上添加罪孽呐，还是回到那边歇息去吧。"她们硬要搀扶公主回去，可是公主的身躯仿佛缩成一团，失去知觉了。

法师们拆卸了祈祷坛，纷纷撤离，只留下几名在灵前守夜的僧人。老夫人已成为他界的成员，这般全然绝望了的光景，着实凄怆，令人感到不安。说也奇怪，噩耗不知怎的，于不觉间传遍四方，各处都派人前来吊唁。

夕雾大将听闻噩耗传来，非常震惊，首先送去吊唁信。六条院的源氏、柏木的父亲前太政大臣，以及其他所有亲友都纷纷派人前来吊唁。闭居山中的朱雀院惊闻噩耗，也送来了一封情深意切的信。落叶公主收到了父亲的这封来信后，才抬起头来。来信说："我早就听说你母亲近来一直身患重病，不过她总是多病之身，因此我也听惯而习以为常，以至疏忽不曾前去慰问。你今遭丧母大难，悲伤至极自不消说，我想象着你那伤心悲叹的形状，不胜可怜而内心绞痛。但是盼望你能想到世态无常的道理，善自达观为要。"公主已哭得泪眼模糊，但还是执笔给父亲复函。

老夫人生前总是嘱咐："我死后如此这般殡葬。"因此遵照她老人家遗嘱，今日即举行出殡葬礼。老夫人的外甥大和守负责操办一切丧葬事宜。落叶公主舍不得离开母亲的遗体，恨不得多一些时间瞻仰遗容，事实上这是不可能做到的。众人迅速准备出殡诸事，正在出发的当儿，夕雾大将来了。

夕雾大将临出门之前，对三条院的自家人说："今日若不前去凭吊，以后都是不宜出门的坏日子。"实际上是他本人牵挂着落叶公主，心想："她不知多么悲伤痛苦。"他内心非常同情她，所以要立刻前往。家人劝他："不必如此匆忙前去。"可是他还是决意出门了。可能是心急火燎的关系，总觉路途遥远，好不容易才到达小野山庄。刚一进门只见满目凄凉的景象。为避讳起见，老夫人的遗体用屏风围起来不让来客看见，夕雾被引领到相当于公主起居室的西面的一室里，大和守出面接待，哭着向夕雾致辞答礼。夕雾身靠屋角双开板门外的檐廊栏杆上，召唤侍女前来。侍女们一个个神思不定、心不在焉的样子，就在这种时候，承蒙夕雾亲自莅临，众侍女内心多少获得些宽慰。大和守的妹妹小少将君前来接待，夕雾由于太悲伤没能多说话。夕雾一向比较坚强，轻易不落泪，但是看到小野山庄的这番凄凉景象，想起老夫人生前的为人慈祥，不由得感慨万千，而且这人事无常的景象，不是边远莫及的他事，而是自己身临其境亲眼所见的情景，叫人怎能不悲从中来呢。夕雾的激动情绪稍许镇静下来之后，让小少将君向落叶公主转达致意说："先前听说老夫人的病情好转，我就疏忽大意了。做梦清醒过来还得花一段时间呢，真没想到老人家竟如此迅速驾鹤西去，实在令人震惊。"

　　落叶公主心想："我母亲如此忧心牵挂悲伤以至撒手人寰，多半是为了夕雾此人啊！"虽说是命里注定，但总而言之，夕雾是夺走母亲性命的相关人员，实在可恨。因此落叶公主对夕雾不予搭理。众侍女一个个劝说："叫我们如何转达公主的回答呢。夕雾大将身份高贵，急匆匆地特意赶来吊唁，足见他的一片诚心，倘若置之不理未免太失礼啦。"落叶公主回答说："任凭你们揣摩我的心思，代为适当回复吧，我已经不知道如何回答才好了！"说着便躺了下来，这也是难怪的。侍女们便出去对夕雾说："此刻公主几乎形同死人一般。大驾光临，我等已如实禀告。"侍女们一个个泣不成声。夕雾说："此刻我也不知该如何安慰她才好了。且待我自身情绪稍事稳定，公主的哀思稍许缓解，我再来拜访吧！不过，老夫人此番缘何突然驾鹤西去，愿听其详。"小少将君虽然不是一五一十地将详情都说出来，但是大致上也将老夫人等待夕雾不来而忧伤叹息之情状都说了，最后说道："说了这番状况，仿佛是在埋怨夕雾大将，其实今天家中无论谁心绪都非常凌乱，言语间难免有措辞不当之处。夕雾大将既然想了解详情，估计公主再怎么悲痛欲绝也是有限度的呀，何不待公主哀伤稍事缓解之时再来造访询问详情，届时我们再奉告，并恳请指教。"夕雾见她说话神情恍惚，有点语无伦次，自己想说的话也咽了回去。后来才说："真是的，我自己也觉得仿佛茫然若失。还是希望你好生劝慰公主，务请公主给我个回音，哪怕只言片语。"夕雾说罢，舍不得立即就走。但是，此时毕竟耳目众多，如果再不告辞，久留之下难免会被人视为轻率，只好起身辞别。夕雾万没想到今夜行将殡葬，他觉得准备过于仓促，仪式过于简慢，实在不像样。于是，夕雾召来附近庄园的人们，并一一吩咐他们按照他的指示办理殡葬事宜，而后才离去。原先殡葬的准备过于仓促，以至显得过于简陋，今得夕雾尽心照料，场面顿时焕然一新，氛围庄严肃穆，除了伴僧外，还增添了不少送葬人数。缘此大和守等人不胜欣喜，诚心感激夕雾难能可贵的好意。

　　落叶公主想到母亲的遗体即将化作云烟，心中万分悲痛，只顾匍匐号啕痛哭，实在毫无办法。在场人们见此情状，有人说："即使母女情深，但是死别也不宜过分悲伤啊！"人们担心公主如此悲痛叹息，会不会招来不吉祥，生怕对她的健康不利。大和守尽心料理老夫人的一切善后事宜，对公主说："不宜在这样凄凉、令人心情不安的住宅里留住下去，否则悲伤就无尽头了。"但是，落叶公主却想在这山庄里住上一辈子，她认为："还是要留在这里，至少靠近山中的火葬场，可以眺望缭绕山峰的云烟[01]，以便缅怀母亲的面影啊！"

　　为亡故的老夫人做七七祭奠期间，法师们就在东侧游廊和库房略施间隔的室内寂静地住着。西厢房改换装饰成居丧房间，落叶公主就住在这里。她几乎不知是白昼还是黑夜，日日夜夜沉湎在悲伤中，痛苦度日，倏忽时令已届九月。

[01] 据说这地方是当年小野炭窑的所在地，可以望见附近山峰上缭绕着炭窑的云烟，可能是落叶公主出于心情使然，将其比作亡母火化的云烟吧。

落山风猛刮，树上的叶子被一扫而光，四周呈现一派无限凄怆的景象，在凄凉季节的氛围中，落叶公主更是落泪潸潸，悲叹不已。她恨不能与母亲一道赴黄泉，却连性命也不能"随心思"[01]，从而觉得这人世间非常令人讨厌，真是万念俱灰。众侍女也都觉得万事皆可悲，不知所措。

夕雾大将每天都派人到山庄来探望，并犒赏各种物品给天天寂寞地诵经念佛的僧众，众僧皆大欢喜。他还给公主写了情深意浓的书信，或极尽所能倾吐内心的怨恨，或千言万语但求能慰藉公主的哀伤于一二。可是，落叶公主对夕雾的来信连碰都不碰一下。她联想起那天夜里夕雾那突如其来的荒唐行径，致使病弱的母亲内心生疑，无端地以为他们的关系肯定是木已成舟，从而郁闷以至抱恨身亡，甚至此事会否成为母亲往生成佛的障碍呢？！公主想到这里不由得悲愤满怀。侍女中只要有谁稍许提及夕雾的事，她就痛恨万状，伤心得落泪不止。缘此，侍女们不知如何向她禀告才好，实在是无可奈何。夕雾见不着落叶公主的任何回音，连一行字也没有。起初他以为是由于公主尚未从悲伤中解脱出来，心绪烦乱的缘故，可是日子过了许久，依然杳无回音，他心想："悲伤终归是有限度的，不该这么过分地无视我的一片真情，实在没劲，太不善解人意，就像个孩子。"夕雾内心不免有所抱怨，接着又想："我信文内容倘使对深陷悲伤境地的她说些毫无关系的花呀蝴蝶呀之类的闲话，自然会遭她讨厌，可是我满纸都是为她的伤心和悲叹，表示由衷的深切同情和诚挚的慰问，她理应感谢我才是啊！想当年外祖母太君仙逝，我由衷地感到万分悲痛，而太君的亲生儿子前太政大臣则不那么哀伤，他认为死别是人世间的常态，从而只在殡葬仪式方面办得隆重，以表孝心。其实显得冷酷无情，令人感到不愉快。相形之下，六条院父亲大人是太君的女婿，却反而诚恳地为太君

---

[01] 此语出自《古今和歌集》第387首，歌曰："性命若能随心思，别离伤悲何至此。"

举办七七祭奠法事,虽说提自己的父亲不好意思,但我确实十分欣喜。当时在世的柏木卫门督也和我一样非常悲痛,看到柏木的这般模样,我深受感动,从此我就格外亲近他。柏木的性格沉着冷静,为人办事能深谋远虑,用心周到,其悲伤也比一般人深沉,他真是一个令人感到亲切可爱的人。"夕雾在寂寞无聊的时候,总是作类似的浮想联翩,聊以送走朝朝暮暮。

云居雁不知道丈夫夕雾与山庄那边的落叶公主的关系究竟如何。迄今她只看到夕雾与老夫人有书信往来,行文内容也写得十分详细,可是似乎没看到那位⋯⋯实际情况究竟怎样不得而知,她总觉得有点奇怪。一天傍晚,夕雾躺着茫然眺望日暮时分的天空,陷入沉思。云居雁差使她的小儿子给夕雾送去一张小纸条,纸条的一角上写着:

"安慰悲愁苦无门,
苦恋抑或伤死别。

百思不得其解,盼明示以免担心。"夕雾阅后脸上露出微笑,心想:"云居雁居然如此胡猜瞎想,说什么'抑或伤死别',还以为我是想念已故的老夫人,太缺乏想象力啦。"旋即若无其事地回复:

"不为何人徒悲苦,
人事无常似朝露。

从大体上说,只觉人生可悲啊!"云居雁阅后心想:"夫君还是这样有意瞒我啊!"她懒得去想人事无常似朝露,只顾为夫君对自己的不忠实而格外地悲叹。

夕雾因为惦挂着落叶公主，总也放不下心，终于又赴小野山庄造访。他原本打算过了老夫人的七七祭奠期后，再从容不迫地前去探视的，然而终究还是按捺不住澎湃的心潮，他心想："事到如今，也没有必要顾忌什么浮世虚名，只要像世间常见一般向她倾诉衷肠，结果若能如愿以偿就最好。"因此夕雾也顾不得夫人云居雁的多心猜疑，更不牵强编造借口了。他又想："纵令落叶公主态度强硬，不愿接受我，我也持有老夫人怨恨我'缘何留宿仅一天'的歌，作为挡箭牌，再三恳求的话，她也未必能够洗清她失身的冤枉。"想到这里，他似乎觉得有把握了。

九月十日过后，山野的秋色浓重，即使不甚领悟大自然情趣的人，都会不由得产生某种感动。林中的树梢和山上的葛叶，禁不住山风狂刮的摧残，纷纷凋零，庄严的诵经声隐约可闻，几乎被秋风扫落叶的响声所淹没。山庄内人影稀少，只有法师们的诵经声。山庄外鹿群被寒风吹逐，有的只顾伫立在篱笆旁，有的似乎不被山田的鸣器[01]所惊吓，躲进金黄色的稻田里，引颈悲歌，不由得令人感到真是一派催人愁更愁的景象。瀑布倾泻的轰鸣，惊醒了陷入沉思的人，使他更感悲怆，只觉耳边一片嘈杂声响。惟有草丛中的秋虫发出微弱的、无依无靠似的唧唧悲鸣。龙胆草从枯草中惟我独尊似的冒出头来茁壮成长，花草上的露珠在闪烁，四周的景物虽然一如既往，呈现一派秋季的情趣，但是也许由于时间和地点的关系吧，格外令人感到凄怆，难以忍受。夕雾按惯例走近西侧双开的板门，伫立在那里，放眼眺望四周的景致。他身穿惯常的、柔软的贵族便服，里面深色的光泽艳丽的绢衬袍清爽地透露出来。夕照余晖毫不客气地将微弱的光直接洒落在他身上，他似乎觉得有点晃眼，自然而然地举起扇子来挡光，这优美的手势，让侍女们望见几乎倾倒，她们觉得："这种美姿理应

---

[01] 山田的鸣器：田间驱鸟兽的装置。在木板上系木片等，用绳连接，从远处拉响，以惊走鸟兽。

是女子所具备，女子尚且未必有如斯美举呐。"众侍女只顾凝神仰望着夕雾。夕雾让人望去只觉心旷神怡，他那笑容可掬的神采，着实具有魅力。

夕雾特意指名召来侍女小少将君。小少将君遵命前来，站在极靠近走廊的地方，但夕雾顾忌到帘内也许还有别的侍女，不便与她详谈，就对她说："再靠近些吧，别疏远我哟。我不辞辛苦，远途跋涉特意来到这深山，这片诚信不容视而不见呀！况且雾霭如此浓重。"他故意不看小少将君，而朝山的那边眺望。接着恳切地说："再靠近些，再靠近些！"因此小少将君就将深灰色的围屏从垂帘的一端稍微拽出来，拽到自己这边，坐了下来。这小少将君是大和守的妹妹，已故老夫人的侄女，与老夫人有近亲血缘关系，而且自幼由老夫人抚养成人，因此她所穿的丧服颜色格外深，是一袭深灰色的丧服便和服。夕雾对她说："老夫人仙逝令人无限悲痛，自不待言，再加上落叶公主连只言片语都不作回复，每想到她如此无情，真令我心魂俱丧，人们见我这副模样都觉得奇怪，我实在受不了啦！"接着又说了许多怨恨的话，并且还提到老夫人弥留之际寄给他的，埋怨他"缘何留宿仅一天"的信函等事，说罢落泪潸潸。小少将君哭得更伤心，她边哭边说："那天晚上，老夫人一直在等待您的回音，却扑了个空没等着，其时她的大限将至，神志恍惚，她认定您态度冷淡，更觉痛苦绝望。随着天色渐暗，病势越发沉重，那鬼魂更乘虚而入，夺走了她的性命。想当年柏木卫门督去世前后，老夫人也曾因忧伤过度，屡次昏厥不省人事。不过，老夫人见女儿落叶公主同样沉湎在悲伤叹息中，为劝慰公主，强自振作，总算能逐渐恢复健康。此番公主丧母，陷入悲痛深渊，无人劝慰，她成天仿佛失魂落魄，茫茫然度日啊！"她诉说时极其痛心，不断哀叹，话语哽咽，断断续续。夕雾说："是啊！公主确实过于悲伤，情绪太低迷不振了。往后的日子，不知她作何打算，准备依靠谁人。朱雀院隐居深山云雾环绕之境，全然无心顾问尘俗杂事，仿佛在另一个世界生活，通信也极其困难。希望你多多理解公主这般痛苦的心情，勤加劝慰她，务必让她意识到她自身处境艰难。世间万事因缘都是前世命里注定。公主即使不愿随俗，然而世态往往不能随心所愿。公主倘若希望事情变得称心如意，首先必须从丧母死别的悲痛中摆脱出来啊！"夕雾千言万语，但小少将君一言不答，只顾叹息。此时，室外传来鹿群凄切的哀鸣，夕雾听了，不由得吟咏"不亚我"[01]，接着咏歌曰：

> 千里跋涉访小野，
> 不惜泣声似鹿鸣。

小少将君答歌曰：

> 山庄人泪湿丧服，
> 鹿鸣声声平添悲。

此歌虽然算不上是什么好歌，不过在此情此景下，一名女子悄悄咏歌的声调，夕雾听起来感觉蛮有意思的。夕雾托小少将君向公主转达数语。公主命小少将君回答说："此刻我恍如身处凄惨梦境，且待稍许清醒后，当答谢不断探访之厚意。"仅仅回复这寥寥数语，实在是一种冷淡的应酬。夕雾觉得："公主太冷酷无情啦！"只好唉声叹息，登上归程。

夕雾在返回京城的途中，眺望凄凉的秋夜天空，正值十三夜的月亮悬挂当空，十分娇艳，月光普照大地。夕雾的车辆经过小仓山一带时，借助月光从容前行，恰巧途经落叶公主的原本宅邸一条院，院落十分荒凉，西

---

[01] 此语出自《古今和歌集》第582首，歌曰："秋夜深山鹿哀鸣，孤身求偶不亚我。"

南面的土墙早已坍塌，由此处可以窥见土墙内的宽敞的各处殿宇，格子窗扉都紧闭着，不见人影，只有月光洒落在小溪流水的水面上晶莹闪亮。夕雾不禁想起昔日柏木权大纳言在此举行管弦乐会等情景，遂自言自语似的咏歌曰：

> 故人[01]面影不复现，
> 惟有秋月守庭院。

夕雾回到三条本邸之后，依旧仰望秋月，心魂早已在夜空中游荡。众侍女看见夕雾的这番模样，十分讨厌地私下议论说："这副模样多不雅观呀！大将迄今没有偷情的毛病嘛！"夕雾的夫人云居雁真实地在发愁了。她琢磨着："夫君的整颗心恐怕都飞向落叶公主那边去了。他动不动就举出六条院的诸位夫人为样板，说她们本来就习惯于妻妾和睦相处，一起生活，言外之意是嫌弃我不解情趣、不通融，缘此而感到不愉快。这也是无可奈何的。倘若我从一开始就习惯于这样的家风，那么世人也都看惯，不至于闲言碎语满天飞，我也许还能过上安稳的日子。然而上自夕雾的父母下至他的兄弟，人们都赞赏夕雾是世间的模范诚实男子，都说我是无忧无虑的、令人羡慕的幸福夫人。然而，恩爱相伴至今的夫妻，曾几何时，竟发生这种可耻的事。"她非常痛心而叹息。就这样，直至天色将近黎明时分，两人都不融洽，背靠背各自唉声叹息直到天明。夕雾没等到朝雾散尽，就急匆匆地按惯例给落叶公主写信。云居雁内心觉得："实在可恨！"但她不像前些时候那样夺他的信。夕雾的信写得很细腻，间中搁笔吟歌，虽然是低吟，但是云居雁偶尔还是能听见：

---

[01] 此处的"故人"指已故的柏木。

> "漫漫黑夜梦难醒，
>
> 何时方获君垂青。

真像'瀑布无声泻'[01]了！"信中所写内容估计大致如斯吧。夕雾将信封好后，嘴上又低吟："如何慰藉才是佳。"[02]然后派遣人将该信送走。云居雁心想："哪怕能看到一眼回信呢，真不知他们俩的关系究竟如何！"云居雁很想了解这两人的状况。

　　太阳升得老高，小野那边的回信来了。用的是深紫色的信笺，行文简洁，照例是小少将君代笔，信中告诉他，公主依然不愿亲自作复。末了小少将君附言："实在过意不去，我就将方才公主在您来信的信笺上信手乱写的片断悄悄偷来，一并附上。"夕雾查看，果然有他去信用纸的碎片夹杂在来信中，夕雾估计："公主已经看了我送去的信。"仅凭这点自己都觉得十分高兴，实在太不体面了。夕雾把公主信手乱写的纸片细心拼凑起来一看，辨认出是一首歌，曰：

> 小野朝夕传悲泣，
>
> 无声瀑布在倾泻。

　　此外还胡乱地写了一些别的古歌，诸如深陷悲叹境地者脑海里容易浮现的歌句。书写的字迹相当挺秀。夕雾心想："往常自己看见或听说人家为恋爱而心碎，就觉得实在荒唐无稽简直疯了，令人厌烦。可是当事情落到自己身上的时刻，这才切身体会到着实痛苦得难以忍受。为什么会这样呢？"他想重新再思考，可是身不由己，实在无奈。

---

[01] [02] 古歌曰："如何慰藉才是佳，小野瀑布无声泻。"见《源氏物语奥入》。"无声瀑布"位于京都市左京区大原的来迎院东面。

六条院源氏也听说了此事。他心想："夕雾这孩子为人性格一向稳重，处事沉着，能深思远虑，世人对他也未曾有过什么谣诼，迄今一直十分体面地安详度日，为父我也觉得脸上增光。回想起我年轻时代，过于潇洒风流，以致流传轻浮之名声，儿子的美誉多少也能弥补为父者之欠缺，自己不禁暗自欢喜。不料如今竟发生了这等事，这对落叶公主和云居雁两人都是很难堪、十分困惑的。当事人倘若是陌生者，倒无所谓，偏偏又是自家亲戚，不知前太政大臣对此会作何感想。这一点夕雾不至于没有考虑到吧，不过命里注定要发生的事，是逃脱不了的。不管怎么说，关于这个问题，我还是不要插嘴为佳。"接着又想："尽管如此，这件事对落叶公主或云居雁来说，都是怪可怜的。"因此听闻此讯后，源氏颇感扫兴和为难，哀叹不已。

源氏思绪万千，回想过去，也思索未来，他对紫夫人说："听到落叶公主丧夫的情状，我不由得担心若我归西后，你怎么办？"紫夫人脸上蓦地飞起一片红潮，心想："莫非你只顾想着自己先死而把我留在人间吗？"不禁黯然神伤。紫夫人暗自寻思："世间再没有比身为女人的处境更艰辛、更可怜的了。倘若对世间的悲哀之情、欢乐之趣视而不见，佯装不解，只顾韬光养晦，沉默不语，那么怎能享受世间的荣华富贵，又怎能抚慰无常现世的寂寞苦楚呢？这样下去，就像是个不解人间情趣，形同行尸走肉的人，岂不是辜负了父母精心栽培自己的一片苦心？对于任何事物，都一一深藏内心，不露于言表，岂不是活像法师们所举的艰苦修行的'无言太子'[01]的范例？明明通晓世间善事和恶行，却深藏内心底，纹丝不露，这也实在太没有意思了。虽然自己心地善良，可是如何行动才是恰如其分，才能确保自身呢？！"她思来想去，倒不是为了她自己，而是一切

---

[01] 天竺波罗奈国的太子名叫休魄，据说他出生后十三年不说话，人们称他为"无言太子"。

为了大公主[01]着想。

夕雾大将来到六条院参见父亲，源氏很想顺便了解一下夕雾的心事，对他说道："老夫人的七七祭奠期已经结束了吧？回想起当年她以更衣身份入宫侍奉朱雀院，至今倏忽已历三十载，人世间变得着实可怜，简直乏味无趣啊！人生贪图的无常名利，宛如傍晚的露珠，有何用呀！我自己虽然恨不得早日把这头青丝剃掉，抛弃浮世万物，然而迟至今日，依然因循苟且，蹉跎岁月，实在遗憾啊！"夕雾应声回答道："确实如此，从表面上看即使舍弃世间的一切也无所眷恋的人，实际上其本人内心确有难于割舍的苦衷呢。"接着又说："老夫人七七四十九日的祭奠佛事等，都由大和守独自操持办理，实在太凄凉！没有切实可靠的保护人的人，其本人健在期间勉强还能凑合过去，可是一旦撒手人寰，情景着实可悲啊！"源氏说："朱雀院想必已派人前往吊唁过了，他的那位二公主，该不知有多么悲伤气馁啊！据我近年来的偶尔所见所闻，朱雀院的那位更衣[02]，远比我早先所听闻的要好，说她是一位无懈可击相当贤惠的淑女。对她的仙逝世人都在惋惜呢。本该长寿的人竟这样过早辞世呀！朱雀院想必也大为震惊，深感悲伤吧。朱雀院对二公主的钟爱，仅次于这里的已遁入空门的三公主。足见二公主人品和相貌也是相当不错的吧。"夕雾说："落叶公主的人品相貌如何，孩儿不知晓。老夫人的为人和气质，真是无可挑剔。虽然孩儿未曾格外亲近详细了解，但是在一些不经心的细枝末节上，很自然地领略到此人人品之高雅。"至于二公主的事，夕雾则只字不提，佯装全然不知晓。源氏心想："事已至此，看来夕雾那颗纯真的心已然锁定，我再怎么劝说也是徒劳，既然明知他不会听得进去，何苦多费唇舌，招来没趣呢。"于是，有关落叶公主的事，就放下不谈了。

---

[01] 指明石皇后的长女，此女由紫夫人抚养栽培成人。
[02] 即二公主（落叶公主）的生母老夫人。

就这样，有关为老夫人做法事的万般事宜，皆由夕雾大将一手经办。夕雾倾心于落叶公主的传闻，自然不胫而走，前太政大臣也听说了，他心想："夕雾不可能有这种用心。"还想当然认为："此乃落叶公主轻率的过失。"这种责怪实在是冤枉了落叶公主。举办法事的当天，与柏木有旧情的亲朋好友、柏木的几个弟弟也都前来凭吊。前太政大臣也送来了隆重的祭奠品，以供诵经布施等。做佛事的场面庄严隆重，绝不亚于当时得势的人家。

落叶公主曾经立志终生隐居小野山庄，意欲遁入空门。此消息不知谁人传入朱雀院耳朵里，朱雀院说："此举万万不可行。身为女子而事二夫，固然不是什么令人高兴的事，不过，一个没有保护人的少妇，贸然削发为尼，反而会招来意想不到的恶名，身蒙罪戾，背着世人的责难，于今生或来世都不得安宁如愿。我已然抛弃红尘而出家，三公主业已遁入空门，世人流言蜚语说我家后继无人。身为出家人我无所懊丧，不过儿辈们若争先恐后效仿我舍弃红尘，纷纷出家，也太没有意思吧。因感世态艰辛，厌世而削发为尼，绝非体面之举。必须在对人生无常多少有所感悟的基础上，再静下心来深思熟虑一段时间，再作定夺可也。"朱雀院每每将这番言语派人转告落叶公主。他大概也听到了有关落叶公主与夕雾举止轻浮的传闻吧。世人流传说："落叶公主因与夕雾的轻浮之举进行得不顺畅，才厌世出家。"缘此，朱雀院十分担心。他心想："落叶公主公开地与夕雾结缘，未免太轻率，实在不合适。"朱雀院尽管如斯想，但是转念又考虑到："如果我直截了当说出此事，深恐她感到羞愧，也怪可怜的，我何苦亲自信口说三道四呢！"于是，有关夕雾的事，他一言不发。

夕雾大将也在想："我费尽心机对她倾诉衷情，至今依然不见成效，看来要她心甘情愿，恐怕是相当困难了。我不妨对世间人说：'此桩婚事是老夫人健在时许下的。'实在无奈，只好委屈死者承担考虑欠周之责了。另外，也不让外人知道我们俩是何时开始定情的，给人模糊印象便可。事到如今，要我回到青春年代，为恋情折磨而落泪，围着女子纠缠不休，也未免太天真啦。"于是，夕雾拟定计划，将落叶公主迎接到一条院，选择良辰吉日正式成亲。夕雾照例召来大和守，吩咐他置办一切该办的事宜。首先打扫殿堂，布置装饰各处。此殿堂本身虽说原本就很华丽，但是由于居住者尽皆女子，疏于打理，庭院里杂草丛生，如今经过一番整理，面貌焕然一新。夕雾格外精心筹划，力求尽善尽美。甚至对诸如代壁帷幕[01]、屏风、幔帐、起居室等，也都操心照顾到，嘱咐大和守在该宅邸内从速置办齐备。

落叶公主迁居的当天，夕雾亲自来到一条宅邸，派遣车辆和开道者奔赴小野山庄去迎接落叶公主回来。落叶公主却说："无论如何也决不返京。"侍女们一个劲地对她劝说，大和守也相劝说："公主此言，实在令人难以遵命。我见公主孤身只影凄怆悲苦，深表同情，故迄今情愿竭尽全力为公主效劳。但是现在我就任的大和当地有要事，必须赴任亲自处理。然而这里的一切事务，又无人可以接替我掌管，若弃之不顾，则实在太不负责任，正在左右为难不知该如何是好的当儿，幸蒙夕雾大将关怀备至，照料一切。公主认为此人居心不正，因而不愿委曲求全，到那边去。这自然也有您的道理。不过话又说回来，自古以来，皇女出于无奈而下嫁的例子，为数不少，世间的流言蜚语也不至于集中在公主一人的身上。此事若逡巡不前反而显得思虑稚嫩。身为女子，意志再怎么坚强，想要凭孤身一人处理自己的一切事务，过上殷实安宁的生活，能行吗？终归还是得借助丈夫的深切关怀照顾，才能发挥其聪明才智。侍候公主身旁的众侍女，怎么就不以这些至关重要的大道理设法劝说公主呢？另一方面却只顾擅自做

---

[01] 代壁帷幕：原文作壁代（KABESIRO），日本平安时代贵族的寝殿式住宅里代墙用的帷幕。冬季用于障人视线和御寒。

主，做那些不应该做的事情……"大和守接着又说了许多，还责备侍女左近和小少将君。

于是侍女们都聚集过来，各尽所能地劝说公主迁居一条院。落叶公主此刻已经无可奈何，众侍女拿出华丽的盛装给公主换装，但是公主极其不乐意，她至今依然还想落发。她试着梳了梳头，那头黑发有六尺长，由于过度悲伤，头发有些脱落，发端处显得有些稀疏，不过在侍女们看来，依然十分雅观，毫不逊色。可是公主自己内心中却觉得："衰颓得好厉害呀！这副模样如何见人，我的遭遇实在太不幸啦！"她思绪万千，接着又躺了下来。侍女们急匆匆闹哄哄地说："时辰已过，夜亦深沉了！"这时蓦地刮来一阵风，捎来一场阵雨，四周的万般景趣，尽皆催人心生哀愁，公主不由得咏歌曰：

愿跟亡母飘烟去，
不愿追随意外人。

落叶公主自己虽然极欲削发为尼，但是这时候剪刀等利器都被收藏了起来，侍女们守候她更加严谨了。公主心想："何苦如此小题大做，我身又何足惜，难道我还会像年轻的傻子那样，背地里偷偷地把头发削去不成？如此兴师动众，让外人听见了，又会流言蜚语满天飞啦！"想到这些，她遂又打消了出家的念头。

侍女们忙于收拾行装迁居京城，各自收拾诸如梳子、手匣、唐柜以及其他各种能打包装袋的东西先行运往京中。落叶公主不能独自留住山庄，只好一边哭泣一边登车。临别她环顾四周，触景生情，回想起当初迁居此地时，老夫人在病苦中抚摸着她的头发，给她梳理，而后两人相扶着下车的情景，不由得悲从中来，止不住热泪盈眶，泪眼模糊，悲伤至极。望着随身相伴的老夫人的遗物佩刀与经盒，咏歌曰：

> 见物生悲难慰藉，
>
> 泪眼模糊抚玉匣。

服丧期间没来得及换上黑漆盒，这经盒是老夫人生前用惯了的螺钿匣，用来装诵经布施品的。公主将它留在身边当作思念母亲的念想。如今带着经盒返归故里，心情宛如浦岛太郎[01]一般。

抵达一条院宅邸，只见宅邸内毫无凄凉景象，出入人员众多，简直像到了另一个世界。车子在檐廊前停了下来，公主正当要下车时，竟无返归故宅的感觉，倒像是来到了一个陌生的、令人好生不自在的地方，于是不肯立即就下车。侍女们看到公主的这副模样，都觉得："哎哟！真不可思议，简直就像个孩子嘛！"侍女们不胜其烦地好言劝说。夕雾大将暂住在东厅的南厢房里，装作一副早已住惯了的模样。

三条院夕雾的本邸里，人们听闻此信息后，无不感到震惊，相互诧异地嘀嘀咕咕说："哎哟！怎么突然做出这种意想不到的事情来！他与落叶公主的关系是从什么时候开始的呢？"原来一向不好柔情缠绵、风流偶傥的人，反而容易做出意想不到的事情来。不过三条院的人们一味揣摩着："夕雾大将与落叶公主老早以前就发生关系了，只是夕雾大将一直不露声色罢了。"可怜落叶公主如此坚贞不屈，却得不到任何人的真正理解和认可，不管三条院的人们怎么想，这样的事态发展趋势，对落叶公主来说，是莫大的委屈。

由于落叶公主尚在服丧期间，一条院宅邸的装潢设备等，自然不同于

---

[01] 浦岛太郎：日本尽人皆知的古代传说主人公。浦岛太郎与海龟化身的美女一起去了龙宫，归来后因打开珠宝匣而变成白发老翁。

常规的做法。婚仪伊始似乎就不吉利。不过在大家用过餐后，四周安静下来的时候，夕雾大将走到这边来了，一个劲地催促小少将君引领他与落叶公主相会。小少将君说："夕雾大将倘若真心长久爱慕公主的话，请过一两日再来为宜。公主回归旧邸，反而添了新悲，陷入沉思，躺卧着已像死人一般。我们极力劝慰，公主反而感到痛苦难受。常言说'凡事要为自身着想'，我怎敢得罪公主，因此此刻实在很难通报。"夕雾说："真是莫名其妙，简直出乎我的预料，她的心思实在令人难以理解。"接着又对小少将君说："我所想到的这个做法，不论是为了公主，或是为了我自己，都是稳妥之道，绝不会被世人所非议。"小少将君答道："这可不行啊！此时此刻我们都在忐忑不安，担心这位公主会不会撒手人寰呢！大家都处在心慌意乱，不知如何是好的情况下，恳请夕雾大将您千万不要一意孤行，做出蛮不讲理的事情来啊！"说着向夕雾合掌拜求。夕雾说："我从来不曾受过这种冷遇。公主如此蔑视我，把我看成比谁都可恶，真令我伤心啊！我们之间究竟谁不讲道理，真恨不得叫人来评评理呐！"夕雾顿时大为扫兴，再无话可说了。小少将君终于也觉得夕雾大将怪可怜的。小少将君说："您说从未曾遭受过这种冷遇，实际上是因为您还没有深刻了解男女间之恋情的缘故吧，若让人来加以评判，您认为实际上谁在理呢？"小少将君说着莞尔一笑。然而，小少将君再怎么固执己见，如今毕竟也已无法继续坚持阻挡他的去路，就这样夕雾形似押解着小少将君，一边猜测着落叶公主的居处，一边进入居室内。落叶公主极其不愉快，心想："此人多么蛮横无礼、轻浮可恨啊！"她满怀痛恨，心想："纵令被人耻笑为'活像耍孩子脾气'，也顾不了这许多了。"她在储藏室内铺了一张铺垫，躲进里面，并把门从内侧锁紧，在这里歇息就寝。她无上伤心地在想："我这样抗争，能坚持得了多久啊？！侍女们的心竟如此狂乱，都飞奔袒护对方，多么可悲和遗憾啊！"夕雾埋怨公主冷酷无情，他心想：

"就这丁点磨难，怎能动摇我的决心呢！"他摆出一副耐心等待的样子，在户外徘徊，思绪万千，通宵达旦，心情宛如山鸟[01]一般。好不容易熬到了东方吐白。夕雾心想："如此僵持下去，结果势必招致反目成仇，不如我首先主动请她出来吧。"于是夕雾在储藏室门外恳求落叶公主说："哪怕打开一道缝隙也好嘛！"然而得不到任何反响。夕雾遂吟歌曰：

> "冬夜郁闷满腔恨，
>
> 又遇狠心紧锁门。

真是冷漠无比，令人无话可说啊！"夕雾抽泣着，伤心地离开了。

夕雾回到六条院来歇息。继母花散里慈祥地询问夕雾："听前太政大臣家那边的人传闻，说你把落叶公主迎接到一条院来了。这是怎么回事啊？！"他们母子俩之间虽然隔着垂帘，外加一面屏风，但是夕雾从一旁可以隐约窥见花散里的姿影。夕雾回答说："人们总喜欢评头品足，其实事情是这样的：已故老夫人最初态度强硬，认为是绝无可能的事，断然拒绝了我的请求，但是到了她大限将至，弥留之际身心衰竭之时，大概是出于心疼落叶公主无人照顾的缘故吧，嘱托我说'老身死后，万望公子多多关照'。我原本就有此心意，遂遵嘱照办。世人总爱捕风捉影、吹毛求疵，闹得真是流言满天飞呀！"说着笑了笑，接着又说："可是，当事人落叶公主本人，还是厌弃浮世生活，决意要出家为尼，无论如何也不随从我意，奈何！流言蜚语遍布各处，实在烦人，不如遂她心愿，让她出家，还可避免遭嫌疑。然而我又不忍心辜负老夫人的遗嘱，因此只是照料她的生活。父亲如若驾临此间，得便时希望您能将我的这番心思转告为盼。迄

---

[01] 山鸟：即鹡雉，猎鸟。鹡雉的雌雄隔着山峰而栖，自古有比喻独寝之说。鹡雉是日本特产，分布于本州、四国和九州。

今我惟恐惹恼父亲，一向循规蹈矩，过着平安无事的生活，如今产生这种考虑不周的想法，我担心父亲会不会责怪我呢。实际上，一旦身陷迷恋之境，别人的劝谏之言是很难听得进去的，自己似乎也不能随心所欲啊！"他的话音越发低沉。花散里说："我也怀疑外面的流言不实，看来还是有几分真呀！虽然这是世间常有的事，但是只怕你那三条院的夫人不知会怎么想，她不是太可怜了吗？！迄今她还未曾经历过这种揪心痛苦呢。"夕雾说："您当她是个可爱的名门闺秀呀？其实她可是个得理不饶人的唠叨鬼呐。"接着又说："不过我决不疏远她。请允许我说句冒昧的话：您可以从自身的经历推论，身为女性，倘若温顺平和，终归定然是胜利者；如若好唠叨，妒忌心强，暂短期间内，丈夫为了避免麻烦，对妻子姑且忍让几分，但是作为一个男子汉不可能永远惟妻子之命是从，一旦事情闹大，势必相互仇恨，转而变成冤家对头。还是春殿的紫夫人心地善良，用心周到，不论从哪个方面看，她都是稀世罕见的优秀夫人。还有，最近我越来越深深地体会到，您老人家的为人和蔼可亲啊！"夕雾对这位继母赞不绝口。花散里微笑着说："你把我当作范例引出来，似乎反而突显了我不像样子的缺点……先不说这些，可笑的是，你父亲以为别人都不知道他有好色的毛病，对其绝口不提，可是见到你稍微露出风流言行的端倪，他就当作一件大事来对待，当面训诫，背地里还格外关注并为你担心。真可谓'责人贤明，律己昏聩'啊！"夕雾说："确实如此，父亲经常就有关男女间关系问题训诫我，其实即使父亲不指点我，我自己也会自律谨慎的。"他觉得父亲实在滑稽。

夕雾前去拜见父亲源氏。源氏早已听到夕雾与落叶公主的传闻，心想："我又何苦要摆出一副知情的样子呢。"源氏只顾沉默地望着夕雾，觉得他长相俊秀、神采奕奕，正是风华正茂的年龄[01]，源氏心想："像

---

[01] 夕雾是年二十九岁。

他这样的美男子，即使发生一些风流韵事，世人也不会格外苛刻地责难，鬼神也会宽恕赦罪吧。他那纯真爽快、光明磊落的气派，出类拔萃的美姿，洋溢着朝气蓬勃的青春活力，却又不是那种不知情解趣的稚嫩青年，可说是个无懈可击的成熟男子汉。在这种火候上，纵令有些拈花惹草之举，也是理所当然的，有慧眼的女子怎能不为之倾倒呢。即使是他本人，自己照照镜子自然也会产生一种自豪感吧。"源氏不禁暗自欣赏起自己的儿子来。

　　过了晌午时分，夕雾回到三条院自家宅邸。刚要步入宅门，成群可爱的子女纷纷迎上前来，缠绕着父亲戏要。云居雁躺在幔帐内的寝台上，夕雾走进去，她看也不看他一眼，夕雾知道她心里有气，心想："这也难怪。"于是特意装出一副不介意的样子，掀开她盖在身上的衣裳。云居雁说："你以为这是什么地方？我早就死了呀！你不是常说我是个鬼吗？我干脆死去变作鬼算了！"夕雾回答说："你的心比鬼更可怕，不过你的模样非常可爱，我哪里舍得疏远你呀！"他不经心脱口说出这句话，云居雁听了好生恼火，她说："像你这样仪态飘洒的俊秀男子，和我在一起很不般配，随便安置我到什么地方去吧，干脆再也不要想起有我这女人存在算了。回想起共度的这漫长的无聊岁月，我甚至感到后悔呢。"说着她坐起身来，那姿态十分娇媚，她脸上飞起的那片红潮，艳彩照人，着实可爱。夕雾开玩笑地说："也许是由于你经常像孩子般耍小脾气的关系，我已习以为常，如今不觉得这个鬼有什么可怕了，还要再增添些鬼的厉害劲儿才好哩。"云居雁应声说："你说什么？像你这种人，老老实实地死去吧，我也要死去，免得看见你的模样就讨厌，听见你的声音就恼火。不过，我撒手死去，把你留在人世间，我还不放心呐。"她说话的神态，令人感到越发娇美有趣了。夕雾微微笑着说："说得是啊！倘若我还活着，却是在远方，你眼前看不见我这讨厌的容颜，但还会从旁听见我的传闻吧。从你的话里我听出，你是想告诉我，我们俩的缘分是深厚的。一人若先死了，另一人势必尾随其后，一起登上不归路。这原本就是我俩的海誓山盟嘛！"他装模作样，连哄带安慰地甜言蜜语一番。云居雁本是个像孩子般纯真、品格高贵的女子，经夕雾这般花言巧语地抚慰，激越的心情自然平静了下来。夕雾虽然觉得她很可怜，但是一想到落叶公主的事，就心神不定，他暗自想："落叶公主虽说不像是个目空一切、惟我独尊的倔强女子，但是万一她坚决不肯再嫁人，而坚持要出家为尼，我岂不成了个愚蠢可笑的、不堪入目的傻瓜？"夕雾一想到这儿，就觉得眼下一段时间，绝不可轻易就放手，从而内心不胜焦躁。眼看着天色渐渐黄昏，他估计："落叶公主今天不会送回音来啦！"夕雾一心只惦挂着这件事，独自陷入沉思。云居雁昨日和今天一点都没有进食，此刻才吃些许食物。夕雾对云居雁说："想当初我对你的爱慕始终如一，非同寻常，令尊前太政大臣对我的态度冷酷，以致令我在世间蒙受了愚痴的骂名。但我还是竭尽全力忍受这莫大的痛苦。另一方面，尽管四面八方都争着来给我提亲，我都一概充耳罔闻，不予搭理。众人都揶揄我说：'即便是女子，也不至于如此固执。'如今回想起来，不知那时怎么竟能忠实地忍受了下来，虽然我知道自己自幼就是一个老实人……现在你纵然如此讨厌我，但你已经有了成群的无法割舍的儿女，不能任性且独断专行地离弃我。再说你不妨用长远的眼光来看我，但只怕人的性命无常啊！"夕雾说到这里，情不自禁地落泪潸潸。云居雁怀念当年的往事，也不胜感慨万千，她心想："当年我们是一对稀世罕见的恩爱夫妻，如今纵然有瑕疵，但宿世因缘毕竟是千秋万代难以断绝的。"夕雾脱下皱巴巴的便服，换上格外华美的盛装，薰衣香飘荡，他着意打扮，精心修饰一番，而后准备出门。云居雁在灯影下目送丈夫，热泪忍不住夺眶而出，她将夕雾脱下扔在那里的单衣衣袖拽了过来，一边揩拭眼泪，一边咏歌曰：

"与其坐视遭离弃，

莫若剃度着尼衣。

看来要一成不变地生活下去，是不可能了。"听云居雁如此自言自语，夕雾驻步回答说："哎哟，多么令人不愉快的想法呀！

舍弃夫君欲为尼，

莫非不顾世人讥。"

此歌是在仓促中信口咏出的，算不上什么佳作。

那位落叶公主，依然笼闭在储藏室内。侍女们作了多方面的劝说，她们说道："公主总不能一辈子都住在里面吧，外人知道了，定会揶揄非难公主太孩子气，举止太不合常规。还不如一如往常到外边来过正常生活，把您的想法好好地向夕雾大将说个明白。"落叶公主觉得她们的劝说不无道理，然而一想到今后外间行将流传的谣诼蜚语，以及迄今自己遭受的痛苦折磨，就深深地感到："这一切都是源自这个令人讨厌的可恨男人。"这天晚上，落叶公主还是不愿意和夕雾会面。夕雾说："这种玩笑也未免太过分，真是个奇人呀！"夕雾大发牢骚，众侍女大都同情他，觉得委屈他了，于是说："公主曾经说过：'再过些时日，待我身心恢复正常后，他倘若还不曾忘怀，届时我将会向他致意的。在这为母服丧期间[01]，我希望自己别无杂念，专心一意为亡母祈冥福。'她已经下定决心。这期间大将您频频来访，难免被外人所知，横生谣诼，这事令她相当痛苦

---

[01] 在这里指的是死者辞世一周年期间。

啊！"夕雾回答说："我对她的恋慕，迥异于他人，决不施行非礼之举，想不到竟遭到如此冷遇！"他长叹一声，接着又说："只要公主愿意在日常起居室内会见我，哪怕隔着屏障也无妨，我只祈盼公主能倾听我的心曲，决不违背公主的心意。叫我等待多少岁月，悉听尊便。"夕雾苦苦要求，喋喋不休地说个没完。落叶公主命侍女传言道："你依然不厌其烦地前来搅乱我的宁静，还要无礼强求，心肠实在太狠啦！世间流言满天飞，我身之不幸已够不堪忍受，这且不说，你又如此用心，咄咄逼人，怎不叫人更加痛恨啊！"夕雾的千言万语，反而使落叶公主越发讨厌他，只想远远地避开他。夕雾心想："这样僵持下去，自然会被外人闻知，流言蜚语势必又满天飞，再说，让侍女们看见这番情景也实在难为情。"于是责令传言的小少将君说："我们的实际关系，决意遵照公主所言的行事。但是眼前，就暂做表面夫妻吧。这种有名无实的夫妻，真是世间的奇闻怪象。再说，倘使由于公主的坚决拒绝，而我断绝前来造访，那么外人势必认为公主遭人遗弃，更加有损公主的名誉，实在于心不忍。总而言之，只顾一味固执己见，像幼稚不明事理的孩子一般，着实令人遗憾啊！"小少将君觉得夕雾说的这番话在情在理，再观察夕雾的神情，此刻夕雾显得十分痛苦。她内心深感抱歉，遂将侍女们进出的储藏室北门打开，让夕雾进去。落叶公主大为震惊，也无比伤心，她痛恨她的侍女们，心想："世间人心叵测啊！自身日后的前途堪忧，不知还会遭遇多大的磨难！"她想到在侍女中，自己再没有可以信赖的人，不胜悲伤。夕雾说出万般道理，试图获得公主的谅解。他极尽话语之能事，或情趣深沉，或饶有意味，然而落叶公主只觉得夕雾可恨，令人不愉快。夕雾说："你把我看作是令你不屑一顾无话可说的人，令我感到无比羞耻。我贸然产生对你的爱慕之心，实在是考虑欠周，后悔莫及。如今事已至此，无法挽回了，更重要的是世间谣诼四起，公主美名的圣洁，又能保持到多大程度呢。眼下无可奈何，只好强忍委屈了。世间的人们，遇上不称心如意的时候，每每有投身深渊的例子。那么请公主把我倾慕公主之志当作深渊，投身其中吧！"

落叶公主将一件单衣紧紧地缠绕在自己的身上，只顾号啕痛哭，除此无计可施，她那谨慎而又痛苦的神情着实可怜。夕雾心想："真糟糕！她怎么会如此地厌恶我呢。即使是希望终生独身的女子，走到这一步，心情也会自然地松懈下来的，然而这位落叶公主的态度比岩石和木头更加无情，坚决不肯屈从于我。人世间常见的是，没有宿世因缘的人，女子一见面就觉得这男子可恨。她对我也许就是属于这种类型吧。"想到这里，夕雾就觉得公主太过冷酷无情了，内心感到一阵惆怅。夕雾又想到三条院的云居雁，她此刻的心情肯定很不愉快，夕雾追忆当年他与云居雁两小无猜、相互爱慕时代的往事，以及其后夫妻恩爱亲密无间，互相信赖长相厮守至今，近来两人之间竟出现了感情上的龃龉，全都是由于自己的痴醉奇想所致，真是咎由自取，实在无聊至极。缘此，夕雾也不勉强取悦落叶公主，而只顾唉声叹息直至天明。夕雾觉得自己每次都宛如水中捞月徒手来回，不像样子，因此今天就留在这里，过上一天悠闲的日子。落叶公主见他如此顽固不知趣，感到极其厌烦，从而越发疏远他。夕雾则一方面觉得："落叶公主竟如此愚顽呀！"另一方面也痛恨她太冷酷无情。

储藏室内陈设简单，没有齐全的用具，只有装香用的唐柜和橱柜等物件而已。将这些物件挪到左右两旁的犄角上，腾出地方布置成宜于居住的格局，落叶公主就住在这里。室内似乎很昏暗，不过早晨日出时分，偶尔也有阳光透射进去，凭借这种微弱的亮光，公主解开缠在身上的衣服，以手当梳子梳理着蓬乱的青丝。夕雾隐约窥见她的姿容，觉得她确实是一个气质相当高雅的、女人味十足的、婀娜多姿的女子。夕雾的神采，在他悠然自得的时候，远比一本正经的时候更显得无限俊秀优美。落叶公主看了，暗自心想："我的已故夫君柏木卫门督长相并不优异，却非常自傲，自以为是天下第一美男子，不时嫌我姿容不够漂亮。何况我现在色香俱严重衰减的这副模样，让这美男子见了，他能看得下去、忍受得了吗？"想到这里她感到非常难为情。

落叶公主前思后想，思绪万千，竭力自我安慰一番。但是总觉得提不起情绪，痛苦万状，她想到各方面的人（诸如父皇朱雀院、已故夫君柏木和夕雾的夫人云居雁的父亲前太政大臣等）闻知了会怎么想，"定然会怪罪于我，这份罪责难逃啊！何况适值我服丧期间，更加令人感到痛心。"实在难以自慰，心情无论如何也好不起来。

落叶公主最终还是走出了储藏室。他们两人在公主的起居室内如厕盥洗、进餐喝粥等。居丧期间的布置、家常日用器具都用黑色，这对于两人的缔结姻缘似呈不吉利，因此用象征居丧的青灰色屏风将做佛事的东室遮掩起来，并在东室与正屋之间张起一面吉凶两用的橙黄色幔帐等，并不十分醒目，还安放了用沉香木打造的两层橱柜，象征喜庆之意。这些都出自大和守的策划。侍女们的装束，也由原来的青灰色，换上不太鲜艳的色彩，诸如金黄色、暗红色、深紫色等，青枯叶色的围裙也换成浅紫色的，总之要自然地显示出些许喜庆的氛围。她们正忙碌于伺候用膳事宜。这宅邸内本来居住者净是妇女，诸事难免办理得不周全，万般事务全靠大和守一人在那里操心指点，雇来几个仆人打扫、整理门庭等，现在意想不到地听说有身份高贵的贵客莅临，迄今已告退的家臣等突然又纷纷前来听命，在家政所里任职。

这样，夕雾只得特意装作将在这宅邸里长期生活下去的样子，因此，三条院的云居雁闻讯，心想："这样一来，我们的情缘算是到头了吗？……不至于会走到这一步吧。再说，自己一直在信赖夕雾。可是常言说：'老实人一旦变心，就会彻底变成另一个人。'看来这句话是真实的。"她顿时仿佛看透了男女间的情爱，决然想道："不管怎么说，再也不想看到丈夫的无礼行径了！"于是她以避邪做借口，回娘家前太政大臣宅邸去了。此时恰巧弘徽殿女御也回娘家来，姐妹相会，多少也能排解些忧愁，散散心，云居雁就不像往时那样急于返回三条院了。

夕雾大将听说此消息后，心想："果然不出所料，云居雁是个急性子的人。再加上她父亲前太政大臣也没有宽宏大度的气魄，这父女俩都是心直口快的人，为父的说不定会气炸了骂道：'气死我也！那样的男人，再也不要见他，再也不要提他！'从而闹出异常的古怪事来。"夕雾想到这里，不由得忐忑不安，旋即返回三条院去。进入宅邸只见几个男孩儿留在家里，女孩们和小婴儿都被母亲带走了。男孩们看见父亲回来，一个个欢天喜地，都拥上前来亲近父亲，有的想念母亲，向父亲诉苦哭泣。夕雾看到这番情景，不禁黯然神伤。夕雾屡屡给云居雁写信，又派人去迎接她。可是云居雁连一封回信也没有。夕雾觉得："这种行为是多么任性而又轻率呀！"他对云居雁的这种行为深感不快，但又顾忌到老丈人前太政大臣，深恐他怪罪，于是就在傍晚时分亲自前去迎接。由于云居雁正在弘徽殿女御所居的正殿内，所以夕雾就直接前往一向熟悉的居室里，只见有几个侍女在房间内，婴儿跟着乳母也在这儿。夕雾让侍女传言称："都这把年纪了，还像年轻人一样，热衷于姐妹们的交际呀！怎么可以将成群的孩子放任各处不管，只顾独自到正殿去闲聊呢。早在当初虽然我明知我们俩的性格不合适，但是也许是前世注定的宿缘吧，多年来我一直对你倾心爱慕，念念不忘。现在养下了如此众多的孩子，一个个伶俐可爱，我们彼此信赖，形成了谁也离开不了谁的局面。如今为了一些区区小事，至于需要采取如此绝情的行动吗？"夕雾斥责严厉，诉说心中的不平。云居雁让侍女转告答话称："不管怎么说，现在你已经厌弃我，我已成为毫不足取的人了，事到如今我也无法改变性格讨你欢心，你又何苦多费唇舌呢……但愿你不抛弃这些天真烂漫的孩子，好生照顾他们，我将感到莫大的欣慰啦。"夕雾说："回答得好淡泊轻巧啊！归根到底，谁将名誉受损呢？"说罢夕雾就不勉强劝她回去。当天晚上，夕雾就在这边独自歇宿。他心想："奇怪！近来时运不济，两头都落空啦！"让孩子们在自己身旁睡，他揣摩着：落叶公主此刻该不知多么烦恼。他想象着她的神情，内心深感不安，实在难受。他想："世间什么样的人，才能把这样的苦恋，当作有趣的风流情怀呢？"他觉得此番事件让自己吃尽了苦头，真是足可以引以为戒了。天亮之后，夕雾又让侍女向云居雁传言说："你在众人面前也表现得太任性了，活像个孩子，不怕人笑话。你既然说夫妻情缘已绝，我也只好试着这么想吧。只是留在三条院那边的几个孩子，正可怜地想念着你。你不选那几个孩子而把他们留下，想必有你的道理，但是我则舍不得所有的孩子，总之我都要照顾呵护他们。"他的话带有威慑的口吻，云居雁心想："夕雾是个性格干脆利索的人，他会不会连同在这里的孩子们，通通都带到孩子们感到陌生的一条院去呢？"她蓦地担心了起来。夕雾又说："把那几个女儿还给我吧！为了想看孩子而像这样到这里来，怪不好意思的，何况我又不能经常来。留在三条院的孩子也都很可爱，至少也该让离开父母的孩子们住在一起，以便好生照顾呀！"女儿们都还年幼，个个长得十分可爱，夕雾望着她们着实心疼，他对她们说："你们可不能按母亲所说的去做，她那种强词夺理、不通人情的做法，实在太可恶。"

前太政大臣闻知此事的原委，担心女儿将成为世人的笑柄，不由得叹息。他对云居雁说："你何不暂且观望一阵子再说呢，夕雾大将自然有他的想法，女子行事过于性急，反而显得轻率。算了，话既然已经说了出去，又何必自馁，无端地自行回去呢。过不了多久自然会看出他的态度和意图的吧。"于是，前太政大臣就派遣他的儿子藏人少将给落叶公主送去一封信，信中写道：

"缘分使然惦念君，

　　忆昔伤悲抚今恨。[01]

你大概不至于把我们都给忘了吧。"藏人少将带着信来到一条院，他径直走了进来。侍女们在南面的檐廊上设一圆草垫，请他落座，但觉得与他很难应对，何况落叶公主，她更觉棘手，不好对付。这位藏人少将在柏木的弟兄中长相最为英俊，态度温文尔雅，他不慌不忙地环视四周，似乎是在追忆已故兄长柏木在世时的往事，而后对侍女们说："往时这里是我常来的地方，丝毫没有陌生的感觉，只怕你们不当我是亲人吧。"言外之意流露出些许埋怨的情绪。且说落叶公主阅罢来信后，觉得难以写回信，她说："我实在无法写。"众侍女围拢过来，大家劝她说："公主如若不作复，前太政大臣势必认为公主太不明白事理。再说，这封回信是不可以由我们代笔的。"这时公主早已淌下眼泪了，她心想："倘若母亲在世，我无论做了什么错事，她总会为我妥善处理，呵护我的。"一想起母亲，泪珠远比书信遣辞更先涌上心头，她实在无法落笔。后来，好不容易才将涌上心头的一首歌写了下来，歌曰：

　　此身不足道，岂敢蒙惦念。

　　忆昔何苦悲，抚今无须恨。[02]

　　寥寥数语，心中想到什么就照写出来，信文似乎尚未结束，她就把信封好，送出去了。藏人少将与侍女们谈话，曾说："我是时不时造访的来

---

[01] 意即可能是宿缘的关系吧，我们总惦挂着你。想到已故柏木的事就很同情你，然而听到你与夕雾的传闻内心不免怨恨。
[02] 言外之意是：我与夕雾并无世人所传之关系。

客，你们让我坐在帘外的檐廊上，令我似乎有一种孤苦无依的感觉。今后我们又将结下新的缘分[01]，我还会经常来造访的，但愿念在迄今多年来为你们效力的分上，请允许我自由出入殿宇内外吧。"他表明了这层意思之后，就告辞回家了。

落叶公主对夕雾的态度似乎越来越疏远。夕雾心焦如焚，苦恼万分。他的夫人云居雁回娘家住的日子渐久，其悲愤怨恨的情绪与日俱增。夕雾的侧室藤典侍得知这消息后，心想："云居雁迄今认为我是难以容忍的可厌者，可是这回出现了一位她难以抗衡的情场劲敌啦！"她觉得云居雁也怪可怜的，不时去信慰问她，信中作歌曰：

> 卑微之身无缘妒，
> 不时为君泪濡袖。

云居雁虽然觉得此歌多少带点冷嘲热讽的弦外音，但是在自己伤心得愁肠寸断、寂寞无聊时收到她的信，心想："关于此种传闻，连那个藤典侍都为我愤愤不平呐。"于是，答歌曰：

> 他人受困我同情，
> 我身遭厄难自慰。

仅写下这寥寥数语就给藤典侍发去。藤典侍阅罢该信，觉得："这乃是云居雁此刻心情的如实写照啊！"心里十分同情她。

当年夕雾被迫与云居雁隔绝期间，曾私下里和这个藤典侍秘密交往，但也仅此一人。后来，夕雾向云居雁求婚成功，结婚后，夕雾偶尔才与藤

---

[01] 意即曾是他嫂子的落叶公主又与他的姐夫夕雾结缘。

典侍见一面，逐渐疏远她。尽管如此，藤典侍也与他生了许多孩子。云居雁所生的男孩儿，计有大公子、三公子、四公子、六公子，女孩儿计有大女公子、二女公子、四女公子和五女公子，藤典侍所生的计有三女公子、六女公子、二公子和五公子，共计十二人。其中没有不像样的，一个个长得都很出色。特别是藤典侍所生的孩子们，姿容秀美，气质高雅，一个个都很优秀。其中三女公子和二公子由住夏殿的他们的祖母花散里悉心抚育，精心栽培。源氏也经常见他们，相当宠爱他们。至于夕雾与落叶公主和云居雁之间情感上的纠葛如何解决，真是一件麻烦的事。

源氏物语

源氏物语

叶渭渠　唐月梅　译

［日本］紫式部　著

みのり

半字ゝうひはなむとあるまいよ

しくれうちあひをきさいえて

ひくれそらをきさいえて

らわゐしのゆもものひもてうまてゝいい

わつゝしゝはゝこゝえあ

目 录

第三十九回

法事

紫夫人自前阵子患了一场大病之后，体质极度衰弱，说不清是什么病症，只觉全身萎靡不振，虽说不是病入膏肓，但长年累月拖着病身，虚弱不堪，似无望康复。眼看着她的健康每况愈下，源氏为此无限担忧。源氏觉得尾随紫夫人之后死去，哪怕晚于她短暂时刻，也是不堪忍受的痛苦，他内心十分惆怅。而紫夫人自己的心情，则觉得自己这辈子享尽人世间的荣华富贵，独自一身轻，毫无子女可挂牵，无后顾之忧，从而也没有苟延生命的意愿。只是没能实现与源氏长期以来的海誓山盟白头偕老的誓愿，实在可叹，内心不由得暗自深感寂寞忧伤。她为了要修来世之福，举办了许多法事，布施供养，并且由衷地恳求源氏让她出家为尼，以了却平生的宿愿，她多么希望：哪怕在今后一息尚存的短暂期间，得以排除世间一切纷扰，专心一意修行。可是，源氏说什么也坚决不答应。其实关于出家一事，源氏自己早就有出家的念头，如今紫夫人如此诚心要求，他也曾想过："不如趁此机会和她一起进入佛门。"可是转念又想："一旦出家入道，就必须割断尘寰，不问世间事，方能相约于死后在极乐净土，同登一个莲花座，相互信赖永结夫妇。然而，尚在现世修行期间，就算与紫夫人在同一山中，亦必远隔山峰，分居异处，彼此不再相见，才能专心修行。如今紫夫人病体这般衰弱，简直没有康复的希望，眼看着她在经受疾病的痛苦折磨，怎能舍得让她拖着重病之身，遁入空门笼闭山中呢！倘若果真这样做了，势必搅乱道心，反而玷污了山清水秀的灵气。"缘此源氏逡巡不前，踌躇万般。只是这样一来，在思虑肤浅，无所顾忌地遁入空门者们（诸如胧月夜、槿姬等人）看来，似乎远比她们落后多了。

　　紫夫人得不到丈夫源氏的许可，她觉得倘若独断专行，毅然决心出家，未免显得过于轻率，也非自己的本意。源氏不同意紫夫人出家，紫夫人内心对夫君有些许埋怨情绪，另一方面她也怀疑是不是由于自身罪孽深重，因此不能进入佛道呢！她为自己的来世忧心忡忡。

近些年来，紫夫人暗自有个心愿："请僧人书写《法华经》千部。"此时，她急于做法事，将此千部已书写好的《法华经》供奉佛祖。

这桩法事，就在宛如紫夫人的私邸的二条院内举办。七僧的法服等，皆按各自的职务身份配置赠予。法服的颜色搭配、缝制做工等皆为上乘之作，无可挑剔。法事场面也布置得相当庄严肃穆。举办此番法事，紫夫人未曾郑重其事地与夫君源氏具体商量，因此源氏也没有做详细的具体布置，然而仅凭紫夫人的旨意，竟能如此有条不紊、恰到好处地操作，源氏看到紫夫人连佛道都如此精通，觉得她的心灵智慧真是不可限量，不禁叹绝。源氏只在大体上帮忙办理一些杂务。至于安排乐人、舞人等事宜，均由夕雾大将负责调度。

当今皇上、皇太子、秋好皇后、明石皇后[01]，乃至六条院源氏的诸位夫人，都送来供奉佛的诵经布施物品等，为数之众，几乎无处可放，更何况当下朝中似乎无人不热心筹备赞助此次法事，缘此场面盛大庄严，盛况空前。简直不知紫夫人是从何时起就着手做如此周密精心的筹划，令人感到仿佛是老早以前就许下的宏愿。举行法事的当天，花散里夫人与明石夫人都来到了现场。紫夫人敞开南面和东面的门，就坐于自己的设座上，这是正殿西面的储藏室，诸位夫人的坐席设在北厢房里，仅用屏风隔开。

举行法事的这天正是三月初十，樱花盛开，晴空万里，真是个饶有情趣的日子。令人想象到阿弥陀佛所居住的极乐净土，大概与这二条院的情景相去不远吧。甚至一些没有格外深厚信仰心的人，来到这里也都觉得孽障似乎消灭了。众僧齐声诵念赞叹《法华经》的《樵薪》[02]之歌，诵经声震撼四方，不大一会儿，震撼声戛然而止，四周顿时寂静无声，令人深

---

[01] 此处初见，明石女御已立为皇后。
[02] 《樵薪》：传说是行基菩萨赞叹《法华经》所作的歌，歌曰："伐薪摘菜又汲水，从中领悟《法华经》。"

有哀戚与凄凉之感，何况近来紫夫人遇事总是心中没把握，更觉孤寂。遂吟歌一首，交三皇子[01]送给明石皇后，歌曰：

> 此身炭炭无足惜，
> 薪尽[02]烟消亦悲戚。

明石皇后拟作答歌，她寻思倘若遣辞用句过分哀伤，日后旁人得知会不会怪她不解情趣，于是特意写些无关紧要的话语，答歌曰：

> 砍柴奉佛今开始，
> 在世修行千岁至。

众僧通宵诵经，那庄严肃穆之声，似乎与不断敲响的舞乐鼓声相和，饶有趣味。天色渐露曙光，从雾霭迷蒙的缝隙中望见繁花的千姿百态，春意盎然，春色毕竟令人心醉[03]，繁花似锦，百鸟啁啾鸣啭，其美声不亚于笛音，哀愁的情怀、愉悦的心绪此刻仿佛已达到极致。这时《陵王》之舞乐演奏接近尾声，曲调转成急调，呈现一派繁华热闹的氛围。在座众人纷纷脱下各色各样色彩纷呈的袍子，赏赐给舞人、乐人，此时的场景洋溢着浓郁的风流情韵。诸亲王和公卿大臣中精于此道者，极尽所能地大显身手。紫夫人眼见在场众人不分身份高下，无不尽情欢欣愉悦的情景，反躬自觉余命无多，内心不免万般惆怅。

紫夫人昨日破例行动了一整天，今日格外疲劳，遂卧床歇息。迄今多

---

[01] 三皇子是年五岁。
[02] 《法华经序品》中，将释尊入灭称为"如薪尽火灭"，此处借用《法华序品》词语。
[03] 紫夫人向来喜欢春天的季节，此刻尤为陶醉。

年来，每遇举办盛会，都邀请众人前来，参与奏乐表演，紫夫人看见他们一个个容颜俊秀、姿态优美，各自发挥自己的技艺才能，她还听见琴笛之声，心想："今日所闻所见恐怕是今生最后一次啦！"从而对向来不甚注意的面孔也仔细观察，不由得感慨满怀。何况看到明石夫人和花散里夫人，心想她们以往每逢夏冬四时举办游乐盛会之时，纵然内心怀有竞争之意，却深藏不露，表面上总是和睦相亲；尽管在这无常的人世间，她们谁都不可能永生在世，然而惟独自己将最先消失踪影。紫夫人思绪翩跹，内心深感异常寂寞。法事圆满结束之后，众人各自登上归途，紫夫人不禁感到此番别离将是永别，蓦地涌起一股惜别之情，遂咏歌赠花散里夫人，歌曰：

> 今生法事终圆满，
> 代代良缘诚可盼。

花散里夫人答歌曰：

> 纵然法事寻常办，
> 世世良缘亦可盼。

　　法事结束之后，接着连续郑重其事地举办诵经及忏悔罪恶法会，毫不懈怠。但是，这种虔诚的祈祷也未见像样的应验，紫夫人的病状仍不见有起色。日子一天天地过去了，诵经以及忏悔罪恶的法会已成家常必修课，持续不断地在各处古寺名山进行。

　　夏天到了，向来怕热的紫夫人，到了酷暑时节，觉得热得几乎要昏厥过去，这样的次数越发多了起来。紫夫人虽然没有觉得自己的身体哪个部分格外痛苦难受，但实际上她的病体是日渐虚弱下去，因此旁人看来并不觉得格外煎熬。侍女们每当想到紫夫人的病体，不知前途如何的时候，眼前似乎首先就呈现一片黑暗，不由得感到无限悲伤和万分痛惜。

明石皇后听说继母紫夫人病体欠佳，也要回到二条院来探望。紫夫人等待着明石皇后的驾临，并拟安排她住在东厢殿。皇后回娘家的欢迎仪式虽然与惯例没有什么不同，但紫夫人想到今后自己再不能继续亲眼目睹明石皇后以及皇子公主们的荣华富贵，不禁悲从中来，无限悲伤。紫夫人听见随从明石皇后前来的公卿大臣一一唱名，她知道：哦，这位是谁，那位是某某。许多高官贵人陪送明石皇后前来。明石皇后与紫夫人阔别许久，此刻难得见面，倍感亲切，绵密地畅叙离情别绪。这时，源氏走了进来，他说："我今夜的心情宛如离巢之鸟，兴致索然，让我到那边休息去吧。"说着回到自己的房间去。源氏刚才看见紫夫人起身，内心喜悦，然而这种无常的慰藉又能持续多久啊！紫夫人对明石皇后说："我们母女别居两处，让你劳驾到寝殿来，委屈你了。我想去探望你，却又力不从心。"明石皇后就暂时待在紫夫人这里。这时，明石夫人也来了，深情而又祥和地聊家常。紫夫人脑子里想着许多事，但嘴上却不愿唠叨身后事宜，只是心胸开阔地聊了些一般世间无常的事，言简意赅，耐人寻味，听起来更令人感到她内心的万千感慨。紫夫人看见明石皇后所生的皇子公主，说道："我很希望看到他们茁壮成长，成家立业，为此对我这个无常之躯还有几分留恋啊！"说罢噙着泪水，她那面容实在美不胜收。明石皇后心想："紫夫人为什么会这么多愁善感，流露悲观呢？！"情不自禁地落泪潸潸。紫夫人有所忌讳，惟恐不祥，并不多谈身后之事，只是在言谈中顺便叮嘱道："这些侍女在我身边伺候多年，她们没有着实靠得住的亲属，实在可怜，诸如某某、某某等，我若撒手人寰不在了，务望多多关照。"

由于明石皇后得照例举办季节诵经仪式[01]，于是回到了自己下榻的东厢殿去。三皇子在诸多兄弟中，长相尤为可爱，他时常四处小步走动。紫夫人稍觉精神好的时候，就叫他到跟前来，趁无人听见的空当，问他："我倘若不在了，你想念我吗？"三皇子回答说："一定会想念您的。我最喜欢外婆，比喜欢父皇和母后还多。倘若外婆不在了，我真不高兴啊！"他说着用手擦擦眼睛，似乎是试图掩饰落泪的模样，紫夫人脸上露出微笑，不由得感动得落下泪来。她又对他说："你长大后，就住在这房子里，每当庭院里的红梅和樱花绽放的时候，你要热心地欣赏并爱护它们，有机会就摘下几枝供奉佛祖。"三皇子点点头，凝望着紫夫人的容颜，泪珠几乎要夺眶而出，缘此他回转身便走开了。这位三皇子和大公主是紫夫人格外精心抚育栽培长大的，她不能亲眼目睹他们成人且前途远大，内心不胜惋惜和悲伤。

好不容易熬到秋季来临，天气逐渐凉爽，紫夫人的精神略见好转，不过还是不够稳定，稍不注意，病就复发。虽然秋风还未至于让人感到已"渗入身"[02]的地步，但是紫夫人总是情不自禁地抹泪度日。明石皇后行将回宫，紫夫人甚想留她多待数日，却又担心此要求是否过分，何况皇上不断遣使来催促皇后回宫，因此不便启齿强留，可是紫夫人的病体又不允许她到明石皇后那边去相送，只好让明石皇后到她这边来告别。让皇后来未免显得失礼，可是再不见面，就这样相别，又觉得太遗憾啦，遂在紫夫人的病室近处为皇后特设座位，请明石皇后前来。紫夫人的形体已经非常消瘦，不过这样一来，她反而更添加了一种无上优雅的神采，令人感到她实在美得无法形容。想当年她青春时代，姿色水灵娇艳，光彩四射，大有羞

---

[01] 宫中规定每年二月和八月春秋二季，招众僧诵念《大般若经》。皇后回娘家期间亦照办。
[02] 此语引自《续古今和歌集》，歌曰："秋风吹拂渗入身，纵然无色情意真。"

花闭月之美感，似乎显得过分华艳。如今这种显露之美消失，代之以一种深沉凝重、吸引人心的无上美，如斯美姿，却不能久留人世间，怎不令人百般伤心，万分悲痛。

傍晚时分，秋风萧瑟，紫夫人想观看庭院里的花草树木，她坐起身来靠在凭肘几上。这时，源氏走了进来，一看见紫夫人的姿影，就说道："今天真难得你能坐起身来，准是因为皇后在跟前，心情自然舒畅吧。"紫夫人当然察觉到：源氏看见自己的病体略见好转，竟如此高兴。但是，当她想到一旦自己去世，源氏该不知何等伤心时，内心不胜悲伤，遂咏歌曰：

> 胡枝子上无常露，
> 狂风吹来顿消逝。

的确，在这种时候紫夫人将自己的生命比作狂风中行将消逝的花瓣上的露珠，源氏听了不由得心酸，悲痛难忍，遂答歌曰：

> 世事无常风中露，
> 但愿与君同进出。

咏罢止不住热泪潸潸。明石皇后也作歌曰：

> 秋风摧残草上珠，
> 转瞬即逝何止露。

紫夫人看见眼前的源氏和明石皇后的优雅姿影，越看越觉得活在世间真有意思，恨不得能活上千年。可惜命运不遂人心愿，自己无法永存世间，诚然可悲。

　　紫夫人蓦地对源氏说道："请回那边歇息吧，我此刻觉得非常难受，虽说身患重病，但也不能过分失礼。"说着将围屏拉拢，躺了下来。她那模样比往常显得更加痛苦万状。明石皇后见此形状，惊慌地心想："紫夫人今天的病情怎么这般恶劣！"明石皇后握住紫夫人的手，一边流泪一边凝望着她的病体，觉得恰似刚才紫夫人所咏"狂风中的无常露"，看来她的大限将至，她已届弥留之际。宅邸内顿时惊慌骚动了起来，旋即派遣人员无数，前往四面八方命僧人诵经祈祷。先前紫夫人也曾数次昏厥过去，后来又苏醒过来。源氏习以为常，以为此番也是阴魂作祟，于是通宵达旦诵经祈祷，施尽种种法术也未见成效，折腾了一夜，终于在黎明时分紫夫人与世长辞了。明石皇后尚未回宫，正赶上继母紫夫人弥留之际，她觉得这真是人生罕逢的因缘。院内众人一个个都不愿相信死别是人世间之常情，而认为她的辞世真是世间罕见，因而悲痛万分，无不感到恍若沉迷在黎明的梦中，这是自不待言的。这种时候，院内几乎没有神志清醒能办事的人。侍候紫夫人身边的侍女们一个个痛哭得死去活来。源氏尤为伤心痛楚，无法自拔。

　　正在此时，夕雾大将前来探望，源氏就让他到围屏旁边来，对他说："如你所见，她的大限已到。近年来她有意要出家，弥留之际也未能如愿以偿，实在可怜。一直在这里做祈祷的法师和诵经的僧众此刻都已止声，可能都纷纷退去，不过总还会有些人留下的吧。虽然祈祷她在现世延年益寿已无望，但至少祈愿她在黄泉路上获得佛法庇护，你快去吩咐为紫夫人剃度，看这些僧人中有谁能承担此责。"源氏虽然强自振作说了这番话，然而他的脸色异乎寻常，痛苦得难以控制住自己，止不住热泪潸潸。夕雾见状甚感悲伤，心想："这也难怪。"于是夕雾回答说："阴魂鬼怪等物，为了迷惑人心，往往会使病人暂时气绝，此番说不定又在施展这种伎俩呢。既然如此，不管怎么说，出家总是好事，纵然出家一日一夜，亦积有其功德。不过，如病人确实已与世长辞，仅仅为她剃度，恐怕也不能使死者在黄泉路上获见光明，徒然使生者增添悲痛而已。不知父亲尊意以为如何？"夕雾表述自己的意思之后，最终还是召集愿意留下在七七祭奠期间为死者祈冥福的适当僧众，为死者举行佛事。有关这方面的大小巨细事宜，皆由夕雾一人来张罗。

多年以来，夕雾对紫夫人虽然没有什么非分之想法，但内心中总希望有机会像当年刮台风后的清晨那样，再见一次紫夫人的面影，哪怕能隐约听见她的声音也罢。这种愿望始终铭记在心间，然而她的声音终于再也听不到了。夕雾心想："如今她已撒手人寰，即使只留下空漠的遗体，若不趁此机会看上一眼，以后就不会再有机会了。"于是不顾一切，淌着眼泪，装着劝阻侍女们不要号啕大哭的样子，说道："请大家安静一下！"趁着与父亲源氏说话的当儿，将围屏的垂帘撩起来，窥视内里。此时天色已近黎明时分，室内尚昏暗，源氏正在把灯火挪近，守候遗体。夕雾看见紫夫人的遗容，觉得她着实非常美，真可谓是玉洁冰清，她告别人间实在太可惜！源氏虽然察知夕雾在瞻仰紫夫人的遗容，但并不强令将遗容遮盖。源氏说："瞧她这副遗容，与生前别无二致，然而她却与世长辞了。"说着举袖掩面哭泣。夕雾也泪眼模糊，看不见东西了。他勉强擦干眼泪，硬睁开眼睛瞻仰紫夫人的遗体，反而觉得恋恋不舍，无比伤心，简直是心乱如麻。紫夫人的秀发自然地披散着，浓密而绮丽，毫无纷乱的迹象，呈现一种无比光彩夺目的美。在明亮的灯影映衬下，只见紫夫人的脸色格外洁白亮丽，比起生前着意打扮的姿容来，这死后自然纯真地躺着的姿态，更觉美不胜收。此刻用"十全十美"、"完美无缺"之类的字眼，似乎已不足以形容其美了。夕雾凝望着这无与伦比的美丽容颜，无限悲伤，恨不得自己也即刻死去，以便自己的灵魂附在紫夫人的遗体上，这真是异想天开的无理愿望啊！

　　紫夫人生前的几个贴身侍女，一个个都哭得昏厥过去不省人事。源氏自己虽然也悲伤得神志昏昏沉沉，但还是强自振作起来，料理丧葬的万般事宜。源氏迄今曾经历过数次死别的悲伤事，却从来没有尝过如此痛切的苦楚，对源氏来说，真可说是空前，恐怕也是绝后的伤痛。

　　紫夫人的葬礼仪式于八月十五日当天举行。尽管依恋不舍，但是葬仪限定时日，总不能永远守着遗体度日，这真是人世间莫大的伤心事啊！在那遥远广袤的原野上，挤满了送葬的人群，葬礼仪式无比庄严肃穆而隆重。遗体不久化作一片烟云腾空升起，虽说这是无常人生很自然的事，然而实在令人伤心。源氏悲伤得精神恍惚，心情宛如在梦境里，他依傍着他人的肩膀来到了火葬场上，在场众人见了无不深受感动，连那不善解人意的下级官员也都洒下同情的热泪说："如此身份高贵的人尚且……"更何况前来送葬的侍女们，一个个心绪凌乱，恍若迷失在梦境里，幸亏有车副的照料，才幸免于从车上翻落下来。源氏回想起当年夕雾的生母葵姬去世那天清晨，虽然也很悲伤，却不至于精神恍惚。曾记得那时月色分外明，而今夜则只顾热泪潸潸。紫夫人于八月十四日辞世，葬礼仪式于十五日拂晓举行。转眼间朝阳冉冉升起，光辉灿烂，原野上的露珠也逐渐消逝得无影无踪。源氏继续沉思，深感世事无常，越发悲观厌世。心想："紫夫人作古后留下孤身的自己，还能活几年呢？不如趁此悲痛欲绝之时，了却多年来意欲出家的宿愿。"但他又深恐后人会有微词，说自己到了晚年，还为丧妻而心灰意冷，才遁入空门。缘此，只好暂且过些时候再作打算，他身不由己，更觉可叹可悲，苦不堪言。

　　夕雾大将在继母紫夫人的七七四十九日丧忌期间，一直住在二条院内，寸步不离，朝朝暮暮侍候在父亲源氏左右。他目睹父亲忧伤痛苦的情状，十分同情，觉得这是在情理之中，难怪啊！他自己也感到万分悲痛，便想方设法安慰父亲。在寒风凛冽的一个傍晚时分，夕雾暗自回思往事，曾记得那年在台风中偶然瞥见紫夫人的面影，念念不忘，此番紫夫人弥留之际，自己的心情宛如在梦境里。夕雾脑海里悄悄地浮现出紫夫人的面影，他不胜悲伤，止不住的泪珠夺眶而出。为掩人耳目，他连忙掐数念珠，嘴里不停地念诵："阿弥陀佛，阿弥陀佛……"让热泪消失在念珠上。夕雾情不自禁地咏歌曰：

难忘昔日秋夕恋，

而今宛如梦里见。

夕雾觉得此刻连惜别都令人如此愁肠寸断啊！

二条院内高僧云集，七七四十九日丧忌期间规定的念佛仪式自不消说，此外还念诵《法华经》等，寄托哀思之情深邃无限。

源氏无论是夜眠还是朝起，伤心的热泪总是没有干的时候，哭得泪眼模糊，只见眼前一片朦胧，朝朝暮暮昏昏沉沉度日。他回顾了一下自己的经历，从年轻时代的往事想起，他面对镜子，顾影自评，觉得自己长相之美异乎寻常，才学超群出众，然而自幼年时代，先后失去母亲和外祖母，饱尝并领悟人生无常的苦难，常盼能出家，以获得佛法指引迷津。然而这个愿望始终未能实现，以致身受过去或未来无有其例的莫大悲伤苦难。如今对这尘世间已无可留恋，大可一门心思专心修行佛道，理应不会再有什么障碍了。谁知心中如此悲伤烦乱，惟恐难入菩提之道啊！源氏心中忐忑不安，便诵念阿弥陀佛，"祈求佛祖庇护，使我稍许忘却紫夫人的事吧。"以宫廷为首，各方都前来吊唁，礼仪仪式不仅有常规惯例的一套做法，还有极其诚恳周到，非同寻常的慰问。但是深入思考意欲割舍尘世的源氏，对此间的一切虚荣仿佛视而不见、充耳不闻，似乎都不在意。然而他又不愿意让人看到他发呆似的样子，生怕被后人揶揄，风传说他到了晚年，还那么痴情，为了丧失爱妻而万念俱灰，遁入空门。这使他在本来痛失娇妻万般痛苦之上，再添无端的悲愁。

前太政大臣是个善解人意、知晓情趣的人，看到这样一位无与伦比的绝色佳人无常地消逝，不胜惋惜，深感悲伤，经常向源氏诚挚慰问。他回忆起当年夕雾大将的母亲即自己的妹妹葵姬逝世，也是这个季节，内心万分悲伤。日暮时分他百感交集，陷入沉思："当年痛悼葵姬逝世的人们，诸如父亲左大臣、母亲太君等，如今大多都已先后作古，真是'后逝先消'[01]隔不多时，人生无常啊！"连苍天的神色也催人哀愁满怀，于是他给源氏写了一封书信，派遣儿子藏人少将送去。信中尽抒情怀，信的一端赋歌曰：

> 昔秋丧葵宛如今，
> 泪袖未干添新悯。

源氏悲痛之际，见信越发百感交集，当年秋天的桩桩件件往事如潮涌，眷恋之情不由得澎湃，止不住热泪潸潸，他也顾不上揩拭，答歌曰：

> 旧痛新伤无两样，
> 愁肠寸断悲秋人。

源氏知道：按前太政大臣的性格说来，倘使源氏只顾一味倾吐内心中

---

[01] 此语引自《遍昭集》，歌曰："末梢露珠根水滴，后逝先消曾几许。"

的悲情，前太政大臣读后定然会认为他是个感情脆弱者。为了不至于那么难堪，源氏回信落笔恭谨，仅表谢意，曰："承蒙屡次殷勤慰问，不胜感激！"

昔日秋季葵姬辞世，源氏遵循惯例穿浅黑色丧服，曾吟咏"丧服颜色纵然浅"之歌。这次紫夫人逝世，源氏穿的丧服比先前葵姬辞世时所穿的颜色稍微深些。人世间生于幸福人家，享受荣华富贵，很遭他人妒忌者有之，或者仰仗自己身份的高贵，盛气凌人，让他人吃尽苦头者亦有之，说也奇怪，惟有紫夫人为人谦虚和蔼可亲，即使与她毫无关系的人也都敬仰她，她的举止作为无论大小巨细都赢得世人的赞赏，获得品格高尚、雅致有深度的美誉，酬酢各种场面都游刃有余、周到备至，简直是间罕见的气质高雅者。缘此，一听说紫夫人仙逝，连与她缘分不深的一般人，听见萧萧风声和唧唧虫鸣，也无不潸然泪下，何况与她有一面之交者，更是悲伤至极。多年来在紫夫人身边伺候，亲睦熟悉的侍女，悲叹自己何以要苟延残喘，恨不能追随她远去，其中也有痛下决心削发为尼，远离尘世，遁入深山者。冷泉院的秋好皇后也不断送来情深意切的长信慰问，表示无限的悲伤，并赋歌曰：

> "草木枯萎添愁忧，
> 逝者生前不爱秋。

如今才深切地理解紫夫人生前不爱寂寞的秋季的原因了。"源氏虽然已昏昏沉沉，但还是反复阅读此信，不能释手。他觉得现在能与之谈心、知晓情趣理解风雅之道的友人，只剩下秋好皇后一人了。秋好皇后的慰问似乎稍许缓解了他的悲伤，他继续寻思了一会儿，然而伤心的热泪还是止不住地流淌，他顾不上去擦干，从而也无法遂心如意地写回信，好不容易才写下答歌曰：

> 君居云端可鸟瞰，
> 尘世无常我厌倦。

写罢将它封好后，依然茫茫然地又陷入沉思。

源氏近来心境一直不佳，连他自己都经常感觉到自己太过神魂不定了，为了排遣这种恶劣心情，他经常待在侍女们所在的居室里。又命减少佛堂内的一些人员，以便专心诵经。他和紫夫人原本指望厮守千年，无奈生命有限，终于永别，诚然遗憾万分。如今他一心切盼死后于极乐净土获得新生，与紫夫人在同一莲座之上。他竭力排除尘世杂念，专心修炼往生成佛之道，然而他又生怕世间谣诼实在无聊。源氏已无力指点紫夫人丧期应操办的有关佛事，一切皆由夕雾大将经手办理。源氏一心只盼早日出家，只顾想："今天该是……"他心神不定，掐算着日子，徒然度日，宛如身处无常的梦境一般。明石皇后等人也无时不在思念紫夫人，无时不在恋慕与缅怀故人。

源氏物语

梦 幻

春光明媚，源氏思念故人的心却暗淡无光，情绪越发低落，依旧悲伤不已。新年时节，许多人照例前来拜年。但源氏以心情欠佳为由，只顾蜗居室中帘内。惟有其弟兵部卿亲王来时，他才请亲王到内室叙谈。命侍者转达歌曰：

> 我家已失赏花人，
> 缘何春光来探访？

兵部卿亲王噙着热泪答歌曰：

> 花香引我来探幽，
> 切莫当成寻风流。

源氏望见他从红梅树下缓慢地走来，他那姿态格外优雅可亲，源氏心想："真能称得上'赏花'者，非他莫属啊！"庭院里的花初始绽放，大多还在含苞待放，正是春色撩人的时刻。但是院内没有管弦之声，诸多状况与往年大不相同。多年来侍候紫夫人的侍女们，身穿深灰色的丧服，悲伤依然，悼念已故紫夫人之情意绵绵，似永无绝期。源氏在紫夫人辞世后的一段时期里，决不迈出门庭，前去访问其他诸夫人，始终在此处坚守。侍女们在他左右殷勤地侍候着，多少也能给他一些慰藉。侍女们中有些人，多年来虽然谈不上是受到源氏的真心宠爱，但是也偶尔蒙受他垂青。不过现在源氏孤身独眠，把这样的侍女也当一般人看待了。无论哪个侍女夜间值宿的时候，源氏都命她们睡在距离自己寝台稍远的地方。寂寞无聊的时候，源氏有时也和她们闲聊家常，叙说往昔的故事。这样，源氏主观上是想要斩断尘世的杂念，悟道之心似乎也日益深沉，不过有时也会回想起从前自己做过的一些拈花惹草的荒唐事，使紫夫人对他似乎有所怀恨，"自己为什么要这样做呢?! 即使是逢场作戏也罢，或者迫于无奈也罢，为什么要做这等欠思虑的事呢?! 紫夫人对任何事情都考虑得很周全，并且善于看透人的心思，她并不是没完没了地一味怨恨我，倒是每当遇上发生什么事件时，她首先担心的总是后果将如何，多少难免会伤心的吧。"想到这些就觉得实在委屈了紫夫人，自己不胜后悔，内心好生难过。侍女当中有些人了解当时的一些情况，而且现在还在自己身边侍候着，源氏有时也会对这样的侍女约略谈及这些往事。源氏回想起三公主下嫁过来，入住六条院时的情景，紫夫人当时不动声色，不过偶尔也会流露出心灰意懒的神色，实在可怜。其中特别是那个下雪天的拂晓时分，源氏娶了三公主后第三天，凌晨匆匆返回紫夫人居处，拂晓降雪，他伫立在格子门外，觉得全身冰冷。当时天空风雪凛冽。紫夫人极其和蔼可亲地接待源氏，却把泪湿了的衣袖悄悄地藏匿起来，极力装出一副若无其事的样子。回想起紫夫人体贴人的那番苦心，就感到："哪怕是在梦中也罢，不知何年何月何生何世方能重逢!"源氏通宵浮想联翩。恰似当年的那个拂晓情景，值夜的侍女退回自己的房中，忽听见传来"积雪好厚呀"的声音，源氏宛如回到当年的状态中，然而紫夫人已不在自己的身旁，孤身只影，悲伤不已。遂吟咏歌曰:

浮世无常似春雪，
无奈蹉跎斯岁月。

源氏为排遣悲伤的心情，照例盥洗过后，按规定时间诵经念佛。侍女们将埋在灰里的炭火挖了出来，给源氏送上一个火盆。侍女中纳言君和中将君在源氏身旁侍候，在他心情舒畅时陪伴他聊天。源氏对她们说:"今宵独寝，比往常更觉寂寞啊！尽管如此，随着悟道日深，清心寡欲的生活还是可以过的嘛，可是过去种种无聊的事总成为我的羁绊。"说罢发出一声叹息。他环视了一下这些侍女，心想："倘若我也遁世出家，她们将更加悲伤凄凉，实在是太可怜了啊！"人们从旁听见源氏悄悄诵经念佛的声音，甚至看到源氏平常没事随便思索的样子，都会不由得感动得落泪不止，何况这些朝夕侍候在身旁的近身侍女，她们光凭自己那"衣袖堰水栅"[01]也挡不住潸潸的热泪，感慨无量，忧伤不已。源氏对她们说："从现世的因果报应来说，我出生在荣华富贵的人家，几乎可说没有什么美中不足的缺憾，然而始终又有似乎是与生俱来的、与别人迥异的不幸，想必是佛祖要让像我这样的一个人感悟到世事的无常和人生的忧患，所以才赋予我这样的命运吧。尽管我也知道这样的道理，却硬要佯装不知晓，贪恋度日，以至苟且偷生至大限将至的晚年，还遭遇到这般悲伤至极的事。缘此，纵然自己悟性迟钝，却也心知肚明，看透了自己命途多舛，反而觉得心安理得。如今正是我身无任何羁绊的时候，可是近来你们一个个对待我，比紫夫人健在那会儿更加殷勤亲近，因此真到要与你们分别的时候，又更增添一层悲愁，搅乱心绪。浮世确实无常，我心也未免太优柔寡断了！"说着悄悄揩拭双眼，试图掩饰落泪，谁知却掩饰不住，泪珠顺着衣袖滴落了下来，侍女们见此情形，更加止不住自己潮涌般的热泪了。侍女们都不希望源氏出家而被他抛弃，一个个极欲倾吐衷肠，却又难于启齿，只有抽泣。

如此这般彻夜唉声叹气，直到天亮，动不动又成日陷入沉思，朝朝暮暮忧伤度日。有时当四周静寂无声时，源氏便召唤数名侍女中的出类拔萃、自己所中意者到跟前来，闲聊诸如上述之类的话题。其中有个名叫中将君的侍女，她自幼就在源氏身边侍奉，源氏似乎曾经暗中怜爱过她。但

---

[01] 此语引自《拾遗和歌集》，歌曰："泪河自上湍流淌，衣袖堰水栅难挡。"

是中将君觉得这样做于自己的身份很不相称，也对不住紫夫人，从而不愿就范，不与源氏过分亲热。如今紫夫人辞世了，源氏想起："中将君是紫夫人生前特别疼爱的侍女，自己也要重视她。"于是从把她当作紫夫人的遗爱的角度器重她。这中将君的品性和容貌都很不错，宛如紫夫人坟头的那棵鬌发松[01]，因此源氏对待她远比对其他没什么关系的侍女更亲近。源氏除了近在身边的人之外，但凡较疏远者一概不见，公卿大臣们、平日对他很亲近和睦的人，还有诸亲王兄弟经常来探访他，他也几乎没有直接与他们晤面，源氏心想："我惟有与他人晤面时，才能抑制哀思，强自振作，然而近数月来，我一直处在神志迷糊恍惚的状态，万一流露出哭诉自己背运或不幸的絮絮叨叨不得体的话语，深恐给后人留下不必要的悬揣，甚至死后流传恶评，那就未免太凄凉了。固然外人风传说我'丧妻后变得神志恍惚，不能会客'，同样都是恶评，但是听传言而想象我恍惚的形状，总比实际目睹我的丑态好上几倍吧。"缘此，源氏连自己的儿子夕雾大将等人来访，他都隔着垂帘会晤。有关出家方面的问题，世人风传紫夫人撒手人寰之后，源氏的心整个都变了。在这种流言风靡一时期间，源氏只得强自镇静，忍耐着度日，却不能毅然决然斩断红尘的羁绊，遁入空门。偶尔前去诸夫人处造访，然而一见面，首先止不住的热泪又夺眶而出，实在痛苦难受。缘此，和她们的往来自然也就疏远了。

明石皇后回宫时，为安慰父亲的鳏居寂寞，特意将三皇子丹穗留在父亲身边。丹穗皇子特别精心保护庭院里的那株红梅树，他说："这是外婆[02]嘱咐我的。"源氏看了十分伤心。到了二月里，百花争艳，含苞待放的花木枝梢有如片片彩霞。黄莺在那棵紫夫人的遗爱红梅树上，

[01] 鬌发松：日语语音作UNAIMATSU，即马鬣松，典故出自《礼记·檀弓》："孔子之丧，有自燕来观者，舍于子夏氏……马鬣封之谓也。"中国古时习俗，为纪念死者，必在死者坟头植松，该松形似马头上、颈上长的长毛，故称马鬣松。

[02] 指已故紫夫人。

展开了嘹亮的歌喉歌唱。源氏走到檐前观赏，随后又一边走，一边独自咏歌曰：

> 赏梅主人已作古，
>
> 黄莺不知唱如故。

　　源氏最终从二条院回到了六条院。不久，春色渐深，庭院里的景致与昔日别无二致。源氏并不是由于惜春，只是由于悲伤，心情总觉焦躁不安，无论何种见闻，都使他感到伤心。他觉得这六条院大致上似乎已变成与昔日不同的另一个世界。他越来越向往连鸟声也听不见的深山老林，修行悟道之心越发凝重。源氏看到棣棠花等尽情地在枝头怒放，也情不自禁地泪流满面，只觉得触景伤情。在这个庭院以外之处观花，会呈现这样的景象：这边的单重樱谢了，那边的八重樱盛开；这边八重樱盛期一过，那边的桦樱始开花；还有紫藤花紧跟这些花之后迟来绽放。不同于别处繁花似锦之景短暂，紫夫人深深懂得各种花草树木的性质，知道哪种花早开，哪种花晚绽放，她精心策划在庭院里种植栽培百花，缘此院内百花按季节时序，总是满园盛开，芬芳扑鼻。丹穗皇子说："我的樱树开花了，我得想个办法叫它永远不凋谢啊！我想在树的四周围起围屏，垂下帷幕，风就刮不进来了。"他以为自己想到了巧妙办法，得意地说此话。他那神态美得可爱，源氏不由得面露笑容说道："你的招数，远比昔日有人'愿张大袖遮天空'的办法更妙啊！"于是，源氏就只和丹穗皇子亲切说话戏耍。源氏还对丹穗皇子说："我和你亲热玩耍的时间也不久长了。就算我还有命活着，也许再也不能和你见面了。"说罢，照例满眼噙着泪珠。丹穗皇子听了很伤心，回答说："外婆说过这样的话，外公怎么也说同样不吉利的话呀！"说着垂下眼帘，揪弄着自己的衣袖，借以掩饰自己那眼看即将滴落的泪珠。

源氏凭依在屋角的栏杆上，凝神眺望，时而望庭院，时而看看帘内的情形。只见众侍女中有的人至今依然穿着深灰色的丧服，没有换装；有的即使换装了，也没穿华丽的绫罗衣裳，只穿平常的衣服。源氏自己所穿的便服，色彩也是一般常见的，特意挑质朴无花纹的。起居室内的陈设布置，也很简素无华。四周的氛围，一片静寂无声，令人感到寂寞孤独，他不由得咏歌曰：

> 故人造园春似锦，
>
> 而今荒芜将面临。

一心只想出家的源氏，阵阵悲酸涌上心头。

源氏觉着百无聊赖，遂到三公主那里造访。丹穗皇子由侍女抱着同去。到了那里，丹穗皇子就和薰君[01]一起追逐戏耍，他方才表现出来的那副惜花的神态，不知去向了，毕竟还是个年幼无知、理解情趣不深的幼儿。三公主正在佛前念经。她当初遁入空门并不是出于悟道有多么深，不过她出家之后，能看破红尘，悠闲宁静，一心不乱，只顾修炼佛法了。源氏颇羡慕她，他暗自想道：“我的道心还比不上这个浅薄的女子啊！”心中不免感到很遗憾。他无意中望见供奉于佛前的花，在夕阳的映照下，十分美丽，便对公主说道：“热爱春天的人作古了，我感到春花似乎都为之而减色，惟有这佛前的供花，还很美啊！”接着又说：“故人居所庭院前的棣棠花，花朵硕大，姿态之优美真是稀世罕见啊！一般说，棣棠花算不上是气质高尚的花，只是花色艳丽、芬芳显赫这点上，倒是蛮有趣的。

---

[01] 薰君是三公主与柏木的私生子，是年五岁，比丹穗皇子小一岁。但从表面亲戚名分上说，薰君是丹穗皇子的小舅。

'栽花人业已作古'[01]，春天却似乎不知，花开得比往年更加茂盛，不由得令人一阵感伤啊！"三公主无意中吟咏古歌以作答说："山谷无光不知春。"[02]源氏听罢心想："可说的话有的是，何苦咏这扫兴歌……"接着他联想起亡妻紫夫人，觉得："紫夫人善解人意，从来不做我不乐意的事。"他回忆起紫夫人自幼的诸多往事，至今依然记得，"她思路敏捷，无论何时何地，遇上什么事，她都能应对自如，分寸拿捏贴切得当，她真是一个心地善良、气质高雅、言语饶有风趣的人。"源氏本是个多情善感的人，他追忆往事浮想联翩，不由得落泪潸潸，实在痛苦至极。

日暮时分，晚霞暧靆，正是令人深感情趣盎然的时刻。源氏向三公主告辞后，旋即前去造访明石夫人。阔别许久，源氏蓦地来访，明石夫人颇感意外，但她还是十分体贴周到地接待他。源氏对她沉着优雅的得体举止颇欣赏，觉得："明石夫人到底是胜于他人一筹啊！"不过他一想到紫夫人，就觉得："紫夫人另有一番独特的情趣，她那高雅的态度别具一格。"他自然而然地进行两相比较，脑海里便浮现出紫夫人的面影，思恋着她，悲伤的情绪不由得越发涌动，他想："怎样才能慰藉我的这颗心呢？！"转念又想："既然来到这里了，姑且和明石夫人闲谈往事吧。"源氏说："我从年轻的时候起就察觉到：过于执著地钟爱一个人，是一桩莫大的坏事。缘此，一向注意务必使自己在任何方面，对世间万事，都无所执著追求。想当年我受天下权势变迁的牵连，不得不沦落穷乡僻壤之时，百思困扰，万念俱灰，恨不得抛弃自己的性命，纵令遁入深山野林，也毫无障碍，又何足惜。然而终于还是没能出家，复又回到都城来，以至到了余生几何的时刻，依然为千丝万缕的恩爱情思所羁绊，苟且度日至

---

[01] 此句出自《古今和歌集》第851首，歌曰："色香如昔思恋苦，栽花人业已作古。"

[02] 此句出自《古今和歌集》第967首，歌曰："山谷无光不知春，花儿早谢何须忧。"

今，意志如此薄弱，实在令人焦急啊！"源氏的这番话，虽然不是专指某事或哀悼故人来倾吐悲情，但是明石夫人体察到他的心事，觉得这也是在情人理，无可非议的，从而十分同情他，遂回答说："即使在世人的眼里看来毫不足惜的人也罢，当事本人内心也有种种牵挂，何况君这般有身份的贵人，怎么可能轻易地就舍弃红尘遁入空门呢。倘若草草行事，反而会遭世人讥评为轻率之举，万望切莫贸然行事为盼。慎重思虑，看似逡巡，然而一旦成行，道心坚定，必将贯彻终生，这点想必已明察。纵观古例，有的因过度悲伤，有的因事与愿违，遂萌生厌世之念从而出家，但这终归不是妥善之举。君既有意出家，眼下还须暂缓一步，且待皇子们长大成人，看到皇太子确立之后，方能一心不乱，专事奉佛，那时我等和皇子们也将心安喜悦啊！"明石夫人的这番话，貌似通情达理，确实也恰到好处。源氏则回答说："如此慎重地深思远虑，也许还不如肤浅轻率些好呢！"说着还向她述说了昔日种种悲伤的往事追忆，其中说道："藤壶母后仙逝的那年春天，我看见了樱花的颜色，不由得想起古歌'若是有心发'[01]。像她这样一位在世间寻常人眼里都被视为美若天仙的人，我从小就看惯了她美丽的面容，难以忘怀，缘此，当她撒手人寰时，我的悲伤远比他人更甚，由此可知涌起哀伤情怀，未必仅因与自己有特殊关系。如今多年来与我长相厮守的伴侣先我而去，使我悲恸不已，这种悲伤也并非仅仅是夫妻死别的伤悲。她自幼是我一手栽培成长的，我们朝朝暮暮形影相依，直到我垂暮之年，她蓦地舍我走了。无论想到她留下孤身只影的我，或者想到已驾鹤西去的她，内心都感到无限悲伤，难以忍受。人世间无论谁，但凡有令人涌动哀伤情怀，意趣格外深沉或饶富趣味的种种往事回忆，都会催人感慨至深啊！"两人如此抚今追昔倾吐衷肠，直至夜深人

---

[01] 此语引自《古今和歌集》第832首，歌曰："山樱若是有心发，今年绽放墨色花。"

静。源氏自己虽然也曾想过："看样子今夜似乎就该在此留宿了！"然而源氏最终还是告辞回自己的居所去了。明石夫人想必会感到寂寞伤心吧。源氏也察觉到自己的心思终于变得很奇怪。

源氏回到自己的居室之后，照例诵经念佛，直到深夜，就势在白日所在的起居室里暂且躺下睡了。翌日清晨源氏给明石夫人写信，赋歌曰：

> 泣别哀声似归雁，
>
> 无常世间难流连。

明石夫人有些怨恨源氏昨夜的冷淡举止，然而看到他这般悲伤得神态恍惚的模样，简直像换了另一个人似的，她就忘却了自己受委屈的心绪，十分同情源氏，噙着泪珠咏歌曰：

> 秧田干涸雁不现，
>
> 水面花影亦难见。[01]

源氏看了明石夫人咏的这首歌后，觉得她的笔致依然保持清新，富有情趣。他暗自回忆起："紫夫人当初似乎嫌弃明石夫人，后来两人相处，彼此能够谅解，紫夫人觉得此人似乎稳重可信赖，不需多费心思。尽管如此，她们彼此的关系，还没有达到推心置腹的程度，紫夫人对待明石夫人的态度既高雅又有深度，外人毫无疑问是看不出她那周全的良苦用心的。"源氏每当觉得寂寞难耐的时候，就这样经常到明石夫人这边来造访，但是全然不像以往那样在此处留宿了。

---

[01] 以"秧田水"比喻紫夫人，"花"比喻源氏。意即自从紫夫人仙逝后，连源氏的姿影也难得见了。

四月初一是夏季换装更衣的日子。花散里夫人差遣人给源氏送上夏装，请他更衣，并附上歌一首，曰：

今日换装迎夏至，
惟恐惜春添新愁。[01]

源氏答歌曰：

今换夏装似羽衣，
现世无常添悲戚。

贺茂祭这天，源氏颇感寂寞，说道："今天人们参观庆典，想必个个心情愉悦吧。"源氏想象着贺茂神社的热闹情景，于是又说："侍女们大概都觉得寂寞无聊吧，大家都悄悄地回家，参观祭典去好了。"侍女中将君正在东面的房间里打盹，源氏轻步走了进去，只见她个子小巧，模样可爱。她蓦地惊醒，双颊飞起一片红潮，娇艳可人，旋即举袖遮颜，她那鬓发稍许蓬松、秀发下垂的神态，饶有情趣，美不胜收。她身穿红里带黄色的和服裙裤、萱草色的单衣，上面罩上深灰色丧服，穿得随意不拘，不够整洁。源氏看见她将罩在礼服上的围裙和唐衣[02]礼服都脱下放置一边。中将君看见源氏走进室内来，赶紧设法将礼服穿上，在这过程中，源氏拿起一旁放着的葵花，问道："这叫什么花来着？我连它的花名都忘了。"[03]

---

[01] 夏季换装意味着告别春天，而紫夫人是爱春者，花散里夫人担心源氏会否因换装而联想到已故的紫夫人，倍添新愁。
[02] 唐衣（KALAGINU）：日本中古时代朝廷女官的礼服之一。当时侍女在主君面前出现，必须穿唐衣。
[03] 日语"葵"与"会"谐音，源氏故意如是说。

中将君羞答答地咏歌作答曰：

> 神前供水漂水藻，
>
> 今日饰葵竟忘掉。[01]

源氏听罢，觉得中将君怪可怜的，遂答歌曰：

> 拈花惹草皆抛掉，
>
> 惟有念葵罪未消。

惟有中将君一人，源氏对她似乎还难于割舍。

梅雨季节，源氏终日闷闷不乐，陷入沉思，除此百无聊赖。正在寂寞无聊之时，难得初十过后的一天晚上，皎洁的月亮拨云而出。夕雾大将就在此时前来拜见父亲。橘花在月光的映衬下分外妖娆，习习香风传送过来，不由得令人产生一阵亲切感。多么期盼能听到"千秋悦耳杜鹃声"[02]啊！正在此时，须臾间苍穹乌云密布，倾盆大雨下个不停，狂风阵阵，把灯笼吹灭，四周顿时呈现一片漆黑，源氏脱口吟咏古诗"萧萧暗雨打窗声"[03]，诗句虽然并不格外奇特，但也许是与眼前的情景特别吻合的关系，听上去颇觉动人，夕雾心想："但愿妹子能欣赏。"[04]

---

[01] 意即相会之日竟忘掉，情爱想必荡然无存。

[02] 此句引自《后撰和歌集》中的古歌，歌曰："经年不变橘花色，千秋悦耳杜鹃声。"

[03] 白居易诗《上阳白发人》曰："秋夜长，夜长无寐天不明。耿耿残灯背壁影，萧萧暗雨打窗声。"

[04] 古歌曰："独听杜鹃鸣凄婉，但愿妹子能欣赏。"见《河海抄》。估计是夕雾盼望紫夫人的在天之灵能听见源氏动人的吟诗声。

源氏对夕雾说："独居一室，看来似乎没什么稀奇，不过倒是非常寂寞。然而习惯了这种生活也好，将来隐居深山，可以专心修道。"接着又呼唤："侍女们！端些水果上来吧。夜深了，这时候呼唤男仆，未免过于小题大做。"夕雾观察父亲的神情，觉得他一心"只顾凝眸望苍穹"[01]，思念故人，十分可怜，心想："父亲如此痴心地怀念已故的继母紫夫人，他纵令幽居深山，恐怕也不能专心修道吧。"接着又想："当年我偶然瞥见紫夫人的面影，尚且念念不忘，更何况父亲。这是很自然的事。"夕雾回思往事觉得仿佛还是昨天的事，不想倏忽紫夫人仙逝一周年忌辰行将届临，应该如何举办法事，得听从父亲的吩咐。于是请示了父亲。源氏答道："按照世间惯例操办，无须过分铺张。只是，要将她生前精心制作的极乐世界曼陀罗图供奉在此次法会上。她生前手写的和请人写的佛经很多。某僧都甚知紫夫人的遗志，可询问他应该添加何物，一切按照那僧都的意见办即可。"夕雾说："诸如此类的供奉法事等，紫夫人于生前都周密地考虑到了，后人可享其福，无须费心。只可惜红颜薄命，她在现世存活的时间不长，又没有留下一儿半女的遗爱，实在是莫大的遗憾啊！"源氏回答说："是啊，福寿兼备的其他诸夫人，子女也很少，这是我命里注定的缺憾啊！到了你这一代，家门人丁可望日渐兴旺起来吧。"源氏近来变得感情脆弱，无论谈起什么事，很容易就触动感情，抑制不住悲伤满怀。因此夕雾也不过多地与父亲叙谈往事。正在此时，似乎久候了的杜鹃从远处隐约传来声声啼鸣，源氏听了不由得想起古歌"缘何杜鹃识人情"[02]，触景生情咏歌曰：

---

[01] 此句出自《古今和歌集》第743首，歌曰："恋人魂游于长空，只顾凝眸望苍穹。"

[02] 此句出自《古今和歌六帖》，歌曰："缘何杜鹃识人情，引吭旧声发悲鸣。"

> 悼念故人泣声哀，
>
> 莫非骤雨送鹃来。

源氏咏罢，越发全神贯注凝眸仰望天空。夕雾也作歌曰：

> 但愿杜鹃代传言，
>
> 故乡橘花盛开遍。

侍女们也纷纷吟咏了不少歌，恕不赘述。夕雾大将今夜就在此处陪伴父亲歇宿。他眼见父亲孤身独宿十分寂寞，深为同情。缘此，经常前来陪伴父亲。夕雾回忆起紫夫人健在时，她的起居室等这一带地方，毕竟是他不能涉足之处，如今已成不甚隔阂之处，他抚今追昔，不由得感慨良多。

盛夏时节天气闷热，源氏独自坐在凉爽之处，陷入沉思。他看见池塘里莲花盛放，不由得想起"泪似潮涌何其多"[01]，茫茫然的以至呆坐到日暮时分，夜蝉鸣声四起，好不热闹，庭前的瞿麦花在夕照晚霞的映衬下，分外美丽。如此饶有情趣的景致，独自欣赏着实没劲，不由得咏歌曰：

> 凄寂悲泣度夏日，
>
> 夜蝉伴我啼鸣炽。

源氏看见无数萤火虫四处乱飞，不由得低声吟咏古诗"夕殿萤飞思悄然"[02]，近来他总是不时低吟这类怀念爱妻的诗歌。源氏接着又咏歌曰：

---

[01] 此句出自《古今和歌六帖》，歌曰："人身悲伤若沉疴，泪似潮涌何其多。"
[02] 此句出自白居易诗《长恨歌》，诗曰："夕殿萤飞思悄然，孤灯挑尽未成眠。"

知夜萤火[01]引我悲，
　　思念情火昼夜燃。

　　七月初七，今年的诸多情况迥异于往时。六条院内没有举办管弦乐会，只见源氏孤身只影，无所事事地陷入沉思。众侍女中也无一人出来观望天上的牛郎织女双星相会的光景。源氏于天色未明时分独自起身，打开屋角的双开板门，透过游廊敞开的门洞，眺望庭院的情景，只见秋露润遍庭院里的花草树木，源氏遂走到外廊边缘处，即兴咏歌曰：

　　牛郎织女云霄会，
　　秋露恰似死别泪。

　　秋风萧瑟，越发令人产生凄凉的感觉。从八月初旬开始，大家为行将举办的法事忙碌起来。源氏回想过去，好不容易熬过这些日日夜夜，直到今天，今后也只有茫然地送走朝朝暮暮。紫夫人仙逝周年忌辰当日，六条院上上下下都吃素斋。那曼陀罗图就在今日供奉。源氏照例做夜间的功课诵经念佛。中将君给他送上洗手的水，他看见她的扇面上有题歌一首，曰：

　　恋君泪泉涌无尽，
　　谁言周忌哀思消。

　　源氏阅罢，遂在该歌后添上一首，歌曰：

---

[01] 此语出自我国晚唐诗人许浑的《常州留与杨给事》，诗曰："蒹葭水暗萤知夜，杨柳风高雁送秋。"

余命无多思恋人，

惟有热泪无时罄。

到了九月里，九月初九重阳节，源氏望见披蒙着棉的菊花[01]，不由得咏歌曰：

昔日共赏秋露菊，

而今露湿孤身袖。

进入十月，阵雨频频，越发惹得源氏陷入沉思，日暮时分的苍穹景色更令人感到寂寞孤独，他不由得喃喃自咏："十月阵雨频频降。"[02] 他望见空中雁群振翅飞翔，掠过长空，不禁羡慕地凝神注视，咏歌曰：

法术如幻掠长空，

为我寻觅君游踪。

无论什么事，都会使源氏触景生悲，思念故人的这股愁绪无法排解，以至沉湎在思念中度过日日月月。

到了十一月的丰明节会[03]，宫中举行宴会，跳五节舞等。人们欢欣鼓

---

[01] 菊花披棉，日语称菊棉（KIKUNOKISHEWATA），为日本祈祷长寿的习俗。阴历九月初八给菊花盖上棉花，使它接受露水和花香。九月初九重阳节时，用这种棉花擦身，以求长寿。
[02] 古歌曰："十月阵雨频频降，何曾如此濡湿袖。"见《源氏释》。
[03] 丰明节会（TOYONOAKARINO SHECHIE）：日本五节会之一，阴历十一月中的辰日即新尝祭翌日在宫中丰乐殿举行的宴会。天皇食新谷，并赐给皇太子以下群臣，跳五节舞等。

舞,喜气洋洋。夕雾大将的两名小公子被允许成为殿上童,今日进宫之前,先到六条院来问安。二人年龄相仿,长相相当俊秀可爱。他们的两个舅舅[01]头中将和藏人少将陪伴他们前来。这两位舅舅今日充当祭官,身穿白地青色花鸟纹样的小忌衣[02],洁净清爽,神采奕奕。源氏看到他们结伴前来,那无忧无虑的神态,令他自然地回想起昔日饶有情趣的许多往事,诸如与筑紫的五节小姐[03]的交情等。遂咏歌曰:

公卿忙碌丰明宴,

孤寂不知岁月逝。

今年一年,源氏就这样极力按捺住意欲出家的念头,终于没有成行,时光就流逝了。但是来年遁世之期又将逼近,他心绪烦乱,感慨万千。他暗自思索着自己遁世前该处理的一些身边琐事,诸如恰如其分地分别给近身侍奉的侍女们赠送纪念品等,虽然他并没有着意表明自己行将遁世,但是近身侍候的几个侍女都看出他即将了却宿愿了。缘此临近年终岁暮,她们内心不由得感到一阵阵惆怅迷惘,无限悲伤。源氏在整理物件时,发现昔日恋人寄来的许多情书,当时心想:“这些东西,如若流传后世,让人看了也怪难为情的,然而毁掉又觉可惜。”因此部分稍许地留存了下来。如今无意中发现,遂命侍女将它撕毁。在这过程中忽然发现自己谪居须磨时各处寄来的函件中,另有单独的一捆是紫夫人的来函,这是当年源氏亲手归置的,已是遥远的往事了,不过现在看来,她的墨迹恍如刚刚书写似

---

[01] 云居雁的弟弟。
[02] 小忌衣(OMIGOROMO):举办大尝祭或新尝祭时,供奉神膳的祭官所穿的白地青色花鸟纹样的礼服。
[03] 五节小姐是太宰大贰的女儿,与源氏有私情。

的，令他感到简直就是"千年纪念物"[01]啊！可是想到自己如若出家，就不能看这些东西，留着它也无用，因此就让可信赖的两三个侍女在他眼前撕毁。即使不是关系格外密切者的来函，但凡死者的墨迹，看了也难免感慨良多，更何况是紫夫人遗下的手迹，源氏看了只觉得双眼昏花，是否是紫夫人的字迹也分辨不清，热泪只顾潸潸落到信纸上[02]。源氏深恐众侍女见了会窃笑他心肠太软，自觉难堪，很不好意思，遂将信推到一边，咏歌曰：

> 恋慕故人欲追随，
>
> 眼见遗迹心撕碎。

众侍女虽然没有公然将信打开看，但似乎也猜着是紫夫人的遗墨，不禁唉声叹息不已。当年源氏与紫夫人同在一个人世间，却分隔在两地，纵然相隔不那么遥远，她写来的信函言辞竟这般悲伤。源氏如今读来，远比当年更觉悲痛，落泪潸潸止不住，伤透了的心无法慰藉。但又顾忌到自己过分悲伤，乱了方寸，可能会招来"儿女情长"的不体面议论，因此没有仔细阅读信函，就在紫夫人密密麻麻的信文一端，挥毫咏歌曰：

> 汇集遗墨无济事，
>
> 莫如随君化烟飘。

源氏写罢，命侍女全都拿去付诸一炬。

---

[01] 此语出自《古今和歌六帖》，歌曰："切莫误为无价值，可谓千年纪念物。"
[02] 此语出自白居易诗《题故元少尹集后二首》："黄壤讵知我？白头徒忆君。唯将老年泪，一洒故人文。"

今年六条院照例举办佛名会[01]。也许源氏已经确信这是今生最后一次的缘故，他听见僧人锡杖[02]的声音，觉得比往常更为感伤。僧人向佛祈祷主人长寿，源氏听了只觉伤心，不知佛对他作何感想。此时大雪纷纷扬扬，积雪很厚。僧人行将退出之时，源氏召他进来，敬他一杯酒，礼仪比往常更为隆重，赏赐也格外丰厚。这位僧人多年来经常出入六条院，并早就奉侍朝廷，还承蒙冷泉院的眷顾，即使现在已变成白发老僧，还在奉侍，源氏很同情他。诸亲王及公卿大臣照例到六条院来参加佛名会。此时梅花星星点点开始绽放，在白雪的映衬下，分外有情趣。按往年惯例，理应举办管弦乐会，然而迟至岁末，源氏一听见琴笛之声，就欲抽泣，因此免了管弦，仅只吟咏一些合乎时宜的诗歌。真是的，差点忘了赘述，源氏向老僧敬酒时，就势咏歌一首曰：

　　　　余命无多春难待，

　　　　且将雪梅头上戴。

　　老僧答歌曰：

　　　　祝君福如逢春花，

　　　　老朽已届雪白刷。

　　其他众人虽然留下了诸多咏歌，但是都置若罔闻了。

　　这天，源氏来到了阔别许久的正殿，他的神采比往常更显得光辉照

---

[01] 佛名会（BUTSUMYOE）：自阴历十二月十九日起三天，念诵三千佛名，忏悔是年罪孽，祈求消灾获福的法会。

[02] 锡杖（SYAKUZYO）：僧人或修行者所持的手杖，头部有数个金属环，读经文时敲响打拍子用。

人。缘此，吟咏答歌的这位老僧见了，情不自禁地感动得落下泪来。源氏心想："又到岁暮了！"颇觉寂寥与沮丧。忽见丹穗皇子来回奔跑，嘴里喊着："驱鬼[01]敲什么才能发出最响亮的声音？"那样子极其可爱。源氏心想："我一旦出家，就再也看不到这种景象了！"任何事都令他触景生情，不堪悲戚。遂咏歌曰：

> 岁月流逝不觉间，
> 年关到头大限近。

源氏吩咐家臣有关礼仪事项：招待大年初一前来贺年的客人，要办得比往年更加隆重；赠送诸位亲王和大臣们的礼品，以及赏赐给不同身份的人员相应的物品，一概按最优厚标准办理。

---

[01] 驱鬼（NAYARAI）：日本习俗。古时除夕之夜举行驱逐疫鬼的仪式，由人装扮成疫病之鬼，众人尾随其后，敲响物件以驱逐之。

第四十一回

だいよんじゅういっかい

云 隠

本回只有《云隐》题名，没有文字。日语"云隐"意即隐藏云中，意味着源氏隐遁，似乎也隐喻死。在上一回《梦幻》和下一回《丹穗皇子》之间，间隔八年，光源氏在这期间逝世，具体死于哪年不得而知。

だいよんじゅうにかい

第四十二回

丹穂皇子

光源氏辞世后，在其众多的子孙中，难得见可继承其辉煌者。倘若把退位让贤的冷泉院也算在内，如是说未免亵渎了冷泉院[01]。当今皇上与明石皇后所生的三皇子丹穗和同在六条院长大的、三公主所生的薰君，这两人都有当代美男子的美誉，他们的长相和姿态的确超群出众，然而，人们总觉得他们不如其祖辈父辈光源氏那么光彩照人，令人目眩。只是比起世间寻常人来，这两人天生气质高雅、端庄俊秀，加上他们的血统都很高贵，缘此都博得世人的敬仰，他们的名声反而比光源氏幼少年时代更胜一筹，这使他们越发得意了。三皇子丹穗是紫夫人精心抚育长大的，仍居住在紫夫人故居二条院内。大皇子是皇太子，身份特别高贵，当今皇上和明石皇后对他自然格外另眼看待。此外的诸皇子之中当今皇上及皇后特别宠爱这位三皇子，本希望他住在宫中，但三皇子喜欢旧居，故仍住在二条院。举行元服仪式之后，人们称他为丹穗兵部卿亲王。大公主住在紫夫人六条院故居春殿的东屋，屋内所有装饰布置都照旧不变，她朝朝暮暮都在怀念着已故的外祖母紫夫人。二皇子[02]也把六条院的正殿当作故里住宅，不时从宫中回来，他平日住在宫中的梅壶院，并且迎娶了夕雾右大臣[03]的第二女公子为妻。这位二皇子是当今的皇太子将来继位后的候补皇太子，他的世间声望厚重，人品端庄踏实。

　　夕雾右大臣有许多女儿，大女公子当了皇太子妃，无人可与她比肩，她独占皇太子宠爱。世间的人们都预料，这些女公子将依次与皇子兄弟们配对，明石皇后也曾经这么说过。然而这位丹穗兵部卿亲王则不以为然，他似乎认为婚姻大事，倘若不是出于自己真心相爱，实在太没有意思。夕雾右大臣也认为：何苦硬要按顺序配对呢。因此含蓄地不赞成将第三女公

<hr>

[01] 冷泉院虽然实际上是源氏与藤壶皇后的私生子，名义上却是源氏之弟。
[02] 二皇子即三皇子丹穗之胞兄。
[03] 夕雾大将已晋升为右大臣。

子配给三皇子。不过倘若三皇子有意求婚，则不是不能接受。他非常珍爱自家的女儿。尤其是他家的第六女公子，是当时众多稍有才气而又自命不凡的亲王及公卿们极欲追求的对象。

源氏辞世后，原先住在六条院内各处的诸位夫人，都哭哭啼啼地搬了出来，分别迁居到预定的住处。花散里夫人迁入作为源氏的遗产分给她的二条院东院。尼姑三公主则迁往原先其父亲朱雀院分给她的三条宅邸。明石皇后长住在宫中。缘此六条院内变得人员稀少，寂寞冷清。夕雾右大臣见状说："据我所见所闻与己无关的他人之事，自古以来，但凡主人生前费尽心思营造起来的宅邸，主人仙逝后势必被后人舍弃，荒芜不堪。这般世态之无常，令人见了实在备感凄寂，因此我觉得至少在我一息尚存期间，务必不让这六条院荒废，定要使这附近的大路上出入此院的人影不绝。"于是，他就请一条院的落叶公主迁居六条院，住在花散里夫人早先居住的东北院里。夕雾右大臣本人则隔日轮换歇宿于三条院（云居雁的居所）及六条院，这两处每月各歇宿十五天，巧妙安排以使云居雁与落叶公主平分秋色，和睦共处。

当年源氏营造的二条院精美至极。后来他又营造了六条院，世人赞誉为琼楼玉宇。如今看来，这些庭园似乎都是为了明石夫人一人的子孙建造的。明石夫人当了众多皇子公主的保护人，尽心照顾他们。夕雾右大臣对于父亲源氏的每一位夫人诸如明石夫人、花散里夫人等，都竭诚尽心奉养，一切遵照父亲在世时的旧制，丝毫不变。宛如孝敬亲生母亲一般，周到入微。不过他内心也曾想过："倘若紫夫人还存活人世间，我该不知会多么真心实意地孝敬她，可惜我对她的这片特殊的真心诚意，她终于没有看到就驾鹤西去了！"回想起来，夕雾不由得深感遗憾，分外悲伤。

普天之下，无人不敬仰恋慕源氏。而今，万般世态无论什么，都像火光熄灭一般，办任何事，似乎都觉得没有劲头，徒增悲伤嗟叹。何况六条院内的众人，包括诸位夫人和诸位皇子、公主，都无限悲伤。源氏辞世，人们悲叹痛惜那是自不消说的，还有紫夫人生前那慈祥优雅的姿影，深深地铭刻在人们的心中，每当遇上什么事，人们无不怀念她，恰似春花盛期短，声誉价值反而更高。

　　源氏早先曾托冷泉院照顾三公主所生的薰君，因此冷泉院对他特别关心照顾。秋好皇后无子女，常感孤寂，也真心地呵护薰君，指望自己年老后有个贴心的保护人。薰君的元服仪式就在冷泉院的御所内举行。薰君十四岁那年的二月里当上了侍从，秋天晋升为右近卫中将。接着，作为冷泉上皇的御赐，晋爵四位。不知缘何如此着急地给薰君加官晋爵，让他迅速变成一个成年人。冷泉院还把自己御殿附近房屋赐给薰君，室内的陈设装饰布置一概由冷泉院亲自督办。伺候薰君的年轻侍女、女童甚至主管杂务的女仆，都挑选长相清秀的人。一切布置安排，甚至比公主的居住处都显得更加辉煌体面。伺候在冷泉院身边和伺候在秋好皇后身边的侍女中，但凡长相不俗、品性端庄高雅者，大都被派到薰君那边去。冷泉院和秋好皇后格外重视体贴薰君，一心希望薰君喜欢这冷泉院的住所，并想让他住得舒适，日子过得快活。已故的前太政大臣[01]的女儿弘徽殿女御与冷泉院只生得一皇女，冷泉院非常宠爱这位公主，不过冷泉院对薰君的呵护照顾，也不亚于对这位公主。秋好皇后对薰君的疼爱与日俱增，越发深沉，这在旁人看来，觉得似乎有点太过火了。

　　薰君的生母三公主如今专心致志修行佛法，每月按时念佛，每年举办两次法华八讲，此外还不时举办各种法事，孤寂地虚度岁月。薰君不时到三条宅邸来探望母亲，三公主依靠儿子的照顾，反而觉得像仰仗父母的呵护那样。薰君觉得母亲很可怜，恨不得经常来侍奉她，可是冷泉院和当今

---

[01] 此人即最初的头中将，源氏原配葵姬的兄长，他的女儿嫁给冷泉院，即弘徽殿女御。

皇上时常召唤他去,皇太子和其他几位小皇子都把他看作亲密的游戏伙伴,经常邀他一道游玩,因此薰君苦于抽不出更多的时间来侍奉母亲,内心颇感痛苦,薰君心想:"自己的身体倘若能一分为二就好了!"

有关自己的出身问题,薰君小时候隐约有所闻,长大后他经常纳闷,总想了解得更多一些,可是又无人可问。同时他还觉得不应让母亲察觉到自己在探询此事,以免她心生痛苦,因此当然不能向母亲询问此事。但另一方面,他还是总惦挂着:"事情的原委究竟如何?自己缘何带着这种麻烦的疑点出生呢?善巧太子[01]能问自己而领悟到自己的父亲是谁,我多么盼望自己也能有他这样的智慧啊!"薰君终于自言自语地流露出自己的心绪来,咏歌曰:

> 此身缘何降人间,
>
> 来龙去脉该问谁?!

却无人给解答。于是,每每遇上什么事,病态般的心理便搅动,内心极其痛苦悲伤,不由得寻思:"母亲究竟出于何种强烈的道心,才甘愿舍弃芳年美姿,突然削发为尼呢?想必是遭遇我略有所闻的什么意外事故,从而对世间万念俱灰,看破红尘,才遁入空门的吧。如此重大的事件,不可能全然没有走漏风声吧,想必是有所顾忌,所以无人告诉我吧。"接着薰君又想:"母亲虽然朝朝暮暮勤修佛法,但是女子的悟性毕竟很薄弱,要修行到精通佛法,往生极乐,绝非易事,更何况女子又有五障[02],也是令人担心的,因此我得协助母亲了却她的这桩心愿,哪怕至少为她获得来世的

---

[01] 据传说善巧太子即释迦牟尼的儿子罗睺罗尊者。释尊出家六年后此子才诞生,人们都觉得奇怪。但善巧太子问自己,竟能悟到自己是释尊之子。

[02] 佛教称女子身有五障,不能成为梵天王、帝释天、魔王、转轮圣王和佛身。修道上的五障即烦恼障、业障、生障、法障、所知障。

安康幸福助上一把力呢。"他还猜想:"那个已经亡故的人,想必也是满怀悔罪的心情,郁闷而死的吧。但愿自己来世能与这位亲生的父亲相见。"薰君思绪万千,本无意在这人世间举行元服仪式,然而终于无法推辞。元服仪式举行过后即意味着此人已成年,不久自然而然将闻名于世,随着声势显赫,将能过上荣华富贵的日子。然而薰君对这一切虚荣丝毫不感兴趣,只顾沉湎在静思默想中。

当今皇上与尼姑三公主有兄妹之缘,因此对薰君也很关爱,觉得他很可怜爱。明石皇后的几个皇子和薰君一样,都是在六条院内诞生,接受抚育成长起来的,薰君从小就和皇子们一起戏耍,因此她对薰君如同对待自己的孩子一般爱护,至今依然不变。源氏生前曾经非常爱怜地对明石皇后说过:"这孩子是我晚年所生,我不能看到他长大成人,实在伤心……"每当想起这些话,明石皇后对薰君就更加关怀备至。夕雾右大臣对薰君的照顾,甚至比对自己的孩子更加深切,细致入微,尽量呵护栽培他。

当年源氏有"光君"之称,桐壶天皇对他无比宠爱。但却缘此而招来了许多人的妒忌,再加上源氏的母亲没有煊赫的后盾,以致处境艰难。幸亏源氏本人能深思远虑,待人处世八面玲珑,韬光养晦,从而平安顺利地渡过了那场可怕的几乎形成天下大乱的灾难,并且他勤于修行,为来世积德,处理万事不锋芒毕露,不逞威作福,从而能够悠然自得从容不迫地度过一生。而如今这位薰君,年纪尚幼,却已声名远扬,并且胸怀大志。看来他似乎具有宿世深缘,令人觉得他并非凡胎俗骨,似有佛爷菩萨转世之相。从面貌上看,薰君并没有令看见他的人不由得赞叹"好美啊"的那种格外动人的美姿,只是从整体上说,他神采奕奕、气质高雅,似乎会令见者自惭形秽,而他心境深邃,更是非同寻常人。特别是薰君天生身具异香,这股芳香不是凡世间的香味,着实奇怪,薰君的身体只要稍微移动,他身上的那股芳香就会随风飘逸到遥远处,确实是百步之外的人也能闻到这股芳香。但凡像薰君这般身份高贵的人，无论谁都不愿意蓬头垢面不修边幅，总要想方设法精心修饰一番，务求雅观胜人一筹。惟独薰君则与众人迥异，他即使悄悄地躲在暗处，身上的那股异香也会飘洒四方，无法隐蔽，这令他感到懊恼。他的服装向来不加薰香，然而许多衣柜里装着各式各样的名香，再加上薰君身上固有的异香，真是香上加香，浓郁芬芳非凡。庭院里的梅花，只要经他的衣袖稍微触及，花香便格外芳香，虽然受到春雨的水滴浇湿，但许多人都希望这水滴的香味渗透到自己身上。不知谁人撩拨秋野中的泽兰香草，一股可人的浓郁异香便随风飘逸四方[01]，原来泽兰一经薰君采撷，花本身的香味竟然自行消失，而另有一种无比芬芳的香味随风扑鼻而来。

由于薰君身上具有这种令人惊叹的奇香，丹穗兵部卿亲王对此既羡慕又妒忌[02]，总想首先在香味这点上与薰君竞赛。于是他特意筹措各种香料，把衣服薰香，朝夕专为调配薰香而忙碌。即使是到庭院里赏花时，也念念不忘此爱好。春天在梅花园里欣赏，惟盼染得一身梅香。秋天，备受众人喜爱赞扬的黄花龙芽和小牡鹿视为妻子的、带露珠的胡枝子花，只因不芳香，丹穗皇子几乎没瞟上一眼。而对于那号称令人只顾忘却老迈的菊花、日渐枯萎的泽兰香草、欠美观的地榆花，只因它们有香气，即使到了被霜打得衰萎下来的时候，丹穗皇子还是不愿抛弃它们，未免显得故作姿态似的珍惜，呈现爱香之主的风流情怀。缘此世间的人们议论说："这位丹穗兵部卿亲王有点柔情似水，似乎过分风流了。"想当年源氏在世时，对任何事，都没有执拗地偏爱一方而格外异常地投入感情。

---

[01] 此语出自《古今和歌集》第241首，歌曰："不知何来香气飘，秋野泽兰谁人撩。"
[02] 此语出自《古今和歌集》第35首，歌曰："梅花潇洒散奇香，傍依浸染生妒羡。"

源中将[01]经常造访丹穗兵部卿亲王。在管弦乐会上，这两人吹笛子都非常出色，水平不相上下，在音色上彼此竞赛、互相挑战，在感情上又彼此亲爱和睦，真是一对意趣相投的年轻伙伴，因此世人照例议论纷纷，竞相称呼他们为"丹穗兵部卿、薰中将"。当时家有妙龄闺秀的高官贵族无不为之动心思，也有求人前来提亲的。丹穗兵部卿亲王就中挑出几个觉得有点意思的，加以探听其人品长相如何，然而却难觅到特别惬意的。丹穗兵部卿亲王心想："倘若能娶到冷泉院的大公主为妻，该不知有多么幸福。"因为大公主的母亲弘徽殿女御出身高贵，趣味高雅。据世人评价，大公主的人品相貌之优秀是世间罕见的。况且还有好几个伺候于公主近身的侍女，一有机会就将大公主的详细情况告诉丹穗兵部卿亲王，因此他对大公主的恋慕之情，似乎越发激荡难耐了。

至于薰中将，他对世俗生活深感索然乏味，他心想："轻率地就爱上一个女子，无异于给自己缠上一种难以斩断的羁绊，此类自讨烦恼之姻缘事，还是谨慎避免为佳。"缘此他把爱情婚姻之事抛开不去想它。固然这也许因为尚未有理想的女子闯入他的心灵，他才摆出一副圣人似的姿态也说不定，不过，他毕竟坚决不做招来世人非议的寻花问柳之事。薰君十九岁那年任三位宰相兼中将之职，他得到冷泉院和秋好皇后的格外优厚的待遇，作为臣下他不比任何人差，并且声望也相当高。然而他内心中总存在自己的身世可疑的问题，从而心情总觉孤寂凄凉。因此他也不喜欢像血气方刚的青年那样任性放肆、四处拈花惹草，处世待人都很谦恭含蓄，自然获得世人的赞美，说他真是位持重老成的君子。

随着年龄的增长，三皇子丹穗兵部卿亲王越发对冷泉院的大公主魂牵梦萦。而薰中将和大公主朝夕共处在一个院内，不时有机会得知她的情况或看见她的姿影，他知道此女子长相确实非凡，而且人品端庄，气质无比

[01] 即薰君，世称薰中将。

高雅。他想："同样要娶妻的话，但愿能娶到这样的人做终身伴侣，度过幸福的一生，才能心满意足啊！"冷泉院器重薰中将，在一般事情上对他毫无隔阂，惟有大公主的居处，则防范得非常严谨，薰中将也觉得这样做是理所当然的。他深恐招惹是非，并不强求亲近。他心想："万一发生意想不到的情感事，于己于人都很不利。"因此他对她也并不主动去亲近。只是薰君天生一副招人喜欢的相貌，稍许露出一句随便的戏言，女方都会动心，甚至很快就痴情于他。因此薰君做短暂的拈花惹草之事也日渐多了起来。不过，他对这些女子并不格外上心珍视，他巧妙地运用讳莫如深的技巧，那种似乎有情又让人捉摸不定的态度，反而令恋慕他的女子心焦，越发被他所吸引。缘此为数不少的女子主动上三条宅邸去侍奉尼姑三公主[01]，她们看见薰君对她们冷淡的态度，内心十分痛苦，但转念又想："这总比断绝往来好些！"于是只好强忍下这内心的寂寞。还有不少身份不是那么卑微的女子，只是为了向薰君表示一点脆弱的私情，而前来侍奉尼姑三公主。薰君对她们的态度虽然很冷淡，但是不管怎么说，薰君为人温厚、长相俊秀，颇吸引人，因此在这里侍奉的诸多女子，尽管内心都觉得似乎自己欺骗了自己，然而还是无怨无悔地在这里度日。

且说夕雾右大臣家有许多女公子，夕雾本想将众多女儿中的一个许配给丹穗皇子，一个许配给薰中将。但是他曾听见薰中将说："母亲在世期间，我至少必须尽孝心，朝夕侍奉在她左右。"因此不便向薰中将启齿。夕雾原先也顾虑到薰中将和他女儿血缘太近[02]，可是作为女婿人选，世间实在找不到胜于薰中将和丹穗皇子此二人的了，为此他十分烦恼。夕雾的侍妾藤典侍所生的第六女公子比原配夫人云居雁所生的诸女儿长相标致得多。此女长大成人后，显得气质高雅、性情温顺，可说是优秀完美，无不

足之处，却只因她生母身份卑微，世人对她似乎不很重视，为父的夕雾觉得埋没了这女儿天生的丽质，怪可怜的。一条院的落叶公主膝下没有子女，生活过得似乎挺寂寞，于是夕雾首先让落叶公主收养这位六女公子。接着他盘算着："找个机会，若无其事顺其自然地让薰中将及丹穗兵部卿亲王和排行第六的这个女儿会面，他们见了她准会上心的吧。这两个人都擅长识别鉴赏丽质的女子，他们想必会特别欣赏六女儿的。"于是他特意不格外严厉监督六女公子，并且让她学习一些时髦的东西，追求雅趣，过上风流的生活，他拟为她创造多种机会，让她能吸引更多年轻公子哥儿的心。

翌年正月十八日宫中举办射箭竞赛，夕雾在六条院备办还飨宴[01]，十分精心讲究，打算邀请诸亲王前来赴宴。到了这天，诸亲王中成人者都前来赴宴。明石皇后所生的诸皇子，个个长得气宇不凡，十分俊秀，其中尤以丹穗兵部卿亲王格外醒目，无与伦比。称为常陆亲王的四皇子，是当今皇上的更衣所生，也许由于这个缘故，在人们看来，他的姿容远不如其他皇子英俊。

射箭竞赛的结果，照例是左近卫府一方获得优胜。今年的射箭竞赛比往年结束得早。夕雾左大将[02]便从宫中退出，与丹穗兵部卿亲王、常陆亲王及明石皇后所生五皇子同乘一辆车，奔赴六条院。宰相中将薰君属于射箭竞赛的赛败一方，闷声不响地正退出宫廷的时候，夕雾拽住了他，说："诸亲王都到六条院去，你来送送他们吧。"夕雾的儿子卫门督、权中纳言、右大弁等人，此外还有众多公卿大臣都被邀请相互结伴前往。于是各自分组乘上车，奔赴六条院。

从宫中到六条院，还有好大一段路程，此时空中飘着细雪，黄昏景色

---

[01] 还飨宴：宫中的射箭竞赛结束后，胜者一方在自家宅邸举办的宴会。
[02] 夕雾此时的职务是右大臣兼左大将。

分外妖娆。车内传出悠扬悦耳的笛声，车子载着美妙的笛声缓缓进入六条院的这番情趣，不禁令人感到除了此处的此时此刻以外，还能在哪里的极乐净土找到如此使人心旷神怡的场面啊！

还飨宴席设在正殿的南厢。按照以往的惯例，请射箭竞赛优胜者一方的左中将、左少将等，一长排面朝南就席入座，与他们相对而坐的是充任还飨宴陪客的诸亲王及公卿大臣们，他们朝北就座。于是还飨宴开始，觥筹交错、欢声笑语四起时，场内开始表演《求子》舞。舞姿翩翩，长袖飞舞，将庭院近处盛开的梅花吐出的芳香扇动，满座飘香。然而薰中将身上散发出来的香味却盖过梅花香，馥郁芬芳，无可比拟。众侍女隔着帘子窥视薰中将，彼此赞美说："可惜光线昏暗，相貌看不清楚，不过这股香气的确是无与伦比的。"大家赞不绝口，夕雾右大臣也觉得薰君的模样确实相当雅观，今天的仪表姿态比以往更加温文尔雅、端庄有礼。便对他说："右中将啊！你也来一道歌唱吧！不要过于拘谨地做客呀！"于是薰中将便恰到好处地放声歌唱："在神住的天国里……"[01]

---

[01] 此为跳《求子》舞时唱的风俗歌《八少女》之一节，歌词曰："八少女是咱的八少女哟！亭亭玉立呀八少女，亭亭玉立呀八少女，在神住的天国里，亭亭玉立呀八少女，亭亭玉立呀八少女。"

第四十三回

紅 梅

时任按察大纳言者，是已故前太政大臣的次子红梅，亦即紧挨着已故卫门督柏木的排行的弟弟。红梅自幼聪明伶俐，性格开朗，随着年龄的增长，官位也渐次晋升，真是前途无量，如日中天，过着荣华富贵的生活，还受到当今皇上的格外器重。这位红梅大纳言有两位夫人，原配夫人早已亡故，现在的这位夫人是后任太政大臣髭黑之女，就是从前舍不得离开丝柏木柱而咏歌的那位女公子。原先她的外祖父式部卿亲王把她嫁给萤兵部卿亲王，萤兵部卿亲王辞世之后，红梅和她私通。天长日久也就不顾世诼，公开娶她当了继室。红梅的已故原配只留下两个女儿，没有儿子，总觉美中不足。他向神佛祷告祈求，继室丝柏木柱果然为他生了一个儿子。丝柏木柱还带来了一个女儿，是与前夫萤兵部卿亲王所生，她把这女儿看作是前夫的遗念。

　　红梅大纳言让这三位女公子都住在一处，不分是原配所生还是继室所生，无论哪个孩子他都一样疼爱。然而这三位女公子身边的侍女之间，不免有彼此感情龃龉的情况，时不时也闹出一些别扭来，好在丝柏木柱夫人心胸开阔、性格爽朗，善于合乎时宜地化解矛盾。即使涉及自己，令自己伤心难过的事也罢，她都能沉稳妥善地处理，或暗自重新思考，宽容为怀，因此没有引起世间人们的恶评，十分体面地过日子。

　　这三位女公子年龄都相近，依次长大成人，顺序举办了着裳仪式。红梅大纳言建造了正面有七间那么宽阔的正殿，女公子们的居住情况大致如下：朝南的房间归大女公子居住，朝西的房间归二女公子居住，朝东的房间归萤兵部卿亲王所生的女公子居住。一般人看来，这位女公子的亲生父亲萤兵部卿亲王早已辞世，没了生父的孤女，想必有诸多痛苦。不过她的生父和外祖父等人给她留下了许多遗产宝物，因此举办自家的各种仪式以及日常生活等，务求典雅高尚，境况大体上无可挑剔。

　　随着世间人们盛传红梅大纳言府上细心栽培着三位女公子，求婚者纷至沓来。当今皇上和皇太子也曾表示有意愿。红梅大纳言心想："当今皇上身边已有他特别宠爱的明石皇后，何等身份的人才能与她媲美呢？！倘若从一开始就自甘卑微，当个一般的角色侍奉宫中，那有什么意思呢。至于皇太子，又被夕雾右大臣家的女御独占鳌头，要与她争宠，恐怕相当困难。然而话又说回来，顾虑重重无所作为也不见得好，拥有出类拔萃的女儿却不送她进宫，岂不是辜负了她天生的丽质。"于是红梅大纳言下定决心将大女公子许配给皇太子。此时大女公子年方十七八岁，美艳娇媚，楚楚动人。

二女公子长相标致，气质高雅，落落大方，甚至胜于其姐，富有情趣，缘此红梅大纳言琢磨着："如此才貌卓绝的女子，嫁给平庸的臣下为妻，未免太可惜，自己实在不愿意成全这样的婚事。倘若丹穗兵部卿亲王有意来求婚，倒可以应允。"

且说这位丹穗皇子在宫中等场所，每当看到红梅大纳言与丝柏木柱夫人所生的小公子时，总要召唤他过来，与他一起玩耍。这位小公子很聪明有智慧，从他的眼神和额头端详，似乎可以揣测这小公子的前程无限光明。有一回，丹穗皇子对这小公子说："你回去对大纳言说，光让我看见你这个小弟，我还觉得美中不足呐！"小公子回家向父亲转告了这番话，红梅大纳言脸露微笑，暗自欣喜：自己的宿愿有望实现了。他对丝柏木柱夫人等说："一个天生丽质的姑娘，与其进宫而屈居人下，不如将她许配给丹穗皇子啊！再说我自己倘若能心满意足如愿以偿地精心照料这位称心的女婿，可能还会延年益寿呐。"但是，首先必须赶紧着手准备大女公子嫁给皇太子的事。红梅大纳言内心默默地祈祷："但愿春日神保佑，保佑自己的这代能出个皇后，从而慰藉先父太政大臣的在天之灵。当年他为女儿竞争皇后失败，女儿只能当冷泉帝的弘徽殿女御，先父为此而遗憾终生。"于是，红梅大纳言便送大女公子进宫当皇太子妃。世间人们盛传，皇太子格外宠爱这位皇太子妃。然而这位皇太子妃并不熟悉宫中的生活，身边急需一位得力的能者作为她的保护人加以照顾，缘此，大女公子的继母即红梅大纳言的丝柏木柱夫人遂陪伴她进宫。丝柏木柱夫人特别精心呵护这位大女公子，真是无微不至地百般关照。

大女公子和丝柏木柱夫人进宫之后，红梅大纳言的宅邸内暮地变得冷清了。尤其是住在朝西房间的二女公子，她平素与姐姐常在一起，现在觉得十分寂寞。住在朝东房间的、丝柏木柱夫人与前夫萤兵部卿亲王所生的女公子，和这两位女公子也很亲近。晚上三人常睡在一起，共同学习和歌及其他学问，以及玩各种风雅的乐器。两位女公子似乎都以居住朝东房间的这位女公子为师，一起学习弹奏，和睦相处。这位住朝东房间的女公子，生性腼腆，对母亲也难得正面相视，其谨小慎微甚至达到可笑的程度，然而她心地善良，待人接物之亲切情怀，与他人相比毫不逊色。她在颇具魅力这点上，更胜于他人一筹。红梅大纳言暗自思索："我安排这个女儿进宫，那个女儿出嫁，只顾为自己亲生的女儿费心考虑奔忙，未免太对不住萤兵部卿亲王所生的这位女公子了！"于是他对这女公子的生母丝柏木柱夫人说："这女儿的婚事，你倘若有相中的对象，请务必告诉我，我一定如同亲生女儿一样关照她。"丝柏木柱夫人回答说："这种世间之常情的婚事，看样子女儿似乎全然未曾想过，倘使考虑欠周地让她成亲，反而对不住她，她的未来只好任凭她的命运主宰了。只要我还在世，就由我来照顾她。只是倘若我不在了，她就很可怜，每当想及此，我内心很难受，这倒是令我揪心的。不过到了那时，她可能会看破红尘而出家为尼，自然不会招惹世人的耻笑，但愿她不做轻浮之举地安度一生。"说罢不由得落泪，接着还讲到这个女儿的人品气质多么高雅善良。

红梅大纳言对这三个女儿，不厚此薄彼，一样地疼爱。不过，他至今还不曾见过这住朝东房间的女公子，很想看看她的长相如何。他时常埋怨："她总躲避我，太无情了。"他想趁人不知时窥视一下，也许能看见一面，哪知道连侧影也没见过呢。有一天，他坐在这位女公子的门帘外，对她说："你母亲进宫而没在家期间，理应由我代替她来照顾你，可是你对我似乎有诸多隔阂，实在令我感到遗憾啊！"隐约听到帘内传来女公子的回应声，那声音婉转而优雅，可以想象她的长相定然漂亮，人品也优秀并具有吸引力吧。红梅大纳言觉得："迄今自己总以为自己亲生的女儿绝不亚于他人，而自鸣得意，如今看来，世界太大也怪麻烦的，本以为自家亲生的两个女公子最出类拔萃，无人可以比肩的，殊不知世间自然有比她们更优秀的人。"他想到这儿，就更想进一步详细了解她的情况了。于是对她说："近数月来，总是忙忙叨叨的，琴声也很久都没有听了。住在朝西房间的二女儿，正在潜心学习琵琶，大概是想将来也能像你那样精通此道吧。不过琵琶这类乐器，学个半吊子，弹奏出来的声音就很刺耳难听。如若可能，希望你多加费心指点她吧。我虽然没有特别着意专修某种乐器，但是当年管弦乐会盛极一时之际，我也是管弦乐会的同人之一，可能是受过管弦乐熏陶的缘故吧，我对各种乐器演奏技艺的优劣还是能辨别得出来的。你虽然未曾公开显露过你的技艺，但是我偶尔听到你弹奏琵琶的声音，不由得联想起当年的情景，仿佛又回到旧时的年代。继承已故六条院源氏大人真传技艺的人，现今在世的，惟留下夕雾右大臣一人。源中纳言[01]和丹穗兵部卿亲王，无论任何方面似乎都不亚于昔日的人，真是独具特殊优越条件的佼佼者。这二人对音乐格外热心，但是他们操纵拨子拨弹琴马处的琴弦，其手法显得孱弱，发出的琴声之音色远不及夕雾右大臣。而你弹奏的琵琶，在手法上与夕雾右大臣的颇相似。弹奏琵琶之道，左手抚琴按弦的手法以沉稳熟练为上乘，女子掌控按压琴马处的琴弦时，拨弹

---

[01] 亦即薰中将。

出的琴声之音色听起来反而格外美妙，饶有情趣。怎么样，请你弹一曲吧。侍女们！把琵琶拿过来！"

伺候这位女公子的侍女们大都不回避红梅大纳言，只有几个极年轻的、出身较好的侍女不好意思让大纳言瞧见，遂自行退到内室去。缘此红梅大纳言内心有点不痛快地说："连侍女们也疏远我了，太没趣啦！"

恰好在这时，红梅大纳言家的小公子行将进宫去，在前往之前先来参见父亲红梅大纳言。小公子一身齐整的值宿装扮，特意将角发下垂，这姿态远比特意梳整齐的角发美观得多，为父的红梅大纳言见了，觉得儿子非常可爱，于是叫小儿子带个口信给住在宫中丽景殿的大女儿。他说："你对你大姐说，父亲叫你代替父亲问候大姐，父亲今夜不能进宫了，由于身体略感不适。"接着又对小儿子说："你先练一练笛子再去吧，皇上时不时会召你到御前表演，你吹的笛子技艺尚未娴熟，实在不好意思。"说着微微笑，并让小公子吹双调。小公子吹得相当动听，红梅大纳言说："你吹的笛子之所以日渐有长进，全得益于能在这里经常参与合奏的缘故呐，来吧！现在就和姐姐合奏一曲吧！"遂又催促帘内的女公子弹奏，女公子虽然显得有些狼狈，但还是用指尖略微拨弹一曲，琵琶与笛子非常动听协调地齐奏，红梅大纳言也用粗犷而娴熟的口哨声和着乐声。红梅大纳言望见正殿东边廊檐近处的红梅，但见它正在怒放，饶有情趣，芬芳可爱，说道："庭院里的红梅花开得格外有情趣呀！丹穗兵部卿亲王今天在宫中，折一枝拿去送给他吧。正是'梅花色香谁人知'[01]啊！"接着又说："哦！想当初光源氏荣膺近卫大将等职务，声誉鼎盛时期，我正年幼，是个孩童，恰似你这般年龄，我经常伺候在他身旁，总得到他的亲切关照，这份情义真是永远铭刻在心，越上年纪就越发怀念他。这位光源氏的外孙丹穗

---

[01] 此句出自《古今和歌集》第38首，歌曰："梅花色香谁人知，非君莫属凝神思。"

兵部卿亲王也是世人赞不绝口的,其长相确实俊秀,仿佛生来就是让人赞美的。然而要与光源氏相比,我总觉得他比不上光源氏的一角,也许这是由于我一直认定光源氏是世间无与伦比的优秀的缘故。像我这样与他关系浅薄的人,每想起他都感到抑郁悲伤,更何况与他关系密切的人们,被他舍弃在世间,想必都在怨恨自己何苦要那么长寿啊!"他怀念故人,追思往事,不胜感伤,陷入极其凄寂的哀思中。他情不自禁地差人折一枝红梅,迅速交给小公子,让他进宫送给丹穗兵部卿亲王。他说:"事到如今已无可奈何,这位令人怀念的光源氏的遗念,现今就只有丹穗兵部卿亲王了。据说昔日释迦牟尼佛涅槃之后,其弟子阿难尊者身上发光,道行高深的法师都怀疑他是释迦牟尼复活再现于世间。我也为了抚慰怀旧的抑郁心情,贸然向丹穗皇子献丑了!"说着在一张红色的纸上朝气蓬勃地挥毫,赋歌一首,歌曰:

> 微风特意送梅香,
> 为盼黄莺早来访。

并将它夹在小公子的怀纸里,催促他迅速送去。小公子幼小的心灵里也很想亲近丹穗皇子,旋即进宫去了。

丹穗皇子正从明石皇后的上房走出来,奔自己的值宿所去,许多殿上人送他出来,小公子夹在这群人中。丹穗皇子发现了小公子,问道:"你昨天为什么早早就退出?今天什么时候进来的?"小公子答道:"我后悔昨天太早退出,今天听说你还在宫中,就赶紧来了。"他那稚嫩的声音十分亲切悦耳。丹穗皇子说:"不只是宫中,我那二条院里也很好玩,你就常来吧。有许多小伙伴常在那里聚集呐。"其他人看见丹穗皇子单叫小公子与他说话,也就不靠近他们,随即各自散开。这时四周静寂无声,丹穗皇子又对小公子说："近来皇太子似乎不怎么召唤你，以前不是总爱频繁地召你进宫吗？你大姐夺走了皇太子对你的那份宠爱心，有点不像话呀！"小公子回答说："总爱召我进宫，苦死我啦！倘若时常到你这边来……"小公子话没说完就止住而沉默了，丹穗皇子说："你姐姐瞧不起我，不把我放在眼里，这固然是理所当然的，但还是令我感到太沮丧受不了。你家住朝东房间的那位姐姐，与我同样都是皇族血统，我多希望我们之间能相互思慕啊！你能否悄悄地将我的这番意思转告她呢？"小公子觉得机会到了，于是将那枝红梅和附上的歌递给了他。丹穗皇子微微笑，心想："倘若是在我轻易得不到回应而口出怨言之后送来的答歌，那就更有意思了！"他爱不释手地观赏梅花枝。这枝红梅那花枝的姿态、花朵的模样、花色和香味都非同寻常，十分可人。丹穗皇子说："庭院里绽放的红梅，只顾色彩一味艳丽，论花香还得数白梅，不过，惟有这枝红梅花，色香俱全地怒放啊！"丹穗皇子平素原本就喜欢梅花，红梅大纳言投其所好，丹穗皇子欣赏梅花，大加赞美了一番。接着丹穗皇子又对小公子说："你今夜在宫中值宿吧，就这样留在我这里过夜好了。"说着将小公子关在自己的房间里，小公子因而无法去参见皇太子。丹穗皇子身上的香气浓郁芬芳，令人觉得甚至连花儿都感到汗颜，他让小公子睡在自己身边，小公子的童心里自然无比欣喜，并觉得丹穗皇子和蔼可亲。丹穗皇子问小公子："这花的主人[01]为什么不去侍奉皇太子？"小公子答道："我不知道。听父亲说，要她去侍候知心的人[02]。"丹穗皇子曾听人说，红梅大纳言想把自己亲生的二女公子许配给他，而他所想娶的，却是萤兵部卿亲王所生的住朝东房间的女公子。但是在答歌中又不便鲜明清晰地写出来。翌日清晨小公子退出宫时，丹穗皇子似乎不甚上心地写了一首答歌，托小公

---

[01] 指红梅家住朝东房间的那位女公子。
[02] 指丹穗皇子。

子带回去。歌曰：

倘使身爱花香引，

岂能辜负风传信。[01]

　　丹穗皇子还再三嘱咐小公子说："今后再不要麻烦他老人家多余费心啦，你只需悄悄为我传信……"

　　自那以后，这位小公子也自然而然地对住朝东房间的这位姐姐更加重视，与日俱增地觉得她和蔼可亲了。其实以往他和同父异母的二姐反而经常直接见面，如同一般的同胞姐弟一样。不过在小公子的童心里，觉得住朝东房间的同母异父的姐姐为人稳重，但愿她能有个幸福美满的前途。如今大姐已成为皇太子的女御，享尽荣华富贵，同样是姐姐却相差甚远，不免心存不平，甚感遗憾。他十分同情这位姐姐，心想："哪怕能与这位丹穗皇子结缘呢！"缘此，父亲叫他把梅花枝送去，他十分高兴，觉得这是个可喜的机会。然而他今天手持的是丹穗皇子对昨日之举的答歌，遂送交父亲红梅大纳言。红梅大纳言阅罢说："竟说这种令人讨厌的话呀！这位丹穗皇子过于轻浮好色，他听说我们不赞许这点，并有微词，因此在夕雾右大臣和我们的面前竭力控制自己，装作诚心诚意的样子，岂不是很可笑吗？不过具备十足轻浮资格者，硬要装成不风流者似乎也很乏味嘛。"红梅大纳言背后说了丹穗皇子的坏话。今天他又让小公子进宫，顺便又送去一首歌，歌曰：

"君袖奇香若触花[02]，

----

[01] "花香"暗喻二女公子，"风"暗喻红梅大纳言。歌者表达了委婉谢绝之意。
[02] "花"比喻自家的二女公子。

美名远扬更添华。

太风流啦！请多包涵。"红梅大纳言认真地书写，丹穗皇子看罢心想：
"看样子，莫非他果真想把二女公子许配给我吗？"想到这儿，心情不免
激动，遂答歌曰：

　　　若是慕花寻求宿，
　　　惟恐世人笑色徒。

　　这首答歌还是没有表示出诚意。缘此，红梅大纳言看了心中很不愉
快。
　　丝柏木柱夫人从宫中退出，向丈夫红梅大纳言谈及宫中的一些情况，
顺便告诉他说："前天小公子进宫值宿，次日清晨到东宫来，身上散发着
一股浓重的香气，别人都以为这是他天生具有的，可是皇太子却立即分辨
得出来，皇太子对小公子说：'你准是在丹穗皇子身边待过的吧，难怪近
日没有到我这里来。'那神情让人觉得皇太子竟为此吃醋哩，真有意思
啊！你是否给丹穗皇子去信了呢？没见他有什么反应嘛。"红梅大纳言回
答说："是啊！这位皇子喜爱梅花，那东面檐前的梅花正盛开，让梅花白
白怒放未免可惜，我就摘下一枝，给他送去了。真是的，这位皇子身上的
衣香确实特别。奉侍宫中的众多女子，那薰衣香也没有薰得这么香啊！还
有那源中纳言，并非酷爱风流而特意薰香，他身上与生俱来能散发出一股
芳香，真是世间无与伦比的，实在是不可思议，不知前世修来的什么艳
福，以至今世获得如此高雅的回报。同样都称为花，然而梅花天生素性高
雅香味奇特。这位丹穗皇子喜爱梅花，的确有其道理。"红梅大纳言以花
为引子，首先议论起这位丹穗皇子。

住朝东房间的这位女公子日渐长大成人，明辨是非，通情达理，所见所闻都能看在眼里记在心上，然而对于自己的终身大事置之不理，婚姻生活之类的事，似乎与己无缘，从不考虑。世间的人们也多有趋炎附势之心，对于那些现时父亲在世，备受珍视的闺秀，争着追求，费尽心思急欲求婚，故而那里门庭繁荣热闹，相形之下，住朝东房间的这位女公子这边，则无人涉足，显得冷清，她经常是独自闷在房间里。丹穗皇子听到此传闻，心想："这正是我要去的地方，适合于我寻求的对象。"他陷入沉思，仔细琢磨，想方设法追求她。丹穗皇子常把小公子拉到身边，悄悄地叫他送信给住朝东房间的女公子。但是红梅大纳言一心想把二女公子许配给丹穗皇子，经常在暗中观察丹穗皇子的意向，满心盼望丹穗皇子动此心思前来求婚。丝柏木柱夫人看到丈夫的这番心思，觉得怪可怜的，于是说："人家的心思与大纳言所想的不一样，这种事，对一个毫无此意的人，纵然费尽唇舌也是徒劳无益的呀！"

　　且说丹穗皇子那边，住朝东房间的那位女公子只字也不回复丹穗皇子，而丹穗皇子的素性是越得不到的，越发不肯认输，因此一往情深地只顾追求。对此，丝柏木柱夫人经常在想："这有什么不可以的呢。若论这位皇子的人品，我倒很希望他当我的女婿。我觉得女儿若嫁给这样的人，将来定会很幸福的。"然而住朝东房间的女公子则听传闻说，丹穗皇子是个非常贪色的人，与很多女子私通。他深情爱慕八亲王[01]家的女公子，频繁地远赴宇治与她相会。如此靠不住、用情不专一的人，他的追求绝对不能上心，必须坚决断念。可是丝柏木柱夫人碍于情面，总觉得对不住丹穗皇子，时不时多余地越俎代庖，偷偷代替女儿给丹穗皇子写回信。

---

[01] 这位八亲王是桐壶帝的第八皇子。

源氏物语

第四十四回

竹河

本回叙述的是源氏家族之外的后任太政大臣髭黑家几个爱饶舌的侍女的故事。这些侍女至今还活在世上，她们嗜好不同自说，东家长西家短地嚼舌头，说出一些故事情节，却与当年侍候紫夫人的侍女们所讲的事实情况似乎不一样，不过，据她们说："有关光源氏子孙情况的传说，夹杂着不少讹传，也许这是由于比我们岁数更长的侍女老糊涂记不清，因而以讹传讹的缘故吧。"各种传说令人不胜怀疑，究竟哪种传说才是真实的呢?!

且说已故髭黑太政大臣与玉鬘尚侍生了三男二女。髭黑大臣在世期间，精心栽培孩儿们，惟盼他们个个长大成为优秀的人才，随着岁月的流逝，这种期盼的心情越发急切。就在这过程中，世态无常，髭黑大臣不幸与世长辞了。遗孀玉鬘夫人万分惆怅，恍如做了一场梦。原本着急想让女儿进宫侍奉，如今也不得不一再拖延。世态炎凉，人心大多趋炎附势。髭黑太政大臣生前权势显赫，死后余势虽然尚存，经济方面诸如自家的财物、私下的一处处领地庄园等依然如故，但是从整体上说宅邸内的气象全然变更，门庭日渐寂静萧条。玉鬘尚侍的近亲中，因时得势名声显赫者，为数众多[01]，但是身份高贵的亲戚，本来就不亲近，加上已故太政大臣髭黑缺乏柔情，生性喜怒无常，别人对他心存隔阂，玉鬘夫人竟没有一个与她过从亲密的人。不过，已故六条院的光源氏则一向把玉鬘当作自己的女儿来看待，这种心情始终不变。他临终分配遗产时，还特地在遗嘱中写明，将玉鬘列在仅次于秋好皇后之后。夕雾右大臣对玉鬘反而比对嫡亲姐妹更亲近，每逢她遇有什么事，他必定前来关照。

髭黑家的三位公子，都已举行过元服仪式，各自长大成人，因父亲已故，立身处世难免孤单无助，不过总算能自然地逐步晋升。玉鬘夫人忧心的，只是如何安排两位女公子的前途问题。髭黑大臣在世期间，当今皇上

---

[01] 红梅大纳言诸兄弟都是玉鬘的异母兄弟。

也曾向他表示过，希望他将女儿送进宫中奉侍。并且不时计算岁月，估摸着这闺秀大致已长大成人，不断催促他早日实现。但是，玉鬘夫人暗自寻思："明石皇后深受当今皇上宠爱，并且日益得势，无人可与她比肩，女儿若进宫，势必被她的威势所压倒，只能在众多平庸的女御、更衣等妃嫔队伍里位列末席，委屈地遥受皇后的冷眼，这也是令人心烦的事。再说眼见自己的女儿不如别人，显得寒碜的样子，自己也会忧心忡忡啊！"缘此，逡巡不前。

冷泉院也相当诚恳地示意，盼望得到玉鬘的女儿，竟然重提昔日的往事，埋怨当年玉鬘对他的无情，说道："当年你尚且不喜欢我，更何况现在，我年纪大了，也许更招你讨厌，不过请你把我当作可靠的父母般的保护人，将女儿托付给我吧。"冷泉院极其认真地恳求，玉鬘心想："这可怎么办，该如何做才好？我的命运实在可悲啊！他准是把我看成格外无情的女子，这令我感到羞愧也觉诚惶诚恐。如今自己已是这般年龄，莫如把女儿许配给他，以求使他的心情转好，是否可行呢？！"她思来想去难以下定决心。

髭黑家的这两位女公子长相都很标致，被誉为时下的美人，缘此恋慕者众。夕雾右大臣家的公子藏人少将是夕雾右大臣的原配夫人云居雁所生，官位比诸兄长都高，品貌兼优，格外受父母的疼爱。他诚恳地向玉鬘夫人的大女公子求婚。这位藏人少将无论从他父亲或母亲的层面上看，与玉鬘夫人都有密不可分的近亲关系[01]。因此他与这家的表兄弟们交往亲密，经常出入髭黑大臣家。玉鬘夫人对他也很亲切。这位藏人少将也很熟悉髭黑大臣家的侍女们，经常得便向她们述说自己的心事。因此侍女们不分昼夜常在玉鬘夫人耳边传递藏人少将的信息。玉鬘夫人一方面觉得听得

---

[01] 藏人少将的父亲夕雾是玉鬘的义弟，母亲云居雁则是玉鬘的异母妹。

厌烦，另一方面也觉得藏人少将怪可怜的。藏人少将的母亲云居雁夫人也经常为儿子的事给玉鬘夫人写信，藏人少将的父亲夕雾右大臣也对玉鬘夫人说："眼下藏人少将的官位尚低，不过看在我们是近亲关系的情分上，你就答应他们结缘吧！"但是，玉鬘夫人心中早已有打算："务必设法送大女儿进宫，决不将大女儿下嫁臣下。至于二女儿，只要藏人少将官位再高些，让世人也觉得般配时，不妨许配于他。"可是藏人少将则心怀可怕念头：如果玉鬘夫人不答应，就将大女公子抢走。玉鬘夫人虽然觉得这门亲事也并非绝对不般配，但也想着："在我这边尚未应允之时，万一发生意外之事，必遭世人非议，名声不好。"因此叮嘱传递信件的侍女们："你们必须小心谨慎，严防出差错。"侍女们都备加小心，穷于应付。

　　已故六条院光源氏晚年娶了朱雀院的三公主所生的薰君，冷泉院把他当作自己的儿子一般地爱护，封他为四位侍从。薰君当时年仅十四五岁，正是还带有孩子气的天真少年时期，然而他的心灵却比年龄早熟，是个十足的老实人，其言行举止无懈可击，人品高尚，可以预见他是个前途无量的少年。玉鬘尚侍很想选他为婿。尚侍的宅邸距三公主所住的三条宅邸很近，因此每当邸内举办管弦乐会，髭黑家的诸公子总要邀请薰君来参加。玉鬘尚侍宅邸是高雅闺秀聚集之处，年轻的贵公子们无不倾心向往，他们衣冠楚楚，彼此争俊，频频进出此宅邸。若论姿容俊秀这点，得数藏人少将超群出众；若论性格稳重亲切、气质高贵、情趣优雅这点，则首推这位四位侍从薰君，别无他人可与这二人比拟。也许人们都以为薰君是光源氏的亲生子，故而觉得他格外优秀也未可知，他的世间声誉自然而然格外卓著，尤其是年轻的侍女们对他备加赞赏。玉鬘尚侍也说："此君真是仪表堂堂。"她经常与薰君亲切地聊天，说："每当回忆起义父源氏大人和蔼可亲的性格，实在怀念，不由得悲从中来，难以自慰。除了从你薰君身上看到义父的遗姿之外，还能从谁人身上看到呢？！夕雾右大臣身份太高，没有特别的机会，难得见他一面。"她视薰君如同弟弟，薰君也把她当作亲姐姐看待，经常造访玉鬘尚侍宅邸，来到这里心情宛如到姐姐家来一般。薰君绝不像世间一般男子那样轻浮贪色，他的举止落落大方，非常稳重。一处处的年轻侍女们，看到如斯英俊的男子竟没有对象，不禁为他感到惋惜，还不时戏言取笑他，令他感到懊恼。

新年正月初一，玉鬘尚侍的异母兄弟红梅大纳言、藤中纳言[01]前来玉鬘尚侍宅邸拜年。这时，夕雾右大臣率领自家六位公子也来了。这位夕雾右大臣仪表堂堂自不消说，声望等也是完美无缺的。这六位公子，个个英姿俊美，从年龄上说，他们的官阶都已过高。在旁人看来，这一家人真是无忧无虑幸福美满的了。不过，其中那位藏人少将虽然得到父母的格外重视、百般疼爱，可是他却始终显得消沉，似乎满怀心事的样子。

夕雾右大臣隔着围屏，一如当年亲切地与玉鬘尚侍交谈。他说："由于没有什么特别的要事，因此久疏拜访了。随着岁数的增长，我除了进宫之外，既不好意思也懒得到其他各处走动。倒是不时想来问候共叙往事，却总是迟延拖拉未能实现。府上若有何事要办，请随时吩咐舍下诸年轻小伙子办理，我已叮嘱他们务必尽心竭力效劳。"玉鬘尚侍回答说："如今已成蓬户瓮牖，微不足道，承蒙一如既往照拂备至，更令我追思先人，难以忘怀了。"她作了这番寒暄后，顺便委婉地谈及冷泉院有意召她家大女公子进宫奉侍之事，她说："家中无有强有力的保护人做后盾，进宫奉侍反而显得寒碜，缘此思来想去逡巡不前，实在烦恼。"夕雾右大臣说："听说当今皇上也曾表示过有此意思，你觉得该应承哪方呢？冷泉院现已退位，鼎盛期似乎已过，然而他的仪表之美和气度之恢弘，着实稀世罕见，看他仿佛总不见老，过去到现在似乎没有变，我家倘若有容貌相当的女儿，倒愿意应召入院。只是无有够得上忝列群芳争艳的宫眷队伍里的女

---

[01] 已故髭黑太政大臣与原配夫人所生的长子，与丝柏木柱夫人是同胞姐弟。

儿，不免感到遗憾。不过冷泉院欲召府上大女公子之事，是否已得到大公主的母亲弘徽殿女御的认可？从前也曾有人想把女儿送进冷泉院，只因顾忌这位女御而中止了呢。"玉鬘尚侍回答说："弘徽殿女御曾劝解我说：'近来我逐渐感到无所事事，苦于寂寞无聊，很想与冷泉院齐心协力照顾府上的闺秀，借以排解寂寞的氛围。'她的话已说到这份儿上，我就要加以考虑了。"

在玉鬘尚侍宅邸聚集的贺岁客纷纷告辞，而后又奔赴三条宅邸向三公主拜年。但凡对三公主的父亲朱雀院怀念旧情的人、与三公主的丈夫六条院光源氏有关系的人，还有其他各种关系的人们，对这位尼姑三公主都不能过其家门而不入，纷纷上门来贺年。已故髭黑大臣与玉鬘尚侍夫人所生的公子左中将、右中弁、藤侍从等即从自家宅邸陪同夕雾右大臣前往，行进队伍的声势排场格外盛大。

当天傍晚时分，四位侍从薰君也来向玉鬘尚侍贺年。今天白日里聚集在这宅邸内的众多均有相当官阶的年轻公子，个个相貌可人，无可挑剔。在这些人当中，最后独自到场的这位四位侍从薰君，格外引人注目，一向敏感容易激动的年轻侍女们都说："毕竟是超群出众啊！"还说些不得体的话如："真想看到这位公子与我家小姐成双成对并排而立的身影啊！"这位薰君的确长得很英俊，风度翩翩，每当转身或稍有动作的时候，他身上就飘逸出一股奇香，那芬芳着实异乎寻常。任何藏于深闺中的千金小姐，只要是知情识趣者，遇见薰君，想必都会赞叹他："果真是个出类拔萃的人啊！"

此刻玉鬘尚侍正在佛堂里，她让侍女请他到这里来。薰君从东台阶拾级登上了佛堂，在门口的帘前坐下。佛堂前近处的几棵小梅树，枝头上星星点点缀着含苞待放的蓓蕾，早春的黄莺啁啾鸣啭，听起来还嫌不够纯熟。众侍女希望英俊的薰君在这种景趣中表现得更潇洒些，于是开起玩笑来，试图诱发他。可是薰君却一味少言寡语，装作一副拒绝他人的面孔，使她们感到有些扫兴。其中有个名叫宰相君的身份高贵的侍女，遂咏歌一首，曰：

采来观赏花更香，
初绽梅花[01]更须艳。

薰君佩服她脱口吟出此歌，遂答歌曰：

"远观小梅似秃枝，
孰知初绽花香痴。

如若不信，不妨触我的袖子。"他与她们谈笑风生，众侍女异口同声地说："真是'色艳香更浓'[02]。"她们打趣喧嚣，差点要拽他的衣袖。玉鬘尚侍从室内膝行出来，压低嗓门说："你们这是怎么啦，连这样腼腆的老实人也拿人家来寻开心，好不难为情。"

这话被薰君听见了，薰君心想："我被称为老实人，好委屈啊！"这家主人玉鬘尚侍的儿子藤侍从尚未上殿奉侍，无须到各处去拜年，此刻正好在宅邸内。他端出两个用嫩沉香木制的盘子，盘内装着水果和酒杯等，用来招待薰君。玉鬘尚侍心想："夕雾右大臣随着年龄的增长，长相越发酷似已故义父光源氏。这位薰君的长相与义父并不相似，但是他的姿态神情稳重、举止高雅，令人见了会联想起源氏义父年富力强时期的英姿面影

---

[01] "初绽梅花"喻薰君。
[02] 此语引自《古今和歌集》第33首，歌曰："寒梅色艳香更浓，谁人拂袖移芬芳。"

想必也是这样的吧。"她追思当年源氏在世时的情景，心情不胜忧郁感伤。客人薰君待了不大一会儿回去之后，他身上散发出来的芳香依然在室内飘逸，众侍女赞不绝口。

侍从薰君不甘心被人称为老实人。正月二十日过后，恰是梅花盛开时节，他想让那些嫌他不够潇洒的风流侍女们看看他的本色，遂造访玉鬘尚侍的儿子藤侍从。他刚想从中门进去，只见一个同他穿一样的贵族便服的男子站在那里。那人看见薰君，本想躲闪开去，却被薰君拽住，一看，原来是经常在这一带徘徊的藏人少将。薰君心想："正殿的西侧，正在弹奏琵琶、筝琴等，他准是被乐声吸引而驻步的吧。他的神情似乎显得很痛苦。遭到爱慕对象的婉拒，为强求之恋而身心憔悴，实在是罪孽深重啊！"不大一会儿，琴声停止。薰君对藏人少将说："来！你来当向导吧，我一向摸不着门儿。"于是薰君同藏人少将一道结伴前去，穿过西侧游廊前的梅花树下，一边哼着催马乐《梅枝》一边走。薰君身上飘逸出来的香气比花香更浓重，侍女们早已闻辨出来，连忙打开便门，并用和琴和着他们俩的歌声弹出美妙的音色来。薰君心想："和琴是女子操弄的琴，不适宜弹奏《梅枝》这种吕调，她们竟能配合得如此高超。"于是薰君又从头再唱一遍。侍女们就用琵琶来伴奏，也配合得非常奇特巧妙，薰君觉得："这里的确是饶有风情雅趣之处，是深刻理解趣味的地方。"他的心被这里所吸引，缘此今夜他的心情比往常略微放松，也和侍女们开开玩笑了。

玉鬘尚侍从帘内命人送出一张和琴。薰君与藏人少将相互谦让，谁也不肯抚琴。于是玉鬘尚侍命小儿子藤侍从传她的话说："我早有耳闻，薰君弹的琴声酷似已故家父前太政大臣的琴声，我诚心希望能听到薰君弹一曲，今宵黄莺啁啾引来琴声，请你抚琴吧。"薰君心想："这种场合若不好意思而退却，很不合时宜。"于是，他不怎么上心地弹奏一曲，琴声听上去着实十分美妙。

玉鬘尚侍虽然对已故生父前太政大臣并不亲近，不过想起早已辞世的生父，也确实感到寂寞凄凉，偶尔也会触物生情，缅怀亡父的面影，更何况此刻听到薰君弹的琴声酷似生父当年所弹的琴声，自然倍加感伤。她说："从大体上说，不知怎的，总觉得这薰君的长相酷似已故的我的兄长柏木大纳言。他弹的琴声，竟那么像是大纳言所弹奏的。"说罢，不禁哭了起来。她近来动不动就容易落泪，这大概就是年迈的征兆吧。藏人少将也用美妙的声音唱了一曲催马乐《此殿》。由于场面上没有爱多管闲事的老人，众人顺其自然，兴之所至，互相劝诱尽情演奏。东道主方的藤侍从也许是性格颇似其父已故髭黑大臣的缘故，不擅长此道，只顾举杯劝酒。众人敦促他说："你至少也该唱一首祝贺歌才好啊！"于是他就跟着众人唱催马乐《竹河》，他的嗓门虽然还很稚嫩，但也蛮有兴味地高歌。帘内的人送来了一杯酒。薰君说道："据说酒醉就隐瞒不住心事，难免要胡言乱语，何以要如此款待呢？"他不肯立即接受这杯酒。

玉鬘尚侍应景，为表祝贺赠送薰君一套高贵女子的小礼服外加一件细长女服，衣服的薰香芬芳可人。薰君开玩笑说："这又是怎么回事？"旋即将赠品转赠给东道主藤侍从，即欲离开，藤侍从拽住薰君，欲将赠品交还他。薰君说："我已经喝过小憩驿站的酒，夜深了。"[01]说着便溜回家去。

藏人少将眼见这番情景，心想："看来源侍从薰君经常到此处，这里的人对他似乎都很尽心，相比之下自己未免显得寒碜。"不由得心感委屈，大失所望，情不自禁地口出怨言，哼歌曰：

---

[01] 举行男踏歌游行仪式时，沿途设小憩驿站，简单地备有酒和开水泡饭款待踏歌人。《竹河》是踏歌时唱的曲子，缘此故意戏用此词。薰君正打算回家时，东道主方又上酒，故而推说夜深了。

花香众人皆欣赏，

　　春夜黢黑我迷茫。

叹息着正欲回家时，帘内某侍女答歌曰：

　　顺应天时识情趣，

　　欣赏不独为梅香。

　　翌日清晨，四位侍从薰君派人送了一封信给东道主藤侍从，信中说："昨夜方寸错乱，让大家见笑了。"他估计此信玉鬘尚侍必定会看到，故信中多用假名书写^[01]，一端还附有一首歌，歌曰：

　　《竹河》末句唱由衷，

　　内心所思谅君懂。

　　藤侍从将这封信拿到正殿，母子俩一起阅读。玉鬘尚侍说："他的笔迹蛮挺秀啊！真不知前世是如何修来的福气，年纪轻轻的就显露文才横溢。他幼年丧父，母亲又出家为尼，不曾好好抚育他，然而他却还能成长得如此出类拔萃，真是天生有福气啊！"她的意思是责备自己的儿子们的字迹太差劲。藤侍从给薰君的回信，字迹确实太稚嫩了。回信写道：

　　"昨夜，你就像路过小憩驿站喝完酒就走，在场的人似乎都觉得奇怪。

---

[01] 当时上流阶层男子行文多用汉字，妇女则多用日语假名。

《竹河》唱罢称夜深，

匆匆离去何述陈。"

此后，薰君就以这次为契机，经常到藤侍从住处来造访，这期间他隐约吐露了爱慕女公子的意思。果然不出藏人少将所料，这里的人们对薰君都怀有好感，藤侍从的这颗童心也向着薰君，愿意把他当作好伙伴，很想朝朝暮暮与他亲近。

三月里，有的樱花正绽放，有的却已凋零，但总的来说，还是春光明媚，是赏樱的鼎盛时节。玉鬘尚侍宅邸内出入人数稀少，悠闲宁静，没有外人进来，女眷们走出房檐前来观赏春天的景色，似乎也不会担心被人非难为轻佻之举。

女公子们此时芳龄约莫十八九岁吧，无论相貌、气质都十分优秀。大女公子端庄秀丽，品味高雅，出类拔萃，看上去一般臣下显然是配不上她的。她身穿粉红色的细长女裳，内里配上金黄色的汗衫，色彩搭配得合乎季节时令，十分可爱，全身装束直至衣衫下摆，洋溢出一种娇媚的神采。她那聪明灵巧的高雅风韵，不由得令人望之而自愧弗如。二女公子身穿浅红梅色的细长女裳，内里搭配面白里花的汗衫，头发宛如柳丝般飘柔可爱，周围的人们无不认为二女公子身材清秀婀娜、姿色艳丽，在威严稳重、深思熟虑方面似乎比其姐略胜一筹，不过在姿色秀丽方面远不如她姐姐。一天，这姐妹俩欲对弈，两人相对而坐，簪光发影交相辉映，那景象着实美极了。她们俩的小弟藤侍从当裁判，坐在近旁，兄长们向帘内窥视了一下，说："侍从大受信任，当上对弈的裁判哩。"说着摆出一副大人的模样，就势在近旁坐了下来，一侧的侍女们不知不觉地端正了坐姿。藤侍从的长兄左中将开玩笑说："我在宫中任职，事务繁忙，得到姐妹们的信任还比不上侍从弟，实在遗憾呀！"说着叹了一口气，藤侍从的次兄右中弁也说道："像我这样的弁官，公务就更忙了，实在是照顾不上家务事，想必不会太嫌弃我们吧。"两位女公子听了两位兄长这番揶揄话，停止对弈，显得不好意思，那羞答答的姿态着实可爱。左中将说："我在宫中一带奉职，每每想到倘若已故父亲太政大臣健在该多好啊！"说着含泪望了望这两个妹妹。左中将现年约莫二十七八岁，遇事好深思，考虑周全，他总想设法按父亲的遗愿，安排这两个妹妹的前程问题，以告慰父亲的在天之灵。

两位女公子望见庭院里诸多花木中樱花格外芳香艳丽，遂命侍女摘下一枝来欣赏。她们赞赏说："樱花真是压倒群芳，无可比拟啊！"兄长左中将见状说："曾记得你们小时候，互相争夺这株樱花，一个说：'这樱花是我的！'另一个则说：'这樱花是我的！'父亲大人定夺：'这樱花是姐姐的。'母亲则判定说：'这樱花是妹妹的。'我那时候虽然没有又哭又闹的，但是心中却愤愤不平。"接着又说："随着这株樱花树逐渐变成老树，每想到迄今流逝的岁月，许多同辈人先我辞世，不由得悲从中来，内心的忧伤难以罄尽啊！"他时而哭泣时而绽露笑容述说，神情比平常显得更悠闲宁静。这位左中将近来已成为某人家的上门女婿，难得在自家久留，今天被庭院里的樱花所吸引，较长时间地在这里留驻了脚步。

玉鬘尚侍虽说已是许多长大成人的子女的母亲[01]，相貌却比岁数显得年轻多了，依然如往昔妙龄女子那般美。冷泉院大概至今依旧在爱慕玉鬘尚侍的姿色吧，他自然每每忆起当年恋慕她的往事，总想找个恰当的机会接近她，寻思的结果是决意提出希望玉鬘尚侍家的大女公子入侍冷泉院。有关大女公子入冷泉院奉侍一事，左中将说："我总觉得大女公子入侍一事，似乎不合时宜。不管怎么说，世间万事，皆求办得合乎时宜，世人认

---

[01] 她约莫四十八九岁。

可无可非议。固然冷泉院世间无与伦比,不过现已退位,盛时似乎已过。即使是琴笛之曲调、花色、鸟声,都要合乎时令季节,始能引人入胜,愉悦世人耳目。与其入侍冷泉院,莫如侍候皇太子如何呢?"玉鬘尚侍说:"这个嘛,也很难说,皇太子身边,从一开始就有身份高贵的人[01]侍候着,此人格外得宠,无人可与她比肩。倘若硬要挤进去,日后定多痛苦,同时也难免会招来世人的讥评,因此不能不慎重考虑,倘使你父亲髭黑大臣健在,女儿未来的遭际如何虽然不得而知,但是眼前总可以有所庇护,进宫侍奉也不至于遭受委屈。"她说到这里,大家悄然沉寂,不胜感伤。

左中将等人离开这里之后,两位女公子继续对弈,她们将自幼时就喜爱戏耍争夺的樱花树作为赌注,相互戏说:"三盘棋中谁多胜一盘,樱花树就归谁。"这时,天色逐渐昏暗,她们将棋局移至靠近屋檐前。侍女们将帘子卷了起来,各自都期盼着自己侍候的小姐对弈获胜。恰在此时,那位藏人少将到藤侍从的房间来造访,可是藤侍从已跟两位兄长结伴外出了,这屋宇四周人影稀少,廊道上的门敞开着,藏人少将不慌不忙地走近门边,往里面窥视。能够遇上这般可喜的良机,他感到宛如遇见了菩萨现身,心中不觉侥幸。正值傍晚时分,暮霭溟濛看不清楚。定睛仔细辨认,从色彩、模样上看,才认出身穿粉红色细长女裳的是大女公子。简直宛如"纪念犹存花谢后"[02],洋溢着一种芬芳的美!这样一位窈窕淑女,若嫁给他人,实在是难以忍受的遗憾啊!年轻侍女们那种毫无拘束的姿影,在夕照的映衬下,显得饶有情趣。围棋对弈的胜负已决,右方的二女公子获胜。右方的侍女们精神振奋,有人戏言说:"高丽乐的合奏[03]就该开始

---

[01] 夕雾右大臣的长女是皇太子妃。
[02] 此句引自《古今和歌集》第66首,歌曰:"衣裳深染樱花色,纪念犹存花谢后。"
[03] 原文作高丽之乱声(KOMANO LANZYO),古时举办赛马或相扑时,获胜一方响起笛、钟、鼓的合奏声,侍女们据此风习而戏言。

了！"又有人喜气洋洋地说："本来嘛，那株樱花树是属于右方的，只因樱花树靠近西面庭前，左方大小姐就把它当成是自己的，缘此两人争夺多年，一直争到现在。"藏人少将不知她们所谈的是什么事，不过觉得蛮有趣味的，颇想自己也参与进去说几句，可是转念又想："在众多女子毫无拘束的状态下，自己贸然插入未免突兀。"只好打道回府。此后藏人少将经常在这一带徘徊，惟盼再次获得如此意外的良机。

两位女公子自打这日起，朝朝暮暮以争夺樱花树为游戏。一天傍晚，狂风呼啸，樱花纷纷凋落，好不令人哀怜痛惜。以樱花树为赌注而赌输了的大女公子咏歌曰：

> 纵然樱花让我输，
> 遭风摧残心痛楚。

大女公子的随身侍女宰相君为袒护她，咏歌曰：

> 樱花绽放复又散，
> 赌输被夺无须憾。

右方获胜者二女公子咏歌曰：

> 风扫花谢世常情，
> 对弈输局心难平。

二女公子身边的侍女大辅君接着咏歌曰：

落花有心降池畔，

化作泡沫亦向俺。[01]

　　胜方的女童下到庭院里，拾掇了许多落花瓣上来，咏歌曰：

风扫落花四处散，

拾掇整合供欣赏。

　　左方输局一方，一个名叫驯君的女童接着咏歌曰：

"欲护樱花永芬芳，

恨无巨袖挡天风。

看来你们心胸似乎狭窄呀！"她奚落胜方的女童。

　　如此这般戏耍闲玩，虚度无常的岁月。玉鬘尚侍时常惦挂着这两个女儿的未来，为此费尽心血。冷泉院几乎天天来信。弘徽殿女御也来信说："你迟迟不复，是否疏远我，对我有隔阂呢？！上皇似乎在埋怨我，疑心我可能出于妒忌而从中作梗。虽说这是戏言，但还是令我感到难过。若有可能务请尽早决定为荷。"她满怀热诚地劝说，玉鬘尚侍心想："看来这桩姻缘是命里注定的了。冷泉院如此真心诚意，实在是诚惶诚恐。"于是决意送大女公子入侍冷泉院。嫁妆服饰、日常家用器具等早已置备齐全，侍女们的衣裳还有其他物品则赶紧置办。

　　藏人少将听到这消息之后，大失所望，恨不得死去算了，于是向母亲

---

[01] 此歌仿《古今和歌集》第81首而咏，歌曰："枝头无常落花凋，化作泡沫逐波漂。"

云居雁哭诉。弄得云居雁毫无办法，只得给玉鬘尚侍写信，信中写道："为此难为情之事给你去函，实在是出于天下父母心之愚昧可怜。如蒙体察我的心情，务请适当予以考虑，借以安慰愚子少将之痴心。"行文凄婉，读来令人同情，玉鬘不由得深感为难，叹了口气，最终还是回信说："女儿的这门亲事，思虑已久，该如何定夺，实在难以下定决心。冷泉上皇多次来函恳切要求，使我乱了方寸，只得惟命是听。令郎既有此诚心，务请少安毋躁，容我不久当有予以慰藉之思，并使世人无可非议。"玉鬘尚侍之所以这样作复，大概是在考虑，待送走大女公子入侍冷泉院后，即将二女公子许配给藏人少将吧。玉鬘心想："让姐妹二人同时出嫁，未免太张扬，显得得意忘形，不合适，再说，藏人少将眼下官位尚低，因此……"玉鬘虽然作如斯想，但是藏人少将那方却决不愿意移情别恋二女公子。自从那天傍晚偶然隐约窥见大女公子的美姿以来，她的面影总在他脑际盘旋，恋恋难忘，总想设法觅得良机再见，然而至今一切希望皆落空，这使他感到无限悲伤，叹息不已。

某天，藏人少将觉得纵令无成效也罢，哪怕发发牢骚也好，于是到藤侍从的房间去造访。藤侍从正在阅读源侍从薰君的来信，看见藏人少将进来，他正想把信藏起来，不料藏人少将早已估计到准是薰君的来信，一把将信夺了过来。藤侍从心想："倘若坚决不让他看，他准怀疑信里定有什么秘密。"所以就随他去吧。其实信内并没有什么值得一提的要事，只是隐约流露出一些情绪，怨恨世间不如意。信内赋有歌曰：

　　岁月无情徒虚度，
　　心绪惆怅惜春暮。

　　藏人少将看过信后，心想："原来人家薰君抒发怨恨情绪的时候，也是一派悠闲宁静的神采，多体面啊！而我自己未免显得过于急躁，让人耻笑。她们之所以看不上我，多半与瞧惯了我这种脾气不无关系吧。"想到这里，藏人少将就觉得心里堵得慌，因此他也不与藤侍从多谈些什么，就想到以往经常一起商量事的侍女中将的房间去，可是转念又想："即使去了也无济于事。"缘此，他情不自禁地唉声叹气了起来。藤侍从说："我要给他写回信啦！"说着拿起信来就要到母亲玉鬘尚侍那里去，藏人少将见到此番情景，心里很不痛快，不由得恼火了。年轻人就是好认死理，爱钻牛角尖。

藏人少将到了侍女中将那边，只顾叹气，向她倾吐满腔怨气。这个充当传话人的侍女中将看他的神情怪可怜的，不忍心戏弄他，只是含糊其辞而不作明确的答复。藏人少将谈起那天傍晚窥见对弈的情况，认真地说："我多么希望再有一次那样恍如做梦一般的良机，哪怕隐约窥见也罢。唉！我今后依靠什么活下去呢！和你这样谈话的机会，恐怕也不多了。常言道'伤心之事亦可亲'，确是至理名言！"侍女中将颇同情他，却无法安慰他。她心想："玉鬘夫人为了抚慰藏人少将的心伤，欲将二小姐许配给他，可是他似乎一点也高兴不起来。可见那天傍晚他显然清楚地窥见了大小姐的倩影，从而恋慕之情越发炽烈，这也是情有可原的。"可是她却反过来责怪他说："你偷看小姐们对弈的事，倘若让人知道了，她肯定会认为你是一个多么不可理喻的人，从而更加疏远你啦，这样一来，我原先同情你的那份心情也荡然无存了。你真是个让人不放心的人呀！"藏人少将应声回答说："唉！悉听尊便吧。反正我的生命也很有限，无所畏惧了。不过，话又说回来，那天大女公子对弈输了，真遗憾呀！当时你若沉稳地呼唤我进去到她身旁，我只需使个眼色，管保她一定获胜。"说着咏歌曰：

微不足道身悲楚，

何苦固执不服输。

侍女中将边笑边答歌曰：

对弈输赢示弱强，

一心欲胜亦枉然。

藏人少将还是觉得很遗憾，又咏歌曰：

期盼同情伸援手，

生死定夺听任君。

藏人少将时而哭泣，时而绽开笑容，通宵达旦地与她交谈。

翌日进入卯月[01]，夕雾右大臣家藏人少将的诸位兄弟都进宫，四处造访。惟有藏人少将心事重重，陷入沉思。他的母亲云居雁夫人心疼儿子而噙着眼泪，父亲夕雾右大臣也说："我顾忌到冷泉院已表示了恳切的愿望，再说，我估计玉鬘尚侍也不会答应他，因此我和玉鬘尚侍会面的时候，不曾提出为儿子求婚的事，实在遗憾。倘若当时我亲口提出为儿子求婚的事，她岂能不答应呢。"

且说藏人少将照例咏歌寄去，歌曰：

春时观花喜度日，

而今树下愁叹息。

_____

[01] 卯月：阴历四月的别称。

玉鬘尚侍宅邸内，几个身份较高的侍女正在向玉鬘叙述诸多追求者失意之后，传闻中的各个人的种种痛苦情状。其中侍女中将说道："那位藏人少将甚至说出'生死定夺听任君'这样的话，那模样似乎不是口头上说说而已，他内心痛苦，着实可怜啊！"玉鬘尚侍也觉得怪可怜的。由于夕雾右大臣和云居雁夫人都曾示意过，而且藏人少将又这么痴心坚持，所以玉鬘尚侍心想将二女公子做替代许配给藏人少将，另一方面却又觉得藏人少将妨碍了大女公子入侍冷泉院，实在不应该。何况夫君髭黑太政大臣生前早已决意：大女公子决不下嫁臣下，不论此人的身份地位多么高贵。她甚至还嫌女儿入侍冷泉院，前程就不够辉煌灿烂呢。就在这个时候侍女送来了藏人少将的函件，她们都很同情藏人少将。侍女中将遂代笔作复，咏歌一首曰：

　　　　怅惋仰望天空华，
　　　　今日始知心慕花。

　　一旁的侍女看了此歌说："哎哟！好可怜呀！何苦揶揄人家呢。"可是，侍女中将却嫌麻烦，懒得去重写。

　　却说大女公子定于四月初九入侍冷泉院。夕雾右大臣派遣许多车辆和开道者前去供使唤。云居雁夫人虽然满怀怨气，不过念在这位异母姐尽管平素不甚亲近，自己却为儿子藏人少将之事，近来经常与她通信，如今倘使断然拒绝来往，未免太没意思，缘此送去了许多贵重的妇女装束，作为犒赏品赏给侍女们。还附上函件，曰："小儿藏人少将蓦地神情恍惚，妹忙于照顾小儿未能前去相助，歉甚。吾姐未赐通知，不免太疏远我了。"此信从表面上看，措辞沉稳，然而字里行间却流露出满心的不平，玉鬘尚侍看了也觉得于心不安。夕雾右大臣也有来函，曰："弟本应亲自前来参贺，适逢斋戒之日，未能如愿为憾。今特派小儿前去权且代我充当杂役，务请随意差遣，无须顾虑为荷。"他派了两个儿子源少将和兵卫佐前去当差。玉鬘高兴地致谢说："真是一位情深义重的贵人啊！"

红梅大纳言也派来供侍女们使用的车辆。这位大纳言的夫人是已故髭黑太政大臣前妻所生女儿丝柏木柱，从各方面来说，他与玉鬘的关系都是很密切的。然而事实上丝柏木柱对此番情景竟毫无表示。惟有她胞弟藤中纳言亲临，同两个异母弟弟即玉鬘所生的左中将和右中弁一起帮办打理各种事务。他们缅怀父亲髭黑太政大臣，心想："倘若父亲在世……"内心不由得涌起万般凄凉寂寞的感情波澜。

藏人少将照例又给侍女中将去函，倾吐内心的苦楚，信中曰："我自觉生命危在旦夕，无限悲伤。惟盼获得大小姐的一丝同情，哪怕只言片语地说声'好可怜'，我或许也可借此延长寿命，暂且苟延世间。"侍女中将手持此信到大小姐房间来，只见大女公子和二女公子这姐妹俩正在话别，神情相当郁闷。迄今这姐妹俩总是昼夜形影不离地在一起生活，两人各自的居室只相隔一道门，她们俩还嫌西东疏隔太远。她们彼此始终往来亲密和睦共处，此刻想到从今以后行将各自分飞，不由得悲从中来。大女公子今日打扮得格外用心，着装十分讲究，姿容美丽动人。她回想起父亲生前关心她的前程所说过的话语，不胜眷恋，感怀万般。正在此时，接到藏人少将的来函，她看后心想："这藏人少将，父亲夕雾右大臣、母亲云居雁如此身份地位高贵的父母双全，理应是生活在无所不足的幸福美满家庭里，为何竟如此悲观，道出这般莫名其妙的言辞？"她觉得不可思议，信中言说"生命危在旦夕"，真是这样吗？遂在该信纸的一端上写道：

　　"'可怜'绝非常用语，

岂能随意向人叙。

只是对所说'生命危在旦夕'，似乎有些理解。"大女公子接着向侍女中将说："你就这样回复他吧。"不料，侍女中将却没有代笔，竟将原件送了回去。藏人少将看见大女公子的手迹，如获至宝，不仅欣喜若狂，甚至觉得这是最后诀别的致辞，越发热泪潸潸，流个不止。他旋即假借古歌"倘若恋死亦无名"[01]的语调，作歌回复曰：

"难能如愿寻觅死，

但愿获君可怜辞。

君哪怕肯在我坟头上说声'可怜啊'也罢，我立即赴死。"大女公子阅罢，心想："实在讨厌！竟作那样的回信。看来侍女中将没有按我说的代笔，径直将原件退回去了。"她内心颇感懊恼，此后就沉默不语。

陪伴照顾大女公子入侍冷泉院的侍女和女童们，都尽量打扮得齐整美观。入冷泉院的仪式大体上与入宫的仪式别无二致。

大女公子首先去参见弘徽殿女御。玉鬘尚侍亲自陪送女儿入院，并和女御交谈，直至夜深，大女公子才进入冷泉院寝宫。秋好皇后与弘徽殿女御早已入宫多年，岁月如流，她们如今已日渐衰老，相形之下，这位大女公子正在妙龄，年轻貌美，冷泉院见了怎能不怜爱呢。大女公子荣华富贵，备受冷泉院的宠爱。冷泉院退位后，宛如一般臣下，过着一身轻松的生活，这反而使他感到无比幸福舒适。他诚心希望玉鬘尚侍在院内多滞留些日子，可是玉鬘尚侍却过早地迅速悄悄离去了。冷泉院深感遗憾，怅然

---

[01] 此句引自《古今和歌集》第603首，歌曰："倘若恋死亦无名，人事无常语薄情。"

若失。

冷泉院心疼源侍从薰君，朝朝暮暮都宣召他到自己身边来，一如当年桐壶帝疼爱年幼的光源氏一般。因此薰君对院内的后妃都很亲近，习以为常地亲切交往。他对新来的大女公子有所倾心，表面上对她好言相待，内心中却在揣摩："不知她对我作何感想。"

有一回，在一个寂静的傍晚，薰君和藤侍从两人一起进入冷泉院，他们看见大女公子居室附近的庭院里，五叶松上缠绕着绽放得十分美丽的藤花，便在池畔缀满苔藓的石头上坐下观赏。薰君并没有露骨言明自己对他姐姐大女公子的失恋，只是隐约地对他倾诉情场失意的苦恼。并咏歌曰：

> 倘能亲手摘自赏，
> 藤花色泽胜青松。

藤侍从看见薰君仰望藤花的神态显得怪惆怅的，颇为薰君抱屈，他隐约向薰君表示大姐此番入侍冷泉院并非他所愿意看到的，于是也作歌曰：

> 我与藤花纵有缘，
> 未能助君无奈何。

藤侍从是个厚道人，颇同情薰君却无能为力。薰君本人对大女公子虽然不是那么狂恋，不过自己求婚未遂，总觉得是件憾事。

且说那位藏人少将，他着实想不通，不知如何是好，过度思考，苦闷得几乎控制不住要做出错误的事来。在追求大女公子的许多人中，有的已把恋情转移到二女公子身上。玉鬘尚侍惟恐藏人少将的母亲云居雁对她心怀怨恨，有意将二女公子许配给藏人少将，曾隐约将此意向他流露过。然而，藏人少将自那以后，再也不登门造访了。先前，藏人少将经常偕同兄弟们前来拜访冷泉院，但是自从大女公子入冷泉院之后，这里几乎就见不到藏人少将的踪影了。藏人少将偶尔在殿上露面，也觉得索然乏味，宛如逃脱似的悄悄退了出来。

　　当今皇上早已知道已故髭黑太政大臣生前确实有意送大女公子入宫，如今玉鬘却违背其遗志，将她送入冷泉院，究竟是什么缘故，他深感不解，遂宣召大女公子的兄长左中将进宫问明原委。左中将回家对母亲说道：“皇上可不高兴了。我早就说嘛，这样做会招来世人的非议，可是母亲大人却持异议，决意如此办理，我也不便说三道四，只好顺从。如今皇上不悦，这对我们自身也很不利啊！”他满心不愉快，埋怨母亲办事欠妥。玉鬘尚侍回答说：“有什么办法呢！我原本也不想仓促决定办下此事的，无奈冷泉院一再恳求，说的话也实在可怜啊！我心想：我们家没有强有力的保护人，让女儿入宫定多磨难痛苦，还不如入侍冷泉院更轻松安乐些。因此我就应允他了。既然你们谁都认为此举不妥，当时为什么不直言劝阻，而到如今才来责怪我呢?！连夕雾右大臣也说我的想法离奇古怪，我好生痛苦啊！这大概也是前世注定的姻缘吧。”玉鬘尚侍沉稳地叙说，毫不担心。左中将说：“母亲大人所说的前世注定的姻缘是肉眼看不见的东西，皇上向我们表示愿望，难道我们就可以回复说‘此女与陛下无缘分’吗？母亲大人说，入宫怕明石皇后妒忌，那么入侍冷泉院就不怕弘徽殿女御吗？母亲大人预期弘徽殿女御会照顾她，会做她的坚强后盾，将来会怎样怎样，我看不见得就能如愿。好吧，且看未来的事实如何吧。仔细想来，宫中虽然有明石皇后，但不是还有其他妃嫔侍候皇上吗？侍候皇上，只要和同辈妃嫔相处和谐就平安无事，自古以来人们都认为这是幸福的事。冷泉院的弘徽殿女御方面，倘若对她稍有不慎而有所冒犯，使她感到不快，纵然是近亲关系，世人也会因为偏见而谣言四起的吧。"左中将与右中弁兄弟俩纷纷议论，玉鬘尚侍深感痛苦。

话虽这么说，然而实际上冷泉院还是很宠爱这位新妃大女公子的，他们之间的爱情与日俱增。是年七月新妃大女公子身怀六甲，害喜的病态美更显得娇艳。难怪之前吸引了众多各式各样的年轻贵公子纷纷追求，这是自有其道理的。如此艳丽的美人，映入眼帘哪能漠然置之，而心无所动呢。冷泉院经常举办管弦乐会，并宣召源侍从薰君到身边来参与管弦乐会，缘此，薰君自然常有机会倾听新妃大女公子的琴声。今年春季里，侍女中将曾和着薰君与藏人少将合唱《梅枝》的歌声弹奏过和琴，此刻她也蒙召来参加演奏。薰君听到侍女中将的和琴声，不由得回忆桩桩往事，心潮涌动难以平静。

时届岁暮。翌年正月，宫中举行男踏歌会。当时殿上的许多青年中，擅长音乐者为数甚多，从中挑选优秀者为踏歌人，命这位四位侍从薰君充当右方的领唱。那位藏人少将也参加了乐队。

十四日的夜晚，月光皎洁，万里无云。男踏歌的队伍从当今皇上御前退下，奔赴冷泉院的御所。弘徽殿女御和这位新妃大女公子也在冷泉上皇近旁设席奉陪。众公卿和诸亲王也都结伴前来。然而当今时代，若论光彩照人的人物，看来似乎非光源氏的公子夕雾家族和已故前太政大臣家族的人莫属了。踏歌人都觉得冷泉院比当今皇上的宫中更为饶有情趣，因此倍加用心表演。其中藏人少将暗自估计着新妃大女公子必定在帘内观赏，心情格外激动。踏歌人头上插着色香皆无平庸乏味的棉插花，不过插在不同人的头上，却各呈其趣，他们的舞姿和歌声着实美妙而多趣。藏人少将回想起去年春天的夜晚，边唱催马乐《竹河》边舞近阶前的情景，不禁潸然，热泪盈眶，险些错乱了舞步。踏歌人的队伍又由此转移奔赴秋好皇后宫中，冷泉院也到秋好皇后宫中来观赏。入夜深沉，月光越发清澄明亮，甚至胜于白天。藏人少将只顾想象着："在皎洁明月之下,不知新妃大女公子是怎样看我啊!"只觉得一阵恍惚,步履踉跄。观众向踏歌人敬酒,他觉得仿佛专门冲他一人敬酒似的,感到怪难为情。

源侍从薰君四处奔走,载歌载舞整整忙碌了一夜,身心既疲乏又辛苦,刚躺卧下来,冷泉院就派人来召唤他。他说了声:"哎哟!好辛苦,真想歇歇啊!"嘟嘟囔囔地来到了冷泉院这边。

冷泉院向他探询了宫中踏歌的情况,而后说:"按惯例领唱者都是由年长者来担任,这回选中你,做得不错。"语气里透出疼爱薰君的意思。冷泉院一边嘴里哼着《万春乐》,一边向新妃大女公子那边走去,薰君也随冷泉院同行。来自众侍女老家的观光客为数众多,各处都比往常热闹得多,呈现一派欣欣向荣的景象。薰君在游廊的进出口处驻步片刻,与相识的侍女稍许交谈。薰君说:"昨夜的月光过于皎洁了,照得叫人难为情,不过,藏人少将似乎不是被月光照得目眩而显出不好意思的样子吧。以往他在宫中时,不是这副模样的呀!"众侍女中有的听了此话,很同情藏人少将,也有人称赞薰君说:"公子真是'春夜无由逞黑黝'[01]呀,昨夜月光映衬下,公子的英姿显得更俊秀了,大家都如此品评呐。"帘内有个侍女咏歌曰:

夜唱《竹河》曾记否,

纵然不屑再回顾。

虽然此歌并无深意,但是薰君听了却情不自禁地热泪盈眶。他这时才意识到自己对那位新妃大女公子的恋情着实匪浅。遂答歌曰:

---

[01] 此句引自《古今和歌集》第41首,歌曰:"春夜无由逞黑黝,梅花杳然却飘香。"

梦随《竹河》徒然流，

方知人世多担忧。

众侍女看见薰君那惆怅的神色都觉得他是个深知情趣的人。薰君不像他人那样暴露失恋的内心苦楚，但由于他的人品的关系，总博得人们的同情。薰君说："谈多了难免会失言，就此告辞了。"起身欲走时，冷泉院却派人来召唤："到这边来！"薰君虽然觉得很难为情，但还是向新妃大女公子那边走去。冷泉院对薰君说道："根据夕雾右大臣说，已故六条院主人于踏歌会的翌日举行女子音乐演奏会，颇有情趣呐。当今，无论在哪方面，能继承六条院本事的人难觅啊！想当年六条院内，擅长音乐的女子济济，纵令举办小型乐会，也是不知多么富有情趣的啊！"冷泉院自然而然地缅怀往昔，他自己也吩咐众人准备好各种弦乐器，叫新妃大女公子弹筝，源侍从薰君弹琵琶，他自己弹和琴，三人合奏了催马乐《此殿》等曲子。源侍从薰君听了新妃大女公子弹筝的音调，心想："她的技法原本还有不够精确之处，经冷泉院的调教，如今已弹得很巧妙，那琴声弹得很入时，歌和曲的演奏技法也十分精湛。此人万事都求不含糊、不亚于人，想必其气度宽宏，姿容也很美丽吧。"薰君对她还是依恋不舍的。由于不时有这样的机会，薰君自然会接近新妃大女公子，天长日久也习以为常了。薰君虽然没有不得体的足以引起对方怨恨的失礼行为，但是每每遇上有机会，他也会不知不觉地委婉流露出自己情场未能如愿的悲伤心曲。新妃大女公子对他会作何感想呢？则不得而知了。

四月里，新妃大女公子分娩，产下一皇女。冷泉院无意特别举办盛大庆贺，但众臣知道冷泉院心中喜悦，都纷纷表示贺喜，包括夕雾右大臣在内，群臣馈赠的礼物甚多。玉鬘尚侍非常疼爱这位新生的外孙女，一直抱在怀里。可是冷泉院则不断遣使前来催促："希望妃子早日回宫。"于是小皇女就在庆贺诞生五十日的那天返回宫中。冷泉院原本只有弘徽殿女御所生的一位皇女，如今又看见这位难得的新生小皇女长相十分美丽，便非常疼爱她。此后更经常在新妃这边歇宿了。缘此，弘徽殿女御身边的侍女们便牢骚满腹嘀嘀咕咕说："真是不应该把女御的外甥女迎进来呀！"

弘徽殿女御和新妃这两位主人之间，虽然并不轻率地怄气，但是双方身边的侍女之间，则不时发生烦人的无谓冲突。事到如今，看来那位左中将不管怎么说毕竟是长兄，似乎有先见之明，他说的话果然应验了。玉鬘尚侍担心地想道："双方只顾一个劲地吵来吵去，将来会吵出什么结果来呢？我的女儿会不会被世人耻笑，会不会遭受虐待呢？冷泉上皇对她的宠爱虽然不浅，但是秋好皇后和弘徽殿女御都是长年累月侍奉冷泉院左右的人，倘若她们对我女儿看不顺眼，不能包容，那么女儿将不胜其苦啦！"另一方面，有人告诉玉鬘尚侍说："当今皇上的确很不高兴呐，每每向人流露出他的不悦情绪。"玉鬘尚侍心想："我不妨让二女儿代替大女儿，将二女儿送进宫中。进后宫麻烦事太多，就让她当个管理公务的朝廷女官吧。"遂向朝廷申请，将自己的职位让给二女公子。尚侍是朝廷非常重视的官职，多年前玉鬘尚侍就想辞去这个职务，但始终未获批准。此番朝廷照顾到已故髭黑太政大臣欲送女儿进宫奉侍的遗志，援用长久以来几乎被人遗忘了的，母让位于女的古例，批准了她的申请。世人都以为这位二女公子命里注定要当尚侍，难怪前些年玉鬘要辞职的申请未获批准。

这样，前尚侍玉鬘琢磨着："如今二女公子得以安住宫中了。"可是当玉鬘想起那位藏人少将，又觉得对不住他。藏人少将的母亲云居雁曾为藏人少将之事来信请求过，玉鬘也曾在复函中暗示有意将二女公子许配于他。如今蓦地改变主意让二女公子进宫任职，云居雁会怎么想呢？玉鬘苦恼，无计可施，于是差遣次子右中弁去向夕雾右大臣申明，自己毫无恶意。右中弁替母亲传言说："当今皇上曾有旨，示办诸事。两女儿分别入院进宫，世人以为我图好名分而有所议论，真令我难于处置。"夕雾右大臣回答说："听说当今皇上为你家之事颇不悦，这也是难怪的。如今二女公子既然已批准任尚侍之职，若不进宫到任，是为失敬。还是早日赴任为佳。"另外，此次玉鬘还向明石皇后探询，也得到她认可，遂送二女公子进宫任职。玉鬘心想："倘若夫君髭黑太政大臣在世，女儿就不至于屈居人下吧。"思绪万般，一股凄寂感不由得涌上心头。当今皇上久闻大女公子貌美拔群，可是求之未遂，如今是二女公子进宫任尚侍，他心中总有几分不足之感。不过这位二女公子也相当贤惠，仪表高雅，机敏过人，颇能胜任尚侍之职。

前尚侍玉鬘心事既已了结，就想出家为尼，诸公子都前来劝阻说："眼下两位妹妹尚须多方关照，母亲纵然遁入空门，想必亦难能安下心来从事修行，且等她们姐妹俩站稳脚跟，母亲觉得大可放心之时，再做专心佛道修行之举吧。"玉鬘夫人于是暂时打消了出家的念头。此后她不时悄悄微行进宫。

冷泉院对玉鬘夫人的恋情至今依稀尚存，缘此，即使有重要之事，玉鬘夫人也有所顾忌而不进入冷泉院。不过，她回顾往事，觉得当初拒绝冷泉院的追求而嫁给髭黑为妻，毕竟对不起他，至今她犹感抱歉。因此，尽管许多人都不赞成她送大女公子入侍冷泉院，她也排除众议，佯装不知，独断专行。可是倘若连自己都搭上，遭世人谣诼，在世间流传轻薄之污名，那可真是不成体统啦！然而这些苦衷又不便向新妃大女公子吐露。由于有这些顾忌，所以没有去探望新妃大女公子。新妃大女公子就怨恨母亲玉鬘，她心想："我自幼深受已故父亲髭黑太政大臣的格外疼爱，母亲玉鬘则心疼妹妹，总是袒护妹妹，诸如争夺樱花树等细枝末节上，也都如此。直到如今，母亲也是偏心妹妹而忽视我啊！"冷泉院更是埋怨玉鬘夫人对他太冷淡，不时吐露怨言。冷泉院亲切地对新妃大女公子说："你母亲大人把你送给像我这样的老人，此后就不再理睬我们，这也难怪啊！"
冷泉院越发宠爱新妃了。

数年后，这位新妃大女公子又生了一位皇子。冷泉院后妃，诸如秋好
皇后、弘徽殿女御等人，多年以来从未生过男孩儿，如今这位新妃居然产
下一位皇子，大家都万分惊喜，世人认为这是稀世罕见的前世缘分，可庆
可贺。冷泉院更是喜出望外，无比珍惜并疼爱这位小皇子。只是也稍感遗
憾：小皇子若在他让位之前诞生，那该多么风光啊！可惜如今一切都今非
昔比了。之前惟有弘徽殿女御所生独生皇女备受宠爱，而今新妃大女公子
相继生下美丽可爱的皇女和皇子，冷泉院对新妃自然更加重视，格外宠幸
了。弘徽殿女御见此情状，妒忌之心不免涌动，她暗自感到："冷泉院偏
爱新妃到如此程度，未免太过分了！"缘此，每每遇上些事故，就觉别
扭，心生隔阂，尤其是双方的侍女之间闹得更甚，于是弘徽殿女御和新妃
大女公子之间的关系自然产生了龃龉。从世间一般人情世故而言，即使是
身份卑微的人家也罢，对于先行正式进门入室的正妻，即使毫无关系的一
般人也必然按传统观念格外重视此人，因此冷泉院内上上下下的人们都认
为，万事道理全在入侍年久、身份高贵的弘徽殿女御这边，连在一些细微
的小事上，都只顾偏袒弘徽殿女御而贬斥说是新妃不好。如此一来，新妃
大女公子的兄弟们就更有说辞了，他们对母亲玉鬘说："您瞧！我们早先
估计的没错吧！"前尚侍玉鬘夫人听了深感不愉快，内心着实难过，她
说："世间不是也有许多不像我女儿那样苦楚，悠闲舒心地度过一辈子的
人吗？命里注定没有无比荣幸的人，不该有入宫侍奉的念头啊！"说着深
深地叹了口气。

当年追求玉鬘夫人家大女公子众人中，其后有不少人仕途顺畅，被封
官晋爵。当年可挑选成为女婿的人选确实不少，其中称为源侍从的薰君，
当年显得年幼纤弱，如今已当宰相中将，与丹穗皇子并肩媲美，世人尊称

他们为"丹穗亲王、薰中将",真是名噪一时。薰中将人品确实庄重沉稳,气质高雅。身份高贵的亲王和大臣们都想把女儿许配给他,但是薰君一概不承诺,至今还是孤身只影。玉鬘夫人说:"想当年,他还显得稚嫩无知,如今已长成堂堂的俊秀公子。"还有那位藏人少将,现在也已升任为三位中将,颇有声望。玉鬘夫人身边的几个稍显轻浮的侍女,背地里悄悄议论说:"此公子的长相一向十分英俊。"又说:"与其入宫奉侍受气,还不如……"玉鬘夫人听见此话,内心也很难过。这位三位中将对玉鬘夫人家的大女公子的那份痴恋,至今还没有斩断,他一直埋怨玉鬘夫人办事冷酷绝情。他娶了竹河左大臣家的女儿为妻,却迸发不出爱情的火花来。他在消遣习字或在口头禅上,总好书写或念叨"东国尽头常陆带"之歌。不知他心中是否有什么打算呢。新妃大女公子在冷泉院奉侍,日子过得并不舒心,十分苦恼,经常回娘家来住下。玉鬘夫人看到大女儿的境遇不像所期望的那样称心如意,深感遗憾。

进宫当尚侍的二女公子倒是相当荣耀,美满幸福,世人都夸她通情达理、可敬可爱,很有人缘,她日子过得很安逸。

竹河左大臣辞世后,夕雾右大臣晋升左大臣,藤大纳言红梅是左大将兼任右大臣,其余众人都按顺序晋升官位,薰中将升任中纳言,三位中将升任宰相。在这个朝代里,庆贺升官晋爵的喜悦的人们,只是这一家族的人[01],此外别无他人。

薰中纳言为答谢祝贺,巡回走访时拜谢前尚侍玉鬘夫人,在正殿庭前拜舞。玉鬘夫人出来与他会晤,寒暄说:"承蒙不弃,莅临蓬门荜户之家,这番盛情至为感谢,不由得令人回想起源氏大人健在时的诸多往事,多么令人留恋啊!"她的话音婉转动听,气质高雅,可敬可爱。薰君心想:"她真是永葆青春啊!难怪冷泉院对她的怨气至今依然未消呐,如此

---

[01] 即原来的源氏和头中将,现在的夕雾和红梅家族。

看来，今后会不会发生什么事呢？！"于是回应玉鬘说："升官晋爵之类的事，对于我来说也谈不上什么格外喜悦不喜悦的，今天是专程为拜访而来，您说什么'不弃蓬门荜户'，想必是责怪我平日疏远之罪吧！"玉鬘夫人说："今天是你可庆可贺的日子，不是老身诉苦之时，我本强忍不说，不过，难得你特意专程来访，况且细枝末节的琐事又不便让人转达，还是面谈为好，故而直言不讳。入侍冷泉院的我家大女儿处境困厄，几乎不知如何是好，痛苦不堪。当初可以仰仗弘徽殿女御的关照，还得到秋好皇后的认可，尚能放心度日。可是现在这两位贵夫人都认为她无礼，难以容忍。大女儿痛苦难熬，只得舍下皇子皇女，请假回娘家，惟图安心静养，不料却招来世人的无端非议，冷泉上皇亦感不悦。倘若遇上机会，希望你向冷泉上皇善加解释为盼。当初承蒙各方关照，才下决心让女儿入院奉侍时，各人都能安心相处，开诚布公和睦相待。没想到今天竟发生这般龃龉。足见我当初思虑欠周，不自量力以致如此，真是后悔莫及啊！"说罢慨叹不已。薰君回答说："依我看来，情况绝不至如此担心的地步。后宫争风吃醋之事，自古以来已习以为常。冷泉院自让位后，只求闲居静养，万事都不好铺张炫耀。后宫诸妃嫔无不希望安乐逍遥地度日。各人心中也并非没有超越群芳的思想，彼此难免发生明争暗斗之举，这在他人看来，是无所谓之事，可是当事人则总怀恨在心。遇上一些事，哪怕是小事一桩，也会妒火烧心，这本是女御、后妃们常有的习癖。难道当初入院奉侍之前，连这点纷扰都没有估计到吗？！因此在我看来，今后只要心平气和，凡事都不必过多计较，就无事了。这类事情，我们男子是不便向冷泉院陈述的。"薰君直率地答复，玉鬘夫人笑道："我本想待有机会会晤你时，向你倾吐苦衷，却不料枉费心机，被你干脆打消了。"玉鬘夫人的态度似乎不像一般为人母亲的认死理，处理问题倒是充满朝气且稳重。薰君心想："她的大女儿大概也有这种风采吧。我之所以爱慕宇治八亲王的大女儿，也是由于她有这种风度。"最近，玉鬘夫人家的尚侍二女公子也请假回娘家来。薰君知道这两位女公子都住在家里，饶有兴味，他估计她们闲来无事，大概都会在门帘内看着他，不禁有点难为情，于是努力装出一副稳重斯文的模样。玉鬘夫人看了，蓦地心想："此君倘若能当上我的女婿……"

红梅右大臣宅邸坐落在玉鬘夫人宅邸的东面。红梅晋升兼任右大臣后，大肆举办飨宴，众多贵族公子结伴前来庆贺。红梅右大臣回忆起正月里，宫中举办射箭竞赛后，夕雾左大臣在六条院举行还飨宴时，以及相扑赛后举行飨宴时，丹穗兵部卿亲王均到场。为了给今日的飨宴增光添彩，于是派人前去邀请他，可是丹穗兵部卿亲王却没有来。红梅右大臣似乎一心欲将精心培育成长的女儿想方设法许配给丹穗兵部卿亲王，却不知为何，这位亲王始终没有把此事放在心上。另一方面，源中纳言薰君，随着年龄的增长，品貌越发端庄俊秀，无论从哪个方面看都超群出众不亚于他人，因此红梅右大臣和丝柏木柱夫人也看中他，欲把他当作女婿的人选。玉鬘夫人的宅邸就在近邻，玉鬘夫人见闻红梅右大臣家门庭若市热闹异常，往返车辆络绎不绝，打前站者开路喝道的声响不绝于耳，不由得想起往昔夫君髭黑太政大臣在世时的风光景象，一股寂寥落寞的心绪不由得涌上心头。她说："萤兵部卿亲王辞世后不久，这红梅右大臣就与丝柏木柱私通，世人都非难他们过于轻浮。可是其后他们的情爱经久不衰，并结成一对恩爱夫妻，倒也是模是样蛮顺眼的。唉！世间男女缘分之事真不可知啊！着实不知依靠谁才好！"

夕雾左大臣家公子宰相中将[01]于大飨宴翌日的傍晚时分，来到玉鬘夫人宅邸拜访。当他想到新妃大女公子请假回娘家来，恋慕之心潮复又涌动，他对玉鬘夫人说道："承蒙朝廷恩赐，晋升官爵，可是对我来说，不

[01] 即前述的藏人少将。

知怎的，毫无欣喜之感。只是内心的愿望未能成遂，不免悲伤难受，经年累月总是耿耿于怀，苦于排遣无策啊！"说罢，举手拭泪，可那神态仿佛是有意装出来的。此公子年龄约莫二十七八，正是年富力强精力最充沛的时期，他容光焕发，光彩照人。玉鬘夫人听罢，暗自叹息，心想："这帮公子哥儿多寒碜呀！活在世间，一味随心所欲，为所欲为，对官位却满不在乎，只顾在情场爱恋上消磨青春岁月。已故夫君髭黑太政大臣倘若还健在，我的这几个儿子恐怕也会醉心于此种情场角逐焦急不安的生活吧。"玉鬘的几个儿子，大儿子左中将已升任右兵卫督，二儿子右中弁已升任右大弁，但此二人都尚未被任命为宰相[01]，缘此玉鬘心中不悦。称为藤侍从的玉鬘亲生的三儿子，最近也已升任头中将。从年龄上说，这样的晋升并不算迟，但是总比不上夕雾和红梅家的公子们晋升得快，玉鬘夫人缘此而叹息。至于宰相中将，其后总是相机向冷泉院新妃大女公子适当地倾诉思恋之情。

---

[01] 未能列入公卿大臣行列。

源氏物语

だいよんじゅうごかい

第四十五回

桥姬

[01]

[01] 自此回《桥姬》起，至第五十四回《梦浮桥》止，全书中这后十回，世人通称
为"宇治十帖"。故事的舞台主要设置在八亲王的山庄，登场的主要人物是薰
君、丹穗皇子以及八亲王的两个女儿。故事情节的情调与此前略呈异趣。

那时节，有一位被权势社会排挤出去的年迈亲王[01]，他母亲也是出身于高贵人家。这位八皇子曾一度有当皇太子的声望，然而由于时势骤变，纷争突起，昔日的威势绝迹，他的保护人皇亲外戚纷纷落魄潦倒，或借故遁入空门。这位八皇子处在公私两方面都失去了依靠的落寞境地。他的夫人是昔日大臣的女儿，一想到自家已故双亲原本期望她和丈夫能登上至尊宝座，就万感交集，无限悲伤。幸亏夫妻俩极其恩爱，相濡以沫，聊以慰藉纷扰忧患的际遇，共度伤心的岁月。

八亲王成亲多年却尚无子女，总有美中不足之感，他每每吐露："但愿生个可爱的孩子，以抚慰这漫长的、寂寞且无所事事的人生。"说也稀奇，不久以后，八亲王夫妇果然生了一位美丽的女公子。夫妻俩无比宠爱这宝贝闺女，尽心竭力抚育栽培她。在这期间，夫人接着又怀上第二胎。他们心想："但愿这回能生个儿子就好了。"可是生下来的还是一位千金。分娩虽然顺利，但是产后夫人竟患了重病，医治无效而身亡。八亲王遭此意外的灾难，顿时茫然不知所措。他暗自寻思："迄今我在尘世苟且度日，遭遇痛苦难忍的事甚多。只因有这位难于割舍的贴心夫人在身边，她天生丽质人品高尚，我们夫妻俩的这份恩爱成为我存留尘世多年的羁绊，如今她既已驾鹤西去，留下我一人，令我更觉尘世索然无味了。让我独自抚育这两个幼女，于我亲王的这个身份而言，也不成体统，社会上肯定会盛传诸多流言蜚语。"于是他想干脆趁此机会，实现自己多年来想出家的心愿。可是留下这两个女儿又无人可托，抛弃她们实在怪可怜的，思之逡巡不前，日复一日，不觉间虚度了多年的岁月。这期间两位女公子日渐成长，容貌标致，真是无可挑剔。八亲王朝朝暮暮也借此获得不少的安

---

[01] 此亲王就是宇治八亲王，他是桐壶帝的第八皇子，源氏的异母弟。早先弘徽殿女御（朱雀帝之母）与其父右大臣一派企图推翻源氏一派，立此八皇子为皇太子，后来权力争斗失败，冷泉帝即位，政权归源氏一派掌握，八皇子沦落宇治。

慰，自然而然地度日。

侍女们都看不上后来出生的这位女公子，不时吐露怨气说："唉！真够晦气的，偏偏选在不吉利的时辰诞生……"于是不怎么用心照料她。但是，夫人弥留之际，尽管神志昏迷却还惦挂着这小闺女，她对八亲王留下的惟一一句遗嘱就是："请你务必把这小闺女当作我的遗念疼爱她。"八亲王觉得："这闺女虽然命里注定要出生在这不吉利的时刻，但是她和我肯定也具有父女的宿缘吧，何况夫人临终还惦挂她，嘱我细心照料她呢。"每念及此，心中纵然存有怨气，也情不自禁地非常疼爱这小闺女。这位二女公子的长相太美丽了，她漂亮得甚至令人担心，会不会是什么不祥的兆头。大女公子性情娴雅稳重，富有情趣，长相端庄秀丽，言谈举止落落大方，论美丽似乎略逊于其妹，若论高贵福相则胜于其妹。为父的八亲王则觉得这两姐妹各有千秋，各具所长，他都一样地疼爱，并悉心栽培她们。然而在生活方面不如意的事层出不穷。日复一日，年复一年，宅邸内的景象日渐萧条，侍从们觉得主人似乎已靠不住，难以长久忍受下去，渐次请辞而离去。二女公子诞生不久就丧母，八亲王在凌乱中未能替女儿精选素质良好的乳母，仓促中只雇来一个教养浅薄的妇人来照管。她在二女公子尚年幼无知的时候，就弃而不顾，请辞离去。缘此，二女公子全由八亲王一手抚育长大。

八亲王的宅邸原本宽敞阔绰，庭院造型富有情趣，如今惟有庭院内的池塘、假山之情趣依然如故，然而也日渐荒凉，八亲王于寂寞无所事事时，便在其中闲寂怅惘。他手下已经没有干练得力的家臣了，庭院长久无人打理，杂草丛生，蓁蓁茂盛。屋檐下的忍草得意满面地到处蔓延。四季的香花红叶，昔日能与同心人和睦共赏其色香，获得莫大的安慰，如今斯人已去，心中孤寂无法排解，惟有专心装饰家中佛堂，朝夕在佛前诵经礼佛勤修功课。八亲王不时暗自思想："我舍不得遗弃两个可爱的女儿，至今出家的愿望未能成遂，已是意外的遗憾，深知这是命里注定，无法随心所欲，岂能效仿世间寻常人作续弦之思呢！"随着岁月的流逝，他背离尘世俗念的心思越发深沉，一心只想成为一名圣僧。八亲王自从丧妻以来，无意学寻常人有续弦的心思，即使是开玩笑也未曾想过。有人劝他说："何苦如此独守空房呢！丧妻之痛固然是人世间无比的悲伤事，但随着岁月的消逝，这种悲伤的心绪也会日渐淡化的，还是回心转意，随俗行事。迎来新人的话，这凄清荒凉，不堪入目的宅邸，自然会重新焕发光彩。"人们同情过鳏居生活的八亲王，纷纷劝说，一个个说得头头是道，甚至屡屡有人前来说媒的，然而八亲王都一概置若罔闻。

八亲王勤于念经诵佛之余，经常和两位女公子游戏。两位女公子日渐长大，八亲王就教她们习琴、学围棋和玩汉字偏旁游戏。他在无关紧要的游戏过程中，观察两人的性情，觉得大女公子比较成熟，处事考虑周全，沉着稳重；二女公子落落大方、天真活泼，她那娇羞神态，着实很美。两人各有其优点，长得都很标致。一天，在春光明媚的日子里，但见池面上水鸟比翼戏水漫游，各自鸣啭。想当初夫人在世时，看到这番景象，并不觉得怎样，然而今天看到它们成对成双和睦漫游，永不分离的景象，八亲王不由得羡慕不已，他怀着一颗寂寞的心，教两位女公子学琴。两位女公子娇小玲珑，各自抚琴弹出的琴声，听来美妙有趣，八亲王不由得为之感动，噙着眼泪咏歌曰：

"撒手人寰妻远去，
　孤身只影熬凄寂。

令人好伤心啊！"咏罢揩拭泪眼。八亲王长相俊秀，长年累月勤于修行，体态略见清减，却反而显得更加潇洒优美。为方便照料两个女儿起见，八亲王总是身穿家常便服，形似不修边幅，其实这种素朴整洁、轻松自在的姿容，倒也别有一番高雅感，甚至令见者自愧弗如。大女公子不慌不忙地将砚台移了过来，像习字似的在砚台上胡写。八亲王递给她一张纸，并说道："在这纸上写，不应在砚台上写字。"大女公子接过纸来，腼腆地在纸上写了一首歌曰：

> 慈父抚育长成人，
> 方知丧母命多舛。

这首歌虽然不算上乘之作，不过在此时此刻的情景下，倒很令八亲王感动。从字迹上看，估计将来大可发展，但眼前还很稚嫩，不间断地磨练得还很不够。八亲王对二女公子说："小妹妹也来写写试试。"妹妹年纪尚小，手迹比姐姐更加稚嫩，花了好大一会儿工夫才写道：

> 若无慈父苦栽培，
> 幼苗焉能成葳蕤。

这姐妹俩衣服都穿旧了，身边也没有侍女照料，生活过得十分寂寞无聊。可是两个女儿却长得标致可爱，这叫为父者见了怎能不爱怜交加，不胜心疼呢。八亲王单手持经卷，边诵经边教女儿唱歌。大女公子学弹琵琶，二女公子学弹筝。她们虽然还年幼，却经常练习合奏，弹得有模有样，音调节奏蛮悦耳有趣。

这位八亲王的父皇乃桐壶帝，母亲乃桐壶帝的女御，均早已辞世。八亲王没有强有力的保护人，因此自幼没有学到高深的学问。政界里复杂的立身处世之道，更无从知晓。在高贵人群的生活环境里，这位八亲王格外养尊处优、娇生惯养，竟像个女子一般。缘此，祖传下来的宝物以及大臣外祖父分给他的遗产，林林总总理应不计其数，可是到了最后却都不知去向，尽皆了无踪影。只有珍贵的日常家用器具，至今完整留存下来的还有许许多多。偌大的宅邸，却无知心亲友前来造访，生活孤寂无聊，于是从宫中雅乐寮的乐师之类的人员中，挑选音乐技艺高超者，召他们到宅邸里来，切磋技艺，他投身于远离浮世的音乐境界，自幼就是这样生活过来的，因此在音乐方面的才能卓越。他是源氏大臣的异母弟弟，号称八皇子。冷泉院还当皇太子的时候，朱雀院的母后弘徽殿太后要阴谋企图废冷泉而立这位八皇子为皇太子，妄图凭借自己的权势拥戴八皇子登上帝皇宝座。经过一番明争暗斗的权势较量之后，终于败北。从而遭受对手源氏一派的冷遇。及至源氏一派逐渐得势，繁荣昌盛之际，这位八皇子在政界就无法有出头之日。夫人驾鹤归西以来，他俨然已成为一名圣僧，抛弃一切俗世的奢望。

在这过程中，八皇子的宅邸惨遭火灾，真是祸不单行，失势而又遭火灾，使他万念俱灰。京城里没有合适的住宅可供他迁居，幸亏在宇治地方，尚有一处饶有情趣的美好山庄，于是全家迁往宇治山庄。八皇子虽然将尘世的诸多俗事都已全然舍弃，但是想到此后行将远离京城，内心毕竟依依难舍，不胜凄惘。这宇治山庄坐落在宇治川畔，靠近宇治川的鱼箭[01]一带，水声聒耳，对希望静心修行佛道的人来说，这地点是不合适的，然而无可奈何。春天的花朵、秋天的红叶，还有那四季不断流淌的淙淙流水，虽然聊可慰藉心灵，然而远离京城后的八皇子越发陷入沉思而不能自拔，他无时不在怀念亡妻，心想：“长年锁在这深山老林的凄寂中，哪怕有亡妻陪伴啊！”他咏歌曰：

---

[01] 鱼箭：原文作网代（AJILO），原意为插在浅滩上的竹栅栏，以捕捉鱼、虾、螃蟹等。宇治川的鱼箭是日本自古以来著名的捕捉小香鱼的胜地。

爱妻旧宅成灰烟，

为何让我独哀怜！

他似乎毫无活下去的乐趣，只顾一味眷恋往昔。

此处宇治住家与京城远隔群山峻岭，无人前来问候，有的只是一些长相古怪的下等人，或土气十足的乡巴佬樵夫等，偶尔粗鲁地进出此住家，为这家服务，干些杂务粗活。八亲王的忧郁情绪，宛如山巅的朝露，总不见消散，朝朝暮暮沉湎在哀思中度日。却说有一位德行高超的阿阇梨，就住在宇治山中。他才学渊博，声望也高，颇受世人的敬重，却甚少应召为朝廷做佛事，长年深居于山中。八亲王的宇治山庄距这位阿阇梨的住处较近，八亲王在闲寂中研修佛道，每遇经文中之疑义，常去请教他。阿阇梨也尊重八亲王，不时登门造访山庄。阿阇梨就八亲王近年来研修领悟到的教义，作更深层次的解析，使八亲王愈加深信人生短暂世态无常，着实乏味，于是毫无隔阂地向他坦率表白说："我这颗心早想登上极乐净土的莲花座，理应住在清净的池水中，只因舍不得抛弃这两个幼女，心有挂牵，以至未能毅然决然遁入空门。"

这位阿阇梨与冷泉院也很亲近，经常前去冷泉院御所伺候，教授经文教义。有一回，他进京，顺便拜访冷泉院的御所。冷泉院一如既往诵读经文，并向阿阇梨询问经文中所遇种种疑义。阿阇梨趁机向他陈述："八亲王着实贤明，对佛教的学问领悟颇深。他多半是带着高僧的宿缘而降生于人世的吧。他全然排除俗念，专心修佛，俨如一位高僧。"冷泉院说："他还未曾剃度吗？这里的年轻人给他起个别号称'在俗高僧'，诚然令人敬佩啊！"这时，宰相中将薰君也在场，他伺候于冷泉院身边，听说八亲王的事，暗自寻思："我正是领悟到俗世无聊者，只是未曾公开修行礼佛。蹉跎岁月，着实遗憾！"他又想："八亲王在俗而成高僧，不知他的心境是怎样的呢？"薰君侧耳倾听阿阇梨的述说。阿阇梨叙述道："八亲王老早怀有出家之志。据说先前由于夫妻恩爱缠身而逡巡不前，如今又可怜两个丧母的女儿，不忍心抛下她们。他正为此而犯愁叹息呢。"且说这位阿阇梨，虽说是位僧人却还爱好音乐，他又说："还有呐，那里的两位女公子合奏的琴声，与宇治川的波浪声遥相共鸣，着实饶有情趣，我想极乐净土世界里的音乐大概也无非如此吧。"他这番古典式的赞美，博得冷泉院的微笑，冷泉院说道："这两个女孩子降生在圣僧之家，本以为她们定然不识人世间之雅趣，却不料竟擅长音乐，确实难能可贵。八亲王不忍抛舍她们以至无法成遂自己多年向往出家的宿愿，从而不胜烦恼。我的天年倘能比八亲王的寿命更长些，不妨将她们托付于我来照料吧。"这位冷泉院是已故桐壶帝的第十皇子，是八亲王之异母弟弟，他想起了当年朱雀院将三公主托付已故六条院主人源氏的往事，从而也希望这两位女公子循例来做他排遣寂寞无聊的伴侣。年轻的宰相中将薰君反而没有这种念头，他一心只想拜访八亲王，了解一下他专心修行礼佛的情形与心境。这种心思越发深沉了。于是，阿阇梨返回宇治山时，薰君拜托他说："我定会前往宇治拜访八亲王，向他讨教的。便中请私下向他隐约透露一声。"冷泉院派遣使者到宇治山庄，拟向八亲王传言："听闻深居修行礼佛，甚感钦佩。"并赠歌一首，曰：

　　厌世心思向往山，
　　远隔重云难见君。

　　阿阇梨带着这位冷泉院派来的使者，前往宇治山庄参见八亲王。这座山阴山庄连一般身份之人的使者都难得一见来访，而今冷泉院派来使者更是稀世罕见，大家欣喜地迎接来客，端出当地的酒和菜肴，殷勤款待。八亲王答歌曰：

> 未能割舍俗世情，
> 暂且栖身宇治山。

歌中谦逊地表达修行礼佛的意愿。冷泉院阅罢心想："八亲王对俗世还有依恋啊！"十分同情他。阿阇梨把中将薰君道心深邃的事告诉八亲王说："薰中将对我说：'我自幼就很想学习经文等教义。只因俗缘无法断绝，以至虚度岁月至今，在这过程中，朝夕奔波忙碌于公事私事。我原本就是个微不足道的人，即使特意闭锁家中研习经文，或者摆出一副舍弃俗世的样子，也无须顾忌什么，然而我自己总是为世间诸多杂务忙忙碌碌，犹豫不定地蹉跎岁月。传闻八皇叔是世间难得一见的精通佛道的贤者，心甚敬佩，定当前往讨教。'他极其诚恳地托我为他传言。"八亲王说："但凡心灵悟到人事无常而心生厌世者，大多源于自身遭遇忧患，不由得愤世嫉俗，从而产生求道的念头。像薰中将这样的，既年轻有为，世间诸事又称心如意，可说是心想事成无有遗憾之身，竟如此这般早发求道之心，以修来世，真是稀世罕见啊！像我这样的人，也许是前世注定的吧，但觉俗世可厌，极欲遁世，从而特别容易受到佛的劝导，自然能成遂静心修道的愿望。不过，我自觉余生无多，且处在惟恐尚未修得大彻大悟，就了结终生，以致前世后世尽皆落空的境地，像薰君这样的人欲向我讨教，我岂敢当，我只当他为优秀的求佛法之友看待。"从此以后，八亲王与薰君便互通信息，薰君自身还到宇治山庄拜访八亲王。

薰君举目望见八亲王的住处，想象着他们的生活状态，他觉得："这里诚然远比传闻的更为凄寂。包括生活状况与环境，不由得令人联想到简素的草庵生活。按理说山村环境，自有山村富有的那种静寂悠闲情趣、引人入胜的景致，然而这里耳闻的是迅猛的流水声和波浪撞击的音响，白日里这种音响甚至搅乱人的思维，到了夜间风声凄厉，令人难以舒心地进入梦乡。像八亲王这样的修道者在这里生活，固然可以排除俗世的纷扰，增强道心，可是女公子们在此度日，她们的心情会是怎样的呢？她们会不会欠缺世间通常女子所富有的那股柔情呢？"女公子们的居室似乎与她们的父亲所在的佛堂仅仅隔着一道隔扇。倘若是风流好色的男子，势必怀揣恋慕的心情靠近追求，希望了解她们的心思若何，薰中将毕竟也想知道她们的长相究竟怎样，可能很优雅吧。但是，纵然偶尔闪过此种念头，薰中将也会立即回心转意："我探访深山的本意在于寻求远离俗世的方策，倘若口出无聊的好色言辞，或现出轻浮的举止，岂不是违背了自己的初衷？"薰君对八亲王的人生经历确实很同情，满怀热诚地拜访他。通过多次诚恳地探访宇治山庄，薰君才知晓八亲王真如他所想象的，是一位虔诚的优婆塞，其身居深山，专心修行佛道，没有摆出一副精通佛道的架势，却是一位对佛教教义有颇深造诣的长者，能深入浅出地诠释深奥的经文教义。迄今，薰君觉得世间有的是俨然一副高僧模样的人，或具有才学的法师，不过他们过于超然世外、远离俗人，德高望重的僧都、僧正等都很忙碌，也很矜持不苟，令人望而却步，不便轻易向他们请教。此外才学德行不高的佛门弟子，值得尊敬的充其量也只是能坚守戒律这点，至于他们的态度可憎，言语乡音浓重、索然乏味，姿态满不在乎地熟不拘礼，实在令人面对起来不愉快。薰君白日里忙于朝廷公事，无有闲暇，到了夜深人静的时刻，多么想召唤一人到身边，在枕畔共谈佛法。但是斯人倘若是这种下品佛门弟子，岂不是自讨没趣？实在是苦恼于找不到适当的师僧。这位八亲王气质高雅，那神态格外令人敬爱。尽管同样都是佛经教义，但是他诠释的言辞，却能运用浅显易懂亲切的语言，援引生动的实例，令人听来颇感悦耳动听。当然在佛法的造诣上，他还没有达到登峰造极的大彻大悟，但是他毕竟是身份高贵者，对事物真理的理解自然会比一般普通人更加深刻。薰君与八亲王的交情逐渐加深，每次相逢，总盼着能无有分别。有时薰君因公事繁忙，未能抽空造访宇治山庄，八亲王就不胜思念。

薰君频频造访宇治，这样尊敬八亲王，冷泉院也就不时遣使致函问候八亲王。多年来八亲王在世间几乎默默无闻，宇治山庄宅邸门庭冷清静寂，如今进进出出的人逐渐多了起来。随着季节的推移，冷泉院也应时馈赠重礼。薰君只要有适当的机会，必定表示敬意，时而赠送赏心悦目的观赏品，时而赠送生活上的实用物品，如此尽心照料，不觉间已持续了三年。

某年秋末，八亲王照例要举办四季例行的念佛会。由于宇治川畔鱼簖一带的水浪声响近来格外聒耳，不得安宁，因此念佛会改在阿阇梨所居山寺中的佛堂里举行，为期七天。留守家中的两位女公子更加感到孤独寂寞，每天茫然地陷入沉思中。

且说中将薰君觉得自己许久没有造访宇治山庄了，他想念八亲王，便在黎明前天空尚挂着残月的摸黑时分，也没有多带随从，照例悄悄起程，微服奔赴宇治了。八亲王的山庄位于宇治川的这边岸上，省去泛舟渡河的麻烦，骑马就能抵达。愈步入深山，雾霭愈加浓重，林木葳蕤，几乎看不见路。树叶上的露珠，顺着狂刮的山风纷纷飘落。他只觉露水濡湿了衣裳，冷飕飕的。也许是心情的关系吧。如此外出旅行，是生平难得的经历，虽觉孤单，却饶有兴味，不由得吟道：

　　山风横扫叶上露，

　　怎比我泪泉涌出。

薫君担心倘若惊动附近的山民，会招惹诸多麻烦，遂令先行开道的随从不要扬声吆喝。他们穿过许多柴篱笆，蹚过一处处的浅涧流水，尽量让踩湿了的马足小声，悄悄地前行。然而无论如何也隐藏不住薫君身上自然发出的香味，这股香气随风飘忽，散发四方，清晨早起的山家人嗅到此股香气，心中不免惊异："没听说有谁人过路，怎么会飘来这股美好的香味？"

薫君一行渐渐走近宇治山庄时，传来一阵清澈的琴声合奏，分辨不清用的是什么弦乐器，只觉得曲调十分凄怆。薫君心想："听说八亲王喜好音乐，经常抚琴，迄今没有良机得以聆听他那闻名遐迩的琴声。今天正是赶上机会了。"于是走进山庄细听，原来那是琵琶声，所弹奏的是黄钟调。虽然弹的不是什么特别的曲调，但是弹奏者反拨琴弦的拨子声也十分清脆，可能是由于环境气氛的关系，听起来竟令人有耳目一新的感觉，间中还夹杂着筝声，哀怨而优雅，断断续续地传送过来。薫君本想再多欣赏一会儿，悄悄隐蔽一旁，无奈身上的异香早已引人注意。一个像是山庄值宿者的粗汉子走了出来，对薫君说："由于如此这般的缘故，八亲王此刻尚闭居山寺，且容小的前去通报一声。"薫君说："不必去通报了，有固定期限的修行是不好去打扰的。只是我披霜濡露长途跋涉前来拜访，却扑空而归，未免太扫兴，烦请告知小姐，若蒙小姐体谅，哪怕说声'过意不去'，我也心满意足了。"那值宿汉子听罢，丑陋的脸上勉强展露笑容，回答说："小的这就去叫侍女转告。"说罢旋即离去。薫君唤他回来，对他说："请稍候！"接着又说："多年来我只听传闻说你家小姐弹得一手好琴，今天难得正好遇上如此可喜的机会，能否请你找个合适的地方，让我暂且隐蔽地欣赏一下小姐的弹奏呢？我绝无意念贸然靠近打扰她们，以致让她们的弹奏中断的。"薫君的态度、长相、仪表超群出众，光彩照人，即使是木讷不解什么情趣的这个值宿粗汉子，看了都深受感动，不胜钦佩。他说："我家小姐们当无人听见的时候，朝朝暮暮经常玩赏音乐。但是倘若京城里有人来，哪怕是下人来，只要是客厅内掺杂外人，她们都会肃静销声。这多半是由于八亲王不想让一般世人知晓我家有两位小姐，故而隐藏起来。再说他也曾说过此话呐。"薰君微笑着说："哪里能隐藏得住呢！他虽然这般严守秘密，但是世间的人们都知道你家有两位稀世罕见的美人。"接着又诚恳地说："你带我到一处可隐蔽的地方吧！我并非好色之徒。只因知道你家有深藏不露的两位小姐，觉得很惊奇，颇想了解一下她们是否和世间的寻常女子长得不一样。"那值宿的粗汉子说："这可使不得呀！我若做这种不识大体的事，日后被八亲王知道，不知会受到何等严厉的斥责呢！"两位女公子的居住处，房前围着竹篱笆，间隔得蛮严实。于是，这值宿汉子遂引领薰君前往。薰君的随从人员则被请到西边的走廊上，这值宿人就在那里接待他们。

薰君稍微推开通往女公子们居住处的篱笆门，朝内张望，只见几个侍女略为卷起帘子，正在眺望蒙上一层薄雾的月色朦胧景象。竹帘前走廊上有个身穿旧衣裳、体形消瘦的女童，形似畏冷的模样。另有几名侍女，神情与女童相仿。厢房内的人，有一个身体似乎半隐在柱子背后，端坐着，面前放着一把琵琶，信手抚弄着拨子。方才隐藏在云层里的月亮，蓦地拨云见青天，明晃晃地照亮大地。只听见此女子说道："据说古人用扇子可招回月亮，如今不用扇子，用拨子也能招来月亮呀！"说着，抬头望月，她那相貌水灵娇媚，无比可爱。在她近旁还另有一人，靠着柱子，凝眸俯视着琴，带笑地说："用拨子招回落日倒是听说过，但用拨子招来月亮这种说法，却是很奇特啊！"那笑容显得比前者庄重、文雅。前者说："就算招不回月亮，但是这拨子与月却有缘呐[01]！"她们两人彼此融洽交谈，

---

[01] 琵琶上安插拨子的洞口处，日语称"隐月"（INGETSU）。

毫无隔阂，与迄今外人所想象的简直不一样，她们是多么招人怜惜、和蔼可亲啊！薰君暗自想道：“从前听年轻的侍女们说，她们爱读的古代小说里，总有描写在深山野岭隐藏着绝色美人的段落，自己难免怀疑：真会有这种可能吗？而产生反感。可是没想到这会儿，在这广袤的世间，竟然真有如此富有情趣的地方。”薰君不觉有所动心。此时，夜雾浓重，无法看清她们的倩影。薰君甚至期盼着：“月亮再出来该多好啊！”这时，大概是里面有人通报：“外面有人！”帘子随即垂下，屋里人都退入内室。她们的神态从容不迫、温文尔雅，悄然隐入内室，连衣裳的窸窣声都听不见。那种柔媚的姿影、高雅的神态，着实令人爱怜。

薰君不慌不忙地离开竹篱笆，走到外面来，遣人骑马返京城，令家里人派车到宇治来接。然后又对那个值宿的汉子说：“此番前来时机不巧，未能与八亲王谋面，所幸听到小姐的琴声，欣喜万分，稍得安慰遗憾之情。烦请通报小姐，让我倾吐披霜戴露劳顿前来之苦衷。”值宿人随即进去禀报。两位女公子万万没想到他会前来窥视，方才弹琴之声、自家姐妹闲聊之声，是否都已被他听到？不觉甚感羞愧。如此说来，难怪刚才闻到随风飘来的一股异香，由于在意想不到之时飘来，竟不觉得奇怪，未免太粗心大意了。她们颇感狼狈，显得很难为情。薰君觉得替女公子传话的侍女似乎反应迟钝、办事不机灵，他心想：“处理事情也应随机应变。”此时，天空雾霭尚未消散，景物朦胧。于是，他信步走到方才两位女公子所在居室垂帘前的廊上，并在那里坐了下来。几个带有几分山村气的年轻侍女不知该如何应对，战战兢兢地递出一个坐垫来。薰君庄重地详细述说：“让我坐在帘外，未免太怠慢我了。我倘若不是真心实意的，就不会长途跋涉，不顾崎岖的山路前来造访。这种待遇似乎太不近人情。我屡次不顾艰辛披霜戴露前来，小姐定能体谅我的这番心意的。”年轻的侍女们中，无人能及时地善加应对，不禁羞愧至极，恨不得有地洞可钻，实在太不体面了。于是有人到里间把正在睡着的老侍女叫醒，让她前来应对，然而这就得费些时间。如此一来，活像有意怠慢客人，大女公子于心不安，便说道："都是些不懂礼数的人，怎么能不懂装懂出去应对呢？"这声音听来只觉品位高尚、优雅动听，可惜声音过于轻细且言语简短。薫君说："尽管我明白，世人的习气是分明知道人家的心思，却佯装不晓得人家内心的苦楚，不过连大小姐也佯作不知的样子，实在很遗憾。令尊八亲王是一位世间罕见的、大彻大悟人世间万事哲理的贤者，小姐们朝夕常围绕在令尊身边，接受熏陶，想必对世间万事也深有领悟并能洞察。我有难以长期隐忍的一些或深或浅的心事，值得小姐加以垂青洞察。但愿不要误认为我是世间常见而不值一顾的好色之徒。此类令人兴奋不安的胡闹事，我不感兴趣。亦曾有人特意劝我相亲，我坚决拒绝从命，我就是这样一个没风度的人。有关我的这些传闻，想必小姐自然早有耳闻。我所期盼的，只是悠闲寂寞度日之时，能与卿等共话家常，抒发情怀而已。再者，卿等远离闹市深居山庄，若蒙通信，哪怕是卿等权当排遣寂寥也罢，我也会惊喜如愿的。"薫君说了许许多多，大女公子却只顾害羞，不知该如何回答才好。此时，方才被唤醒的老侍女已经出来，就让她前去应对。

这老侍女简直是个心直口快的人，张口就说："哎呀，得罪啦！怎么在帘外设座，太怠慢了，应该请公子帘内入座。这些年轻人，办事真不知深浅啊！"她用老者的口吻，直言不讳地埋怨，两位女公子深感难为情。老侍女接着对薫君说："真不可思议啊！我家亲王离群索居，度送寂寞的生涯，门庭萧条，连本该前来造访的亲朋戚友都未曾莅临，日渐隔阂疏远。难得您这位贵公子怀着一颗赤诚之心前来探访，连我们这些微不足道的人，都深为感激，年轻的小姐们内心也领会到您这片深切的盛情，只因腼腆而难于启齿。"她毫无羞怯的神色，熟练地说了一通，尽管言语稍有不堪入耳之处，但是这位老侍女，从神态人品上说相当不错，声调也挺有趣的。于是薰君回答说："我正处在无所适从，不知如何是好的时候，听了你这番言辞，不胜欣喜，有你这样通情达理的人在此，今后我就非常放心了。"侍女们透过围屏边缘的缝隙窥视，只见薰君凭依在廊柱上。黎明的天色逐渐明亮，景物渐次依稀可辨，薰君果然是微服出访，他身着日常便服，露水濡湿了衣衫，他身上散发出一股简直像是从另一个世界飘来的异香，不禁令人惊讶万分。

　　老侍女忽然哭泣着对薰君说："有件陈年的可怜往事，由于我深恐饶舌会招来罪过，故一直隐忍心底而不说，然而内心总想找个适当的机会，向您倾诉，哪怕只言片语，也让您略知端倪。多年来我诵经念佛的时候，都将此事作为祈愿之一，向神佛祷告。想必是神灵保佑，使我今日获此良机，庆幸之余，竟禁不住未语而先落泪，以至泪眼模糊，说不出话来啊！"她周身颤巍巍的，十分伤心的样子。薰君固然知道老年人容易激动而落泪，可是这位老人何以如此悲伤，莫非有什么难言之隐？不由得暗自纳闷，于是薰君对她说："我多次到此造访，只因没有遇见像你这样通情达理的人，每次总是长途跋涉，披霜戴露前来，又孤身只影寂寞地被露珠濡湿，登上归途。今天真是遇见良机，十分高兴，有什么话就请你毫无保留地尽情说吧。"老侍女回答说："这样的良机，恐怕是难得一遇的，就算今后会再有，可是我余命无多，来日能否赶上也无法保证。趁此良机，我只想让您知道这世间还有我这么一个老迈存在。我听风传，说在三条宅邸侍候令堂三公主的侍女小侍从早已亡故了。当年年龄与我相仿，并有亲密交往的人，大都已经谢世。我上了年纪后，才从遥远的乡下回京城来，最近这五六年才在八亲王的宇治山庄供职。您也许不知道吧，有关当年藤大纳言[01]的兄长柏木卫门督逝世的事，世人在谈话中，有一种传说，不知您是否听说过？回忆起柏木卫门督辞世，就觉得仿佛相隔的年月并不久

---

[01] 这位藤大纳言就是现在的红梅右大臣。

远。当年的那场悲伤痛哭，濡湿的泪袖似乎尚未干。然而屈指数来，光阴荏苒，转瞬间您已长大成人，风华正茂，时光的流逝想来真像做梦一般。这位已故权大纳言[01]的乳母，是我弁君[02]的母亲。缘此我得以朝夕侍候权大纳言，十分熟悉。尽管我是个微不足道的人，但是权大纳言不时把自己不愿让他人知晓却又难以隐忍的话不知不觉地向我吐露。眼见权大纳言病情危笃，弥留之际还曾召我到他的病榻跟前，嘱咐我几句遗言。其中确实有应该让您知道的话。不过今天我也只能说到这里就打住。您若还想了解其余的详情，且待日后我将毫无保留地慢慢告诉您。此处的年轻侍女们彼此都在递眼色，十分讨厌我饶舌多嘴，这确实也难怪她们。"老侍女说着果然打住，缄口不语了。

　　薰君听了这番话之后，觉得实在不可思议，这宛如梦一般不着边际的话，犹如巫女的自言自语，内心不由得异常纳闷。不过，这倒是他长期以来心存怀疑的事，如今老侍女弁君说起此事，自己的确很想更深入了解详情。然而此刻耳目众多，不便探询，再说，冷不防地细说往事直到天明，未免显得过于小题大做。于是薰君回答说："刚才的这番话，究竟是怎么回事，听来不甚明白。不过虽说是一些往事，听来也觉亲切，日后务必请你将其余的详情都告诉我。弥漫的云雾行将消散，深恐我这衣冠不整的邋遢模样被小姐们看了，有失礼数，故不能随心所欲久留此处，着实遗憾！"说着起身告辞。此时，隐约传来了八亲王居住的山寺那边的钟声。云雾愈加浓重，不禁令薰君想起古歌中所吟的"峰上八重云"[03]，而觉得这深山野岭，云雾重重，多么可哀。薰君怜惜这两位女公子，她们幽居在此深山野岭中，内心不知有多少缠绵悱恻的思绪，怎能不愁煞人呢。于

---

[01] 柏木去世前升任权大纳言。
[02] 这老侍女的名字就叫弁君。
[03] 此语为《后撰和歌集》中的古歌"峰上白云纵然多，思恋情怀难阻隔"与《古今和歌集》第380首"白云深处万重山，慕君心思难隔拦"这两首歌的交融。

是，咏歌曰：

> "拂晓归京路难觅，
>
> 浓雾笼锁槙尾山[01]。

多么寂寞啊！"歌罢，转过身子，依依不舍地不忍离去。薰君那气宇非凡的神采，连见多识广的京城人见了都不禁惊叹，何况这山村的侍女们。在她们眼里，薰君更是难得一见的贵人。侍女们欲传达小姐的答歌，却没有信心，大女公子只好不惧羞怯，谨慎地低声答歌曰：

> 云霭锁峰秋雾浓，
>
> 崎岖山道愈难行。

歌罢，微微叹息，那副神态实在深深地牵动人心。这一带地方虽然没有什么特别引人入胜的美景，但是薰君心疼两位女公子，总是恋恋不舍，不愿离开。天色渐渐明亮，薰君生怕被人看清，不得不离去。薰君说："我尚有种种遗漏探询的事，这反而会成为一种念想，待逐渐熟悉后，再倾诉内心中的怨恨吧。不过，出乎意料的是，她们竟把我等同于世间轻浮男子来看待，实在令人遗憾啊！"说着走进那个值宿人准备好了的西厢房里，坐下若有所思地眺望那一带的景致。这时，有个熟知鱼簖情况的随从人员说："鱼簖上聚集着众多的人，好热闹啊！可是，却不见小香鱼游过来，人们都扫兴得很哩。"薰君陷入沉思，浮想联翩，他想："人们在靠不住的小舟上装载着砍来的柴火，各自为糊口而忙碌奔波，漂浮在无常的水面上。仔细琢磨，又有谁不是如同这一叶扁舟在无常的世间虚幻度日呢？我

---

[01] "槙尾山"是宇治地方的山名。

虽不泛舟,但是生活在琼楼玉宇里,难道就能永远安稳度日吗?"薰君蓦地歌兴来潮,遂让随从伺候笔砚,为女公子赠歌一首,歌曰:

> "为得桥姬[01]心,撑竿插浅滩。
> 船篙滴水珠,热泪湿满袖。

想必愁绪万端吧。"写毕,交值宿人给送进帘内去。这值宿人似乎很冷,脸上出现鸡皮疙瘩,他手持赠歌走了。大女公子心想:"答歌所用的纸若非薰香适度,未免有失体面。"接着又想:"这种场合,答歌贵在神速。"旋即写道:

> "宇治川上千帆过,
> 朝夕袖湿自渐朽。

正是'宛如身浮泪海中'[02]。"她的字迹非常清秀,薰君读罢觉得:"写得实在完美无缺。"他的心不由得被吸引住了。忽然外间闹哄哄的,传来随从人员的呼喊声:"京中派车来了!"薰君把值宿人叫到身边来对他说:"待八亲王回府时节,我定将再来拜访。"说着将被雾水濡湿的衣衫脱下,全部送给这个值宿人,并换上了京中带来的贵族便服,登车返回京城。

薰君回到京城后,老侍女弁君的那番话总在他脑际盘旋,难以忘怀。与此同时,他觉得那两位女公子的姿容远比想象的更加优美:气质高雅,相貌秀丽。她们的倩影仿佛不断地在自己眼前闪现。他不由得胆怯地想:

---

[01] 桥姬:传说中守护宇治桥的女神,此处喻女公子。
[02] 古歌曰:"泛舟溅水袖濡湿,宛如身浮泪海中。"

"要抛弃红尘，毕竟不容易啊！"他意识到自己的意志在动摇，遂给女公子写信，当然不采取写情书的形式。他用质地较厚的白色信笺，精心挑选了一支好笔，着墨写道："昨夜冒昧造访，失礼之处万望海涵。行色匆匆未能罄尽衷肠，不免深感遗憾。日后再次拜访时，但愿能如我昨夜所请求，允许我在帘前无所顾虑地晤谈，在此拜托了。令尊进山寺静心修行礼佛，我已知晓期限日子。届时我将前去拜访，以排解昨夜浓雾弥漫中造访不遇的郁悒心情。"落笔行文相当流畅。而后派左近卫府的一位判官将此函送去，并嘱咐他说："你去找那个老侍女弁君，将函件交给她。"他很怜悯那个值宿人，想起他那冷得哆嗦的样子，遂装满了一大盒各种食品，那盒子是用丝柏木片做成的，一并交给此判官，嘱他带去赏赐给那值宿人。第二天，薰君又派遣使者赴八亲王当下所居的山中寺庙。薰君体贴地想到近日寒风凛冽，笼闭在山寺中的众僧想必日子过得很清苦，再者八亲王住寺多日，理应对山寺众僧有所布施。缘此，薰君置办了许多绢和棉布制品等赠物，遣使送去。送抵之日，适值八亲王笼闭山寺修行期限届满，行将出山的那天清晨。于是，八亲王将棉、绢、袈裟、衣服等物品全部赠送给全寺僧众，每人各得一套。那个值宿汉子穿上先前薰君临走脱下弃置的华美便袍。这是一件漂亮的、用上乘白色的绫罗制成的袍子，飘忽着无法言喻的奇香，然而穿着此装的人，身体依然故我无法改变，卑微的身份与飘忽的袖香很不相称。迎面遇见他的人，无不觉得奇怪，或揶揄他或夸赞他，使他反而觉得浑身不自在。倘若随心所欲地驱动身子，就会飘散出一股惊人的异香，害得他不敢自由行动，十分苦恼。于是他想除掉这种惹人注意的奇香，然而这是贵族人家的衣香，想洗也洗不掉，真是太难以处理了。

薰君在阅览大女公子的回信，觉得她的字迹清秀，遣辞用句分寸拿捏十分得体，令人读来饶有兴味。侍女们告诉八亲王说："薰中将曾给大女公子来函。"八亲王看过信后说:"来函无关紧要。倘若把它当成情书看待,反而是一种误解。薰君迥异于一般的年轻男子,诚恳正直,气度不凡。我曾隐约向他透露过我万一辞世,后事有劳他关照的意思,因此他才如此操心吧。"八亲王自己也给薰君写致谢函件,信里有诸如"承蒙惠赠各种珍品,数量之多使山中的岩洞几乎装不下"等语句。薰君还有意再次造访宇治。薰君想起丹穗三皇子曾对他说过皇子自己那漫无边际的幻想:"倘若能意外地遇见居住在深山老林里的美丽女子,那才真有意思呐!"薰君想:"我不妨把宇治山庄住着女公子的情况,向他美妙地形容一番,鼓动他的春心,让他不得安宁。"于是,在一个幽静的日暮时分,薰君前去造访丹穗皇子。他们两人照例彼此海阔天空地闲聊一通之后,薰君就势谈到宇治的八亲王的情况,还详细地叙述了那天黎明时分窥见两位女公子弹奏琵琶的情状。丹穗皇子听了颇感兴趣。薰君心想:"果然不出所料啊!"薰君看到丹穗皇子动心的神采,更加兴致勃勃地继续加以描述,惹他兴奋。丹穗皇子埋怨说:"那么你为何不把女公子的回信给我看看呢?!若是我的话,对你,我才不那么见外呢。"薰君回答说:"说得是哟,可你收到各方女子的许多来信,连一封都没有给我看过,不是吗?!这姑且不去说它,且说闭居山庄的那两位女公子,绝非我这样未见过什么世面的人所能独占的,因此我想务必请你去看看。可是以你这样高贵的身份,怎么能去那种荒凉的山村呢。世间身份卑微者,只要心有所思,大可随意四处去拈花惹草。埋没于世间的美女多着呢!相形之下能引人注目的女子,若有所思地深居于穷乡僻壤的住家里,所谓正是在山村的某个角落处,似乎才会意想不到地遇上佳人。方才我所说宇治的那两位女公子,生长在父亲简直像遁世修行的高僧一般的家庭里。多年来我一直以为她们想必是毫无趣味的人,从而一向不把她们放在眼里,连她们的信息也置若罔闻。谁知前些日子,在朦胧的月影下,倘若我没有看错的话,她们简直可说是绝对上乘的。无论是姿色还是态度，都是无可挑剔的理想的美丽女子。"丹穗皇子听到最后，既妒忌又羡慕的心绪不由得涌动，心想："薰中将这个人，平素对一般女子一贯无动于衷，此刻竟如此深思且备加赞美，可见这两位女公子绝非等闲之辈。"遂对她们产生莫大的好奇心，于是劝薰中将说："你还是应该再次前去造访，仔细地观察她们呀！"薰中将看到他对宇治的女公子似乎上心，甚至对他自己由于身份高贵不能自由行动感到厌烦的神态，不觉暗自窃笑，回应说："不，我无意这样做。我已决心不关心俗世的事，哪怕是短暂的片刻，即使是逢场作戏的爱恋事也罢，我也不想沾边。倘若自己不能抑制住这份恋心，那就是莫大地违背了我的本愿。"丹穗皇子笑着说："算了别说大话啦！你总是夸大其辞，活像隐遁高僧般说一通大道理，且看日后你能熬到何时。"其实薰中将心中悬念着那老侍女弁君隐约吐露的那件事。他对此事比以往更加关心，并深感伤悲，因此即使自己见到美人，或者听旁人说起某家有标致的女儿等，他都无动于衷没有上心。

　　到了十月份，薰君于初五初六奔宇治。随从者中有人劝说："此时正是观赏鱼簖上美妙景观的时候，何不去看看！"薰君说："何苦去呢！人生无常，命运与蜉蝣相去无几，鱼簖上的景观有什么可看的呢[01]！"沿途上，他毫无游兴。他乘坐一辆轻便的挂着竹帘的车子，特意穿新装：一身朴素的平纹绸贵族便服及和服裙裤。八亲王欣喜地迎接薰君，置办山乡相应的宴席款待他，场景氛围也饶有情趣。到了日暮时分，将灯火移近，研读迄今所习的经文之深奥教义，还特别邀请阿阇梨下山来给予讲释。夜间难以成眠，川上狂风呼啸，风扫落叶之声、波浪撞击的音响，远远盖过哀愁情趣，导致心潮的涌动，山庄的光景变得凄凉可怕。薰君觉着

---

[01] 日语中的"蜉蝣"（HIOMUSI）与"冰鱼"（HIO）谐音，"鱼簖上的景观"就是捕捉小香鱼（冰鱼）的景观。

天色将近黎明，他回想起前些日子的那个黎明时分，聆听女公子们弹奏的琴声的情景，便提起琴声优雅感人至深的话题，他对八亲王说："上次造访，时值雾霭弥漫的拂晓时分，隐约听见些许美妙的琴声，然未能尽赏，反而有美中不足的遗憾。"八亲王说："我已将俗世的诸如色香之类的嗜好抛弃殆尽，从前习得的技艺也都忘了。"他话尽管如是说，但还是叫侍者将琴拿过来，而后说道："此刻的我要弹琴，实在太不相称了，若与别人合奏，随着琴声的引导也许我还能回忆起来。"说着叫侍者将琵琶取来，劝客人弹奏，薰君接过琵琶，并和八亲王合奏了一会儿，说道："我弹奏的琵琶，音色听起来不像是上次隐约听见的那种优美音色，也许是乐器不同的关系吧。"他显得有点扫兴，就不再弹下去。八亲王说："哪儿呀，瞧你说的。能使你感到悦耳的弹奏技艺，怎么可能传到这穷乡僻壤呢。你太过奖啦！"说着八亲王就手弹起七弦琴来。琴声凄厉哀婉，渗入肺腑，也许是和着山顶上刮来的松风所产生的音响效果吧[01]。八亲王抚琴显得生疏，久已遗忘了似的，只弹了得心应手趣味盎然的一曲就打住了。八亲王说："寒舍也有人弹筝，那技艺也说不上是何时学到的。我不时隐约听见乐声，觉得弹奏者对筝似乎有所领悟。不过，我也只是听听而已，没有精心加以指导，积年累月任凭其自然发展自成音调，这乐声也只能同川浪的撞击声合奏交响，当然谈不上正规入流。"八亲王客套一番后，向内室里的女公子劝说："弹一曲吧！"女公子回答道："我们本是私下自弹自赏而已，没想到竟被人听见，实在难为情，岂敢在人前公然献丑呢！"说着躲入深处，都不肯弹奏。八亲王屡屡劝说，她们却以各种借口委婉谢绝，最终还是没有弹奏，薰君不由得深感遗憾。为人父者八亲王遇到这种场面，暗自想道："把两个女儿抚养成如此古怪不近人情，诚如未见世面的乡下姑娘，着实不是我的本愿啊！"八亲王感到羞愧，对薰君

---

[01] 此语出自《拾遗和歌集》，歌曰："琴声和着松风飘，凄厉哀婉染音调。"

说：“我不想让人知道我在此地抚养了两个女儿，可是想到我朝夕难保，余命无多，而女儿们尽管不尽如人意，却来日方长，我惟恐她们日后颠沛流离，漂泊无着，此事是我辞世往生极乐净土的惟一羁绊。”八亲王坦诚相见，薰君十分同情，回答说：“纵令我不能与女公子们特别结缘，担当她们强有力的保护人，也请您把我视为可信托的亲人。只要我一息尚存，将信守诺言，决不违背承诺。”八亲王听罢，由衷表示感谢，说：“倘若能如此，真是太庆幸了。”

天色将近黎明，八亲王在佛堂里做功课期间，薰君召唤那个老侍女前来相见。这个老侍女是侍候两位女公子的，名叫弁君，年纪不到六十。她态度文雅，应对言辞得体。她述说已故权大纳言柏木日以继夜郁闷忧愁，以至卧病不起终于辞世的情状，落泪潸潸，哭泣不已。薰君觉得：“这番往事追忆，即使是他人的身世追述，听了也会感慨万千，更何况这是我多年来渴望知晓的事情。我常向佛祖祈求，但愿能让我了解事情的来龙去脉，母亲何以遁入空门。也许是幸得佛祖保佑，才让我意外地获此良机，能够听到这番宛如梦一般的悲伤往事的追忆。”想着想着情不自禁泪珠如潮涌。薰君说：“如此看来，世间尚有像你这样的、了解当年往事的知情人。但不知此种令人感到意外，又觉可耻的事，是否还有他人知晓而传播开去？多年来我一直蒙在鼓里，未曾耳闻。”老侍女弁君回答说：“除了小侍从和弁君我知晓以外，别无他人知道。我们两人从未曾向他人泄漏过，哪怕是一句话也罢。我虽身份卑下微不足道，却能承蒙柏木权大纳言垂怜，朝夕昼夜侍奉于他左右，自然觉察到柏木大人的种种隐情。每当权大纳言心中郁闷不堪的时候，偶尔也单只呼唤小侍从和我，为他传递书信。此类事情我不宜多嘴饶舌，故恕不详述。只是权大纳言弥留之际，对我曾留下些许嘱托。像我这样的身份卑微者，其实不胜重托，不知如何妥善处理，缘此总是挂在心上，总想着如何才能将柏木大人嘱托的遗言向您转达。每当我不求甚解地诵经念佛的时候，也经常为此事祈求佛祖指点迷津，如今能遇见您，可见世间还是有佛祖显灵保佑之事的，真令我感激不尽。还有一物件，务必请您看一看的。此前我曾想过，我担心自己命途多舛，朝不保夕，万一死去，此物件落入他人手中，可怎么了得，莫如将它烧毁算了。后来看见您不时到这里的八亲王府上来，心想不妨耐心等待良机，心里似乎又有一线希望，从而有勇气耐心等待时机的到来，最终果然盼来了机会，这真是前世注定的缘分吧！"她边说边哭，絮絮叨叨地详细述说，从薰君诞生时的情状说起，一桩桩一件件，记得可清楚了。接着她又说："柏木权大纳言撒手人寰之后，家母患病，不久也辞世了。真是悲上加悲，身着主人和家母的双重丧服，沉陷在悲伤的苦海里。正在这个时候，一个居心不良的汉子，多年前对我早有用心，他用甜言蜜语把我诓骗到手，并把我带到遥远的九州尽头过日子去了。此后京城里的情况，我就杳然不得而知。后来此汉子也在居住地亡故了。我离开京城十好几年，一旦重归故土，但觉宛如到了另一个世界。这里的八亲王是家父左中弁的外甥女婿，我自幼常在八亲王家进进出出，于是就想来投靠他。可我这把年纪的人，已经不能忝列在通常的侍女行列里奉公。也曾转念想到冷泉院的弘徽殿女御那边去，她与我以往很熟，似乎应该去投靠她，可是又觉得很不好意思，从而却步，最终还是'形隐深山似朽木'[01]了。小侍从不知何时也已亡故。当年的青春少女，如今大都人老珠黄，或纷纷奔向黄泉，惟有我这老不死的，尚留存人间，苟延残喘，实在可悲。"交谈中不觉间天色已大白。薰君说："好了，往事如烟无可奈何，说不完道不尽啊！改日找个无须担心被人窃听的地方再述说吧。我仿佛记得，那个名叫小侍从的人，在我五六岁的时候，听说她忽然因患胸部疾病死了。倘若没能遇见

---

[01] 此句引自《古今和歌集》第875首，歌曰："形隐深山似朽木，心花迎春欣然露。"

你，我将带着多么沉重的罪孽度过一生啊！"弁君拿出一个小口袋来，口袋里装着许多陈旧得发霉了的信函，她将小口袋递给薰君并说道："这个请您自行处置或阅罢烧毁吧。当年柏木权大纳言对我说声'我的大限已到了'，便将汇集起来的这沓信函交给了我，我本想再见到小侍从时交给她，请她务必妥善地转交给您，万没想到竟与她永别了。我不胜悲伤，不仅出于我与她的私人交情，还由于辜负了柏木权大纳言的嘱托。"薰君装作若无其事的样子，接过信函并将它披藏起来。心想："这种老妪，会否将此事当作奇闻，不问自说地四处传播呢？！"薰君显得十分担心的样子，弁君再三发誓说："绝没有向他人泄漏。"薰君转念又想："也许她的发誓可信。"不过还是心乱如麻，忧心忡忡。早餐时薰君只喝些粥，吃点蒸饭等。而后对八亲王说："昨日是朝廷的假日，今天宫中的斋戒想必也已结束，冷泉院的大公主患病，我必须前去探望慰问。杂务缠身较为繁忙，待诸事办妥后，山中红叶飘零之前，我定将再来拜访。"八亲王高兴地致谢说："承蒙屡屡莅临，真使我这山居蓬荜增辉啊！"

薰君回到家后，首先拿出那个小口袋看看，这小口袋是用唐国的浮纹绫缝制成的，上端有个"上"字。袋口用细带子扎好，袋口上贴着一个小封条，上面写着柏木的名字。薰君开封时顿觉有一种恐惧感爬上心头。毅然打开一看，只见袋子里装有各种颜色的信笺，那是三公主偶尔给柏木的回信，大概五六封，此外还有柏木的亲笔信，信中写道："我的病日趋严重，大限将临，恐怕连简短的信也再写不了了。然而思恋你的心思却愈加深切。每当想到你改变倩影遁入空门，不由得万般悲痛……"情书写得很长，缀满了陆奥纸达五六枚之多，可能是虚弱体力不支的缘故，字迹奇形怪状，形似鸟的足迹。内有歌曰：

　　　遁入空门卿影现，

我魂无着更可怜。

信的末尾还写道："喜闻贵子诞生，庆幸蒙受庇护，可无后顾之忧，只是——

幼松暗长岩缝间，
但得茁壮亦慰勉。"

写到这里，戛然中止，似乎是体力不支，运笔凌乱龙飞凤舞。信封上写着"侍从君启"。这个小口袋内已成为蠹虫栖身之处。那信笺陈旧发霉，不过字迹倒是清晰可辨，甚至与刚写的别无二致。词句顺畅，叙述详细，清楚可读。薰君阅罢信，心想："诚如弁君所担心的，这袋书信倘若散失，落入他人手中，可怎么得了！实在令人揪心，毕竟这种事情恐怕也是世间罕见吧！"薰君陷入沉思，十分苦恼，本拟进宫，也因心情欠佳未能成行。他去参见母亲三公主，只见尼姑三公主从容不迫、神采奕奕，安详地在诵经。她看见薰君到来，显得难为情似的将经卷藏了起来。薰君心想："我何苦向母亲透露自己已经知道这个秘密了呢！"只能将这个秘密埋藏在自己的内心底，独自思绪翩跹，万般苦恼。

源氏物语

第四十六回

だいよんじゅうろっかい

米楮根

今年二月二十日前后，丹穗兵部卿亲王拟赴初濑[01]长谷寺参拜。此前他虽然早已有这种意愿，却迟迟未能成行。此番之所以毅然行动，前往参拜古刹长谷寺，大概图的是前去途中，可在宇治歇宿吧。"宇治"这个地名，昔日有人称为"忧愁山"[02]。可是丹穗皇子却对此地名颇感亲切，固然有其理由，不过着实令人觉得有些荒诞无稽。随行的公卿大臣为数众多。殿上人等自不消说，几乎可说是倾巢出动，留京者无几。这里有一处领地是六条院主人源氏遗传下来的，如今归属其长子夕雾右大臣继承。此处领地位于宇治川彼岸，面积广袤，景致宜人，饶有情趣，于是此处就成为丹穗皇子前去参拜往返途中的歇宿之地。夕雾右大臣原定于丹穗皇子回程时，亲自莅临迎候，但因骤然发生忌讳之事，阴阳师劝他行动务须谨慎，只好向丹穗皇子致歉不能前去迎候。丹穗皇子先是内心稍感不快，后来听说今日改由宰相中将薰君前来迎候，十分高兴，因为这样一来他就可以托薰君向八亲王那边传递信息，于是颇感惬意。实际上丹穗皇子对夕雾右大臣平素不怎么亲近，因为嫌他过于拘谨严肃。夕雾的儿子们诸如右大弁、侍从宰相、权中将、头少将、藏人兵卫佐等都来陪伴丹穗皇子。

丹穗皇子是当今皇上和明石皇后所生三皇子，特别受到宠爱，世间声望也挺高。特别是六条院众人由于他是由紫夫人抚育长大的，举家上下都把他当作家中主君一般看待。今天在宇治这里接待他，特备极其讲究的山乡风味的筵席。还拿出围棋、双陆、弹棋盘等玩物来，个个尽情尽兴地消遣度过了一天。丹穗皇子不习惯于路途的劳顿，深感疲劳不堪，当然本意也想在此地多滞留几天。稍事休息过后，到了傍晚，命人拿出琴等乐器，弹奏一番。

---

[01] 初濑（HASE）：日本奈良县樱井市一地区，濒临初濑川，亦指长谷寺。
[02] 日语"宇治"（UJI）与"忧"（USI）谐音。"昔日有人"是指日本平安朝初期六歌仙之一的喜撰法师，他曾作歌曰："我庵地处都东南，人谓隐居忧愁山。"见《古今和歌集》第983首。

在这远离闹市的山乡，流水声响也成了一种天然的音乐，在流水声响的衬托下令人觉得管弦乐声更加清澄。那位高僧一般的八亲王的居处，距此间仅一水之隔，顺风传送过来的管弦乐声清晰可辨。八亲王听了不禁回想起当年的诸多往事，不由得自言自语："这笛声悠扬可人，吹得真好，不知是谁人在吹。记得我听过已故六条院源氏所吹的笛声，那音色着实富有情趣，温暖可爱美妙动听。此刻听到的笛声似乎过于清澈，总觉得略有矫揉造作之感，颇似已故前太政大臣^[01]家族的人所吹的笛声。"接着又说："唉！岁月流逝得好快啊！我早已抛弃这种游乐，虚度似有若无的岁月，不觉间已累积多年了，此生实在没意思呀！"随着又想起两位女公子当下的境遇来，觉得她们实在很可怜，自己真不想让她们就这样终生埋没在这山乡里啊！八亲王浮想联翩，心想："女儿迟早都要嫁人，不如许配给像宰相中将薰君这样的人。但薰君为人老实且道心重，只怕他无心谈儿女爱恋之事。至于当今举止轻浮的年轻人，怎么可以做我的女婿呢！"他左思右想，理不出个头绪来，内心深感寂寞郁闷。在八亲王这边的山庄里，春天之夜纵然短暂，他也觉得难熬到天明。相形之下，在丹穗皇子歇宿的另一处山庄那边，欢快的管弦乐声不绝于耳，如醉似梦，倏忽早已天明，人们尚嫌春夜太短呢。丹穗皇子觉得游兴正浓，尚未尽兴，不愿就此返回京城。

　　极目远眺，但见遥远的天边，彩霞漫天飞渡。樱花有的早已凋零，有的却在含苞待放，漫山遍野，色彩斑斓，美景无限。往近处看，只见沿川岸边的垂柳随风摇曳，袅娜多姿，倒映水中，优美典雅之情趣着实非同一般。这对于难得见到山野美景的京城里人来说，确实感到极其珍奇，难以舍弃返京。宰相中将薰君不愿错过这个良机，很想前去拜访八亲王。他本想避开众人耳目，独自泛舟前往，但又觉得这样做过于轻率，正在犹豫不

---

[01] 此人即最初的头中将，源氏的妻舅，柏木的父亲。

决时，八亲王派人送信来了。信中咏歌曰：

> 山风传送笛悠韵，
> 白浪阻隔未见君。

八亲王的草书字体相当流畅优美。丹穗皇子对八亲王早就敬仰，听说八亲王来信，很感兴趣，遂对薰君说："让我来代写回信吧。"说着便写道：

> 两岸纵令隔着川，
> 清风无阻把信传。

薰中将前去拜访八亲王。他邀集几个擅长音乐的贵族子弟同往，泛舟渡川至对岸过程中，在船上奏起《酣醉乐》[01]来。八亲王的山庄濒临宇治川，筑有伸向川岸的回廊，回廊上筑有阶梯可通向川边，宛如一道桥，这是一座造型颇具匠心、饶有山庄风情的典雅殿堂。众人都怀着一种恭敬的心情，舍舟登岸。

八亲王的山庄内的陈设与他处不同，格外简素，摆设着富有山乡风味的竹箔屏风等，别有异趣，耐人寻味。今天准备接待远方的来客，四处都打扫得特别干净利落。几种音色无比优美的古乐器随意陈列着，大家逐一弹奏。特意改换调子，将双调的催马乐《樱人》改换为壹越调弹奏。客人们都希望趁此机会能欣赏到主人八亲王弹奏七弦琴，可是八亲王只顾悠悠自在地抚弄十三弦的筝，偶尔又和他人合奏。年轻人也许对八亲王所弹的筝声听来陌生，只觉得异趣深奥、音色非常美妙，他们十分感动。八亲

---

[01]《酣醉乐》：雅乐之一。

王安排合乎山乡情调的筵席款待来宾，富有情趣。更令局外人想象不到的是，有皇族血统出身并不低微的众多王子王孙，诸如年迈的位居四位的王族之类的人等，大概体谅到八亲王家仓促间款待大批贵宾，恐怕接待人手不够，出于一贯同情纷纷前来帮忙。举觞劝酒的人，个个殷勤备至，举止不俗。飨宴场面确实优美，古风氛围浓重，山乡情趣十足。来宾中想必有人想象着居住此处的女公子们的情形，而暗自涌动恋心吧。参拜古刹，途中滞留于宇治川彼岸山庄的丹穗皇子，由于身份的关系，不能随便行动，不由得感到受束缚不舒畅，心想："不应错过这次机会。"他迫不及待，遂命人折下一枝美丽的樱花，差遣一个长相可爱的随身殿上童，将信送至八亲王处。信中写道：

"山樱芬芳引客临，
　折下花枝插双鬓。

我正是'流连春郊泊一宿'。"函件大致上是这样写的。两位女公子不知该如何回信才好，心烦意乱。老侍女们说："这种情况下，倘若过分认真冥思苦想，而迟迟不复信，反而失礼。"于是，大女公子遂让二女公子执笔，二女公子写道：

"旅客驻步篱笆前，
　折花莫非做排遣。

旅客不是'有心特意访春郊'[01]吧。"字迹挺秀，文笔流畅。川风吹拂，仿佛情愿当媒介来回传送宇治川两岸山庄内那悠扬悦耳、情趣盎然的奏乐

---

[01] 此句估计引自古歌，但出处不详。

声并让其交融。

藤大纳言红梅奉旨前来迎接丹穗皇子返回宫中。众人前呼后拥，声势浩大地打道回京。年轻的贵公子们总觉尚未尽兴，一路上频频回首，依依不舍地离开。丹穗皇子心想："另找适当机会，再次来游吧。"时值樱花盛开，云霞飞渡，风光旖旎情趣盎然的季节，众人诗兴大作，或作汉诗或咏和歌，层出不穷。为避免烦琐起见，就不一一探讨了。

丹穗皇子滞留宇治时，心绪骚动不安，未能随心所愿地和那两位女公子通信，深感美中不足。自那以后，即使没有薰君做中介，他也经常写信，差人直接送去。八亲王看了信后也说："还是要写回信的。但是最好不要当作情书来看待，否则会招来日后的无穷烦恼。从大体上说，这位丹穗皇子特别爱好风流，想必是听人说这里有两位闺秀，从而不愿放过，遂写这些逢场作戏的信函吧。"八亲王话虽这么说，还是劝女儿给人家回信，因此二女公子不时也遵命给对方写回信。大女公子则非常小心谨慎，她对谈情说爱的事，纵令逢场作戏也宁可远离，不愿沾边。八亲王总是过着心中不安的孤寂生活。"春日悠闲"[01]，更觉寂寞无聊，时日漫长难熬，成天陷入沉思遐想。两位女公子日渐长大成人，容貌姿色越发标致，美丽动人。这反而使八亲王更加忧心痛苦，他心想："倒不如长相丑陋些，埋没在山乡也就不那么可惜，我的忧心痛苦也许会减少些呢。"八亲王朝朝暮暮冥思苦想，烦恼不堪。此时大女公子芳龄二十五岁，二女公子二十三岁。

据阴阳师卜算，今年是八亲王的严重厄运年。他情绪欠佳，十分担心，比往常更加勤于修行，诵经念佛。他对尘世已无所眷恋，一心只想为后世修福。他觉得自己无疑会往生极乐净土，只是两个女儿的前途尚无着

---

[01] 此语引自《后拾遗和歌集》中的和歌，歌曰："山乡遐思云霞飘，春日悠闲待花开。"

落，十分可怜，实在放心不下。缘此他身边的人们都为他担心，他们想："虽然八亲王的道心无比坚固，但只怕到了弥留之际还牵挂着两个女儿，尘世的挂牵势必搅乱正念，妨碍往生极乐净土。"八亲王自己内心则在盘算："只要有人郑重前来求婚，哪怕此人并不那么理想，但作为女婿于我面子上还算过得去，那么我也可以将就应允。只要他真心爱护我女儿，愿意照顾她一辈子，即使此人有些缺点，我也可以视而不见，宽容答应将女儿许配给他。两姐妹中只要有一个先成婚，安定下来，那么另一个女儿就有人照顾，这样我也就可以安心地往生极乐了……"然而，现实中并没有人热心地前来求婚。偶尔有个顺便的机会，也有人写求婚信寄来，不过都是些轻浮的年轻人，喜好寻欢作乐，或借着到某古刹参拜，途中在宇治歇宿时，或是路过此地时，出于逢场作戏的心理，写封情书来求爱。他们大概以为八亲王家虽说是亲王之家，却已沦落不得势，过着凄清的生活，从而轻蔑亲王家，出言不逊。八亲王最看不上这种不知好歹的人，连只言片语也不给他们答复。在这些来信者中，惟有三皇子丹穗是真心爱慕，不追求到手决不甘心。这也许是前世注定的宿缘吧。

宰相中将薰君于当年秋天晋升中纳言。随着官位晋升，世间的声望也更加显赫了。然而他内心中的烦恼甚多。关于自己的出生问题究竟是怎么一回事，他多年来心怀疑窦，未能解开。最近得知实情后，内心更觉痛苦。他想象着亲生父亲柏木权大纳言当年因忧郁而死的情形，想代父勤修佛道，借以减轻父亲的罪孽。他同情怜悯那个老侍女弁君，经常避人耳目，悄悄以种种借口对她施以种种关照。

中纳言薰君想起已阔别许久没有前去宇治拜访八亲王了，于是在七月间前去造访。京城里的七月，秋色尚未明显呈现，可是一来到宇治的音羽山附近，就感觉到秋风萧瑟，吹来阵阵凉意，冷飕飕的。槙尾山一带的树叶稍稍染红，再往深山中走去，四周的景色越发优美奇特。薰君此番来访，尤其受到成天体味着秋日寂寞的八亲王的格外欢迎。八亲王向薰君倾吐了许多知心话，还嘱托他说："我归天之后，希望你在方便的时候，经常来眷顾我的这两个女儿，万勿舍弃她们。"薰君说："此前已承蒙嘱托此事，侄儿句句铭记心中，决不会慢待两位女公子。侄儿对尘世力求无所眷恋，一身只图简素。虽然侄儿前途渺茫，未必万事都靠得住，但是侄儿只要一息尚存，承担照顾女公子们之志决不改变。务请皇叔宽心。"八亲王听罢不胜欣慰。夜色渐渐深沉，月亮当空，月光普照大地，八亲王感到远山的姿影仿佛都移近眼前了似的，他平心静气地念经诵佛，过后又和薰君闲聊诸多往事。八亲王说："当今的世道不知是什么样了。往昔，每当明月悬空之秋夜，在宫中等处，必在御前演奏管弦乐，我也忝列其中。那时擅长管弦技艺的名家能手，几乎都聚集一堂，各显神通，奉献绝技妙艺，参与合奏。但是我觉得这种演奏规模过于庞大，不如小型的演奏，诸如精于此道的女御、更衣各自在室内抚琴弄弦更具风情，来得亲切。她们内心底极欲逞能斗强，针锋相对，然而表面上则和睦相待，这些妃嫔们于夜深人静之际，往往能各自奏出渗人肺腑的乐声来，音调凄凉的琴声隐隐约约地传送出来，令听者感慨良多，耐人寻味啊！一般说来，女子适合于做供人消遣的对象，她们虽然做不了大事，却拥有能够拨动人心弦的魅力。大概因此，佛道才说：女子是罪孽深重的。就以心疼子女而迷了心窍的天下父母来说，男孩儿似乎不需要父母过分地操心吧，可是女孩儿呢，倘使嫁错了人而遭受折磨，纵然是命运所迫无可奈何，为人父母者还是要为女儿伤心痛楚。"八亲王虽然像是闲聊天，泛泛谈他人之事，但薰君听来觉得似乎也反映出八亲王的苦恼心思，十分同情八亲王。薰君说："侄儿我对一切尘世俗事，诚然无所留恋。自身也没有精通任何一门艺能技艺，惟有愿意听赏音乐而已，看似无聊，我却着实难以舍弃。那位大彻大悟的迦叶[01]圣僧想必也是因为听赏音乐，忘却威仪，闻琴声而起舞的吧[02]。"薰君前些时候曾听到女公子们弹奏的些许琴声，总觉得没有听够，恳切地盼望能再听到。八亲王大概有心想借听琴为开端，促使他们相互亲近吧，只见他亲自进入女公子们的居室，一个劲地劝诱女儿们弹琴。大女公子拿过筝来，略弹了一会儿就打住了。琴声一停下来，山乡四周的氛围显得比方才更加凄寂无声，四下杳无人影，天空的景色、四周的光景，都深深地令人感到寂寞。那毫无造作悠悠自在的女公子们的琴声，令薰君心驰神往、兴致盎然，颇想与她们合奏，然而女公子们怎么肯毫无拘束地与他合奏呢。八亲王说："我此刻只能让你们自然地先熟悉一下，以后就看你们年轻人自己的啦。"说着，八亲王拟走进佛堂做功课，临走前咏歌赠予薰君，歌曰：

"我逝草庵纵荒芜，
　信君不负我嘱咐。

此番与君相晤，恐怕是最后一次了。由于心中不安，总觉没着落，难以按捺，情不自禁地对君说了许多愚顽荒唐的话。"说罢落泪潸潸。前来做客的薰君回答道：

"我与草庵已结缘，
　终生不违立誓言。

---

[01] 迦叶：释迦牟尼十大弟子之一。
[02] 此语出自《大树紧那罗经》，原文曰："香山大树紧那罗于佛前弹琉璃琴，奏八万四千音乐。迦叶尊者忘威仪而起出。"

且待宫中举办相扑节会[01]等宫廷仪式忙过后，定当再次前来拜访。"

八亲王上佛堂后，薰君就在室内召唤那个不问自说的老侍女弁君来，让她把上次尚未说完的话接着说下去。月落时分，月光照遍室内，帘内袅娜多姿的人影依稀可见，因此两位女公子遂退到深处。她们看到薰君神态庄重，并非世间那种寻常的好色男子，其谈吐严谨得体，她们也就放心，有时还适当地略作答话。薰君暗自想起丹穗皇子迫不及待地想会见这两位女公子，觉得："自己的心情毕竟与其他年轻人不一样，八亲王那样诚恳且主动地将女儿许配给我，可奇怪的是我却不急于将她们占为己有。说实在的，我并不想疏远这两位闺秀，我和她们如此互相交谈，她们对我在春天的樱花或秋日的红叶季节里，向她们倾诉深深的哀愁思绪或兴味盎然的风情，都给予深切的理解和同情，这样的伊人，倘若与我无宿缘而成了他人的妻子，终归是很可惜的啊！"薰君此刻的心情，仿佛女公子们早已是他的人似的。

当天深夜时分，薰君告辞返回京城。他回想起八亲王内心不安，担心大限将至，那忧愁苦闷的模样实在可怜，所以薰君打算在朝廷公务繁忙过后，再去拜访八亲王。丹穗兵部卿亲王也作了种种思考，试图创造适当的机会，于今年秋天赴宇治观赏红叶。他不断地派人给宇治那边送信。但是二女公子认为他不是真心诚意追求情爱，因此回信时，并不把来信当作麻烦的情书看待，只当是无所谓的四时寒暄的风流文书来解释，时不时地也给予复函。

时令进入深秋，八亲王似觉大限将至，心情越发忐忑不安。因此他拟独自迁居到那寂静的阿阇梨的山寺中去，以便静下心来专事修行，诵经念佛。遂向女儿们嘱咐身后事说："世事无常，生离死别在所难免。倘若你

---

[01] 相扑节会（SUMONOSECHIE）：每年阴历七月下旬，宫中举办相扑竞赛，赛后飨宴群臣。

们有可安慰的意中人，那么死别的悲伤也会逐渐消减，但是你们俩没有可代替我保护你们的人。你们境遇孤寒，无人相慰，我就这样撒手人寰把你们舍弃在世间，内心着实无比痛苦悲伤。然而倘使只因这点父女情缘羁绊，使我不得往生，而永坠无边苦海，也是无益的。再说我和你们同生在世时，也早已看破红尘，从而决不计较身后之事。但总希望你们不仅念及我一人，还顾念到已故生母的名誉，切勿生轻浮的念头。若非确实可靠的深缘，切勿轻信人言而草率离开此山庄。要确信你们俩的身世命运，完全与一般人迥异，务必打定主意在此宇治山乡终老。只要意志坚强，定能平安度送岁月。特别是女子，若能耐心地闭居山乡，免遭众目睽睽的世间残酷无情的非难，这是最好不过的了。"

两位女公子未曾考虑过丧父后自己的前途，终身大事将会如何，只觉得万一父亲亡故，姐妹俩恐怕片刻都不能在世间活得下去吧！听了父亲这番忐忑不安，行将临终般的遗嘱，姐妹俩真是无比悲伤，叹息不已。八亲王内心虽然早已抛弃俗世的一切，但是多年来毕竟是和这两个女儿朝夕相伴生活过来的，突然就要分别，尽管不是出于无慈悲心，但在女儿们来说，确实是满怀凄凉怨恨的事。

八亲王拟于明日进山，今日与往常不同，他到山庄各处走走查看。这里本是一处不起眼的简陋住所，暂住这里草草度日罢了。八亲王想到自己亡故后，年轻的两个女儿怎么能够耐住性子，笼闭在这苍凉的住处度日呢！不由得满眼噙泪，念诵经文，他的这副姿态倒是挺清秀的。八亲王召唤几个年纪稍长的侍女到跟前来，谆谆嘱咐道："我走后，你们要好好侍候两位小姐，好让我放心。本来出身卑微，在世无声无息的人，子孙衰微是司空见惯的事，不会引起世人的瞩目，但是像我们这种身份的人家，虽然也许人们看不上眼，不过倘若过分沦落衰败，着实对不起祖先的声誉。万般艰难困苦的事想必也会很多。拮据寂寞度送岁月，本是寻常事，不足为奇。只要能恪守家规，谨慎行事，那么世间的名声就不遭损，自己也问心无愧。世间常有奢望荣华富贵却终未能如愿的事，因此切勿有不切实际的轻浮想法，而让两位小姐委身于不善之人。"

八亲王拟于天未亮时分离家进山寺。临行前又走进女儿室内，对她们说："即使我亡故后，你们也不要过分悲伤，心态要放开朗些，经常抚琴弹筝。要知道世间万事都不可能尽如人意，切不可成天闷闷不乐、忐忑不安。"说罢出门离去，却还频频回首。

八亲王进山后，两位女公子更觉凄怆寂寞，陷入沉思。姐妹俩朝夕相依共叙，一个说："我们两人中，倘若没了一个，另一个如何度过朝朝暮暮的日子啊！世事无常，无论现在或未来都是变幻莫测的，有朝一日两人分开了，可怎么办呀！"她们时而哀泣，时而欢笑。无论玩耍或办理正经事务，她们都协力同心，相互安慰、彼此勉励地度过每一天。

八亲王进山寺修行，专心念佛，原定今日告一段落。两位女公子急切地盼望父亲早日回家来。傍晚时分，山寺有人来传达八亲王的口信说："今早起来觉得身体不适，不能回家。可能是受些风寒，现在治疗中。不知怎的总担心，惟恐不能再次相会。"两位女公子听罢，不禁大吃一惊，担心父亲的病况不知如何，十分忧虑，叹息不已。连忙给父亲的衣服添加厚厚的棉絮，交给来人送到山寺里。过了两三天后，依然不见八亲王下山来，姐妹俩屡次派人前去探望，询问病况如何。八亲王叫人传口信说："并无特别严重病症，只觉浑身难受。倘若略见好转，我会立即抱病下山回家的。"阿阇梨一直守候在八亲王身边看护他。阿阇梨对八亲王说："从表面上看来，此病似乎并不严重，不过也许是大限将至。切不可为女公子们的命运忧虑，但凡人各自都有各自的宿命，因此不必总把此事挂在心上。"阿阇梨逐渐开导八亲王舍弃一切俗世杂念，并告诫他说："如今更不可下山了。"这是八月二十日之事。

时令已过中秋，苍穹的景色也显得凄凉。两位女公子朝夕叹息，惦挂着父亲的病状，心情宛如朝雾暗淡[01]，郁闷不乐。拂晓残月明亮地普照大地，照得宇治川水面明澄如镜。女公子命人打开格棂上的悬窗，极目远眺，隐约听见山寺那边传来的钟声。钟声报晓时分，山上派人来报："八亲王已于夜半亡故。"来人边哭边说，两位女公子连日来忧心忡忡，时刻挂念着父亲的病情，猛然听闻此噩耗，惊愕得几乎昏了过去，由于过度悲伤，以至欲哭无泪，只顾俯伏在地上了。倘若能守候在弥留之际的亲人身边，亲眼目睹，也许极其悲伤的死别多少可减少些遗憾，这是世间之常情。然而两位女公子未能亲自送终，因此备感伤心遗憾，叹息不已，这也是理所当然的。平素她们心中常想，父亲一旦归天，她们一刻也不想存活世间。缘此号啕痛哭，只想设法尾随父亲后尘。然而人寿长短都是命里注定的，终究无可奈何。阿阇梨平日早已接受八亲王的嘱托，身后应做的法事等，均由他一手承办。两位女公子要求阿阇梨说："我们想瞻仰亡父遗容，哪怕是最后一次。"可是阿阇梨仅仅如斯回答："现在岂能再见。亲王在世之日，早已说好不再与女公子们见面。如今亲王既已归天，就更不用提此事了。你们应该迅速断绝此种顽念，需要做此修炼。"女公子们探询父亲闭居山寺期间的状况，对此阿阇梨由于道心过重，嫌这些探询过于琐碎，显得有些厌烦。八亲王老早以前就怀有遁入空门之志愿，只因无人代替他照顾这两个女儿，难于割舍离去，所以生前一直和女儿们朝夕相依，借以抚慰凄寂的日常生活，终于未能摆脱尘世羁绊毅然出家而度过了一生。如今既已迈上了黄泉路，先行亡故者的哀心或存活者的眷念心，都是无可奈何的了。

中纳言薰君惊闻八亲王噩耗，不胜哀伤痛惜。他本想再次会晤八亲王

[01] 此语出自《古今和歌集》第935首，歌曰："雁来云峰朝雾暗，世间忧愁无尽时。"

时，坦然地向他倾吐留存内心中的千言万语，如今斯人已去，他想到世态真是无常，不禁失声痛哭。薰君暗自寻思："曾记得先前我与他最后一次见面时，他曾对我说：'此番与君相晤，恐怕是最后一次了。'可是，只因八亲王平素是一位对事物格外敏感者，他常说人生无常，且夕祸福难测，听惯了就习以为常，故没有把这句话放在心上，万没想到，竟成'昨日今朝何所思'[01]，永别了！"他反复追思，万分遗憾，悲伤至极。于是遣使赴阿阇梨山寺和女公子们的山庄献上诚恳的吊唁文。宇治山庄内除了薰君的遣使以外，别无其他的吊唁客上门，这境遇何其孤独凄凉！两位女公子悲伤得几乎乱了方寸，在哀痛叹息之余，也深深感念薰君多年以来非同一般的亲切体贴和关照。薰君谅察到："人世间死别虽是常有之事，但在亲临其境者来说，无论谁都会无比悲痛的，更何况女公子们身世孤寒，无人慰藉，该不知多么悲伤。"他估计八亲王亡故后，应做种种为死者祈冥福的佛事，遂备办许多供养物品，送往阿阇梨山寺。另外，女公子们的山庄那边，他也送去了许多布施物品，托付老侍女们精心体面地布施给诵经念佛的僧人等，无微不至地关怀。

两位女公子的心情宛如身处暗无天日的黢黑国度里，倏忽时令已到九月。晚秋山野景色凄寂，特别是眼下的阵雨时节，越发容易催人落泪，宛如绵绵细雨濡湿衣袖。树叶仿佛与阵雨较劲，动辄纷纷飘洒，落叶的萧瑟声、流水的潺潺声、恰似瀑布倾泻的泪珠扑簌声，交响成曲，催人哀伤。两位女公子就是在如此这般的忧愁落泪中，度送朝朝暮暮。众侍女无不担心："如此下去，有限的寿命恐怕也难以延续下去啊！"遂多方劝慰小姐，她们自己也忐忑不安不知所措。女公子们的山庄里，也请来了念佛的僧人在家里念诵佛经。以往经常在此间进出的人们，把八亲王原先居住的

---

[01] 此句引自《古今和歌集》第861首，歌曰："终迈黄泉必由路，昨日今朝何所思。"

居室内供奉的佛像当作故人八亲王的遗念像来供奉，不时前来祭拜。居丧做七期间，人们也都来参与守孝，在佛前虔诚诵经念佛，如此度过时日。

丹穗兵部卿亲王也屡屡派人送信来吊慰，但两位女公子哪有心思答复此种带有追求意思的来信。丹穗皇子没有收到回信，心想："她们对待薰中纳言并没有如此冷淡，这分明是疏远我嘛。"内心不免有所怨恨。丹穗皇子原本计划在今秋红叶尽染时节，赴宇治郊游，乘兴咏歌作乐。但由于八亲王辞世，不便到这一带来游览消遣，只好遗憾地取消了原先的计划。为八亲王斋戒的居丧期结束后，丹穗皇子心想："凡事都有个限度，两位女公子丧父的悲伤，现在也许稍微淡薄些了吧。"于是写了一封长信送去。适值晚秋阵雨频频的傍晚时分。信内咏歌曰：

> "胡枝子上露如泪，
>
> 秋野鹿鸣何其悲。

面对这凄凉的苍穹景色而神情漠然，未免过于欠风流。眺望日渐枯黄的原野光景，不由得令人坠入沉思……"大女公子阅罢来函，对二女公子说："我确实显得太不解情趣了，屡屡不给对方回信。还是你来写吧。"姐姐照例叫妹妹写，妹妹心想："父亲已过世，我苟且偷生至今，哪里还有什么心思把笔砚拿过来写信。可怜啊！竟然熬过了这许多忧伤的日子。"想着想着不由得热泪如潮涌，眼前一片模糊，遂将笔砚推开，说道："我还是写不了，如此全身乏力，站立都很勉强。谁说悲伤终有限，我的忧愁怨恨无尽时。"说着伤心地痛哭了起来。大女公子也觉得妹妹着实可怜。丹穗皇子的使者傍晚自京城出发，天黑才抵达宇治。因此大女公子叫人对他说："天都黑了，你怎么回去呢？不如今夜留住一宿吧。"来使回答说："恕不敢从命，主家吩咐今晚务必返回。"他急于要离开，大女公子颇觉为难，她自己情绪低落，但又不忍坐视不管，只好写下一首歌，歌曰：

> 泪眼模糊似山雾，
>
> 鹿鸣伴我泣凄苦。

歌词写在深灰色的信笺上，由于夜间昏暗，墨色浓淡难以辨清，无法如意地写得格外美观，只是信手挥毫，而后封上，旋即交由来使带走。

天空呈现行将下雨的模样，木幡山一带的路途险恶惊人。丹穗皇子的来使看来是个精心挑选出来无所畏惧的勇士吧，即使途经阴森可怕的小竹丛，他也不勒马驻步，却是快马加鞭，不久就回到了宅邸。丹穗皇子召唤该使者到跟前来，只见该使者浑身被夜露打湿，遂犒赏他。丹穗皇子拆开宇治那边的来信阅览，觉得信中的行文字迹与迄今的来函不一样，显得老成熟练、行文优雅，他反复琢磨究竟哪种字迹是大女公子的，哪种是二女公子的手笔，仔细观察不忍释手，更不急于就寝。近旁的侍女们彼此低声嘀咕说：“皇子说要等待回信，所以不肯入睡，现在盼来了回信，看了这许久还不肯放下，不知是多么称心的意中人呢。”她们似乎有些妒忌，或许是犯困了吧。翌日朝雾还弥漫的黎明时分，丹穗皇子连忙起身，再给宇治那边写信，赠歌曰：

> “失却亲人朝雾里，
>
> 鹿鸣声声添悲戚。

我的悲泣声也毫不逊色啊！”大女公子看罢信，心想：“我的回信倘若写得过分理解情趣，惟恐招来后患无穷。迄今一切都在父亲的庇护下，有所依靠，才得以平安度日。如今父亲不在了，留下我们暂且偷安，倘若稍有失慎的轻率之举，如何对得起日夜为我们操心的父亲的亡灵，甚至会使纯洁的亡灵蒙受瑕疵。"因此对一切男女间情爱之事非常谨慎，甚至恐惧，于是不予回信。当然，她们并非轻视丹穗皇子而把他等同于世间寻常人看待。她们看罢丹穗皇子的来信，觉得他信手挥毫的字迹美妙而流畅，那温文尔雅的措辞，洋溢着亲切的情趣，确实是迄今诸多男子的来信中难得一见的精彩信函。不过她们认为自己这孤寒之身世，配不上给这位高贵而多情的皇子写回信。她们想："何必高攀。我们但愿能过山乡生活，终此一生吧。"

她们惟有对中纳言薰君的来函作回复，因为薰君态度非常诚恳，经常来函慰问，所以这边也不疏懒。双方常有书信往还。在为八亲王斋戒告一段落后，某一天中纳言薰君亲自前来宇治山庄造访。两位女公子住在东厢房较低的一个房间里居丧守孝。薰君走到房间近旁，召唤老侍女弁君前来。在这充满哀愁、暗淡无光的居室里，蓦地进来一位英姿焕发、香气飘逸、光彩照人的贵客，使得两位女公子顿觉腼腆，答不上话来。薰君说："对待我切勿如此见外，应按昔日亲王的意向，亲切相待，方能彼此晤谈。我不习惯于操弄风流的花言巧语，通过他人居中传话也觉别扭，话语难能顺畅说出来。"大女公子寒暄说："实在意外，没承想我们竟能暂且偷安，存活至今。只觉整个人终日仿佛沉迷在无法清醒的梦中，心烦意乱，甚至看到日月之光都感到羞愧，以至连窗前都不愿走近。"薰君听罢说："这也太过分谨慎了。居丧恭谨，固然是出于内心的一片深情，不过，对于日月之光，倘若于居丧期间，为了寻求欢乐而去欣赏，才是罪过。你们这般待我，使我感到拘束，无所适从。我还想了解小姐们内心悲伤的情状，哪怕肤浅，以便设法慰藉呢。"侍女们对小姐们说："薰公子果然真诚想设法安慰小姐们内心无与伦比的悲伤，薰公子的这份情感是多么亲切深沉啊！"寒暄尽管淡然，但大女公子的心情却逐渐平静了下来，不管怎么说，她理解薰君的这份真情。她可能在想："就算薰君仅出于对亡父的这份旧情而来，如此不顾长途跋涉的艰辛前来造访，这份深情厚谊也是值得鸣谢的。"缘此，她膝行过来，稍许靠近薰君处。薰君慰问小姐们的哀愁悲伤，还谈到对八亲王的誓约等，言语相当诚恳亲切。薰君原本就不是个威武犀利类型的公子，他没有令人厌恶的轻慢举止，因此女公子们自然不会感到他严肃可怕。但是大女公子想到要和迄今尚觉陌生的男子亲口交谈，并且还将继续仰仗他的关照，内心毕竟感到难为情也很伤心。她只是寥寥地回答一两句话，那无精打采、茫然若失的神态，使薰君听了她的话，十分同情她。薰君从黑色的屏风缝隙窥视，瞥见大女公子格外伤悲苦痛的神情，想象着她平日过着多么孤寂凄苦的生活，还回想起那年黎明时分，瞥见她的倩影的情景，不由得自言自语地咏歌曰：

> 茅草颜色已染黑，
> 形似居丧人憔悴。

大女公子答歌曰：

> "变色衣袖成泪兜，
> 安身乏术无尽愁。

真是'诚如麻丝穿泪珠'[01]。"末尾的话语在她嘴里转，就止住了，听不清。她极其悲伤难以忍受，便退回内室了。在这种情况下，薰君也不便勉强留住她，然而言犹未尽，不胜遗憾万分。

---

[01] 此句引自《古今和歌集》第841首，歌曰："丧服承受泪无数，诚如麻丝穿泪珠。"

出乎意料，那位老侍女弁君竟出来代替大女公子应酬。老侍女对薰君讲述往昔今朝的许多悲伤故事。她是一个熟悉天下稀奇惊人故事的人，尽管她容颜衰老，却不招人讨厌，薰君与她亲切地交谈。薰君对她说："我幼年时代，就失去先父六条院源氏，那时候我已切身体会到世事可悲、世态无常，随着日渐长大成人，对于官场的加官晋爵荣华富贵之类的事毫无兴趣。惟有像八亲王那样过着幽居闲寂的生活，才是我心灵上所向往的。如今八亲王杳如黄鹤一去不复返，使我无限悲伤，更令我领悟到人生无常，甚至涌起想出家的念头。可怜的是八亲王留下两位女公子孤苦无依，令我放心不下。这听起来似乎成了我的羁绊似的，不免失礼，不过，总而言之我当暂且存活下去，决不辜负八亲王的嘱托，愿意竭诚为女公子们效劳。然而自从听你谈到那桩意想不到的往事之后，真是越发不想留存于尘世间了呀！"薰君边哭边说，老侍女弁君哭得更加厉害，连话都说不利索了。

　　薰君的神采相貌酷似柏木，简直别无二致。老侍女弁君看见他，久已遗忘的那桩陈年旧事又回忆起来了，她百感交集，不知该说什么才好，愈加悲伤，默默无言，只顾饮泣吞声。老侍女弁君本是当年柏木权大纳言的乳母的女儿。弁君的父亲是两位女公子的母亲的舅舅，亡故时官阶至左中弁。弁君流落远国九州多年，返回京城时，这两位女公子的母亲也已辞世。弁君对已亡故的柏木权大纳言家早已生疏，八亲王在世时就收留了弁君。弁君出身并不高贵，且脱离侍女职务多年，不过八亲王认为她并非不知深浅的人，遂让她侍候两位女公子。尽管如此，有关柏木权大纳言的隐私秘密，她对多年来朝夕侍候，亲密无间无话不谈的两位女公子，也未曾泄漏过只言片语，一直把这个秘密深藏内心。但是中纳言薰君琢磨着："老人之间喜欢不问自说、多嘴饶舌，这是世间常有的事。这个老侍女弁君，即使不会随便将这桩事四处传播，恐怕也早已将此事告知这两位脑腴而又谨慎的女公子了吧！"他想到此，内心既感到可耻又觉得很痛心。薰君之所以对这两位女公子抓住不放，尽可能多接近她们，也许也是出于不希望这桩秘密事外传的缘故吧。

如今八亲王已归天，薰君不便在此山庄留宿，准备告辞返京。薰君追忆往事："曾记得八亲王对我说：'此番与君相晤，恐怕是最后一次了。'我当时觉得怎么会呢，万没有想到一语成谶，再不能与他见面了。那时是秋天，现在还是秋天，曾几何时八亲王却已辞世，不知去向何方，人生的确是无常啊！"八亲王尤其迥异于世间一般人，他不好华丽装饰，一切以简素为佳，不过山庄各处都打扫得十分干净，周围呈现一派饶有情趣的山庄氛围。现在这里不时还有品德高尚的僧侣们出入，一处处用隔扇或屏风隔开，诵经念佛的用具依然保存着。高僧们向两位女公子建议说："佛像和佛具等都请转移供奉于阿阇梨的山寺里吧。"薰君听见此话后，想象着："不久以后连这样的高僧们的身影都要在这山庄中绝迹了，留在这寂寞的山庄里的两位女公子该会多么凄凉啊！"体察到她们孤寂的心情，薰君不由得心痛地陷入沉思。随从者提醒说："天色已黑了。"薰君只得带着愁思拟登车返京，恰逢此时大雁悲鸣掠空而过，薰君即兴咏歌曰：

> 秋雾弥漫雁声哀，
> 悲叹世间无常态。

薰君返京后，与丹穗亲王晤面时，首先谈的总是宇治两位女公子的话题。丹穗亲王以为现在八亲王已经辞世，大可无须顾忌了，遂热心地给两位女公子去函。但是两位女公子含蓄谨慎，羞于动笔，只字也没有给他写回信。她们想："丹穗亲王风流好色，闻名遐迩。他似乎把我们看作是衾娜娇艳的对象。而来自穷乡僻壤葎草丛生处的回信，在他看来恐是多么稚嫩迂腐。"她们心怀自卑感，不愿给他回信。两位女公子相互交谈，一个说："唉！可怜的朝朝暮暮，日子过得实在太没有意思了。万没想到父亲的寿命竟如此脆弱，这般无常、悲伤之事顷刻间即呈现在眼前。平日虽然也常听说或看到人生无常，朝夕变幻莫测的事例，也知道这是世间一般的规律，然而只是茫茫然地置若罔闻，总觉得人终归是会死的，只不过或迟或早的问题罢了。如今回首往昔，虽然不是生活在格外优越可靠的环境里，但是一向过着清闲平静、无忧无惧、有体面的日子。可是自从父亲亡故以后，今天耳闻风声亦觉得凄厉可惧，眼见陌生人成群结队前来传达问讯，都觉得惊恐不安。可怕可虑之事日渐增多，实在是痛苦难堪啊！"两位女公子彼此交谈，伤心落泪不止，忧伤度日，不觉间时令已届岁暮。

雪花雪珠飘零时节，到处风声凄厉。两位女公子仿佛现在才刚开始过山乡生活似的。众侍女中有精神振作者说："哀伤的一年，终将走到尽头。小姐们快把迄今心中的不安和悲伤统统抛弃掉，改换成以欣喜快乐的心情等待新春的到来啊！"女公子们听此言，觉得："这真是太难做到啊！"八亲王生前经常闭居于阿阇梨的山寺诵经念佛，因此当时山寺那边也不时有法师们到山庄来造访，阿阇梨也惦挂着两位女公子的情况不知如何，偶尔也派人前来作一般的问候。如今山庄里已失去了与阿阇梨交谈的对象，他不便亲自到来。这样一来，出入山庄的人影日渐稀少，两位女公子虽然明知这是理所当然的事，但还是情不自禁感到悲伤。八亲王辞世后，有些微不足道的山中猎人、樵夫等，偶尔也稀罕地走进山庄里来窥视探望，询问有什么需要他们代劳的。众侍女难得见到这类人，感到稀奇也高兴。时令正是秋季，也有些山民捡些柴枝，拾些果实送到山庄里来。眼下阿阇梨的山寺那边，也派僧侣送来木炭等物品，并致辞说："迄今每年岁暮都照例送来微物，如今依然按照惯例，不忍心中止，务望笑纳。"两位女公子想起以往每到岁暮，山庄这边必送去棉袄等物品，供闭居山寺的阿阇梨们御寒使用，于是这回也照章办事。她们俩走近房门口附近，一边流泪一边目送法师偕同僧童等人往山寺那方远去的身影，他们那登山的姿影在深深的积雪中忽隐忽现。姐妹俩触景生情相互交谈，说："父亲纵然遁入空门，但只要尚活在世间，如此这般往来我们山庄的人，自然很多。我们再怎么寂寞和胆怯，总不至于不能与父亲会面吧。"于是大女公子咏歌曰：

> 人亡山道寂无人，
> 松枝积雪亦沉闷。

二女公子也咏歌曰：

> 深山松雪消又积，
> 望雪聊慰思父情。

此时天空又飘雪花了，她们颇羡慕积雪。

中纳言薰君想到新年期间，朝廷公事势必繁忙，恐抽不出时间造访宇治，于是在岁暮时节前往已故八亲王的山庄。沿途积雪甚厚，连普通人的身影也见不着一个，中纳言薰君却不顾富贵之身，径自冒雪进山拜访。其深切关怀之情非同寻常，打动了两位女公子的心，因此对待他比以往更为亲切，命侍女殷勤地为他特设雅座，又让侍女把收藏起来的未曾染黑的火盆[01]取出，将灰尘揩拭干净，供客人薰君取暖用。众侍女不由得想起八亲王在世期间，欣喜迎接薰君到访并盛情款待的情景，她们遂相互交谈起往

---

[01] 居丧期间，家里人用的器具都是染成黑色的，包括火盆。

事来。大女公子极其不好意思与薰君会晤，但又担心："不会晤显得怠慢，薰君会不会怪罪呢?！真是无可奈何。"只好与他相会。谈话虽然不是不拘束，但是比先前说得多些，她的言语，分寸掌握得诚然恰到好处，姿态温柔高雅。薰君觉得未能畅所欲言，心想："总不能永远像现在这样疏远嘛。"可是转念又想："自己的这种情绪纯属内心的一时冲动，人心毕竟容易变化啊！"于是对大女公子说："丹穗亲王莫名其妙地怨恨我呐。也许是由于我在某次与他谈话中，把已故令尊大人对我的恳切的遗言向他泄漏了的缘故吧，或者也有可能是他对这种事过于敏感，善于推测人心的缘故。他每每埋怨我，说：'我指望你为我在小姐面前多加美言几句。可是小姐对我的态度如此冷淡，可见你的美言方式不对头。'这种埋怨，对我来说真是意外，不过由于最初承担任务引领丹穗亲王到宇治来的是我，因此不便断然拒绝他的请求。但不晓得小姐对他缘何那么冷淡？世人似乎传闻说丹穗亲王轻浮好色，实际上他是个很能深思远虑的人。只是听说有些女子听了丹穗亲王的几句戏言，就信以为真，轻率地要黏上他，而他则认为此类女子不足为奇、轻率不足取，从而不理睬她们，世间的谣诼想必是由此引起的吧。世上还有一种人，万事随缘，不固执己见，为人处世落落大方，事事顺其自然发展，遇到任何情况，都能迎合将就。纵令稍有不称心如意的事，也认命了，以为这是前世注定的，无可奈何。与这种人结为夫妇，倒也有夫妻恩爱持久永恒的例子。一般说来，男女之间的恋情一旦崩溃，就像龙田川的三室堤岸崩溃[01]一般，浊水污名流传不断，昔日的情爱消失得无影无踪，这似乎也是世间常有的事。不过，丹穗亲王是一位具有深思远虑品格的人，只要称他的心、与他的趣味不是格外相左的人，他不会轻易就抛弃，他对爱情不采取朝秦暮楚有始无终的态度。我

---

[01] 此语出自《拾遗和歌集》中的和歌，歌曰："神守三室堤岸崩，龙田川水浊逞能。"

比他人更多地了解他的性格。如果你们觉得此人可取，愿意与他结为连理，我当尽心竭力居中牵线，务求办成此事，届时我的双腿将会跑得酸痛啦！"薰君蛮认真地继续说。大女公子认为薰君所指的不是她自己而是妹妹，她可以以长姐的身份代父母作答。然而她思来想去，还是不知如何答复才好，后来微笑着说："叫我如何答复才好呢，净是说些情爱恋慕的言辞，更让我难以作答了！"她那文静大方的神采，格外可爱，薰君说："刚才我所说的，未必是大小姐自身的事。至于大小姐，务请以大姐般的心情，体谅我今天踏雪远道而来的一片诚心。丹穗亲王似乎在恋慕二小姐。听说他来过信，但是信是给谁写的，他人是很难断定的。两位小姐中又是谁给他写的回信呢？"大女公子见他如此探询，心想："幸亏自己至今即使是应酬的戏言，也都不曾给丹穗亲王回信，虽说就算写过信也无关紧要，但是倘若自己写了而听到他如此探询，该多么难为情和伤心难过啊！"大女公子沉默没有作答，信手提笔咏歌一首，曰：

> 山路崎岖积雪深，
> 惟君别无通信人。

薰君阅罢说："这般郑重声明，反而显得疏远了。"于是答歌曰：

> "走马山川代牵缘，
> 但愿让我先渡川。[01]

倘若我能如愿，我将如'山影亦能宽容见'[02]那样，尽心竭力居中为他们

---

[01] 意即我为丹穗亲王与二小姐牵线结缘，但愿首先玉成我与大小姐结连理之事。
[02] 此句引自《万叶集》中的歌，歌曰："山影亦能宽容见，我心不觉山涧浅。"

俩千里姻缘一线牵。"大女公子没有料到薰君会说这种话，她感到愕然也有点讨厌，不特别作答。薰君觉得："这位大女公子待人并不格外疏远、难以接近，但也不像时下的年轻女子那样妖艳袅娜，她真是一位文雅安详的窈窕淑女。女子就应该是这种风格的，才是自己想要的。"薰君感到她正是自己理想的意中人，因此在与她谈话的过程中，不时隐约流露出恋慕她的情绪，但是大女公子总是佯装不知地把话岔开，薰君也觉得怪难为情，于是转换话题，老实认真地重谈往时旧事。随从人员故意清嗓子催促起程说："天摸黑了，大雪纷飞的暗路就更难走。"薰君只得准备动身返京，他对大女公子说："我环视四周，觉得这山庄实在是太凄寂了。我京城里的宅邸着实闲静，宛如山乡住家一般，难得有人出入，小姐倘若乐意移居那儿，我该不知多么欣喜。"侍女们无意中听到这话，都觉得："倘若真能成行，那就再好不过啦！"大家高兴地绽开笑脸，二女公子见状，心想："轻率地迁居男子家，多么不成体统啊！姐姐哪会听从他的话呢。"侍女们端上一盘盘摆设得格外精致有趣的水果、点心等来招待薰君，还端出美酒佳肴来，体面地犒赏随从人员等。先前曾经承蒙薰君赏赐一件芬芳扑鼻的便袍，而轰动一时的那个值宿男子，满脸髭须，其貌不扬，令人看了觉得不舒服。薰君看到他，心想："这样的值宿人供小姐们使唤，恐怕靠不住啊！"于是召唤该男子到身边来，问道："怎么样，亲王辞世后，你很伤心吧？"该值宿人哭丧着脸，胆战心惊地哭诉说："小的是个无依无靠的人，承蒙亲王一人的恩惠，度过了三十余年。如今即使浪迹山野，也无荫翳可投靠了[01]。"落泪使他的相貌显得更加丑陋。薰君叫该值宿人打开八亲王生前供佛的佛堂，进去一看，只见四周积满灰尘，惟有佛前的装饰锃亮如故。八亲王生前修行诵经念佛所用的坐垫、寝台均

---

[01] 此语出自《古今和歌集》第292首，歌曰："觅到故人近身旁，荫翳无存红叶飘。"

已拾掇干净，没有留下痕迹。他回忆起当年曾与八亲王约定，有朝一日自己若能如愿出家，定拜八亲王为师。遂咏歌曰：

> 米槠根旁仰荫翳，
> 居士坐垫已绝迹。[01]

咏罢，薰君身靠木柱，年轻的侍女们窥见他的姿态，都看得出神。天色已傍黑，随从人员来到坐落在附近的薰君庄园，他们走到管理薰君庄园的人们处，取些饲草喂马。薰君全然不知晓，可是突然看见众多乡下人乱哄哄地成群结队前来要拜访他，他心想："真糟糕！简直是来添麻烦嘛。"于是托辞掩饰过去，说："我是有事来找老侍女弁君的。"接着嘱咐弁君要好生侍候两位女公子，然后起程返回京城。

去旧迎新，新年伊始[02]，春光明媚，河滨的冰都逐渐解冻了。宇治的这两位女公子觉得："自家姐妹俩，终日沉浸在悲伤中度日，竟也能活到今天，真是不可思议啊！"山寺的阿阇梨派僧侣送来一些沼泽地里的芹菜和山峰上的蕨菜等，来僧说："这是融雪后采摘来的。"侍女们拿去烹调成斋菜，供小姐们用膳。侍女们说："山乡自有山乡的风味，看到草木一岁一枯荣的景象，自然察知季节的更迭变换，也是蛮有意思的呀！"但两位女公子则想："这有什么意思呢。"于是大女公子咏歌曰：

> 慈父倘使尚在寺，
> 见蕨或许知春至。

---

[01] 此歌仿《空穗物语》中的古歌而作，歌曰："米槠根旁空无人，居士坐席已无存。"
[02] 这年薰君二十三岁。

二女公子也咏歌曰：

> 雪深河滨徒摘芹，
>
> 家父已故献何人。

姐妹俩不得要领地咏歌闲聊，虚度朝朝暮暮。中纳言薰君和丹穗亲王时不时都有信来。不过，大都是烦人的戏言，没什么像样的内容，恕不赘述。

樱花盛开时节，丹穗亲王回想起去年春天参拜初濑长谷寺的归途中，吟咏"折下花枝插双鬟"的歌，赠予女公子的事来。那时曾陪伴他一道游览宇治的贵族公子们说："八亲王的山庄诚然是一处饶有风情的宅邸，可惜不能重访啊！"他们一个个慨叹人生无常，丹穗亲王则思念着难以忘怀的宇治女公子，遂咏歌赠予她们，歌曰：

> 去春远眺山庄樱[01]，
>
> 今春拟折樱插鬟。

丹穗亲王的语气，仿佛女公子已是自己的意中人。两位女公子看了虽然觉得："说这种话，真是岂有此理！"但是她们正处在无所事事、内心寂寞之时，面对这封颇有文采的来信，也不便让对方过分扫兴，权且只作表面应酬的回复，二女公子答歌曰：

---

[01] "樱"比喻二女公子。

墨染山庄[01]深锁樱，

亲手欲折何处寻？

二女公子还是表示断然拒绝的意思。丹穗亲王每次总是收到这般冷淡的回信，内心真觉沮丧。实在没辙，只顾一个劲地埋怨薰君不为他卖力。薰君暗自觉得可笑，便装作两位女公子的全权保护人的样子来应对他。特别是每当看到丹穗亲王有轻浮之念头时，薰君必定告诫他说："你如此轻浮，叫我怎好为你出力呢。"丹穗亲王自己也知道应该注意，回答说："至今我还没有找到如意称心的人，这期间难免心生浮躁而已。"

且说夕雾左大臣想把自家的第六女公子许配给丹穗亲王，但丹穗亲王不同意，左大臣心怀怨恨。丹穗亲王私下对人说："血缘关系太近了[02]，没意思。何况左大臣大小巨细事都爱管，稍有过失，也毫不留情，做他的女婿是困难的。"缘此迟迟不应允。

这一年，三条宅邸遭遇火灾，尼姑三公主迁居六条院。薰君为此事奔忙，很久未曾赴宇治造访。为人办事严谨认真的人，自然迥异于寻常人，是极其有耐性持之以恒的。薰君虽然心中早已认定宇治大女公子迟早是自己的人，但是在女方尚未表示心许以前，决不做越轨的荒唐事。一心只顾信守八亲王的嘱托，尽心竭力深切关照两位女公子，但愿她们能理解自己的用心。

这年夏天，气候比往年酷热，人们热得难受。薰君估计："这种时候，宇治川畔想必很凉爽。"他想起宇治山庄，随即动身赴宇治造访已故八亲王的山庄。清晨凉爽时分从京城出发，抵达宇治时已是烈日当空，阳

---

[01] 意即山庄处于沮丧期间。
[02] 夕雾是源氏的长子，夕雾之女是源氏的孙女，而丹穗亲王则是源氏之女明石皇后所生的第三皇子，是源氏的外孙，与夕雾之女是姑表兄妹关系。

光耀眼。薰君召唤那个值宿人来，叫他打开八亲王生前所居的西厢房，入室歇息。其时两位女公子住在堂屋的佛堂里，距离薰君的居所太近，她们觉得不适宜，遂准备回自己的房间去。她们的举动虽然是悄悄地在进行，但由于相距很近，薰君这边自然听见动静，他沉不住气了。薰君早就知道自己所住的西厢房那扇隔扇的一端，装上锁处有个小孔，于是他把挡住隔扇的屏风拉开，向小孔中窥视。没想到小孔的另一边立着一具围屏，挡住视线。薰君深感遗憾正想走开时，一阵强风吹拂过来，把帘子掀起，有一个侍女喊道："外面望进来都看见了，快把围屏推过去挡住帘子吧。"薰君一边想："这办法太笨了。"一边暗自欣喜。他再次往小孔里窥探，只见高围屏、矮围屏都推到佛堂前的垂帘那边，正好是这窥视小孔的对面的那扇隔扇打开了，她们正从这扇开着的隔扇走向另一间居室去。起初先看见一位女公子走出来，从围屏的缝隙向外面窥视。薰君的随行人员等，正在佛堂外面的一处处漫步纳凉。先走出来的这位女公子穿一件深灰色单衣，配的是橙黄萱草色的裙裤，相互辉映，自成异趣，反而显得格外美观醒目。这可能是与穿着衣裳的人的体态有关吧。她肩上挂着吊带[01]，手持念珠，念珠隐藏在袖口里。她身材苗条，姿态美丽可爱。黑发长垂，几乎垂到裾裤处，发端纹丝不乱，光泽浓艳，美不胜收。薰君望见她的侧脸，觉得十分可爱。薰君此前曾隐约窥见过明石皇后所生大公主的姿色，此刻觉得这位女公子水灵亮丽、温柔优雅的姿影与大公主相仿，不由得赞叹不已。这时，又见另一位女公子膝行出来，说道："从那边的那扇隔扇外，似乎可以窥见这里面呢！"可见此人不疏忽大意，观察周到，心思细腻，人品高雅。她的发型和别住发髻的簪子的插法，都比先前的那位女公子略胜一筹，更显优美典雅。有几个无所用心的年轻侍女回答说："那边的隔

---

[01] 吊带：原文作挂带（KAKEOBI），指日本平安时代以后，女子参拜神社时作为斋戒的象征，自胸前至后背挂的带子。

扇外还有屏风挡着，来客不会立即就能窥见的。"后出来的那位女公子说："倘使被来客窥见了，可真难为情。"她脸上挂着一副不放心的神情，说着又膝行进入内室去了，那仪表风度格外端庄典雅。她身穿一袭黑色的夹和服，颜色的搭配与先前出来的女公子大致相同，不过神采似乎更和蔼亲切、温柔贴心，令人不胜爱怜。她的黑发不那么浓密，似乎有些脱落，发端末梢稍呈号称色中之冠的翡翠色，非常美丽，活像一绺绺丝线。她一只手拿着一本写在紫色纸上的经文，那手形比前一位女公子的纤细，可见她身材消瘦。方才站着的那位女公子也来到隔扇处跪坐下来，不知怎的，朝向这边望了望，莞尔一笑，可爱极了。

第四十七回

だいよんじゅうななかい

角发

多年来一直听惯了的宇治的川风，今秋听来却显得特别凄厉苍凉。山庄里忙着备办八亲王周年忌辰的各种事宜。一般该做的佛事，都由中纳言薰君和阿阇梨操办。两位女公子则按照侍女等人的劝说，做些琐碎的工作，诸如缝制布施众僧的法服、装饰经卷等。然而她们那副神态着实可怜，还是愁容满面，令人放心不下，倘若没有中纳言薰君的外援，做她们的后盾，真不知这周年忌辰会怎么过。薰君还为两位女公子行将脱掉丧服，亲自到宇治山庄来，诚恳地向她们表示吊慰。阿阇梨也到山庄来了。这时两位女公子正在一边编制佛前香案上铺布四角垂下的丝绦，一边默念"伤心度日叹苟且" [01]的古歌。薰君从帘子一端透过围屏上垂布的缝隙，窥见卷线轴，察知她们正在编制丝绦，于是咏歌曰："欲把泪珠一串穿。" [02]帘内女公子们听了，想象着当年伊势创作此歌时的悲伤情怀，觉得自己此刻的心情就是如斯吧。她们深感兴趣，却又不好意思表明心领神会而启齿作答歌。只是内心在想："贯之所作的和歌'心绪非由丝捻成' [03]，只因旅途暂时的别离，尚且有丝一般细腻的离别愁绪，更何况人生的死别呢。可见古歌是多么善于抒发人的感情啊！"薰君正在书写祈愿文，记述许愿供奉经卷和佛像等事项，就势作歌一首，歌曰：

愿结良缘似角发，

香丝百绕系同心。 [04]

---

[01] 此句引自《古今和歌集》第806首，歌曰："身多忧患竟不灭，伤心度日叹苟且。"

[02] 此句引自《古今和歌六帖》，歌曰："哀泣声声绞成线，欲把泪珠一串穿。"

[03] 此句引自《古今和歌集》第425首，作者纪贯之，歌曰："心绪非由丝捻成，缘何离愁细如丝。"

[04] 催马乐《角发》唱道："角发呀角发！终于刚分开，终于分离睡，近在咫尺间，终将滚过来，永远相依傍。"

写毕，叫人送进帘内去。大女公子阅罢说："又是这一套。"她觉得厌烦，但还是作答歌曰：

> 泪珠脆弱不能穿，
> 香丝岂能系姻缘。

大女公子咏罢，想起古歌"今生不遇有何望"[01]，满怀哀怨情绪暗自吟咏。

薰君的爱慕之情遭大女公子的如斯委婉拒绝，深感羞愧，便不再干脆利落地倾吐衷肠，只是认真地商谈丹穗亲王和二女公子的事。薰君对大女公子说："从丹穗亲王的性格来说，他在恋爱上过于热心，因此即使本非深爱，一经启齿，就不肯收回成命。大概也缘于这种本性，所以多方设法探询尊意。这门婚事，是真诚的，大可放心答应，为何坚决回绝呢？世间男婚女嫁的事，你不至于全然不理解，却一直拒人于千里之外，辜负我这片真心诚意的拜托，令我好生怨恨啊！总而言之，今天无论如何，务请把尊意明白地告诉我。"他的言语非常认真，大女公子答道："正是为了不辜负你的这片诚意，所以我才不顾会招来世诼，无所隔阂地相待。倘若不能理解我的这番心情，应该是你心怀浅薄想法吧。毋庸讳言，生活在如此凄寂的环境里，善解情趣的人自有无穷的感慨，可是我生性愚钝，只是茫茫然度日而已。先父在世期间，有关我们姐妹俩的未来曾有遗嘱：某种情况下该如何，另一种情况下又该如何。至于你所说的有关婚姻之事，则全然未曾提及。由此可见先父意在叫我们断绝婚姻的意念，如此度送一生。因此对于你的探询，我实在无法答复。尽管如此，我又觉得舍妹年纪尚

---

[01] 此句引自《古今和歌集》第483首，歌曰："单丝难能捻成双，今生不遇有何望。"

轻，埋没在这深山老林里，实在太可惜，缘此亦曾暗自盘算，但愿能设法，不让她就此变成朽木，然而前途命运不知如何啊！"说罢一声叹息，便陷入沉思，那神情着实可怜。

薰君心想："她也是未出阁的闺秀之身，怎能俨然以长辈身份，代替父母来处理妹妹的婚事呢。她无法答复我的探询，自有其道理。"于是，薰君召唤那老侍女弁君前来和她面谈。薰君对她说："多年来我只是出于道心，欲为来世修行而主动到这里来请教的。不过八亲王似乎预感到自己的寿命无多，临终之前，曾将两位女公子托付于我，任凭我随心关照，我亦曾当面应承。不料两位女公子的心思与八亲王的主张全然相左，她们对我的态度显得怪强硬的，不知为何缘故。甚至令我心生怀疑：'她们是否另有想法呢？'关于我的事，你自然也听说过，我的本性确实很怪，对世俗的男女之事漠不关心。然而也许是前世注定的缘故，我对大小姐竟如此热心地爱慕。世间的人们有关这方面的传闻也渐渐多了起来，因此我想：既然这样，不如遵循八亲王的遗愿，让我和大小姐就像世间的寻常夫妇一般诚恳相待。我的这种想法，也许是对大小姐的一种奢望，不过世间也并非没有其例。"接着又说："丹穗亲王与二小姐的婚事，我也曾提出过，但是大小姐对我似乎缺乏信任，她顾虑重重，似乎另有想法，却又不坦诚明说，这究竟是怎么回事？！"说着长吁短叹。在这种场合，倘若遇上不知深浅的侍女，她们说不定会多嘴多舌，或随声附和，说些投其所好的话，但是弁君不是这种人，她暗自心想："倘能成事，这真是天赐良缘，多么美好的两对……"嘴上却没有说出来。老侍女弁君回答说："这两位小姐的气质本来就非同寻常，也许是她们性格乖僻的缘故，她们对人世间男女婚姻等事，似乎连思考都不愿去考虑一下。在这里当差的我们这些侍女，就算是八亲王在世期间，在这方面似乎也蒙受不到什么像样的荫翳。因此着重考虑自身前程的人，大多寻找相应适当的借口，纷纷离去，而那些有老交情的人，也都觉得在这里待下去，前途毫无希望。更何况现在，八亲王早已归天，她们一刻也不想再逗留，彼此间不时在发牢骚。有的人说：'八亲王健在的年代里，门第高贵，有一定的礼数，但凡非门当户对的提亲者，都被认为不够体面，生怕小姐受委屈。一味拘泥于这种古老迂腐的思想，以致两位小姐的婚事一直逡巡不前，如今落得身无依靠。其实应该随时代的潮流应变，成全婚嫁之事。那些动辄信口雌黄横加非难者，反而暴露出他们的不明事理，对待这种人，简直可以不予理睬。不论任何人，总不能如此孤苦伶仃地度送一生吧。连那些只嚼食松叶勤于修行的山野苦行僧，尚且舍不得生命，为了存活世间，追随佛祖的教义，各树一种宗派，分别修行呐。'诸如此类的无稽之谈，每每搅乱年轻小姐们的芳心。不过小姐们的意志还是很坚定，不屈不挠的。大小姐只是惦挂着二小姐的事，总希望她能随俗嫁人。多年来您不顾深山路远，常来造访，小姐们也习以为常，她们认为您是可亲之人，现在大小巨细的事情又都愿与您商量。如果您有意与二小姐成亲，对大小姐说，她一定会答应的。丹穗亲王时常来信，但她们似乎认为此人并无诚意。"薫君说："我曾承受八亲王感慨万端的遗言嘱托，因此在我哪怕是像朝露一般短暂的生命中，只要一息尚存，定当勤来亲切关照。照理说，让我同这两位小姐中的哪一位结缘，都是一样的。承蒙大小姐如此关心，我不胜庆幸。然而我虽已看破红尘，但依然情有所钟，难于割舍。要我改变初衷，实难办到。我对大小姐的钟情，绝非世间寻常的轻浮恋爱可比。我所盼的，只是隔帘相对而坐，开诚地倾谈人事之无常，倘能听到大小姐也毫无顾虑地吐露心曲，该不知有多么欣喜。我没有特别亲密的兄弟，确实异常寂寞。在这世间无论是可悲的、可喜的，或可虑的，但凡触景生情的事，都只能深藏在自己心中，蹉跎度日。这生活毕竟孤苦凄怆，故盼得大小姐相怜惜。明石皇后虽说是我姐姐，但也不便过分亲近，随心所欲地向她述说一些烦琐无聊的常事。

三条宅邸的尼姑三公主，尽管她年轻得不像是我的母亲，但毕竟身份地位不同的关系，也不便轻易地和她亲近。至于其他女子，无论谁我都觉得生疏，望而却步，无意接近。怀着这种寂寥的心情，无可奈何地度送着孤寒的岁月。轻浮的谈情说爱之事，就算是逢场作戏我也深感厌恶，决不涉足。我就是这样一个生性孤僻、不解风流的人，缘此我对大小姐的一片真心爱慕之情，也难于启齿。我心中怨恨自己，也甚焦灼，怨恨自己连这点渴慕之情也不曾向大小姐表示过，自己觉得自己实在太昏庸顽钝了。至于丹穗亲王与二小姐之事，请不要以为我居心不良，能否顺应我的请求呢？"老侍女弁君也觉得山庄这边的日子实在孤清，但愿能促成这两对良缘。然而这两位小姐的态度过于谨慎严肃，她岂敢任意进言。

薰君有意于今宵在此处留宿，以便和大女公子畅谈，特地磨蹭至日暮时分。薰君口头上虽然不说，但是内心还是怨恨大女公子佯装不解他的心思，从而脸上的神色渐渐显露出来，令大女公子颇感为难，在同他开诚谈话的过程中，她愈加感到痛苦了。不过她也觉得，从大体上看，薰君是一位世间难得的知情达理的君子，她不能冷漠地对待他，所以才与薰君晤面。大女公子叫人把佛堂的隔扇打开，这隔扇恰是在薰君的坐席与大女公子所在处之间，佛前灯光明亮，又在帘子旁边添置一架屏风。她还叫人在佛堂外间薰君所在处点上灯，但薰君说："我心情苦恼，难免露出失礼姿态，还是不要太亮的好。"说着让人把灯灭了，就势躺了下来。侍女们十分自然地端上水果点心等让他品尝，还给他的随从人员端出有山乡特色的菜肴和美酒来款待他们。这些人和侍女们聚集在一处处的走廊等地方，距离薰君和大女公子所在处较远，他们俩的近处四周似乎无人，于是两人平心静气地交谈。大女公子的态度虽然说不上是推心置腹无所隔阂的程度，但是言语亲切、柔媚动人，她的美声举止深深地牵动着薰君的心，使他心潮澎湃，茫无头绪，焦躁不安。薰君时不时地在想："这点微不足道的帘子、屏风之类的器物，把我们从中分隔开，自己又缺乏勇气越轨搬掉这些障碍物，只好等待得好心焦，真是愚蠢可笑啊！"可是薰君表面上还是装作若无其事的样子，天南海北地纵谈世间常事，诸如哀伤的或有趣的种种逸闻。帘内的大女公子预先都叮嘱过，叫侍女们留在帘内近旁，但侍女们心想："大小姐何苦那么疏远人家呢！"因此不那么严加戒备，大家都退到外间去，找地方依靠打盹了，佛前的灯火也无人来挑亮。大女公子不由得心生不安，低声呼唤侍女们，然而唤不醒她们。大女公子对薰君说："我心情烦乱不适，让我休息一会儿，待到拂晓时分再来和你晤谈。"说着起身欲进内室去，薰君说："我长途跋涉远道来访，比你更加疲惫，不过与你如此晤谈，亦可抚慰我的身心劳顿，你若弃我而进内室去，叫我不胜寂寞啊！"说着薰君悄悄地将屏风稍微挪开，钻进佛堂内来。大女公子的半边身已经进入内室，薰君一把拽住了大女公子，大女公子既怨恨又生气地说："你所谓'开诚'指的就是这样吗？简直不可思议。"她那责备人的神态更令薰君觉得可爱，他回答说："你丝毫不理解我这颗开诚的心，所以我想让你深切明白。你说'不可思议'，莫非担心我有越轨之举？我可在佛前发誓。唉！真可怜！你无须害怕，我早已下定决心，决不会让你伤心。他人也许想象不到在这种场合下，我竟能如此洁身自好，但是我决心终生做个迥异于世间凡夫俗子的人。"在饶有风情的幽暗灯光下，薰君撩起垂在她额前的秀发一看，但见她那天生丽质的容貌娇艳无比。他心想："在这种人烟稀少的荒凉住处，轻浮的好色之徒大可为所欲为。倘使来访者不是我而是别的男子，势必不会放过她，那样的话，我岂不落后于人？该多么遗憾啊！"他反思以往，觉得自己优柔寡断、逡巡不前，不由得忐忑不安。然而看到大女公子无可奈何地伤心落泪的模样，实在可怜，心想："在这种时刻，切莫强求，相信她总会有心情柔顺的时候吧。"薰君觉得让她惊恐失措，太可怜了，于是体面地好言相劝安慰她，但是大女公子却怨恨地说：“万没想到你竟有这种歹念，迄今我们是那么异乎寻常地亲近你，你却毫无顾忌地闯进来，看到我身穿哀伤的丧服模样，此举未免太轻浮。明知我们懦弱无助，实在令人愤懑悲伤……”她悔恨懊恼，未曾想到会被薰君在灯火下看到自己身穿丧服的憔悴模样，实在是难为情，万分苦恼。薰君回应说：“没想到你对我真是如此厌恶，令我惭愧得无言以对。你以身穿丧服为借口，固然自有其道理，但是我想，倘使你能体谅我长期以来对待你们的一片真心诚意，就不至于为区区的丧服的忌讳，便像对初次见面的陌生人般地冷落疏远我吧。如若这样对我，那就未免太见外了。”于是薰君又从那天拂晓，残月当空的情景下听琴一事谈起，倾诉了多年来常为思慕大女公子而痛苦难熬的情况，说了许许多多。大女公子听了深感羞耻，只觉得很讨厌，她暗自想道：“原来薰君怀着这种心思呀！表面上却装着若无其事多么诚实的样子。”

薰君将身旁的短围屏拉了过来，挡住佛像，身子斜靠着躺下来稍稍歇息。佛前供奉的名香香味浓烈，毒八角的花香气味馥郁，嗅到这种浓烈的香味，足见供奉者的敬佛之心。薰君的道心比一般人深邃，如在佛前放肆，似觉于心有愧，他心想：“此刻大女公子尚在居丧期间，急于去烦扰她，实属无耐心的轻率之举，也违背了自己的初衷。且待她居丧期届满，那时她的心情多少总会软化下来的吧。”薰君终于按捺住自己澎湃的心潮，沉着平静了下来。秋夜的情趣，即使不是在这种场所，也会令人自然而然地泛起哀愁的情绪，更何况听见山峰上刮来的萧瑟秋风和篱笆间的吱吱虫鸣，不由得令人感到凄凉。

薰君谈论人事无常，大女公子时不时也作相应的答话，她那姿态格外中看。打盹的侍女们估计这两人想必已经结缘，一个个走进自己的室内睡觉去了。大女公子回忆起父亲的遗言，心想：“的确是啊！人生在世，难免会遭遇此类意想不到的苦楚。”她黯然神伤，一味难过，眼泪伴着宇治的川流声扑簌簌掉下。

不知不觉间，天色已近黎明。随从人员等都已起身，扬声相告该出发了，传来了马的嘶鸣声声。薰君想象着听别人说的有关旅途歇宿的种种情景，兴味盎然。他把迎着曙光的采光拉门推开，和大女公子一起欣赏天空饶有情趣的景色。大女公子也稍许膝行出来到靠近门口处，这房间进深较浅，檐前甚近，从这里可以望见忍草上的露珠逐渐在闪烁。两人互视了一下彼此优雅的姿态。薰君说："我别无所求，只求能与你如此共处，同心欣赏明月丽花，推心置腹共话人事无常，携手共度一生。"大女公子听他这番亲切的话语，恐惧之心逐渐消减，回答道："倘若不是如此粗鲁地直接会晤，而是隔着围屏晤谈，那才真是心无隔阂地共话了。"此时天色逐渐明亮，近处传来一批批成群的飞鸟振翅飞出鸟巢的声响，山寺敲响的晨钟声隐约可闻。大女公子觉得和一个男子同在一室极其困惑，羞煞人，遂劝说道："现在该早点起程了，让人看见实在不像样。"薰君说："顶着朝露匆匆分别，反而招人怀疑有那种事[01]，再说，其他人也不知会如何揣摩我们的关系呢。其实，我们表面上可以装作世间一般夫妇的样子，而实际内里和他们迥异，是清白的关系。从今以后，让我们一直保持纯洁清白的关系吧。请你相信我绝没有亏心非礼之念。你倘若不谅察我坚贞诚挚的这片心，那着实太冷漠无情了。"薰君说罢，却没有要告辞返京的意思。大女公子忐忑不安，心想："这样待下去，太不成体统。"于是对薰君说："以后就按你的意思行事，但是今早请遵从我的意愿。"她的神情显得无可奈何，无计可施的样子。薰君回答说："唉！好痛苦啊！我没有经历过'拂晓之别离'，出户一定会迷路吧[02]。"说罢频频唉声叹息。这时，不知何处隐约传来公鸡报晓的打鸣声，薰君想起京中事，咏歌曰：

---

[01] 日本习俗中，男女共寝的次日清晨，男的离别女家。
[02] 古歌曰："不知拂晓之别离，出户定然路途迷。"见《花鸟余情》。

山乡凄寂听声声[01]，

百感交集黎明中。

大女公子答歌曰：

鸟声不至深山寨，

尘世忧烦却到来。

薰君送她到内室的隔扇边，然后自己从昨夜进来之处走出去，本想躺下歇息打个盹，却无法成眠。薰君离开大女公子后，依然"眷恋不已"[02]，心想："倘若以前我也如此深深地恋慕她，那么迄今的这段漫长日子里，恐怕心情不会那样悠闲自在吧。"此刻，薰君也懒得返回京城了。

大女公子回到内室后，觉得十分难为情，担心地想："昨夜的情景，侍女们不知会怎么想呢。"她无法很快就入睡，辗转思索："父母双亡无依无靠地在这人世间生活，多么孤寒凄凉，这样下去，说不定连身边的侍女们都会源源不断地居中牵线，招来轻浮男子的无聊情书，甚至发生意想不到的变故，诚然是令人发愁的人世间啊！"接着又想："中纳言薰君这个人，从人品上说并不令人讨厌，父亲生前也是这样看他的。父亲常说，此人倘使有意求婚，当可应允。可是我自己还是想独身度过生涯。妹妹比我年轻，正当妙龄美貌，让她就这样埋没此间，未免太可惜。如果能像世

---

[01] "声声"可能是指上述自然界传来的各种声响，诸如山峰上刮来的风声、篱笆间的虫鸣声、川水流淌声、马的嘶鸣声、飞鸟出巢的振翅声、黎明时分山寺敲响的钟声、公鸡报晓的打鸣声等等，此种充满山乡风味的自然景观，引人入胜，从而令人感慨良多吧。

[02] 此语引自《古今和歌六帖》，歌曰："成夜携手抚妹袖，眷恋不已无时休。"

间寻常人一般，嫁个称心如意的夫君，这才是皆大欢喜的事。倘若薰君与妹妹结缘，我定当竭尽全力，促成此事。但假使是我自己的终身大事，又有谁来照料呢？如果薰君是一个不引人注目的平庸之辈，那么出于要报答他多年来深切关照之恩，我不妨屈尊答应这门亲事。可是薰君是一位仪表堂堂、气宇不凡、品格高尚的男子，令人有点望而却步的感觉，这反而使我不敢亲近。我还是独身度送一生吧。"她愁绪纷扰，哭泣直到天明。她心情极其恶劣，便走进二女公子歇息的内室，睡在她身旁了。

且说二女公子看到众侍女异乎寻常地在低声私语，她独自躺着正在纳闷："侍女们私下议论什么呢？"这当儿，姐姐走进来睡在她身旁，她十分高兴，赶紧拿衣服来给姐姐盖上。蓦地闻到姐姐身上散发出一种浓烈的芳香，无疑是薰君身上所具有的香味。她联想起那个值宿人难以处理的那件获赠衣服，心想："看来侍女们私下议论的确是事实了。"她觉得姐姐很可怜，于是装作睡着了的样子，缄默不语。

客人薰君召唤老侍女弁君前来，详细吩咐一番之后，又认真写一封信给大女公子，而后起程返京。大女公子心想："昨天我与中纳言薰君互相戏作了角发之歌，妹妹可能以为我昨夜有意主动和薰君作'近在咫尺间'[01]的会晤吧。"想到此，不由得万分羞愧，于是托辞"心情极差"，快快不乐地苦恼了一整天。侍女们说："再没有几天，周年忌辰就到了。那些零七八碎的小事，除了大小姐以外，没有人能干净利落地处理，赶巧偏偏在这种时候她生病了。"二女公子正在编制香案上铺布的丝绦，她说："丝绦上的装饰花结，我不会做。"硬要求姐姐来做。幸亏此时室内光线昏暗，大女公子便坐起身子来，和她一起做装饰花结。中纳言薰君派人送信来了。大女公子说："我自今早起就觉得身体很不舒服……"因此让侍女代笔给薰君写回信。侍女们背地里发牢骚说："叫人代笔回复多失

[01] 催马乐《角发》中的歌词。

1203

礼啊！显然考虑欠周嘛。"

周年忌辰过后，该脱下丧服了。两位女公子原本以为父亲归西后，自己片刻也活不下去的，不料竟在悲伤中因循苟且度过了一年，她们觉得："自己不能如愿跟随父亲撒手人寰，好命苦啊！"她们伤心痛哭，令人看了深感凄凉难过。一年来大女公子穿惯了黑色丧服，现在换上浅灰色的衣服，那姿影十分娇艳。二女公子正是妙龄时期，更是貌美多姿。二女公子洗头时，大女公子来帮手。姐姐望着妹妹如此可庆可贺的美丽容貌，几乎忘却了世间的艰辛烦恼。她暗自想："倘若能实现我的愿望，让妹妹与那个人结缘，那个人接近看到妹妹的姿容，绝不会不满意吧。"她觉得此事可能有把握，内心十分欣喜。八亲王亡故后二女公子除了姐姐大女公子以外，别无保护人，大女公子怀着代父母的心情来关照并呵护她。

却说中纳言薰君寻思："大女公子以前由于丧服在身，因此不便答应我的请求，如今丧服即将脱去了。"他急不可耐地等不到九月到来[01]，就又再次造访宇治。他要求同前次一样与大女公子直接晤谈。侍女们向大女公子传达，大女公子说："我心情不好，身体甚不适……"推说了种种理由，不肯与他会面。薰君说："如此无情，真是意料不到啊！侍女们不知会作何感想呢。"于是写了一封信叫人送进去。大女公子回复说："如今居丧期虽已届满，丧服已脱身，然而悲哀反而更甚，心烦意乱，无法应答自如。"薰君不便再吐怨言，于是召唤那个老侍女弁君到跟前来，和她谈了许许多多。这里的侍女们过着世间无与伦比的孤寂生活，她们认定惟有中纳言薰君一人是她们可以仰仗的人，她们彼此都在私下议论："这两人若能如我们所愿，结成良缘，迁居常人所居的京城，那是多么可庆可贺的幸福啊！"她们都在商量，欲设法把薰君带到大女公子居室中去。大女公子并不深入了解侍女们有此种想法，只是觉得："薰君和这个老侍女弁君

[01] 八月二十日是八亲王周年忌辰，九月里居丧期届满。

这般亲近，弁君说不定会同情宽容薰君，而心生什么歹念呢。试看昔日的小说中所写大家闺秀发生的种种情事，往往非出自闺秀本人所愿，大多是侍女们过于多地诱导所致。人心难料，不可不防啊！"她心中似有所警惕，接着又想："薰君倘若过分地怨恨我，看他的用心这么真挚深沉，就把妹妹许配给他吧。就算他认为这对象比我略逊一筹也罢，他们俩一经邂逅，以他的为人气质看来，不会冷漠无情对待她的。何况妹妹天生丽质，他即使瞥见一眼肯定也会高兴的，当然他不会说他早已有相中妹妹的思想准备。估计他过去说'与二女公子结缘非我本意'，而不答应我的劝请，是出于他为人谨慎，深怕别人误认为他对我的爱恋浮浅吧。"她想了许多。不过，大女公子觉得倘若不把自己"欲让妹妹与薰君会面"的想法预先告诉妹妹，这是莫大的罪过，设身处地想想也觉得过意不去。于是大女公子在与妹妹作海阔天空的闲聊时说："父亲的遗嘱希望我们即使在世间孤苦度日，也不可轻率嫁人，免得招人耻笑。父亲在世期间，我们成了他遁入空门的羁绊，搅扰他修行佛道的静心，实在是罪孽深重。我们怎能违背父亲弥留之际的遗言，哪怕是一句。即使在山乡居住，也不感到格外的寂寞。可是这里的侍女们却总抱怨我们过分顽固，实在令人受不了。不过，惟有你的前途命运问题，倒是该深思的。你若同我一样孤身独处，蹉跎岁月，虚度一生，岂不可惜，岂不令人感到痛苦和悲伤？因此，我多么希望哪怕只有你一人，也能像世间一般女子一样，嫁给称心如意的夫君，那么我这个孤身只影的姐姐脸上也会增光添色，心灵获得慰藉，自然会豁然开朗的。"二女公子听了姐姐这番话后，深感意外，她觉得："姐姐为何有此种念头？"二女公子说道："父亲没有要姐姐一人终生独身呀。父亲尤其担心我意志软弱，会受人欺凌，所以牵挂我似乎更多些。为了抚慰姐姐的孤寂，除了我朝朝暮暮陪伴姐姐以外，还能有什么更好的办法吗？"她显然在怪怨姐姐。大女公子觉得妹妹所言颇有道理，她真令人怜爱，遂对妹妹说："我之所以有这种想法，主要是由于侍女们总在埋怨我固执古怪，使心烦意乱所致。"闲谈就此打住了。

天色渐次进入日暮时分，薰君却无意返京，大女公子束手无策。这时弁君走了进来，转达了薰君的话语，还啰嗦得令人讨厌，说："薰君怨恨小姐也是难怪的呀！"大女公子一言不答，只是发一声叹息，心想："我今后的命运会如何呢？！倘若父亲健在，当由父亲安排，无论许配给什么样的人，都是命里注定的宿缘，原本就是'身不遂心处世难'[01]，即使不幸，也是司空见惯的常例，不会被人耻笑或非难。家中的侍女大都年纪较大，自命贤明，自以为是，还以她们认为是门当户对的姻缘这种见解，大肆劝说我。然而那都不是什么高明的见解，只不过是奴婢水平的一厢情愿、一己之见罢了。"尽管众侍女一个劲热心地劝导，但是大女公子忧心忡忡，只觉讨厌而不为其所动。二女公子与大女公子同心，无所不谈，但对于这种男女关系问题，比姐姐更是漠不关心，向来悠然自得，因此大女公子觉得不能和她商量此事，心想："我的命为什么这么苦啊？！"她只顾面向内里深处，陷入沉思。侍女们从旁多方劝说："请大小姐换上平时色调的衣裳吧。"侍女们都想促成她与薰君成事，大女公子十分可怜又无可奈何。实际上，侍女们要牵线又有何难，在这狭窄的山庄里，恰似古歌所云"无处藏身山梨花"[02]，大女公子是无法躲藏的。但是客人薰君不希望他们俩的事公开由侍女们撮合成，他本来就想悄悄进行，好让他人无法断定他们俩的关系何时开始，他想顺其自然发展成事。因此他叫人传话对大女公子说："如果小姐不心许，那就永久保持这样的关系吧。"但是弁君同另外几个老侍女私下商量，都想公开促成这段姻缘。虽说这是出于一片好心，但也许是思虑浮浅、老迈昏庸的招数吧，总而言之大女公子太

---

[01] 此句引自《后撰和歌集》，歌曰："纵令英俊多忧愁，身不遂心处世难。"
[02] 此句引自《古今和歌六帖》，歌曰："常言世间多忧挂，无处藏身山梨花。"

可怜了，她一筹莫展。当弁君来时，她对弁君说："父亲健在时总是说，中纳言薰君深切关照我家，迥异于他人。如今，在父亲亡故后，家中万事全都仰赖薰君的鼎力相助，甚至亲切得令人感到奇怪，没想到内里竟交织着求爱的心绪，他每每吐露哀怨的心曲，实在让人为难。如果我是一个愿意过世间一般婚姻生活的女子，那么他提出这种要求，我怎么会不接受呢。但是我本人早就斩断这种世俗的念头，因此谈到这个问题我就深感为难和痛苦。我只是觉得妹妹正处在青春美好的妙龄时期，徒然虚度未免太可惜。为妹妹的前途着想，让她蜗居在这孤寂的山庄里，实在委屈她了，倘若中纳言薰君诚然还深切怀念父亲的旧情，但愿他对待妹妹如同对待我一样。我与她是同胞姐妹，我愿将一切的一切让给妹妹。希望你向他好生转达我的这种意愿。"她腼腆地把内心中想说的话坦率地和盘托出。弁君体谅到她为人姐姐的良苦用心，深感同情，说道："我老早以前就了解到大小姐怀有这种心意，也曾经详细地对中纳言薰君说过，可是他说：'我不能改变自己的意念。何况兵部卿亲王[01]近来痴心迷恋二小姐似乎越发深切，但愿二小姐能与丹穗兵部卿亲王结缘，我愿尽力促成此事。'这不也是合乎愿望的事吗？就算双亲健在，格外精心培育成长的千金小姐，倘若都能相继双双结上良缘，也是世间难得的美事嘛。恕我冒昧直言，我看到近年来山庄这般诚然无着落的凄凉生活情状，十分担心两位小姐将来的命运不知如何，为此而不胜悲伤。虽说前途渺茫，人心日后是否会变，不得而知，但无论怎么说，这总是上乘美满的宿世良缘。我不禁为此感到满心喜悦。小姐不愿违背亲王的遗嘱，本是理所当然，不过亲王之所以留下此遗训，大概是担心在没有适当人选的情况下，小姐误与品行欠佳不般配的人结缘吧。亲王不时说：'这位中纳言薰君倘若有意求婚，那么我家首先有一女成亲有了着落，该是多么高兴的事啊！'但凡失去父母护持的女

---

[01] 指丹穗兵部卿亲王。

子，不分贵贱，由于意外之变故，而委身下嫁给不般配的人，这种事例，世间多的是。人们似乎司空见惯，无人加以非议。更何况中纳言薰君这样殊非凡人的人品高尚者，又如此真心诚意地前来求婚，怎能轻易地漠然置之，一味强调要遵守亲王遗训，埋头修行佛道呢，难道真能像神仙一般靠云霞充饥度日吗？"她连篇累牍地说了一大通，大女公子十分厌烦，满心不悦，倒身躺了下来。二女公子不凑巧地看见姐姐神色格外懊恼，十分同情。她一如既往同姐姐一起就寝。大女公子担心弁君等人会不会悄悄引领薰君走进自己室内来，到时可怎么办，在这间狭小的房间里，哪里有可供藏身之处。她把自己那件柔软的衣裳盖在妹妹身上。由于天气还热，自己稍许离开，睡在距妹妹有一定距离的地方。

老侍女弁君向薰君转达了大女公子的话，薰君心想："她为什么这样讨厌俗世呢？可能是由于从小就生活在圣僧一般的父亲身边，早已悟到人事无常之道吧。"薰君越发感到她的性情与自己相似，从而不嫌她孤高了，于是对弁君说："如此说来，她认为今后隔着围屏晤谈也不行了。不过，仅限今夜一回，请你引领我到她的寝室一带吧。"弁君早有此心，所以事先已安排众侍女早早就寝，遂同几个知情的老侍女商量进行。

入夜时分，骤然刮起凄厉的大风，质量不佳的门窗等被刮得嘎吱嘎吱作响，弁君暗自欣喜，心想："这样一来，悄悄入室的脚步声就不至于被人察觉了。"于是她不慌不忙地引领薰君走进女公子们的寝室内，她担心的是："这姐妹俩都睡在一起，可自己又不能特意启齿让她们分开就寝，不过，好在薰君着实认得大女公子，不至于弄错吧。"却说大女公子，她一直就没有睡意，蓦地听见有人入室的脚步声，旋即静静地起身躲到室外去。大女公子觉得自己迅速逃脱了，可是妹妹却毫无心思地在熟睡，实在可怜，怎么办呢？！她心急如焚，恨不得与妹妹一起逃脱，如今已后悔莫及了。她浑身哆嗦地从屏风缝隙往室内瞧，只见在昏暗灯火的映照下，薰君仅穿内裤，熟不拘礼似的掀起围屏的垂帘走进寝室，她心想："此刻妹妹该不知多么惊恐，实在可怜啊！"沿着粗糙的墙壁立有屏风，大女公子就躲在屏风后面的脏乱房间里，心想："白日里我隐约劝说妹妹结缘事，她尚且埋怨我，何况现在薰君悄悄入寝室，形似我设置好的布局，她该不知多么痛恨我这般残忍的伎俩啦！"她内心感到莫大的痛苦，百感交集，回想往事，觉得一切的一切，都是由于自家没有强有力的保护人做后盾，以致孤苦伶仃存活世间遭遇厄运，身受折磨苦痛。昔日父亲临终诀别，她们目送他登山那天拂晓时分的情景，仿佛又呈现在眼前，不由得泛起无限眷恋之情，内心充满极度的伤悲。

且说薰君看到惟有一位女公子独寝，心想："这大概是弁君精心安排的吧。"不由得暗自欣喜，心怦怦直跳，随后逐渐明白过来："她不是大女公子。"他觉得这两位女公子虽然相貌相似，不过妹妹似乎比姐姐更美更显得可爱。薰君看到二女公子惊慌失措的神情，察知："二女公子全然不知实情。"他觉得实在对不住二女公子，另一方面又觉得大女公子有意躲避，这份冷淡无情着实可恼又可恨，他心想："真舍不得将这二女公子让给别人，可是不能如愿得到大女公子，实在遗憾，自己并不愿意让大女公子以为自己对她的那份恋情是一时的轻浮之念。今宵权且斯文无事地让它过去吧，他日倘若这是注定逃不脱的俗缘，再与二女公子结缘也无大碍，因为她不是他人，而是大女公子的胞妹。"思想至此，便按捺住自己澎湃的恋情，同上次对大女公子一样，亲切且饶有情趣地与二女公子通宵达旦地交谈。

弁君等几个老侍女估计："好事没有办成。"彼此都在嘀咕，有的说："二小姐哪儿去了呢?！真奇怪啊！"有的说："如此看来，个中必有缘由！"还有个其貌不扬的老妇，张着牙齿稀疏的嘴巴，简慢地说："从大体上说，我每次望见中纳言薰君那俊秀的容颜，自己脸上的皱纹仿佛被抚平了许多，如此英俊的堂堂君子，大小姐为什么总要一个劲地躲避他呢，莫非她身上有个常言所说的什么恶魔附身不成？"另一个人则说："嗨，别说那不吉利的话，哪会有什么恶魔附身的事。只因我家两位小姐从小在远离人群的环境中成长，关于这方面的事情，无人作适当的指导，因此羞涩腼腆，今后将会逐渐习惯，自然而然地泛起恋情的。"又有人说："但愿大小姐早日排除对中纳言薰君的隔阂，如愿地结成良缘啊！"她们各自絮叨，不知不觉间都睡着了，有的人还发出刺耳的鼾声。

虽说秋夜并非由于邂逅恋人而苦短[01]，但交谈中不觉间天色已黎明，薰君在两位各有千秋的美人姐妹中，对二女公子艳丽的姿容百看不厌，一夜的交谈似尚感不足，临走他对她说："让我们彼此相思吧！切莫学习你姐姐那可恨的薄情行为。"他还和她相约了后会期，而后步出小姐寝室。他自己都觉得很奇怪，恍如做了一场梦。但是从心情上说，他还是想再一次会见那位冷淡无情的大女公子，探明她的真实态度究竟如何。他强行按捺住自己的这份激情，折回自己往常歇宿的房间，躺了下来。

弁君走进小姐们的寝室，说道："好奇怪啊！二小姐哪儿去了呢?！"听见这话声的二女公子由于昨夜遇上那不速之客，内心颇感羞愧，事出突然，她不知究竟是怎么一回事，只是怀揣纳闷躺在那里，回想起昨天白日里姐姐对她说的那番话，心中不由得抱怨姐姐。天色渐渐放明，阳光照射入寝室内，大女公子宛如墙壁内的蟋蟀般爬了出来。她知道妹妹满怀懊恼情绪，觉得十分对不住妹妹，姐妹俩都缄默不语。大女公子心想："连妹妹的睡态都被他一览无余了，这是多么不够谨慎啊！今后可得提高警惕，切不可粗心大意啦！"她万分烦恼。

---

[01] 此语出自《古今和歌集》第636首，歌曰："秋夜长短本无定，但凭邂逅亲疏情。"

弁君又来到薰君这边，薰君向她详述了昨夜大女公子如何固执，始终坚决不与他会面的情景，弁君深感遗憾，内心埋怨大女公子用心过深，行为太简慢了，从而更加同情薰君。薰君对弁君说："迄今大小姐对我冷淡无情，但我总感到还有几分希望，因此设法万般自慰，然而昨夜实在愧煞人啊！真恨不得投身自尽算了。但是想到当年八亲王弥留之际，割舍不下这两位小姐，谆谆嘱托我关照她们，我体谅到亲王的这番苦心，因此未曾抛弃红尘径自遁入空门。今后我对这两位小姐的思恋都不再有所期望了。只是大小姐对我的冷酷无情，所带给我的悲伤与怨恨令我刻骨铭心难以忘怀。听说丹穗亲王等人厚着脸皮无所顾忌地前来求婚，因此大女公子也许会想：反正是嫁人，莫如找个身份更高贵者。如斯想来，她看不上我也在情理之中，我不禁羞愧难当，今后没有脸面再来和你们相见了。罢了！我这般愚蠢的行径，至少请你们切莫泄漏到世间去。"他发了一通怨气之后，异乎寻常地急匆匆地返回京城了。

弁君等侍女们都在窃窃私语说："这样一来，对双方谁都很不利啊！"大女公子也在想："事情怎么会是这样呢！万一薰君不喜欢妹妹，妹妹岂不是太可怜了。"她担心得只觉心胸隐隐作痛，怨恨这些老侍女全然不理解主人的心境，自作聪明，擅自安排。她正在痛心地冥思苦想之时，薰君派人送信来了。说也奇怪，此番收到他的来信，竟比以往感到高兴。只见信拴在一枝半是尚未知秋的青色枫叶，半是红彤彤的红叶的枝杈上。信中咏歌曰：

同枝竟染各异彩，

借问女神何方深。[01]

---

[01] "同枝"比喻姐妹，意即借问女神这姐妹俩中谁恋我深。

来函毫无怨恨的蛛丝马迹，只是言简意赅地书写两笔，对昨夜的事则避而不提。大女公子阅罢心想："如此看来，他似乎想若无其事地敷衍一下，就此了断吗？！"她内心不由得忐忑不安。老侍女们频频催促："快写回信！"大女公子又不好意思启齿要求二女公子："你写回信吧！"只好自己执笔，却又很为难，不胜烦恼，最后还是落笔写就，歌曰：

> 女神用意虽难懂，
> 想必殷红色更浓。[01]

她不动声色地信手写就，笔触却十分典雅。薰君阅罢，觉得要怨恨下去而与她断绝关系，终究是不可能的。他暗自寻思："大女公子每每强调'她是我同胞姐妹，我愿将一切让给她'，我没有应承，也许因此她才有昨夜的那番布局吧，我无视她的好意，这般简慢地对待二女公子，她定然以为我是个冷酷无情者，从而我深恋她的初衷也难能如愿以偿。再说，那些从中传话的老侍女，也肯定会把我看作是个轻浮者。总而言之，即兴泛起的色情邪念，事到如今已然追悔莫及。原本意欲舍弃俗世的决心，却抑制不住一时的邪念，足以为世人所耻笑，更何况效仿天下一般好色之徒，不厌其烦地反复追逐一个冷淡无情的女子，更为世人的笑柄，岂不成了'无篷舟'吗？！"他辗转沉思，通宵达旦，便趁拂晓残月当空，饶有情趣之时，造访丹穗兵部卿亲王。

且说三条宅邸遭遇火灾后，薰君迁居六条院，与丹穗亲王的宅邸相距很近，他常常前去造访。丹穗兵部卿亲王也觉得他迁来后，自己听取有关宇治方面的传闻也方便多了。薰君觉得迁居这里挺清闲的，真是蛮好的居

---

[01] 意即想必妹妹爱你情更深。

住处。庭院里的花草树木也迥异于他处，同样的花的姿色和草木葳蕤的形状，也与通常的不一样，显得富有情趣，倒映清澄池水面上的月影，宛如画中所描绘的一样美。丹穗亲王恰似薰君所料，早已起身。他嗅到微风传送过来的一阵阵薰衣香，格外芬芳，顿时惊喜地断定是薰君来了，旋即穿上贵族便服，整整衣纹，出来迎接。但见薰君拾级而上，没有走到头，就在半道的台阶上坐下，并点头致意，丹穗亲王也没有请他"再往上走"，自己也在走廊上的栏杆边就地坐下，彼此海阔天空地畅谈世间事。丹穗亲王在闲谈过程中想起了宇治那两位女公子，诸多埋怨薰君不为他卖力。薰君心想："毫无道理嘛！我自己都还没能如愿呐。"继而又暗自盘算："倘若我协助促成他与二女公子结缘，那么我自己的姻缘自然也就会定下来的吧。"于是异乎寻常地与他认真地商谈有关这方面的事，以及所应采取的步骤等。行将破晓时分的天空但觉昏暗，意外的雾气弥漫，冷飕飕的，月亮锁在云雾中，树荫下一片幽暗，大自然呈现一派雅趣，不由得令人想起宇治山庄那寂寥饶有情趣的风光。丹穗亲王对薰君说："近日内你若赴宇治，务必把我也带上，切莫落下我呀！"薰君对他的请求微露难色，丹穗亲王揶揄咏歌曰：

> 黄花龙芽[01]遍野开，
> 何苦圈地独自摘。

薰君回应，答歌曰：

> "黄花龙芽雾里藏，
> 诚心慕者方能赏。

---

[01] "黄花龙芽"比喻两位女公子。

寻常人哪能得见。"薰君存心刺激丹穗亲王,丹穗亲王说:"你在说我'甚嚣尘上一时显'[01]嘛。"他终于生气了。

薰君暗自寻思:"丹穗亲王长期以来和我纠缠不休,其实由于我不知道二女公子人品长相如何,心中没数,不免担心。担心她的姿容是否上乘,性格品行是否如想象中那样优越。昨夜一经相会,觉得迄今的担心似乎多余,她的品貌简直完美无缺。那位大女公子只顾暗自盘算,拟推荐其妹代替她与我结缘,我若辜负她的这番好意,未免太不善解人意,然而要我移情别恋,实在难以从命。我先将二女公子让给丹穗亲王,使他们双方都不至于怨恨我。"他私下有此用心,可是丹穗亲王并不知晓,只顾埋怨他心胸狭窄,着实可笑。薰君对丹穗亲王说:"你总是显得一派轻浮,以至使宇治女公子感到烦恼,实在令人难过。"他俨然以宇治女公子父母的身份说话,丹穗亲王极其认真地说:"好,请你等着瞧,我此番真心诚意的恋慕,是前所未曾有过的。"薰君说:"宇治的女公子们至今毫不动声色,充任亲王的月下老人工作,可真是一份苦差事啊!"薰君遂将造访宇治的计划细节等向丹穗亲王详细叙述。

八月二十六日是彼岸会[02]的最后一天,是个吉祥的日子,薰君暗地做好准备后,悄悄地带丹穗亲王到了宇治。丹穗亲王的母亲明石皇后严禁儿子微服出行,此行倘若被她知道,可就麻烦了,但是丹穗亲王急切盼望前往,薰君只好背人耳目,神不知鬼不觉地小心翼翼照顾他前去,这确实是一件极其不易的事。倘若乘船渡江过河,势必兴师动众惹人注目,因此这

---

[01] 此句引自《古今和歌集》第1016首,歌曰:"黄花龙芽秋野艳,甚嚣尘上一时显。"
[02] 彼岸会:佛教仪式之一,每年春分、秋分前后各三天举行,共七天,以念经和上坟等为主要活动。

回不大张旗鼓在那边歇宿[01]，而是先到薰君那附近庄园内的住家，让丹穗亲王悄悄下车在此等候，薰君独自前往八亲王山庄中去。此地虽说无须担心会有人察觉，不过照例有那个值宿人在这一带走来走去，但此人想必不会知道实际内情。八亲王山庄内人们知道中纳言薰君到访都盛情款待。两位女公子听说薰君又来了，不由得感到烦恼。不过大女公子心想：“我已向他委婉表示过，请他移情于妹妹。因此我这方大可放心吧。”二女公子则以为薰君对姐姐的恋情似乎格外深沉，不会移情别恋自己。然而自打那天夜里发生那桩恼人的事之后，她对姐姐就不像以往那样信任了，总有一种莫名的隔阂感。薰君但凡有话要对女公子们说，原本都必须经由侍女们转告，而后女公子们作答，“现在怎么办呢？”侍女们都很为难。

日暮时分，薰君趁天色昏暗，派一匹马去把丹穗亲王接到八亲王山庄中来，并把老侍女弁君召唤出来，对她说：“我还有话要对大女公子说，哪怕是当面对她说一句。从上次她的态度看，我分明知道她嫌弃我，可我还是执拗地要求见她，实在很不好意思，可是就这样撤销求见，我又办不到，务望谅解转达。再就是，待到夜色稍许更深些时，请你再像那天一样，引领我进入二女公子寝室中去。”他开诚布公地与她商谈，弁君觉得不论大小姐还是二小姐，只要拽住都一样好，遂进内室向大女公子转达。大女公子听罢，想道：“果然不出所料，他已移情于妹妹了。”她很高兴，也放心了，于是在薰君那天晚上进来的房门的不同方向的厢房里，将隔扇紧紧关闭，就在那里和薰君会面。薰君说：“我只想说一句话，可是扬声吼叫被人听见，多不好意思呀！请稍许打开隔扇，不然太郁闷啦。”大女公子回答说：“我觉得这样就很好，话声也能听得很清楚。”她不愿打开隔扇，可是大概转念又想：“说不定他此刻对我绝望而已移情于妹妹，才来向我打声招呼呢，我见见他又何妨，又不是没有见过面，对他还

---

[01] 夕雾左大臣的山庄就坐落在宇治川对岸，按理说他们应在此歇宿。

是不要过于冷酷为宜。好让他趁夜色不甚深沉时，早些到妹妹那儿去。"于是仅仅走到隔扇处，略微开门，不料薰君从门缝中抓住她的衣袖，把她拽到身边来，大肆向她倾诉自己心中的怨恨和痛苦。大女公子心想："哎呀真糟糕！太不像样啦！我怎么就答应和他会面呢！"她后悔莫及，极其不愉快。但还是耐住性子哄劝薰君，希望他早些离开这里，要求他："如同对我那样，疼爱妹妹。"她的这片好心，确实太令人同情了。

丹穗亲王按照薰君先前的指点，走近上次薰君进入的房门口处，扇了扇扇子，老侍女弁君以为是薰君，就走出来引领他。丹穗亲王估计这老侍女早先夜里也是这样引领薰君入室的吧，心中觉得很滑稽，遂尾随弁君进入二女公子的寝室。大女公子全然不知实情，正在巧妙地设法应付薰君，劝导他到妹妹房间去。薰君觉得可笑，又觉得可怜，他心想："我如斯严守秘密，不让她知晓，她一旦知道还不把我恨透？那我就罪不可赦了。"于是对她说："此番造访，丹穗亲王定要跟我同来，我不好拒绝。他已经来了，并且已悄悄地走进了令妹的房里。他大概是央求那个好事的侍女带他进去的吧。这样一来，我两头都够不着，成了世人的笑柄。"大女公子闻及此言，更觉意外，吓得两眼昏花，说道："没想到你竟如此居心叵测，甜言蜜语致使我粗心大意，放松警惕，每每落入你的圈套，你太欺负人了！"她无比困窘。薰君说道："事到如今已无可奈何，你为此生气是理所当然的，我郑重向你道歉，尚嫌不够的话，那就任凭你狠抓狠拧我泄气吧。你似乎爱慕那位身份高贵的丹穗亲王，不过宿缘似乎是苍天早已注定，绝非随人心所愿。丹穗亲王钟爱令妹，我很为你惋惜。至于我，宿愿未遂，恨无置身之地，不胜苦楚。还希望你听我劝说，命里注定的宿世姻缘，实属无奈，只好认命吧。这道纸隔扇能有多牢固呢，世间没有谁人会真正相信我们俩的关系是清白的。央求我带他到此处来的丹穗亲王，他心中也决不会相信我是如此满怀郁闷通宵达旦的吧。"看样子他似乎要拉开隔扇，强行到大女公子身边来，大女公子虽然无比厌恶，但还是耐住性子，好言哄劝他回去。大女公子沉住气说："你方才所说的宿世姻缘是肉眼看不见的，前途命运如何，不得而知，只觉'前途渺茫悲落泪'[01]，眼前一片黑暗。你究竟打算怎么对待我们呢？！我只觉得很凄惨，就像做了一场梦……倘若后人把我当作不幸女子，充作谈资，势必如同昔日的小说一样，虚构夸张，把我描绘成一个愚蠢透顶的女子吧。你如此处心积虑地算计我们，究竟居心何在，我无法揣摩。还是希望你不要想出诸多可怕的点子折磨人，不要置人于困窘之境地吧。今天倘若我还能意外地幸存下来，那么待我心情平静之后，再和你晤谈吧，此刻我的心情极其恶劣，痛苦万分，因此暂且在这里歇息，希望你放了我吧！"她显得十分困窘，她的这番言辞听来恳切也颇近情理，薰君自己既感羞愧也觉得她着实可怜，于是对她说："唉，正因为一味顺从你的意愿行事，所以才落得如此愚拙的下场，你似乎还无端憎恨我、疏远我，真叫我不知说什么好。我甚至不想在俗世活下去了。"接着又说："既然如此，我们就隔着隔扇说话吧。但是请你不要彻底抛弃我。"说着松开一直紧抓住大女公子衣袖的手，大女公子想立即逃入内室，但是她终于没有这样做，薰君觉得她确实太善良了，于是安慰她说："如此这般会晤我也聊可自慰了，就这样通宵达旦吧，我决不会越过雷池一步。"薰君辗转不能成眠，夜深人静，川流不息的河水声巨响，把人惊醒，夜半风声凄厉，他咀嚼着寂寞的心情，感到自己宛如山鸟一般，漫漫长夜，难能盼到天明。

天终于渐渐亮了，照例[02]传来山寺的晨钟声。薰君估计丹穗亲王此刻还在贪睡，室内没有起身的动静，薰君内心不由得泛起几分妒忌，他故意

---

[01] 此句引自《后撰和歌集》中的古歌，歌曰："前途渺茫悲落泪，不禁眼前潸潸坠。"

[02] 指薰君先前作歌"山乡凄寂听声声，百感交集黎明中"，此时同此心情。

发出清嗓子的声音，催促亲王起身回去。仔细琢磨起来，他的这种心理过程也挺奇怪的。薰君不由得咏歌曰：

> "向导竟成迷途人，
>
> 满怀失落登归程。

世间哪有这种事例啊！"话音刚落，大女公子旋即回应，答歌曰：

> 盼君谅察妾苦楚，
>
> 自投迷途能怨谁。

　　她的声音低沉，隐约可闻，薰君听罢更觉难舍难离了，他说："不管怎么说，这道隔扇太严密地把我们隔开，实在苦煞人啊！"薰君万般诉恨，吐露苦水。在这过程中，天色逐渐明亮起来，丹穗亲王从昨夜进入的门里走了出来。薰衣香随着他那温柔倜傥的举止，散发出一缕缕芳香，足见他确实为怜香惜玉而用心良苦地作了一番恰到好处的风流装扮，呈现一派飘飘欲仙、无比美妙的风采。老侍女弁君等看见丹穗亲王夜宿晨归的模样，颇觉诧异，心中纳闷，摸不着头脑，但转念又想："相信中纳言薰君对两位小姐不至于做什么坏事吧。"也就放下心来。

　　薰君和丹穗亲王两人趁天色未大明之前，匆匆回京。丹穗亲王觉得返京的路程似乎比来时更远，路途这么遥远，日后不能轻易地前来造访，心中不免开始感到痛苦。他想起古歌中的歌词"岂能隔夜不相逢"[01]，颇觉懊恼。两人于清晨人们频繁进出之前抵达六条院，车子停在回廊下，相继

---

[01] 此句引自《古今和歌六帖》中的歌，曰："恩爱恋人新共枕，岂能隔夜不相逢。"

下车。两位贵公子从伪装成奇异女车的网代车[01]悄悄下车，连忙隐入室内，彼此相觑而笑，薰君对丹穗亲王开玩笑说："此番奉公出差非同寻常啊！"他想到充当向导的自己反而落得失落的下场，内心着实妒恨，但没有向丹穗亲王发牢骚。

丹穗亲王一回到家，立即给宇治山庄那边写问候信，派人送去。宇治山庄那边的两位女公子对昨夜的意外事件，感到仿佛做了一场梦，心绪异常烦乱。二女公子心想："姐姐做了种种策划，却佯装不知，不露于神色。"她对姐姐心存隔阂，满怀怨恨，连见都不想见她。而大女公子事先并不知道昨夜会发生这种事，无法预先向妹妹说明，以致遭到妹妹怨恨，也是理所当然的。她觉得妹妹十分可怜，自己也痛苦不堪。众侍女也都前来问候："究竟是怎么回事啊？！"然而关键的一家之主大女公子已经痛苦难过得茫茫然不知所措了。众侍女也都觉得莫名其妙。大女公子打开丹穗亲王的来信，想给妹妹看，可是二女公子只顾躺着，不愿起身。丹穗亲王的信使等得不耐烦，咕哝着说："已经等候多时了！"丹穗亲王信中咏歌曰：

披霜戴露至诚觅，
莫当寻常爱恋取。

行文流畅字迹典雅，是一篇格外优秀的艳美文。大女公子暗自想："倘若把作者当作一般毫无关系的他人看待，诚然是一位颇有文采的人，可如今他已成妹夫，就不免让人担心他日后会怎么样了！"她觉得此刻自己若自以为是地代替妹妹写回信是很不合适的，因此极力劝导妹妹亲自复

---

[01] 网代车（AJILOKULUMA）：牛车之一种，用竹篾或丝柏木片编成网，粘贴在车厢上，还设有瞭望窗口，供大臣、纳言、大将远行乘用。

函，并恳切认真且详细地教她遣辞用句。还给送信来的使者举行仪式，赐给他犒赏品，计有一袭紫菀色细长的幼女衣服，外加一条三重袭[01]的和服裙裤。来使不谙受赐规矩，颇感困窘，于是让人将衣服包好交给随从者带回去。这个来使不是正规的特使，而是过去经常到宇治送信的一个殿上童。丹穗亲王不想让人知道此事，缘此特意派遣此人来。丹穗亲王估计举行郑重的赏赐仪式，准是昨夜麻利引路的那个老侍女所出的鬼点子，心里就很不痛快。

当天夜晚，丹穗亲王仍然拟请薰君当向导奔赴宇治，可是薰君说："今夜冷泉上皇有事召我，我必须去。"回绝了他的请求。丹穗亲王觉得很讨厌，心想："他又在闹别扭啦！"宇治山庄那边，大女公子在想："事到如今已无可奈何，不能因为此事非出自己这方心甘情愿，就疏远慢待他们。"因此心肠也就软了下来。这山庄的陈设虽然简陋，不尽如人意，但也按照山乡的风味加以布置一番，等候丹穗亲王的到来。当她想到丹穗亲王不久即将远途跋涉，辛苦赶路而来，觉得亲王的这片至诚之心实在可喜。她今宵这种心情的转变连她自己都觉得很奇怪。当事者二女公子本人则神色茫然，任凭别人替她梳妆打扮，不觉间泪珠濡湿了她那深红色的衣袖。那位年长的姐姐也陪着妹妹悄悄落泪，她对妹妹说："我自知自己在人世间反正寿命不长，朝朝暮暮冥思苦想的，只是妹妹你的前途问题。这帮老侍女总在我耳边絮叨，都说这是'一桩美满的姻缘'。上了年纪的人经验丰富、见多识广，想必所说的话是合乎人情事理，不会错的吧。阅历肤浅的我，时而也曾想过：我们两人也不能都坚持己见独身终老啊！然而像这次那样突如其来发生的，令人忧伤烦乱、蒙羞忍辱的事，是万万没有想到的。这诚然是世人常言的'难能躲过前世注定的宿缘'吧。我也处在相当苦恼困惑的境地，且待你的情绪稍许平静下来之后，我再把

---

[01] 三重袭：即表层、里层之间再加一层。

我对昨夜的事确实一无所知的情状告诉你，请你切莫怨恨我，无端怨恨别人是罪过呀！"她一边抚摩妹妹的秀发一边说，妹妹虽然缄口不语，心中却在想："姐姐的话都说到这份儿上了，足见她确实出于一片好心为我的未来而操心，可是将来倘若我被人家所抛弃而成了世人的笑柄，声名狼藉，岂不是辜负了她的这番苦心期盼，怎么办呢？！"二女公子思绪万千，不知如何是好。

丹穗亲王昨夜突然闯入内室，致使二女公子惊恐万状，他甚至连她的这种情状都觉得无比娇美，可爱极了，更何况今宵她已变成一个柔媚的新娘，丹穗亲王对她的爱越发深邃了。但是当他想到山路崎岖、路程遥远，往返实在不便，心中不免感到痛苦不堪。他满怀真切爱慕的心意，向她立下海誓山盟，可是二女公子似乎无动于衷，仿佛无法理解郎君的示爱。世间无论多么娇生惯养，宝贝般的千金小姐，只要多少曾与人群接近，且家有父兄，见惯男子行动，初次与男子共处时，其含羞状与恐惧心都不至于到这种程度吧。然而，这位宇治的二女公子倒不是受到家中某人的格外尊崇，而是由于生活在这深山僻壤的环境里，自然养成不习惯于接触生人、遇事退却不前的习性，因此遇上如此意外的事情，难免胆怯畏缩，极其难为情，担心自己万事是否与普通人不一样，会不会显露出丑陋的乡巴佬形象呢。从而连一句答话也说不上来，只顾一味拘谨腼腆。尽管如此，若论机灵和才气方面，这位二女公子则比她姐姐更胜一筹。

众侍女对大女公子说："新婚第三夜，应该请吃庆贺之饼。"大女公子觉得应该郑重其事地举办这项仪式，她想亲自筹划办理这件事，可又不知道如何着手，另一方面也担心自己一个姑娘家，俨然以家长自居指手画脚，别人会不会见笑。想到这儿，脸上不由得飞起一片红潮，这副神态格外可爱。她毕竟身为人姐，具有大姐的柔肠之故吧，确实是一位气质高雅、举止端庄、和蔼慈祥、富有同情心的人。

中纳言薰君派人送信来，信中说："昨夜原拟前往拜访，只因煞费苦劳，却得不到应有的回报，内心不免惆怅恼恨。今夜理应前去协助办理一些杂务事宜，无奈前晚借宿之处不适，偶感风寒，心情更加恶劣，缘此逡巡不前。"信笺使用的是陆奥纸，信笔挥毫一气呵成。他赠送了供新婚第三夜备用的种种物品，尚未绵密缝制的各种锦缎折叠成卷，放在衣柜内好几格的套匣里，派人送至老侍女弁君那里，说是赏赐给侍女们的衣料。这大概都是他母亲三公主那边现成的东西，因此为数也不很多。将未经染制的绢和绫子等垫底，上面放置着估计是赠予两位女公子的两套衣服，质地上乘，做工精美。按照古色古香的情趣，在单衣的衣袖上题歌一首曰：

　　　　卿纵不愿言共枕，
　　　　斯言难抚我怅恨。

此歌带有威胁含意。大女公子想到自己和妹妹都曾被薰君亲眼目睹过，读了此歌更觉羞煞人，不知该如何写答歌才好，心中好烦恼。在这过程中，送信的有些使者已悄悄溜回去了[01]，她只好叫住一个身份低下的仆人，将答歌交给他带走，答歌曰：

　　　　纵然心灵无隔阂，
　　　　妾亦无意结连理。

处在惊魂未定、思绪烦乱中的大女公子，咏出的歌比往常越发欠情调了。薰君看了觉得这可能是她如实的抒怀，更觉得她着实令人爱怜。

---

[01] 为表客气，不受犒赏而悄悄溜走。

当天晚间丹穗亲王正在宫中，看样子难以早退出来，不禁暗自焦灼，独自嗟叹不已。他母亲明石皇后对他说："至今你还是个单身汉，类似好色的名声则逐渐在世间有所传闻，这终究是很不好的事。无论任何事，切不可随心所欲，一意孤行呀。父皇也很担心，经常这样说你。"她告诫儿子不要经常居住私邸，丹穗亲王听了暗自叫苦，于是走进宫中自己的值宿所，先给宇治的女公子写封信。写罢心中还是闷闷不乐，陷入沉思，正在此时，中纳言薰君走了进来，丹穗亲王心想："薰君与宇治有缘分。"他格外高兴，对薰君说："怎么办呢？！天都已经这样昏暗了，真是急死人啊！"说罢伤心地叹息。薰君想试探他对二女公子的爱究竟有多深，于是对他说："你多日没有进宫了，今晚不在宫中值宿而匆匆告退，恐怕你母后会更加怪罪你的吧。刚才我在侍女室一带，听见你母后似乎在责备你。我为你煞费苦心，不顾麻烦悄悄地引领你到宇治去，估计我也将会受到严厉的斥责吧。真吓得我脸色都发青了。"丹穗亲王说："母后以为我行为极其恶劣，所以才如此严加责备，这大概是她身边的人们向她信口雌黄告密的缘故，其实我做哪件事情受世人的非难了呢？归根到底，这高贵的身份反而害得我不能自由行动。"他真的甚至讨厌起自己高贵的皇子身份来。中纳言薰君见状，觉得他也怪可怜的，于是对他说："你反正都会受到来自某一方面的责备的，今夜你奔赴宇治的罪过，就由我来替你顶吧，我也豁出去不顾糟践自身了。那就骑马穿越木幡山[01]吧。这样一来，更无法避免世人的非难啦。"这时天色越发黢黑，眼看就要入夜了，丹穗亲王忐忑不安之余，最终还是骑马出门。薰君对他说："我不陪你去宇治，反而更好，我可在宫中代你值宿。"说着，中纳言薰君就在宫中留宿了。

---

[01] 木幡山位于京都与宇治之间。此语出自《拾遗和歌集》中的古歌，歌曰："木幡山路马可通，思君心切徒步冲。"

中纳言薰君在宫中前去参见明石皇后，明石皇后对薰君说："丹穗皇子又出宫去了，这种行为实在不像样，外人见了会怎么想呢？倘若皇上得知，定将怪我为何不加劝阻，不提醒他多加检点，叫我如何是好呢？"皇后生育不少皇子公主，一个个皆已长大成人，可是皇后却越发显得年轻貌美、风度翩翩。中纳言薰君心想："大公主的长相准是和她母后一样美吧，但愿有个机会让我也像现在接近皇后一样靠近她，哪怕只听见她那娇滴滴的声音呢。"薰君不禁心驰神往，接着又想："世间好色的男子，对不该思慕的对象却寄予单思，大概也是处在这样的关系，既不疏远，却又不能接近，从而泛起歹念的吧。像我这样天生性情乖戾的人，恐怕世间无有其类吧。一旦爱上某人，就死心塌地情有独钟，再怎么样也无法斩断这份情思啊！"侍候于皇后身边的侍女们，一个个姿容优美、品性善良，似乎没有一个劣质者。在这群美女中，也有格外优秀，相貌艳丽引人注目者，但是中纳言薰君打定主意，决不为其动心，总是以极其严肃的态度对待她们。她们当中固然也有人对薰君故作媚态，试图吸引他视线，不过皇后殿内毕竟是高贵典雅的殿堂，因此从表面上看众侍女举止都很端庄稳重。然而世间人心各异，自然也有春心浮动而隐约流露者，中纳言薰君看了，只觉得："世间人们各有心思，既有可爱者，也有可怜者。"他无论到哪里去，或看见什么，莫不感到千姿百态的人事无常啊！

　　宇治山庄那边，虽说收到了中纳言薰君为数不少的隆重贺礼，然而直到深夜还不见丹穗亲王到来，仅收到他的一封来函。大女公子心想："他果然还是个轻浮之徒！"她不胜伤心。到了夜半时分，凄厉的山风传送过来一阵芳香，仪表堂堂无比俊美的丹穗亲王光临了，大女公子分外高兴，不由得暗自自责："自己的想法多么愚蠢啊！"当事人二女公子伶俐机敏，也感到丹穗亲王的至诚，从而对他的态度稍许温存些了。二女公子正当青春妙龄，娇艳可爱，更何况今夜浓妆艳饰，神采奕奕，美不胜收。在见惯许多美人的丹穗亲王眼里，也觉得："二女公子的神采着实不错，从长相到各种姿态，尤其近看更觉无比优秀。"山庄内的老侍女们那丑陋的嘴边露出赞美的微笑，相互谈论说："我家这位如花似玉的美丽小姐，倘若嫁给身份卑微者，该多么可惜啊！如今这对新人，真是一桩无懈可击的宿世姻缘啊！"她们还在背地里悄悄讥评大女公子，说她生性孤僻，不该拒绝中纳言薰君的追求。这些老侍女都已过了青春年华，过时黄花的人，穿上中纳言薰君赠送的华丽绫罗绸缎制成的衣服，很不相称，无论谁看了都觉得怪别扭的，不像样子。大女公子放眼看她们，不免联想到："我自身的风华正茂时期也行将过去，自照镜子知道自身的姿容日见消瘦憔悴。这些穿上实在不般配的花里胡哨衣服的老侍女，没有一个人认为自己丑陋，也没有意识到自己背后的垂发已稀疏难看，而只顾梳理修饰前面的额发，精心地往脸上涂脂抹粉，说不定还自鸣得意呢。至于我自己，还没有像她们那样老丑，自以为鼻子眼睛虽然寻常还算过得去，也许这也是一种缺乏自知之明的想法吧。"她一边望着众侍女的形状，一边怀着内疚的心情躺了下来。她接着又想："自己这副日渐憔悴的模样，哪里好意思与气宇轩昂的俊美男子相会呢。再过一两年，自己的姿容将越发憔悴衰萎，女子的生涯真是脆弱无常啊！"她从袖口伸出纤细柔弱形状可怜的手，一边端详，一边对世间万事浮想联翩。

丹穗亲王深深感到从母后那里很不容易抽身，今夜好不容易从宫中偷偷溜出，来到此地。他想到今后恐怕更难轻松地往返宇治山庄，只觉心中堵得慌，着实悲伤。于是将母后训诫他的话告诉了二女公子，又说："我心中虽然很想念你，但是也许不能经常与你会面，请你不要担心我会否心狠无情。我对你倘若有哪怕是一丝半点的敷衍之意，今夜就不会义无反顾地前来与你相聚了。我深怕你怀疑我的心思，而胡猜乱想，因此奋不顾身地前来了。但是今后恐怕不能经常随便偷偷地出门了，为此我得想个妥善之策，迎接你到京城，迁居我私邸附近。"他的这番话听起来十分真挚诚恳，然而二女公子心想："他现在就说'想到今后不能经常与你会面'，看来世间传闻说他轻浮并非捕风捉影了！"她心存疑虑，联想到自己的生涯境遇，思绪万千，悲叹不已。

不久，天色隐约露出曙光，丹穗亲王打开旁门，偕二女公子一起到房门口附近观赏晓色景致，但见雾霭蒙蒙，别有一番情趣。装载柴枝的舟楫在雾霭中隐约穿梭，船尾拖着一道道白色的浪花[01]，满怀风流雅趣的丹穗亲王兴致盎然地赞美说："真是难得一见的住处啊！"山头逐渐露出曙光，照见二女公子的姿色，丹穗亲王觉得她确实美极了，他心想："受到珍视被看作至宝的大公主的姿色，恐怕也不在她之上吧。迄今可能是自己偏心于自家胞姐的关系，总以为胞姐大公主的姿色是世间无比的。"他希望更加仔细入微、无所拘束地欣赏她那晶莹剔透的美貌，甚至感到这蜻蜓点水般的匆匆谋面反而更为美中不足。耳闻川流不息的响声，遥望古色古香的宇治桥景色。朝雾逐渐消散，阳光灿烂，裸露出宇治川两岸极其荒凉的光景，丹穗亲王噙着眼泪道："这种地方，怎能长年累月地住下去啊！"二女公子听了觉得实在不好意思。丹穗亲王神采奕奕，无比清秀俊美。他诚恳可信地向二女公子发誓：不仅今生甚至来世，与她结缘的心永不变。二女公子意想不到结得这份良缘，此刻反而觉得："这位亲王比迄今见惯了的古板严肃的中纳言薰君更易亲近，那位薰君生性奇特，态度过于严肃，令人见了自觉腼腆，难以接近。而这位丹穗亲王，原先据传闻，估计比薰君更难接近，因此自己对他那封简单来函也踌躇不前，畏缩回复。如今一经亲切会面之后，倒觉得今后倘若久不见面，该何等寂寞孤独。这种心情上的变化，连自己都觉得很奇怪。"

---

[01] 此语出自《拾遗和歌集》中的古歌，歌曰："黎明舟楫拖白浪，宛若寓意世间情。"

丹穗亲王的随从人员频频清嗓子，催促返京。丹穗亲王也不希望在大白天里众目睽睽之下抵达京城，他心绪不宁，反复对二女公子表白：今后也许难免会遭遇意外之夜，不能前来相会。他咏歌曰：

　　恩爱不绝似桥姬，

　　惟恐独眠泪湿袖。[01]

丹穗亲王恋恋不舍不愿归，刚一迈步又撤回，踌躇不决。二女公子答歌曰：

　　恩情不断立盟誓，

　　但愿恒如宇治桥。

二女公子口头上虽然没有明说，但是满怀悲伤的神情历历在目，丹穗亲王对她不胜爱怜。二女公子心怀青春女子的柔情蜜意，目送英姿俊秀无与伦比的丹穗亲王徐徐远去的背影，暗自欣赏他遗留下来的飘荡着的衣香，按捺住外人所不知的，内心中涌动的恋情，那正是一派风流情怀啊！黎明时分曙光初露，照得万物分明，因此众侍女都能窥见丹穗亲王的姿影，纷纷赞美说："中纳言薰君虽说为人亲切，但似乎稍嫌拘谨严肃。而这位丹穗亲王，也许由于身份更为高贵的关系，那姿态神采都显得格外优美。"

丹穗亲王在归途中，一心只顾回味二女公子惜别忧伤神情，他恋心涌动，恨不得不顾体面，中途再度折回宇治，然而终归还是顾忌世人的谣

---

[01] 此歌仿照《古今和歌集》第689首而作，歌曰："和衣孤眠夜半哀，宇治桥姬盼我来。"

诼，从而忍痛割爱返京。今后恐怕不容易背人耳目再度造访宇治了。

丹穗亲王返京后，每天一早写信，给宇治那边送去，天天如此，源源不断。宇治那边的人据此估计："丹穗亲王的爱情是真挚的。"但是日复一日，长久不见丹穗亲王到访，大女公子不免担忧，心想："自己无意播下这种烦恼的种子，这件事比自己的事更加令人感到痛苦啊！"大女公子暗自悲叹不已。她心想："当事的妹妹本人，若看到我这副忧心忡忡的模样，想必会更加陷入悲伤的境地吧。因此表面上我要装作若无其事的样子。"从而她更下定决心："至少我自己，决不播下这种痛苦的种子。"

中纳言薰君体谅到："宇治的女公子们想必在望眼欲穿吧！"他觉得这是居中牵线做媒者的过失，很过意不去，因此经常不断地造访丹穗亲王，探询他的心情如何，知道丹穗亲王一往情深，真挚思念她们，也就放心了。

九月十日左右，山野景色想必充满悲秋情趣。一天傍晚，天空呈现一片昏暗，预示着阵雨欲来，顿时阴云密布，令人感到怪可怕的。

丹穗亲王的心情更加焦灼，陷入沉思遐想："怎么办呢？"他一心只想奔赴宇治却又不敢断然行动。中纳言薰君揣摩到他的心情，就在这时候来访了。薰君咏歌："山乡阵雨何其寂。"[01] 叩动了丹穗亲王的心扉，丹穗亲王不胜欣喜，邀他一起前往宇治，于是两人按惯例共坐一辆车出发。随着车子进入山乡，他们越走内心越在想山乡那边的佳人的心情，想必她们更会陷入沉思吧。这两人一路上谈话的内容，净是宇治两位女公子的事，他们估计她们内心很凄苦吧。日暮时分，四周更显沉寂，不由得令人觉得瘆得慌，潇潇冷雨更添加晚秋悲戚的景趣。被雨水打湿的衣衫散发出异乎寻常的薰衣香味，芬芳扑鼻，甚至令人感到这种馥郁的芳香似乎不是人世间的香味。这两位贵人偕同前来，山庄里的人们哪能不欣喜若狂地加

---

[01] 此句出自《新千载和歌集》，歌曰："山乡阵雨何其寂，深闺伊人泪濡袖。"

以迎接呢。侍女们迄今由于丹穗亲王不来访，而牢骚满腹，时有怨言，此刻全然忘却，一个个眉开眼笑，忙不迭地布置客厅安排客座做接待事宜。此外，事先已叫来两三名年轻侍女到宇治来侍候二女公子，她们分别是老侍女们的女儿或侄女外甥女，各自都曾在京城的贵族人家当差。这些势利眼、目光短浅的年轻侍女，目睹世间罕见的贵客莅临，不禁大吃一惊，瞠目而视。大女公子此时看到丹穗亲王来访，十分高兴，另一方面看见多管闲事的中纳言薰君也跟着一起到来，既感到难为情，又觉得很麻烦。不过，两相比较，她觉得中纳言薰君生性沉稳、思虑深邃，而丹穗亲王则略逊一筹，在这点上，她知道薰君确实是世间难得的君子。

大女公子根据场合采取相应的措施，格外隆重地款待丹穗亲王，对待中纳言薰君则把他当作主人方面的人看待，随意不拘地应酬。只引领他到临时设置的客厅里，距大女公子的内室较远。薰君觉得这样对他，未免太疏远冷淡了。

大女公子知道他心中有怨气，很可怜他，便和他隔着围屏晤谈。薰君愤懑地说："打算疏远我到何时呢？'岂知恋苦人消沉'啊！"大女公子虽然逐渐明白薰君的心事，但妹妹的婚姻事已令她深陷苦恼，十分悲伤，从而更加坚信男女之恋是莫大痛苦之事，心想："我还是坚持独身终老，决不许配于人。纵令薰君诚挚爱慕我，但是一旦成亲后，最终肯定也会落得伤心痛苦的下场。与其如此，莫如彼此都不要伤害对方，永远保持纯洁交往的情谊度过一生。"她的这种想法愈加坚定了。

中纳言薰君试着向她探询丹穗亲王的情况，大女公子只是隐约流露出莫大的忧心，诚如薰君所料。薰君觉得她很可怜，遂向她述说丹穗亲王多么思念二女公子，自己又如何留意观察丹穗亲王的心情等。大女公子觉得他的陈述比往常的真挚，于是对薰君说："且待度过这段令人忧虑甚多的时期，心绪平静下来之后，再行晤谈吧。"薰君觉得她说话的态度虽然不那么冷淡讨厌，但是这扇隔扇却关得很严。他心想："倘若强行打开隔扇，她势必生气痛恨。她会不会有什么别的想法呢？估计她决不会轻易地爱上他人。"这位性格沉稳的薰君，尽管恋心涌动，还是能自我控制住，镇静下来，只是埋怨她说："实在别扭，隔着隔扇谈话，心里好不痛快呀，能否像上次那样晤谈呢？"大女公子带着笑声回答说："近来我比先前更加'憔悴面影可怜身'[01]了，惟恐你见了会生厌。我仍然顾虑到这一点，自己也不知道这种心情是怎么回事。"她那语气和神采使中纳言薰君备感亲切，薰君说道："我被你的这种心情拖着，日复一日，此身结局不知如何呢。"说罢唉声叹息。这两人照例像雌雄山鸟隔着山谷而栖那样，各自独寝到天明。

丹穗亲王没想到中纳言薰君直到现在还像客人，接受独寝待遇。他对二女公子说："中纳言薰君受到形同主人的待遇，轻松自在，多么令人羡慕啊！"二女公子听了此言，觉得真莫名其妙。丹穗亲王排除万般艰难，好不容易才来到这里，可是不久又要离去，深感美中不足，内心着实苦恼。女公子们不了解丹穗亲王的心思，她们只顾一味担心："不知这段姻缘的前途命运究竟如何，未来会否成为世人讥笑的话柄？"她们悲叹不已，可见恋爱真是一桩绞心痛苦的事啊！

丹穗亲王总想悄悄地将二女公子迁往京城，然而苦于找不到适当的住处。六条院那边，夕雾左大臣的殿堂占据一方。夕雾左大臣千方百计总想将他的第六女公子许配给丹穗亲王，丹穗亲王对此不予理睬。因此夕雾左大臣怀恨在心，经常毫不留情地讥评丹穗亲王的轻浮，还向当今皇上和皇后诉苦。缘此，丹穗亲王如果要正式迎娶这位毫无声望的宇治二女公子为夫人，所需顾虑之事甚多。二女公子倘若是丹穗亲王一般宠爱的情妇，那

---

[01] 此句出自《古今和歌集》第681首，歌曰："梦里依然不见君，憔悴面影可怜身。"

么不妨让她在宫中当个差事，反而容易安插，可是丹穗亲王无意将她当寻常情妇看待，丹穗亲王想象："倘若有朝一日改朝换代，一如父皇母后所思，立我为皇太子，届时这二女公子即可充当地位比他人高的女御。"可是眼前他只能作荣华富贵的梦想，却无法实现，心中苦恼万分。

中纳言薰君正在重建今春遭遇火灾的三条宅邸，他打算宅邸建成后，正式将宇治大女公子迎娶过来。薰君心想："实际上，当臣下的我身毕竟轻松多了。丹穗亲王那样苦苦地思念二女公子，忐忑不安地背人耳目悄悄相会，弄得彼此都痛苦不堪，着实可怜。我不如将他们两人私通的事悄悄地向皇后和皇上透露，纵令丹穗亲王短时间内会遭到非议，而感到烦恼，然而对二女公子来说，未必会造成一种坏的结果。像现在这样，偶尔赴宇治，连一夜都得不到从容地相会，多么痛苦啊！我得想方设法让二女公子当上一位堂堂正正的亲王夫人。"他的这种想法，并不那么隐讳。到了冬季换装的季节，薰君心想："有谁会正式公开地照顾宇治那边的女公子们呢。"他体谅照顾她们，遂将幔帐用的薄布和代壁帷幕等物件极其秘密地送往宇治女公子们那边。这些物件原本是为三条宅邸重建落成后迁居时备用而置办的。薰君说："当前，这些物件让宇治那边先用吧。"还吩咐乳母等人特地为宇治那边的侍女们新制各种装束，一并送去赠送给她们。

十月初一前后，中纳言薰君鼓动丹穗亲王说："此时正值观赏饶有情趣的宇治鱼簖上的景致的时机。"于是商量前去观赏红叶的事宜。所带领的随从人员仅限与亲王亲近的宫廷显贵和受亲王青睐的数名殿上人。原本打算尽可能悄悄地作小规模的旅行，然而不管怎么说丹穗亲王毕竟威势兴盛，此信息不胫而走，自然地广为传播。于是夕雾左大臣的公子宰相中将也前来加入旅行的队伍。不过，论公卿大臣，则只有宰相中将和中纳言薰君这二人作陪，此外，一般的殿上人为数众多。

中纳言薰君事前已给宇治的女公子们去函通报信息，信中写道："……当然有可能在贵处歇宿，请务必事先做好准备。去年春天前去赏花的众人，今番亦借此机会到访，也许会假借躲避阵雨之名造访贵府，稍不留神说不定贵芳姿倩影还会被人看见呐……"他细致入微地告知详情。宇治山庄那边着手准备工作：更换帘子，打扫各处，清理岩石间积存的腐朽红叶，去除庭院内的人工溪流中的水草等。中纳言薰君派人送来许多新鲜水果、美味下酒菜等，还遣送为数不少的帮工助手前来帮忙。薰君无微不至的体贴和关照，使得两位女公子觉得很不好意思，但也无可奈何，只好认为："这大概也是前世注定的吧。"遂接受馈赠并准备接待来客。

丹穗亲王的游船在宇治川上来回游弋。船内演奏优美的音乐，山庄里也能听见。八亲王山庄内的年轻侍女们，都出来到面向川畔的这边，眺望船上那隐约可见的情景。虽然没能清楚地看见丹穗亲王本人的身影，但是能望见游船顶篷上装饰着的红叶枝杈，船篷宛如蒙上锦缎一般。船内奏响规格不同的乐器，气势磅礴的乐声随风传送了过来。世人重视奉承丹穗亲王，连微服出游都办得格外特殊，如此隆重。众侍女望见这般盛况，都在想："真是的，织女星哪怕一年只能相会一次，也要等待光辉灿烂的牛郎星啊！"游览行程计划中有吟诗作歌的项目，因此文章博士等也随行侍候。日暮时分，游船靠岸，在夕雾左大臣的山庄内举办管弦乐会，吟诗作乐。众人的戴冠上插有或浓或淡的红叶枝装饰，吹奏《海仙乐》曲子，一个个心满意足、喜气洋洋，惟独丹穗亲王满怀"缘何称谓近江海"[01]的心情，只顾想着不远处伊人望眼欲穿地盼待他，此刻不知会多么怨恨呢，他对眼前的一切都心不在焉。其他众人则应时出题，一个个相互间或赋诗，或吟诵，乐不可支。中纳言薰君拟待众人稍许安静下来之后，赴八亲

---

[01] 古歌曰："缘何称谓近江海，举目不见海藻生。"日语"近江"与"相见"谐音，"海藻"与"眼见"谐音。

王山庄造访，并将此意告知丹穗亲王。恰在此时，宰相中将的兄长卫门督奉明石皇后之命，率领庞大的随从队伍，一个个穿着正式装束，威风凛凛地赶了上来。像丹穗亲王这样一行逍遥旅行的队伍，再怎么悄悄进行，都自然会走漏风声传遍四方，或许还会成为后人的援例。更何况此番出行随从重臣为数不多，且突然起程奔赴宇治，明石皇后听说后大吃一惊，遂吩咐卫门督率领众多殿上人匆匆赶来，场面实在尴尬。丹穗亲王和中纳言薰君都颇感为难，实在扫兴。然而其他人不了解这两人的心事，只顾觥筹交错，酩酊大醉，通宵游乐至天明。

翌日，丹穗亲王拟于今日在此地再游览一天，可是京城里又另派中宫大夫带领众多殿上人前来迎接他回宫。丹穗亲王心神不安，万分遗憾，实在不愿意返京。遂给二女公子写封信送去。信内行文没有风流潇洒的华美词藻，有的只是极其认真诚实地详细叙述了自己的思想活动。二女公子暗自估计丹穗亲王身边耳目众多、杂事烦乱，因此没有给他回信。她心想："像自己这样微不足道之身，高攀尊贵的皇子，显然是很不般配的。迄今我们遥居两地，分别多时，不免望眼欲穿地盼待他来，这也是人之常情。自己内心总觉得他快来了，并以此聊作自我安慰。可是眼前所见，他兴师动众，异常热闹地来到附近了，竟然过门而不入，形同不曾相识，真令人柔肠寸断，伤心遗憾啊！"她万般烦恼，乱了方寸。丹穗亲王更是焦虑不安，无比苦闷。随从作陪的人们，想让丹穗亲王倾心观赏鱼簖上捕捞的小香鱼，将许多小香鱼放在铺垫着色彩或深或浅的红叶的盛器上，搅和玩赏，随从的众人都觉得蛮新鲜的，饶有兴趣。丹穗亲王虽然也顺随众人信步漫游，但是内心郁悒，愁绪满怀，不时茫茫然惆怅地仰望苍穹。他遥望八亲王山庄的庭园一带，但见园内的树梢姿态格外优美，攀缠在常青树上的爬山虎与红叶交错呈现的色彩，更有一番深邃的情趣，从远处望去不由得令人泛起凄凉的感觉。中纳言薰君也感到很懊恼，心想："预先去函让

她们有所准备，反而弄巧成拙，实在可叹啊！"去年春天陪同丹穗亲王畅
游宇治的贵公子们，回想起那时节八亲王山庄内樱花的美好景色，相互谈
及八亲王驾鹤西去后，两位女公子在这里生活的心情该多么寂寞、孤单无
助。他们当中可能也有人已隐约听说丹穗亲王与二女公子私通的传闻，当
然也掺杂有全然不知情的人。总而言之，人生在世，纵令在荒凉的原野
里，无论发生什么事，都自然会不胫而走，传遍四方。他们异口同声说：
"这两位女公子长相标致动人，还是弹筝的高手，据说已故八亲王在世期
间，朝朝暮暮苦心传授栽培她们呐。"宰相中将遂咏歌曰：

　　　　樱花烂漫曾瞥见，
　　　　秋来想必添悲凉。

　　他显然把薰君当作女公子们的保护人看待，而冲着薰君吟咏。中纳言
薰君答歌曰：

　　　　樱花绽放红叶艳，
　　　　转瞬即逝抒无常。

　　卫门督咏歌曰：

　　　　山乡红叶富情趣，
　　　　难舍悲秋何处去。

　　中宫大夫也咏歌曰：

故人西去岩垣留，

葛藟情长爬不休。

　　此人在这行人中属耄耋者，咏罢不禁落泪，大概是想起昔日八亲王风华正茂时的往事吧。丹穗亲王亦作歌曰：

秋尽情怀添寂寞，

企盼松风莫逞狂。

　　丹穗亲王咏罢双眼噙满热泪。隐约听闻过其内情的人，有的在想："丹穗亲王那么深沉地爱恋着二女公子啊！今日行将错过良机，不能与伊人相会，多遗憾啊！"此番出行随从者众，也不便前去骚扰八亲王山庄。人们正在吟咏昨日所作的诸多首歌中有趣且可朗朗上口的句子，也有不少作品是运用和歌的形式吟咏宇治的秋色的，不过在这种酩酊、哭泣的时刻所作的诗歌，能有什么佳作呢，在这里略举一二都嫌碍眼，故而省略。

　　八亲王的宇治山庄那边的人们，终于不见丹穗亲王前来造访，但听得吆喝开道者的喊声渐渐远去，大家都无比失望。满心盼待迎接贵宾的侍女们都感到实在遗憾，更何况大女公子，她心想："他果然如传闻所说，'心如月草色易变'[01]啊！以往似乎常听人们说，男人善于虚情假意欺骗人。这里的几个身份卑微的侍女，不时谈论往昔的诸多故事，说有些男子对自己其实并不中意的女子，却能装得很喜欢的样子，擅长甜言蜜语呐。过去我一直以为只有品格下流的人中，才会有这种无耻的心口不一者，而万事迥异于他人的身份高贵者，他们的言行都会顾虑到世人的评议，势必

---

[01] 此句引自《古今和歌集》第711首，歌曰："甜言蜜语口头贤，心如月草色易变。"

谨小慎微，不会胡作非为的。如今看来，我的这种看法错了。想当初父亲尚健在时，也曾风闻丹穗亲王作风轻浮，从而无意与他攀亲。只因中纳言薰君总是夸赞此人怪富有情趣、善于体贴人，终于出乎意外地迎接他为妹夫，埋下了痛苦烦恼的种子，真是极其无聊啊！丹穗亲王的内心与外表不同，相形见绌，其内心浮浅，中纳言薰君对此不知作何感想呢？这里虽然没有特别不融洽的人，但是侍女们的内心中想必都有各自无聊的想法吧，我们真的成了人们的笑柄，多么愚蠢啊！"她思绪万千，情绪低落，真是痛苦不堪。当事人二女公子，则因与丹穗亲王意外地相遇时，他曾对她立下了海誓山盟，因此她对他怀有信赖感。她心想："纵然发生什么事，总不至于整颗心都变了吧。他之所以难得前来一次，想必有难以逾越的障碍吧。"她内心总以如斯想法作自我安慰。当然天长日久总也不见他来，就难免忧心忡忡了。此次既然已经来到本山庄的附近了，竟忍心过门而不入，径直返回京城，实在令人感到心酸，十分遗憾，从而她更加悲伤了。大女公子看见妹妹痛苦不堪不知如何是好的神色，心想："倘若妹妹生长在通常的富贵人家，丹穗亲王对待她就不会如此怠慢吧。"她愈加觉得妹妹实在太可怜。心想："倘使自己长此存活下去，最终也会遭此同样的命运吧。中纳言薰君对我百般倾诉劝说，无非是想探询我的心意，我自己虽然一心想婉拒他，但是支吾搪塞的话毕竟是有限的，总不能永远敷衍下去。何况这里的侍女们，都不懂得以二女公子的遭遇作为前车之鉴，总是想方设法试图劝诱我结缘成亲。我虽然并不心甘情愿，但是最终恐怕难免会落得这样的下场。正因为这样，父亲在世期间，总是再三叮咛'时刻警惕，保持独身度过一世'。他大概担心会发生此类事件，所以才这样告诫吧。我们本是命途多舛之身，以至父母双亡，孤苦伶仃，无依无靠，倘若姐妹俩都遭同样的际遇，让世人耻笑，使九泉之下的双亲烦恼，该多么可悲啊！但愿哪怕只有我一人没有沉沦此苦海，在作孽不深重之前早早离开人世啊！"她沉湎在悲伤的情绪中，心情极其痛苦，饮食全然不思，一心只顾反复思量自己身后事、山庄内的情状等，朝暮沉思，焦虑不安。她看见二女公子的神色，内心极其难受，心想："连我这个当姐姐的也要先于她死去，让她孤身只影，叫她如何忍受得了这种寂寞啊！迄今我朝夕看到她那美丽的倩影而心感欣慰，一心致力于塑造她长成一名典雅高尚的闺秀，付出了他人所不知的艰辛，惟盼她有个光明的前程。如今虽然迎来了身份无比高贵的亲王妹夫，却遭到如此冷淡待遇，成了世人的笑柄，叫她今后还有什么脸面立身处世，如何能过上寻常人的幸福生活。这恐怕是无与伦比的难上加难。"她思绪万千，接着又想："我们姐妹俩活在世上实在没有什么乐趣，只是徒然虚度一生罢了。"她感到寂寞孤独。

丹穗亲王不情愿地返回京城后，立即又想如上次那样悄悄地再次造访宇治。在这过程中，夕雾左大臣的儿子卫门督进宫禀报了丹穗亲王的这个秘密，说："丹穗亲王与宇治八亲王家的女儿私通，因此总是突然远赴山乡去游山玩水，这种似乎是轻率的行为，招来了世人私下的非难。"明石皇后也听说了，她十分担心，皇上听后很不高兴地说："如此说来，让他随心所欲地住在私邸，并非好事。"于是丹穗亲王的行踪被严加管束起来，从此一直让他在宫中守候。

夕雾左大臣欲将自己的六女公子许配给丹穗亲王，可是丹穗亲王不答应。经双方多人商谈最后决定：强迫丹穗亲王迎娶。中纳言薰君听说此事，十分着急和无奈。他暗自苦恼地想："我这个人也太怪异了！这大概是前世注定的宿缘吧。我始终没有忘记已故八亲王生前揪心惦挂两位女公子的那副模样，我很同情他。再说这两位女公子长相也不俗，让她们一生埋没在这山乡中确实太可惜，总希望她们终生获得幸福，缘此异常热心地照拂她们，这种热心关照的程度，甚至连我自己都觉得奇怪。就在这种状况下，丹穗亲王意外地且执拗地前来恳求我居中促成他对二女公子的钟爱。我所爱的不是二女公子而是大女公子。大女公子却要把二女公子让给我，这非我所愿。我就将二女公子介绍给丹穗亲王，如今回想起来真后悔。其实我兼得两位女公子，也不会有人非议。现在已无法挽回，只能痛悔自己愚蠢失策。"薰君暗自思索，苦恼万分。丹穗亲王则更加痛苦，无时不在思念二女公子，爱恋她，对她又深感内疚。母亲明石皇后常对他说："你若有意中人，就领她到这里来，一定让她与别人一样享受荣华。皇上对你特别关爱，而你的行为似乎轻率，让世人有微词，我真替你惋惜。"

有一天，下了一场阵雨后，四周宁静，丹穗亲王来到姐姐大公主房间，这时侍候大公主身边的侍女不多，她正在恬静地欣赏图画，丹穗亲王仅隔着一道幔帐和她交谈。丹穗亲王一向认为："这位胞姐大公主气质无比高雅，妩媚多姿、温柔可爱，真是举世无双，迄今尚未见过第二人。只有冷泉院的公主[01]受冷泉院格外宠爱，世间的声誉也高，深闺倩影风评高尚。"他心中虽然恋慕后者却未曾有机会公开表白。此刻见到大公主，他觉得："宇治山庄的那个人，就以天真可爱、品格高雅这点而论，绝不亚于我这位姐姐。"丹穗亲王一想起宇治的二女公子，就情不自禁地涌起思恋的心潮，为了排解这种激动的心情，他拿起散放在他身边的许多图画观看，只见各式各样美女姿态的画幅，有的画幅背景是恋慕美女的男子的住家，还有饶有山乡情趣的人家等，这是画师各具匠心，潜心描绘出来的世间风俗诸相。有许多画他看了会联想起自己和二女公子的情景，深感兴趣，遂向大公主索取了数幅，打算送给宇治的二女公子。在他所看到的图画中，有描绘《在五物语》[02]中的一个场面的画，说的是在五中将教妹妹弹琴的过程中，吟咏了"他年出阁诚可惜"[03]。丹穗亲王看了这画面

---

[01] 指冷泉院和弘徽殿女御所生的公主。
[02] 《在五物语》：即《伊势物语》，以在原业平（在五中将）为主人公的歌物语。
[03] 此句引自《伊势物语》第49段，歌曰："妹妹秀丽似嫩草，他年出阁诚可惜。"

后，不知出于什么心思，竟悄悄靠近幔帐低声对姐姐说："古人的习俗，同胞兄妹之间都不用隔离，你却对我如此疏远。"大公主心想："不知他在看哪幅画。"她想瞧瞧，于是丹穗亲王将画卷起来，往幔帐内给她递过去，大公主俯身看画，秀发自然垂下，有些露在幔帐外，他隐约窥见她的姿影，觉得无比美丽，百看不厌，心想："她不是近亲血缘关系就好了。"他心情激动不堪，咏歌曰：

> 美似嫩草血缘碍，
> 恋心涌动诚无奈。

大公主身边的侍女们，格外不好意思见这位亲王，都在附近躲避。大公主心想："可咏事物有的是，何苦咏此荒唐无稽之思。"她沉默不语。丹穗亲王当然知道大公主持这种态度是理所当然的，他也觉得那个说"信口置评何苦来"的女子[01]过分风流可憎。这位大公主和丹穗亲王，都是已故紫夫人特别呵护精心抚养长大的，因此在许多皇子公主中，这两人感情上尤其无隔阂，格外亲近。明石皇后也无比重视、关怀珍爱大公主，随身侍候大公主的侍女，相貌不佳略有缺欠者，一般都不使用。因此大公主身边的侍女，有许多是身份高贵人家的女儿。生性容易移情别恋的丹穗亲王，对这样新奇的侍女，有时也有调笑之举，但还是没有忘却宇治的二女公子，然而毕竟是阔别多时没有通信息了。

宇治那边的两位女公子盼待着丹穗亲王的到来，但是此番隔绝的时日实在是太长久了，不免心生疑虑："还是遭遗弃了吧？"她们内心忐忑不安，恰逢此时，中纳言薰君到访。他是听说大女公子身体欠佳，遂前来探

---

[01] 《伊势物语》第49段中，在五中将的妹妹答歌曰："比喻嫩草出意外，信口置评何苦来。"

望的。大女公子的病情虽然不是那么严重，但是大女公子借病谢绝与他会面，中纳言薰君说："惊闻贵体欠安，遂不顾远途跋涉，赶来探望，还盼许我接近病榻。"他恳切地一个劲要求，侍女们只得引领他到大女公子通常歇息之处的幔帐前。大女公子觉得："引领他进入如此无隔阂的地方，实在令人为难。"她心里非常不痛快，但对他也不过分简慢，抬起头来答话。中纳言薰君详细地述说那次大队人马观赏宇治红叶的情景，言明丹穗亲王过门而不入绝非出自亲王本意，最后劝导她说："请放宽心，宽容对待，切莫焦灼不安而心怀怨恨。"大女公子回答说："舍妹倒并不那么怨恨，只是先父健在期间，总是训诫我们切莫发生诸如此类的事，如今回想起来，不由得伤心难过啊！"她那神态似乎在哭泣，薰君也于心不安，觉得对不起故人八亲王。薰君说："世间无论任何事，都不可能是单纯一个样的，简单推断无济于事，不谙情况复杂的人，也许难免只顾徒劳怨恨吧。万望耐心等待，相信丹穗亲王的结缘事不会发展到令人忧虑的地步吧。"中纳言薰君暗自揣摩，觉得自己怎么对他人的事还那么上心关照呢，真不可思议。

　　大女公子的病情，每到夜间总是比白昼沉重痛苦，今夜还有个外人中纳言薰君在病榻近旁，二女公子感到为难，不知如何是好。侍女们遂去对中纳言薰君说："还请您依照惯例到那边房间去吧。"中纳言薰君答道："我因惦挂大小姐的病情，今天特地不顾远途跋涉，赶来探望，你们现在撵我出去，太不近人情了，试问在这种病状下，有谁能如此真心诚意地前来探访呢？！"他说着就出去到老侍女弁君那边商量，吩咐她着手举办祈祷法事等。大女公子听闻此事颇感不悦，心想："举办什么祈祷法事，多寒碜呀！我这讨厌之身，还巴不得快些死去呢！"但又顾念到辜负他的这番亲切美意，未免太不知趣。其实她的心情终归还是想存活下来，这份心思也着实太可怜。第二天早晨，中纳言薰君说："大小姐的病状见好些吧？但愿能像昨天一样同我晤谈。"侍女将此言转告大女公子，大女公子说："我患病多日，今日更觉难受不适。中纳言既然如是说，那就请他进来吧。"侍女将此话传给薰君，薰君十分悲伤，忐忑不安，"不知大女公子的病状究竟如何？！"薰君觉得大女公子今天对他的态度比往常温柔亲切，他反而更加担心了，他靠近她的病榻，对她说了许许多多。大女公子说："我痛苦难受，不能答话，留待稍见好后再说吧。"她的话声有气无力，显得十分哀伤。中纳言薰君见状更觉无限怜爱她，不由得悲叹不已。然而终归不能茫茫然滞留此地，尽管非常担心她的病情，也只得返回京城。临走前薰君撂下话说："这种地方还是不能长久住下去啊！倒不如以移居养病为由，迁居到合适的处所吧。"薰君还拜托阿阇梨尽心祈祷，而后起程返京。

中纳言薰君的随从人员中有一人，不知何时，早已同这山庄里的一个年轻侍女结缘。有一回这两人谈话的过程中，男的告诉女方说："那位丹穗亲王被当今皇上软禁，今后不许微服出游，必须闭居宫中。而且还向左大臣夕雾家提亲，为丹穗亲王迎娶这家的六女公子为他的妻室。女家早就有此意，故亲事一提就成，年内即将举行婚礼。丹穗亲王对此桩婚事十分不情愿，虽然闭居宫中，但心里总盘旋着那轻浮之事。皇上和皇后多次训诫，他还是静不下心来。我家主公中纳言薰君极其迥异于寻常人，过分严肃认真，人们对他大都望而生畏，只有来到这里，他才呈现出非同一般的绚烂夺目的光彩，大获众人的好评。"这侍女又将听来的这番话转告她的伙伴说："我的爱人是这样说的呐。"这些话传到大女公子的耳朵里，她心里十分郁闷，难受至极，心想："妹妹与丹穗亲王的缘分已尽了。原来他恋爱妹妹并与她结缘，只不过是在他明媒正娶妻室之前的一时寻欢。只为顾虑中纳言薰君会责难他薄情轻浮，才在口头上施展甜言蜜语的伎俩罢了。"总而言之，他人的薄情冷酷，自己也顾不了这许多，但只觉得自己越来越没有置身之地了。她灰心丧气瘫软无力地躺卧下来，原本就是病弱的身躯，现在更觉寿命不长了。身边虽然没有需要顾忌的人，但是她也觉得没有脸面见她们，她佯装未曾听见侍女们私下的传闻，独自就寝了。此时在她身边的二女公子，正是"陷入沉思打瞌睡"[01]，她那睡姿蛮可爱的，曲肱而枕，秀发在枕边散开的情景，真是难得一见，美不胜收。大女公子凝眸注视着她，想起已故父亲的谆谆训诫，反反复复言犹在耳，她情不自禁地悲从中来。她浮想联翩："父亲生前无罪孽，不至于坠入地狱，父亲无论在黄泉的任何地方，请务必把我迎接到父亲那里去吧。父亲驾鹤西去，把我们两个苦命的女儿舍弃在世间，连梦也不给我们托一个啊！"

日暮时分的天色着实凄寂，阵雨倾盆而下，凄风横扫树叶的萧瑟声，催人泛起无比的哀愁，陪着妹妹的大女公子躺在病榻上，继续忧伤地回忆往事，不安地思索未来，那副神态极其高雅。她身穿洁白的衣裳，秀发虽然久未梳理但依然一丝不乱，美丽动人。她久卧病榻，脸色略显苍白，却反而增添了清秀的美感，她陷入沉思时的眼神和前额的样子之秀丽，真恨不得让善解情趣的人来鉴赏呢。正在打盹的二女公子，被狂风的呼啸声惊醒，坐起身来。她身穿金黄色、淡紫色等色调鲜艳的衣衫，两颊绯红，活像抹上了胭脂，神采飞扬，水灵可爱，一派无忧无虑的样子。她对姐姐说："适才我梦见父亲，他茫然若失、忧心忡忡地在这一带环顾四周。"大女公子听罢更加悲伤，说道："父亲撒手人寰之后，我总盼望梦见他，可是一次也未曾梦见过。"姐妹俩相视而痛哭。大女公子暗自想："近日来我朝朝暮暮都在思念父亲，也许父亲的灵魂就在这一带游荡，我多么想到他身边去，不过像我们这样罪孽深重的人能如愿吗?！"大女公子连来世的事都考虑到了，她多么希望获得古代唐国的还魂香[02]。

---

[01] 此句出自《古今和歌六帖》，歌曰："双亲训诫似流水，陷入沉思打瞌睡。"
[02] 据传焚烧还魂香后，死者的身影就会在烟雾缭绕中呈现。汉武帝于李夫人死后烧此香，就见到她的面影。

天色漆黑时分，丹穗亲王派遣使者送信来了。适逢此时接来信，心情上可能多少也得到些慰藉吧。但是二女公子并不立即把信拆开观阅，大女公子说："还是沉稳下来，诚挚地给他写封回信吧！倘若我就这样撒手人寰，说不定还会有比丹穗亲王更荒唐的人来纠缠你，实在令人担忧。但是倘若得到此亲王顾念旧情偶尔来函，通通信息，他人有所顾忌就不敢胡生歹念了。丹穗亲王虽然轻浮可恨，但也有可供仰赖之处。"二女公子说："姐姐想抛弃我而先走，太冷酷了！"说罢情不自禁地以袖掩面哭泣起来。大女公子说："只要大限一到，我片刻也不想久留人世间，寿命是苍天注定的，所以才存活苟延至今，我之所以悲叹这世间'明日不知身何处'[01]，你以为是为了谁才可惜此生命的呢？！"遂命人把灯火端过来，阅览来信。函件照例详详细细地写了许多，信内咏歌曰：

思念伊人望长空，
阵雨浇愁情更浓。

大女公子心想："此歌大概想借用古歌'何曾如此濡湿袖'[02]之意吧，这是听惯了的句子，也许丹穗亲王在想：'与其弃置不顾，不如敷衍几句。'"她想到这些就觉得更可恨。但是丹穗亲王毕竟是世间罕见的光彩照人的美男子，难怪引人注目，加上他那风流倜傥的艳情举止，更令年轻的二女公子着迷，这也是很自然的事。二女公子与丹穗亲王阔别多日，难免思念心切，她总是以宽容的心态转念回想："他曾那样情真意切地对我立下海誓山盟，不管怎么说，总不至于斩断前缘吧。"丹穗亲王的信使

[01] 此句引自《古今和歌集》第838首，歌曰："明日不知身何处，今朝犹在悼念人。"
[02] 古歌曰："十月阵雨频频降，何曾如此濡湿袖。"见《源氏释》。

催促索要回信说："今夜必须持回信返京。"众侍女也都劝请她回复，二女公子仅答歌一首曰：

> 雪珠飘零深山寂，
> 朝夕怅望天空郁。

　　时值阴历十月底，丹穗亲王想起"已经有一个多月没有去宇治了"，心中焦灼不安，夜夜想外出，可是"障碍颇多未如愿"[01]。今年的五节会举办得早[02]，宫中好生热闹，人们都在忙碌办事。丹穗亲王并非有意不前去造访宇治，但终于未能如愿成行，遥念山庄那边的意中人，想必望眼欲穿了。丹穗亲王在宫中虽然有时也犯轻佻，与侍女们戏言，但还是念念不忘宇治的二女公子。有关与左大臣夕雾家的六女公子的亲事，明石皇后对他说："你还是应当有个明媒正娶的正夫人，此外倘若还有极想会面的人，也可以迎进宫来，庄重地对待人家。"但是丹穗亲王表示不愿意，他说："不着急，容我再作仔细思考。"丹穗亲王内心中确实不想让意中人遭受委屈，可是宇治那边的女公子们并不知道他的心思，她们只顾与日俱增地忧虑悲伤。中纳言薰君也觉得丹穗亲王的轻浮行径出乎意外，他万没有想到事态竟演变成眼下这般情景，心中觉得二女公子实在可怜。近来他几乎不去会晤丹穗亲王，却屡次探访宇治山庄，他总惦挂着："不知山庄那边的情况如何？！"

　　到了十一月份，中纳言薰君听说大女公子的病情略见好转，然而此时正逢公事私事诸多繁忙，以至五六天过去了，他都不曾派人前去问候，蓦地想起此事，不由得极其牵挂，不知大女公子后来的病状如何，遂不得已

---

[01] 此句出自《拾遗和歌集》，歌曰："小舟进港欲谋面，障碍颇多未如愿。"
[02] 阴历十一月内第一个五日开始举行五节会，故每年迟早不一样。

放下诸多要事，急匆匆地奔赴宇治山庄探望。此前他曾吩咐必须举行祈祷法事直至大女公子病愈，由于病势略见好转，所以阿阇梨已返回山寺，因此山庄内人数不多，照例由那个老侍女弁君向中纳言薰君汇报大女公子的病状。她说："说不上哪里有什么病痛，也不是什么特别剧烈的痛苦，只是全然不思饮食。大小姐的身体本来就与常人不同，体质荏弱，自从家里发生了丹穗亲王那件事之后，她的心情更加郁悒，最后连水果都不思吃了。天长日久使得身体极其衰弱，看来已经全无希望了。我们这种劳碌命苦的人，反而多余地长命，眼睁睁地看着这种悲伤的状况，真是束手无策，恨不得比她先一步死去。"她言犹未尽却已泣不成声，这也难怪。中纳言薰君说："为什么不把这些情况早些告诉我呢？最近冷泉院的御所及宫中事务都很繁忙，我多日没有前来探望，内心着实惦挂。"薰君被引领到先前来过的房间里，坐在大女公子的枕边，和她说话，可是她的声音也许全嘶哑了，无法顺畅答话。薰君埋怨说："小姐病势如此沉重，怎么没有任何人向我通报呢，实在令人伤心。想来我再怎么牵肠挂肚，也无可奈何。"中纳言薰君遂把那位山寺的阿阇梨请来，此外还邀请了世间以灵验著称的许多僧人前来，拟于明日举办祈祷法事和诵经等。薰君还召集他的众多侍臣前来照料，霎时间上上下下众人熙熙攘攘，十分热闹，因此这山庄里的侍女们全然忘却了往常的心中不安，都觉得胆壮有盼头了。

日暮时分，侍女们来请中纳言薰君用膳，说："请到那边坐。"她们招待他的膳食是开水泡饭等。中纳言薰君说："能否让我哪怕在她近旁侍候呢？"南厢房里早已设有众僧的座位，东面稍近大女公子病榻处，张开一道屏风，让薰君进来就座。二女公子觉得与薰君相距太近很不好意思，可是侍女们认为中纳言薰君与大小姐之间还是存在不可分离的深切缘分，对待他不能采取冷淡见外的态度。

当天晚上约莫亥时左右的初夜，僧人开始不断地诵念《法华经》。仅由音色嘹亮的十二名僧人诵念，那声音听上去着实庄严动听。南厢房内点着灯火，病室内则是昏暗的，因此薰君撩起隔着的幔帐，稍许膝行入内看了看，只见有两三个侍女陪伴在大女公子身旁侍候。二女公子意外地看见薰君走进来，旋即回避了，因此室内人数甚少。大女公子孤寂地躺在病榻上，中纳言薰君握住大女公子的手，对她说："你为什么一声也不吭呢？"大女公子奄奄一息，时断时续地说："我内心想说，但是说话十分困难，很痛苦。多日不见，我担心见不着你而死去，正在深感遗憾呢！"中纳言薰君说："我没有及时来探望，害得你如此盼待啊！"说罢放声痛哭了起来，触摸到大女公子的额头，感觉有点发烧，薰君说："常言道：无端冤枉人，才获报应患重病。可你有什么罪孽呢，竟然遭受如此恶报！"他把嘴凑到大女公子的耳边，说了许许多多。大女公子既感厌烦，又觉羞愧，用衣袖遮住了脸庞。她的身体更显得极其衰弱，气息微弱地偃卧病榻。中纳言薰君心想："倘若她就这样撒手人寰，我的心情会是怎样的呢？"他不由得感到肝肠寸断般的悲痛。中纳言薰君隔着屏障对二女公子说："二小姐多日来忙于看护病人，想必身心极其劳顿，今夜请安心歇息吧，今宵由我来负责值宿。"二女公子虽然有些不放心，但转念又想："其中想必有什么情况吧。"于是她退到稍远处歇宿。中纳言薰君虽然与大女公子不是直接面对面，却是一直坐在很近的一侧，以便随时照料。大女公子既感到很痛苦，也很羞愧，不过她也在想："可能我们两人之间真有这份宿缘吧。"再说薰君气质无比高雅，为人忠厚，诚挚可靠，比起那个人来确实优秀多了。她担心她死后，在薰君的回忆里，会不会是一个执拗倔强、不解情趣的冷酷女子，她不希望给他留下这样的印象，因此对薰君所示的特别好意也并不弃之不顾。中纳言薰君彻夜守候在大女公子身旁，指示众侍女行动，侍候病人服汤药等，但是大女公子连一口都不想喝，薰君心想："她病入膏肓怎么得了，如何才能挽救她的生命呢？"他束手无策，万分焦急。

　　拂晓时分是通宵不断诵经的僧侣们换班的时刻，诵经声嘹亮庄严，阿阇梨也彻夜诵经，偶尔也有打盹的时候，醒过来就诵念陀罗尼。他因年迈声音嘶哑，不过，由于修行功力深，听起来觉得法力扎实。阿阇梨向薰君探问："今夜大小姐的病状如何？"就势还追忆了已故八亲王的诸多往事，不时涕下，他说："八亲王的灵魂此时不知在何处，据贫僧估计，想必早已往生净土。不过，前些日子我在梦中见他时，却还是一身世俗装束，他对贫僧说：'我早已决心抛弃红尘，因此对俗事毫无所恋。只是对两个女儿稍有惦挂，不由得心乱，以至暂时不能如愿往生极乐净土，每想及此，不由得深感遗憾。请你替我多积聚功德，助我往生净土。'他说得很明确，可是贫僧我立时想不出该积什么样的功德，只好尽自己所能，请五六位正在山寺里修行的法师，做称念南无阿弥陀佛等佛名的称名念佛。后来我又想到，请他们做'常不轻'礼拜[01]。"中纳言薰君听了深受感动而落泪。大女公子听了，心想："我们姐妹俩甚至成了亡父之灵往生极乐净土的障碍。"她在疾病的痛苦折磨中，感到罪孽深重，极其悲伤，恨不得立即断气。她躺在病榻上，耳听阿阇梨说话，心想："但愿在亡父之灵往生净土之前，自己能追随父亲而去，同父亲生活在同一个世界。"

　　阿阇梨没有谈多久就做功德去了。做"常不轻"礼拜的一行僧人，不仅环游附近的山村，甚至环游到京城。此时这行人受不了黎明时分的冷风侵袭，折回到阿阇梨做功德之处。他们来到山庄的中门处，郑重其事地以庄严的声调诵念偈语，叩首礼拜，当念诵到二十四字偈的末句"当得作佛"时，人们都深受感动。客人中纳言薰君本来就是深信佛道者，此刻更

---

[01]　"常不轻"礼拜：出自《法华经·常不轻菩萨品》，僧人叩拜常不轻菩萨，口念二十四字偈"我深敬汝等，不敢轻慢，所以者何，汝等皆行菩萨道，当得作佛"在各处环游的一种修行法。

被深深打动。二女公子非常担心姐姐的病情，走近病室深处的幔帐后面探望，中纳言薰君听到动静，旋即正襟危坐，对她说："二小姐听这念诵'常不轻'的声调，感觉如何呢？它虽然不是格外盛大的祈祷法事，但也非常庄严。"遂咏歌曰：

> 拂晓霜降河川畔，
> 千鸟哀鸣更惆怅。

薰君用说话的语调咏了此歌。二女公子看见此人的姿容，总觉得他貌似那位薄情郎，权且比作那人看待，可是毕竟不便直接答歌，于是通过老侍女弁君传达，歌曰：

> 黎明霜打千鸟啼，
> 可知沉思人悲戚。

由老侍女传达二女公子的歌，很不得体，不过她总算还能把情趣表达了出来。

中纳言薰君内心极其难过地回忆："大女公子往时对此种寻常的诗歌赠答小事，也都持谨慎含蓄的态度，亲切和蔼地作答歌，如今她倘若终于真的永别了，该多么令人悲楚啊！"薰君沉浸在伤心中。他联想起阿阇梨梦见已故八亲王的事，心想："八亲王在天之灵，想必也在惦挂着两位女公子的凄苦状况吧。"于是还在八亲王生前曾待过的山寺里请僧众诵经念佛为八亲王追福，并派遣使者往各处寺庙张罗，为大女公子举办祈祷法事。他对在京城里的公事或私事都一概请假。对祭祀神灵、被除邪恶等各种法事，只要能做到的都倾尽全力去做。然而这病因不是由于妖魔鬼怪作祟所致，因此法事没有什么效验。倘若病人自身向佛祖祈求保佑痊愈，说不定还会见效，然而大女公子却在想："我还不如趁此机会，早些死去干净。中纳言薰君这样毫无隔阂地在我身边陪伴，简直形同夫妇，我现在已无法拒绝他了。假使就这样非同寻常地在精神上深切结缘，又恐这种深情日后会逐渐淡薄，彼此疏远，那是多么令人心神不安的忧伤事啊！如果我这次大难不死，当以疾病作为借口，改变形象遁入空门，惟有这样，才能永葆相互间的纯洁爱情。"她下定决心，不管今后病情是好是坏，都必须按既定想法来行事。但也不可自作聪明地向薰君表白，于是她对妹妹二女公子说："我越发感到自己的身体不行了，据说在这种时候受戒为尼，功德颇大，可除病延年。你去把阿阇梨请来，为我授戒吧。"众侍女听了这话，不由得喧嚣哭泣了起来，她们不以为然，说道："哪有这种道理，中纳言薰君大人如此百般操心照料，他知道了会多么伤心失望啊！"她们都认为，削发为尼对大女公子来说实在不妥，因此没有把此事转告薰君。大女公子怅然若失，深感遗憾。

这样，中纳言薰君长久滞留宇治山庄，这消息一个传一个，逐渐传开，也有人特意到宇治来慰问。平日经常在薰君宅邸内出入的人以及亲近的家臣等，看见中纳言薰君如此这般关怀备至地照顾大女公子，也各自为病人做祈祷，为病人担忧。中纳言薰君想起今日是丰明节，心中遥念京中的情况。这天朔风凛冽，大雪纷飞。他想："京城里即使遇上这种天气，也不至于如此凄厉吧。"心中不免焦灼不安，心想："难道我与她就只有这点浅薄的缘分吗？！"他自叹命苦，却又觉得不应怨天尤人，"只盼她病体恢复健康，哪怕短暂一个时期，好让我面对她那亲切可爱、谦虚谨慎，招人喜爱的倩影，倾吐我全部心思。"他陷入绵绵沉思，伴随暗淡无光的雪天，又熬到了日暮。他咏歌曰：

天光阴沉罩山庄，

暗淡心情伴神伤。

　　山庄里的人们，不知怎的，因有薰君在场都觉得胆子也壮了。中纳言薰君照例隔着幔帐，坐在大女公子病榻近旁侍候。一阵风吹了过来，把幔帐吹得翻掀开，室内展露，但见二女公子退避到室内的深处，几个其貌不扬的侍女也不好意思地躲开了。中纳言薰君膝行至大女公子身边，落泪潸潸，问候她说："今天感觉如何？我已想尽办法，尽力举办各种祈祷法事，没想到竟是徒劳而无功，连你的声音都听不到了，真令人伤心。倘若你舍我而去，叫我多么凄凉啊！"大女公子似乎已届弥留之际，却还能举袖巧妙地遮住脸，她有气无力地断断续续说："我的病情倘若能稍好些，还有话想对你说啊！此刻我只觉得昏昏沉沉欲断气似的，实在遗憾！"她那神情非常可怜，中纳言薰君的泪珠早已止不住地扑簌簌滴落，他蓦地想到不应让人看到自己这副不吉利的哭丧模样，于是强自忍耐，谁知却抑制不住，终于放声痛哭了起来。薰君心想："不知是前世注定的什么因缘，我那么无限地恋慕她，受尽了无数的磨难，如今又要诀别吗？倘使她在气质或姿色上稍许有缺欠，也许会使我减轻些思恋。"他凝眸守候着病人，越看越觉得她端庄美丽，令人无比爱怜。她的胳膊等已经非常瘦削，衰弱得几乎形同人影，然而肌肤的色泽没有变，依然白嫩绮丽，她穿着洁白柔软的衣衫，那推开盖被，横躺在褥子上的姿影，活像一个没有骨骼血肉的偶人。她的秀发虽然并不厚密，但从枕边洒落下来，光泽亮丽，那形态着实美极了。他边看边想："不知最终将如何，看样子存活的希望似乎渺茫，挽救乏术啦！"他感到无限惋惜。她久卧病榻，不事梳妆打扮，然而其姿态却远比那些精心浓妆艳抹，花哨刺眼，飞扬跋扈地招摇的女子优美典雅得多。中纳言薰君越仔细观察她的美姿，就越觉魂牵梦萦，难以平静，他说："你倘若最终舍我而去，我须臾也不想存留尘世间。假使命里注定，非存活不可，我也要遁入深山，隐居修行。不过可怜的是，留下令妹孤身只影，寂寞残存世间啊！"他想听到大女公子的回音，遂以二女公子的话题为引子，说了这番话，大女公子稍微移开遮住了脸的衣袖，说道："我如此薄命，纵然被你视为无情的人，也无可奈何。我曾委婉地向你请求过，请你如同爱我一样地爱我遗留下来的妹妹。你若能让我的这个宿愿得到满足，我死也瞑目了。我只因有这丝牵挂，才在这世间苟延残喘。"薰君答道："我这令人不屑之身，也好生命苦啊！除了你之外，我决不爱第二个人，所以不曾听从你的规劝。如今想来，颇感后悔，且甚抱歉。不过令妹之事，今后我会安排好的，请放心勿念。"薰君用这番话安抚她。这时，只见大女公子的神情极其痛苦，薰君旋即召唤做法事的阿阇梨等到病室附近来，极尽所能地做各种认为灵验的祈祷。薰君本人也虔诚地祈求佛祖保佑。然而也许佛祖有意让他厌弃尘世，故特意让他经受这种种悲怆灾厄吧，大女公子眼见着就像草木枯萎一般，终于停止了呼吸。实在是太悲惨了。中纳言薰君痛恨无法挽救她，顿足懊悔，也顾不上担心会被旁人讥笑了。二女公子看见姐姐已经断气，悲伤痛哭，恨不得与姐姐一起归西，这也是难怪的。几个机灵的侍女看见哭晕过去的二女公子，说道："在亡者身边是很不吉利的。"说着扶二女公子到他处去。中纳言薰君说："不管多么病入膏肓，也不至于如此突然辞世啊！不会是在做梦吧？！"说着把灯火移近，挑亮火苗仔细查看尸体，只见衣袖遮掩的面容宛如平静安眠一般，睡姿绮丽，与生前别无异样。他悲伤至极，不由得冥想："这遗体若能成金蝉脱下的皮壳，永久保存，随时能见，该多好啊！"

于是举行临终受戒法事[01]，当梳理遗体的秀发时，顿时散发出一股薰衣香的香味，简直与生前别无二致，多么美妙可亲的芳香啊！中纳言薰君

---

[01] 临终受戒法事：即给遗体削发授戒的仪式。

心想："我真想在她身上找出些缺陷，借以消减我对她的恋慕苦楚。"他
向佛祖祷告："倘若佛祖真的想拯救我，让我厌弃尘世的话，恳请启示助
我，让我看到可怕的遗体容颜，哪怕让我能从诀别的极度悲伤中多少有所
醒悟。"然而悲伤的情绪总是难以抚平，反而愈加剧烈，最后终于狠下决
心："干脆送她去火葬吧！"于是按惯例准备举行葬礼仪式，这真是一桩
痛苦的行事。中纳言薰君神情恍惚，双足仿佛踩空，在随行人的搀扶下前
往送葬。最后的火葬仪式很简单，升空的云烟也不很多，实在惨淡没劲。
薰君茫然若失，返回宇治山庄。

　　为大女公子做七七法事期间，宇治山庄内人数众多，尚不显凄凉。可
是二女公子自叹命苦，深恐他人讥笑，自觉羞耻，郁郁寡欢，成日沉溺在
悲伤苦海中，似乎也要跟着死去似的。丹穗亲王那边不时派遣使者前来慰
问。然而，已故大女公子一直把他视为出乎意外的薄情人，直至她临死还
怨恨他。每当想到这些情况，二女公子就感到与丹穗亲王结缘是极其不幸
的。

　　中纳言薰君想借此无限愁苦的时机，了却遁入空门的宿愿。但又顾及
三条宅邸内的母亲会伤心，并且还惦挂着宇治二女公子孤苦无依，前思后
想，心绪烦乱，继而又想："倒不如按照故人大女公子所嘱托，把二女公
子当作故人的念想来呵护照顾她……从自己的本意来说，二女公子纵然是
大女公子的胞妹，但是我除了大女公子以外，不愿移情别恋他人。然而与
其将她让给丹穗亲王让她苦受折磨，不如把她当作纯洁可亲的共话伴侣，
日后一如既往关怀照顾并经常到宇治来与她会晤，聊以慰藉我对故人的无
限思恋。"

　　中纳言薰君丝毫不思返回京城，整个人锁在悲戚中度日，深居宇治山
庄里，几乎与世隔绝。这些情状世人皆有传闻，并议论说："可见他对故
人的深情非同寻常。"始自宫中的各方人士都纷纷前来吊慰。

没有意思的日子一天天地过去，每逢七日所做的佛事都相当隆重，为死者祈求冥福、积聚功德的佛事，都郑重其事地办得格外庄重。不过中纳言薰君碍于名分的关系，不便换装改穿黑色丧服[01]，而曾受到大女公子偏爱的侍女们都换上了深黑色丧服，星星点点地散见于各处，薰君触景生情咏歌曰：

　　　　未能如愿穿丧装，
　　　　潸潸血泪亦徒然。

　　薰君止不住的悲伤热泪滴落在他那浅红色的衣服上，活像冰珠融化，闪闪发光。他陷入沉思冥想的神态着实温文尔雅、清新俊美。众侍女悄悄地从幔帐缝隙窥见，相互议论说："大小姐红颜薄命，一去不复返了，大家为她悲伤痛楚自不消说。可是，一想到我们向来见惯并感亲切的这位中纳言大人，从此会不会就不再来访了呢，不由得令人感到万分惋惜，太遗憾了。中纳言大人与大小姐出乎意外真是前世注定的一桩良缘啊！中纳言大人那么情深意浓，两人最终却未能结成连理。"说罢都哭了。中纳言薰君对二女公子说："今后我将视小姐为令姐的念想，任何事都会告诉你，你有话亦请随时盼咐，但愿你对我不要疏远见外为盼。"二女公子听罢只觉羞愧万分，心想："自己好生命苦，一切遭遇都很不幸啊！"这期间她一次都未曾和他面对面谈过话。中纳言薰君总觉得："这位小姐聪敏果敢，比她姐姐多些孩子气，她品质高雅，但是在待人亲切、性格含蓄方面，比她姐姐略逊一筹。"

　　漫天飞雪，终日下个不停，天色灰暗，中纳言薰君成天惆怅，郁悒沉思。傍黑时分，世人似乎觉得乏味的十二月之夜的月亮，毫无朦胧色，明

---

[01] 薰君与大女公子既不是夫妻关系，血缘关系也疏远，故不能为死者穿丧服。

晃晃地高照夜空，他卷起帘子，举头望明月，蓦地想起"欹枕听"[01]之
句。隐约传来宇治川对岸远方山寺的晚钟声，听来钟声似乎在宣告"今日
傍黑又来临"[02]。他触景生情，咏歌曰：

> 月儿行空真羡慕，
>
> 愿随落月共西沉。

此时寒风凛冽，他正想让人把格榥上悬窗放下来，蓦地望见四周的群
山倒映在结了冰宛如镜面的河上，月光闪烁，相互辉映，美极了。中纳言
薰君暗自寻思："京中新建的住家三条宅邸，极其豪华富贵，却总觉得没
有这种深邃的情趣。已故的她哪怕能多活些时日，我们就可以一起眺望并
共话此番美景。"他想入非非，满怀悲痛，咏歌曰：

> 思恋故人苦心焦，
>
> 欲隐雪山[03]寻死药。

他希望自己能遇见那个会教人佛偈最后两句的鬼[04]，这样他就可以借
求法为由，投身喂鬼了。这真是恋情迷心窍以至起污秽的求道心。
中纳言薰君召集众侍女到近旁，给她们讲各种故事，他的神态高雅，

---

[01] 此语引自白居易诗《重题》："遗爱寺钟欹枕听，香炉峰雪拨帘看。"
[02] 此句引自《拾遗和歌集》，歌曰："山寺晚钟悲声鸣，今日傍黑又来临。"
[03] 指天竺雪山，据说天竺雪山上有许多草药。
[04] 《阿含经》及《涅槃经》中的故事说，昔日有个雪山童子遇见鬼，他向鬼求
     法，鬼唱："诸行无常，是生灭法。"最后还有两句，鬼不唱了。鬼说自己饿
     了，唱不出来。童子问："你欲食何物？"鬼说："欲食血肉。"童子说："你
     教我最后的两句，就让你把我给吃了。"于是鬼就唱："生灭灭已，寂灭为
     乐。"童子遂将这四句偈写在石壁上，然后投身山谷喂鬼。

无可挑剔，心境悠闲宁静，思虑深邃。在仰望他的风采的侍女们中，年轻者对他的俊美不禁暗自心驰神往，年长者不由得为故人大女公子的不幸感到惋惜，从而更加悲伤。其中有个老侍女说："大小姐的病情之所以日益沉重，乃因看到丹穗亲王是个出乎意外的薄情人，忧虑二小姐会成为世人的笑柄，深感羞耻所致，然而她不想让当事人二小姐知道她的这份心思，只顾独自憋闷心中，痛恨人事无常。在这期间，她连水果点心都丝毫不沾，眼见身体一天天衰弱下去。从表面上看，大小姐对任何事务似乎都不太操心，其实她内心深处，对任何事都深思熟虑。她痛恨自己连已故父亲的遗训都违背了，一味为二小姐的事忧心懊恼。"侍女们对薰君说了许多情况，有的还追述大女公子生前经常说的话，听者一个个都无限伤心地哭泣。中纳言薰君暗自反思："由于自己的一时糊涂，给大女公子招来了莫大的烦恼。"他恨不能挽回自己以往的过错。由此及彼，他进而怨恨尘世间的一切。于是一心一意地诵经念佛，打算念个通宵达旦，连打个盹都不想。在夜深人静，寒风凄厉时分，突然传来嘈杂的人声和马的嘶鸣。法师们都很惊讶，心想："究竟什么人会在这寒冷的深更半夜，踏雪前来造访呢？"只见丹穗亲王身穿狩衣[01]，神情模样十分憔悴，全身湿漉漉地走了进来。中纳言薰君听见敲门声，知道是丹穗亲王，遂躲入更深的房间里，藏身回避。丹穗亲王知道为大女公子做七七法事尚未期满，还差数日，但是由于思念二女公子心切，实在迫不及待了，于是不顾终夜大雪纷飞，含辛茹苦地赶到宇治山庄来。人们以为丹穗亲王的这般深情厚意，足以抵消近期以来简慢对待二女公子所招来的怨恨，然而二女公子无意会晤丹穗亲王，当她想起姐姐就是由于他对自己的冷漠薄情而深感忧伤以至抑郁成疾，她就觉得十分羞愧。姐姐在世期间未曾看到他有足以让人放心的行动，如今姐姐已作古，他再怎么真心实意改过自新，也无济于事。二女公

---

[01] 狩衣（KARIGINU）：日本平安时代官家的一种便服。

子陷入沉思，因此众侍女都来劝说，并给她讲了许多道理。二女公子好不容易才答应隔着围屏与他会晤。丹穗亲王向她竭力诉说了近数月来简慢待她的原委，一个劲地表示歉意。二女公子只顾出神地听着。丹穗亲王觉得她神态恍惚，担心她会不会追随她的姐姐而去，内心既可怜她，又极其担忧。他今天是不顾日后会遭到母后的斥责，毅然决然奔赴宇治来过夜的，缘此他一个劲地哀求："请撤去围屏吧！"二女公子只说了一句："待我神志更清醒些再说吧。"坚决不与他照面。中纳言薰君听说此情形，遂召唤明辨事理、善解人意的侍女到身边来，对她说："丹穗亲王违背初衷，于大小姐往生前后的近数月来冷漠薄情的行为，固然罪不可赦，二小姐如此怨恨，这是很自然的。不过惩治罪过也要掌握分寸，适可而止，切莫伤了感情。丹穗亲王从未曾受过如此冷遇，想必痛苦不堪。"薰君秘密授意侍女去劝说二女公子。二女公子听罢劝说言辞，觉得薰君的心思也令她感到可耻。于是她不予回答。丹穗亲王说："真没想到如此狠心待我啊！昔日的海誓山盟全都忘却了呀。"他一味唉声叹息，虚度时光。入夜狂风呼啸越发凄厉，他神情沮丧，叹息不已，独自躺了下来。这样的下场虽说是自食其果，但毕竟还是怪可怜的，于是二女公子又照例隔着围屏与他交谈。丹穗亲王向"千尊神佛"[01]发誓，永远不变初衷。二女公子只觉得："此人为什么这么擅长花言巧语？"反而觉得厌烦。不过，她想："比起那种冷漠薄情一直不来造访，他能来会晤，自己还是高兴的。"于是心肠软了下来，不能冷漠地不理睬他，只是茫然地听他述说，过了一会儿，她隐约咏歌曰：

> 回想冷漠无常态，
> 焉能空凭信未来。

---

[01] 古歌曰："发誓言辞何其繁，千尊神佛已听惯。"见《河海抄》。

丹穗亲王反而焦急万状，答歌曰：

"未来人生倘恨短，

眼前我言当信赖。

人事无常，你既然觉得未来人生短暂，那就切莫对我作罪孽的胡思乱
想。"他还说了许多安慰她的话，二女公子答道："由于我心情极坏……"
说着就退入更深的内间去。丹穗亲王顾不上侍女们会讥笑，通宵达旦沮丧
哀叹。他心想："的确，她怨恨我也是理所当然，不过在人前她太不顾我
的面子，实在令人伤心落泪。然而如此待我，可见她内心有多么痛苦。"
他思来想去，体谅到二女公子着实可怜。中纳言薰君久居此处，俨然一副
主人的姿态，随意呼唤众侍女，侍女们都来照料他的膳食。丹穗亲王看在
眼里，既觉得遗憾也觉得蛮有意思。中纳言薰君脸色苍白身体瘦弱，往往
茫然若失地陷入痛苦的沉思，丹穗亲王见状深感同情，诚挚地慰问他。中
纳言薰君虽然知道大女公子临终前后的情形即使说了也无济于事，但是他
还是想向丹穗亲王述说，继而又想："述说起来，难免露出沮丧的神色。"
又深恐被他耻笑愚顽，从而欲言又止。中纳言薰君少言寡语，终日只顾以
泪洗面，寂寥度日，面相似乎也变了，却并不难看，反而显得比先前更优
雅俊美了。丹穗亲王见状，不由得心生轻浮杂念："他倘若是个女子，我
肯定会上心爱慕无疑。"这种想法是出自他轻浮习性的邪念。不知怎的，
他竟担心二女公子会否移情别恋薰君呢。缘此他打算设法在不遭世间的非
难和夕雾左大臣的怨恨下，让二女公子迁居京城。丹穗亲王考虑到，二女
公子如此怨恨不能释怀而冷落他，倘若被父皇和母后听说了，对他今后行
事很不利，因此决定今日返回京城。临走他对二女公子说了许多非同一般
的抚慰言语。二女公子虽然也想回答几句，让他知道"冷淡对人，会使人

多么痛苦不堪"，但是最后还是不能消除隔阂。

年终岁暮时节，天色异乎寻常，即使不是这种寂寞荒凉的山村都会感受得到，更何况在宇治一带的山村，没有一天是晴朗的日子。中纳言薰君怅惘沉思，朝朝暮暮都在观望降雪积雪中度过，心情沉重，恍如在无穷无尽的梦境里。他为大女公子做断七的法事，庄严隆重。丹穗亲王也送来了为数甚多的吊唁品，包括给诵经念佛的众高僧的大量布施等。

中纳言薰君终归不能就这样长期待在这里，成天悲叹直到过年。京城里各处的亲朋好友也都埋怨他长久闭居山村，杳无音信。如今断七法事也都举办过了，无论如何也该返回京城了。然而一想到要离开此地，悲伤的心情实在难以言表。他在此地停留期间，进进出出的人自然众多，一旦离去，这里定然寂寞萧条。众侍女都甚感悲伤，她们回想起大女公子逝世时，人们悲伤痛哭、惊慌骚动，相形之下，如今行将分别，这氛围尽管非常平静，却反而令人感到更加难过。侍女们觉得："以前每逢情趣诱人的时节，薰君总会来访，与大女公子亲切会晤交谈。他这次在山庄居住的时间较长，平日我们得以仰望尊容，他的态度、神采，令人感到深情脉脉、和蔼可亲。无论在风流情韵方面，或实际生活方面，都蒙他周到的关照。如今他这一走，从此再不能见到他了呀！"她们说着不由得伤心落泪。

丹穗亲王派人送信给二女公子，信中说："时常想念要前去造访，但是依然苦于困难重重。我想迎接你到京城我的宅邸附近来居住，一切均已准备就绪。"事情的原委是，明石皇后得知儿子与二女公子的事，心想："中纳言薰君对大女公子如此倾心追慕哀悼，可见其妹也绝非寻常女子，儿子又如此热衷恋慕她。"明石皇后心疼儿子丹穗亲王，便私下对他说："你可让二女公子迁居到二条院的西厢殿来，以便时常相会。"丹穗亲王心存疑虑，担心："母亲会否借此机会，试图命二女公子给大公主做随身侍女呢？"不过能与二女公子经常会面，倒是件喜事，因此才给宇治的二女公子写了此信。中纳言薰君听说此事，心想："我营造了三条宅邸，原本打算迎接大女公子来居住，如今她既已作古，我正想把二女公子接来，哪怕把她当作她姐姐的替身念想呢。"他心中不安，感到事到如今已无可挽回。至于丹穗亲王怀疑他想把二女公子占为己有的事，简直荒诞无稽，自己不曾有过此种念头，充其量只是想："能代替她的父母照顾她的，除了我之外还有谁呢！"

第四十八回

だいよんじゅうはっかい

幼蕨

"日光无处不普照"[01]，偏僻的宇治山庄也看到明媚的春光。但二女公子只觉得像做了一场梦，不知道这些日子是怎么度过来的。多年来她和姐姐都以同样的心情一起起卧，朝朝暮暮随着春夏季节的变换观赏花色、倾听鸟语，时而咏歌，姐作上句，妹咏下句，或反之，时而相互倾诉令人不安的人世间的忧患艰辛，聊以自慰。如今丧失了姐姐，每遇可喜或可悲之事，无人可以谈心共叙。万事只好憋闷在内心底，暗自悲伤。丧失姐姐的伤痛，似乎比当年丧父的哀伤更加惨痛，无时不在思念姐姐，只觉孤单寂寞，日暮途穷不知所措。她愁绪万千压心间，甚至朝夕都辨不清。她觉得人生在世寿命多长是苍天注定，自己不能任意选择死，这也是挺可悲可叹的。一天，阿阇梨派人送信来，信中写道："岁月更新，不知近况如何？自那以后，祈祷作业，依然勤修不怠。现在惦念的只是小姐一人，一心为小姐祈求福德。"随函还送来蕨菜和笔头菜，装在一个可爱的篮子里，并附言说："这蕨菜和笔头菜都是诸童子为敬奉贫僧而摘来的幼嫩时鲜。"字迹拙笨，还附歌一首，故意一字一顿稀疏地写就，曰：

> "春日为君摘蕨菜，
>
> 不忘旧情年年摘。

请将此意禀告小姐[02]。"二女公子看了，估计阿阇梨绞尽脑汁字字推敲才写出这首歌的吧。此歌蛮有诗意，颇具感情，远比那种堆砌词藻，华而不实的歌作更感动人，她不禁流下热泪，命侍女代笔作答歌曰：

---

[01] 此句引自《古今和歌集》第870首，歌曰："日光无处不普照，穷乡鲜花亦盛开。"
[02] 信是给侍女们写的。

春来摘蕨念故旧，

人去楼空情悠悠。

遂命犒赏来使。

二女公子正当妙龄时期，天生丽质，娇美无比。近来由于忧虑万千，以至姿容稍见瘦削，反而更显得高雅而又娇艳了，她的长相酷似已故的大女公子。往时这姐妹俩亭亭并立之时，只觉她们的艳美各有千秋，一向没有相似的感觉，可是如今，有时猛地一看二女公子，就觉得："这不是大女公子吗？"她酷似其姐，甚至令人忘却大女公子已成故人。众侍女望着二女公子那美丽的身影，不免寻思："中纳言薰君大人朝夕念念不忘大小姐，甚至恨不能保存她的遗骸。既然如此，为什么当初不作为大小姐的替身而迎娶这位二小姐为妻呢？也许是没有宿缘吧。"事到如今，她们都觉得很可惜。

中纳言薰君宅内经常派使者到宇治来，始终不断互通信息。据说，"大女公子故去后，中纳言薰君过度悲伤，以至神情恍惚，不顾新春佳节，双眼总是泪汪汪的。"二女公子得知后，心想："可见此人对姐姐的爱恋确非浅薄。"从而对他的同情心更加深切了。

丹穗亲王身份高贵，不便随意外出，他决心迎接二女公子迁居京城。中纳言薰君忙过宫中举行内宴诸事之后，满腹愁怨，无处诉说，痛苦不堪。一天，他进宫拜访丹穗兵部卿亲王。正值静悄悄的日暮时分，丹穗亲王正在房门口附近，观望四周。时而弹筝，欣赏他情有独钟的、向来中意的红梅的芳香[01]。中纳言薰君在红梅树下，折取一枝红梅走了过来，梅花的芬芳格外馥郁艳美，令丹穗亲王陶醉，遂咏歌一首，曰：

---

[01] "情有独钟"是由于丹穗亲王的外祖母紫夫人生前曾嘱咐他："每当庭院里的红梅和樱花绽放时，要热心欣赏并爱护它们。"

折花枝者心似花，

含蓄不露香犹佳。[01]

　　薰君旋即答歌曰：

　　　　"无意赏花被找碴，

　　　　莫若小心折枝花。

你不要胡加猜疑啊！"他们彼此开玩笑，真可谓亲密无间。他们天南地北
地交谈，丹穗亲王首先探询宇治山庄那边的事："大女公子辞世后，那边
的情况如何？"中纳言薰君就向他叙述近数月来无以名状的悲哀以及从那
日直至今天不断思念的苦楚，还倾诉每每触景生情回忆起昔日种种可悲之
事、可喜之情，连哭带笑地吐露一番。薰君尚且伤心落泪，何况秉性多情
善感的丹穗亲王，听了别人的伤心事，也同情地哭得湿透了衣袖，甚至袖
子都能挤出泪水来。薰君的这番动人的情感流露，连苍天似乎都有所反
应，呈现彩霞满天，仿佛知物哀似的。到了夜间，狂风大作，十分寒冷，
宛如依然还是冬天一般。狂风吹灭了灯火，虽然"春夜无由逞黑黝"，令
人不安，但是这两人都无意中止交谈，似乎有谈不尽的话，不觉间夜色已
深沉。丹穗亲王知道薰君与大女公子的恋爱情深意切，世间无与伦比，他
怀疑薰君尚有隐情未吐露，遂问道："话虽这么说，你们俩的关系仅仅停
留在谈情说爱的层面上吗？"他想探询出个究竟，这显然是下意识地以小
人之心度君子之腹的行为。尽管如此，丹穗亲王毕竟是善解人意的人，薰

---

[01] 言外之意是薰君心爱二女公子，却不外露。

君那颗深锁在悲叹郁闷中的心，从他那里多少也能获得些安慰。丹穗亲王一方面安慰他，另一方面也很同情他的遭遇，说了许多令他释怀的话，语言巧妙，饶有情趣，引得薰君积郁多日的哀愁得以稍许发泄出来，心胸逐渐开朗，心情也觉得舒畅多了。丹穗亲王还同他商量宇治二女公子迁居京城之事，薰君说："这倒是件可喜之事。否则连我都觉得自己有过失。我要寻求那永不忘怀的佳人的遗爱，除此人外还会有谁呢！作为我来说，别无所求，只觉得我应该自告奋勇来承担照顾她的一切日常生活等方面。你不至于猜疑我有什么居心吧。"说着遂将大女公子生前曾嘱托他"切莫将舍妹当作外人来看待"，希望他把她看作是大女公子的替身这番意思，约略向丹穗亲王说明。但是有关"岩濑林中杜鹃啼"[01]那一夜会晤二女公子并交谈的事，则保留不说。薰君暗自寻思："我如此思念大女公子，难以自慰，二女公子作为大女公子的念想，正应该由我像丹穗亲王那样，全权保护她才对。"他越想越后悔，但转念又想："如今已无可奈何，倘若总是这样想念二女公子，说不定还会产生荒诞无稽的恋念，这样一来对谁都乏味无趣，岂不愚蠢？"他决意斩断想念的念头。但是又想："尽管如此，有关二女公子迁居京城诸事，真如亲人般照拂她的人，除了自己以外，还会有谁人呢。"于是薰君着手为她准备迁居的诸多事宜。

宇治山庄那边也忙着为二女公子挑选雇用容貌端庄的年轻侍女和女童，众人喜形于色，满意地忙于经办迁居的各种事务。惟有二女公子心绪纷乱，迁居的日期临近，想到要离开而任"伏见故里世代居"的山乡荒芜[02]，实在于心不忍，她感到内心不安，成天忧愁叹息。尽管如此，她又

---

[01] 此句似仿两首古歌，尽管歌意并不十分贴切，一首歌曰："君若恋我来相会，莫学岩濑林中鹃。"（见《花鸟余情》）另一首歌曰："岩濑林中杜鹃啼，怎比我恋更悲戚。"（见《万叶集》）总之意指薰君昔日会见二女公子那一夜的事。

[02] 此语出自《古今和歌集》第981首，歌曰："伏见故里世代居，山乡荒芜诚可惜。"

觉得硬要逞强坚持一直闭居山庄，也没有什么太大的意义。丹穗亲王一个劲地来信倾诉怨恨，说："难得两人立下了海誓山盟，可是如此长久分居两地，这缘分最终会不会就此断绝？不知小姐作何考虑。"她觉得丹穗亲王所言不无道理。可是，"该怎么办呢？"二女公子乱了方寸，束手无策。迁居京城的日期定于二月上旬，随着迁徙日期渐近，二女公子留恋山庄内花草树木的自然景色，觉得自己宛如归雁抛弃萦绕山峰的春霞[01]，而归雁是满心喜悦回归住惯的故巢，自己的去处却不像自己的永久住家，倒像是临时的旅舍，这是多么丧失体面招人耻笑的行程。她愁绪万千压心间，终日苦恼度日。居丧期届满，该是脱掉丧服的时候，要到川原去举行祓禊，可是心里总觉得对姐姐似乎有点薄情。她心中常想，也经常如斯说："我自幼丧母，母亲的面影早了无印象，也无恋念，我把姐姐看作是慈母的替身，心想为她服重丧，穿深黑色丧服。然而丧礼制度中没有这样的规矩，不能如愿，真有无以言喻的悲伤。"中纳言薰君派遣车辆、先驱开道人员、阴阳师等，到宇治来供举行祓禊差遣使用。并赠歌曰：

> 时日无常倏忽变，
> 脱下丧服换彩装。

他确实送来了各式各样色彩纷呈的漂亮衣服。还有迁居时犒赏众人的赏赐，虽然不是什么奢侈豪华的物品，却是按各自的身份，恰如其分地分配，用心十分周到，这份贺礼着实丰盛。众侍女向二女公子禀报说："中纳言薰君大人逢年过节或遇上什么事的时候，总是念念不忘旧情，亲切关照，这份深情厚谊，真是稀世罕见。就是亲兄弟恐怕也难能做到如此程度

---

[01] 此语出自《古今和歌集》第31首，歌曰："抛弃春霞急归雁，只缘住惯无花巢。"

吧。"几个不讲阔气的、质朴的年长侍女，切身感受到薰君这份难能可贵的情谊，感激万分。年轻的侍女们彼此交谈说："迄今二小姐不时得到中纳言大人的会晤，被亲切关照，今后迁居别处，恐怕难得一见了，二小姐不知会多么寂寞，感到失落和思念啦。"

中纳言薰君于二女公子乔迁的前一天清晨，先行来到宇治山庄。照例被引领到客厅里，薰君不由得浮想联翩："倘若大女公子在世，此时我们的恋情想必已发展到亲密无间无须见外的程度吧，我才该先于丹穗亲王把大女公子迎接进京的呀。"他回忆往事，怀念大女公子情趣盎然的言语，暗自思量："尽管大女公子没有应允我的求爱，但也不讨厌我，她从未曾疾言厉色地拒我于千里之外，只因我自己心性懦弱古怪，逡巡不前，以致酿成隔阂。"薰君思绪万千，痛心疾首。他想起昔日曾在隔扇上的小孔窥视内里的情景，遂走近隔扇，从小孔往里窥视，但室内已放下垂帘，什么也看不见，实在没劲。室内众侍女缅怀大女公子，都在低声哭泣。二女公子就更不用说了，她思念姐姐的热泪如潮涌止不住，也顾不到去想明日即将迁居的事，只顾茫然若失地躺着。这时，中纳言薰君叫侍女传话说："久疏问候，其间总觉得忧伤苦闷，难以言状，今日造访拟向小姐略作陈诉，聊慰寸心。但愿一如既往会晤，切莫视同路人，冷漠对我，否则会令我感到形似沦落异国他乡。"二女公子颇感为难，说："我无意冷淡对他，可是，唉！我的心情这般恶劣，不似往常。惟恐应答方寸错乱，故而踟蹰不前。"众侍女你一言我一语，百般劝说："这样一来，可真委屈人家啦！"于是，二女公子最终就在内室隔扇旁与薰君晤谈。

中纳言薰君神态优雅，令人见了甚至会自惭形秽。阔别多日，今日见他更觉得他神采奕奕，无比俊美动人。他真是一位异乎寻常的高雅君子啊！人们都赞叹不已。二女公子一看见他，就联想起时刻难忘的已故姐姐的面影，不胜悲伤。中纳言薰君对她说："我对令姐的怀念之情，是永远倾诉不尽的。只是今日乃乔迁之喜，理应忌讳。"便中止不谈大女公子的话题。薰君接着又说："此后不久，我将迁往小姐的新居附近[01]，世俗常言道'亲人不在意深夜或破晓'，小姐今后无论任何时候，只要有所需，请勿见外，随时言声，我只要一息尚存，当竭尽全力为君效劳，不知小姐意下作何考虑？世间人心各异，此言会否令小姐感到唐突，我也曾踌躇过，自己不能一厢情愿。"二女公子回答说："我确实很不想离开这处居所，虽说你将迁往我新居附近，可我此刻心绪缭乱，不知说什么才好。"她时断时续地说，寂寞伤心得几乎支撑不住似的，她那着实可怜的神态酷似她已故的姐姐，中纳言薰君情不自禁地暗自心想："由于自己的心性懦弱逡巡，以致如此可爱的人，终于成为他人的人。"他深感后悔，但已然后悔莫及，从而丝毫不触及那一夜的事，装着早已全然忘却的样子，神情泰然。

庭院近前的红梅，色香都很诱人。连黄莺仿佛也懂得惜梅似的，频频啁啾鸣啭，更何况两人怀旧的谈话中悲叹"春仍往昔春"[02]，此时的氛围格外凄怆。春风阵阵吹入室内，传来梅花香和薰君身上散发的芳香，虽然不是橘香，亦不免令人追念故人。二女公子回忆起姐姐在世之时，姐妹俩每每为排遣无聊寂寞，或为慰藉对世态的忧伤情怀，一心玩赏红梅的情景，她满怀思念姐姐之情，咏歌曰：

　　　　山风吹袭看花人，
　　　　梅香依旧不见君。

她吟咏歌的声音断断续续，隐约可闻，中纳言薰君颇感亲切，答歌曰：

> 昔日梅花虽依旧，
> 移栽他处非我旁。

歌罢，悄悄揩拭抑制不住的潸潸热泪，不再多言，只告诉她说："且待迁京之后，再次造访，关照一切。"说罢旋即告辞。

中纳言薰君吩咐众侍女备办明日二女公子迁京的各种事宜，又选定那个满面髭须的值宿人等留守山庄，并吩咐附近的自己庄园中的人员经常来照顾诸事，连这种男子的日常生活小事都一一关照到了。那个老侍女弁君说："我没有想过要跟随大家一道进京，可恨自己多余活得这么长命。人们可能也会嫌弃老人不吉利吧，请大家就当我现在已不在人世好了。"她已出家当了尼姑，中纳言薰君硬要她出来相见。薰君觉得她很可怜，十分同情她，照例和她共话陈年往事，他对她说："今后我还想经常到此地来，但愁无人可与交谈，定会很寂寞，你倘若能留守山庄，那真是再好不过了，实在令人高兴。"他言犹未尽，却伤心地哭了起来。弁君说："我这老而不死之命真是'越讨厌它越茂盛'[01]，实在可恨。我埋怨已故大小姐不知为何竟把我留下而走在我前头，进而沉湎于悲叹'尘世一切皆可恨'[02]，我的罪孽多么深重啊！"

于是她又把心中所想的都向薰君诉说，听来只觉得她满腹牢骚，不过中纳言薰君还是巧妙地以善言安慰她。弁君虽然已是耄耋之年，但因昔日的风韵尚存，尽管削发为尼，额头一带的模样变了，反而还显得年轻些

---

[01] 古歌曰："池中浮萍讨人嫌，越讨厌它越茂盛。"见《源氏物语奥入》。
[02] 此句引自《拾遗和歌集》中的和歌："饱经忧患寻常身，尘世一切皆可恨。"

许，别有一种优雅的尼姑相貌。薰君缅怀大女公子之余，心想："当初何苦不让她出家，也许当初让她出家了，她现在还能活着也未可知。就算她成了尼姑，我还可以与她深谈共话深邃的佛道啊！"他感到万分遗憾，甚至还羡慕弁君这位老尼姑，他稍微掀开挡住弁君身影的帷幔，直接面对面地与她诚挚交谈。弁君的确是老了，但是言谈的风度和用心并不讨人嫌，可见她当年的身份教养非同寻常，她哭丧着脸咏歌曰：

> 老身倘能投泪川，
> 不致苟延残命悲。

中纳言薰君对她说："投川结束生命，罪孽可就深重啦！自然死的人有可能到达彼岸极乐净土，可是自杀者是不能去的，甚至还会沉到地狱的底层不能漂浮上来，何苦投身呢。只有修行领悟到世间一切皆空才是上策。"他咏歌曰：

> "纵然投身泪川底，
> 思念恋人难忘记。

这份哀思不知何年何月才能获得稍许慰藉啊！"他的哀伤情绪似乎绵延无尽期，也不想返回京城，只顾茫茫然地陷入沉思，不觉间天色已是日暮时分，心想："倘若任意在此歇宿，也许会招致丹穗亲王的多疑。"何苦自讨没趣，遂起程返京。

弁君将中纳言薰君的心思和言谈等转告二女公子，悲伤之情越发深沉，泪流不止。其他众侍女个个喜形于色，忙于缝制衣衫。几个年老的侍女也忘却了自己老丑的容颜，使劲地打扮，相形之下，显得弁君更见憔悴，她伤心地咏歌曰：

人皆忙于赴京城，

惟独尼僧泪湿袖。

二女公子答歌曰：

"前途渺茫似浮萍，

泪湿衣袖无异君。

纵令我赴京城，估计也难以久留，看届时的情况如何再行定夺，也许还会
返回山庄，这样一来，我们还可再次见面。不过想到今后要暂时让你留在
此地孤苦度日，也于心不安，我就更不想进京了。像你这样身为尼僧，也
不必全然断绝尘缘，一味闭居山庄，还望你一如世间寻常人，不时进京来
探望我。"她很亲切地说了这番话，把姐姐生前常用的可作纪念的器物，
全都留下来给弁君使用。二女公子还对弁君说："看到你对已故姐姐的哀
思悼念比其他人都更加深切沉痛，就觉得你与姐姐想必有格外深厚的前世
因缘，从而更觉得你和蔼可亲了。"尼姑弁君听了这番话深受感动，竟像
孩子般号啕痛哭，激动得无法控制住自己，落泪潸潸。

　　山庄内处处打扫干净，一切布置都收拾停当。从京城前来迎亲的车辆
等都在廊檐近处停了下来，随车前来的众人中，官居四位五位者为数甚
多。丹穗亲王本拟亲自前来迎亲，可是这样一来，就会过分铺张，反而招
致诸多不便，缘此只采取私下秘密迎娶的方式，丹穗亲王在宫中等待，好
不心焦。中纳言薰君也派了许多人员加入迎接的行列。此番兴办迎娶大
事，表面总体上是丹穗亲王主办，但是内部的细枝末节万般诸事，大小巨

细无一遗漏都由中纳言薰君一手调度操持。"天色将黄昏啦！"室内众侍女或是外来奉迎的人员都在催促起程。二女公子心慌意乱，心想："我的前途究竟去向何方？！"只觉得极其忧伤。陪同二女公子同乘一辆车的侍女大辅君笑盈盈地咏歌曰：

> 生存在世能逢喜，
> 幸亏未投宇治川。

二女公子听了，心想："她的想法与弁君大相径庭啊！"不由得闷闷不乐。另一侍女也咏歌曰：

> 思念故人情难忘，
> 今日迁京喜荣光。

二女公子听了心想："此二人都是供职多年的侍女，一向对姐姐都很尽心忠诚侍候，如今已见异思迁，不再提及昔日的恩情了，世间人情多么淡薄啊！"想到这些，她无心思再说些什么了。

从宇治奔赴京城，路途遥远，山道崎岖险峻，二女公子初次看到这些光景，回想起丹穗亲王以往难得前来造访一次，她向来怨恨他薄情，今日方知路途艰辛，他来访次数少，实属难怪，对他也就稍加谅解。初七夜的月亮皎洁明亮地挂在上空，她望见四周饶有情趣的云霞在捧月，从未曾经历过如此漫长的艰辛旅途，不由得感到痛苦而继续沉思，她咏歌曰：

> 远眺山头明月出，

厌弃尘世又归山。[01]

二女公子寻思："境遇变了，此身终将如何不得而知，不由得令人忧心忡忡。现在回想起来，往昔多年的忧愁苦闷又算得了什么，真恨不得自己能回归过去的环境。"

二女公子一行，于黄昏过后不久抵达二条院。她从来没见过装修得如此富丽堂皇的宫殿，简直令人眼花缭乱，车辆进入"三栋四栋"[02]殿堂林立的地带，丹穗亲王早已在那里急不可耐地翘首盼待了。他亲自走近车旁搀扶二女公子下车。殿内装饰尽善尽美，各种陈设琳琅满目，应有尽有。连众侍女的一处处房间，也都能看得出来显然是丹穗亲王用心布置的，真是十分完美，无可挑剔。起先人们不知道丹穗亲王对待二女公子的情意礼仪深浅厚薄的程度究竟如何，骤然看见如此排场，这才明白丹穗亲王对二女公子的爱慕之情诚然匪浅。世间的人们不由得惊叹，对二女公子的天赐洪福欣羡不已。

中纳言薰君拟于本月二十日过后，迁居新建的三条宅邸。近日来他每天都到工地来，视察建筑工程的状况如何。三条宅邸距离二条院很近。中纳言薰君很想了解二女公子的迁居状况，于是当天就在三条宅邸待到深夜。派赴宇治参加迎接队伍的人员回来了，他们向他禀报详情。他得知丹穗亲王非常疼爱并珍视二女公子，内心既非常高兴，同时又十分惋惜自己错过了良机，深感痛心。情不自禁地反复自言自语念诵"但愿时光能倒转"[03]的古歌。由于妒忌心理在作怪，还产生了贬损对方的念头，他咏歌曰：

---

[01] 比喻自己似此月，也许也会住不惯都城，而回归故里山庄。
[02] 此语引自催马乐《此殿》歌词。
[03] 古歌曰："但愿时光能倒转，恢复当年自我身。"见《源氏物语奥入》。

琵琶湖上泛轻舟，

一夜相逢无真缘。

　　且说夕雾左大臣原定于本月内将女儿六女公子嫁给丹穗亲王，可是现
在丹穗亲王却不声不响地迎接了这个意想不到的人来，造成"先行到来"
的既成事实，疏远了六女公子这边，令夕雾左大臣深感不悦。丹穗亲王得
知此情况，觉得过意不去，因此时不时地写信去问候。六女公子成人的着
裳仪式等早已准备停当，其隆重规模已流传于世，事到如今如若延期举
行，势必招来世人的耻笑，因此决定于二十日过后举行。夕雾左大臣想
道："中纳言薰君是近亲同族人，与同族人攀亲虽说并不稀奇，但总觉不
够体面，然而把薰君让给别人当女婿，未免太可惜，还不如让六女公子与
薰君成亲呢。薰君近年来悄悄恋慕的那个大女公子已经亡故，他正处在悲
伤寂寞的境地，不正是时机吗?！"夕雾想了许多，于是托一个相当能干
的人，去探询中纳言薰君的意向如何。中纳言薰君说："我眼前所看到的
是世态无常，尘世实在可恨，连自己本人都觉得自己是不吉利之身，总而
言之对这样的事毫无兴趣。"中纳言薰君表示了对婚姻毫无兴趣。夕雾听
了来人转述此意思之后，生气地说："我如此屈尊地自荐，为什么连这个
薰君也如此不讲情面地对待我?"他们两人尽管有异母兄弟之亲情关系，
但是由于中纳言薰君人品高尚，甚至令夕雾都觉得自惭形秽，因此也不能
强求他。

　　百花盛开时节，中纳言薰君遥望二条院内的樱花，独自吟咏古歌"荒
凉原野无主屋"[01]，首先想到的是已无主人的宇治山庄，正是"樱花随意
落风前"[02]。他觉得意犹未尽，遂前去拜访二条院的丹穗亲王。丹穗亲王

---

[01] [02] 两句引自《拾遗和歌集》中的古歌："荒凉原野无主屋，樱花随意落风
　　　前。"

近来常住在这里，和二女公子相处十分和睦亲密。薰君看了，觉得"这还算体面"。可是，不知怎的，内心总觉得有点不舒服，自己也觉得奇怪。尽管如此，他还是真心为二女公子获得丹穗亲王的爱而感到欣喜和放心。丹穗亲王与薰君两人天南海北地聊天，直聊到傍晚，丹穗亲王要进宫，叫人准备车辆，众多随从聚集过来。中纳言薰君便离开丹穗亲王，前往配殿二女公子的住处造访。

　　二女公子与住在山庄中情况大不一样，深居帘内，过着高雅的生活。中纳言薰君从帘缝里窥见一个可爱的女童，便叫她向二女公子传言问候。帘内的人送出一个坐垫来。有一个像是了解前情的侍女，出来传达二女公子的答话。中纳言薰君说："这里与我的居所相距很近，本可朝夕无所隔阂地前来造访，但若无要事而常来造访，过于亲密，又恐遭人责难，缘此还是谨慎行事为佳。曾几何时已觉事态变迁，不同于往昔。隔着云霞遥望贵庭院里的树梢，感慨万千。"他说话时的神情显得十分痛苦，实在令人同情。二女公子想："真可惜啊！姐姐如若在世，住在三条宅邸内，我们便可随时往还。又可随着季节的推移，共赏各色花香鸟语，日子也可以过得更舒心些。"她追忆往昔，觉得现在虽然迁居京城，却比从前长年忍受寂寞蜗居山庄时更加悲伤，更觉遗憾的事繁多。众侍女也都前来劝她说："小姐对待这位中纳言大人，切莫像对待寻常人一般简慢疏远。他以往一向无限深切关照之心，小姐是知道的，现在正是知恩图报的时候。"可是二女公子暗自思忖，自己贸然出去与他直接对话而不是经由侍女传言，毕竟不好意思而有所忌讳。正在踌躇不决时，丹穗亲王因要出门而前来向二女公子打声招呼，他打扮得衣冠楚楚，容光焕发。他看见中纳言薰君坐在帘外，便对二女公子说："为何对待中纳言薰君这般疏远，让他坐在帘外？以往薰君对你关怀备至，甚至过度，令我觉得奇怪，也曾担心他不怀好意。不过对待他如同对陌生人般过分简慢，也是罪过的，还是请他进来，更接近些与他叙旧为好。"话音刚落，紧接着又改口说："话虽这么说，但是过分随意不拘，麻痹大意，也不合适，也许他内心底还有可疑之处也未可知。"二女公子觉得丹穗亲王言语反复，有些厌烦。她暗自心想："薰君过去对我们一向深切关怀照顾，现在我不能简慢对待他。正如他也曾对我说过，他把我看作是已故姐姐的替身，我也希望有机会表明对他这份深情厚意的感谢之心才好。"可是丹穗亲王对他们两人的关系总是无端多疑，说三道四，真令她痛苦不堪。

第四十九回

寄生

话说这一时期藤壶女御[01]是已故左大臣之女，又在当今皇上还是皇太子时，最先进宫当了皇太子妃，皇上特别宠爱这位女御。然而这位受宠的女御最终也没能立为皇后，而虚度岁月。这期间比她后进宫的明石女御被立为中宫皇后，生了许多皇子公主，个个均已长大成人。而这位藤壶女御生育少，只生一位皇女，人称二公主。藤壶女御被后来进宫的明石女御的气势所压倒，自叹命苦。为弥补此生之缺憾，她希望至少要让这女儿前途辉煌，以图稍事安慰初衷。因此尽心竭力栽培教养这位二公主。

　　这位二公主长相相当标致，皇上也非常怜爱她。只因明石皇后所生大公主一向受到珍视宠爱，世间无与伦比，因此世人大都以为二公主无法与大公主比拟，实际上，在暗地里二公主受到的珍视待遇，不亚于大公主。藤壶女御的父亲左大臣在世时威权显赫，时至今日其余威犹存，尚未全衰，因此藤壶女御的生活格外优裕，从她那众多贴身侍女的服饰装束到长年的四时行乐诸事，无不安排得井井有条、体面阔气，她们过着时髦高雅的生活。

　　二公主十四岁那年，即将举行着裳仪式。藤壶女御等从春天开始就着手做准备工作，把一切与此无关的事务暂时撇在一边，专心筹办仪式，万事力求做到尽善尽美、超群出众。左大臣家祖先留传下来的传家宝物，此时都能派上用场，于是多方搜寻，拼命致力于做准备工作。在这过程中，藤壶女御突然于夏季里被妖魔缠身，竟一病不起，终于辞世。这是万般无奈、极其遗憾的事，皇上也只有悲伤叹息。这位藤壶女御性情温和，富于同情心，因此殿上人对她的辞世无不痛悼惋惜，他们说："宫中少了这位女御多么寂寞啊！"连地位并不很高的女官，也无一不思慕她，更何况年龄尚小的二公主，倍加悲伤痛哭，思母不已。皇上闻知，十分难过，也很

---

[01] 她入宫后先称丽景殿女御，后迁藤壶院，改称藤壶女御。

可怜二公主，于是在七七四十九日居丧期届满后，悄悄地从藤壶女御的娘家把二公主接回宫中，并且每天都到她居室内来探视她。二公主身穿黑色丧服，容貌瘦削，然而看上去反而显得比往日更清秀高雅，她的心性也像个成熟女子，似乎比她母亲藤壶女御更显得恬静稳重，皇上看了不胜欣慰。不过有个实际问题，那就是她母亲娘家那边，她的外祖父早已过世，如今没有权势显赫的母舅做她的保护人，只有大藏卿和修理大夫之类，而且又都是她母亲的异母兄弟。尤其是这两人在世间没有多大的威望，也没有多高的地位，一个女子以这样的人作为自己的保护人，实在是令人痛苦的事。想到这些事，皇上觉得她很可怜，只好由自己来关照她，为她操心的事可就多了。

御苑里的白菊花，霜降后色泽变得更鲜艳，正是盛开怒放时节。天色凄清，阵雨纷纷，催人哀愁，皇上惦挂着二公主，来到她房中，和她闲谈旧事。二公主对答从容，毫无稚气，皇上觉得她长相很美丽可爱，心想："像这样一个如花似玉的淑女，世间不可能没有赏识、珍视她的君子。"他回忆起父皇朱雀院当年将女儿三公主嫁给六条院源氏大臣，其用心良苦的诸多往事，想道："虽然当时有人持异议说：'哎呀！公主下嫁臣下，好不体面。另想他途岂不更好？'但是现在看来，那位源中纳言[01]人品优异出众，三公主的一切，全靠这儿子周全照顾，她往昔的声望丝毫无损，依然过着高贵优裕的生活。当年倘若三公主不嫁给源氏大臣，难保不会发生意外的不体面之事，从而自然会招来世人的轻蔑耻笑。"他寻思了一会儿，决心要趁自己在位期间为二公主选定驸马，就按照当年父皇朱雀院选定源氏大臣的办法去做。他又想："这驸马人选，除了中纳言薰君外，别无更合适的人可选了。"他此前不时在想："确实，即使让中纳言薰君站在诸皇子们身边并排进行比较，无论从哪个角度看，薰君都毫不逊

---

[01] 即三公主所生的薰君。

色。纵令薰君已有恋慕的女子[01]，但他也不会冷落我女儿，而做出有损名誉的蠢事吧。再说他终归要迎娶一位正夫人的，不如趁早在他定亲之前，向他隐约示意吧。"

皇上和二公主下棋，暮色渐浓，阵雨忽降忽止，饶有情趣。皇上望着暮色映照下的菊花，觉得它更添娇艳了，他召唤侍臣前来，询问："此刻殿上有谁人？"侍臣禀奏："有中务亲王、上野亲王、中纳言源朝臣等在伺候。"皇上说："叫中纳言源朝臣到这里来。"中纳言薰君便来到御前。的确，中纳言薰君确实有值得召到御前来的价值，薰君人未到，他那身上天生的香味早已传送了过来，他的容貌举止，迥异于寻常人。皇上对他说："今日阵雨忽降忽止，比往常更觉悠闲。这里不便举办管弦乐会[02]，要消遣解闷，下棋最为适宜。"便命取出棋盘，叫中纳言薰君走近前来和他对弈。薰君常蒙皇上召到身边，已成习惯，他以为今日也一如既往。皇上对他说："我有一件很好的赌物，不愿轻易给人，但给你则不可惜。"中纳言薰君听了此语，不知作何感想。只见他毕恭毕敬一味专心下棋，对弈的三盘棋中皇上输了两盘。皇上说："真遗憾啊！"接着又说："今天先'许折一枝春'[03]。"薰君没有答话，旋即走下庭院折取一枝颇有情趣的菊花，并咏歌奏曰：

> 如若寻常篱下花，
> 随心摘取又何妨。

看来着意匪浅。皇上答道：

---

[01] 这是宇治的大女公子还在世时，皇上的想法。
[02] 二公主正为她母亲藤壶女御服丧，不宜吹奏管弦乐。
[03] 此语出自《和汉朗咏集》，歌曰："闻得园中花养艳，请君许折一枝春。"

不堪霜冻园菊蔫，

色香依旧留人间。[01]

　　皇上屡屡隐约暗示己意，中纳言薰君虽然是直接承旨而非由他人传圣旨，但因脾气优柔寡断，并没有当即表示从命之意。他心想："做二公主的驸马，并非自己的本意，此前也有人屡次把可爱的女子推荐给我，我都委婉地谢绝了。如今倘若当了驸马，岂不是好比圣僧还俗了吗？"仔细琢磨，自己的这种想法也很古怪。明明知道真心思慕二公主并求之不得者大有人在，自己虽然无意追求，心中却在胡思："二公主倘若是正宫皇后所生就好了！"这种想法未免太逾越本分了。

　　夕雾左大臣略听听说此事。他本来决意要将自己的女儿六女公子许配给薰君的。夕雾原想："纵令中纳言薰君不肯痛快答应，但只要恳切求他，他终究不会拒绝。"但现在出现这件意外事，夕雾心中十分妒忌。可是转念又想："对了，丹穗兵部卿亲王对我女儿虽然没有特别的诚心，然而从未断绝给她写富有风情的来信。就算是逢场作戏，也是前世的宿缘，最终不至于不爱她的。下嫁给身份卑微的寻常男子，纵令'海誓山盟犹盈耳'[02]，终归还是不体面，自己也会感到遗憾。"接着又怨天尤人地说："在这人情淡薄的末世，女儿的前途大事着实令人揪心，当今的世道连皇上都要为搜寻东床而操心，何况臣下，过时的黄花女儿真是没法子呀。"他言外之意带有挖苦皇上的意思。他每每向他的异母妹明石皇后发牢骚，认真拜托她成全六女公子与丹穗亲王成亲的事，明石皇后不胜其烦。明石皇后对三儿子丹穗亲王说："真过意不去啊！夕雾左大臣长期以来有意招

─────────────────────────────

[01]　"园菊"比喻藤壶女御，"色香"比喻二公主。
[02]　此句引自《伊势物语》第28段，歌曰："海誓山盟犹盈耳，何以相逢难如斯。"

你为婿，你却难为他，退避三舍，太不知情了。身为亲王，前途命运如何全仗后援外戚如何而定。你父皇常提到，想让位给你哥哥皇太子，届时也许你就有望当皇太子了。当臣下的，一旦定下正夫人，就不好分心另娶一个。尽管如此，像夕雾左大臣这样老实的人也有两位夫人[01]，他都能巧妙地让她们和睦相处，彼此没有妒恨嘛。何况是你，倘若如我所愿，你当上皇太子，那么多娶几个女子又何妨呢！"她异乎往常地说了许多，而且头头是道，丹穗亲王的心思，本来就不是全然无意向的，怎么可能认为此言荒唐而断然拒绝呢，只是内心有个小算盘，生怕当上夕雾左大臣的女婿之后，被奉为上宾，笼闭在严肃呆板的深宅大院里，不能像迄今行动随意自在，骤然变得拘谨受约束，那才是难受的。可是转念又想："正如母亲大人所说的，过分得罪这位左大臣，于己不利。"因此姿态也逐渐软了下来。不过，丹穗亲王本来就是个用情不专一的好色者，他对按察大纳言红梅[02]家女公子的爱慕至今尚未断念，每逢春天樱花秋季红叶盛时，他总是不忘去函漫抒情怀，他似乎觉得无论哪位女公子都很可爱。这一年[03]无所事事，倏忽就过去了。

　　翌年，中纳言薰君二十五岁。二公主为母服丧期业已届满，因此议婚论嫁之事无须顾忌什么了。有人向中纳言薰君进言："看来只要你向皇上开口求婚，肯定会获准的。"中纳言薰君思忖：过分冷淡二公主，只当不知那回事，未免太乖僻失礼。于是每有机会，就隐约流露求婚之意。皇上哪有不允之理。中纳言薰君听人传话说："皇上已经定下结婚日期。"他自己也已察知皇上的意思。然而自己心中还是念念不忘已故的宇治大女公子，真是满怀悲伤。他心想："我与宇治大女公子有如此深厚的宿缘，为

[01] 指云居雁与落叶公主。
[02] 红梅已晋升为右大臣，此处为易识别，仍用他的旧官名"按察大纳言"。
[03] 这一年薰君二十四岁。头年冬天，宇治大女公子去世，这一年阴历二月，宇治二女公子迁居京城二条院。

什么终不能成眷属啊?!"回忆往昔,只觉莫名其妙。他每每想入非非:
"哪怕是身份卑微的女子也罢,只要面影略似宇治大女公子,我也会倾心
于她。据说古时焚烧还魂香,烟雾中能见到故人的面影,若能让我再见大
女公子一面该有多好啊!"他并不急切盼望与二公主成亲的日子早些到
来。

且说夕雾左大臣抓紧准备六女公子与丹穗亲王的婚事,日子选定在八
月内。居住在二条院的宇治二女公子从他人那里听到了丹穗亲王与夕雾左
大臣家的六女公子结婚的事,心想:"果然不出所料,他怎么可能长久地
只陪伴我呢。我早就估计到,像自己这样微不足道的人,定然会遭遇灾难
被人耻笑。尽管自己早已知晓他是个生性轻浮靠不住的人,但是和他相处
之后,倒也不觉得他那么无情,他总是向我表示要坚守盟约,然而如今倘
若他突然变卦,另求新欢,叫我怎得安宁,纵令不像身份低下者那样,被
他狠心斩断情缘,但是今后想必也会后患无穷的。自己终究是个苦命人,
恐怕最终还是不得不返回宇治山庄生活吧。"接着她又想:"还不如当初
埋没在山乡里来得清闲,如今将成为一个遭丈夫遗弃的弃妇重归故里,岂
不招来山里的猎人、樵夫们的耻笑?多么不体面啊!"她悔不该违背了父
亲的谆谆遗训,轻率地离开蓬门荜户的山庄,事到如今才体会到可耻可
悲。她想:"已故姐姐乍看似乎生活散漫、生性脆弱,对任何事都无定
见,其实,她内心很有主见且相当坚强。中纳言薰君对她极甚爱恋,时至
今日还念念不忘,成日哀叹不已。倘使姐姐至今尚健在,说不定也会遭遇
与我相同的厄运。不过,姐姐在婚姻这点上深谋远虑,决不落入他的圈
套,她想方设法和他保持一定的距离,甚至决意要削发为尼。因此倘若此
刻她还活着,想必也早已成尼姑了。如今回想起来,姐姐多么聪明贤惠
啊!父亲和姐姐的在天之灵倘若有知,看到我如此状态,该不知会多么责
怪我轻率无知啊!"她深感可耻,也很悲伤,可是又无可奈何,心想:

"事到如今只顾怨天尤人也无济于事，带着这种神色，如何面对丹穗亲王呢？"只好强忍下去，装着不知道有六女公子的事似的，虚度时日。丹穗亲王近来对二女公子比以往更加亲热了。无论是早起或夜间就寝时，都亲密有加地和她叙谈，并向她保证不仅今生，甚至来世，他对她的山盟海誓永不变。

转瞬到了五月里，二女公子觉得身体似乎有些异样的变化，时不时觉得有些不适，但又不是特别痛苦不堪，只是进食比往常少，食欲不振，终日躺着。丹穗亲王未曾见过这般情景，不知是女子怀孕的反应，还以为是天气炎热，她体弱难受的缘故。尽管如此，毕竟也觉得有点奇怪，似乎察觉到什么，丹穗亲王有时也问她："从你的症状看，是不是有身孕了呢？"二女公子觉得怪难为情的，她没有回答，只是装作没事的样子。此外也没有多嘴多舌的侍女从旁插话说明，因此丹穗亲王也不了解确实的情况如何。

到了八月间，二女公子从别人那里听说丹穗亲王与六女公子行将结婚的日期。丹穗亲王不是存心要瞒过二女公子，只是觉得说出来心里很痛苦，觉得对不住她，所以没有对她说。二女公子则觉得如此大事竟秘而不宣，更令人忧心痛恨。她心想："结婚仪式又不是秘密地进行，世间一般人都广泛知晓了，他竟连结婚的日期都不告诉我。"这怎不叫她怀恨在心呢。自打二女公子迁居二条院之后，丹穗亲王除了有特殊情况之外，即使进宫也不在宫中值宿，更不在其他各处过夜。今后骤然要在他处歇宿，让她徒守空房的这份寂寞，她怎能忍受得了。为了缓冲她将独宿的那份寂寞痛苦，丹穗亲王从现在起经常到宫中值宿，以期二女公子逐渐习惯独宿。然而二女公子似乎只觉得他冷酷无情，内心无限怨恨。

中纳言薰君得知此事，格外同情宇治二女公子，他想："不管怎么说，丹穗亲王是个轻浮好色者，尽管他怜爱二女公子，但今后势必喜新厌旧，移情别恋。六女公子娘家即左大臣家威权显赫，如若仗势不讲理，硬是独占新婿，那么近数月来不习惯于独睡的二女公子，日后独自空待天明之夜必定很多，实在可怜。想到这些，就觉得自己的心思多么糊涂不中用。为什么要把二女公子让给丹穗亲王呢？自从自己对已故大女公子情有独钟之后，这颗本是厌弃尘世、清澄纯洁的心，也变得浑浊，一心只顾恋慕此人，想入非非。我毕竟顾忌到在大女公子尚未心许之前，倘若强行占有她，自然违背我指望与她神交的初衷，此举不可取，从而只盼她对我怀有好感、至诚相待，以期发展至水到渠成、自然成事的那天到来。然而大女公子一方面冷淡待我，另一方面又不全然舍弃我，为了抚慰我的情绪，她以'胞妹如同我身'为由，希望我把恋情移向非我所钟爱的二女公子身上。我对此内心既生气又怨恨，因此第一个反应就是：'务必让大女公子的计谋落空。'于是，我急忙把二女公子推荐给丹穗亲王。由于我的懦弱和感情上的疯狂奔驰控制不住，竟轻率地引导丹穗亲王到宇治山庄来与二女公子相会。现在回想起来，感到当时自己的想法是多么不像话呀！思来想去，后悔至极。从丹穗亲王这方面说，不管怎样，他多少总会记得当时的情景吧，难道他就不顾忌到我听说此事后会作何感想而约束自己谨慎行事吗？唉，算了！如今的丹穗亲王似乎只字不提当年的往事了。可见轻浮好色的人随兴而走，容易移情别恋，这不仅伤害了女方，对朋友的友谊也是靠不住的，他无疑会采取轻浮的行径。"薰君想了许多，他痛恨丹穗亲王。也许由于自己生性爱情专一，所以觉得那种容易移情别恋的人非常不道德。中纳言薰君接着又想："自从宇治大女公子过世后，皇上就有意将二公主赐予我，可是从我的想法来说，并不感到特别欣喜。我只是想：'倘若能迎娶宇治二女公子为妻就好了。'这种心情与日俱增，情思愈加浓重，大概是由于她毕竟是已故恋人的胞妹，有血缘至亲的关系，使我无法断念吧。人世间的姐妹当中，这姐妹俩的感情和睦程度真是无与伦比，记得大女公子弥留之际曾对我说：'请等同于我地看待我留下的胞妹吧。'她接着还说：'我今生别无不称心如意之事，惟有你不应承我的安排迎娶我妹，是我莫大的遗憾，也是我对尘世最为揪心之事。'大女公子的在天之灵看到今天的这番情况，想必更加痛恨我了！"他陷入悔恨绵绵的沉思遐想，想到自己放弃了的宇治二女公子如今夜夜寂寞独寝，可能处在听到一丝风声也会惊醒的情状，他只觉往昔不堪回首。又思索二女公子的未来将如何，不由得感到人生在世实在了无意趣。

中纳言薰君对侍女们偶尔也会说些消遣解闷的话语，有时召唤她们到身边来侍候，然而在她们当中，似乎没有吸引他真诚倾心爱慕的人，他们之间的关系是清白淡薄的。尽管如此，薰君心中也曾想："她们当中有些人的身份，并不亚于宇治山庄的姐妹俩，只因时势变迁家道中落，过着孤苦无依的生活，我把这样的一些女子找来，安排在三条宅邸内供职，充当侍女，其人数众多。由于自己考虑到有朝一日毅然决然遁入空门时无所羁绊，因此从不沾惹她们。现在却为对已故宇治大女公子情缘未了而深陷苦海，连自己都觉得自己的生性也未免太乖僻了。"他思绪万千，终夜难以成眠，直至拂晓，但见朝雾弥漫篱笆一带，百花争妍斗丽，其中夹杂着牵牛花，无常地绽放。他凝神注视着它，情不自禁地吟咏古歌"朝开即逝苦断肠"[01]，此花似乎象征着人事无常，令人看了不由得感慨万千。格子窗门依然敞开着，他稍事躺了一会儿天就亮了，因此牵牛花绽放时，只有他独自观赏。他招呼家臣说："我这就要到北院[02]去，请备车，不要太张扬。"家臣回应说："丹穗亲王从昨日起就进宫值宿去了，昨夜随从人员驾驭着空车回府的。"中纳言薰君说："丹穗亲王虽然不在家，他夫人患病，我得前去探视。今天是必须进宫的日子，我得赶在太阳升起之前去探

---

[01] 古歌曰："牵牛花开色无常，朝开即逝苦断肠。"见《花鸟余情》。
[02] 北院，指二条院，位于三条宅邸的北面。

望。"说着穿好装束，出门时信步走下庭院前的台阶，伫立在花丛中，虽说不是要摆出一副风流潇洒的模样，但说也奇怪，一眼看去，顿觉风度高雅，不由得令观者产生自惭形秽之感。绝非那些苦心装扮、装腔作势的风流男子可以比拟的，他的身影呈现一派天生自然的优美神采。他将牵牛花的藤蔓拽了过来，想摘下牵牛花，只见露珠纷纷滴落，遂自言自语似的咏歌曰：

"朝露沁润牵牛花，

一现即萎有谁怜。

真是无常啊！"他手持摘下的牵牛花，对黄花龙芽则"视不见"[01]地擦身而过，出门去了。

中纳言薰君于曙光初照，朝雾弥漫，天空景色饶有情趣之时来到二条院。他心想："丹穗亲王不在家，室内净是女眷，大概都在无拘无束地睡懒觉，此时去敲格子门或旁门，或故意咳嗽求开门，未免太突兀。今天来得过早了。"于是招呼随从人员，叫他们从敞开着的中门探视一下。随从人员回来禀报说："格子门都已打开，侍女们似乎已在走动。"于是，中纳言薰君从车上下来，在雾霭迷蒙中文静地走过来，侍女们还以为是丹穗亲王偷访情人归来，但是嗅到带着雾气飘送过来的一种特殊的奇香味，就知道是中纳言薰君来了。几个年轻侍女肆无忌惮地议论说："这位中纳言大人果然仪表堂堂、俊美醒目，只是过分严肃，令人暗恨呀。"她们不慌不忙，只听见衣裳摩擦的窸窣声。她们轻巧地将坐垫送来，动作体态合乎礼

---

[01] 此语引自《古今和歌集》第227首，歌曰："黄花龙芽视不见，只为长在南山边。"黄花龙芽又名女郎花，一般以此花比喻女子，意即薰君对别的女色皆视而不见。

仪，中纳言薰君口出怨言说："似乎把我当作一般客人看待。允许我在这里坐下，固然令人高兴，不过如此疏远地把我隔在帘外，我心中难免感到不快，今后不敢常来打搅了。"侍女回答说："那么您以为如何才好呢？"薰君说："像我这样的熟客到访，理应安排在北面清幽的房间歇息才是，不过这也只是一种想法，我不该说三道四。"说罢遂将身子靠在门槛上了。众侍女便劝请二女公子说："还得小姐出面应酬才是。"薰君本来就不是个脾气暴躁、性格强悍的人，近来更加谨小慎微，显得更温文尔雅了。二女公子觉得现在和他直接谈话，以前那种羞涩之感逐渐减少了，也习惯了。中纳言薰君见二女公子面带病容，遂询问说："听说贵体欠佳，现在情况如何？"二女公子并没有作明确的回答，只是神态显得比往常更加消沉，中纳言薰君见状，觉得她很可怜，便像兄长一般细腻地教导她世间万般的人情世故，并多方安慰她。二女公子的谈话声音，从前并不觉得酷似她姐姐，可是现在听来，不知怎的，简直与已故大女公子的声音别无二致，薰君倘若不是顾忌到旁人会有微词，真恨不得掀开帘子走进去和她面对面，仔细瞧瞧她那满面愁容。薰君此时似乎才领悟到："世间毕竟没有无忧无虑的人吧。"于是薰君对二女公子说："我自信纵然不像他人那样官运亨通、富贵荣华，却也不至于心受委屈，悲叹度日，而能称心如意、独善其身地度过生涯。不料竟由于自己生性乖僻，以致遭遇莫大的悲伤事，更由于自己的懦弱、优柔寡断，受尽了后悔的折磨痛苦，弄得心灰意冷、苦恼万状，实在是无聊至极。常人重视升官晋爵，视为重大要事，他们为此而奔波、忧愁、慨叹，本是理所当然。比起这样的一些人来，我的忧愁与悲叹，实在是罪孽深重啊！"说着将刚才摘下的牵牛花放在展开的扇面上观赏，只见花瓣的颜色逐渐略带微红，看上去反而觉得饶有情趣，于是轻巧地悄悄将花递入帘内，并咏歌曰：

无常白露含情洒，

叮咛照拂牵牛花。[01]

　　牵牛花上的露珠并非薰君故意造作，而是自然的现象，二女公子看见
天然的露珠停留在行将萎谢的花瓣上，遂答歌曰：

"朝露未消花已谢，

留下露珠更凄切。[02]

孤身只影，能仰仗谁呢？……"她的声音极其凄婉细小，全歌几乎首尾接
不下去似的，薰君感到："这情状酷似已故大女公子啊！"薰君缅怀故
人，悲伤的情思不由得涌上心头。他对二女公子说："秋天的天空，比起
其他的季节，更令人倍感哀愁。前些日子，为了排遣寂寥，我曾到宇治一
趟，但见宇治山庄'庭院篱落似秋野'[03]，实在荒凉，满心悲伤不堪忍
受。回想当年先父作古后，无论是他最后两三年间遁世时所隐居的嵯峨
院[04]，或是居住的本宅六条院，但凡到访这两座院落者，无不感慨悲
伤，怀旧之情溢于言表。看到庭院里花草树木的颓势、小溪的流水淙淙，
无不催人落泪而归。在六条院附近一带供职的人们，不论上下、职务高
低，大都满怀深情待人。当年聚集在六条院的诸多夫人，纷纷离散各处，
似乎都在各自度送遁世出家的生涯。身份卑微的侍女，更是沉沦在悲伤叹
息中，心烦意乱，无所适从，或远赴深山老林，或当毫无指望的乡下人，

---

[01] 此歌中的"白露"喻已故大女公子，"牵牛花"喻二女公子。
[02] 此歌中二女公子以"花"比喻已故姐姐大女公子，以"露"比喻自己。
[03] 此句引自《古今和歌集》第248首，歌曰："乡里荒凉人陌生，庭院篱落似秋
　　野。"
[04] 光源氏晚年出家，隐居嵯峨院。此事前面未曾提及，此处第一次出现，从时间上
　　看，应该是第四十一回《云隐》中发生的事。

走投无路徘徊彷徨于各处的人甚多。但是待到院落尽皆荒芜，能让人忘却烦恼和忧愁的千叶萱草丛生之后，反而又好了起来。如今夕雾左大臣迁居六条院，明石皇后所生的诸多皇子也来居住，昔日的繁荣景象似乎又在复苏了。如此看来，举世无与伦比的悲伤哀愁，经过若干岁月的荡涤，终有消停释怀的一天。可见悲哀是有限度的。我虽然是在追溯往事，不过当时年纪尚幼的我，未能深刻懂得丧父之悲哀，相形之下，最近与令姐诀别之沉痛哀伤，宛如一场不知何时方能醒过来的无常梦一般，虽说同样都是哀伤人事之无常，但是此次的悲伤，其罪孽更加深重，甚至令人担心会影响到来世呢[01]。"薰君说罢，情不自禁地落泪潸潸，可见他对已故大女公子的爱多么深沉。即使与大女公子交情一般的人，看到薰君这副哀伤的模样，也不能不被打动。何况二女公子自有伤心事，正为自己前途无着落而心烦意乱，她比往常更加缅怀已故姐姐的面影，从而更加眷恋和悲伤。薰君的这番话更促使她泪流满面，说不出话来。他们两人就这样彼此隔着帘子相对默默哀泣。

二女公子说："古人云：'尘世忧患诚烦人'[02]，我身居山乡时，未曾真正将都城和山乡做过比较，虚度了若干的岁月，现如今很想设法回到宇治山庄过那幽静的生活，但看样子似乎很难如愿。我很羡慕老尼弁君。本月二十日过后，是先父三周年忌辰，我多么想听听山庄附近的山寺那边传来的钟声啊！甚想恳求你悄悄地带我走一趟。"薰君说："你不希望故乡荒凉，确实出于一片爱心，不过谈何容易，山路崎岖，即使行动敏捷的男子，往返也绝非容易。因此尽管我心系山庄，但也只能阔别多日才赴一趟。已故八亲王三周年忌辰应做的法事等，我皆已嘱托阿阇梨举办，由他

---

[01] 当时人们相信，为恋人的死叹息悲伤，是一种罪孽，它会妨碍死后往生极乐净土。

[02] 此句引自《古今和歌集》第944首，歌曰："山乡虽寂可安身，尘世忧患诚烦人。"

操持一切。在我看来，山庄宅邸还是捐献给佛，做佛寺吧。时不时地前去探视，只会招来无穷无尽的往事回忆而悲伤感慨，着实无济于事，不如让它成为佛寺，反倒可以消除罪孽，我是这样想的，但不知尊意如何。请不要有任何顾虑，说出自己的想法，不管怎么说，我都会遵从你的意愿行事的。”他还谈了许多琐碎的实际事务。二女公子听见中纳言薰君说已经嘱咐举办法事之后，觉得自己也应为已故父亲做些功德上供等事。她内心甚想以此为借口而奔赴宇治山庄，并就此留居山庄不复回京，她的这种心情，不免在言谈中隐约流露了出来。中纳言薰君劝导她说：“此举万万不可，办任何事都须谨慎从长计议才好。”这时候，太阳已升得老高，侍女们都纷纷前来聚集，中纳言薰君顾忌到在此停留过久，会遭人怀疑有什么隐情，于是准备离开，他说：“我无论到何处，都不会安排我坐在帘外，今天心情总觉得很不自在，不过，我还会来造访的。”说罢起身告辞。薰君深知丹穗亲王的脾气，惟恐他日后知道自己来访，定会起疑心：“为何趁主人不在家期间前来造访？”这就很麻烦，于是薰君召唤这里的家臣长官右京大夫来，并对他说：“听说丹穗亲王昨夜已经从宫中退出回府，所以前来拜访，却原来尚未回家，实在遗憾。我这就进宫，也许能在宫中见面。”右京大夫回答说：“今天丹穗亲王会回来的。”薰君说：“那么傍晚时分我再来吧。”说罢就走了。

薰君每次见到二女公子的姿影，总会想到：“我为什么要违背已故大女公子的意愿而不娶此人为妻呢？真是思虑欠周啊！”这种后悔之念与日俱增。可是后来，他转念又想：“时至今日何苦再后悔呢！这还不都是自己招来的吗？自己的脾性多么乖僻啊！”自从宇治大女公子辞世后，薰君就一直坚持吃斋，日以继夜勤修佛法。他母亲三公主至今依然年轻文静，生性还很天真，但是她看见儿子的这副模样，蓦地意识到：“莫非他也想出家？！”一种不祥的兆头在心中盘旋，她对儿子说：“‘我身世寿无几多'[01]，总希望在世期间，能看到你过着幸福美满的生活。我身为尼，不便劝阻你意欲遁世出家的念头，然而你倘若出家，那么我存活世间还有什么意义，我悲叹痛苦越多，罪孽就更加深重。"薰君听了，深感对不住母亲，于是强自按捺住万般遐思，在母亲面前总装作一副无忧无虑的样子。

夕雾左大臣把六条院内的东大殿装饰得富丽堂皇，操办一切陈设，但求尽善尽美，一心盼待丹穗亲王前来歇宿。十六夜的明月缓缓升空普照大地，却不见丹穗亲王前来，左大臣夕雾等得好不心焦，心想："丹穗亲王对这门亲事本来就不怎么上心，莫非不来不成？"他内心忐忑不安，于是派人去打探具体情况如何。使者回来禀报说："丹穗亲王今天傍晚从宫中退出后，奔二条院去了。"夕雾左大臣知道丹穗亲王在那边金屋藏娇，心中很不愉快，但又想到："如今已万事俱备，倘若他今夜不来，我将遭到世人的耻笑。"遂特派儿子头中将到二条院去把丹穗亲王迎接回来。并赠歌一首，曰：

> 皎洁明月照我家，
> 良宵过半未见君。

丹穗亲王不想让二女公子看见他今晚前去他处歇宿的情形，担心她看见了心里难过，因此本打算从宫中退出后，直接去六条院，所以只写了封信给二女公子通知一下。可又担心不知她会作何回复，觉得她太可怜了，便又悄悄地回到二条院来。他看见她那令人哀怜的姿影，不忍心舍弃她而去六条院，他知道她心情郁闷，对她说了许多"决不变心"的话。明

---

[01] 此句引自《古今和歌集》第934首，歌曰："我身世寿无几多，何苦搅扰似水藻。"

知"难能抚慰我心灵"[01]，也和她一起观赏凄清的月色。正在此时头中将来了。

二女公子近日来愁绪万千，不胜悲伤，然而她不愿意流露出来，无论如何也想极力强忍下去，表面上装作若无其事的样子。因此听见头中将从六条院前来迎接丹穗亲王，只当作不知晓，神色泰然，从容镇定，内心却十分痛苦。丹穗亲王听见头中将前来的动静，心中毕竟觉得六女公子也很可怜，因此也想前去，于是对二女公子说："我前去一趟，很快就回来。你一个人，'莫对月明'[02]哟，我心神也不定，实在不好受。"说罢，面对二女公子觉得怪不自在的，于是从内室向正殿那边走去。二女公子目送着他的背影，脑子里虽然没有什么过多的想法，却情不自禁地泪如雨下，只顾"伏枕而泣心惆怅"[03]，连自己都觉得："人心实在可怜啊！"接着又想："自家姐妹俩自幼身世孤寒，仅靠势单力薄前途无望的父亲一手拉扯长大，长年累月生活在偏僻的山乡里，当时只觉得终年锁在无所事事寂寞无聊的氛围中，却不曾体味过世道竟如此令人寒心彻骨，痛苦不堪。后来接二连三遭遇父亲和姐姐的不幸辞世，伤心欲绝，片刻也不想残留人间，无奈命不该绝，只得苟延残喘存活至今。最近迁居京城，出乎人们的意料，还忝列于荣华富贵之列，尽管自己也认为如此境遇不会持久，但又想只要能与丹穗亲王在一起，总会受到眷顾，因此抑郁沉思之事也渐渐淡漠，苟且偷安至今。不料此番又发生这桩令人无限痛苦之事，如此看来，莫非自己与丹穗亲王的缘分已到尽头了吗？自己本想：丹穗亲王毕竟与已故父亲和姐姐与我永诀的情况不一样，不管怎么说，他人在世，纵令冷淡还时不时能相见。然而今夜看到他如此狠心地抛下我而往他处去，使我痛

---

[01] 此句出自《古今和歌集》第878首，歌曰："弃老山头月凄清，难能抚慰我心灵。"
[02] 此语引自白居易诗《赠内》："莫对月明思往事，损君颜色减君年。"
[03] 此句出自《拾遗和歌集》中的古歌："泪川涟洒水漫涨，伏枕而泣心惆怅。"

感过去未来，一切的一切都变得混乱不可知，不由得胆战心惊，悲伤至极。可是转念又想：听其自然发展，或许会有转机……"尽管她回转念头，聊以自慰，但还是感到"弃老山头月凄清，难能抚慰我心灵"，她的心情越发沉重，万千思绪折磨她辗转反侧直至天明。往常听见松风的吹拂声，她就会感到：比起荒凉的宇治山风来，这里确实是个悠闲舒适、温暖可人的好住处。可是今宵，二女公子毫无这样的感觉，只觉得这里的松风声比山风吹拂米楮叶发出的窸窣声差远了[01]。她咏歌曰：

> 山乡松风秋萧瑟，
> 何尝如斯愁寂寞。

如此看来，莫非二女公子已忘却昔日居住宇治山庄的那份寂寞哀愁了吗？！

几个老年侍女对二女公子说："小姐该回内里去了，观月是不吉利的[02]。哟！怎么连水果都不尝点儿呢，今后可怎么办呀！唉！真可恶！怎么就回想起当年的不吉祥事[03]来呢，实在令人担心啊！"年轻的侍女们都在叹息说："世间的忧患何其多！"她们私下议论说："哎呀！丹穗亲王的这种举止算怎么回事，总不至于抛弃夫人吧。不管怎么说，当初那么深切浓厚的情爱，难道就荡然无存了吗？！"二女公子听到这些议论，内心十分难受，但她暗自想："任凭她们怎样议论，自己都沉默不语，自己只是冷眼静观，看看事态的发展如何再说。"她也许不愿意别人就此说三道四，而只想把这怨恨深藏在心中吧。知道事情的原委的侍女们，相互议论

---

[01] 薰君曾咏歌曰："米楮根旁仰荫翳，居士坐垫已绝迹。"宇治山庄庭院里种有米楮树。
[02] 当时习俗忌讳凝视明月，据说会招来不吉利。
[03] 指的是当年大女公子不想吃东西的情景。

说："唉！中纳言薰君大人对她那么深情厚爱，当初何不与他结缘呢。"有的说："二小姐的宿命可真不可思议啊！"

丹穗亲王虽然一方面对二女公子深感抱歉，但他本性难移，是个好色者，所以另一方面又想尽量讨好正在等待他的新娘，遂又兴致盎然地着装打扮，衣香馥郁，姿态无比艳丽，前往六条院去。六条院内盼待新郎上门的氛围浓重，排场相当体面。丹穗亲王起初担心："听说六女公子不是个体态弱小的女子，而是发育良好、体格健壮的淑女，但实际情况究竟如何呢？她会不会是好讲阔气，举止过分轻率，缺乏柔情，一派盛气凌人的模样呢？倘若果真是这样的话，那就太没有意思了。"但是见面后，大概是觉得六女公子并不像自己所想象的那样，因此对她自然不能怠慢失礼。秋夜尽管漫长，但也许因为丹穗亲王来时已是深夜时分的关系，只觉须臾间天就亮了。

丹穗亲王回到二条院，并不立即到二女公子房中，先在自己室内歇息。一觉醒来后，就给六女公子写问候信。一旁的侍女们见状，悄悄挤眉弄眼私下议论说："看样子对新人恩爱情分匪浅呀！"有的说："这里的夫人真可怜啊！就算丹穗亲王有心将情爱平均分配给这两位夫人，可是人家那边威势浩大，这边势必被压倒吧！"这些侍女都不是寻常的奉公人，而是长年侍奉丹穗亲王的贴身侍女，她们对这桩婚事深感不满，牢骚满腹，相互诉说，殿内弥漫着嫉妒的氛围。

丹穗亲王本想在自己室内等待阅读六女公子的回信，可是顾念到昨夜一整夜未遇二女公子，总觉得比往常的外宿大不一样，于心不安，于是赶忙到二女公子室内来。二女公子刚醒来，姿容格外娇媚，她看见丹穗亲王走进寝室内来，觉得躺着很不好意思，于是稍许支起身躯。丹穗亲王看见她双眼眼眶微红，容颜艳丽，觉得她今早特别美，格外可爱，他情不自禁地噙住泪珠，默默地凝视她好大一会儿。二女公子腼腆地低下头来，她的秀发跟着垂了下来,那神采简直美不胜收。

　　丹穗亲王与别的女子结婚后出现在二女公子面前,大概是不好意思的缘故吧,他总觉得不能一如既往那样从容自在,一时无法说出殷勤安慰她的话来。为了缓解这种尴尬的气氛,他说:"你为什么总是那么烦恼,情绪不佳呢?此前你说是由于气候恼人的关系,我就盼待天气转凉后你可能会好转,可是秋来也不见明显的好转,实在令人揪心。做了种种祈祷法事,不知怎的,似乎也不见有什么效验。尽管如此,我觉得法事还是继续举办为好。要是能找到法力高明的僧人就好了啊!哦,对了,请某某高僧来做夜祈祷吧。"他说了一通家庭味儿十足的话,二女公子心想:"他在具体实务方面也能说会道呀!"她内心虽感不快,但也不便置之不理而沉默不语,于是她说:"我的体质一向与别人不同,现在虽然不适,但是自然会好起来的。"丹穗亲王说:"你说得好轻巧啊!"他脸露笑容,内心觉得:"若论温柔可爱娇媚动人这一点上,恐怕无人可与这位二女公子相媲美。"与此同时,他心中毕竟也眷恋六女公子,恨不得早点和她见面,足见他对六女公子的爱慕也不浅。尽管如此,当他面对二女公子的过程中,他对二女公子的情爱似乎没有消减,所以又对她立下今生来世永不变心的誓愿。二女公子听了他的这些话之后说:"人生寿命短暂,在这短暂的'享尽天命相厮守'期间,我似乎还要经受你的冷遇,那么至少盼来生,你不违背誓言,我也可'不接教训'[01]追随你。"她一直尽量忍耐,今天大概是忍耐不住而哭泣了。最近以来她每遇烦心事,总是尽心竭力把怨恨强忍于心不露于形,不想让丹穗亲王知晓,也许是积郁过多的缘故,今日泪珠一旦进发,就无法立即止住。她自己都觉得怪难为情,连忙背转过身子。丹穗亲王硬把她的身子又转了回来,对她说:"我一直认为你生性温

---

[01] 此语出自《古今和歌集》第631首,歌曰:"不接教训徒虚名,伊人尚存人世间。"

柔和善，以为你定能相信我的誓言，可是你还是对我心存隔阂，如若不然，怎么一夜之间就变心了呢？！"说着用自己的衣袖去揩拭二女公子的泪珠。二女公子脸上微露笑容，应声道："一夜之间就变心的，正是你呀！你刚才的言语，正说明了这点。"丹穗亲王说："真是我的贤夫人哟！你说我变心，这样的话语多么孩子气呀！其实我心中毫无内疚，是坦荡的。倘若真是变心，再怎么花言巧语，也会被戳穿的呀。你一向不谙世间人情世故，固然有天真可爱的一面，但也有令人为难的一面啊！请你设身处地替我想一想，我的处境正所谓'身不遂心'[01]啊！假使有朝一日苍天成遂我凌云志[02]，我一定会让你知道，我对你的情爱胜于对世间任何女子。但此事切莫轻易上口，你只需尽可能保养好身体，静待佳音吧。"

正在此时，派赴六条院送信的使者，喝得酩酊大醉回来了，他全然忘记了举止应该谨慎有所忌讳，肆无忌惮地径直走到殿堂南面二女公子住处的正门前。他肩上扛着一大堆犒赏品，诸如海女采捞的名贵玉藻、珍贵的妇女装束等，他的身体几乎被这些东西所埋没。众侍女看见这般情景，知道是"送慰问信的使者回来了"。二女公子心想："丹穗亲王于什么时间写这封问候信的呢？！"想必内心很不安吧。丹穗亲王并不强求隐瞒这件事，只是担心过分公开，会使二女公子感到难堪，缘此希望使者谨慎行事为宜。事态既已如此，他心中很难过也无可奈何，遂命侍女将回信拿来。他心想："事情既然已经这样，只能尽量表示对她毫无疏远之意。"于是当着二女公子的面，打开来信阅览，这信原来是六女公子的继母落叶公主代笔书写的[03]，他稍许感到放心些，阅罢将信放了下来。尽管是代笔的书信，当着二女公子的面看这样的信，毕竟很狼狈。信中写道："越俎代庖

---

[01] 此语引自《后撰和歌集》中的古歌："纵令英俊多忧愁，身不遂心处世难。"
[02] 指被立为皇太子。
[03] 六女公子是夕雾与藤典侍所生之女，被落叶公主收养。

实甚冒昧，曾劝小女亲笔回音，但因她心情不佳，难能提笔，只得代书，希见谅。

> 黄花龙芽呈萎靡，
> 朝露摧残何太急。[01]"

　　此信行文优美流畅，气质高雅。丹穗亲王阅罢信，说："此歌似有不满情绪，真麻烦啊！说实在的，眼下我本打算在此处安逸度日的，不料竟发生这意外之事。"实际上，倘若寻常人之间，信守一夫一妻之约是理所当然之事，那么丈夫再娶第二妻，而首妻生妒恨，旁观者势必同情她。然而丹穗亲王并非寻常人，很难按一般常规来衡量，结果出现这种状况是很自然的。世人都认为丹穗亲王在诸皇子中地位特殊，将来有望被册立为皇太子，因此拥有妻妾多人，也不会有谁非难，从而人们似乎也不觉得二女公子受委屈。毋宁说，丹穗亲王如此郑重殷勤待她，把她当作深受宠爱者重视她，人们都传说："二女公子好福气呀！"二女公子内心中则另有一番感受，迄今她深受丹穗亲王宠爱惯了，突然被人分宠，自然难免会伤心悲叹。二女公子过去读过的古代小说，或听人传说，往往怪罪女子由于男子花心割爱分宠而苦痛万分，何苦如此呢。自己觉得这是他人之事，不可思议，如今轮到自己身临其境，这才恍然悟到：这种痛苦确实非同寻常。

　　丹穗亲王此时对待二女公子的态度，远比以往亲热至诚、体贴入微，他对她说："你毫不进食，这实在不行啊！"说着将十分可爱的水果端到她面前，还召唤手艺高明的厨师，特别为她烹饪菜肴，并一个劲地劝她享用。可是二女公子毫无食欲，丹穗亲王担心地叹息："这可怎么办呢！"

---

[01]　"黄花龙芽"喻六女公子，"朝露"喻丹穗亲王。

在这过程中，天色渐入黄昏，傍黑时分，丹穗亲王返回正殿去了。此时凉风习习，天空的景色饶有情趣，丹穗亲王原本就是个风流倜傥、洒脱不羁的人，此刻在美景氛围的映衬下更是神采奕奕、俊俏动人。而锁在忧愁苦闷中的二女公子，内心只觉得无限悲凉，感慨万千，难以忍受。她听见夜蝉的悲鸣，不由得思念眷恋宇治山庄，咏歌曰：

> 夜蝉哀鸣声依旧，
> 秋日黄昏恨悠悠。[01]

今宵，丹穗亲王于夜色尚未深沉时分，前往六条院去了。二女公子听见先行开路者的吆喝声渐渐远去，悲伤欲绝，真是"泪比渔人钓钩密"[02]，连自己也讨厌起自己的妒忌心理。她躺了下来，一边思索一边倾听那远去的吆喝声。

二女公子回想起丹穗亲王从一开始认识，就给她带来令人苦恼的诸多问题，只觉往事不堪回首，真有后悔莫及之感。她心想："如今妊娠，不知结局将如何。自家族人中，短命者居多，自己说不定也会死于难产呢。如此想来，虽然不是格外珍惜性命，不过先于夫君死去，毕竟是可悲的，再说因生产而死罪孽深重……"她想入非非，整夜似睡非睡直到天明。

六女公子新婚第三天当天，明石皇后玉体欠佳，大家都到宫中探望请安。不过，皇后只是偶感风寒并无重病，因此夕雾左大臣在白日里就从宫中退出了。他邀请中纳言薰君同车出宫。夕雾左大臣要把女儿六女公子新婚第三日夜晚须举行的仪式办得隆重体面、尽善尽美，尽管如此，实际上

---

[01] 此歌似仿《古今和歌集》第204首而作，歌曰："夜蝉哀鸣树林间，误为日暮缘山阴。"
[02] 古歌曰："恋伤欲绝猛抽泣，泪比渔人钓钩密。"见《河海抄》。

也是有限度的。他邀请中纳言薫君参加此仪式，确实有些不好意思[01]，不过，在众多亲戚中，血缘关系最近者得数中纳言薫君，除此别无他人。再说，中纳言薫君在装点门面等处，方方面面都是一把好手，是超群出众的人物，因此才邀请他来的吧。中纳言薫君也乐得前来，他一反往常，急匆匆地到六条院来。六女公子嫁给他人，薫君并不惋惜，他只顾和夕雾左大臣协力同心关照各方事务，对此，夕雾左大臣内心或多或少暗有些不悦。

丹穗亲王于夜晚才迟迟来到六条院。新婚女婿的坐席，设在正殿南厢房的东边。并排摆着八张食桌，食桌上的杯盘照例十分讲究，另外还有两具小食桌，小食桌上摆设着带有雕花腿的盘子等，式样新颖，雕花匠心独运，盘内盛有庆贺新婚三日的黏糕饼。记录这些平庸无奇的琐事，连笔者本人都觉得没有意思。

夕雾左大臣走上前来说：“夜色已深了！”遂让侍女去请新郎入座。丹穗亲王正在与六女公子戏耍，没有立即前来就座，前来就座的只有夕雾夫人云居雁的两兄弟、左卫门督和藤宰相等。过了一会儿，新郎总算出来了，他的姿容着实俊美。

主人方面的头中将向新郎丹穗亲王敬酒，并劝请进餐。随着又接二连三地敬酒。中纳言薫君劝酒格外殷勤，丹穗亲王就冲着他露出一丝微笑，这大概是由于过去丹穗亲王曾对中纳言薫君说过：“左大臣家严肃刻板，自己不适合当这样人家的女婿。”如今回想起来不由得一笑吧。但是，中纳言薫君似乎没有意识到这层意思，只顾认真地关照场面上的动静。不久，薫君又走到东厅去犒赏丹穗亲王的随从人员。这些随从者中，有身份的殿上人居多，其中官居四位者六人，每人犒赏女装一套，外加细长女服一件；官居五位者十名，每人犒赏三重袭的唐衣礼服一件，外

---

[01] 早先夕雾左大臣曾有意将女儿六女公子许配给中纳言薫君，终因薫君婉拒而未果。

加围裙一件，围裙腰带上的装饰各自不同；官居六位者四人，每人犒赏绫绸细长女服及和服裙裤等各一份。犒赏品是按照规定数量发放，可能还嫌美中不足，故在物品的色泽和做工上尽量下功夫，务求尽量做得完美些。对丹穗亲王的近侍或护卫等人，犒赏更加优厚，甚至破例。描摹这种多彩的热闹场面的段落，也许读者爱读，难怪古代小说里愿意首先描述这类如花似锦的热闹场面吧。不过，这里所叙述的这种热闹场面，恐怕就不够细腻哩。

当天晚上，中纳言薰君的随从人员中不太为人所知的成员，夹杂在丹穗亲王的随从者中，悄悄地观赏这仪式场面的辉煌盛况，返回三条宅邸之后，喃喃地感叹说："我们府上的中纳言大人干吗这么老实，为何不愿当左大臣家的女婿呢？！孤身度日多没劲啊！"人们在中门一带低声发牢骚，中纳言薰君偶然听见这些议论，觉得挺可笑的。夜深了，此刻的他们大概都想睡觉，也许还在羡慕地想着："刚才看见丹穗亲王的随从们受到相当优厚的款待，此刻想必是在心情舒畅地饱尝美酒佳肴，醉成一团并就地躺在一处歇息了吧。"

中纳言薰君走进自己的寝室躺了下来，心想："今晚的庆贺筵席，对新女婿来说，多么难为情呀！他们本来就是至亲的亲戚，老丈人左大臣风采堂堂出席筵席，在灯火辉煌下举杯向来宾一一敬酒，丹穗亲王也礼数周到地应酬。"薰君欣赏丹穗亲王姿态沉着优美，风度翩翩。心想："确实不错，我若有个称心美丽的女儿，我也想把女儿嫁给丹穗亲王，而不想让女儿进宫。世人大都想把女儿嫁给丹穗亲王。不过也有不少人像口头禅似的说：'还是嫁给源中纳言更好。'如此看来，世人对我的评价似乎不坏。只是我自己性情乖僻，对女性似乎不那么倾心，显得有些老气横秋……"薰君想到这些时，内心感到自豪，接着又想："当今皇上曾向我流露有意将二公主下嫁于我，倘若皇上当真那么想，而我却逡巡不前，可怎么好？招为驸马固然是给脸上增光的事，可是对我来说，究竟如何呢？二公主的容貌究竟怎样？倘若她的长相酷似已故的大女公子，我该不知有多么高兴。"薰君的脑子里浮现这些想法，可见他并非毫不动心。他照例不能成眠，寂寞无聊之余，便走到自己平日较多怜爱的侍女按察君房内，这天夜里就在这儿睡到天明。其实纵令他在这里歇宿直到太阳升得老高不起身，也不会有人讥评的，可是薰君还是有所顾忌，天一亮即急忙起身。按察君对此内心不安也颇感不满。她咏歌曰：

> 逾越关川暗偷情，
> 留下绯闻诚遗憾。

薰君觉得她怪可怜的，答歌曰：

> 关川水面似浅显，
> 水下渊深流不断。

按察君心想："就算他说'情爱深'，此话似乎都靠不住，何况他说'水面浅'呢。"按察君更觉忧心忡忡了。中纳言薰君打开屋角上对开的板门，说道："其实我是想让你早起看看天空的景色，如此美景，怎能舍得不看而睡觉呢。我倒不是要仿效风流人物，只因近来成夜难以成眠，但觉黑夜漫长无穷尽，思绪万千，我思考今生也念想来世，真是不胜哀愁啊！"薰君随意搪塞几句，就出去了。薰君不是个善于对女子说些饶有风趣话语的人，不过，也许是由于他长相俊美、神采蛮有风情的缘故吧，无数女子并不把他看作是"不识情趣者"，偶尔听到他只言片语戏言的女子，觉得哪怕只能在他身边看看他那俊俏的风采，也足够了。可能由于这个缘故，有的女子往往找遍各种关系，借故硬要到三条宅邸，为早已出家为尼的薰君母亲三公主效劳。想来充当侍女的人为数不少，由于各自身份的差异，不同情节的悲愁遭际似乎层出不穷。

丹穗亲王得以在白日里仔细端详六女公子的容貌，觉得她确实很美，对她的爱逐渐加深了。六女公子的身材苗条可爱，秀发下垂适度，发型优美，异乎寻常别具一格，他看了觉得："着实很美呀！"她的肌肤润泽娇艳，令人吃惊。她气质高雅、品位高尚、沉稳庄重，不愧是高贵人家的千金，令人见了甚至不由得自惭形秽，总之她从头到脚几乎完美无缺，足以称得上是个美人。她芳龄约莫二十一二，已不是孩童的年龄，体态发育健全，充满青春活力，宛如绚丽绽放的花朵，格外醒目。经父亲的精心调教、无微不至的关怀，从品性上说她几乎是完美的。怪不得她获得父母的无比钟爱。只是若论温柔与娇媚这点上，丹穗亲王首先想到的是居住在二条院的二女公子。这位六女公子在回应丹穗亲王的问话时，虽然带点腼腆，但并不过分羞涩以至慌了阵脚，处处显示出她是个有本事有才气的人。她有年轻貌美的侍女三十名、女童六人，一个个长相都不错，她们的装束别具异趣，使看惯了豪华装束的丹穗亲王感到珍奇美观。六女公子的新婚仪式，比三条院云居雁夫人所生大女公子进宫当皇太子妃时更为讲究，也许是由于丹穗亲王的声望和优越仪表所致吧。

此后，丹穗亲王无法随意去二条院了。由于身份高贵，白日里不便任意出门，只能在六条院内的南面殿堂即从前自己住惯了的地方度日，到了晚上也不能舍下六女公子而赴二条院去。缘此二女公子常常望眼欲穿地盼待丹穗亲王的到来。她想："这本是在意料之中，不过没想到恩情竟如此迅速就完全断绝。其实，真正有点头脑的人都会想到，像自己这样身份微不足道者，就不该混杂在高贵者中。"她反复思量，深感后悔，觉得自己当初就不该贸然离开山庄，宛如做了一场梦，后悔莫及，无限悲伤。她希望能设法悄悄地返回宇治。即使不是完全与丹穗亲王断绝关系，至少也能暂时在宇治排遣苦闷，清净一段时间，只要不与丹穗亲王闹翻而结下怨恨，暂时分别总该无妨吧。她再三考虑之后，最终不顾羞怯，给中纳言薰君写了一封信，信中写道："前些日子，承蒙为先父举办法事，宇治山那边阿阇梨已来函告知详情。倘若没有你如此念念不忘与先父的旧交情谊，为先父举办法事祈祷冥福，先父的在天之灵该多么寂寞啊！真是感激不尽。倘若有机会见面，当再面谢！"信笺用的是陆奥纸，没有特意讲究什么形式，书信行文朴实，却自有其趣。中纳言薰君郑重地为已故八亲王三周年忌辰举办法事等，二女公子内心欣喜，十分感激，尽管信中没有大书特书，但实际上这种感激之情却是深存于内心的。二女公子对薰君给她的来信，向来连回信都很拘束，充其量也只是寥寥数语，无意多写几句，然而今番却是主动来函，并且提到"倘若有机会见面，当再面谢"。这些言辞对薰君来说，真是稀罕，他看罢来函无限喜悦，心潮澎湃。他想到丹穗亲王此刻正贪恋新欢，忘却故旧，估计二女公子定然十分痛苦，他非常同情她。二女公子的这封来函，虽然没有什么特别情趣，却令薰君反复仔细阅读，爱不释手。薰君回信说："来函敬悉。前些日子为八亲王三周年忌辰举办法事，我怀着法师般的虔诚，前去参加。之所以未曾告知小姐而私下前往，实因生怕小姐提出'有意同行'的缘故。来函说我'念念不忘旧交情谊'似乎浮浅化地看待我的这份情缘，不免令我感到怅然。余容面叙，匆匆拜复。"复函书写在白色厚片的方纸笺上，行文流畅，直率朴实。

　　翌日傍晚，薰君来到二条院。只因他暗自恋慕二女公子之情渐浓，故今日着意精心打扮。在柔软的丝绸衣裳上，薰足了浓郁的薰衣香，甚至令人感到过分浓郁了，另外加上手持一把丁香汁染的扇子，周身散发出的芳香悠悠飘荡，那美妙的芬芳，实难以言喻。二女公子偶尔也会想起当年在宇治山庄中，薰君陪着睡的那意外的神奇一夜的情景，看到薰君那老实厚道的坦荡心境，确实迥异于寻常人，也许甚至也会想："当年就势与薰君结成连理就好了。"再说，二女公子已非无知的孩儿，她明白：与那薄情的丹穗亲王两相比较，无论哪方面薰君都远比他优越得多。也许她觉得："迄今总是隔着屏障与薰君相会太怠慢他了。"或者是担心："薰君会不会以为我是个不知情趣的女子？"大概出于这些思考的关系吧，今天二女公子请中纳言薰君进入帘内就座，她自己则在帘前添设一个围屏，坐在较深的地方与他会谈。薰君说："今日虽说不是小姐特意邀请前来，但是承蒙破例允许会面，不胜欣喜，为表谢意本想立即前来造访，但听说昨日丹穗亲王在府内，惟恐有所不便，故顺延至今日。承蒙帘内设座，减少隔物，可见我多年来的诚意逐渐获得理解，实在是难能可贵啊！"二女公子还是觉得十分难为情，一时不知说什么好，好不容易才回应说："前些日子，承蒙为先父举办法事，不胜感激，倘若把这种感激之情深埋于心，君如何知晓哪怕些许，则甚遗憾，因而……"她言语十分谨慎含蓄，且身躯似乎往深处后退，语音听来是断断续续的，中纳言薰君心中好生焦急，说道："小姐距我太远了，我还有些日常事务想仔细详说，并想听取君意呢。"二女公子觉得他说得也是，于是稍微往前膝行。薰君听见她膝行前来的动静，不由得心怦怦跳，不过旋即镇静下来，姿态显得泰然自若。他想到丹穗亲王对二女公子的感情突然变得冷淡之事，于是向她一方面直率指责丹穗亲王的态度，另一方面还殷勤安慰她，并温柔体贴地就诸事说了许多。二女公子不便启齿埋怨丹穗亲王，只向薰君表示"不怨处世之艰难"[01]的意思，简短数语便转换话题，热切地恳请他助她返回宇治一趟。

中纳言薰君答道："此事依我所见，恐难效劳。似乎须将尊意直率告知丹穗亲王，遵照他的指示行事，方为妥善。如若不然，万一稍有闪失，

---

[01] 古歌曰："不怨处世之艰难，惟恨自身命多舛。"见《河海抄》。

丹穗亲王势必怪罪小姐轻率,招致如斯结局实在不妥。只要不被丹穗亲王误解,则奔赴宇治的送迎诸事,我将全部负责,无须有何顾虑。我与他人不同,不做亏心事,心胸坦荡洁白,丹穗亲王是深知这点的。"薰君嘴上虽如是说,心中却深深后悔,他还念念不忘,悔不该将二女公子让给丹穗亲王,惟盼如古歌所咏"但愿时光能倒转"。他隐约流露出内心多么希望与二女公子结缘的心情。谈话间不觉天色渐晚,二女公子觉得不便久留他在帘内晤谈,于是对他说:"这样吧,由于今日我心绪不佳,且待心情见好时,再请教。"说罢就想退入内室,中纳言薰君着实懊恼,连忙问道:"那么小姐打算何时起程呢?好让我吩咐下人事前清除些途中的荆棘蔓草。"此语意在讨好她,二女公子略微驻步,回答说:"本月行将过去,下月初起程吧。只要悄悄进行就无妨,不需郑重其事地请求丹穗亲王许可。"中纳言薰君觉得她的言语声调多么可爱啊!不由得比往常更强烈地回忆起往事来。薰君按捺不住自己澎湃的心绪,竟从他依靠身躯的柱子旁边的帘子底下探身进去,悄悄地伸手拽住二女公子的衣袖,二女公子心想:"他到底还是怀有歹心,实在讨厌。"她无言以对,只顾沉默不语地向屋内深处倒退,薰君步步紧紧尾随她,活像熟不拘礼的模样,跟着她一起进入内室,并在她身边躺了下来。薰君说道:"可能我没有记错,小姐不是说'只要悄悄进行就无妨'吗?我很欣喜,所以进来想问问小姐,我是否听错了呢?你不至于疏远我吧,你的态度太冷漠无情啊!"说时满怀怨恨之情。二女公子无心回应他,只觉得他的行为荒唐可恼,她强自按捺住怒火,对他说:"你的居心真出人意外啊!侍女们看见了,成何体统呢,实在太过分了。"她责备他太无礼,几乎哭了起来。中纳言薰君觉得她的话也有道理,内心颇感抱歉,然而还是强词夺理说:"我的这番举止,不会遭人非难的。想当初也曾有一夜和你如斯晤谈,你不至于忘怀吧。已故令姐也曾允许我亲近你。你认为我无礼,反而是不解情趣了。我绝无令人厌弃的色情歹心，你尽管放心好了。"他说这些话时，态度从容，一派泰然自若的神情。不过由于近来频繁追悔往事，痛苦折磨越发深沉。他絮絮叨叨地向二女公子倾诉内心的苦情，毫无打算离开此地的意思。二女公子束手无策，用"狼狈周章"这个词似乎也不足以形容此刻她的苦闷心情了。她觉得对付薰君，比对付全然不相识的人，更觉难为情，更加不愉快，只有忍气吞声，哭泣不止。中纳言薰君对她说："你这是怎么啦？太孩子气了吧。"他话虽这么说，但是他望见二女公子，觉得她无比可怜又可爱。她那趣味深邃、含蓄高雅的气度，远比那一年夜里所见的更加成熟臻至。他想起昔日自己竟把如此可人的淑女主动让给他人，导致今日如此沉沦苦海，痛悔莫及，不由自主地放声痛哭了。二女公子身边只有两个侍女。她们看见一个毫无来由的男子闯进帘内来，不知发生什么事，连忙跑过来瞧瞧，知道是中纳言薰君，心想："薰君似乎是向来亲切照顾这边的熟人，现在两人在晤谈，想必是有要事商量吧。"她们不好意思留在跟前，便佯装不知的样子，悄悄退出，到外边去。二女公子更觉孤单了。中纳言薰君则还在痛悔当年失策，不堪痛苦，心情一时平静不下来。不过从前晤谈的那一夜，尚且方寸不乱，今日当然不会贪心胡为，做出格的事。这种事情，不需要过多地详细描述了。薰君内心觉得此行徒然无益，实在没劲，外人看了也很不体面，他反复考虑，终于改变主意，告辞离开了。

中纳言薰君以为此时还是在夜里，却不知已近破晓时分。他担心被人看见，引起流言蜚语，心中不免烦恼，更多的是生怕二女公子的名誉遭受损伤。他听说二女公子近来正在害喜，今夜见了果然如此。她的体态有变化，明显的标识是她围着令她觉得不好意思的孕妇腰带，薰君看了也觉得可怜，这也是他不忍心对她放肆的主要原因。中纳言薰君心想："回思往事，我总是每每错过良机，但是硬要做蛮横无礼之事，又违背我的本意。

再说，凭一时冲动而胡作非为之后，势必心无宁日。偷情求欢，实甚痛苦，还会使女方忧心忡忡。"然而这种理智的思想压不住热烈的情火，直至此时他还眷恋着二女公子，实在糟糕。薰君总想片刻不离地陪伴二女公子，这种念头反反复复地在他脑子里转悠，可见他也有心术不正的时候。薰君觉得她的姿容比以前稍微清减，但高雅可爱依旧，他片刻都不想与她分开，恨不得永远伴随她身旁，这种思绪萦绕脑际，除此别无所思。他还想道："二女公子一心想赴宇治，我可否陪她去呢？恐怕丹穗亲王不会允许吧。悄悄地带她去毕竟很不妥，有何办法既不受世人讥议，又能实现这个愿望呢？"他思绪万端，心神恍惚，茫茫然地俯下身子躺了下来。

凌晨，天尚未亮时，他给二女公子写信，照例是冠冕堂皇的表面文章，附歌一首曰：

> "徒然跋涉繁露道，
> 秋空凄寂似当年。[01]

遭受冷遇，使我'无从着手展抚慰'[02]，内心苦楚难以倾吐。"二女公子阅信后，原本不想给他回复，可又担心举止反常，反而被侍女们狐疑，为难地略作书写："来函敬悉。由于心情极差，无法详复，希见谅。"中纳言薰君接到来函，觉得言语实在太少了，深感美中不足。他脑海里一味浮现出她那娇媚的面影，令他眷恋不已。二女公子想必是由于逐渐通晓人情世故的关系吧，她对薰君昨夜的冒失行为，尽管受到惊吓，内心也恼火，怨恨他多么鲁莽，但是态度上只是露出不悦，没有显示格外厌恶的神情，毋宁说比较沉稳宽容，温和委婉地应对，终于巧妙地把他送走。薰君看到

---

[01] 指昔日薰君曾在宇治二女公子室内与她作一夜的交谈。
[02] 古歌曰："不知缘何遭怨怼，无从着手展抚慰。"见《河海抄》。

二女公子的处事技巧，觉得她能掌握分寸，还能细心体贴人，不由得对丹穗亲王产生妒忌心，而为自己感到悔恨悲伤，诸多往事，实在难以忘怀，痛苦万分。薰君心想："二女公子在诸多方面似乎比昔日的她优秀多了。有什么可怕的呢，日后万一她被丹穗亲王抛弃，可以依靠我嘛。到了那份儿上，即使我不能与她公开结成连理，但是可以在暗中秘密交往。当下除她之外，我别无倾心爱慕的女子，就让她做我最后的终身伴侣吧。"他只顾全神贯注地思索二女公子的事，他的这种迷茫的投入，实属心术不正的反映。薰君本来是个深明道理的堂堂君子，然而男子的心毕竟是可恶的。他痛悼大女公子逝世，但万事已成徒劳，一切都无可挽回，其痛苦程度也没有像现在这样刻骨铭心。他愁肠寸断，想入非非。他听见人家说："今天丹穗亲王回二条院了。"他忘却自己是二女公子娘家的后援人，蓦地妒火中烧，撕心裂肺，痛苦万状。

丹穗亲王好些日子没有回二条院，连他自己内心都觉得自己可恨。今天他突然回到二条院来。二女公子觉得事到如今，又何必怨恨他呢，因此对他也不露疏远之神色。她拜托中纳言薰君带她回宇治山庄，薰君也淡淡然不予相助。她想想人世间可容身之地实在狭窄，只有自叹薄命。最后拿定主意："'一息尚存浮世间'[01]，只能听天由命平和度日了。"她全然想开了似的，于是真心诚意、温情脉脉地对待丹穗亲王，从而博得丹穗亲王的喜悦，更加怜爱她，并对自己久疏着家深表歉意，说了许多致歉的话。二女公子的腹部也稍见膨大，腰部围着令她感到难为情的孕妇腰带，那模样越发令人感到既可怜又可爱。丹穗亲王未曾近距离地观看过孕妇的神采，他甚至觉得很稀罕。他在严肃古板的六条院的夕雾左大臣家住了一阵子，现在回到自家宅邸二条院来，只觉得万事轻松舒适，令人感到亲切。他又滔滔不绝地再三向二女公子重述海誓山盟之类的话，二女公子听了，

---

[01] 此句引自《拾遗和歌集》中的古歌："一息尚存浮世间，水泡晶莹惹人羡。"

暗自想："世间的男子，大概口头上都善于花言巧语吧。"她联想起昨夜那个鲁莽人的身影来。她想："多年来一直认为薰君是一位温文尔雅的规矩人，想不到一碰上恋情激越的场面，就顾不上规矩了。如斯琢磨，丹穗亲王的海誓山盟也是靠不住的。"但是又觉得丹穗亲王的话里还有一些是中听的。她又想到中纳言薰君趁她没加防备，竟轻率地闯进帘内内室来，这算什么事嘛！薰君说他和她已故姐姐始终保持清白关系，她觉得薰君的这份心确实难能可贵，不过自己对薰君还是不能不防备着点儿。于是对中纳言薰君提高警惕了。她似乎担心此后丹穗亲王势必久不回家，薰君会不会乘虚而入来骚扰她，但是她嘴上决不说出来。丹穗亲王此番阔别多日回家来，二女公子对待他比以往温存体贴，丹穗亲王更无比怜爱二女公子了。丹穗亲王在二女公子的衣服上忽然嗅到中纳言薰君身上散发出来的那股特殊的香味，这香味与寻常人的薰衣香大不相同，况且丹穗亲王是精通此道之人，他觉得蹊跷，便盘问二女公子："到底发生了什么事？"还对她察言观色。二女公子本来就知道事出有因，一句话也无法回答，只觉异常痛苦。丹穗亲王心绪烦乱，他想："果然不出所料，肯定发生那种事了。我早就疑心，中纳言薰君怎么可能对她无动于衷呢。"丹穗亲王十分懊恼。二女公子也曾提防到这点，因此昨夜连贴身单衣都更换过了，可奇怪的是那种异香怎么竟渗入到自己的身上来呢?！丹穗亲王对她说："异香如此浓郁，可见你们二人之间已无间距了。"还说了许多难听的斥责话语。二女公子痛苦不堪，只觉无地自容。丹穗亲王又说："我格外怜爱你，你竟然'我先把人来遗忘'[01]，如此背叛丈夫的举止，正是身份卑贱者的行为。再说，我不在你身边并没有多长时间，你怎么竟变心了呢？实在是出乎意外啊！"诸如此类的恶言恶语甚多，甚至令笔者难以尽述。二女公子没有回应，丹穗亲王越发妒恨，咏歌曰：

---

[01] 此句引自《古今和歌六帖》，歌曰："我先把人来遗忘，如斯无情岂可靠。"

> 异香染袖求新欢，
> 薄情如斯诚可恨。

　　二女公子遭他过分的痛斥，无言可供辩解，只说声："何苦如此恨之入骨。"她答歌曰：

> 永结连理深情系，
> 岂因异香便分离。

　　二女公子咏罢低声抽泣，那模样无比可爱又可怜，丹穗亲王看了，不由得心想："正因为这副招人喜爱的姿色，才牵动了那个人的心呐。"妒火在胸中燃烧得越发炽烈，丹穗亲王终于也潜然泪下了。他之所以落泪，或许因为他终归是个怜香惜玉的风流好色者的缘故吧。二女公子真是一位天真烂漫，既可怜又可爱的美人，纵令犯了再大的过错，也会令人不忍心全然疏远她抛弃她，因此丹穗亲王过了不久，待到妒火渐消之后，不再恶言责备她，反而用好言抚慰她了。

　　翌日，丹穗亲王与二女公子睡到太阳升得老高才醒来，并在二女公子的居室内盥漱、吃早粥等。丹穗亲王近来在夕雾左大臣家看惯了大肆装饰的、从高丽或从唐土进口的闪烁耀眼的锦缎绫罗，就觉得自家宅邸的陈设、装饰是寻常一般的，却也自然亲切。侍女们的着装，间中也夹杂有穿旧衣裳的，四周环境似乎呈现一派沉静寂寞之感。二女公子身穿柔软的淡紫色衣裳，再套上一件石竹花色的细长女服，她那随意自在的神采，比起那位全身装扮完美无缺、服饰崭新富丽辉煌的六女公子来，也并不逊色，她那温柔娇媚的姿色，受到丹穗亲王非同寻常的宠爱，诚然可说是受之无愧吧。她那美丽可爱的圆脸，近来略见清减，肤色显得比先前洁白娇嫩，姿容更觉高雅秀丽。丹穗亲王早在察觉到她身上沾染了薰君的异香之前，就担心："二女公子如此超群出众的姿色，倘若被非至亲兄弟之人不期而遇，或偶然有机会听见她那娇滴滴的美声，窥见她的丽色，哪能丝毫无动于衷呢，势必对她萌动恋慕之情……"他总是以自己风流好色之心，去揣度他人之腹，因此他经常留心观察，每每装作若无其事的样子，查看二女公子经常使用的近在身边的橱子和小柜子，看看里面是否藏有可供佐证的书信。然而毫无所获，只找到一些简短数语一本正经的、平庸无奇的信件。这些信件并非特意珍藏，只是随便地夹杂在其他物件中。看到这种情况，丹穗亲王心想："奇怪啊！这两人之间的交往，绝不可能这么简单。"他总是心存疑问，今天他终于察觉到异香，内心更加忐忑不安，这也是不无道理的。丹穗亲王暗自琢磨："以中纳言薰君的神采来说，只要是善解风情的女子，遇见他定然会被吸引，怎么会断然拒绝他呢！这两人的才貌旗鼓相当，多半是彼此恋慕上了！"想到此处，丹穗亲王内心深感寂寞，十分愤怒也非常嫉妒。他对二女公子总是放不下心来，缘此，这天一整天他都未曾出门。他给六女公子写了两三封信，送到六条院去。几个老年侍女私下议论说："分别才多久嘛，竟积攒了那么多话要说。"

　　中纳言薰君得知丹穗亲王闭居在二条院，自觉内心有愧，他心想："真糟糕！我的想法多么愚蠢可笑啊！我本该作为二女公子娘家的后援人关怀照顾她，不该萌生这种邪恶的念头。"便强令自己改弦易辙。他又想："丹穗亲王纵然宠爱六女公子，也决不会舍弃二女公子。"因此他也为二女公子感到庆幸。他的关心及至二条院侍女们的着装问题，他想起她们的服装大都穿旧了，于是到母亲三公主那里询问她："母亲这里有没有现成的女服？我有用途，需要一些。"母亲尼姑三公主说："一如既往，下个月是九月，须做法事[01]，所需用的白色服装，大概都已制作齐备。但

---

[01] 薰君的生母三公主削发为尼后，每年照例举办两次法华八讲法事。

是染色的服装此刻尚未置备，你有用途，立刻让人缝制吧。"薰君说：
"不用了，不必特意缝制，只需现成的就成。"于是吩咐裁缝所的侍女取
出若干套女装来，再添加几件漂亮的细长女服，这些都是现成的服饰。此
外还取了些未经染色的绢绸绫罗等，其中拟送给二女公子穿用的，是中纳
言薰君自己备用的格外美观、色泽亮丽的红色绢帛，再加上许多洁白的绫
罗。没有女装和服裙裤及其配饰，怎么办呢？于是加上一条装饰在围裙后
面的长腰带，带上系着一首歌，曰：

终与他人结连理，

尽诉哀怨徒无益。

　　中纳言薰君派遣使者将这些衣物送交二女公子的贴身亲信、年龄较大
的侍女大辅君。来使传达口信说："匆匆置办，不成敬意，送上之衣物，
不足挂齿，万望笑纳，善加处理为感。"赠送给二女公子的礼物，力求不
醒目，装在盒子里，但包装却格外讲究，有别于其他。大辅君并没有将这
些礼物拿去给二女公子过目，因为薰君这样的馈赠，一如既往，早已司空
见惯，无须格外拘礼答谢或推让，因此大辅君不假思索地进行处理，将礼
物分送给众侍女，她们各自拿去缝制衣裳。一般说，近身侍候二女公子的
年轻侍女，着装理应更讲究些。那些下级侍女，平日穿惯粗布衣衫，如今
穿上薰君的赠品白色夹和服，虽然不艳丽，倒也蛮顺眼的。实际上，二女
公子这边，除了中纳言薰君以外，还有谁会在生活方面，如此大小巨细万
般周全地照顾到呢。丹穗亲王对二女公子的爱非同一般，也想力求无一遗
漏万般周全地照顾她，然而极其琐碎的生活细节，他怎么会注意到呢。丹
穗亲王是当今皇上最宠爱的三皇子，从小在备受娇宠珍爱的环境中长大，
哪里会知晓人世间贫窭凄苦为何物，这是很自然的事。身份高贵的丹穗亲

王过的是风流倜傥、无忧无虑的生活，甚至玩弄花上的露珠都嫌手指凉呐。相形之下，像中纳言薰君那样，为了心爱的人，自然而然地在任何环节上都无微不至地关心照顾到，实在是稀世罕见难能可贵的。因此二女公子的乳母等人经常讥讽丹穗亲王说："那算什么照顾呀！"女童中有几个人衣衫不整，二女公子偶然看见了，觉得很难为情，每每内心感到很难受，觉得："自己多余住在这样豪华的住宅里，反而觉得不般配啊！"何况最近以来，六条院夕雾左大臣府邸装潢排场豪华，闻名遐迩，丹穗亲王的随从人员看到这里的情况，两相对比，自然难免一阵讥笑。二女公子想到这些，更加心烦意乱，伤心叹息。中纳言薰君很能体谅二女公子的心事，所以送来这许多衣物。这类琐碎的馈赠品，倘若送给交情较疏远者，势必会令人难堪，有失礼之嫌。然而送给二女公子，自己毫无轻蔑她的意思，有什么关系呢。倘若给她送去贵重的礼物，说不定反而会引起人们的非议，认为是多余的献媚之举呢。薰君顾虑到这些情况，于是就将一些现成的物品送去。此外还命人缝制做工精巧的美丽服装，制作一些小礼服，外加许多绫罗绸缎衣料一并送过去。其实，这位中纳言薰君从小也是在极其优越的环境中成长，其高贵程度不亚于丹穗皇子，气质高雅、心气高超，非同凡响，然而自从亲眼目睹已故八亲王生前在宇治山庄的生活境遇以来，方知人世间失势者的生涯拮据，差别竟如此悬殊，实在可怜。由此而联想到广袤人世间不知有多少凄凉众生，此后每遇到什么事，他对芸芸众生总是寄予深切的同情。薰君这份体谅怜悯人的慈悲心之形成也是经历了一段凄怆的过程。

此后，中纳言薰君千方百计地排除邪念，极欲光明磊落地照顾二女公子。然而力不从心，恋慕她之情总是搅得他痛苦不堪。因此他给二女公子写的信，比以往更详尽了，还时常流露出不堪忍受的恋情。二女公子看了，独自嗟叹，自恨罪孽深重。她心想："对方倘若是个素不相识的陌生人，大可斥之为‘何其狂痴’而断然弃置不顾。然而，薰君是故交，一向亲切可靠，如果现在毅然拒绝，搞坏关系，反而会引起世人胡加猜疑。再说，他那份竭诚尽心帮助的态度，他那深知物哀风情的气质，我也不是不知道，然而我不能因此而倾心于他，而应该更加慎重地对待他。但是究竟应该怎样做才好呢？”她思绪万千，无计可施，十分苦恼。她身边的侍女中，她觉得似乎稍许懂事可与共话的年轻人，又都是新来的，不便和她们深谈，若论熟悉有亲近感的还得数从宇治山庄带来的数名老侍女，可是自己还是无意与她们商量，思来想去还是没有了解自己的心绪、可以掏心窝的贴心人，缘此她无时不缅怀已故的姐姐，她想：“倘若姐姐健在，薰君不至于对我产生邪念吧！”她着实悲伤，丹穗亲王冷淡待她固然令她伤心，而薰君对她竟产生如斯邪念，更使她痛苦不堪。

　　中纳言薰君实在按捺不住思恋的情绪，照例于一个静寂的日暮时分造访二条院。二女公子旋即命侍女在帘外附近给他设座，并命侍女传言说：“今日心绪极其不佳，恕不能晤谈。”薰君听到此话，暗自伤心，热泪几乎夺眶而出，碍于生怕侍女们瞧见心生猜疑，遂强忍住泪水，说道：“人生病的时候，连素不相识的僧人都要在近身进行祈祷呐，哪怕把我当作医师看待，让我进入帘内呢！如此这般传话寒暄，着实丧失了我热诚造访的意义和情趣啊！”众侍女看见他满脸极其不悦的神色，想起那天他夜间闯入帘内的事来，遂对二女公子说：“如此招待他，确实显得简慢了人家。”于是，将堂屋的帘子垂下，请薰君进入守夜僧人所居的厢房内。二女公子内心也确实十分懊恼，侍女们既然已如斯说，自己倘若过分冷淡待他，反而显得不自然，因此尽管并不心甘情愿，也勉强膝行至稍靠近帘子处，与薰君对谈。二女公子时而说上寥寥数语，语音却很轻微，薰君听了不由得联想到此模样颇似已故大女公子患病时的情景，一缕不祥之感在心中闪现，不禁悲从中来。只觉眼前一片漆黑，顿时说不出话语，待镇静下来之后，才断断续续地启齿。薰君埋怨二女公子坐的地方距他太远，遂从帘下伸过手去把围屏稍许推开，照例如先前那样就势熟练地跻身过去接近她。二女公子不知所措，只得召唤侍女少将君到身边来，对她说道："我胸口疼痛，你给我摁压一会儿。"薰君听见后，说："胸口疼痛，施以摁压会更加痛苦的。"他说着叹了一口气，端正了一下坐姿，其实内心焦虑不安。他又对二女公子说："为什么身体总是如此不舒服呢？我曾向人探询过，人家说：'妊娠期间，初期总会有一段时间身体感到很不舒适的，过一些时候就会恢复正常。'你大概是因为太年轻，过分忧心的关系吧。"二女公子极其害羞地回答道："我早先就有胸口疼痛的疾病，已故姐姐也患此病症。据世人说，患胸口疼痛病者，寿命不长呐。"薰君心想："的确，'任谁难成千岁松'啊！"他为二女公子的病状揪心，十分同情她，也顾不上侍女少将君在场，遂将长久以来对二女公子的恋慕之情一一倾诉。不过删去缠绵悱恻、刺耳难闻的爱慕话语，他措辞高雅含蓄，让旁人听来顺耳，不觉有何异样，而二女公子听了却能心领神会。侍女少将君听了觉得："中纳言薰君真是世间难得的一片诚心亲切关照。"

薰君总是触物生情，念念不忘大女公子生前的好，总是由衷亲切地缅怀她。于是他对二女公子说："我自幼厌恶尘世，一心只想利落地远离俗世，然而这也许是前世注定的因缘关系吧，尽管我经常遭遇令姐冷漠的对待，却始终忘却不了对她的刻骨铭心的爱慕，缘此，原本的渴望求道之心，不觉间也淡漠了。自她亡故后，我为了排解心中的悲伤郁闷，也曾想结识几个女子，或许能从她们那里获得些慰藉，然而在接触到的其他女子中，无有一人可令我动心倾慕。经过万般冥思苦想之后，认定世间无一女子可吸引住我心，我如斯说，会否让人误解我为好色之徒呢？实在不好意思。如今我对你倘若有一丝半点的不良居心，那才真正是惊人的无理取闹。不过，如此程度的亲切晤谈，经常把我内心所思之事告诉你，或者倾听你的言谈，彼此无隔阂地交谈，有谁会来挑剔责难呢。我心与世间的普通男子不同，未曾有谁非难我，还请你放心信任我吧。"他边吐露怨恨边哭诉。二女公子回答道："我倘若不信任你，怎么会不顾旁人的猜疑，如此近距离地和你晤谈呢？多年来承蒙你多方关照，你的深情厚谊，昭然可鉴，因此我把你看作是迥异于他人、格外可靠的君子，前不久甚至还曾主动给你写信呀！"薰君说："我怎么记不得你何时曾主动给我写信呢，你大概是指那封令人感激的召唤函，说是拟赴宇治山庄，希予协助的事吧，那的确也是承蒙你对我的真情的信任，我岂敢等闲视之呢。"他说了这番话，内心似乎犹存满腔哀怨，但碍于一旁的侍女在听着，不便任意继续倾诉。他眺望庭院，只见天色渐渐昏暗，虫声四起，清晰可闻，庭院里的假山一带呈现一片幽暗，任何景色都已分辨不清，可是薰君却不思归，依然心情郁悒，悄然不动地靠着柱子坐着。帘内的二女公子见状，内心好生焦急。薰君低声吟咏古歌"恋情终有限"[01]，咏罢说道："我真不知如何是好，哭声再怎么凄楚也无人听闻，真恨不得奔赴'无音乡'[02]。在那宇治山乡一带，即使不特别兴建寺庙，至少也要仿故人面影雕一尊塑像、绘一幅画像当作偶像，敬奉礼拜啊！"二女公子说："你的这份心愿，着实令人钦佩，不过说到雕偶像，不免使人怅惋地联想起将偶像放入'御手洗川'[03]流放去的情景，这样的联想，总觉得似乎对不住已故的姐姐。至于绘画像嘛，不由得令人联想起世间有的画师就看酬谢的黄金多寡

---

[01] 此语引自《古今和歌六帖》，歌曰："世间恋情终有限，经年累月思渐浅。"
[02] 此语引自《古今和歌六帖》，歌曰："苦恋泣声纵然高，知在何方无音乡。"
[03] 此语出自《古今和歌集》第501首，歌曰："御手洗川无眷恋，祭祀神灵亦不受。"意即以这种无所眷恋的心境来供奉故人，故人也不会显灵的。"御手洗川"也是流经神社旁，供参拜者洗手净口的一条河，人们在水边举行祓禊仪式时，将偶像放入川中，让它流走，意即让偶像代受罪过，故二女公子说："似乎对不住已故的姐姐。"

而定下落笔画像容貌的美丑呢[01]，这也是令人担心的。"薰君说："是啊，这工匠和画师怎能按照我的意思来制像呢！据说近世有个工匠技艺高超，他雕出来的佛像竟能使上天坠下莲花来，若能找到这样的鬼斧神工就好了。"他谈东道西，内心总是念念不忘大女公子，他那叹息哀伤的神色，显现出他对她的爱恋多么深沉。二女公子觉得他怪可怜的，稍许膝行靠近他，并对他说："提起雕塑画像的话题，我蓦地想起一件事，不好意思告诉你。"薰君感到她说话的态度似乎比先前显得亲切，不禁欣喜，遂问道："是什么事呢？"说着从围屏下方伸手握住二女公子的手。二女公子顿时觉得很讨厌，但是她正想设法打消他的这种不合时宜的恋慕念头，以便稳重地和他对谈，再说，近身侍女少将君又在场，过分拒绝他也没有意思，于是佯装若无其事地对他说道："多年来有一个生死未卜的人，今年夏天从远方的乡间来到京城，说要寻访我，我虽然无意疏远此人，不过向来未曾谋面，要在瞬间亲热起来，恐怕也难能做到。前些日子她果然来了，说也奇怪，她的神态怎么竟那么酷似已故姐姐，我情不自禁地对她感到亲切起来。你不时说我是'已故姐姐的遗念'，其实，根据众侍女说，我虽然与亡姐是同胞姐妹，但在各方面都与姐姐大不相同。此人与已故姐姐关系疏远，为什么神态竟如此酷似呢？！"薰君听了她的这番话，不可思议地感到她是不是在说梦，于是说道："当然是有缘分才会感到如此亲切和睦，但不知为什么迄今从未曾听你们透露过。"二女公子说："嗨！我也说不清楚这是什么缘分。我只知道家父在世期间，经常担心他过世后留下我们姐妹俩，孤苦无依，凄凉度日。如今他的担心只能贯注在孤身只影的我一人身上，如果再添加什么无聊的事，让世间谣传开去，惹人耻笑，那就太惨了。"薰君从二女公子的这番话里，听出有弦外之音，他估

---

[01] 传说汉元帝命画师毛延寿画宫女像，宫女王昭君没有使黄金贿赂画师，于是毛延寿将她的容貌画得很丑陋。

计八亲王生前准是另有私通的女子，产下了这个私生女儿，正是"何以不摘斯忍草"[01]，这女儿不知在某处长大成人了。二女公子说这女子的神态酷似大女公子，这句话铭刻在薰君的脑海里，薰君遂追问说："你仅仅概略地说这几句话，令我有点摸不着头脑，话既已说出，那就请把详细情况告诉我吧。"薰君极想探听详情，可是二女公子终究不好意思仔细言明，只是回答说："你倘若有意寻访，我倒可以告诉你她的住处，至于详细的情况，我知之不多。再者说得太详细了，惟恐令你扫兴呢。"薰君说："为了寻访大女公子的亡魂之所在，哪怕舍弃尘世，奔赴海上[02]或任何他处，去寻觅亡魂，亦当竭尽全力以赴，在所不辞。我对大女公子的恋慕之情纵令未达古人那股程度，然而与其朝朝暮暮魂牵梦萦，慰藉无术，莫如前往寻访。倘使真能如大女公子的雕塑、画像，把她当作宇治山乡的佛像来供奉也未尝不可。还是请你清楚明白地告诉我吧。"薰君一个劲地催促二女公子，二女公子见状，说："这可怎么办，父亲不承认她为女儿，我却信口泄漏出来，实在是多嘴了。不过我听你说，企盼找到鬼斧神工为姐姐雕像，内心深受感动，不由自主地说出此人来。"于是二女公子告诉他说："此女子多年来住在远离京城的乡间，她母亲可怜女儿，不愿女儿埋没于乡野，硬要她与我取得联系，我不能置之不顾，时不时也给她回信。前些日子她就寻访我来了。也许只是瞬间瞥见的关系，总的印象，她的长相神态远比我想象的标致得多。她母亲正担心女儿的前途不知怎样，倘使能承蒙你把她当作宇治的佛像来供奉，那就再好不过了。然而，这恐怕是盼望不到的吧。"薰君听罢心想："二女公子的这番言谈表面上条理清晰，实际上是不是嫌弃我纠缠不休而在设法摆脱我呢？"薰君似觉看透了

[01] 此句出自《后撰和歌集》，歌曰："既已结缘留遗念，何以不摘斯忍草。"
[02] 白居易诗《长恨歌》曰："悠悠生死别经年，魂魄不曾来入梦……遂教方士殷勤觅……忽闻海上有仙山，山在虚无缥缈间。"据传说，唐玄宗请方士奔赴蓬莱岛，寻访杨贵妃的亡魂。

二女公子的心思，因此内心多少也有些怨恨她，但是想起那个酷似大女公子的人，觉得怪可怜的，很想见见她。薰君又想："二女公子尽管内心痛恨我对她的那份不合时宜的恋情，但是表面上却没有采取过激令我难堪的举动，足见她还是很能理解我的本心的。"想到这里，他感情激昂得心怦怦直跳。此时夜已深沉，帘内的二女公子担心侍女们看见不像样子，于是趁薰君精神不集中的须臾片刻，悄悄地退入内室去了。薰君再三寻思，觉得从理智上说，二女公子的退避是理所当然的，然而在感情上，他还是十分怨恨和惋惜，思恋的情绪涌动，热泪几乎禁不住夺眶而出。他心乱如麻，却又生怕露出丑态，招人耻笑，他知道倘若感情失控而做出非礼的举止，于人于己都不利，只好强自隐忍，而叹息声不绝，怏然不悦地起身告辞。

回到三条宅邸的家里之后，薰君想："我总是只顾苦思冥想，日后将如何做才好呢？想必将痛苦不堪。有何良策能使我不受世人的讥议，而又达到称心如意的目的呢？"他觉得迄今自己大概是由于缺乏恋爱的体验，不精通此道的缘故，总是给自己，也给对方招来诸多纷扰，他辗转思索，终夜难以成眠直至天明。他接着又想："二女公子说那女子酷似已故大女公子，不知是否属实，真想瞧上一眼。那女子的母亲身份不高，求见想必不难，但是倘若那女子非我想象中的如意伊人，岂不反而招来麻烦？"思来想去，对那女子还是不上心。

中纳言薰君已经很久没有访问八亲王的宇治山庄了，似觉故人的面影日渐疏远，甚感悲伤，遂于九月二十日过后来到山庄。只觉山中秋风萧瑟，树叶纷飞。惟有凄凉汹涌的宇治川水声守护着这山庄，人影稀疏难得一见。中纳言薰君看到此番景象不禁黯然，伤心至极。他召唤老尼弁君，弁君走到隔扇门口，隔着深灰色围屏，寒暄道："恕我冒昧失礼了！上了年纪的人，容颜越发丑陋，实在不好意思见人……"说着依然站在围屏后面不出来。中纳言薰君对她说："我体察到你在这里不知多么寂寞啊！除了你之外我没有知心人，故想来和你谈谈心。光阴荏苒，不觉间已过多少日月。"说着眼里噙满泪珠，老尼弁君更是热泪潸潸。中纳言薰君对她说："回忆往事，大小姐着实操心二小姐的终身大事，也正值前年这个季节。每念及此，我内心无时不感到悲伤，尤其是秋风渗入肌体的时候更觉悲凉。诚如大小姐所担心的那样，我隐约听闻二小姐与丹穗亲王的婚姻似乎不甚美满。令人忧心的诸事繁多啊！"接着又说："日常出现各种情况是难免的，人生在世总有苦尽甘来的时候，不过，大小姐怀着那份忧虑而西去，我总觉得是我的过失，每想起来着实可悲。最近左大臣家有些事，其实无须担心，那是世间常有的事。再说，丹穗亲王虽然又娶了左大臣家的六女公子，但看样子他并不是那么疏远二女公子。总而言之，说千道万，最可悲的正是化作云烟腾空飘去的故人，虽说人生自古谁无死，但或先或后丧失恋人，总是令人无限悲伤的啊！"说罢又哭泣起来。

薰君随后派人去山寺，邀请阿阇梨到山庄来，照例托他举办大女公子两周年忌辰的法事，并对他说："我想，我经常到这里来，追思无可挽回的往事而伤心不迭，着实徒劳而无益。因此想把此山庄拆毁，在你那山寺的近旁建造一所佛殿，反正已决意建造，莫如早日动工。"说着亲笔画出要盖几间佛堂，还有回廊、僧房以及兴建佛殿所必须有的各种房室都一一画出来，与阿阇梨共同商量。阿阇梨颇为赞善说："这是功德无量的善举。"薰君说："不过，这是已故八亲王当年精心设计建造的住宅，我毫不吝惜地把它拆毁，似乎太无情义。但我料想已故八亲王的真意，本是想为佛事做功德的，只因照顾到自己身后还有两位女公子，所以没有建造寺院。如今，这是丹穗亲王的夫人二女公子的产业，自然归属丹穗亲王所有的领地。如此看来，不便把这里的土地改作寺院，作为我来说，也不能任意处置这片土地。不过，从地理位置上说，这里太靠近河面，过分显眼，还不如把住宅拆毁，改建成别种样式的建筑。"阿阇梨说："无论从哪个角度看，您的这份心愿都是难能可贵令人钦佩的。有个典故说：从前有个人，他那可爱的孩子死了，他在极其悲伤之下，竟将孩子的尸体包裹起来，挂在自己的脖颈上，经过了多年的岁月，后来此人在佛法的感召下，舍弃了尸体包裹，终于进入了佛道[01]。如今您看到这山庄，不由得触物生情，这对您的修行是很不利的。倘若能将它改建成寺院，这对后世的善业真是功德无量，理应从速动工。可请阴阳师选择吉日，雇用精通此道的能工巧匠二三人，设计工程，其他细枝末节，则按照佛教宗门的规定布置行事吧。"于是，薰君就各项工序规定办法，并召集附近领地内庄园中的人员，吩咐他们说："此番建造寺院，一切工程事宜，均须遵照阿阇梨的指挥去做。"不觉间已是暮色苍茫时分，当天夜间就在宇治山庄歇宿。

薰君估计："今天是最后一次能见到这幢山庄宅邸的原貌了。"于是到四处去巡视一番，他看到原先在这里供奉的佛像等都转移到阿阇梨的寺院中去了，留下的只是老尼弁君念经诵佛所使用的器具。可想而知她过着多么孤寂不安的生活，他觉得她怪可怜的，担心她今后不知将如何生活。于是薰君对她说："这山庄宅邸应该改建了，在工程竣工之前的这段期间，你可住在那边的游廊房间里。倘若有什么物件要送往京中二小姐处，可唤我的庄园内的人员到此来，妥当办理。"此外他还就有关家中的种种琐碎事务叮嘱她一番。倘若是其他侍女，即使像弁君那样上了年纪的人，恐怕也不会受薰君青睐。但薰君觉得老尼弁君似乎与他有缘，还让她夜里在自己近旁歇宿，让她述说诸多往事。由于身边没有外人，大可放心说话，老尼弁君遂将薰君的亲生父亲已故权大纳言柏木当年的一些情况娓娓

---

[01] 据《河海抄》载，佛经中有这样的故事，说观音和势至这两人前身是常人家孩子，被继母杀害，其亲生父亲将他们的尸体包裹起来，挂在脖颈上。后来这位父亲终于进入了佛道。

道来，她说："已故权大纳言柏木大人弥留之际，极其渴望看到还在襁褓中的大人您那可爱的姿影，那幅情景至今我依然记忆犹新。我没想到自己能活到今天的这把年纪，还能见到大人您，这想必是由于当年我诚心勤恳侍奉权大纳言而自然得来的善报吧。每想及此，心中既欣喜又悲伤。还想到我这可怜的老而不死的长命老人，看到了世间各式各样的事情，切身体会到既惭愧而又忧伤难受。二小姐每每对我说：'你经常进京来看我吧。你只顾闭居在宇治山庄不露面，似乎全然舍弃我了！'然而我这不吉利的老尼之身，除了诵念阿弥陀佛之外，着实不想拜见其他人。"接着她又滔滔不绝地讲述有关已故大女公子生前的状况，诸如什么时候说了些什么话，观看樱花或欣赏红叶的景色时，曾即兴吟咏什么和歌等，老人尽管操着颤巍巍的声调，倒也说得蛮动听。薰君倾听老尼弁君的叙述，再加上自己的想象，越发强烈地感到："大女公子看上去活像个小女孩儿，平素少言寡语，却是一位情趣丰富气质高雅的淑女啊！"薰君心想："丹穗亲王的夫人二女公子比她的姐姐大女公子多几分趋时的风情，她对那些脾气不投合的人，态度冷淡无情，对我则似乎深怀同情，愿意和我保持永恒的友谊。"薰君不觉间在内心底将这姐妹俩作了这样的对比。薰君在同老尼弁君谈话的过程中，顺便带出从二女公子那里听说的那个酷似大女公子的女子来。于是老尼弁君说："此女子现在是否在京，我不清楚。关于此女子的情况，我只是听人传说。据说已故八亲王在迁居宇治山庄之前，夫人病故之后不久，和一个名叫中将君的上等侍女私通，此侍女的人品相貌都还算不错。但是八亲王和此侍女中将君的交往时间甚短暂，谁都没有察觉。后来中将君就生下了一个私生女。八亲王确实也知道此女儿是他的，但是因为嫌又多一重俗世的累赘，此后就不再与侍女中将君交往。并且为此事痛切地惩戒自己，就此皈依佛门，过着僧侣一般的生活。中将君失去依靠，也不好意思再待下去，只得辞职。后来嫁给一个地方官陆奥守为妻，跟着丈夫奔赴陆奥任地去了。前些年中将君返回京城，辗转求人向八亲王转告，女儿已抚养长大，平安无恙。八亲王听到之后说：'此等消息不应向我通报。'驳回不肯收留。中将君懊丧万分，不胜叹息。后来中将君的丈夫当了常陆守，又带了她到任地去。此后杳无音信。今年夏天这位小姐寻觅到丹穗亲王府造访二小姐的事，我也略有所闻。这位小姐芳龄约莫二十岁左右吧。听说前些时候她母亲曾来过一封长信，详细述说状况，提到'小姐已成人，长得很美丽，十分可怜'。"薰君听到老尼弁君详细且明了地述说此女子的情况，心想："这样看来，二女公子说她酷似其姐大女公子也许是真的了。"薰君盼望见此女子一面，于是叮嘱老尼弁君说："只要有人长相神态稍许酷似已故大女公子，纵令住在陌生的他乡，我也要去寻觅。尽管已故八亲王不认她为女儿，但是听起来，此女子无疑与八亲王有血缘近亲关系。你也不必特地专程去通知她。只需在平常有来往联系的时候，顺便把我的意思转告她。"弁君说："这位做母亲的中将君，是已故八亲王夫人的侄女，因此和我是亲戚关系，中将君在八亲王府上供职的时候，我在外地居住，因此和她不甚熟悉。前些日子，二女公子的侍女大辅君来信说，这位小姐希望到八亲王坟上祭奠，叫我预先有思想准备。但她至今尚未特地到此地来过。待她到来时，我定当将尊意转告她。"

　　天色已近拂晓时分，薰君准备返回京城，遂将昨夜晚些时候从京中送到的绢帛等物件赠送阿阇梨，也赏赐老尼弁君。此外阿阇梨寺内的众法师以及这位老尼弁君手下的仆役，都分别得到赐给的衣料布匹等。在这山庄里生活确实十分荒凉寂寞，不过承蒙薰君经常到访，诸多关照，因此以老尼弁君这般身份的人来说，生活总算是过得蛮体面的，从而能够悠闲自得地在佛前虔诚地修行。

　　寒风凛冽，扫尽枝头的红叶，极目远望，地面上看不见有人踩踏落叶的足迹。中纳言薰君望见这番自然景象，心似有所感，蓦地驻步不前。只见饶有情趣的深山古木上，有些爬山虎缠绕在古树身上寄生，依然不褪色地活着。他命人从中摘取一些小丹[01]红叶等，打算带回去送给二女公子。

薰君独自咏歌曰：

> 勾起思恋寄生草，
> 旅宿无它多寂寞。[02]

老尼弁君听罢，答歌曰：

> 朽木[03]犹存寄生处，
> 故人西去更凄楚。

此歌虽然古风十足，却也不无风流情趣，薰君听了多少也能获得些精神上的慰藉。

中纳言薰君派人将宇治的红叶送给二女公子时，丹穗亲王正好在家。侍女毫无眼色地送进去，说道："这是南面三条宅邸那边送来的。"二女公子以为照例是思恋爱慕之类的信件吧，心中不知所措，然而在这种场合下又不能隐瞒。丹穗亲王带有弦外音似的说："好可爱的爬山虎啊！"说着将送来的物件拿过来看看。薰君的信中写道："近来一切都顺遂吧。日前我曾奔赴宇治山乡，心中更觉深山的'云峰朝雾暗'[04]，伤感更甚。详情容日后亲自面告。有关该处山庄改建成佛殿之事，已嘱咐山寺的阿阇梨

---

[01] 据说"小丹"是爬山虎之一种，叶常绿。
[02] 本回题名出自此。薰君吟咏此歌似表露：如今伊人已故，在山庄树荫下旅宿多么寂寞啊！
[03] 老尼弁君自比作"朽木"。
[04] 此语出自《古今和歌集》第935首，歌曰："雁来云峰朝雾暗，世间忧愁无尽时。"

办理。曾蒙允诺，亦将庄屋移建他处。有何需办指示，请吩咐老尼弁君照办即可。"丹穗亲王阅罢说："信函行文好冠冕堂皇哟。大概是听谁说我在这里吧。"也许薰君心里多少也有点这样的顾忌。二女公子看见信内没有写别的什么，内心暗自庆幸，却听见丹穗亲王说出这种狐疑的话语，深感委屈，满怀怨恨，不由得露出娇媚嗔怪的姿态。这姿影美不胜收，男子在这种美感的氛围下，女方纵令有万般罪过，也不愁不获宽恕了。丹穗亲王对她说："你写回信吧，我不会看的。"说着转过身去，面向他处。二女公子觉得过分向他撒娇，坚持不肯写回信，也会让人感到古怪，于是执笔写道："得知你走访宇治山乡，羡慕之至。该处山庄改建成诚如所说的庄严佛殿，确是至善之举。有朝一日我出家时，也无须特意另觅'岩穴中'[01]住处，那里正是我上乘的归宿。我正想设法不使旧宅荒芜之际，承蒙贡献良策，不胜纫佩。"丹穗亲王尽管觉得："从这封回信看来，这两人的亲切交往纯属光明磊落的友谊，无可挑剔。"然而从自己天生好色风流者的角度推测，又觉得："此二人之间的关系恐怕非同寻常吧。"从而内心埋下了不安的种子。

庭院里的秋草大都已枯萎，惟有芒草迥异于其他草，格外突出，仿佛在向人招手，饶有情趣。还有那行将长穗的芒草活像穿着露珠的线绳，脆弱地随风摇曳，袅娜多姿，这种景象虽属一般，但毕竟是在晚风萧瑟的季节中呈现，不由得令人涌起怜花惜草之情。丹穗亲王咏歌曰：

> 芒穗常蒙露珠沁，
>
> 焉能不念浸润情。[02]

---

[01] 此语出自《古今和歌集》第952首和歌，歌曰："岩穴中住但求适，充耳不闻世间事。"

[02] 此歌中，丹穗亲王以"芒穗"比喻二女公子，以"露珠"比喻薰君。

丹穗亲王身穿惯常的柔软衣服，上面只添加一身贵族便袍，他手持琵琶来弹奏。合着黄钟调，灵巧地弹出相当惆怅的曲调来。管弦乐本是二女公子所喜爱，听了这惆怅的琵琶声，心中的委屈顿时消融，她把身子靠在凭肘几上，从小围屏的一端稍微探出头来窥视，那姿态着实天真可爱，她作答歌曰：

> "秋尽原野芒草凋，
>
> 风势衰颓渐知晓。[01]

悲秋虽然'非我独专有'[02]，不过……"咏罢不禁热泪盈眶，她毕竟觉得不好意思，遂赶紧用扇子遮住脸面，试图掩饰内心的激情。丹穗亲王带着爱怜她的心情，暗自揣摩："正因为她如此招人喜爱，所以那人恐怕不会放弃她吧。"他疑心难释，无名的妒火中烧，怨恨满怀。

菊花尚未完全改变颜色[03]，特别精心栽培的白菊，其颜色的变换反而更晚，但是不知怎的，只有一枝已经变成格外美丽的紫色。丹穗亲王命人将这枝紫菊折下来，口中吟咏古诗"不是花中偏爱菊"[04]。他对二女公子说："从前有一位亲王，傍晚时分观赏菊花并吟咏此诗时，空中忽然飞来一位古代仙人，教他琵琶秘曲[05]。但如今世间万事都显得浮浅了，实甚堪忧啊！"说着中途停止弹奏，放下琵琶。二女公子深感遗憾，说道："世间只是人心变得浮浅罢了，自古传承下来的高超技艺怎会变呢。"她似乎

---

[01] 此歌中，二女公子以"芒草"比喻自己，以"风"比喻丹穗亲王。
[02] 此语出自《拾遗和歌集》，歌曰："哀怨世间情悠悠，只怕非我独专有。"
[03] 指白菊花经霜后，花色由白色变成紫色。
[04] 此句引自《和汉朗咏集》，元稹诗曰："不是花中偏爱菊，此花开尽更无花。"
[05] 《河海抄》称，传说醍醐天皇的皇子西宫左大臣源高明在观赏庭院里的菊花时，一边赏心悦目，一边吟咏元稹的这首诗。唐朝的琵琶妙手廉承武的灵魂化作一名小童，自天而降，传授给他琵琶秘曲《石上流泉》。

还想听一听自己早已荒疏了的传统技法的琵琶声，因此丹穗亲王提议说："这样吧，我独自弹奏太单调，请你和我合奏吧。"说着命侍女把筝琴端上来，让二女公子弹奏。二女公子说："从前家父也教授过我来着，可我却没有好好记住。"她显得腼腆，无意伸手去抚弄筝琴。丹穗亲王说："连这区区小事，你对我都这么隔阂见外，未免太无情了呀！我最近与六女公子成亲，虽然相处时日还不多，彼此尚未深入了解，不过她连自己身上的稚气未脱，初次经历不懂的事，对我都毫不隐瞒。一般说来，但凡女子，还是温柔诚实、品格高贵才好。那位中纳言薰君也曾这样评价你吧。你对此君似乎信任有加，无比和睦嘛。"他认真地发起牢骚来。二女公子无可奈何地叹息，只得抚筝稍事弹奏。丹穗亲王的琵琶琴弦有点松弛，将就着合奏了盘涉调，二女公子合奏时所弹出的筝琴声格外动听，丹穗亲王高唱《伊势海》，歌声洪亮，音色高雅优美。众侍女躲在近旁的隐蔽处，面带笑容地在倾听。有几个老侍女私下议论说："亲王分心另有所爱，着实遗憾。不过，以身份高贵者来说，这是理所当然的。我们家小姐应该说还是个有福气的人，从前屈居宇治山庄时，万没想到会过上如此美好的生活。现在她说，还想回归宇治故里，真是令人忧心啊！"她们肆无忌惮地在私下议论，年轻的侍女们制止说："请安静些！"

丹穗亲王为了教授二女公子弹奏琵琶，在二条院留住了三四天。他以躲避凶日为借口，没有回到六条院去。六条院里的人就心怀怨恨。这一天夕雾左大臣从宫中退朝后，就势到二条院来。丹穗亲王听闻，嘴里咕哝说："何苦要如此大张旗鼓地到这里来呢。"说着从二女公子的寝室出来，到自己的居室正殿去接待左大臣。夕雾左大臣说："没有什么特别要事，只因阔别许久没有到二条院来了，今日触物生情缅怀故人，感慨良多啊！"接着谈了些追忆往事的话题，不大一会儿就带着丹穗亲王回六条院去了。夕雾家的诸位公子、公卿大臣还有殿上人等尾随其后，一行人浩浩荡荡，好不气派。二条院这边的人们看了都觉得："真是无法与六女公子那边比肩。"心情上不免感到沮丧。众侍女都来窥视夕雾左大臣，其中有人说："真是仪表堂堂的大臣啊！诸公子也是一个赛一个年轻英俊，不过，似乎可以说没有一个能与其父媲美，哎哟这位大臣多么俊美啊！"另外也有人叹息说："身份如此高贵显赫，威风凛凛地特意前来迎接女婿丹穗亲王回家，未免小题大做令人生厌，真是叫人焦虑的世道啊！"二女公子本人，今天看到夕雾的威势，回想起自己迄今粗茶淡饭的生活，无法与那威风显赫的人家相比，不由得自卑而心中不安，她越发强烈地感到："还不如幽居宇治山庄心安理得，更舒适体面啊！"倏忽又届岁暮年终了。

正月底，二女公子的产期临近，身体不适，丹穗亲王未曾见过这种情形，不知如何是好，只顾担心而叹息。祈祷安产的法事早已在各处寺院举行了，现在又开始在各处追加举办祈祷安产法事。二女公子感到身体非常痛苦，丹穗亲王的母亲明石皇后也前来慰问。二女公子与丹穗亲王结婚，至今已有三年，这期间只有丹穗亲王一人非同寻常地疼爱她，世间一般人并不怎么重视她，如今听说明石皇后也来慰问了，大家不免吃惊，于是各方面的人都前来探望。中纳言薰君为她担心，不亚于丹穗亲王，他经常为她忧愁叹息，总是忧虑："不知她结果究竟会怎么样。"但他也只能有节制地前去造访问候，不便过于殷勤。他悄悄地为她举办祈祷安产法事。

且说当今皇上所生二公主，恰巧就在这个时候举行着裳仪式，世间的人们都在为此事繁忙。万般的准备工作都由皇上一人亲自筹划，因此二公主虽然没有母亲这边的外戚做后援，但是事情的运作顺畅，排场反而相当体面。她的生母已故藤壶女御早为女儿做了安排，这是无须赘言的。再加上宫中作物所还为她新制许多日常使用的器具，还有各地的国守们也从地方上送来诸多物品。仪式无比盛大隆重。皇上原本内定：二公主举行着裳仪式后，即招中纳言薰君为驸马。按理说男方此刻也该有些思想准备，可是中纳言薰君照例由着天生的脾性，全然不将此事放在心上，一门心思只顾为二女公子的分娩事忧心忡忡。

二月初，朝廷举行临时任官仪式，中纳言薰君晋升权大纳言之职，并兼任右大将职务。这是由于红梅右大臣辞去了他兼任的左大将职务，而原来的右大将晋升为左大将，因此朝廷命薰君兼任右大将职务。薰君晋升后，赴各处巡回拜谢。丹穗亲王处也必须去。丹穗亲王由于二女公子正在受病魔的痛苦折磨，此时他住在二条院，薰君就到二条院来。丹穗亲王得知薰君到来，吃了一惊说："众僧正在做祈祷法事，着实不便接待啊！"说归说，他还是换上新的贵族便服、和服衬袍等装扮一番，而后走下台阶来答拜[01]。两人的仪表举止、姿态神采，各有千秋，都很优美。薰君邀请丹穗亲王赴宴，他说："今宵拟犒赏右近卫府的人们，特设飨宴，敬请莅临。"丹穗亲王由于二女公子正受病痛折磨，似乎在犹豫是否出席。

这飨宴是按照夕雾左大臣昔日举办时的规模安排的，在六条院举办。陪同的诸亲王和公卿大臣们聚集一堂，热闹盛况不亚于大臣们举办的大飨宴，甚至有过之而无不及。丹穗亲王终于还是前来出席宴会了，不过由于心有所挂，未等宴罢就匆匆告退。这里的六女公子见状，说道："不像话，真没意思！"这倒不是由于二条院的二女公子身份比她低微的关系，只是因为她的父亲左大臣现在的声望威势显赫，这女儿就仗势傲慢任性，而出言不逊的吧。

飨宴的翌日早晨，二女公子好不容易分娩了，生下一个男婴。丹穗亲王的操心有了好的回报，他高兴极了。新任右大将薰君也是在晋升之喜上，再添这一件喜事。为答谢丹穗亲王昨夜拨冗出席飨宴，同时也为恭贺他弄璋之喜，薰大将旋即赴二条院造访，站着[02]寒暄致意了一会儿。由于

---

[01] 当时的规矩，新任官前来拜谢时，主人须从南台阶下来迎接，并作答拜礼。
[02] 当时的习俗忌讳有产妇分娩之家污秽，故来客都不坐，而是站着寒暄致意。

丹穗亲王闭居在二条院，贺喜之客无不拥到这里来。馈赠产后礼物、第三天的产后庆宴，按惯例只是丹穗亲王家内亲属参加。第五天晚上，薰大将馈赠礼物，计有屯食五十具、对弈围棋时的赌注钱、盛在碗里的饭等，这些都是按照世间惯例备办。另外赠予产妇的礼物有高座食桌三十具、五层的婴儿夹上衣以及褓袄等。这些礼物的装潢都不求华丽，力图齐备低调不引人注目。但是仔细观察，礼物一件件都很精致，足见薰大将的用心相当细腻周到。还有赠送给丹穗亲王的沉香木制方盘十二件，高脚木盘上盛着点心。赏赐给二女公子的侍女们的食品套盒自不消说，还有丝柏木制饭盒三十个，内盛精心制作的各式各样食物。但是装饰都力图不太显眼。第七天晚上，明石皇后为婴儿出生举办庆祝宴会，前来参加的人为数众多，包括中宫大夫、公卿大臣以及殿上人等，不计其数。皇上听说丹穗亲王生了儿子，说道："丹穗皇子初次做父亲，朕岂能不庆贺！"于是赐他一把佩刀。第九天晚上是夕雾左大臣为之举办庆祝宴会。夕雾对二女公子虽然没有好感，但看在丹穗亲王的分上，也让自家诸公子都前来庆贺。二条院内洋溢着无忧无虑、喜庆盈门的氛围。二女公子自身近数月来总在担心害怕，心情郁郁寡欢，分娩后迎来如此喜庆不断，想必也会觉得脸上增光，多少也会感到欣慰吧。薰大将心想："二女公子如今已做了母亲，今后对我势必会更加疏远。丹穗亲王对她的宠爱也会更加深的。"他想到这些，心中不免感到遗憾，但是转念又想，这原本就是当初自己为二女公子设计的愿望嘛，从而又觉得非常欣喜。

这样，于当月即二月二十日过后，已故藤壶女御亲生的二公主举行着裳仪式。翌日薰大将即做了驸马。当天晚上的结婚仪式是秘密进行的。世间也有人对这桩婚事持有微词，他们说："闻名天下、备受娇宠的公主，招来一个臣下做驸马，毕竟是美中不足，怪委屈的。即使是皇上许婚，也不必那么匆忙成亲嘛！"然而皇上的个性是，但凡一经决定的事，必须迅速实行。他似乎已胸有成竹：如今既然已招薰大将为驸马，就得格外重视扶持他。古往今来，帝王招驸马的事例并不罕见，但是皇上正值年富力强的鼎盛时期，却急于招一个臣下为驸马，确实是鲜见其例的。于是左大臣夕雾对落叶公主说："薰大将深蒙圣上如此稀世罕见的恩宠，真是前世修来的福气。当年先父六条院源氏尚且要到朱雀院晚年，行将出家的时候，才得迎娶薰大将的生母三公主呐。更何况我呢，我是在世人的反对声中，拾得你这位公主的。"落叶公主觉得确如他所说的，可是她似乎很不好意思，无法答话。

　　二公主婚后的第三天晚上，二公主的舅舅大藏卿以及迄今一直照顾二公主的人们，都分别被封为家臣、掌管家务的职员等职。还秘密地犒赏薰大将的前驱开道者、随身侍卫、贵族牛车左右的侍候者和喂牛人等。这些细枝末节的庶务都是按照臣下私事的规格进行。从此以后，薰大将每天日暮时分悄悄地到二公主住处歇宿。但是薰大将内心至今还是念念不忘对已故的宇治大女公子的眷恋。他白天在自家宅邸里，或起身或躺卧，无时不在陷入沉思，及至傍黑时分，才无精打采地匆忙前往二公主那里。他不习惯于过这种生活，嫌麻烦也很痛苦，于是打算把二公主接到自家宅邸来住。他生母三公主得知，非常高兴，她说她愿将自己所住的正殿让给二公主住。薰大将说："这如何敢当！"于是在西面新建殿宇，还造游廊通向念经佛堂，拟请母亲移居西面殿宇。东面的对屋，早先失火之后，业已重建，舒适华美。此番更添装潢，陈设齐全应有尽有。薰大将的这番用心，皇上也听说了，他想："新婚不久，就毫无拘束地移居女婿私邸，是否合适呢？"虽说是身居帝王之位，但是天下父母疼爱子女之心是一样的，难免有困惑的时候。于是他遣使送信给薰大将的生母三公主，信函所谈净是托付关照二公主之事。

　　已故朱雀院曾格外郑重托付皇上照料这位尼姑三公主，因此三公主虽然出家为尼，但是她的权势并没有衰减，万事一如既往，但凡三公主的奏请，皇上无不批准，足见她备受重视。薰大将受到皇上和这位身份高贵的生母的器重和宠爱，真是体面十足，荣幸万分了。但不知缘何，薰大将内心却并不那么特别欣喜，他依然动不动就陷入沉思，一心只盼建造宇治佛寺的工程早日竣工。

薰大将掐指细算丹穗亲王的小公子诞生后的第五十天的日子，精心备办庆贺黏糕饼。连盛着带枝叶的水果的笼子和饭盒他都要亲自逐一过目，不用世间司空见惯的寻常材料，而是选用有讲究的沉香、紫檀、白银、黄金为原材料，再召集众多的各路能工巧匠前来用心制作。工匠们各显身手，争先恐后，各出妙招造出独具特色的精品来。薰大将本人，则照例选择丹穗亲王不在家的一天，造访二条院。大概是心理作用的关系吧，二条院里的人觉得晋升后的薰大将比以前显得更加庄重，越发神采奕奕了。二女公子心想："薰大将已成二公主的驸马，现在总不会像从前那样，令人厌烦地对我纠缠不休吧。"从而安心地与他会晤，不料薰大将依然故我，一见二女公子，情不自禁地热泪盈眶，说道："我的这门婚事，非我所愿，如今更觉活在世间出乎意料地不如意，心生悲戚，思绪愈加紊乱了！"遂向她倾诉内心的厌世愁肠。二女公子说："嗨！瞧你说的！让别人听见了会泄漏出去呐！"她话虽这么说，可是心里却在想："薰君对如此良缘竟不满意，依旧念念不忘故人，真是个痴情人啊！"她不由得同情他，觉得他的志趣非同寻常。她深感遗憾地想："倘若姐姐还存活世间就好了……"可是转念又想："姐姐纵令存活世间与他成亲，结果还不是落得与现在的自己同样的境遇，而自叹命苦吗？总而言之，家道中落的人，是进不了荣华富贵的行列的。"这么想来，越发觉得姐姐决意不以身相许而终了一生，着实有深谋远虑啊！

薰大将一个劲地恳求，要看看新生婴儿，二女公子害羞，却又想：

"何苦对他见外呢！他除了无理求爱一事可恨之外，别无其他。不应拒绝他的要求。"二女公子自己不作答复，但叫乳母抱小公子到帘外去让他看。作为丹穗亲王与二女公子的情爱结晶，婴儿哪能不可爱呢，这小公子果然长相美，肌肤白皙，声音洪亮，满脸笑容。薰大将看了，不由得羡慕地想："这婴儿若是自己的就好了。"可见他到底还是割舍不了尘世。不过他只是想："如今已不可能复活的那位故人，生前倘使能与我结为连理，留下这样一个儿子，那该多好啊！"可是他并不希望新婚的这位荣华富贵的二公主早生贵子，薰大将的心思也实在错综复杂，无可奈何。笔者把薰大将描写成这样一个儿女情长的痴心人，似乎有点对不住他。

倘若薰大将是个不知情趣的拙劣人，皇上也不会格外相中他，并接纳他为驸马。人们可以估计到他在处理朝廷的政务方面准是才能超群出众吧。薰大将看到二女公子愿意把如此娇嫩的新生婴儿抱出帘外给他看，不胜感激，于是比往常更加详尽细腻地与她交谈，不觉间已届日暮时分，自己不便放心地在此处逗留到更深夜半，心里好生难过，只好唉声叹息，起身告辞离开了二条院。薰大将走后，有些好饶舌的年轻侍女说："薰大人留下的芳香多么奇特呀！活像古歌所云'折得梅花香满袖'，黄莺也会来寻访哩。"

宫中认为，进入夏天，移居三条宅邸那方位似乎不吉利，因此拟于四月初，或立夏之前，让二公主迁居三条宅邸。二公主迁居的前一天，皇上驾临藤壶院，并在这里举办观赏藤花宴送别，南面厢房的房间都把帘子卷起，并设置皇上的御座。此次宴会是皇上举办的公家宴会，而不是藤壶院主人二公主做主。因此公卿大臣及殿上人等的飨宴，都是由宫中的内藏寮供应。应邀参加宴会的臣下有夕雾左大臣，按察大纳言，已故髭黑大臣的儿子藤中纳言、左兵卫督。亲王中有三皇子丹穗兵部卿亲王及其弟常陆亲王。殿上人的坐席设在南庭院的藤花架下。后凉殿的东侧是宣召来的雅乐寮的人们聚集处。日暮时分，命乐人们吹奏双调，殿上管弦乐会就此开始。二公主命侍女取出各种弦乐器和笛子来，从夕雾左大臣开始，诸公卿依次将乐器奉献于皇上御前。已故六条院源氏亲笔挥毫书赠薰大将的生母尼姑三公主的两卷琴谱，装饰上五叶松枝，由薰大将呈给夕雾左大臣，再由左大臣奉献皇上御前。接着依照顺序献上琴、筝、琵琶以及和琴等，这些弦乐器都是朱雀院的遗物。笛子是已故柏木托梦给夕雾左大臣，请他将此念想遗物转给薰大将的。皇上曾赞赏此笛子说："其音色之美妙简直是无与伦比！"薰大将心想："除了今天这般隆重荣华的盛宴之外，何时还会有比这更好的机会呢！"遂取出这支笛子来。夕雾左大臣操和琴，丹穗兵部卿亲王弹奏琵琶，各自分别承命而演奏起来。薰大将今天尽情发挥，吹奏出来的笛声，音色美妙无比。殿上人中有数人擅长歌唱，也都应召出场演唱，真是一场趣味盎然的乐会。二公主命人端上点心，盛在四个沉香木制方盘上，或装在紫檀木制的高脚木盘上，下面铺的衬布晕染成深浅有致的淡紫色，铺布上绣有藤花枝。使用白银的酒器、琉璃的杯子、深蓝琉璃的瓶子，一切都由左兵卫督置办。皇上赐酒一杯，夕雾左大臣可能觉得自己已多次受赐，今天不好意思再拜受，而亲王中又无适当人选可让，于是就让给薰大将。薰大将本人想辞退，可是又生怕皇上不悦，于是接过酒杯，唱一声"警跸"[01]，他那声调、姿态，虽说只不过是例行公事的举止而已，可是看上去却显得比一般人优美多了。这也许是因为他今天是皇上的女婿格外醒目，再加上人们心理作用的缘故吧。薰大将把恩赐的天杯御酒倒入素陶酒具，喝干后归还素陶酒具[02]，而后从庭上走下台阶，拜舞谢恩。他那优美的舞姿着实无与伦比。身份高贵的亲王和大臣们承蒙

---

[01] 警跸 (KEHITSU)：古时天皇出行时，前驱者开路清道时的吆喝声。天皇赐酒，受赐者接受时亦须如此呼唱。

[02] 天皇恩赐杯酒时，蒙赐者将酒倒入素陶酒具内，将原杯揣怀里，喝干后归还素陶酒具。这是当时的礼仪。

皇上赐天杯御酒，尚且感到莫大荣幸，何况薰大将作为皇上的女婿，蒙赐恩宠，实在是稀世罕见。然而身份之高低早有规定，薰大将拜舞之后只能回归末座，他那神态在旁人看来都会觉得委屈他了。

按察大纳言[01]看到这番情景，不由得心生嫉妒，他自认为这份荣誉应该给他才是。此人昔日曾倾心爱慕二公主的母亲藤壶女御。女御进宫后他还不死心，一有机会就写情书送去。最后又想迎娶藤壶女御所生的二公主，曾经托人向藤壶女御示意，想做二公主的保护人。但是藤壶女御始终都没有将此事转告皇上。缘此，这位按察大纳言心中感到极其不快，大发牢骚说："薰大将固然天生命好，行鸿运，可是为什么，当今在位之帝要如此隆重优厚地对待一个女婿呢？九重深宫内御座旁，为何要让一个臣下随意进出，最后甚至举办酒宴，兴师动众地款待他？真是史无前例啊！"他极力嘲讽，却还是想看看今天的藤花之宴的场景，所以也来出席，但是牢骚满腹，愤愤不平。

殿上点燃灯火，人们吟咏各种庆贺之歌。走近文台呈上歌稿的人，个个满面春风，好生得意。不过，人们所吟咏的这些歌，想必照例是些奇怪的陈词滥调之作居多吧，因此笔者也不拟特意去探究，而把它们一一记录下来。上流阶层身居高位的贵人所吟咏的歌，似乎也没有什么格外优秀之作，不过为纪念此次盛会，象征性地选取一两首留存于此。这首歌的背景大概是薰大将走下庭院折取藤花，奉献皇上做插头花，歌曰：

> 欲为天皇饰桂冠，
> 袖管高攀摘藤花。[02]

---

[01] 这位按察大纳言是红梅右大臣，还是另一人，自古以来就有两说。
[02] "藤花"比喻二公主，意即自己高攀了。

歌中流露出得意的神色，未免可恨。皇上答歌曰：

花[01]香芬芳留万世，

今日百看犹不厌。

还有两首，不知是谁人所作，歌曰：

鲜花本为天皇摘，

饰冠艳丽胜紫云。

藤花移植深宫里，

芳香无比花色异。

　　这后面的一首歌，可能是那位愤愤不平的按察大纳言所咏。无论哪首多少都可能存在笔者误闻之处。总而言之，大体上平庸之作居多。

　　随着夜色渐浓，管弦乐声越发饶有情趣。薰大将高唱催马乐《啊！尊贵》，歌声无比动听。按察大纳言从前也是个擅长歌唱的人，至今依然宝刀未老，他大模大样地起来与薰大将合唱。夕雾左大臣家的七公子还是个儿童，他在吹笙，乐声格外美妙可爱，皇上赏赐他一袭御衣。他的父亲夕雾左大臣代替儿子下到庭院来，拜舞谢恩。皇上于天色渐近拂晓时分起驾回宫。犒赏的物品甚多，公卿大臣及亲王们由皇上颁赐，殿上人及雅乐寮的人们，则由二公主按他们各自的身份，给予相应的赏赐。盛宴翌日夜晚，二公主从宫中迁居三条宅邸。迁居仪式格外盛大隆重。皇上命侍奉

---

[01] "花"比喻薰大将。

自己的侍女全部出来目送。二公主乘坐的车是车厢有檐，并有多彩捻线装饰的牛车，陪同人乘坐无檐而有多彩捻线装饰的牛车三辆、黄金装饰的槟榔毛车[01]六辆、普通槟榔毛车二十辆、网代车两辆，侍女三十名，女童及仆役八人。薰大将方面前来迎接的车计有十二辆，是三条宅邸的侍女们乘坐的。犒赏前来目送的公卿大臣以及殿上人的物品，真是尽善尽美。

迁居盛事圆满告成后，薰大将在自家内从容地仔细端详二公主，只见她的容貌姿态确实非常标致可爱。她的身材娇小玲珑，姿态优雅，娴静庄重，几乎挑不出什么缺点来。薰君自豪满怀地想："自己的运气真不错！"他本以为会因此而逐渐淡忘已故宇治大女公子，然而事实上是怎么也忘不了，内心始终都在眷恋已故的她。他心想："看来这份相思苦楚，在现世是求不到慰藉的了，只能待到自己往生成佛之后，明白了这段奇异的痛苦因缘是何种罪孽的因果报应，才能释怀而了断吧！"于是，一门心思投到把宇治山庄改建成佛寺的工程准备工作中。

且说贺茂祭忙碌过后二十数日的某天，薰大将照例前往宇治探访。他视察早已动工的佛寺建筑工程，对工程作了些必要的指示之后，心想："倘若不去造访那个自比作朽木的老尼弁君，似乎过意不去。"于是就到她的住处去。这时只见一辆不甚显眼女车，在为数不少的、腰间佩挂着装有箭的箭囊的粗野的东园武夫们的簇拥下，还有众多下人随从，颇有威势地跨过宇治桥，向山庄这边走来。薰大将看到这番景象，心想："这是一伙乡下味儿十足的人。"他一边想一边先走进山庄内。薰大将的前驱开道者们还在忙不迭地喧嚣，这时，那辆女车也朝向山庄这边走过来了。薰大将的随从人员噪声四起，薰大将制止了他们的喧哗，并叫他们去探询："是何方人士？"一个操着乡村口音的男子回答说："是前常陆守大人家

---

[01] 槟榔毛车（BILOGENO KULUMA）：牛车之一种，用劈细后晒白的槟榔垂叶粘贴在车厢上，供太上天皇、亲王、大臣及女官、高僧乘用。

的小姐，赴初濑的寺庙参拜，归途中顺道拟在宇治借宿一夜。"薰大将听后，想起先前二女公子和老尼弁君曾经谈过大女公子的异母妹浮舟的事，心想："对了，准是先前听说的那个人吧！"于是，他让随从人员退避一旁，又派人去向对方的人说："请你们从速把车子驱进来吧！这里另有一位客人借宿，不过他住在北面。"薰大将的随从人员都穿着便服，着装并不豪华，但是从神采上显然可以看出是高贵人家微服出访吧。浮舟这边的人员觉得有些麻烦，大家把马等退避一旁，表示谦恭。那女车进入邸内，停在游廊的西头。这个正殿刚新改建成，帘子尚未挂上，格子窗都关着，其中两间之间设有隔扇，薰大将进入其中的一间房内，从隔扇上的洞窥视。罩袍发出窸窣声，薰大将便脱下罩袍，只穿贵族便服及和服裙裤。

女车中的人并不立即下车，先叫人向老尼弁君探询情况，说："听说这里住着一位贵人，不知是谁人？"薰大将刚才听说女车中的人，估计是他料定的那人，所以早已预先告诫众人："切莫告诉对方我在此处。"因此众侍女都心领神会，她们说："请小姐快下车吧。这里确实有一位客人，不过是住在另一边的。"女车中一个年轻的侍女先行下车，把车厢帘子撩了起来，这年轻侍女迥异于前驱开道者们那种乡巴佬气味，她动作熟练，看上去还顺眼。又有一个年龄稍大些的侍女从女车中下来，她对车中人说："请快下车。"车中人回答说："奇怪，不知怎的，我总觉得被人看见了似的。"话声隐约听见，但听来令人觉得蛮文雅的。那年纪大些的侍女操着万事皆知的口吻说："你总习惯于说这句话，这里何时来，窗子都是关严实的，这种地方，哪里会有人看见呢。"于是车中人小心翼翼地下车。只见这女子的头面和身材都很娇小，窈窕文雅，薰大将一见立即觉得她的姿态酷似故人大女公子。她用扇子掩面，薰大将瞧不着她的容颜，好生焦急，心脏扑通扑通地直跳。车子高而下车处又低，先前的两个侍女轻巧安稳地下了车，可是这位小姐下车时显得害怕什么似的环顾四周，好大一会儿才下了车，旋即膝行进入室内去了。她身穿表为红梅色，里为蓝色的细长便和服，内衬深红色的内裰，外罩浅绿色小褂。她室内的隔扇旁立着一扇四尺高的屏风。刚才薰大将窥视的那个洞位于隔扇的高处，因此可一览无余。浮舟担心这边会有人窥视，她脸朝向那边，斜靠着躺了下来。那两个侍女毫无倦色地相互闲聊，说："看样子小姐今天似乎累得够呛，木津川今天涨潮，坐渡船颠簸得厉害，好可怕哟！二月里前来参拜的时候，川水浅，渡船平稳得很呐。""不过，其实嘛，旅途中想起东路[01]之旅的经历，就不觉得有什么可怕的了。"浮舟小姐一言不发，只顾低头躺着。她露出的胳膊圆润可爱，简直不像是身份低微的常陆守的女儿，令人觉得她是一位高贵的闺秀。

薰大将伫立窥视，渐渐感到腰痛起来，但是为了不让对方察觉此处有人在，还是强自纹丝不动地站着窥视。只见那个年轻的侍女惊讶地说："好香哟！多么神奇的香味呀！莫非是那位老尼姑焚烧的薰香吗？"上了年纪的那个侍女说："确实是，多么美妙的芳香啊！京里人毕竟高雅时髦。我们夫人对于此道，可算是闻名天下的高手，但在东国恐怕调制不出这种薰香吧。这位老尼姑生活虽然十分简素，但是装束却是无可挑剔的，色彩尽管是深灰色青灰色的，但确有讲究蛮漂亮的不是吗？"她称赞了老尼弁君一番。这时，有个女童从对面檐廊走过来，说道："请享用药膳汤。"接着端进来几个盛有食品的木制方盘。侍女将果品端到小姐身边，叫醒她，说："小姐，请吃点果品吧。"可是小姐不起身。两个侍女就拿些果品，大概是栗子之类的食品吧，吧唧吧唧地嚼开了。薰大将没有听见过这种咀嚼声，觉得怪难为情的，遂后退了几步，可是心里还是想靠近去窥视浮舟。终于还是数度靠近隔扇上的洞，窥视浮舟的情状。迄今，身份比浮舟高贵的女子，包括明石皇后在内，四面八方姿容标致的、人品高尚

---

[01] 东路（AZUMAZI）：从京都去东国（关东一带地方）之路。

的，薰大将已见过不计其数，除非格外突出优越的，总是不能吸引住他的眼睛，让他上心。因此人们甚至揶揄他对女性过分忠实耿直。然而此刻，这个女子虽然不特别娇艳优美，但是不知怎的，自己竟舍不得离开窥视孔，百看不厌呢。诚然是一种奇怪的心理。

老尼弁君觉得，自己也该到薰大将处去探访打个招呼才是，于是前往。薰大将的随从人员机灵地回复说："大人身体微感不适，正在休息。"老尼弁君心想："薰大将以前曾说过要寻找此女子，大概今天想趁此机会和她会面，所以在那里等待日暮吧。"却不知他正在孔隙里窥视那小姐的动静呢。此前，薰大将领地内庄园里的驻守人员曾按薰大将的指示，给这里的一行人送来装着食品的丝柏木制饭盒和笼装水果等，也给老尼弁君送来了一些，弁君遂将它们让给来自东国的人们分享，以表略尽地主之谊。她自己还修整边幅，到客人室内来造访。刚才浮舟的老侍女所夸奖的老尼弁君的装束，果然十分整洁，她的容貌也蛮端庄大方。老尼弁君说："我以为小姐昨日可到，一直等候来着。为什么到今天这么晚，烈日当头的时候才到呢？"那老侍女回答道："只因小姐途中疲惫不堪，昨日就在木津川那边歇宿了一夜。今早担心小姐的身体，能否起程还踌躇了半天，以至晚到了。"说着老侍女催小姐起身。小姐好不容易坐起身来，看见老尼姑很不好意思，把脸转向一边。从薰大将这边望去，正好看得一清二楚。只见她眉清目秀，眼梢一带和垂发的姿态，确实十分优雅。薰大将虽然不曾仔细端详过已故大女公子的容颜，但一见此人，就觉得她的神态全然酷似大女公子，回忆故人，情不自禁地又潸潸泪下。浮舟小姐对老尼弁君答话，轻声细语，尽管只是隐约可闻，但那声调很像丹穗亲王的夫人二女公子的声音。薰大将心想："哎呀！多么可爱啊！世间竟有如此酷似的人，我却一向不知，实在太荒唐了。只要是与大女公子酷似的人，纵令其身份比此人更低，我也不会轻易放过。何况这小姐虽然未蒙八亲王认领，但她毕竟确实是他亲生的女儿。"他如斯想，就更觉得她无比可爱，自己无限欣喜。薰大将接着又想："自己真恨不得现在就悄悄地走到她面前，对她说：'原来你还活在世间呀！'去抚慰她。昔日唐玄宗遣方士甚至到蓬莱岛上寻觅，据说只寻到一些簪钗之类的遗物带回来，玄宗皇帝想必还是感到美中不足吧。这位小姐虽然不是大女公子，但是她的模样和神采亦足以安慰我的心。她确实酷似伊人啊！"他之所以这样想，也许是与她有前世注定的宿缘吧。老尼弁君与侍女们闲聊了一会儿，不久就告辞回到自己的房里去。这两个侍女嗅到的香味，老尼弁君分明估计到准是薰大将就在近处窥视，她没有坦诚说出来，遂匆匆告辞的吧。

　　天色渐近黄昏，薰大将才悄悄地离开窥视孔，穿上刚才脱下的罩袍等，整装后照例召唤老尼弁君到隔扇旁，向她探询情况。薰大将说："恰巧我来得是时候，实在高兴，前些日子拜托你的事，办得怎么样了？"老尼弁君回答说："自从大人嘱托之后，我就静候良机，去年倏忽过去了，今年二月里，小姐赴初濑寺庙参拜，路过这里，才能与她会面。那时我就把大人的意思隐约地透露给她的母亲知晓，她母亲说：'让她代替大女公子，实在诚惶诚恐，不好意思。'那时节，我听说大人繁忙不堪[01]，时机不对不便谈及此事，所以未曾将她母亲的话向大人转达。本月小姐又去参拜，今天归途中才来到这里借宿。她们赴初濑寺庙参拜，归途中总要在宇治借宿，与我的关系之所以亲睦，只因她们怀念与已故八亲王的亲情缘分。不过这次她母亲因故不便与她同行，只有小姐独自出门，因此我没有告诉小姐大人在此地。"薰大将说："我也不想让这些乡下人看见我这副微服出行的模样，因此告诫随从人员切莫把我的行踪传出去。然而事实上情况如何就很难说了，那些底下人未必就能守口如瓶。且说今天该怎么办呢？小姐孤身前来，反而是个好机会可以无所顾虑，你可向她传言说：

---

[01] 指薰大将与二公主结婚的事。

'我们俩在此地不期而遇，想必是前世注定的深沉缘分。'"老尼弁君笑道："奇怪啊！你们的这份宿缘是何时结成的呢？"接着又说："那么我就如斯转告小姐吧。"说着进内室去。薰大将独自即兴咏歌曰：

貌鸟鸣声似相识[01]，
穿过丛林来寻觅。

老尼弁君走进浮舟室内传言去了。

---

[01] 貌鸟（KAODOLI）：一说是杜鹃，一说是春天的美鸟，鸟的形状美，鸣声也动听。这里以"貌鸟"比喻浮舟，薰大将觉得她的神态和说话声都酷似宇治两位女公子，故曰"似相识"。

第五十回

だいごじゅっかい

亭子

薰大将虽然有心攀登"筑波山",但是倘若认死理而强行进入"山端丛林密"处,惟恐会招来世人的讥评,认为是忘了自己的身份,举止轻率,顾虑会酿成名声不佳,很不体面[01],因此自己不直接给浮舟写信,只是屡次叫老尼弁君去向她母亲中将君隐约表示他对她女儿求爱之意。浮舟的母亲认为薰大将是不会真心爱慕她的女儿的,只是像薰大将这样身份高贵的人,为什么会如此费心寻找她的女儿呢?他的这份风流心思,倒是蛮可爱的。从人望上说,薰大将是当今难得的红人,女儿倘若有相当的身份就好了!她思虑万千。

常陆守的子女成群,包括已故前妻所生为数不少,再加上后妻中将君带来她亲生的且格外珍惜呵护的一个女儿,以及后来与他接连所生的年龄尚小的五六个。常陆守对自己的这许多子女都悉心抚养照顾,惟独对后妻带来的女儿浮舟则漠不关心,视若外人。因此,浮舟的母亲总是怨恨丈夫常陆守太无情,她朝朝暮暮想方设法培育浮舟,务必要让她比后夫所生的子女更加优秀,并企盼浮舟嫁上一个体面的丈夫,提高身份,面目增光。浮舟的长相和风采倘若像其他姐妹那样平庸无奇,那么做母亲的也无须如此煞费苦心地呵护栽培,只需与其他女儿一视同仁地养育就行了。可是浮舟长相十分标致,气质高雅,出类拔萃,远胜于其他诸姐妹。因此做母亲的很怜惜女儿,总觉得处在如今的境遇太委屈女儿了。

当地的贵公子们听说常陆守家有许多女儿,纷纷来函求婚,前夫人所生的两三位小姐,都先后挑选到中意的郎君出嫁了。因此浮舟的母亲中将君心想:"这回我该为先夫所生的女儿浮舟找个称心如意的女婿了。"她朝夕不断保护浮舟,无比疼爱并珍惜她。常陆守的出身并不卑贱,他生于

---

[01] 筑波山在常陆国,古歌云:"筑波山端丛林密,不拦有心进山人。"(见《源重之集》)浮舟是常陆守后妻带来的女儿,因此以常陆国的筑波山作比喻,意即薰大将有心想娶浮舟,却又顾虑女方身份卑微,会招人耻笑。

公卿家庭，亲戚们也非平庸之辈，他本人也是个相当的富豪，因此生活颇奢侈，宅邸内装潢光辉灿烂，格外精心布置一番，似乎过着风流优雅的生活，可是为人脾气暴躁得出奇，带有乡巴佬的习气。可能是由于自幼就埋没在东国这远离都城的偏僻世界里，而成长起来的缘故吧，说话声音沙哑，还带些乡下口音。他害怕京城里的豪门权贵之家，似乎厌烦他们的繁文缛节，不过他对一切事都力求尽善尽美，细心周到，只是欠缺风流雅趣。他与琴笛之类的优雅嗜好无缘，一向不谙此道，却十分擅长弯弓射箭。总而言之常陆守这家，原本不过是一般地方官的人家，但是由于他家财力雄厚，所以吸引了为数众多的年轻貌美的侍女聚集到他们家来，她们的装束华丽齐整，时而举行拙劣的和歌竞赛[01]，时而讲故事。有时在庚申日通宵达旦举行各种游乐活动守夜[02]，净做些庸俗的、花哨刺眼的游戏。

恋慕这家闺秀的贵公子们，得知这家生活过得非常热闹，纷纷议论说："这家的小姐想必聪慧伶俐，相貌很漂亮吧。"在这些对常陆守的女儿浮舟倾心思慕者中，有一个叫左近少将的年轻人，现年约莫二十二三岁，性情文静，才学方面也是众所公认的好，但是可能是由于他身上缺乏灿烂夺目的入时风采的缘故吧，以前与他交往的几个女子都与他绝交分手了，他这回极其热心诚恳地来向浮舟求婚。浮舟的母亲心想："在众多前来向女儿求婚的人们当中，这位左近少将人品不错，性格沉稳，似乎很通情达理，气质也高雅。条件比他更优越的、身份高贵人家的子弟，对于我们这种地方官人家的女儿，纵令女儿姿色再怎么出类拔萃，恐怕也不会前来追求吧。"因此她就将左近少将经常寄来的情书转交给女儿浮舟，遇上适当的机会，她还劝导女儿给对方写富有风情的回信。于是，这位母亲就

---

[01] 和歌竞赛：原文作歌合（UTAAWASE），一种文学性游戏，日本自平安时代以来在宫廷、贵族中流行。歌人分左右两边吟咏和歌，由裁判判断胜负。
[02] 当时习俗相信庚申日之夜人们倘若睡眠就会有灾难降临。

自作主张，拟选定这位左近少将作为浮舟的夫婿。她暗下决心："纵令常陆守漠然地不把女儿浮舟放在心上，我也要拼命培育这个女儿成个像样的人。人家只要看到姿色着实美丽的浮舟，想必不会漠然无动于衷，视而不见吧。"于是，她与左近少将约定于今年八月间让他们成亲，并着手准备妆奁、日常家用器具，乃至制作价值不大的琐屑玩具等。她挑选做工精巧、样式可爱的东西，诸如泥金画、螺钿镶嵌器物等，但凡做工细腻、别具意匠的，她都悄悄地收藏起来，留给女儿浮舟，而把品质相对差些的东西给常陆守看，并说："这是好东西。"常陆守不识货，良莠不分，凡是女子需用的器具，通通采购进来，放满他亲生女儿们的房间，女儿们几乎没有立足之地，甚至连目光都好不容易才能从器具中挤出来往外看。另一方面，他还从宫里的内教坊聘请琴师和琵琶教师，前来教女儿们习琴。每教会一曲，他或是站着或是坐着，都要向老师拜谢，十分欣喜，犒赏老师的礼品之多，甚至没顶，场面好不热闹。有时教习豪华的节奏急促的大曲子，在饶有风情的暮色苍茫时分，他的女儿们便与老师合奏，这位不甚解风流情趣的常陆守甚至深受感动，顾不得在人前，情不自禁地落下泪来。在旁人看来，这是一种不得要领的赞赏。浮舟的母亲略有审美修养，看到这般情景，觉得很寒碜，没有特意夫唱妇随，不跟着常陆守赞赏，她丈夫经常气愤地埋怨她，说："你蔑视我的女儿。"

且说那位左近少将等候着八月喜结良缘。他等得不耐烦，遂差人来催促说："既然已应允，希望早些完婚为佳。"浮舟的母亲寻思："这门亲事是自己一人自作主张决定的，如今要提前办理，凭自己独力运营，恐怕难以办到。再说，左近少将的人心究竟如何，也没有十分的把握，还是有些担心。"于是，在当初给他们做媒的媒人到来时，她就请媒人到身边来，对媒人说："有关我这女儿的婚事问题，需要考虑的事颇多，承蒙你做媒说合，我也思考了很长时间，由于对方是个非同寻常的人，承蒙垂青不好婉拒，终于遵命订约。然而此女实际上是个无父之女，靠我一人抚育长大，惟恐教养欠周，遭人耻笑，这是我长期以来一直担心的事。此外舍下尚有许多年轻的女儿，她们各自都有称心的夫君照顾，自然听任她们的夫君做主，不需我来操心，惟有我这个女儿，在世态变幻无常中，最令我放心不下。久闻左近少将是一位通情达理的君子，因此忘却一切理应谨慎思考的顾虑，顺应对方的恳求，应允了这门亲事。但是，万一成亲以后，左近少将变心了，我们就成了世人的笑柄，那就太可悲了！"

　　媒人到左近少将那里去，把浮舟母亲的这番话如实地转告左近少将。他听了之后，顿时满心不悦地说："我从一开始就不知道这位小姐不是常陆守的亲生闺女，虽说同样是他家的人，但是人们一听说这位小姐是这家夫人带来的前夫的女儿，势必觉得掉份儿，那么作为女婿出入这家，自然也不体面不是吗？你事前没有把翔实情况了解清楚，就信口给我做媒呀。"媒人觉得受了委屈，回答说："我原本就不知道他家的底细，只因我妹妹在这家当差，了解情况，我才把您的意思向他们转达。我只听说浮舟小姐在常陆守的众多女儿中，最受重视，因此就想当然是常陆守的亲生闺女，万没想到他家会抚养他人所生的女儿，我既没有听说过，也不曾打听过。只听说'这位浮舟小姐相貌标致、气质高雅，深受她母亲的爱怜，精心调教，希望给她配上一个头角峥嵘、气度不凡的夫君'。恰巧就在此时，您来问我：'有无合适的人可以替我向常陆守家求亲？'我告诉您：'我与他家有这点关系。'就替您去求亲。您现在指责我信口给您做媒，我可担当不起这份罪名。"此媒人本来就是个脾气暴躁、能言善辩的人，他这样回答左近少将。左近少将也失态毫不留情地说："去当那种地方官家的女婿，在世人看来也不是什么很体面的事。虽说这是当今世风所趋，无须说长论短，也有这样的例子：只要受到岳父母的重视并加以庇护，那么其他的缺憾都可以抵消。至于我自己，纵然可以把她当作常陆守的亲生女儿来看待，但是世人的议论，肯定还会散布说我是贪图常陆守家的财产，才愿意娶这家的非亲生女的。源少纳言和赞岐守[01]等可以趾高气扬地出入常陆守家，相形之下，惟独我几乎得不到常陆守的眷顾而加入其女婿的行列，实在是太丢人了！"这个媒人汉子是个善于阿谀奉承品格差的人，听了左近少将这番话之后，觉得这门亲事没有做成很遗憾，这对左近少将来说怪可怜的，对自己来说也很难堪，于是便对左近少将说："您倘若真想迎娶常陆守的亲生女儿的话，他家还有一个年龄尚小的小女儿，我可以替您去跟常陆守说说看，这位小姐是常陆守与现在的夫人所生的女儿，深受常陆守的宠爱。"左近少将说："哎呀！辞退当初所追求的小姐，现在要换上另一个，不成体统吧。但是，我向常陆守家求婚的本意，就是因为常陆守人品上乘、财力雄厚，是个德高望重的长者，我希望他做我的后盾，怀抱着这种愿望，才向他家女儿求婚的。我并不是仅仅要求一个长相标致的小姐就足够。如果我只求身份高、容貌亮丽的女子，那有的是，这是很容易得到的吧。然而我往往看到经济不富裕、生活拮据但是情趣高雅、爱好风流的人，结果总是穷困潦倒，为世人所不屑，因此我希望一辈子过上安稳舒适、富裕快乐的生活，哪怕略受世人的讥讽也罢。那你就去向常陆守如此这般地说项去吧，常陆守应允的话，那么这门婚姻的对象，按你的策划去办，换人也不错。"

这个媒人汉子的妹妹，就在浮舟的居所即常陆守宅邸的西厅里当差，缘此迄今左近少将给浮舟写的情书，都交由此人转递，但是媒人本身尚未直接见过常陆守，他们之间彼此都是陌生人。尽管如此，媒人还是贸然冒兀地向着常陆守居住的那栋房屋走去。他请求门房通报一声，说："我有事要向府上主人禀报。"常陆守听转报后，不当回事，冷淡地说："我曾听说此人经常在这一带进进出出，我又没有召他前来，他究竟有什么事要

[01] 源少纳言和赞岐守这两人都是常陆守亲生女儿的夫婿。

说？"媒人又央求门房代为转报称："是左近少将大人派我前来禀报的。"常陆守便接见他。媒人挂着一副难于启齿的面孔，不大一会儿就膝行到常陆守近处，开口说："近月以来，左近少将有信给夫人，向小姐求婚，已蒙应允，并定于八月间举行婚礼。左近少将选定良辰吉日，希望早日成亲。不料竟有人对左近少将说：'这位小姐确实是这位夫人所生，但不是常陆守的亲生骨肉，你若攀上这门亲事，让世人知晓了定会嘲讽你这贵公子是在谄媚常陆守呢。一般说贵公子充当地方官的女婿，图的是指望老丈人把他当作家中的主君一般地尊重他，像掌上明珠般呵护他，万事无微不至地照料他。抱着这种期盼而充当地方官的女婿的，确有其人，不过，你所要娶的对象不是常陆守的亲生闺女，恐怕上述的指望将落空，老丈人不会把你当作真正女婿来看待，而是另眼简慢对待，不值得当这样的女婿嘛。'有许多人经常这样责难他，因此左近少将此刻极其烦恼，无计可施。他当初原本是看中大人您威望显赫、富裕昌隆，可以做他的坚强后盾，这才登门求婚的，却并不知道这位小姐非您亲生骨肉。因此他对我说：'据说常陆守府上，此外还有许多年幼的小姐，若蒙允诺其中一人，得以了却宿愿，那真是欣幸万分。你不妨替我去探询常陆守的意向如何吧。'"

常陆守回答说："左近少将有这样的意思，我确实未曾详细听说。对于浮舟这个女儿，我理应同其他女儿一样，一视同仁，然而家中庸碌儿女众多，我能力有限分身无术，不能一一照顾周全。在这过程中，夫人就多心起来，略有微词，歪曲地认为我歧视她带来的女儿浮舟，把浮舟当作外人看待，因此有关浮舟的事，一概不容我说三道四。有关左近少将求婚的事，我也略有所闻。不过他如此看重我觉得我可依托，我却一向不知晓。他想要娶我的女儿，我感到很欣幸。其实嘛，我确实有一个相当可爱的女儿，在我的许多女儿中，我最爱她，哪怕为她舍命也心甘情愿。前来求婚者不乏其人，但是，在我看来当今世上的年轻人生性浮躁缺乏稳重者居多，所以担心倘若轻易应允反而会使女儿将来遭罪，因此至今尚未选定答应谁人，日思夜想总希望能找到一个诚实稳重，女儿可依托终身的女婿。提到这位左近少将，我年轻的时候，曾在他父亲已故大将麾下任职，当时，也曾以家臣的身份拜见过这位左近少将，觉得他真是个精明优秀的人，暗地里由衷倾慕他，愿为他服务。但是由于后来远赴外地各处任官职，经年累月远在他乡，以至久疏往来，变得生疏。如今听到左近少将有此意向，令我不胜惶恐，贵方所谈之事，估计办起来不难。只是左近少将改变初衷，生怕内人心生怨恨，该如何是好？"常陆守娓娓而谈，媒人心想："这桩婚事有门儿了！"不胜欣喜，说道："此事大人不必过分担心，左近少将惟盼您一人允诺。他说：'纵令小姐年龄尚幼，只要深受亲生父母疼爱，并重视培育她成为优秀的人，就符合我的愿望。只是不想勉强奉承岳家，迎娶一位继女。'左近少将人品高尚，名声也好。虽说是年轻的贵公子，却没有沾染年轻贵公子们的那种各有所好的骄奢淫逸，而是一位通情达理的君子。拥有的领地庄园，一处处为数甚多。眼下的官阶虽然只是少将，收入似乎尚少些，然而他拥有优越的门第，远胜于暴发户耀武扬威的平庸之辈。明年他可望晋升为四位，此番肯定会晋升为天皇侍从官首，这是当今皇上亲口说的。皇上说：'此朝臣才德兼备，无可挑剔，何以至今尚无妻室？应尽早选定一位老丈人作为后援人才好。此人不久即可晋升公卿职位，有我在此，无须顾虑。'皇上身边的一切事务，均由这少将承办。少将是个机灵人，品格非常优秀，是个能肩负重任的人。如此难能可贵的佳婿，主动找上门来求婚，希望大人从速决定为佳，因为少将府上，欲招他为婿而前来说亲的人争先恐后、络绎不绝，这边倘若逡巡不前，他就会向别处转移目标了。我只是为贵府日后可安心着想，而前来说亲的。"媒人满口甜言蜜语，滔滔不绝地说了一通。常陆守本是个庸俗的乡巴佬，他满面春风，微笑着听罢这番话后，说道："大可不必担心当下收入不多的问题，只要我一息尚存，甘愿把他捧到头顶上，全力关照，定当让他感到没有什么不足之处。纵令我寿命有限，中途归西不能照顾到底，我所遗留下来的金银财宝、领有的一处处庄园，全归我这个女儿所有，无人胆敢前来争夺。我家虽然子女众多，但是这个女儿从小就是我特别疼爱的宝贝，倘若得到少将真心实意爱护她，即使少将为求得大臣职位而须耗尽稀世罕见的珠宝金银，我也能提供不竭。当今皇上对他如此垂青，要我做他的后援人更无须顾虑了。这门亲事，无论对少将还是对小女来说，都是最幸福的，不是吗?!"常陆守对这桩婚事似乎很满意地说了一通话，媒人高兴极了，他既没有把这份高兴告诉他妹妹，也没有到浮舟母女的住处打个招呼，旋即匆匆奔赴左近少将宅邸去了。

媒人觉得常陆守的这番谈话，实在是再好不过了，遂将这番话如实地转告左近少将。少将虽然觉得有些庸俗，但并不讨厌，还是露出微笑听取媒人讲述。当他听到"即使少将为求得大臣职位而须耗尽稀世罕见的珠宝金银，我也能提供不竭"，就觉得常陆守连官场的赎劳[01]之事都说出口，未免小题大做太刺耳了。他听罢有些踌躇不决，问道："那么你有没有把事情的来龙去脉告诉那位夫人呢?她精心为女儿策划的这桩婚事，倘若我违了约，惟恐不了解原委的人定会嘲讽我为人缺德、举止乖僻异常，这可怎么办呢?"媒人说："哪儿呀!那位夫人也特别疼爱这位小姐，精心栽培她成为淑女，只因浮舟小姐在姐妹中最年长，夫人惦挂着她的婚事，所以才允诺首先将她许配的。"少将也曾想过："浮舟向来是夫人无比疼爱并十分重视的女儿，如今我突然变卦，这算是怎么回事呢?"可是转念又想："纵令浮舟的母亲一时会怨恨我无情寡义，世人多少也会非难我，但是自己的未来远大前程的幸福毕竟是第一重要的。"这个左近少将是个彻

---

[01] 赎劳（SOKULO）：交纳财物获得官位。

头彻尾的功利精明者，他打定变卦主意后，连先前约定的结婚日期都没有变更，径于当天的傍晚到常陆守家与他的亲生女儿即浮舟的妹妹成亲了。

常陆守夫人不知情，由于婚期逼近，她只顾抓紧时间悄悄为浮舟的婚事做准备，她让众侍女换上新装束，把室内装饰得充满喜庆氛围，给浮舟洗头、梳理发型，换上新装，打扮得十分美丽，甚至令人感到：这样一个美人，嫁给像少将这般地位低下的人，太可惜了。浮舟的母亲暗地里想："浮舟这孩子实在可怜！倘若当年她的亲王父亲收留她，让她在亲王身边长大，那么即使亲王已故去，薰大将所表露的事，纵然受之不起，我也哪能不应允呢。然而现今惟有自己内心知道她出身高贵，外人都不把她当作常陆守亲生女儿看待，而了解实情的人，反而因为当初八亲王不肯收留她，而蔑视她吧。想到这些实在令人悲伤啊！"她接着又想："事到如今，已无可奈何。姑娘家错过了青春期也是很麻烦的事。所幸的是这位少将出身不算低贱，人品也还好，又如此热心地恳求。"所以她一心自作主张，答应将女儿浮舟许配给少将。这也是由于媒人口齿伶俐，善于花言巧语，妇女易受迷惑以致上当。

约定成亲的日子迫在眉睫，眼见明后日期限就到了，浮舟的母亲心绪不安，急如星火。她无法沉着镇静地待在浮舟的居室里，只顾忙叨叨无目的地走来走去。常陆守从外面走了进来，口若悬河滔滔不绝地说了一大通话，他说："你背着我，欲把爱慕我女儿的左近少将夺走，这真是不自量力的轻率之举哟。要知道你那位高贵亲王家的小姐，贵公子们是不要的，而我们这种身份卑微寒碜人家的女儿，倒是他们追逐寻觅的对象呢。你虽然处心积虑，巧妙地施展心计，可是对方全然无意眷顾这方，却看中了另外一个。既然如此，我就对他说：'悉听尊便吧！'应允了他。"常陆守是个肤浅蛮不讲理、只顾自己不顾他人的人，他不加考虑地任意说了一通。浮舟的母亲大吃一惊，她缄口不语，过了一会儿，心绪镇静下来，她暗自寻思，人世间的伤心事接连不断地浮现在她脑海里，痛苦的热泪眼看着即将夺眶而出，她转过身去，静静地离开了。她走进浮舟的房内，看见一无所知的浮舟，多么美丽高贵，真是令人爱怜，她心想："不管怎么说，浮舟的美貌绝不亚于其他女儿。"这么一想，她心中稍获安慰，遂与乳母两人交谈，她说："浮浅无情莫过于人心啊！我虽然也明白，对待哪个女婿都要一视同仁，重视和照顾他们，但是惟有对浮舟这女儿的夫婿，我格外关注，甘愿为他舍命也在所不惜，万没想到此人竟由于浮舟没了父亲是个继女而欺侮她，他舍弃她而改娶尚未成年的她的妹妹，世间哪里有这种道理呀！我不愿看到也不愿听到自己身边的人出现这样可悲的事情。可是常陆守却认为这种事情很体面，从而欣喜地允诺，并大肆宣扬，恰似一对气味相投的翁婿所干的悖理行径。我决意今后对此事一概不插嘴，因此想设法暂时离开这宅邸，在别处住一段时间呢。"她悲叹不已地述说。乳母也非常愤慨，她痛恨他们竟如此欺负贬损自家小姐，她说："没什么，说不定这还是浮舟小姐的幸运，会逢凶化吉的。少将的心地如此龌龊，赏识不了浮舟小姐的美貌丽质。我家小姐应该配一位气质高雅、通情达理的夫君。那位薰大将大人风度翩翩，我曾隐约窥见过，他那动人的英姿，令人看了，仿佛觉得寿命都可延长似的。他如此真心爱慕小姐，夫人何不顺随浮舟小姐的命运，把小姐许配给他呢。"夫人说："唉，不要异想天开啦！听人家说，这位薰大将多年来决意不娶寻常平庸的女子。夕雾左大臣、红梅按察大纳言、蜻蛉式部卿亲王[01]等人，都很热心诚恳，愿招他为女婿，可是他却置若罔闻，终于获得皇上赐婚，娶到皇上特别珍惜、宠爱的二公主。要多么优秀的美人，才能获得他真诚的爱呢?！我只想把女儿浮舟送到薰大将的母亲三公主身边去当侍女，让她时不时能和薰大将

[01] 蜻蛉式部卿亲王是桐壶帝之子，源氏之弟。

会面。不过，虽然三条宅邸堂皇美好，但是要与别的女子争宠，毕竟也是令人忧心忡忡的事。丹穗亲王的夫人二女公子，世人都说她好福气，可是近来也遭遇了忧患来袭，丹穗亲王又另娶了夕雾左大臣家的六女公子。如此看来，不管怎么说，惟有不生二心的君子，才是最体面最靠得住的。从我自身上看，也能明白，已故八亲王也是个情深意浓、风流倜傥、情趣高雅的人，然而他却不把我当人看，真使我伤透了心。相比之下，现在这位常陆守，虽然没有什么值得一提的才干，既不解风雅情趣也很粗俗寒碜，但却是一根筋，能守着一个妻子，从无二心，因此我得以安心度过岁月。当然，偶尔遇上什么不顺心的事，常陆守生性暴躁，只顾自己不顾他人的情面，臭脾气大肆发作起来，也是很讨厌的，不过还不至于令人悲叹、真心痛恨，有时遇上不如意的事，彼此争吵一番，过后觉得性格合不来是无可奈何的，也就无事了。公卿大臣、亲王们之家，再怎么富贵荣华，像我们这种身份卑微的人也进不去，即使进去了也没什么意思，徒劳一场罢了。看来办任何事总须与自己的身份相称，每想到这些，就觉得浮舟这孩子的前途命运很可悲。总得设法给她物色一个如意的郎君，免使她成为世人的笑柄。"

常陆守忙不迭地为自己的亲生女儿准备婚事，他对夫人说："你这边有许多漂亮的侍女，当下一段时间暂时借我用吧。此外听说浮舟房间里有新制的帐幕等物件，由于时间紧迫，来不及挪到那边去使用，索性先借用浮舟的房间算了。"他说着走到西边浮舟的房间，时而站立时而坐下，摆摆这个弄弄那个，胡乱地装饰摆设了一番，把原先布置得十分得体，各个角落都妥善安置得井井有条的美好雅观的房间，画蛇添足地搬进来一些屏风等，胡摆一气，再加上橱柜和双层柜等，笨拙难看，摆设得杂乱无章。常陆守自我欣赏地忙叨摆布，他的夫人虽然觉得不堪入目，但是她决心一言不发，只是袖手旁观。浮舟只好转移到北边的房间。常陆守对佯装不知的夫人说："我完全知道你的心思。同样都是你所生的女儿，万没想到你对我的这个女儿如此冷淡，弃之不顾。不过，算了，世间又不是没有无娘的女孩儿。"于是，常陆守在白日里就和乳母两人为这女儿梳妆打扮。这女儿的长相并不难看，年方十五六岁，个子矮小，体态圆乎乎的。她长着一头美丽的秀发，油黑的发丝成簇地垂到便和服的下摆处，常陆守抚摩着这头秀发，觉得它着实很美。他心想："其实，我不一定要把原本拟婆另一个人的男子招为女婿，可是这位少将人品高尚、才华出众，多少人都在争先恐后地要招他为婿，若把他让给别人多么可惜啊！"他被媒人谋骗了还说这种话，真是非常愚蠢。左近少将这方也轻信媒人的话，觉得常陆守殷实富足又如斯热情对待，这样一来就万事无罪，无可非难了，于是按原来约定的结婚日期，当天夜晚上门来成亲了。

浮舟的母亲和乳母觉得此事实在荒唐无稽，总觉得非常别扭。住在这里照管浮舟，也太没意思了，于是浮舟母亲便给丹穗亲王夫人宇治二女公子写了一封信，信中写道："平日没有什么像样的要事，不宜熟不拘礼地搅扰，故而久疏致函问候。现今小女浮舟为了躲避凶日，必须暂时移居他处，府上隐蔽之处若有僻静房间，如蒙赐借，则感激不尽。微不足道的我，一手抚育此女，力不从心，万般悲伤痛苦之事接踵而至，在此困境中，可仰仗者仅只贵处……"此信显然是带着眼泪书就的，二女公子看信后，觉得甚可怜。她心想："父亲生前不承认此人为女儿。如今父亲和姐姐皆已亡故，只遗下我一人在世，我擅自认她为妹，是否妥善？但她此刻处境艰辛，颠沛流离，我倘使置若罔闻，着实于心不忍。自己与她之间又没有发生过什么特别重大的事故，姐妹彼此各散西东，不互相帮助，对父亲的在天之灵也不体面吧。"她思绪翻腾，心烦意乱。浮舟的母亲也曾向二女公子的侍女大辅君诉苦，因此大辅君对二女公子说："浮舟的母亲中将君写这封信寄来，想必有什么深沉的苦衷吧！小姐复函时切莫过于冷淡令人难堪。姐妹中有出身卑贱之母所生的，这种事世间常见，万不可说些过于无情的话。"

于是，二女公子复函道："顷接来函，舍下西面有不引人注目的房间可供使用，只是陈设十分简陋，若蒙不嫌弃，可来暂住。"写罢随即发出。浮舟的母亲中将君见信后着实高兴，旋即决意悄悄地携领浮舟前去。浮舟本来就想亲近这位异母姐姐，此次因婚事变卦而让她获得此机会，心中不胜欣喜。

常陆守一心想热情隆重款待女婿左近少将，但不知如何办得既华丽又体面。他只顾抛出一匹匹粗糙的东国绢，成匹地犒赏随从人员，还到处摆满了食品，四处扬声呼唤叫大家来吃。身份卑微的随从人员似乎觉得招待周到热情，都十分高兴，少将也觉得诚如所望，自鸣得意能攀上这门亲事真乃英明之举。常陆守的夫人中将君心想："在常陆守款待女婿，兴头正欢的节骨眼上，自己不顾一切离家而去，未免太一意孤行。"因此强令自己暂时耐住性子，任凭常陆守随心所欲去做，自己只是冷眼旁观。但见常陆守忙不迭地安排："这里是新婚女婿的起居室，那里是随从人员的住处。"这户人家原本是很宽敞的，但是现在东边的房屋住着常陆守前妻所生女儿和女婿源少纳言，此外常陆守还有许多儿子，因此没有空屋，迄今浮舟所住的起居室已给新婚女婿占居，于是让浮舟移住在廊道靠近尽头的房间里，常陆守的夫人深感不满，觉得自己的女儿浮舟太受委屈了，思来想去最终才想到向丹穗亲王的夫人宇治二女公子求援。这位夫人心想："女儿浮舟想必是由于没有强有力的后援人，才受人欺负吧。"因此，尽管二女公子不曾正式承认这个妹妹浮舟，她也决定要把浮舟送来。于是，中将君只带女儿浮舟和乳母以及两三个年轻的侍女到二条院来，住在西厢北面少见人迹那一带不引人注目的房间里。夫人陪同女儿浮舟，向二女公子问候来了。尽管多年来疏于联系，但毕竟不是陌生人，二女公子与她们母女俩会面时，毫无腼腆之色。常陆守夫人觉得这位二女公子是个有福气、身份尊贵的人，她看到二女公子呵护照料自己所生的幼婴的情形，既羡慕又悲伤。她心想："我是已故八亲王夫人的侄女，也是有血缘关系的至亲，只因自己身为侍女，即使生下八亲王的女儿浮舟也不能参与她们姐妹之列，以致处境艰难，身受常陆守等的欺凌。"她这么一想，便觉得今天强求与二女公子亲近，也挺没意思的。适逢凶日，奔往二条院这边的方向不吉利，人们忌讳，并借此为由，无人前来访问二条院。因此，浮舟的母亲就在这里住了两三天，这才能从容不迫地观察了这里的景况。

有一天，丹穗亲王回二条院来了。常陆守夫人很想看看他是什么样的人，她从缝隙中窥视，只见丹穗亲王长相格外俊秀，神采宛如刚摘下来的一枝樱花。她还看见有几个四位五位的殿上人，跪着在丹穗亲王跟前侍候，这些殿上人不论在风采、长相或人品方面，都远比她那个性情粗暴可恨的，可她又不能不一心信赖的丈夫常陆守优秀得多。众家臣各自向丹穗亲王禀报各自负责的那份事务的情况。还有许多年轻的五位官员，她都不认识，她的继子即常陆守前妻所生的式部丞兼藏人当了宫中的御使，也来了。她看见这位威风凛凛令人敬而却步的丹穗亲王超群出众的身影，心想："多么英俊啊！二女公子有这样的丈夫，真是好福气！我没见到他以前，曾认为此人身份高贵，但作风轻浮，二女公子想必深受其苦，现在看来，这种揣测未免太主观肤浅。看到他那风度翩翩的神采，不由得感到倘若能做他的妻室，纵然只能像织女那样一年和他相逢一回，也是无比幸福的！"这时，只见丹穗亲王抱着小公子，正在逗乐。二女公子隔着矮围屏坐着，丹穗亲王推开矮围屏，与她相对叙谈，这两人的容颜都很漂亮，真是一对般配的夫妇。回想起已故八亲王当年过着拮据寒碜生活的情景，两相比较，不由得人感到，虽然同样都是亲王，竟有如此巨大的差距。其后，丹穗亲王进入围屏内去，小公子就同年轻侍女以及乳母戏要。许多人前来问安，但丹穗亲王命人转达说他心情不佳而谢客，一直躺着歇息，这一天都在二女公子居室内用餐。浮舟的母亲看到这些情景，觉得："这里一切的一切都很高贵，情趣也高雅，非同寻常。相形之下，自家再怎么极力追求奢侈豪华，终究还是身份卑微者之所为，显得粗俗可怜。"接着又想："惟有我女儿浮舟，同这里的高贵人家匹配，毫无不相称的感觉吧。常陆守仰仗雄厚的财力，试图把他几个亲生女儿捧得像皇后般高，这些女儿虽然也是我所生的，但是浮舟远比她们优秀多了。今后关于浮舟的前途，不能不抱有远大的期望。"她通夜不眠，辗转思考着筹划未来之事。

翌日清晨，太阳升得老高，丹穗亲王才起身。他说："母后还是老毛病，玉体欠佳，今天我要进宫请安。"于是整理装束。浮舟的母亲还想看看，于是再从缝隙里窥视，只见丹穗亲王穿上华贵的正装，容光焕发，气质高雅无人可比，他和蔼可亲，十分俊秀。他舍不得离开小公子，只顾逗他玩儿。早餐吃过粥和蒸饭后，就势出行。今天一早来了许多人员，正在侍从室等候着，此时都走上前来，向丹穗亲王禀报事项。其中有一个人，大概自以为装扮得潇洒漂亮，其实并不怎么样，其貌不扬，身着贵族便服，腰间挂着佩刀，此人走到丹穗亲王面前，更显得相形见绌。侍女们私下议论说："那人就是那个常陆守新招的女婿左近少将呐。起初定的亲是要娶住在这里的浮舟小姐，后来他说要娶常陆守的亲生女儿，才肯重视爱护她，于是更改，娶了一个尚未成年的小女子。"另一个人说："可是，陪同浮舟小姐到这里来的人，缄口不谈及此事，都是常陆守方面的人时常在议论呐。"她们没有察觉到她们的这些私下议论都被浮舟的母亲听见了，她悲痛欲绝，回想起迄今自己已把左近少将当作不错的君子看待，实在是瞎了眼。现在才知道："他原来是个十足的伪君子。"从而更加蔑视他。这时小公子爬了出来，从围屏的一端向外窥探，丹穗亲王偶然瞥见小公子，旋即回转身走进围屏内对二女公子说："母后身体若好转，我就立即从宫中回来。假使还不见好，今夜我就得在宫中值宿。近来和你分开一夜都觉得放心不下，好难受啊！"说着又短暂地逗逗小公子，不大一会儿就出门去了。浮舟的母亲反复窥视丹穗亲王的姿容，觉得他活像一朵艳丽的鲜花，简直是百看不厌。丹穗亲王离开后，她顿时感到这里空荡荡的，好生寂寞。

浮舟的母亲来到二女公子房内，极口赞美丹穗亲王一番。二女公子觉得她这番言辞充满乡下土味儿，莞尔一笑。浮舟的母亲又对二女公子说："当年夫人[01]辞世时，您尚幼小无知，八亲王和身边的家人无不忧愁慨叹，担心您的未来前途不知怎么样，该如何才好。所幸您天生命好，在那种穷乡僻壤中也能平安顺利地长大成人。遗憾的是大女公子英年早逝，实在可惜呀！"她边说边落泪，二女公子也情不自禁地热泪潸潸，说道："人生在世总免不了经常遇上可恨、令人心中不安之事。自己存活世间，幸亏有时也能稍微获得些慰藉。我所紧紧依靠的双亲先我而驾鹤西去，这种情况是世间常见，无可奈何，尤其是母亲，我连慈母的容颜都不识，伤心之情自然有限。惟有姐姐年轻早逝，使我无比悲伤，始终难以忘怀。薰大将为姐姐的去世哀伤万状，嗟叹愁思的郁闷心情无论如何也无法排解，可见薰大将对姐姐那份刻骨铭心的深情，这使我对姐姐的英年早逝更加感到万分遗憾。"浮舟的母亲说："薰大将被当今皇上招为驸马，备加恩宠，可谓鲜见其例，想必不胜得意自豪吧。倘若大小姐尚在人世，恐怕也阻止不了这桩婚事的。"二女公子说："这个嘛，也很难说，果真这样，势必被世人耻笑我们姐妹俩都是同一个命运，与其如此，还不如早逝也许更好。一般说，人早死了，尚为他人所悼念，这本是人世间之常情。可是不知怎的，薰大将竟异乎寻常地对姐姐眷恋，永志不忘，他甚至连我父亲死后该做超荐功德等法事都深切关怀，无微不至地照顾到。"她们

---

[01] 指八亲王的夫人，她生下二女公子后不久即病故。

敞开心扉地交谈。浮舟的母亲说：“这位薰大将甚至曾对老尼弁君说，要寻找这个微不足道的浮舟，作为已故大小姐的替身加以供养呐。承蒙他这么说，不过我当然不作如斯妄想。彼语只缘‘紫草伶俜’[01]，受之有愧，但他那份厚意深情，着实深深地渗透人心啊！”她还顺便谈及她为浮舟操心的种种苦楚，边流淌热泪边述说，她想有关左近少将欺侮浮舟之事，既然外人都已粗略浮浅知晓，遂婉转地向二女公子说：“只要我还活着，就没什么可怕的，我可以朝朝暮暮和她相依为命，互相安慰度送岁月。怕的是我死了以后，说不定她会遭遇意想不到的灾难，而颠沛流离，那才真是凄惨了，因此我在万般忧虑愁思之余，也曾想过：干脆让她当尼姑，隐居深山老林，一心专修佛法，从此斩断尘缘直至了却终生。”二女公子说：“你们的处境确实很艰难，实在是无可奈何。受人欺侮的境遇，是我们这样无依无靠的孤儿定然会碰到的。不过，缘此而隐居深山也不是什么良策。就说我吧，原本已决心遵照父亲遗嘱，断绝尘缘的，不想竟也遇上这种意外之变，留存俗世至今，我尚且如此，何况年纪轻轻的浮舟妹妹，更难以想象了。像她这样的姿容，改装穿上尼姑服多么可惜呀！”她的这番老成持重的话语，令浮舟的母亲听了感到十分高兴。浮舟的母亲虽然上了年纪，不过她身上犹存有相当身份者的气质。她依然优雅，只是体态过于肥胖，但她毕竟还是一位常陆守夫人。她说：“恨只恨已故八亲王冷漠无情，不承认浮舟这个女儿，使得她身份不体面，遭人冷眼乃至欺侮。如今听得您这番话语，往昔的辛酸也能获得些抚慰。”接着她又讲述多年来在地方上生活的情景，其中也包括叙述陆奥地方浮岛的饶有情趣的景色。她说：“我在筑波山下过生活，最为难受的是‘孤身只影’[02]，连个知心共话的人都没有。今天能够将心里话详细向您倾诉，心情顿觉爽

---

[01] 此语出自《古今和歌集》第867首，歌曰：“紫草伶俜武藏野，放眼望去诚可怜。”
[02] 此语引自《拾遗和歌集》中的古歌：“孤身只影多忧患，怨恨世间亦徒然。”

朗，恨不得能永远在您身边，但只因我家那边还有许多讨厌的孩子，不知何等喧嚣，吵吵嚷嚷急着要找我这个当母亲的，因此日子待长了也不放心这些孩子们。我沦落为地方官的妻子，常嗟叹自身命苦，不希望浮舟重蹈我覆辙。因此想把她托付给您，任凭您安排，我一概不闻不问。"二女公子听了她这番诉苦的话之后，心想："说实在的，我也不忍心让浮舟受苦。"从容貌或气质上看，浮舟并不俗，蛮可爱的。神态略带腼腆，却不像是造作，有孩子般的天真稚气，又并非无才女。她对二女公子身边的侍女，也恰如其分地回避。二女公子忽然想起："浮舟说话时，那语调也酷似姐姐，我想让那位寻觅姐姐替身的人来看看她呢。"恰巧此时，侍女们报告："薰大将来了！"说着按惯例设置围屏，准备迎接客人。浮舟的母亲说："那么，也让我拜见一下吧。曾经瞥见薰大将的人们，无不夸赞这位大将容貌俊美非凡，但我想，总比不上这里的丹穗亲王的姿容吧。"二女公子的贴身侍女说："怎么说呢，我们判断不出来。"二女公子说："这两人相对而坐时的姿态，丹穗亲王的确显得缺乏情趣而相形见绌。然而分别看时，则孰优孰劣着实难以判断。相貌俊美的人总是压倒别人，真讨厌呀！"话音刚落，众侍女都笑了起来，有的说道："但是，惟有丹穗亲王，薰大将是压不倒的。无论多么俊俏动人的男子，都压不倒丹穗亲王的俊美吧。"大家正谈得欢的过程中，外间传来通报声："现在，薰大将下车啦！"前驱开道者的吆喝声震耳，薰大将并不立即现身，众人等了好大一会儿，薰大将才缓缓走了进来。浮舟的母亲乍看一眼，不觉得他有多么俊俏，可是仔细一端详，就越发觉得薰大将果然气质高雅、俊秀非凡。相形之下，她不由得感到自己的姿影未免太卑俗难为情，自然而然地整理了一下额发，力求显出一副淡定从容、用心周到、无比端庄的模样。薰大将大概是从宫中退出后，直接到这里来的，因此前驱开道者众多。薰大将对二女公子说："昨夜我听说姐姐明石皇后玉体欠佳，旋即进宫前去问安，皇子们都不在她身旁，皇后颇感寂寞，因此我就代替丹穗亲王侍奉她直到此刻。丹穗亲王今天早晨也懈怠，很晚才进宫，我估计是你的罪过，是你把丹穗亲王拖住的吧？！"二女公子只是寒暄说："承蒙代为侍候，这般深情厚谊，诚然应该深表谢忱。"薰大将大概是看准丹穗亲王今夜在宫中值宿，故特选定这天，带着某种私心来访的吧。他照例与二女公子晤谈，在谈话的过程中，动不动就谈及怀念已故大女公子的心情，他没有明显地说出渐渐厌恶世间万事的话语，而是隐约地诉说愁情。二女公子心想："多年岁月都过去了，为什么至今还不能忘怀呢？！想必是最初他早已向姐姐表明深沉的爱慕之意，故至今不愿表示已然忘怀，而装装样吧。"然而从他的神情上看，他确实非常伤心，在交谈的过程中越发了解他哀伤的心境，二女公子并非木石心肠的人，自然深受感动，只是在交谈中他时不时又谈及许多怨恨二女公子无情的话，令她感到困惑也很担心。为了被濯荡涤他的这种痴心，她就端出那个可当已故姐姐替身的人的话题来，二女公子婉转地告诉他："此人最近悄悄地住在这里。"薰大将听见有关浮舟的事，当然不会置若罔闻，也很想见浮舟，但是他并不立即显示出有移情别恋的心思。薰大将说道："哦，这尊大神倘若果真能满足我的愿望，那真可说是难能可贵了。如果依然如故令我烦恼，那岂不是反而亵渎圣灵山水？"二女公子回答说："归根到底，还是你求道之心不够虔诚呗。"说着莞尔一笑，躲在一旁的浮舟的母亲听了，也觉得蛮有意思。薰大将说道："那么就请你转达我的意思吧。不过，听了你这番为逃遁而找的借口的言辞，我不由得回想起往事 [01]，颇有不祥之感。"说着眼里噙着泪珠，咏歌曰：

---

[01] 指当年大女公子为了摆脱薰君对她纠缠不休的追求，就把她妹妹二女公子推荐给他。

替身[01]倘能长厮守，

或可排遣相思愁。

薰大将照例用戏谑语气表示，以掩饰自己内在的心思。二女公子答歌曰：

"替身投川再无音，

长相厮守谁人信。

你是说'众手争拉大纸币'[02]吧。如此说来是我多管闲事了，但我总觉得浮舟她似乎太可怜。"话音刚落，薰大将答道："不！'终究泊滩头'[03]，还用说吗？莫非我可悲的命运就像被人争夺的无常水泡，就像你说的被人抛入川中的大纸币？这叫我如何慰藉此刻的心境呢！"他说了一通，天色渐暗，可是薰大将还在纠缠，于是二女公子说："我担心在此借宿的客人看了，会觉得奇怪，今夜还是请你早些回去吧。"她委婉地下了逐客令。薰大将说："那么，请你向客人转达，就说这是我多年来的宿愿，绝不是心血来潮一时逢场作戏的轻浮之举。施展你的才能，切莫让我失望。我平生不善此道，遇事甚至可笑到往往胆怯而逡巡不前。"薰大将叮咛了一番之后，告辞回去了。

浮舟的母亲内心盛赞薰大将："真是一位仪表堂堂，无可挑剔的君

[01] 替身：原文作形代（KATASILO），指避灾驱邪的神道仪式上使用的纸人。当时人们相信可让这种纸人代人背负灾祸，将它放入河川流逝。
[02] 此句出自《古今和歌集》第706首，歌曰："众手争拉大纸币，我虽欲取怕无稽。"举行被禊仪式所用的成串大纸币，在被禊完毕后，众手争拉来抚身驱邪，而后投入川中。这里的"众手争拉大纸币"暗喻爱慕薰君的女子众多。
[03] 此语引自《古今和歌集》第707首，歌曰："争拉纸币人虽众，流向终究泊滩头。"意即我心所向，惟你一人。

子啊！"

她想起："乳母此前突然想起此人时，曾多次劝我把浮舟许配给他。可是我总认为此言荒唐而不予理睬。现在亲眼看到他这堂堂仪表，就觉得纵然隔着银河，一年一度相会，也情愿把女儿许配给如此灿烂的牵牛星。我女儿浮舟长相这么秀丽，若嫁给一般平庸者，实在太可惜。由于平素看到的净是东国武士那样粗俗的老面孔，所以就以为左近少将是个优秀人才。"她暗自后悔当初欣赏左近少将，自己的见识太浅薄了。此前薰大将曾凭依过的丝柏木柱、他曾经坐过的坐垫都渗透着他留下来的遗香，说起这种奇特的芳香，人们甚至还以为这不过是言者的溢美之词。连不时见到薰大将的侍女们，每见一次都赞不绝口。有的侍女说："诵念经文，知道在神佛卓越的种种恩泽中，芬芳香味最为至尊。佛说这话是有其道理的。在《药王品》等经文中，阐述得更详尽[01]，'牛头栴檀'之香等名称，听起来怪可怕的[02]，但是确实有其事，眼前薰大将只要一动作，身上散发出来的就是这种奇香，这就是实证。足见佛说的是真的。这位薰大将想必从幼年时期就勤修佛法，造诣深的缘故吧。"还有的侍女说："大概是前世积了大量的功德吧。"她们你一言我一语地盛赞不已。浮舟的母亲听了，自然而然地笑容满面。

二女公子将薰大将所叮咛的话悄悄地告诉了浮舟的母亲中将君。二女公子对她说："薰大将这个人，生性固执，凡事一经认定，就很执著，不轻易改变。不过，最近他已被招为驸马，在这种情况下，可能会有些麻烦，但是，你既然甚至想让她遁入空门，那就当她成了尼姑看待，不妨把她许配给薰大将试试嘛。"浮舟的母亲说："我总想设法不让她遭受苦

---

[01] 《法华经·药王品》中说："若有人闻是药王菩萨本事品，能随喜赞善者，是人现世口中常出青莲花香，身毛孔中常出牛头栴檀之香。"
[02] 牛头山产的一种檀香称"牛头栴檀"，人们联想到地狱的牛头马面故觉可怕。

难，被人欺侮，所以甚至想让她隐居，'深山不闻飞鸟声'[01]。但是今天拜见了这位薰大将的堂堂尊容和神采，连我这个上了年纪的妇人都觉得纵令当身份卑微的奴仆，只要能在那样优秀的君子身边熟不拘礼地侍候，那也是莫大的幸福。何况年轻女子，看见他必会倾心爱慕他的。然而我这'微不足道身无着'[02]的女儿浮舟，会不会反而因此播下忧虑的种子呢？一般说，身为女子者，不论身份高贵或卑贱，往往会在这种男女关系问题上，不但今生甚至来世都受到痛苦的折磨。想到这些，就觉得浮舟的前途实在可怜。不过，这只是母亲疼爱女儿，心情忧郁而已，盼只盼一切任凭您为她做主，总而言之，万望您切莫抛弃她。"二女公子深感为难，叹息一声说道："怎么办呢?! 就迄今的情形看来，薰大将确实为人情深可信，但是今后如何，难以预料，不可知啊！"此外二女公子不再多说。

翌日天蒙蒙亮，常陆守派车子来接浮舟的母亲，还带来一封信，信中行文勃然大怒，还带些威胁。浮舟的母亲边哭边恳求二女公子说："实在诚惶诚恐，万事拜托您了。这女儿浮舟还得暂时隐居府上，让她遁入空门还是怎样，我尚在逡巡中。在这期间，她虽然是微不足道之身，还望您不要抛弃她，多多赐教为感。"浮舟不习惯于过离开母亲的生活，有些胆怯。不过这二条院环境优美，又有情趣，还可以暂时亲近这异母姐姐，所以心中还是高兴的。浮舟的母亲即常陆守夫人的车子走时，天色刚亮，恰巧丹穗亲王从宫中回家来。他由于惦挂着早点看到小公子，遂悄悄从宫中退出，因此没有平日出门时兴师动众的显赫排场，而只乘坐简素的车辆回来。常陆守夫人的车子正好和他的车辆相遇，夫人的车暂时闪避到一旁。丹穗亲王的车辆来到走廊处停住，他从车上下来望了望那边的车子，有所

---

[01] 此句引自《古今和歌集》第535首，歌曰："深山不闻飞鸟声，惟盼君子知我心。"
[02] 古歌曰："微不足道身无着，热泪潸潸濡衣袖。"见《河海抄》。

怀疑，问道："那是谁的车子，怎么没等天亮就急于出门呢？"他以自己风流好色之心揣度："准是偷情之后，为掩人耳目才匆匆离开的。"这种猜疑心也实在讨厌。常陆守夫人的随从者回答道："是常陆守的尊夫人回府。"丹穗亲王的随从人员中有几个年轻人说："称谓'尊夫人'，好神气呀！"说得众人大笑起来，常陆守夫人听见了，联想到自己的身份确实很卑微，内心十分悲伤。完全为女儿浮舟着想，自己也恨不得是个身份高贵的人。更何况浮舟本人，倘若她嫁给身份低贱的丈夫，那该多么可惜啊！

　　丹穗亲王走进室内，对二女公子说："你是不是让一个叫常陆守夫人的人经常在这里出入？在拂晓朦胧的美景中，匆匆乘车回家，车副等人的神情像是要避人耳目似的呀！"他依旧满心狐疑，二女公子觉得他的话很刺耳，听了内心很痛苦，她回答说："此人是大辅君年轻时候的朋友，又不是什么特别了不起的人物，何苦出此狐疑之语。你总好胡乱猜疑而说些难听的话，请你不要给人乱安'莫须有'[01]的罪名。"说着闹别扭地转过身去背向他，这动作娇媚动人十分可爱。这一夜丹穗亲王睡得好香，以至不知天已大亮。正殿里聚集众多来访客人，丹穗亲王这才走到正殿来。明石皇后的病情并不严重，今天已痊愈，因此众人皆大欢喜，个个心情舒畅。夕雾左大臣家几位公子有的在下围棋，有的在玩隐韵游戏。丹穗亲王和他们一起游玩到日暮时分。

　　当天傍晚，丹穗亲王返回到二女公子室内来，二女公子正在里面洗头发，其他的许多侍女各自在她们自己的房内休息，丹穗亲王身边空无一人，他呼唤一个小女童过来，叫她去对二女公子传话说："我回家来，你却偏偏洗发，莫非要让我孤身守寂寞不成？！"二女公子赶紧让身边的侍女大辅君去对丹穗亲王表示歉意说："原本向来都是趁亲王不在家的空当

[01] 此语出自《后撰和歌集》中的古歌："既蒙信赖何生疑，只缘难忘莫须有。"

才洗头发的，只因近来不知怎的总嫌麻烦懒得洗，已经好久没有洗了。过了今天，这八月里就别无其他吉日了，九月十月又忌讳洗发[01]，所以只好今天洗发了。"恰巧此时小公子正在睡觉，侍女们都在那边。丹穗亲王百无聊赖，遂闲庭漫步各处走走，他望见西边有个生面孔的女童，心想："那屋里住着新来的侍女吧。"他走近那西边的屋子窥探，从中间的隔扇缝隙里望了望，只见隔扇那面深一尺左右的地方立着屏风，屏风的一端，沿着垂帘设有围屏，围屏上挂着单层薄垂布，从围屏的缝隙窥见紫菀色的华丽衣衫，外面罩上一件织有黄花龙芽图案的绸缎衣裳，衣袖口露在屏风的一端，大概是由于屏风有一扇是重叠着的，所以里面的人没有察觉，而这边的人就可随意看。丹穗亲王心想："这新来的侍女想必长得很标致吧。"于是神不知鬼不觉地拉开通往厢房的隔扇，悄悄地走进廊道，谁也没有察觉。

浮舟她们所住房间走廊外的中庭院里，栽满各种花草，绿草如茵，鲜花盛开，美不胜收，园内的人工溪流一带，安置着高大的庭园点景石，景趣盎然。浮舟此时正在房门口附近，斜靠着躺着欣赏庭园的景色。

丹穗亲王把本来开着的隔扇再拉开些，从屏风的一端窥探。浮舟没有想到是丹穗亲王，还以为是经常到这里来的侍女，便坐起身来，她那姿态着实优美。生性好色的丹穗亲王，看到这般美女怎肯放过，便拽住浮舟的衣裾，就势把刚才拉开的隔扇关上，自己在隔扇和屏风之间坐了下来。浮舟觉得奇怪，连忙用扇子挡住容颜，猛回眸望了望这边，那神采美极了。丹穗亲王便握住她拿着扇子的手，对浮舟说："你是谁？请告贵姓芳名。"浮舟不知底细，害怕了起来。丹穗亲王把脸朝向屏风，不让她瞧见，他行动诡秘，因此浮舟暗自揣摩："莫非他就是最近费尽心思委婉寻

---

[01] 当时习俗，洗发须选择吉日进行。每年正月、五月、九月是举办佛事之月份，不宜洗发，还有十月称"神无月"，忌讳洗发。

找自己的那位薰大将吗？"她闻到一股香味，更觉得似乎是薰大将了，她不由得极其难为情，乱了方寸。浮舟的乳母听见里面的动静有些异常，觉得奇怪，遂推开对面的屏风走了进来，说道："这是怎么一回事？好奇怪啊！"然而，丹穗亲王置若罔闻，依旧肆无忌惮，这虽然是一番出其不意的举止，但是他天生能言善辩，口若悬河，说个不停，不觉间天色已是摸黑时分。丹穗亲王冲着浮舟说："你是谁？不告诉我，我就不放过你。"说着熟不拘礼似的躺了下来，乳母这时候才明白过来，原来此人就是丹穗亲王，她惊诧得话都说不出来，只顾发呆。

二女公子那边点亮了灯笼，侍女们扬声说："夫人洗好头发，马上就回到居室啦！"除了起居室外，其他处的格子门窗都一一关上了。浮舟所住的房间，距正屋稍远，原本不住人，房间内只放置一套高架橱，还有套着布袋的屏风靠在一处处的墙边上，再就是堆放着杂七杂八的零星物件。浮舟来住之后，这里才打开一面的隔扇，以便通向正屋。一个名叫右近的姑娘，她是侍女大辅君的女儿，也在二条院这里当侍女，她正在挨个地关上一扇扇格子门窗，逐渐靠近浮舟这边来，她说："哎呀！真黑啊！这里还没有点灯呐。好辛苦地赶紧关上一扇扇格子门窗，这里漆黑得叫人发怵。"说着要把一扇格子窗打开，丹穗亲王听见了，稍感狼狈。乳母更加着急，不过乳母是个心直口快、精明干练的强人，便对右近说："喂！这里出了怪事，弄得我束手无策，动不了手呐。"右近说："出什么事啦？！"说着伸手摸索着走了过来，看见一个穿着内褂的男子躺在浮舟身旁，又闻到浓郁的芳香，她马上意识到这又是丹穗亲王不像话的行径。不过，她估计浮舟是不会答应他的。于是她说道："哎呀！这太不成体统了，叫我右近说什么好呢。我现在就到那边去，悄悄地告诉夫人吧。"说着转身就走开。这里的侍女一个个都觉得把此事告诉夫人，多凄惨多不体面啊！可是丹穗亲王却满不在乎。他心想："这是个异乎寻常的高尚美人，但不知她到底是谁，从右近的口气中听来，她似乎不是新来的一般侍女。"于是他不得要领地向浮舟问东问西，纠缠不休。浮舟不堪其苦，满心不悦，表面上虽然不露愤恨之色，内心里却感到莫大的羞耻，懊恼万状，恨不得一死了之。丹穗亲王看她的神态觉得她太可怜，便用甜言蜜语抚慰她。

右近禀报二女公子说："丹穗亲王如此这般……浮舟小姐实在可怜，心里不知有多少痛苦呢！"二女公子说："他又令人讨厌地故伎重演啦。浮舟的母亲倘若知道了，肯定会认为这是多么浅薄、多么不像话的轻浮之举啊！她临走的时候，还再三说'浮舟寄居府上我很放心'呢。"二女公子觉得很对不起浮舟。可是，她心想："怎样才能让他听从我的忠告呢？侍女中但凡年轻且稍有姿色的人，他都决不放过，他就是有这种怪癖的人。可是，他怎么会知道浮舟在这里呢？"她感到震惊又觉得实在无奈，缄口不语。右近和另一个叫少将君的丹穗亲王那边的侍女私下议论，右近说："今天是众多公卿大臣到访之日，丹穗亲王陪同他们在正殿里休闲玩乐，按往常惯例，在这种日子里，亲王都会很晚才回到内室里来的，因此侍女们都放心地去休息了。谁知道他竟提前回来，以致发生这种事，如今该怎么办呢？！那乳母好厉害哟，她一直在旁边守护着浮舟小姐，寸步不离，她紧盯着亲王不放，那气势似乎要逼走他似的。"议论着的这两人都焦虑不安。恰在此时，宫里派遣使者前来通报说："明石皇后今日傍晚忽然觉得胸口堵得慌，此刻病情愈加严重，十分痛苦。"右近悄声对少将君说："唉！这病情通报来得真不是时候呀！我得立即去向丹穗亲王转达。"少将君说："算了，这种时候你去转达通报，是徒劳无益的，太不知趣啦。不要过分地去干扰。"右近说："没关系，估计此刻尚未成事吧。"二女公子听见这两人所说的悄悄话，心想："丹穗亲王有这种恶习，传出去多不体面啊！这样一来，稍有戒心的人，恐怕连我这里都会望而却步吧。"

右近来到丹穗亲王身边，把使者的话略加夸大说得更严重些，然而丹穗亲王听罢，似乎无动于衷，他问道："来使是谁？照例又要夸大其辞地吓唬我来了。"右近回答："是皇后的侍臣，名叫平重经。"丹穗亲王舍不得离开浮舟，竟然不顾忌旁人的耳目，一动也不动。右近只好出去，把使者带到西面的这间居室来，向他问讯情况，刚才亲王家转达口信的人也一起来了。使者报告说："中务亲王[01]也已进宫了，中宫大夫此刻正在前来的途中，小的在路上见到他的车驾。"丹穗亲王心想："母后确实时不时突然患病……"今天倘若不去探望，深恐惹人非议。于是向浮舟发了许多牢骚，还自定下后会日期，而后离去。

浮舟宛如做了一场噩梦，满身大汗地躺着，乳母给她扇扇子，说道："住在这种地方，万事都得当心，确实很不方便。今天已被丹穗亲王发现，他来过一次，以后绝不会有好事。啊！太可怕了。尽管他是高贵的皇子，但名分上是姐夫，毕竟很不像话。不管怎样，小姐总归还是要另选一个没有什么牵连的人结缘才好。今天倘若让他的歹心得逞，小姐势必名誉扫地，所以我刚才装出一副凶神降魔的模样，紧盯住他不放，他肯定认为我是个可怕的女仆吧，狠狠地掐痛了我的手。他的求爱举止形同凡夫俗子，实在荒唐可笑。今天常陆守宅邸那边，常陆守和夫人也大肆争吵了。常陆守说：'你只顾照顾你的女儿浮舟，而把我女儿弃置不顾，新女婿上门的日子，你竟故意外宿他处，成什么体统。'他骂得好凶，连仆人们都听不进去，实在委屈了夫人，大家都很同情她。一切都是由于那个左近少将引起的，实在可恶。假使没有出现这门亲事，家里尽管时不时也有些小争吵，但大体上还算平安无事，一直维持到今天。"她说着唉声叹息。浮舟此时无心考虑别的事，只顾伤心蒙受这从未遭遇过的奇耻大辱，另一方

[01] 中务亲王是丹穗亲王之弟。

面还要担心二女公子对此事会作何感想。痛苦不堪，一味俯伏抽泣。乳母很可怜她，多方安慰她，说道："小姐何苦如此伤心。失去慈母，孤苦无依，这才可悲呢。丧失父亲而被世人轻蔑，固然很遗憾，但是总比遭受狠心继母的凌辱折磨要好受多了。总而言之，小姐的母亲定会设法为你安排的，不必耿耿于怀过分担心。再说，还有初濑的观音菩萨总是随身保佑你呢，像你这样一个不习惯于旅行的女子，却屡次不顾疲劳，远途跋涉，虔诚地前往进香，菩萨定会同情你，保佑你如愿获得幸福，定会让那些轻蔑你的人有所醒悟而自省。像你这样可爱的小姐，怎么会被世人耻笑呢。"乳母满怀信心。

丹穗亲王急匆匆地出门。大概是想抄近道走，所以没有从正门，而是从靠近浮舟住处的这边门出去，因此浮舟房内也能听见他们的说话声。那声音听上去着实优雅动听，边走边吟咏饶有情趣的歌词，从浮舟的住房经过，浮舟听见不由得感到极其烦恼。备换用的马匹被拉了出来，丹穗亲王只带十余名值宿人员一起进宫。

二女公子想到浮舟受了委屈，很同情她。她装作不知此事，派人去传话说："皇后患病，丹穗亲王进宫探视去了，今夜不回家来。我今天大概由于洗发的关系，身体微感不适，直到现在还无睡意，请你到这边来坐坐。想必你也很寂寞无聊吧。"浮舟让乳母代为回答说："我心情不好，觉得非常难受，想休息一下。"二女公子旋即派人前来慰问："心情怎样不好？"浮舟这边回复说："也说不出怎样不好，只觉得非常难受痛苦。"听罢，少将君和右近使了个眼色，说："夫人心中想必也很难过吧。"因为事态不是发生在陌生人身上，二女公子内心更觉得浮舟实在可怜。她心想："实在遗憾，浮舟太受委屈了。薰大将曾多次表露过对她的爱慕之情。这件事倘若传到他耳里，他肯定会认为浮舟是个轻浮女子从而蔑视她吧。像丹穗亲王这种耽于女色的人，有时会把一些捕风捉影的事说得极其不堪入耳，相反，有时碰到稍许荒唐的事，却视而不见置若罔闻。但是这位薰大将则不然，他口头上虽然不说，但内心满怀怨恨，他那能隐忍、沉得住气的深邃涵养，甚至令人自惭形秽。浮舟命途多舛，再加上这层不期而遇的不幸，真是个苦命人啊！以往我从未见过也不认识她，如今一经见面，觉得她的气质容貌都十分可爱而又可怜，令人不忍抛弃。唉！人生在世多么艰辛，多么难熬。就以自己本身来说，眼前的境遇，虽然不如意的事也不少，也曾经历几乎和她相同的遭遇，但所幸的是不至于沦落潦倒，面子上还算过得去。现在，只要那个讨厌的薰大将在情感问题上不再来纠缠我，安稳地逐渐消除对我单恋的情思，我就更没有什么可忧虑的了。"二女公子的头发很浓密，不易干透，起身走动很不方便。她身穿一袭洁白单衣，袅娜可爱。

浮舟确实心情极差，但乳母竭力劝导她说："还是前去见她为好，不去不妥，不去的话，夫人还以为真的发生什么事了呢。你只顾坦然地与她会面。至于右近等人，我会把事情的原委经过向她们详细述说的。"乳母说着走到二女公子那边的隔扇门口，扬声说："我有话奉告右近君！"右近走了出来，乳母对她说："我家小姐刚才遭遇突如其来的怪事，惊魂未定，现在还在发烧，痛苦得很，让人看了实在可怜。烦请你带她到夫人那里，安慰安慰她吧。小姐自身毫无过失，让她蒙受如此惊吓，实在太委屈了。倘若多少懂得世间一些人情世故的人，可能还能应对，可是我家小姐全然不懂，自然惊慌失措，十分可怜。"乳母把躺着的浮舟扶起身来，让她去见二女公子。浮舟已经被吓得魂不附体，在人前更觉害羞，可是她生性过于柔顺，无可奈何地被她们推着到二女公子那里坐了下来。为掩饰被热泪濡湿了的额发，她悄悄地背向灯火而坐。在向来认为二女公子的美姿无与伦比的侍女们看来，浮舟的神采与二女公子相比，毫不逊色，确实高雅标致可爱。当时在场的只有右近和少将君两人，浮舟想遮掩不让人看，也遮掩不住。这两人对她作了一番仔细的端详,她们心想:"如斯美人被丹穗亲王相中,肯定会出事的。丹穗亲王天生喜新厌旧,只要是新的,姿色一般的他也不会放过的呀。"

二女公子亲切地和浮舟谈话,她对浮舟说:"请你不要因为这里环境生疏而局促不安。自从大姐亡故后,我无时不在怀念她的面影,而无限悲伤。尚存活人世间的我,也身多苦恼与哀怨,嗟叹自身命运极其不幸地度日。现在看见你长相酷似大姐,我寂寞的内心获得了莫大的安慰,感到十分亲切。我孤身只影,无可靠的亲人,你若能用已故大姐那样的爱心来爱我,那我真不知有多么高兴。"二女公子说了许多,但浮舟由于惊魂未定,只顾一味腼腆,她身上的穷乡僻壤习气犹存,不知如何回答才好。她只说:"多年来只能在相隔遥远处仰慕,近日得以会面,悲伤愁虑仿佛都获得了慰藉。"她的话声清脆悦耳。二女公子拿出一些画卷给她看,并让右近朗读画卷上的题词,她们两人一起赏画,浮舟和二女公子相对而坐,不再害羞,只顾全神贯注地欣赏画卷。二女公子仔细观察灯光映照下的浮舟的姿容,觉得似乎无可挑剔,几乎十全十美,她那前额的样子以及眉目间秀气荡漾,令人感到仿佛嗅到一股隐约的芳香,她那端庄高贵的神采,简直酷似大女公子。二女公子眼望浮舟,内心只顾思念姐姐,毫无心思观赏画卷。她心想:"浮舟的姿影多么令人爱怜啊!她的长相怎么竟这样酷似姐姐呢?她的相貌一定也像已故的父亲吧。上了年纪的老侍女们都说姐姐的长相很像父亲,而我的相貌像母亲。不管怎么说,见到相貌酷似的人,确实感到非常亲切。"二女公子拿浮舟与父亲和姐姐作比较,眼里情不自禁地噙着泪珠,接着她又想:"姐姐的气质无限高贵,对人也很和蔼可亲,她的那份柔情甚至令人怀疑是否过分了些,她总是一副袅娜多姿、柔情满怀的样子。而浮舟呢,体态举止尚嫌稚嫩生硬,大概是由于她只顾腼腆,万事谨慎小心的关系吧。浮舟在知情趣、艳丽婀娜这点上,不如姐姐。她倘若能再添加一些庄重稳健的气质，那么做薰大将的配偶也是很般配的。"她持为人姐姐的心情来替浮舟操心，并作了种种盘算。

观赏画卷之后，两人又彼此交谈了一阵，直到行将拂晓时分才就寝。二女公子让浮舟在她身边躺下，对她谈有关父亲生前的一些故事，以及多年来一直蛰居宇治山庄的情况等，虽然不是自始至终细说一遍，但大体上还是说给她听了。浮舟格外思念亡父，遗憾的是终于没能见他一面，而深感悲伤。知道昨夜发生那桩事件原委的侍女们中，有人说："实际情况不知到底怎样了？这么漂亮的一位小姐，再怎么受到夫人的怜爱，木已成舟也无可奈何，实在可怜啊！"右近应声说："不，那事没能得逞。那乳母拽住我的手，牢骚满腹地对我详细述说了事情的原委，听她说来，确实没有发生那种事。再说，丹穗亲王临出门时，嘴里还吟咏古歌'相逢宛如未曾遇'[01]，但是，实情如何谁知道呢，说不定是丹穗亲王故意吟咏此歌呢。不过，昨夜在灯光下端详这位小姐的神态，觉得她淡定安详，不像是发生过此等事的样子。"她们悄悄地在议论此事，都很同情浮舟。

浮舟的乳母借用了二条院的一辆车子，车子来到常陆守宅邸内，她把昨日发生的事，据实向常陆守夫人即浮舟的母亲禀报，夫人大为震惊，几乎肝胆俱裂。她心想："那边的侍女们一定蔑视我的女儿，私下在纷纷议论吧。二女公子自身不知会作何感想。争风吃醋之事，在贵人中也一样会发生的。"她推己及人，急如星火，刻不容缓，就在当天傍晚来到二条院。正好丹穗亲王不在家，她放心地对二女公子说："我把这怪幼稚无知的女儿寄托于府上，原本是大可放心的，然而我总是心挂两头，像黄鼠狼似的镇静不下来，家里的那帮无知的孩子们都在埋怨我呢。"二女公子回答说："浮舟并不像你所说那样幼稚无知，你放心不下，神色惶恐地说了

---

[01] 古歌曰："夏夜短暂忽报晓，相逢宛如未曾遇。"见《河海抄》。此处只是借用古歌的词句。

这些话，反倒令我感到难为情呢。"她说罢若无其事地微微笑。常陆守夫人见她端庄稳静的神采，反衬出自己心怀鬼胎，不由得感到不好意思。当她想到不知二女公子究竟作何感想时，一下子答不出话来。过了一会儿，她说："浮舟能在您手下侍候，了却多年来的愿望，外间传闻名声也顺耳，确实很体面。然而毕竟不能不存有诸多顾虑，因此还是按照原来的想法，让浮舟闭居在深山中修行，以便圆了她坚守本意的愿望。"说着哭了，神情十分可怜。二女公子说："在我这里住下，有什么不放心的呢，倘若我冷淡对待浮舟，万般事情都不管不顾她，则另当别论……当然，我这里似乎有个居心不良的人，时不时有些无理的念头，做出不成体统的事来，不过大家都十分了解此人的脾气和习性，处处用心提防，决不会让浮舟受委屈的。不知你是怎样揣测我的心思的呢？"浮舟的母亲答道："不，我绝没有怀疑您会对浮舟冷淡的意思。已故八亲王生怕失面子，不肯承认浮舟这个女儿，事到如今，有关此事也不必多提了。且说我和您也有剪不断的血缘关系[01]，依赖这层缘分，我才将浮舟拜托您多加关照。"她十分恳切，最后又说："明日和后天是浮舟的严重禁忌日，因此这期间我想带她到僻静的地方去闭居。改日再来拜访。"她说罢，就将浮舟带走。二女公子虽然觉得事出突兀，十分遗憾，却又不能强行挽留。浮舟的母亲被昨日不像话的怪事吓得心神不安，匆匆话别，告辞离去。

浮舟的母亲曾在三条一带地方建造一处小宅院，作为回避凶神而暂住的地方[02]。整个建筑工程尚未完全竣工，因此也没有什么像样的装饰，房间比较简陋。浮舟的母亲把她带到三条这处小宅院来，对她说："可怜啊！我为你一人，得应付种种艰辛与烦恼。在这个事与愿违的人世间，我

---

[01] 浮舟的母亲是二女公子的母亲的侄女，缘此，浮舟的母亲与二女公子是姑表姐妹关系。

[02] 回避凶神处：原文作方违（KATAGAIE），日本民间习俗中，当搬迁或旅游的目的地按阴阳术来说不吉利时，作为临时的吉地来避邪的地方。

实在不想长期存活下去啊！倘若我是孤身一人无所挂牵的话，哪怕降低成卑贱的身份，过着非人一般的生活，我也情愿认命，悄悄地闭居在某个角落里度日。……那位二女公子本来是不承认你这个妹妹的，我们去亲近她，万一在她那里发生什么不成体统的事，将遭受世人的耻笑。唉！真是无聊之极。这住处虽然简陋，但无人知晓，可以避人耳目。你就暂且躲在这里吧。这期间我会设法为你另谋良策。"她叮咛之后就准备返回自家去。浮舟哭泣，心想："我活在人世间，注定是脸上无光的卑微苦命人。"她心灰意冷，垂头丧气的神情着实可怜。更何况她母亲，觉得让女儿埋没在这里实在委屈了她，太可惜了。她总盼望让女儿平安无事地成长，有个体面的身份，不想竟发生那种极其讨厌的事，她担心世人会耻笑浮舟是个轻浮的女子，为此而忐忑不安。这位母亲并非不明事理的人，只是容易激动好生气，处事也有些任性。其实，浮舟本来也不是不可以闭居在常陆守宅邸内，但她觉得让女儿隐藏在自家内，未免委屈了她，所以决定采用了这个办法。这母女俩多年来总是形影不离，朝朝暮暮都相见，如今突然分离，彼此都深感寂寞孤独，受不了。母亲对浮舟说："这宅院的整个工程还没有完全竣工，难免有不够严谨之处，你务必多加小心留神。需要时，各处房间的侍女都可召唤来使用。值宿人员方面虽然我都已经吩咐过了，但总觉得让你一人留在这里还是放心不下。不过，那边常陆守在生气而口出怨言，我不得不回去，心里实在难受啊！"她哭着与女儿告别。

常陆守无比重视这位新女婿左近少将，因此为隆重款待事务忙得不可开交，他生气地埋怨夫人有他心，不愿与他齐心协力办好款待事，有失体面。常陆守夫人确实有气，心想："这种种事端都是这个少将惹起来的。"为此，她那无可替代的珍视的女儿浮舟，才遭受今天这样的苦难，使她心怀怨恨并深感遗憾。她全然看不上这个新女婿。自从她看见这个左近少将在丹穗亲王面前显得寒碜不像人样之后，就整个地蔑视他，之前曾想捧他为自己女婿而重视照顾他的那种念头，早已荡然无存。不过她心想："那个少将在这个家里会是怎样的呢？我还没有见过他日常悠闲的起居生活模样呢。"

　　话说有一天，左近少将闲居在家的时候，她走到少将所在的西厅边上，从缝隙中窥探，只见他身穿柔软适度的洁白绫子外衣，内里穿时髦的浅紫红色带有艳丽光泽的漂亮衣裳，悠闲地坐在房门口附近，观赏庭院里的花草树木。她觉得此人的姿态在人前毫不寒碜，蛮俊秀的。少将身边，她后夫的女儿还很稚嫩，天真无邪地斜靠着躺在一旁。她回想起在二条院，丹穗亲王的夫人二女公子和丹穗亲王并坐在一起时的模样，就觉得："相形之下，这对夫妇的神采逊色多了。"少将和身边的几个侍女在谈笑，他那随意不拘的姿态，使她觉得此少将不像她在二条院所看到的那个让人瞧不起的丑陋人，莫非那是另外一个人？正想到此时，忽然听见少将说："兵部卿亲王[01]家庭院里的胡枝子，迥异于他处，格外艳丽，怎么会有这么优良的品种呢，同样是花枝，可是他家的确实格外娇美艳丽。先前我到他家时，本想折下一枝，恰巧赶上他正要出门，我终于没有折得。那时丹穗亲王嘴里还吟咏'悲秋怜惜胡枝子'[02]，他那神采倘若能让年轻女子看到……"说着少将自己也吟咏起歌来。常陆守夫人听了暗自气愤地咕哝："嗨！还吟什么歌呀，一想到此人的卑劣行径，就觉得他不像人样，瞧他在丹穗亲王面前那副丑态，就觉恶心。还洋洋得意不知咏的什么歌。"尽管如斯想，但毕竟左近少将还不是全然不知情趣的人，她想试试他的才识，遂派人给少将送去赠歌曰：

---

[01] 即丹穗亲王。
[02] 此句引自《拾遗和歌集》中的古歌："悲秋怜惜胡枝子，露珠何苦摧残枝。"

亭亭玉立胡枝子，

衬叶迎露竟变色。[01]

左近少将阅罢，觉得对不住常陆守夫人，答歌曰：

"若知萩出宫城野，

我心何至变倾斜。[02]

但愿能拜见尊颜，面陈原委。"常陆守夫人估计左近少将已经听说，浮舟是八亲王的私生女。她更加希望能设法让浮舟也像二女公子那样，嫁给身份高贵的人。此时不知怎的，她脑海里自然而然地浮现出薰大将的面影和风采。

浮舟的母亲心想："看上去丹穗亲王和薰大将一样都是仪表堂堂的贵人，然而我对丹穗亲王的印象从一开始就绝望，不把他放在心上。他欺侮浮舟，擅自闯入浮舟室内，一想到这些行径，不由得令人产生怨恨。薰大将有心爱慕并追求浮舟，却未曾唐突启齿，表面上一派若无其事的神情，实在了不起。像我这般年龄的人尚且不时想起他，何况年轻女子，哪能无动于衷呢。而像少将那样令人讨厌的男子，幸亏没有成为自己珍视的女儿浮舟的夫婿，否则实在是太失体面了。"她一心只顾为浮舟操心，时而想这样，时而又想那样，万般良策尽在她想象中盘旋，却难以实现。她寻思："薰大将看惯了像二女公子那样身份高贵的人，只怕品格与姿容都比浮舟优秀的女子，也未必能让薰大将动心呢。依据我在世间的见闻，大体

[01] 胡枝子：原文作萩（HAGI），比喻浮舟。"叶"比喻少将，"露"比喻浮舟的异父妹。
[02] "宫城野"是地名，盛产胡枝子。此处暗示：倘若早知浮舟是八亲王的女儿，我何至变心。

上似乎可以认为：人的姿色与品格之优劣，往往与其身份之高低是相应的。不妨看看我所生的子女，有常陆守血缘的子女，就比不上有八亲王血缘的浮舟。又如左近少将，在常陆守宅邸内看来，似乎无比优秀，可是和丹穗亲王一比较，就相形见绌了。由此可见一斑。薰大将已成为当今皇上娇宠的二公主的乘龙快婿，在薰大将眼里，还会有浮舟的位置吗？恐怕是微不足道吧。"浮舟的母亲想到这里，不由得心灰意冷，茫然不知所措。

浮舟暂居于三条自家的小宅院里，百无聊赖，观看庭院里繁茂的草木也觉得毫无情趣。在这里进出的人只是些操着怪怪的东国口音的人们。庭院里没有种植令人赏心悦目的花卉。浮舟闭锁在这种煞风景的环境里，心情郁闷地度过朝朝暮暮。她回想起二条院内的二女公子的身影，不由得满心激荡，十分依恋。那个肆无忌惮的闯入者的模样，此时也浮现在她的脑海里。当时不知道他在说些什么，但依稀还记得诸多温馨委婉的话语，他那身上的薰衣香，至今似乎还残留，甚至连那可怖的场景至今还记忆犹新。母亲派人送来一函，问寒问暖，甚为关心挂念。浮舟想到母亲如此异乎寻常地关怀备至、体贴入微，而自己却时运不济、命途多舛，不由得悲从中来，眼里渗出泪珠。母亲信里写道："吾女在生疏的环境里生活，该不知有多么的寂寞，不过还请吾女暂且多加忍耐些时日。"浮舟在回信中写道："女儿在这里并不寂寞，反而觉得安心了。

　　幸获远离世间苦，
　　身心安适无凄楚。"

浮舟的母亲阅罢女儿写的这首带有稚气的歌，不由得扑籁籁掉下心酸的眼泪，嗟叹女儿命苦，竟落得无处安身的境地，实在令人伤心，答歌曰：

为汝寻觅安身处，

纵然世外亦心甘。

　　母女二人经常以这种直率吐露心声的咏歌形式，彼此作心灵上的交流，相互慰藉。

　　且说薰大将每到秋色渐深时节，总因思念大女公子而伤心得几乎夜夜失眠，这种状态似乎已经习以为常。恰逢此时他听说宇治新建的佛寺已落成，旋即亲自前往宇治查看。久违了的宇治，此时满山红叶尽染，他觉得格外新鲜珍奇。在拆毁了原先的山庄的基地上，如今已建成新的殿堂，相当华丽。回想当年八亲王所建的山庄殿堂简单朴素，恰似高僧的居处，便情不自禁地缅怀已故八亲王，甚至涌起后悔之念："若保留原状不改建就好了！"眼望新建筑，感慨之情越发涌动。昔日山庄居室内的陈设装饰，一部分按优婆塞八亲王趣味，陈设庄严，活像佛寺；另一部分则为适应女眷所需，装饰布置优雅纤丽，所有样式并非千篇一律。如今将竹箔屏风以及做工较粗糙的其他物件特意转移到新建的佛寺中供众僧使用。这里则另行陈设新制的具有山乡雅趣的器具之类，不计花费，但求清雅富有情趣。薰大将坐在庭园里的人工溪流畔的岩石上，感慨万千，一时无意离开，他咏歌曰：

源源清泉仍依旧，

故人面影不见留。

　　咏罢，揩干热泪，前去造访老尼弁君。弁君一见薰大将不禁悲从中来，几乎哭将起来。薰大将暂且在门槛边上坐下，把帘子的一端撩起，和她交谈。老尼弁君隐身于围屏后面与他对答。薰大将在与弁君谈话的过程中顺便提到浮舟，薰大将说："听说那位小姐前些日子寄居丹穗亲王府上了，我总觉得不好意思，未曾向她启齿，还是请你代为转达我的意思吧。"老尼弁君回答说："前些日子那位小姐的母亲曾给我来过信，信中说她们为了避凶正在东奔西走，'浮舟眼下隐藏在一处简陋的小宅院里，十分可怜。倘若宇治稍微近些，真想托庇贵处以求安心啊！可是路途遥远，山道崎岖，谈何容易，故而下不了决心'。"薰大将听罢，说："大家都那么害怕山路崎岖，惟有我不顾劳顿，经常远途跋涉前来，足见我与此地有多么深厚的前世宿缘，真是令人感慨良多啊！"说到这里又情不自禁地满眼噙着泪珠，接着又说："既然如此，那就请你写封信送到那令人放心不下的小宅院给她吧，不！还是请你亲自走一趟吧。"老尼弁君答道："写信容易，我愿效劳转达尊意。只是现在让我到京城去，实在难住我了，我连丹穗亲王的二条院都未曾去过呐。"薰大将说："你何必顾虑呢！叫他人送信，万一走漏风声，岂不招来麻烦。纵然是隐居爱宕山的高僧，有时也要顺应时宜，下山进京呢。要知道突破清规，成全他人宿愿，这是尊贵的积善功德之事呐。"老尼弁君说："可我不是为了'普度众生'[01]呀，进京去办此事，深恐会遭人耻笑。"她显出为难的样子，但是薰大将异乎寻常地硬求她去，他说："不过，还是请你走一趟，这是千载难逢的好机会。"接着又微笑着说："后天我派车子来接你吧。在这之前，请你先把她暂居的处所打听清楚。放心吧，我决不会胡作非为的。"老尼弁君心想："不知薰大将打的什么主意，这下可麻烦啦。"可是，转念又想："不过，薰大将一向没有荒唐无稽的恶举，他人品高尚、处事谨慎，自然会顾及自己的名声吧。"于是她回答说："既然如此，我只好遵命。她暂居的处所就在贵宅附近。但首先得请您先给她写封信，否则人家

---

[01] 此语引自《后撰和歌集》，歌曰："普度众生非我身，焉能延寿似长桥。"

会误以为我自作聪明、多管闲事，做了尼姑现在还想当伊贺姥[01]，太难为情了。"薰大将说："写信很容易，只是惟恐会招来世人的议论：'右大将恋上了常陆守的女儿啦！'再说，那常陆守据说是个极其粗暴的汉子。"弁君笑了起来，她觉得薰大将怪可怜的。四周天色渐暗，薰大将告辞登上归途。他采摘了些林中草丛里饶有情趣的鲜花，还折了几枝红叶，拟作为乡土念想送给二公主。皇上赐婚对他来说虽然没劲，但婚后他似乎并不疏远二公主，那相敬如宾的生活只是出于对皇女的敬意，感情上并不那么亲昵。皇上对他也像世间翁婿般亲爱，对薰大将的母亲尼姑三公主也施以诸多周到的照顾。缘此，薰大将也把二公主奉为身份无比高贵的正夫人看待，非常重视她。薰大将深蒙圣恩，又当了驸马，可是内心深处又另有所爱，实在烦恼，痛苦不堪。

薰大将与老尼弁君约定好的那天一早，薰大将派遣一名亲信侍从带着一个陌生的牛倌，驱车赴宇治去迎接老尼弁君。薰大将对亲信侍从嘱咐说："从庄园的人员中挑选一名耿直忠厚者担任警卫。"薰大将与老尼弁君早已说好，叫她务必进京。老尼弁君虽然觉得实在勉为其难，但还是略作打扮，乘车前往。进京途中，她看见沿途山野的景色，脑海里接连不断浮现出自古以来人们歌颂这一带景色的诸多和歌来，不禁感慨万千。不觉间车子已来到浮舟暂居的京城三条小宅院。这地方凄寂冷清，无人进出，因此弁君放心地叫车子进入院内，并命引路人传话说："弁君奉薰大将之命前来拜访。"话音刚落，只见有一个年轻侍女出来迎接，此侍女曾陪同浮舟赴初濑进香后路过宇治。她协助搀扶老尼弁君下车。浮舟住在这种怪凄寂的地方，朝夕茫然，寂寞度日。听到这个可与她叙旧的人来访，十分欣喜，旋即请她到自己居室内来相会。她想到此人是曾在她生父八亲王身边服侍过的老侍女，自然而然地产生一种亲切感。弁君对浮舟说："自从

---

[01] 伊贺姥：狐狸的别名，即月下老人、媒人的意思。

上次拜见小姐后，内心总在仰慕小姐，几乎可说无时不在思念。然而老身已是舍弃红尘，出家为尼之身，因此连二条院的二小姐处也未曾拜访过。此番只因薰大将再三嘱托，在他格外热心诚恳的感召下，我终于下定决心前来打搅。"浮舟和乳母曾于前些日子在二条院悄悄地窥见过薰大将的风采，内心中赞美不已，如今听到他似乎没有忘却自己，自然深受感动，然而突然派人来访，着实出乎意料。

日暮时分，有人轻轻地敲门，说是从宇治来的。弁君估计："大概是薰大将的使者吧。"遂命人开门。只见有辆车子进门来，她觉得有点奇怪，遂听见有人在说："我想拜见老尼僧。"说话人特意以薰大将在宇治山庄附近的庄园看守人的名义出面。老尼弁君遂膝行到门口来迎接。此时小雨淅淅沥沥地下着，冷飕飕的风吹入门内，一股妙不可言的奇香随风飘送过来，弁君旋即意识到："是薰大将来了。"这位仪表堂堂，人人欣羡，见了心都会紧绷得怦怦跳的贵人突然到访，而这边则毫无思想准备，场所杂乱无章，大家心慌意乱，不知如何是好，彼此都在说："这是怎么回事啊！"薰大将让弁君向浮舟传话说："我想在这无所牵挂的地方，向小姐倾诉数月以来思慕之苦情。"浮舟顿觉狼狈，不知如何回答才好。乳母看不下去，说道："薰大将特地来访，岂能不接待而让人家走呢！赶紧派人到常陆守宅邸，悄悄地告诉夫人。那里距此处并不远嘛。"老尼弁君说："何必如此见外呢，年轻人相互对话，不会立即就亲密起来的。何况这位大将生性格外慢条斯理，行事谨慎，深思远虑，除非小姐心许，否则他决不会做出熟不拘礼的行为。"此时雨越下越大，天空黢黑，有个值宿的汉子在巡逻守夜，他操东国口音说："宅院东南角的土墙坍塌，好危险，客人的车子若要进来，得赶快进来，把大门关上嘛。真糟糕！这位客人的随从人员怎么这么不机灵。"他们彼此在议论，薰大将听不惯这种口音，觉得很难听。他嘴里吟咏"佐野荒无避雨家"[01]，遂在乡土气十足的檐下蹲着，咏歌曰：

> 雨浇蓬茸门紧闭，
> 亭子檐下待多时。[02]

薰大将举手拂去身上的雨珠，从袖口散发出来的浓郁芬芳顺风飘荡，使东国的那些乡下人闻到奇香也感到震惊吧。

不管怎么说，此时万无理由可以推托谢绝会客，只好在南厢房内设一客座，请薰大将入内。浮舟不肯轻易地出来与他相见，众侍女勉强扶她出来，把拉门关上，只留下一条缝隙。薰大将看了心中不痛快，说道："飞骅的工匠造这隔门着实可恨啊！我从来不曾坐在这种门的外面呢。"说着，不知怎的，门竟打开，他走了进去。他没有提及类似希望她代替已故大女公子的话，只是说："此前在宇治，出乎意外地曾窥见过芳容，自那以后，一直思恋盼望至今。如此眷恋难忘，想必是有前世深缘。"浮舟的容貌原本就楚楚动人，薰大将见了，更觉得不失所望，对她无限爱怜。

须臾间，天色渐渐放明，却听不见雄鸡报晓的啼鸣。此处靠近大路，户外人声杂沓，成群小商贩频频往来穿梭，叫卖吆喝声此起彼落，却听也听不懂叫卖的是什么东西，薰大将边听边想象："在这样的黎明时分，小商贩们头顶着货物沿街叫卖的模样，活像一群鬼怪。"薰大将有生以来第一次在这种蓬门荜户的人家里和衣歇宿，大概觉得别有一番风味吧。传来值宿者开门出去的声音，这些人想必是各自回室内休息去了。薰大将遂召

---

[01] 此句引自《万叶集》中的古歌："大雨滂沱苦苦下，佐野荒无避雨家。"
[02] 此歌仿催马乐《亭子》而作。

唤随从人员把车子驱到屋角的双开板门前，他抱起浮舟登上车了。事情突如其来，出乎意外，这家人一个个都吓坏了，她们惊呼："九月里不宜结婚啊[01]！这可了不得，这是怎么回事呀！"说着叹声不已。老尼弁君也意料不到，她很同情浮舟。弁君安慰众人说："薰大将想必自有主意吧。大家不用担心。虽说是九月，不过听说明天才是真正进入九月的节气。"今天是九月十三日。老尼弁君又对薰大将说："恕我今天不能奉陪了。二小姐早晚会听说此事的。我若不去二条院拜访她，悄悄地来了就又回宇治去，未免太失礼啦！"薰大将觉得现在过早地将此事告诉二女公子，实在不好意思，于是说："这件事，你日后再向她赔罪吧，再说我们今天所要去的地方，没有人引路很不方便。"他恳切要求老尼弁君一同前往。接着又说："再带上一个侍女去才好。"因此老尼弁君便带着一名浮舟的近身侍女名叫侍从的，同乘一辆车。乳母和陪伴弁君的女童都留了下来，她们都摸不着头脑，只觉莫名其妙。

大家以为这车子将驱向近处的某处，可是薰大将却让车驱向宇治。牛车途中需要更换的牛事先也都准备好了。车子过了川原，来到法性寺一带时，天色才大亮。年轻的侍从偷偷窥视薰大将的姿容，觉得他无比俊美，不由自主地恋慕了起来，顾不上去思考世人对此事会有什么样的评议了。浮舟则因事情来得过分突兀，吓得魂不附体，只顾俯卧车中。薰大将对她说："这一带石子路高低不平，颠簸得不舒服吧？"说着将她抱了起来。车内挂着一件轻盈的丝绸女袍[02]，明媚的朝阳光辉射入车内，明晃晃的，照得老尼弁君都觉得不好意思了。她心想："倘若大小姐在世，今天我陪伴旅行的理应是她。可恨我竟活得这么长，以至遭遇这种出乎意外的事件！"她缅怀大女公子，内心甚感悲伤，她极力强忍，但还是按捺不住，

---

[01] 当时有九月忌婚嫁之俗。
[02] 乘车观赏风景时，车厢前挂上垂帘，但有时也用细长的女袍代替垂帘。

哭丧着脸落下泪来。侍从看了满心不悦，生气地想："这老尼姑实在讨厌，今天是喜庆的结婚日子，车子里带上老尼已经够不吉利的了，她怎么还哭丧着脸呢?！"侍从不了解老尼弁君的心思，只简单地当她是个爱哭的老尼看待。

薰大将觉得眼前的这个女子确实很可爱。然而沿途眺望秋空的景色，不由得怀念已故的大女公子，眷恋昔日经常来往通过的这条熟路。随着车子逐渐进入深山，自己越发泪眼模糊，恍如身在浓雾中。他靠在车内沉思，他那贵族便服的长长衣袖与浮舟的衣袖重叠，露在车厢外，被河雾濡湿。他那贵族便服的浅蓝色衣袖衬托着浮舟红色的衣袖，色彩映衬得格外艳丽。车子下陡坡时，这才发现，于是把衣袖收了进来。他在不知不觉中咏歌曰：

眼见替身思故旧，
泪似朝露湿透袖。

老尼弁君听罢，更是悲伤得泣下如雨，甚至能把泪湿了的衣袖挤出泪水来。年轻的侍从见状，心里更觉不可思议，太难看了。难得的喜庆之旅，一路上怎么竟缠绕着这种扫兴的现象呢！薰大将听见老尼弁君那抑制不住的抽泣声，自己也偷偷地抹泪。但他顾及浮舟，看她这副模样，不知此刻她在想什么呢，他觉得她怪可怜的，便对她说："多年来我不知在这条道上往返过多少次，回顾往事不由得令人感慨万千啊！你也不妨坐起来，看看这山间的景色，何苦那么心事重重、愁眉不展呢。"说着硬把她扶起身来。浮舟用扇子恰到好处地遮挡住脸，羞答答地眺望车厢外的景色，她那眉梢眼角酷似大女公子，只是她稳重大方、过分文静这点，让人搞不清楚她的心思而心焦。薰大将觉得已故大女公子庄重大方，一方面有孩子般的天真烂漫，另一方面又能深思远虑，用心周到。薰大将思念故人的这份悲伤情怀至今依然"忧思不散叹途穷"[01]，他惆怅的心绪只觉得恰似"恋意悲愁满天空"[02]。

这行人不久便抵达宇治山庄，薰大将心想："可怜啊！伊人的亡魂就在这一带栖宿，可能在看着我吧。我究竟为谁做出如此狼狈周章之举，难道不是出自始终恋慕故人的心思所至吗？！"薰大将浮想联翩，下车之后，为了照顾到让浮舟稍事休息，他短暂离开浮舟身边。浮舟在车厢内时，想到母亲不知会怎么想，不由得悲叹不已。可是转念又想如此艳丽的英俊男子，这般深情脉脉地与她共话，令她心感安慰。她跟着下了车。老尼弁君不在此处下车，她特意命车子停靠在另一处游廊边上，然后下车。薰大将看见了，心想："我无意在此处久居，她何必考虑得如此周到。"附近庄园里的人们，照例纷纷前来拜见主人。浮舟的膳食由老尼弁君关照料理。此前一路上草木丛生呈现阴暗，如今进入山庄，新建殿堂宽敞明亮，水光山色的雅致情趣尽皆纳入新建殿堂的设计范畴内，坐在室内都能观赏，浮舟觉得近日来的忧郁心情似乎获得些排解，可是当想到："今后不知薰大将会如何对待我呢？"心头便涌起一股莫名的忐忑不安。薰大将忙于给京城里的各方写信。他在给母亲三公主和妻子二公主的信中写道："宇治佛堂的内部装饰等工作尚未完全竣工，前些日子已作了指示。今天是吉日，故急匆匆前来查看。最近心情烦乱苦恼，再加上这几天又是禁忌日不宜外出，因此今明两天拟在此地逗留斋戒。"

薰大将日常轻松自在时的神采，更加洒脱俊美。他走进浮舟的居室时，浮舟害羞至极，却又不能回避，只好坐着。浮舟的着装打扮等，都由乳母和贴身侍女细心周到地备办，力求雅观，然而再怎么下功夫也不免带

---

[01] [02] 两句出自《古今和歌集》第488首，歌曰："恋意悲愁满天空，忧思不散叹途穷。"

有几分乡土气味。薰大将不由得回想起已故大女公子昔日经常穿着寻常的半旧衣裳，那风度姿影反而显得高尚优雅。不过浮舟的秀发非常浓密艳丽，发梢格外可爱，越看越觉好看。薰大将觉得："二公主的黑发确实很美，浮舟的秀发似乎不亚于二公主的美发。"另一方面薰大将也在寻思："今后如何安置浮舟才好呢？现在就立即隆重地把她当作妻室，迎娶到三条宅邸来，深恐招来世人的讥讽议论。然而倘若将她随便地列入众多平庸无奇的侍女行列中，与她们同等看待，又绝非自己的本意。还是让她暂时隐匿在这宇治山庄里吧。可是这样一来又不能与她经常见面，也是莫大的遗憾啊！"他深深地怜爱浮舟，满怀爱心诚挚地与她交谈，不觉间已到日暮时分。在交谈的过程中也谈到已故八亲王的事，他追述往事，兴致盎然，间中也夹杂着一些戏言，推心置腹，诚恳待她。可是浮舟只顾谨小慎微，一味腼腆，这使薰大将甚感美中不足。但他转念又想："纵令错误也罢，她的这种稚嫩心思，结果还是好调教的。今后我多费些心力加以指点，相信她会渐渐好起来的。相反，倘若她沾染乡土低俗的恶习，品质低劣、鲁莽冒失，那才真正不配充当大女公子的替身呐。"

薰大将拿出山庄里早先就有的七弦琴和古筝来，这才想起在乡间成长的浮舟不谙此道，而深感遗憾，只好独自一人抚琴弹奏。自从八亲王驾鹤西去以来，薰大将早已长久不曾在这里抚触乐器了，今日重操旧物，自己都感觉到稀罕难得，他备感亲切地一边弹奏一边陷入沉思遐想。不久，只见皎洁的明月当空照，他回想起八亲王弹奏的琴声，不是气盛逞强的轰鸣，而是悠扬婉转、富有情趣的美妙琴声。他一边回味一边对浮舟说："当年令尊和令大姐还在世时，你倘若在此地成长，今日的你想必会更多地理解这里的景色的情调趣味。八亲王的神采风度，纵然是外人的我都觉得他和蔼可亲，不时地怀念他。你为什么长年在偏僻的乡间成长呢？"浮舟被问，深感害羞，只顾一边抚弄白扇子，一边斜斜地倚卧着，缄默不语，但见她的侧脸透明般的白皙，额发娇艳地下垂，那神态令薰大将联想到大女公子的身影，简直别无二致。这神态深深地打动了他的心。他心想："我务必教会她弹奏各种乐器的技艺，好让她成为合乎身份的我的女人。"于是薰大将问浮舟："你也学过些琴艺吗？你是在东国长大的，想必会弹吾妻之琴[01]吧。"浮舟回答说："我连大和词都没有学好，更何况吾妻琴呢[02]。"薰大将听她回答得巧妙，觉得她还是有文才的。他心想："把她安置在宇治，不能随时来相会，不是个好主意。"他现在就已在思考日后的相思苦，可见他对浮舟的情爱非同一般。薰大将把琴挪到一边去，嘴里吟咏古诗"楚王台上夜琴声"[03]，浮舟的侍女侍从生活在只知弯弓射箭的武士聚居地东国，她听见薰大将的吟咏声调，觉得美妙极了，一个劲地赞叹不已，却并不了解此诗写男女悲恋，见扇生情的典故[04]，可见见识短浅。薰大将暗自想："可供吟咏的诗歌有的是，为何偏偏信口咏出这不祥的诗句呢?!"这时老尼弁君那边派人送水果来了。一个盒盖内铺着红叶和爬山虎，在饶有情趣地摆着的各种水果底下垫着一张纸，纸上潦草地写了一首歌，在明晃晃的月光下，薰大将蓦地看见了，遂注目阅览，不知怎的伸出手去似乎急于品尝那水果。老尼弁君作歌曰：

秋来色变寄生草，

明月依旧光普照。[05]

---

[01] "吾妻之琴"是吾妻琴的美称，故意用于此，有双关意思。

[02] 大和词（YAMATOKOTOBA）：即指和歌。吾妻琴是六弦琴亦即和琴（YAMATAKOTO），浮舟利用二者谐音，作机灵回答。

[03] 此句出自《和汉朗咏集》，诗曰："班女闺中秋扇色，楚王台上夜琴声。"

[04] 汉成帝的妃子班婕妤失宠，曾把自己比作秋扇而作诗。薰君见浮舟手持白扇，想起古人的这首诗，但他只咏该诗的下句，有意不咏上句。

[05] 薰君曾作歌曰："勾起思恋寄生草，旅宿无它多寂寞。"老尼弁君歌中的"寄生草"喻薰君所爱的已故大女公子，"明月"暗指薰君的真情。

薰大将看了这古色古香的歌词，既觉羞愧亦感伤悲，他说：

> 乡名人影虽依旧，
> 月照深闺新面孔。

薰大将没有特意作答歌，而只是随意吟了这样两句，就叫侍从转告老尼弁君。

第五十一回

浮舟

丹穗亲王自数月前的某日傍晚，与至今依然连名字都不知晓的那个女子邂逅之后，总是念念不忘。他打量那个女子不是个身份高贵的人，不过她人品诚实单纯，十分可爱。丹穗亲王本是个花心男子，他觉得那天与这女子邂逅，却未能如愿得手，于心不甘，深感遗憾。他甚至埋怨二女公子为了这些区区小事竟妒火中烧，不知把这个女子藏到哪里去了。因此他还不时出言羞辱她怨恨她，说：“没想到你这么无情啊！”二女公子不堪其苦，也曾想过：“干脆把这女子的来历据实向他说明算了。”可是转念又想：“薰大将虽然不会把浮舟当作正妻来对待，但是他非同寻常地深爱着她，所以才把她藏匿起来。我倘若不慎，多余地把实情透露出来，生性花心的丹穗亲王决不会轻易放过浮舟的。侍候我身边的侍女们中，但凡偶然因几句不经心的戏言而被他相中了的人，他都企图染指，甚至不顾场合追寻到该女子的老家去，不达目的决不罢休。他生性好色举止不端，对待侍女尚且如此，更何况对浮舟，近数月来他总是念念不忘她，一旦被他找到，肯定会做出不像样的错事来。如若他从别处探知浮舟的下落，那就无可奈何了。这样一来，对薰大将或浮舟都是个伤害，然而我无能为力，无法防止他会这样做。万一出事，我是浮舟的姐姐，比他人更觉羞耻，名声也会更坏。不管怎样，我这里绝对不可轻举妄动，招惹是非。”她打定主意之后，心虽烦恼，但嘴上不向丹穗亲王透露只言片语。此外她也不胡编乱造话语来敷衍塞责，只是佯装一如世间寻常女子好妒忌的样子，缄默不语。

且说薰大将非常从容地在寻思策划。他估计浮舟在宇治定然望眼欲穿地在等待吧，他内心十分同情可怜她，但是碍于担任右大将这种身份的束缚，倘若没有适当的机会，轻易不能动身前往宇治与她相会，想起“男女幽会神不禁”[01]，更觉难过。不过，薰大将心想：“少安毋躁，我很快就

---

[01] 此句出自《伊势物语》第71段，歌曰：“恋情驱动只管临，男女幽会神不禁。”

会把她迎接进京过上幸福生活的。眼下的计划是暂时让她住在宇治，作为我到寂寞宇治的慰藉伴侣。我将编造些事须在宇治逗留多日去完成，借此能与她悠闲地相聚。目前一段时间让她暂时隐居于无人注目的宇治，使她逐渐了解我的心思而安下心来，这对我自己来说，也可避免遭受世人的非难，这般稳健的运作，可算是良策吧。如若不然，暮地将她迎接进京，世人势必惊诧喧嚣：'那是谁？何时发生关系的？'这样一来，就违背了我当初奔赴宇治求道的初衷[01]。再说，二女公子倘若听说此事，定会怪怨我显然抛弃旧恋之地，全然忘却昔日交情。这实在非我本意。"这些想法呈现出他强自按捺恋情，照例是过分悠闲自得的心思。他已着手备办浮舟迁京时的住所，悄悄地新建了一处宅院。薰大将近来事情较忙，少有闲暇，但是他对二女公子的照顾，至今依然如故，毫无懈怠，令旁人看了都觉得奇怪。不过，二女公子如今渐渐理解世故人情，她看到也听到薰大将为人办事的态度举止，觉得他确实不忘旧情，自己是他恋人的妹妹，他也能爱屋及乌关怀备至，真是世间难得的情深意切的范例。想到此不胜感动。薰大将随着年龄的增长，他的人品愈加优秀，世间声誉卓著，因此每当丹穗亲王对她的爱情令她感到过分靠不住的时候，她自然地会想道："自己何其命运不济啊！没有听从已故姐姐的安排，嫁给薰大将，却嫁给这个令人怄气的花心丹穗亲王。"但是，二女公子要和薰大将会面是不容易的事。宇治时代的情景，已相隔多年，成为久远的往事。不了解她与薰大将个中内情的人们总会纳闷，觉得："身份卑微的普通人，因念旧情谊而频频亲切交往，可能是司空见惯，然而身份高贵的人们，缘何竟异乎寻常地如此亲密来往呢？"二女公子对人们的私下议论也很顾虑，再加上丹穗亲王一向怀疑她与薰大将之间的关系，因此令她感到更加痛苦和烦恼，从而对薰大将的态度自然而然地逐渐疏远。但是薰大将对待二女公子的那份关心依

---

[01] 当初薰君前往宇治山庄的动机，是要向八亲王请教修道之法。

然如故，没有改变。丹穗亲王秉性风流轻浮，经常做出令她厌烦尴尬的事，不过小公子逐渐长大，十分漂亮可爱。丹穗亲王内心也在想："别的女人不会替我生这样的儿子吧。"因而特别重视二女公子，把她看作是真心相亲相爱的夫人，对待她比对正妻六女公子更加珍爱。缘此二女公子迄今的忧虑略见消减，还算静心度日。

正月初一过后，丹穗亲王从六条院回到二条院来。开春小公子又长大了一岁。一天中午，丹穗亲王正在逗弄小公子玩得开心的时候，看见有个小女童手持绿色上等薄和纸裹好的书信大包[01]、一根小松枝上拴着的一个小须笼，另外还有不加任何装饰的呈四角形的一封信，毫不客气地朝这边跑过来。然后拟把这些东西交给二女公子。丹穗亲王问道："这是哪儿送来的？"女童气喘吁吁地回答说："是宇治那边的使者送来，说是给大辅君的，可是见不着大辅君，正发愁无法交差。我想宇治那边送来的东西一向都是送交夫人看的，所以我就接受了。"接着女童微笑着说："这个须笼是用金属丝编制的，还上了颜色呐，松枝也做得蛮像是真的，做工真巧妙。"丹穗亲王也笑了，他说道："拿过来，让我也看看。"二女公子暗自着急，她说："这封信交给大辅君去吧。"说罢脸上飞起一片红潮，丹穗亲王看在眼里，心想："说不定是薰大将给她的信呢，薰大将故意若无其事地说是给大辅君的。以宇治的名义送来，像是薰大将的手法。"丹穗亲王把信拿了过来，但是毕竟也有所顾虑，心想："倘若果真是薰大将给她写的，岂不是令她难堪吗？"于是他对她说："我拆开来看，你不会恨我吧？"二女公子淡定地回答说："太不像样了，人家侍女们之间的私人通信，你怎么可以擅自拆开来看呢！"她脸上毫无尴尬的神色，丹穗亲王说："那我就看啦，女人之间写的信是什么样的呢？"丹穗亲王把那封信

---

[01] 古代日本传递情书，一般在情书外层用薄的上等和纸包裹。

拆开一看，觉得笔迹稚嫩，但见信中写道："久疏问候，不觉间已届岁暮。山乡氛围沉闷，峰岭总锁在云霞中。"信笺的边缘处又附上一句："微薄粗品，赠予小公子，万望笑纳。"此信行文并不特别巧妙，从字迹上看也认不出是谁写的。丹穗亲王出于好奇心的驱动，又将那另一封呈四角形的信拆开来看，果然也是女子的字迹，信中写道："岁序更新，想必府上万事顺遂吉祥如意，贵体安康喜庆万福。这里的居住环境优美，生活上的照顾也很周到，但是看来还是不适于小姐[01]居住。我们对她时常劝说：与其总闷在这里，陷入沉思遐想，还不如时不时前往贵处造访，借以排解郁闷的心情。可是小姐鉴于上次遭遇那场突兀的可耻而又可怕的事件，怀有戒心，望而却步，无意前往，缘此哀叹不已。送上的卯槌[02]是小姐赠予小公子的。请于丹穗亲王见不着的时候，代为转交吧。"此外琐碎絮叨不顾喜庆新年的忌讳，写了许多悲愁慨叹近乎牢骚的话语。丹穗亲王翻来覆去查看，心中好生纳闷，遂问二女公子："你据实告诉我吧，这是谁写来的信？"二女公子回答说："是昔日宇治山庄中的一个侍女的女儿。听说最近不知因为什么事，在那边借住。"丹穗亲王犯疑心："从行文上看，总觉得不像是一般侍女的女儿写的信。"丹穗亲王看到信中写道"上次遭遇那场突兀的可耻而又可怕的事件"，这句话提醒了他，他断定此人就是先前邂逅的那个女子。丹穗亲王觉得那个卯槌做得十分精致，显然是生活悠闲的人的技艺。在分杈的小松枝上，挂着一个人造的野生山橘，还附歌一首，歌曰：

松枝虽嫩盼心挚，

长寿富贵小公子。

---

[01] "小姐"指浮舟。此信是浮舟的侍女侍从给二女公子的侍女大辅君写的。
[02] 卯槌（UZUCHI）：庆祝正月的第一个卯日时作为驱邪咒具的槌。

此歌并非上乘之作，但是当丹穗亲王想到这可能是他想念的那个女子所咏的歌时，不由得注目，他对二女公子说："你给她回信吧，不然太无情了。其实这种信件有什么可隐藏的呢，你又何苦生气嘛！那我就到那边去啦。"说着走开了。随后二女公子小声地冲着侍女少将君说："真糟糕！东西怎么会交给小女童了呢，你们都没有看见吗？"少将君说："我们倘若看见，哪会让她送到丹穗亲王跟前来呢。这小女童总是没心没肺的，还爱饶舌。看一个人，从小就能看得出来，小时候谨慎小心，长大了就坏不了。"她埋怨那个小女童。二女公子说："算了别说啦，不要怪罪这个小女孩儿了！"这女童是去年冬天有一个人送上门来的。女童长相漂亮，丹穗亲王喜欢她，觉得她很可爱。

丹穗亲王回到自己的房间，他心想："奇怪啊！我早就听说薰大将近年来不断去宇治。还有人说他有时悄悄地在那里过夜。虽说是为了怀念大女公子，但是一位身份高贵的公子，在那种地方歇宿，总是不相称的。却原来是他有这样的一个女子藏在那里。"丹穗亲王想起一个名叫道定的人，此人是掌管诗文学问的大内记，与薰大将有交情，常在薰大将邸内进出。丹穗亲王就召唤他。大内记旋即来了。丹穗亲王让他将做隐韵游戏时所需用的诗集挑选出来，摆在身边的柜子里，并顺便问他："右大将近来还是经常赴宇治吗？听说那佛寺造得十分壮观，我也想一饱眼福，如何？"大内记回答说："佛寺造得相当庄严肃穆，据说还打算建造一座格外讲究的修行不断念佛堂。自打去年秋天起，薰大将往返宇治的次数比以往更频繁了。他家的仆人们暗地里告诉我说：'右大将在宇治藏着一个女子，这女子估计不是一般的情妇，右大将吩咐他坐落附近的庄园内的人员去为她服务或值宿。甚至京中右大将的本宅内也经常悄悄地派人去作无微不至的照料，这女子真是好大的福气啊！不过住在那样的山乡里，总归还是很寂寞无聊吧。'这些话是去年十二月间他们告诉我的。"丹穗亲王饶有兴味地听着，问道："这个女子是谁，他没有明说吗？我听说右大将赴宇治是去造访一向住在那里的老尼的。"大内记说："老尼住在游廊上的房间里，这女子则住在此番新建的正殿内，有许多长相不错的侍女侍候她，生活过得相当富裕体面呢。"丹穗亲王说："真有意思啊！但不知薰大将作何想法，隐匿的究竟是什么样的人。薰大将生性别具一格，他的心思非同寻常人。我听见夕雾左大臣等在批评他，说薰大将过分痴迷于修道，动辄前往宇治，甚至夜宿山寺，此举止对于高贵身份的人来说，未免太轻率。也有这样的风传：'的确，为了勤修佛道，行踪也无须如此悄悄隐秘嘛，其实那是由于他惦挂已故恋人的故居过于心切所致。'实际上却原来是为了隐匿这件事呀！嗨！号称比别人诚实的、一副贤能者模样的人，反而会拟订出寻常人所想象不到的秘密计划来的呀！"丹穗亲王深感此事饶有趣味。这个大内记是供职于薰大将邸内的家臣的女婿，因此自然从老丈人那里听到有关薰大将的秘密事吧。丹穗亲王暗自想："如何设法认定一下，这个女子是否我所邂逅的那个人呢？薰大将如此审慎地将此女子隐匿起来，可想而知此人定非平庸之辈。再说此人与我家夫人是什么关系，怎么会亲近的呢？妻子和薰大将齐心协力把这女子藏匿于宇治，实在是令人嫉妒啊！"此后，这件事总是盘旋于丹穗亲王的脑际里。

正月十八日宫中举办的射箭竞赛和二十一日举办的内宴结束之后，丹穗亲王闲来无事。当然，县召期间，人们都在尽心竭力钻营，但是这与丹穗亲王无关，他脑子里转悠的净是如何才能避人耳目悄悄地奔赴宇治一趟。这个大内记企图升官晋级，千方百计昼夜不分地设法讨好丹穗亲王，丹穗亲王也乐得比以往更频繁地使唤他。丹穗亲王对大内记说："不管任何棘手的事，只要我有所求，你都能妥善办好吗？"大内记毕恭毕敬地表示愿意遵命。丹穗亲王又说："这事说出来实在不好意思，其实，住在宇治的那个女子与我，早先曾隐约有过一面之交，后来此人行踪不知去向。再后来听说右大将找到她，并把她藏匿在那边的。此风传是否可靠，不得而知。我只是盼望能从缝隙里窥探一下，断定她是否我先前所见的那个女子。但此举必须绝对保密，不让任何人知晓，你能办到吗？”大内记想了想，觉得此事相当麻烦，但还是回答说："前往宇治，必须经过十分崎岖的山路，不过路程并不算那么遥远，傍晚出发，约莫于夜间亥子之间，就能抵达宇治。然后于黎明时分返回京城。如此轻装前进的话，除了随从人员之外，就不会有人知晓。不过那边的详细情况如何，我就不知道了。”丹穗亲王说："确实如此，这条道以前我也曾经走过一两趟。我顾虑的不是山道崎岖，而是轻率之举会招来世人的非议。人言可畏啊！"丹穗亲王内心虽在思来想去，认为还是行事谨慎为佳。可是，话一经说出就止不住，他无法控制住自己。于是，丹穗亲王挑选随从人员，诸如以前曾经陪同他去过，熟悉那边情况的二三人加上这个大内记，再加另一个年轻人，此人是他乳母的儿子，新近从六位藏人晋升为五位藏人，这些随从都是他的亲信，比较能理解他。他还差遣大内记打探清楚，肯定了今明两日之内，薰大将不会去宇治。当丹穗亲王起程奔赴宇治的时候，脑海里浮现出昔日的一些场景，曾记得："从前薰大将和我简直不可思议地心思相投，他还曾为我当向导，引领我到宇治去。此刻我此行，真觉得对不住他啊！"丹穗亲王浮想联翩。但是不管怎么说，身份高贵的丹穗亲王再怎么风流，在京城里也不敢贸然微服偷偷出访的呀，今天竟然身着奇怪的粗布装束，不是乘车而是骑马悄悄外出，莫名地觉得有些害怕，心情上也有些内疚。然而他天生好奇心极强，迥异于他人，欲前去探个究竟的心情促使他深入山乡，一路上他只盼："快些到吧。不知此行结果会如何，倘若专程寻访却不能见到该女子，空手而归，岂不是莫大的遗憾？该多么扫兴啊！"他心潮澎湃。此行起程至法性寺一带是乘车，后面的路程则是骑马前往。

这一行人匆匆赶路，于傍晚过后始抵达宇治。由于大内记预先已找过一个熟悉内情的薰大将的家臣，向他打探了这边的实况，因此他避开值宿人所在之处，绕道来到围着芦苇篱笆的西面，蹑手蹑脚扒开篱笆的一角，走了进去。此处对他来说毕竟很陌生，情况不明，难免有些慌张，幸亏人迹稀少，才得以悄悄往深处走去，但见正殿南面点着昏暗的灯光，传来喊喊喳喳的说话声。于是大内记折回到丹穗亲王处，禀报说："侍女们似乎还没有就寝。您不妨由此进去。"说罢引领丹穗亲王往那边去。丹穗亲王不慌不忙地走上正殿，发现格子门上有个缝隙，遂走过去拟窥视一下，此时悬挂的伊豫竹帘沙沙作响，他不由得胆怯，生怕室内的人会察觉。这建筑虽说是十分讲究的新建屋宇，但因竣工不久，板门缝隙等一些细枝末节之处尚未照顾到，侍女们以为"谁还会到这里来窥视呢"，从而粗心大意，一些小孔也不堵上，任由它去。丹穗亲王向室内窥探，只见围屏的垂布掀到一边，灯火明亮，有三四个侍女正在做针线活儿，一个长相可爱的女童在捻线。丹穗亲王的视线首先落在这个女童的脸上，这张脸正是早先在二条院的灯光下见过的。可又怀疑自己一瞥之下是否看错了呢。还有一个名叫右近[01]的侍女。只见浮舟枕着胳膊肘，斜倚着茫然凝望着灯火。她那眼神和在垂发掩映下的天庭十分高贵优雅，很像二女公子。侍女右近一边在给手中的缝制物窝边儿，一边说："小姐倘若要赴石山进香，估计不可能很快就回到这里来。昨日我听京中的来使说：'薰大将一定会在县召过后，二月初一左右到这里来。'大将给小姐的来函上是怎么说的呢？"浮舟没有回答，只顾一味陷入沉思冥想。右近又说："倘若恰巧赶上薰大将大人驾临而您又不在家，活像有意躲开大人似的，这样也很不像样啊！"坐在右近对面的侍女说："小姐只需给薰大将大人写封信，告诉薰

---

[01] 这个右近不是二女公子的贴身侍女右近，而是浮舟的乳母的女儿。

大将大人说您出门去进香，不就行了吗？怎么可以轻率地不声不响地、像逃避似的出门呢？进香完毕之后，就势旋即径直回到宇治来吧。虽说这里似乎很寂寞，但是生活上能随心所欲、悠闲自在地度日，已经习惯了。在京城里居住，从心情上说反而像旅居他乡似的呀！"另一个侍女说："眼下的一段期间，还是在这里等待大将大人到来为好，这样，从自己心情上说既心安理得，在他人看来也很得体。再过些时候，大将大人迎接小姐进京之后，再行从容地前去拜见小姐的母亲大人。那位乳母可真性急，何苦急于劝说小姐仓促地去进香呢，古往今来但凡有耐心、从容行事的人，结果都会盼来幸福的啊！"右近也说："为什么不阻止那位乳母作劝说呢？上了年纪的老人，往往固执难缠哟。"她们彼此在发牢骚，大概是在责怪那个乳母或是在诽谤谁吧。丹穗亲王想起那次与浮舟邂逅时，旁边确实有一个很讨厌的老太婆，大概就是那个老乳母吧，想起这些情景，丹穗亲王的心情，只觉得恍如在梦中。侍女们开怀畅谈各种内部情况，甚至说出些让人听来颇感难为情的话。有个侍女说："二条院丹穗亲王的夫人真是富贵幸福啊！丹穗亲王有威权卓著的岳父夕雾左大臣做坚强的后盾，平步青云，然而二条院的这位夫人生了小公子之后，丹穗亲王对她比对那位六条院左大臣家的六女公子更加重视。那大概也是因为她身边没有像这里的乳母那样多管闲事的人，所以夫人可以自由自在地灵巧运用自己的聪明才智，安排自身的一切吧。"另一个侍女说："就说我们这里吧，只要大将大人真心宠爱我家小姐，始终不变心的话，那么我家小姐也绝不会亚于二条院夫人的。"浮舟稍微抬起身来，说道："你们的话多不中听啊！倘若说的是别人，任凭你们去说比得上比不上，但是对二条院夫人绝不能说这种话！万一被她听到了多么尴尬呀！"丹穗亲王听见她这番话后心想："不知这女子与我家夫人有何等亲戚关系？相貌确实很相像。"他暗自将两人作比较，觉得在优雅高贵方面，二女公子远比此人优胜得多。此人只是娇艳，相貌清秀可爱。按丹穗亲王的性格来说，但凡他相中而想见的人，一旦见到，纵令此人确有缺点，也决不肯轻易放手。何况现在已把此女子看得一清二楚，他心中考虑的只是如何才能将此人占为己有。他想："看样子，此人似乎正在打算出门上哪儿去，她好像有个母亲。这样的话，现在倘若不在这里解决与她相会，日后还能上哪儿去寻找她呢。今夜之内，该怎么办呢？"此时他已心醉神迷，依旧只顾向缝隙内窥视。这时听见右近说："哎哟，好困啊！昨晚不觉间通宵把针线活儿做到天亮。剩下这点儿，留待明天早上再把它缝完还赶得上。常陆守夫人再怎么着急，从京城派车来迎接，怎么也得日头升得老高时分，才能到达这里吧。"说着将针线活儿收起来，再把围屏的垂帘挂好，而后像打盹似的斜靠着躺了下来。浮舟也走进内室睡了。右近一度起身走到北面自己的房内转了转，旋即又折回来，然后躺在靠近小姐脚旁处睡了。侍女们一个个犯困，她们很快地似乎也都睡着了。丹穗亲王看到此番景象，只好轻轻地敲敲格子门。右近听见敲门声，问道："是谁？"丹穗亲王示意似的假咳嗽几声，右近听出这是贵人的故意咳嗽声，以为是薰大将回来了，便起身走出去。丹穗亲王说："先把门打开。"右近说："真奇怪！没想到大人会在这个时候回来，都已经深更半夜了呀！"丹穗亲王："仲信[01]禀报说，小姐要出门到什么地方去进香，我吃了一惊，赶紧前来看看，不料途中遭遇些麻烦事，快快开门！"这模仿声非常高明，颇像薰大将的口吻，而且是轻声说话，所以难能分辨，右近万没想到会是另外一个人，遂把门打开。丹穗亲王进了门又低声说："我在途中遭到恶徒的袭扰，服装弄得奇形怪状，你不要把灯挑得太亮。"右近说："那太可怕啦！"她慌张地将灯火挪到远处去。丹穗亲王说："不要让别人看见我，也不要因为我来了，就去惊动其他人。"丹穗亲王在这方面确实用心周到，他的说话声本来就模

---

[01] 仲信即大藏大夫仲信，是薰君的家臣，又是大内记的岳父。

仿得很像，再模仿薰大将的神采姿态，径直走进内室去。右近心想："他说途中遭恶徒的袭扰，不知道形态变得怎样了？"她担心地躲在一处窥视情形。但见丹穗亲王身段修长，一身装束齐整且华丽，薰衣香之浓烈不亚于薰大将，他走近浮舟身边，脱下衣服，装作很习惯的样子躺下了。右近说道："请到往常的房间去吧。"可是丹穗亲王缄默不答。右近只得把寝具送上，并走到隔扇附近，叫醒睡着了的侍女们，退到别处去睡了。随从人员的接待事宜，向来不归侍女们来照顾，所以无人觉察情况异常。有的自以为是的侍女甚至说："如斯夜深人静时分，大人还赶着回来，真是情深意浓啊！莫非小姐不知道大人的这份心吗？！"右近说："嗨，安静！深更半夜的窃窃私语反而听得清呐。"于是大家都入睡了。浮舟察觉来者不是薰大将，万分惊恐，茫然不知所措。但丹穗亲王沉默不语。丹穗亲王在众目睽睽的地方尚且肆无忌惮，此时更加不顾一切了。如果浮舟从一开始就知道不是薰大将，多少总可以设法拒绝。但此时此刻则束手无策，只觉得像在做梦一般。丹穗亲王逐渐开口说话，他向她倾诉上次不得相亲之怨，以及别后相思之苦。浮舟此时才确认这是丹穗亲王，她越发感到羞耻，想到自己的异母姐姐即他的夫人倘若知道了，更不知道该如何是好，只顾痛苦地哭泣不已。丹穗亲王则想到此番贸然相会，今后恐怕不容易见面了，不由得悲从中来，自己也哭了起来。

　　不觉间夜色渐明，丹穗亲王的随从人员来迎接主人动身返京城。他们故意咳嗽的声声催促，右近此刻才明白原来是丹穗亲王，于是向他传达了随从的催促意思。但是丹穗亲王不思返京，他对浮舟百看不厌，深深地爱她，一想到今后要再到宇治来谈何容易，就决心："不管京中如何吵吵嚷嚷，四处寻找我，至少今天我无论如何也要在这里住下来。古人云'有生之日该欢聚'[01]，今天就此告别，岂不叫我'为恋殉身悲'[02]吗？"遂召唤

---

[01] [02] 此二语出自《拾遗和歌集》，歌曰："有生之日该欢聚，莫待为恋殉身悲。"

1404　第五十一回　浮舟

右近到身边来，对她说："我确实成了欠考虑的人了，不过，今天我无论如何也不想返京。你为我去安排一下，让我的随从人员在这附近一带巧妙地隐身等候，并嘱咐时方[01]返京一趟，倘若有人打听我的行踪，就叫他回答说：'微服赴山寺进香去了。'要机灵应对。"右近听了觉得太残酷了，她既震惊又懊恼，想到昨夜自己太不小心以致闯下此祸，内心悔恨不已。她只好强自镇静下来，心想："事已至此，大吵大闹也无济于事，于丹穗亲王面子上也很难看。先前丹穗亲王在二条院意外地与小姐邂逅，他对小姐竟如此恋恋不舍，至今还念念不忘，这真是难以逃避的前世注定的宿缘，而不是人为的过失啊！"右近就这样作自我安慰，遂回答说："今天小姐的母亲会派车来迎接小姐，不知亲王作何打算呢？你们之间既然有难以逃避的宿世姻缘，我等也无须说三道四，只是今天的时机实在不凑巧。今天还是请亲王先行返京，您若有意，下次再请从容地过来。"丹穗亲王觉得此人的这番话说得真巧妙，遂说："我数月以来对她魂牵梦萦，几乎整个人都神情恍惚，因此任凭世人再怎么讥讽非难，我都置若罔闻，一心只想这样做。稍许顾及自己身份或生怕世诼的人，难道愿意远途跋涉不顾艰险，偷偷地到这里来吗？她母亲那边若派车来迎接，只需回报说'今天是禁忌日，不宜出门'即可。这桩秘事不可让人知晓，请你务必为我和她着想。除此以外的其他事都无须考虑。"可见丹穗亲王迷恋浮舟的程度，已连世间的万般非难似乎全都忘却了。右近无可奈何，只好走出去，对催促亲王返京的随从人员大内记传话说："丹穗亲王是如此这般说的……这件事实在是不像样，还请你劝说劝说吧。此举荒唐，世间罕见。纵令他本人想要这样做，你们这些随从人员也应该尽心竭力地劝阻，怎能如此轻率地引领他到此地来呢！倘使途中丹穗亲王遭受乡下人的骚扰，得罪了这位贵人，可怎么得了啊！"大内记心想："这件事确实办得很糟

---

[01] 时方是丹穗亲王的家臣。

糕。"他无话可说，无计可施，只顾呆立着。右近又向他传话说："名叫时方的是哪一位？亲王吩咐他……"于是，时方笑着说："遭你这一通训斥，我都吓坏了，即便亲王不吩咐我都想逃回去哩。唉，说实在的，因为我们看到了亲王这种异乎寻常的迷恋神情，才一个个豁出命陪同亲王前来的。好了好了，这里的值宿人都快起身啦，得赶紧走。"说着慌忙地走出去了。右近烦恼地在绞尽脑汁地思索："如何才能使家里人不知道此事呢?!"在这过程中，侍女们都起身了。右近对她们说："大将大人途中似乎出什么事了，昨夜极其秘密地回来，不希望让人瞧见。也许是途中遭遇歹徒的袭扰吧，吩咐我不要声张，衣物等要在夜间悄悄地送进去。"侍女们说："哎呀！多么可怕呀！木幡山号称可怖的荒山，大概这回不像往常有前驱吆喝开道，而是悄悄地前来的缘故吧。唉，真是不得了！"右近说："嘘！不要高声说话，让下人们听见，哪怕是一点风声，可就糟了。"她如斯骗过众侍女，可是内心却忐忑不安，心想："万一不巧，薰大将的使者偏偏在这个时候来到，可怎么办呢?!"她拼命地虔诚祈祷："南无初濑观世音菩萨，保佑我们今天平安无事！"

今天是浮舟的母亲要派车来接她去石山，给石山观音菩萨进香的日子，因此拟陪同前往的侍女们都斋戒，净身慎心，可是由于主家大人滞留，所以侍女们说："看样子今天的石山进香恐怕去不成了，真遗憾啊！"太阳升得老高，格子窗等都打开了，右近在浮舟身旁侍候着，堂屋的帘子一律垂下，贴上书有"禁忌"二字的字条。倘若浮舟的母亲亲自来迎接，她们准备搪塞说："小姐昨夜梦见不吉利之物。"请她切莫会面。早晨送进来的盥洗水等，按往常惯例那样做，丹穗亲王觉得那些供给的器具太不周全，对浮舟说："你先洗吧。"浮舟见惯了沉稳优雅、品格高尚的薰大将，此刻看见这位片刻不见她就思念得死去活来似的热情奔放者，她心想："所谓的多情种，大概就是这样的人吧。"接着又想："我的命运多么不可思议啊！倘若此事传到人们的耳朵里，还不知人们会怎么想呢。首先最担心的是丹穗亲王的夫人即我的那位二姐，她听到了心情会如何呢？”而丹穗亲王这方则总在琢磨，不知道此女子究竟是谁，他频频探询，说：“我每每问你，你总不肯说，不免令人怅惘，还请你直白告诉我芳名吧。不管你的身份何等卑微，我都会越来越疼爱你的。”然而浮舟决不肯告诉他自己是谁。至于有关其他事，她都和颜悦色地亲切回答，她的纯朴柔情使丹穗亲王更无限地心疼她。太阳升得老高时分，浮舟的母亲从京城派遣前来迎接浮舟的人们来了，计有车辆两辆，加上骑马的七八个粗鲁的武士，还有随从的男子多人，模样粗俗，操着东国方言边说边走进来。侍女们不知所措，说：“请来迎者躲到那边房间去。”右近心想：“如何回绝他们才好呢？倘若说此刻薰大将就在这儿，像他这种身份高贵显赫的人，在不在京城，人们自然都知晓，编假话搞不好反而会露出破绽来。”于是她没有同其他侍女商量，独自给常陆守夫人即浮舟的母亲写一封书信，信中说：“小姐昨夜月经来潮，不宜前往进香，实在遗憾。再加上夜间她梦见不吉利之物，因此今天万望慎行。而且今天又是禁忌之日，确实非常可惜，仿佛有什么魂灵在阻拦似的。”她将此信面交来人，并请前来迎接的一行人吃过东西之后，返回京城。还让其他侍女去告诉老尼弁君说：“今天是禁忌之日，小姐不赴石山进香了。”

浮舟平日照例只是茫茫然遥望雾霭朦胧的天际，觉得日长无聊，日暮寂寞。今天她看到丹穗亲王生怕日暮临近，行将别离，内心依依不舍的神态，他的这份惜别的心情，令浮舟深受感动。天色不觉间已是暮色苍茫时分。在这别无他思、春光明媚的日子里，丹穗亲王仔细端详浮舟，只觉得她的容貌“观赏终日无厌时”[01]，挑不出缺点来，真是既娇媚温柔又十分

---

[01] 此句出自《古今和歌集》第69首，歌曰：“貌似山樱春霞绕，观赏终日无厌时。”

可爱。话虽这么说，其实论长相，浮舟比不上二女公子，更比不上夕雾左
大臣家青春鼎盛期的六女公子之美，简直可说是无法比拟，然而此刻的丹
穗亲王对这样一个女子确实着了迷，觉得她是当今盖世无双的美人。而浮
舟迄今一向觉得薰大将是天下无双的美男子，但是现在看到这位俊美的风
流偶傥的丹穗亲王，就觉得论艳美，丹穗亲王远胜于薰大将。丹穗亲王将
笔砚拿过来，信笔随意书画。他龙飞凤舞地书写，饶有情趣地绘画，运笔
流畅，蛮有看头，使得这年轻女子看了不由得春心荡漾，泛起恋慕之情。
画毕，丹穗亲王对她说："倘若我不能如愿地前来与你相会，这期间就看
这幅画吧。"画中描绘的是一对容貌美丽的男女相互依傍地躺着的情景。
丹穗亲王说："但愿我们能经常在一起。"说着热泪潸潸，咏歌曰：

> "纵然立下山盟约，
> 寿命无常诚可悲。

我脑子里竟泛起如此不祥的思绪。由于身份的束缚，我未来如若使尽浑身
解数都不能与你相会时，我可能真会患相思病而死的。想当初与你初次邂
逅时，你对我那么冷淡无情，我何苦如此痴心四处寻访呢。"浮舟信手执
起丹穗亲王那管尚带着墨汁的笔，书写道：

> 既已认定寿无常，
> 嗟叹人心亦徒然。

丹穗亲王看了她写的歌，心想："她大概担心我会变心，招致怨恨
吧。"他觉得浮舟实在可怜，遂微笑着问她："你曾见过什么人对你变心
吗？"接着便一个劲地试图探明薰大将开始是如何带她到此地来的，频频

询问事情的来龙去脉，浮舟不堪其苦，说："何苦硬要盘查我无法详细回答的事……"她那嗔怪的娇媚姿态，着实天真可爱。丹穗亲王心想："此事我早晚自然会知道的，何苦穷追下去，自讨没趣呢。"

入夜时分，派赴京城的使者左卫门大夫时方回来了。他见了右近，向她汇报说："明石皇后也派使者来探询丹穗亲王的行踪，皇后严厉地说：'夕雾左大臣在唠叨怨恨。丹穗亲王对谁都没有告知，就擅自悄悄地出游，此举实在过于轻率，说不定还会发生什么意外事故。此事倘若传到皇上耳朵里，可真丢尽了我的脸。'当然，我对他人都这样说：'丹穗亲王赴东山去会见一位高僧了。'"接着时方又说："女子真是罪孽深重啊！害得我们这些无罪无过失的家臣遭殃，甚至逼得我不得不撒谎。"右近说："不过，你把女子说成是高僧，好极了，这份功德就足以抵消你撒谎的罪过了。你家亲王的脾气实在奇怪，怎么会有这种毛病呢！倘若我们事先知道他会来，事关重大，我们一定会设法应对的，这种不顾前后的突然袭击，实在令人难于招架。"她作了一番应对之后，便回去面见丹穗亲王，把时方的话如实向亲王转达。丹穗亲王早已料到京城里母后等人肯定会为他的事极其着急，但是他对浮舟说："我碍于身份高贵不能自由行动，十分痛苦。恨不能做个平庸的殿上人，哪怕是短暂的也好。像这样的情景，在人前应该思前顾后的事，我却肆无忌惮，无法谨慎行事，怎么办呢？此事倘若被薰大将知晓，他会作何感想呢？我与薰大将原本就是近亲关系，特别是从小就是极其亲密的知心朋友，可我竟做出这种背信弃义之事，让他知道了，多么羞耻，今后如何见面呢？！常言道：'责人贤明，律己昏聩。'我担心薰大将不会自省'自身让别人望眼欲穿地盼待'这种罪过，而反过来责备你，那你就太可怜了，所以我想带你离开此地，迁移到绝无人知晓的地方去。"丹穗亲王今天也不能再赖在这里过夜，只好准备返京，然而他觉得自己似乎"魂已留存卿袖中"[01]了。天还没有大亮时，丹穗亲王的随从人员就前来故意咳嗽声声，催促亲王动身。丹穗亲王牵着浮舟的手一起来到屋角的双开板门前，并不立刻迈出门，咏歌曰：

> 今生未经离别苦，
> 热泪潸潸洒迷途。

浮舟也感到无限悲伤，答歌曰：

> 袖短难收洒落泪，
> 卑身焉能留住君。

拂晓时分，风声凄厉，浓重的白霜覆盖地面，虽然共寝后"各自穿衣"[02]，但亲王心情上犹感冰冷。丹穗亲王骑马登上归途，却依然频频回首，恋恋不舍。但碍于众多随从在场催促，不好任性折回，只好匆匆赶路。丹穗亲王神情恍惚地离开了宇治。这两个官居五位的大内记道定和左卫门大夫时方，沿途徒步侍候于丹穗亲王的马首两侧，越过险峻崎岖的一段山路之后，才分别跨上自己的马背。一路上丹穗亲王耳闻马蹄踩踏水滨薄冰的声音，深感凄怆怅惘。他回忆起以前也曾为了寻恋而走过这条崎岖险峻的山路，心想："看来我与宇治山乡有不可思议的因缘。"

丹穗亲王回到二条院，心里怨恨夫人二女公子出乎意外地存心把那个宇治女子隐藏起来，缘此无意到二女公子房间而径直走进自己舒适的居室

---

[01] 此句出自《古今和歌集》第992首，歌曰："魂已留存卿袖中，无魂心似荡然空。"

[02] 此语出自《古今和歌集》第637首，歌曰："拂晓晴朗罩大地，各自穿衣惜别离。"

里歇息。他虽然躺了下来却怎么也睡不着，孤身寂寞，万感交集，也有些胆怯，遂又走进二女公子的房内去。只见二女公子无忧无虑淡雅自然，确实很美。丹穗亲王觉得她的姿色比他在宇治接触到的那个极其可爱的女子更是稀世罕见，美极了。他还觉得宇治的那个女子的长相实在很像她，从而对二女公子满怀爱恋，陷入无限的沉思冥想。他带着二女公子一起走进寝台帐内歇息了。他对她说：“我心情极差，仿佛觉得大限将至似的，心中很不安。我再怎么深深地爱着你，一旦死去，你定会立即变心吧？因为那人的宿愿必欲实现。”二女公子心想：“这种荒唐无稽的话，怎么还能认真地脱口而出。”她应声答道：“瞧你说得多难听啊！此话倘若泄漏出去让对方听见了，还以为我在你面前胡说些什么了呢。实在太不像话了。对于像我这样孤身只影无依无靠的忧患之身来说，听到你哪怕是捕风捉影的戏言，也会感到痛苦万状啊！”说着转过身去背朝着他。丹穗亲王又认真地说：“说实在的，假如我做出让你觉得可恨的事，你会作何感想呢？我平素对你尽心竭力，世人甚至说我过分宠爱你，不是吗？然而在你心里，我的分量似乎远远比不上那个人。这权且当作是前世注定的因缘，无可奈何。可是你有心事瞒着我，叫我好生怨恨啊！”他说此话时，脑子里想的是自己与宇治的那个女子有宿缘，终于找到了她，从而情不自禁地流下泪来。二女公子见他的态度那么认真，心中不胜纳闷：“他是不是听见了什么风声？”她缄默不语，心想：“我当初原本就是受那个人的从中巧妙安排才轻率地与丹穗亲王结缘的。因此丹穗亲王才动辄怀疑我和那人还有暧昧关系。回想起来，那人与我并没有什么亲缘关系，我却一向信赖他，接受他无微不至的照顾，确实是我的错误，难怪亲王对我心存怀疑。”她思绪翻跹，不胜悲伤，那神态着实可怜。其实，丹穗亲王是在想：“我暂且先不把找到宇治那个女子的事告诉她。”因此故意找茬来埋怨她，而二女公子却以为他真心怀疑她与薰大将有暧昧关系，才说出那种气话，她估计有人在造谣。总而言之，在真相大白之前的这段期间，她看见丹穗亲王，内心总有莫名的羞愧感。这时，明石皇后从宫中派人送信来了。丹穗亲王吓了一跳，他的心情依然极其恶劣，遂又折回自己的居室去。但见明石皇后的信上写道："昨日未见你进宫，你父皇甚为挂念。如若无恙，盼来一见，我也好长时间没见到你了。"他想到母后和父皇都在惦挂着他，心里也觉得过意不去。然而自己的心情实在极差，当天终于还是没有进宫。为数众多的公卿大臣们都纷纷前来问候丹穗亲王，但是他成天都闭居帘内，没有出面接见他们。

日暮时分，薰大将来访。丹穗亲王说："请进来坐。"就轻松自在地与他会面。薰大将说："听说你身体欠佳，皇后十分牵挂，是否生病了呢？"丹穗亲王一见薰大将，内心不由得扑通直跳，话语也少了，他心想："薰大将俨然像个脱俗的高僧，道心未免太过高了，把那样一个招人喜爱的女子藏匿在山村里，自己却满不在乎地难得去造访一次，让人家望眼欲穿，寂寞度日。"倘若是往常，即使是微不足道的小事，只要看到薰大将摆出一副"惟我才是老实人"的架势，或作类似的言谈时，丹穗亲王就有气，必定设法挪揄他，与他唱反调。倘使发现他在山村里藏匿女子，该不知会多么竭尽全力挖苦攻击他。可是今天丹穗亲王连一句开玩笑的话都说不出来，显露出极其痛苦的神色。薰大将不知实情，只顾诚恳地安慰他说："看来你确实很不舒服啊！虽说不是重病，但是日子拖久了也不好，必须多加小心，要防患伤风，多多保重啊！"说罢起身告辞。丹穗亲王心想："此人确实是一位沉稳大度的君子，见到他不由得令人自惭形秽。不知那宇治的女子把我和他两相比较，会作何感想呢？"他思绪翩跹，无时不在想念浮舟。

且说宇治山庄那边的情况，由于赴石山进香的日程中止，大家都深感寂寞无聊。丹穗亲王来信倾诉万般相思之苦。由于不放心让一般人将此信送来，所以特地派遣一个全然不知实情的使者送来。此人是时方大夫的随从。右近对共事的侍女们则说，此人是她的老相识，最近当了薰大将的随从，上次随薰大将到宇治来时，遇见了她，因此依旧经常来往。万事全凭右近的这张巧嘴，自圆其说。倏忽正月过去了。丹穗亲王内心焦灼万分，然而不便强行到宇治探访，他内心不安地想："长此极度相思，还能活下去吗？"从而更添烦恼，终日悲叹不已。

薰大将于正月的繁忙公事告一段落后，稍有余暇时，照例悄悄奔赴宇治。先到寺中拜佛，请众僧诵经，并给众僧布施各种物品，日暮时分才静静地来到浮舟这边。虽说是微服出行，但薰大将的打扮也并不寒酸，头戴乌帽子，身穿贵族便服，清秀潇洒，他缓步走进内室，风度翩翩，极其沉稳优雅。浮舟深感内疚，无颜面对薰大将，内心涌起一股莫名的既羞愧又恐惧的情绪。她脑海里不由得浮现非礼袭扰的丹穗亲王的身影，此刻又与薰大将相会，内心实在痛苦不堪。她想："丹穗亲王在来信中曾说'我自从与你相遇之后，迄今见惯了的女子，我似乎都觉得讨厌了'。事实上也诚如他所云，自那以后，他的心情极其恶劣，无论哪位夫人之处，他都不照例前去，听说他家里正忙于为他祈求康复而举行祈祷法事。倘若他知道我今天又在这里接待薰大将，他会怎么想呢？"想到这些她心里极其难受，可是她转念又想："这薰大将的确是仪表堂堂，态度含蓄，温文尔雅。他解释自己之所以阔别许久没有前来造访的缘由时，言简意赅，不滥用诸如'相思'、'悲伤'等词语，但是遣辞用句恰到好处，巧妙地倾诉恋念之苦楚，比声泪俱下的千言万语更令人感动，这正是此人具备的人品特点。尽管在风流倜傥方面不如那人，但论忠厚可靠、持久不变心这点则远胜于那人。我意外地与那人发生了爱慕情结，倘若被薰大将知道了，怎么得了，多么可怕呀！那人疯狂般地思念我，而我竟可怜他，实在太荒唐太轻率。如果薰大将误以为我是个轻浮之女子而遗弃我，我将孤苦伶仃，抱恨终生了。"她深感内疚，愁绪满怀。薰大将全然不知实情，望着她的神色，心想："阔别多时，她已变成大人模样，通达人情了。住在这种偏僻寂寞的山乡，想必多愁善感，满心哀怨吧。"他体谅浮舟，觉得她怪可怜的，因此比往常更加体贴亲热地与她交谈。薰大将说："我为迎接你而新建的房子即将竣工。前些日子我曾去视察过，地点也是在河畔，不过不像此地那么荒凉，能观赏到樱花。距我的宅院三条宅邸也很近。待你迁居之后，我们自然不再朝朝暮暮备受彼此痛苦思念的煎熬了。倘若工程进展顺利，今春之内即可择日迁居。"浮舟心想："丹穗亲王昨日也曾来信说：'已为你准备了一处清静的住所。'薰大将不知此事，为我作如此周到的悉心安排，真是难为他了，我当然无有跟随丹穗亲王之理。"想到这里时，就觉得先前相会时的丹穗亲王的面影仿佛浮现在眼前，不由得感到自己是个自我作践的女子，何其不幸呀！她思绪纷扰，不禁伤心地哭泣了。薰大将无从安慰她，他对她说："你不要总是这么想不开，你的神情恬静开朗时，我的心情也感到悠闲舒畅。是否有人在你面前诽谤我？我倘若有心冷淡你，哪怕是一星半点，就决不会不顾自己的身份，远途跋涉前来。"时值月初，弯月当空，两人来到房间的墙角附近，躺着眺望夜色，各自陷入沉思。薰大将回忆起已故大女公子的桩桩往事，深情地怀念过去。浮舟则在想："自己夹在薰大将与丹穗亲王之间，从现在起以至未来将会更添忧患。"她悲叹自身命途多舛。夜雾弥漫，山影朦胧，站在寒冷的宇治川汀上的喜鹊姿影，由于四周环境的关系，显得格外有情趣。极目远望可以望见远方长长的宇治桥，装载着柴枝的舟楫星星点点在宇治川上过往，好一派饶有趣味的自然景色，在别处是难得一见的。因此薰大将每次看到宇治独具特色的风景时，不免触景生情，忆起当年大女公子健在的场景，仿佛历历在目。就算眼前当作恋人看待的这个女子不那么像大女公子，今天难得相聚，也是难能可贵的，更何况浮舟酷似自己深爱的大女公子，而且看上去也并不那么逊色，再加上她日渐通晓人情世故，逐渐习惯京城生活，言谈举止呈现一派纯真优雅的气息，薰大将觉得浮舟远比以前更具魅力了。但是浮舟思绪纷扰，忧愁满怀，热泪不时欲夺眶而出。薰大将不知如何安慰她才好，赠歌曰：

"结缘长如宇治桥，

千秋不朽无须愁。

今日可见我的真心了吧。"浮舟答歌曰：

宇治桥长多断板，

千秋不朽难保障。

　　此番相会，薰大将对浮舟比往日更觉难舍难分。他很想在这里多滞留数日，可是转念又想："世人非议，人言可畏。且耐心等待，再过些时日就能迎她进京长相厮守了。"于是，黎明时分便起程返京。一路上总是带着恋恋不舍的心情，心想："阔别多日，她竟已变成大人模样了呀！"薰大将比以前更加深爱她了。

　　二月初十前后，宫中举办诗会，丹穗亲王和薰大将都前来参加。会场上演奏因应季节时宜的各种曲调。丹穗亲王唱催马乐《梅枝》，歌声确实优美动听。这位亲王在各方面似乎都比常人远为优秀，只是沉溺于女色这点是他罪孽深重的要害。

　　这天骤然降下大雪，风势强烈，音乐演奏旋即中止。而后人们都到丹穗亲王的值宿所里来。用餐过后各自略微休息。薰大将想与人聊天，遂走到房门口附近，在星光闪烁下，隐约望见飞雪厚积大地，他身上天生的美妙异香随风飘散四方，令人感到诚如古歌所云"春夜无由逞黑黝"。薰大将随意吟咏"和衣孤眠夜半哀"[01]，尽管是信口吟咏寥寥数句歌词，可他那姿态神采，却显得异样的飘逸潇洒，意味深邃。丹穗亲王正想就寝，听见薰大将的咏歌声，内心焦虑不安，似在怨怪他"可供吟咏的歌有的是，何苦偏偏吟咏此歌呢"！丹穗亲王心想："看样子薰大将与宇治那个女子的交情非同寻常。体贴那个女子寂寞和衣孤眠的人，不是惟独我一人，薰大将与我都有同样的心情，这也真令人深感哀愁和难过啊！那个女子缘何舍弃先于我深深爱慕她的恋人，而更热情地倾向于我呢？"丹穗亲王的妒忌心不由得涌动。

翌日清晨，厚积的白雪铺满大地，大家要把按昨日的赐题所作的诗献上御览[02]。风华正茂、仪表堂堂的丹穗亲王伺候于皇上御前。薰大将与丹穗亲王年龄相近，也许薰大将比丹穗亲王大两三岁[03]。薰大将待人处事比丹穗亲王稳健老成，仿佛是造化有意创造出这样一个气质高雅的贵公子典范似的。世间的人们都很赞赏他，说："这位贵公子十全十美，真不愧为当今皇上的驸马。"薰大将在才学上或在政治方面，都不逊色于他人。诗歌朗诵结束之后，人们都纷纷从御前退出。大家称赞说："丹穗亲王的诗作真优秀啊！"并高声吟咏他的诗作，可是丹穗亲王似乎置若罔闻，心想："这些人怎么有那么多闲情来吟咏那样的诗歌呢。"他对诗歌方面的事心不在焉，一心只顾思念憧憬宇治的那个女子。

从薰大将的神色上看，丹穗亲王看出薰大将也极其恋慕浮舟，他不由得感到必须提高警惕，因此千方百计不顾牵强地寻找借口，终于奔赴宇治了。京城里的积雪残留不多，可是随着深入山乡，沿途积雪愈加深厚。比

---

[01] 此句出自《古今和歌集》第689首，歌曰："和衣孤眠夜半哀，宇治桥姬盼我来。"

[02] 头天晚上皇上赐题，臣下按题作诗，翌日早晨将所作诗篇献上。

[03] 按前文所述，薰君理应比丹穗皇子小一岁。可能是作者笔误吧。

起往常无雪时，山路愈加难行，跋涉人迹稀少的山间崎岖小道，实在不容易，随从人员艰辛恐惧得几乎落泪，充当引路人的大内记道定身兼式部少辅之职，无论是大内记还是式部少辅都是高位官职，但是今天，在此情此景下也只好顺应实际需要，撩起和服裙裤的裤脚，徒步护送，那神态着实滑稽。

　　宇治那边虽然已收到通知说今天丹穗亲王将驾到，但是人们以为如此大雪天，未必能成行吧，从而粗心大意。不料深夜时分，打前站的随从人员来向右近通报了。浮舟得知，为丹穗亲王不顾大雪天，远途跋涉前来的一片诚意，深受感动。右近最近以来总在忧虑：自己夹在丹穗亲王与薰大将这两人之间，结局会如何？内心十分痛苦。然而今夜大概是看到丹穗亲王对浮舟的一片深情，也被他打动，从而全然忘却了顾虑薰大将的事吧。总而言之，事到如今也不好谢绝丹穗亲王并劝他返京。于是就找另一个名叫侍从的年轻侍女，此人和自己一样深受浮舟小姐的信赖，为人办事也细腻周到。右近遂和她商量，说："这件事麻烦大了，希望你和我齐心协力，共同严守秘密。"两人遂设法巧妙地引领丹穗亲王进内室来。亲王那被濡湿了的衣服散发出来的阵阵薰衣香，她们担心难以处理，会被他人察觉，于是装作侍候薰大将来访那样，敷衍说是薰大将身上散发的香味，搪塞过去。

　　丹穗亲王心中早有盘算，今宵难得前来一趟，事在必成，岂有当夜半途而废返回京城之理。但是山庄内耳目众多，不能不谨慎行事。因此他事先布置好，令亲信者时方预先在河对岸找妥一处人家，准备把宇治那女子带到那里去。时方早已提前出发，万事准备停当后，于当日深夜时分到山庄来向亲王禀报："一切都已准备好。"右近在梦中被人唤醒，不知亲王要把小姐怎样，狼狈周章，迷迷糊糊地前来帮手，恰似顽皮的孩童在玩雪花似的，浑身颤抖。丹穗亲王不让他人问清情由或提出异议，只顾将浮舟抱起就出门。右近只得留守，处理善后，她叫侍从跟着小姐前去。丹穗亲王抱着浮舟登上浮舟平日朝夕望见的那种似乎很危险的小舟。这一叶扁舟向河对岸划去的过程中，浮舟感到仿佛漂浮在无边无际的茫茫大海中，对岸是那么的遥远，心中非常害怕，只顾紧紧地偎依在丹穗亲王的怀里，丹穗亲王觉得她着实可爱。此时皎洁的月牙当空挂，水面清澄，船夫报告："这个小岛叫橘岛。"说着暂时停船，让客人观赏景致。这个小岛宛如一块巨大的岩石，岛上繁生着许多常绿树，枝繁叶茂。丹穗亲王对浮舟说："你瞧，那些常绿树，虽然微不足道，但其绿色却万古长青。"遂咏歌曰：

> 泛舟橘岛结缘深，
> 似常绿树不变心。

浮舟此刻的心情也觉得这川上的景色很珍奇，便答歌曰：

> 橘岛绿色虽不变，
> 浮舟[01]前途却难卜。

丹穗亲王觉得此刻无论景致或佳人都极富有情趣。

小舟荡至彼岸，从船上下来时，丹穗亲王实在不忍心让他人抱着浮舟下船，于是他亲自抱起她登岸，而他自己则由其他随从扶助侍候着上岸直至走进屋门。一旁看见的人都在纳闷："哎呀！多么不成体统！这个女子究竟是什么人，值得这么重视而兴师动众呢？"落脚的这处房子，是时方的叔叔因幡守的自家领地庄园内新建不久尚未竣工的一处小别墅，陈设尚

---

[01] 浮舟将自己的身世命运比作动荡不定的"浮舟"，本回的题名据此而来。

未齐全，四周的布置显得很简陋，诸如丝柏、竹篾编成的简朴屏风等，都是丹穗亲王从来未曾见过的粗糙物件，不足以防风。墙根一带残留的积雪斑驳可见。此刻的天空阴霾迷蒙，又在降雪。

不久旭日东升，照着檐头的冰柱，晶莹闪亮，在这种美丽亮光的映衬下，浮舟的容颜更显得娇艳亮丽。丹穗亲王是微服出行，一身轻闲的便装。浮舟也因就寝时早已卸装，呈现娇小苗条的体态，更觉可爱。浮舟心想："我衣着毫无修饰，凭着这种无所拘束的姿态，要面对这位世人见了都不免自惭形秽的、耀眼夺目的俊美亲王，实在是羞煞人啊！"然而事实上她是无处可躲避。她身上只穿平素穿惯了的柔软洁白的五层内衣，连袖口和衣裾一带都令人感到十分优雅娇艳，反而比穿五色斑斓的多层盛装更加美丽。丹穗亲王在朝夕见惯了的两位夫人那里，尚未曾见过如此自然飘逸的姿态，今天看见浮舟的这种姿影，更觉得新鲜可爱。侍从也是个好看的年轻侍女。浮舟暗自想："自己的这些事，不仅右近知道，这个侍女也全都看见了，实在是难为情啊！"丹穗亲王对侍女侍从说："你又是谁？你绝对不可把我的名字告诉人。"他封住了她的嘴。侍从觉得："这位亲王真是多么了不起啊！"

这处别墅的管理人，把时方当作主人看待，重视并殷勤地接待他。时方所住的房间与丹穗亲王的住房仅隔着一扇拉门。时方得意洋洋，管理人特别敬重时方，对他说话低声下气，毕恭毕敬。时方看见他不认亲王而只认主人，觉得很可笑，不好好地与他搭话。时方吩咐管理人说："根据阴阳师占卜，说我近日有极其可怕禁忌，要避讳在京中居住，因此到这里来谨慎避邪。你切切不可让外人靠近我这边来。"这样一来，丹穗亲王就无须担心被人瞧见，可以尽情地与浮舟舒适地欢聚共话一整天，无任何人前来打扰。丹穗亲王在想象："此女子于薰大将到来时，大概也是这样接待他吧。"心中不由得燃起莫名的妒火，遂将薰大将如何重视迎娶二公主为妻的情景讲述给浮舟听，可是有关薰大将吟咏"和衣孤眠夜半哀"之事，则只字不提，足见他妒忌心重。亲王看到时方送来盥洗器具和水果等，便开玩笑地提醒他说："这般重要的贵客，不该做这等卑微的琐事吧。"侍从是个轻佻多情的侍女，她对这位时方大夫颇感兴趣，遂与他亲睦地交谈，直至日暮时分。丹穗亲王在大地茫茫一片积雪中，眺望河对岸浮舟原本的住处，但见在晚霞缭绕的缝隙间，仅只隐约望见树丛的树梢。夕阳辉映下的雪山，宛如苍穹悬挂着一面镜子，闪闪发光。他兴之所至，遂将昨夜远途跋涉途中的艰辛一一讲给浮舟听，并加以描述夸张，务使其委婉动听。他咏歌曰：

> 披雪踏冰跋涉行，
>
> 不曾迷路却迷卿。

接着他又将粗糙的砚墨拿过来，信手戏耍挥毫，书写古歌曰："木幡山路马可通。"[01]浮舟也顺手题了一首歌曰：

> 漫天飞雪能结冰，
>
> 半空无着[02]我身馨。

她写毕又立即涂抹掉。丹穗亲王瞥见了"半空无着"这几个字，心想："她心中还有薰大将。"从而显露不悦之色。浮舟自己也觉得写这几个字的确不妥，羞愧之余把书写的那张纸撕碎了。丹穗亲王的美姿，平素都是令人百看不厌的，此时她对他的爱慕之情更加渗入内心深处。她觉得

---

[01] 此句出自《拾遗和歌集》，歌曰："木幡山路马可通，思君心切徒步冲。"
[02] "半空无着"意即浮舟夹在丹穗皇子与薰君之间，浮动无着，心都已死了。

他对她倾诉的千言万语和温存态度，都是无法言喻的美。

丹穗亲王对京城里的人们则谎称要外出避邪两天，因此能稍微从容地与浮舟相聚交谈，彼此相爱之情更深了。留守在山庄里的右近，照例编造借口，为浮舟送去衣服等物件。浮舟今天把蓬松乱发梳妆理顺，换上深紫色衣裳再罩上红梅色绸缎服装等，层层服装的色彩搭配得十分协调美丽。侍从也脱掉昨日穿来的旧衣裳，今天拟换上鲜艳的新上装。丹穗亲王遂把这新上装拿过来，试着让浮舟穿上[01]，还让她给他端来盥洗水。这过程中，丹穗亲王暗自想："倘若将此女子献给大公主当侍女，大公主定会宠爱她的。尽管大公主身边聚集众多出身相当高贵的侍女，但是估计没有如此标致的侍女吧。"这一天两人整日随心所欲地做各种游戏，有些戏要甚至让旁人看来都觉得不像样。丹穗亲王一再地对浮舟表白，要秘密地带她到某个地方隐匿起来。并且要她发毒誓："在这期间，绝不与薰大将相会……"浮舟极其困窘，她无法回答，急得只顾落泪。丹穗亲王看到她这副模样，心想："她当着我的面，尚且不能忘却那人啊！"不由得感到一阵伤心痛苦。这一天夜里他时而吐露怨恨，时而落泪潸潸，通宵达旦倾诉衷肠。天色尚未全亮时，他带着浮舟返回河对岸的山庄。这回也是亲自抱起她上船。他对她说："你所思念的那个人，对你不会如此亲切吧。想必你懂得了我的真心。"浮舟觉得确实如此，遂点点头，丹穗亲王觉得她可爱极了。右近打开屋角的双开板门让他们进来。不大一会儿，丹穗亲王就此告别，内心总觉得难舍难分依依惜别。

丹穗亲王返京，照例回到二条院来。他苦恼万状，不思饮食，心情恶劣与日俱增，脸色发青，日渐消瘦，神态异乎寻常。他的父皇以及亲朋好友都为他担心，前来探望问候的客人不计其数，熙熙攘攘真是门庭若市。连给浮舟写信都不能绵密细述。至于宇治那边，那个喜欢多管闲事的乳

---

[01] 这种上装本来规定只有宫中的侍女才能穿。

母，由于女儿分娩需要她照顾，已出门多时，最近才刚回到宇治来。浮舟生怕被她发现，不能放心地仔细阅读丹穗亲王的来信。浮舟的母亲觉得，女儿居住在那么偏僻的地方，今后只能指望薰大将的重视关照，并期待着他来迎接，思想起来内心也稍感安慰。她觉得此事虽然不是公开地进行，但是薰大将已决心于近期内来接女儿进京，这样的话，确实很体面，也是可喜的事。为此浮舟的母亲就陆续物色适当的侍女，挑选相貌好看的女童，送到宇治山庄来。浮舟自己也在想："事情顺其自然发展自当如此，自己从一开始也是这样盼望的。"然而当她想起那个不顾一切强行夺爱的丹穗亲王，他那嫉妒怨恨的神色、万般倾诉的情状，便宛如梦幻般浮现在眼前，只要一迷迷糊糊打盹就会梦见丹穗亲王的身影，连她自己都觉得讨厌。

连续多日降雨不停，丹穗亲王再度跋涉山路奔赴宇治已成绝望，热恋的痛苦实在折磨人，他想起古歌"双亲束缚似蚕茧"[01]，独自嗟叹此身太不自由了，可又无可奈何。遂给浮舟写信倾吐无尽的衷肠。信中咏歌一首曰：

> 长雨迷蒙空眺望，
> 思君心切苦怅惘。

他信笔挥毫，反而笔下生花有看头，而且笔致高雅。浮舟正值春心荡漾年华，读了这封热情奔放的来信，越发增添对丹穗亲王的恋慕。然而又想起最先结缘的那位薰大将，她觉得薰大将毕竟能深谋远虑，人品优秀。也许由于薰大将是最先让她懂得情爱之事的人，她不由得深思而担心："倘若我与丹穗亲王的可忧关系被薰大将闻知，他势必疏远我，叫我如何

---

[01] 此句引自《拾遗和歌集》中的古歌："双亲束缚似蚕茧，欲见伊人又奈何。"

在世间活下去。母亲正急切地盼望薰大将早日把我迎接进京，她若知发生这意想不到的变故，该不知多么烦恼和伤心。另一方面，那位只顾一味痴迷的丹穗亲王，我早就听说他是个习性轻浮的男子，尽管眼前如此宠爱我，可是未来是否会变心，则难以预料。就算他的爱心依然不变，要把我隐匿在京城的某处，长期地把我当作他的情妇，叫我如何对得住我的异母姐姐即他的夫人二女公子呢！何况世间万事哪能隐瞒到底。比如我藏在二条院，那天傍晚不巧偶然被他碰见，他就以此为线索，终于找到隐藏于偏僻的宇治山庄中的我。偏僻的山乡尚且隐藏不住，更何况在京城了。哪能瞒得住薰大将呢！"浮舟苦恼地思来想去，忧心忡忡，终于自省："我自身也有过失，倘若缘此而被薰大将抛弃，那才是最大的悲哀！"浮舟正在思绪纷扰的时候，薰大将的使者送信来了。阅读这两方的来函，心情恶劣之极。她躺了下来，还是在阅读丹穗亲王那封长长的来信。侍从和右近对视了一下，无言中会心示意："她还是移情别恋丹穗亲王哟！"侍从对右近说："这是当然的啰。从前她一直认为薰大将的姿容无比俊俏，可是丹穗亲王的神采更加优美，他那潇洒不羁的举止更为动人。换上是我的话，倘能蒙受如此深厚的宠爱，还能长期在这里待下去吗？总要设法到皇后那里去当个宫女，以便朝朝暮暮能见到他。"右近说："浮舟小姐该多么内疚。世间还有谁能比薰大将的人品更高尚呢，相貌姑且不论，他那气质、待人接物的态度多么高雅！浮舟小姐与丹穗亲王的关系实在太不像样。最后的结局会是什么样的呢?！"两人相互交谈，右近觉得这比原先独自一人操心强些，编造起谎言来也有侍从帮腔，方便多了。薰大将的来函中写道："内心无时不在惦挂你，已经多日不见了。常蒙来函，欣喜万分。思念你的心情，难以言尽。"另加附笔，咏歌曰：

"长雨添愁心惆怅，

思君情似川水涨。

想念你的心情比往常更加深切了。"薰大将在白色的厚片方纸笺上运笔，而后封成书状的形式，笔迹虽说不算秀丽，但是书法的功力还是上乘的。丹穗亲王的信写得长长的，信笺折成小小的打结状。两人信函的形式各有意趣。右近她们劝浮舟说："趁无人瞧见期间，先给丹穗亲王回信吧。"浮舟腼腆地回答说："今天我无法很好地写回信。"她只是信手习字似的书写：

乡名宇治示命衰，
山城多忧难久待。

浮舟近来时不时地拿出丹穗亲王以前所绘的画来观赏，独自边看边落泪。浮舟自己也估计到与丹穗亲王的关系不可能长久维持下去，思来想去不免绝望。她还想到若被薰大将转移到别处，让她完全断绝与丹穗亲王的关系，该多么可悲啊！于是给丹穗亲王复函，内里咏歌曰：

"此身漂浮无着落，
莫若巅峰乌云雨。

我诚然'愿化云烟升晴空'[01]。"丹穗亲王看了此歌，不禁失声痛哭。他心想："这样看来，她还是深爱我的。"随着浮想联翩，浮舟那陷入沉思的忧郁面影，总像梦幻般浮现在他眼前。

---

[01] 古歌曰："愿化云烟升晴空，君若寻我望苍穹。"见《花鸟余情》。

另一方面，那位诚实端庄的薰大将，正在从容地阅读浮舟写给他的复函，他边读边想："真可怜！此刻她不知多么寂寞啊！"从而更加深切地爱恋并想念浮舟。浮舟复函中的答歌曰：

　　　　绵绵不止知心雨[01]，
　　　　泪袖胜似川水涨。

　　薰大将看了又看，不忍释手。

　　薰大将和妻子二公主叙谈，顺便对二公主说："有件事说出来惟恐对不住你，故而至今尚未启齿。其实，我早先在外面照顾着一个女子，此女子一向被遗弃在偏僻的山乡，孤身只影闷闷不乐，我觉得她怪可怜的，想让她移居到附近的住处来。我的志趣向来迥异于一般人，心想过远离尘世的生活，然而自从与公主结婚之后，就难以随意抛弃红尘，连这个藏匿不让人知的女子，也成了我的牵挂，似觉得抛弃她是个罪过。"二公主听罢回答说："我不知道什么样的事会使我产生妒忌。"薰大将说："也许有人在皇上等人面前说我坏话，世人的闲言碎语实在无聊，不过我想不至于为了区区一个小女子的事，而上谗言的当吧。"

　　薰大将计划让浮舟迁居到新建的住处，但又顾忌世人知晓，会胡编张扬说："这新房是为小夫人建造的。"从而招来诸多麻烦，因此极其秘密地做室内装饰。诸如安装隔扇、粘贴隔扇纸等杂务，其实能办此类事的人甚多，他却指派自己的亲信名叫仲信的大藏大夫全权负责室内装饰事宜。薰大将以为此人很可靠，却不知此人正是引领丹穗亲王赴宇治的向导大内记道定的岳父，因此薰大将这边的实际内情，经由此翁婿二人辗转传到丹

---

[01] "知心雨"出自《古今和歌集》第705首，歌曰："君心难问人怅惘，知心雨悉我愁肠。"

穗亲王那里，丹穗亲王无一遗漏地详知实情。大内记道定对丹穗亲王说：
"绘制隔扇的画师，是从随身亲信家臣中挑选的，一切陈设都格外讲究。"
丹穗亲王听了这番告密辞之后，越发急不可耐了，他想起自己的乳母，她
是远方国守的妻子，行将随丈夫赴任地去，她家就在下京那边。于是他就
与国守商量说："有一个极秘密的女子，要暂时藏匿在你家里。"国守不
知此女子是个什么样的人，内心不安，颇感为难。但是由于丹穗亲王郑重
其事地托付，又不好断然拒绝，遂答应道："那就遵命。"丹穗亲王把准
备让浮舟藏匿的处所安排妥当后，松了口气，稍许放下心来。国守拟于三
月底起程赴任地，因此丹穗亲王打算就在国守动身的当天去接浮舟。他遣
使去通知右近说："我已如此这般安排妥当，你们那边绝不能掉以轻
心。"可是他本人实在不便亲自奔赴宇治。恰巧此时宇治那边也来信说：
"那个爱管闲事的乳母在家，来了也难以会面吧。"

　　且说薰大将定于四月初十迎接浮舟进京。浮舟不愿意"随波逐流自然
奔"[01]，心想："我的命运好奇怪呀！不知未来是个什么样的结局？"她
心情烦躁，本想到母亲那边暂住一阵，以便静下心来，好好地思考一番，
可是常陆守的京城宅邸那边，左近少将的妻子产期临近，正在举办法事诵
经念佛，祈求安产，熙熙攘攘的，浮舟即使去了，她母亲也无法抽空带她
远赴石山进香。于是常陆守的妻子即浮舟的母亲就到宇治来了。乳母出来
迎接，她对常陆守夫人说："薰大将给侍女们送来了许多服装等物件，真
是尽心关照。大人办事总是力求完美，然而要让我这个老乳母独自出主
意，办起事来恐怕会变得不像样而令人发急呐。"她兴高采烈地叨唠，浮
舟见状，心想："万一真发生什么怪事，让外人耻笑，母亲和乳母等人又
会怎么想呢？那个只顾痴迷寻恋的丹穗亲王今天也有信来说：'你"纵然

---

[01] 此句引自《古今和歌集》第938首，歌曰："浮萍无根寂寞身，随波逐流自然
奔。"

遁迹深山里"[01]，我也一定能找到你。这样一来，你我都将同归于尽。你还是放心地跟我去隐匿吧。'我该如何是好呢？"她情绪低落地躺着。母亲吃惊地问道："为什么如此异乎寻常，脸色发青，体态瘦弱呀？"乳母说："小姐近日来一直健康欠佳，不思饮食，成日闷闷不乐。"常陆守夫人说："奇怪啊！是不是鬼魂附身了呀？莫非是有喜了吗？看来也不对嘛，前些日子要赴石山进香一事，不是由于身子不净而作罢的吗？"在一旁躺着的浮舟听了此话，不胜羞愧，难过得低下头来。

日暮时分，明月当空，浮舟回想起那天晚上与丹穗亲王泛舟横渡对岸途中看到残月当空的情景，情不自禁地热泪满满，自己想想也觉得："实在太荒唐了。"母亲和乳母闲聊诸多往事，还把住在那边的老尼弁君也叫来叙旧。老尼弁君缅怀已故大女公子的为人，说她颇有涵养，对万事都能深思熟虑，眼看着幸福前程在望，不想竟于青春年华过早辞世。她说："倘使大小姐在世，肯定也会像二小姐那样成为高贵的夫人，和你相互交往，那么你多年来的无依无靠生活，也会变得无上幸福吧。"浮舟的母亲心想："我的女儿浮舟是她们的同父异母亲妹妹呢，只要命运的福星高照，得到薰大将的长久宠爱，将来也绝不会比她们差吧。"她对老尼弁君说："多年来我一直在为这孩子操劳，历尽艰辛，现在总算熬到稍许放心。薰大将迎接她迁居京城后，我们恐怕就难能特意到这山乡来造访了，因此得趁今天这个难得会面的机会，从容地叙旧一番。"老尼弁君说："我总觉得自己出家为尼之身不吉祥，不应频繁地来打扰浮舟小姐，所以见面次数不多。可是如今她行将舍弃我而迁居京城，倒令我产生依依不舍之感。不过，在这种偏僻的山乡居住，也不是长久之计，能迁居京城，我也为她高兴。薰大将真是世间罕见的人品高尚的贵人。我早就对你说过：薰大将如此热诚地寻觅浮舟小姐，足见他的这番真心诚意非比寻常。事实

---

[01] 古歌曰："纵然遁迹深山里，定然寻觅追到底。"见《河海抄》。

证明我这媒妁之言绝非信口雌黄。"浮舟的母亲说："日后如何虽然不得而知，但是现在看来，诚如你所说，薰大将确实真诚地深爱浮舟，这也应该归功于你这位老人的说合，我们不胜感谢。承蒙丹穗亲王的夫人二女公子的关照，我们也十分感激。只因发生突兀的事变，使她几乎沦落成流离失所之身，实在是可悲可叹啊！"老尼弁君笑道："那位亲王如此好色，确实令人讨厌。他府上貌美机灵的好几个年轻侍女都在那里叫苦呢。在他府上做工的大辅的女儿右近[01]曾对我说：'从整体上看，丹穗亲王仪表堂堂，只是在好色方面多缺陷。遇上这种事，他夫人还怪怨我们侍女轻浮不检点，真令人受不了。'"浮舟躺着听了她这番话之后，心想："这是有可能的，连侍女们都如此顾虑重重，更何况我呢……"浮舟的母亲说："啊！真可怕！薰大将已娶了皇上的二公主为妻。不过，浮舟在外，身份不相应，与二公主的关系很疏远。未来的情况是好还是坏，只能听天由命无可奈何了。倘使再次遇见丹穗亲王，万一发生不应有之事，那么这对我来说，纵然极端悲伤，也再不愿见到浮舟了！"浮舟静听着这两人的诸多交谈，内心只觉得肝胆俱裂。

　　浮舟心想："事已至此，我身还是了结算了。这桩丑闻终归会流传世间的。"她不断地在思索。此时传来宇治川滔滔不绝的流水声响，凄厉可怕。浮舟的母亲说："别处川畔的住家，没有听见如此可怕的流水声，这里实在是世间少见的荒凉，难怪薰大将心疼浮舟，舍不得让她久居此地。"她脸上露出得意的神色。侍女们接着又谈到自古以来在宇治川急流中发生过的可怕事件。有个侍女说："就在不久前，这里的某渡船夫的小孙子，撑船时失手掉到急流中淹死了。从大体上说，在这川流中溺水身亡者不少呢。"浮舟暗自想道："我倘若也这样投身宇治川急流中，不知去向，那么大家可能会惊慌一时大失所望，甚或极度悲伤，但是这种情状，

---

[01] 这个右近是丹穗亲王家的侍女，不是浮舟的那个贴身侍女右近。

终归是暂时现象。然而我如果照旧存活世间，难免还会发生遭人耻笑的事件，这种灾难的忧患才真正是永无绝期。"如此想来，只要一死，一切障碍尽皆消除，大可一了百了，落得干净。可是转念又觉得极其悲伤。她躺着倾听母亲在述说种种为她操心的话，思绪万千，心乱如麻。母亲看见女儿浮舟苦恼万状，消瘦虚弱像生病的样子，非常担心，她提醒乳母说："请你找个适当的地方，为她举办祈祷法事，还需祭祀神佛，举行净身仪式[01]等事宜。"母亲和乳母她们不知道浮舟心中在想："同样要举行净身仪式，倒不如在'御手洗川'举行祓禊，祈求祛除这种痛苦的恋情呢。"她们只顾在那里白操心忙碌。浮舟的母亲又嘱咐乳母说："侍女的人数似乎少了些，还需寻觅一些合适的人选。切莫带新来的侍女进京。日后不得已要与高贵的夫人们相处，虽然贵夫人本身举止端庄、大度宽容，但是万一发生无聊的争宠事件，当事人双方的贴身侍女势必招惹麻烦。因此要精心挑选，务求不让这类事情发生。"浮舟的母亲无微不至地再三叮咛，提醒注意，接着又说："我那边的临产妇，不知情况如何了，我也很不放心啊！"言外之意是想打道回府。浮舟陷入沉思，顿觉孤苦无依万念俱灰，心想："今后再也不能与母亲相会了！"她依依不舍地对母亲说："女儿心情极其恶劣，母亲不在身边，就觉得无依无靠，还是带我回去暂住几天吧！"母亲说："我也想这样做，可是京城里我们家那边也嘈杂得很呐。再说你的侍女们到那边去，还要做针线活儿，那边地方又狭窄很不方便。不要着急，纵令你迁居到遥远的'武生国府'[02]，我也会悄悄地前去看望你的。不过，为母身份卑微，害得你与高贵人们交往可能会处处受委屈，实在遗憾呀！"她边说边哭泣。

---

[01] 净身仪式：日本神道中指去除灾难、污点和罪恶等，使身心获得净化的仪式。

[02] "武生"是地名，日本福井县中部的城市，自奈良时代起就是越前国府的所在地。"武生国府"引自催马乐《道口》，歌词曰："请告我双亲，我在武生国府的道口，盼望通音信啊！哎哟哟！"

今天薰大将也有来信。他听说浮舟健康欠佳，特地来信问候身体状况如何。信上说："我原拟亲自前来探望，无奈事务缠身未能如愿。你迁京日期越近，我盼待之心反而越发急不可耐。"丹穗亲王也由于昨日去函未见浮舟回音，今日又给她去信说："你为何还逡巡不前？我生怕'伤心云烟飘他乡'，忐忑不安，以至几乎精神恍惚。"他的来信总是写得很长。先前在下雨的日子里，丹穗亲王和薰大将双方派遣的信使曾在此处相遇，今天也是同样的两人前来。薰大将的随从在那位式部少辅兼大内记家曾不时见过丹穗亲王的这个信使，彼此认识，遂问道："你为什么经常到这里来呢？"丹穗亲王的信使回答说："来探访一个朋友，办点私事。"薰大将的随从反问说："访问私人朋友，干吗还携带着情书？你的神色有点怪，何苦瞒我呢。"那信使回答道："嗨，其实嘛，是那位出云权守[01]的信，他托我交给这里的一个侍女。"薰大将的随从觉得："此人的言语前后矛盾，不能自圆其说，真蹊跷。"但在这里又不便刨根问底，于是两人遂各自返回京城了。不过，薰大将的随从是个有心眼的人，抵京后，他吩咐陪他同行的童子说："你偷偷地尾随这个人，看他是否到左卫门大夫家。"童子回来禀报说："那人到丹穗亲王府上，把回信交给式部少辅了。"丹穗亲王的信使是个粗心大意的下级官员，没有察觉有人尾随他，再说他也不晓得内在的实情，以至被薰大将的随从的同行童子发现，实在遗憾。薰大将的随从回到三条宅邸时，恰逢薰大将行将出门之时，这随从遂把回信交给一个家臣，请他转呈薰大将。这一天正值明石皇后回娘家六条院，因此薰大将身穿贵族便服准备前往侍候。他此行没有兴师动众，前驱人员也不多带。那个随从把回信交给家臣转呈时，对家臣说："有情况很奇怪，我想探明其究竟，因此耽搁至此刻才回来。"薰大将隐约听见此话，他走向车子时问道："什么情况？"但是那个随从顾忌有家臣在场不

---

[01] 指时方，时方的官衔是左卫门大夫兼出云权守。

便直说，只顾沉默不语毕恭毕敬地站着。薰大将见状，意识到其中必有原因，也不追问，径直登车出门了。

这一天在六条院，明石皇后的身体非常不舒服，诸皇子都前来请安侍候，公卿大臣们也纷纷前来问候致意，殿内十分嘈杂。不过明石皇后的病症并非那么严重。那个大内记道定是个政官，由于公务繁忙，来得较晚。他要把宇治那边的回信呈给丹穗亲王。丹穗亲王遂到侍女的值事室，并召唤大内记到该房门口来，接受了那封回信。薰大将正好从明石皇后那里退下，走出来瞥见这番情景，心想："看他那神色，似乎是接到重要的情书。"出于好奇心，于是止住脚步窥视。

只见丹穗亲王打开那封回信阅览，信文写在红色的薄纸上，字迹似乎密密麻麻一片，他看得入神，顾不上其他。正在此时，夕雾左大臣也从明石皇后那里退下，走过来，薰大将便从隔扇门口走出来，故意咳嗽一声，提醒丹穗亲王："左大臣过来了！"丹穗亲王赶紧把信藏起来，这时夕雾左大臣走了过来，丹穗亲王大吃一惊，难为情地整了整贵族便服的衣带。夕雾左大臣就在丹穗亲王跟前屈膝坐下，对丹穗亲王说："我这就回去了。明石皇后被阴魂作祟的老毛病，虽然很长时间没有发作了，但还是很可担心的呀！你立即派人去请比睿山的住持高僧来吧！"说罢即匆匆走开了。入夜时分，大家都从明石皇后身边退出。夕雾左大臣让丹穗亲王带头，引领诸皇子、公卿大臣、殿上人等一同到左大臣宅邸去。薰大将则比这些人晚些才退出。

薰大将想起自己出门时，那个随从神情怪怪的，似乎有什么情况要私下向他禀报。因此他趁前驱人员去点燃松明火炬的空当，召唤那个随从来，问道："刚才你想报告的是什么情况？"随从回答说："今早我奔赴宇治山庄时，看见出云权守时方朝臣家的一个家丁，手持一封拴在樱花枝上的紫色薄纸信笺，从西面屋角的双开板门处，把信递给一个侍女。我如此这般地探询，他前言不搭后语地搪塞一番，我心存怀疑，于是回程时，我让随行的小童尾随该家丁，小童看见该家丁走到丹穗兵部卿亲王府上，把回信交给式部少辅道定朝臣。"薰大将觉得奇怪，问道："那边送出来的回信是什么样的？"随从回答说："这个我没有看见，可能是从别的门里送出来的吧。不过据小童说，是红色的纸笺，相当漂亮。"薰大将心想："这与我刚才在侍女值事室处看到的相吻合，肯定无疑了。"他觉得这个随从倒是蛮机灵的，能如此周到地探听。但由于近旁有人，薰大将没有再详细问询。

薰大将在归途中心想："丹穗亲王可真厉害呀！连犄角旮旯处他都能找到。不知道他有什么机会能打听到此人，也不晓得他是怎样爱上她的。我本以为在那样偏僻的宇治山乡，绝不会出现这种偷情骚扰的，看来我的想法太稚嫩了。可是，丹穗亲王也真是的，倘若此女子与我毫无关系，你要去追她那就悉听尊便好了，然而，你和我自幼关系亲密无间，我甚至莫名其妙地为你在恋爱方面穿针引线，而你对我难道就可以做出这种亏心偷情的事来吗？想想起来实在令人不快。相比之下，我对你那位妻子二女公子，虽然倾心恋慕，但是多年以来，我们之间的关系是清白纯洁的，我处事庄重，举止是格外谨慎的。而且我对二女公子的恋慕并非始于今日的那种不成体统的夺人所爱，而是老早以前就萌生的恋情，只是深深地埋藏在内心底，生怕非分想法于她于己都会带来莫大的痛苦，从而严格掌握分寸，现在想来似乎太迂腐了。近来丹穗亲王多病，前来问候的客人众多，人声嘈杂，他怎么会有工夫给遥远的宇治写信呢？也许他们早已开始交往了，他为了求爱而不顾远途跋涉吧。难怪我听说，有那么一天，丹穗亲王失踪了，大家都在寻找他。他原来是由于相思而心烦意乱，并不是患什么了不起的病。回想起当初他爱恋二女公子时，由于去不了宇治，而悲哀愁叹的苦闷状态，让人看了也觉得怪可怜的。"薰大将逐一地回思往事，暮地联想到先前浮舟陷入沉思，也是缘于此吗？！他顿时仿佛一切都能联系得起来，明白了似的，从而感到极其悲伤。他接着又想："唉，世间最靠不住的，莫过于人心啊！这浮舟长相端庄可爱，不料竟是个水性杨花的轻浮女子，她与丹穗亲王倒是志趣相投的一对。"他想到这里，就准备干脆退出，把浮舟让给丹穗亲王算了，可是转念又想："当初我若是想娶她做夫人的话，倒是需要特别讲究的。实际上又并非如此，还是当作隐藏的情妇原封不动，听其自然发展吧。要我从此与她断绝往来，我还是舍不得的。"他对这桩世间丑闻，作了种种思考，拿不定主意。他心想："我倘若因厌恶而抛弃她，丹穗亲王势必把她迎接走，可是他决不会特别为此女子设计未来，考虑到她会否不幸。他这个人，起初痴爱某女子，玩腻了之后，就送去给大公主当侍女，这样的事早已有二三例。如果浮舟也落得这样的下场，令我见闻了，该多么遗憾啊！"他终于还是舍不得放弃浮舟。为了探明虚实，他给她写了封信，趁无人在身边时，召唤那个随从来，问他说："大内记道定朝臣近来还是经常上门与大藏大夫仲信家的女儿交往吗？"随从回答说："是的。"薰大将又问："派到宇治去的，经常是你所提的那个男子吗？那边的那个女子，一时家道中落，寂静生活，道定大概不了解她的情况，而看上她吧[01]。"他叹了口气，接着叮嘱随从说："你将此信送去，切莫让他人看见，倘若被人发现就太没意思了。"随从表示遵命，心想："难怪式部少辅道定经常打探薰大将的动静，还询问宇治方面的情况，原来如此哟。"但随从不敢在薰大将跟前随便说话。薰大将不想让下级人员了解详情，因此也不再深入询问。

宇治方面，由于薰大将的信使频频到访，添加了种种忧虑。薰大将的来函中，只写了如下几句：

---

[01] 薰君在随从面前，有意不提丹穗亲王，而把事情推到那天代替丹穗亲王接受回信的大内记道定身上。

"不知波浪盖松林，

　　只顾痴想卿盼我。[01]

　劝君切莫做招人耻笑之举。"浮舟觉得："真是莫名其妙的一封信。"她心情郁闷至极。她认为倘若表明理解此歌含意而作复函，实在太难为情。可是如果说他此言不符合事实，则又问心有愧。于是她将来函照原样折叠好，并在上面附上数言曰："来函恐系误送至此，故特退回。今日身体总觉得极其不舒服，缘此无可回复。"薰大将看了，心想："她应对得确实高明，迄今没想到她有如此雅致的情趣。"他微微笑，并不嫌弃她。

　　浮舟方面，她觉得薰大将信中虽然没有挑明了说，然而字里行间隐约透露出他对丹穗亲王的事已略有所知。她越发陷入深思苦恼，痛苦不堪，心想："唉！此身终于落得身败名裂的下场了吗?！"正当她万般郁闷之时，右近来了，她说："薰大将的来函为何要退回去？退回信件是很不吉利的事呀！"浮舟回答说："我看到信中所写的都是些不符合事实的事，大概是送错人了，所以就退回去。"其实右近觉得事情有点怪，所以在把原信退给来使之前，已在途中拆开来看过了。右近的这种做法确实很不好。右近没有说自己看过信了，而是说："哎呀真糟糕！这事让各方都很痛苦，看样子薰大将似乎已察觉此事了。"浮舟听了，顿时脸色发红，说不出话来。她没有想到右近会偷看过那封信了，还以为她是从另外的知情人那里听说的，但是她也并没有追问："这是谁告诉你的？"浮舟心想："侍女们看见我这副模样，不知会作何感想？我实在是太丢人！虽说这是咎由自取，但是我的命运何其悲惨啊！"她穷思苦想，躺了下来。

---

[01] 此歌反《古今和歌集》第1093首"海枯石烂不变心，波涛焉能盖松林"之意而
　　　作。

右近和侍从两人交谈，右近说："我有一个姐姐，她在常陆国时，曾和两个男子相恋。人世间不论身份高低，这类事情总是有的。这两个男子对我姐姐都一样情深意切，在感情的深度上难分孰优孰劣，弄得我姐姐无所适从，万分苦恼。在这过程中，她对后相好的一个略表示多些好感，那先相好的一个就妒火中烧，终于把后一个男子杀死，并且不再和我姐姐来往了。就这样国府里遗憾地损失了一个强悍的武士。而那个凶手，虽然也是常陆守家的得力家臣，但是犯了这种罪过，怎能再任用呢。这个男子就被驱逐出常陆国境了。这一切都是由于女子的不检点所致，因此我姐姐也不能留在常陆守府内，只好沦落到东国乡下当村妇。直到现在，我母亲想起她，还在伤心地落泪呢。这真是罪孽深重的事啊！在这种时候，我说这些话似乎很不吉利，不过，无论身份高低，在这种情场问题上犯糊涂，真是非常不好的。从方才所说的情况，就算不至于丧失性命，也会按其身份相应遭受各自不同的不幸。而身份高贵的人，有时反而会受到比丧失性命更惨痛的耻辱。因此我家小姐总须坚决地确定其中的一方才好。倘使认定丹穗亲王比薰大将情深，只要他是真心实意地持久下去的话，小姐大可追随他，不必如此优柔寡断担惊受怕，把身体弄得瘦弱不堪也无济于事。小姐的母亲如此深切地关心小姐，我的母亲专心诚挚地忙于为薰大将前来迎接小姐做准备，却不知丹穗亲王说了要比薰大将抢先一步把小姐接到他那边去。他的话听起来令人感到他很痛苦，实在遗憾啊！"另一个侍女侍从说："哎呀讨厌！不要说这些恐怖的话啦。世间万事都是命里注定的。只要是浮舟小姐对那人有所动心，哪怕是少许也罢，这是前世注定的缘分。说实在的，丹穗亲王的那份执著热心，甚至令人觉得受不起。薰大将虽然在积极地做准备迎娶小姐的工作，可是小姐似乎无意心向他这边。依我看，还不如暂时避开薰大将，去追随那多情的丹穗亲王为好。"侍从持极力赞美丹穗亲王非常优秀的态度，只顾一个劲地如斯坦言。但是右近说：

"在我看来，无论跟随哪一方都好，首先得求个平安顺遂，因此必须先去初濑或石山等处进香，祈求观音菩萨保佑。薰大将在这里的大片领地内守护庄园的人员大都是非常粗暴的武夫，这一类人在宇治山乡比比皆是。从大体上说，这山城国与大和国境界内，但凡薰大将领地内的各处庄园里的驻守人员，都是那个宇治的内舍人[01]的同宗亲戚。薰大将任命这个内舍人的女婿右近大夫当总管，吩咐他总管办理庄园内的一切事务。一般说，身份高贵者不会做出粗暴的事情来，可是不明事理的乡下人经常在这里轮流值宿。尽管他们都希望在自己当值期间，不要出任何乱子，哪怕是微小过错，然而意外的过失也许总是难免的吧。比如那天夜里丹穗亲王带着小姐外出，泛舟渡过河的事，现在回想起来都不禁毛骨悚然，相当危险呀！丹穗亲王自以为已经非常谨慎小心，连随从人员一个都不带，衣着也十分简朴。倘若被这帮粗暴的值宿人发现，那可真是不堪设想啦！"她滔滔不绝地说。浮舟听了这两人的交谈之后，心想："她们还是认为我心向丹穗亲王，才这样说的吧，实在是羞煞人。实际上，从我的心情上说，我的心并不倾向于哪一方。只是宛如做梦一般地感到震惊，不解丹穗亲王为何如此焦灼万分地思恋我，从而才使我对他稍许注意，仅此而已。另一方面，我决不想从现在起就离开长期关心并照顾我的薰大将。正因为这样，才弄得我心烦意乱。诚如右近所说：'倘若闯出祸来，可怎么办呢?！'"她思来想去，忐忑不安。她说："我真恨不得一死百了啊！世间还有像我这样命途多舛的人吗？这种忧患连绵命运凄惨的人，在下等人中，恐怕也少有其例吧。"说罢把身子趴了下去。深知实情的这两个侍女都说："小姐切莫如此悲叹，我们是为了使你宽心，才说这些话的。从前，你遇上烦心的事，也能满不在乎地泰然处之。自从丹穗亲王的事发生以后，你一直烦恼

---

[01] 内舍人：官中司理杂务的官员。

忧伤，我们看了也着实为你担心。"这两人也心情不安地在想办法。只有毫不知情的乳母一人，独自兴致盎然地在忙活，或浸染衣料或缝制衣服，为行将迁居做准备。乳母把新来的几个长相可爱的女童叫到浮舟跟前，对她说："瞧瞧这些孩子，舒舒心吧，只顾一味躺着发愁，会被阴魂附体作祟的哟。"说着叹了一口气。

薰大将那边，自从收到那封退回来的信之后，他也不作回应，转眼间数日过去了。有一天，右近曾提及的那个气势汹汹的内舍人到山庄来了，诚如右近所言，此人是个体态魁梧的粗鲁老汉，声音嘶哑，说起话来，那口吻有一种与众不同的怪异，他叫人传达说："我有话要跟侍女说。"于是，右近出来接待他。内舍人说："承蒙薰大将召唤，我今早进京参见，此刻方才回到宇治来。大将吩咐操办各种事务，顺带提及一事，说最近有一位小姐住在这里，有关夜间警卫事宜，由于有我等担当，可放心，因此京中未曾特派值宿人员到此地来。可是最近大将听说，似乎有不明来历的男子，常与这里的侍女来往。大将责问我：'不该发生如此疏忽大意的事。值宿人理应查明情况才是，你们怎么会不知道呢？'但我未曾听说过此种事，遂禀告大将说：'小人因患重病，久未担任守夜之事，实在不清楚庄园内的实际情况，但是曾安排相当得力的人员，令其轮流值宿不得有误。倘若有这种非常事件发生，小人怎么可能不知晓呢。'大将说：'今后必须严加注意，倘若玩忽职守，定将严厉惩处。'不知为什么，大将竟这么说，我实在诚惶诚恐。"右近听了这番话之后，觉得比听见那讨厌的猫头鹰的哀鸣更加恐怖，一句话也回答不出来。她回到内室去，传达了内舍人的这番话，她担心地叹道："瞧！听听这番话，果然如我先前所料不差分毫。看来薰大将似乎已察觉到此事了，连一封信也没有寄来。"乳母约略听见有关值宿的这番言语，她欢喜地说："大将的吩咐多令人高兴啊！这一带盗贼多，是骚扰多发之地，那些值宿人不像当初那样忠于职守，总是让一些不甚尽责的下级来代管，连巡逻查夜也不巡了。"

浮舟仿佛感到此身厄运临头，生命的大限将至似的。加上丹穗亲王来信紧紧追问："何日方能相会？！"他倾诉："心思缭乱似松苔。"[01]她万分烦恼，心想："归根结底，我无论追随哪一方，那另一方势必发生可怕的反应。看来，惟有我身一死，才是惟一万全的结局。昔日不是也曾有过某女子面对两个同等爱慕她的情人，苦恼于无法决定取舍哪一方，而投身自尽的例子吗[02]？既然注定长此活下去肯定会招来痛苦，舍弃此身又何足惜呢。我死之后，母亲当下定然悲伤，但她还必须忙于照顾其他的众多子女，日子长了自然会逐渐淡忘。我倘若在世间赖活下去，却已身败名裂招人耻笑，如此屈辱偷生还不如死，会使母亲更觉悲伤痛苦的。"浮舟生性天真，文静大方，温柔可爱，可惜从小几乎不曾受过高雅的教养熏陶，缺乏成熟的涵养，因此一遇困惑难解之事，就容易萌生寻短见的想法。她要把被他人看了会招惹麻烦的书信销毁掉，但不是在众目睽睽下一举毁掉，而是渐进式地一点一点地处理，或是借灯火烧毁，或是投入川中。不谙内情的侍女们，还以为她即将迁居京城，故而把往日寂寞无聊时随意书写的字纸等撕毁抛弃。了解内情的侍从发现了，说道："小姐何故如此处理？情侣之间诚挚知心的交往信件，不想让他人看见，可以藏在箱底，便中不时私下去浏览，每封信都有各自的浓郁的情趣。信笺如此讲究，而且书写满纸都是情深意浓的美词丽句，如此全部撕毁，岂不是很可惜？"浮舟说："有什么好可惜的呢，让人看见了反而招来麻烦。反正我

---

[01] 此句引自《新敕撰和歌集》中的古歌："何日方能会见君，心思缭乱似松苔。"
[02] 此故事出自《大和物语》，《万叶集》中也有类似的故事。故事说津国有个女子，被名叫菟原的男子和另一个名叫智努的男子同等热恋，女子的父母苦于难作决定，于是出了个招：谁能射中生田川中的天鹅，就招他为女婿。结果一人射中天鹅头，一人射中天鹅尾。女子忧心忡忡地咏歌曰："投身馨尽忧伤情，生田川美徒空名。"咏罢投身川中自尽，二男子也相继投入川中，一人紧抓女子手，另一人紧执女子足，三人俱死。

的寿命也不会长久，这些信件留在世间，对亲王也是不利的。薰大将知道了，会怨恨我'还好意思保留这些信件'，想起来真是羞煞人啊！"

她思绪万千，忐忑不安，还是很难下定决心。因为她隐约记得有人说佛的戒法中有一条："抛弃父母而寻死，罪孽非常深重。"

转瞬间已过了三月二十日，丹穗亲王约好借用的那户人家定于二十八日起程赴任国。丹穗亲王给浮舟的信上说："二十八日夜间，我一定前去迎接。希望你及早做好准备，切莫让下人察觉。我这边严守秘密，决不走漏风声，请放心。请勿怀疑我的誓约。"浮舟暗自想："丹穗亲王微服奔赴宇治来，这里戒备森严，想必不能如愿再次相会聚谈，他失望而归，多么伤心啊！有什么办法才能相聚，哪怕是片刻也罢呢？恐怕只能是：特地前来，却抱恨而归了。"丹穗亲王的面影又浮现在她的脑海里，挥之不去，她不胜悲伤，遂以丹穗亲王给她写的信遮掩容颜，强忍片刻，但终于强忍不住而放声痛哭了。右近连忙劝慰说："哎呀小姐哟！你这样子会被人察觉的，现在已渐渐有人怀疑啦。你不要只顾伤心，应该好好地给他写回信。有我右近在你身边，出现什么情况我都会给你顶着，你这娇小之身，即使飞行，亲王也能带着你一起飞走的。"浮舟稍微镇静下来，抑制住眼泪，说道："你们总是说我倾慕他，我真感到意外也很难过。倘若果真如此，那就由你们说去算了，然而实际上我一直认为这件事实在太荒唐。可是那人硬说我爱慕他，弄得我束手无策，深恐若坚决拒绝他，还不知会发生什么可怕的事端。恨只恨自身的命太苦了！"她说着终于不给丹穗亲王写回信。

丹穗亲王琢磨着："她始终不肯表示愿意跟我出走，而且连回信也难得来一封，这大概是薰大将劝诱她的缘故吧。她可能相信依靠薰大将比依靠我更放心些，从而决心跟薰大将走吧。"尽管他觉得她这样做也是理所当然，但是内心总觉得非常遗憾，万分妒忌。他想："不管怎么说，她确实是真爱我的。肯定是由于我不在的短暂期间，她轻信了侍女们有关我的微词，才变心的吧。"他苦苦沉思冥想，心情恰似"忧思不散叹途穷"，他终于照例横下心不顾一切地奔赴宇治去了。

首先打前站的时方来到山庄篱垣一带，只见景象与以前大不相同，夜间警卫尤为森严，一有动静，即招巡逻者盘查："来者是谁？"时方觉得危险，连忙退回去，而派一个熟悉此地情况的仆人拟进入山庄内，连此仆人也受盘查。情况与从前全然迥异。仆人心想："这下可麻烦啦！"于是连忙回答说："京城里有急件，派我送来。"遂举出右近的一个女仆的名字，叫她出来相见，并将情况告诉她。这女仆进去告诉右近。右近狼狈不堪，束手无策，终于让女仆出去回话说："今夜无论如何也不行。实在抱歉！"仆人回去将此话禀告丹穗亲王。丹穗亲王心想："她为什么如此疏远我呢?！"实在接受不了，遂对时方说："还是你亲自进去面见侍女侍从，怎么也得替我想出个好办法！"于是派时方前往。时方是个鬼点子多的聪明人，他妙语连珠地应对一番之后，果然被他蒙混到叫出侍从与他见面。侍从说："不知什么缘由，薰大将发下了严格的指示，因此最近夜间巡逻戒备森严，无空子可钻，实在毫无办法。我家小姐近来也总是陷入沉思，万分忧虑，她深恐亲王因此而遭受委屈，十分担心。特别是今宵，倘若被值宿人发现了，今后的事情就更不好办啦！且待稍后亲王决定来迎之夜，我们这边先秘密做好准备，设法通知你们来接吧。"侍从还跟他说这里的乳母容易从梦中醒来，须多加小心。时方劝请说："亲王远途跋涉到这里来，实在不容易啊！看他那样子，非见小姐不可。我若回禀办不成此事，他定会斥责我办事不力。因此还请你与我一同前往，向他禀告详情吧。"侍从说："这毫无道理嘛。"两人言语交锋之间，不觉夜色已深沉。

丹穗亲王骑着马伫立在稍远处，好几只吠声粗俗的村犬跑出来冲着亲王狂吠，实在可怕。几个随从人员忐忑不安，他们心想："我们人数这么少，亲王又是微服出行，模样不起眼，倘若冒出几个有眼无珠的暴徒来，可怎么办呢？"时方这边则一味催促侍从："还是快点走吧！"时方终于把侍从带来了。侍从将长长的垂发的发端从腋下捧到身前，那姿态着实可爱。时方劝她骑上马，她说什么也不答应，因此时方只得捧着她的衣裳下摆，伴随她一起走，他把自己的鞋让给她穿，自己则穿随从仆人所穿的劣质鞋。他们来到丹穗亲王跟前，时方于是将情况向亲王禀报。但是总不能就这样站在这路边交谈下去，于是找了一处山乡樵夫农舍的墙根下，荆棘莛草丛生的背阴处，铺上一块鞍鞯[01]，请丹穗亲王下马，席地而坐。丹穗亲王暗自心想："我这等身份，落座这种地方多么不雅观呀！看样子我身心终究将毁于缠绵的恋途上！不能做个堂堂的君子了。"他思绪万千，情不自禁地落泪潸潸。侍从是个软心肠的人，看到亲王这般模样，更是无限悲伤。丹穗亲王的姿容无比优美，纵令可怕的仇敌变成鬼，连这样的鬼看见了也不会舍得抛弃他的。丹穗亲王稍许镇静下来之后，对侍女侍从说："连一句话也不能对她说吗？为什么现在突然戒备森严起来了呢？肯定有人在薫大将跟前诋毁我了吧。"侍从遂把情况详细地告诉他。侍从说："想必亲王不久将迎接她进京，待日子决定后，万望严守秘密做好一切准备。看到亲王如此不顾一切，频频驾临，我们纵然舍弃性命，也要设法促成其事。"丹穗亲王本身也觉得自己这般模样确实难看，不能一味怨恨女方。其时夜色更加深沉，令人厌烦的犬吠声依然不断，随从人员把群犬赶跑。值宿人听见有动静，遂拉动弓弦，发出声响，怪模怪样的汉子们扬声喊："小心火烛！"丹穗亲王越发慌了神，只好示意返京。此时亲王满怀悲伤自不消说，遂对侍从咏歌曰：

---

[01] 鞍鞯：原文作障泥（AOLI），马具的一种，垫在马鞍下，以保护马肚子不被泥水弄脏。

"群山绵延白云随，

　　　舍身无处饮泪归。

那么你早点回去吧！"于是侍从折回山庄。丹穗亲王的姿容温文尔雅，风度翩翩，夜半的露珠濡湿了他的衣裳，散发出的阵阵薰衣香随风飘向四方，真是美不胜收。侍从一边淌着眼泪一边渐渐远去。

　　右近把刚才断然谢绝丹穗亲王造访的事告诉了浮舟。浮舟听了心绪更加缭乱，她躺在那里胡思乱想。恰在这时侍从回来了，她把面见丹穗亲王的情况都详尽地告诉了浮舟。浮舟听罢却一言不答，然而不知不觉间热泪几乎使枕头都漂浮起来了。另一方面她又生怕被侍女们看见了会心存诧异，多么难为情。翌日清晨，她心想，自己哭肿了的眼睛一定很难看，于是一直躺着不愿起身。后来勉强起身随便披衣挂带[01]，而后念诵经文。一心只盼神灵保佑，让她得以消除先于母亲而身亡的孽障。她又把前些时候丹穗亲王所绘的画拿出来观赏，想象着他绘画时运笔的手势、艳美的容颜，如今恍如呈现在眼前。回想起昨夜未能与他谈上一句话，此刻备感伤心。另一方面又想起："那位薰大将，他一直约好要迎接我进京，从容相会，永远厮守。一旦听到我的噩耗，会作何感想呢？！实在愧对他。我死后，世人对我的流言蜚语势必满天飞，想象起来都觉得万分可耻。然而与其活着被世人耻笑为轻浮女子，遗臭四方，传到薰大将耳朵里，还远不如死了干净！"她止不住思绪万千，情不自禁地咏歌曰：

　　　悲苦投川何足惜，

　　　恶名远扬才可鄙。

---

[01] 日本平安时代，身份高贵的女性在着礼服时，穿在礼服腰部后下方的围裙的带子挂在肩上。

浮舟格外眷恋母亲，也想念那些平日不怎么关心且长相丑陋的异父弟妹们，还思念异母姐丹穗亲王的夫人二女公子，想念这个思念那个，恨不能今生再见一面的人很多。侍女们都在为薰大将即将来迎接做准备，各自忙于或缝制衣裳或浸染布帛，说长道短，然而浮舟只当是耳边风，全然听不见。到了夜间，她满脑子都在思索如何才能掩人耳目，悄悄逃离此家，以至通宵达旦不能成眠，心情越发恶劣，终于大伤元气。到了拂晓时分，她只顾茫茫然地朝着宇治川的方向凝望，感到自己远比步入屠宰场的羊距离死期更近。

丹穗亲王差人送来了一封缠绵悱恻的长信。事到如今浮舟不希望让任何人看到自己的信，因此也不给人家写回信。只是写了一首歌：

> 遗骸何须留红尘，
> 意欲哭坟无处寻。

写罢交付来使带回去。她想让薰大将也知道自己欲寻短见的决心。可是转念又想："我给丹穗亲王和薰大将都写信，他们两人关系本来就很和睦，过不了多久，他们都相互坦白说出来，岂不是太无聊？我要让所有人都无从知晓我的行踪，悄然了结自己的生命。"

浮舟的母亲从京城给浮舟来信。信中说："昨夜里我做了一个梦，梦见你的模样异乎寻常，因此今天正在各处寺院举办法事诵经祈祷。也许是由于昨夜那场噩梦醒过来后，无法再成眠的缘故，今天白昼里我昏昏欲睡，蒙眬中又梦见报知你将遭遇世间不祥之事。醒后我立即给你写此信，万望小心谨慎是盼。你的住处偏僻荒凉，薰大将时时造访，他家的妻房二公主想必也多有怨气，说不定这种怨气在作祟，那也是挺可怕的。适值你身体状况不佳时，我竟做此种噩梦，不由得非常担心。我很想到宇治去探望你，但因左近少将的妻子即你的异父妹临产前疾病缠身，似有鬼怪附身。我离开她片刻，都会遭到常陆守的严厉斥责，无法脱身。因此希望你也在附近寺院里举办法事诵经祈祷。"此外她母亲还附带将举办诵经法事必备的布施物品以及致僧人的拜托函等都一并送来了。浮舟心想："母亲不知道我生命的大限已到，还谆谆嘱咐这些关怀备至的言语，实在令人感伤啊！"于是她让来使赴寺院去，这期间她给母亲写回信。欲书千言万语却无勇气，只咏歌曰：

> 此生似梦何所恋，
> 或待来世再相见。

远处随风传来寺院诵经的钟声，浮舟躺着静静地倾听，又咏歌一首曰：

> 钟声余韵添呜咽，
> 传报慈母我尽限。

浮舟把所咏的歌写在寺院返送施主的诵经卷数记录单上，其上记有所念经文之名称及卷数。那来使说："今夜回不了京城了。"说着将记录单依旧系在从寺院带回来的一根树枝上。乳母说："奇怪啊！我胸口扑通扑通直跳。夫人也说她做了噩梦。要吩咐警卫严加小心谨慎。"浮舟躺着听她说这番话，内心痛苦万状。乳母又说："不进食可不好呀！哪怕吃点开水泡饭呢。"她边叨唠边无微不至地照顾浮舟。浮舟心想："这乳母自以为身体还很硬朗，殊不知已年近貌丑，我死后，她会上何处去安身呢？！"

浮舟为乳母担心，觉得她很可怜。浮舟想把自己行将辞世的心事向她隐约透露，可是话未到嘴边，眼泪竟先夺眶而出，她生怕被人看见，强行忍住热泪，连话都说不出来了。右近躺在近旁，对浮舟说："人过分陷入沉思，精神一旦恍惚，灵魂就会脱壳而游离于身外，所以夫人才会做噩梦。小姐应该拿定主意跟随哪一方，至于将来会如何，只能听天由命啰。"说罢叹息声声。浮舟用她穿惯了的便服的衣袖掩住泪颜，静静地躺着。

第五十二回

蜉蝣

翌日清晨，宇治山庄中，人们发现浮舟失踪了，众侍女万分惊慌，四处寻找，终于没有任何成效。这情景恰似小说中所描述某小姐被人劫持后的次日早晨的那般光景，因此在这里就无须详细赘述了。浮舟的母亲从京城里差遣来的使者昨夜没有返京，夫人放心不下，遂于今日又派一个使者前来。这个使者说："雄鸡报晓时分，我就奉命前来了。"包括乳母在内的众侍女，个个慌了神，不知如何回应才好，束手无策，十分尴尬，只顾慌张着急。而了解内情的右近和侍从，回想起浮舟近日来异乎寻常的沉思苦闷，料想她可能已经投宇治川自尽了。右近一边哭泣一边拆开浮舟母亲的信阅读，信中写道："或许由于为你的事过分操心的缘故，夜里总是辗转难以安稳成眠，今夜连在梦中也不能从容而清楚地看到你的面影。我刚合眼就被梦魇住，心情也异乎寻常很不好，总是惦记着你，放心不下。薰大将迎接你进京的日期将近，我想在这之前的这段期间，迎接你到我这边来。但是今天又遇上雨天，改日再说吧。"右近再将浮舟给她母亲的复函打开，看到那两首绝笔歌，不由得痛哭起来，她心想："果然不出我所料，她写的歌词多么触目惊心。她决心这么做，之前为何蛛丝马迹都不向我泄漏呢？她自幼绝对信任我，对我无所不谈，我对她也毫无隐讳。为何到了大限将尽的关键时刻，她竟不露痕迹地抛弃我而去呢？！真令我无限怨恨啊！"她顿足捶胸放声痛哭，活像个孩童。她心想："老早以前就看见浮舟小姐总是陷入烦恼的沉思情形了，然而小姐天生性情温顺柔和，万没有想到她会选择走上这条异乎寻常的极端可怕的绝路。这究竟是怎么回事呢？！"右近怎么也想不通，越发悲伤不已。乳母平素主意点子挺多，此时反而方寸大乱，束手无策，只顾叨叨："怎么办呢？怎么办呢？"

　　丹穗亲王阅读浮舟的回信，只觉得字里行间有点异乎常态的细腻，似乎另有含意。他想："浮舟究竟作何打算呢？看样子她是有心爱我的，只是担心我轻浮无常，从而深怀疑虑，于是躲藏到别处去，才给我写这样的回音吧。"丹穗亲王忐忑不安,遂派使者前去探询。使者来到山庄,只见房屋内人们都在号啕痛哭,他连信都无法送上。他向一个女仆打听,询问:"这是怎么啦?!"女仆告诉他说:"浮舟小姐昨天夜里突然逝世,大家惊慌失措,束手无策,能主事的夫人又偏偏不在这里,侍女们都不知如何做才好,大家茫茫然不知所措。"这个使者不太了解内情,因此也不再追问底细就返京去了。他把所见所闻向丹穗亲王禀报,亲王听了只觉得恍如在梦中,奇怪之极,怎么也想不明白,他心想:"迄今没有听说她身患重病,只听说她近来忧郁烦恼。在她昨日的回音中也看不出有这种迹象,倒是令人觉得她的运笔书怀情致更美了。"亲王心中的疑窦难解,于是召唤时方前来,对他说:"你走一趟探明究竟,确认一下真实情况。"时方说:"或许薰大将已经听到什么风声,所以严厉斥责值宿人玩忽职守。近来仆役们出入山庄,都要经门卫仔细盘查才放行。时方我如若没有适当的借口,贸然前往宇治山庄,万一被大将知道了,深恐他会怀疑呢。再说,那边突然死了一个人,此刻必定人声嘈杂,喧嚣闹腾,进出人员众多。"丹穗亲王说:"你说得也不无道理,但总不能不弄清楚,就置之不顾呀。你还得设法找个恰当的借口,去见那了解实情的侍女侍从,探明事件发生的详情究竟是怎么一回事。刚才那个仆人的禀报可能有误。"

时方看见主人焦急不安的神情,觉得确实可怜,也不好违命,遂于傍晚时分动身前往宇治去。

时方这种身份的人,可以随时轻装出门,他很快就抵达宇治山庄。这时雨势刚停,由于要走漫长的崎岖山路,不得不穿简便的装束,他的着装模样像个仆人。时方走进山庄,就听见众人嘈杂的喧嚣声,有个人说:"今夜将举行葬礼。"时方听见不禁惊愕。他要求和右近见面,但遭右近托辞婉拒。右近叫人向他传言:"此刻神态恍惚,不能起身。大驾莅临,今夜想必是最后一次了,然而未能晤面,实在歉甚。"时方说:"如此说来，我不能探明情况，空手而归叫我如何向主人禀报呢?！哪怕至少是侍从姐姐出来见见我啊！"时方一个劲地恳切请求，于是侍从出来与他会面。侍从说："实在是令人震惊啊！恐怕小姐也万没想到自己会如此突然死亡。请你转告亲王，我们这里的人们，说极其悲伤也罢，或说什么也罢，总而言之，一切简直就像是在做梦一般，一个个都觉得失魂落魄，束手无策，不知如何是好。待到心情稍许镇静下来之后，再把小姐近日来深陷忧郁沉思的情状，以及亲王先前来访那夜她痛苦与烦恼的情形等详细奉告。丧家污秽不吉，世人忌讳，且待四十九日忌期过后，请您再来晤谈。"她说罢痛哭不已。更深的内室里也传来了众人的哭泣声，其中有个人在边哭边说，大概是乳母吧。只听见她哭诉说："我的小姐啊！你到哪里去了？快点回来吧！连遗骸也看不见，令我好伤心啊！往常朝朝暮暮相见，尚嫌不够，总想永远陪伴在小姐身旁，衷心期盼小姐早日获得幸福，朝夕指望着这一天早日到来，老身这才延长寿命至今天。万没有想到小姐竟抛弃我而行踪不明，不知去向。料想鬼神也不能夺走我家小姐，人们非常珍惜的人，帝释天[01]也会让她还魂的。夺走我家小姐者，不论是人还是鬼，请快快把她还给我们，至少也该让我们看到她的遗骸！"她连篇累牍地哭诉一番，时方听见其中有"连遗骸也看不见"等话语，觉得奇怪，便对侍从说："还请你把实情告诉我。说不定有人将她隐藏起来了呢。丹穗亲王要了解确实情况，我是代替他来的，是他派来的使者。现在不论是死亡还是被人藏匿，已成无可奈何的事了。但是倘若日后真相大白，亲王知道实情与我向他禀报的不相吻合，势必向我这个专为此事来寻访的使者问罪。再说亲王虽已听了先前派来的使者的禀报，但他觉得：或许是使者听错了呢？他内心总是怀有万一的一线希望，所以特地派我前来向你们当面探询确切的真实情况。面对如此的真情实意，你们还忍心隐瞒事实吗？迷

---

[01] 帝释天：佛教中的守护神。

恋女色的事，在外国的朝廷帝王里，自古以来不乏其例，但是像我们丹穗亲王那样一往情深，我看是世间罕见的。"侍从心想："他真是一位诚挚的使者。再怎么试图隐瞒事情的真相，发生这种世间少有的出奇事件，最终总会大白于天下的。"侍从说："您怀疑会不会有人把小姐隐匿起来，倘若有这方面的一丁点蛛丝马迹，我们这里的人们怎么可能如此痛心疾首，惊慌失措地大哭呢！说实在的，近来小姐的神情，令人觉得她总是深深地陷在极端忧郁的沉思中。薰大将那边也几次三番地说要迎接她进京，小姐的母亲和今夜在这里高声哭诉的乳母，都忙着为她做准备，让她迁居到最初结缘的薰大将那里去。有关丹穗亲王的事情，小姐决不愿意让人知道，只在自己心中暗自感激、思慕，由此而产生思绪上的混乱，心情十分郁闷，非常烦恼。可怜啊！万万没有想到她自己竟会起自尽的念头。因此那个乳母才那么惊慌失措，古怪反常地哭诉不止吧。"侍从的这番话尽管不算详尽，但大致轮廓隐约都说出来了。时方还是有些想不明白，他说："那么改日再从容地详谈吧，如此站着交谈片刻，实在是太潦草了啊！不久丹穗亲王势必会亲自来访吧。"侍从说："啊！那可不敢当。事到如今，小姐与丹穗亲王的情缘倘若被世人知晓，对已故的浮舟小姐来说，反而是幸运的果报。然而此事迄今一直是秘而不宣的，因此还是依旧严守秘密不泄漏出去，这才是不辜负死者的遗愿。"接着她又说："宇治山庄的人们都在尽心竭力地设法，使这桩异乎寻常的横死事件不泄漏出去。"时方在这里久留，势必会被人觉察出情由，因此侍从设法劝诱时方早些离开。时方就此返回京城了。

时值大雨滂沱，人们乱哄哄的时候，浮舟的母亲从京中赶来，她的悲痛更是无法言喻。她哭道："你倘若在我眼前死去，我固然会极其悲伤，然而正常死亡乃人世间的常情，不乏其例。但是如今尸骸未见，这到底是怎么回事啊？"浮舟为了与丹穗亲王恋情缠绵，而忧郁苦闷等情况，夫人全然不知。因此她万没想到女儿会投川自尽。她怀疑浮舟被鬼吞噬，或者是被狐狸精带走了。她甚至想起昔日的小说中，有过这种怪异事件的描述例子。她作种种猜想和想象，终于想起了她一向害怕并担心的薰大将的正夫人二公主，公主身边也许有心术不正、妒忌心强的乳母，听说薰大将即将迎接浮舟进京，遂心存妒恨，于是暗中勾结这边的仆人，干出此等坏事也未可知。她怀疑这里的仆人，于是问道："这里有没有新来的不知底细的仆人？"侍女们回答说："没有。这里地处荒凉偏僻，住不惯的人，一刻也待不下去。有的仆人总是喜欢推托说：'我去去就来！'其实是悄悄卷起铺盖溜回老家不再回来了。"这倒是实情，新来的仆人自不消说，就是住惯了的侍女，也有好几个辞职离开了。现在的宇治山庄内是人手很少的时候。留下来的侍从等人回忆起近日来浮舟小姐的神情，记得她曾时不时地抽泣说："真恨不得死了干净！"又看看她平日书写的字条，还发现压在砚台下的她生前随意吟咏的歌："悲苦投川何足惜。"更确信浮舟已投川自尽了。她们朝宇治川的方向眺望，传来湍急的川流巨响声，令人感到毛骨悚然也很悲伤。侍从便和右近商量说："这样看来，小姐无疑是投川自尽了。我们还在胡加揣测，以至使得小姐的亲人们都怀疑小姐究竟是怎么啦！实在可怜啊！"又说："与丹穗亲王秘密幽会的那件事，原本就不是小姐主动和心甘情愿的。再说，做母亲的，即使在小姐死后知道了这桩逸闻，对方毕竟不是令人感到可耻的平庸者。我们干脆把实情全都告诉她吧，免得她由于没有看到遗骸而妄加猜测，万般困惑，悲叹不已。知道实情后也许还能减轻些重负呢。何况丧葬亡者，必须有遗体才是人世间的常态，这没有遗体的奇怪殡葬，时日拖延了，势必会被世人看出破绽来。还是向夫人据实禀报，大家尽心竭力严守秘密，想必定能遮掩世人耳目吧。"于是两人便把事情的来龙去脉悄悄地告诉了夫人。诉说者悲痛欲绝，话语几乎接不上去。夫人听了无限伤心，心神不定，她想："看来女儿真的是投身于荒凉可怕的急流亡故了！"她悲伤至极，恨不得自己也尾随女儿投身川中。过后夫人对右近说："我想派人沿川寻找，至少把遗骸找回来，才好殡葬！"右近回答说："此刻再去寻找，已经无济于事了。遗骸早已被急流冲向大海杳无踪影了。做这种徒劳的事，让世人广为传说，多么不中听啊！"夫人左思右想，郁闷满怀无法排解，实在是无计可施。于是右近和侍从两人绞尽脑汁，想方设法。她们将一辆车子推到浮舟房间门口，把浮舟平日所铺的褥垫、身边常用的生活用具以及身上脱下来的衣服等，通通装入车中，并让乳母家那个当和尚的儿子及其叔叔阿阇梨、阿阇梨的弟子，还有平素常有来往的僧侣等，此外还有以前就熟悉的老法师以及为浮舟七七四十九日忌期必须邀来做功德的僧人等，装作搬运亡者遗体的样子，一起把车子拉出去。乳母和夫人不胜悲伤，不顾一切地哭倒在地上。这时，那个以前曾经为值宿之事前来警戒过侍女右近的老者内舍人，偕同其女婿右近大夫也来了。内舍人说："殡葬事宜应该禀报薰大将，选定日期，郑重其事地举办才好。"侍女右近她们回答说："只因有个中缘故，尽可能不让外人知晓，故特地要在今夜之内把事情办妥。"于是将车子驱向对面山麓的原野上，不让他人靠近，只让了解实情的几名法师举行火葬仪式。这火葬很简单，火葬的烟云不大一会儿就消失了。乡下人对这种火葬仪式，反而比城里人重视，从而更多迷信。有人非难说："真奇怪呀！这火葬仪式，按仪式程序说都很不完备，简直像为身份卑微者举办的，太潦草啦！"还有人说："城里人的习惯是，但凡有兄弟亲人健在的，火葬仪式就特意做得简单些。"还有各式各样令人不安的讥评。右近她们心想："这种乡下人的议论、讥评就够让人难为情的了，更何况消息势必不胫而走，传播开去，不久薰大将定将听到，他若知道'浮舟小姐亡故却没有遗骸'，肯定会怀疑：'准是丹穗亲王把浮舟藏匿起来了。'同样地，丹穗亲王那方肯定也会怀疑：'也许是薰大将把浮舟藏起来了。'但是这两人是亲戚关系，交往甚密，彼此短暂的心存怀疑，终究会真相大白而释疑的。小姐生前有福气，备受这两位贵人的怜爱，死后倘若被怀疑遭卑贱者掠走，岂不是太冤屈了？"她们非常担心，于是仔细察看山庄内的所有仆役的状况，但凡在今早的慌张忙乱中偶然识破实情的人，她们都郑重其事地叮嘱他们绝不可泄漏情况。对于那些不知实情的人，她们也决不让他们知晓。她们想尽各种办法，力求严守秘密。右近和侍从两人互勉说："过些时日，我们自然会把小姐自寻短见的情由悄悄地告诉薰大将和丹穗亲王。现在就让他们知道，反而会消减他们对小姐的恋慕哀情。在这之前，倘若有人不经意而走漏风声，将使我们感到对不住小姐。"这两人心中深感内疚，所以要竭尽全力暂时隐瞒。

薰大将由于自己的母亲尼姑三公主患病，这时正在闭居石山佛寺中，为母亲大事举办祈祷法事，虽然心中也惦挂着宇治那边的事，但是却没有一个聪明伶俐者前来向他禀报宇治那边发生了什么事。因此宇治这边即使发生如此重大的事件，首先是薰大将那边竟没有派使者前来吊唁，宇治的人们都认为很没有面子。于是薰大将领地庄园内有个人就前往石山，将所见情况向薰大将据实报告。薰大将听罢大吃一惊，顿时感到一片茫茫然，旋即派遣自己的亲信大藏大夫仲信作为使者前往吊唁。该使者于浮舟投川亡故后的第三天早晨抵达宇治。大藏大夫仲信转达薰大将的话说："惊闻噩耗，本应立即亲临此地，只因家母患病，正在举办祈祷法事，功德期限自有规定，一直未能如愿成行。昨夜举办殡葬事宜，理应先行通报，哪怕延缓日期，按通常规矩郑重办理才是，为何如此仓促，潦草从事？不管怎么说，办理殡葬仪式或简或繁，固然都是无济于事的徒劳之举，然而毕竟是人生最后的一桩重要仪式，办得如此简慢以致遭受乡下人的讥评，使我自身也深感有失体面。"众侍女听了薰大将的亲信即那位和蔼可亲的大藏大夫仲信作为使者的传言之后，越发悲痛不已，同时也无言以对，只顾落泪潜潜，一句话都说不出来，也只好以哭昏了头为借口，不作详细的回应。

薰大将听了仲信的汇报之后，还是觉得仪式办得过于简单潦草，他心想："宇治真是个可恶的地方，也许那里就是魑魅魍魉栖息的场所，我为何要让浮舟住在此等可怕的地方呢？最近发生那桩意外之事，也是由于我将她安置在那种地方以为可以放心，以致别人就去侵犯她了。"他对自己的疏忽大意、不谙世故深感后悔，为此痛心疾首。薰大将觉得母亲正在患病，自己净想着这些不吉利的事而烦恼，很不恰当。因此离开石山返回京城。但他不进入夫人二公主的居室，而是差人向夫人打招呼传话说："有一个与我比较亲近的人遭遇不幸，虽说不是什么了不起的重要关系，但我心中不免感到悲伤。这期间惟恐不吉利，故而有所忌讳，暂不进居室。"薰大将独自一人在自己的房内悲叹自己与浮舟的缘分太无常。他回想起浮舟生前的姿影娇媚可爱，更泛起无限恋慕和悲伤的情感波澜，他悔恨："为什么在她活着的时候，自己不死心塌地去热爱她而一再蹉跎日月？事到如今，追悔莫及，一切都已无法挽回。大概命里注定我在男女恋爱问题上必定遭受沉重的痛苦磨难吧。我本来就是异乎寻常一心想出家的人，事出意外，没想到竟一直在尘世中随波逐流，也许因此而受到佛祖的惩戒吧。或者佛祖为了使人萌生求道之心而施展巧妙方法，特意隐藏慈悲的一面，有意让人遭受痛苦呢。"他一边浮想联翩，一边一个劲地诵经念佛。

丹穗亲王更觉痛苦不堪，自从惊闻浮舟逝世噩耗，神志昏迷了两三天，似乎已经不省人事。侍候他身边的人都胆战心惊，以为是什么妖魔鬼怪在作祟。丹穗亲王终于哭干了眼泪，心情逐渐平静下来，浮舟生前的姿影反而更清晰地浮现在他的脑海里，越发增添依恋、悲伤的情绪。他对外人只说是自己身患重病，为了掩饰自己无端哭肿的双眼，他巧妙安排不让人见，然而悲伤愁叹的神色自然是显而易见的。也有人说："丹穗亲王究竟为了什么事如此伤心，深陷忧郁得几乎丧命啊？"薰大将也全都闻知丹穗亲王愁叹的情状，他心想："果然如我之所料，丹穗亲王与浮舟之间的关系，不仅仅是书信往来而已。实际上浮舟这般妙龄女子，只要被生性好色的丹穗亲王瞧上一眼，他肯定会魂牵梦萦。倘若浮舟尚存活人间，定会发生比以往更加使我难堪的事件吧。"如斯一想，薰大将悼念浮舟的情怀似乎有些冷却了。

　　前往丹穗亲王家探病的人，几乎天天都络绎不绝。正当举世为此纷扰时，薰大将心想："丹穗亲王为了一个身份并不高贵的女子之死而蛰居家中忧郁哀思，我若不去慰问他，未免太不近人情。"于是前去探望他。那时节，正值式部卿亲王[01]辞世居丧期间，薰大将在为这位叔叔服丧，身穿浅灰色丧服，实际上他心中何尝不在想是为自己所惋惜的浮舟服丧，色泽倒是恰如其分。他的面容稍见清减，反而更增添俊俏感。其他前来探病的人们，听说薰大将莅临，纷纷退出。这时正值清幽的日暮时分。丹穗亲王身体欠佳，但还不至于到卧床不起的程度，因此他对关系疏远的人虽然一概不见，但是对平素出入帘内的人，则并不拒绝会面。只是对薰大将的到访，总觉得彼此见面有些顾虑，很不好意思。最后终于照面时，丹穗亲王一看到薰大将，自己未曾启齿，眼泪就情不自禁夺眶而出，悲伤得难于抑制。好不容易才逐渐镇静下来，说道："其实我并没有什么严重的大病，只是其他人都说这病状必须小心谨慎对待不可。父皇与母后也很为我担心，实在令我感到心痛。其实我是悲叹世态无常，感伤不尽啊！"说着泪如泉涌，他想掩人视线，举起衣袖欲揩拭泪珠，不想热泪已禁不住潸潸掉落。丹穗亲王虽然觉得很难为情，但又想道："薰大将未必知道这眼泪是为浮舟流的。他充其量笑我怯弱、儿女情长，不像男子汉罢了。"可又觉得自己被他这么看，未免羞煞人了。薰大将则在想："果然是这样，此人

---

[01] 这位式部卿亲王是桐壶帝之子、源氏的异母弟弟蜻蛉式部卿亲王，亦即薰君的叔叔。

一直在为浮舟悲伤。不知这两人是从何时开始交往的。近数月来丹穗亲王想必在偷笑我像个傻瓜，还蒙在鼓里没有察觉吧。"一想到这里，薰大将就觉得自己对浮舟惋惜眷恋的哀思感情似乎淡漠了。丹穗亲王察看薰大将那副淡定的神色，觉得："薰大将多么冷酷无情啊！但凡人胸中满怀痛切哀思时，即使不是死别的严重时刻，听见空中飞鸟的哀啼声也会引起共鸣而悲伤痛楚的，我今日如此无端伤心痛哭，他倘若察知我的心思，也不至于无动于衷而不受感动吧。他之所以这般泰然自若，只因深深领悟到人事无常之道，所以才不动感情吧。"丹穗亲王心中这么想，就很羡慕薰大将，觉得他品格很高尚，也觉得浮舟与薰大将毕竟有"丝柏木柱"[01]之缘，从而有些亲切感。他想象着薰大将与浮舟相对而视的情状，还觉得"薰大将莫非就是死者浮舟留下来的遗爱"，因此一味凝望着薰大将。

这两人渐渐步入海阔天空的闲聊境地，在这过程中，薰大将心想："有关浮舟的事，对他似乎不必过分隐讳。"于是对丹穗亲王说："我向来内心总也藏不住东西，有些事暂时藏在心里不对你说，就觉得很不舒服。如今我不才而侥幸得以加官晋爵，而你身居高位更是少有闲暇，我们从容聚谈的机会几乎没有了。平日没有什么特别的事由，我也不便肆意前来骚扰。在繁忙中不知不觉间已过了多时。其实嘛，你也曾到过的那个宇治山庄里有个女子，听说此女子与那位青春夭折的大女公子有血缘关系，她居住在意想不到的地方。我得知后，就经常去探望她，出于觉得她宛如已故大女公子遗留下来的纪念，也很想诚心地照顾她。但是当时我正值与二公主新婚不久，深恐公然关照她，会无端招来世人的讥评，于是先安排她住在那偏僻的宇治山庄。其后我也没有经常去看望她，她似乎也不想特

---

[01] 古歌曰："丝柏木柱吾妹倚，和睦情缘犹可记。"见《源氏释》。

别依靠我一个人。倘若我从一开始就有心把她当作重视的正夫人看待，可能就不会这么做，而我却无此心意。在我看来，她没有什么特别的缺陷，可以放心地怜惜疼爱她，万没想到她竟这么轻易地就离开了这个世界。我每想到这就是世间的万事无常吧，不由得极其悲伤。此事想必你也听说了吧。"薰大将说到这里，也忍不住潸然泪下。其实薰大将并不想让丹穗亲王看到自己伤心的模样，而成为他的笑料，然而眼泪一旦夺眶而出，就无法止住。他的神情显得有些乱了方寸。丹穗亲王心想："他是否知道了我的事呢？！他那神情有些怪异，实在过意不去啊！"可是表面上还是装作若无其事的样子，说道："真是令人伤心啊！我昨天约略听说了此事，曾派人前去探询情况，但据说是特意不想让世人知道此事，故也不强求。"他装着事不关己似的说，然而内心悲伤至极，因此言语也不多。薰大将说："由于她似乎也不想特别依靠我一个人，因此我也曾想给你推荐，不过你自然早已见过她了吧，她不是也曾在府上住过吗？"他话中有话，暗藏玄机，接着又说："在你精神欠佳的时候，我对你说这些毫无意义的浮世杂话，搅乱了你的心思，实在抱歉。万望多多保重身体。"说罢便告辞回家。

薰大将于归途中心想："丹穗亲王确实是深深地悼念浮舟啊！浮舟这一生着实短暂，不过看来她命里注定毕竟是个高贵者。提起丹穗亲王，他是当今皇上与明石皇后非常珍视宠爱的皇子，才貌双全，是当今出类拔萃无与伦比的佼佼者。他的夫人们绝非等闲之辈，从各方面看来都是雍容华贵、无比优秀的淑女。可是他却似乎熟视无睹，偏偏倾心于浮舟，甚至痴迷，以至过分悼念浮舟身亡而患病。此刻世间的人们都在一处处忙不迭地举办祈祷法事、诵经念佛或举行祭祀、祓禊仪式等，为的就是替丹穗亲王祈求病体恢复安康。我也是身份高贵者，当今皇上赐为二公主的驸马，我内心爱慕浮舟的深情，何尝不及丹穗亲王，一想到如今她已远离人世，悲痛之情实难抑制住。然而这种长吁短叹也未免无聊，还是努力不要这样表现吧。"但实际上还是心不由己，脑海里思绪万千，心乱如麻，情不自禁地吟咏："人非木石皆有情。"[01]一边吟咏一边躺下身来。

薰大将寻思："浮舟死后的殡葬仪式相当简单。不知她的异母姐姐即丹穗亲王夫人二女公子闻知后，会作何感想？"薰大将总觉得有些过意不去，也感到于心不安。他心想："她母亲身份卑微，这等阶层的人家有一种习俗，即家中尚有兄弟姐妹的人死后，殡葬必须从简。因此才简单潦草行事的吧。"他想到这些，内心只觉闷闷不乐。他十分惦挂着宇治那边的情况，很想知道浮舟辞世时的具体情状，极欲亲自奔赴宇治探询。然而倘若在那边居丧期届满之前去的话，就必须在那里闭居三十日，这是习俗的规定，长时间滞留对于自己不合适。可是难得去一趟，到了又立即返京，也觉得对不住宇治的人们。思来想去，十分烦恼。

不觉间又到了四月。一天傍晚时分，薰大将想起：浮舟倘若还健在，今天该是迎接她迁居京城的日子。内心不胜悲伤。庭院近处的橘花散发出令人怀旧的可人芳香，杜鹃悲鸣两声从空中掠过，薰大将独自吟咏："杜鹃若能经冥府。"[02]他觉得仅吟咏此歌，尚嫌不足以抚慰自己的情怀。恰巧当天是丹穗亲王到北院来的日子，薰大将遂命人折下一根橘花枝，将自己所吟咏的歌系在花枝上，给他送去。歌曰：

> 君若怜惜疼杜鹃[03]，
>
> 暗自饮泣属当然。

---

[01] 此句出自白居易诗《李夫人》："人非木石皆有情，不如不遇倾城色。"
[02] 此句引自《古今和歌集》第855首，歌曰："杜鹃若能经冥府，报我哀泣心凄楚。"当时人们相信杜鹃可在冥途上往来。
[03] 以"杜鹃"比喻亡故的浮舟。

丹穗亲王见到容貌酷似已故浮舟的二女公子，更加引发内心的悲伤。这时夫妻二人正在茫然陷入沉思，突然接到薰大将来函，丹穗亲王读后觉得此歌似乎另有含意，旋即作答歌曰：

"橘花吐香念故旧，
知心杜鹃鸣唧啾。[01]

令人好心烦啊！"

二女公子早已无一遗漏地知道丈夫丹穗亲王与异母妹浮舟的事情。她心想："姐姐和妹妹都是红颜薄命者，莫非是由于她们各自遇事过于深思，多愁善感所致？而姐妹中惟独我一人不知深思，因此才能苟活到今天吧。但谁知今生还能苟延多久。"想到这里不由得感到内心不安。丹穗亲王也在想："反正二女公子全都知道自己与浮舟的事，再不向她坦白未免太过意不去。"于是把以往诸事的来龙去脉略加润色，全都告诉她。二女公子说："你瞒着我，令我好难过啊！"这两人在交谈的过程中，时而哭泣，时而欢笑。由于交谈的对方是死者的姐姐而不是他人，因此丹穗亲王觉得交谈的氛围亲切富有情趣。倘若他在正妻娘家六条院那边，有点小事都会小题大做，很不自在。此番丹穗亲王患些不是什么大不了的疾病，那边却兴师动众，为他举办祈祷康复仪式等，繁忙纷扰，前来探病的客人络绎不绝，他的老丈人即六女公子的父亲夕雾左大臣、六女公子的兄长们时刻在他身旁问寒问暖，实在不胜其烦。相比之下，丹穗亲王觉得在二条院着实轻松自在，备感亲切。尽管如此，丹穗亲王还是在寻思："浮舟为什么突然死去？简直像在梦境里。"对此他总是耿耿于怀，于是派遣时方等

---

[01] 此歌仿《古今和歌集》第139首"欣闻五月橘花香，怀念旧侣袖芬芳"而作。

人前往宇治把侍女右近迎接来。浮舟的母亲住在宇治，听见宇治川汹涌的波浪声，自己也恨不得投川追随女儿远去，内心的忧伤悲痛无法排解，只得带着这种心情踏上返京的归途。留下右近等人只好与几个诵经念佛的僧人相互为伴，寂寞无聊地度日。正在此时，时方等人来了。先前宇治山庄突然增加值宿人，戒备森严，如今已无人挑剔责难，时方想起前些时候所见的情景，心想："真可惜啊！丹穗亲王最后一次到此地来时，竟遭值宿人阻拦，未能入内。"时方很同情丹穗亲王。他们在京城里眼见亲王为这区区不足道的恋情竟迷恋焦急到如此程度，觉得不成体统，但是到了这里，回想起从前丹穗亲王曾数夜不辞艰辛远途跋涉前来与浮舟幽会，以及抱着浮舟泛舟宇治川的情景，觉得亲王的姿影多么高雅优美。回思往事，不由得动情感伤。右近出来会见时方，一见面右近便情不自禁地痛哭了起来，这也是难怪的。时方对她说："丹穗亲王如此这般说，特地派我前来。"右近说："现在正值居丧期间，我倘若贸然离开前去，其他人肯定会觉得奇怪，瞎起狐疑，我不能不有所顾忌。再说此刻我思绪烦乱，纵令前去拜见亲王，估计也不可能清楚明了地向亲王禀报。且待浮舟小姐的丧期断七后，我再找个借口对他人说：'我要出门一趟。'这才说得过去。届时我若能意外地苟延性命，情绪稍微镇静下来，纵令亲王不召见我，我也定然会把这桩梦一般的事件向亲王禀报。"看来她今天不肯动身。时方大夫也哭泣着说："亲王和小姐的关系如何，我们并不十分清楚。怜花惜玉的雅趣我们更加不知晓，不过我们确实看到了亲王对浮舟小姐无比宠爱眷恋的神情，因此觉得似乎无须急匆匆地和你们亲近，早晚总会有为你们效劳的时机，从而思想上多少也有些松懈，不想竟发生这种无法挽回的悲惨事件。从我的心情上说，对你们深表同情，更加希望接近你们了。"接着又说："亲王考虑照顾周到，特意派车前来迎接，倘若空车回去，岂不是辜负了亲王的一番美意？那么，或者请另一位侍从姐姐前去，你以为如何？"右近于是呼唤侍从，并对她说："那么请你走一趟吧。"侍从回答说："我嘴拙更不会应对，不知该说些什么。再说为小姐居丧，我丧服尚在身，亲王府上哪能不忌讳！"时方应声催促说："亲王患病，府内正举办各种祈祷法事，原本有各种斋戒，然而由于爱恋小姐的关系，似乎不忌讳为小姐服丧的人。何况亲王与小姐的宿缘如此深厚，他自己也应服丧。不管怎么说，距断七期限也没有几天了，还请你今天走一趟吧。"侍从一向暗自恋慕丹穗亲王的英姿，浮舟死后，侍从本以为今后不能再见到亲王了，今天有此机会，何乐而不为。她乐意动身进京。侍从身穿黑色丧服，巧作打扮之后也蛮清爽标致。她现在没有主人，遂漫不经心地认为不必穿围裙，因此也没有把围裙染成深灰色。今天让她的随从人带一件浅紫色的围裙备用。途中侍从心想："倘使浮舟小姐还健在，要走这条道进京，得避人耳目，秘密进行。我内心中对她与丹穗亲王相恋，是深表同情的。"她沿途边走边想，缅怀浮舟，悲伤的热泪不停地流淌，不觉间抵达丹穗亲王府。

丹穗亲王听说侍从来了，不由得甚为哀愁。此事太难为情，不好意思告诉夫人二女公子。丹穗亲王来到正殿上，让侍从在游廊前下车。亲王向她仔细地询问了有关浮舟临终前的种种情况。侍从把小姐在那段期间冥思苦想、忧伤悲叹的情景，以及那天晚上伤心哭泣的情状，一一禀告。侍从说："小姐异乎寻常地少言寡语，仿佛万念俱灰，提不起精神来。明明心中有大事，却甚少向人述说，总是憋闷在内心底，可能由于这个缘故，连临终遗言也不曾留下来。她如此痛下决心撒手人寰，实在是做梦也想不到啊！"她禀报得十分详细，丹穗亲王听了愈加伤心，心想："因缘都是前世注定的，前途如何，为何不听天由命呢？！不知要下多么大的决心，才有勇气投川溺水自尽呢！"亲王似乎想体谅她的痛苦心情，心想："倘若我能当场发现她投川，一把将她抱住就好了……"想到这些不由得感情激动，心如刀绞，然而如今已无法挽回了。侍从也在想："当她焚烧书信的时候，我为什么不多个心眼明察而疏忽大意了呢？！"侍从整整一个晚上回应丹穗亲王的询问。她还把浮舟写在诵经卷数记录单上回复她母亲的绝命歌念给亲王听。从前丹穗亲王从未曾注目过这个侍女侍从，此时觉得她也蛮和蔼可亲的，于是对她说："你今后就在我这里供职如何？你对我家夫人二女公子也并不陌生不是吗？"侍从回答说："我心虽然也想在府上供职，但此刻内心的悲痛未了，且待小姐的丧期断七后再作打算。"丹穗亲王说："希望你再来！"丹穗亲王连侍从也觉得依依惜别。黎明时分侍从告辞。丹穗亲王把以前为浮舟置办的梳具盒一套和衣箱一套赏赐给她。丹穗亲王为浮舟置办的日常生活用具，各式各样为数甚多，但是赏赐侍从也不宜过于丰厚，因此只赏赐合乎她身份的物件。侍从到这里来，没有想到会获得赏赐，如今要带这么多赏赐物品回去，同辈的其他侍女们看见了会怎么想呢？她总觉得是个麻烦事，然而又无法婉言谢绝，只好接受下来并将赏赐品带回山庄去。到了山庄，她与右近二人悄悄地打开来看。恰巧在这寂寞无聊的期间，看到这许多做工精巧、意匠新颖、品种多样的赏赐品，不由得悲从中来，彼此热泪潸潸。赏赐的衣服装束也都是相当华丽的。她们俩相互愁叹："居丧期间，如何才能把这些华美的赏赐品隐藏起来呢？"

薰大将也非常关心和挂念宇治那边的情况，思来想去一筹莫展，遂亲自前往宇治探视。一路上，薰大将回思往事，百感交集，他想："想当初我不知是由于哪份前世注定的缘分而来访问她们的父亲八亲王，后来竟为八亲王全家成员操心照顾，甚至连这位意想不到的八亲王的私生女也都照顾到。当初我之所以到此地来，为的是向这位道行高深的前辈八亲王求教佛法，以便为自身来世修福。没想到自己后来竟违背初衷，动了凡心迷入色途，大概缘此而承受佛祖的惩戒吧。"抵达山庄后，薰大将召唤右近前来，对她说：“浮舟身亡时的情景，我虽听说了但很不清楚。这真是一桩令人无限伤心的无常事件。现在距居丧期的断七日期所剩没几天了，我本拟于断七后再来访，然而心情无论如何也平静不下来，就急匆匆地来了。浮舟小姐究竟患了什么病症，那样突然死亡？”听见薰大将这般询问，右近心想：“小姐突然死亡时的情景，老尼弁君等人也都看见了，事情的真相早晚都会传到薰大将的耳朵里。我此刻倘若多余地隐瞒不报，将来他知道我所禀报的与他所了解的情况不一样，反而会怪罪我，这对自己很不利。”至于浮舟与丹穗亲王那不可思议的秘密幽会关系，右近曾竭尽全力设法隐瞒，并且预先准备好一套套巧妙的说辞，以便应付这位态度严肃认真的薰大将的各种提问。然而今天当真面对薰大将的提问时，原先准备好了的说辞，竟然忘得一干二净，不知如何回答才好，狼狈不堪，于是将浮舟失踪前后的情况如实地向薰大将禀报。薰大将听了，觉得这真是意料不到的事，顿时说不出话来。薰大将心想：“真无法相信这是真实的事情！浮舟生性沉默寡言，世间一般人随便想到的事或漫不经心爱说的话，也难得从她的嘴里说出来，这样一位文静的淑女，怎么可能狠下决心，做出这种可怕的事情来呢。说不定这是此间的侍女们编造的情节来蒙骗我呢！”他怀疑会不会是丹穗亲王把浮舟隐藏起来了呢，内心思绪愈加烦乱了。然而想起丹穗亲王悲叹痛悼死者的神情，又觉得这显然是千真万确的啊！再说，观察这里人们的动静，倘若是有意造假，自然会露出蛛丝马迹的。这时山庄内上上下下的人们都听说薰大将到宇治来了，小姐却已撒手人寰，大家聚集在一起，极其悲伤地痛哭不已。薰大将听见这片凄凉的哭声，问道：“有没有人与小姐一起失踪？还必须把当时的具体情况更加详细地告诉我。我估计小姐决不会嫌我对她冷淡而背弃我。究竟突然发生了什么不可告人的事件，促使她投川身亡？我始终无法相信这是真的事实。”右近看见薰大将的神情，觉得他很可怜，同时又见他“果然怀疑此事蹊跷”，她内心不免觉得事情麻烦了。右近对薰大将说："大人是知道的，我家小姐自幼不幸，生长在遥远的穷乡僻壤，最近迁居到远离人群的荒寂山庄之后，平日总是陷入郁闷的沉思。她最大的乐趣莫过于静候大人偶尔莅临山庄，这种期盼甚至能使她忘却过去的不幸和悲伤，她希望早日迁居京城，以便能够从容地朝朝暮暮见到大人。她嘴上虽不说，但是内心似乎总是这样想的。后来听说此事即将如愿，身为侍女的我们这些人无不感到欢欣庆幸，于是纷纷忙于做乔迁的准备工作。小姐的母亲即那位常陆守夫人多年来的宿愿即将遂愿，更是如释重负，加紧忙于筹划迁京的诸多事宜。不料后来大人送来了一封莫名其妙的信。这里的值宿人也来传达大人的旨意，说是'侍女中有行为不检点者，警卫必须更加森严'。那些不懂礼仪的粗暴村夫们中又有妄加揣测，胡编乱造谣言者。自那以后，大人久疏音信。于是小姐愈加痛感命里注定自身自幼不幸，命途多舛，实在是无可奈何，顿感万念俱灰。她母亲一向尽心竭力，务求使此女儿获得幸福，不至于让人背后说风凉话。然而小姐此时却深感母亲的这番苦心反而成了世人讥讽的笑柄，多么令人伤心啊！就这样她遇事总往坏的方面想，成天陷入沉思愁叹。除了上述情况之外，实在想不出导致她走上绝路的原因，纵令被鬼怪隐藏起来，也总会留下一些痕迹啊！"她说罢极其悲伤地痛哭了起来，薰大将心中的疑窦逐渐消失，哀伤的情绪涌上心头，情不自禁地热泪潸潸止不住。薰大将说："我身不由己，不能随意行动，我的任何行动都会迅速招引世人的瞩目。甚至每当牵挂她而放心不下时，往往会自我宽慰：'不久即将迎接她进京，我要让她有个正式的名分，无须顾忌地与我长相厮守。'凭借这种想法而使自己耐住性子度日，没想到她竟怀疑我对她薄情疏远她，而实际上反而是她对我冷淡，舍弃我，实在令我伤心啊！有件事，今天本不想再提起，好在此刻别无外人，不妨说说，那就是有关丹穗亲王的事。他与小姐从什么时候开始交往的？这位亲王在恋慕女色方面实在异乎寻常，且善于拨动女子的心弦。因此我估计小姐是由于不能经常与他相会，以至抑制不住极度的悲伤，才投川身亡的吧。你必须如实将详情告诉我，对我绝不可隐瞒。"右近心想："薰大将肯定已经完全知道小姐与丹穗亲王的秘密了。"她觉得怪对不住薰大将，说道："这件令人烦心的事，原来大人都听说了呀。我寸步不离小姐身边……"她想了想，接着又说："想必大人自然已听说了，小姐曾经悄悄地在丹穗亲王的夫人二女公子那边借宿了好几天。这期间，有一天，简直出乎意外，丹穗亲王竟神不知鬼不觉地贸然闯入小姐室内，经我们措辞相当严厉地违抗之后，亲王终于落空地离开了。小姐深感恐惧，遂移居三条的那所简陋的住家里。此后亲王全然不知小姐去向，也就无从前来纠缠。其后我们一直隐匿住所，不让亲王知晓。迁居宇治山庄之后，不知亲王从何处得知消息，时值今年二月间，亲王就派人送信来。此后又有好几次来函，但浮舟小姐都不看。我们见状劝她说：'不予理睬未免失礼，反而显得小姐不通人情。'于是小姐写了复函，大概作复过一两次吧。除此之外，我并没有看到别的什么动静。"薰大将听罢，心想："她的回答不外乎就是这些情况，我再强行深究，未免索然无味。"于是薰大将独自陷入沉思，他想："浮舟一方面珍惜丹穗亲王对她的倾心爱慕之情，另一方面她对我的感情也无法轻易舍弃忘怀，以至左右为难，束手无策，无法判断。她生性原本就是优柔寡断、多愁善感，再加上又居住在宇治川畔，思绪纷乱无着时难免会萌生投川轻生的念头。试想假如我不把她弃置在宇治山庄而是安置在靠近我处居住的话，她即使遭遇世间再大的忧患，也未必能找到什么'深谷'[01]可供投谷身亡吧。这样看来，她与宇治川似有恶缘啊！"薰大将自然而然地对这条宇治川的流水都深感厌恶。近年来他为了那位令人爱怜的大女公子和

---

[01] 此语引自《古今和歌集》第1061首，歌曰："欲投深谷释忧患，奈何谷浅诚犯难。"

这位浮舟，频繁地远途跋涉，往返奔走于这崎岖的山路上，如今回想起来觉得实在可悲啊！甚至连"宇治"这个地名也不想再听了。薰大将接着又想："丹穗亲王的夫人二女公子最初对我提及浮舟的事情时，把浮舟比作'已故姐姐的遗念偶像'已是不吉利的兆头。归根结底，简直是由于我的疏忽大意，才招致浮舟的自毁身亡。"他浮想联翩，想起了先前听说的浮舟的殡葬仪式的情况，觉得："浮舟的母亲毕竟身份卑微，因此浮舟死后的殡葬仪式办得过于草率，太简单了。"内心很不愉快。听了右近的详细汇报之后，又想："做母亲的，该不知多么悲伤。浮舟作为这般身份的母亲的女儿，确实已算相当优秀的人了。但是浮舟与丹穗亲王的秘密关系，做母亲的可能并不知晓，说不定她还以为可能是我对浮舟的态度有什么变故，才发生这种不幸事，从而对我心怀怨恨呢！"想到这些薰大将就觉得很对不住浮舟的母亲。浮舟不是在家里死的，因此这住房没有蒙上死人的秽气，不过因为随从人员都在跟前，薰大将没有跨进室内，他命人将架车辕的台座搬来，放置在屋角的双开板门处，当作凳子坐。但又嫌不雅观，后来就走到枝叶葳蕤的树荫下，以地衣为坐垫，就地坐下歇息了一会儿。他环顾四周，心想："今后恐怕不会再到这伤心之地来了！"感伤地独自咏歌曰：

　　我若长辞伤心地，
　　凭吊荒宅知是谁？

　　那时山寺的阿阇梨，现在已任律师职位。薰大将召唤这位律师到山庄来，吩咐他为浮舟举办各种法事，增添诵经念佛的僧侣人数。因为自尽行为罪孽深重，为减轻死者的罪孽，必须追善，每逢做七的日子，都必须诵经供养举办法事等，薰大将都作了详细的指示。天色已经黑暗，薰大将准备起程返京，他心想："倘若浮舟还健在，我不会就这样返回京城。"脑子里想的净是浮舟的事。他召唤老尼弁君，可是弁君派人代为回答说："老身实在太不吉利，为此悲伤愁叹不已，精神远比以前更觉恍惚昏瞆，只顾躺着起不来。"她不肯出来见面，薰大将也不勉强进去看她，就此踏上归程。他在归途中不胜后悔：自己为何不趁早迎接浮舟进京？他听见宇治川的流水声，更觉心乱如麻、心潮澎湃，他想："连遗骸都找不到，多么悲惨的撒手人寰啊！不知她此刻怎么样了，在何处海底与贝类为伴？！"他哀思满怀，无以自慰。

浮舟的母亲，由于京城里丈夫家常陆守宅邸内正在为女儿的安产而举办祈祷法事，自己又刚从丧家返京，身上蒙着死人的秽气，出于忌讳不便径直返回常陆守宅邸，所以暂时落脚三条那边的那所简陋的住处。她的悲伤也无法抚慰，另一方面她也惦挂着后夫的女儿是否已安产。身为母亲却因身有秽气不能接近产妇，也顾不上思念照料其他的孩子，只顾茫茫然地度日。正在此时，薰大将秘密地派人送信来了，夫人虽然精神恍惚，但也觉得十分欣喜，同时也很伤心。薰大将的信中说："此番不幸而发生如此意外的事件，晚辈首先应向夫人表示诚挚的吊唁。然而由于惊闻噩耗心绪烦乱，泪眼模糊无法镇静下来，想必夫人痛失爱女，更不知多么悲伤哀叹，因此拟待情绪稍见平静后，再行拜候。倏忽已过多时，晚辈痛感世态无常，更觉此恨绵绵无尽期。晚辈倘若尚能苟延于世，万望夫人视我为令媛的遗念，晚辈随时恭候差遣。"此信写得感情非常真挚，送信的来使，就是那位大藏大夫仲信。薰大将还嘱托仲信传达自己的口信说："晚辈办事动作缓慢，以至年关已过却尚未迎接令媛进京，夫人或许会怀疑我爱慕令媛之情未必深。过去的事就让它过去吧，从今以后，无论任何事，如有所需，务请招呼一声，定当尽力效劳，亦请夫人将此事放于心上切莫忘怀。听说府上公子为数不少，若欲出仕朝廷，晚辈定当尽力关照。"夫人觉得来使非直属亲人无大碍，无须过分拘泥丧亡秽气，于是说："其实也没有什么大不了的污秽！"说着硬是邀请来使进入室内坐下歇息，她自己则一边落泪潸潸，一边复函。信中说："老身遭此严重灾难，尚能苟延残喘，悲伤度日至今，也许是由于能够仰承贵方的福言嘉语的缘故。多日来，每当看见小女在那荒凉的山庄里寂寞度日，郁郁寡欢、愁绪满怀的情状，经常痛感这都是为母者身份卑微之罪过，实在无可奈何。后来承蒙惠允即将迎接小女进京，正庆幸从此可蒙庇护过上长期幸福的生活。不料世事无常，竟发生这种无可挽回的天大灾难，令人闻到'宇治'这山乡名，都不由得感到痛苦，忧心忡忡，无限悲伤。今蒙赐书，多方安慰，不胜欣喜，似觉寿命得以延长了，倘能承蒙恩泽而存活于世间，自当仰仗鼎力施助。只是此刻悲伤难抑，泪眼昏花，未能如意恭敬复函，歉甚。"倘若按照惯例给来使赠送一般的礼品，很不适宜，然而不予馈赠，夫人又觉得过意不去。于是她把原本准备在适当的机会奉献给薰大将的，饰有带斑纹的犀角以代替饰石的石带[01]一条，以及精致的佩刀一把，装入袋内，在来使将上车时，对来使仲信说："此物是死者的遗念。"说着将礼品交给了对方。

来使仲信返回宅邸，薰大将看了馈赠的礼品后说："在这种时候，真是任性之举啊！"仲信向薰大将禀报说："常陆守夫人亲自接见我，她边哭边述说：'大人连老身膝下的孩子们的事都深切地关照到了，实在是不敢当。我等都是身份卑微者，反而觉得无比羞愧。不过，到时候我决不会让他人知晓是什么缘由，而让这些不肖的孩子们往赴贵邸，让他们奉公执役。'"薰大将听罢心想："的确，诚如她所说的，要照顾的这些常陆守的孩子们，都不是什么有密切关系的亲戚。不过，皇上的后宫中，也不是

---

[01] 石带（SEKITAI）：日本平安时代以后系在正式朝服袍子上的腰带，皮制，饰以玉或石制装饰物。根据官位或仪式的不同，饰石的种类和形状也有所区别。

没有地方官之辈的女儿，被献上进宫。这样的女子倘若有宿缘，幸蒙皇上宠爱，也不至于遭世人的讥评吧。至于一般臣下，迎娶贫贱人家的女儿或曾嫁过人的女子为妻，也是司空见惯常有的事。外人纷纷传说我爱上了常陆守的女儿，然而我从一开始就没有打算娶她为正妻，因此不能指责这是我行为上的污点。更重要的是那位母亲丧失了自己的爱女，悲伤至极，我应该看在这位女儿的情分上，照顾她家的人，以抚慰这位痛失爱女的母亲的心。"

有一天，常陆守来到坐落在三条的那间简陋住房，寻找他的夫人来了。他怒气冲冲地站着，扬声说道："家中闺女正在分娩，你竟独自逍遥躲在这里！"原来浮舟的母亲没有把浮舟近年来的情况如实地告诉他。他还以为浮舟反正是在困境中。他的夫人本想待到薰大将迎接浮舟进京后，再将体面的身份告诉丈夫。如今落得这般模样，再隐瞒下去也是徒劳而无益。于是她将迄今的一切实情向丈夫哭诉了一番，还把薰大将给她的信拿出来给常陆守看。常陆守是个把身份高贵者奉为神明的、十足卑鄙乡巴佬气息的小人，听说薰大将来信，不禁大吃一惊，反复拜读，说道："浮舟这孩子，怎么竟抛弃这莫大的幸福而死去呢。我也曾是大将的家臣，经常出入宅邸，却未曾承蒙大将召唤靠近身边。他是一位气宇轩昂的贵人，我家连年轻的孩子们都将能蒙受他的恩惠，真是莫大的福气啊！"常陆守喜形于色，夫人则更加痛惜爱女撒手人寰，只顾俯卧哀泣。常陆守此时也落泪了。实际上，倘若浮舟还健在，估计薰大将反而不会关照到常陆守之辈的孩子们的事吧。只因薰大将觉得自己有过失，致使浮舟寻短见，心存内疚，觉得至少也要抚慰她母亲，因此也顾不得世人的讥评了。

薰大将为浮舟做七，举办祭奠法事等，然而内心里总犯嘀咕："浮舟真的死了吗？"可是转念又想："不管怎样，举办法事做功德总不是坏事。"于是极其秘密地在宇治那位律师的山寺内大做道场，请六十位僧人诵念《大般若经》，并吩咐办事人：馈赠六十位法师的布施品必须精致丰富。浮舟的母亲也来到了宇治山寺，她另外添加了种种佛事。丹穗亲王也派人把装有黄金的白银壶供物送到右近这边来。他深恐被外人看见会妄加怀疑，不便公然为浮舟大肆举办法事，右近了解他的心情，这银壶黄金只当作右近献上的供养物品。不了解内情的人都相互议论说："为什么这侍女的供养物品如此阔绰？"薰大将这边，派遣了众多的亲信家臣到宇治山寺来协助办理各种杂务。许多人都诧异地议论说："真奇怪啊！这女子名不见经传，为什么法事办得如此隆重大排场，她究竟是什么人？！"此时，常陆守也到场了，他毫不拘谨，俨然以主人自居，众人看了都觉得莫名其妙。常陆守最近由于女儿生了少将的儿子，大办庆祝仪式，忙得不可开交。他家中显摆的宝物几乎无所不有，再加上最近收集的唐国和新罗的珍宝琳琅满目，但是毕竟身份所限，其宝物再怎么珍贵也是有限的。为浮舟举办的这场法事，原本是秘密进行的，然而排场隆重盛大，常陆守看了，心想："浮舟倘若健在，其福分之高贵，绝非我等之辈所能比拟。"丹穗亲王的夫人二女公子也送来了种种布施物品，还命设宴款待诵经的七僧。连皇上也闻知薰大将有这样一个情人，大概甚钟爱此女子，不便让二公主知晓，故将她悄悄地隐匿于宇治山乡中，皇上觉得薰大将怪可怜的。

薰大将与丹穗亲王两人心中依旧为浮舟悲伤。丹穗亲王在恋火炽烈时，蓦地丧失了恋人，更是异常伤心。不过他原本就是个生性轻浮者，为了排解情伤，他试向别的女子求爱的事又渐渐多了起来。薰大将则总是心存内疚而自责，尽管多方关照浮舟的遗属，然而还是难以忘却这无法挽回的遗憾。

明石皇后为叔父式部卿亲王亡故服轻丧，这期间还是一直住在六条院。丹穗亲王的哥哥二皇子晋升为式部卿亲王。这个官位很庄严，他不能经常来参谒母后。丹穗亲王寂寞无聊，总觉悲伤难以排解，经常到平日随母后一起来探望他的姐姐大公主的住处闲聊，借以排解忧伤的情绪。大公主身边不乏姿容标致的侍女，遗憾的是没有引起丹穗亲王的注目。

薫大将在伤心期间，总算有所动心，他悄悄地喜欢上了大公主身边的侍女小宰相君，此人长相很标致。薫大将认为她是一个品性优秀、有才华的女子。同样是弹琴或奏琵琶，她弹的爪音或拨音^[01]，技法音色比别人略胜一筹；书信行文或启齿言语，也每每添加些饶有情趣的美词丽句。丹穗亲王早在以前就认为小宰相君是个才貌双全的美人，照例企图破坏薫大将对她的恋情而将她占为己有。可是小宰相君却认为："我为什么要像别的女子那样轻易地追随他呢？"她态度冷淡，佯装不知，俨然拒绝。为人坦诚的薫大将觉得："此女子异乎寻常人！"小宰相君察知薫大将的心事，按捺不住自己的情绪，遂咏歌奉上，歌曰：

"君心苦楚深同情，

身份卑微岂敢鸣。

我'倘能代替伊死去'^[02]啊！"此歌写在一张蛮有意趣的信笺上。在这富有情趣的黄昏时分，她善于体察到薫大将内心的郁悒而奉上此歌，可见她的机敏。薫大将答歌曰：

尝尽苦涩何曾露，

体察细腻诚可贵。

为了答谢她的一番好意，薫大将走进小宰相君的房间里，对她说：

---

[01] 弹琴是爪音，弹琵琶是拨音。
[02] 此句引自《后撰和歌集》中的古歌："倘能代替伊死去，君心何至碎如斯。"

"在我暗自悲伤的时刻，你的赠歌更令人感到欣慰。"薰大将本是个谨慎庄重的尊贵君子，轻易不会到侍女们的房间来。这样一位气宇轩昂、人品高尚的贵人来到小宰相君居室，那充其量不过是一处称为"局"^[01]的简陋小房间，房间的进深很浅。薰大将走进那拉门时，小宰相君觉得不好意思，但也不过分自卑，她从容自如，灵巧应对。薰大将心中暗想："此人比我所爱的浮舟更加优雅可爱啊！她为什么会在这里当宫女呢？我不如把她当作外室藏匿在某处养起来呢！"薰大将的这番内心活动，决不表露出来。

莲花盛开时节，明石皇后举办法华八讲法会。首先为已故父亲六条院主光源氏举办，其次为继母紫夫人举办，她内心中各自分别拟定日期，为死者举行佛事祈冥福、供养经佛等，仪式非常庄严隆重。尤其是宣讲《法华经》第五卷那天，各方人士通过有亲戚关系的侍女到六条院来观光参拜，为数众多。第五天这天是法华八讲的朝座讲，即举办早晨诵经和讲经之座，功德圆满，法会结束。此前这段时间，殿内暂做佛堂装饰，法会结束后须恢复原状，因此北厢房内的隔扇通通打开，好让仆役们入内修整布置。这时大公主暂时移居西面游廊上的居室里。众侍女听讲也显疲惫了，各自回自己房间休息，留在大公主身边的侍女甚少。傍晚时分，薰大将换上贵族便服，他因有要事必须与今天退出的法师中的某人商谈，因此朝着钓殿方向走去，可是法师们早已全都退出了，于是薰大将坐在池畔纳凉。这一带人影稀疏，上述的小宰相君等在附近设置围屏，间隔成小房间，做临时歇息室。薰大将心想："小宰相君就在这里休息吗？还听见衣服摩擦的窸窣声呢。"于是他从游廊中段的隔扇缝隙悄悄窥视，只见里面的陈设不像往常侍女们所在房间的模样，四周整洁清爽，从参差立着的围屏缝隙，反而能清楚地看到室内的深处。但见有三个侍女和一名女童正在

---

[01] 局（TSUBONE）：宫廷中的独立小房间，宫中女官居室。

把冰块盛在器物的盖子上，唧唧喳喳地试图把冰块敲碎。她们既不穿礼服，也没穿汗衫，一个个呈现无所拘束的散漫模样，因此薰大将没有想到这里竟是大公主的临时住处。正在此时，蓦地看见有个身穿洁白绫罗衣裳的女子在那边微笑着，颇有闲情逸致地观望侍女们喧哗捣冰的情景。她的容貌秀美无比。大公主这天热得难耐，她也许嫌自己那头浓密的秀发披在脑后太热的缘故，把秀发稍往前面梳过来，那发型和她的姿容神态，简直美不胜收。薰大将心想："迄今我见过的美人为数众多，然而似乎未见过有谁能与她相媲美的。"相形之下，她身边的侍女令人感到宛如土块一般。他那激越的心潮稍许镇静下来之后，接着又观看，但见又有一个侍女身穿黄色生丝的和服单衣，后腰罩上淡紫色的围裙，手持扇子，打扮得颇见下了一番功夫。此侍女冲着正在捣砸冰块的人微笑着说："你们如此费劲地砸冰，看了反而觉得热了，不如就那么看冰更觉凉爽。"她微笑时那眉梢眼角洋溢着一股可爱的魅力。听见这说话声，薰大将知道她正是他所思的人小宰相君。众侍女费了好大的劲终于把冰块砸碎，各自手持小块冰，其中有人不成体统地把小冰块放置脑袋上，有人把小冰块捂在胸前。小宰相君沉稳地用纸裹着一小块冰，送到大公主面前。大公主伸出那双娇嫩美丽的手，让侍女们用那纸裹着的冰块揩拭了一下她的手，说道："不，我不要拿着冰块，滴下冰水来怪讨厌的。"薰大将隐约听见了大公主的说话声，内心无限高兴。他回思往事："大公主小时候，那时我也是个年幼无知的小孩儿，我曾见过她，只觉得这个小女孩儿长得多么可爱啊！后来彼此就隔绝了，连彼此的情况都没有听说。今天不知是什么神佛的慈悲，赏赐给我这么好的机会。可是，这会不会照例又像从前遇见大女公子和浮舟一样，成为我种下忧患痛苦的种子呢？！"他一面伫立凝望一面不安地沉思。在这当儿，原本在对屋北面纳凉的一个地位低下的女仆，蓦地想起刚才自己因有急事，匆匆打开隔扇走出去后忘了关上，倘若有人在这里窥探，自己将会遭受严厉的斥责。她很担心，旋即急忙地赶回来。她发现有个身穿贵族便服的人在那里，吓了一跳，不知此人是谁。她忐忑不安，也顾不上会被人看见，急匆匆沿着游廊朝薰大将那边走去。薰大将立即转身离去，躲藏起来。他心想："我这种貌似好色窥视的举止，绝不可让人看见！"那女仆心想："这下可了不得啦，我连围屏都没有把它挡妥，从外面望进去可一览无余。站在那里的那位官人，想必是夕雾左大臣家的公子吧。与六条院非亲非故的陌生人，理应无法进到这里来。此事倘若被人知道了，肯定会被追究：'是谁打开隔扇又没关好？'幸亏这位官人的装束，所穿的单衣和裙裤似乎都是生丝质地，行动起来没有发出窸窣声，里面没有人察觉吧。"她格外担心，不知如何是好。薰大将则在想："我原本求道之心日益坚定，只因思恋宇治的大女公子，迈错了一步，以致落得变成一个备受感情熬煎的凡夫俗子。倘若当时远离尘世遁入空门，现在早已安居深山，不会如此心烦意乱吧。"他百感交集，心绪如潮一时镇静不下来，接着又想："我为什么近年来总在渴望见到这位大公主？如今看见她的身影，反而更添加痛苦，实在是万般无奈啊！"

薰大将回到三条宅邸后，一大早就起身。他望着自家夫人二公主，觉得她的容貌着实美丽，他暗自想："论姿色，虽然大公主未必优胜于二公主，但是仔细琢磨，大公主之美毕竟还是无人可与她比拟，她拥有惊人的高雅气质，光彩照人，其美姿简直无法言喻。莫非这是由于自己的偏见，抑或是由于时间、环境的关系？！"薰大将对夫人二公主说："天气酷热，你何不换上薄些的衣服呢。女子不时换异装，应时着装，饶有风情意趣呐。"他又对侍女说："到皇后那里去，叫大贰[01]给二公主缝制一件质地轻薄的绫罗单衣。"在旁的侍女们都甚高兴地想："我们二公主正处在青春貌美年华，大将多么欣赏她呀！"薰大将照例到佛堂诵经，而后回

[01] "大贰"是皇后身边侍女的名字。

到自己的居室歇息。中午时分，来到二公主室内，看见刚才吩咐侍女去要的质地轻薄的绫罗单衣已经挂在围屏上了。薰大将对二公主说："你为何不穿上呢？人员众多的时候，身穿质地轻薄剔透的绫罗单衣，似乎不成体统，但是此刻无妨。"说着亲自为二公主更衣。和服裙裤也同昨日大公主所穿的一样，是红色的。她那头浓密的秀发，长长地下垂，那份美妙的姿影，着实不亚于大公主。不过还是各具特色，各有千秋吧。薰大将命人拿些冰来，并让侍女砸成小块，然后取一块递给二公主。当他意识到这是仿效昨日所见的情景时，心中也觉得很滑稽。他心想："不过，世间也有人让自己思慕的伊人入画，借赏画以抚慰相思情，何况二公主是大公主的妹妹，更宜于抚慰我心。"可是，接着又想："倘若昨日在大公主那边，我也能像今天一样参与其间，尽情欣赏大公主的美姿……"这么一想，便情不自禁地吐露一声叹息。薰大将问二公主："你近来给大公主写信吗？"二公主回答说："没有。以往在宫中时，父皇叫我写，我就给她写。可是后来阔别多时，已经很长时间没有给她写信了！"薰大将说："倘若是由于你下嫁给臣下，所以大公主不给你写信，这未免太无情了呀。你赶快去见皇后，诉说你对大公主不给你写信的怨恨。"二公主说："怎么可以说'怨恨'呢！我不愿意去说。"薰大将说："那么你可以说：姐姐因为我下嫁臣下，似乎瞧不起我，所以我也不特意给她写信。"

当日薰大将与二公主过了一整天，第二天早晨，薰大将前去参见明石皇后，那位丹穗亲王也去了。丹穗亲王身穿深紫色贵族便服，里面衬着深染丁香色的绫罗单衣，神采飘逸潇洒。他长相俊美，不亚于前日所见的大公主的丽姿[01]，他肌肤白皙，容貌清秀，比以前略见消瘦，但是姿态依然十分动人。薰大将见到这位相貌酷似大公主的丹穗亲王，恋慕大公主的情

---

[01] 大公主与丹穗亲王是明石皇后所生的同胞姐弟。二公主则是已故藤壶女御所生，是大公主的同父异母妹。

思不由得在心中涌动。他心想："真是莫名其妙的思绪。"赶紧镇静下来，然而内心比见大公主之前更觉痛苦难熬。丹穗亲王命人拿来了许多画，并吩咐侍女将画送交大公主。他本人过了不大一会儿，也到大公主处了。薰大将走近明石皇后跟前，和她交谈法华八讲的庄严，追思六条院主以及紫夫人当年在世时的情景，并观赏留下来的部分画幅，顺便对明石皇后说："我家那位二公主，自从拜别尊贵的皇宫，下嫁臣下为妻，难免受委屈，怪可怜的。她似乎认为大公主不与她通信，是由于她已是臣下身份，故大公主弃而不顾她了，缘此内心总是郁闷不乐。但愿诸如此类画幅物件，间中也送一些给二公主，由我带去给她，也未尝不可。不过由我带去就不显稀罕啦！"明石皇后说："这就奇怪了，大公主怎么会弃而不顾二公主呢！原先她们两人在宫中时，彼此居处相距很近，经常往还通信。后来分开居住，彼此间的问候自然就稀疏了吧。我拟立即劝大公主给二公主去信。也请二公主不要有什么顾虑。"薰大将说："二公主怎能贸然写信呢。二公主虽然不是你亲生的，但是若蒙你看在你我姐弟情分上，垂青于她，则感幸甚。何况她们本来就习惯于经常往还通信，如今突然被疏远舍弃，不免痛心难受。"薰大将说这番话，其实是出于好色之心被搅动，然而明石皇后怎么也不会想到这点。

薰大将从明石皇后御前告退出来之后，想去那天晚上曾入室探望的小宰相君处，并且看看先前窥视过的那处游廊上的居室，聊以自慰。于是薰大将穿过正殿，朝向大公主所居的西殿走去。这里帘内的侍女们特别用心戒备。薰大将仪表堂堂、风采动人，他走在游廊上，看见夕雾左大臣家的诸公子正在那里与侍女们聊天，于是走到屋角的双开板门前坐了下来，说道："我虽然经常到这一带地方来，却难得遇见各位，我自己都觉得很意外，同时也感到自己是不是已经变老了，从现在起得多鼓起勇气常来与你们亲近，于是就来了。你们这些年轻人会不会感到我夹杂在你们当中很不协调呢?!"说着望望诸侄儿的面孔。有一个侍女说:"从现在起开始演练,定能变得年轻的。"侍女们无拘束的随便谈吐怪有趣的,但觉这殿内荡漾着优雅氛围,富有情趣。薰大将在这里没有什么要事待办,他和侍女们海阔天空轻松闲聊,蛮惬意的,因此待的时间较长。

大公主来到母后这里。明石皇后问她:"薰大将到你那里去过了吧?"陪伴大公主一道来的侍女大纳言君回答说:"大将大人是来找小宰相君谈话的。"明石皇后说:"这样一位严肃老实的君子,也会关心体恤女子而找她谈话,遇上个不机灵的女子,想必穷于应对,一语就被人家看透内心底之所思。不过,小宰相君嘛倒是大可放心的。"明石皇后和薰大将虽然是异母姐弟关系,但是她对他还是很客气的,因此她希望侍女们对他也用心应对。大纳言君还说:"大将大人特别喜欢小宰相君,不时到她房内叙谈,直到夜深才出来。大概不至于是世间司空见惯的轻浮恋爱吧!小宰相君认为丹穗亲王是个薄情人,所以连信似乎也不给他回复。真是太过分了些。"她说着笑了起来,明石皇后也笑了。明石皇后说:"小宰相君能察觉到丹穗亲王那不成体统的轻浮性情,倒是蛮有意思的。我真想设法让他改掉那种恶癖。实在羞耻。这里的侍女们想必都在讥笑他吧。"大纳言君又说:"其实我还听到一个奇怪的消息:大将大人的最近丧亡的那个女子,据说是丹穗亲王的二条院夫人二女公子的妹妹,可能是异母妹吧。还有一个前常陆守某某之妻,据说是此女子的婶母或是母亲什么的,不知是怎么回事。此女子隐匿在宇治,丹穗亲王和她悄悄地私通了。大概是大将大人听说了吧,旋即准备迎接此女子进京,并增派许多值宿人去宇治,使宇治戒备森严。丹穗亲王悄悄前去造访时,竟不得进门,只好不像样子地在马背上和站立着的一侍女交谈了一会儿,而后折回京城了。这女子大概也恋慕丹穗亲王吧,有一天她突然失踪不知去向了。据乳母等人估计说此女子已投川丧命,她们悲伤至极,号啕痛哭不已。"明石皇后听了觉得很意外，她说："这些情况都是谁说的？简直荒唐无稽，太凄惨了。不过这种离奇的怪闻，自然会在世间纷纷流传，为什么未曾听见薰大将提起呢？！薰大将所谈的只是些人事无常的事，以及宇治的八亲王家人大都寿命不长的事，并深为其感伤悲叹，仅此而已。"大纳言君说："说得是呀！我也觉得下等仆人说的话是没谱的，不过，这是在宇治当差的一个女童说的。这个女童，有一天曾到小宰相君的娘家来，把自己所见到的情况如实说了。这女童还说：'请不要将小姐奇怪地骤然死亡的事告诉别人。那件事情节离奇骇人听闻，因此大家都严守秘密不张扬出去。'大概由于这个缘故，宇治那边的人就没有将详情向大将大人禀报吧。"明石皇后说："你要叮嘱那个女童，切莫再将此事告诉他人。丹穗亲王如此放荡不羁，难免身败名裂，遭人轻蔑！"明石皇后非常担心。

其后，大公主给二公主来信了。薰大将看了大公主的手迹，觉得她的字迹挺秀美丽，内心不胜暗喜，心想："再早些敦促大公主与二公主通信，能更早些欣赏到大公主的秀丽字迹就好了！"明石皇后也给二公主送来了各式各样的美丽绘画。薰大将也收集了各种更加有趣的画幅，赠予大公主。其中有一幅，画的是《芹川大将物语》[01]中的某段情节：远君恋慕大公主，在一个秋天的傍晚时分，由于按捺不住相思的痛苦折磨，遂朝向大公主的殿堂走去。运笔娴熟妙趣横生，薰大将看了只觉远君宛如自身的写照，心想："大公主倘若像画中人，接受我的思慕就好了！"暗自哀叹自己时运不济。咏歌曰：

秋风摇曳荻露珠，
暮色更添幽思苦。

---

[01] 《芹川大将物语》可能是当时的一部小说，今已失传。所提"远君"、"大公主"都是该小说中的人物。

他很想将这首歌写在这幅画上赠予大公主，可是转念又想："自己的这份邪念，倘若微露端倪，深恐在世间会引起莫大的麻烦，因此应该绝对深藏不露才是。"他浮想联翩，冥思苦想到最后，终于又回到原点，回想起那位已故的初恋的宇治大女公子，他想："大女公子倘若健在，我绝对不会分心去思慕别的女子。纵令皇上说要给我赐婚，招我为驸马，我也不会接受吧。再说皇上听说我已有钟爱的女子，也不会将公主下嫁给我。归根结底，恨只恨那害得我如此忧伤烦恼、苦不堪言的'宇治桥姬'[01]啊！"苦思一番想不出主意时，心又飞到丹穗亲王的夫人即那位宇治二女公子身上，对她既思恋又怨恨。想当初是自己将她让给丹穗亲王的，多么愚蠢啊！如今已追悔莫及，无可奈何。接着又联想到那个出乎意外突然撒手人寰的浮舟，她真是个天真无知、不谙世故的人，轻率地自我了断，实在是痴者之举。可是当想到侍女右近曾向自己叙述过浮舟忧虑沉思痛苦万状的情景，以及她似乎听说自己对她改变主意，她内心愧疚哀叹不已的情状，又觉得她实在可怜。薰大将心想："我本来就没有打算娶她为正妻，只把她当作诚实可信的情侣看待。她确实很可爱。这么想来，丹穗亲王也不可恨，浮舟也不足以怪她薄情了，怨只怨我自己不会妥善处理世事啊！"他不时茫茫然反躬自省，陷入沉思。

薰大将尽管气度宽宏，严于律己，但是遇上这种恋爱问题，也难免时不时感到心力交瘁。更何况生性好色的丹穗亲王，自从浮舟猝死后，他哀痛的情怀无法排解，连个可当作浮舟的遗念，倾吐衷肠的对象都没有。惟有他的夫人二女公子有时吐露："浮舟真可怜！"可是她和浮舟从小就不在一起生活，而是新近才偶然相遇认识的，从而对浮舟的同情也并不是那么深。再说丹穗亲王也不好意思在妻子面前随意说："浮舟很可爱，

---

[01] 以"宇治桥姬"比喻宇治大女公子。

自己很伤心！"于是丹穗亲王把一向在宇治供职的侍女侍从接到二条院里来。

宇治山庄那边，自从浮舟猝死后，侍女们都纷纷请假离散，只有乳母、右近和侍从三人，不忘旧情留守在那里。侍从与浮舟的关系本来就不是那么亲密，但还是暂时留下来与乳母等做伴度日。当初浮舟尚健在期间，侍从听到这荒凉的宇治川的湍流声，虽然觉得很可怕，但又想："说不定会'早遇可喜湍急流'[01]，前途尚有盼头呢。"从而借此自慰。可如今就只剩下难以忍受的忧心和恐怖了。后来侍从终于进京了，住在一处简陋的场所。丹穗亲王派人寻找到她，对她说："你到二条院来供职吧。"侍从感谢丹穗亲王的一番好意，但是她考虑到二条院夫人二女公子与自家小姐是姐妹，感情纠葛复杂，深恐侍女们诸多微词不堪入耳，难以相处，因此婉拒去二条院而希望到明石皇后那里当差。丹穗亲王说："如此很好，这样一来，我可私下召唤你。"侍从心想："自己到宫中供职，也许能排解孤苦无依的心绪。"于是找熟人说情疏通，到明石皇后那里当侍女。别的侍女们觉得："新来的侍女身份卑微，但长相还不错，人品也还可以。"因此无人为难她。薰大将也经常到明石皇后这里来。侍从每次见到薰大将，总觉无限感伤。侍从过去常听人说："明石皇后那里，有许多身份高贵的千金小姐，活像小说中所描述的闺秀。"她留心观察，可是逐渐觉得还是无人能与她旧主人浮舟小姐相媲美。

今年春天辞世的式部卿亲王有个女儿，亲王夫人是她的继母，很讨厌她。这继母的兄长右马头，人品平庸微不足道，却思慕这个女儿。继母不顾女儿会遭受委屈，硬是答应把女儿许配给他。明石皇后偶然听说此事，说道："可惜啊！她父亲在世期间，格外疼爱她，如今将受糟践了！"这

---

[01] 此句引自《古今和歌六帖》中的古歌："祈祷神灵赐保佑，早遇可喜湍急流。"

闺女孤苦无依，只能暗自悲伤，哀叹不已。这闺女的哥哥侍从听见皇后这么说，立即回答说："承蒙皇后如此厚爱关怀……"于是在最近就将他妹妹送进宫内。这闺女安置在大公主那里陪伴大公主，最为合适不过，缘此也特别受人们的尊敬。然而在宫中供职，身份自有规定，因此给她起的侍女名叫"宫君"，但不穿侍女装束唐衣，只在礼服腰部后下方围上围裙，但这也够委屈她了。丹穗亲王听说此事，他心想："说不定这个宫君的姿色，可与我所恋慕的浮舟媲美。她的父亲本就是八亲王的兄弟。"丹穗亲王那好色的天性促使他由恋慕浮舟及至想见宫君，他拈花惹草的毛病依然故我没有改变。他恨不得能早日见到她。

薰大将听说宫君当了宫中的侍女，心想："这真是好残酷的现实啊！曾几何时事态竟发生这么大的变化。她父亲曾想把她许配给皇太子，也曾流露出想把她嫁给我的意思。看到世事如此无常，时运这般衰颓，还不如身沉水底，落得干净，还可免遭世人的讥评。"薰大将异乎寻常地对宫君备加同情。

明石皇后到了六条院之后，侍女们都觉得这里比宫中宽敞、饶有情趣，是个舒适的住处。连平素不常来侍奉的侍女，都争先恐后地前来，悠闲从容地安居下来。好几栋连接起来的对屋、回廊、穿廊上都住着好多侍女。

夕雾左大臣的威势不亚于当年的源氏。为接待明石皇后，但凡经办的事务都力求尽善尽美。源氏家族日渐繁荣昌盛，从趋时荣华这点上看，似乎比源氏时代反而更加新颖讲排场了。丹穗亲王倘若一如既往风流倜傥的话，在明石皇后就这样勾留六条院期间，不知会做出多少偷情的艳事来，但是，自那件事以后他似乎稍微安静些了，人们还以为："丹穗亲王天生的风流习性，多少有些收敛了。"却不知他近来其本性又露马脚，看中并盯上那个宫君了。

季节转凉，明石皇后准备返回宫中，年轻的侍女们都觉得很可惜，她们说："秋色正盛，红叶浓妆艳抹时节，不在六条院观赏，未免……"她们都聚集在明石皇后殿前。于是几乎每天或在池畔纳凉观赏景色，或欣赏美丽的秋月，或不断举办管弦乐会，比往常热闹多了。丹穗亲王擅长音乐，管弦技艺方面得心应手且具浓厚兴趣，始终参加演奏。这位亲王虽然朝夕见惯，但是此刻看来，其美容依然宛如崭新绽放的鲜花。相形之下，薰大将则不经常到明石皇后殿上来，侍女们都觉得薰大将庄重威严，令人望而却步，难以接近。有一天，丹穗亲王和薰大将这两人一起来参见明石皇后时，原先是宇治侍女的那个侍从悄悄地在围屏后面窥见了，她心想："这两个人都是我家小姐所恋慕的贵人，小姐倘若能存活至今，与他们中的哪一位结缘，都能过上荣华富贵的生活，多好啊！不料小姐竟萌生短见投川自尽，多么令人震惊、多么草率、多么遗憾地欠考虑啊！"侍从对他人则佯装不知道宇治那边的情况，决不谈起此事，只在自己内心中感到无限痛惜。丹穗亲王向母后详细地禀报宫中的诸多情况，薰大将遂告辞退出。侍女侍从心想："此刻还是不要让薰大将发现我在这里供职为佳，我不希望他认为我不等浮舟小姐周年忌辰过后就匆匆离开，未免太无情！"于是她悄悄地躲避开了。薰大将向东面游廊走去，只见敞开着的门口处有众多侍女在那里小声说话，他走上前去对她们说："你们理应知道我是最可亲近的人，在平易近人这点上，恐怕比同为女子者更优胜呢。再说，正因为我是个男子，所以我可以把女子须知的事教给你们。你们会逐渐理解我的心意的，因此我很高兴。"众侍女噤若寒蝉，连句寒暄话都无人说。正在场面尴尬时，有个名叫弁的侍女，她年纪大些，通晓人情世故，寒暄说："毕竟没有密切关系的人，总是不好意思亲近的嘛。不过，世间的事往往相反，比如说我，与您并非有什么密切关系，却可以无拘束地与您会面。像我们这样养成厚脸皮习惯的侍女，不符合身份地佯装腼腆不理睬您，不是很讨厌吗？！"薰大将说："你断然认为对我没有理由显示不好意思，似乎有蔑视的意思呀！"他说着环视了一下四周，只见脱下的侍女礼服堆在一边，大概正在龙飞凤舞地任意书写着什么吧，但见砚台盖打开，那上面装着一些折下的小花枝，看来是正在玩舞文弄墨游戏。有几个侍女悄悄地躲在围屏后面，另有几个背向薰大将，脸朝门口眺望，她们的发型一个个梳得都很美丽。薰大将于是将那里的砚台笔墨移过来，赋歌一首曰：

> "黄花龙芽开遍野，
> 纵立丛中不沾惹。[01]

何故不放心呢？！"书罢旋即将所书之歌送给背转身子坐在隔扇旁的一个侍女看，这个侍女连身子也不转过来，从容不迫地挥毫疾书曰：

> 黄花龙芽名纵艳，
> 凡露焉能胡乱溅。

薰大将略扫了一眼，觉得尽管运笔匆匆，却蛮有情趣，字迹并不难看。他心想："此女子是谁呢？"看样子此侍女像是在前往明石皇后御前的途中，被路过的薰大将堵在此处，遂作短暂滞留的。侍女弁看了薰大将所咏的歌后，说："俨然老翁般口吻僵硬，略逊情调呀！"说着赠歌曰：

> "黄花龙芽烂漫时，

---

[01] 此歌仿《古今和歌集》第229首"黄花龙芽开遍野，借宿徒留薄幸名"而作，以"黄花龙芽"比喻众侍女。

是否花心歇宿试。

不妨一试便知分晓。"薰大将答歌曰：

倘蒙留宿当陪寝，
闲花散草不移心。

侍女弁看了薰大将的答歌后，说："不该如此奚落我们！我说的是您在郊野歇宿。"薰大将随便闲聊了几句无关紧要的话，侍女们希望听他讲得更多些，但他已准备离去，薰大将说："我无意中挡了道，该让道路畅通了。今天你们似乎特别腼腆，东躲西藏的，想必有什么缘故吧。"说罢扬长而去。有的侍女心里在想："薰大将大概以为我们都像侍女弁姐那样，处事欠谨慎，无所拘束吧，实在委屈人了。"

薰大将凭依在东边的栏杆上，在逐渐西沉的夕阳余晖下眺望庭院里渐次绽放的各种秋花和丛生的秋草，满园一派寂寥伤感的氛围，情不自禁地低声吟咏白居易诗句："大抵四时心总苦，就中肠断是秋天。"[01]暮地听见女子衣衫的窸窣声，显然是刚才背转身子疾书歌句的那个女子，只见她穿过堂屋的隔扇，走进对面室内。此时丹穗亲王走过来，问侍女们说："刚才从这里向那边走去的是谁？"有个侍女回答说："是侍候大公主的侍女中将君。"薰大将心想："此侍女真欠谨慎，对于心怀好奇探询其他女性情况的男子，怎能不假思索，就轻率地告诉他该女子的名字呢！"薰大将为侍女中将君抱屈。他看到众侍女对丹穗亲王似乎显得很亲近，多少也有点妒忌。他心想："也许由于丹穗亲王我行我素，态度强硬，遇事不

---

[01] 白居易诗《暮立》曰："黄昏独立佛堂前，满地槐花满树蝉。大抵四时心总苦，就中肠断是秋天。"

能不让他三分。遗憾的是，自己总是被丹穗亲王的痴恋搅局，而蒙受创伤吃尽苦头。我也要设法用以其人之道还治其人之身的手法回敬他。这些侍女中想必有容貌标致被他倾心热恋的女子，我将设法诱惑此女子，横插一杠，让他也尝尝我所受的这种痛苦滋味。真正有头脑的女子，想必会站在我这边吧，然而这样的人实在难得啊！想到这里不由得联想到二条院的那位二女公子，她不时嫌自己的丈夫丹穗亲王的行为不合乎他的身份，当然我与二女公子的亲睦关系也渐渐朝向不合适的方向发展，为避免遭世人的讥评她也费尽苦心，谨慎应对，然而她对我的那份真情始终没有放弃。世间能有这份理解，实属难能可贵。她真是一位情趣深沉、用心周到的难得的淑女。在这众多的侍女当中，是否有这样的人呢？我没有深入她们当中的经验，不了解具体情况。近来寂寞无聊，夜里不时难能安眠，有时甚至萌生这样的念头：不妨干点风流韵事试试。"薰大将此刻有这种想法，也是很不符合他的身份的。

　　薰大将又像前些日子那样，特意向西面游廊大公主所居那边走去，先前的窥视之举似乎成了毛病，连自己都觉得不可思议。大公主晚间到明石皇后那里去了，侍女们悠闲从容地在游廊上赏月，闲话家常。有个侍女正在轻柔地弹奏筝琴消遣，那爪音清脆美妙。薰大将出乎侍女们的意外，悄悄地走过来，说道："为何弹得如此令人'气绝'又'为怜'[01]啊？"侍女们大吃一惊，来不及将稍许掀开的帘子落下来，有个侍女站起来回答说："可是这里没有气调相似的兄弟呀[02]！"听声音可断定为侍女中将君说的。薰大将也就势风流戏谑答道："我可是容貌相似的母舅哟[03]！"接

---

[01] 此二语引自唐朝张文成著《游仙窟》中的句子："故故将纤手，时时弄小弦。耳闻犹气绝，眼见若为怜。"该文写一男子畅游仙境，遇一美女名十娘，弹得一手好筝。男子用此四句描述十娘弹筝时的情状。
[02] [03] 二语皆出自《游仙窟》中的句子："容貌似舅，潘安仁之外甥；气调如兄，崔季珪之小妹。"中将君说丹穗亲王的气调似其姐大公主。薰君接话，意思是说我是大公主的母舅，面见她也无妨。

着又说："看样子大公主今宵又是到那边去了。她在回归故里期间，都做些什么事呢？"薰大将似乎感到扫兴，随便问问。侍女回答说："无论在哪儿，她什么事都不做，只是悠闲度日。"薰大将想起大公主是养尊处优的高贵身份嘛，不由自主地叹了口气，旋即意识到这也许会令他人感到诧异，于是强自佯装若无其事的样子，信手把侍女们送出来的六弦琴拿过来，连琴调子也不加调整，就弹奏起来。这律调竟不可思议地合乎秋日季节，悠扬的琴声沁人心脾，薰大将弹到中途戛然停住，热心欣赏音乐的侍女们觉得："才听半截就断了反而……"她们极其遗憾。在这恬静的氛围下，薰大将浮想联翩，他心想："我母亲三公主，论身份的高贵，不亚于当下的大公主，有别的只是大公主乃当今明石皇后所生这点而已。她们各自深受自家父皇的宠爱，这点也别无二致。然而不可思议的是，为什么大公主的威势似乎显得更优越呢，莫非明石皇后的出生地明石海湾胜境地灵护佑所致吗？！"接着又想："我娶了她的异母妹二公主为妻，这份宿运已够有福气的了，倘若能兼得这位大公主，该不知多么……"他真有点异想天开了。

　　已故式部卿亲王的女儿宫君，在大公主所居的西殿那边有她自己的房间。许多年轻的侍女都聚集在那里观赏秋天的月色。薰大将心想："可怜啊！这位宫君与大公主原本都是皇家天子的血脉。"薰大将回想起式部卿亲王当年在世期间，曾经有心将此女许配给他，想必并非无缘故吧，于是朝向宫君那边走去。只见有两三个长相可爱的女童，身穿值宿衣衫，在那一带外面行走。她们看见薰大将走过来，连忙走进室内去，显得羞答答的样子。薰大将觉得："这是世间司空见惯的模样，不足为奇。"他走近南面角落上的房间前，打招呼似的故意咳嗽几声，只见有个年龄稍长的侍女走出来。薰大将对她说："我总想对宫君表示内心同情之意。但是说那老生常谈的一套寒暄，又似未经世面，听起来活像鹦鹉学舌，反而觉得没意思，因此我须认真研习，'另觅言外贴切句'[01]。"那侍女并不进去通报自家女主人宫君，自作主张回答说："我家小姐出乎意外地遭逢此种境遇，她每每怀念已故父王对自己的宠爱……也不时隐约听说大人如此深切的同情，她似乎甚感欣慰。"薰大将觉得与这侍女的这种对话显然是惯常的俗套，不足为奇，没什么意思。薰大将说："我与你家小姐原本就是堂兄妹，有不可割舍的族缘关系，何况小姐如今遭逢此境遇，若有所用，只需示意，定当乐意效劳。然而倘若疏远规避，叫人传言通话，那么我则不敢再来造访了。"侍女听罢觉得确实怠慢他了，深感不安，她似乎极力催促宫君直接与薰大将对话。只听见帘内传出这样的话声："我如今孤身寂寞无依，只觉'高砂松亦非故友'了，承蒙尚念旧谊，不胜感铭胆壮。"这不是他人的传话声，而是宫君的直接回答，声调娇嫩可爱，饶有雅趣。薰大将心想："这话声倘若出自在这里供职的一个普通侍女的话，倒是饶有趣味的，然而她是亲王家的闺秀，只因今日遭逢此境遇，不得不直接与男子通话。"念及此，他又觉得她很可怜。他从她那娇嫩的声音听来，估计她的姿容想必很标致，不由得很想见见她。蓦地又想道："此宫君势必又会成为搅乱那位丹穗慕王心思的人物了吧！"他心里觉得很可笑，同时也慨叹："世间理想的女子实在难觅啊！"他接着又想："这位宫君是身份高贵的亲王精心栽培成长的闺秀，不过在这种环境下成长起来的美人并不稀奇。最稀罕的是出生于宛如高僧一般孤寂的八亲王之家，并在荒凉的宇治山乡里成长，姐妹俩却都长成美丽动人无可指摘的淑女。连那个被人视为身世飘零、意志薄弱的浮舟，一见之下也令人像是见宫君那样，觉得十分优秀。"总而言之，薰大将无论在何时何地，依然念念不忘已故的宇治大女公子及该家族的故人。在暮色苍茫之际，薰大将不断回忆那段不可

---

[01] 此句引自《古今和歌六帖》中的古歌："另觅言外贴切句，只缘特别思慕君。"

思议的、短暂的情缘，无限悲伤。忽见许多蜉蝣若隐若现地飞来飞去，薰大将咏歌曰：

> "蜉蝣可见却难捕，
>
> 行踪不明终消逝。[01]

'世事无常如蜉蝣，似有若无难捉摸'[02]啊！"薰大将照例在独吟自娱吧！

---

[01] 此歌大意是说：已故宇治大女公子，还有二女公子，近在咫尺可见，却未能到手；眼见到手了的浮舟，却又行踪不明终于消逝。世事无常，真像蜉蝣一般。

[02] 此歌出自《古今和歌六帖》。

第五十三回

だいごじゅうさんかい

習字

那时候 [01]，有一位住在比睿山横川 [02] 的僧都，是个道行高深的法师，他有一个八十多岁的老母和一个五十岁上下的妹妹，都是尼僧。这母女俩老早以前就许了愿，要到初濑参拜观世音菩萨还愿。僧都遂命他所信赖并珍视的弟子阿阇梨陪同前往，协助这母女尼僧办理诵经念佛供养等事宜。她们在初濑郑重地做了种种供养佛事，而后返回京城。途中自从越过一处名曰奈良坂山的地方起，这位老母尼僧开始感到身体不适，大家都担心："老尼年迈，途中又生病，如何能平安地渡过余下的归程啊！"幸亏宇治一带，有一户昔日相识的人家，遂向此户人家投宿。老尼歇息了一整天，病情还是很沉重，只好派人到横川去通知僧都。僧都正在闭居山中修行佛道，他曾立下誓愿：决心今年内决不下山。可是听到此信息后僧都担心："老母风烛残年，病情沉重，深恐在旅途中生命危在旦夕。"于是连忙下山，到宇治来。老尼年事已高，尽管从年龄上说已是死不足惜者，但是僧都还是亲自率领弟子中几名道行深者尽心竭力张罗操办祈祷法会。这户人家的主人听说此事，说道："我们拟到吉野御岳去参拜进香，要先在这里斋戒净身。这般高寿者在此身患重疾，情况不知如何？！"言外之意深恐万一家里出死人很不吉利，对斋戒有碍。僧都听了觉得："这家主人因此担心，确实难怪。"僧都也觉得对不起人家，再说借宿此处也很狭窄不方便，他想悄悄地带老母回家去，可是偏偏不凑巧，老母长住的住家方位，正值负责防守邪恶方位的中神塞堵时，必须回避，不宜出行。僧都蓦地想起已故朱雀院的领地中有一处院落称为宇治院，就在这一带，那守院人是僧都的老相识，因此僧都派遣一使者前去，请求："希望允许借宿一两天。"使者回来禀报说："守院人全家于昨日都到初濑进香去了。"使者带来一名留守该院的、其貌不扬有点古怪的老翁，此老人说："倘若你

---

[01] 指浮舟失踪前数日。
[02] 横川与东塔、西塔为日本著名灵山比睿山的三塔。

们要来住，请快些来。反正院内的正殿都空着呢。到这边来进香的人，经常有前来投宿的。"僧都说："这就好。这院落虽然是皇家的，但是无人居住，倒也悠闲舒坦。"说着遂派人去了解一下情况。这宇治院由于经常有人前来投宿，这老翁已习惯于迎来送往，尽管陈设简陋，但室内装饰还算齐整。

僧都带了数人先行来到宇治院。他环顾四周，觉得："这地方确实荒凉可怕！"于是吩咐说："各位法师，请诵经吧！"陪同老母尼僧奔赴初濑进香的阿阇梨和另一个同等职位的僧人，颇想了解周围环境如何，遂叫一个机灵的下级法师当向导，并把火把点燃起来，引领他们向人迹罕见的正殿后面的方向走去。只见树木葳蕤似乎是一片丛林，在枝繁叶茂的林中，不由得感到阴气逼人，毛骨悚然。再往深处望去，只见树林里有一摊白色的东西，大家都在想："那是什么东西呢?!"大伙驻步，在挑明火把的照亮下细看，似乎有个动物蹲在那里。有个僧人说："莫非是狐狸精现身吗？讨厌的家伙！让它现出原形来吧！"说着再往前靠近几步。又有另一个僧人说："喂！别靠近它。可能是个什么妖怪吧！"说着举起手来，施展真言秘密法术，做个驱除妖魔的手势，眼睛还是紧盯住这东西。此时倘若是有头发的人，肯定会吓得发根耸立。幸亏举着火把的法师无所畏惧，毫不犹豫地走近那怪物，仔细端详，只见这怪物长着一头又长又有光泽的头发，傍倚在一株大树根上凹凸不平的地方，正在潸然泪下。这法师说："真不可思议啊！得赶紧去请僧都也来看看。"他觉得事情着实奇怪。遂独自一人去到僧都那里禀报说："有这么一件不可思议的事。"僧都听罢也说："狐狸精变成人的模样，昔日的故事里听说过，然而从来未曾亲眼见过。"僧都也特地前去看了。这时候，由于老母尼僧即将迁居过来，干练的仆役们都在厨房等各处忙于做各项准备工作，因此留在僧都身边的人手甚少，他只带了四五个人前去看个究竟。僧都看了一下那个怪物，觉得并没有什么特别异乎寻常的怪样，内心好生纳闷，于是暂且再观察一会儿。僧都盼望天色早点放亮，以便辨明此怪物的真面目，究竟是人还是别的什么妖怪。一面在内心中默念这种场合的真言秘密法术，并做驱除妖魔的手势试试看。不久，在这过程中，他可能是看清楚了吧，只听见他说道："这是个人，绝不是什么稀世离奇的妖怪。靠上前去问问看吧，似乎不是个死人。说不定这是一个以为是已经死了的人，被扔到这里，又复活过来的呢！"另一个法师说："怎么可以把死去的人扔在这个院内呢！纵令这怪物真的是人，恐怕也是被诸如狐狸、林妖之类的妖怪诓骗，带到这里来的吧。这对于病人来说是很不吉利的呀！这里是个有秽气的地方呐。"说着呼唤那个看家的老翁。呼唤声在林中的回响，活像山神的回应，非常恐怖。那老翁装扮古怪，把乌帽子硬往上推，露出前额，从屋里走出来。法师问他："这里有年轻女子住着吧？竟有这种不可思议的事。"说着便指那个女子给他看。看家老翁说："这是狐狸精耍的花招，这林子里有狐狸精，时不时闹出些离奇的事端来。前年秋天，住在这里的某人，有个孩子约莫两岁左右，被狐狸精抓走，我到这里来寻找，那狐狸精显出一副满不在乎的神态。"法师问："那么那孩子死了吗？"老翁回答说："没死，照样活着。狐狸精只不过吓唬人罢了，不会闹出什么大事来的。"他说话时，显出一派司空见惯毫不稀奇的样子。看家老翁似乎惦挂着深夜时分要给僧都们准备夜宵的事吧。僧都说："这样看来，是不是狐狸精耍的花招呢？还得进一步靠近观察！"说着，他让那个无所畏惧的法师前去靠近那个女子，那法师冒冒失失地走到该女子跟前，问道："你究竟是鬼，是神，是狐狸还是林妖？遐迩闻名道行高超的僧都高僧在此，你能隐身得了吗？快快报姓名现出原形来！"说着伸手去拽住她身上的衣服，只见这女子用衣袖遮住脸，哭得更厉害。法师说："喂！可恶的林妖！你想隐身，你藏得了吗？"说着他一边想强行看看她的脸，一边又在想：“说不定这个怪物是昔日住在比睿山楼门文殊楼中的那个无眼无鼻的女鬼呢。”内心虽然感觉毛骨悚然，但又想在人前逞能，表现出自己是个可靠的男子汉，竟想上前去将这女子的衣服掀掉看个究竟，只见那女子俯伏在地号啕大哭起来。法师说：“不管怎么说，世间哪有此等离奇的怪事！”法师说什么也要查看个明白。赶巧这时大雨滂沱，有人说：“倘若就这样弃之不顾，让她挨大雨浇淋，必死无疑，还是把她拖到墙根下吧！”僧都也说：“看那模样，确实像个人样，眼看着她尚未断气，而弃之不顾，未免太不慈悲了。连看到人们捕捞池中的活鱼，猎获正在山中哀鸣的野鹿，而不能设法救援行将死去的这些生命，内心都会感到极其悲伤。人的寿命原本就不久长，只要还一息尚存，哪怕只剩下一两天的命也罢，必须珍惜啊！此人无论是被鬼作祟还是被妖附身，抑或是被人驱逐，受人欺骗，总而言之是落到了行将死于非命的地步，这样的人肯定会受到慈悲菩萨的救援的。不妨给她喝些汤药，看看是否能活过来，假使怎么做都无济于事，那就没有办法了。”说着吩咐这个法师将她抱进屋内去。僧都的弟子们中，有人反对僧都的做法，说：“这样做太欠考虑了，屋里有身患重病者，收容这种怪物进屋，势必给重病人带来不吉利的。”但也有人说：“不管她是不是妖魔化身，眼见貌似人模样者还有口气，怎能任凭她在大雨中挨淋致死，极其不慈悲啊！”众说纷纭，各有想法。僧都惟恐仆役们多嘴多舌，甚至扭曲事实，胡说八道，因此就让这个落难女子躺在甚少有人出入的僻静处。

老母尼僧迁居宇治院，车子停在廊檐下。老母尼僧下车时，病势已相当严重，十分痛苦，大家都十分担心，忙乱了好一阵子。待到老母尼僧稍许镇静下来之后，僧都问弟子：“刚才的那个人，现在怎么样了？”弟子回答说：“依然纤弱不堪，沉默不语。似乎已无活气，肯定是被妖魔迷住了。”妹尼僧听罢，询问道：“这是怎么回事？”僧都回答说：“是这么一回事，我活了六十余年，总算看到了一桩离奇事。"妹尼僧听了僧都的一番叙述后，哭着说道："我在初濑寺里做了一个梦。你说的是怎样的一个人？快让我瞧瞧。"弟子说："就在这东面的边门旁边，请快去看吧。"妹尼僧立即前去观看，只见此人被抛置在那里，身边别无旁人。妹尼僧觉得这是一个非常年轻貌美的女子，身穿一袭白色绫罗衣衫、红色的裙裤，散发出一缕缕美妙的薰衣香，看上去气度无限高雅。妹尼僧说："这简直像是我朝思暮想悲伤痛惜的女儿又回来了似的！"说着边哭泣边呼唤侍女，叫她们把这女子抱进室内去。侍女们未曾见过此女子此前倒在林中的模样，所以并不感到害怕，就抱起这女子进室内去了。这女子虽然整个人显得有气无力，却还能稍微睁开眼睛看了看。妹尼僧对她道："你说话吧，你究竟是什么人？为何到这地方来？"但她似乎没有知觉毫无反应，妹尼僧就煎些汤药，亲自喂她喝。但是她的身体极其虚弱，似乎快要断气的样子。妹尼僧心想："我有心救她，倘若她就这样死去，反而更令人悲伤啊！"于是她对一路陪同她们母女去初濑进香的、法术高超的阿阇梨说："此人似乎快要死了，请你快些为她祈祷吧！"阿阇梨说："正如我所担心的，无法施救了，做祈祷也无济于事！"他虽然这么说，但还是向神灵祈祷，念诵《般若心经》等。僧都也走过来探视，他问道："情况如何？她究竟是被什么东西作祟？快把妖魔制伏，问个明白。"这个女子还是奄奄一息，危在旦夕。僧都的弟子们都在纷纷议论，有的说："恐怕已经无法施救了！无端遇上这种形同死人的秽气而耽搁于此地，实在不吉利啊！不过，此女子似乎是个身份高贵的人，她即使死了，恐怕也不能随便地抛弃在这里吧，这真是个麻烦事！"妹尼僧制止法师们说："请说话放轻声些，不要让他人听见，免得或许会引起麻烦！"妹尼僧似乎格外怜惜这个女子，甚至比对患病的老母尼僧更为重视，不顾一切地陪伴此女子并悉心护理她，一心只想把她救活过来。虽然不知道此女子的来历，但看到她的长相非常端庄美丽，侍女们无论谁都希望她不要死，她们甘愿尽心竭力地服侍她。此女子偶尔也睁开眼睛，潸潸泪下，妹尼僧看了，对她说道："唉！真伤心，我知道是菩萨把你引到这里来，代替我所痛失的女儿的。你如果死去，显然会更增添我的悲伤了。我和你能在此处相遇，能够照顾你，必定有前世缘分。你总得对我说几句话才是啊！"那女子好不容易才开口说道："我即使能活过来，也是个无用的废人。请你避人耳目，夜间把我抛入川中去吧。"她那微弱的话声几乎听不见。妹尼僧说："好不容易终于听见你说话了，真令我高兴啊！可是你为何要说出这种极其不中听的话呀？多么可怕的话！你究竟因为什么缘故而来到这种地方？！"此女子缄默不语，再也不说什么了。妹尼僧心想："她身上说不定有什么伤残，所以不想活下去吧。"经仔细查看也没有发现有什么瑕疵，她的肌肤确实完美。妹尼僧深感不可思议，不由得悲从中来，心想："莫非这真是要来蛊惑人心的妖魔的化身吗？！"

　　僧都等一行人在宇治院只住了两天，为老母尼僧和这个女子做祈祷法事，诵念经文之声不绝于耳。与此同时，人们也都在纷纷议论这件怪事。住在这一带的乡里人等，有些人从前曾在僧都门下当过差，听说僧都来了，都前来拜访，他们谈了诸多情况。有的说："已故八亲王家的女公子，与薰大将结了缘，最近并无大病，竟突然亡故，大家都很震惊。我们也需要帮他们办理丧葬事等一些杂务，缘此昨日不能前来拜会。"妹尼僧听到这些情况后，心想："如此说来，是妖魔勾走了那女公子的灵魂，并将那灵魂附在此女子身上吗？"于是她怀疑：眼前所见的女子并非实体，似乎会瞬间就消失的。不由得感到靠不住而害怕起来。侍女们说："昨夜，从这里也可以望见火光，看样子那火葬仪式似乎并不隆重。"乡里人说："是啊，是特意从简的，仪式并不隆重。"乡里人由于参加了丧葬仪式，身带死人的秽气，不宜入室内，寒暄一会儿就回去了。侍女们纷纷议论说："薰大将爱上八亲王家的大女公子，但大女公子多年前已经死了。刚才人们所说的女公子是谁呢？薰大将已经迎娶了二公主，决不会另外爱上别的女子吧。"

在这过程中，老母尼僧的病大致上见好了。归途方向不吉利的时期也已经过去了。久居这种令人不快的僻壤也怪无聊的，于是他们准备返回自家。侍女们说："此女子的身体还很衰弱，能上路吗？实在是个麻烦事啊！"人们准备好了两辆车子，老母尼僧乘坐的那辆车子里派两个尼僧侍候。妹尼僧乘坐的这辆车子里带上此女子，让她躺在车子里，由另一个侍女服侍。一路上车子无法急速前行，时不时还得把车子停下来，让此女子服汤药。老母尼僧她们家住在比睿山西坂本的小野地方，行程遥远，实非易事。有人说："恐怕途中还得歇宿一宿。"深夜时分，总算抵达了家门。僧都照料老母尼僧，妹尼僧看护这个来历不明的女子，各自分别将她们从车子上抱下车歇息。老母尼僧是老病，说不定什么时候就会发作，此番长途跋涉，途中又患重病，痛苦不堪，回到家里老病又发作，病了几天，渐渐好转过来。僧都依旧回横川寺去修行。

僧都作为具有法师身份的人，惟恐被人流传说："僧都带回来一个这般美貌的女子。"实在不合适。因此僧都即使返回横川寺后，但凡未曾亲眼见过实际情况的弟子，他都不把此事告诉他们。妹尼僧也叮嘱大家不要把此事泄漏出去，她生怕："会不会有人来寻找此女子？"总疑心："此女子会被人家带走。"从而忐忑不安，静不下心来。她常在纳闷："这样一个如此高贵的女子，怎么会沦落到净是乡巴佬所居的穷乡僻壤？她会不会是去初濑寺进香的香客，途中患病，被居心歹毒的后母之类的人，背人耳目悄悄将她抛弃在那荒野里的呢？！"妹尼僧暗自作了如斯的想象。此女子在宇治院只隐约断断续续地低声说了："我即使能活过来，也是个无用的废人。请你避人耳目，夜间把我抛入川中去吧。"除此再也没有说别的话。妹尼僧非常担心，她一心只盼此女子早日恢复健康。然而此女子总是昏昏沉沉，生命岌岌可危，毫无起色。妹尼僧总觉得极其不可思议，也曾怀疑此女子是否大限将至，无望了。但又不忍心就这样抛弃不顾她。于是，妹尼僧就把自己在初濑所做的梦，向从一开始一直陪同她们母女尼僧赴初濑进香的阿阇梨坦白出来，并请阿阇梨悄悄为此女子焚烧芥子[01]做祈祷法事等。

妹尼僧依然精心看护此女子，不觉间四月五月都已过去了，但该女子的病势仍不见好转，她很烦恼，遂给兄长僧都写封长信，派人送交兄长。信中写道："祈请兄长下山拯救此女子。她终究能熬到今天，足见她命里注定大限未至。可能是那顽固的妖魔死缠住她不放所致。倘若祈请慈悲似佛的兄长进京，也许有违兄长之本意，但下到这山麓来总是无妨吧！"行文流畅，言辞十分恳切。僧都复函说："此女子的性命竟能熬到今天，确实是极其不可思议的事！当时如果对她弃之不顾，该多么可惜！那时我能找到她，大概是命里注定有什么缘分吧！此番我决意为她做祈祷法事，施救试试。如若无效，那就只能认命了。"不久僧都便下山，妹尼僧欣喜地拜谢，并把近数月来的情况向兄长禀报。妹尼僧说："长期患病的人，姿容自然憔悴，可是此人的姿色却不见有一丝衰减，实在亮丽，别无丑陋之处。我本以为她的生命无望了，万没想到她竟能活到今天！"她情绪激动，拼命地边哭边说。僧都说："我最初发现她时，就觉得此人相貌非同寻常。且让我来看一看吧！"说着走上前去，稍加探视后说："诚然，长相格外清秀，这是前世积德的果报，才能长得一派天生丽质。想必是犯了什么过失，从而遭遇这般灾难吧！你没有听说过什么传闻吗？"妹尼僧说："没有，未曾听到什么消息。总之，我只认定此人是初濑的观世音菩萨赐给我的。"僧都说："想必总有什么因缘，才赐给你的，怎么可能无

---

[01] 焚烧芥子是佛教密宗的修法之一。祈愿消除灾难，降临幸福等。芥子即罂粟。

缘无故就成事呢！"僧都一边纳闷一边开始做祈祷法事。

这位僧都曾婉言谢绝朝廷的召唤，而闭居深山修行，如今又轻易下山来为这样一个女子大办祈祷法事，僧都自己也有顾虑，深恐世人会纷纷议论，流传不中听的言语。他的弟子们也如是说。因此秘密举办法事，不让外人知晓。僧都对弟子们说："弟子僧众啊！请大家不要张扬外传。愚僧是个为所欲为的法师，可能多有破坏戒律之举，但是对于女色之事，从未曾遭人讥评，一向不曾犯什么过失。如今年岁已六十有余，倘若还遭受世人非难，那恐怕也是前世注定的！"弟子僧众说："若有恶人胡传流言蜚语，这将成为佛法上的瑕疵。"弟子们对僧都此番的做法似乎不以为然，但是僧都不顾弟子们的怨言，立下可怕的誓言："今番祈祷若不见效，豁出命来也在所不惜……"当天夜里，诵经祈祷通宵达旦，连续不断，定要逼附在该女子身上的鬼魂转移到灵媒巫师身上，而后让它说出自己是什么妖魔，为何如此折磨人。僧都和弟子阿阇梨通力合作诵经祈祷，终于制伏了几个月来决不显露的鬼魂。这鬼魂借巫师之口，叫唤说："我本来是不会到这里来让你们如此这般制伏的。当年我活在人世期间，是个修行佛道多年的法师。只因撒手人寰时，在人世间尚留有遗恨，遂逡巡于黄泉路上，其后栖息在众多美女聚居的场所即宇治八亲王宅邸，先前已弄死了一人，现在的这个人心存厌世，日以继夜地说：'真恨不得早日死去！'因此这对我来说，是个可乘的良机。于是，有一天，在漆黑的夜里，正当此人孤身只影的时候，我就攫取了她。可是初濑的观世音菩萨则多方护佑她，因此我终于被这僧都的法力制伏了，我只好离开此人走啦！"僧都问道："那么你是何人？"也许是巫师怯弱的缘故，没有听见那鬼魂清楚通报姓名。

那鬼魂走后，此女子顿觉清爽，知觉也逐渐恢复过来。她环顾四周，无一熟悉的面孔，在场成排人净是些老态龙钟的法师，她感到自己仿佛来到了陌生的异国他乡，内心实在悲伤。此女子极力试图回忆起往昔的情况，可是她连自己住在何方、姓甚名谁都想不起来了。只记得："我自觉再也不能在人世间活下去，决心投川自尽。可是现在又来到什么地方了呢?！"此后，她拼命地思索，逐渐忆起："对了！那天夜里，自己深切地悲叹何其命苦，伤心至极，趁侍女们沉入梦乡时，悄悄打开旁门走了出去。那时风声凄厉，传来湍急川流的汹涌声，我独自一人，一阵莫名的恐惧向我袭来，可怕极了，我吓得魂飞魄散，顾不上思前想后而只顾沿着廊檐一直走到尽头，终于迷失了方向，不知再往哪里走才好，那时再想回去也回不去了，成了徘徊无着的孤魂。后来强自镇静，自言自语道：'我下定决心，要从这个人间消失，生怕求死不能如愿而被人发现，与其遭人耻笑，莫如干脆死了干净。鬼也罢妖也罢快来把我吃掉吧！'正在茫茫然迷糊恍惚的时候，只见有个相貌相当俊秀的男子走到我身边来，对我说：'来！到我那里去吧！'说着就想把我抱走，我心想此人大概是丹穗亲王吧。自此以后我就神情恍惚，昏头昏脑。随后只觉得此男子把我放在一个不知是什么地方，他就消失得无踪影了。因此我终于就成了这副模样。我想到自己不能如愿地葬身川流中，不由得伤心痛哭起来。此后的情况如何，我再怎么拼命回忆，丝毫也想不起来了。据现在照顾护理我的人说：'打那以后已经过了许多日子了。'这期间，我承受素不相识的陌生人的照顾，我那丑态百出的身影都被他们一览无余了。"她觉得十分羞耻，想道："自己求死不得，终于又这样复活过来。"觉得非常遗憾。她极其悲伤，情绪反而比昏迷不醒之时更加消沉了。此前昏迷失去知觉期间，偶尔还能进食，可是意识恢复过来之后的现在，连汤药一滴都喝不下去。妹尼僧哭着对她说："不知什么缘故，你的病体长期处在危险状态，连续高烧不退。如今好不容易退烧了，情绪似乎也爽朗了，我看了正为你感到欣喜的时候，你竟……"妹尼僧片刻不离此女子身边，悉心照顾护理她。这户人家看到此女子长相标致，都很怜惜她，尽心照顾她。此女子自身，内心尽管还是想寻死，然而身体能经得起如此漫长重病的折磨，说明她的生命力还是很强的。其后随着时间的推移，她渐渐能坐起身来，也能进食了，面容反而显得很憔悴。此女子浮舟病情见好，妹尼僧很高兴，一心只盼她早日痊愈。有一天，浮舟对妹尼僧说："请允许我落发为尼，否则我实在不愿在世间活下去了！"妹尼僧说："像你这样的天生丽质，怎舍得让你削发为尼啊！"说着只削掉她头顶上少部分头发的发梢，并授予她五戒。仅此，浮舟内心犹感未能满足，但她天生本性温顺，所以也不更多地强求出家。僧都对妹尼僧说："做到这个程度，估计已无妨，今后只需好生疗养，以求病体痊愈。"说罢，起程返回山寺去了。

妹尼僧觉得："自己能照顾这样一个美貌女子，简直就像在做梦一般。"内心无上欣喜。她强劝浮舟坐起身来，亲自给浮舟梳理头发。浮舟生病期间，哪还顾得上梳头，只管把头发束成结弃置不顾，不过还算不那么凌乱，松开束发一看，秀发光泽艳丽，十分美观。这里是"鹤发满头如百年"[01]的老女甚多的地方，美丽的浮舟简直令她们目眩，她们只觉得她宛如天上降下的绝色仙女，惟恐她说不定何时会飞回天宫而惴惴不安，她们对浮舟说："我们都如此珍惜疼爱你，可你为何总是愁眉紧锁，不与我们亲近呢？你究竟是谁？怎么称呼？家住何处？"她们硬要刨根问底，浮舟只觉羞愧难当，她回答说："也许是我在那极其奇怪的昏迷折磨中，全然丧失了记忆，对以前的身份经历丝毫也想不起来了。在迷茫中隐约能想得起来的只有一点，那就是自己想方设法要离开这个人世，每天的朝朝暮暮，都走到廊檐一带，茫茫然沉思怅惘。就在这过程中的一天夜里，庭前附近一棵大树的背后，走出一个人来，把我带走，不知带到了什么地方。我能想起来的仅此而已，除此之外，连自己是谁都想不起来了。"她说话

---

[01] 此句出自《伊势物语》中的古歌："莫非对我有所恋，鹤发满头如百年。"

的神态文雅而美丽，招人怜爱。她接着又说："恳请大家不要让任何外人知道我尚活在这人世上。倘若外间有人知道我的下落，将会惹起极大的麻烦！"说罢泪如雨下。妹尼僧觉得过分深入盘问下去，会使浮舟更觉痛苦，因此也不再追问下去了。妹尼僧珍惜疼爱浮舟甚至比那位在竹林中发现仙女辉夜姬的伐竹翁疼爱辉夜姬更甚，总是担心，生怕浮舟就像辉夜姬那样，说不定什么时候会化作一缕缕云烟从什么缝隙里袅袅升天消失殆尽，因此她内心总是忐忑不安。

这户人家的户主老母尼僧，也是一位人品高尚的人。妹尼僧本是一位公卿大臣右卫门督的夫人，这位公卿大臣辞世后，她珍惜地培育惟一的女儿，后来招了一位贤能的贵公子为女婿，细心关怀照料他们。不幸宝贝女儿也死了，她深感人事无常，万念俱灰，遂整个改变形貌，削发为尼，遁入山乡过隐居生活。寂寞无聊的时候，每每思念女儿而感伤悲叹："我朝朝暮暮缅怀女儿，多么希望能觅到一个形似已故女儿的年轻女子作为亡女的念想啊！"如今果然意想不到地获得了这个女子，而且不论在姿色或态度方面都远比自己已故的女儿优越得多。她觉得这仿佛不是现实而是梦境一般，她一面感到奇怪，一面又觉得万分欣喜。这位妹尼僧虽然也上了年纪，但风姿依然清秀，风度文雅，人品高尚。她们所居的小野地方，比起昔日浮舟所住的宇治山乡似乎优胜些。川流水声平稳，房屋建筑的造型样式颇具风雅情趣，庭前种植的树木千姿百态，栽植的花草也饶有风情，真是个极具优美雅趣的住所。时令推移渐入秋季，天空的景色也令人感伤。住家附近的田里，人们正在忙于收割稻子，众多年轻女子效仿当地农家姑娘的习俗，高唱歌谣，笑逐颜开。田间驱鸟兽的鸣器发出的响声，听起来也格外有意思。四周的自然环境，促使浮舟回想起幼年时代住在东国时所看到的光景。这地方比夕雾左大臣夫人落叶公主的母亲所居的山乡更靠近深山，所建庭园的一部分傍依于山，与山相连，因此松树甚多，枝繁叶茂，起风时扬起的一阵阵松涛声委实凄厉。浮舟无所事事，成天只是诵经念佛，悄寂度日。每当明月当空照的夜晚，妹尼僧也常弹琴消遣。她的弟子少将尼僧等人，有时也手抱琵琶与她合奏。妹尼僧对浮舟说："你不玩赏这类乐器吗？寂寞无聊时，抚琴也很好嘛。"她劝导浮舟玩赏音乐。浮舟心想："我不幸出生，命途多舛，自幼就没有机会玩赏过管弦乐器，长大了就成为一个不谙任何风流雅趣的无聊女子。"每当她看见年长的妇人抚琴排遣寂寥，不免万般感慨，觉得此身确实毫无意趣，也深深地对自我感到怜惜。当她信手习字的时候，她写下一首歌曰：

> 投身急湍欲远去，
> 谁设水闸挡流水。

　　她意外获救，反而增添新愁。她惴栗不安地思索：自己今后可怎么度日？！她甚至嫌恶自己，觉得此身实在令人作呕。每当月明星稀的美好夜晚，这里的老尼们都带着风流的情怀，或咏歌，或缅怀桩桩往事，或述说种种故事。可是浮舟在这种时刻却深感穷于应对，只顾独自陷入沉思。接着又作歌曰：

> 我今沦落人世间，
> 京城有谁会知晓。

　　浮舟心想："当自己决心走上寻死的道路时，内心眷恋的人似乎还很多，可是复活过来的现在，仿佛不那么惦挂着其他的什么人。只是想念着母亲，她会多么悲伤无助啊！还有那乳母，她尽心竭力呵护我，盼望我能和一般人一样获得幸福，总是为我而焦虑不安。自从我失踪之后，她会多么失望啊！也不知她现在哪里。她们怎么会想到我还活在人世间呢！我现在连一个能说知心话的人都没有，昔日形影不离无所不谈的亲切伙伴右近等人，现在不知怎样了！"她偶尔也会想起昔日的一些面影来。在这样寂寥荒凉的山乡里，要让年轻的女子安心在这里过着几乎与世隔绝的闭居生活，是很困难的，因此在这里长住的只有七八个上了年纪的老尼僧。她们的女儿或相当于孙子辈的年轻亲人，大都上京城里当差，或供职于宫中，这些人不时回来省亲或造访。浮舟担心："这些从京城来的造访者当中，倘若有人昔日经常出入于与我有关的人家，那么我至今尚存活于人世间的信息，势必会不胫而走，传到某人的耳朵里，岂不是羞煞人？！人们定会胡乱揣测，说不定还以为我做了多么伤风败俗的丑事，以致沦落到如此地步，从而把我看成是异乎寻常的可鄙女子呢。"因此她决不和这些来访者见面。只和妹尼僧的两个贴身侍女，一个叫侍从的和另一个叫菰君的在一起，这两个侍女是妹尼僧特意安排在浮舟身边侍候照顾她的。当然，这两个侍女的长相和情怀，和昔日她所见的都鸟[01]般的京城女子毫无相似之处。浮舟在这里的所见所闻，每每令她触景伤情，她想起昔日给母亲写的信中曾经吟咏的歌"幸获远离世间苦"，难道自己所欣羡的结局，就是这种地方吗？！她不由得万念俱灰。浮舟就这样不让任何人知道，悄悄地在这里藏身。妹尼僧她们也谅察："此人若被人知道了，没准真会发生什么麻烦事呢！"因此也就没有把此人的详细情况告诉这里的人们。

妹尼僧已故女儿的夫婿，现在已晋升为中将，他的弟弟是一位禅师，还是僧都的入门弟子，现在跟随师父僧都闭居山上修行。禅师的兄弟们时

---

[01] 都鸟（MIYAKODOLI）：赤味鸥的雅称。《伊势物语》中说某男子来到一条大河畔，满怀思念恋人之情上了船，看见河面上浮游着一只不知名的水鸟，于是问船夫为何鸟，船夫告知是都鸟。此男子遂咏歌曰："都鸟应知都城事，我家伊人又何如。"在这里提到都鸟的含意即：此二侍女并非都鸟，想探询思念者的情况，问了也白搭。

不时上山去造访他。小野地方坐落于京都赴横川途中，恰巧顺路。有一天，这位中将要去横川上山探望弟弟，顺路造访小野。传来前驱人员扬声开道的吆喝声，浮舟从远处窥见一个仪表堂堂的男子走进山庄来。浮舟眼前蓦地浮现出昔日薰大将避人耳目悄悄造访宇治山庄的情景，薰大将的面影、那一带的自然景象依然历历在目。这小野地方也如同宇治山庄一样，是一处极其荒凉寂寞的住所。不过在这里住惯了的人们，把生活环境也营造得别具一格，饶有情趣。墙根一带栽植的石竹花美丽绽放，黄花龙芽、桔梗也开始开花了。中将率领着许多身穿狩衣的年轻男子，他自己也同样穿着狩衣，走进这庭院里来。侍女在南面为他设座。中将就座，眺望了一会儿庭院的景色。他时年约莫二十七八，年少老成稳重，似乎很通情达理。妹尼僧在隔扇门口设置一道围屏和中将会面。她边落泪边说："光阴荏苒，往日的情景转瞬间已觉依稀，贤婿尚念旧情，至今还不时前来造访，使蓬荜增辉，不由得令人感到这也是一份奇缘。"中将也很同情尼僧岳母的这份感伤情怀，应声答道："晚辈无时不缅怀昔日的情景。只因贵方远隔尘世，清幽高雅，故未敢常来骚扰。舍弟禅师进山修道，我实在羡慕，因此经常前去探望。但是每次进山总有些人请求携带同行，以至不便前来叨扰。今日一概谢绝外人同行，是独自前来拜见的。"尼僧岳母说："你说羡慕进山修道，听起来反而像是时下流行的口头禅，但我更看重的是，你不媚尘俗，不随波逐流，而是怀着一份不忘旧情、异乎寻常的雅志前来造访，实在不胜感谢。"于是这家人为随从人员提供了冷水泡饭和其他食物等供他们享用。请中将吃的是莲子等食物。中将也因这里是昔日自己住惯的妻子的娘家，觉得受到招待享用这种食品，也无须客气，尽情享用便是。恰在此时，天空突然降下阵雨，留住了来客，岳母和女婿遂得以从容地叙旧。

尼僧岳母心想："女儿早已亡故，再怎么伤心也是枉然。只是这样一个称心如意的优秀女婿，却为他人所有，实在是令人悲哀惋惜。我女儿为什么连个难忘的遗念——孩子，都不给女婿留下呢?！"尼僧岳母大概是出自内心惋惜这个女婿，尽管中将偶尔才前来探访一次，然而她已经深感难得，也颇觉惋惜哀伤，于是她没等中将询问，就主动把心事说了出来。且说浮舟，她自己也有许多往事回忆，那茫然陷入沉思的神态着实很美！她身穿一件毫无风情的过分洁白的单衣，穿的和服裙裤也是毫无光泽、黑乎乎的，大概是模仿这里的人们大都穿桧皮色[01]的着装的缘故吧。这身衣着打扮，她自己也觉得迥异于昔日惯常的模样，有点怪。然而她穿上这种硬邦邦、手感粗糙的布衣裳，那姿态神采反而显得更可爱。妹尼僧身边的侍女们私下里都在相互议论说："近来我们感到已故小姐仿佛又活过来了似的。今天又看到中将大人来访，不由得令人感慨万千啊！反正男女间总是需要谈婚嫁之事的，何不叫他一如既往娶了眼前的这位小姐呢。他们两人真是天生的一对佳侣呐！"这些悄悄的议论被浮舟听见了，浮舟心想："哎哟！真是不可想象啊！我倘若长此存活人世间，都有可能发生任何事，如果嫁人，不管此人如何，都肯定会使我回忆起昔日的诸多恨事。今后我一定要斩断男女情丝，完全把它忘掉。"

尼僧岳母走进内室去了。这期间客人中将等候雨天放晴，不免有些厌倦，忽听得一个名叫少将的尼僧的声音，她是老熟人，中将遂呼唤她到跟前来对她说："我估计昔日的老熟人大都已散了，因此也难能前来造访，你们可能会怪我薄情吧?！"这个少将尼僧过去是多年侍候已故小姐的亲信侍女，中将见到她不免怀旧，回忆往事而谈了许多感伤的话语，还顺便问她："刚才我从走廊的那头走进这边来的时候，恰巧有阵风把帘子刮得掀起，我从帘缝望见一个披着长发的人，模样不像是个普通的侍女。出家人的集聚处怎么会有这样的人？我不禁诧异：此人是谁呢？"少将尼僧料

---

[01] 桧皮色 (HIWADA IRO)：柏树皮色，黑红色。

想中将已经瞥见浮舟的背影了，她心想：“瞥见背影尚且注目，倘若能端详全貌，中将定然会撩动春心吧。已故的那位小姐远比这位逊色，他至今尚且念念不忘，何况这位……”她暗自打定主意回答说：“尼僧夫人总是思念已故小姐，始终难以忘怀，正在伤情难以抚慰的时候，忽然获得这意想不到的女子，近来夫人朝朝暮暮陪伴此女子，借以慰藉自己心灵上的寂寞。大人何不设法从容地见见此人呢。”中将心想：“竟有此种蛮有意思的事！”他满怀兴趣地在想：“不知究竟是怎样的一个人？想必是个长相标致的美人。”这偶然的瞥见，反而让中将魂牵梦萦。他想仔细探询详情，但是少将尼僧不肯如实地坦诚相告。她只是说：“过些时候，您自然会知道的。”中将觉得急于追问才刚瞥见者的详情，也不像样子。这时随从人员催促说：“雨停了！天色也晚啦！”中将只好拟起程踏上归途。这时中将走下庭前，摘取了一枝黄花龙芽，独自信口吟咏古歌：“黄花龙芽徒芳菲。”[01]并在花前伫立了一会儿。

中将一行离开后，几个崇尚古风的老尼僧对中将赞不绝口，说：“他能顾忌到‘世人谣诼诚可畏’[02]，毕竟是一位非凡的君子啊！”妹尼僧也说道：“中将真是一位仪表堂堂、无可挑剔的好男子。我反正终须招女婿，真想一如昔日招他为婿啊！”接着妹尼僧又说：“虽说他后来似乎已结缘藤中纳言家，不时出入该宅邸，不过似乎和那女子感情上不怎么融洽，他大都住宿在自家父亲那里。”妹尼僧还对浮舟说：“遗憾的是你对我还很见外，终日只顾忧愁苦闷，不愿向我袒露衷情，真令我好难过伤心啊！事到如今，我们既已相遇，这可能也是前世注定的宿缘吧，看在这份情缘上，你应该心情开朗振作起来啊！我在这五六年以来，时刻也忘不了我那已故的女儿，总因悼念她而伤心不已。但是自从获得照顾你之后，思念亡女的这份伤感渐渐淡淡忘了。在你来说，想必世间也有许多牵挂着你的

---

[01] [02] 引自《后撰和歌集》中的古歌：“黄花龙芽徒芳菲，世人谣诼诚可畏。”

人，但是现在他们都以为你早已亡故，从而对你逐渐忘怀了。人们对世间的任何事，当时的心情不可能永远一成不变的。"浮舟听了这番话之后，愈加伤心，两眼饱含泪珠回答说："我对您绝无存心隐瞒之意，只因这不可思议的命运作弄，死而复生，但觉我的身世境遇简直宛如一场梦般茫茫然，自己仿佛是投生到另一个世界里来的人，竟回忆不起来昔日世间还有曾经照料过我的人。现在我一心认定最强有力的亲人惟独您一人。"她说话的神态纯真无邪，着实可爱。妹尼僧只顾凝望浮舟微微笑，赞赏她那美丽的容颜。

中将告别小野庵室后，不久来到比睿山造访横川的僧都，僧都也尊他为稀客，相与聊天。这天夜晚，中将就在横川歇宿，请来几位声音庄严可贵的法师念诵经文，整夜吹奏管弦乐等直到天明。那时，中将和当了禅师的弟弟天南海北地促膝谈心，中将顺便谈及："今天我顺路造访了小野庵室，着实感慨良多。我那位尼僧岳母，虽然已是出家离世之人，但尚存细腻的风雅情怀，真是难能可贵啊！"后来接着又说："那时有阵狂风把帘子吹开，我从帘子缝隙瞥见室内一个披着长发的美人。此人大概是生怕有人从外面望见吧，随后就退往室内深处，从她那袅娜的背影看，显然不是寻常侍女的风情。像那样净是尼僧集聚的地方，安置着这样一个美女，是很不合适的呀！她朝朝暮暮所见的面孔都是尼僧，天长日久自然而然地会被她们所同化，这实在不是一件好事。"禅师应声说："听说此女子是她们于今年春天赴初濑进香时，在归途中不可思议地发现的。"实际上这禅师并非亲眼目睹，所以也无法说出详情。中将说："真可悲啊！此人不知是怎样的一个人。肯定是惨遭忧患，悲观厌世，才隐匿在那种荒凉凄寂的地方吧。活像昔日小说中的人物呐。"

翌日，中将下山，踏上返京之路，归途中路过小野，中将说："不能过门而不入呀！"于是又再次短暂造访小野庵室。妹尼僧方面预先也估计到他会再来的，因此一如当年女儿在世时一样地款待他。负责殷勤侍候的少将尼僧等人，着装的袖口色彩虽然与当年的不一样，但是风情依旧。妹尼僧会晤中将，情不自禁地双眼噙住泪珠。在叙谈的过程中，中将顺便问道："听说有一女子避人耳目藏身于这里，此女子是谁呢？"妹尼僧颇感为难，但又想到或许中将已瞥见，若隐瞒不说反而不合适，于是回答说："我总是无法忘怀已故女儿，深恐愈加增添罪孽，因此近数月来抚养了此女子，聊以抚慰悲伤的心情。但此女子不知有什么揪心事，总是忧心忡忡愁眉不展。她深恐外人知道她尚活在人世间，所以安心地隐匿在这深渊一般的地方，以至使外人无法找到。但是不知道你是怎么会听说此事的呢？"中将回答说："纵然我怀揣轻浮之意前来造访，想必也会蒙您念在我远途跋涉深山之劳苦而加以体谅的，何况我内心将她比作我思念的亡妻，岂能把我视为无关的陌生外人而加以隐瞒呢。她究竟缘何而悲观厌世？我真想好言安慰她啊！"他表明了希望见她一面的意愿。临走前中将掏出怀纸并在那上面书写赠歌一首曰：

> 黄花龙芽诚娇艳，
> 莫随野风轻摇曳。
> 我身相距虽遥远，
> 定将设法维系卿。

写罢交给少将尼僧代为转交，赠给浮舟。妹尼僧也看到了这首赠歌，她劝浮舟说："此歌你应该回复。此人十分庄重文雅，无须有所顾虑。"浮舟说："我的字实在难看，怎能写答歌呢！"说着无论如何也不愿意动笔复函。妹尼僧说："不复函是很失礼的呀！"说着信笔代她写回复："诚如刚才曾对你说过，此人悲观厌世，异乎寻常人。

黄花龙芽确美丽，

悲观厌世实出奇。

纵然移植草庵里，

不遂人意徒焦虑。"

　　浮舟不回复，中将也只好想："这回是第一次，她不复函也难怪。"
他带着原谅的心情登上归程。

　　中将返回京城后，本想特意给此女子写封信，但又深恐此举冒失。他
那时偶然瞥见她的面影，总在脑海里旋荡，怎么也拂之不去。虽然不晓得
此女缘何如此忧郁烦恼，但总觉得她实在可怜。八月十日过后，趁着进山
狩猎小鸟之便，又来造访小野庵室。照例呼唤少将尼僧出来，让她传话
说："自上次瞥见倩影以来，心情总是难以平静……"妹尼僧知道浮舟决
不肯回应的，于是代为回答说："看来此女子似乎另有'约会意中人'[01]
吧。"中将与妹尼僧晤面后，中将说："先前听说这位小姐有伤心事，不
知此小姐身世如何，颇想详细了解一些。我也经常怨恨世间万事往往不能
称心如意。也曾想干脆遁世出家算了，只因双亲不许，以至蹉跎岁月至
今。也许由于自己的心情易于郁闷不乐的缘故，总觉得乐天开朗的女子似
乎于我不合适，总想找个能深思远虑、善解人意的对象，以便倾吐衷
肠。"这番话充分表明他对浮舟的恋慕心切，相当执著。妹尼僧说："你
想找个生性沉着善解人意的对象，此女确实相当合适。然而她本人是个异
乎寻常的女子，极其厌世，不愿谈婚论嫁，一心只想出家为尼。一般说
来，即使是风烛残年余命无多的老人，行将遁世出家时，也不免凄寂感

---

[01] 此语引自《小野小町集》中的古歌："黄花龙芽盼待谁，秋来约会意中人。"

伤，何况妙龄女子，遁入空门之后结局将会如何，实在令人放心不下
啊！"妹尼僧以一个母亲的口吻说这番话，说罢走进内室，来到浮舟身边
对她说："你这样待人未免太无情了，还是略加寒暄应酬才好。过着闭居
生活的人，在一些细枝末节的小事上也寄托情趣，这也是世间常情啊！"

　　妹尼僧虽然苦口婆心多方劝说，但是浮舟还是无动于衷，冷淡地回答
说："我连与人应酬的话都不会说，简直是个毫无用处的人。"说罢就势
薄情地躺了下来。外间的客人中将说："怎么不见回音呢？太无情了！所
说的'秋来约会意中人'[01]，原来是巧妙地哄骗我的呀！"中将口吐怨
言，并咏歌曰：

　　　　为寻倩影访草庵，
　　　　荻原露水浇愁肠。

　　妹尼僧在内室听见后对浮舟说："唉！真对不住中将呀！哪怕只针对
这首歌作答歌呢……"她话里带有责备的口气，但是浮舟实在不愿意作这
种动情的和歌，再说此番一旦作了和歌，今后势必接踵而至不胜其烦。因
此浮舟坚持缄默不予作答。妹尼僧等人都觉得太扫兴了。这位妹尼僧年轻
时原本就是个风流人物，如今虽然上了岁数，但是情韵尚存，于是代作答
歌曰：

　　　　"秋野露珠濡君衣，
　　　　与我草庵无干系。

此答歌将使你添烦恼了！"

---

[01] 此句引自《小野小町集》中的古歌："黄花龙芽盼待谁，秋来约会意中人。"

帘内其他的众女子都没有觉察到浮舟真心不希望外人知道她尚意外地存活人世间，她内心有多么痛苦无人体谅。这些女子只顾念念不忘地回想起昔日亡故的小姐及小姐的夫婿中将的诸多往事，对于中将，她们觉得他既可惜又可眷恋。于是她们劝诱浮舟说："今天偶然遇上能与中将大人说话的机会，对此大可不必担心后患无穷之事，即使小姐不动心，只作一般知情趣的应酬答歌又何妨。"她们设法撼动浮舟的心。这些女子纵然身为尼僧，然而毕竟残存俗心，难免思凡，还是喜好趋时，甚至吟咏些俗不可耐的恋歌，装作少女般的模样。因此浮舟忐忑不安，担心她们会不会把那男子放进内室来。浮舟心想："我命里注定是个多舛之身，如今不幸尚苟延余生，今后不知还会沦落到什么地步呢！我多么希望外人尽皆看不见我，听不到我的消息，完全把我忘得一干二净啊！"浮舟边寻思边躺卧下来。那位中将心中大概另有什么伤心事吧，他沉重地叹息，并忧郁地吹起笛子，又自言自语似的吟咏"鹿鸣几度"[01]，确实是一位蛮有风情的君子。后来中将似乎满怀怨气地说："本因缅怀亡妻而寻访至此，不料反而招来愈加地伤心，看来如今似乎已无望找到新的同情者，这里也难能'排解忧愁寻山路'了。"说罢失望地想起身告辞。妹尼僧说："何不在此观看'月夜花时'[02]再走呢。"说着膝行过来。中将说："有什么可欣赏的呢，我知道这里已无望找到排解忧愁的地方。"中将心想："过分显露恋情，毕竟不像样子。实际上我只是偶然瞥见该女子的姿影，想借此聊以抚慰我悼念亡妻的寂寞心情。但此女子却无情地疏远我，她那神气宛如深闺中的大家闺秀，这与深居草庵生活的女子很不协调，实在扫兴。"中将拟就此告辞回家，妹尼僧甚至眷恋他吹奏的悠扬笛声，着实依依不舍。遂咏

---

[01] 此语出自《古今和歌集》第214首，歌曰："山乡秋深呈幽静，鹿鸣几度催梦醒。"

[02] 此语出自《后撰和歌集》中的古歌："月夜花时美如斯，愿和知心人共赏。"

了一首轻浮的歌曰：

> 山边赏月不留宿，
> 疑似不解月夜情。

妹尼僧却对中将说："这是我家小姐吟咏的。"中将听了不禁心潮涌动，答歌曰：

> 愿留观月至西沉，
> 若蒙垂青解万愁。

那位老母尼僧隐约听见了笛声，她年龄虽老迈但风流心犹存，也十分赞赏这美妙的笛音，遂走了出来。在颤巍巍的说话过程中，不断夹杂着声声咳嗽，这老人竟没有追忆往事，大概是没有辨明客人是她的外孙女婿中将的关系吧。她对女儿妹尼僧说："来！你来弹七弦琴吧。月明之夜吹奏横笛实在饶有情趣。那么，侍女们，把七弦琴拿来吧。"中将在帘外听见此话音，估计是那位老母尼僧在说话，他心想："这样一位老者，迄今不知闭居何处，怎么还能活到今天！她的外孙女反而先于她奔赴黄泉，人生无常，确实可悲啊！"于是中将手持横笛，用盘涉调吹奏出一曲相当美妙的乐曲。奏罢说道："怎么样？请弹七弦琴吧！"妹尼僧原本就是个喜好风流的人，她说："你吹奏的笛声，远比我昔日听到的美妙多了。想必是由于我自那以后听惯了山风萧瑟的缘故吧。"接着又说："我弹的琴，惟恐走调不成曲呐，献丑啦！"她边说边抚琴，以当今的风尚来说，一般人几乎都不弹七弦琴，因此这琴声听来反而令人感到珍稀，沁人肺腑。此时大自然的松风声与七弦琴声巧妙地和鸣[01]，琴声和着合奏的笛声分外清幽，月亮似乎也会心似的更显得澄莹皎洁。那位老母尼僧在这种氛围下，深受感动，她异乎往常地夜深了也毫无睡意，只顾热心地欣赏。她老人家说："我这老太婆，昔日年轻时也曾经是弹奏吾妻琴的一把好手，不过，当今的时代恐怕和琴的弹法也与昔日不一样了吧。所以我儿子僧都责备我说：'母亲的和琴弹得不好听，老年人除了诵经念佛之外，不要去摆弄这些无聊事吧。'经他这么一说，我也就不弹了。但我藏着一张音色极美的和琴呐。"看样子老母尼僧似乎很想露一手，因此中将在帘外偷笑，对她老人家说："僧都阻止您弹琴，太没有道理了嘛。就算在极乐净土之境域，菩萨诸尊也弹奏管弦游乐啊，天人们也载歌载舞，都是很高尚尊贵的乐事。这怎么会妨碍佛道修行，制造罪障呢！今夜无论如何也想倾听岳外祖母弹奏一曲啊！"老母尼僧经中将这么一吹捧，满心高兴，更来劲了，她呼唤侍候的尼僧："那么主殿[02]！把我的那张吾妻琴拿过来！"她说话的过程中不断地咳嗽。人们都替她感到难为情，但也很同情她对吾妻琴的执著。她受到儿子僧都的阻挠，难免要吐露委屈怨言，因此人们对她的举止缄默不语，听任她之所为。老母尼僧将吾妻琴移到身边，也不考虑配合适才笛音的调子，只顾自鸣得意地在吾妻琴弦上自我定调拨弄爪音，爽朗地弹奏。此时其他的乐器都停了下来，老母尼僧自以为是人们只想欣赏沉醉于她的吾妻琴音色。她用快拍反复弹奏"塔利坦那，齐利齐利塔利塔那……"[03]，毫无条理，是古旧的曲调。中将赞美说："琴音精彩极了！

---

[01] 此语出自《李峤百咏》第六句"松风入夜琴"。李峤（644—713），字巨山，唐代诗人。李峤的诗文作品中，有一组很特别的咏物诗，称《百咏诗》，以单题单咏形式呈现，又有单行本流传于唐朝，可惜后来散佚于中国。然而《百咏诗》的诗文和诗注却独立而完整地保存于日本（盛唐时传入日本），并在日本生根，日本称《李峤百咏》。据日本学者永垣久称，《李峤百咏》是深深影响和歌的汉诗文之一，在昭和九年时被列为日本国宝。

[02] "主殿"是侍候的尼僧的名字。

[03] 这是催马乐《道口》。

弹奏的是当今世人未曾听到过的歌调啊！"老母尼僧耳背，她询问身旁的人才明白，遂说道："时下的年轻人，对这样的音乐都不感兴趣呀！数月前到此草庵来的那位小姐，长相蛮标致的，然而似乎完全不解这种风雅情趣，只顾成天躲在内室里呐。"她自以为精明，而揶揄浮舟，并对中将说了这些话。妹尼僧以及在旁听见这番话的人们都觉得寒碜，很不以为然。

这番作乐尽兴之后，中将告辞登上归程，一路上中将边吹奏笛子边往前行，山风把笛声传送到庵室里来，听见笛声的人们无不赞赏，庵室内的人们兴奋得未能成眠直至天明。翌日清晨，中将派人送信来，信中说："昨夜百感交集，心绪烦乱，匆匆辞别而归，正是：

> 难忘旧侣添新愁，
> 失声痛哭谁解救。

还盼启发小姐，使她稍许体谅我的心情。倘若我能耐心等待，何至于以这种轻浮言辞来拜托。"妹尼僧阅罢来函，她内心远比中将更觉难受，热泪潸潸流个不止，她回信曰：

> "玉笛声声情依旧，
> 目送君归泪浸袖。

我家小姐古怪得很，竟像是个不解风情的人。有关小姐的情况，昨夜老母尼僧想必已向你主动告知了吧。"中将觉得此函内容平庸无奇，没有什么看头，他也没有好好看就搁置一旁了。

中将致浮舟的情书，以不亚于风扫胡枝子叶之势，源源不断地送来。浮舟非常厌烦，她觉得男子的居心毕竟都是一厢情愿荒唐的。她逐渐能断续回忆起昔日与丹穗亲王初次会面时的情景。浮舟对人说："还是快些让我出家削发为尼吧，以便让人断绝对我的这种邪念！"于是她勤习经书，诵读经文，内心不断念佛。浮舟对世间万事，万念俱灰，尽管是个少女，却毫无风流情趣，因此妹尼僧她们以为："此人大概是天生一派忧郁性情吧。"但是她的容貌又那么美，让人越看越觉得可爱，从而很自然地宽容她的一切缺点，朝夕呵护她借以自我安慰。每当浮舟偶尔微露笑容时，妹尼僧就感到稀世难得，高兴极了。

时光进入九月，这位妹尼僧又想到要去初濑进香了。她长年累月内心寂寥，过着寂寥的生活，无时无刻不眷恋已故的爱女，如今幸而获得这个无异于亲生女儿的、容貌标致的美人，得以抚慰自己痛苦的心绪，她认为：这全都是仰仗初濑观世音菩萨慈悲保佑的可喜结果，理当前去进香表示感谢。她对浮舟说："来吧，你也跟我们一起去进香吧，不会有人察觉的。虽说各处的菩萨都一样，但是到初濑那样尊贵的寺庙祈祷求愿，格外灵验。灵验的实际例子多着呢。"她极力劝诱浮舟同去，可是浮舟心想："以前，母亲和乳母等人也这样说，并经常带我去初濑进香。然而并没有什么成效灵验，连我求死都不能如愿以偿，反而蒙受别无他例的凄惨遭遇，令我极其伤心。如今要跟这些陌生人迈上进香之途，会是什么结果呢?！"浮舟不由得心生恐惧，但她并不断然拒绝，而是委婉地说："我总觉得自己的情绪极差，要作这样的长途旅行，生怕途中不知会怎样，总有些顾虑。"妹尼僧知道她是个胆小怕事的人，也就不强求她一起前往。

妹尼僧在浮舟的习字纸堆中，发现夹有一首歌曰：

> 无常世间苟延命，
>
> 不赴初濑瞻双杉。[01]

---

[01] 此歌依据古歌"初濑川边立双杉，经年累月伴古川"而作。

妹尼僧阅罢,揶揄说:"看到你咏的'瞻双杉',意思大概是还有想见的人吧!"这戏言触动了浮舟的心事,她吓了一跳,脸上顿时飞起一片红潮,那神采相当娇媚可爱。于是,妹尼僧也即兴答歌曰:

> 杉树根源虽不知,
> 依然视为老相识。

这是信口而出的吟咏,不是什么特别优秀的答歌。

妹尼僧原本打算轻装悄悄出行,然而这里的人们都盼望跟随前去,这样一来留在家里的人数势必甚少。妹尼僧生怕浮舟会感到寂寞,遂派得力的弟子少将尼僧和另一个名叫左卫门的年长侍女留下来陪伴浮舟,此外就只留下几个女童。

浮舟目送这行人出门后,凄寂地心想:"身世飘零无着落的自己,如今除了依靠妹尼僧外,别无他途。现在她也出门不在家了,自己真成了孤身只影,无依无靠啊!"正当浮舟感到孤单寂寞之时,中将派人送信来了。少将尼僧对浮舟说:"请看信吧。"但浮舟无动于衷不予理睬。妹尼僧出门后,浮舟比往常更加无人可见,她成天无所事事,只顾一味陷入沉思,或回忆过去或思虑未来。少将尼僧说:"小姐如此郁悒寡欢,连我都觉得难受呀!我们来下围棋吧!"浮舟回答说:"我的棋艺水平也很低下呐。"她嘴上尽管这么说,但心里似乎有意试试,少将尼僧遂将围棋盘拿过来。少将尼僧自以为自己的棋艺占上风,她让浮舟先下棋子,岂知浮舟远比她优胜得多,因此第二盘少将尼僧落得自己先下棋子了。于是少将尼僧说:"我希望妹尼僧师父早些回来看看小姐的棋艺,妹尼僧师父的棋艺相当高明呢!曾记得僧都师父年轻时也非常喜好围棋,自认为棋艺不凡,摆出可与棋圣大德[01]媲美的架势。有一回，他对妹妹说：'我虽不以棋艺高超而名扬天下，但围棋技艺绝不亚于你。'于是兄妹俩对弈了起来，结果僧都师父输给妹尼僧师父二子。由此可见，妹尼僧师父的棋艺比她兄长'棋圣大德'更高明哩，实在了不起啊！"她津津乐道。少将尼僧已是半老徐娘，光秃的尼僧前额很丑陋，却嗜好玩这类优雅的游艺，令人感到似乎不相般配，很不协调。浮舟内心颇感后悔，心想："今天开了这个先例，日后可就麻烦啦！"浮舟借口情绪不佳，就躺下来歇息了。少将尼僧说："小姐应该经常找些游艺作乐散散心，让心情开朗起来啊！这么漂亮的女子之身，却只顾深陷闷闷不乐中，忧郁度日，岂不是太遗憾了？令人感到宛如美玉上有瑕疵啊！"秋日黄昏时分，风声萧瑟，不由得令人涌起一派凄寂感，浮舟脑子里浮现出昔日的诸多往事，独自咏歌曰：

> 心虽不解秋夕忧，
> 沉思百感泪浸袖。

月儿当空照，苍穹的景色正是触发人多愁善感的时分，恰在此时，白日里派人送信来的中将到小野庵室造访来了。浮舟心想："哎呀！真讨厌，这可怎么办呢？"她深感困惑，旋即躲进最深的内室里。少将尼僧对她说："这样做未免太不近人情了呀！如此秋夜特意前来造访，这片颇具情趣的心意，也应多加体谅啊！还请小姐听听来客的言辞，哪怕片刻也罢。不要以为听听男子说话，就会玷污自身的清白呀！"浮舟听了她的这些话，相当忐忑不安，生怕她把那男子带进来。浮舟想推托说自己不在家，出门去了。然而白日里那个送信来的使者早已听说浮舟一人没有去初

---

[01] 棋圣大德：日本延喜年间围棋名人橘贞利的绰号。此人后来出家，法名宽莲。人们赞美他是有高尚品德的僧侣，故称他为"棋圣大德"。

濑进香，想必已向中将禀报了。中将吐露诸多怨言，说："我并没有要求亲耳听她的说话声音，只希望她稍许接近我，听听我的倾诉，再作判断，哪怕是不佳的评语也罢。"他再三恳求，可是始终得不到回复，他无计可施，遂责难说："太残酷了！生活在如斯美好的山乡，理应深解优雅的情趣，然而实际上太冷漠了！"于是他咏歌曰：

> "山乡秋夜多哀愁，
> 善沉思人应解透。

这种心情想必小姐会产生共鸣吧！"少将尼僧责怪浮舟说："妹尼僧师父不在家，没有人出去应酬来客，一味置之不理客人，太不通情达理啦！"浮舟无可奈何，遂用非特意对中将作答歌的口气，低声吟咏：

> 蹉跎岁月不知忧。
> 他人误解作斟酌。

少将尼僧听了，便将此歌传达给中将，中将听了颇受感动，他说："希望你们还是劝劝她，请她往这边稍微走近些。"他连这些代为传话的侍女都埋怨。少将尼僧说："我家小姐原本就是怪冷淡的人。"她说着走进内室去一看，浮舟早已躲进她从来未曾窥探过的老母尼僧的房间内去了。少将尼僧束手无策，只好出来向中将据实禀报。中将说："在这样的山乡里生活，倘若陷入沉思，难免多愁忧郁，不过从大体上看来，她不像是个不解情趣的人。缘何她对我，比那不知情趣的人更加冷漠呢？说不定她在恋爱问题上有过什么惨痛的遭际呢。她究竟因为什么缘故，竟如此厌世，总是这么情绪低落呢？"中将极欲探明浮舟的详情，一个劲地恳切询问，可是少将尼僧怎么可能把详情告诉他呢。因此她只是说："她是我们妹尼僧师父理应呵护抚养的人。然而多年以来竟疏远了，赶巧于上次赴初濑进香的时候，幸运相遇了，因此将她领回家来。"

浮舟走进平素认为极其可怕的老母尼僧的房间，俯卧在她身边，想睡也无法成眠。老母尼僧夜眠甚佳，鼾声大作，前面还有两个年纪相当大的尼僧熟睡着，她们的鼾声与老母尼僧相比，有过之而无不及。浮舟听了觉得可怖极了，她甚至担心："今宵会不会被老尼们所吞噬？"尽管她早已不惜自己的生命，但是由于她天生胆小，此时的心情宛如一心想投水自尽的人，途中因怕过岌岌可危的独木桥而折返回家一样，内心无比困惑不安。她本来是带着女童菰君一起躲到这里来的，但菰君生性轻浮，看见这难得前来造访的中将风流俏傥，满嘴甜言蜜语，遂又溜回那边去了。浮舟左等右等也不见菰君回到自己身边来，心想："真是个靠不住的陪同侍女啊！"

中将终于无计可施，无可奈何地告辞走了。少将尼僧等人都责难浮舟说："小姐真是胆怯到不近人情的地步！辜负了人家的一番美意！"说着大家都去就寝了。

约莫到了夜半时分，老母尼僧咳嗽得厉害，觉也咳醒过来了。浮舟在灯火的映照下，看见老母尼僧脸色苍白，身上却穿着一身黑衣。老母尼僧发现浮舟躺在她身旁，不胜诧异，她把手掌平放在额前，活像黄鼠狼手搭凉棚往前看[01]，令人有点生畏地扬声说："奇怪！是谁在这儿？"她凝眸注视浮舟时的模样，简直可怖极了，仿佛就要把浮舟吞噬掉似的。浮舟心想："想当初我在宇治山庄被鬼怪抓走的时候，由于失去知觉，反而不知道害怕，挺轻松的。今宵的这个鬼不知会把我怎么样处理，实在太可怕啦。回想起我悲惨离奇的遭遇，死而复活，又变成普通的人样。追忆往昔

---

[01] 据传说，黄鼠狼踌躇逡巡时，就会做把手放在眼上搭凉棚这个动作。

的种种苦难，心烦意乱，如今又添上新的可怕灾殃，我好生命苦啊！不过，倘若我真的死去，说不定在地狱里还会遇见比眼下更可怕的厉鬼呐。"她想象着那可怕的情景。就这样，她辗转无法成眠，比往常更多地、连续不断地回忆往事的桩桩件件，愈加感到自己的不幸。她想："我也有个父亲，据说是八亲王，可我未曾谋面。我一向在遥远的东国常陆国度送岁月，阔别多年后返回京城，偶然找到了一个异母姐姐，正在庆幸有所依靠时，不料好景不长，又意外地发生了丹穗亲王的事件，以致断绝了姐妹的交往。薰大将和我订下了终身，正当我这薄命人似乎渐渐有了幸福的指望时，不幸又发生了可恨的事端，断送了我这一生的幸福。回想起来，我当时对丹穗亲王稍许动心略有恋慕之情，实在是太不应该！一切的一切全都是由于与丹穗亲王的关系，酿成我的大错，使我落得一个飘零落魄之身。回想起来，那时丹穗亲王以橘岛的常绿树比喻和我结缘深而不变心，我为什么就这样信赖他呢?！如今想来，丹穗亲王着实可恨。薰大将起初对我感情淡薄，但是后来他恋我之心能持之以恒。回思往事，一个个不同时刻的情景，不由得令人感到无比怀念和眷恋。如今我还在赧颜苟活着，倘若被薰大将闻知，这比被其他任何人知晓都更加令我感到羞耻不堪。尽管内心有这种想法，然而另一方面又觉得只要自己还存活世间，有朝一日，终将有机会目睹薰大将一如往昔的典雅温厚的风采，哪怕是从远处或背地里窥见也罢。哟！我脑海里怎么会浮现出这个念头?！说明我内心对他还是藕断丝连，恋恋不舍，可得多加小心谨慎啊！"她暗自作了多方的反思。好不容易熬到耳闻雄鸡报晓，十分欣喜，心想："倘若能听见母亲的声音，那该多么高兴啊！"她通宵达旦百感交集思绪万千，心情极坏，陪她到这里来的菰君，溜走后至今还不见回转来，因此浮舟依然躺着。那几个鼾声大作的老尼僧，老早就起身，张罗着粥呀什么的，啰里啰嗦不住地说，也忙个不停。她们来到浮舟身边说："你也快来吃点儿吧。"浮舟从未体验过如此粗糙笨拙的伺候,心里很不痛快,她说:"我的心情非常不好……"若无其事地婉拒了。可是她们却硬要劝食,这种强人所难的举止也实在太不文雅了。

当天众多身份较低的法师下山来报告说:"僧都今天将下山。"这里的尼僧们询问:"缘何忽然下山?"法师回答说:"据说一品公主[01]遭鬼怪附身作祟,宫中宣召比睿山的座主进宫举行祈祷法事,如若没有僧都参加祈祷,恐难奏效。因此昨日二度遣使来召。夕雾左大臣家公子四位少将,于昨夜深夜时分上山,明石皇后也遣使送信来。因此僧都今天将下山来。"说时生气勃勃。浮舟听了这番话后,心想:"我大可不必怕难为情,前去面晤僧都,恳求他为自己落发为尼。趁现在阻挠行事者甚少的好时机,行动吧。"于是浮舟坐起身来,与老母尼僧商量说:"我的情绪极其恶劣,想趁僧都下山的机会,请他为我授戒,让我落发为尼,务请您老人家代为要求!"老母尼僧没有思前想后,只是稀里糊涂地答应了。

浮舟回到自己往常居住的房间。她自从住在这里后,她的头发向来是妹尼僧给她梳整的,此刻浮舟也不愿意让他人来触摸她的头发,而她自己又梳不好,因此她只将发端部分稍许松开垂下。浮舟觉得未能让母亲再次见到此时自己的姿影,实在伤心,尽管这是自己自作主张坚决要出家的。大概是由于自己长期患病的关系,青丝有些脱落,不过实际上并不显得发丝稀疏,看上去还是很浓密,发长六尺,发端着实很别致,青丝缕缕润泽亮丽,的确美极了。她情不自禁地独自低吟:"亲人预见我剃度。"[02]

日暮时分,僧都下山到小野庵室来了。侍女们事前已把南面的房间收拾干净,重新装饰布置,并在这里给僧都设座。只见许多秃头法师熙熙攘攘地四处穿梭,情景异乎寻常,似乎挺可怕。僧都来到老母尼僧的房间,

---

[01] 这位一品公主即大公主。
[02] 此句引自《后撰和歌集》中的古歌:"亲人预见我剃度,自幼乌发不触抚。"

问安说："您近况可安康？"接着又说："听说妹尼僧已赴初濑进香去了，到这里来的那位还住在这里吗？"老母尼僧回答说："是啊！她没有去初濑，还留在家里。她说她情绪极其恶劣，想请你给她授戒，让她落发为尼呢。"于是僧都来到浮舟的房间，说声："小姐住在这里吗？"说着就在围屏外近旁坐下。浮舟尽管很难为情，但还是向围屏方向膝行过去与僧都应对。僧都对她说："我等出乎意外地得以邂逅，想必也是前世注定的宿缘，先前曾为小姐的病患做过虔诚的祈祷法事。不过，我身为法师，一般没有什么要事，不便作书信往来，自然久疏问候。这里净是些怪简素的、遁世的出家人，不知小姐缘何来到这里？能否适应？"浮舟回答说："我已决心不存活于人世间，不料竟离奇地辗转苟延残喘至今，实在是可悲至极。承蒙妹尼僧夫人多方无微不至的亲切照顾，我虽愚钝，但也知不胜感激盛情。不过我还是无意沦落俗世，意欲遁入空门，故恳求僧都为我授戒，让我削发为尼。此身纵然存活于俗世，也绝不能过一般女子的生活。"僧都说："你年纪轻轻的，前途远大，为何一心只想出家呢？这样做反而会招来罪障。当然你萌生出家的念头时，这份道心似乎很坚定，然而历经多年岁月之后，作为女子之身，当初的那份坚定意志难免会有所动摇。"浮舟说："我自幼就是个福薄多恨的苦命人。母亲等人也曾说过：'干脆让她出家为尼似乎更好。'到了稍微懂事的时候，更是厌恶世俗女子所过的生活，一心只想为来世修福。也许我预感到自己的大限将至的关系，近来经常感到精力极其衰弱，缘此，万望僧都应允我削发为尼的请求。"浮舟边哭泣边恳求。僧都心想："奇怪啊！长相如此标致的女子，出于什么动机，竟这么厌世而决心遁入空门呢？先前我做祈祷法事降伏的鬼怪也曾说她厌世，如此看来，此人确有出家的因缘吧。倘若上次我不为她做降妖祈祷法事，恐怕她也活不到今天。一度被鬼怪附身的人，如若不出家，恐怕会后患无穷的。"于是僧都对浮舟说："不管怎么说，但凡决心出家，皈依三宝[01]，总是佛门赞善之事。我身为法师，自然不会反对。只是授戒之事，必须从容举行。我此番承接紧急要务下山来，今夜必须赶赴一品公主那边，明日在宫中开始举办祈祷法事，进行七日，期限届满退出后，再回到这里来给你授戒吧。"浮舟听罢心想："届时妹尼僧已从初濑返回，势必阻止我出家，这就是莫大遗憾了！"于是浮舟借口心情极其恶劣，急欲立刻出家，遂再次恳求说："我感到非常痛苦，倘若日后病势愈加严重，即使受戒恐怕也无济于事了。所幸今日喜得拜见，正是极好机会。"说罢失声痛哭。僧都圣心慈悲，十分怜恤她，说道："夜已深沉。我从山上下来，昔日年轻时走这么一趟不算回事，如今年纪渐老，颇感疲劳，本想稍事休息，再进宫去。你既然如此急欲如愿，我就今夜给你授戒吧。"浮舟喜不自禁，遂取来一把剪子，放在梳具盒盖上呈上。僧都遂呼唤："诸位法师，请到这边来！"最先在宇治院发现浮舟的两个僧人跟随师父僧都一道下山，僧都叫来的法师便是他的这两个弟子。僧都对其中的一个阿阇梨说："你给这位小姐落发吧。"这阿阇梨心想："当时见过她的凄惨模样，这样的人如若当俗人活在这个世间，大概也没有什么意思吧。"因此觉得浮舟出家是顺理成章的。可是当他看到浮舟将她的秀发从围屏垂布的缝隙里送出来的时候，就觉得要剪掉如此亮丽可爱的秀发实在可惜，因此手持剪子，当下逡巡不忍下手。

少将尼僧由于她的那个当阿阇梨的哥哥跟随僧都一道下山来，此刻她正在自己的房间里与哥哥叙谈。另一个侍女左卫门也在接待一个随同僧都一道来的老相识法师。住在这偏僻山乡里的人，难得遇见熟人到访，因此都蛮热心地各自接待各人的老相识客人。浮舟身边只有菰君一人陪伴。菰君到少将尼僧那里将小姐已削发为尼的事告诉她。少将尼僧大为震惊，赶

---

[01] 三宝：佛教语，即佛、法、僧三件宝之意。"佛"指教诲并开导达到大彻大悟，"法"指佛教教义，"僧"为遵从教导、继承佛教教义的僧众。

紧跑过来一看，只见僧都将自己的袈裟让浮舟穿上并说："权且以此略表仪式吧。"又对浮舟说："请小姐朝着双亲所在的方向顶礼膜拜[01]！"浮舟不知道母亲所在之处是哪个方向，悲伤至极，以至抑制不住，痛哭了起来。少将尼僧说："哎呀！实在令人瞠目结舌呀！怎么会如此轻率呢！妹尼僧师父回来，该不知多么责怪啦！"但僧都认为事情既然已如此，说些多余的话，只会搅乱当事人的心，实在不该。于是指责少将尼僧，制止她走近干扰。僧都诵念偈语"流转三界中"[02]，浮舟听了偈语第二句"恩爱不能断"，心想："我早就断恩爱了！"想到这里，心中毕竟不胜悲伤。阿阇梨给她削发颇费工夫，削剪罢，阿阇梨说："以后请尼僧们再慢慢修整吧。"额发则由僧都亲自削剃。剃度完毕，僧都对浮舟说："这美丽的容貌今已改变，可不能后悔啊！"接着向她讲述尊贵的佛教教义。浮舟心想："妹尼僧她们都极力阻止我出家，这件轻易不能如愿办到的大事终于办成了，实在令人高兴极了。"她觉得仅凭这点，似乎活下去便有点劲头了。

　　僧都一行人奔赴京城后，小野庵室内一派静寂。夜间传来凄寂的风声，少将尼僧她们说："小姐在这里过着孤寂的生活，原本只是短暂一时的，荣华富贵的前程眼见指日可待，然而小姐却决意削发为尼，今后漫长的一生，将如何度过啊！连老迈衰弱的人，一旦出家了，及至濒临大限之时，也会感到一切皆空，极其悲痛的。"浮舟听了，内心还是认为："现在我轻松愉快多了。再也不必去考虑尘世俗人的烦恼生活，着实可庆可贺。"她顿时感觉心胸豁然开朗了。翌日清晨，浮舟暗自琢磨："我削发为尼的愿望总算如愿了，但这毕竟是不被众人赞许之举。昨日改成尼装的模样，今日被人看见了也着实很难为情。削发后发端骤然参差不齐地散

开，实在不雅观，可是还能有谁不横加责难我，而愿为我修理齐整呢！"
她顾虑重重，多有避忌，躲在幽暗的房间里。她天生寡言少语，纵然在昔日，也不愿把自己内心所思之事和盘托出告诉别人，何况现在，连一个可商谈议事的知心人都没有。因此每当心中困惑无助之时，只能独自面对砚台，信手习字胡书，写下一两首歌，聊以舒怀，其中一首曰：

> "人我关系空茫思，
>
> 多余获救再遁世。

如今一切都结束了！"她虽然这样书写了，可还是顾影自怜，又写下另一首歌曰：

> 大限即至暗自喜，
>
> 不料枉然决为尼。

　　她信手由笔写下两首同一个意思的歌。正当此时，中将派人送信来，小野庵室内的人们正为浮舟的突然出家只顾喧哗议论，慌乱无策，不知如何是好，遂将此事通过来使转告了中将。中将大失所望，心想："此人遁入空门的心思如此坚定，难怪连礼仪性的应酬信都不愿意回复，一直冷淡疏远我。她如今这样做了，令我十分扫兴。前天晚上我还曾与少将尼僧商量过，希望能让我看到小姐美丽的秀发。少将尼僧还说：'且待适当的机会吧。'实在可惜啊！"于是他又立即派人再送一封信去，信中写道："事已至此，还有什么可说的呢！

> 尼舟离岸漂远去，

急欲追踪步后尘。"

　　浮舟这回异乎寻常地拿起信来看了看，正当感伤时刻的她阅览了中将伤心无奈的陈词，不由得涌起一片哀怜的情绪。此时不知她是怎么想的，只见她在一小片纸的一端上，像习字消遣似的随便书写：

　　　　心已遁世远离岸，
　　　　尼舟前程甚渺茫。

　　写罢，叫少将尼僧将它用纸包好送给中将。少将尼僧说："要送给人家，得重新用心写好了再送。"浮舟说："不！着意去写，反而会写坏的。"少将尼僧就原封不动地送交中将，中将拿到浮舟的答歌，如获至宝，然而已经无可奈何，他深感悲伤！

　　且说妹尼僧去初濑进香回来，看见浮舟已经出家，万分惋惜，悲伤地对她说道："我身为尼僧，本应劝你出家，可是你还年轻，还有很长的路要走，今后的岁月将如何度过呢？人生无常，我来日无多，也许一两天就天命终了也难预知，因此我多方向佛祈求，保佑你前程平安顺遂。"说罢俯伏痛哭，不胜悲伤。眼前的情景，令浮舟不由得想象着自己的亲生母亲，当她闻知女儿的死耗，又不见遗骸之时，想必也是悲伤不已吧。想到这些使她极其伤心，她照例背转身去，沉默不语，那姿态水灵娇美。妹尼僧又说："你此举太欠考虑，实在狠心啊！"说罢一边怨恨哭泣，一边还是为她准备尼僧装束。深灰色的法衣是她裁缝惯了的活儿，还赶紧缝制小褂、袈裟等。其他的尼僧们也给浮舟缝制了这种法衣让她穿，她们说："小姐来了，给这山乡增添了异样的光彩，我们喜出望外，正想着从此可朝朝暮暮望见小姐的倩影，不料竟一改常态，实在可惜！"她们觉得很遗憾，大家都在埋怨僧都不该为浮舟落发。

一品公主患病，僧都为她做祈祷消灾法事，果然正如他的弟子们所说的很灵验，公主不久就病愈了。缘此人们纷纷传颂："僧都的法力高超可敬！"但为保险起见，特将祈祷法事日子延长。因此僧都等一行人并不立即返回横川山寺，依然留住在宫中。一天，在细雨下个不停的凄寂夜里，明石皇后宣召僧都到公主寝处附近做通宵祈祷法事。近来侍女们看护值宿多日，一个个疲劳不堪，大都回房间歇息了，因此留在御前侍候的侍女为数甚少，明石皇后便走进一品公主帐内去了。明石皇后对僧都说："皇上自昔日以来就信任你，尤其是此番所做的祈祷法事特别灵验。我愈加想把后世之事委托于你，仰仗你办理。"僧都回禀说："贫僧寿命似已不久长，曾蒙佛祖屡屡多方启示，其中，尤其是近一二年来不时预示距大限不远。缘此近年来贫僧闭居深山，专心念佛修道。此次承蒙宣召，才特别奉召下山。"接着僧都又谈及此番为一品公主做祈祷法事等情况，透露作祟的妖魔格外顽固，曾招出多方的姓名，着实可怕。在谈话的过程中，僧都顺便提及："贫僧最近遇到一件极其奇怪的、举世罕见的事。今年三月间，年迈的家母为了还愿，奔赴初濑进香。归途中患病在身，为了作短暂的歇息，借宿一处名叫宇治院的宅邸。那里是一座长年累月没有人居住的宽大宅院，贫僧不由得担心会不会有居心叵测的妖怪之类栖息其间，对身患重病者进行骚扰呢。结果正如所深恐的那样……"说着僧都把当时发现一个形迹奇异的女子的状况，述说了一番。明石皇后说："这确实是一桩稀奇古怪的事啊！"她觉得这个故事很可怕，于是把大都睡着了的贴身侍女们唤醒过来。惟有深受薰大将私下怜爱的侍女小宰相君独自未眠，她也全部听到了僧都的这番述说。刚清醒过来的侍女们则全都未曾听见，不知详情。僧都察觉到明石皇后害怕后，暗自后悔，心想："不该说这番思虑欠周的话语。"就不再往下说当时的那些可怖的情状，只是说些其后的情况："贫僧此番奉召下山来时，顺路造访了小野庵室内的众尼僧，暂时歇于草庵时，这个女子热泪潸潸地向贫僧哭诉坚决要出家的决心，热心地恳求贫僧为她授戒，因此贫僧就给此女子剃度了。贫僧的妹妹原本是已故卫门督之妻，贫僧的这位妹尼僧喜获此女子后，本想让此女子来代替自己已故的亲生女，相当精心呵护照顾此女子，不料此女子竟落发为尼了。妹尼僧必然埋怨我这个当哥哥的多余为此女子剃度。诚然，妹尼僧的怨恨也是理所当然的。这个女子的长相着实十分标致，貌美如斯的年轻女子，为了念佛修行，让她改变形象，似乎很可惜。但不知此女子是何等身份的人。"口才甚佳的僧都滔滔不绝地述说了一通，小宰相君询问："那种荒凉可怕的地方，怎么会出现这样一位美人呢?!她究竟是什么门第出身，想必现在已经弄清楚了吧？"僧都说："哪儿呀，还不清楚。也许现在她本人会自己说出来也未可知。倘若是个身份高贵的人，总不至于隐瞒到底吧。但也许是个农家姑娘，乡下未必就没有美女呀！不是说龙女也能成佛嘛[01]。此女子倘若身份卑微，那么肯定是前世罪孽轻微，积德行善，才能生得这般美貌呐。"这时，明石皇后蓦地想起昔日宇治那边发生浮舟失踪的事来。小宰相君也曾从丹穗亲王夫人二女公子那里听说过，浮舟死得非常离奇，她琢磨着：僧都所说的那个女子，说不定正是此人呢。但也不能确定。僧都接着又说："此女子曾经说过：'不希望他人知道自己还存活人世间。'看样子此女子似乎有凶狠的敌人存在，所以才悄悄地隐遁起来的吧。因为事情太不可思议，所以这样禀告。"明石皇后对小宰相君说："肯定就是那个浮舟了。我真想让薰大将知道此事。"然而明石皇后尽管对小宰相君这样说，但是她也不清楚这是不是薰大将和浮舟双方秘密约定好都要隐瞒的事，她觉得没有把握，还是不便告诉这位谨小慎微的薰大将，于是滴水不漏地将此事封存下来，没有告诉他。

---

[01]　《法华经》中记载有龙女成佛的故事。

一品公主的病痊愈了，僧都也就告辞返回深山，归途中在小野庵室短暂歇脚。妹尼僧极其怨恨兄长僧都，她说："用不着让这样一个年轻貌美的女子出家，这样做反而使她添加罪障呢！事前也不跟我商量一下，就给她剃度了，实在做得太过分了。"现在再怎么说也无济于事。僧都说："事已至此，只顾念佛修行就是了。人世间不论老少，寿命无常。她痛感世态无常而厌世，这也是很自然的。"浮舟听了此话，想起自己病倒在宇治院野外的往事，觉得实在可耻。僧都说："缝制新法衣吧。"说着将绫罗和绢等物件赠送给浮舟。又对她说："只要我还活在世上，总会设法照顾你的。万事无须耿耿于怀，自寻烦恼。但凡活在无常的人世间，追求世间荣华的人，无论谁，大都对人间依恋不舍，千丝万缕的羁绊甚多。但是你在这偏僻的山乡里念佛修行，理应不会有什么可恨或可耻之事。人生本是'命如叶，命如叶薄'[01]的嘛！"说罢接着又吟咏："松门到晓月徘徊。"[02]僧都虽说是身为法师，却也富有优雅趣味和高尚的气质。他的这番话浮舟听了，心想："这真是我想听的言语啊！"今天一整天风声凄厉，僧都说："唉！山中修行的僧侣在这种'尽日风萧瑟'[03]的日子里，也不由得感到萧瑟风声催人泪下啊！"浮舟听了，心想："我现在也成山中修行的尼僧了，落泪潸潸也是很自然的嘛。"她边想边走近房门口附近，朝外眺望，但见远方山谷间，星星点点的有许多人影，穿着各式各样的狩衣，夹杂在上山的人群中，朝这边走来。一般说，欲上比睿山的人，甚少有取道经由小野前往的，只有从名叫黑谷的山寺徒步而来的僧侣偶尔路过这里。今天看到这些身穿狩衣的俗人的身影，浮舟觉得很稀罕。原来这行人中就有为她而怨恨悲伤的中将，中将本想对这桩至今已无可挽回的

---

[01] [02] [03] 三语皆引自白居易诗《陵园妾》中的诗句："陵园妾，颜色如花命如叶。命如叶薄将奈何，一奉寝宫年月多。……松门到晓月徘徊，柏城尽日风萧瑟。松门柏城幽闭深，闻蝉听燕感光阴。"

事，哪怕能倾诉些怨言呢，而前来小野造访的。但见这里的红叶着实美丽，比别处群山上的红叶色彩都显得更加斑斓艳丽。中将一进门来，顿觉情趣盎然，心想："在这样的草庵里，倘若能遇见性情更开朗的女子，那该是多么珍稀有趣的事啊！"中将对妹尼僧说："我闲来无事，寂寞无聊，想来看看这一带的红叶长势如何。心中总觉得旧情依依，难以忘怀，想在此借宿一夜。"说着观赏红叶。妹尼僧照例容易感伤落泪，她咏歌曰：

> 寒风横扫山麓叶，
> 秃树无荫供憩息。[01]

中将答歌曰：

> 山乡纵无伊人盼，
> 过门不入心不忍。

中将对无可挽回的浮舟，依然恋恋不舍。他对少将尼僧说："请让我窥视一下她变装后的姿影。"接着又带着责难的口吻说："哪怕仅此一回，你也该履行答应过的诺言！"少将尼僧走进内室一看，只见浮舟已装扮齐整，似乎有意让人窥视似的。她身穿浅灰色绫罗上衣，内衬橙黄色等灰暗色彩的多层内衣。她身材娇小，姿态灵活可爱，打扮得新颖入时，削短了的秀发发端丰厚散开，活像一把展开的由丝柏薄片穿成的折扇。她那端庄秀美的脸庞，化妆得恰到好处，双颊略现绯红。她在佛前念佛修行时，念珠还是挂在近旁的围屏上，而不是拿在手里。她那一心诵经的形

---

[01] 言外之意是：浮舟已出家，中将在此借宿也没有什么太大的意思了。

象，简直可以入画。少将尼僧心想："像自己这样的人，每次看到小姐如此美丽的姿容，总是为她十分惋惜，情不自禁地落泪不止，心感悲伤。迷恋她的中将倘若看到她的这副神采，该不知会作何感想呢。"她很同情中将，觉得现在可能正是个好机会，遂指点中将：隔扇的挂钩下方有个空洞，可透过洞口窥视内里。她事先已将会挡住视线的围屏适当挪开。中将透过洞口窥探了一会儿，心想："真没想到她竟是这么标致的佳人啊！她正是自己理想中的伊人。"他不由得觉得让此人出家，似乎是由于自己疏忽的莫大过失，从而不胜惋惜，也十分悔恨，悲伤至极，激越的情绪几乎控制不住，竟像发疯了似的。他深恐自己的情绪失控被内室的人察觉，旋即退了出来。中将心想："这样美貌的女子失踪了，难道就没有人来寻找吗？世间不时有传闻，诸如某人的女儿失踪了，不知隐遁到哪里去了，或者是某人的女儿怨恨某男子薄情而厌世，遁入空门了等等，纷纷流传，可是……"中将百思不得其解，总觉得实在不可思议。接着又想："如斯美貌的女子，即使换成尼僧装，也不会招人嫌吧。不，应该说比原来的俗身模样反而显得更美，更令人爱怜。我还是要悄悄地设法使她成为我所有。"于是中将热心地向妹尼僧再三恳求说："小姐还是俗身时，也许不便与我会面，如今已削发为尼，尽可无顾虑地与我晤谈了。恳请您多加如斯劝导她。我出于念念难忘已故令媛的旧情，屡屡前来造访，如今又增添一种新意趣……"妹尼僧说："我正为这孤苦伶仃的女子的未来忧心忡忡。你能诚心不忘旧情，经常来访，令我不胜欣慰。我总担心有朝一日我亡故后，这女子着实可怜啊！"妹尼僧说着落泪了，中将心想："看来妹尼僧与此女子必有很密切的关系，这女子究竟是什么样的人呢？！"思来想去还是茫无头绪。于是中将说："我虽有心关照这位小姐今后漫长的岁月，但我自身寿命能有多长，不得而知，实在靠不住。但是既然能承蒙您这番叮嘱，我今后决不变心。然而果真没有来寻找这位小姐，并愿照顾她终身的人士吗？这点很不清楚。虽说现在不明底细也无须顾虑，但是彼此间的关系终归还是有些隔阂。"妹尼僧回答说："如果那小姐仍是俗人之身存活世间，此后说不定如你所说会有人找上门来。可是如今她对俗世万念俱灰，决意出家为尼，力求完全断绝与尘世的关系，看来这完全是她本人的志愿啊！"中将又作歌一首叫人转告浮舟，歌曰：

> 君因厌世遁空门，
> 我遭厌嫌心郁闷。

少将尼僧遂将中将这番深切诚挚的情意，向浮舟作了详细的转达，并转述中将的话说："请把你我当作兄妹关系，彼此闲话无常世间之琐事，或许能排解惆怅呢！"浮舟答话说："你所说的深切诚挚的情意，我听了也不懂，实在遗憾。"她对对方所咏"我遭厌嫌……"的歌句，则不予回应。浮舟心想："此身遭遇意外的忧患，对世间男女情怀早已感到毛骨悚然，但愿自己身心宛如深山中的朽木，为世人所弃，了此终生。"她采取这种态度处世，因此长期以来万念俱灰，郁闷惆怅，频频陷入沉思。但自从出家本意如愿以偿后，心情似乎开朗了些，有时和妹尼僧游戏般地彼此吟咏和歌，时而对弈围棋，度送朝朝暮暮。在修行方面她也很用功。《法华经》自不消说，其他经文也诵读了不少。不久冬季来临，积雪甚深，往来行人绝迹，这小野庵室一带真是无比寂寥。

新年来到。然而小野庵室一带却毫无新春降临的气息。严冬期间结冰的溪流尚未解冻，听不见流水声，不由得令人备感孤寂。浮舟想起那个吟咏"不曾迷路却迷卿"的人，她对他早已感到厌恶也很绝望，但是对当时的情景还是难以忘怀。念佛诵经余暇，她往往习字，信手随笔咏歌曰：

眺望昏暗远山雪，

缅怀往昔今尚悲。

　　她很多时候也在想："我在人世间失踪已经一年了，大概时不时地也会有人思念我吧！"一天，有一个人提着一个粗糙的篮子，内装时鲜嫩菜，送来呈给妹尼僧，妹尼僧将它转赠给浮舟，并附上歌一首，曰：

山乡雪间摘菜忙，

愿汝安详持久长。

浮舟答歌曰：

山野雪深嫩菜长，

摘菜慰君诚献上。

　　妹尼僧深受感动，心想："可惜啊！这女子倘若是常装姿影，前途无量，那该多好……"想及此，情不自禁地落泪潸潸。寝室房檐前附近的红梅花已经绽放，色香无异于往年，浮舟蓦地想起古歌"春仍往昔春"，她对红梅比对其他花更加钟情，莫非是"不厌君袖香"[01]吗?！浮舟于后夜修行时，在佛前供奉清水，还招呼一个年轻的下级尼僧到庭前折来一枝红梅花。那红梅花抱怨似的飘落了一二片花瓣，从而更吐露芬芳，浮舟遂咏歌曰：

---

[01] 此语引自《拾遗和歌集》，歌曰："依恋不厌君袖香，今折梅花聊慰情。"

拂袖人儿无影踪，

春晓梅香似袖芳。[01]

老母尼僧有一个孙子，在纪伊国任国守之职。此番从任地返回京城前来探访祖母老母尼僧。此人年方三十岁左右，长相相当英俊，神采奕奕。他问候说："孙儿离京转瞬间已过两年，这期间您玉体可安好？"老祖母已是耄耋之年，神情恍惚。他就去拜访姑母妹尼僧，对她说："祖母已年迈昏聩了，真可怜啊！看来似乎余寿不多了。我不能侍奉于她老人家身边，长年在他乡远方奔波。我自从双亲亡故之后，一直把老祖母视为父母敬奉。常陆守夫人[02]经常来问候吗？"他所说的"常陆守夫人"，大概是指老祖母的另一个女儿，即妹尼僧的妹妹吧。妹尼僧回答说："随着岁月的推移，这里总是冷清静寂，无所事事，令人添悲的事越发多了起来。常陆守夫人久无音信了。我惟恐你祖母等不到她回来的那天呢。"浮舟听见他们谈话中提到"常陆守夫人"，以为是在说她母亲，不由自主地侧耳倾听。纪伊守又说："我返京已数日了，由于公务繁忙，难能抽空。昨日本想到此来造访的，无奈又因薰大将要奔赴宇治，我须奉陪。薰大将在已故八亲王的宇治山庄里待了一整天，这是因为以前薰大将曾和八亲王家的大女公子相好，常出入她们家。这位大女公子于前几年亡故了。后来他又爱上了大女公子的妹妹，并悄悄地将她安顿在这宇治山庄里，不料这位妹妹又在去年春天也亡故了。这回薰大将是为了给这位女子办周年忌辰佛事，去寻找那山寺里的律师，嘱托了应办的诸多程序事宜。……我也想按惯例

---

[01] 此歌根据古歌"寒梅色艳香更浓，谁人拂袖移芬芳"而作。
[02] 这常陆守夫人是当时的常陆守之妻，不是指前述的浮舟的母亲。此说是大多数注释家皆认可的。惟有《花鸟余情》说是浮舟的母亲。此外这常陆守夫人的身份也有多种说法，一说是老母尼僧的另一个女儿，即妹尼僧的妹妹，还有一说是纪伊守的妹妹。

供奉一套女子服装，作为布施品。不知可否在你这里缝制？衣料可叫他们加急赶紧纺织出来。"浮舟听了这番话之后，怎能不被打动而感慨万千呢，她生怕自己的表情被他人见了感到诧异，遂面朝里背转身去。妹尼僧询问纪伊守说："听说那位优婆塞八亲王有两位女公子，丹穗亲王的夫人不知是这姐妹俩中的哪位呢？"可是纪伊守只顾继续自己的话题说："这位薰大将后来哀伤的那一位，似乎是身份卑微的人所生。因此大将并不那么重视她，如今后悔莫及，极其悲伤。早先所爱的那位女公子亡故后，大将伤悲至极，甚至差点要出家呐！"浮舟寻思："原来此人是薰大将的亲信家臣呀！"不由得害怕起来。纪伊守接着又说："说来也真奇怪，两位女公子同样都是在宇治亡故的。据我所见薰大将昨日的神色，还真是无比悲痛哀伤。他来到宇治川畔，望着水面伤心地痛哭了。后来回到正殿来，在柱子上疾书，赋歌一首，曰：

川面无存伊人影，

伤心泪泉涌不停。

薰大将寡言少语，神情极其悲伤。像这样一位温文尔雅的大将，女子看见了，想必无不魂牵梦萦的。就说我吧，自幼就敬仰这位出类拔萃的人物。即使是天下第一的摄政关白，我也不仰慕，一心只想追随这位大将，直至今日。"浮舟听了心想："连素养并不高深的人们，都能深刻感到薰大将的人格魅力啊！"

浮舟又听见妹尼僧说："这位薰大将虽然不能同当年六条院主即已故的光君相提并论，但在当今世上，他们这一家族声望鼎盛。那位夕雾左大臣怎么样？"纪伊守回应说："谈到这位左大臣，他容光焕发、光彩照人，他才德兼备，确实超群出众，名望甚高。还有那位兵部卿丹穗亲王，姿容俊秀，真是一位了不得的美男子，我倘若是个女子，真恨不得在他身边当侍女呢。"这些话活像是有人教他，特意说给浮舟听似的。浮舟听了这番话之后，既感悲伤也有兴趣。说的这些人与事，同自己迄今的经历都扯得上关系，然而自己总觉得仿佛不是世间的事似的。纪伊守口若悬河述说了一通之后，告辞走了。

浮舟知道："薰大将至今还念念不忘我的事啊！"她怜悯薰大将的一片心，同时也牵挂着自己的母亲，想必母亲也还在哀叹伤心吧。然而，事到如今一切思念都无济于事了，已成为尼僧的自己，即使与母亲见面恐怕也是淡然。妹尼僧等人受纪伊守委托办理布施女装事宜，众人忙于染布缝制等事务，浮舟看在眼里，心想："这是在为我自己的周年忌辰供奉布施品啊！"虽然觉得不可思议，但也不能脱口道出真情。妹尼僧等人向浮舟展示了她们正在裁缝制作的女服，妹尼僧对浮舟说："你也来帮忙吧。你的缝纫技艺上乘嘛！"说着将一件小褂单衣递给她，浮舟露出为难的神色，说："我心情极差……"她没有接受，就躺了下来。妹尼僧旋即放下针线活儿，十分担心地问她："你怎么了？！"另有一个尼僧将一件红色加上粉红色的五重衬褂拿来，对浮舟说："你应该穿上这样的服装才好，染成浅黑色的衣服太没情调了。"浮舟为消遣信手书写歌一首曰：

身着法衣已为尼，
还思艳装怀往昔？

浮舟心想："可怜啊！这世间之事，秘密难保，不久终将隐瞒不住。我失踪亡故之后，妹尼僧总会从他人那里探听到我的真实身份姓名，届时定会埋怨我对她过分冷淡，隐瞒实情，不据实告诉她。"她思来想去，最后大方从容地说："过去的事我全都忘得一干二净了，只是看到你们在缝制这种漂亮女装时，脑海里蓦地隐约浮现出诸多往事，不由得悲从中来！"妹尼僧说："再怎么全都忘却，一旦回想起来，想必会很多的，可你对我有隔阂，总是隐瞒不说，令我好生怅惘啊！这种世俗服装的配色等，我久已荒疏忘记了，针线技艺也很拙劣，在这种时候总是想到倘若已故女儿还活着就好了。你也会牵挂着呵护自己的母亲是否还在人世间吧。连我这样的人，尚且明知女儿早已亡故，却总疑心她可能还活着，总想哪怕知道她住在某处呢，何况你，不知去向失踪了，肯定会有许多人思念你吧。"浮舟说："我尚在尘世时，确实有一位母亲，不过，其后岁月流逝，也许她已不在人间了！"说着泪流满面。为掩饰自己的悲伤她接着又说："多余回忆往事，徒增伤悲，因此我也就不告诉您，绝对不是想隐瞒您。"她表明了自己少言寡语的缘由。

薰大将为浮舟举办周年忌辰法事，心想："我与浮舟的姻缘，终于成了无常的一场空！"不由得感伤满怀。出于情之所至，他尽量提携浮舟的异父兄弟，即前常陆守的儿子们，其中的成年者推举为藏人，有的则到他自己的右近卫大将府里当将监。他还在未成年的童子中，挑选长相清秀者作为自己身边供使唤的随从童子。有一个沉静的雨夜，薰大将去拜访明石皇后。这天明石皇后身边的侍女很少，他们无拘束地闲聊，薰大将顺便说："一二年前，我曾爱上了偏僻的宇治山乡中的一个女子，外人似乎有微词，但我觉得这可能是前世注定的缘分。我对自己说：无论任何人，只要是心之所爱，就是有缘。因此经常前去造访。大概是那个宇治地方不吉利的缘故吧，我遭遇了伤心事。其后就觉得那地方路途太遥远，很长时间都没有去造访了。前几天得便又去了一趟，由于在那里每每感到人生遭遇世态无常，甚至觉得那位优婆塞八亲王似乎是为了启发人生起道心，才特意建造这样一处宇治山庄的。"明石皇后遂想起那位僧都所说的事，体谅他内心的苦楚，觉得他很可怜。于是问道："那宇治山庄里是不是栖息着什么可怕的妖怪？那个女子是怎么亡故的？"薰大将估计她大概觉得这两个女子相继亡故很蹊跷吧，遂答道："也许是那样吧。在那般偏僻荒凉的地方，难免会有妖怪栖身。刚才我所说的那个女子亡故的情景着实不可思议。"他只是提了一下，却没有详细说，明石皇后也明白："此事毕竟是他想隐讳的，倘若让他知道我从他人那里听说，已全知晓了，让他难受，未免太可怜了。"另一方面她也考虑到，丹穗亲王当时曾为此事整个人深陷痴迷痛苦，甚至生病，这份邪恋虽属不该，但也十分可怜。看来这件事对这两人来说，各自都有难言之隐，明石皇后觉得自己不宜多管闲事，因此也不再追问下去。

明石皇后只是对侍女小宰相君私下里悄悄地说："从薰大将的言谈里，可察知他为那女子发生的事极其伤心，着实可怜。我真想把从僧都那里听来的情况都告诉他，但又生怕僧都所说的不是这个女子，因此不便说出来。僧都所说的话，你全都听到了，你可把其中不中听的话省掉，在交谈中顺便告诉他，就说横川的僧都曾经说起这样一桩事。"小宰相君说："此事皇后都不便对他说，我怎么可以对他说呢。"明石皇后说："这得因人因时而定，不能一概而论。再说我另外还有不便说的缘由。"小宰相君领会这是由于有丹穗亲王的事，心里觉得好笑。当薰大将来到小宰相君的房间聊天的时候，小宰相君顺便把横川的僧都所说的那番话告诉了他。薰大将觉得这真是世间罕见的怪事，怎能不大吃一惊呢。薰大将心想："前些日子，明石皇后问我有关浮舟的事，想必她心中已对此事略知一二了。可她为什么不将详情告诉我呢？实在可恨。不过，话又说回来，我也未曾将浮舟的事从头到尾向她细说，这就难怪她了。想当初，我听说浮舟失踪的信息之后，就觉得这是一桩丑闻，所以绝不该透露出去。不料外面反而纷纷传开了各种传闻。这人世间，活着的人有了秘密事尚且难以隐瞒，更何况已死了的人的秘密事，世人自然更肆无忌惮地传播了。"薰大将觉得对着侍女小宰相君也不好意思将事情的来龙去脉全都告诉她。他只是说："从刚才你所叙述的话看来，这女子的模样，与我所认为死得离奇的人很相似。此人现在还住在那边吗？"小宰相君回答说："那位横川僧都下山那天，已经给她剃度为尼了。她此前患重病的时候，早就想出家了，但她周围的人觉得太可惜，劝阻她。但她本人要出家之心很坚决，终于还是恳求剃度为尼了。"薰大将心想："地点嘛，同样都是在宇治，仔细思考前后情景，此人的情状与浮舟的情形别无二致。倘若找到此人，并确认她真是浮舟本人，那可真是意想不到的咄咄怪事啦！不过，只是听人传说，哪能确信。可是倘若自己亲自出马特地去寻找，又深恐外人背地里会讥议为'未免太愚顽'。再说，倘若丹穗亲王也闻知此事，势必勾起诸多往事回忆，从而前去搅扰她修行求道的诚心。也许丹穗亲王已胸有成竹，特意关照其母明石皇后莫对我说，因此明石皇后听到了这种奇闻怪事，在我面前就只字也没有提及。倘若明石皇后也牵涉到这种关系中来，那么我纵令很怜爱浮舟，也只好当浮舟早已亡故，从此断绝缘分。就算浮舟死而复活，人总有一天也会死去，届时在黄泉路上，我们也许自然会有机会重逢交谈吧。但是到了那个时候，我断然不会萌生将她重新夺回来，占为己有的念头了吧！"薰大将思绪万千，颇感烦恼。他估计明石皇后不会把此事告诉他，但他想探知她的心思，于是，有一回他相机对明石皇后说："有人告诉我，说我所认为死得离奇古怪的那个女子，未曾死去，还沦落在人世间。我心想：怎么可能有这种事！可是转念又总在想：此女子生性懦弱，似乎不会自下决心，干出抛弃人世，投川自尽的这种可怕事。依那人所说的情状，此女子似乎被妖魔夺走了魂灵。也许确是如此吧。"于是，薰大将稍许详尽地把浮舟的情况告诉她。有关丹穗亲王的事，他谈得非常含蓄，毫无怨恨的表示，其风度诚然颇有涵养。薰大将说："丹穗亲王倘若得知我又打听到此女子的下落，定会认为我是个愚顽的好色之徒的。缘此，我就装作全然不知晓此女子还活在世间。"明石皇后说："横川的僧都是在一个黢黑可怕的夜间说起这件事的，所以我没有专注听他说。丹穗亲王怎么会听说呢。我听到别人议论丹穗亲王，说他的癖好很不好。此事如若被他得知就麻烦了。人们说丹穗亲王在男女关系问题上举止轻浮，令人讨厌。我实在替他担心啊！"薰大将觉得明石皇后的品格确实端庄稳重，人家私下里告诉她的秘密事，即使在毫无拘束的闲聊中，她也不会将秘密泄漏出来，他从而放心了。

薰大将心想："浮舟所居住的山乡在哪儿呢？怎样才能找个体面的理由前往寻访呢？首先得去会见横川的僧都，才能打听到确切的情况。总而言之，先去造访横川的僧都是为上策。"光为此事，弄得他日思夜想。往常每月初八是药师如来的缘日，按惯例必定举办供养法事，为供奉药师如来而登上比睿山，有时参拜根本中堂。于是，这次打算从根本中堂就便绕道前往横川，随身侍童只带浮舟的异父弟弟小君同行。至于浮舟家中的其他成员，他现在不拟早早通知他们，打算将来看看情况如何再说。他之所以只带小君同行，大概是想让这梦境一般的重逢场景更增添一些哀伤的深沉情趣吧。在登山的旅途中，一路上薰大将想象着："如果确认那人肯定无疑是浮舟，而她却已经改装，夹杂在众尼僧的队伍里，或者又传来她另有情夫这种令人厌恶的信息，那该多么凄怆伤心啊！"薰大将浮想联翩，忐忑不安。

第五十四回

梦浮桥

薰大将到了比睿山上，按照每月惯例诵经念佛做佛事。翌日来到横川，僧都诚惶诚恐殷勤接待。多年来薰大将为举办祈祷法事等，就与这僧都相识，但并不特别亲近。此次一品公主患病，僧都为她做祈祷法事，获得显著的效验，薰大将亲眼目睹了僧都的法力之后，才比过去更加尊重并无比信任他。这位身份高贵的大臣特地专程到访，僧都自然大忙特忙地诚恳接待。两人彼此谈论一番佛道之后，僧都请薰大将吃些开水泡饭。待到四周人声稍许安静下来之后，薰大将问僧都："你在小野那一带有熟悉的人家吗？"僧都回答说："有，但那边很荒凉简陋。家母是个年迈的尼僧，由于京城里找不到适当的住处，贫僧又经常遁居于山中，为了能在这期间方便朝夕前往探望，遂让家母迁居这附近的小野地方。"薰大将说："那一带早些时候还很热闹，如今已经相当荒凉。"接着闲聊一会儿之后，薰大将稍微挪动身子靠近僧都，悄声说："说实在的，有件事，实际情况如何，我也没有把握，想要向你打听，又生怕你茫然不知所云何事，因此总是顾虑重重，难于启齿。其实，我有一个中意的女子，听说隐藏在小野的山乡里。若果真如此，我颇思探询她的近况如何，缘何落到这种地步。近日忽闻她已当了你的弟子，你已给她落发授戒了，不知是否属实？此女子还很年轻，家中父母尚健在。有人埋怨责难说是因为我冷淡了她，是我害她失踪的。"

僧都听罢心想："果然不出所料。我看那女子的模样，就觉得她不是平庸之辈。薰大将如是说，可见他对这女子的珍爱程度匪浅。他会不会认为我虽说身为法师，却冒冒失失地即刻为那女子剃度变装为尼呢？"想到此不禁大吃一惊，不知该如何回应才好。他困惑于回答，接着又想："薰大将肯定是已闻知实情了。他在了解事实的基础上，向我探询，我已没有什么秘密可以隐瞒的了，硬撑着企图隐瞒，反而不合适吧。"僧都略加思索了一会儿，回答说："确实有那么一个人，不知她究竟因为什么事，这些日子以来总令我暗自纳闷。大将所提及的那个女子，也许就是此人吧。"接着又说："住在小野庵室那边的尼僧们，奔赴初濑进香还愿，归途中，在一处名曰宇治院的宅邸歇宿。贫僧的老母尼僧由于长途劳顿，忽然患病，痛苦不堪，随从人员遂即上山来报告。贫僧吃惊之余旋即下山前往宇治院探视，一到那里就遇上了一桩怪事。"他压低嗓门，悄悄地叙述了找到这女子的经过，接着又说："当时贫僧也顾不上老母尼僧患病濒危，一心只顾绞尽脑汁设法救活眼见即将死去的此女子。看这女子的模样只剩下奄奄一息了。曾记得昔日小说中，有描述灵堂内死尸还魂复活的事例，此刻所遇到的莫非就是这种怪事吗？实在是离奇古怪。于是我把弟子中法力强、祈祷有灵验的人召唤下山来，轮流为这女子做祈祷。老母尼僧虽然已活到死无遗憾的高龄，但在旅途中身患重病，我也必须殷勤看护，尽心竭力救护她，好让她能在自家庵室内静心诵经念佛，祈求往生极乐。由于贫僧须为老母向佛祈祷保佑，因此没能仔细观察此女子的情状，只是根据前后情况推测，此女子大概是遭到天狗、林妖之类的鬼怪在她身上作祟，诓骗她并把她带到这地方来的吧。总而言之，此人被救活过来之后，在大家的帮助下带回小野庵室，曾有三个月昏迷不省人事，活像死人一般。贫僧的妹妹是已故卫门督的妻子，现已出家为尼，这个妹尼僧原先有一个独生女儿，已经亡故多年了，可是她至今还是悼念难忘，悲叹度日。如今找到的这个女子，年龄和她女儿相仿，而且长相十分标致，清秀美丽，她认为这女子是初濑观世音菩萨赐给她的，万分欣喜。她深恐这女子死去，极其焦灼，哭着苦苦哀求贫僧设法救治这女子。后来贫僧就下山来到小野，为这女子举行护身祈祷。这女子果然逐渐好转，恢复了健康。但此女子还是悲伤不已，她恳求贫僧说：'我觉得附在我身上的妖怪似乎没有离开我身，恳求您给我授戒让我成为尼僧，进入佛道，借此功德来驱除妖怪的侵扰，为来世修福。'她悲切地苦苦恳求，贫僧身为法师，对诚心祈求出家入道者，理应赞善。贫僧确曾给她授戒出家。至于这女子是大将心爱之人，则全然一无所知。由于这是一件离奇的怪事，贫僧深恐它会成为人们闲聊时的话题，妹尼僧等年长的尼僧们也担心流言传播开将会引起诸多麻烦，故而竭尽全力严守秘密，近数月来一直不对外人说。"薰大将只因略闻知此事，故特来此地探询。现已证实这个长久以来以为亡故了的人确实还活着，着实震惊，同时也觉得恍如做了一场梦，情不自禁地热泪潸潸。但在这位道貌岸然的圣僧面前失态毕竟难为情，旋即强自振作，改变姿态，装作泰然自若的样子。然而僧都早已察知薰大将的心事，他心想："薰大将如此钟爱此女子，而此女子今已成为尼僧，此人在现世中形同已亡故者。"他感到这都是自己的过失，从而心存内疚。于是僧都说："此人被鬼怪附体作祟，这也是前世注定的孽障。估计她是高贵人家的千金，但不知因为犯了什么错误，以致沦落到这种地步。"见僧都询问，薰大将说："从出身上说，她可说是皇族的后裔吧。我本来也不是特别深爱她的，只因偶然的机遇，成了她的保护人。万没想到她会沦落到这种境地。奇怪的是，有一天，她竟突然消失得无影无踪。我猜想她可能已投身川中，然而疑点甚多，莫衷一是，直至今天以前依然不知详尽的实情。现在知道她已出家为尼，修道奉佛可以减轻她的罪障，确实是一件上乘好事，我也心感欣慰。不过，她的生母以为她已亡故，以至悲伤惋惜，悼念不已。我很想将此信息告诉她。可是令妹等尼僧们数月来一直坚持严守秘密，倘若我将此事传出去，岂不是违背了她们的本意？母女亲情是不会断绝的，女儿即使已出家为尼，她母亲不堪其悲，肯定会前来探访的啊！"接着，薰大将转换话题说："不好意思，我现有一请求，可否烦劳你屈尊陪我同赴小野一趟？我既然已得知此女子的确实情况，怎能漠然无动于衷。至少也想和她共叙一番如梦一般的往事啊！"僧都观察到薰大将无限悲伤的神色，着实可怜。心想："连自认为已经改换俗体，穿上法衣，摒弃一切俗念，落发剃光髭须成为法师的自己，尚且还残存一丝怪异的凡心，何况女子之身，见面之后将会如何，难以预料。我若当向导，岂不成了自造罪障?!"僧都内心感到惶恐难堪，心绪烦乱，最后回答说："今日明朝有所不便，不能下山，且待下月再思奉陪如何？"薰大将虽然感到拖延时间太长，但如若强求"务必今日前往"也不像样子，所以只好回答："那就这样吧！"说罢准备登上归途。薰大将上山来时，随身带着前常陆守的小儿子小君童子。这童子的长相比他的兄弟更为清秀。这时薰大将召唤他前来，给僧都介绍说："这童子是那女子的同母小弟，我想先派这童子前去，能否烦请你给写一封介绍信？无须说出具体是谁，只说有人要来造访即可。"僧都说："贫僧倘若作介绍，势必招致制造罪孽的结果。此事的前后情况，贫僧既然都已详细奉告了，那么大将只需自行前往，按照自己的意愿行事，有什么可责难的呢。"薰大将微笑着说："你说倘若作此介绍，势必酿成制造罪孽的结果。这使我听了颇感汗颜。我以尘俗形态之身在红尘俗世蹉跎岁月至今，甚至可说实属不可思议之事。我自幼深怀出家之志，只因三条宅邸家母三公主生涯孤寂，精神上似乎无所依靠，惟有与我这个她的独生子相依为命，这就成了我不能如愿出家的精神上的羁绊，终于被世事缠身，难以摆脱。这期间自然加官晋位，步步高升，身份愈高，制约愈多，身不由己，不能随心所欲自由行动，空怀出家修道之志，因循度日一再蹉跎。世俗常情不得不办之事，源源不断，日益增多。不过，不论公务，或者私事，但凡非办不可的事，我都尽量随俗办好。对没有必要做的事，我也会恪守佛法的戒律，力求不犯错误，谨慎行事。我内心自以为向往学道之心不亚于圣僧。因此怎么可能会为了不足挂齿的儿女情长之事，犯下制造严重罪障之事呢。绝对不会干出这种荒唐无稽的事的。这点请放心，无须怀疑。我只是可怜那女子的母亲正在伤心哀叹，所以很想将听到的实情告诉她，让她也能理解。若能这样，我自己也可心安欣喜。"薰大将叙述了从小就深信佛法、向往修道的心愿。僧都也觉得他所说的是实情，不由得点了点头说："这诚然是值得赞扬的志向！"在谈话的过程中，不觉间天色渐暮，薰大将心想："此时顺路去小野投宿，恰是好机会。然而没有任何缘由贸然前往，毕竟有所不便。"薰大将正在一筹莫展，准备回京的时候，僧都却将目光投向浮舟的弟弟小君童子身上，正在赞扬他。薰大将遂拜托说："那么就请你先写上简短的数言片语，委托这小君童子送去吧！"僧都便写了一封信，递给小君，并对他说："今后你经常到横川来玩儿吧，要知道你和我不是没有任何缘分的[01]。"小君不明白僧都说此话的含意是什么，只顾接受了这封信，然后跟随薰大将出门上路。来到小野后，薰大将让随从人员稍许分散开，并叮嘱："安静些，不要喧嚣！"

浮舟住在小野山乡里，面对绿树葳蕤的青山，这一带没有什么足以消愁解闷的景致，她茫茫然地望着庭院里的人工小溪细流附近那闪烁的飞萤，回思往事，缅怀昔日住过的宇治一带，聊以自慰。忽然听见从那遥远山谷间传来一片威风凛凛的前驱者们吆喝开道之声，还望见参差不齐的许多火把在摇晃着照明。小野庵室内的尼僧们遂走出屋檐前观看。其中有人说："不知是谁从山上下来，随从人员似乎不少呐。白日里我们给横川的僧都送去了干海藻，他回信说：'大将在造访横川，我正忙于接待，所送来的干海藻恰好派上用场。'"另一个尼僧说："他所说的大将，是二公主的驸马薰大将吗？"这番对谈纯粹是穷乡僻壤的乡下人口吻。浮舟心想："也许真的就是薰大将了。从前他常走这山路到宇治山庄来，我能分辨出几个很熟悉的随从人员的声音夹杂在众人的吆喝声中。自那以后，无数的日日月月流逝了，昔日的往事至今却还难以忘怀，可是这在今天来说又有何意义呢！"她觉得很伤心，遂念起阿弥陀佛，借以排遣杂念，她越

---

[01] 意即僧都是小君的姐姐浮舟的师父。

发沉默不语了。这小野一带，惟有奔赴横川去的人才经过。这一带的人只有看见路过的人影时，才感受到尘世的气息。

薰大将本想就在此时派遣小君前往小野庵室。但又觉得在许多随员的众目睽睽下，公然前去不太合适，因此改变主意，决定先返回京城，翌日再派人前去。第二天，薰大将指派两三名平素不甚醒目的亲信和可靠的家臣，护送小君，再增添一名从前经常奔赴宇治送信的随从人员，还趁无人会察觉的时候，让小君悄悄地到自己跟前来，对他说："你还记得你已故的姐姐的容貌吗？人们都以为她早已不在人世了，其实她确实还活在世间呢。我不想让外人知晓，故指派你前去探访。对你母亲，也暂时不告诉她。因为她猛然知晓，定会惊讶而喧嚣，反而会让不该知道此事的人都知道了。我看见你母亲悲伤哀叹，十分可怜，所以才竭尽全力把她寻找到。"薰大将从现在起就叮嘱小君要严守秘密。小君虽然还是一个孩子，童心未泯，但也知道自己众多兄弟姐妹中，论长相之出众，无人可与姐姐浮舟相媲美，所以他一向很爱慕此姐姐。后来得知此姐姐亡故，他的童心一直十分悲伤。听了薰大将这番话后，他喜出望外，情不自禁地眼泪即将夺眶而出，为掩饰自己的这种难为情，他神气十足地扬声回应："是！"

小野庵室这边，于这天清晨就收到了僧都那边送来的信，信中说："昨夜薰大将的使者小君想必已到你处造访过了吧？请你告诉小姐：'薰大将向我探询小姐的情况。我给小姐授戒剃度，本是无上功德之事，如今反而带来乏味无趣，令我不胜内疚！'我自身想说的话甚多，容过了今明数日后，再去访问晤谈。"妹尼僧阅罢不禁吃惊，心想："这究竟是怎么回事？"遂手持信笺来到浮舟房内，把信递给她看，浮舟看了，脸上顿时飞起一片红潮，暗自想："世人已知我的下落了吗？！"内心不由得感到痛苦，接着又想："这里的妹尼僧迄今想必埋怨我一直对她隐瞒自己的真实的身份。"想到这里，就觉得面对她实在无言以对，只好沉默不语。妹尼僧说："你还是把实情告诉我吧！如此瞒着我，令我好伤心！"她满心怨恨，但是由于不了解情况，事情该怎么办无从下手。正在此时，小君来了，他请求传话说："我从山上带来了僧都的信函。"妹尼僧觉得奇怪，她说："看了此信，估计就知道实情了吧。"便叫她的弟子传话，对小君说："请到这边来！"只见一个容貌清秀、举止大方的美童，身穿一袭漂亮的装束，跟随尼僧走了进来，里面送出一个圆形坐垫，小君就在帘子旁边跪坐下来，说道："僧都吩咐，不要叫人传言。"于是，妹尼僧亲自出来应对。小君将信送上，妹尼僧接过来一看，信封上款写着"尼姑女公子启……自山中寄"，下款僧都署了姓名。妹尼僧把信交给浮舟，浮舟无法强辩推说不是给自己的，只觉十分狼狈，旋即退入内室，不肯与人见面了。妹尼僧说："你平素是个性格内向的人，不过此刻如斯脑腆，实在说不过去啊！"她说着打开僧都的信函，但见信上说："今早薰大将莅临此地，探询小姐的情况，贫僧已将实情从头到尾详细地告知了。薰大将说：'背弃非同寻常的深沉钟爱的真诚关系，而跻身可疑的山村乡巴佬中，出家为尼。本应为功德而出家，却违背了人情，也许反而会受到诸佛的谴责。'贫僧闻知实情，不胜惶恐，但是事到如今贫僧已无可奈何。还请不要背弃与大将缔结的前缘，重归旧好，借以消除大将执著迷恋之罪过。……有道是'一日出家，功德无量'[01]，因此即使还俗，出家之功德亦不会消失，依然有效。详细情况，待他日为师造访时再面谈。此使者小君想必另有言语欲奉告。"这封信中已明白道出浮舟与薰大将的亲密关系，但外人则全然不知。妹尼僧责怪浮舟说："这送信的小使者不知是何人。你直到现在还依然想隐瞒下去，实在令人不悦。"浮舟稍许面朝外间望去，隔着帘子窥见那小使者，原来这童子就是她决心投川那天傍晚依恋不舍的那个幼弟。她和弟弟们在同一个屋檐下生活长大，当年这个幼弟很

---

[01] 《大乘本生心地观经》云："一日一夜出家修道，二百万劫不堕恶趣。"

淘气，娇生惯养，自以为是，有点令人讨厌，但母亲却格外宠爱他，经常带他到宇治来造访。后来随着岁月的推移，这幼弟日渐长大，姐弟俩彼此建立了感情，相互亲睦。浮舟回想起童年时代的心情，不由得感到宛如一场梦。她内心中首先想探询的是："母亲的近况如何?! 至于其他人的传闻，自然会逐渐有机会听到的吧，但是母亲的状况如何，却杳无音信啊！"她看到幼弟的容颜，反而悲从中来，泪珠止不住扑簌簌地掉落。妹尼僧觉得这个小君长相当可爱，模样似乎也有点像浮舟，因此她说："此使者像是你的弟弟吧。想必他也想和你说话，就让他到帘内来吧！"可是浮舟却显得逡巡不前，她心想："事到如今，何苦再与他相见呢！他早已认为我不在人世间了。我已改变模样成这般难看的尼僧形象，突然与亲人相见也自惭形秽啊！"她犹豫了一会儿，最后下定决心对妹尼僧说："你们以为我存心对你们隐瞒，令我感到很痛苦，实在是无话可说。回想起在宇治院那会儿，你们把一个不成人形的我救活过来，多么离奇古怪！从那个时候起，我就失去了记忆，了无常态，大概是已失魂落魄，变成一具行尸走肉了吧。过去的事丝毫也想不起来，连我自己都觉得很奇怪。曾记得有一回，那个叫做纪伊守的人说了一番话，其中有些话使我隐隐约约想起似乎与我有关。可是后来经过仔细寻思琢磨，终于还是不能清楚地回忆起来。只记得家母一人，她含辛茹苦精心抚养我，希望我能长大成人。不知母亲现在是否还健在？只有这件事令我牵肠挂肚，至今依然念念不忘，并且经常为此而感到悲伤。今天我看到这使者童子的容颜，似乎觉得小时候曾经见过，不由得感到很亲切，不禁涌起怀念之情。然而，事到如今，就连此人，直到我死，我也不想让他知道我还活在人世间。倘若家母还健在，我只想会见母亲一人。至于那位僧都信中所写的薰大将等人，我决不想让他知道我还活在世间。恳请您想个办法，对他们说是弄错了人，他们要找的人不住在这里，而把我藏匿起来吧。"妹尼僧回答说："此事很难办到啊！这僧都的品性，在法师们中是出名的耿直坦率，肯定早已将此事毫无保留地都说了出来。因此我即使一时能设法隐瞒，不久也会被拆穿隐瞒不住的。何况薰大将又不是一个无足轻重的身份卑微者……"她着急了，喧吵了起来。其他的尼僧们都在说："真是个世间罕见的性格倔强的性情中人啊！"于是在正屋旁边设个围屏，请使者童子小君进入帘内。小君虽然得知姐姐就在这里，但由于年纪尚小，不敢贸然直言不讳，小君说："我这里还有一封信，敬请务必让本人拆阅。据僧都说，我姐姐确实在这儿住，但她为什么如此冷淡地对待我呢?！"说着不好意思地把眼皮耷拉下来。妹尼僧说："哦，是啊！你太可怜了呀！"接着又说："应该拆阅此信的人确实就在这里，但是我们这些无关系的旁人，不知道究竟是怎么一回事，还请你对我们说明情况呐。虽然你年龄尚小，但既然能肩负起使者的重任，想必知悉详情。"小君说："你们冷淡待我，把我当作外人看待，我还有什么话可说的呢。既然这样疏远讨厌我，我也就无话可说。只是我手中的这封信，主人吩咐必须直接亲手奉递给收件人……"妹尼僧对浮舟说："这小使者说的话很在理，你不该这般无情地对待人家，太不近人情了。"她尽心竭力试图说服浮舟，还把浮舟拉到围屏旁边。浮舟带着做梦一般的心情坐了下来。小君隔着围屏窥视姐姐的模样，判明是姐姐，毫无疑问，遂走近围屏，将这封信递给她，并满怀对姐姐态度冷淡的怨恨，催促着说："请从速回音，好让我回去禀报。"妹尼僧把小君带来的薰大将的信拆开来给浮舟看。浮舟一看，觉得行文字迹一如昔日那般优美，信笺上照例荡漾出异乎寻常的浓郁芳香。那些容易过分激动的好事者少将尼僧、左卫门等，从旁隐约窥视，内心赞叹："真是稀世罕见，情趣深沉啊！"

薰大将的信中说："你过去一而再地做了许多无法言喻的不妥之事，我看在僧都面上，一概原谅。现在我只想和你谈谈梦一般的往事，心甚着急，连自己都感觉到这种愚痴实在可恨，更何况他人，不知会多么讥讽……"他没等信写完，就咏歌一首曰：

> "寻访法师蒙引道，
>
> 不料迷途添烦恼。

这童子小君，你还认得他吗？由于你行踪不明，悲伤之余，我把他视为你的念想留在身边照顾着他呢。"信中密密麻麻地写了许多，言辞诚挚内容详尽。既然已收到了如此诚恳的来信，浮舟再也无法借故推诿。可是转念又想："自己已经不再是从前的那个人了。如若意外地让薰大将看到我这身尼僧模样，多么难为情啊！"想到这里羞愧万分，苦恼万状。她平素本来就愁绪满怀，如今更加心绪纷乱忧郁无穷了，弄得毫无办法，终于伏地痛哭了起来。尼僧们都觉得："此人多么不通人情啊！"对她束手无策。妹尼僧焦灼地责问浮舟："你怎样回复呢？"浮舟回答说："我的心情异常烦乱，请让我暂歇一会儿，再行回复。我试图回思诸多往事，竟简直毫无记忆。此信中所提的'梦一般的往事'，我感到很诧异，究竟是什么样的梦呢？我摸不着头脑不知所云。待我心情好些之后，也许会明白写信人的意趣所指。总之今天还是请他把信带回去吧。万一送错人了，多么不合适呀！"说着将展开的信原样退还妹尼僧。妹尼僧说："这实在太不成体统啦！这种举止未免过分失礼，使得在身边照顾你的我们这些人，对薰大将如何交代得过去呢！"妹尼僧唠叨个不停，浮舟十分厌烦，实在听不下去，遂将衣袖掩面躺了下来。身为庵室主人的妹尼僧无可奈何，只好出面略作应酬，她对小君说道："你姐姐大概是被鬼怪附身，受痛苦折磨吧。她几乎没有正常人那样精神爽朗的时候。她自从削发为尼之后，生怕被人知晓，找上门来，会引起种种麻烦。我看见她那副模样甚为担心。果然不出所料，今天才知道她有许多伤心失意的往事，实在对不起薰大将了！近来她一直心情极坏，大概是看了来信更添烦恼之故吧，今天比往常更加神志不清了。"妹尼僧按照山乡相应的风习殷勤招待小君，但是小君童心中只觉索然无味，惶惑不安。他说："我特别奉命作为信使前来，回去将拿什么复命呢？务请掷下只言片语，哪怕一句话也罢。"妹尼僧说："说得是啊！"妹尼僧遂将小君的话转告浮舟，可是浮舟却一言不发。妹尼僧束手无策，只得对小君说："你回去似乎只能据实禀报说'小姐本人神志不清'了。这里虽说似遥隔云端，山风凄厉，不过距离京城似乎还不算太遥远，日后得便务请再来。"小君觉得两手空空无所获，在此久留也徒然，毫无意思，于是告辞返回京城。小君内心一直爱慕这位姐姐，却终于未能会面，怅惘不已，他满腔怨恨地回来拜见薰大将。

薰大将翘首急切地盼待着小君早点归来，正在这时，看见小君垂头丧气一无所获地回来，顿时感到后悔，觉得："特地派遣使者前去实在多余，反而扫兴。"他浮想联翩，甚至还以自己从前曾把她藏匿在宇治山庄中弃置不顾的那种心态，暗自胡乱揣摩："会不会有别的男子效法把她藏匿在小野庵室里呢？！"

译后记

　　萌生撰写《日本文学史》的念头，始于我们决心从事日本文学研究工作之初，在多年收集积累资料并加以整理研究的过程中，《源氏物语》是我们爱读的日本古典文学作品之一。我们带着喜爱、欣赏的心情细读这部千余年来影响着日本文学的紫式部著《源氏物语》，在这过程中，我们不约而同地产生要下功夫研究它并把它翻译成中文的欲望。于是我们在研究与翻译相辅相成、互为调节、穿插进行的思绪促使下，于2004年11月开始动笔翻译。

　　紫式部在《源氏物语》中，将日本古代审美理念"哀"（AWALE）发展为"物哀"（MONOAWALE），之所以在"哀"之前冠以"物"这个颇具广泛性的限定词，意义是：使感动的对象更为明确。"物"可以是人，可以是自然物，也可以是社会世相和人情世故，从而深化了主体感情，内容更为丰富和充实，含赞赏、亲爱、共鸣、同情、情趣、壮美、可怜、悲伤等广泛涵义。与《源氏物语》整个题旨联系起来看，"物哀"的思想结构是重层的，可以分为三个层次：第一个层次是对人的感动，以男女恋情的哀感最为突出；第二个层次是对世相的感动，贯穿在对人情世态，包括对"天下大事"的咏叹上；第三个层次是对自然物的感动，尤其是季节感带来的无常感，即对自然美的动心。据日本学者上村菊子、及川夭富子、大川芳枝的统计，《源氏物语》一书出现"哀"多达1044次，出现"物哀"13次。"物哀"作为日本特有的美学名词，我们将日语汉字直译过来，对《源氏物语》文本的"物哀"则根据不同层次涵义的解读，用不同的汉语意译出来。

《源氏物语》上场人物众多，人物名称叫法，多以其官职或住所作间接称呼，直接称呼其真名者极少。例如主人公源氏公子，源是他的姓，他的真名叫什么不得而知，"光君"是当时人们昵称他的绰号。又如后十回的主人公"薰君"、"丹穗皇子"等也同样。称呼女性更是如此，诸如"紫姬"、"空蝉"、"夕颜"等。男性方面，为区别人物关系，多以官职或住所称呼，诸如"左大臣"、"中将"等，女性方面多以其身份或住所称呼。但本书跨度几十年，同一官职不可能一人永远占据，或因晋升、易地、易职、隐退而变动，因此往往会出现同名异人，这就得视时间地点而加以判断是哪个人，比如"头中将"、"尚侍"等官职。侍女方面如"中将君"、"少将君"、"右近"、"侍从君"等容易混淆。书中的重要人物诸如"柏木"、"夕雾"、"丝柏木柱"、"玉鬘"等人名，一说可能是自古以来的《源氏物语》注释家们根据各自有关情节由来，给安上的名字，后人沿袭使用至今。

《源氏物语》的原文版本甚多，大致上可分为三类：一类是河内本系统，乃河内守源光行及其子源亲行所校订，流行于镰仓时代（1192—1333），至室町时代（1336—1573）绝迹，大正时代（1912—1926）又发现；二类是青表纸本系统，因其书封面青色，故而得名，乃藤原定家所校订，流行于室町时代之后，直至今天；第三类则是上述二类系统之外的别类系统。今天人们一般采用青表纸版本。

《源氏物语》的注释本，在日本甚多，主要有藤原定家《源氏物语奥入》、四辻善成《河海抄》、一条兼良《花鸟余情》等。《源氏物语》的现代日语译本也很多，主要有与谢野晶子《新译源氏物语》、佐成谦太郎《对译源氏物语》、谷崎润一郎《润一郎译源氏物语全卷》等。我们的中文译本是参考了上述各家译注版本，历经八年时光译成，其间叶渭渠不幸于2010年12月11日晚10时30分心脏病突发辞世，享年八十一岁。余下数回，唐月梅强忍哀痛寂寞，继续努力完成我们的未竟事业，奉献给读者。敬希长期以来热情支持并激励着我们的读者赐教雅正。

唐月梅

2012年夏

于加州·山景城

源氏物语

附 录

主要人物关系简表

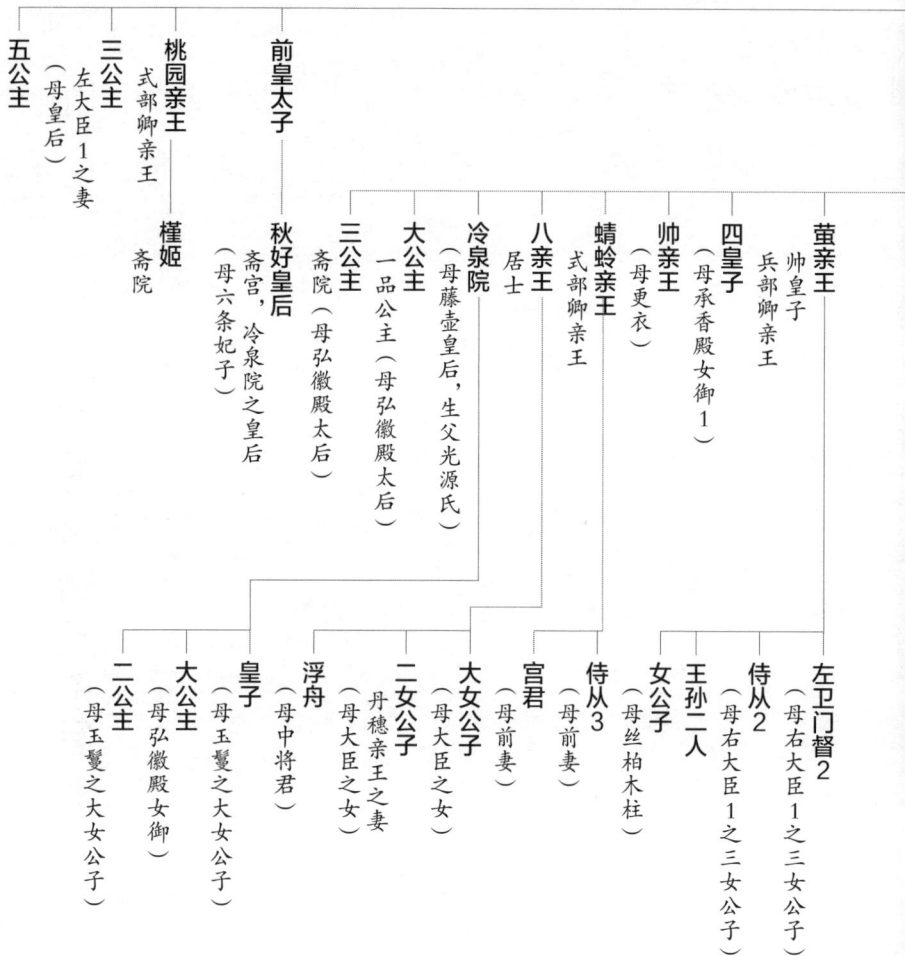

前皇太子

桃园亲王
式部卿亲王 —— 槿姬
斋院

三公主
左大臣1之妻
（母皇后）

五公主
（母皇后）

萤亲王
帅皇子
兵部卿亲王

四皇子
（母承香殿女御1）

帅亲王
（母更衣）

蜻蛉亲王
式部卿亲王

八亲王
居士

冷泉院
（母藤壶皇后，生父光源氏）

大公主
一品公主（母弘徽殿太后）

三公主
斋院（母弘徽殿太后）

秋好皇后
斋宫，冷泉院之皇后
（母六条妃子）

二公主
（母玉鬘之大女公子）

大公主
（母弘徽殿女御）

皇子
（母玉鬘之大女公子）

浮舟
（母中将君）

二女公子
丹穗亲王之妻
（母大臣之女）

大女公子
（母大臣之女）

宫君
（母前妻）

侍从3
（母前妻）

女公子
（母丝柏木柱）

王孙二人

侍从2
（母右大臣1之三女公子）

左卫门督2
（母右大臣1之三女公子）

一院

桐壺院

朱雀院
皇太子
进山修行之上皇
（母弘徽殿太后）

壹

光源氏
六条院准太上天皇
（母桐壺更衣）

四公主

三公主
尼僧
光源氏之妻
（母源氏公主）

二公主
落叶公主
初柏木之妻，
后夕雾之妻
（母一条夫人）

大公主

今上
（母承香殿女御 2）

皇太子
（母明石皇后）

二皇子
式部卿亲王
（母明石皇后）

三皇子
丹穂亲王
兵部卿亲王
（母明石皇后）

四皇子
常陆亲王
（母更衣）

大公主
一品公主
（母明石皇后）

二公主
薫君之妻
（母藤壺女御）

六条妃子
前皇太子妃

末摘花
光源氏之侧室
（父常陆亲王，姨太宰大贰夫人，兄醍醐阿阇梨）

花散里
光源氏之侧室
（姐丽景殿女御1）

紫姬
光源氏之妻
（父式部卿亲王，外祖母北山尼姑）

胧月夜
朱雀院之尚侍
（父右大臣1，姐弘徽殿太后）

明石姬
光源氏之侧室
（父明石道人，母明石尼姑）

典侍

三公主
光源氏之妻
（父朱雀院，母源氏公主）

明石皇后
今上之皇后

玉鬘
光源氏义女，髭黑之妻（父头中将1，母夕颜）

薰君
右大将
（母三公主，生父柏木）

贰

光源氏

六条院准太上天皇

（母桐壶更衣）

葵姬
光源氏之妻
（父左大臣1）

藤壶皇后
（父先帝）

空蝉
伊豫介之妻

轩端荻
藏人少将之妻（父伊豫介）

夕颜
（父三位中将）

夕雾
左大臣

冷泉帝
（名义上为光源氏之弟）

大公子
右卫门督（母云居雁）

二公子
权中纳言（母藤典侍）

三公子
右大弁（母云居雁）

四公子
侍从宰相（母云居雁）

五公子
权中将（母藤典侍）

六公子
宰相中将（母云居雁）

大女公子
皇太子之女御（母云居雁）

二女公子
今上二皇子之妻（母云居雁）

三女公子
（母藤典侍）

四女公子
（母云居雁）

五女公子
（母云居雁）

六女公子
丹穗亲王之妻（母藤典侍）

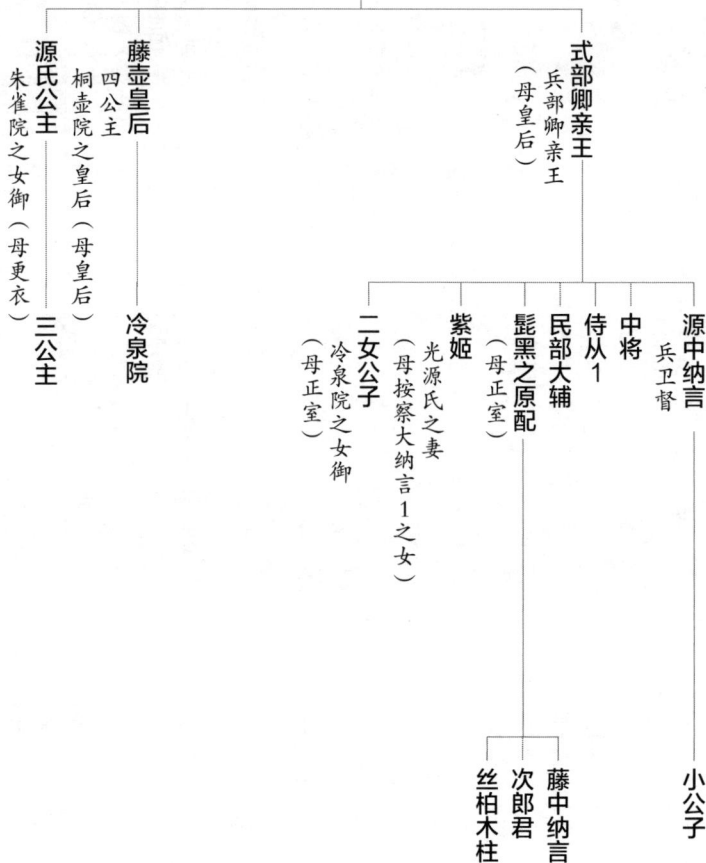

先帝 叁

式部卿亲王
　兵部卿亲王
　（母皇后）

藤壶皇后
四公主
桐壶院之皇后
（母皇后）

冷泉院

源氏公主
朱雀院之女御
（母更衣）

三公主

源中纳言
兵卫督

侍从1

中将

民部大辅
（母正室）

髭黑之原配

紫姬
光源氏之妻
（母按察大纳言1之女）

二女公子
冷泉院之女御
（母正室）

小公子

藤中纳言

次郎君

丝柏木柱

左大臣2

伍

左大臣1
摄政太政大臣
（妻一院三公主）

肆

女御
冷泉院之女御

葵姬
光源氏之妻
（母一院三公主）

权中纳言
藤大纳言

左卫门督1
东宫大夫

头中将1
藏人少将
太政大臣
（母一院三公主）

近江君

玉鬘
尚侍
髭黑之妻
（母夕颜）

八郎君
（母右大臣1之四女公子）

藤宰相

左卫门督3

大夫1

藤侍从

兵卫佐

云居雁
夕雾之妻
（母政嫁按察大纳言2）

红梅
右大臣
（母右大臣1之四女公子）

弘徽殿女御
冷泉院之女御
（母右大臣1之四女公子）

柏木
右卫门督
权大纳言
（母右大臣1之四女公子）

二女公子
大女公子
头中将2
右大弁
右兵卫督

大夫2
（母丝柏木柱）

丽景殿女御3
大女公子
皇太子之女御
（母已故）

二女公子
（母已故）

右大臣1
二条太政大臣

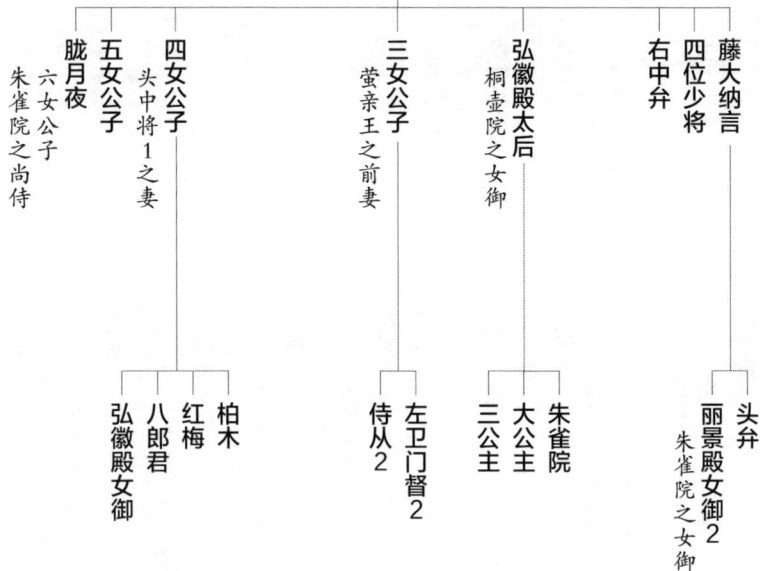

藤大纳言

四位少将

右中弁

弘徽殿太后
桐壶院之女御

三女公子
萤亲王之前妻

四女公子
头中将1之妻

五女公子

胧月夜
朱雀院之尚侍

六女公子
朱雀院之尚侍

弘徽殿女御

八郎君

红梅

柏木

侍从2

左卫门督2

三公主

大公主

朱雀院

头弁

丽景殿女御2
朱雀院之女御

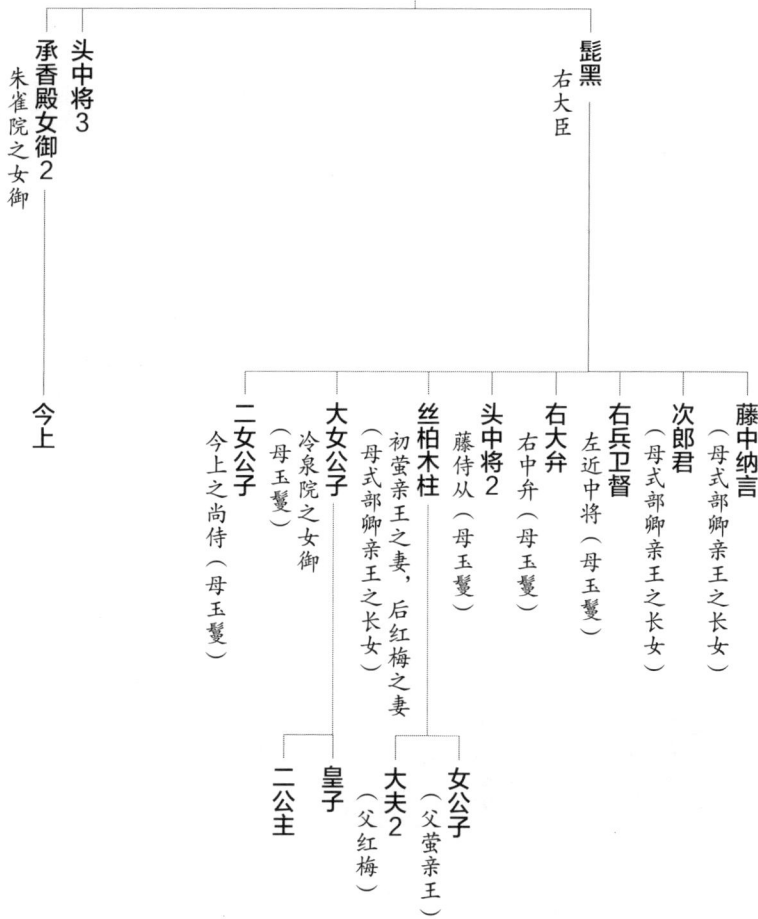

右大臣2 光

頭中将3
朱雀院之女御

承香殿女御2

今上

髭黑
右大臣

藤中納言
（母式部卿親王之長女）

次郎君
（母式部卿親王之長女）

右兵衛督
左近中将（母玉鬘）

右大弁
右中弁（母玉鬘）

頭中将2
藤侍從（母玉鬘）

絲柏木柱
初螢親王之妻，後紅梅之妻
（母式部卿親王之長女）

大女公子
冷泉院之女御
（母玉鬘）

二女公子
今上之尚侍（母玉鬘）

女公子
（父螢親王）

大夫2
（父紅梅）

皇子

二公主

1567

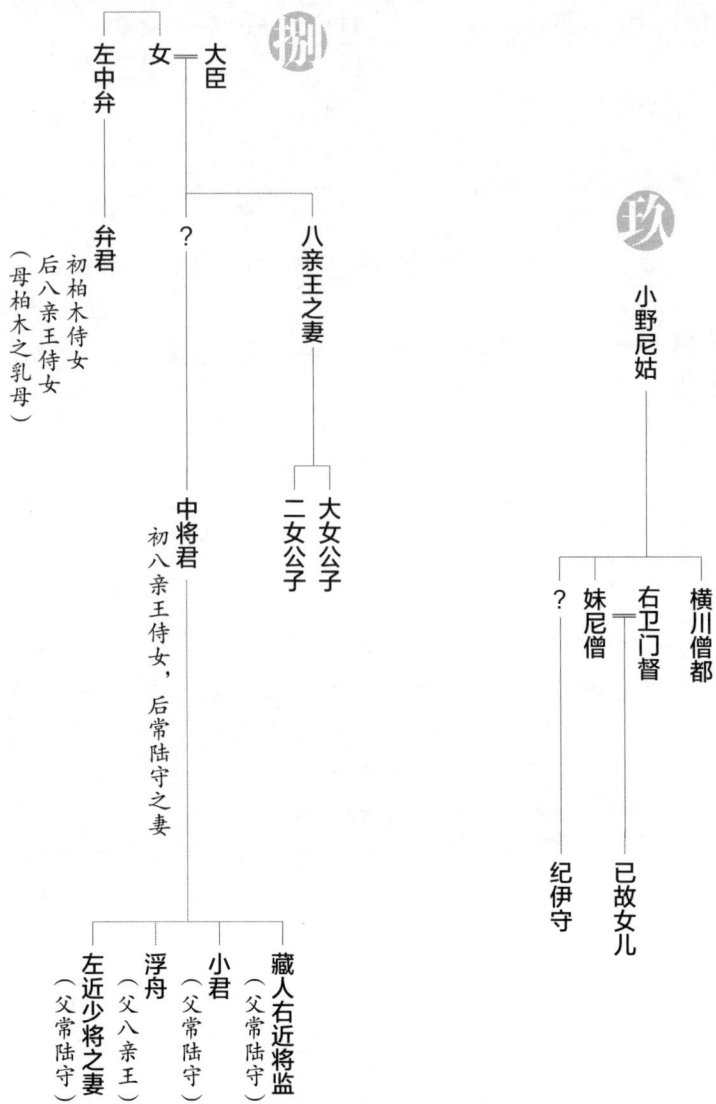

左中弁

女 — 大臣

弁君
初柏木侍女
后八亲王侍女
（母柏木之乳母）

？

八亲王之妻

大女公子
二女公子

中将君
初八亲王侍女，后常陆守之妻

藏人右近将监
（父常陆守）

小君
（父常陆守）

浮舟
（父八亲王）

左近少将之妻
（父常陆守）

小野尼姑

横川僧都

右卫门督

妹尼僧

？

纪伊守

已故女儿

图书在版编目（CIP）数据

源氏物语 / （日）紫式部 著；叶渭渠，唐月梅 译.
-- 北京 ：作家出版社，2014. 1（2024.4 重印）
ISBN 978-7-5063-7243-5

Ⅰ. ①源… Ⅱ. ①紫… ②叶… ③唐… Ⅲ. ①长
篇小说 – 日本 – 中世纪 Ⅳ. ①I313. 43

中国版本图书馆CIP数据核字（2013）第310591号

源氏物语

作　　者：[日] 紫式部
译　　者：叶渭渠　唐月梅
责任编辑：陈晓帆　李宏伟　袁艺方
装帧设计： 合和工作室 JOY·BONE · 蒋艳
出版发行：作家出版社有限公司
社　　址：北京农展馆南里10号　　邮　　编：100125
电话传真：86-10-65067186（发行中心及邮购部）
　　　　　86-10-65004079（总编室）
E-mail:zuojia@zuojia.net.cn
http://www.zuojiachubanshe.com
印　　刷：三河市紫恒印装有限公司
成品尺寸：145 × 203
字　　数：1225千
印　　张：49.75
版　　次：2014年1月第1版
印　　次：2024年4月第3次印刷
ISBN　978-7-5063-7243-5
定　　价：168.00元（全三卷）